源氏物语

上

[日本]紫式部——著
林文月——译

译林出版社

图书在版编目（CIP）数据

源氏物语 /（日）紫式部著；林文月译．—南京：译林出版社，2022.5（2025.9重印）
（林文月译日本古典）
ISBN 978-7-5447-8895-3

Ⅰ.①源… Ⅱ.①紫… ②林… Ⅲ.①长篇小说－日本－中世纪 Ⅳ.①I313.43

中国版本图书馆 CIP 数据核字（2021）第 213566 号

本译作由台湾洪范书店有限公司授权，限在中国大陆地区发行。
著作权合同登记号　图字：10-2009-197 号

源氏物语　[日本] 紫式部 / 著　林文月 / 译

责任编辑　韩继坤
装帧设计　金　泉
校　　对　孙玉兰
责任印制　颜　亮

出版发行　译林出版社
地　　址　南京市湖南路 1 号 A 楼
邮　　箱　yilin@yilin.com
网　　址　www.yilin.com
市场热线　025-86633278
排　　版　南京展望文化发展有限公司
印　　刷　南京爱德印刷有限公司
开　　本　880 毫米 × 1260 毫米　1/32
印　　张　44.625（上、下册）
插　　页　36
版　　次　2022 年 5 月第 1 版
印　　次　2025 年 9 月第 5 次印刷
书　　号　ISBN 978-7-5447-8895-3
定　　价　198.00 元（上、下册）

扫码收听音频讲解

讲解人：王华，山东大学比较文学与世界文学博士，博士期间主攻《源氏物语》。后在近二十年的高校执教生涯中，曾主讲日本古典文学及日本古典文法课程。

第一帖　桐壶

17世纪初土佐画派《源氏物语》画帖，下同

第二帖　帚木

第三帖　空蝉

第四帖　夕颜

第五帖　若紫

第六帖　末摘花

第七帖　红叶贺

第八帖　花宴

第九帖　葵

第十帖　贤木

第十一帖　花散里

第十二帖　须磨

第十三帖　明石

第十四帖　澪标

第十五帖　蓬生

第十六帖　关屋

第十七帖　绘合

第十八帖　松风

第十九帖　薄云

第二十帖　槿

第二十一帖　少女

第二十二帖　玉鬘

第二十三帖　初音

第二十四帖　蝴蝶

第二十五帖　萤

第二十六帖　常夏

第二十七帖　篝火

第二十八帖　野分

第二十九帖　行幸

第三十帖　藤袴

第三十一帖　真木柱

第三十二帖　梅枝

简体版序言

翻译的目的，简单说，是把一种语文转换成另一种语文。懂得两种或两种以上语文的人，时则会有需要为自己，或为别人做这种“翻译”的工作。

二十世纪三十年代出生于上海虹口江湾路的我，作为台湾人法律上是日本公民，而闸北虹口一带当时为日本租界，所以到了上学年龄，我就被指定去上海市第八国民学校读书。那所日本人设立的学校，除我和我的妹妹之外，其余都是日本孩子。说实在的，我们当时还以为自己也是日本孩子，只是家里有些生活习惯和别的同学们略微不同而已。

我的启蒙教育是日本语文。我读日本书，也用日本语文思想，或表达心事，似乎是自自然然的；直到小学五年级的时候，抗日战争结束，日本投降，中国胜利，我们台湾人的身份由日本籍变成了中国籍。次年，我们举家由上海乘船回到台湾。台湾是我们的故乡，却是一个陌生的故乡。

在陌生的故乡，我们开始了新生活。我听不太懂台湾话，而且在推行“国语”的环境之下，校内是禁止使用日语的。老师用闽南语解释

“国语”。从小学六年级开始，我突然需要适应两种新语文。如今回想起来，大概我的翻译经验就是从那时候开始的。我的脑中经常需要把中国语文翻译成日本语文。这样的习惯，使我在读大学和研究所的时期，能够驾轻就熟地为台北东方出版社的两套少年读物——“世界名人传记”和“世界文学名著”——译成了五本书。那些书都是经由日本人改写为适合少年阅读的文体，所以几乎没有什么问题和困难。

任职大学之后，教学与研究成为生活的主轴，除了有限的一些日文的汉学研究论著之外，不再有空闲执译笔了。至于再度促使我提笔从事翻译工作，实缘起应邀参加一九七二年日本笔会主办的“日本文化研究国际会议”。依大会规定，参加者需提出一篇与日本文化相关的论文。我以日文书成《桐壺と長恨歌》提出发表。其后，我将日文的论文自译为中文——《〈源氏物语〉桐壶与长恨歌》，在台湾大学《中外文学月刊》刊载，同时为了读者便利而试译了《源氏物语》首帖“桐壶”，附录于论文之后，那篇日本中世纪文学深受白居易《长恨歌》的影响，中文的读者感觉既熟悉又陌生，产生莫大的好奇与期待，通过杂志的编辑部鼓励我继续译介全书。我在没有十分把握之下，答应下来，开始了逐月在《中外文学》刊载的长期翻译工作。费时五年半，共六十六期而译竟了百万言的《源氏物语》全书。

那五六年的时间里，我教书、做研究，又翻译，过着与时间竞走的生活，十分辛劳，却也感觉非常充实。翻译遂成为我生活中的一个重要部分。我选择日本古典文学作品为自己翻译的对象，是基于两个理由的：一者，日本文化从中世纪以来深受我国隋唐文化影响，而且日本人早已有系统地译介了中国的重要著作；相较之下，我们对日本的文学作品则相当冷漠。虽然近二十余年来逐渐有人译出日本文学，但以近、现代作品为主，古典文学的译介仍嫌不够。再者，我个人具备日本语文根底，其后从事中国古典文学的教学与研究，或可在这一方面略尽绵薄之力，弥补我们所当做而未做的事情，故自一九七三年以来，自我惕励，断续译出了《源氏物语》（一九七三——一九七八）、《枕草子》（一九八六——一九八八）、《和泉式部日记》（一九九二）、《伊势物语》（一九九五——一九九六）等四本平安时代的日本文学名著，以及十九世纪明治时代的樋口一叶短篇小说集《十三夜》（二〇〇一——二〇〇四）。

以上五本书，前四本的著成年代都在千年以上，最后一本也在一百多年前。每一个国家的语文都会随时间而有所变化。现在的日本人阅读古人的这些文学作品，多数会觉得很困难，所以自与谢野晶子（一八七八——一九四二）以降，已经有多种现代日语译的《源氏物语》等书出版了。

我的中译本诸书，虽然采取白话文，但是仍有许多地方非译文本身所能传达清楚，或者表现原文的巧妙之处，则不得不借助些注释。注释之中，特别值得注意的是，原著里引用日本的古老诗歌或隐喻，乃至于唐代以前的中国古诗文，因此对于中国读者而言，明白了这些道理，就会觉得既陌生而又熟悉，格外亲近动人。

《源氏物语》《枕草子》《伊势物语》《十三夜》以简体字横排出版。容我在此感谢南京译林出版社所有帮助我促成此事的各位。

林文月

二〇一一年一月十八日

目次

洪范新版序

如果不是为这本《源氏物语》洪范版写序文，实在不能想象初执译笔至今，已经过了二十六年的时间。时光飞驰，何其容易！而二十六年之前初执译笔，乃至于其间五年半的点滴过程，犹历历在眼前，于今回想起来，仍然令我怀念。那一段时间，真是我这一生中最辛勤，也是最充实、值得回忆的日子。

译注《源氏物语》，是在我从三十岁过渡到四十岁的壮年时期。也许是正值体力旺盛、精神最佳的时候。由于杂志连载的推动，令我于原本繁忙的教学研究、家务操作之外，更额外添增每月一期的译注负担。不过，六十六期的文稿，我庆幸没有拖欠过一期；而且在那五年多的期间，我也另有论文、散文及两本传记的出版。那一段与时间竞走的经验，遂亦成为我个人最可珍惜的纪念了。

翻译之初，我所依据的底本是收藏于台湾大学总图书馆内日据时代遗留的平凡社一九四〇年版吉泽义则译注《源氏物语》。在日文书籍之输入仍相当受限制的当时，那是我所能参考的最完整的版本。其后，我自己从日本购回小学馆刊一九七〇年版日本古典文学全集中的《源氏物语》，便转取此为底本。此套六册的《源氏物语》，系由当今日本“源”学权威学者阿倍秋生、秋山虔、今井源卫等三位教授共同校注、翻译为现代日语。原文居中，上有注，下有译，最为翔实可靠。

然而，学者们虽治学严谨，时则有译笔拘泥，行文滞涩之嫌，所以我另外备置了作家的译著。其中，比较重要的有三种：其一为角川文库一九七二年版与谢野晶子译《全译源氏物语》。与谢野晶子系大正时代女性作家，擅长和歌，她率先将古典的《源氏物语》译成现代日语。其二为中央公论社一九六九年版谷崎润一郎译《新新译源氏物语》。谷崎氏为日本近代最重要的小说家之一，他所译的《源氏物语》，三十年之间曾三度修订，故称新新译。译笔信实而流畅，且译文上方附有不少注解，兼具学者之严谨与文人之才华，是我最钦欣的一种。其三为新潮社一九七二年版円地文子译《源氏物语》。此书在我的译事进行近半时，才辗转入手。円地女士的译文饶富象征笔触，颇近其创作风格，间或有稍嫌主观之成分，可视为她个人阅读该书之心得，但也提供了另一种解读的视野方向。

此外，我又备有两种英译本：一是英人Arthur Waley的*The Tale of Genji*（London: George Allen & Unwin LTD., 1925）。Waley是一位足不出英伦三岛的东方学者，所译中、日古典文学作品甚多。其英译本*The Tale of Genji*，虽然译笔十分典雅优美，唯常有更改，甚至删省原作以适应英文读者处，故取为西方人士初识日本古典文学则可，以之为中译之参考，则未为合宜。另一是美国学者Edward G. Seidensticker教授的*The Tale of Genji*（New York: Alfred A. Knopf, INC., 1976）。Seidensticker执教于哥伦比亚大学日文系，其翻译态度显然较诸Waley严谨多矣，且全书几无任意变更删省之憾。此书出版时，我的中译工作已进行了一大半，但对于后半部的译事及其后之修订工作，助益良多。

在长达五年半的译事期间，以上所举六种版本，以小学馆版古文为中心，其余各种日文、英文版本，或竖立于小型书架前，或摊开在桌面上，重重叠叠占据了整个书桌，构成翻译《源氏物语》的组合。这期间，我教书备课所需各类资料、论文撰著的种种书籍、散文及传记写作的稿纸、给远方友朋的信笺，乃至于家庭宴客所拟的菜单等等，都是压置在看似零乱实则有秩序的《源氏物语》组合之上所写的。我未敢轻易破坏这个庞大的既定组合，那段时间里，只要生活中能够觅得些许空闲，便随时接续投入译注的工作。有时为了翻译一行文字或一个词语，细读原文，查阅注释，比较英、日各家译文，斟酌再三而仍不得要领时，也曾深感遗憾未有中译本可资参考依赖。

其实，早在六十年代初，丰子恺先生已经默默从事《源氏物语》的中文翻译了，但时值特殊时期，这部取材于日本古代贵族社会的文学作品断无出版之可能，因而丰氏的《源氏物语》译本面世时间竟然延迟至他逝世以后的一九八〇年。书由北京人民文学出版社出版，分上、中、下三册，分别于一九八〇、一九八二、一九八三年出齐。而我个人得到全译三册，更在一九八六年以后。当时不仅初译早已竣工，即修订之工作也已经完成，所以无由参考丰先生的译著。未能参考丰译，诚然遗憾，却也足以激励自我奋勉。设若我当初知悉前辈大家已先完成此巨著之译事，也许竟会踌躇不敢提笔；而即使提笔翻译，有可供参考之另一中译本在手边，遇有难题，大概不会不产生依赖之心，然则，我的译文必然会受到丰译之影响无疑。于今思之，反倒庆幸蒙昧中摸索前行，至少建立了属于自我的译风。

《源氏物语》之译注，最初在台湾大学外文系刊物《中外文学》连载，自一九七三年四月至一九七八年十二月，而全文译竟。初时分五册单行本先后刊印，由中外文学出版，属中外文学丛刊之一种。一九八二年修订时，改辑为上、下两大册，计一千三百五十二页。五册本仅发行一版，修订本共发行五版。二十余年以来，六千套书逐渐销行，至去岁而堆积于外文系办公室内之残卷亦已全部售罄。坊间既无处可得，而国内外读者颇有来函询问欲购者，乃承洪范书店美意，略事订正，将之重刊出版。与此书相关之种种事项，已在修订版长序内述及，此仅简单补述翻译之际所用各种版本，以及新版再刊之原委耳。

林文月

一九九九年元旦夜

书于台北市辛亥路寓所

修订版序言

《源氏物语》是怎样一部作品呢？对于我国读者来说，也许比较陌生，所以我想先从创作时间之比较来说明。这部小说的写作时间，虽然至今未有确切的说法，但大致可视为平安时代中期的作品。在日本文学史上，所谓“平安时代”，一般是指桓武天皇迁都于平安京的延历十三年（七九四）起，至源赖朝任命为大将军的建久三年（一一九二）止这四百年间而言。换言之，它的产生时代大概是在十一世纪初。若与西方文学的重要作家比较，大约早于但丁三百年，早于莎士比亚六百年，早于歌德八百年；与我国相比，则约当北宋初期。那时候，我国虽然已经有了一些六朝鬼神志怪的故事、唐文士之传奇，乃至宋民间之话本，不过，这些小说都是属于短篇形式的作品，而《源氏物语》则全书五十四帖（“帖”，相当于我国旧小说之“章”或“回”），文字在百万言以上，因此日本人自诩为世界最古老的长篇写实小说。

《源氏物语》的作者又是怎样一位人物呢？“紫式部”这个称呼并非真实姓名，大概是依据“紫之物语的作者藤式部”而取的简称。“紫”(Murasaki) 是《源氏物语》中女主人公之一，所以《源氏物语》一书又称《紫之物语》。作者的长兄藤原惟规，官拜式部丞，而当时日本宫中女官，往往以父兄之官衔为称谓，以示其出身，且平安时代日人崇唐之风很盛，姓氏往往简化，以仿唐人，如“大江”称“江”、“菅原”称“菅”，而“藤”便是“藤原”的简称。可知“紫式部”本是《源氏物语》作者的绰号，可是后来却由于绰号响亮，其真实姓名反而失传了。

关于紫式部的生卒年与生平故事，日本学界至今未有定论。一般的说法：紫式部为出身平安时代的书香门第才媛。她的曾祖父藤原兼辅是著名的“三十六歌仙”之一，祖父雅正、伯父为赖，亦皆以和歌知名于时。她的父亲藤原为时兼长汉学与和歌。母系族人之中，也多和歌作家。紫式部继承了如此优越的血统，可谓先天禀具了文学的才华。她的另一部巨著《紫式部日记》中，有一段记述幼年生活的文字说：当她的父亲为长兄课汉诗文时，她时常躲在屏风后偷听，所以不久便以其敏悟的天性，也习得了汉诗文，且往往能代兄作答。她父亲见此情形，每每慨叹：“你若是男孩子该有多好啊！”因为当时的日本社会，汉文称“男文字”，为属男性专用之文字，女性书写则用和文。大约在二十岁时，紫式部嫁给比她年长一倍的右卫门权佐藤原宣孝。婚姻生活大致圆满恩爱。宣孝常以朝廷公务为话题，并鼓励紫式部读书上进，颇有助于她对男性社会，如政治情形的了解。不幸，婚后三年，宣孝便去世。年轻的寡妇紫式部便带了他们的女儿贤子（后之大贰三位）暂返娘家居住。一般推想，《源氏物语》的构思及写作或始于此时。宽弘三年（一〇〇六）左右，她入宫仕一条天皇之中宫（皇后）彰子为女房（宫中女官），职务可能系家庭教师类者。在此宫廷生活期间，她日夕接触帝王贵族的真实生活里层，《源氏物语》一书中细腻而翔实的种种记述，都是通过作者犀利的观察与敏锐的感受而来。一条天皇死后（一〇一一），彰子妃过着比较闲散的生活，谅紫式部也有了较多的自由，可以从容写作。

《源氏物语》之完成及其修改润饰，或者便即在此时。至于紫式部的晚年生活情况，则十分模糊不清。一说她与书中许多人物一样，最后出家遁入空门。

如前所述，《源氏物语》全书五十四帖，是一部长篇巨作。其结构庞大，组织严密，叙述故事及于三代，登场人物多达数百。这样壮观的作品，果真是出自一位宫中女官的手笔吗？历来也有许多学者对此表示怀疑。有人说，书中部分由彰子皇后之父藤原道长加笔；也有人说，此书本为作者之父藤原为时所作，而紫式部助成；更有人说，后面“宇治十帖”（第四十五帖“桥姬”以下十帖，主人公改由光源氏妻之私生子薰担任，而故事背景亦由京都移至其东南方宇治，故称）系由其女大贰三位所续。不过，这些说法多出于臆测而缺乏有力的证据，故只能聊备一说，供参考而已。紫式部仍应当是此书的主笔者。像我国许多古典作品，《源氏物语》在千年代代相传之间，自然的损蠹，无意间的改变，甚或后人有意的增删，恐怕也在所难免，所以也很可能不尽同于原来面貌。

关于此书落笔之处，日本学界也有种种异说。有人认为：虽然《源氏物语》五十四帖首尾一贯，保持着完备的风格，故事的推展与高潮之涌现，更呈现着不可间断的次序，然而紫式部身为女房，当时对着深宫里的公主们展开娓娓的长谈（“物语”一词本为说故事之意，详后文），或许并非自第一帖“桐壶”讲起，而是从现在的第五帖“若紫”开始。同时，他们也猜测，紫式部当初讲述“若紫”的时候，可能把它当作一种短篇物语的形式发表。因为平安时代的短篇物语与近代西方式的短篇小说，在写作的形式结构上并不相同，前者只是将人生的某一断面，采取自然的、无所为而为的态度叙述出来而已。所以有时候，故事的起结没有一定的限制，而且故事之中也往往会出现与主题无关的细节。如此，作者便可以随意增写续篇（如第七帖“红叶贺”以后），也可以补述前篇

(如第四帖“夕颜”以前)，甚或加添并行的外篇(如第六帖“末摘花”)了。然则，《源氏物语》这本书，也可以假设为作者紫式部在宫中讲述故事时，由于受到听众的热烈支持和鼓励，而继续运思发挥，终于成为今日所见的长篇伟构。虽然这个说法与此书被谈论的许多问题一样，也缺乏有力的证据，不过，就书中所流露的语调和气氛看来，它的确具备了类似宋人话本的性质，那么，由原本较单薄的形式而发展成为后来的长篇，或者也不无可能吧。

《源氏物语》虽然是千年来傲视日本文坛的伟大作品，然而由于时代的差距，语文的变迁，以及书中引用和、汉诗文典故之浩博，这部典雅优美的古典作品成为少数学者的研究对象，而一般日本人却不大容易直接欣赏了。因此，在日本国内，自明治末期，由当时著名的女作家与谢野晶子首先译成现代语体以来，翻译者辈出，于是《源氏物语》的语体文本也出现了多种，有全译的，也有节译的。由于原著名气太大，翻译者无不战战兢兢，十分谨慎。如名小说家谷崎润一郎便以前后达三十年的时间完成修订本。可见此书翻译之困难，也可以想见日本人对它的重视。当今著名的女作家円地文子也以五年的时间完成了全译工作。据说，诺贝尔文学奖得主川端康成也曾计划翻译此书，可惜由于他的突然去世，已无由见其成果了。二十世纪的人类文化呈现着空前紧密和彼此关怀的情形，伟大的文学作品往往经由翻译与外国语文之研究而大放异彩，成为全人类共同重视和享受的文化遗产。《源氏物语》在近代这种世界文化潮流之下，也已经日愈受世人注目。英国的Arthur Waley在一九二五至一九三三年，首先将此书译为英文本，*The Tale of Genji*。不过，并不是全译，而是删节的译著。其后，一九六六年，由Oscar Benr执笔的德文本出现了；一九七六年，美国学者Edward G. Seidensticker有鉴于Waley英译之不完整，另译了一本英文的*The Tale of Genji*；次年，法文译本的一部分也由R. Sieffert译出；而我自己的中文译本，也于一九七八年竣工初版。

日文的“物语”一词，与其翻译为“小说”，在实质上倒不如译作“说话”或“话本”（“物语”一词兼具动词与名词的性质）较为妥善些。因为其产生，大约早于日本文字“假名”的发生以前。当时由于没有文字，遂将故事的骨干要点，或人物言行举止的特色，绘制成一张张可以连续看的图画，而由擅长“说话”的人，凭图述说出来给人听。其后有了文字，这种可以代表故事的情节高潮的图画，恐怕仍然占相当重要的部分，所以我们时常会在日本的古典文学作品里看见“绘物语”一词。它意味着附有图画的“话本”（或者也可以称作附有“话本”的图画）。从这一层意义上而言，“物语”这种文学，与其视为纯粹案头的供作阅读的文学，毋宁说是伴同绘画的文艺更为适当些。因而作者在运思构想之际，难免要考虑到种种画面美的必要。明白了这个写作背景之后，再来读《源氏物语》，我们才能体会：何以作者紫式部要那么不厌其烦地翔实描述庭园花木的布置、宫殿居室的陈设，以及人物服饰的型色等细节了。

再者，要进一步去了解《源氏物语》所具有的特点，我们也应该知道当时这种“说话”——“物语”进行的情形。“物语”是平安时代贵族的闲适生活的一种产品，其进行之场合多在帝王的后宫，或贵妇的深闺里；主持“说话”的人多为有文艺修养的女官，而听众则多属贵妇名媛辈，所以它是极贵族化，同时也是极女性化的。而无论说者还是听者，对“物语”所持的态度又都是极从容不迫的，因此它也充分反映着当时上层社会的悠闲情调。以“物语”为媒介，说者侃侃而谈，而听者往往沉迷陶醉，莫辨虚实。关于此点，紫式部在其第二十五帖“萤”之中，曾借光源氏之口，有一段简短而精辟的说法：

所谓物语也者，初不必限于某人某事的实相记述，却是作者将他所见世态百相之好好坏坏，把那些屡见不嫌，屡闻不厌，希望传诸后世的种种细节，一吐为快地记留下来罢了。当然啦，当其欲褒扬之时，难免尽选其善者而书；当其欲求读者共鸣之际，则又不得不夸张渲染，使集众恶于一处。不过，大体说来，都是事出有据，绝少完全虚构的。再说，唐土的小说与我国的物语就有差异；而即使同属我国的作品，古今之间又有不同；虽然其间容有深浅之区别，却不可以一概认为全属假构。

她又使光源氏说：

正史的《日本书纪》，不过只是略述其一端而已，还不如这些物语记叙得详尽委婉呢。

当时用汉文模仿中国史籍所写的《日本书纪》是男士的工作，而这种用和文书写的“物语”才是女性笔下的世相。从上引两段文字里，我们一方面可以看出紫式部对小说的价值的肯定、技巧的推崇和作者属性的强调等诸观点；另外一方面，也不难觉察到她对男性笔下的所谓“正史”的讽刺意味了。

不过从另外一方面来看，紫式部在当时那种重男轻女的社会观念之下，则又有些话语不得不采用比较谦逊的口吻。例如在第二十三帖“初音”之中，于描绘“男踏歌”的歌舞欢乐场面之余，作者忽然现身，直接对读者说：“真恨这支拙笔，不能形容描绘尽呢。”在第二十一帖“少女”里，则又于叙述光源氏之子夕雾参加大学寮的考试场合，在论诗谈学问之后，插入这样的句子：

> 不过，只怕人家会讥诮我“妇道人家懂得什么”，故此只得略而不予记述。

但是，细心观察之下，紫式部所安排的这些自谦之语，并无碍于她畅谈男性社会的种种风流雅聚；甚至于弦外之音，颇带一些反讽的旨趣。有时，这类作者现身说法的笔调也被她极巧妙地运用作为“言有尽，而意无穷”的表现方式，造成“此时无声胜有声”的效果。当然，也因为在客观叙述之余，作者的适时出现，而时常予人以格外亲切之感。而这些“话本”所保留的笔调，或者正代表了当时“说话”者借之与听众互相沟通的一种痕迹也未可知。这种情形，也像极了宋人话本中常见的“看官听说”或“闲话休提，言归正传”一类的语调。

《源氏物语》一书中，共有和歌七九五首。

所谓“和歌”，乃是日本的古典诗歌，以和文咏出。在奈良时代，又称为“倭歌”或“倭诗”，以别于当时并行于日本文坛的我国诗体“汉诗”。和歌的种类相当多，有长歌、短歌、片歌、旋头歌、佛足石歌等，长短形式各不相同。这种情形，就像我国的古典诗歌也有古诗、乐府、律诗、绝句等不同的形式一样。不过，在《源氏物语》之中出现的和歌，则仅限于由五、七、五、七、七的三十一音节所形成的短歌一种而已。

《源氏物语》系用散文体书成，然而全书五十四帖（第四十一帖，有题无文），其间篇幅虽有长短不齐的现象，而所含的和歌亦有多寡之别，却无一帖无有和歌。这种以散文叙事，而中间编织入和歌的形式，颇类我国唐代的变文、传奇，宋代的话本，以及元明清各代的古典小说里散韵文配合的情形。

虽然我国的文物东传于日本为时甚早，而小说如张文成的《游仙窟》更在唐初即已传入日本，成为当时日本朝野上下最受欢迎的读物（日本最早的和歌集《万叶集》中已见提及《游仙窟》及受其影响之处。《源氏物语》中亦颇见受《游仙窟》内容情调影响的地方），我们却并不敢武断地说：这种散文与和歌相配合的形式即是受我国早期小说影响的结果。因为在《源氏物语》以前，日本早已有一种纯出于作者虚构的小说，如《竹取物语》，及以和歌为主的歌物语，如《伊势物语》；而在风雅的平安时代，和歌写作的风气极盛，执笔为文者不分男女，每爱在行文之际自然地加进一些和歌。例如约早于《源氏物语》六七十年的《土佐日记》中便有此现象。一般说来，《源氏物语》的作者紫式部，是第一位将虚构小说与歌物语成功地结合在一起的作家。她以纯熟华丽而典雅的散文随心所欲地叙事，而又时时于文间巧妙自然地织入和歌，从而完成了文与歌紧密结合、融通无间的别致文体。

在我国方面，变文即是散韵文组合的一种典型文体。张文成的《游仙窟》是以骈文叙事，而文中配合织入诗七十七首。其他的唐人传奇，也往往有以韵文织入散文中的例子。至于宋人话本，则每常于正文前有诗词等韵文的“入话”，文后有韵文做结束，而散文的叙事之间，也常有韵文夹杂出现。宋代的长篇小说流存者，如《宣和遗事》《五代史平话》，亦以诗句起，以诗句结，中间以散文叙事。其后，元明清的章回小说，如《水浒传》《三国志演义》《西游记》《红楼梦》等，虽然未必全都以韵文起结，而文中皆大量夹杂韵文，作为抒情写景、议论赞叹，或人物答咏、心志表情之功用。《源氏物语》全书五十四帖中，虽然没有一帖以和歌起头，却有以和歌结束者；同时，每帖之中必夹杂和歌，且其为用亦与我国古典小说中所出现的韵文部分性质相仿。这种文学形式与写作技巧方面的特征，宁非中日文学的一种巧合？

检视《源氏物语》中的和歌，其在文字里的功用，大体可分为抒情与状物两大类型，而绝大多数则假借书中人物咏歌而出，因此也可以说是赠答歌类。

小说故事的发展，虽以人物关系及情节变化为主，然而景物描绘之适时插入，每每能收到以景助情，从而达于情景交融的效果，既可调剂情节推展之速度，同时作者亦得借以一展其写景状物之才艺。紫式部深得此理，故她往往在文中适度参入景物描写的文笔，而又于散文之写景后附录和歌。例如第二十三帖“初音”中，光源氏见红梅初绽，清香四溢，却无人赏鉴，遂自语道：

为寻芳兮访旧屋，
　梅枝梢头春意浓，
　　又见奇花兮香馥馥。

第二十帖“槿”中，光源氏至一荒屋访一位落寞的妇人，更有大量的和歌以助益哀伤的气氛，兹举二例于下：

秋既深兮雾弥漫，
　满园萧条不忍窥，
　　残瓣犹缀兮断垣畔。

蓬草深兮极目哀，
　残垣断壁满园老，

更覆白雪兮忍徘徊？

有时，同一景色，却由当时在场之不同人物咏出。这样既可收多方描绘之效果，而作者吟咏之才华更得以充分发挥。在第十二帖“须磨”文中，主人翁光源氏谪居须磨地方，与所爱的紫夫人分离。时值秋季，见雁群列队而飞过，不禁感伤落泪，遂咏成一首和歌：

初雁过兮遗悲鸣，
行行列列展旅翼，
禽鸟岂解兮恋人情？

伴同他迁居须磨的侍从们亦个个悲从中来，怀念京城的故旧，乃有以下三首和歌之咏唱：

雁嗈嗈兮横天飞，
吾与此禽虽素昧，
啼声动心兮情依稀。

雁南飞兮弃故土，
当时无心责伊痴，
而今漂泊兮始知苦。

弃故土兮试旅翼，
雁心虽亦恋家园，
犹得列队兮在友侧。

从上举各例得悉：和歌的适时出现，可以重复强调，或凝练美化散文的写景状物部分，造成文章更繁富典丽的目的。

然而，在《源氏物语》一书中更常见的例子，是以和歌作为人物赠答酬和之用者。其中又可别为以歌代言，以歌代信函，独咏心事，以及会合之歌等各种情况。由于这是一部以爱情为经，政治为纬，从而表现人生百相的小说，所以不可否认的，其中以男女爱情之应对者居多数。每当男女二方的喜怒哀乐之情高涨时，便往往见以和歌互表情怀的现象，而通常以先由男方赠歌，再由女方答歌的情形较多；换言之，即男方每常居于主动的地位，女方则恒居被动地位。例如第二帖“帚木”中，写光源氏与伊豫介夫人空蝉幽会后的一段文字，便有男女双方的和歌：

良宵短兮卿情绝，
　东方既白怨未伸，
　　鸡何频啼兮催人别！

君情深兮妾忧多，
　良宵虽短长啜泣，
　　天命既定兮可奈何？

别情依依，亦爱亦怨，既喜更忧的矛盾心理，于此二歌中表露无遗。在此情况下，用和歌代表言语对白，实在更能委曲婉转地达成表情的目的。

藤壶宫在《源氏物语》一书中是一位极重要的女角。她是光源氏的继母，同时亦为其初恋的女性。在光源氏的心目中，藤壶宫是一位永恒的偶像，终其一生，对之思慕不已。因而作者紫式部在塑造藤壶宫这个角色时，格外仔细谨慎。她有意避免正面直接的描写，从而反射出这位女性的高贵性与永恒性，甚而意图强调其绝大的影响力。对于光源氏前前后后所赠的恋慕求情之歌，藤壶宫极少给予答和，更不可能由她主动赠歌予光源氏；然而在第十帖“贤木”文中，独有一处例外，那是在桐壶帝崩逝不久的时候，在一个月光皎洁的晚上，光源氏前来探望新寡的继母：“过去每逢这种情景，总有管弦游宴什么的，生活得挺热闹惬意的啊！追怀往事种种；而今，同样的宫宇，却已大不同于昔日，怎么不诱人伤情?”于是，藤壶宫忍不住地主动咏成一首和歌，令侍女交予光源氏：

九重雾兮阻清辉，
　云上徘徊不见月，
　　遥思倩影兮情依依。

毕竟，藤壶宫也是一个女人，桐壶帝驾崩的打击，周遭骤然的情势转变，以及对于与光源氏之间私生子的前途的担忧，这种种的悲哀与不安，寂寞与混沌，内心的大波动，促使她暂忘矜持，对当时唯一与自己有过亲密关系的男性——光源氏情不自禁地吐露了心声，光源氏首次获得女方主动投歌，一时悲喜交集，竟簌簌而泪下，立即咏成一首答歌：

月依旧兮未尝变，
　云雾阻隔遂朦胧，
　　衷心怨怼兮未得见。

此歌含有双关语意，巧妙地表达了他对继母的安慰与依然不熄的恋火。

但是，由女方一反常例而主动赠歌于男方，有时也被作者用为表示揶揄讽刺的手段。例如在第九帖“葵”文中，有一段故事叙述：在葵祭的热闹场合里，光源氏偶然与曾经逢场作戏的徐娘半老之妇人相遇，该女竟多情地将和歌书写于扇面，主动投递给光源氏：

葵之祭兮含辛悲，
君既有女共车赏，
妾独空盼兮此佳期。

光源氏对此十分嫌恶，便故意冷淡答咏道：

卿多情兮知盼谁？
不意相逢葵之祭，
心旌为荡兮亦嬉嬉。

女方受歌后，觉得颇尴尬，故又咏道：

悔相逢兮此佳日，
葵叶徒有美好名，
实乃凡草兮不足述！

老女之多情，光源氏之薄幸，人间男女滑稽复可怜的心理，经由这三首歌，已完全展露在读者眼前了。

所谓酬和赠答，一来一往之际，受歌的一方每常缘用赠歌中的某一事物，以为作答的重心。例如第三十五帖“柏木”中，男角柏木临终前与其所恋之三公主间，便有三首和歌往返：

命将尽兮身将焚，
　此躯虽化烟缕缕，
　　情思残留兮仍慕君。

郎心忧兮侬情乱，
　相思徒留恨为烟，
　　互比悲苦兮俱化散。

形既焚兮化烟移，
　幽幽空中自飘荡，
　　仍将卿觅兮不忍离。

人生似幻化，终将归于空无，而爱情则看似坚韧，有时又飘忽不可把握，故柏木以“烟”比喻生命，兼又象征爱情；三公主身为光源氏之妻，却命运弄人，与柏木发生不可告人之情事，对他既爱恋又怨怼，心理矛盾而又无可奈何，遂以“烟”转喻自己的缕缕情丝；柏木睹此答歌，复觉寿命虽有极限，而幽幽情爱不可化解，亦不忍离散，乃再以“烟”譬喻作答。一个“烟”字贯穿了男女双方的前后三首赠答之歌，一方面以歌代言，吐露了彼此的衷情，同时更呈现出相互纠结的缠绵情调。人生之无常，爱情之无奈，得以刻画无遗，令人读来乃有此恨绵绵无尽期之感。

诸如此类，男女的爱情，从最深刻的思慕，到相互的挑逗，甚至于打情骂俏，彼此嘲弄，和歌在《源氏物语》中经常取代了散文的繁复冗长的叙述，而更适度且灵巧地达成表情的任务。

由于紫式部深谙汉学，《源氏物语》一书中处处可见受中国诗文的影响，有时在和歌里也能够看出我国历史人物或文学的投影及渗透情形。

第九帖“葵”文里，光原氏痛丧原配夫人，当其独返昔日夫妇寝殿时，于睹物思人之余，写下了白居易《长恨歌》的诗句“旧枕故衾谁与共”，接着又于其下书写两首和歌：

曾共枕兮道恩爱，
　物是人非遗故床，
　　天上芳魄兮宁心碎?

鸳鸯梦兮而今消，
　寒床尘积人去后，
　　和泪独卧兮度几宵。

此两首和歌的内容，显然由《长恨歌》句演化而来。这类例子并不限于爱情的情节，有时亦可见于感物伤时，或独咏心事的和歌里。当光源氏衔冤离京，谪居须磨之际，途经大江殿，静观波浪往返海滩；谅必是作者联想到屈原遭谗见逐的故事吧，紫式部乃借光源之口，咏出一首和歌：

昔唐国兮有屈原，
　以遭谗言遂流放，
　　吾今漂泊兮亦衔冤。

日本平安朝廷的崇唐风气特盛，文学艺术莫不以踏袭模仿唐朝风范为光荣。《源氏物语》虽以和文书成，而和歌则更是日本国粹，但是从上举三例，已可窥见紫式部心仪我国文化之一斑。

以上略述和歌在《源氏物语》中的运用情形。不过，在此我要强调，无论和歌出现的次数多少，或其在书中如何成功地达成抒情状物的任务，《源氏物语》这部书仍不失为散文文学作品，而其叙事之精神，亦不因而稍受动摇。和歌的织入散文间，虽然颇收情景交融，或美化文章的效果，它们仍然只是属于附庸的地位而已，却不能成为小说的重心。而这一点也正是《源氏物语》之所以能超越日本较早期的虚构小说及歌物语等著作，成为第一部长篇巨构的原因所在。

平安时代，是日本历史上一个辉煌的时期，也是一个日本人引以为傲的美丽记忆；尤其在文学艺术方面，其丰硕的成果，一直都是日本传统文化的渊源。然而，不可否认的，平安时代的文化却不是全民的，而是带有浓厚的贵族气息。紫式部的《源氏物语》，正是这种文化背景之下的产品。在她的笔下所展现的世界，无论从当时的京都——平安京，或到其近郊的宇治，登场活跃的一群男女老幼，多数是帝王贵族，所以我们要阅读这一本日本的古典文学作品，应该对当时的贵族社会的繁文缛节有所了解，方能把握其内容情调。在此，我想根据二松学舍大学中村义雄先生的考据结果，简单介绍平安朝廷的贵族生活。

平安时代的贵族男女，从他们诞生到死亡的一生旅程之中，究竟有多少重大的仪式呢？下面便依生命的次序，举其大要，略予叙述。

当一个新生命出现于帝王贵族的家庭时，第一种仪式便开始了。这种仪式，称为“汤殿始”。日语的“汤”，是沸水的意思，“汤殿始”便是为新生儿沐浴的仪式。当时的习俗，孕妇必须离开夫家，返归娘家待产。婴儿沐浴用水，汲自阴阳师认为吉利的方向，而当其沐浴之时，又配合“鸣弦”及“读书”之仪式；鸣弓弦，以驱逐恶魔，又令饱学之博士诵读汉文书籍中吉利的一段文字。这个“汤殿始”，早晚各举行一次，若为皇家，则连续举行七日。另一方面，自婴儿诞生之日始，于第三日、第五日及第九日（日人视单数为吉数）各夜举行祝宴，叫作“产养”。亲戚朋友各方馈赠衣服、用具及食品等贺礼，大家聚在一起饮宴，并有和歌之制作及管弦之游宴助兴。

此外，“产养”的主要行事之一，有所谓“回粥”者，亦于上述各夜举行。这个仪式又称为“啜粥”，乃于寝殿之南庭，由七人捧粥碗，与坐于寝殿席上之一人展开一定之问答形式，同时一面啜饮粥汁，在庭中由东到西回转行走。其回转之次数，第三夜为三回，第五夜为五回，依次增加。仪式完毕，各赏以厚禄。此时问答的内容，若其为男婴则问：“这殿中可有夜里哭啼的千金吗?”答：“这殿里没有哭啼的千金，要过七个谷七个岭，才有夜里哭啼的千金。这殿里有一位长寿高官，将任大臣公卿的少爷。”问方又道：“然则，长饮甲斐之国鹤之郡的永彦之稻粥。”若其为女婴，则词中之“千金”改为“少爷”，“少爷”改为“千金”，“长寿……”以下之词改为“雍容端庄，将任女御后妃的千金”。其余俱同。这种婴儿初生之仪式，一方面于其人生旅途出发之际，为之驱除邪魔保安康，另一方面则又祝其禄寿双全。前者可谓消极的抵抗，后者属积极的争取；其实，人生之愿望，莫此为大，古今皆然。

次有为婴儿正式穿着产衣的“着衣始”仪式。这时候婴儿所着之衣，有以母亲怀妊时所用之腹带裁制的习惯。产后七日，举行剃除胎发的仪式，叫作“剃发”，或称“发垂”。

新生儿于诞生三十日后，始返父亲住处，或前往阴阳师所卜的吉方。这个仪式称作“行始”，又称“步始”。生后五十日之夜，于米汤中加入糕饼，由父亲或外祖父亲手使含于婴儿口中。随即举行贺宴，称“五十日”之仪式。此日所用之糕饼，特令制于市上。诞生百日，亦有祝贺仪式，悉与“五十日”相同，则称为“百日”。待婴儿生后约二十个月，乃初予禽类、鱼类等动物性食品，亦有仪式，叫作“鱼味始”（盖日本为岛国，民食至今仍以鱼类海产为主也）。鱼采鲷，禽用雉等，盖皆取其谐音吉利之意。

婴儿产后剃除胎发，及三岁左右，已重新生长，便为之修齐发梢，是为“发削”，或“垂发”之仪式。其后，无论男童女童，三四岁至六七岁之间，举行穿着裙袴之仪式，曰“着袴”，或“袴着”。至此，男女童的脸庞大体已具性别特色，应该可以听懂别人所说的话语，也可以表达自己的意思了。所以“着袴”的仪式，实在代表着成长过程的一个重要分界线。这个仪式多于夜间举行，执行系结裙袴腰带的人十分受重视，故每常由高贵人士担任。若系皇子或皇女，则泰半由天皇亲任其役，贵族子女，亦由生父或大臣任之。

其后，随年龄愈增，男童女童无论肉体精神皆愈趋成熟，便有成人之仪式。在男子，称为“元服”“加冠”。年龄没有一定的限制，大约在十一岁至十六岁期间举行者居多，若在皇室，原则上选元月初五以内之日期。少年束发加冠，一变童稚之发型为成年人发型，故又称“初冠”，或“初元结”。这是人的一生当中最重要的一个仪式，意味着正式成为一个男人。仪式由黄昏举行到夜晚，而其中又以纳发入冠中的“加冠”为最高潮。若为皇子，往往由太政大臣，或特别任命显要者承其职。至此，弃乳名，取正式学名。在女子方面，这种成人仪式，另称为“着裳”，或“裳着”，相当于男子的“元服”，也同样意味着女童阶段的结束，步入人生成熟的另一个阶段，大约在十二岁至十四岁间举行。着裳仪式中，系结衣裳腰带亦属隆重仪典，而改变女童发型的“结髻”，也与男子的“加冠”受同等重视。这种仪式也在夜间举行。通过着裳仪式后，即表示该女子已经长大成人，具备结婚的资格。故亦为女子人生过程中的一个极重要的里程碑。

男女在完成“元服”或“着裳”仪式后的一大要事，便是结婚。日本的文明可谓起始于“大化革新”，而“大化革新”的一切律令体制，悉依我国为蓝本。平安初期，男女结婚的年龄，原来也仿中国古代的制度，法令规定，男子十五岁，女子十三岁以上，但是，平安中期以降，贵族社会间渐次流行不自然的早婚情形，男女成婚之年龄愈形降低（例如《源氏物语》的主人翁光源氏，便于十二岁时与原配葵夫人结婚）。

结婚当天，新郎方面派“消息使”于新妇家。洞房花烛夜，新郎即宿于女家；翌日，新郎返归自宅后，复遣“后朝使”于新妇处。女方父母则又有于女儿新婚三日期间夜抱女婿所穿之鞋入睡的习俗，以为挽留其足，使勿离女他去之意。此则又表示天下父母心，为女儿终身大事劳神之一斑，亦为古今人性之所同。

通常于新婚第三夜举行婚宴，叫作“所显”，又称为“露显”（日人今称“披露宴”）。此夜，依习俗，须进糕饼于帐内的一对新人。这种饼叫作“三日夜之饼”，或“衾饼”。由福德双全的高龄者任进饼之役，祷告新婚夫妇白首偕老，幸福无涯。新郎须一口气连吃三个饼。此仪式盖出自严肃的灶信仰；新郎吃食由新妇家灶炉制出的糕饼，乃有被同族化的象征意义。古时，一个家庭内忌讳供奉两个灶神或两系祖先。

男女既婚，便又意味步入人生由成人而进于中老年的境域。在生命的黄昏旅程里，由四十岁开始，可以做寿祝贺。其后，五十、六十、七十、八十、九十，每十年举行一次大寿庆，叫作“算贺”。四十而做寿，以现代人的眼光来看，或嫌过早，然而在医学不发达的当时，中年而逝，甚至英年早夭的事例颇多。平安朝廷，从桓武天皇到高仓天皇，历代三十一位天皇的平均寿命为四四点〇六岁。这也就难怪当时的贵族们要提前做寿了。“算贺”之仪式，有飨宴、奏乐、作汉诗、作和歌等重要行事，而对老人，则又有赠以“鸠杖”的习俗。

最后，到了人生的终极，便是死后的所谓“葬送”了。古代的日本，也有土葬的习俗，不过，自从经由我国吸收佛教信仰后，在平安朝廷的贵族上流社会，火葬似乎更形普遍化。举行火葬的时间，总在夜深时分，故捡拾骨灰便在黎明时。参加葬礼的人，于归途上，去河边祓祭，以祛除死亡的不洁阴影。

人生如戏，而生命则恒如一程旅行。从诞生到死亡，每个人走自己的一段旅程，尽管在这人生的舞台上，各扮演自己的悲欢哀乐的角色，但“人生似幻化，终当归空无”，生命的路程总是相同的。平安时代的帝王贵族们，却在这虚幻的生命中，用种种的仪式做点缀；其实，也不过只表现了人类的徒然而无可奈何的努力罢了。

如前所述，《源氏物语》是一部长达百余万言，登场人物多至数百的巨著，因而像其他的世界名著伟构一般，若要问其主题为何，的确一言难尽，是一个很难回答的问题。近年来，《红楼梦》在我国学界日益受重视，而研究《红楼梦》的学者也越来越多，各人站在各人的立场，把握这部小说的一端，只要自圆其说，言之成理，都可以成一家之言。《源氏物语》之于日本学界，正如“红学”之于我国，而且由于其成书较《红楼梦》更早，所以中世纪以降，有关此书的研究，可谓包罗万象。在作品的外缘方面，有版本索源、正伪辨别、作者及其家世系谱之考证等种种问题的讨论；而对于作品本身，则又有主题探讨、文章表现、背景追究、思想（尤其是宗教思想）依据，乃至于书中人物个性，以及相互关系的讨论等多方面的专题研究。

近世以来，则又由于有了若干外文译本的关系，《源氏物语》的研究地域已不再囿限于日本本土，而广及世界其他各地区，其研究的范围也更拓广到比较文学的新领界，造成更多更丰饶的研究收获。在日本本国内，《源氏物语》的研究已有若干专家结成团体，一方面从事各种论文的整理搜集工作，一方面更进一步继续鼓励不断钻研，以期有所新发现及突破旧成就，他们甚至还出版若干专以此书为研究对象的期刊（例如风间书房出版的《源氏物语の探究》）。设若将这些古今成册或单篇的有关《源氏物语》的论文收集整顿出来，足可以成立一个小型的图书馆。

在这样无穷尽的探讨之中，《源氏物语》所要表现的主题是什么？这确实是一个最令人关切注意的问题。但是，也正因为这个问题最笼统抽象，不易把握，所以尽管古往今来许多人都在讨论，却往往各执一端，各说各话，几乎不太可能产生一个令众人信服的权威之说。所谓主题（Theme），乃是近代的概念，却也不能因此而说古代的人就没有类似的想法。然则就《源氏物语》而言，其作品想要借此书以表现的主题为何？在众说纷纭之中，我想在这里介绍几种比较重要的说法。

在较早时期，学者们恒认为《源氏物语》系以天台六十卷为准则，比述"一心三观"之理。这种说法的产生，盖以平安时代以来，经由中国而传入日本的佛教思想在其朝野上下大为流行，而《源氏物语》一书之中，也确实处处流露出佛教的无常观念。且其行文之际，又诸多有关佛教仪事的记载，乃至于因果报应、遁入空门等的具体事迹可寻。另有一说，则以为此书乃基于《庄子》的寓言，拟《春秋》的微言大义，甚至于《史记》的太史公笔法。此则恐怕是由于作者紫式部个人对于中国文史具有丰富的认识，而且如前所举，在第二十五帖"萤"之中，又借书中人物，侃侃畅谈"物语"的虚实问题、价值评估，以及对于正史《日本书纪》的侧面抨击揶揄，故予人这样的印象。除了上述两种说法之外，则又有本居宣长（一七三〇—一八〇一）所提出"物之哀"（此系直译，原文作"物のあはれ"）的论说。

什么叫作"物之哀"呢？其实，这个词的含义也是相当暧昧朦胧，不容易具体解说的。大体言之，“物”是指客观对象的存在，“哀”则是代表人类所秉具的主观情意。当人的主观情意受到外在客观事物的刺激而产生反应，进入主客观融和的状态，即呈现一种调和的情趣世界；而这里所谓的情趣世界，所包含的范围是相当广大的，举凡优美、纤细、沉静、观照的观念都可算作其中一端。《文心雕龙·明诗》云：“人禀七情，应物斯感，感物吟志，莫非自然。”以及《诗品》序中所谓：“气之动物，物之感人，故摇荡性情，形诸舞咏。”庶几近之。喜、怒、哀、乐、爱、恶、欲，是为七情。“太上忘情，最下不及情，情之所钟，正在我辈。”（语出《世说新语》）这世界，正因为充满情趣，所以值得留恋，有时竟也充满欢愁矛盾，而令人无可奈何。紫式部的一支生花妙笔，正展现了多姿多彩的有情世界。

这种“物之哀”论，一直到近代，仍受大部分读者乃至学者的认可。甚至于有人夸张地以为“物之哀”一词即是《源氏物语》的代词。然而，一部真正可以永垂于世的伟大作品，则又往往不是片面之观点所可以覆盖得了的。这一本书里头，虽然表面上以平安时代上流社会男男女女的爱情作为主干，实则其间又交织着政治葛藤、社会动态、伦常道德、宗教意识，乃至于作者的艺术观、人生观，因而显示出无比的吸引力和无垠的深度，也正因为其内涵的丰富与多样性，才使得千年来传颂未已，研究不尽。

在前文中，我已经谈了一些有关《源氏物语》的外在与内在问题，目的是想要让读者诸君在阅读之前，对于这本日本的古典小说能够有一个概要的认识。现在，应该谈一谈我自己在翻译这本书的时候所遭遇的一些问题及处理的态度。

我想，一个翻译者落笔之初首先面对的问题，应该是文体的选择。

尤其是文学的翻译，不仅须求其“信”与“达”而已，原著文字氛围的把握，更不容忽视。紫式部的《源氏物语》具有何种语言特色呢？雍容华丽、缠绵悠闲，时则典雅，时则隽永，是其风格。这种语言文字的氛围，甚至在现代日本人的日常生活中，也已经很难寻觅得到了。故而日文的现代语译本，无论自最早的与谢野晶子本，或最近完译的円地文子本，改译后的文章并不同于现代日本小说的文笔；换言之，今天日本读者阅读这些现代语的《源氏物语》，他们仍可以从字里行间想象千年前的平安王朝文化。至于Arthur Waley及Edward G. Seidensticker的两种英译本，也都可以看出在沟通东西文化之上，曾极力企图把握属于异国情调的古典气氛。我译《源氏物语》，虽然采用白话文体，但是在字句的斟酌方面，也努力避免陷于过度现代化，尤忌外来语法的羼入，以此试图把握比较典雅的效果。也就因为这个缘故，全书中共出现的七百九十五首和歌，避免采用白话诗的译法，而自创三行、首尾句押韵的类似楚歌体形式。如此，在白话的散文叙事之中时时出现比较古趣的诗歌，或者可以使人在视觉与听觉上，有接近原著的典丽感受。

翻译《源氏物语》时，有一种困难，几乎可谓属于先天性——敬语。所谓敬语，乃是言谈者因谈话对象的身份地位、势力尊卑或关系亲疏，而表示特殊判别的一种语言表现。其中包含了向对方表示敬意的语气；以及相对的，为尊敬对方而对自己使用谦逊的口吻。此类敬语，在我国或世界其他国家的语言中也存在着，但恐怕没有一个国家使用敬语如日本之多，尤其在平安时代的贵族上流社会里，敬语使用之繁复，几乎令人不可思议。谷崎润一郎在一次座谈会中便曾与哈佛大学教授Howard Hibbett说过：现在的日本人对于使用敬语已感相当疏隔，且常有错误使用之憾。九州大学教授今井源卫在其译注《源氏物语》的序文中也提到：今日日本小说中已甚少使用敬语。在中文的翻译过程中，会尽量就我们的文化背景、语言习惯，努力想要保留原著里的这个特色，然而，过分使用敬语，既有矫揉造作之嫌，而且有时确实有欲试无方、力不从心之憾。

《源氏物语》的读者最容易感觉困扰之处，可能是书中许多人物的称谓吧。说来也许令人不能置信，在这一大部著作之中，登场人物多达数百，可是其中有名姓可称道者竟寥寥无几。即使主人公“光源氏”这三个字，都是后世读者约定俗成所取的绰号而已。我们仅知他蒙天子赐“源”之姓，至于其正名为何，全书中未见提及。“光之君”（见第一帖“桐壶”）的称呼，盖以其风采超凡，光芒四射，遂得称；而即使连这个绰号在全书中都很少提到。这种情形，在后面的“宇治十帖”里也同样存在。“薰之君”、“匂宫”（“匂”为日人所造汉字，读为niou，义为香味），也都是绰号而并非正式姓名。然则，原著如何称呼这许多男女老少的人物呢？一般言之，男性多以其官衔称呼，例如：“头中将”“大纳言”“左大臣”……女性则每以其身份或所居处所称之，例如：“公主”“女御”“南殿夫人”……这种称谓，往往因各帖内容而异，有时一个人物的称谓也会因前后时间的不同而有所变更。换言之，同是“头中将”，或“尚侍之君”，须视其出现于何帖，方知所指为何人。以光源氏而言，初时称为“中将之君”，后变为“大将之君”，又变为“太政大臣”等不一。又如在众多侍女中，“中将之君”或“宰相之君”（当时习惯，女官以父兄官衔称之，以示其地位身份）等称呼亦频频出现，却未必为同一人。这种现象极易造成令人混淆不清的人际关系。非仅此也，一人而有数种不同之称谓，在书中亦屡见不鲜。虽然我国的《左传》也往往有此情形，但《源氏物语》的称谓紊乱，又更在《左传》之上。古来《源氏物语》的注释者，每以诗文中具代表性之名词命其角色。例如：“玉鬘”“明石”“夕雾”“柏木”“真木柱”……莫不以此得名，实则均为避免混淆不清所取的方便而已，却非作者所命名。

人物称谓既已不易辨别，而在对话进行时，紫式部又经常省略主词。某句话为某人所言，虽然大致可由上下文得知，不过，有时也见仁见智，有所出入。在日本现代语译各本及两种英译本里，即有少数不同意见。遇此情形，我的中译本采取比较各本异同，以多数人之意见而合理者为依据。这样的判断，自然未必正确，但除此而外，实在也别无他方。原著又常于对白之下出现“如此说”或“某某如此云”一类的文字。若逐字译出以求其“信”，则恐怕令人读之不胜其烦，所以我仿照多数日文现代语译本及英译本，大都删省，以求文笔之明快。这个现象，或者可以说明：毕竟完全的逐字直译（literal translation）是不易做到的，因为译者虽应忠于原著作者，同时也须兼顾译文的读者。

除了人物称谓以外，另一个使译者（尤其是外文译者）感到棘手的问题是：文中随处出现的特殊名词——包括建筑陈设、衣裳饰物、节令仪式等等。日本的现代语译本尚可保留原文；至于为使读者领会，无论Waley或Seidensticker，都不得不做适度西化的改译。Seidensticker颇以忠实的翻译态度自诩，他在译著的序文以及别处都对Waley的武断及任意删简有所批评，唯有此类名词，他自己也无可如何；不过，为了弥补此缺陷，Seidensticker在书中大量安排版画插图，几乎每三两页便有一幅图画。我自己对此则采用两种方法：一方面，适度地还原成中国化（如“西厢”“回廊”“底衫”“皮裘”等等）；另一方面，则采取直译，保留原有汉字名词（如“妻户”“玄关”“直衣”“狩衣”等等），但直译之词首次出现时，必在文后附注说明。其中令我最伤脑筋的，莫过于衣裳问题。大概平安时代的日本人对于日常品物的分类称呼极细腻，所以一种衣裳的表面颜色花纹如何，里层颜色花纹如何，都有一定的称法，甚至于织法、染法的不同，也都有专门名词以为区别。遇此情形，有时便不得不采用略带说明性的意译，否则恐怕读者无法接受，亦无法忍受；不过，凡此也都有注文说明于后。

花草的古日文，也是困扰译者的一大问题。从大阪《朝日新闻》晚报所刊消息得悉，法文《源氏物语》（*Le Dit du Genji*）的译者R. Sieffert教授对于此类名词亦慨叹困惑。对于不见于词典的古日文花草名称，我未敢妄自判断，随便翻译。台湾大学植物系故教授于景让先生精通中、日、英文，是此方面的专家。他曾经帮助我详细翻查考证，但是所得的结果经常都是极专门而生硬的学名，置入小说之中并不合适，所以于先生劝我还是采用直译加注的办法，不过，在翻译此书的过程中，倒也确实使我得有机会“多识于鸟兽草木之名”了。于先生不幸于一九七八年去世，我除了哀悼之外，更觉得从此茫茫然请益无方。如今，每整理稿件资料，看到于先生当时写给我的详细字迹，心中既感激又怀念。“浮生无常”，此言诚不虚！

翻译《源氏物语》，实在是困难重重的一件工作，对于译者而言，也是一大考验与挑战。因为书中随处可见中日古典，乃至佛教典故，无形中更增加译者的负荷。一般的日文现代语译本，多有眉注以助了解。円地本则坚持不加注文的立场，故往往不得不擅作润饰以求明白。即使删简武断的Waley，也时时有小字注文附于页下。对于日本文学历史方面的典故，我只是在附注中记其出处（如：句出《古今集》、语出《伊势物语》），或稍作说明而已。但是，对于典出于我国经史子集者，则尽量查明出处，并抄录原文的上下部分（如第二帖“帚木”中有“听我歌两途”，系出于白居易《秦中吟》十首的第一首《议婚》。遂于注中抄录：“主人会良媒，置酒满玉壶。四坐且勿饮，听我歌两途。富家女易嫁，嫁早轻其夫。贫家女难嫁，嫁晚孝于姑。”）。我所以不厌其烦地做此还原工作，乃因为在翻译过程中，为求忠实无误，这些典故都须经翻查典籍，而既然典故出处及原文已经把握到，觉得弃之可惜，遂将其保留下来，以供读者参考。因为《源氏物语》不仅是一部可读性甚高的日本古典文学作品，在学术上也应该极具研究价值。可能日后会有人以此书为研究对象，则于翻译之余代为查证这些典故来源，一举两得，或者不无助益。然而，我个人才学有限，而全书之中又典故浩瀚，有少数问题仍未能圆满解决，便只好在附注中存疑。我这本译书，文后的注释相当多（例如第三十四帖“若菜”上、下，各有六十三条注解）。这个现象或与我教书多年的经验习惯有关，但是有些地方又实在非加注释无以了解。对于一般读者，我希望译文本身就能使他们把握故事进展，引发兴趣；而对于另外一些想做深入探讨的读者，相信在他们翻查文后的注释时，多少会明白我所下的功夫和苦心吧。我的译文可能有错误不当之处，文笔拙滞更属难免，不过，对于这个附带完成的工作，倒是自觉差堪安慰的。

最后，我想谈谈我翻译这本书的经过情形。一九七二年，日本笔会在京都举行“日本文化研究国际会议”。我应邀参加，当时曾依大会规定，提出了一篇以日文写成的论文《桐壺と長恨歌》。返国后，我自己把那篇文章译回为中文《〈源氏物语〉桐壶与长恨歌》，在《中外文学》第一卷第十一期（一九七三年四月）发表。同时，由于实际比较的需要，乃试译了《源氏物语》的首帖“桐壶”，附于论文之后，一并刊出。不料，读者们对于译文颇感兴味，当时主持《中外文学》的胡耀恒先生和编辑室的诸位先生也一再鼓励催促，希望我继续翻译下去。于是我便利用课余家务之后的时间，逐帖译出，在《中外文学》连续刊载。从一九七三年四月号到一九七八年十二月号，经过五年半的时间，共刊六十六期，终于将这本五十四帖的书译完刊毕；同时，这期间平均每年出版一本单行本，因此，到一九七八年的年底，第五册单行本出版后，我个人翻译《源氏物语》的工作算是暂时告了一个段落。当然，由于个人才学谫陋，又受到期刊连载的时限，译文仍有许多缺陷，所以希望冷静一段时间后，能够比较客观而从容地重新修正。讵料，今年春间旅行美国时，在印第安纳大学遇见比较文学系教授Sumie Jones女士，热烈邀我参加明年（一九八二）在该校举行的“《源氏物语》大会”，而恰巧我的译书第二版已售罄，编辑部拟印出第三版，我便决定提早修正的时间，用今年暑假的大部分时间重读译文，予以修改，把原先三十二开本五册的形式也改为二十五开本上、下两册。我修订的工作最重要的是把过去的错误改正，删省一些注解，同时也使文字尽量顺达些。所以原有的一千五百页，几乎无一页没有改动。不过，这并不意味我已经自满于这个译本。我始终相信，翻译是一件不得已之事，懂得原文的人，最好不要读译文。因为世界上绝没有一种语言可以完完全全地取代另一种语言，而文学翻译的工作，也不只是要把文章的内容，或故事情节交代了事而已，原文的语气韵味，最是难以把握传达。日本近代作家谷崎润一郎，曾以三十年的时间三订其译著，故最后的修订本称《新新译源氏物语》。这种敬业精神令人感动佩服。以今日日文译古代日文尚且如此困难，更何况外文的翻译呢？对于这个修订版的中译《源氏物语》，我只能说：目前尽力做到这个地步，希望日后还有机会再把这个工作做得更好些；同时，我更希望能得到读者诸君的指正。

本书得以顺利刊行，有赖《中外文学》出版社各位年轻朋友的催促协助与陈芳英小姐的细心校对，在此表示谢忱。本书的封面，仍由外子郭豫伦费神设计，又蒙恩师台静农教授再赐题字，令我感铭于心。

林文月

一九八一年岁暮

第一帖

桐壶

不知是哪一朝帝王的时代，在后宫众多女御和更衣[1]之中，有一位身份并不十分高贵，却格外得宠的人。那些本来自以为可以得到皇上专宠的人，对她自是不怀好感，既轻蔑，又嫉妒。至于跟她身份相若的，或者比她身份更低的人，心中更是焦虑极了。大概是日常遭人嫉恨的缘故吧，这位更衣变得忧郁而多病，经常独个儿悄然地返归娘家住着，皇上看她这样，也就更加怜爱，往往罔顾人言，做出一些教人议论的事情来。那种破格宠爱的程度，简直连公卿和殿上人之辈[2]都不得不侧目而不敢正视呢。许多人对这件事渐渐忧虑起来，有人甚至于杞人忧天地拿唐朝变乱的不吉利的事实来相比，又举出唐玄宗因迷恋杨贵妃，险些儿亡国的例子来议论着。这么一来，更衣的处境就更加困难了，但是想到皇上对自己的无比深情，也只好忍耐着，继续

1 女御和更衣皆平安时代宫廷女官。女御属三位，往往可晋为皇后；更衣属四、五位之间，侍候皇帝左右。

2 平安朝廷里，部分四位、五位及六位之人，可升殿者，称为殿上人。

留在宫中侍候皇上。更衣的父亲大纳言[1]虽已早亡，母亲却是个老派的人，又出身于相当高等的家庭，她看到双亲健在的别人家小姐们都过着那种气派豪华的生活，决心不让自己的女儿输给别人，所以遇到任何仪式都很费心机地张罗着。但是，究竟是缺少了一个扎实的后台，所以一旦有什么重要事情时，总显得有些儿无依无靠，教人担心。

不久，许是前世宿缘深厚的关系吧，更衣竟然产下了一位玉一般俊美的男婴。皇上迫不及待地想看看他的新生皇儿，便急忙差遣人到更衣的娘家，把婴孩抱来看。果然是世所稀有的容貌呢。第一位皇子是右大臣的女儿弘徽殿女御[2]所生，既拥有信望，又无疑地是公认的储君，受世人之重视，自不在话下。不过，这位新皇子的姣丽却是无与伦比的，所以皇上对太子的宠爱就不由得变成普通表面的关怀，而将无限的呵护和关切都转移到这位新生的爱儿身上来。

新皇子的母亲更衣本来并不是侍候御前琐事那种身份低贱的人。大家对她还是相当敬重的，只因为这一向皇上太过宠幸她，一有什么游宴，或什么有趣的场合，总是第一个召她上来。有时候早晨睡过了头，第二天也就一直留着她在身边陪伴，不放她走，所以在别人眼中就难免显得有些儿轻率的样子了。不过，自从这位皇子诞生以后，皇上也一改常态，凡事都特别谨慎小心，所以不由得教太子的母亲弘徽殿女御起疑，深恐弄得不好的话，东宫的地位可能会被这位新生的皇子抢了过去。由于这位女御是最先入宫的，皇上本来也对她十分宠爱，而且她又替皇上生了几位公主，所以对她的怨言，皇上也着实无可奈何。原来更衣所唯一依赖的是皇上对自己的无比宠幸，不过周围对她吹毛求疵和说坏话的人实在太多，而她又天生那么娇弱，所以过

---

1 日本古代朝廷官衔。参与政事，掌传达诏令之职。

2 右大臣，亦古代官名。为大政官之长，辅佐天子理政，相当于我国宰相之地位。其女入宫为女御，住弘徽殿，故称弘徽殿女御。

分的宠爱反倒增加她内心的负担了。

更衣所住的地方叫作桐壶殿。离开皇上所住的清凉殿相当远，因此皇上行幸桐壶殿的时候，得经过许多后妃的殿前。而皇上偏又频频前往桐壶殿，这也就难怪旁人要嫉恨了。有时候，更衣承恩召见的次数太多，也会遭受大家的恶作剧。时常有人故意在挂桥[1]啦，长廊上啦，到处撒些秽物，想弄脏迎送更衣的宫女们的裙摆。又有时大家商量好了，将更衣必经的走廊两端的门锁起来，害得她在里头受窘。诸如此类的事，往往使她吃尽苦头，所以心境越来越差。皇上对她也就更加怜爱，索性叫她搬到清凉殿后面的后凉殿，却叫原先住在那儿的另一位更衣移往别处去。这么一来，被赶出来的人当然要恨得咬牙切齿了。

这位皇子三岁那一年，照例举行了着袴仪式[2]。把府库里的东西全部都搬了出来，气派之豪华盛大，简直跟太子行着袴式时不相上下。对这件事情，自然难免又是议论纷纷。不过，这皇子却偏偏越长越品貌端庄，出类拔萃，大家也就不便太过嫉妒；比较明理的人就只有瞠目结舌而惊叹道："世上竟然有这么美好的人哪！"

这一年的夏天，做了母亲的更衣觉着身体有些儿不适，打算回娘家去休养一段时间，可是皇上不肯允准。许是这一向总这样多病的缘故吧，皇上也看惯了，没有把她当一回事。"就在这里休息一阵子看看吧。"总是这样劝她。可是，没料到病情一天天加重，仅仅五六天工夫，竟变得衰弱不堪。更衣的母亲哭着差遣人到宫里来央求让自己女儿回家养病；而即使在这种情况之下，更衣还得提防别人的羞辱，所以决定留下爱儿，独个儿悄悄地出宫。凡事总有个限度，到了这样

1 旧时日本房屋内临时搭挂，以联络各屋之桥。

2 幼童三至五岁间所举行之仪式。朝廷选择吉日良辰，由专司者为皇子穿上一种宽大的古代日式裙裤。为平安中期后普及之仪式。

的地步，皇上也不便再强留；不过，碍于帝王的身份，连随意相送都不可能，委实令人遗憾。平素是那样娇艳的人儿，如今却这般面容憔悴，心中似藏着千言万语，又不敢启齿。看着她这种虚弱而茫然失神的样子，皇上终于忍不住，不顾一切地哭泣着，在她耳边信誓旦旦。更衣连说话的力气都没有，她乏力地躺着，用疲倦的眼神睇望，更教他不知如何是好。虽然已经破例地宣示辇车进入禁中接走病人，但是一旦入得门来，看到更衣这副样子，竟又全然不舍得让她走了。“约好了要同赴黄泉的，又怎么忍心抛下我，一个人独自走啊！”女方听了这番话，十分感动，也禁不住悲从中来，断断续续地喘着气说：

“生有涯兮离别多，
　誓言在耳妾心苦，
　　命不可恃兮将奈何！

早知如此的话……”她像是还有许多话要讲，却痛苦难堪的样子。是生？还是死？索性把她留在身边看个究竟吧。皇上心里不免这样想着，可是旁边却有人在催促：“已经约好了灵验的法师，今晚要到家里来祈祷祛病。”不得已，只好让她退下。这一夜，皇上心事重重，通宵不能成眠，无法打发时间。还不到慰问的使者回来的时刻，却已经一再地喃喃着放心不下。“已经在午夜过后去世了！”差去探病的人听到更衣娘家的人哭号的声音，终于黯然地带着噩耗回来。皇上闻悉后，一时茫然不知所措，独个儿躲在房中。这种时候，如果能留着皇子在身旁的话，多少还可以聊慰寂寞的，却又碍于未有前例，所以也只好把他送到外婆家去暂住一些时候。小皇子倒是一点儿都不懂大人的悲戚，天真地睁着一双眼睛，好奇地看着那些哭哭啼啼的侍臣和不停地流泪的父皇。这情景即便是寻常骨肉的别离，已足悲伤，更哪堪如今正是丧妻又别子，皇上衷情哀苦，岂是普通笔墨所能形容的呢？

不过，事情总得有个归结，尸骸也不能老是这么停放着，所以就只好依照一般的仪式举行葬礼。老夫人不舍得爱女。“把我跟她一同烧了吧！”她哭叫着，追随在灵车的后面，来到爱宕——举行隆重葬礼的地方，做母亲的当时究竟是怎样一种心境哪！早先她还强自镇定地说：“看着这一副躯体，总不能相信人儿已经死了。也许亲眼看她化成了灰，也就可以死了这条心吧。”但是，一旦事情临到头上来，毕竟忍不住呼天抢地地悲恸，险些儿从车上摔了下来，害得那些早已料到会如此的侍女忙着劝个不停。宫里头派遣御使来。当敕使宣读皇上追赠三位的圣旨时，又惹起了一番悲伤。生前未能够让她享有女御的头衔，真是后悔莫及，故而只好在亡后特别晋加一位。就连对这件事情，都还有人不高兴哩。不过，那些明理的人倒是重又想起更衣生前的种种长处，例如品貌端庄啦，性情温顺啦，容易亲近啦等等。从前只因皇上过分宠幸，才招致大家的嫉妒，如今连近侍的宫女们都不由得口口声声怀念起她那和蔼而深情的人品了。真是所谓“死后方眷念”[1]啊！

时光流逝，每逢斋七的时候，宫里总是派遣御使到更衣的故里去吊问。皇上的悲哀与日俱增，夜夜不肯亲幸后妃，终日以泪洗面，看得别人也悲戚戚的。“宠幸得也未免太过分，人儿都已经死了，还不教别人心里清爽哩！”只有弘徽殿女御到现在还不肯饶人地骂着。每当见着太子的时候，皇上的心里总是不由得会想起他那可爱的皇子，于是就忍不住要差遣乳母或宫女什么的去探望近况。

秋风飒飒，凉意袭人的时分，皇上比往常更思念亡妃，于是，派

---

1 《源注拾遗》所引古歌：“生时多憎厌，死后方眷念。”

了一名韧负的命妇[1]到更衣故里去。命妇乘着朦胧的月色启程；皇上就此陷入沉思之中。回想当年，每逢如此佳景，他和更衣常有月下游宴，无论是曼妙地拨弦弄琴，或随便吟咏成句时，她那种风采神情都是别具一格，与众不同。如今虽是记忆犹新，却真个是所谓"暗中相契约，怎得梦里见"[2]，终究缥缈而不可把握了。

命妇乘车抵达了更衣的故里。车子还没有进入门内，眼前那一片景象已深深打动她的心。从前，更衣的母亲无论自己过着多么艰苦的寡居生活，为着女儿的面子，总是四处整理，还维持体面的外观；自从这个夏天痛失爱女之后，她老人家已经无心关怀这一切，门前任由荒草丛生；如今月光依然照射其上，倍增无限凄凉。把命妇请下车，引进正厅里，更衣的母亲一时间悲伤得不能言语。"我一个人偷生苟活到现在，已经是十分悲苦，又怎么好意思教御使您一路上披草冒露地枉顾寒舍呢！"说着，竟忍不住伤心地呜咽起来。"难怪上次来拜访的宫女在回禀皇上时，说'亲眼看时比想象中的情景更教人心酸悲苦'哩。果真是，连我这般不肖的人都感到十分不忍心啊。"说着，命妇也感染了那种悲哀的气氛，过了好一会儿工夫才强自镇定下来，转谕皇上的话："'人儿刚逝去时，直如在梦中，而今心思稍定，知道不是做梦，反而更加难堪。身边没有一个可以倾谈相慰的人。你是否可以秘密到宫里来访一下呢？任由皇子一直在悲戚戚的地方住着，也总不是个办法，快快把他带回来吧。'可怜，皇上流着眼泪这么说，又像是怕人瞧见了不好意思，话也没有说完便走开了。"接着，她呈递皇上的亲函。"我的双目已经悲哀得视力蒙蒙，只有把圣旨当作黑暗中的光明来恭读吧。"老夫人恭恭敬敬地捧着圣谕读起来。那上面

---

1 五位之宫女为命妇。"韧负"为卫府武官。当时以宫女父兄之官衔冠其上，以示其身份地位。此"韧负的命妇"即父兄为卫府武官之五位宫女。

2 《古今集·恋三》，无名氏作和歌句。

仔仔细细地写着："朕意原以为时光会治愈心病，未料悲哀之情却与日俱增！如今所最遗憾者，莫过未能与老夫人分担养育皇子的责任了。盼老夫人勿弃嫌，能视朕如同亡去的令嫒，请速与皇子回返宫中来。"信末且附着一首御咏：

秋风起兮露华深
　宫城野外多幼荻[1]，
　　安得稚儿兮慰朕心。

老夫人已是眼泪滂沱，几不能卒读。"虽然早知长寿徒有增加痛苦，却没有料到自己竟也活到今天，真个是应了'羞见高砂松'[2]那首歌所讲的了。我这一把老骨头哪儿配得上随便进出禁中呢？所以虽然屡蒙皇上眷顾慰勉，自己始终鼓不起勇气进宫去参拜。请您回去禀报皇上，皇子似乎也急着想要返回宫中，做外婆的我也不忍心一直留着他在这儿。至于我自己呢，既然是个丧女的不吉之躯，实在也不便多陪伴着皇子啊。"

"这时候皇子该已入睡了。本来很想拜见御颜，好向皇上去禀报近况的，但是恐怕皇上在宫中等待着，而天色也着实不早了。"命妇赶着要回去。"日后得空时请过来坐坐，也好让这失去女儿的老人倾诉心底悲痛的一端吧。这些年来，宫里总是为着好事儿、喜事儿，才差遣您到这儿来。唉！没想到活得久，竟然终于有这么一天，会跟您在这种悲哀的场合里相见面哩。死去的女儿从小就是我们寄托希望的孩子，先夫大纳言临终的时候还一再嘱咐说：'务必要让这个孩子达

1　宫城野在今日本仙台市东郊，为产荻草名地。歌中幼荻以喻皇子。

2　取《古今六帖》诗句。高砂之松象征长寿。此处更衣老母谓己马齿徒长，羞见长寿之高砂松。

成入宫的愿望，不要因为我死，就改变初衷。’为了实现先夫的遗嘱，虽然明知其难，也总算勉强让她跟那些体面人家的小姐一样地入了宫。怎料竟蒙皇上过分垂爱，而招致别人的嫉恨。可怜她天生娇弱，不堪忍受百般折磨，终于积郁夭折。天下父母心，如今倒有些儿埋怨皇上的恩宠呢。”老夫人边说边哭之间，天色已晚了。“皇上也再三悲叹道：‘虽说是出自朕心，可当时会那样不顾一切，认真相爱，恐怕总是冥冥之中注定不能偕老的缘分之故吧。现在回想起来，朕无意伤害别人，只因为深爱她而招来许多莫须有的愤恨，而今这般孤零零地一个人遗留下来，教朕不知所措，真是难堪。唉！这是否前世的宿缘呢？真想探个究竟。’”命妇也哭哭啼啼的，像是有讲不完的话似的。“天色委实太晚了，我得告辞，要在天亮以前赶回去禀报皇上呢。”说着，她急忙忙就要走。这时候，月轮已半沉，晴空无云，清风徐吹，草丛中的虫声格外诱人哀伤，令人依依不舍得相别。

促织鸣兮夜未央，
　衷情悲苦泪滂沱，
　　含恨衔命兮心迷茫。

命妇口中吟咏着，脚步却不忍跨上车。

“荒郊外兮秋虫鸣，
　贵人将去不稍待，
　　老妇独处兮泪纵横。

真忍不住要这样埋怨起来呢。”老夫人也差遣了一名侍女送上这样的答咏。居丧中的人不便有一般的风雅馈礼贻赠，所以只能将更衣生前的遗物——衣裳一套及梳栉用具一组，托命妇持归宫中呈献皇上。那些随侍皇子的年轻侍女对女主人的去世固然觉着悲哀，可是她们毕竟一向过惯宫中的繁华生活，在这荒凉的地方住着，终不免觉得寂寞难耐，于是纷纷谈论着皇上的近况，又劝老夫人早些儿让皇子返回宫里去。老夫人自己呢？她一方面觉得自己这样一大把年纪，又正值丧期中，怕跟皇子进宫中参拜会引起别人议论；可是，另一方面，却又片刻都不舍得离开心爱的孙儿，所以彷徨着，犹豫不决。

命妇回到宫中，看见皇上还没有休息，仍然在那儿等待着。御苑的花儿正盛开，皇上装作赏花的样子，召进几位端庄的宫女陪侍，正闲谈着打发时间。近来皇上朝晚总要观赏宇多天皇[1]敕画的《长恨歌》图——上面有伊势和贯之[2]题的画款，却总是挑那些歌咏生死别离为题材的和歌及汉诗作为谈论的话题。不久，皇上召见命妇，仔细垂询。命妇先把她亲眼所见的悲惨的情形禀报了，然后奏上老夫人的信函。那上面写着："蒙上垂怀，愧不敢当。奉读圣谕，徒有增加贱妇内心之烦乱而已。

狂风劲兮荒野中，
　可怜幼荻失庇护，
　　飘摇不定兮忧忡忡。"

信写得这样杂乱，皇上明白那是由于老夫人当时心绪不宁之故，当不会见怪吧。其实，皇上自己读完这封信后，也不由得悲从中来，他怕让人瞧见了不好意思，所以努力抑制着，但是全然无济于事。越是想

1　日本平安朝皇帝，公元八八七年—八九七年在位。
2　伊势，指伊势守藤原继荫之女，为宇多天皇所宠幸，乃女和歌作家第一人。贯之，即纪贯之，为平安朝和歌作家，著《土佐日记》，并主编《新撰和歌集》等。

忍耐，越是会勾起往日的记忆，他甚至想起了初见更衣的情景，以及两个人在一起的那一段岁月来。当时，自己几乎是片刻也离不开更衣的；而今，孤零零一个人竟然也度过了这样漫长的时日啊！“老夫人总算实践了大纳言的遗嘱，教更衣入宫侍候了朕。朕本来是有意报答她这一片好意的，如今却无可奈何了！”皇上幽幽地说：“不过，等皇子成长后，总会有好时光的，但愿她老人家能长寿。”接着，命妇奉上了老夫人托她带回来的礼物。皇上看到更衣那些生前的遗物，不禁联想起，如果这些东西是临邛道士赴仙界寻访杨贵妃所持归的信物金钗，该有多好！

悲莫悲兮永别离，
　芳魂何处难寻觅，
　　安得方士兮寻蛾眉。

图画里杨贵妃的容貌，即使是再优秀的画师恐怕也终究笔力有限，表现不出那种栩栩如生的情态来。据说她有“太液芙蓉未央柳”的姿色，谅那种唐风的装扮定必华丽绝俗；但是，想起更衣生前那种温婉柔顺而楚楚动人的模样儿，又岂是任何花色鸟音所能比拟的呢？“在天愿作比翼鸟，在地愿为连理枝”那朝朝暮暮的誓约仿佛还萦绕耳际，而今却已人天相隔，命运如此不可把握，怎不教人长恨啊！由于思念更衣，皇上对任何事物都觉得意兴阑珊，此刻即使闻见风声虫鸣都会使他悲伤不已。弘徽殿女御已许久没有蒙皇上召幸了。今夜适逢好月色，她正在自己的殿里弦歌作乐。那欢愉的声浪传入皇上耳中，却教他厌烦嫌恶。说真的，殿上人和宫女们看见皇上近来闷闷不乐的样子，大家对弘徽殿女御这种幸灾乐祸、旁若无人的态度都很不以为然。不过，她本来就是这种个性倔强的妇人，所以故意要这样做的吧。不久，月轮已隐入云间。

云掩翳兮月朦胧，
清辉不及荒郊舍，
独有一人兮怀苦衷。

皇上挂念着更衣母亲的居处，独自挑弄着灯芯，灯火已尽，都还不曾入眠。远处响起了右近卫府的报更声。大概是丑时了吧[1]？这才悄悄地进入寝宫里，然而总还是睡不着。早晨又因为想到伊势所咏的“玉帘深垂兮春宵短”那首歌，真是无限怀念有更衣陪伴的甜蜜往日，竟而迟迟不能起床，以致怠慢了朝政。对每天的早餐，他简直连一点胃口都没有，只是略微碰一下筷子，聊示敷衍而已。至于正餐，更像是早已绝了缘似的，教那些侍候膳食的人看着心酸。宫中近侍的男男女女看到这种情形，大家都沉痛地叹气互道：“这样下去怎么得了啊！”他们都在窃窃私议：“也许是前世的宿缘吧，从前是罔顾人言，只要跟先后[2]有关的事情，皇上就没有了分晓；如今呢，又全然不理朝政。真是糟糕啊！”他们甚至还引出外国朝廷的例子偷偷地惋惜慨叹着。

日月流逝，新皇子返回宫里来了。他越长越俊美，简直超凡脱俗得令人不安。翌年春天，册立东宫的时候，皇上本来想要废长立幼；但是继而又想到，缺少了一位有力的后台，又乱了长幼之序，世人恐怕不见得肯承认，对于皇子来讲，这样做法，反而是爱之适足以害之，所以也就压根儿没有露出声色来。可是，这么一来，别人倒又议

1 左右近卫府为宫中警备之二部门。左近卫府负责亥时至子时报更；右近卫府负责丑时以后报更。

2 原文“故御息所”。凡生皇子、皇女之女御或更衣皆称“御息所”。更衣生源氏后即称为御息所。此处无适当译词，故暂用“先后”一词。

论纷纷起来，说什么疼爱也没有用啦，事情终究有际限啦，云云。不过，太子的母亲弘徽殿女御却因而放心了。至于那位老祖母呢？死别了爱女，又生离了孙儿，心痛失望之余，日日祈祷着要追随亡女于黄泉之下，终于也去世。皇上闻悉后，自然又是一番悔痛。现在皇子已经六岁，懂事得多了，所以也哀悼哭泣不已。做祖母的对从小受自己照拂长大的孙儿当然是放心不下的，所以临终时一再嘱咐着各种事情。此后，皇子就一直住在宫里。到了七岁的时候，就开始读书写字。他聪明异常，皇上倒有些儿替他担忧起来。“而今，没有了亲娘，总不至于还会招人憎恨吧。希望你好好儿对待这个孩子。”当皇上行幸弘徽殿时，往往会把皇子一起带去，更叫他进入御帘[1]里。那模样儿实在逗人喜欢，即使是猛夫仇敌看到都忍不住会对他微笑的，所以女御见了怎能不理睬他呢？她自己有两位公主，但是长得都远不如这位皇子美丽。许多宫中的妇女看到这位年轻的皇子，并不像回避别的男人似的躲开他。大家都想：这么年少就如此高雅俊美，真是一位风流多趣的游伴哩。正式的学问——如经书、汉诗等的造诣，自是不在话下，就连音乐方面的才能，也得天独厚，吹笛弄琴起来，真个是音色响彻云霄。如果把他的才艺一一枚举起来，别人定会以为信口开河而懒得听下去呢。

这时，有一些高丽人来朝，听说有一位擅长看相的，碍于宇多天皇的遗诫[2]，不能随便召入宫中，只好把皇子秘密地送到鸿胪馆去。皇子是伪装成保护人右大辨[3]的儿子去的，可是相士见了，却频频歪着头惊讶道：“这孩子有登基理政的贵相，不过，如此一来，恐怕危而不

1 当时贵族妇女接见双亲、兄弟及夫婿以外男子，均须隔垂帘。此表示特殊待遇。

2 宇多天皇有《宽平遗诫》。其中一条：“外蕃之人必可召见者，在帘中见之，不可直对耳。”

3 辨为大政官第三等官，有左、右、大、小，分掌八省，以才学之士任之。

安；若是当作宰辅之相看呢，则又有些儿不对劲的地方。”右大辨本身也是一位才高识广的博士，他和高丽相士两人之间的谈话自然是意味深长的了。相士和皇子又互相作诗赠答，相士巧妙地在诗中表示：于归期在即的时候遇见相貌如此出众的人，实在既令人惊喜，又恐将徒增别后的感伤。皇子也作了一首饶富情致的诗回赠。高丽相士读了皇子的诗，大为感叹，于是献上了珍贵的礼品。朝廷方面也回赠许多东西给他。这次看相的事情虽然是在极度保密之下进行，毕竟还是传说开了。东宫的外祖父及其左右的人难免都有些儿起疑。贤明的皇上过去也曾令本国相士看过皇子的相，其所以至今连个亲王的地位都不曾册封给皇子，实在是有原因的；如今，将高丽相士的话和自己的看法两相比较，更不得不佩服相士的本事了。说真的，他决不愿皇子做个没有外戚庇护的无品[1]亲王；再说，自己在位的日子也不知还有多久，不如给他一个宰辅的地位来佐理朝政，对皇子本身的将来更有益处吧。圣心一经决定，于是愈加督促，让皇子勤习各种学问才艺。皇子本是聪明超凡的人，把他的身份降为庶民虽然可惜，但是，万一让他做了亲王，恐怕世人会怀疑他有篡夺帝位的野心，而既然星相名士也有同样的看法，于是，最后决定赐他源氏之姓。

岁月不停流转，皇上片刻不能忘怀心爱的人儿。有时为了排解忧闷，也召幸过适当的人选，却反而徒增感叹，认为这世上竟然没有一个人能和亡去的更衣相比。这时，偶然的，听说有一位绝顶美丽的女子。她便是从小被母亲娇生惯养，小心翼翼照料长大的先帝第四公主。有一位年老的宫女曾经出入过那位母后的殿中，所以在公主幼小的时候便认识她，即使现在也偶尔还有机会看见她。这位老宫女向皇上提起：“奴婢曾经在宫中侍奉过三代帝王，从来也没见过一位气质容

1 亲王有一品至四品四等，未受品位者谓之无品。

貌比得上先后的人；只有这位公主，越长越像先后，真是一位稀世美人哩！”说得皇上有些儿心动，于是下令召她入宫。可是公主的母亲却大不以为然，想起过去弘徽殿女御对待桐壶殿更衣的情形，她怎能随便让自己的女儿重蹈覆辙呢？但是，不久之后，这位母后去世了。公主孤零零地过着日子，皇上又殷勤地差遣人来说：“放心吧，朕将把你当作自己女儿一般爱护。”这么一来，近侍的人啦，保护人啦，连她自己的长兄兵部卿亲王也都认为与其这样孤单地过日子，倒不如过宫廷生活好些，所以就让她入宫。这位便即是藤壶[1]。果真如老宫女所说的，无论哪一方面，她都像极了桐壶殿更衣生前的样子。不过，究竟由于出身高贵的缘故吧，别人对她都不错，也没有人敢批评她一句，她想做什么，也无往而不利。桐壶殿更衣生前可就没有这般如意过，只是幸亏受到皇上宠幸而已。皇上并不是有意要忘怀死去的更衣；不过，自然地对新人发生好感，逐渐地，心情也开朗起来。这恐怕也是人之常情，无可奈何的啊。

源氏之君始终跟着父皇，宫中的妇女也就习以为常，没有人回避他。既然都是有资格入宫的，谁肯承认自己不如别人呢？她们一个个都如花似玉，但是，在一些年纪较长的妇女之中，只有藤壶最为年轻娇美，她老是羞答答地躲着源氏。越是这样，越发引起他的兴趣，想偷偷看她。其实，源氏早已不记得自己母亲的模样儿了，只因为常听老宫女说藤壶像极了母亲生前的气质容貌，所以对她格外有一份亲爱的感情，想多亲近她。对皇上而言，身边这两个人都是自己最亲爱的，所以他时常对藤壶说：“不要把这孩子当作外人看待。不知怎的，朕老觉得你是他的亲娘一般。假如他来亲近你，也别见怪，好好儿疼爱他吧。奇怪得很，眼睛啦，鼻子啦，都和他的亲娘长得一模一样，

1　藤壶殿之简称，因住藤壶殿中故名。犹源氏之母亦称桐壶。

怪不得你跟他看起来像亲生母子一般哩。”这么一来，源氏对这位后母也就可以无所顾忌，借着观赏春花秋月的机会表示思慕之情了。但是弘徽殿女御看在眼中，可就又不大高兴了。她跟这位新得宠的藤壶之间本来就不怎么融洽，如今更勾起往日旧恨；于是，对源氏也十分不怀好感了。大家一致认为藤壶的美貌是无与伦比的；而源氏的俊丽则又是举世无双，所以给他取了一个绰号，叫作“光君”；至于藤壶呢，由于她跟源氏双双获得皇上的宠爱，所以也就送给她一个“日宫”的绰号。

要将源氏现在这样姣美的童装改变，实在是十分可惜的事情。但是，依照惯例，到了十二岁就得举行加冠之礼。皇上热心地亲自为他照料种种，尽量地铺张仪式。去年在紫宸殿曾举行过东宫的加冠礼，那次的典礼非常热闹，皇上要这次的仪式也不亚于上回。关于在各处举行的宴飨，也特别下令内藏寮和谷仓院[1]，务必使其尽善尽美，决不可依例行事而失之简陋。当天的龙座设在清凉殿东厢向东的位置，冠者的御座和加冠大臣的座位在其前方。申时左右，源氏就位。他梳着总丱的发型，脸色光润，要把这一副稚气的外形改变为成人模样，真是可惜呢！由大藏卿[2]来担任梳发，他握着一把乌亮的美发，犹豫了一会儿，好像是不忍下手削除那发梢似的。皇上看着这情景，脑际忽然浮现一个念头：假如孩子的母亲看见了，该会多高兴啊！于是，心头一紧，几乎压抑不下激动，但是为了今天这个吉庆大典，总算勉强忍住了。加冠的仪式顺利完成。源氏一度退回休息处，换了成人装束，下阶来行拜舞之礼。观看的人都感动而落泪。皇上更是万感交集，再也按捺不住了。平日因为生活琐务而暂忘的一些往事，这时又重新回

1 内藏寮，属中务省，收藏诸方所献宝物、贡品、衣冠、币物等。谷仓院，纳各地所献钱币与谷物之所。

2 属大藏省之御用理发师。

到记忆里来，使他感到无限悲伤。他本来担心源氏这么小就加冠，恐怕会不太相称，没料到竟反而增添几许俊美哩。

担任加冠的左大臣和那位公主身份的夫人有一位独生女，从小被金枝玉叶似的呵护着，左大臣连当初东宫属意时都没肯答应，就是想把她许配给这位源氏的缘故。关于这件事，左大臣曾经向皇上进言过，皇上表示："如果你真有这个意思的话，趁着加冠的时节，让她来侍候源氏吧。"所以左大臣早已胸有成竹，趁着典礼后的庆祝宴席上，源氏在诸亲王的末位坐下时，悄悄地透露了这个意思。源氏正当怕羞的年龄，所以也就不置可否的。不多久，皇上传令内侍召见左大臣。左大臣徐徐地上前拜领赐物，命妇依例将一袭白大褂和一领衣裳转赐给他。赐酒的时候，皇上还特别叮咛：

新束发兮初加冠，
　金童玉女诚嘉偶，
　　紫带可曾兮系合欢？[1]

左大臣答复道：

新束发兮紫带鲜，
　曾将丝组殷勤系，
　　但愿君情兮似此坚。

然后，他步下长阶，到庭中行拜舞之礼。皇上又赏赐他左马寮[2]的御马

1　加冠之日，由总卯改束发，以紫带系之。此处桐壶帝暗示赞成源氏与左大臣之女成亲。故问："可曾系合欢？"

2　马寮有左右两处，以纳各地所献之马。

和藏人所的鹰[1]。亲王们和公卿们也都列队阶下，各拜受一份赐禄。当天源氏进献皇上的贡物，如肴笥果篮等，都是右大辨受命准备的。至于赏赐侍臣们的饭团和盛礼物的唐柜等，更是琳琅满目，摆满一地，比起上回东宫加冠的时候，真是有过之无不及。

当晚，源氏便回到左大臣私邸来。这儿又是一场罕见的盛大婚礼在等待着他。做岳父的左大臣对这位稚气未脱的女婿真是疼爱异常。新娘子却觉得自己比夫婿年长些，有点儿不好意思的样子。皇上对这位左大臣本来就十分信赖，他的夫人又是皇上的同胞妹妹，所以无论从哪一方面看来都是挺不错的，如今又加上源氏做乘龙快婿，如此一来，东宫的外祖父右大臣的势力难免大受威胁了。左大臣另外还有一些妻妾所生的孩子。其中，与这个女儿同母所生的藏人少将，长得实在年轻英俊，所以连交情不太好的右大臣都不忍放过，把他选来做自己第四个女儿的夫婿，其爱护备至的情形，也不下于左大臣之对待源氏。可见得两家是门当户对的。

由于皇上时时召见，源氏几乎都没有时间从容地住在大臣邸里。不知从什么时候起，他不自觉地认为只有藤壶才是绝世佳人。又偷偷地想，如果要娶妻，希望能娶得像她这样的人才好。藤壶的美真是没有人及得上啊！左大臣的女儿虽然也不错，又从小娇生惯养，却总觉得跟自己不太合得来。幼小的心里，竟如此充满了烦恼。加冠之后，究竟皇上也不再像以前那样让他随便进出藤壶宫的御帘中了；如今，他只有偶尔借着御宴之际，倾听御帘中流出的琴音，把满怀思慕之情寄托在笛声来相和，娇声微闻，便聊堪安慰了。他日夜眷恋着宫中的生活，往往接连四五天都住在宫中，间歇地才回大臣邸住上两三天。对此，左大臣总以为源氏还年轻，不舍得离开父皇身边的缘故吧，所

1 藏人为禁中掌文书官，后兼理殿上一切行事，亦掌管鹰，故云。

以也没有见怪；反而更加殷勤地对待他，特别挑选一些品貌俱佳的侍女来侍候两位新人。又时常费尽心机地举行各种游宴，来讨好这位新郎官。

宫中方面呢，把先后住过的淑景舍[1]改作源氏的住所，又留下从前侍候过他母亲的宫女们。并且下诏派遣御用的工人和装潢匠去更衣的故里大兴土木，修缮改造，使其焕然一新。原本饶有情致的庭园，现在又因拓广池面而更添几许气派。不过，即使在这种时候，源氏也难免还会遗憾地想道：如果能够和那位心上人儿同住在这种地方，该有多好啊！

据说，“光君”这个名字是高丽国的人称赞源氏的美好而给取的。

1 即桐壶殿。

第　二　帖

帚　　　木

光源氏，这三个字已经变成响当当家喻户晓了。固然他有不少受人指责的瑕疵，再加上种种的绯闻，虽然本人极力想要隐秘起来，以免传说出去，被后世的人当作笑柄，但是，却连一丁点儿秘密都保留不住，反而像这样子被人们谈论着，可见世间人士是多么好管闲事了。

事实上，为着身份关系，他也还是相当自重谨慎的，并没有什么过分香艳的故事。假如被物语中的那位好色之徒交野少将[1]知道了，这岂不是要笑掉他大牙吗？

源氏还在中将的地位时，他的主要工作是在宫廷范围里，很少回到左大臣官邸去，所以那边的宫女们多少疑心着或有《伊势物语》[2]所谓“无限秘爱”那种风流韵事也未可知。不过，说实在的，他倒不是那种喜欢随兴拈花惹草一类型的男人，却偶尔会对明知不可能的对象死心塌地付出感情，因而弄得自己无法脱身，也教人看着不能谅解。

1　当系当时所流行物语中风流好色的主人公。此物语后世失传。

2　为平安时代歌物语集，约辑有一二五篇，多叙男女情事者。

正值梅雨连绵的时候，皇宫内接连着举行了好几天的斋戒。近侍之臣依例得在宫中宿直不得返家；左大臣官邸里的人自然难免又有些儿怨尤，不过，他们倒也准备好种种衣物及日用品等送到桐壶殿去。左大臣的公子们也都热心地陪伴他。左大臣和他的原配夫人所生的头中将[1]这时期竟成了源氏的知己，无论游戏或谈话都显得比别人亲昵些。事实上，这位年轻人也是被右大臣宠爱着的女婿，他也是那种不大爱住丈人家里，却喜欢风流韵事的多情种子哩。结了婚的男人理当住丈人家，可是这位头中将却至今仍把自己原来的房间布置得富丽堂皇，随时和源氏相伴出入。他们无论昼夜，谈论学问啦，弦歌作乐啦，无不意气投合，且不分轩轾，所以自然两人之间的距离缩短，变成无话不谈的交情了。

有一个细雨绵绵的夜晚，殿上人都不知到哪儿去了，宿直的桐壶殿显得比往常安静得多。源氏独个儿在灯旁翻阅着书籍。头中将又照例来陪伴，他看到书橱中放着各种颜色的信函，央求源氏让他看看内容。源氏为难地说："无大碍的可以给你看看，其中也有一些见不得人的呢。"但是中将却耍赖道："不，我就是想看看那些所谓见不得人的。如果只是普普通通的信，像我这般人也常常会收到的。怨恨薄幸啦，黄昏的密会啦，这些具有特色的信才有意思呢。"其实，真正珍秘的信件，为了防备万一，早已经被源氏不知收藏到什么地方去了，这些书橱中的都不过是无伤大雅属于二流的东西。中将却不知就里，喜滋滋地读下去。他还自作聪明地瞎猜道：这封信是这个人写的，那封信又是那个人写的。其中有几个被他猜中，有的却是凭空胡思乱想，全然不对。源氏心里暗自好笑，表面上却敷衍着，把信

1 即前帖"桐壶"中的藏人少将，如今地位晋升为藏人头中将。即前帖文中左大臣之子，娶右大臣四女。又为光源氏大舅子。

件一一都收回来。“你倒是应该收藏着不少女人的信吧？真想拜读一下。然后我就答应让你看完我这儿全部的信。”“我哪有什么值得一读的信哪……”于是，两个人的话匣子打开了。“最近我才逐渐了解世界上不可能有十全十美的女性。光凭表面的文才，写得一手漂亮的信啦，或者是善解人意，应对有分寸的人啦，倒是有不少。不过，真要严格选择起来，能够及格的可真是太少了。多数是有一点长处便自以为了不起而瞧不起别人，这种女人最讨厌。被双亲娇生惯养的，受相当高的教育，也许人家只知道她那好的一面，便觉得挺不错。有些漂亮而性情又温顺的女孩子，闲着无事，学点儿手艺，做媒的便大大吹嘘一番，别的缺点连提也不提一字，遇着这样的时候，不相信也不成；相信了嘛，多半将来总是要失望的。”中将叹气的模样儿十分认真，教听他话的人都有些不好意思起来。源氏虽然未必全部赞同这种论调，却也有某些意见与自己的相吻合，所以他微笑着说：“但是，有没有真正一无可取的女性呢？”“这样的人，一开始就没有谁会上当的啦。一无可取的和十全十美的，可以说是为数相等吧。如果幸而出身于高贵家庭，被许多奴婢簇拥着，缺点不容易显出，自然看起来比较占便宜些。中等阶级的嘛，气质各异，反而容易看出高下优劣来。至于更下一层的是如何，由于我对之没有兴趣，也就不甚了解。”中将的语气像是十足内行的样子，不由得教源氏起了好奇心。“你讲的阶级是怎么分的？用什么做标准来分上、中、下三品呢？例如原本是出身高贵家庭的，由于家道中落，沦于贫苦生活的，跟那些普通出身而跻上公卿地位，炫耀摆阔的人家的女儿，究竟该如何区别呢？”两个人正在热烈展开问答的时候，左马头和藤式部丞双双地来参加斋戒日的宿直。这两个人都是有名的登徒子，且兼能言善道，于是中将逮着他们，要求他们也发表品评女人的道理。这么一来，难免就有些不十分高雅的对话了。

“不管怎么样的暴发户，如果不是有来由的家庭出身，一般世间的看法总是不同的。又如果原本是不错的家庭，后来却因为家道中衰，那么就算是想要保持高贵的气派，也无奈环境不许，结果反弄得不伦不类。所以这两种都只能列入中等品类。所谓藩主，这些担任地方政务的，大体身份有个定限，可是其间又可分出若干等级，这一类家庭的妇女倒是有一些挺不错的中品哩。比起一些公卿家庭来，倒是那些四位的参议候补人家庭的小姐，受着世人敬重，出身也不错，她们过着优裕的生活，多半往往很开朗。有些不愁生活，金枝玉叶般地生长的小姐们，也常有相当可观的。进了宫以后能获宠的，多数是属于这一类型的吧。”左马头得意扬扬地说。“这么说来，非得有钱人家小姐不成喽。”源氏笑着打岔。“这种话也像是您这样的人说的吗！”头中将意外地瞅着他说。“有的是家世不错，环境也不差，却因为没有好好儿管教，看起来不登样儿的，这种人真是不值得挂齿，教人啼笑皆非。相反，假如两个条件兼备，而那女孩子也十分出色，倒又像是应该的道理，既不觉得珍贵，也不觉得奇怪呢。至于上上之选嘛，既非如我之辈者所能望及，这儿就不谈了。好啦，再说，有时候荒荒凉凉的地方，竟也悄然住着意想不到的可人儿，男人最受这类女子的引诱了。怎么这种地方会有这样的人儿？这种始料未及的惊讶，最容易教人念念难忘。又有的时候，父亲既年老而又痴肥的，哥哥又是长得一副蠢相，任凭您怎么也想象不出会有什么了不起的人家，却竟然有个小家碧玉，长得挺挺秀秀的，气质不俗，又通点儿才艺，就算不是什么大不了的才艺吧，也会显得格外吸引人。虽然比不上毫无瑕疵的，究竟也令人难舍难放啊。”说着说着，左马头把脸转向式部丞，却瞥见他正在那儿多心，以为近来自己的妹妹名声不恶，所以对方故意用这番话来挖苦自己，因此他闷声不响。即便是上上之选的人当中，又有几个完美无瑕的女性呢？源氏这会儿心中这样想着。他穿着一袭柔软的白衣，随便地罩着一件直衣[1]，也没有系好带子，将身子斜依在几上。灯光照亮着他的侧脸，那种美丽的样子，看来就如同女性一般。像这样美好的人，就算是挑出一位上上之选的人给他，还觉得不够相称呢。

时间在品论各种女性的话题中溜走了。“在一般说起来不错的女人之中，一旦真要选择一位作为自己的终身伴侣时，就不太容易下定主意了。就像在男人的社会里，要选择一位堪任国家基石的贤臣，也不是那么简单的事情一样。不过，一个国家究竟不是单靠一两位有才干的人来治理就可以的，在上者必须得到在下者的佐助；在下者也要服从在上者，大家互相合作通融，然后才能达成任务。而在一个狭小的家庭中作为主妇的，她就得兼备多方面的资格才行。有了这方面的长处，就有那方面的短处；不是这样好，就是那样差。连要找个差强人意的都没有几个合适的。并不是我存心要品头论足，说真的，同样是想托以终身的话，与其将来还得自己下功夫训练，倒不如从开始就选个妥当省事的人做妻子，所以找来找去总是寻不着合适的。有时未必是自己心目中理想的人选，不过，一旦有缘而结合在一起，便终生厮守着。这样别人看那个男的就像是挺忠厚可靠的样子；女的呢，也被世人认为其中必有可取之处了。可是，环顾一下这世间，真正可以称得上金玉良缘的似乎还没有几对啊。连我都这么想，像您那样精于选择的人更不晓得要挑什么样子的人呢。脸儿生得端端庄庄，年纪轻轻，全身上下修饰得不着一点尘污，写起信来又擅长选词，墨痕淡淡，字迹秀丽，这样的人最教人忍不住要一睹庐山真面目为快。让人等了又等，好不容易接近到可以稍微听得到声音的地步，却又只肯三言两语娇声慢谈，这一类的人最难揣摩底细了。你当她是极柔顺的女

1 古代日式外褂。

性，做了她感情的俘虏吧，她便整个地黏上来。这样的可说是最令人头疼。站在家庭主妇的立场上来看，最要紧的当然是照料丈夫的生活起居，似乎没有必要过分讲究情趣啦，风雅情事等；可是，反过来讲，如果整天把头发夹在耳后，[1]顾不得外表只会忙着料理家务琐事的，又怎么样呢？一个做丈夫的人，他早晚的进退啦，公私应酬啦，这种种事物的好好坏坏，能去对一个陌生人讲吗？当然只有说给身边的妻子听。他会一吐为快，又想听听妻子的意见，想到这些，他会不自觉地微笑起来，或者掉下眼泪来。有时候，男人会为了不关自己的事情而愤慨，可是一想到自己的妻子不可能了解这样的心境时，只有别过脸苦笑啦，或者叹一声气；这时候，做妻子的如果只会望着他呆头呆脑地问'什么事儿啊？'，那才叫作煞风景哩！有的是孩子气十足，当然遇着这样的妻子，做丈夫的得下一番功夫教育，虽然也许有些儿不放心，但看着她逐渐成熟起来，也还多少有些安慰的吧。两个人面面相觑时，常常因为看到对方可爱的模样儿，缺点也就不太去计较；可是，一旦远离了，要她做点儿事情，不管是大的小的都没法子自己拿定主意，这样的妻子真教人又急又气。反而是平时不怎么顶亲热的，甚至于还有些儿冷冰冰的，事情临头时会有意想不到的表现哩。"对于女人颇有心得的这位左马头，谈到这儿也感到难于骤下论断，所以频频叹气。

"如今，不必指望什么品第，更不要管她是什么样的容貌了，只要脾气不古怪，忠厚柔顺，就可以考虑作为终身的伴侣。假如能够再有些许才能或是情趣什么的，就得当作意外的收获，即使小有缺陷，也不能太过苛求了。只要她品行不错，表面的情趣等等，总是可以慢慢培养出来的啊。世间往往有些女人看来羞答答，不知埋怨为何物的

1　妇女之长发在工作时颇为碍事，故将头发夹于耳后，以便利料理家务。

样子，表面上装得若无其事，实际上一有什么不如意时，便留下难堪的话、凄惨的歌诗，以及教人永生难忘的纪念物品，隐入深山里，或出走到偏僻的海滨。小时候听侍女们读物语时，对这种女性深深同情，觉得她们用心良苦，也曾经为她们偷弹过眼泪的；如今想来，却以为这种行为相当轻率，也十分造作。为着眼前一点点委屈，便抛弃了原本笃厚的男人，毫不信赖爱情，悄悄躲避隐藏起来，害得人家焦虑，结果把自己的一生也糟蹋掉，这才叫作无聊呢。'哎呀，可真下了大决心呀！'听别人这么一夸奖，自己也感情激荡起来，这样的人最容易遁入空门做尼姑了。当其刚下决心的时候，好像是心如止水，真看破红尘似的。'多可怜哪，竟然变成了这副模样儿。'当友好们来访时听见人家这样说自己，或是那位未必真的对她已死心的男人传闻自己的消息而流泪，那些奴婢老妈子就纷纷说：'其实主上对您还是挺不错的，又何必非把自己弄成这个样子呢！'于是，禁不住自己摸一摸额际的发梢，[1]越想越后悔凄凉起来。就算是忍了又忍吧，一旦让泪珠儿滚下来，往往就开始触景生情，诸多悔恨了。这样的人，连菩萨都要嫌她六根未净。半出家的人，恐怕比起红尘中浮沉的时候，更容易彷徨邪径哩！又设若夫妇之缘分未尽，能够在做尼姑之前把她找回来，一旦发生过这种事情，以后怎能够不会心里有疙瘩呢？既然是做了夫妻，好歹总得互相忍让生活在一起才对呀。为了一时糊涂就离家出走，这种人岂不教人提心吊胆？又如为了男人一时心有旁骛，便气哼哼不理不睬，这也是愚蠢的事情。就算是一时间心被别的女人迷住了，只要是能顾全大体的男人，总会慢慢又收回心来的；这时候如果做妻子的能善加控制感情，嫉妒和怨言能够表现得适当而不过火，反倒显得惹人怜悯，不忍叛离。普通说来，男人的心总要看女人的反应

1　当时尼姑无须落发，仅削剪发梢，故云。

如何而决定。不过，太过放心的话呢，表面上看来好像是完全信任，可以随心所欲，自由行动，但是，说实在的，这样的妻子却又难免教人看不起哩。所谓‘泛若不系之舟’[1]，一任男人放纵，也不是个办法啊。您不觉得是这样吗？”对这番论调，中将也频频点头赞同。“对于一个女人而言，自己所爱的人，却使她起疑对方心中另有别人，这岂非是很严重的事情吗？只要自己不做错事，以为给对方宽宏大量，事情自然会过去；其实，也未必见得全是如此。要之，总是以不变应万变为妥善吧。”中将以为自己的妹妹正是属于这种典型的女性，他睥睨源氏，见他正倚着隐几打盹儿不言语，倒觉得有些悻悻然。左马头自以为是品评女性的审判博士一般得意。中将有意逗他继续说下去，所以也热心地附和着。

“打个别的譬喻吧。例如木匠做器物时，他可以随心所欲地制造出各种好玩的、外观漂亮的、讨人喜欢的样式来。但是，一旦指定要做一种合乎一定格式的正规家具，那么这时候名匠手艺和普通功夫便一眼可以分辨出来了。又如宫里的画室中有不少画师，平常他们所画的作品很难分出高下优劣来。要他们画无人见过的蓬莱山啦，狂涛中的怒鱼啦，唐国的猛兽啦，甚至于吾人肉眼所见不到的鬼脸啦，因为这些都是凭画家想象运笔，所以尽可以随兴创作，令人叹为观止，也不必讲究是否合乎实际现象；不过，若要他们去画一座普通的山啦，流水啦，眼前所见的人家啦，既要表现得贴实，又要将那柔和的山姿、蓊蓊郁郁的林木表现得超凡脱俗，连眼前篱笆内的盆景等细部都要巧妙地描绘出来，这时候，名家的手笔自然便非一般人所能望及了。谈到书法，也是同样的道理，没有下过多少功夫的人，只会在这一捺、那一撇上使劲卖帅，乍看之下，似若才气横溢；反而是那些

1 语见《庄子·列御寇》。

正式用功过的人认真写出来的字，有时表面上显得拙质，不过，两相比较之下，孰高孰下就立刻判然了。一般的技艺都是如此，更何况要品论人心！千万不可凭当时的直觉，或者表面的好感来判断啊。让我来讲些过去的事儿吧，也许难免会涉及好色之嫌，各位不妨请听一听吧。”说着说着，竟膝出于席了。这时，源氏也醒来。中将则双手托着脸颊，与左马头相对，在那儿准备洗耳恭听的样子。这简直像高僧说教的场面一般，有些滑稽的感觉，但是，这种场合却往往会教人藏不住心事，和盘托出来的。

“很久以前，当我还是身份卑微的时候，有个可爱的女郎，不见得怎么标致，当时我自己也尚年轻，并没有打算讨她做老婆，只是把她看作一个可依赖的人儿，却又嫌她有些不够劲儿的地方，所以还时常到处拈花惹草的。她的醋性可真大，教我不胜烦扰，所以常常希望她能大方些就好了。不过另一方面呢，又感于她竟对我这样一个一无是处的男人竭诚相爱，有时心中也过意不去，后来便自然地行为谨慎起来了。这个女郎呀，即便是自己做不来的事情，如果是为了所爱的人，她也会拼了命去做；自己不太拿手的事情，也会好胜地尽量做好它。总是勤勤恳恳的，不稍露一点违背情人的样子。固然难免有些多管闲事的地方，总算对我还顺从。她也自知外表不漂亮，为着怕我对她生厌，常常打扮自己，又怕万一让人家看到，我会不好意思，所以老是躲着别人。渐渐地，我对她也欣赏起来了。不过，像刚才说的，就是醋劲儿大，教人受不了。于是，我当时这么想：她既然对我百依百顺，也怕我，如果狠狠地教训她一顿，说不定可以治好她的老毛病，以后不会再噜苏了。如果她有意要跟到底，我假装说这样下去受不了，要跟她分手，也许她就不得不改变吧。因此，有一次故意做出薄幸事儿来，果然，她妒火中烧，满口怨言。我就趁机说：‘你这样会吃醋，再深的缘分都无法维持下去了。假如你想我们就此分别，那就随便瞎猜胡诌好了；若要长相厮守下去，凡事就得忍耐些。只要你能改这个毛病，我也还怜爱你。有朝一日，我出人头地，那时你也就成了堂堂的一位夫人啊。’我自以为说得巧妙，正滔滔不绝地讲着，她却冷笑道：‘要我跟着您吃苦，等您出人头地那一天倒是不难；但是要我眼看着您去找别的女人，却空盼您回心转意的一天，我是怎么样都忍受不下去的。好吧，要分手便分手算了。’听着她那可恶的语气，我这边也气愤起来，讲了几句难听的话。没料到那女的竟使起性子来，冷不防抓起我一根手指就猛咬一口，我也就小题大做地叫：‘好哇！现在让你咬出伤疤来，更见不得人了。你骂我没出息，如今更没有希望有所作为了！只好出家当和尚去。’于是故意吓唬她：‘今天算是我俩最后一天了！’我用另一只手按着渗出血的手指站了起来，临走还抛给她一首歌：

‘屈指[1]数兮同苦甘，
　贫贱夫妻多龃龉，
　　唯此瑕疵兮最难堪。

你该没有话说了吧！’究竟她也心软了下来，却一边流着泪一边还要好强地说什么：

‘风流种兮薄幸郎，
　龃龉虽多总相忍，
　　君心既定兮妾何妨？’

1　屈指之“指”为双关语，谓数数目，兼谓被咬伤之手指。

其实，我并没有真心要和她分手，只是到处浪荡着，也没有给过她一封信。后来，在皇宫举行贺茂的临时祭预演[1]那晚，夜深时分下起很重的霰来，当曲终人散时，想来想去，除了她那地方也没处可去。教我孤零零一个人留在宫中宿直，太寂寞；去找另外一个架子大的女人吧，在那样寒冷的夜晚，又觉得寻不着温暖。于是我突然想起去探访一下久别的那个女郎。于是冒着寒风，一路上抖落着降在袖子上的雪花，心里多少有点儿尴尬，却又觉得这种时候去找她，该会使她消气除恨吧。果然，屋子里墙角上点着灯，我常穿的棉衣还覆盖在薰笼上，几帐的布幔也掀上去，[2]这景象显然正等待着我回去的样子。心里不禁一阵得意。不过，却到处找不着她本人，只有几个侍女留在家里。寻问之下，说是去了她娘家哩。好哇！自从分别后，连艳歌情诗都不曾寄一首，我当她尽闷在家里，教我都没了劲儿；原来她装作吃醋的样子，实在是厌倦了我，这乃是故意要使我对她生厌的手段啊！虽然并没有什么证据，当时只是莫名其妙地生气。不过，仔细想了一想，究竟她连我穿的衣服都准备好了，而且颜色也特别挑选我所喜欢的。对于一个弃她而去的男人能这样细腻关心，倒真是难能可贵。我本来就不预备真的跟她分手，所以就对她游说万端。那女郎呢？既不反抗，也不回避，总是温和地回答：'像从前那样的日子，实在没法儿过下去。如果您肯戒掉风流习性，好好儿待在家里，我就考虑跟您再做夫妻。'我看她还执拗己意，因而故意要跟她比个高下，不肯答应她的条件。双方这样僵持下去，不久，她竟悲伤过度而去世了。唉，玩笑是开不得的呀！如今回想起来，那种女人才是可以信托终身的，真太遗憾啊。跟她谈话，无论是趣味嗜好啦，或者是重大事情啦，总

1　每年十一月下酉日举行贺茂祭。于午日在皇宫内预演各种音乐。

2　几帐为屏风之一种，以布幔为之。设置寝室前，故此处意味女郎等待其情人。

是十分投机，津津有味。不单这样，她染布的功夫可以媲美龙田姬[1]，裁缝的技巧又简直不输给织女[2]，女红方面挺不错呢。”说话的人真个无限悔恨的样子。“姑且不谈那织女般的裁缝功夫吧，如果能有牵牛织女的缘分[3]就好了。如今要找个像龙田姬一样有好手艺的人可真不容易啊。春花啦，秋叶等季节的变化，如果不及时印染，很快就会凋萎消失。说来说去，良妻难得哟！”中将衷心地附和着。

“当时另外又有一位情人。那个人呀，风度甚佳，心地细腻。我觉得她无论诗才、书法、琴艺，甚至容貌也不差。所以每当刚才提到的那位女郎噜苏时，我就自然地去找这一位。偶尔相伴的时候，觉得她挺不错，可是前面说的那位女郎一死——人死了就是悲悼又有什么用呢？我就跟这位女的更加接近了。这么一来，却发现她太好面子，也风流多情，所以就不敢信赖，也逐渐疏远起来。果然，她的确有个暗中幽会的男人呢。十月里的一个月夜，当我自皇宫回去的时候，有一位殿上人和我共车，那晚我打算要住在大纳言家[4]，那位殿上人对我说：‘今晚恐怕有个人在等我，心中怪不安宁的。’他所说的那个女的家正在我回去的路上，从半毁的墙垣上可以看见一塘池水在月光下反射着清辉，我那位朋友嘴里咕哝着：‘月光尚且流连徘徊，怎么可以过其门而不入啊。’于是径自走下车去。我也偷偷地跟在后面。看来两人像是早已约好了的样子，男的喜滋滋地坐在近门的回廊上赏月。庭前的菊花盛开，颜色正美，秋风又摇落周遭的红叶，那景色多么饶有情致啊。不久，他从怀里取出一管笛子来吹奏着，又间歇地唱着催马乐[5]《飞鸟井》的歌词：‘飞鸟井，堪憩息，影儿色亦佳。’过一会儿，

1 为秋之女神，擅长染红叶，故云。
2 即牵牛星之妻织女星。
3 谓牵牛织女尚得于七夕相会也。
4 或指左马头之父。
5 日本古典雅乐歌曲之一种。

房子里也传出了和琴[1]之音，吹弹之间像是互相早已调和好了音色似的，还真是不错呢。御帘中传出这样柔和的律调已够风流美妙，更何况那晚又月明风清，男的深深地陶醉，他走到御帘旁俏皮地说：'只有这个庭院里的落叶像是没有别人踩过似的。'接着，他顺手摘了一朵菊花说：

'琴音妙兮月华白，
良夜佳景诚难逢，
可曾留得兮多情客？

能否劳驾你再弹奏一曲给知音者听啊？'对于男的这种挑逗，女的竟也装腔作势地回答：

'秋叶飘兮笛声哀，
若有真情总缱绻，
琴弦岂可兮为良媒！'

他们俩卿卿我我地唱和不休，全然不晓得我在那儿偷听得心中痒痒的。后来，又用十三弦琴弹奏出合时的盘涉调，虽然指法相当不错，却难免教人听得赧颜起来。若是逢场作戏，偶尔跟这种风流多情的宫女之辈交往倒是不错，但是如果一旦要当作通常进出的对象，这样的女人可就显得太轻浮，教人不敢领教。后来我就以那晚的事情作为借口，跟她分手了。比较这两个例子，连当时年纪尚轻的我都明白后来那个风流女郎是不足取的。今后恐怕更不会欣赏那种类型的女人吧。

1 即日本琴。

也许现在你们都渴望着荻上露、筱尖雾一般婀娜娇媚的可人儿，但是七八年后，你们就会明白。请听我一句忠告：千万要当心那些轻浮容易上钩的女人，她们一定会惹出丑事来，把我们男人也连累得被人当作笑柄哩。”左马头诚诚恳恳地说，中将则频频点头附和。源氏也始终微笑着，似乎十分同意的样子，他笑着说：“反正都不是光彩的事情啊。”

这次是中将开口了：“让我也来讲一件傻事吧。”于是他接下去说：“我曾经有过一个秘密来往的情人。她长得相当标致，我心里本来没敢指望能和她长久下去的，可是越亲近就越觉得她可爱，虽然只是断断续续来往着，竟也难舍难分起来。这么一来，她也像是认真了起来；既然认真起来，对于我的放荡总该会有埋怨的时候吧，因此我自己多少觉得有点儿内疚。可是，尽管我疏于走访，她也从未有一句怨言，总是克制着感情，装出一副毫不介意的样子，所以更惹人怜爱，教人不得不说几句安慰她的话。她是个没有爹娘无依无靠的，我算是她唯一依赖的人了。而我呢，却因为她表现得十分大方，脾气又好，所以有时难免忽略了她，很久一段时间都没有去看她；这是我后来才晓得的，据说，我内人方面闻悉我们之间的事情，曾经差人去威胁羞辱过她。我本人做梦也没想到会有这回事，所以无意之间竟连信息也不给，和她疏离了很久。可怜她定是十分消沉恐慌的吧——我们之间还生了一个孩子呢——考虑再三之余，她摘了一朵石竹花[1]寄给我。”中将含着泪说。“那么她的文词怎么说呢？”源氏侧起身子问。“哦，倒没有什么特别的……

郝家垣兮半颓倾，

---

1 “石竹花”日语音同“吾儿”。寄此花，表示此女子寓意深刻。

庭中偏生石竹朵，
　雨露曾否兮沾其茎？

看了这首歌，我才想起去探访她。她依旧装作丝毫不介意的样子来款待我，可是看来忧思满面，望着荒凉露重的庭园，竟在那儿像秋虫一般偷偷饮泣着，那光景就像是古老的物语中所讲的一般呢。

荒野僻兮罕人烟，
　满园花开竞秀色，
　　常夏之华[1]兮最堪怜。

姑不谈孩子的事情，我先用这首歌来讨好那做母亲的。

君不临兮枕席凉，
　偷将衣袖拂尘积，
　　涟洏呜咽兮秋夜长。

她只是低声答咏，看不出认真怨怼的样子。有时泪珠儿忍不住地滴下来，她便娇羞地偷偷拭去，像是怕我觉察出她内心的幽怨似的。我看她好应付，于是又有好久一段日子没有去看她。就这样子，后来她竟杳如黄鹤，一去无踪影。假如她还活在人间的话，恐怕也是没落异乡了吧。唉，趁着我爱她的时候，若是纠缠不放，如今也不至于教她这样流浪啊！真后悔当初那样怠慢了她，没有好好儿照顾。看在孩子

1 “石竹花”又名“常夏之华”。女以“石竹花”喻其子，男则称“常夏之华”以喻妹（指其情妇），巧妙地转移歌意。

的分儿上也得找寻她的居所才对，可是偏偏至今一无所获。这个女子的例子正是你先前说的那种楚楚可怜型吧。想来她装作若无其事的样子，其实内心一定怨怼着。至于我呢，虽然始终没有变心，却也没有表示过关怀，致使她一片痴情无所寄托。我这边近来总算逐渐淡忘这件事了；不过，对方恐怕没有那么容易忘怀，偶然当着傍晚时分也许还会独自忧思烦恼的吧？这就是所谓不共白首的典型了。如此说来，先前那种噜苏唠叨的女人，虽然事后教人回味，但是见面时总是难免讨人嫌；弹得一手好琴的那个才女呢，轻浮风流是不能原谅的；至于像我这位太不爱吃醋的女郎，则又是这般不可依恃。究竟哪一种类型好呢？实在难以骤下论断啊。一个一个举例起来，总是各有千秋，互有长短，真不容易比较优劣高下。世间哪里去寻找有美皆备而没有缺点的人呢？若说追求吉祥天女作为情人，那岂非异想天开，不可理喻了！”于是，大家笑了起来。

“式部丞那儿大概也有许多有趣的故事，讲出来给大家听听吧。”中将带着逼迫的语气说。“咱们是算‘等而下之’阶级的，有什么可讲的呢。”式部丞推托着，可是经不起一再催促，于是考虑了一会儿说："当我还在大学里做文章生[1]的时代，见到过一位聪明的女子。她就像刚才左马头所说那种知书明礼，无论公私各种话题都能与之恳谈的类型。提到汉学的造诣，相信一般博士也无出其右者。那时我在一位博士门下出入研究学问，偶然听说他有许多千金，便和其中一位随便攀谈起来，没想到她双亲知悉后，竟拿着交欢之杯，一本正经地提出‘听我歌两途’[2]句来。我原来不是怎么顶认真的，碍于她家人的热

---

1 平安时代于律令制大学中，学习诗文历史，而通过式部省考试及格者，称为文章生。

2 白居易《秦中吟》十首之一，《议婚》:“主人会良媒，置酒满玉壶。四坐且勿饮，听我歌两途。富家女易嫁，嫁早轻其夫。贫家女难嫁，嫁晚孝于姑。”博士引此诗句盖谓己家虽贫，其女嫁后当较富家女为贤淑也。

情，只好跟她继续保持来往。女的倒是对我十分殷勤，枕边细语之间也以学问处世的道理相授，写起信来又全用汉字，不羼一个和文。这么一来，教我跟她断也断不了缘，只好把她当作女老师看待，跟着学点儿汉诗汉文什么的。对于她的恩惠，虽然至今由衷感铭着，只是对一个不学无术如我的男子来说，娶了这样一位妻子，总怕被她瞧不起，所以心里始终是自卑的。当然，在座的各位，你们是不需要这种能干的妻子喽。不过，有时候，虽然一面瞧不起，心中骂着笨女子、差劲的家伙，另一面却因前世缘分的关系拖拖拉拉过一辈子的也有。这一点，男人真的是没准儿呢。”中将想要逗他说下去，所以半煽半哄地说："世间真有这么有趣的女人吗？”果然，式部丞得意地翕动着鼻头继续道："后来，有一段时间没去她那儿，偶然顺道的时候走访过，她竟冷冰冰的，不让我进入房间里，说话也隔着帷幔哩。发脾气了吧？我想想有些儿气恼，又想这倒是分手的一个好机会。可是这位女学究呀，她才不随便吃醋呢。她太世故懂事，不会为着男人的一点风流事而埋怨。只是略微提高嗓门说：‘近来患了重感冒，服了点儿极热草药[1]，嘴里气味重得很，所以不便见面。如果有什么事情，就在这儿吩咐吧。’说得煞有介事的样子。我还有什么可说的呢？只好说声：‘明白了。’起身要走。她大概也有些依恋的样子，便追加了一句：‘等我这臭味儿消失的时候再请过访吧。’那时候，当她耳边风也不是，站着不走也不是，而且那气味真熏得叫人难受，所以只好想个逃溜的借口。

‘蜘蛛劳兮结网丝，

明知相访黄昏后，[2]

1　即俗称大蒜。

2　观蜘蛛黄昏结网知有人来访，典出于《古今六帖》。或据《诗经·豳风·东山》“伊威在室，蟏蛸在户”而来。

何须推迟兮误佳期。

叫我等臭味儿消失再来，究竟算是什么意思嘛！’话没说完就跑出去，她却追出来说：

君莫嫌兮莫猜疑，
若非夜夜对孤影，
妾心缘何兮徒自卑。

能当场这样答咏得出来，毕竟是才女呀。”式部丞从容地说。大家笑着，不肯相信。“哪儿来这样的女人啊。与其跟这种女人在一起，倒不如伴着鬼算啦。哎呀，这故事真叫人听着不舒服。”中将打断了式部丞的话兴，央求他：“讲些实在一点的吧。”可是他偏偏一本正经说道：“难道还有比这更珍奇的故事吗？”

于是左马头接着说：“人无论男女，越是差劲的越爱卖弄自己仅有的一点知识，那才叫作可怜呢。固然穷究三史五经[1]会使一个女子看来失去娇媚，但是即便是女人也不能说对世间公私诸事全然不明啊。只要是脑筋稍微灵活的人，无须乎特别学习，耳濡目染，自然会记得一些。这一类人之中就常有一些故意炫耀才气的。明明女人之间的书函往来，却偏要使用生硬艰难的汉字，看着教人倒胃口。为什么她们不学得贤淑些呢？真是遗憾极了。也许本人并非故意的，但是汉字一多，总显得佶屈聱牙，造作不自然。这种情形在上流人士之中也常碰得到，譬如说有的人自诩为歌人[2]，往往会为自己的才艺所拘，逮住了

1 指《史记》《汉书》《后汉书》及《易经》《书经》《诗经》《礼记》《春秋》而言。

2 谓和歌作家。

一个有趣的故事便不管三七二十一地要作歌赠人。你接受了之后，不酬答嘛，像是瞧不起人；不会作的人呢，就得冒一身冷汗。例如在节气朝会之际，就算端午节吧，正忙着要上宫参拜，哪儿还有心思去想菖蒲啦什么的，这时偏偏有人寄一首寓意菖蒲的根那种别致的咏歌来。又如当重阳节的时候，正为准备御前应制诗而绞尽脑汁苦思的时候，突然某人送来一首婉转歌咏菊露的和歌，害得你还要再添加答咏的苦差事。假如不是这种繁忙的时节，事后吟咏起来也许会觉得饶富情趣的。只因为对方不考虑时间场合，一个劲儿推销自己的才华，致令作品和人格都打了折扣不讨好。凡事若无分辨时宜能力的话，倒不如安分守己些，不要乱出风头的好。即使都知道了，也装作不知，说话时保留一二，总是比较稳当些。”源氏之君一边听着，一边心里想起某一个人[1]的模样儿。只有她能符合这一番论调，既不为过，亦无不及，真是世所稀有的理想女性啊！但是每一思念她，便教他心痛不已。他们几个人的话匣子一经打开就没有了际限，东拉西扯地高谈阔论着，也谈不出一个结果来，不知不觉间东方已发白。

好不容易放晴了。这样老待在皇宫中，左大臣家那边恐怕要介意的吧？光源氏觉得不好意思，所以特地回去一趟。左大臣官邸里外都收拾得干干净净，连侍女们的外表都没有一丝紊乱之处。这便是昨夜左马头所提及的那种可以信托终身的品级吧。不过，过分端庄的外表和安详的态度却教人难于亲近，是美中不足的一点。这自然使得他不得不离开夫人而另外去找那些年轻貌美的中纳言啦，中务[2]等人谈笑寻开心了。梅雨停后，天气十分闷热，源氏只穿着轻便的日常服在那儿歇着，那模样儿另有一股引人之处，害得侍女们如醉如痴地望着他。

1　当谓其所私恋的后母藤壶。
2　皆为官邸中侍女。

左大臣走过，看到这情景，也不觉地隔着几帐来参加谈话。源氏之君皱一皱眉头，嘴里咕哝着：“这大热天还要……”侍女们听了不禁都在窃笑。“嘘！安静些。”他轻声制止她们，仍斜倚着隐几闲谈。态度从容而高雅，真不愧为大家风度。

傍晚时分，侍女们说：“今晚宫里正当中神[1]之路，恐怕不便在此过夜吧。”对啦，原来这儿正在该忌讳的方位呢。“可是二条院[2]也在同一方向上啊。到底该换到什么地方去才好？怪疲倦的。”说着就要躺下去。“这不成的啊。”大家纷纷说。“您常常过往的那位纪伊守，他那幢靠近中川的房子新近才翻修过，庭园里又引进了流水，挺凉快的样子。”有人这样建议。“哦，那倒不错。有点儿累了，要找个能够随便让牛车[3]进门的地方才行。”其实，他平时秘密走动的地方一定不少，但是好不容易今天回到左大臣邸来，总要避免让人误会故意挑这样一个禁忌方向的日子而找借口再去别处呀。纪伊守得悉后谦逊地说：“家父伊豫守朝臣家里最近正好有点儿忌讳的事发生，许多侍女们都移居这边来，如果不嫌弃这里地方小而人杂的话，倒是欢迎的。”源氏听了反而轻松地说：“人多才热闹嘛。在没有女人做伴的地方夜宿才教人担心呢。就让我睡他家卧房的几帐后面好了。”侍从的人都说：“今晚在那儿过夜正合适。”于是为了不想惊动左大臣，也没有告辞就带了少数几个近侍的人走了。纪伊守对这位不速之客的来临有些不安。“事情太突然，也没有好好儿准备呢。”可是侍从们把他的话当耳边风，没人理睬，径自在那儿打开寝室东向的门，清扫的清扫，铺床的铺床。这房子的庭院颇饶情致，那泉水啦，村家风光的柴垣下那些

1 阴阳道家所称天神，谓出行方向若正对神所游行方向，必逢凶事，故须避讳改方向。

2 光源氏自己的家。

3 平安时代乘车用牛拖，故云。

盆景草木啦，无不一一经过细心安排。凉风习习吹来，虫声处处，萤火虫高低地飞着，真是一派美妙的夜景。大家俯视着渡廊[1]下流出的泉水，一边喝着酒。趁主人忙着准备菜肴，奔走于所谓“小余绫之矶”[2]的当儿，源氏从容地欣赏着四周的景物。心里想，昨夜谈论的那种所谓中品之流，恐怕便是指这样的地方吧。据说这家的女主人相当贤淑，因此他自始就警觉地竖起耳朵注意听着。果然，寝殿西边有人的动静。偶尔也传来长裙曳地的窸窣声和年轻的笑谈声。里边的人恐怕是抑压着声音在浅笑着，但是听来反而显得装模作样，诱人好奇。原来格子门[3]是敞开着的，主人怕失礼，故而如今已关上。微弱的灯火照射在纸门上面。悄悄挨近，却因为没有隙缝，无由窥看。站着偷听了一会儿。许是在靠近的厅里吧，娇声轻语，似乎正谈着源氏本人呢。“可怜那么年轻就老早一本正经地娶了夫人，恐怕太寂寞了吧。听说他时时偷偷儿到处留情哩。”无意间听了这些话，着实吓了一跳，他只担心着，恐怕别人也许会在这样的场合中提到他心中秘密恋慕的人呢。幸而似乎并没有这方面的话题，所以继续听了一会儿就走开了。无意间还听见里头的人误传着某次他送牵牛花给式部卿宫的公主[4]时所附的歌哩。他听到这些侍女随便地吟咏着歌诗，想象她们闲散的生活，难免觉得那女主人恐怕也见面不如闻声的吧。纪伊守到处张罗着，加添了烟笼，又拨亮了灯光。源氏只吃了些许果物。“喂，所谓‘帷幔’[5]者，究竟怎么样了？这方面若不设想周到的话，人家可要笑话，说是不解风情的主人哦。”源氏打趣地说。“哎，正如所谓‘用何

1　连接二寝宫的走廊。

2　此为“枕词”，典出风俗歌《玉垂》。谓主人款待宾客，上下奔走，忙于选取小余绫（地名）海滨的海带作为酒肴。

3　日式建筑物门窗外之木制细格子门。

4　光源氏从妹，为后来之槿斋院。

5　典出催马乐《我家》词。光源氏引此语，旨在暗示主人款待客人。

酒肴'[1]，疏陋至极呢。"纪伊守直挺挺地端坐在那儿。

源氏在靠走廊的地方假寐似的躺下，因此近侍的人也都渐渐安静下来。纪伊守有好几个可爱的孩子。其中有的已经在宫里做侍童，十分面熟，也有伊豫介的孩子。还有几个十二三岁模样的挺清秀的孩子杂在其间。源氏一一地问谁是某人的孩子等等。"方才走过的这一位是故卫门督的幼子，极受他父亲生前疼爱的。如今因为他姊姊的关系暂时来到这儿。挺聪明伶俐的，将来迟早总要做殿上人的吧。不过，恐怕也没有那么简单顺利吧。"纪伊守这样说。"多可怜哟。他的姊姊便是你的继母[2]喽。""是的。""多么不相称的长辈啊。皇上也知悉这个人的事情，曾经说过：'卫门督在世的时候提到过要让他女儿进宫的，究竟她现在怎么样了？'人生真是不可思议啊！"源氏的语气显得十分老成。"是偶然的缘分促成这样的。世事真难以逆料，尤其妇道人家的命运更是如浮萍一般漂移不可把握呢。"纪伊守附和地说。"不过伊豫介会善待她吧。大概她也把伊豫介当作主君一般看待喽。""不消说，她十分崇拜着，自以为他是唯一的主君。不过她那种态度太过亲密，我们大家都有些儿看不惯。""看来你们年轻的恐怕还不是他对手。别看伊豫介那副样子，人家还蛮有些帅劲儿，精神奕奕，风度翩翩的呢！"又问："她现在在哪儿呀？"纪伊守说："已经吩咐妇人们退到下房去了，不过，可能尚有几个留下来的吧。"近侍的人一个个醉了，大家先后都趴在走廊上睡着。

源氏无法入眠，想到这样美好的夜晚却要独卧，就更加没有睡意了。北侧的门里边似有人的动静，恐怕就是方才话题里的那个人住着的吧。心想，可怜的人哪，于是略微侧起身子来倾耳注意听。是刚才

---

1 典出催马乐《我家》词。纪伊守用此典则表示谦逊。

2 即空蝉。为纪伊守之父伊豫介的第二位夫人。

那个少年的稍带沙哑但是却仍十分悦耳的声音在问："喂，姊姊啊，您在哪儿呀？""躺在这儿呢。客人睡了未？原来以为他的寝室很近，似乎还算离得远呢。"那刚睡醒的声音和少年人的声音极相像，无疑，一听就知是姊弟俩。"在厢房歇着。我总算看到这位久仰的光源氏之君了。真的美极了哟。"弟弟悄悄地说。"若是白天的话，就可以从门缝里偷看一眼哩。"是带着困意的声音。接着又听见披上衣裳的声响。哎呀，可惜，为什么不多听一下弟弟讲的话呢？源氏心中觉着十分遗憾。"我在边房睡了哦。好闷哪。"说着，弟弟好像是在那儿拨弄着灯火。那位夫人大概就睡在这扇纸门斜对面的房间里吧。"中将之君[1]在哪儿呀？没人陪，怪可怕呢。""到下房去了一下，她说一会儿就回来。"有人这样答复。不久，大家似乎都睡着了。源氏悄悄地起来试把挂钩放下，意外的，里边并没有挂好。纸门里头立着一面几帐。借着微明的灯光，可以看见房间里放置着几个唐柜，一些妇女的衣裳用具到处零乱地散放着。他蹑足走过那些衣物堆，来到方才听见人声的地方，只见一个瘦小的身子躺在那儿。稍微犹豫了一会儿，将那覆盖在上面的薄衣掀去。女的还以为是方才那侍女回来哩。"听您在召唤中将，所以我来了。就像是我平日默默的思念应验了一般。"事情这样突如其来地发生，女的只是惊恐地叫了一声："啊！"可是正巧源氏的衣袖蒙着她的脸，所以外边当然是听不到的。"这样太突然，也许您会怪我冒昧鲁莽，可是我想要把这郁积心头已久的思慕向您来倾诉。今晚有这个机会，也算是冥冥中有些缘分的吧。"源氏温柔地说，那么优雅多情的态度，即使鬼神都要包涵他。这时候总不能不识相地大声惊呼："来人啊！"夫人心中虽然有些恼怒，却又有些无可如何的销魂，只能勉强轻轻娇喘着："您认错人了吧。"看着她羞怯如一

---

1 空蝉之侍女。

朵将萎的花，源氏心中充满怜爱的感情。“不是认错人。您也明知我的情，何以忍心说这样的话呢。我决不是为了一时兴起而来找您的。请稍微听一听我心中的话吧。”说着，一把抱起了那娇小的身子，正要跨出门槛的时候，方才被唤作中将之君的人回来了。源氏不禁轻叫一声“哎呀”，那侍女听见这声音，诧异地暗中摸索着走过来。这时源氏衣袖中的薰香散发着芬芳满室，几乎要熏到人脸上来。那侍女觉着奇怪，一时间竟说不出话来，也不知该如何是好。假如对方是个普通的人，还可以逮住他，将女主人硬拖下来。可是又怕万一这样大惊小怪，徒然让许多人知道了，后果又将如何？所以只有不知所措地跟在后头。源氏头也不回地从容走进里间，拉上纸门，对那侍女说：“明晨来接她回去好了。”夫人一想到那侍女不知将会作何感想，便觉心如刀割，急得满身大汗。她那模样儿十分娇柔，愈发惹人怜爱。源氏不知从哪儿搬来的一大堆甜言蜜语，说得对方心旌摇荡。但是女的仍觉得羞愧而不甘心。“真不能相信这是现实的事情。虽然卑微如我者，今天被您这样轻率相待，怎教人不怨望！君自有君的地位，而贱妾亦自有贱妾的处境，我们之间总有界限吧。”对于如此的蛮横无理，似有无限幽怨，更教源氏起怜悯之心。“其实，我是一个连界限什么啦都不懂的生手呢。请不要以对世间一般男人的那种眼光看待我。或许您也风闻过，过去我从未有过随便玩弄女性的经验。如今被您这样辱骂都不在乎，这样地对您着迷，必定有深深的因缘吧，连我自己都感到不可思议呢。”他认真细心地解释。灯光照射着他那俊美的脸庞，两个人相距如此之近，更教人羞怯心颤。夫人下决心宁愿让他瞧不起，看成不解风情的女子，因此故意装得冷漠的样子。她原本是娇柔不堪的人儿，却故作坚强态，这就像那弱竹在风中摇摆，似折不折，教人看着焦急，又教人敬佩和爱怜。看着她那无限幽怨、吞声哭泣的样子，虽然于心不忍，但是如果就此分别，又恐日后必将遗憾追悔。

而她那无由劝慰深深悲叹的样子，更教源氏埋怨起来："为什么如此恨我呢？难道不觉得今天能有机会这样相见乃是我俩有宿缘的证明吗？哭得如此伤心，就像没见过世面的人似的。""若是在未许嫁人前蒙受如此深情眷顾的话，也许还可以不自量地幻想，自己虽一时糊涂，终有让您看得起的一天，而稍感自慰；但是，想到这种露水姻缘，心绪徒加紊乱，如何能不悲伤？而今只盼您像诗歌说的'相见不如未相见'[1],就当作没有发生过什么一般吧。"也真难怪她这样忧思悲叹。源氏只有一再恳切地安慰，对之信誓旦旦。

鸡鸣报晓。侍从们一个个睡起，在那儿说："昨晚睡得真好，一觉到天亮呢。来，把车子给拉出来。"纪伊守也起来了，他说："又不是妇道人家避方向，天还未大亮，何须这么急呀。"源氏想着，下次或不容易再找到这样的机会，既不能特地过访，又不便于鱼雁相通，不禁心中隐隐作痛。这时候中将之君也出来了，站在那儿甚是困惑的样子。源氏一旦放走了夫人，却又拉住她问："今后如何才能跟您通信啊？对于您这种罕见的冷漠和怨尤，还有，对您的痴痴的恋慕，难道这一切都只能化为一夜的记忆、珍贵的经验吗？"说着，源氏不禁掩面哭泣起来。他那姿色在微明的曙光中显得格外艳美动人。鸡鸣数声。源氏意乱情迷地咏歌：

良宵短兮卿情绝，
　东方既白怨未伸，
　　鸡何频啼兮催人别！

夫人对源氏的深情虽然有受宠若惊的感受，但是此刻她心中不仅无法

---

1 《古今集·恋五》，无名氏作和歌句。

欣然接受，反而只是担心着平素为自己所轻蔑厌嫌的伊豫介会不会知晓此事，甚至害怕他会不会在梦境中看见这个情景。

君情深兮妾忧多，
　良宵虽短长啜泣，
　　天命既定兮可奈何？

天逐渐亮起来，源氏送夫人至纸门边。这时候里里外外都是人，所以只好关门道别。想到今朝一别后不知何时方得再相逢，心中难免有“一关隐约隔天涯”[1]之感。穿戴齐整后，他站在寝室南面的高廊上眺望四周。这时似有人在西厢连忙打开木格子门来窥看这位客人的风采。恐怕还有一些多情的年轻侍女从回廊的屏风后羡慕地偷看立在晨曦中的他吧。月仍高挂天空，光彩已消而轮廓鲜明，实在饶有情调。天空虽无心，却因观望者的心境有别而看来有时浪漫，有时凄迷。心事满怀，无由传达，源氏一再地回顾着，终于怏怏然踏上归途。回到家里，思潮起伏，无法成眠。再相见恐是无望了，而那个人呢，如今该有多么消沉忧愁啊。虽然算不上有什么特别出色之处，就凭她昨夜那种适度的应对，该可以列入中品之类型吧。经验丰富的左马头讲的话还是有道理的。

这一向，源氏都住在左大臣邸里。他脑海中始终拂不去那个女性的影像。苦苦思念之余，只好召见纪伊守。“上回你提到那个故卫门督的儿子，长得挺伶俐清秀的，可否让他过来这儿？我想雇他做近侍。这样，将来有机会也好向皇上推荐做殿上人。”“那太不敢当了。容我回去同他姊姊商量一下。”源氏听见纪伊守提到自己的心上人便

---

1 《伊势物语》词。

觉心跳，却表面上装作若无其事的样子问："那位姊姊有没有给你带来小弟弟呢？""不，后娘并没有生孩子。虽然她来我们家已经有两年了，许是因为违背了她先严的遗志没有进宫，所以近来颇有些闷闷不乐的样子。""可怜的人。据说她人儿长得十分标致，是真的吗？""可以这么说吧。不过因为她是我继母，照规矩也不便多亲近的。"五六天之后，纪伊守果然领了那少年来。仔细看，并不怎么顶漂亮，不过却有一分气质，像是贵族子弟似的。源氏总是教他在身边，亲切地问长问短，所以那孩子衷心十分地感激。有时当然也会问到一些有关他姊姊的事情。对于无大碍的问题，他会颇有分寸地答复；其余的，则羞怯地缄默不语，害得源氏也不便太过明显地表示。经几度婉转说词，后来总算逐渐若有所悟，幼稚的心灵似感意外讶异，不过，究竟还是小孩子，不会有多少思虑的，因此源氏教他送信，他便把主人的亲函送到姊姊手里。女的倒是既惊又喜，眼泪簌簌地流下来。心中想：不知这孩子会怎么想法呢？不过，毕竟忍不住急忙用信遮着脸读起来。那是一封长长的信，里面且附着一首歌诗：

"光阴徂兮心寂寥，
往事如梦不忍忆，
辗转反侧兮度几宵。

'无梦缘不眠'[1]啊。"看着那秀丽出奇的字迹，她的双目因泪水盈眶，几乎不能卒读。思前虑后，竟不知该喜还是该悲。

次日，源氏传召那少年。临走时，他向姊姊要求给主上的复函。"请转告他，这儿没有这样的收信人。"为姊的板着脸说。少年却笑着

1　光源氏引《拾遗集》句谓：刻骨相思致不眠，遂无由于梦中相见也。

说："我怎么能这样回禀主上啊，他明明叫我务必要把信亲自交到您手里的呢。"莫非对方已将事情全都告诉了这个孩子吗？心中又气又恼。"小孩子说什么大人话！那么你就留在这儿，别回去算了。""人家召我回去的，又怎能不遵命呢！"说着，只好空手回去。细心的纪伊守平日对这位继母的处境颇为怜惜，尽量想去讨好她，故而自然也就善待她的弟弟，无论走到哪里都把他带在身边。源氏之君召见了少年，对他埋怨道："我昨日一整天都在等待着你，而你却不如我想象中那样关怀我啊。"少年只有红着脸。"回信在哪儿？"于是，不得不把事情原委说明。"你这孩子真是不管用，这是什么话呀！"源氏马上又写了一封信交给他带去。"你不知道吗？令姊在许配给那位伊豫老以前就和我有意的。后来，她看我乳臭未干不可靠，却找了现在这老家伙。如今，她竟忍心不睬我啦。你可要答应做我的孩子啊。那老头子究竟不会活太久的。"对于这套美丽的谎言，少年人竟信以为真，为自己姊姊所做的事深感抱歉的样子，教源氏看着更加疼爱。从此之后，源氏随时都让他侍候在左右，甚至有时还带他上宫去。又命令自己的裁缝师傅替他裁制新装，照料得无微不至，宛如亲父一般。其间，当然也仍旧差遣他传送着书信。女方总认为这孩子年纪尚小，万一不小心把事情泄露出去，引起世间好事者的流言可不是好玩的，因此不敢轻易回信；再者，对于源氏的情意虽然由衷感激，究竟双方身份悬殊，也未便贸然承受，故而连个情真意深的信也不肯回。虽然那晚依稀看到的美丽影像还深烙于心中，片刻难忘，但是即使让对方知道自己这情愫又有什么用呢？她反复这样想着。源氏之君呢，他那边更是无时不怀念，深深眷恋苦恼着。尤其每一忆及当时她那种哀怨悲苦的模样儿，更是于心不忍，拂不去胸口的愁云。然而，她那里人多嘴杂，万一随便进出而引人注目，对她反而不好。这样地左思右想，实在令人烦闷不解。

照例地，在宫中住了好几天之后，等候着又可以做借口的禁忌方向之日来到时才出宫。他装成要回左大臣邸的样子而在半途上忽然想起似的改赴纪伊守家。纪伊守惊喜参半，谦逊地说："这真是蓬荜生辉啊。"其实，源氏早先已经跟那少年商量好。既然这一向早晚都把他放在身边使唤着，那么今晚也就顺理成章地可以让他跟着来了。女方呢，也早已接到过暗示这情形的信。虽然对源氏费尽心机来相访的情意深为感动，可是她怕一旦相许之后，让他看见自己这副卑微的样子，会令他扫兴，而徒然重复前次那梦境般的悲叹，故而腼腆犹豫着，遂趁弟弟被源氏召唤去的时候，对近侍的人说："这儿太靠近客人歇息的地方，不太方便。今晚身子又有些不舒服，到过去一点儿安静的房间来给我捶捶背吧。"于是，就把渡廊那一头中将之君的房间当隐避之所，悄悄搬移过去。源氏之君则早已计划好了今晚之事，故令近侍诸人早早去休息，而差少年带信相约。由于夫人突然的搬走为始料所不及，故少年四处遍寻，终于在渡廊尽头的侍女房里找到了。"看您！害我找得好苦！别人会把我当成不管用的人哪！"少年又气又恼，差点儿要哭出来。"要你操什么心？小孩子怎么好来管这种事，不怕人家说闲话吗？"先是吓唬他，接着又说："就告诉他，我身子不舒服，让侍女们捶肩侍候着。你再在这儿逗留不走的话，别人可要见怪，这样对你主人也不好的啊。"话虽说得如此坚决，内心里难免喟叹着：唉，若不是妾身已定——能像往昔住在娘家时那样的话——偶尔盼望郎君造访，该有多么快乐幸福啊！如今，对于这一番心意却只能伪装这般冷漠不通情；不知对方将会把自己看成多么不识抬举的人呢。念及此，不禁心中隐隐作痛，思绪烦乱起来。不过，天命既定，无由改变，那么也只好假扮不解风情的女人到底了。至于源氏之君那边呢，他正斜倚着静待少年的回信。胸中也正思潮起伏，猜想那孩子究竟会用什么方法说服他姊姊。就只担心他人太小，能力有限。终于，少年回来，悻悻然禀报了失败的消息。“好一颗坚决冰冷的心哪，我真羞愧得无地自容了。”说这话时那种失魂落魄的样子真教人怜恤。沉默良久，再三叹息，后来写了一首歌：

“帚木生兮薗原区[1]，
奇树人谓多变幻，
寻觅徘徊兮终迷途。

实在教我不知更作何言了。”女方虽然故示冷漠，强自镇定，其实她也正心事重重，无法成眠，所以看了少年送来的这首诗后，也感慨万千地赠以答咏：

植凡树兮傍伏屋[2]，
只缘卑微不足观，
悄然销匿兮如帚木。

少年深深同情着主人，不眠不休地为其来往传递着诗文。对此，夫人又恐怕引起他人怀疑，故而甚是忐忑不安。

像往常一样地，侍者们都熟睡了。只有光源氏一个人愈加清醒，满怀心事。夫人那不同凡响的倔强个性与诗歌中的帚木全不相同，她的影子在源氏的脑海中不仅未曾销匿，反而更历历如现。这使他十分气恼；不过，恐怕也正是她这种特有的个性深深地吸引着自己的吧。

---

1 帚木为传说中产于信州下伊那郡“薗原伏屋”地区之奇树，变幻多端，远望之，其状如立帚；近观之，则消失不见。光源氏此诗以帚木喻空蝉（夫人绰号），谓己相思苦寻，竟迷途失其踪迹也。

2 伏屋为双关语：义取前注薗原伏屋地名；日语发音则同“茅屋”。空蝉作此答歌，以傍植于茅屋之凡树自喻，谓己卑微不足为源氏所追求，故羞愧自匿若帚木也。

她那种过分冷淡的态度实在令人无法容忍，很想洒脱地说一声“管他呢”，就把她从此忘怀；然而，毕竟没有那么容易下定决心，他终于央求着：“那么带我去她隐避的那个地方吧。”“可是，她那里门禁甚严，里面又有许多人陪侍着。万一您去到那儿，一个不小心……”那少年衷心怜悯着他主人，所以语气间充满诚诚恳恳的感情。源氏只得说：“算了，算了。至少你可不要背弃我哟。”遂留他在身边伴着自己睡觉。对此意外的恩宠，少年人感到十分荣幸。幼小的心灵里觉得主人这么年轻多情，难怪大家都和自己一样思慕他。源氏心里也在想：跟那位个性强的女子相比，这个孩子倒是显得懂事而惹人爱哩。

第三帖

空蝉

光源氏辗转反侧不成眠，幽幽地说："我从来没有被人这样憎恨过，今晚算是生平头一遭尝到人生的悲辛。真教我羞愧得不想活下去了。"睡在他身旁的少年听见他这话，甚至同情地淌下眼泪来。源氏见他如此纯真，心中十分疼爱。他暗中摸索，触及少年那纤细的身体。记得那人的头发也不怎么长，身子也是娇小的，姊弟俩真的极相像，更使他怀念又心痛。既然对方故意躲着自己，硬要执拗相缠，也着实太不像话。这一夜竟如此怨叹过去，次晨天未大亮便早早离开。看着主上与往常大不相同，连一句亲切的话也不说，少年既同情又觉着若有所失。其实，女方心中早已歉疚，而源氏自那次后，竟音信杳然。她想：终于真生气了吧？今后若真是就此不理睬自己，难免令人不堪；不过，任由他那样轻率待己，则又是万不能容忍的。算了，这一份情，还是就此结束吧。心里一面这么想，一面却仍无法不眷恋着过去。

源氏那边又如何呢？心里自是怨恨着，可又不想就此罢休。左思右想，始终拂不走这个念头，故而只好央求少年道："这相思如此悲酸又难耐，自己虽是努力抑制着，却仍要不自禁地更加思念她。好孩子，再替我找个机会，让我见见她吧。”少年虽觉得十分为难，但是看到近来源氏之君闷闷不乐，故而即使这种苦差事，只要可以再听到主上这般亲切地跟他说话，心中也是快活的。于是，他天真地窥伺着机会。终于得悉纪伊守离家赴任的消息。他那中川的府邸中只有妇女们过着闲散的日子。有一天傍晚，他便用自己的车子载着源氏之君去了。幼小的心里虽然担心着此计是否得逞，不过，事已如此，也不容他再犹豫，所以就穿着不显眼的便服，赶在纪伊守府邸关门之前走。他把车子从不引人注意的方向拉进，让源氏下车。警卫的人看他是个孩子，并没有特别走过来招呼他，这样反而对他们来说是方便的。少年请他主人在东侧的妻户[1]边等候，自己则从南侧敲着木格子门，故意大声说着话，进入屋里。源氏听见侍女们的声音：“别开着门呀，关上它。人家会看见里边嘛！”少年问：“这大热天，干吗还关木格子门呢？”“西厢的小姐[2]从中午就来这边下棋呢。”源氏突生好奇心，想偷窥妇道人家下棋是怎么个样子，于是他悄悄地从妻户边走到帘子后面。方才少年走进去的那扇木格子门还没有关上，正可以窥看里边。他站在那儿顺着西边望去，恰好帘子边的屏风叠去了一端，许是怕热的缘故吧，挡眼的几帐也掀上了帷幔，所以室内的景象可以看得一清二楚。

灯点亮在两位女郎的身边。靠着客厅的中柱[3]，只见一张侧脸的，恐怕便即是自己所思念的人吧。定神望去，她身上好像穿着一袭深紫色的绫缎单衣，外面罩着一件不知叫什么的衣服。脸庞生得窄窄，她含蓄地坐在那儿，似乎小心地尽量不让对方看见自己。她的手也是纤

1 设于寝宫四隅之门，开时在外边挂上挂钩，关时则在里边挂上挂钩。
2 寝殿旁有东西二厢房，伊豫介之女“轩端之荻”住在西厢，故云。
3 室内木柱也。

纤瘦瘦，下棋子的时候，有意地把袖子一直盖到手背上。另外一个人，因为向东坐着，故而看得较清楚。她穿着薄罗的白色单衣，随便地罩着一件淡蓝色的小褂，胸口一直敞开到红裙裤系腰带一处，看来甚是不修边幅的样子。不过，长得肌肤白皙而细腻，身材高大而丰腴。眉清目秀，十分明朗，讨人喜欢。头发是浓密的，虽然不怎么长，但是修剪得宜，眉际肩头一带尤其显得清爽可人，找不出什么缺点来，算得上是美人胚子。这样的女孩子，难怪做父亲的伊豫介要把她看作掌上明珠一般疼爱了。源氏一个人在那儿望得出神。若要说什么遗憾之处，恐怕便是短了点儿稳重贤淑的气质吧。看来人也极聪明伶俐的样子，尤其当下完了棋，清点目数的时候，那模样儿相当敏捷。如今，她正在那里大声吱吱喳喳地嚷嚷。里边那一位却从从容容地说："等一下。这儿是公目，这儿是劫喽……"可是年轻的一个却听都不听地说："噢，不，这次我输了。这一角有几目呢？来，来，让我来算算看。"边说边扳着手指数起来："十，二十，三十。"看她那样子好像连伊豫温泉有多少条浴槽木桁[1]她都有办法数得出来似的，伶俐极了。只可惜格调不高。里边那一位呢？始终温柔谦逊地低着头，更时时用袖子遮着嘴边，所以看不太清楚，不过，定神注视，自然还是可以见到那张侧脸。她眼睑有些浮肿，鼻子也不十分挺直，年纪稍嫌大，缺乏青春气息，严格说起来，应列入丑的一类吧。不过，气质甚佳，比起坐在她对面的那个漂亮的继女更有韵味，另具一股吸引人之处。那个活泼的女孩似乎跟这位继母十分融洽，正无所顾忌地在那儿谈笑着，那种开朗愉快的个性也自有其可取之处。她虽然显得浅薄些，在风流多情的源氏看来，这样的人也是难于放弃的。在他所认识

---

1 典出体源钞《风俗》。伊豫为温泉胜地，其地浴槽之木桁不可胜数，以喻极多之数目。此处特引用此典，盖以女父为伊豫介之故，可谓巧妙之双关语。

的女性圈子里，大家见面时总是装模作样，端着架子而不肯轻易稍露本性，故而看来看去不外都是些虚伪的面目，从未窥见过妇道人家如此放肆自然的情态，所以此刻他对这两位毫不知情的女郎虽然有些许歉意，可说实在的，倒真希望多偷看一会儿。不过，因为担心少年随时会回来，所以只好悄悄退了出来。

他身倚渡廊的门口站着。少年不知就里，以为自己害主上在这种地方等候许久，故而怯怯地说："来了一位稀客，恐怕没办法接近呢。""那么今晚又教我这样白白来白白回去喽？这岂不太狠心了吗？""哪里是这意思！等客人走了，再想办法吧。"少年胸有成竹似的说。如是，则可能还有机会也未可知。别看他年纪小，察言观色，做事尚称聪明伶俐。不久，大概是棋局散了吧，忽闻人声喧哗，似有人离去。"少爷上哪儿去啦？这扇木格子门要关上了哦！"有人在那边砰聆啲啷地关门。"大家要休息了。去吧，替我想想办法去。"源氏迫不及待地催促少年。可是这个孩子知道自己姊姊那种倔强认真的个性，游说是没有多大用处的，所以想趁着人少的时候，径自带他主人到她的寝室里去。"纪伊守的妹妹也在这边吧。让我偷看一下。""那不成啊。木格子门后还立着几帐的呀。"少年困惑地说。噢，对啦。其实，源氏自己早已看过明白的，所以心中暗自好笑；不过，对这孩子还是不讲的好，恐怕教他知道了反而难过呢。于是，他装作不耐烦等天黑的样子。这回是由少年敲了门进去。大家都睡着了。"让我在靠纸门这儿睡吧。风呀，吹进来哦。"说着，他径自铺床躺下来。侍女们大概都在东边厢房睡的吧。方才出来开门的丫鬟也走到那边去睡了，所以他假装睡了一会儿，就偷偷爬起来，把屏风展开，挡住有灯光的一边，好让源氏乘着暗影入内。这次不知到底将会如何？说不定又将自讨没趣碰个钉子。想到这点，源氏心里便好不自在起来，不过，到了这个地步，也只好硬着头皮顺着少年指引的路一步步走。他小心翼翼地掀起几帐的帷幔，跨进寝室内。这时夜阑人静，身上穿的柔软衣料反而拂地猝缭作响。女的正是思潮起伏，一方面庆幸源氏总算对自己死了心；但是另一方面却又片刻不能忘怀梦一般的那一夜，在这种情况下，当然无法入眠。正如“昼思夜醒春无极”[1]那首歌所咏的一样，教她尽日彻夜忧思难忘。而那位相对下棋的女伴则央求今晚让她在此留宿一宵，于天南地北地畅谈一阵后，如今竟在一旁沉沉睡着了。年轻人胸无芥蒂，自然可以安然入睡啦。这时候，她好像听到什么声音，又嗅到那熟悉的薰香。微抬起头来，分明看见换上夏用单层薄帷的几帷边正有人影蠕动着。她一时间吓呆了，连忙抓了一件薄薄的丝裳遮着身子，悄悄地溜了出去。源氏之君进来后，看见屋子里只有一个人，放心不少。下房里只睡着两个侍女，大概并没有觉察到。他把那盖在身上的衣料子掀开，挪动身子挨过去。虽然那躯体显得比上回的略大了一些，不过，当时并没有觉着什么异样。只是，那沉沉酣睡的样子，似乎有点儿不对劲。这才知道自己又上当，让她溜掉了。意外的失策，真教人扫兴！可是，在这儿瞎闯，一旦教人知道找错对象而跑走，也不成话，这个女孩子更不知会怎么想呢。而且，人家既然这样躲着自己，如今就算把她找到，又能如何？只有徒然遭她轻蔑，视同痴汉而已。眼前这一位若即是先前在灯光下窥见的那个可人儿，那么……哎，管他啦！源氏之君忽地心生此念。虽说男人之心多变迁，这总不是什么值得歌颂的事啊。女孩子醒来了。想不到屋子里有个男人，她大吃一惊。但是既没有什么特别要防御的样子，也没有那一股少女的矜持和羞怯。对于一个未谙世事的处女来说，她这种反应毋宁是太笃定，也太大方哩。源氏一度

---

1 《一条摄政集》歌句。谓衷情私恋，昼则思念终日，夜则清醒通宵，觉春日冉冉无极也。

曾想瞒着自己的身份，不过，恐怕将来当她静下来细细想如何会发生这种事情时，自己倒是无所谓，就怕自己的心上人——那位冷淡的伊豫介夫人既然费心用计地要保全名誉，总得为她设想才好，故而巧妙地哄骗那女孩子：说什么常常借着躲避方位来此借宿都是为了想亲近她啦等等，甜言蜜语，满口胡诌。若是稍微头脑灵活一点的，一听即可判别其真伪，但是，对方究竟尚年轻，涉世未深，所以并没有察觉到这一点。其实，对眼前这一个女孩子，他虽然不至于有嫌恶之感，说真的，却也找不出有什么特别使他发生兴趣之处。和这女孩子两相比较之下，便是这一刻，源氏的心里还是惦念着那一位寡情的女人，心中既恋且怨的。可恨她如今不知躲在何处窃笑着我这个痴情汉呢。想到世间竟然有这般顽强的女人，心中便越发气恼，也越发忘怀不了她。不过，这位年轻的女孩子一派天真无邪的样子，也自有其惹人怜爱的地方，因此也就不由得对她热情地殷勤相誓了。“这种偷恋的滋味比公开的关系更加有意义，从前的人不也是这么说的吗？请你一定要记着我，想念我哟。总得避讳着世人口舌，我自有我身不由己之处；而你那方面，恐怕也难免有一些会噜苏唠叨的人吧？一想到这些，真教人心痛！请千万别忘了我，等着我呀。”他说得煞有介事。“怕人家知道了难为情，恐怕都不便给您写信呢。”果然，女孩子无条件地完全相信他。“当然啦，这种事总不便让很多人知道。不过，今后我会想法子叫这家的小殿上人捎信息给你。请装着若无其事的样子吧。”说完，他顺手捡起一件似为心上人所脱下的薄衣就走了。

少年躺在附近，因为始终提心吊胆，所以也没有睡熟，一推便醒了。他轻轻拉开妻户，没想到里头即刻有个老侍女警觉地问：“谁呀？”真是大惊小怪。“是我啊。”少年不耐烦地回答。“这么晚啦，还上哪儿去呀？”好管闲事的老妈子竟像是要走出来看的样子。“没，没什么。只是想到外边去走走。”说着，赶紧把源氏之君推了出去。外头近晓的月亮正洒满一院子的清辉。源氏的身影清楚可见。“咦？另外还有一位是谁啊？”老侍女问。然后不等少年回答，又自言自语道：“哎呀，是民部君嘛，长得可真高哟。”她说的是一位有名的高头大马的侍女，经常被别人取笑的一个女孩子。老侍女误以为少年是跟那个叫民部君的侍女在一起的，所以嘴里咕哝着：“要不了多久，小少爷就要赶上跟她一般高喽。”她居然也从那门里跨出，到外头来了。源氏之君觉着十分窘迫，可是总不能把她推回去，所以只好躲在渡廊口的暗影里站着。老侍女不知就里，径向着他这边走过来。“原来你今晚也值班吗？我从前天起就闹肚子疼，在下房休息着，可是这儿缺人，夫人一定要召我上来，所以昨晚只好又上来了。不过，肚子还是疼着呢。”她叽叽咕咕在那儿发牢骚，不听人家回答就又叫着：“哎呀呀，疼死我啦。回头见吧。”说完便走。源氏好不容易才敢走到月光下。这种秘密幽会真是惊险万分，轻易不得，大概他内心多少也领教了一些吧。

少年伴在车后，和他主人一同回到二条院的家里。光源氏跟他讲起今晚所发生的事情。“你究竟还是个小孩子，真是不管用哪。”他把心里的怨气一股脑儿都发泄到少年身上。对那个女人则又诸多怨言。少年只是无限地同情主人，也不知该如何安慰是好。“这样让人嫌弃，连我自己都要讨厌起自己来了。就算不肯跟我见面，给一封稍带情意的信总是可以的吧！难道在她心目中，我还比不上那个伊豫介吗？”说话的神情真是满腔幽怨。可是，毕竟忍不住地把昨夜临走时捡来的那件小褂抱在怀里睡下。又叫少年躺在旁边，对着他唠叨埋怨着。“你虽然不错，可是想到你是跟那个寡情人有关联的，恐怕将来也不能老是这样照拂你哩。”源氏一本正经地这么说，害得少年心里悲酸起来。源氏之君虽然躺了一会儿，可是没法入睡。他叫少年取纸拿砚台来。也不像是特别要写信的样子，倒好像是随便在那怀纸[1]上练字似的写下了几行。

空蝉蜕[2]兮去无影，
徒遗残壳枝丫间，
芳踪何处兮情思骋。

少年便将它置入怀中离去。昨夜的另一个人不知如今作何感想？念及此，心中不免感觉歉疚，不过，考虑再三后，还是没有再特别交代什么。捡来的那件单衣上仍遗留着心上人的香泽，所以源氏就把它放在身边，时时翻看着。

少年赶抵中川府时，为姊的也正在那儿等候着，她见面便严厉地责备："昨晚真是事出意外，总算给我想尽法子逃了过去。可是怎知道别人会不会起疑呢？像你这样没头没脑的，你主人反而不知会将你看成什么样的人哩！"主上责怪自己，姊姊又这般辱骂自己，真教人左右为难，实在冤枉。但是，少年还是取出怀里的那一沓纸来。女的虽然前一刻还在那里责备弟弟，毕竟忍不住急忙把它拿过来看。原来自己随便脱下的衣服却教他当作空蝉之壳捡走了吗？不知那衣服会不会旧损污垢得像"伊势滨海人之弃衣"[3]那样汗臭盐碱呢？如今，空蝉一面担心羞愧着，一面却又体会出源氏的深情，内心正矛盾烦乱，激荡不已。至于西厢的那一位呢，她也怀着娇羞的心理回到自己的房间。没有人知晓那件事，故而她常是独自痴痴呆

1 平安时代以来所用折叠置入怀中之纸，多随身怀带，可以即席咏歌书写之用者。
2 蝉蜕以喻伊豫介妻脱下之衣裳，此处根据和歌原作（并本帖题目），故保留"空蝉"之词。歌意谓光源氏睹情人脱去之衣裳，犹蝉蜕留壳去无影，虽衷情寂寞怨尤而仍不免劳思眷念也。
3 典出《后撰集·恋三》和歌句。

思。偶然见着少年在府中到处走动，胸口也曾急促地跳动起来。可是，自那次以后，对方竟然音讯全无。她当然是无由获知那晚的事情系出于一种错误的，因而多情的少女大概心中难免觉得若有所失的吧。空蝉呢，表面上虽然强自镇定，伪装冷静，但已经衷心体会到源氏对自己的真情意了。唉！如果自己还是从前女儿身的话，也许尚有可以报答这份深情的机会；而今……一想到这里，便千念万感交集心中，几乎不能自持，于是，她在源氏那张怀纸的一端写下了一首歌：

露痕濡兮空蝉翅，
　身隐树间人不知，
　　忍声吞泣兮袪有泪[1]。

1　谷崎译注谓此和歌非空蝉所作，乃《伊势集》所载。空蝉引用此歌寄托，谓己如隐身山峦之蝉，露痕虽沾濡其翅翼而无人知晓；私恋之情无处可诉，唯有忍声吞泣，泪湿衣袖也。

第四帖

夕颜

那是在光源氏经常出入六条[1]幽会时期发生的事情。有一天，他趁着自皇宫退出之便，想起因病而寄身为尼的大贰乳母[2]，于是来到五条的那所房子。大门关着，只好叫乳母的儿子惟光出来开门。趁等候开门的时间，源氏乃在车中随便浏览附近那些简陋的住户。这房子的旁边有新构的版筑短墙，房子的上方有四五扇吊起的木格子门，里边垂着帘子，看来倒是挺凉爽的样子。还可以隐约看见几个妇女的漂亮额头，大概正从帘后窥看这边吧？她们径自在帘后走动着，看来身材都相当修长的样子。到底都是些什么样身份的人住在这种地方呢？源氏有些好奇。他今天乘用的是便车，也没有沿途施行警跸，大概别人并不会晓得自己是何许人吧，于是，他觉得心境十分轻松，禁不住偷偷走近去窥伺内里。门是由上下活动的木格子片做成的，用

1 平安时代平安京（即今之京都）街道仿长安，纵横如棋盘，东西行者，自北而南共十条。此“六条”系指居住于六条之女性，为光源氏情人之一，即前东宫之寡妇。

2 为光源氏乳母，因病重暂出家为尼。

吊钩挂起。房子内部不甚深，也相当简陋。反正是“人生如寄”[1]，就算是金殿玉楼又如何呢？通风的木板围墙上爬满了青青的蔓草，几朵白色的花得意自在地开着。“请问远方人……”[2]他不自觉地吟咏起那首歌词来。有个侍从立刻跪下来禀告：“那些白色的花朵，名叫夕颜[3]。花名就像人名，通常是开在这种卑微人家的墙垣上的。”果如其言，这一带的房子都低矮肮脏而破旧，而那些夕颜的藤蔓却毫不介意地到处衍生着。“花儿也有这般可怜的命运的吗？给我采一把过来吧。”侍从遵命走入门内去攀摘。那家房子有一扇颇饶情趣的侧门，一个穿着杏黄色丝绸裙裤的美少女从那里面走出来向这边招手。她举着一把深染薰香的白扇子说：“把花儿放在这上面带给他吧。枝叶蔓生，不好用手拿着呢。”这时候惟光朝臣正好开门走出来，所以侍从就请他把花献给源氏之君。“把钥匙给放忘了，真是对不起，害您等了半天。虽然这一带的人不会有眼光看出您是什么身份的人，不过，教您在这种杂乱的地方等了这么久……”惟光十分过意不去的样子，一再道歉。

于是，把牛车拉进门内，让光源氏下了车。正巧惟光的长兄阿阇梨、乳母的女婿三河守以及女儿等也来探望病人，大家对源氏之君亲自枉车过访，感到无上的光荣，连老尼都起床来相迎。“这副贱躯本来没有什么可珍惜的，一直拖拖拉拉没有下决心出家的原因，实在怕一旦做了尼姑，就不便再拜见您的玉颜；现在蒙菩萨保佑，留住了这一条命，又看见您这样不嫌地方肮脏，亲自来探望，而今，再也没有什么可留恋的喽。阿弥陀佛，随时等它来迎接我去好了。”说着，乳母竟软弱地哭泣起来。“最近听说你病重，心中一直惦念着。今天看

---

1 《古今集·杂下》无名氏和歌，谓人生既如寄，华屋茅舍均非吾人永久住所也。
2 《古今集·杂体·旋头歌》歌句，全诗意谓：“请问远方人，吾欲知此白花何名耶？”
3 夕开朝萎，故名夕颜。

见你这副成了尼姑的样子，着实遗憾极了。请你一定要坚强地活下去，亲眼看见我来日显达任高职，那么将来你就一定会转生到九品净土的最上世界[1]了。我听说人在这世界上若有一点遗憾的事情，都会妨碍他入冥呢。”源氏之君仁慈地含着眼泪说。一般做乳母的人对自己从小抚养带大的孩子总是有一种偏爱，觉得与众不同的，何况这位乳母所抚养带大的是源氏之君这样稀世的人物呢！想到那一段曾经日夜相伴的日子，她便觉身有余荣，忍不住感慨落泪了。那些来看顾的子女辈却不了解老母此刻的心理，都以为她对这世界尚有所依恋不舍，如此把哭丧的脸给源氏之君看见，实在太丢人，因此私下触肩牵袖，互递眼光，表示难过。源氏之君由衷怜悯地说：“从小我就失去了母亲啦，祖母等爱护我的人……以后虽然身边始终也有许多人照料，可是真正能够朝夕亲近的，却只有你一个人。成人之后，因为受到世间种种风俗习惯的限制，就是想念你也不能每天来探望。久不相见，心里总是觉得若有所失，很寂寞。但愿能如古人所讲的‘安得无永别’[2]，你可要长寿啊。”他一面恳切地说着，一面不停地用衣袖拭着眼泪。从袖口溢出的高贵的香气熏染了整个屋子。先一刻还在那儿责怪老母哭丧着脸不好看的孩子们，这时才觉察到自己的母亲有幸而做了这样了不起的人物的乳母，实在不是寻常的运气，难怪她要感动得流泪呢。于是，大家衷情激动，也纷纷掉下眼泪来。

临走时，源氏之君再三地嘱咐一定要再举行祛病的祈祷，他又吩咐惟光点燃纸烛[3]，仔细观看方才女童送来的扇子，那上面微微染着一股物主的香泽，难免教人心旌摇荡。扇面上有几行优雅的笔迹：

---

1 极乐净土有上、中、下三品，每品又分上、中、下三生，故最上世界指上品上生。

2 句出《古今集·杂上》，谓子女不忍父母逝去，但愿世间得无永别之事也。

3 又称脂烛。以油脂浸松木，手执处裹以纸，故云。

白露濡兮夕颜丽，
　花因水光[1]添幽香，
　　疑是若人兮含情睇。

像是随便不经意写出来的字，却另有一种格调，十分令人动心。源氏忍不住地问惟光："这西邻住着什么样人家呢？有没有听说过？"惟光心中想，主上那个老毛病又来了；可是嘴上却不能这么说，因此只好随便敷衍道："虽然这五六天来都住在这儿，可是因为忙着看护病人，所以也没有工夫去打听邻居的事情呢。""不满意我问的话吧？可是，我看这把扇子颇有缘由的样子。还是去找个人替我打听吧。"惟光不得已，只好进去找看房子的男仆询问一番。"据说房子是扬名介所有。他家主人去了乡下，夫人是一位年轻有教养的人，有几位做宫女的姊妹陪她住着。详细情形，那仆人也无法知道太多。"惟光回禀说。哦，原来是那些侍女开的玩笑呀。写得这样坦率，这种女人见了面多半会令人失望的吧；不过，这么一首针对着自己歌咏的诗，那作者的心意，却又教他不忍疏忽。加上他本是个多情种的关系吧，终于情不自禁地取出怀纸，在那上面故意改变自己的笔迹，写下这么一首和歌来：

夕颜华兮芳馥馥，
　薄暮昏暗总朦胧，
　　如何窥得兮真面目？

写好叫方才那个侍从把这首歌带去。女方虽然没有看清光源氏的脸就

1　水光之"光"字暗喻光源氏，谓其姿色秀丽如夕颜花沾濡露水也。

匆匆咏成那首和歌，可是，送去多时而不见回音，因此这一刻心中正有些纳闷，看到源氏特地差遣了使者来，于是难免得意忘形起来，几个女的在那儿叽叽咕咕商量着该如何回答才好。侍从看见这情景，觉得这些人未免太不自量，故而也不等取回音，便径自回来。

不久，光源氏一行悄悄地出发了。故意令前驱的将火把减少，以免别人注意。西邻的活动木格子门已都放下来了。门缝里漏出的灯光比萤火虫的尾光还要微弱，看着教人打心底迷茫。不久，来到目的地[1]附近。这院子里的树木啦，盆景啦，都与普通一般人家不同，安排得十分有情调，令人感觉舒畅，可以想见屋主的气质品格。见此情景，源氏的脑海里当然早已忘却方才那矮墙里的事情了。次晨，他醒来得较晚，靠近日出时分才回去。站在晨曦中的他，越发显得姿容出众，难怪大家一致要赞美他“光之君”哩！沿途又经过昨天那有活动木格子门的住家前。其实，在他出入六条一带的时候，总会经过这里的；如今，却因为那一首寓意夕颜之花的歌词而惹起好奇心，往来之际，难免要留心多看一眼。

过了五六天，惟光来访。“病人一直不见有什么起色，忙着看护，也没有来向您请安。”他先是一番客套，接着移膝向前，压低嗓门儿说：“上回您吩咐的事情，已经找了一个熟悉邻家事情的人来问过，不过他也不肯说得太详细。只听说有一位妇人从五月里就悄悄搬过来住着，就连他们家里的人也不太清楚究竟是谁呢。有时候偷偷地从隔墙窥看，透过垂帘，倒是可以看见几个年轻女孩子的身影，从她们身上披着的衣裳看来，大概总是有主人要侍候的吧。昨天，借着夕阳深深照射在他们家里，倒是清楚地看见一位坐在案前执笔的美妇人。她那表情十分凝重，若有所思的样子，连旁边几个人在忍声吞泣的情形都

1　即指前文所谓六条之情人家。

让我看得一清二楚呢。”源氏之君微笑着，心中却恨不得立刻知道她是何许人。惟光则想：主上虽是高贵身份，但如此年轻而又受许多女性的爱慕，如果不带些风流韵事，岂不可惜？就连那些差一点的男人，只要遇着适当的女子，都会舍不得放过呢。“为着进一步打听消息，曾经也找借口叫人送信过去；没想到立刻来了回音，而且还写得一手漂亮的字呢！看样子，恐怕颇有几个不错的女孩哦。”源氏的兴致更大了，他对惟光说：“再试试吧，不彻底调查一番，也怪不甘心的。”这该是属于那晚谈论到的“等而下之”品级吧，本来源氏对此并无甚兴趣的，如今却觉得：万一能在这中间发现意外的佳人，倒也挺有意思。

至于那位空蝉呢，源氏之君每一念及她的寡情，便心中悻悻然。她跟普通的女性委实不大相同；假如她能表现得柔顺些，也许自己反倒可以把那一夜的事情当作一次伤心的过失而死了这条心，而今要勉强自己如此罢手，真是不甘愿呢。对于这类寻常身份的女性，源氏本来并没有什么太大的兴趣；最近却颇有些好奇，愿意多接近各种品第的对象，恐怕多少受了那次雨夜品评的影响吧。当然，对于那位天真地等待着自己的女孩子，他也并非不同情；只是不愿意教人这般冷淡地对待自己，所以总是要先弄清楚这边一位的真心再说。这时候，伊豫介上京来了。由于经常蒙源氏之君照顾的关系，礼貌上总得先来拜访一下。大概是旅途劳顿的缘故吧，看来晒黑了些，也显得相当憔悴，那外表实在没有什么可取之处。不过，毕竟由于出身不劣，容貌虽老，还算清秀，自然流露着一种气质。他在那儿尽讲些任职地方的事物，教源氏之君差点想套首风俗歌问他“浴槽木桁有几多”[1]呢。不过，此刻他心中倒有些歉疚，也暗自感慨着。面对这样忠厚的老人而

1　已见第56页注。此处表示源氏对其一一数家珍般之报告颇不耐烦也。

心怀鬼胎，实在卑鄙不该，自己的所作所为恐怕是一件不可饶恕的过错啊。那次左马头所训诫的不正是这种事情吗？想到这里，不禁深深同情伊豫介起来，觉得空蝉的做法对自己来说，虽然残忍，但对她的丈夫而言，却是值得钦佩的。

临走时，伊豫介说：女儿已许配给人家，自己则将伴同妻子到任地去。这突如其来的消息，教源氏不得不焦急异常。于是他和空蝉的弟弟商量，是否能设法再见一次面。不过，如今伊豫介已回来，即便是对方有情意都不容易幽会了；何况人家早已认定不相配而多方躲避自己，万无再犯过失的可能。事已如此，想也无用。但是空蝉那边呢，她也毕竟不甘心自己就此被源氏之君忘得一干二净，因而书函咏答之际，总是刻意巧妙地透露一些情愫，害得源氏既怨望其冷淡，又不得不刻骨相思。至于另外一位呢，虽说是许配了别人，但他想：以后只要用点儿心机，总还可以再接近的吧。因此，虽然也常听人说长说短的，却也没有怎么动心。

秋天到来。光源氏虽是咎由自取，可真有不少教他心烦意乱的事情，故而连左大臣邸都难得回去几次。那边的人当然要怨恨的。至于六条那位情人呢，当其未肯迁就之初，源氏倒是走动甚勤；一旦称心如意之后，近来却不再那样热衷了。以对方那种高贵的身份地位而言，受这样的待遇可真够委屈。不过如今要他再恢复当初未得手的执迷，却无论如何已经不可能了。六条的夫人是多愁善感的人，她既担心自己和源氏的年岁太悬殊，又忧虑万一这一份私情泄露出去，难免将受世人指责，故而往往空闺难眠，独自沉思到天亮。一个雾深的早晨，几经催促，源氏才睡眼惺忪，连连叹气，预备离去。有个叫作中将之君的侍女挪开一扇木格子门，又掀上几帐的布幔，好让女主人便于眺望外面。光源氏正伫立欣赏着庭前形形色色的花草，那姿容委实美得超凡脱俗，令人倾慕！他由中将之君陪侍着，走向廊上。中将之君穿着应时的浅紫色小褂和薄罗的衣裳，系着丝带的腰肢随着步伐款款摆动，含蓄之中自有一股婀娜之致。源氏之君走几步之后，回头来看，要她稍坐在转角的高栏下。女的谨守着主仆之礼，那种谦恭的态度啦，低头让发丝垂在额际的模样啦，另有一种吸引人之处。

“朝颜绽兮娇楚楚，
　见异思迁虽未当，
　　情难自禁兮欲摘汝[1]。

教我如何是好呢？”他拉着中将之君的手，用歌词来挑逗她。

晨雾浓兮路闭塞，
　何事不肯稍盘桓，
　　莫非无暇兮赏花色？[2]

伶俐慧黠的中将之君明知其意，却故意答咏了这么一首歌，避重就轻地把那花儿的含意转喻为女主人。这时候，有一个美少年跑进草丛中去采摘几朵牵牛花，清晨的露水濡湿他宽大的裤摆。这秋晨的园景真是美得可以入画。而伫立于这晨光之中的光源氏之美，更是任谁只要拜见一眼便会深受感动的。就以不解情趣的樵夫为例子吧，花下谁不流连徘徊呢？这乃是人之常情，不足为怪。看见过这位美的化身似的人物，不分贫贱富贵，大家总是想尽办法要让自己心爱的女儿来侍候

1　朝颜即牵牛花，朝开，至午即萎。此处为保留原作面目，仍书“朝颜”以与夕颜相对。源氏以牵牛花喻清晨所见的中将之君。谓自六条夫人移情于中将之君虽为不当，然众花皆可怜，情不自禁也。

2　中将之君故意以朝颜之花转喻其女主人，责源氏何必清晨急忙离去，莫非不再留恋六条之女主人耶？

他；自认有够格的妹妹的人，甚至不嫌地位卑微，只要能在源氏之君的左右安置一个位置都是高兴的。至于稍懂事理的人，一旦有幸接近源氏之君，偶然有机会听他跟自己随便说几句话，更是洗耳恭听，恨不得能多聆听一会呢。

噢，对啦，关于惟光答允去打听消息的那一件事情，后来有了较详细的报告。“究竟是何许人？简直无法猜测。不过，虽然对方小心谨慎地隐避着，偶尔侍女们大伙儿在南侧屋子里，一听见门外有车声响什么的，那些年轻女孩子便会在那儿伸长脖子向外张望，那位女主人模样的人有时也杂在其间。虽只是隐约看见的印象，那鼻子啦，眼睛啦，可真是十分标致。有一天，一辆施行警跸的车子通过门前。一个女童跑进屋里慌慌张张地说：‘右近之君哪，快来看。中将殿下要经过这儿呢！’有一位身份较高的侍女制止她：‘嘘！安静些！’却也忍不住好奇地探头来问：‘怎么知道是他呢？来，来，让我看一下。’要走到这一排房子，得经过挂桥。那侍女急急忙忙地跑着，不小心踩到自己的裙摆，摔了一跤，险些儿从桥上滚下来，她气哼哼地咒骂道：‘真讨厌！葛城之神[1]干的好事啊！’几乎连偷窥的兴致都没有了。中将之君那天穿着外袿，有好几个侍从跟随着。我怎么会知道呢？因为那些侍女们在那儿吱吱喳喳地叫着，这是某人，那是某人。那些名字都是头中将殿下的舍人侍童，所以我才晓得那人必定是中将之君无疑了。”惟光说得眉飞色舞。源氏之君口里说着：“真的该看看清楚那个车主才对。”心中却在想：那个女性莫非即是前次头中将所提到的悄然出走的苦命人吗？于是，他越发好奇，想要探究。惟光明白源氏之君的这种心理，所以他笑着说：“老实说，为了打听方便，我去跟那

1 传说中之神，貌极丑陋。尝奉天帝旨，构桥于葛城山与金峰山间，以自卑貌寝，故昼伏夜出，终未克完成构桥工事。

家的侍女搭讪过，顺便也看了里头许多地方。那侍女故意装得并无女主人的样子，我也就装聋卖哑，故充不明就里的样子。可是，偏偏偶尔会有小孩子不小心说漏了嘴，大家就得赶紧顾左右而言他，硬要把话题儿岔开。”源氏之君说：“下回趁着探访令堂的时候，让我也窥伺一下。”就算是暂时隐居的地方吧，从那房子的外观看来，这正是那晚左马头所谓的下品之级类无疑。但是，若能于其中发现意外的可人儿呢？他竟如此地想入非非。惟光对源氏之君一向忠心耿耿，唯命是从，何况他本身也是一个好色之徒，故而对这件事自然费尽心机，绞尽脑汁，要达成源氏之君和那个女性幽会的目的。不过，这些细节太过琐碎，这儿只好循例略过不谈了。

源氏之君既不详细打听女方的名姓身份，而自己也故意隐姓埋名，总是便服微行。惟光已觉察出其中必有深情蜜爱，故而自动献上马，供其乘用，而自己则徒步追随。“好一个登徒子多情种，教人家看到我这副狼狈的模样儿，岂非要大倒胃口嘛！”他一路上唠叨不平。不过，这是在极度秘密下进行的，所以除了上回吩咐去采摘夕颜之花的侍从，及一名无人认识的小童之外，就只带惟光一人而已。又怕对方起疑，故而每次连隔壁乳母的家都不敢去顺便过访一下。女方对这位神秘的情人也自是难免要猜疑的，故而有时偷偷派人跟踪源氏的使者，有时也趁着源氏清晨回去的时候叫人尾随，想一探究竟，然而源氏之君始终很谨慎，总是有办法逃脱这些人的视线。如今，他对这位情人已深深迷恋，不见面便要悬念。明知这种行为不好，也责备自己太轻佻，但是却已到不克自拔的地步，禁不住频频前往幽会。爱情这种事情实在奇妙，即便是头脑清楚的人，往往都会迷失理智的。光源氏一向在这方面还算能够控制得体，不致受人指责的，然而这次却显得格外执迷，每每晨间才分手，已巴不得夜晚快快来临，而漫漫的白昼竟不知如何消磨呢。有时自己反省，觉得这也不是什么了不起的事情，何须这般狂热，于是努力抑制，设法要自己冷静下来。其实，那位女性也未见得如何柔媚有深度或庄重。只是年轻纯洁如少女一般，却也未必真像不谙世事的处女，更不是什么高贵的出身。究竟哪一点使自己如此倾心着迷呢？真是教他百思不解。源氏每次赴约时，总是故意穿着最平常的狩衣[1]，脸部也尽量遮掩着，并且总是趁夜深人静时分出入，故而颇饶故事中的妖怪变化趣味，害得女方也有些不自在。不过，从肌肤相亲之际那种柔软的体态，究竟多少可以令人想象几分。女的乃猜想：或者竟是隔邻那个登徒子引见的吧？于是不禁对那大夫[2]起疑了。不过，惟光这家伙却仍然满不在乎地我行我素，风流依旧，所以教女家那些人着实困惑不解。

源氏之君这方面不免也想道：如今大家虽然相处融洽，设若女方一旦不告而别，那时要到何处去寻找芳踪呢？这个房子看来像是她临时隐居的处所，所以可能会随时转移他处去。万一追踪而无所获时，自己能轻易把她忘怀倒也罢了；可是依目前情形看来，连偶尔有一夜因故不能相见都会教他焦急烦恼，真有那么一天，如何受得了？于是，再三考虑后，决定把她悄悄地带回二条院的住宅里。即使将来被世人传闻开来，那也是命定的因缘，无可如何。他百思不解，自己竟会对一个人如此执着地眷恋，这到底是前世什么宿缘契约啊！“来，让我们到一个可以随便谈心的地方去吧。”源氏这样建议。“可是，您对我的一举一动都是这般不同寻常，教我打心底害怕起来。”女的天真地回答。源氏心想这也难怪她。于是他莞尔温和地说笑：“可不是，是你还是我，不知哪一个是狐狸精呢？就这样顺其自然，由他摆布吧。”女的竟也柔顺地依从。看来即便是世所稀有的奇异事情，只要

1　狩衣为常用便服，以光源氏的身份宜着直衣，此处故着狩衣，乃在隐藏其身份。
2　五位者之通称。此处系指惟光而言。

自己一开口提出，她就会百依百顺的样子，这样的个性真惹人怜爱。这使源氏心中不免又联想起头中将所讲的那一位“常夏之华”的女性了。不过，对方既然绝口不提此事，其中必有隐衷，所以也就没有勉强追问她。这样的女性，就算是自己故意久不相访，也未见得会赌气躲开的；不过一旦若是真负心遗弃的话，恐难免她也会变心的吧。这么想来，真不忍心移情别恋了。

八月十五夜，皎洁的月光自多隙缝的板屋漏进房内。光源氏好奇地欣赏着生平未尝经验过的这种光景。是近晓时分了吧？邻近家家户户已相继醒来，听得见做粗活儿的男人的声音。“哦，好冷哪。今年这么不景气，恐怕都没法儿到乡下去做买卖呢。真伤透脑筋啊！喂，北邻的，你有没有在听着？”连彼此隔着薄墙谈话的声音都可以听得清清楚楚。这儿左邻右舍都住着贫穷人家，他们为了讨生活，早早就起床，在那儿各自忙碌着。女的对这样纷扰嘈杂的环境有些赧赧然不自在。这种情况，假若换了一个好强要面子的人，恐怕会羞愧得无地自容吧；可是，她却生就一副从容不迫的性格，故而无论是辛酸的事啦，悲伤的事啦，惭愧的事啦，都不会怎样放在心上。她的一举一动毋宁是大方而天真无邪的，对于邻居们的这些粗俗作风，似乎也没有怎么介意，只是羞涩地红着脸而已，看着反而讨人喜欢。这时碓声隆隆如雷鸣，就像是在枕边响着一般，震耳欲聋。这个声响倒是真令人不堪忍受，不过，究竟那是什么东西发出的声响呢？光源氏这种身份的人自然而然是无由知晓，只觉得怪不顺耳罢了。此外，尚有其他各种声音杂然作响。捣衣的砧声此起彼落，伴以雁鸣嘈嘈，使闻声者无限哀愁。他们原来就躺在靠窗户的地方，于是，索性把遮光的窗户拉开，并肩眺望着外头。狭小的院中种植着几株吴竹，庭前的花草虽然比不得高贵人家的，但是清晨的繁露仍然在那上面晶莹地闪耀着。光源氏平时连壁中的蟋蟀声都难得有机会听见，而今却亲耳聆听百虫交鸣，觉得别有一番情趣，这恐怕也是爱情的力量美化一切，使他无视于其他各种缺陷的缘故吧。女的在白色夹袄上罩着一袭柔软的紫色外衣，她那不十分显眼的外表看来相当纤巧可爱，谈不上怎么顶标致，不过，苗苗条条，说话的样子也带点儿稚气，颇惹人怜爱。假如能再添上一份才气个性什么的话……光源氏望着她，这么想着，不禁引起跟她进一步从容谈心的念头。“走，到附近别处找个地方去，让我们好好儿谈到天明。这儿到处都是人，好不自在啊。”对此忽然的提议，女的口头上虽说“哟，干吗忽然这样……”，但是态度却是从容而顺从。于是，光源氏又特别费心向她保证世世不渝的爱，请她务必要信赖。女的竟然没有一点疑惑，全心全意相信，那种楚楚可人的模样儿就像是没见过世面的少女一般。如今，也顾不得他人作何感想，叫了右近来，命令侍从备驾。侍女们虽然尚不知这位男士是什么身份的人，到底都已看出他对女主人的一片深情，故而不安之中也多少带着一种信赖的心理。

愈近天明了。不再闻见鸡鸣，却听到枯槁苍老的礼拜祈祷声，那大概是御岳修行者[1]吧。听来起坐之间，颇有些困难的样子。可怜，生命如朝露般不可恃，而那老者究竟何所求而如此虔诚祷告呢？光源氏隔墙聆听了一会儿，老人继续诵祷着："南无当来导师。”“听吧，那老人祷告的不仅止于今生今世之事呢。”禁不住悲从中来。

优婆塞[2]兮道无碍，
　愿得两情如许坚。
　　世世不渝兮永相爱。

1　欲参笼吉野金峰山者，先须苦修斋戒千日，日日立唱佛名，坐行礼拜。
2　未出家之男性佛弟子称“优婆塞”。指前文御岳修行之老者。

长生殿的故事太不吉利了，故而将“在天愿作比翼鸟”的誓约改成弥勒佛再世[1]后的盟契。这真是太夸张了点儿。女方却不敢那么肯定。

妾薄命兮福分轻，
　前世宿缘既未副，
　　何敢奢望兮来世情。

从她所咏的歌看来，大致也并不是什么才艺丰富的女性吧。

晓月在山后将隐未隐，此刻要突然出行，多少令人犹豫不决。源氏见女的如此拿不定主意，故而费尽口舌劝解。这期间月轮已隐入云际，黎明的景象无比庄美。又像往常一般，他要赶在天未大亮之前离去，于是轻轻地一把抱起了女的躯体进入车厢里。右近也紧紧追随入同车之中。车辆来到附近的某一所房屋[2]前，趁着呼叫看房者之时，浏览四周；但见门已荒废，园中杂草丛生，有一种说不出的幽暗凄凉之感。雾很深，空气极潮湿，车子没有放下帘子，所以衣袖尽湿。“生平未尝有过这种经验，这样的等待可真折磨人啊。

晨曦微兮路朦朦，
　古人为爱每踟蹰，
　　我今初试兮惑盈衷。

你可曾习惯于这类事情呢？”对于光源氏这问话，女的娇羞地回答：

1　相传弥勒佛将于五十六亿七千万年后再生。
2　此系光源氏别墅之一。

“月冉冉兮将西匿，
　澄辉不察山崖心，
　　中空何堪兮突隐蚀！[1]

心中担忧极了。”说着，真的打了一个寒战。大概是大伙儿挤惯小屋子的缘故吧？源氏心里暗自好笑。车子拉进园中后，把车辕搭架高栏上，先让仆人们去准备西侧的房间，源氏之君则暂留车中等候着。

右近这时突觉轻松起来，她心中偷偷回想着前此也尝有过的类似经验，从看守人殷勤恭敬的态度便可以约莫猜出屋主的身份地位来。天空泛白，周遭的东西开始依稀可辨的时分，源氏之君才下车来。虽系临时住所，屋内陈设却井然有序。“没带什么侍仆来，多少有点儿不方便。”这个舍人是平时侍候光源氏左右琐碎职务的，也时常出入于左大臣邸，故而径上前进言道：“主上是否要传召几个人上来侍候侍候？”源氏连忙制止他：“不，不！故意找这没有人的地方来隐居的。可别泄露张扬出去哦。”仆从们忙着端来粥肴，但是服侍的人手都不齐全。好不容易第一次的旅次，在这样简单匆忙的情况下，除了再作“息长川”[2]的契誓外，实在也别无他途。

他们日上三竿方始起床。源氏之君亲自拉开木格子门，荒芜的园中空无人影，放眼望去，杂草与古木处处，颇有些阴森可怕。近处花草也无甚可观者，只见一片荒凉的秋景，池塘被乱生的水草掩没着。究竟是什么时候变成这么可怕的废园呢！较远处的小屋里似有人住着，可是离此处颇有一段距离。“好荒凉，好怕人哪！不过，就算是

1　夕颜咏此歌以“山崖”喻光源氏，以“月”自喻。谓澄辉不察山崖之心，将冉冉匿入山崖后，只恐中空是否将突然消失光明。寓意：谓己不知光源氏居心如何，将顺从相伴，唯恐其中途变心，弃而不顾也。

2　引《万叶集·四四五八》。息长川为日本近江县之川名。原歌意谓：情侣畅快谈心，一如息长川畔之鹏鹏啁啁相鸣也。

有鬼魅住着，也不至于来害我吧？”光源氏轻松地说笑着。他的脸仍然蒙着头巾，女的责怪他太不解情趣，而他也自忖：既然已到如此亲密的程度，还要防备见外，也的确没有道理。于是道：

“夕露繁兮催花开，
如今终展真面目，
只缘路旁兮曾徘徊。

露光究竟如何[1]？”女的略微睥睨着，轻声答咏：

夕颜丽兮露光中，
往日为花尝陶醉，
盖因薄暮兮总玲珑。[2]

听了这俏皮的歌词，反觉得眼前的人别有一番风味，十分可爱，源氏之君那从容轻松的态度，实在罕见，真个是秀丽脱俗，尤其在废园古屋这种寂寥的背景衬托之下，更显得凄艳动人。“因为你一直不肯透露身世，所以我就没让你看清真面目。如今，你已看见我的长相了，那么，至少也告诉我姓甚名谁呀。不明底细，岂不教人感觉阴阳怪气的！”对于源氏这个要求，女方却巧妙地闪避道：“‘本乃滨海人之子’[3]，

---

1 光源氏咏花自喻，乃应女方初见时所寄之和歌，托夕颜花以赞己者。谓如今终不免以真面目展示者，盖缘当时尝于路旁徘徊，为女所窥见故也。“露光”亦自谓其貌。源氏说此话时，当同时除去头巾，展示庐山真面目。

2 光源氏厚颜夸示其美丽容色，故女亦故作反语，谓前时暂窥，为其秀丽容貌所陶醉，盖以薄暮时分特显玲珑故，如今睹其真面目，反不觉惊异也。

3 典出《新古今集·杂下》，无名氏作。全歌意谓：本是海滨贱人之子，日日唯追逐沙滩波浪，亦无定居之处所也。

哪有什么名姓值得奉告的呢？”羞于启齿忸怩作态的模样儿甚是逗人怜爱。“算了吧。这大概就是所谓‘咎患吾自取’[1]吧？”他们就如此卿卿我我、痴言痴语地消磨着时光。惟光也追随到这隐蔽的居所，献上了果物。但是他怕右近觉察自己便是当初居中促成好事者，故而不敢太过接近。想道：为了这个女性，主上竟那样神魂颠倒地昼伏夜出，偷偷幽会，其中必定有值得一试的价值。惟光不禁有些后悔：为什么自己当时不先下手为快？同时对于自己竟然肯如此大方让人的度量也感到十分意外。

由于女的怕里头幽暗不好受，遂把帘子卷起一端。源氏之君随便地在旁边躺着，仰望天际无比安谧的暮色。两人的脸上都浴着夕阳光。女的对自己现今的处境有一种不可思议的感觉，却又逐渐忘怀忧愁，天真地显出欢愉的样子。她整天紧紧地依偎着源氏，怯怯然若有所惧的样子，那模样儿看来孩子气十足，惹人怜爱。他们早早叫人放下格子门，点燃了灯火。光源氏重又埋怨起：“如今我俩已是真正没有隔阂的一对了，却不明白，为什么仍不肯以你的身世相告呢？”不过，老实说，此刻他自己心中也另有种种挂虑。不知父皇会如何焦急地到处寻找自己？那些奉命寻觅的使者们又不知徘徊何处呢？想到这里，连自己都觉得这样的突然出走实在可恶。至于六条那位夫人，更不知会如何愁思怨怼啊？恐怕最难过的便是她了。不过，同眼前这一位天真无邪的可人儿相比，六条的女性太过有教养，常令人有窒息之感，这种个性若能稍稍改变就好了。

入夜之后，光源氏迷迷糊糊睡了一会儿，忽地梦见有一个美女坐在枕边对他说：“人家这般爱慕着您，您却不加理睬，反而带了这样一

1　典出《古今集·恋五》，典侍藤原直子朝臣作。全歌意谓：海虫寄居水草，遂为渔人所得，咎由自取，不可怨天尤人也。光源氏以此典巧扣女所用滨海人之典，寓意女不肯以名姓相告，盖因自己一向相瞒之故，不可埋怨也。

无可取的女人到这种地方来享乐。真教人惋惜又怨恨啊。”说着，那美女又要去摇醒睡在他身旁的人。源氏觉着似魑魅附身，吓出一身冷汗，醒来一看，灯火已灭，周遭一片漆黑。心里怪不舒服的，所以拔剑出鞘，推醒右近。看来，右近也吓着了，尽量地挨近主上坐着。“去叫渡廊那一头的值夜人，要他们快快点纸烛来。”“这么暗，怎么能去啊。”右近怯怯的，不敢一个人走。源氏之君笑说：“怎么？像孩子似的。”他拍掌二三下，没想到，空屋中竟有回响，更加令人毛骨悚然。似乎也没人听到掌声，等了一会儿，并不见人来。这时女的全身颤抖起来，背上尽是冷汗，几乎要晕倒。右近着急万分地说：“夫人的体质生就过敏，容易吓着的。唉，此刻不知她有多害怕哩！”想到她白天就那么纤弱敏感，只敢望着天空的样子，源氏心中无限不忍。“我去叫醒人吧。拍掌只有增加回响扰人，也没人听见似的。你过来这儿陪着夫人。”让右近靠着女主人坐，他便去打开西侧的妻户。没想到渡廊的灯火也都熄灭了。风微微吹着。值夜的人本不多，又都睡着了。只见一个日常使唤的青年和一个殿上小童，此外就是那个侍从而已。他们倒是一叫便醒来。“去点亮纸烛。叫舍人要随时鸣弦[1]。这样空旷的地方，胆敢如此熟睡！惟光朝臣呢？他先前不是还在这儿的吗？”“傍晚时曾来了一会儿。他看这儿没事，所以又回去，他说明朝来迎驾呢。”

这个看守人的儿子原本是禁中卫士，故而一路鸣弦，一路喊叫“小心火烛”的样子颇有些派头。他稳稳地走向守门的方向去。宫中的卫士们现在恐怕已过了亥时一刻的点名，该已轮到其后的报名时辰了吧？夜尚未深。回到原先那黑暗的房间，摸索到女的躯体，她仍旧躺在那儿不动，而右近也伏在一旁。“到底怎么回事？胆子小也

---

1 弓不按箭，徒引弦使鸣，以为避邪之用。

得有个程度呀。就算是荒凉的地方常有狐狸精等作祟，有我在就不必怕了。”说着，拉起了右近。“哎呀，真吓坏人。方才觉得挺不舒服的，所以才趴着。夫人怕是承受不了吧。”源氏之君被她这么一提醒，连忙探手去摸一摸那卧着的躯体。发觉她竟连气都断绝了！推动看看，也只是软软的，一点儿知觉都没有。糟了，就像是小孩子被妖魅吓着失气了吧，源氏慌得手足无措，一筹莫展。好不容易才有人拿纸烛来。右近也吓得不能动弹，所以只好把近处的几帐拖过来挡着女主人。源氏之君命令卫士将纸烛拿过来些。那青年平素从未曾上过主人房间，故而犹豫着，面有难色。“靠近点儿！礼貌也要看场合呀！”源氏之君急得叱骂起来。将纸烛引来看看清楚。这时方才出现在枕边那个美女的幻影又忽地闪现，瞬即消失。依稀记得从前听人讲的物语中常有这类事情，可是一旦亲自经验，可就滋味大异，既觉怪异，且又恐怖。不过，他正担心着眼前这一位，所以也就顾不得自己的一切了。他陪卧在一旁，不时地推推她。但是那躯体已冰凉，气也早已断绝，真不知如何是好。四顾茫茫，无人相助。这时若有个法师什么的在旁边的话，多少心理上还有个依赖的。光源氏虽然强自镇定，装作刚强的样子，可是毕竟他还十分年轻，眼看情人这般死去，而自己却无能为力，终于忍不住紧紧搂抱那躯体喃喃自语：“情人儿，请你苏醒来。别教我看见这般残酷的事情。情人儿，你苏醒啊！”他悲痛地喊叫着，可是冰凉的尸体已是回生乏术。他觉得怀抱中的人儿刻刻在变化，远离自己而去。右近这时已经多少回复神志，不再只是恐惧着，却反而开始伤心地哭泣起来。源氏之君想起南殿之鬼威胁某大臣的故事，[1]故连忙劝止她：“总不至于就这么死去吧。晚间声音容易响亮。轻

1 《大镜》（平安时代历史小说）故事之一。谓太政大臣忠平某夜行经南殿，忽有鬼出，握其剑鞘。忠平欲斩之，则逃逸东北方。

声点儿，轻声点儿。”事情发生得这么突然，其实他自己心里何尝不慌乱呢？片刻后，他命令方才那青年道：“快去找惟光朝臣来，告诉他这儿有人中了魔。要他马上过来。假如那个阿阇梨也在的话，也秘密叫他来。怕那老尼听见要追问，所以说话不可以大声。她是最反对这种偷情幽会的。”他表面上虽指挥若定、冷静伶俐的样子，其实，内心丧失爱人之痛自不待说，而周遭一片阴森森恐怖的景象，更有难以言喻的压迫感。风吹得稍紧，许是过午夜了吧。松风又从远处传来，那罕闻的干瘪的啼声或即所谓的猫头鹰吧？思前虑后，觉得此处离人烟甚远，连人声都听不见一声，越想越害怕。真后悔当初何以选择了这般不方便的地方作为投宿之处。右近紧随着源氏之君，全身颤抖不已，几乎也要失神断气的样子。源氏牢牢地搂着她，心想：可别教她也有什么差错啊。看来，如今只有他自己还算是神志清醒的，真个如何是好啊！微弱的灯光闪烁着，在正厅旁边的屏风上啦，各处角落投下暗影。忽地，又听见走廊木板上咯噔咯噔响，似有人从背后走过来。源氏一心只盼惟光快快来。这家伙偏又是到处留情的风流汉，恐怕要找到他也不容易。这一夜显得特别漫长，直如过千夜般难挨。

好不容易远方传来鸡鸣声。究竟是什么因果关系教自己碰上这种悲惨的事情呢？虽说是咎由自取，恐怕都是因为心里一度有过不义私恋的报应吧。[1]而今发生了这种可能贻笑后世的事件，恐怕是欲盖弥彰，迟早父皇会闻悉，世人将如何嘲笑，而那些口无遮拦的年轻人更不知怎样谈论自己哩。最后，恐难免要遗臭后世的吧。光源氏独自胡思乱想着。谢天谢地，惟光终于来了。平常无论昼夜，他都从未违背过自己命令的；唯独今宵，不仅需要他时不在身边，而且连召见他都不能依时而来，实在可恶！不过，惟光真的来到面前，却由于事情

1 盖指光源氏偷恋其继母藤壶而言。

的突如其来和变化太快，一时间反倒不知从何说起。右近呢？她看到这位大夫来，不禁回想起事情的始末，悲从中来，又开始哭泣了。源氏之君的忍耐也已达极限，事发至今，他一直抑制着感情，强自镇定；而今一见惟光的脸，忽地放松紧张的神经，于是悲哀之情就像决堤的洪水，倾泻而下，致有一会儿工夫，只是伤心地不停啜泣。之后，他勉强忍住眼泪说："此地发生了意外的事情，教人无从言喻。听说这种时候最好是诵经。我想这么办，又想要许愿除灾，所以叫阿阇梨也来这儿。""阿阇梨昨天就上睿山去了。这件事真是怪异啊。过去有没有看到她身体有什么不对劲的地方呢？""倒也没有发现过啊。"源氏之君不禁又哭泣起来，那悲伤的样子却有一种惹人怜爱的美，使得惟光也不觉地跟着他放声哭泣起来。

这种场合最好有个年长阅世多的人陪着，凡事才有个妥当的安排，如今这两个人同是年轻而缺乏经验的，所以显得有些手足无措。后来还是惟光提议道："恐怕不便教这儿的看守人知晓吧。就算他本身能让我们信得过，难保他的家人不会饶舌。所以最好快些离开这房子。"源氏之君却道："可是，有什么地方能比这儿更隐蔽不受人注意呢？""这倒是真的。她从前的住所里侍女太多，妇人们难免要悲伤哭喊，给左邻右舍的人听见，怕会张扬出去，也不妙。如果是山中寺院的话，应该是接受尸首的地方，也就不会引人注意了。"惟光想了想，又道："我有个从前认识的老宫女，如今在东山当尼姑，就把尸体移到那儿去吧。她是家父的乳母，年纪大了，住在那边。附近虽然有不少住户，不过，四周有东西隔离着，还算清静。"于是，驾妥车子，预备趁着黎明薄暗离去。源氏之君已是浑身乏力，抱不动那遗体，故而裹之以上席[1]，令惟光置入车中。虽然人已死去，而躯体依然纤巧，丝

1 日式榻榻米上所铺之物。多以锦绫为之，为富贵者之用物。

毫没有可怕的样子，看来与生前一般娇美。由于不便裹紧，有几束发丝从隙缝泻出，教人看着无限凄凉。源氏忽觉天旋地转，几乎失神。他想：至少该亲眼看守她安葬。可是惟光却在一旁催促："趁着没人注意，快快回二条院去吧。"他迅速地赶右近上那辆载着女主人遗体的车，把马让给源氏之君，自己则准备徒步，在那儿径自拉起裤管子。这真是始料所不及的一场送殡，可是看到源氏之君那悲戚戚的神色，惟光也就顾不得一切，步行出发了。光源氏则茫然失魂落魄地回到了二条院的住所。

大家看见源氏之君，都在背后窃窃私议："到底是打哪儿回来的呢？主上看来心情不太好哩。"他一语不发地走进御帐[1]后，愈思愈悲，后悔自己当时何不追随那辆车同去。若是她苏醒过来，将作何感想呢？定会怨恨自己，以为遗弃了她吧？如此挂虑着，禁不住悲从中来。头疼，身上也像在发烧，十分痛苦，难免胡思乱想：这样难过，自己是不是也会死去呢？日已高升，都不见起床。大家愈加觉得诧异。也有人奉劝进食些许粥汤，但是他只觉身心俱疲，何来胃口？此时，宫中差遣御使来。皇上见源氏之君昨日行踪不明，故而十分忧虑。左大臣等人也奉皇命前来慰问，但是源氏之君只肯宣令头中将隔帘立谈。[2]"乳母从五月里便患着重病，落发为尼。许是菩萨保佑的吧，一度曾见好转，近来却又转恶。她托人来告：'请再来探望一次。'我因自幼受她照顾，甚为亲近，故而不忍拒绝，遂去慰问。岂料她家里有个下人忽然病死。后来才得知，他们因顾虑及我，所以瞒着我，日暮才把尸体运出去。由于这是斋戒多的月份[3]，不便入宫，所以躲避着。

1 贵族所居寝室多设有小型帷帐，置于枕头上方，以遮视线者。
2 当时习俗，身遭死亡凶事，不使客人入内安坐，故令隔帘立谈也。
3 夕颜之死在八月十六日。九月称为"斋月"，自一日起便诸多斋戒祭祀，故须避秽。

加以不知是否着了凉，早起便觉头疼得厉害，十分难受，所以在这儿跟你谈话，请勿见怪。”头中将听了源氏这番说辞便道：“明白了，将依您的话回禀皇上。皇上昨日御宴之际，垂询及您，颇为挂虑，神色十分不安的样子。”于是中将一度退出，重又回来，[1]问道：“究竟遇着什么凶秽啊？方才那一番说辞教我很难当真哩。”源氏大吃一惊，却装作若无其事地回答：“你也不必详细禀奏，但说我遇着了意外的凶秽便可。今日只好怠慢了。”表面上虽是伪装平静，其实内心悲痛欲绝，甚不安宁，故而连对方的脸都懒得看一眼。他另外又召见藏人之辨[2]，如此这般嘱咐一番，叫他仔细向主君禀报，好让左大臣家里的人也明白所以暂时不得回家的缘由。

日暮后，惟光又来了。由于已经吩咐对外人说有如此这般的凶事，而即使有人来，也依照习俗不得安席，必须立即辞出，故而光源氏这里往来的人比平常少多了。他急忙召见惟光焦虑地问：“事情如何？终究无望了吗？”说着便以袖掩面哭泣起来。惟光也哭道：“我看是永别了。这样守下去也不是办法。明天日子较好。关于葬礼，已经托了一位认识的高僧，请他料理一切。”“随去的那个侍女呢？”“恐怕也活不久哩。说她自己也不想活了什么的。今天早晨还差点儿要坠崖寻死呢。又说：‘得去向五条那边的家人报这噩耗才行。’总算让我给劝住：‘别忙，等考虑考虑再说。’”源氏之君听了这话也显得十分不堪忍受地说：“我的心境也非常不好，就像自己也要死去似的。”“您怎么可以这样想呢！凡事都是命中注定。怕别人知道了不好，才由我惟光在这儿代您料理一切的嘛！”“话虽如此，想到自己为了一时心动，风流贪色，却要背荷害死人命的罪咎，心中便十分悲辛。你可别对少将

1 头中将退而复返，表示公事已毕，复以私交立场，有所疑问也。
2 左大臣家臣之一，为头中将之弟。

之命妇[1]讲哦。老尼姑最讨厌这种事的，万一教她知道，真的无颜见她老人家哪。”他要惟光守口如瓶。“请宽心吧，连对那些法师都各作适当的解释了。”这才稍稍放心。二条院的侍女们见主君避凶讳不上宫，又如此同惟光交头接耳密谈，大家内心都讶疑着。“那么，万事请你好好代办喽。”接着，又吩咐些葬礼仪式等细节。“何须那么铺张呢。”惟光边说边要走。“你或者会认为不方便，可是如果不能再亲眼看一看遗体，内心总觉不安宁。我就骑马去吧。”惟光心里虽不大以为然，却也只得说 :“如果您真这样想，那也没办法。请快快出发，趁夜未深就回来吧。”于是，源氏之君换上了近来为到五条幽会而特制的狩衣，匆遽出发。

光源氏心中十分忧郁难耐，便是此刻意外的夜行，都教他不得不回想起昨晚的惨事而怵然惶恐，犹豫不决。不过，如果现在不去看最后一眼，又不知将何世何时才得重逢，所以也就顾不得恐惧，带了前回那个大夫及侍从出发。路途显得甚远。十七日的月亮东升的时分，他们一行人走过贺茂川的河边。前驱的火把微明，一路上眺望鸟边野的墓地，若是平时这光景一定会令人嫌恶；而今晚却因心绪紊乱，也没有闲工夫多想，不知不觉间已到达了。这种地方本来就够凄凉的，如今看到板屋旁的尼姑庵，更觉无限寂寥。灯影摇晃，只闻板屋内有女人饮泣，此外就只有二三法师在轻声谈话，低声诵经。附近各寺堂的初夜上经[2]已毕，四周寂静，只有清水寺的方向灯火较多，见人影来往。尼姑之子那大德正在那儿庄严地诵经。光源氏不觉地泪下如注，肝肠寸断。板屋之内，灯火移向一隅，右近在屏风里头卧着。她内心该有多悲寂啊。遗体并无甚可怕，脸庞仍是那么可爱，与生前无大改

---

1 盖指惟光之妹而言。

2 佛寺上经有六次：晨朝、日中、日没、初夜、中夜及后夜。初夜上经约在午后十时举行。

变。源氏执手尽情地哭喊着："至少再跟我说一次话吧。究竟我俩前世有过什么宿缘呢？短暂的爱情，你却忍心留下我一个人先走了吗！"那悲痛欲绝的样子，看着教人心疼。法师们虽然猜不透他是何许人物，却也禁不住纷纷跟着落泪。

过后，源氏之君对右近说："跟我回二条院吧。"可是她如何肯答应呢？"从小就随侍她左右的，这么多年来的感情，如今遽别，教我上哪儿去好啊！又教我如何向人解释呢？心痛自不待说，世人还不知怎么批评我哩。"她哀号着："我也要跟她一起去，把我给一同烧了吧！""不怪你这么想法。不过，世事本如此。别离总是悲苦的。先死？后死？也都是天命。不要再多想，请信赖我吧。"源氏一面安慰右近，一面却自己也难免脆弱地喃喃："其实，连我自己也不晓得有没有勇气活下去呢。"惟光看时间已到，故而催促道："天快亮了，请早些回去吧。"心中虽有无限依依，却也不得不悲伤满怀地离去。道途上原本多露，加以朝雾迷蒙，更令人觉得一片茫然。光源氏一路上思潮起伏，方才看到的遗体和她生前躺着的样子并无甚不同，尤其上面还覆着他们俩从前恩爱时所盖用的那件他自己的红色衣裳，更教他不堪回想。这到底是前世什么样的因果报应啊！此刻，他身心俱疲，软弱乏力，几乎连骑马都困难。虽然有惟光跟在旁边扶助，走到贺茂川的堤边时，终于从马鞍上滑了下来，差点儿要失神。"会不会在这半途上昏死过去呢？我觉得回不到家了。"他有气无力地说。害得惟光也大感狼狈，真后悔当初自己为什么不能坚持，实在不应该带主君到那种地方去的。在这种情况下，只好用河水洗净双手，向清水寺的方向合掌，求助于观世音菩萨了。源氏之君也只有强打起精神，再度上马，心中念着佛，一路上主仆相扶持，总算回到二条院。

这种深夜的神秘行动颇令人疑惑不明。"真是不成话！近来主上比往常更不安于室，勤加幽会呢。尤其昨天脸色看来特别不佳，没想到还要偷偷儿溜出去！”人人都在互叹着。源氏之君自从这次回到家后，果真生重病，三两天工夫，竟然变得衰弱不堪。皇上得悉后，心痛异常。到处举行祈愈的祷告，祭啦，祓啦，修法等等，不胜枚举。普天之下的人都担心：如此稀世的美男子是否会遭天妒，不能长寿呢？源氏之君在病苦之际还不忘召见那个右近，在主房附近赐下住所，叫她从此在二条院里供职。惟光自己虽然也慌乱不宁，却勉强在一旁鼓励这个因失去女主人而孤单悲伤的侍女，叫她好好儿留下来侍候新主人。源氏之君只要病情好转些，便召见右近，故意叫她做这做那的，所以不多久她便与其他侍女们相熟起来。穿着黑色丧服的她虽然称不上美人，却至少可以说是寻常的并不难看的年轻女孩子。“这一段世间罕有的短暂缘分真教我几乎不忍偷生。何况你跟随她这么多年，一旦失去了她，心中的寂寞悲伤可想而知。如果你肯在这儿待下去，我愿意照顾你的生活。不过，只恐怕我自己不久也会追随她于黄泉之下哩。”源氏之君悄悄地对她说，忍不住又掉下眼泪。看着眼前这位新主人，那女孩子心中只好想：反正女主人已经作古，悲叹也无补于事。这位主君倒是十分值得同情，今后应该好好儿侍候他才是。

二条院里，人人脚不着地地慌乱着。宫里派来的御使则比雨脚更密。源氏听说父皇挂虑自己的病况，感激之余，只有强打起精神。左大臣也热心地天天来探望这位女婿的病况，费心看护，又命令人为他祈祷。许是这些人的关切感动了天意吧，重病二十余日后，幸而并没有引起什么并发症，逐渐好转起来。在凶忌满三十日的晚上，病情也痊愈了，故而迫不及待地上宫，向禁中宿直处报到。左大臣则亲自派车驾到宫里来接他回官邸。忌讳啦，洁祭啦，等等，无不谨慎执行。这一切对源氏都似梦幻，恍如隔世。到了九月二十日左右，他的身体已经完全康复。虽然大病之后，面容多少有些憔悴，却反倒添加风情。这一向，他不时沉思发呆，独自饮泣。有人看见这情形，以为他被妖魔附身了呢。

一个闲适的黄昏，源氏之君召见右近来聊天，顺便问起："我至今还有一个不解的谜。为什么她始终对我隐瞒着身世呢？就算她果真是'滨海人之子'吧，我那样对她倾心相爱，难道她还不能了解吗？那么见外，真教人遗憾哪！""哪儿有什么可隐瞒的呢？大概是因为大家还没有到十分熟悉的地步，所以她也就认为不必急着把没什么大意义的名字来告诉您的吧。她自己也常常说：这次的缘分从开头儿就很特别，不像是真实的事情一样。又说什么您不肯告诉她名姓，其中自然是为着身份地位的关系，也难怪您啦；不过，另一方面，也可以想见您对她的感情不是认真的啦，等等，看她怪伤心的。"源氏之君听了右近这一番话，不禁感慨万千。"唉，真是大家各逞无谓的矜持啊。我倒没有意思要跟她见外，只是这种不见容于世人的秘爱还是第一次，皇上那儿要戒惧，自是不消说，就是其他还有各方面也得忌惮些。像我这种身份的人，即使是寻常一句玩笑的话，往往都会被别人渲染过度，平白遭受许多讨厌的批评。不过，说真的，对于她，竟因为偶然一夕之缘，而弄得我神魂颠倒，片刻难忘，实在不可思议。而今想起这姻缘，既教人留恋，也教人心酸哪。回想如此短暂的缘分，为什么她在我心里留下了那么可爱的印象呢？如今再没有什么必要替她隐瞒了，请你详细点儿告诉我吧。就是以后每逢替她做七，画佛像祷告时，也得要有个名姓供祭呀。"右近却含泪道："如今还有什么可瞒的呢？不过，她本人生前一直都没有说出来的事情，一旦等她过世后却由我来代为说出，岂不嫌太饶舌吗？她的双亲虽早故，据说是三位中将的出身。父亲疼她如掌珠，却每每自恨境遇不佳，而且偏又不得长寿，竟留下了她一个人，孤苦伶仃的。不久，偶然的机会，那位头中将还在少将的时代，看上了她。约莫有三年工夫，热络地经常出入她家。可是，去年秋天里，那位右大臣家方面差了人来羞辱一番。

可怜她本来就虚弱的体质，受了这次打击后，吓得躲到西京区方面的乳母家里。可是那地方太简陋，住不下去，想搬到郊外，没想到今年那方向不吉祥，故而只得暂移到五条那边。就在那时候，让您给发现的。她还常常为了这事哀叹呢。她呀，跟别人不同，个性极内向。即使恋爱的时候，都怕让对方知道了害臊。无论怎么样寂寞悲苦，都独个儿忍受，决不教人看出自己心事来的。”听右近这么谈起，果真是想象中的那位女郎。“那么，有个下落不明的孩子呢？曾听中将提到过的。”源氏关切地问。“是啦。前年春天生下了一位非常可爱的女孩子。”“哦，那孩子在哪儿呀？可否背地里交给我呢？若能这样，至少可以看作梦幻一般的爱情的遗物，不知有多高兴哪！”又道：“也想告诉那位中将，只怕将会徒然遭恨。不管怎样，替她养育孩子总不算坏事。你就去替我向那位带孩子的乳母什么的好好儿说说情吧。”右近听了源氏之君这番恳切的话，极为感动。“假如能这样的话，实在是再好不过。教那孩子在西京区那种地方成长，也实在可怜。从前只因为乏人照料，才把她寄养那儿。”

薄暮安静的片刻，晚霞如绮，十分动人。庭前的花草已枯萎，虫声啾啾，枫叶渐转红。望着这一片如画的景色，右近深深庆幸自己如今能在这种环境之中侍候这么高贵的人物，与往日那夕颜之花的居所两相比较之下，真有天壤之别。想到这里，不由得赧颜起来。源氏之君无意间听见家鸽在竹林中啼鸣，忽地想起在那荒废的院中怕听这种声音的那可人儿。“她有几多岁了？不像普通的人，看来挺娇嫩的。毕竟不是长寿之相啊。”“大概是十九岁吧。我便是她乳母的孩子。先母去世后，三位之君收养了我，所以两个人从小一起长大。想到这大恩大德，自己怎能偷生苟活啊！真是所谓‘思思念念难忘怀’[1]，令人遗

---

1 语出《拾遗集·恋四》。

憾。她看来十分娇弱，而我自己却一直依赖惯那位娇弱的人呢！”“女人往往是娇弱的比较惹人爱怜。好强而不听话的女人一点也不讨人喜欢。许是我自己不够能干利落的缘故吧，总希望对方是一位柔和的女性，那种外表看来容易上男人的当，而实则内心贤淑，能顺从夫婿的，最是可爱。跟这种人在一起，只要能慢慢教导她，将来一定能白首偕老。”“听来，我们女主人正是符合您这条件的人。唉，只可惜太早夭折了！”说着，右近不禁又悲伤地哭起来。不知不觉间，天阴了起来，风也变冷了。源氏之君满怀心事地望着天空，自言自语道：

云霭霭兮长空澹，
　佳人魂销徒留烟，
　　烟为暮云兮促吾感。[1]

这样的歌教人怎么能返答呢？设若故去的女主人如今能在这儿的话……右近想及此，禁不住悲从中来。源氏之君又想起那一夜在五条的陋巷里听见的砧声，心中无限感慨，不觉地吟咏着“正长夜”[2]那首诗，然后静卧下来。

那个伊豫介家里的少年有时也会从二条院回来，可是源氏之君并没有特别交代他带什么音信，空蝉难免自忖：大概对方已经把自己看作寡情的女人而不再有意了吧？如此，心里倒有些歉然。可是，没想到竟会在这个时候听到他生病的消息，这又教她不能等闲视之，心慌意乱起来，连连叹息着。尤其是如今伴着丈夫下乡赴任的日期已迫在

1　光源氏望见长空澹澹、暮云霭霭，想象夕颜之遗体如今已化为缕缕青烟，不禁有所感触而作此歌。意谓烟若化为暮云，则观天空若睹佳人，别有一番亲切之感也。

2　白居易《闻夜砧》诗句：“八月九月正长夜，千声万声无止（一作‘了’）时。”

眉睫，假如真的就这么分手，将来可能要悔恨的，故而写了一封信表示慰问之意，兼试探对方是否已忘却自己。“闻悉贵体违和，暗自挂虑，却无由明言，

日月逝兮去迟迟，
念君卧疴未敢问，
妾心烦乱兮常苦悲。

‘悲苦懊恼生犹死’[1]那首歌所讲的实在有道理。”忽接空蝉自动投书，源氏之君欣喜异常，不觉又重燃爱情之火，遂顾不得病后虚弱，写下:“谁谓‘生犹死’？

空蝉[2]蜕兮多变更，
人生苦恼本常事，
为感卿情兮聊偷生。

命也如此，可奈何！”颤抖乏力的手写出来的字迹，看来虽潦草却别有一股帅气。那空蝉脱壳之事至今他竟然还记得呢！这真教她又喜又羞，虽然他们二人之间偶有这般的诗文来往唱和着，空蝉却无意借此机会再缩短二人之间的距离，只希望对方不要把自己看作不解风情的女人，于愿足矣。至于另外一位女性呢，据说她已下嫁给藏人少将了。说来也怪，假如做丈夫的知悉妻子婚前那一段韵事，将作何感

1 典出《拾遗集·恋四》，无名氏作。原文为巧妙之音义双关语，无法译为中文，故勉强取其含意，译文与原文距离甚大。读者可查原诗。

2 日语“空蝉”与“浮世”音近。光源氏设“空蝉”之词乃取音义双关之妙。谓人世多变，人生多苦，今以感佳人深情故，苟且偷生也。

想？光源氏一面猜测少将的心理，一面又好奇地想打听那个人的近况，故而差遣少年去传言："可知我日夜思念，比死更苦！"遂写下：

曾邂逅兮轩端荻[1]，
露水姻缘虽难恃，
安能忘怀兮常怨戚。

将字条结于修长的荻苇[2]上，吩咐少年道："偷偷地交给她。"心想：万一被少将觉察出来，知悉自己便是妻子从前的情人，大概总会原谅的吧。瞧他多骄蹇自信哪！少年候着少将不在时，把字条递给了女的。这种时候收到这种信，多少会觉着尴尬，不过，这表示对方还记得自己，所以她藏不住喜悦之情，连忙叫少年把答歌带回去。

微风摇兮荻叶梢，
霜随风信渐消散，
思君怨君兮难解嘲。[3]

故意在运笔方面装模作样，想借以掩饰那难看的字迹，其实欲盖弥彰，反而显得品格低，教源氏不由得想起前次在灯光下看到的那张脸。当时与她相对端坐的人儿至今令人难以忘怀；但是，这一位却无甚深度，只是显得年轻娇艳而已。不过，到底也还算不错。他这样想

1 "轩端荻"以喻伊豫介之女。
2 盖故意欲引起藏人少将注意也。
3 女方因光源氏所投之歌，亦以荻自喻。"微风"则暗喻源氏忽来之挑逗。谓源氏似微风徐吹，而己心若荻梢之霜，随风渐散，难自克制，虽思念之怨恨之，仍无由解嘲安排也。

来想去，莫非所谓“屡惩不厌韵事多”[1]，本性难改，又在动什么念头了吗？

那位夕颜过世的断七忌日，光源氏暗自为她在睿山的法华堂举行了极隆重的法事，从布施僧侣们的袈裟，到一切所需品及诵经等，无不备全。连经卷、佛坛的装饰都丝毫不肯怠忽。惟光的长兄阿阇梨是一位高僧，故而负责张罗全部，使之尽心尽善。又请了平日亲近的一位师长辈的文章博士来代写祭文。祭文里故意不写明施主的名姓，只是婉转缠绵地表示亲人亡故，愿得菩萨保佑之意，源氏看后，十分满意，连连表示赞赏：“如此已足，不必增减一字。”他虽然强自抑制着哀伤，毕竟眼泪不停地簌簌下流。“到底是何许人哪？能教源氏之君这般伤心痛哭的，不知前世修了什么德，福分这样深！”连文章博士都不免暗自感叹起来。源氏取出了秘密备妥的裙袴。

心悲悼兮涕涟涟，
我今为卿结袴纽，
姻缘何世兮再相牵？[2]

据说人在亡后四十九天之间，魂魄仍飘游中空无定落。源氏之君一面悬念着情人亡魂的去向，一面更加虔诚地为她念经。

这一向光源氏每遇着头中将时，心中自不免激荡一番，颇想告诉他那个“石竹花”的事情，却又恐招嫉引怨，故而始终说不出口来。至于五条陋巷那屋子里，大家都挂虑着女主人的去向，真个是杳如黄鹤，欲寻无踪，连右近都没有了音讯，真教人猜疑又焦急。有一度大

---

1 《古今集·恋三》，无名氏作和歌句。

2 当时风俗，夫妻或情人互结裙袴之纽，以誓再世之缘。此处光源氏亲结布施之袴纽，咏此歌以示期待与夕颜再生再世之姻缘也。

家也谣传过：那位时常造访的人可能是源氏之君吧？大伙儿也责问过惟光，但是他总是顾左右而言他，依然风流如故，害得大家如堕五里雾中，摸不着边际。难道竟被藩主的少爷之流的人带往乡下，以避开头中将吗？也有人这般猜想。这房子的主人是西京区乳母的女儿。她自己虽有三个孩子，右近却是别人所养育的，故而难免哭泣猜疑：右近与自己见外，不肯以实情相告。其实，右近方面也有其苦衷，一来是怕大家获知实情后，反而会引起骚扰；二来则因源氏之君既然小心翼翼，怕事情宣扬出去，故而连打听女娃儿下落都不敢。这样的，日复一日，事情终于不了了之。源氏之君一直盼望着能与情人梦中重逢。真巧，在行完法事的翌晚，果然重温到那夜的景象：庭院依然，连枕边出现的美女都一如当时般朦胧。许是那荒屋的妖魔附在自己身上了吧？他不禁感到毛骨悚然。

伊豫介终定于十月一日左右启程赴任。光源氏闻悉他将与家眷偕行，于是格外隆重为其饯行。私下又特别费心赠送精致的梳子啦，折扇等，外加祖道用的绢币，那件曾经顺手捡来的小褂也附在一起送还空蝉。

睹斯褂兮思红妆，
总盼重逢有期限，
泪已腐袖兮志未偿。

当然，除这首和歌以外，另外还有一些细腻的情话，此处怕过于琐碎，故略而不书。使者先行回去，空蝉却另托她弟弟带回一首答歌给光源氏。

蝉羽薄兮难耐寒，

夏衣见弃[1]虽常理，
缘何哀泣兮复长叹！

源氏却觉得空蝉与众不同，竟能以无比坚决的心拒绝了自己。今日适逢立冬，天空正阴霾不爽，凄凄凉凉的。光源氏整日价沉思着。

逝者逝兮去者去，[2]
生离死别两成空，
萧条暮秋兮独思虑。

这种偷恋的滋味毕竟不好受，总该看清楚了吧。此类细微琐碎的事情，他本人始终努力隐藏着，所以原不便于多宣扬，但是因为有人说，“纵令是皇子，知晓底细的人又何必故意把他捧成一个看似完美无瑕的人呢！”，难免把这故事当作虚构的，故而只好记述下来。不过，恐怕这么一来，又将招来饶舌之嫌哩。

1 空蝉见光源氏以薄褂送还，疑秋扇见捐，郎情已绝，故作此歌以和答，一吐哀怨之情。
2 逝者谓夕颜，去者谓空蝉也。

第五帖 若紫

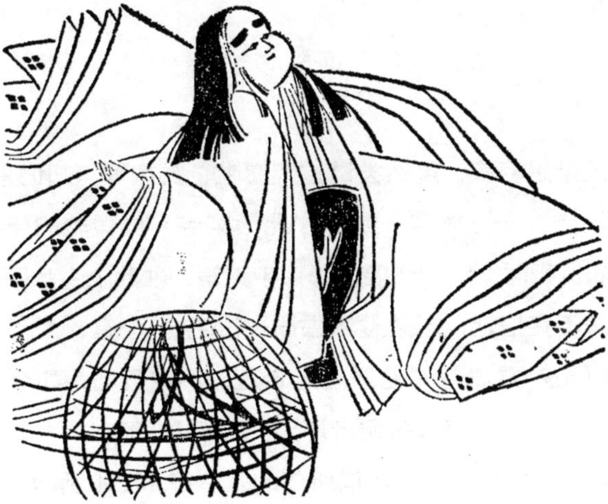

光源氏染患疟疾，虽然尝试过咒愿啦，祈祷等，却仍未见效验，寒热时时发作，十分痛苦。或谓："北山某寺有位灵验的修行僧。去年夏天此病流行时，别的僧侣们都束手无策，独此上人救回了许多人命。这种病不宜拖延，赶紧趁早去试一试吧。"于是，派了人去请此僧下山，可是对方却道："老僧已经衰迈，不便行动，如今已足不出户。""别无他途，只有微服便行。"光源氏只好下定决心，仅带近侍数人，天未大亮便出发。这圣僧所住的庵室在北山山岙幽静处。已是三月底时候，京都的樱花早已凋零，山里的樱花却正盛开，越走向深山里，花色越美。平日为身份地位所拘束，甚少自由走动的源氏之君对眼前这一片景色颇感兴趣。寺院的样子也看来饶有情致。上人便住在这高峰深岩之间。源氏到达，并没有通报名姓，衣物也故意选用比较简陋的，虽然如此，光彩自不能隐蔽，高僧一眼便认出来，他惊喜参半道："哎呀，失迎失迎。您不就是前天来召见我的那一位吗？如今我已经隔绝红尘，修验之术也多半忘记了，真没想到竟然劳驾枉过这深山里。"这人看来与众不同，不愧是一位大德。于是，连忙作符祈祷，不知不觉间太阳已高升了。源氏之君步出寺庭，浏览四周。此地居高临下，附近的僧坊可以一览无余。在曲折成螺旋状的山路下，有一排同属方丈式的柴垣，却较别处整齐者。墙里的屋舍、走廊、树木也看来精致而饶富情趣。“什么人住在那里面呀？”源氏之君好奇地问。随从的人回答：“那便是某僧都[1]两年来隐居的地方。”“噢，原来如此。今天我故意穿得这么简便，教他知道是我来了这儿，可就不太妙哩。”忽然有一群清清秀秀的女童跑出来，在那儿，有的摘花，有的汲水。“咦？那里有女人住着呢。僧都是不可能有女性陪伴的呀。究竟是些什么人呢？”侍从们纷纷议论着。也有人走下几步去窥看，惊叹说：“哟，有漂亮的女孩子，还有小女孩哩。”光源氏继续在寺院里诵经精进，可是到了近午时分，他开始担心自己的病是否又将发作起来，有人便建议：“别老去想着它，不如找些消遣忘了它吧。”于是，他便走到后山上，去俯瞰京城一带。一片云霞笼罩四周，众树枝梢都浸润在烟雾中，源氏不禁感叹道：“多像一幅画呀。住在这种地方，人该不会有什么可遗憾的喽。”于是就有人附和道：“这景色还算不了什么。若是看见乡间山海风光的话，那才定能增进绘画的境界哩。例如富士山啦，还有某某岳啦……”接着，又有人提及西方有名的各地风景，如某某浦、某某矶等，大家谈这谈那的，故意想要让主上忘记身上的病。

“近处如播磨的明石浦等，也是别具一格的地方。虽然未必有什么特别的情调，不过，海面的风光似乎不同于别处，有一份开阔从容之态。前任播磨守——他最近出家修行了——让他女儿住着的那所房子可真豪华呢。据说此人是大臣的后裔，本可以飞黄腾达的，可是他却有些怪癖，不喜交往，自动放弃了那宫中近卫中将的官，要求外放

1　为僧纲之一。位次于僧正。

为播磨国守，而当地的人又不甚顺从，故而慨叹：‘无颜返归京都。’终于落发为僧了。他不住深山里，却挑那海边来住，固然是生性孤僻，看来像是不通人情。不过，播磨地方虽然也有适宜隐遁之处所，却恐山里偏僻少人家，年轻的妻子住不惯，一方面大概也是为了给自己解闷，所以才选定海边住下来的吧。前些时候，我趁着返乡省亲之便，过访了他那儿。在京都方面或有不得志之处，他在当地可是气派非凡哩。房子十分讲究，占地极广，不愧是他在国守任中营造的，充分考虑到老后的享受哩。如今，他正努力为着来生修道，出家之后，人品反而变好了。”有人滔滔不绝地报告明石法师的故事。源氏之君问：“那么他那位千金呢？”“是啦，他那位小姐挺不错的。外表啦，性情脾气啦，都过得去。有一些世袭的国守曾经有意求婚，可是做父亲的却一概不理睬。‘自己如此时运不济，已是大大的遗憾。我就只有这么一个命根子，可随便不得。万一我死得早，没法儿完成理想的话，倒不如教她也去跳海死。’据说老先生曾经说过这类的话。”源氏之君听得津津有味。“哟，那么宝贝的女儿，索性叫她去做海龙王的妃子算了。老头儿的胃口可真够大啊！”大家说笑着。

方才说这话的是现任播磨守的儿子，他是一位新近才从六位的藏人进爵为五位的青年，也是一位猎艳能手。故而大家纷纷地向他冷嘲热讽道：“莫非是你想去破坏这老头儿的规矩吧？”“对啦，所以你才时常去偷看人家近况哦。”“噢，不！那种女孩子有什么好？土里土气的。从小没见过世面，那种古板的父母教得出什么有气质的女儿来！”“据说她母亲的家世不错。她苦苦地费尽心机从城里请来有教养的年轻侍女啦，女童等，金枝玉叶般地呵护着那位千金哩。”“不过，将来如果换了个跋扈的国守，那老头儿恐怕也保不了他那千金小姐了。”大家七嘴八舌地议论着。源氏之君也禁不住加入谈话之中：“到底为什么想到宁愿教自己女儿跳海呢？海底深沉，有什么好呀！”他不自觉地对之发生兴趣。随侍的人们知道主上好奇的性格，所以大家心中猜想：大概这种微不足道的女性也自有其吸引人之处吧。

“天快晚了。看样子也没再发烧，许是痊愈了吧。不如早些回去。”高僧却劝阻道：“恐怕是中了魔，今晚还是多住一宿，在这儿做一次祛病祈祷，明天再走不迟。”大家觉得这样也好，而源氏之君自己平常难得有机会旅次过夜，所以也兴致颇浓地说：“那么明日清早回去吧。”山中的日子显得特别长，又无甚事可做，乃趁着傍晚的岚气随便徘徊浏览，不觉地，走到先前看见的那柴垣旁来。别的侍从们都已令先返回屋里，只带着惟光一人。挨近去窥视那墙内。西侧的屋子里供着佛像，有个尼姑在烧香。垂帘微卷，看得见像是在那儿供花的样子。里边有一位靠着中柱，把经卷展在案上，辛苦地诵经的尼姑，从那外表看来，怕不是寻常身份的人。她约莫四十岁，皮肤白皙，身材纤细，脸庞却相当丰腴。那眼神啦，削剪整齐的发际啦，在源氏之君眼中看来，反而比普通的长发更具新鲜感。身边只见两个清秀的侍女，此外还有一些女童出入玩耍着。其中有个十来岁的孩子，在白色的底裳上罩着一袭穿旧的深黄色外衣。她蹦蹦跳跳跑过来，在一群女童之中，显得与众不同，长得眉清目秀，可以想见成长后的姿色。她那浓密的乌发像一把张开的折扇，随着跳跃的身体摆动着。脸正涨得通红，站在那儿哭泣拭泪。“怎么啦？同别的孩子吵架了吗？”尼姑抬起头来看她。二人相貌颇有些相像，或是母女吧？“犬君[1]把麻雀放走了。人家好不容易用笼子罩好的呢！”那美少女惋惜地说。有个侍女在一旁站了起来说：“唉，又是哪个没头没脑的，做这种事来挨骂……真是伤脑筋！到底飞到哪边去了呢？好不容易把它饲养大了，正是可爱的时候哩。可别遇见乌鸦什么的才好。”这个人的头发颇长，柔柔

1 童仆之名。

密密的，相貌也长得不难看。大家管她叫少纳言乳母，大概是照料这孩子的侍女吧。“哎哎，又是这种芝麻小事！怎么你老是长不大呢？我身体这样朝不保夕的，你却在那儿愁什么麻雀呀。我不是常告诉你，饲豢动物是罪过的吗？这孩子真是没办法。”说着，向她招手道：“来，坐这儿。”女童乃过去坐在一旁。那脸蛋儿长得极乖巧，眉际有如烟霞迷蒙，随便撩起垂发的额角啦，发型啦，都有一种稚纯的美。源氏之君想象其成长后的容貌，无限欢欣地出神望着。说实在的，他无意间竟在此少女身上找到了自己所刻骨铭心恋慕的人儿[1]的影像呢。大概是她们二人太相像，致使他如此痴痴窥视的吧。念及此，不禁热泪盈眶。

尼姑温柔地抚摩女童的头发道：“老是逃避着，不肯梳理头发，可是这一头秀发真漂亮啊。你呀，就是太过孩子气了点儿，真教人担心。别的孩子在你这年纪时，多数是成熟些的。你去世的母亲在十岁时就死别了父亲，她可是真懂事哦。看你这个样子，假如我有三长两短的话，该怎么好哟。”说着，不禁悲伤地哭泣，教源氏看着也打心底难过起来。女童幼小的心灵亦感染了老尼悲哀的情调，正低首俯视着，发丝自然地垂覆前额，乌黑光亮，甚是美丽。

幼草生兮旷野中，
朝露寿短易消失，
空留水痕兮渐蒙笼。[2]

1　谓其继母藤壶也。详见第一帖“桐壶”。
2　老尼咏歌。以幼草喻年幼无知之外孙女（即紫上也。本帖题名“若紫”，日语，“若”，即幼也，义即“年幼之紫君”）；以寿短之朝露自喻。谓己命短暂，朝不保夕，恐将离幼草而消失，空留牵挂之心，未能预知幼草如何自处于旷野蒙笼之众草中也。

身旁的一位侍女尤为伤心，哭泣道：

茎叶稚兮嫩草微，
　露水本宜恒相伴，
　　云何消失兮忍弃违？

这时僧都从另外一栋屋子走过来。“这儿太暴露，从外面可以看得清清楚楚。怎么今天会跑到这么靠外的房间来呢？方才我听说源氏之中将得了病疾，在上面的佛堂里祈祷祛病哩。他这次是微服便行，所以我都没有上去接待慰问他。”老尼连忙叫人垂下帘子说：“呀，这真是太难为情啦，不晓得有没有让人瞧见这光景呢。”“趁着这个机会去拜见一下近来颇有名气的光源氏之君如何？他的姿容呀，连咱们这种看破红尘的人见了都有忘怀忧愁、延年益寿之感哩。那么，这就去拜访一下吧。”他们似要站起来。源氏之君只得抢先一步回来，想不到无意间遇到了这么一个乖巧的可人儿！怪不得那些登徒子每好偷偷走动，原来时常有这种意外的发现哩。他暗觉有趣。多么美丽的一个女童呀。到底是什么人呢？如果能把她放在身边，当作那位心上人的替身，日夕欣赏，聊慰情怀，该有多好！

光源氏已躺下。僧都派遣徒弟来喊惟光。由于地方狭小，源氏之君可以躺在那儿听到他们讲话。“方才听人说你们主上来了。原该立刻过来拜访的，可是为什么明晓得我在这儿隐居，却故意躲着我，不教我知道呢？要过夜，也应该让我在我们方丈那边准备简单枕席的呀，真是遗憾至极……”那僧徒代师父转达意旨。源氏便也令惟光转告道：“十余日前患了疟疾，不堪时常寒热发作。有人告诉他这儿很灵验，所以才决定突然造访。不过，祈祷并不怎么见效，这消息一旦传闻开去，对高僧的名誉恐有妨碍，故而刻意隐藏着，未敢轻举妄动。

请转告僧都，一会儿就过去拜访他老人家。”未料徒弟走后不久，僧都便亲自来访。对方虽系僧侣，究竟为世人所崇仰之大德，源氏之君对自己的一身微服颇感惭愧。僧都侃侃而谈山居生活之种种，又殷勤地邀请道：“我那儿虽也是同样简单的僧庵，请务必要过来坐坐，想让您看看清凉的泉流呢。”源氏想起先一刻偷听到的话，觉得僧都曾对未尝见面的人过分夸奖自己，颇有些赧颜，可是另一方面却又被那位乖巧可人儿的印象所吸引，于是随同僧都走出外面。

虽然同是草木，此处的一切却种植安排得十分有情调。正值缺月时分，故而庭中泉流上设置着篝火，灯笼处处，通明如昼。南侧之屋已扫除爽净，备光源氏宿用。屋内之薰香，佛坛上之香火，加以自源氏袖内溢出之香气，混合成一种异样动人的气味。教内里的女性们闻着都不禁心动。僧都谈些人生无常啦，来世之事等道理给源氏之君听。源氏听了愈觉自身罪孽深重，恐今生徒然劳心于无益之事，苦恼自是不免，而来世将不知更受何等苦痛，遂顿生出家之念。但是，另一方面，白天所见到的那位可人儿的印象又笼罩心头拂不去，于是不自觉地发问：“住此地的是何许人呢？我曾梦见跟她们有某种因缘关系。今日来此，才始想起。”僧都莞尔笑道：“这倒是突如其来的梦啊。只怕见面不如想象，扫了您的兴致。故按察大纳言[1]已去世多年，恐怕您未必认识，而他的未亡人正是舍妹。自那位按察死后，她便出家为尼。近来因患病，遂来投靠我这隐居之人，躲在这深山里。”“听说那位大纳言有一位千金的吧？这可不是一时兴起问问而已，是认真的呀。”源氏之君试探地问。“有一个女儿，对啦。不过，也已死去十几年了。故大纳言本来有意教她进宫的，所以小心照料着，可惜他志未酬而谢世，只好由舍妹独自养育带大她。后来不知什么人做的媒介，

1 即老尼之先夫。按察大纳言为其官衔。

兵部卿宫时常偷偷出入她那儿，可是，对方的原配夫人是地位甚高的出身，致使她心中诸多担忧，日夜愁思不解，终于积郁死去。我当时亲眼看见那情景，才真正体会忧愁可以致病的道理呢。”僧都这番话使源氏之君恍然大悟，原来那个女童便是死去十几年的女性所留下的骨肉。如此说来，她既然是兵部卿的私生子，跟自己偷恋的人儿也有血统关系，[1]难怪在她的脸上可找到几分心上人的影像了。这么一来，更教他倍觉亲热，愿意照料她的生活。看来她气质高雅而端庄美丽，又没有卖弄小聪明的样子。如此一个可人儿，将来若能共同生活，细心教导，定是十分有意义的。“多可怜的人呀。她有没有孩子留下来呢？”源氏之君想确定那女童的身份，故而再次探问。“在她快要去世的时候，产下了一个女儿。如今舍妹自己的身体也朝不保夕，所以时时在哀叹呢。”原来如此！遂进一步提出要求道：“这话也许听来不太寻常，那女孩子可否交托给我呢？我有一个想法……如您所知，我虽是已婚之身，总是感觉不能与内人心心相印，所以实际上一向过着单身汉一般的生活。或者您会认为我年纪尚轻，用世俗的眼光来看，不配提出这样的要求吧？”“承蒙您看得起，实在感激。不过，这孩子到底年纪太幼，恐怕连跟您做个游伴的资格都没有呢。当然，女人家总是靠别人照料始能成长的，详细的事情，我这做僧侣的也不便启齿。让我先同那位外祖母商量看看，再回禀您吧。”僧都实话实说，一本正经的样子。年轻的源氏便不好意思再追问下去了。不久，僧都借口道：“佛堂里还有些事情待做，初夜的诵经也还没有举行。等做完课业，我再来拜访您吧。”便起身离去。

源氏之君心中正懊恼着，又逢雨点纷纷下落，山风飕飕地吹，瀑

1 光源氏偷恋之人即其继母藤壶，与兵部卿为兄妹（详首帖“桐壶”），故紫上（女童成长后之绰号）为藤壶侄女。

布的声响比往常显得更大。稍带困意的诵经声间歇地从上面的佛堂传来，倍增悲凉。此时此地，即使是粗心大意的人听见都会惹起哀伤之情的，更何况他正思潮起伏，千念万感交织心头，如何能有睡意呢？方才僧都说要去上初夜的经，可是如今夜已深了。里间的人大概也还没有睡吧，虽似在那儿尽量减低声响，有时仍然会传来念珠碰着隐几的声音。长裙拂地的优雅声音，听来似乎也在离此不远处。光源氏稍稍拉开了两面屏风相叠之处，鸣扇传呼。里头的人似觉意外，却也不能不加理睬，故而有人膝行而出，探首张望了一会儿，又回到室内。“咦？奇怪，难道是听错了吗？”她诧异地自言自语。“佛所指引，虽暗中亦无错误。”[1]光源氏的声音听来如此年轻而高雅，害得那侍女羞怯地回答：“指引向何处呢？我这儿一点也不明白……”“事出意外，当然难免教人觉着诧异吧。

初草鲜兮嫩叶秀，
　自遇娇女情痴迷，
　　旅宿转辗兮泪沾袖。

劳驾请转告一下。”“明知此地并无人配承受这一片好意的，到底叫我去同哪一位讲啊？”“这中间自然有缘由的，请多想一想吧。”源氏之君坚持着，这位侍女只好进去禀报。

老尼听后大为惊异。“呀，亏他想得到！以为这孩子已经情窦初开了呢。不过，先前那首《幼草之歌》如何让别人偷听到的呢？”这教她十分困惑，可是又不便过分耽误时间，故而匆匆咏成一首答歌：

---

1 《法华经·方便品》有言：“从冥入于冥，永不闻佛名。”

“结草枕兮羁客愁，
　辗转反侧虽多泪，
　　如何比得兮山人忧。[1]

我这边才是泪痕未尝有干之时啊！”源氏之君乃又托人转告：“这种叫人居中转达致意，在我来说是未尝有过的经验。可否冒昧要求，请让我直接见您一面，倾吐心事？”尼姑对这突如其来的要求，颇觉尴尬，她不知所措地咕囔道：“大概是弄错人了吧？叫我怎么去面对那样美丽高贵的人？怎么去跟他说话呀？”众侍女却异口同声地说：“可是不理人家，岂不更失礼啊。”若是年轻的女性，恐怕真不好意思见他面哩。对方既如此认真，太过怠慢也不妥。于是，三思之后，她终于挪动身体，靠近屏风来。源氏见老尼庄重的态度，一时间反倒不知如何启齿是好。他结结巴巴地说：“突然冒昧地提出要求，您定会以为我太鲁莽失礼吧。不过，我决不是出于一时轻率。这一点，相信连菩萨也可以证明的……”“真是没想到竟会如此有幸聆听您讲话，又有机会跟您说话，这绝不可能是无缘无故，而是必有因缘。”“听说令外孙女儿孤苦伶仃，十分可怜。可否让我来替代她的亲人呢？说实在的，我自己也正巧从小失去亲人，一直过着孤单生活来的，这不约而同的宿命，使我不能不为之感动，想介入其中。今日适得机会，故而不惮他人讥笑，冒昧提出这样的要求。”“您的好意，使我感铭不尽。只怕您是弄错了人呢。那孩子的确是依赖着我这卑微之身，不过，实在还太幼小，那样恐怕会太连累您，所以不敢贸然接受这一份荣幸呢。”老尼婉转相辞。“这一切我都明白，请不要想太多。千万要谅解我这异乎寻常的心情才好。”老尼心中只是担忧着双方身份地位悬殊，全然不

1　野宿多结草为枕，故以为旅宿代词。此处喻光源氏。山人则为老尼自称。

相配，而源氏之君却作如此提议，故连一句适切的答复都说不上来。这时僧都自佛堂回来，源氏便借机道："好啦，总之，今天提出这个口头上的要求，也就安心不少了。"说完，重又拉回屏风。

已近黎明，佛堂里诵读《法华经》的声音随山风隐约可闻，那读经之声与泉响交织成无限庄严的气氛。

风飒飒兮迷梦醒，
深山唯闻忏法声[1]，
泉鸣经声兮催泪并。

"山水清兮感君心，
情根未断终有泪，
心犹止水兮隐山林。[2]

许是耳朵已惯闻山水清音之故吧。"僧都安详地说。天空渐明，一片云霞蒙蒙，山鸟处处啼啭。不知名的花草点缀着周遭，如敷织锦一般，偶见野鹿步过。光源氏出神地凝望着，几乎忘却病痛苦恼。这位上人虽是寸步难移之躯，却也勉强驾临僧都的禅房，为源氏祈祷加护。枯哑的陀罗尼经诵声从稀疏的齿缝中漏出，教人听着更觉其修行之高，功德之深。

京城方面迎接的人来到山里，纷纷致祝贺痊愈之辞。宫中也派遣御使前来。僧都连忙搬出城里罕见的果物，形形色色，恨不得连谷底

---

1 诵读《法华经》谓之法华三昧，记法华三昧行法者谓之法华忏法，诵读其文之声为忏法声。此歌为光源氏山居梦醒有所悟而作，谓泉声、经声感动于心，催泪落也。

2 此为僧都所作歌。谓光源氏动心落泪乃情根未断故，若已长隐山林，则心如止水，不稍动情也。

的东西都要掘出来似的，殷勤招待这些稀客。“真后悔发誓说过今年以内足不出山，如今竟而无法相送哩。”说着，他向源氏和来客们敬酒。“山山水水都深扣我的心，但是怕让皇上担心不好，所以只得先回城里去。我愿意趁花在的时候再来拜访一次。

去将话兮晓宫中，
山中樱色竞争艳，
君当赏花兮先春风。”

源氏之君从容温和地答礼咏歌，那模样儿委实美丽，风姿迷人，故而僧都也咏歌道：

“优昙华[1]兮色可餐，
心慕贵花无旁骛，
山樱凡资兮何足观?”

源氏之君莞尔笑谓：“逢时而开之花，岂得如此易见啊?”这时上人也接受过源氏所赐的酒杯，他感激涕零地仰视源氏之君，咏歌道：

开山扉兮松下庵，
老僧隐居罕阅世，
为拜花颜兮今来探。

1 优昙华为佛典中想象之花，相传三千年开一次，乃在佛出之时。僧都以此花喻光源氏之高贵姿容，谓既见其人，山樱黯淡失色，不足为观也。

接着，他又奉赠一只独钴[1]为源氏的护身符。僧都看见，亦取出从前圣德太子自百济携返国的金刚子念珠之有玉饰者，仍装在原来的唐式盒中，复置入镂空织锦的袋里，系以五叶松枝，赠送源氏之君。又将药物装入几只蓝色琉璃壶中，系以紫藤、樱花等树枝。此外，还预备了各种山里的土产品。光源氏方面则自上人乃至于担任诵经的法师们，各有布施，另外又遣人回京城去选取所需物品。连附近樵民各户都一一有适当的礼物赠下。于再度举行诵经布施之后，备驾离开。其间，僧都入内去征问老尼有关昨夜之事。“无论如何，暂时无法作明确的答复。若真有诚意，请候四五年之后，再想办法……”僧都如实转达尼旨。光源氏知一无进展，颇为纳闷不悦。他将诗文交由僧都身旁的女童携去。

暂窥花兮昨之暮，
　秀丽鲜美且芬芳，
　　留恋娇姿兮难举步。

老尼之答咏如后：

难举步兮君留恋，
　花下徘徊虽常情，
　　愿得此心兮永不变。[2]

---

1 金刚杵之一。

2 光源氏以花喻紫上，谓昨日之暮窥见花色后，娇姿芳香萦于脑海，遂教留恋不忍离去。老尼亦和答：谓花下徘徊，乃人之常情，君之留恋亦莫怪，但愿此爱花之心得永固不渝也。

那信手写来的字迹颇为老到有品格。

准备上车离去时，左大臣方面派遣了许多使者来，谓："离开京城时，竟未尝留下一言半语。"故而子弟们啦，舍人们啦，大家特意赶来迎接。头中将、左中辨、其他人亦相随来到，皆异口同声言道："这种差事，为什么不让我们也来相陪呢！"源氏之君遗憾地说："这般美好的花荫下，却得不着片刻流连，实在太可惜啊。"于是，大伙儿重又在苔石上巡壶斟酒起来。时有飞泉溅入杯中，委实饶富情趣。头中将取出怀中藏笛，吹奏出清越的调子。左中辨则用折扇击拍子，歌唱催马乐的葛城之词："丰浦寺西侧。"云云。此二公子虽是出类拔萃的人物，但是跟源氏之君相比，仍未免逊色不少。如今，他正含情斜倚着岩石，那翩翩的美姿真个是妙绝人寰，超凡脱俗得令人不忍移目。这临时性的宴会，竟然有带着吹觱篥[1]的随从和吹笙笛的风雅人哩。僧都亲自搬来了一张琴，热心地央求源氏之君道："请随便弹奏一曲，教山鸟惊讶，洗耳恭听吧。"源氏嘴里虽然说着"不巧得很，今天心情不太好"，却也不忍扫兴。一曲弹罢，一行人遂起身告辞。就这样离去，委实遗憾。附近的法师，乃至少不更事的孩子们都不禁落泪了。而那些躲在庵里的尼姑，更是生平未曾见过如此美好的人物，故纷纷赞赏着："真不像是这世间的人儿呢。"僧都也忍不住地拭着眼泪说："到底什么因缘，教如此稀世的人物偏偏生在这样纷乱的日本国的季世呢？想想真教人悲伤！"那位女公子[2]也杂在人堆里看热闹。她小小心灵里也烙着深刻的印象，天真地说："呀，他比我父亲更出色呢！"有人逗弄地问："那么你做他孩子好不好？"她也竟然颔首答应，心中真希望能如愿哩。此后，无论绘画玩偶，都不忘绘制一个偶像，说：

---

1 笛状管乐器。表有七孔，里有单孔。为奈良时代自中国传入日本者。

2 谓若紫。

"这就是源氏之君。"给他穿上美丽衣裳，当宝贝藏着。

光源氏回京后，首先上宫禀报迩来诸事。皇上见其消瘦，无限心疼，殷勤垂询上人的法力等等。待源氏一一报告后，皇上嘉奖上人道："这位上人应是有资格当阿阇梨[1]的吧。真可惜修行积德如此，而不为世人所知。"左大臣也同时上宫参拜，他见着源氏说："本来想去迎接你的，又怕你既然便服微行，也不便骚扰，所以就没有上山。到我那边好好儿休息一两天吧。"又积极催促："这就送你过去。"源氏本来不怎么感兴趣的，却又不便拒绝，故而只得退出皇宫。左大臣把座位让与源氏，自己则就下座。让丈人如此厚待，实在过意不去。左大臣官邸已有多时不见这位乘龙快婿，今日知他将回来，所以刻意扫除一番，处处洗刷得如玉一般明亮，所需用品亦备妥万端。可是，夫人却又像往常那样躲在里头，不肯露面。经她父亲千呼万唤，始勉强出来。她就像图画里的公主那样美丽地端坐着，一动也不动，教源氏之君无从打开话匣。胸中的心事啦，山居趣事啦，很想说给她听一听。如果对方能够随和些，让自己倾谈，也偶尔作适当的回答，该是多么有趣的事情啊。可是，夫人竟如此一副冰冷的态度，没有丝毫可亲之处，日积月累，二人间愈形隔阂，真教人寒心。"偶尔也让我瞧瞧一般夫妇之间那种亲昵劲儿嘛。人家病得快死，也没有半句温暖的慰问。虽说这是你一贯的作风，可也真教人怨恨哪。"还是光源氏忍不住先开口。"可知'久未见访增怨尤'[2]吗？"说着，她羞涩怨怼地睥睨夫君。那眼神十分动人，脸庞又是如此高贵美丽。"看你！难得开口，一开口便又讲这种话！'见访'这种字眼岂是适用于咱们这种神圣的夫妻之间呢？可别乱套词句了。你向来对我这样冷冰冰，偶尔也盼望着能一改

1　天台真言律宗阿阇梨须得皇帝宣旨始能递补。

2　典出《古今六帖·五》。葵夫人（光源氏原配夫人）引此歌乃旨在讽刺源氏，谓己被冷落，久未见夫君过访，该埋怨者为自己也。

常态，我这边多方尝试过，但是，看来你是越来越跟我疏远了。唉，只好‘长寿以盼万事改’[1]喽。”说罢，独自走进寝室里。夫人却无意跟随入内。源氏之君无可奈何，只得叹息连连地就寝，心中老大不高兴，装着困倦的样子，脑筋里却想着人世间种种不可思议的事情。

光源氏很愿意守护着那一株嫩草的成长，可是，由于二人年龄太悬殊，也就难怪别人会不能谅解。唉，真是不容易接近的对象啊，得想个什么办法，干脆把她接过这边来，早晚看着她，也聊堪安慰的。兵部卿宫虽然极高雅，风度又好，但是却欠缺着明朗健美，可是他的女儿怎么偏偏会跟同宗族的那一位相像呢？恐怕是因为兵部卿与她是同母所生，亲骨肉的关系吧？想到这缘分，便倍觉亲切，更盼望无论如何能进一步设法接近这少女。次日，光源氏修了一封信差人送去。恐怕连僧都那边也有所交代吧。给老尼的信如此写着：“日前拜托之事，竟不获允准，故而未便冒昧倾吐心事，委实遗憾之至！若能获得谅解我所以如此执着的心意，诚不快慰！”信中还夹着一首小字书写的和歌：

“山樱艳兮似丽人，
　自遇娇女情难禁，
　　朝夕相思兮已逾旬。

唯恐夜来风雨吹落花瓣啊。”那绝妙的笔迹不去说它，就连随便折叠的那怀纸的外观，都自有一股不同凡响的格调，教老尼看着都不免有些羡慕。收到这样的信，该如何答复是好呢？她这样想来想去烦恼着。“日前承蒙惠声，以为乃是贵人戏言，未敢当真。不料，今日又

1　典出不详。

获赐亲函，实在不知何以为对。外孙女儿尚幼小，既连《难波津》[1]之帖都不能习写，如何承受得了厚爱？诚如所谓：

山风拂兮樱枝低，
　殷勤总为花开季，
　　但恐终久兮将离携。[2]

教我如何不担忧？”僧都的回音也相仿，令人十分失望。故二三日后，又派惟光为使者。临走时吩咐道：“记得有一位叫作少纳言的乳母。快去拜访她，同她仔细商量商量。”哎呀，可真是丝毫不肯马虎啊。对方还是那么一个稚气未脱的女孩儿哩。惟光回想起那天隐约瞥见的情景，对源氏之君的兴致之浓，不得不大大佩服。僧都既然收到这般郑重其事的信，也只好礼尚往来一番地客套起来。惟光总算会见了少纳言，对她详述源氏之君的想法啦，人品啦，以及日常起居情形等细节。惟光本是个能言善辩的人，滔滔道来，自是理直气壮的样子。只是这边一位实在太幼小，究竟源氏之君是何居心？实在教人费思量。源氏的信照例写得极诚恳，上面说道：“尤其盼望能拜见她习字的笔迹。”并附有和歌一首：

浅香山[3]兮诱深情，
　梦寐难忘倩女态，

1　为《古今六帖》所收和歌，当时以为幼童习字初帖。
2　以山风喻光源氏，樱花则喻若紫。老尼此歌系怀疑源氏执迷若紫，盖以其正当花样年华，唯恐此情终不能持久也。
3　“浅香山”为《万叶集·三八〇七》所收和歌之起首句，亦供当时作为幼童习字之字帖。光源氏因老尼信中提及若紫年幼不习字云云，故以“浅香山”喻年轻的若紫。此首和歌为直接对若紫而咏者。

卿何忍心兮拒相迎？

答咏云：

山井浅兮不宜汲，
明知辘轳亦徒然，
何用枉费兮将桶入。[1]

惟光所带回来老尼的消息亦相仿。“待此身病愈，将返京拜访，届时必作明确答复，盼请原谅。”这样的回音实在教人心不定。

近来藤壶因健康情形欠佳，返归故里休养着。光源氏看到父皇焦虑的样子，十分同情；可是，另一方面，却又觉得这样难得的机会万万不能放过，故而费心阴谋，致全然无意接近别的情人。就是日间在宫中也只是一味沉思着。至日暮，委实无法再忍，寻着平素侍候藤壶左右的王命妇[2]，苦苦求她设法达成幽会之目的。片刻的欢乐，有如置身梦境，痛苦则恒与爱情相随。过去的失足已使皇妃无限懊悔，她本已决心从此斩断情丝，只把它埋藏心底，作为永生的回忆；讵料，如今又发生了这等事情，教她自责自怨，悲痛难言。那种优雅端丽，既高贵又羞涩的模样儿，实在独具一格，无人能与之相比。为什么她会如此完美无瑕呢？这样反倒令人不安，光源氏几乎要埋怨起来。平日的思慕郁积心头，千言万语竟不知从何说起。颇想仿古人“借宿暗部山”[3]的风流，可惜偏又春宵苦短。早知如此，重逢不如不见面。

---

1 此为老尼代若紫所作答歌，“山井浅”亦《古今六帖·二》所收和歌句，喻源氏用情不专。歌意谓：明知源氏热情不能深厚，何须枉费以身相委也。

2 亲王之女入宫仕为命妇者。

3 典出《古今六帖》。全歌大意谓：恨不迷途，借宿暗部山（一说“暗部山”为京都郊外“鞍马山”古名）。

相会难兮重逢遥，
　魂牵梦萦肠为断，
　　恨不殉情兮在今宵。

咏成一首悲歌，源氏之君已是泣不成声。皇妃虽然于心不忍，而她自己又何尝不是柔肠寸断呢？

如梦幻兮爱亦悲，
　人言可畏恐贻笑，
　　妾心哀苦兮君岂知？

从她的立场和身份来看，确实难怪会如此忧心烦乱的。命妇将源氏之君的外褂等衣物取来。他心中虽无限依依，却不得不辞出。回到家里，终于含悲涕泣就寝。去信也徒然，照例是如石沉大海，一无回音。虽然是由于处境不寻常，从一开始就如此，却仍不免内心怨尤。有两三天工夫，光源氏只是茫然呆思，既不上宫，也不出户庭。但又恐怕父皇挂虑，心虚之故，自多烦恼。皇妃那边呢，自然难免怨叹，身体也就更加衰弱了。虽然皇上频频遣使促其早日返归宫中，亦丝毫引不起她的兴致。这一向老觉得身子挺不舒服，自己仔细推算之下，倒是有所意会之处。思前虑后，忧心如焚。加以天气燠热，连床都懒起。到了怀孕三个月，怎么样也瞒不了别人。人人见了，无不讶疑。她只有自叹宿世孽缘，这究竟是什么因果报应啊！事出意外，别人并未知晓此事，故而纷纷猜疑：如此喜讯，何以至今都未禀奏皇上？只有藤壶自己晓得所怀为光源氏的胤嗣。那些侍候御浴等琐事的乳母及先前提到的王命妇等，倒是各自心中有疑团，只是不便说出口罢了。尤其是那位命妇，细细推想之下，只有悲叹那是不可避免的孽缘了。

最后大概对皇上禀报，说是由于中了邪魔，至今才获知怀孕的吧。于是，大家也都如此相信。皇上自获悉爱妃怀孕后，对她爱怜有加，御使络绎不绝于途。藤壶只有更感内疚恐惧，无时不忧虑着。中将之君[1]呢，近来也十分不安，甚至噩梦连连。召占梦者询问之下，竟得意外之卦。说是："幸运的梦中却羼着凶事，恐怕还有些需要谨慎的事情。"源氏听了不禁暗自猜疑。为着避免麻烦起见，伪称道："这梦不是我的，乃是替别人占梦。在此梦成为事实以前，请勿对任何人相告。"心中直是忐忑不安，不知究竟占卦所指凶事为何？后来闻悉皇妃怀妊，心里更是嘀咕，也就愈想会见。虽然费尽口舌，而命妇亦非不同情，只是，如今事态演变得如此重大复杂，实在心有余而力不足，欲助无方了。从前，有时还能盼得到一行半行的回信，现在却连这一点可盼的都已断绝。皇妃到了怀妊七个月才返回宫中。久未相见，加以怀有身孕，皇上对之自是宠爱有过。腹微隆，面庞略瘦，娇弱乏力的模样儿，另有一股惹人爱怜的风情。照例，皇上整日都陪伴在藤壶这边。又到了游宴繁密的季节了。源氏之君也时常应邀到宫中来，弹琴啦，吹笛啦，总有他一份的。虽然他极力抑制自己，究竟难免有时仍会露出一些恋慕之情，使皇妃也情不自禁地回想起难忘的往事种种。

那位山居之尼已大体病愈，故而下山来到京城。光源氏曾经过访她在京城的住所，彼此间也时有信件往返，不过答复始终是同样的，这也难怪人家；只是，这几个月来，他更是心事重重，几无暇作其他思想。时间就在其间一天天过去。到了秋末，更觉愁闷难耐，尽日叹息连连。不过，他还是挑了一个月夜，想起到曾经幽会过的地方走动消闲，却不巧又遇着阵雨。目的地是在六条京极附近，他是从皇宫出

1　当时光源氏之官位为中将。详第二帖"帚木"。

发的，所以感觉上显得远了些。[1]偶然经过一座古木荒凉的府邸。那个忠心的随从惟光介绍道："这就是故按察大纳言的家。某日顺路过访时，里面的人告诉我说：那位尼君病重，大伙儿正不知所措哩。"源氏之君不禁同情地说："哦？怪可怜的。应当去探望慰问才是。怎么不早告诉我呢？快进去替我打听打听。"于是差遣人到里面去通知："我们主上专程来探望，现在就在外面等着。"这突如其来的访问，真教人狼狈。"哎呀，怎么办呢？这五六天以来十分衰弱，恐怕没法儿会客；不过，也总不好意思教人就这么回去呀。"于是，连忙收拾一下南侧的厢房，谦逊地说："简陋的地方，暂时充作答礼的场所。真是意外的荣幸，也没有来得及准备。这么脏乱，还请多多包涵。"果真是来到一个全然没有见惯的地方呢。"一直想来探望您的，只因为信上对我总是那么冷漠，所以也不敢太过冒昧。同时也真没有想到您的病情会如此严重，实在教人担忧。""身体衰弱，倒是一向如此，没想到临终之际，还蒙您眷顾，委实不敢当。只是，对于您的好意，却无法移动病躯，亲自答礼，实在遗憾至极。至于外孙女儿的事情，如果日后您没有改变意思的话，等她年纪大一些，再麻烦您照拂吧。说真的，把这么一个稚弱的孩子遗留下来，真不能安心入冥呢。"老尼派了一个近侍代言。

房间就在近处，因此可以断断续续听到老尼微弱的嘱咐声："真太不敢当了。小姐若是年纪稍大些，还可以叫她出去答谢的……"源氏之君听了，心中更加怜恤。"我这边哪里是出于一时好奇冲动的要求啊。到底由于什么因缘？自己也不明白，不过自从初次见面，就这般不可思议地忍不住喜欢她。这可不像是今世才开始的缘分吧。"于是，进一步试探："虽然您对于我的想法可能始终不太谅解，能否再作一次

1　自皇宫至六条京极，须经六条主要街道，故云。

要求，让我听一声那天真可爱的声音呢？”果然，不出所料，做乳母的少纳言立刻婉拒："噢，不巧得很。那个孩子还不懂事，这时候大概已经入睡了吧。”偏偏就在这时，里面有脚步声响起，若紫那无邪的声音也清楚可闻："外婆，您不是说那位到过山寺的源氏之君来了吗？怎么不出去见见客人呢？”这场合真尴尬，侍女们连忙制止她："嘘！小声点儿！”“您上回不是说，见了那位公子，连精神都清爽起来，身上的病都好些的吗？”少女一派纯真，以为自己做了一个好建议哩。源氏之君隔着纸门听到这些对话，心中暗自好笑，却又替大家狼狈的处境设想，故而佯装若未听闻的样子，于是郑重其事地致慰问之辞，引退了出来。可不，全然还只是一个小孩子嘛！不过，善加教导，他日定有可观之处……他心中自忖着。次日，又写了一封极细腻的信，照例也附着一首和歌：

“幼鹤鸣兮舟止桨，
徘徊苇间不忍离，
我闻娇声兮亦迷惘。[1]

‘所思为一人’[2]哪，可知吾心？”他故意模仿着孩童的字体书写，却也看来另具风格，故而侍女们都相劝道："留下来让小姐做字帖吧。”回信乃是由若紫的乳母少纳言代写。“日昨承蒙枉车过访，感铭至极！尼君病情突然恶化，恐朝不保夕，已决定返回山寺。对于您的关怀，只有等她升天再报答了。”源氏之君读信后，深感悲悼。这秋天的暮色特别诱人思恋。光源氏胸中情潮澎湃，暗恋的人儿既遥不可及，故

1　舟子闻幼鹤鸣，则止桨不忍离，源氏自谓己闻若紫娇声，亦迷惘留恋如舟子也。
2　引《古今集·恋四》，无名氏和歌句。

退而求其次，无论如何想求得与她有血缘关系的这位少女。想起老尼咏诵“朝露寿短”那暮色中偶然瞥见的影像，思念之情剧增，却又恐一旦实际会见，是否会令人失望呢?

幼草根兮连紫草，[1]
　随风摇颤野途边，
　　我欲采摘兮及日早。

皇上预定要在十月里行幸朱雀院，届时必将有一番盛况。为着御宴之用，将从名门贵族的子弟及达官殿上人之中遴选擅长舞蹈者。故近日来亲王大臣以下，都各自忙着练习种种技艺。眼看世人皆如此欢乐，源氏之君忽然想起返回山里的人，已久未通讯，故连忙差遣使者上山。这次只有僧都回复。“舍妹已于前月二十二日归天。此本世间常理，仍难免于哀伤。”云云。光源氏心中一面哀悼故人，一面禁不住地想着那位令人牵肠挂肚的可人儿究竟不知如何了。可怜她小小年纪就丧失亲人，如今不知该有多思念她的外祖母呢！于是也依稀记起自己小时死别母亲的情景，竟生同病相怜之情，于是写了一封诚挚的信去慰问。少纳言也仔细地代若紫回信。丧期过后，据悉若紫又回到京城府邸来。源氏之君乃挑了一个闲暇的夜晚，亲自造访。园废屋旧，人口稀少，对一位稚龄的人而言，住在此地不知有多恐怖呢。源氏被迎入前回那间客厅里。少纳言泣涕涟洏地追述临终情景，源氏之君亦不时以袖拭泪。“曾有人提议让她父亲接过去教养。可是过世的尼君从前时常哀叹：‘她去世的母亲从前曾遭受过那边的夫人不少奚落。而

1　紫草之根可为紫色染料。光源氏以紫草喻藤壶，想象紫草之根与野边幼草根相连，则谓藤壶为若紫的姑母，有血统关系也。后人因此首和歌称《源氏物语》女主人之一的此少女为“紫”(Murasaki)。

且，这孩子虽非稚童，又未及于凡事独当一面的年龄，正是不上不下的尴尬时期，教她处在众多的异母姊妹当中，恐怕会受人欺侮。’如今想来，尼君这番操心也不是全无根由的。至如您一时的戏言呢，不论日后如何，总是一片好意，我们也十分感激，只是，她本人还太年少，加以脾性又显得较实际年龄幼稚，跟您实在太不相称，教我们这些侍候身边的人也不便做主。”少纳言为难地说。“这样再三地请求，倾吐心声，为什么还要如此谦辞呢？我所以被她那稚气的模样儿吸引，恐怕也是有什么特别深的因缘关系吧。不知我这心意能否有机会自己直接对她表示？

海藻聚兮芦若浦，
　波涛拍岸复返归，
　　此行坚定兮岂容补？[1]

这样说，或将遭人误解有夸张之嫌吧。”少纳言则谦逊道：“哪儿敢当。您过奖了。”于是，她也咏成一首：

“玉藻荡兮随海浪，
　未谙波心徒漂摇，
　　轻言辄靡兮嫌放荡。[2]

---

1 “芦若浦”为地名，日语“若”即“年少”义，故以喻年少的若紫。“海藻”原文为“海松”，日语音同“看见”，故此句谓光源氏见得紫上。后二句因“芦若浦”，遂写海景，波涛往返无穷，乃谓此行已意甚坚，岂容似波涛般徒然往返：必欲达成愿望，不可修补也。（按：《源氏物语》和歌原文多音义双关之妙，译成外文，往往徒留支离琐碎、佶屈聱牙之外观，尽失原文趣味，亦无可如何，诚为憾事也。）

2 少纳言因源氏前歌以玉藻喻紫上，而以波浪喻源氏。谓玉藻随浪漂荡不定，未谙波浪居心如何，若轻言相诱即靡从，岂非嫌太放荡轻率耶？

究竟如何是好啊！”少纳言的态度相当世故得体，源氏之君也就自然不甚介意，他只好用美妙的声音吟咏“逢坂关险需费时”[1]，教那些年轻的侍女听得如醉如痴。

当时若紫正因思念外祖母，哭哭啼啼在房里躺着，游伴的女童们带来消息道："有位穿着外褂的客人在客厅里。一定是你父亲哩。”于是，她一骨碌跳起来，边叫边跑地来到外间。“少纳言哟，穿着外褂的客人在哪儿呀？是父亲来了吗？”那声音真是清脆悦耳。“不是你父亲。不过，也是不必太疏远的一位呢。来，到这儿来。”少纳言这么一说，她才觉察出，原来是那位了不起的人物。于是，她明白自己说错了话，羞涩地贴近乳母身边坐着。“带我去睡吧。困倦了呢。”源氏之君说："现在又何必逃避我呢？就枕在我的膝上睡吧。来，靠过来点儿。”乳母把她推向源氏这边说："喏，您瞧。就是这般小孩子气啊。”若紫静静地坐在那里，任由乳母摆布。源氏之君遂从几帐的布幔探手入内，触及一身柔软的旧衣裳，以及垂泻而下的头发，发端丰富的感觉，令人想象其美。他握住少女的手。许是嫌恶被陌生人这样贴近的吧？“人家想睡嘛！”说着，硬收回了手。源氏之君乘机溜进了几帐之内。“从今以后，让我来照拂你。可千万别嫌弃才好。”乳母却困惑地说："呀，这怎么成呢。别这么的。跟她说什么也没用的啊。”源氏却道："请别多心。对这么幼小的人，我能怎么样呀？只是想证明我这世所稀有的意志罢了。”外面是降霰的天气，极凄凉的夜晚。“这儿人口这么少，如何过得日子啊！”源氏之君不觉落下泪来，不忍就此离去。“放下格子窗来。这种可怕的夜晚，就让我在此宿直吧。来，大家靠拢点儿。”说着，他一把抱起了少女，走入帷帐里。究竟存着什

1 引自《后撰集·恋三》，藤原伊尹作。歌意谓逢坂关险阻，攀登须费时日。源氏引此歌表示愿费时追求也。

么心哪？大家都感到十分讶疑。乳母更是焦急异常，可是又不能瞎叫，故只得叹气而已。若紫自己呢，她当然也十分惊悸，不知将发生何事。可怜那细腻的肌肤被吓得全起了鸡皮疙瘩，浑身颤抖不已。这模样儿看在源氏之君眼里，觉得无限逗人爱怜。他让少女只穿着一件贴身的单衣，然后陪着她躺下。自己心里多少也有异样的感觉，却试着用极温柔的口吻对她说："请到我家里来住吧。我那儿有许多你会喜欢的图画，还有许许多多玩偶呢。"他说话的态度那么优雅而讨人喜欢，故而若紫幼小的心灵里也逐渐消除了恐惧；不过，她毕竟仍未敢放心入睡，躺在那儿不安地扭动着身子。

整夜刮着大风。"哎，假如不是他在这房子里陪着我们，不知有多害怕呢！可惜，他们两位若是年龄相配就好了。"侍女们都在窃窃私议。毕竟乳母是对此最不安的一位，故而总是侍候在近处。虽然天未大亮，源氏之君见风稍停，即准备离去。这样教人看来，更像是发生过什么韵事似的。"实在不忍心看到那可怜的样子。从今以后，恐怕更会片刻不能不思念她吧。让我把她接到我住处去好了。老住在这种地方，谅她会害怕，承受不了。"源氏又提出这样的要求。少纳言道："她父亲也说要来迎接她去的。不过，恐怕得做完她外祖母断七之祭才行。""当然，她父亲那边是最可靠的地方。不过，据说他们从小就分居，没什么骨肉亲情，那岂非同我一样吗？而今，我已经跟她接近了，实际说来，岂非又较她父亲更为亲近些吗？"源氏之君边说边抚摩若紫的头发。他一再回顾，依依不舍地离去。浓雾满天，已多情趣，何况更加白雪遍地，在这样的晨景里踏上归途，委实风流；不过，想起昨晚整夜只是跟若紫说故事，并非真正谈爱，所以难免有些兴未尽之憾。途中忽然想起，附近有一家过去常常幽会之处，故而令随从去敲门，敲了许久，都无人应门。不得已，让随从之中有美妙声音者朗诵道：

晨雾浓兮路茫茫，
到此踌躇不忍去，
阿妹[1]闭门兮将谁防？

重复朗诵两次。屋里果然出来了一个伶俐的女仆。

雾迷蒙兮车徘徊，
若有情意来相访，
蓬门已然兮为君开。

说完便又躲入门后，以后并没有人再出来。就这样白白走过，虽然有些太不解风流，不过，天已渐明，不便多事逗留，故而只得悻悻然回二条院。若紫那张稚气浓郁的脸庞犹印脑海里，身边的余温亦如未去。源氏之君回忆着温馨的一夜，独自微笑就寝。日上三竿方始起床。写起信[2]来，究竟不同于普通一般的情人，故而时时搁笔，犹豫着，甚费思虑。也附同赠送一些有趣的图片给她。

正好在这一天，若紫的父亲兵部卿也到那府邸去探望女儿。他看到近来更形荒废的庭屋、稀少的人口和寂寥的生活情形。“小孩子如何能教她在这种地方住着？还是把她接到那边去好了。等去了便会知道没什么不方便的。至于乳母嘛，给她一间房间住吧。小姐住在那儿不愁没有玩耍的伴侣，一定可以和别人相处得来。”他把女儿叫至面前。一夜相随，源氏之君身上的香泽竟染在少女身上了。“噢，好香啊。可是，怎么衣服这么旧了？”做父亲的真觉着十分心疼。“唉，

1 当时男子称其情人谓“妹”，以示亲昵。
2 当时男女幽会，次晨必有书信和歌相赠以示情意，称为“后朝之文”。

我常说的，不要总是跟多病的老人家在一起，有时也到那边去住一住，大家好熟悉熟悉。可是她老人家总是见外；自然那边的人也就跟这孩子有了隔阂了。如今，在这种情况之下把她接过去，实在也怪可怜的。”“主上怎么好这样说呢？虽然您或许会不太放心，但暂时还是教她在这里住着吧。等过些时候，懂事些儿，那时候再接她过去不好吗？”少纳言接着说：“小姐日夜思念她过世的外祖母，连饭都不肯好好儿吃呢。”果然，看来她面庞有些消瘦，却反而增添优雅美丽。“为什么要这样呢？人死了，有什么办法？不是还有我在这儿吗？”兵部卿无限怜爱地说。已近日暮，遂预备离去。若紫幽幽地哭泣起来，她父亲也忍不住落泪了。“别想得太多，过两天，就来接你回去好吧？”他一再地安慰着，终于离开。父亲走后，更加寂寞难堪，若紫只是不停地流泪哭泣。她倒不是想到自己前途如何，只是，一想到这些年来片刻不离的外祖母如今已不在，小小的年纪，竟也胸中绞痛难过，连游戏玩耍都不想了。白日尚好打发，天黑后便独自闷坐着，默默不发一言。“这样下去，怎么好啊！”乳母啦，侍女们啦，都感束手无策，不知如何安慰，大家只有哭成一团。

源氏之君差遣惟光，并令送上一信。信内大意说：“甚盼能再来拜访，不过，宫中频频召见，故而一时无法前来。心中则时刻不能忘怀那楚楚可怜的影像。”同时又派了宿直守卫的人前来保护。“哎哎，真没意思！就算是逢场作戏吧，怎么一起始就这样随便[1]呢？将来被主上晓得，岂不挨骂，说是咱们这些侍候小姐的没尽责？小姐啊，您将来可别在父亲面前说漏了嘴哦。”少纳言虽然如此叮咛，可是，若紫根本不明白所言为何，真是越想越教人不放心。少纳言乃拉着惟光，向他嘀咕道：“过几年后，如果真是宿世缘分难逃，我们也没话说。可

---

1 谓光源氏以仆从守卫者代己来访，欠诚意也。

是，现在眼看着两人这样不相称，你们主上却要如此诸多费神，真不知他是何用意，教我们这些侍候左右的人光是焦虑，也弄不清究竟是什么意思哩。喏，今天早上她父亲来访时还特别吩咐：‘好好儿侍候小姐。千万别怠慢她。’如今，却发生这种艳情般的事情，你说，教我们如何是好呢？”少纳言一边说着，一边却又担心惟光是否会将昨晚之事当真，故而也不便表现得过分忧虑的样子。那位大夫呢，更是丈二和尚摸不着脑袋，觉得莫名其妙的，只得回来如此这般地禀报。源氏之君听后，倒是十分能谅解。虽然心里深深同情着若紫的处境，却也觉得如果自己继续走访她，毕竟不太妥当，同时又不得不忌讳万一消息传开来，世人将不知如何批评讥嘲自己的轻率。想来想去，觉得不如索性把人儿接到自己住处来。这期间信件倒是常常不断的。于是，某日傍晚时分，又派了惟光去，试探地问：“我们主上为着许多顾虑，近来未能时常造访。你们会不会觉得这样太简慢呢？”少纳言道：“兵部卿之君突然传令明日来迎接小姐。一向在这种老房子里住惯了，一旦要离去，真有些担心，所以大伙儿都在那儿忐忑不安呢。”她三言两语简单说明之后，便径自在那儿忙着缝纫啦，收拾东西啦，也不多加理睬。惟光只好怏怏地辞去。

光源氏这几天住在岳父家里。夫人照例对他又是冷若冰霜，爱理不理。他心烦无聊之余，独自弹奏和琴，专心含情地咏唱着风俗歌“作田兮常陆之地”云云。惟光正好在这时候回来。立刻召进，询问情况如何，惟光如此这般一五一十地详述。听得源氏之君心中难过极了。万一让兵部卿带了回去，自己再去迎接她出来，岂非教人笑话，说太好奇吗？别人也许还会非难自己诱拐少女哩。事情既已到此地步，不如索性趁现在使个计，偷偷地把她领出来。于是，吩咐道：“明日清晨，我要到那里去一趟。把车驾备好，叫一两个侍从等候着。”惟光唯唯诺诺退下。光源氏思潮起伏，考虑种种。究竟如何是好呢？

反正总要受世人批评为好色之徒的。唉，为什么她年纪不稍大些呢？这样就可以装得像是女方先表示好感，那么别人也就没有什么可大惊小怪了；可是，如今这种情况之下，万一被她父亲盘问起来，不知有多窘哩。又想：失掉了这个机会，恐怕将悔恨终生。故而天未大亮便出门。夫人照常地又摆出一副猜疑不悦的脸色。“忘了二条院那边还有一些没办完的要事。马上就会回来的。”源氏之君只含糊其词地找借口，故连许多侍女都没有察觉出来。他在自己房间里穿好外褂，便径自上了车，只有惟光骑马跟随着。

侍从敲门。不知就里的人把大门打开了，所以连车驾一起开入庭园里。惟光敲打着妻户，又在那儿故意干咳。少纳言立即察觉，乃从里头出来。“我们主上在这儿。”惟光见了少纳言便说。“小姐还在睡觉。怎么天还这么黑就过访来了？”少纳言以为他们是过路顺便来探访的。“听说小姐要搬去同她父亲住，所以想跟她说一句话。”“什么话呀？她那么小，恐怕连得体的答语都不会说呢。”少纳言笑着说。这时候，源氏之君径自走了进来，少纳言连忙尴尬地说：“许多侍女陪着她横七竖八地睡在里面呢。”源氏却道：“还没有醒来吗？让我来叫醒她。怎么可以不看看这么美的晨雾，还在那里睡懒觉！”说着竟一脚跨入里间。事出意外，少纳言连叫一声的时间都没有，只是呆呆地在那里发愣。若紫正酣睡着，忽被人抱起，故而惊醒过来。她困眼蒙眬，还以为是自己的父亲来相迎哩。源氏之君温柔地掠起她的头发，又轻轻地抚摩着说：“来，走吧。你父亲叫我来接你的。”那少女听了声音才晓得弄错了人，吓呆了。源氏索性一不做二不休：“别怕，我也是人哪！”说着，将她一把抱起，跨出房间。惟光和少纳言都惊叫：“做什么啊！”“我以前说过，在这儿始终无法相访，要把她接到比较安全的地方，没想到如今人家竟无情地要把她带到那边去，这样，今后岂不是连通信都不可能了吗？派一个人跟来吧。”源氏匆匆解释。

少纳言急得团团转。“今天不成！一会儿她父亲来，教我们怎么说好呢？等过几年，如果真有缘分的话，那时再怎样都不迟。现在她还是不懂事的年纪呢。您这么做，教我们左右的人如何好呀。”“好啦，好啦，那么等以后再派个什么人来吧。”源氏之君不顾一切地促车备驾。大家只有焦急地面面相觑。若紫也觉察出其中有异，竟哭了起来。少纳言知道如今已无法阻止，故而连忙收拾起昨夜缝好的衣服，而她自己也只好换了衣服跟着上车。

二条院就在离此不远处，故而天未大亮便抵达。一行人在西侧对屋[1]前停车。源氏之君轻轻地抱起若紫，让她下车。少纳言犹豫地说：“还像在做梦一般，到底怎么办呢？”源氏对她说：“那是你的事。反正我已经把她接来了。你若要回去，就请便吧。”不得已，少纳言也只好跟着下车。这一切的发生实在太突然。她余悸犹在，心跳不已。主上不知要怎么说？小姐又将会如何呢？唉，千怪万怪，只恨她可靠的亲人都死得太早，真是可怜啊！少纳言泪流不停，但是又怕小姐初到新居，自己这样会给她带来不吉，所以勉强克制着。这里是平素空着无人居住的对屋，故而连御帐都未设置。源氏之君特令惟光到处张罗御帐啦，屏风等等。几帐的帷幔只待拉下便可，座位[2]也略加整理即完备，故而令人到东侧对屋去搬运卧具，即可就寝。若紫惊慌不知所措地颤抖着，不过，未敢哭出声来。“我要在少纳言旁边睡觉。”她说话的声音仍是稚气十足。源氏之君告以：“这么大了，不可以跟乳母一起睡。”不得已，她只好边哭边就寝。做乳母的岂敢躺下？只是枯坐在那儿，伤心地哭泣着。

待天明，环顾四周，房屋的建筑和装饰自不消说，即连庭园里的

1　对屋为日式房屋设于正屋之外，左右对称者。

2　古代日本天皇及贵族座位为重叠两张榻榻米，其上铺以坐垫。

砂石都如玉一般晶莹。[1]少纳言始觉与这华丽的环境相形之下，难免自惭形秽。幸而此处并未见其他侍女。这个对屋本是接待客人之场所，故而只见男仆远侍帘外。彼等闻悉主上如此迎接一位女性，故而正在帘外窃窃私议："不知到底是什么人？怕不是寻常人哩。"源氏之君到日高时分方始起床，今朝特别在此盥洗和进用朝餐。他吩咐道："没有供作使唤的人，恐怕不方便，等天黑时，去叫几个侍女来这里侍候吧。"又令人去召见东侧对屋的女童。"年龄小的都过来。"于是，来了四个挺可爱的。若紫本来正和衣躺着，源氏却把她硬拖起来。"别老是闷着。若不是真心关切你，会对你这样吗？女孩子家，还是脾气温顺点儿的好哦。"看来似乎已经开始他那一套教导的理论哩。这少女的脸庞比从前自远处望见的更为清丽。同她温柔地说话啦，拿有趣的图片或玩具给她看啦，源氏之君颇费心机，想尽办法来讨她欢喜。由于刚刚起床，睡意仍在。她穿着一袭浅墨色[2]的旧衣裳，正看这看那的，时而天真地笑着，委实逗人喜爱。源氏之君在一旁莞尔微笑，欣赏她的一举一动。

趁源氏之君到东侧对屋去的时候，若紫步出了房间，眺望庭园里的草木池沼。近处冻霜的盆栽如图画一般优美。一些不认识的四位之人和五位之人正穿着黑色、红色的袍子，在那儿忙碌地出入。她小小心灵里觉得，果然，真是有趣的地方，便又走过去看看那些画着各色各样图画的屏风，聊以打发时间。那模样儿真个是楚楚可怜。源氏之君有两三天工夫都没有上宫去，只是专心陪着这位少女，企图要亲近她。许是有意给她做书帖的吧？他搬出各种墨宝和画本，一一当面写给她看。他写得极好，也极多。在一张紫色的纸上挥毫："人人赞美

1　京都附近产白砂石，至今古庭名刹仍有石庭，晶莹白净，此非虚夸之言。
2　仍在其外祖母丧期中，故着深色丧服也。

武藏野。”[1]紫上拣出其中着墨落笔特佳者而欣赏。其下有一行略小的字迹：

武藏野兮草连卉，
　虽未交枕已销魂，
　　得此佳人兮聊足慰。[2]

“来，你也来写写看。”源氏促使握管。“人家写得不好呢。”她天真无邪地抬头说，那脸儿确实美丽纯洁。源氏不由得浮出一抹微笑，温和地说：“不能因为写不好就不练习呀。以后我会教你的。”于是她安静地坐在旁边写字，拿笔的手势，全然未脱孩子气，教源氏之君看得既着迷又爱怜。连他自己也不解，究竟是为什么会如此。“哎呀，写坏了。”少女连忙羞怯地藏起一张纸，却被源氏硬抢过来看。

草连卉兮乃君谓，
　无端承欢竟何缘？
　　得不教人兮衷心畏！

那字迹虽然尚未熟练，却相当丰腴有致，相信假以时日，习之以恒，必会有可观的成就。这字迹倒有几分与那位故去的老尼相像。如果给她多刻一些当世的好字帖，定会更进步的吧。又陪她戏耍玩偶。特令人赶制好几个模型房子，二人一同游戏。看来，光源氏的愁云已全

1　句出《古今六帖·五》和歌。全首含意与紫色有关，故特选此歌。武藏野为地名，盛产紫草。

2　此为光源氏所咏和歌。“武藏野”三字因上注《古今六帖》歌句而为紫草之代称。紫草以喻彼私恋之继母藤壶，草连卉则喻与藤壶有血统关联的若紫。全首歌谓：已与若紫虽未正式交枕结为夫妻，得此暗恋之人的侄女亦聊堪慰衷情矣。

消，真正快活无比了。

那些留守在古屋中的仆从侍女对兵部卿之君的责问，可着实受够了。由于源氏之君曾经一再叮咛道，暂时勿令人知此事，而少纳言也认为如此较为妥当，决不可将消息外泄，故而大家只得含糊其词，告以少纳言悄悄带走了小姐。兵部卿不得已，只好认为这是故尼君的遗志，乳母太过小心，不敢直说，终于出此下策。他乘兴而来，败兴而归，只好流着眼泪回去。临行时又叮咛："万一有消息，务必要让我晓得。"侍女们听了这话，明知不可能，所以个个面有难色。后来兵部卿也曾派人到北山僧都处相寻，仍是一无下落。如今，只有带着悲酸的心境回忆那张可爱的面庞了。连兵部卿的夫人听此消息后，都忘了从前憎恨其母的情形，遗憾不能把她领回来尽心教养呢。

二条院的西侧对屋逐渐吸引了许多侍女。那些侍候游戏的男女侍童见这一对奇妙新鲜的人儿，大家也都能无所顾忌地参与嬉戏。虽然有时遇着男主人不在家时，这位年幼的女主人也会追念外祖母而偷偷哭泣，不过，对于自己的父亲，她倒不怎么想念的样子。大概是原本习惯于离开父亲的缘故吧。而今，她只是亲密地缠着这位新得的父亲。只要源氏之君一回来，她便上去相迎，亲热地谈笑。被他搂抱在怀里，也丝毫不觉得嫌恶或羞涩，那一派天真烂漫的样子，自有一股乖巧引人之处。妇人如果到了会嫉妒的年纪，夫妇之间自然难免会生勃豀。男方有时多心，而自设隔阂，女方又常会怀恨于心，其结果常常会演变成意想不到的地步。可是他们这种结合呢，简直是无心的一对游伴。即便是亲生女儿，一般人到了这种年龄，往往都不能在父亲面前如此随心所欲，同起共卧的吧。光源氏心底或许觉得：自己获得了一位特殊的掌上明珠哩。

第六帖

末摘花

岁月流逝。夕颜之死，像花之凋零露中，在光源氏心底留下难忘的记忆。在他身边到处是端着架子的女性，她们互相地警戒着，竞争着，更使他眷恋不忘那无比可亲的影像。如何寻得一位身家平凡、人品可爱，而又无须太费神介怀的女性呢？他无时不作此想，故而稍有风声都不曾漏过。偶遇着若有可取之处者，也会试投一二书信示意。大体说来，无不顺从靡倒，几乎无人对他浇以冷水。这样，反倒教人兴味索然了。有些女性看似冷淡而个性强，凡事一本正经的，没有一点儿温暖，不识抬举的样子，不过，往往最后还是无法坚持心意，结果草草许配予别人，所以也就不了了之。那位空蝉呢，也是时时教他不能不记起而又使他心痛的一个人。还有，那位曾系情书于荻叶梢的女性，有时也仍有书信往来吧。那张曾见于灯影摇曳之下的俏丽的脸庞，也颇想再度见一见呢。总之，源氏之君对自己一度有缘相逢的女性，总是不可能随便忘怀的。

宫里新近来了一位大辅之命妇。她是继大贰乳母之后而来的左卫门乳母的独生女。其父为皇族姻亲的兵部大辅。这位大辅之命妇十分年轻风流，源氏之君宫中宿直之际，也时时召见使唤着她。由于她母亲改嫁筑前守为妻，远赴九州任国，故而如今便住在父方之家。一次闲谈时，她对源氏之君提起：故常陆亲王[1]晚年曾获一女，如今已成寂寞的孤儿。源氏十分同情，禁不住热心地打听消息。“脾气啦，外表啊，详细情形，我也不清楚。平时她总是静静的，不肯跟别人谈话。偶尔，有时晚上会隔着几帐同我聊天。似乎琴是她最好的朋友呢。”源氏听后说：“琴是三友之一，其中一项可不怎么顶适合妇人呢。[2]”又要求道：“让我听听看那琴音吧。她父亲在此方面颇有造诣，她应该也有一手才对。”命妇连忙说：“哪儿值得您特别去听哪！”可是，源氏却执拗地说：“别搭架子啦。不妨趁着朦胧月夜，偷偷去看一看。到时候，你也要想办法到那边去才好。”大辅之命妇虽嫌麻烦，却又不便相拒，所以在春天挑了宫中比较空闲的一日，请假回家去。

父亲大辅之君平时住在别处，偶尔才回常陆宫殿来。命妇又不爱跟继母同住，也不愿住父亲处，她与常陆亲王的这位小姐特别亲爱，故而经常往这边走动。果如所言，十六日晚月色正清时分，源氏之君令人备驾出发了。“今夜看来不是琴音清越的晚上呢……”大辅之命妇说。“好歹过去劝劝她，让我听一声也好。这样白白回去，怪可惜的。”源氏之君执拗地坚持。大辅之命妇一方面怕别人发现这隐秘，另一方面又觉得自己能担负此任务，十分荣幸，于是也由不得多考虑思索，先将源氏之君引进自己房里，然后再去寝殿。格子门尚未放下，小姐正在那里眺望梅花清香的庭园。大辅之命妇觉得这是难逢的良机，于是，她极有技巧地怂恿：“想到这样的夜晚，不知琴音将会

1　即兵部大辅之父。

2　白居易《北窗三友》：“今日北窗下，自问何所为？欣然得三友，三友者为谁？琴罢辄举酒，酒罢辄吟诗。三友递相引，循环无一时。”其中一项，盖指酒而言。

如何曼妙清越，不觉地就被引诱到这边来了。平日里，事情繁忙，不得空闲好好儿聆听，实在遗憾得很！”“没想到知音之人竟在这里。不过，我的琴艺恐非出入宫中惯闻雅音的你所欣赏的呢。”嘴里虽这样说，一边却已令人取出乐器来。大辅之命妇暗想：源氏之君这时躲在自己房里，不知他将会用何种心境偷听？于是，不觉心头乱跳。不久，光源氏果然顺着风向听到优雅的琴声。那指法之间虽未见得有十分高的造诣，不过，音色清脆，并不难听。这房子相当古老，有一位那么高贵出身的父亲，将这女儿小心翼翼地扶养带大，使她接受种种老式的熏陶，而今一切已成过去，不知曾历尽多少辛酸呢？古老的故事之中，常有这类事情发生的。源氏之君颇有意思跟她攀谈，又恐对方嫌太鲁莽，故而犹豫未决。命妇是个伶俐解情的人，她认为不教源氏之君听久的好，所以趁机打断：“天阴了。我那边有客人要来，走开太久，恐怕人家会以为我嫌弃他，故意躲开呢。下次再让我从从容容洗耳恭听吧。来，我把格子门替您放下。”源氏之君见大辅之命妇回来，意犹未尽地说：“真可惜半途辍停，没能好好儿欣赏。”许是真被琴音引发了兴致吧，他又央求道：“不如让我就近些，站着聆听好了。”命妇却有意适可而止，故道：“那恐怕不成哦。人家心境不佳，整日价沉思着，怎能做这种事呢？”被她这么一说，源氏也觉得不无道理。素不相识的人忽然亲昵起来互通款曲，这种事情只有在身份低贱的人之间才会有。不过，他实在不忍心就此走开，所以留言：“那么，有机会时，请把我的心意转告她吧。”大概他还有什么秘密约会的吧，走时十分谨慎隐秘的样子。大辅之命妇忍不住讽刺道：“皇上时常担心您的生活会太严肃认真，老挂虑着。这种话有时听得真教我们想笑。他万万想象不到您这副暗中幽会的模样儿吧。”源氏听了，笑着走回来说：“你也跟别人一样地挑我毛病吗？这点儿事情也算得风流韵事的话，那么你们妇人家的事情该怎么说呢？”源氏之君认定了命妇的风流多情，所以有时难免会当面这样揶揄她，害她羞怯得满脸通红，无言以对。

光源氏悄悄地绕到寝殿方面去，以为或许可以探得那位小姐的生活起居。他想靠近葺墙崩毁的地方窥伺内里，没想到那儿早已有一个人站着。究竟是什么人？恐怕是对这位小姐存着觊觎歹念的登徒子吧？于是，他贴墙躲着，静静地观察。原来，此人乃头中将哩！这一天黄昏时候，他们二人一起退出皇宫。头中将见源氏既不回岳父家，又不回二条院住所，故而起了好奇心，本来他自己也有约会的，却特地跟踪尾随而来。他骑着一匹怪马，又穿着简便的狩衣，因此光源氏并未注意到。当时对于源氏走进这家意外的房子里，头中将颇觉诧异。不过，琴音却使他听得陶醉，一方面又想到源氏也该回去了吧，所以就站在那里等候着。光源氏这边并不晓得此人是谁，他倒是想趁对方未及辨认自己以前偷偷溜走，但是，那人竟蓦地走近来说："不甘心被你甩脱掉，所以特地奉陪到此地来了。

退禁中兮同作乐，
　忽隐形踪敛其身，
　　十六夜月[1]兮太闪烁！"

那语气中故意带着揶揄嘲讽，非常刺耳。哦，原来是中将啊。晓得是什么人，反倒觉得好笑起来。"好一个恶作剧的家伙！"源氏埋怨道：

月皎皎兮光普照，

1　此夜为十六夜，乃以十六夜月喻源氏，谓其忽隐忽现若月之隐现云际，太闪烁不可捉摸也。

万人仰首观澄辉，

奈又穷究兮隐何峤[1]！

“假如我真跟踪到底，您又将如何呢？”头中将调皮地问。又说：“其实，这种事情呀，有时会因为有了陪伴的人而反倒格外顺利呢。今后可别甩脱我，还是让我跟着的好。幽会这种事情，有时说不准还会出什么差错哩。”他又得寸进尺地忠告起来。光源氏因为时常被这人发现私情，所以对这番嘲弄虽然极不甘心，却也只有忍受的份儿。幸而石竹花那个女婴的下落，至今对头中将仍是个谜，此刻源氏只有内心以此自居为功而感骄傲了。

本来他们二人各有约会目标的，可是事已至此，也不好意思分道扬镳，故索性共乘一车，在朦胧月光之下，一路上合奏着笛子，回到左大臣邸。源氏之君没有差人先行通报，便径自入内，偷偷在无人的走廊里换穿好外褂，然后装成若无其事方自衙门回来的样子，在那儿故意玩弄着笛子。照例，乐声逃不过左大臣的耳朵，他马上差人取来一支狛笛[2]，跟着源氏的笛音熟练巧妙地合奏着。又令擅长此道的侍女们在帘后配合着笛声弹琴。本来有一个善弹琵琶的中务之君[3]，头中将恋她，她不予理睬，却暗中爱上难得来此的源氏之君，这事已传遍府邸，左大臣夫人对她甚不怀好感；而她也有自知之明，所以此刻心事重重，无意参加大家作乐，却独自恹恹地斜倚着几子。索性远远地离开嘛，又有无限依恋，正思潮起伏地烦恼着。光源氏和头中将二人则禁不住想起方才偷听到的琴音。那种荒凉古老的地方倒真是别有风味。假定有位美人儿成年累月住在那儿，一旦得见而互相钟情的

1 源氏答头中将之歌，亦因前歌，而以月自喻。谓中将何必跟踪尾随，穷究秘密也。
2 高丽国之笛。
3 左大臣邸侍女之一。

话，不知自己将如何地快活；且又不知将会怎样引起世人骚动呢。头中将甚至作起这样的空想来。既然源氏之君如此费心去偷会此人，将来一定不会就此罢休的吧？想到这里，他竟然产生了又妒又急的矛盾心理。

其后，源氏之君和头中将两方面恐怕各自都对那女性送过信的样子，可是，两人都没有收到回音。这样未免太不解情，实在不够意思。住在那种寂寥地方的人儿，偶尔读一读寄情草木、风云等的歌词，应该会增添风情才对呀。难道她出身高贵，就得这般隐藏着感情吗？头中将越想越着急。他们二人原是没有隔阂的知己，所以索性痛快地问个究竟："你那边可接到什么回信没有？老实说，我也略微表示过感情，却是怪得很，如石之沉海底，竟然一点回音都没有！"源氏之君暗自好笑，心想：这家伙果然在动念头了。"这个，我倒是因为没有怎么格外想看她的回信，所以也就没注意到有没有回信来呢。"源氏故意含糊其词。这么一来，头中将乃以为那女性厚彼薄此，故而甚不甘心。其实，光源氏对此女并未存着多深的情意，加以对方既然冷淡，也就兴味索然了。可是，眼看头中将如此热衷，恐其终究将会费一些口舌而得手，那时怕难免要得意地把自己看作遭女方遗弃的情夫，那种心情可也不太好受哩。于是，他找命妇认真地商量起来："真是不满意她那种冷冷淡淡的态度。大概把我看成好色的登徒子吧。其实，我也不见得是善变的，只因为女方往往不肯信任我，所以结果总是弄得不好，世人自然都把过错推到我头上来了。假如有个脾气好，又没有多管闲事的兄弟，彼此情投意合，有这样的人儿陪在身旁，该有多幸福啊！""这个……我们小姐恐怕不是适当的对象吧。[1]她这个人呀，太怕羞。从来也没见过像她那么谦逊的人呢。"命妇照实说出。

1　此处原文本引催马乐歌词，音义双关，中译无法表达，故改为意译。

“那么，不是卖弄能干、倔强型的人喽。不过，只要天真大方的话，倒是不知有多可爱呢。”源氏之君心里自然地又想起了那位夕颜来。这阵子，一忽儿患疟疾啦，一忽儿又为不可告人的恋情苦恼着，[1]身心几无片刻安宁之时。春天和夏天便在这种情况之下过去了。

时已入秋。光源氏独自浸淫于回忆之中。连投宿夕颜之家那次拂晓时分闻见的砧声，如今都已变成甜蜜而又辛酸的往事了！偶尔，他也遗书常陆之宫，可是始终未见回信。真是不解风情的女人！然而越是如此，越不甘心就此罢休。他甚至于有些执拗起来，把胸中的气一股脑儿都发泄到命妇头上去：“这究竟是怎么回事？从来也没有碰到过这样的事情！”命妇受了叱责，反而对源氏之君产生无限的同情。“我并不是说您二位不相配。只是……对方生就一副爱害臊的天性，凡事都羞答答的，所以不好意思给您回信的吧。”她急忙替女方辩解。“真是的，也未免太不识世面了！若是少不更事的孩童啦，或者是双亲严管，身不由己的情况啦，这样怕羞倒是还可以讲得过去。人儿都长那么大了，凡事也该拿得定主意才对。我这么想，才给她写信的。再说，她一个人孤单单地过日子，也怪寂寞，如果能够跟我同心，也给我回信什么的，不是也偿了我愿吗？我倒是并没有意思跟她谈世俗所谓的恋爱，只要能偶尔在她那荒废的走廊上伫立片刻，于愿足矣！教她这样子冷淡对待，实在有些儿别扭。就算她不答应，你也得替我想一想办法啊。我向你保证，决不会对她轻举妄动好了。”源氏之君认真地要求。他就是有这个怪癖，常常把闲言闲语牢记心头。其实，命妇那次也不过是偶然为打发宫中宿直的无聊而随便说说，未料，他竟这般认真起来，如今想起，真有些后悔。再说，人家常陆宫的小姐也未见得跟源氏之君相称。万一真替他们撮合了，恐怕反而没

1　谓与其继母藤壶逆伦之私情也。

有什么好下场。只是，这边既然如此热衷，不替他出些力也说不过去。即使常陆太守在世时，世人都只是把她看成没落王族的后裔，而甚少人理睬，如今更是门可罗雀，无人造访，而源氏之君偏在此时频频来函示情，所以也难怪那些年轻的侍女都纷纷笑逐颜开地奉劝："还是给他回个信吧。"可是，那位小姐的羞涩也未免太出奇离谱，她甚至连那些信件都不愿意过目。如前所说，大辅之命妇本是个多情种子，又生就急性子，故而径作打算：想教源氏之君俟机在纸门外搭讪试试。对方若无意呢，便算了；若是二人有缘分，开始约会起来，大概也没有什么人来阻碍吧。既已胸有成竹，连对父亲兵部大辅也未提只字。

八月二十几日，月出得较迟，满天星光灿烂，远处传来松风，是个惹人感伤的夜晚。常陆宫的小姐谈起了往事，不觉地哭了起来。许是命妇认为难得的良机而送了信的吧，源氏之君照例又极隐秘地溜了出来。小姐正在家里眺望着月亮冉冉东升，光明始照的庭园，那一段半毁的篱笆阴森森，教人感到可怕。后来不知是谁劝她弹琴的，清越的弦音随风传来，相当悦耳。可是风流多情的命妇却认为稍欠可亲之感，是其美中不足，她宁愿弹琴的人能添些时尚的情致呢。由于这是人迹罕到之处所，源氏之君也就无所顾忌地跨入了内里呼唤命妇。命妇也故意装出意外的表情说："真是糟糕。某某人到这里来了。老实说，他过去常常对我埋怨得不到您的回音，我一直推说无能为力，没想到今晚他却亲自跑到这儿来，硬说要亲口对您说明白什么的。怎么答复他好呢？人家也是不轻易外出的身份呀。劳驾您就跟他隔着纸门说一声话好不好呢？"常陆宫小姐惊慌失措地退后，她羞答答地说："教我怎么同他说什么话嘛……"那模样儿显得稚气十足，一派未见世面的样子。命妇不禁微笑道："别这么孩子气啦。就算是贵族的千金吧，有双亲在的话，装小还有些道理，如今又没人依靠的，还要怕这怕那，怎么行哪！”被她这么一教训，那女孩倒也不是怎么倔强的脾性，故而勉强答应：“如果不必回答，只是听对方说话也可以的话，那么先锁上格子门，我就在里头听他讲话好了。”“可是，总不能教人站在走廊外面吧。谅人家也不至于鲁莽的……”大辅之命妇见有机可乘，遂巧妙地径自拉上纸门，在外面一间房里准备好坐褥，供作源氏之君席坐。小姐心里觉得颇不自在，她生平未曾跟不相识的男人谈过话，命妇既然要自己如此做，大概总是有相当道理的吧。这时候夜已深，那些乳母、老妈子等早已都回房里休息去了。剩下几个侍候左右的年轻侍女们则兴奋地期待着，想要一睹这位名满天下的源氏之君的庐山真面目。她们无端地在那儿坐立不安，替女主人穿上美丽的衣裳，又给她梳头、补妆的，大家忙碌着，可是，小姐本人却一无愉快的表示。男方虽有举世无双的好姿容，却故意含蓄地穿着不显眼的衣服，然而，光芒自不可掩蔽，令人更觉其优雅高尚。命妇内心甚感遗憾，她觉得像源氏这样的一表人才，应当给风流解情的人欣赏才对。唉，在这样的环境里，真个是可惜了。所幸，女方是一位十分端庄的人，所以大概也不至于导致什么过分的结果吧。不过，想到自己为了摆脱源氏之君纠缠叱责之苦，而安排了今日这样的机会，假使小姐日后竟因而加添烦恼愁苦的话，自己怎么对得起她呢？这又教她不得不焦急了。光源氏对这位小姐的身份地位早已闻悉，故而想象对方定必是不同凡俗、颇具深度的人。不久，许是受人怂恿的吧，随风飘来了一阵檀香的高雅芳香，他感觉到女方静静地靠近来了。于是，巧妙而尽情地倾吐了多日来的心事。女方原本连信都不敢回复的，更莫说这种直接的对话了。源氏隔着纸门等候良久，仍不闻音声，只有喟叹道：“奈何如此折磨人哪！

几度呼兮几度唤，

卿不赐言吾空谈，
　遂教频频兮增喟叹。

至少请明白地告诉我一声‘勿再言’吧，老是这样若即若离[1]的，教人心里多苦恼啊。”这时女方乳母的女儿，叫作侍从的，是个性急的年轻侍女，在一旁看不过去，乃径自靠过来代言道：

无言行兮击钟磬[2]，
　彼僧犹得表论终，
　　我今如何兮不相应？

这声音太年轻，又欠缺着庄重，可是由于代言者故意装腔作势，所以源氏之君虽然略觉诧异，认为那声音似嫌太妩媚，与女方的身份不相称，不过究竟是第一次聆听到的声音，所以珍惜异常，连忙接道："什么话呀！你这样一说，岂不要堵塞我口吗？

知无言兮胜有言，
　卿虽默默吾解意，
　　得无独言兮消忧烦？”

如此费尽口舌搭讪着，像是挑逗，又像认真，奈何对方竟一无反应。实在奇怪，这个人是否与普通的女人有异？或者她竟别有所恋吗？光源氏显得不耐烦起来，于是他悄悄地拉开纸门，跨入内里去。哎呀，

1　原文引《古今集》，无名氏作歌词。以其音义双关颇费解，故此处径采意译。
2　无言修行之僧于八讲论义时，击钟磬以示终结。此为侍女引佛僧习俗，以喻其女主人既未能仿僧，以无言表示终结交际，又苦无适切之答复相应也。

究竟要做什么啊，乘人不备的……命妇不忍心看小姐的下场，所以装作若无其事地躲回自己屋子里去了。那些年轻的侍女本来都风闻源氏之君那无与伦比的美，故而没有人想来阻止他这种鲁莽的举动，而且竟然也无人起骚动。大家只觉得事出意外，又如此突然，小姐定必丝毫无所准备，实在值得同情而已。女方自己呢，除了感到羞怯得无地自容外，别无他途。源氏之君对这位未见世面的老式家庭出身的女性，倒能予以包容，只觉她现在的样子虽不失为楚楚可怜，不过究竟像是短了点儿什么似的。当然，这样的女性是不肯随便让自己达成愿望的，所以失望之余，夜未深即起身离去。命妇对此事始终耿耿于怀，因而在卧中竖起耳朵，注意聆听着动静。她这时却也不便起来相送，所以只好装作不知。源氏之君也就偷偷溜走了。

回到二条院住宅后，光源氏仍然无法成眠。觉得世事实在未能尽如人意。想到那位女性的高贵出身，自己也不能就此弃置不顾。这样左思右想，徒然增加内心的苦闷。头中将正巧赶在这时候来访，见源氏仍未起身，便揶揄地说："呀，睡到现在还不起身哪！恐怕有什么缘故吧？"源氏这才懒洋洋地起床。"一个人睡，无牵无挂的，竟睡过了头。从宫里来的吗？""对啦。刚从那儿来的。昨晚皇上吩咐说今天要选定行幸朱雀院时所需的歌舞人才。我是特地来向左大臣报告的。马上还得赶回皇宫才行。"头中将显得匆忙的样子。"那么，一起走吧。"源氏之君命令仆人侍候粥肴早餐，给客人也准备了一份。虽然舍人已备妥了两辆车驾，二人却同上一车。"好像还没有睡够的样子嘛。"中将故意挖苦人，又埋怨道："大概瞒着我不少事情吧？"这一天要安排乐舞等许多事情，所以光源氏一整天都在忙碌着，没有离开皇宫。不过他心里也挂念着常陆宫里的那一位，觉得至少应该写封信给她，所以到了傍晚时分，特地差人送信过去。

雨淅淅沥沥地下起来，许是懒得走动吧，所以今宵也没有意思外宿。但是常陆宫那边从一大早就在等待着源氏之君的信，却一直未见有人来。命妇此刻心情尤其沉重后悔，坐立不安。小姐本身呢，更是羞愧极了。早晨就该来的信，一直候到黄昏时分才到，可是未谙世事的她，竟也没有责怪对方的样子。

“夕雾浓兮未消散，
　黄昏细雨正添愁，
　　能不教人兮意兴懒。[1]

究竟何时放晴？真令人等得不耐烦啊。”大概今晚不会过来了吧。大家都替女主人难过，纷纷劝她：“还是给他回信的好。”给大家这么一催促，更觉不知所措，竟连一首歌都咏不上来。眼看夜已深沉，那个性急的侍从又忍不住地教她作如下的和歌。

云掩蔽兮月朦胧，
　虽不同心曾共枕，
　　盼君相候兮待晴空。[2]

几经众口劝促，终于在年久的褪色紫色纸张上写下了这几个字。那笔迹倒是挺秀劲的。上下齐整，是中古风的书体。源氏之君匆匆一瞥，即弃置于一旁。可是，想到对方此刻不知作何感想，毕竟有些不安宁。所谓悔不当初，便是指这种情形的吧。但事已如此，也别无他途，只好决心今后好好负责照料她。但是，女方如何得知源氏此心意

1　光源氏作此歌以明天雨阻访之意。

2　从侍代常陆宫女主人作此歌以责光源氏，疑其变心，谓虽不能心心相印，然既曾共枕，岂可以雾雨推诿。盼彼耐心候天空放晴也。

呢？她正频频怨叹着。

左大臣在入夜后才退出宫中。光源氏受岳父邀约，只好一同回到官邸来。府中的公子们正热烈地谈论着皇上行幸的事情，各自勤练歌舞。日子就这样一天天过去了。这些天来，乐声似乎也较平时高亢响亮，大家互不相让，竞相练习奏鸣着，简直教人震耳欲聋，这情景哪儿像是演奏音乐嘛！大觱篥啦，尺八笛啦，都吹奏出高扬的音调，连平日放在堂下的大鼓都给扛到堂上高廊边来，大伙儿正乘兴击打着。光源氏也忙这忙那的，实在没有多余的空闲，只有少数几个地方偷空去走访了一下。至于常陆宫那边，终于没有来得及再访，而秋已深了。于是，连万一的盼望也落了空。如今行幸的日期愈近，正忙着试乐之际，大辅之命妇上宫来了。“不知她近况如何？”源氏之君到底还是挂心的。命妇一五一十地详告小姐的起居，最后几乎忍不住要哭的样子。“您这样不理不睬的，教我们在旁边侍候的人都不忍心呢。”命妇本来只是有意教自己对常陆宫的小姐留个良好印象而已，而今自己却因一时轻率而破坏了一切。源氏之君心中亦暗自悔恨着。想到那位女性本身却默默无言，没有怨尤，也更加于心不忍。“最近太忙哪，原谅我吧。”他轻叹道：“一半儿也是因为她太不懂情理，所以故意要惩罚一下。”说罢，忽又露出微笑。那张面孔多年轻，又多美丽！命妇看了禁不住想：这样地年少，难怪要惹大家埋怨他，也难怪他任性，不懂得体贴啊。

行幸准备之期一过，果然光源氏也时时过访常陆宫了。不过，自从把藤壶的亲人——那位少女接回二条院后，他的心又专注于教导和慈父般的爱护，因此连六条的夫人那边都难得过访一次，何况这荒废的常陆宫呢？他心里虽然十分怜悯，也时时挂念，究竟还是逐渐更疏于走访，这也难怪他啊。就是因为如此，所以直到现在都没有起过想看看她真面目的念头。不，应该说：怕见了真面目反而会教人倒胃口吧。不过，每次相逢，总是暗中摸索，心中不无疙瘩；有时也想看个究竟。若是灯光之下逼实观察吧，又有些别扭，因此最后决定趁着某夜大伙儿闲谈的时候，偷偷溜进隔壁房间，从纸门缝里窥看。但是，根本无法看见她本人。几帐虽已破旧，却多年来仍不改移其位置，安稳地放在那里，故而无由透视，只见四五个侍女在那儿侍候着。膳台上放着像是唐国产的青瓷食器。不过，东西都已十分古旧，菜肴也不甚丰盛。那些侍女们正在那儿吃着女主人退下来的膳食。房角里有一个穿着旧损白衣裳的侍女，上面罩着一件相当脏的短礼服，冷飕飕地缩着身子，简直不登样儿。不过，她的头发倒是梳得一丝不乱，篦子也插得端端正正。这情景，教源氏之君不由得想起教坊啦，殿内等处倒是颇有一些这种老派的侍女哩。真没有想到常陆宫这种地方如今还有这类的人随侍左右。“唉，唉，今年可真冷哪。没想到活到老，竟会碰上这种倒霉事情哩。”有个侍女哭着说。“回想从前主人在世的时候，咱们还抱怨。如今，凄凄惨惨，还不是在过日子吗？”也有人在那儿冷得直哆嗦，那身子简直像要飞起来也似的。大家尽发牢骚，听着也教人心酸，所以他悄悄退了出去，装成方才来到的样子，重新敲门。“看哪，看哪，客人来了。”于是拨亮了灯火，有人出来开门。

从前那位替女主人代书的年轻侍从是兼仕二处的，如今她到贺茂的斋院供职去了，所以不在常陆宫里。余下的都是些丑陋的乡下女人在侍候着，教源氏之君打心底起嫌恶。方才哭丧着脸叫冷的老侍女的话果然应验，雪愈下愈重了。户外一阵风吹来，灯火都熄灭了，也没人来重燃。这情景，不由得教人想起中了妖魔的那一晚来。周遭荒凉的情形也颇为类似，只是房屋略小，又听得见人声，稍可放心罢了。不过，究竟还是心中忐忑不宁，不是容易入眠的夜晚。其实，这样凄凉的晚上也自是别有风味，不无引人情致之处，只可惜女主人太不解风情，没有一丝儿趣味，委实遗憾。好不容易挨到天亮，源氏之君亲手打开了格子门，在那儿眺望庭前的雪景。一片白茫茫，也没有人的足迹，极目荒凉，显得十分寂寥，教人不忍心不顾而去，所以对着女的埋怨道：“瞧那天空。真不懂你为什么一直要在我们之间设置着隔墙呢。”外面虽然仍是黎明前的薄暗，却因雪光反照，把年轻的男主人衬托得更加美丽。老侍女们兴奋地笑着，欣赏着，又偷偷地教她们的女主人：“快出去陪陪人家吧……别老待在里头……女人家总得要温顺点儿的好……”毕竟她本性柔顺，所以也就稍事整妆，便静静地挪移出前。源氏之君故意装成专心欣赏庭景的样子，却也没有忘记流目窥看一下。你猜如何？想要在这种比较轻松的场合来发掘这一位的一些优点都是不容易的。首先映入眼帘的是她那过高的坐姿，上半身似乎嫌太长，这是源氏意料之中令其失望的地方。其次，教他厌嫌的是那只鼻子，怪引人注目的，就像是普贤菩萨所乘用的白象的鼻子[1]一般，长得又高又长，鼻端有些下垂，且略呈红色，看起来挺滑稽。脸色则白胜雪，且微透青色，额际十分突出。脸庞呢，看来下部特别肥大，恐怕是长形脸的缘故吧。至于身体之瘦弱，则更是教人看着可怜，尤其肩头部分，就是从衣服上都可以清清楚楚看见那突起的肩胛骨哩。唉，为什么要这样不留情地看清一切呢？一方面后悔，另一方面却又因为太稀奇，所以忍不住好奇心驱使，终于都看过明白了。发型啦，那垂覆的模样啦，倒是不亚于那些平常认为漂亮的女性们，长发顺着外褂泻下，拖到地上的部分，约有一尺来长的样子。假如连她穿着的衣服都要来评论的话，或有苛薄之嫌，不过，前人说故事，不是总要描述人物装束的吗？现在且比照古法略记一下吧：她所穿的是旧得发白的听色[2]单衣，外罩旧得变黑的紫色外褂，其上又披着上等货

1 《观普贤经》：“普贤菩萨乘大白象，鼻如红莲华色。”

2 延喜十七年（九一七），参议三善清行请禁深红。奏议云：“但浅红、轻黄未及火色者不在制限。”云云。红、紫之深色为禁色，浅色者为听色。

色的黑貂皮，那上面染着优雅的薰香。整个说来，这样的装束可谓保守高贵，不过，却不适合年轻女性穿着，难免显得太古板严肃了。但是，如果不披上这件皮衣的话，从那冻得发青的脸色看来，恐怕是难耐此古屋的酷寒吧？源氏之君不禁觉着心疼起来。

这种种的感想使他发呆，一时间觉得连自己也像是嘴被堵塞了似的。不过，他还是努力尝试要打破惯例的缄默，故而说这说那地逗她讲话。对方则仍是一个劲儿地害臊。连用衣袖遮着嘴边的模样儿都看来是那么保守而又土里土气，就像是仪式官们刻意苦练后摆出来的举止似的呆板；好不容易挤出来的笑容呢，也十分造作不自然。这教源氏之君既怜悯又不忍，只好找个借口匆匆起身道："既然又没有什么别的男人可依赖，至少对看上了你的男人应该亲切一些，人家才会满足的吧。看你这副冷冰冰的态度，怎不教人伤心哪。"接着，咏了一首和歌：

朝日映兮冰柱溶，

我虽铸情卿未许，

何时方得兮相允从？

女的听后只是呣呣地含笑，连声答复都没有。源氏之君只好怏怏地走出去。停车的中门歪歪倒倒的，晚间尚不致太显眼，而今在朝日晃朗之下，竟如此荒废不堪睹，只是松雪蓬松，似有暖意。一片风光，有若山里村居，甚是寂寥可哀。回忆那次雨夜品定，大家所讲的蓬门，便即是指这种地方的吧？若能有个可人的小家碧玉住在这儿，给自己增添一些恋爱的烦恼或什么的，则那一份畸恋私情也多少或可以冲淡些。此处正是这种恋爱的好舞台，可惜住着的人儿全然不对劲，也就毫无办法了。这事儿若非遇到自己，换个别人，怕是真不能忍耐哩。自己对她如此善待，或许还是受了她亡父灵魂如影随形的牵引也未可知。

源氏之君见橘树埋在雪中，遂令侍从拂落那堆雪。这时旁边的松树好似羡慕一般，忽地弹起，自己抖落了一撮雪，就像那老歌“松风无日不拂袖”[1]所表现的情调呢。他不禁幻想：这时身边若有个能作普通应对的佳人，该多有情趣啊。通车的大门尚锁着，叫人去召唤掌钥的，没想到竟来了一个弯腰驼背的老头儿。不知是他女儿呢，还是孙女，一个不大不小的女人穿着被白雪映得更显破旧的衣裳，冻得直哆嗦，袖子里藏着一个怪异的手提火炉。老头儿一个人打不开门，她便在旁边帮忙着，却是笨手笨脚的。最后，还是侍从们过去，大伙儿帮着，才把门打开。

“古稀翁兮鬓发白，
纷纷雪花濡翁头，
吾袖润湿兮沾泪迹。

‘幼者形不蔽’[2]。”源氏之君一边咏诵着，忽然想起方才女主人那冻成红色的鼻尖，[3]不觉露出一丝微笑来。万一给头中将看到，那张刻薄嘴不知又将把她形容成什么样子呢？那家伙常爱跟踪人，恐怕不多久就会让他发现这事情，那才糟糕哩。如果对方是一般平平凡凡的人，倒还可以随便将她遗弃算了，而今窥得如此一个庐山真面目，反而怜悯之心愈增，也就顾不得恋情与否，总是找机会来探访慰问。后来，更给常陆宫上上下下的人，从老侍女到那个老翁，每人分赐绢啦，绫

---

1 《后撰集·恋二》，土佐和歌句。

2 白居易《秦中吟·重赋》：“夜深烟火尽，霰雪白纷纷。幼者形不蔽，老者体无温。悲喘与寒气，并入鼻中辛。”

3 即由白诗后二句“悲喘与寒气，并入鼻中辛”联想女的鼻子。

啦，绵布等，虽然比不上黑貂皮那么名贵的东西，倒是人人都有了新衣。对于此类暗中的照拂，女方却也没有羞于接受的表示，这样反而使源氏之君容易放手做去，故而从此格外用心了。那位空蝉在某夜灯影下，从侧面看来，也未见得美丽动人，只因为她那优雅从容的风度而得以遮丑罢了。难道常陆宫女主人的身份就不如那位空蝉吗？可见女人的品第优劣绝不是身份所能定。那位性情温和而有所不苟的空蝉，源氏之君对她总算只有认输了。这件事始终令他耿耿于怀，也使他不时地想起她。

时近年终。有一天，光源氏在宫中宿直，大辅之命妇上来参见。源氏平时梳理头发，有时也召她上来侍候的，虽则二人之间并未有过什么韵事，不过倒也说说笑笑惯了，所以即使没有召见她，遇着有事时，也会径自上来的。“有件事儿，不说给您听嘛，怕是不大好，说给您听嘛……如何是好呢？”她说到这里便不往下讲，在那儿笑着。源氏之君催问道：“什么事儿？有什么好瞒着我的呢？”“瞒什么呀，假如是我自己的事情，再不好意思也要请您立刻听听。可是这件事儿呀，有些难于开口呢。”见她吞吞吐吐欲言又止，源氏睨着她说：“又来这一套啦，怪吊人胃口的！”命妇乃取出一纸说：“这是常陆宫小姐的信。”“那就更无须乎你来隐藏喽。”命妇见源氏之君接过那信，显得提心吊胆。那是一沓厚重的陆奥纸[1]，薰香倒是染得很浓，字迹嘛，也写得很不错。那么歌本身呢？

试唐衣兮袪常湿，
　怨君薄情泪涟涟，
　　妾心虽苦兮总羞涩。

1　当时情书以质薄而明色之纸为惯例，故用陆奥（地名）产之厚纸，为不适当。

源氏之君读后，颇有些不解，歪着头在那里思考。这时命妇推出了一个古色古香的用包袱裹着的衣箱，看来还挺重的样子。“这种东西怎好意思拿出来？可是人家特别交代，说是给您元旦穿着的，所以也不敢随便把它退回去。放在我那儿嘛，又好像是不理她的样子，所以好歹先请您过目再说。”“怎么可以放在你那儿呀，我是个‘衣裳冷暖无人顾’[1]的可怜人呀，现在有人关心太好了。”他讽刺地说，下面却接不下口。唉，唉，怎么咏出这样一首和歌来啊。恐怕这还是她绞尽脑汁才写出来的呢。假如那个侍从在身旁的话，谅必多少会给她润饰润饰的吧？可怜，除她而外，怕是别无师傅指导哩。光源氏竟暗自替她惋惜起来。另一方面，他又觉得这样一首歌虽未见得多么出色，究竟是那位小姐费尽心神咏成的，想象对方当时的情景，他不禁微笑道：“这才是一首可贵的杰作啊。”命妇在一旁听得羞愧极了，她把脸涨得红红。那衣裳又是怎样的呢？外褂的料子是使人不敢领教的胭脂色，显得既古旧，又无光泽。里子也是同等深浅的普普通通的料子吧？这可以从那袖口啦，下摆等处处露出的部分看出来。源氏之君对之兴致尽失，只好在那摊开着的怀纸的一端随便地涂了几行字。命妇在旁边流目窥得：

“末摘花兮色非艳，
花貌平凡本无奇，
当时牵袖兮缘何念？[2]

1 引自《万叶集·二三二一》和歌，原诗为孤独诗人自咏。

2 末摘花为古代作红色染料之花。日语“花”“鼻”二字同音，故光源氏引此末摘花以喻鼻尖呈红色之常陆宫女子。谓此女本平凡无奇，当时自己竟盲目迷恋，且穷追得手（“牵袖”为肌肤相亲之雅称），究属何种念头耶？

只觉其为色浓之花耳。”命妇想，源氏之君写此“花”字必有弦外之音，故而回想某次月光下偶见得的小姐那面貌，忽悟此“花”即指那鼻子无疑。于是一方面虽于心不忍，另一方面又不能忍俊。

“红花衣兮色虽清，
君当爱惜勿捐弃，
如何忍心兮太无情？[1]

世事人情真教人寒心哪！”命妇极世故地装成自言自语的样子。源氏之君听后觉得，此虽非好歌，若能这样有几分才情风趣及应对能力的话也不错，于是愈感遗憾了。不过，究竟为着对方的身份地位，也万万不能让世间人士对她做任何不名誉的议论才好。这时，正巧有人走过来，源氏便叹息道："还是把这东西藏起来吧。唉，怎能相信这是普通人所能做的事呢？”当初为什么要请他过目呢？自己也未免太不伶俐了！命妇既悔且羞，于是伺机悄悄溜了出来。

翌日，大辅之命妇来到宫中，源氏之君竟也到清凉殿西侧的侍女房来探望。“喂，这是昨日的答复。想想还是不忍弃置不顾，有些过意不去呢。”说着，他投了一沓什么东西。别的侍女都在好奇地猜想那信件的内容。“只因梅花诱情致，忍将三笠[2]少女抛。”云云。源氏之君吟咏着老歌走开。命妇独觉有趣，别人却不明白就里，故而大家责怪她："干吗呀，一个人笑嘻嘻的，也不说给我们听。”“没什么。今朝霜寒，大家鼻尖儿上不是都冻红了吗？方才所唱的歌就是指这个的

1　此为命妇替常陆宫小姐抱不平之歌。沿前首光源氏和歌中之“末摘花”，谓勿以小姐貌寝遂忍心捐弃不相爱也。

2　传说三笠山之春日社为常陆鹿岛之神降临处，因以喻常陆宫女子。此为日本风俗歌词。

呀，不是很可笑吗?”“哟，这么调皮呀。我们这里哪个是红鼻子的?又没有左近的命妇，或是肥后的采女[1]在这儿。”大家把命妇的话当真，故纷纷抗议不平。这封回信拿到了常陆宫里，引起侍女们的骚动，大家争相拜读，无不敬佩。

相逢夜兮本不多，
何故赠衣增隔阂[2]，
卿不见时兮已蹉跎。

那只是顺手在普通白纸上挥写的几行字，却别具风格。大年夜傍晚时分，命妇自源氏之君处带回先前送去的衣箱，其中并装着一套衣裳，葡萄色的织绵褂子，以及山吹袭[3]等，形形色色，一应俱全。与此回礼相比，这边送过去的礼物恐怕色泽不太讨人喜欢吧?大家担心着，却都心照不宣。年老的侍女却自我安慰地解释:“那件红色的衣服也不错呀，颜色还挺雅致的。”“这边送去的和歌也含意深刻，很好嘛。这首答歌呢，也不过是用词较为俏皮而已。”大家你一句我一句地议论着。至于小姐自己呢，她那首和歌确实是费心咏出来的，所以特地将它抄写在一张纸上保留了下来。

元旦之仪式一过，十四、十五两日为各级公子们唱歌游行的“男踏歌之日”，照例处处都在练习。在一连串忙碌热闹的日子里，光源氏并未忘却常陆宫女主人的落寞生活，所以七日的白马节会一过，他便伪装退出御前在禁中宿直，实则夜深之后便溜出去赴常陆宫。这里倒也一反常景，像别的家庭一样，显得有生气多了。连女主人看来似

---

1 肥后为地名，采女是后宫女官。左近命妇及肥后采女或为当时以鼻红著称者。
2 《拾遗集·恋三》，无名氏作有句:“衣裳居中愈隔阂。”
3 山吹袭为外面枯黄色、里子淡黄色之衣裳。

乎也增添了几许娇媚哩。光源氏暗自盼望着：对方若能随着过年一改常态就好了。这一次，直到日出时分，他才依依离去。东侧的妻户已打开来，可以望见对面荒废无顶的走廊。未几，日光始射，映着微积的皑皑白雪，把内里都照得清清楚楚。小姐正在里间斜倚着隐几欣赏源氏之君穿外褂。她那头型及垂发都十分美丽。假使她的脸也能有转为美丽的时候，该有多好！源氏一边这么想着，一边拉起了格子门。由于上回曾有过教他大失所望的经验在先，所以这次未敢全部敞开，却将一只隐几拉近，用它支着门。他便坐在那儿梳理着散乱的鬓发。侍女们搬来出奇古老的镜台，唐国舶来的梳匣，以及放置种种梳栉用具的盒子。没想到里面竟然也羼杂着一些男用的梳子等，源氏颇觉风流有趣。女主人今朝看来稍具风韵，原来她穿着源氏之君送的全套衣裳呢。源氏自己却不知晓，只觉得那件花纹美丽的外衣有些眼熟罢了。“开春了，至少今年可以让我听一听你的声音了吧？所谓‘出谷黄莺试新声’[1]，正是我最迫切等待的事情啊。”好不容易应源氏之君再三的要求，女的始用颤抖的声音吟咏出：“百鸟争鸣迎新春。”[2]云云。源氏快乐地笑着说：“喏，这是证明你长了一岁啊。”于是，他自己也边走边吟着：“如今淡忘似梦中。”云云。女的依然斜倚着隐几，目送他离去。从她那用袖口遮着嘴边的侧面，依稀看得见那末摘花般的红色鼻头。唉，实在不好看啊，源氏忍不住这样想。

回到二条院，看到半大不小的可人儿若紫。虽然她尚未发育完全，却已长得十分美丽动人；与常陆宫的女性前后两相比较之下，深深觉得同是红色竟也有这么好看的啊。她优雅地穿着一袭樱色无花的女童装，虽则一派纯稚无心的样子，却自然流露出一种美，这大概要

1 句出《拾遗集·春》，素性法师作和歌。
2 句出《古今集·杂下》，在原业平作和歌。

归功于她那位保守的外祖母平日管教有方。虽然她的牙齿尚未染黑[1]，但由于最近已经开始化妆，故而眉际显得十分清爽，更添增清丽之气质。源氏之君不禁后悔起来，为什么自己不能常陪伴这么一个可人儿，却自寻烦恼地常为各种女人伤种种脑筋呢？于是他又如往常一般，陪在一旁，共耍玩偶起来。若紫在纸上随便画着，又用彩笔着色。源氏之君也在旁边加画了一些。他画出一个长发的女人，又在那脸上鼻子的位置点了一个红点。那样子，即使在图画里，看来都是丑陋不堪入目。他对着镜子望一望自己那张清秀美丽的脸，然后又用手抹一把红颜料涂在鼻头上，结果连那么漂亮的脸都因为这一点红色而变得难看了。少女看见这情景，忍不住地笑出声音来。“如果我变成那种怪物，可怎么办？”他故意地逗着。“讨厌！”少女像是怕那红色擦不掉似的，焦急地叫起来。源氏故意装作拭擦的样子说：“呀，糟糕了，怎么擦都擦不掉呢。玩笑开大了。这可怎么办？皇上不知要怎么骂人呢！”他一本正经地说。少女竟当真的，急忙过去，无限同情地替他揩拭。源氏便开玩笑道：“可别像平仲那故事[2]一样，误把墨汁点上去才糟糕呢。红色还算是可以忍受的。”他们二人无忧无虑地嬉笑着，真像一对亲爱的夫妇。暖洋洋的春日照射在罩着烟雾的众树枝梢，离百花怒放的季节虽然稍远，却已见梅的花蕾正含苞待放。阶下停车处附近那一株红梅每年总是最早开花的，如今也已逐渐着色了。

“红梅娇兮色可餐，
　奈何如今怕相觑，

1 《山海经》：“东海有黑齿国，其俗妇人齿黑染。”盖即谓日本。古代日本上流阶级女子于十岁左右染黑齿，以为成人之志。依俗同时亦拔除眉毛，而淡扫蛾眉。下文谓“眉际清爽”，则若紫或先去眉毛，尚未染齿也。

2 古代传说中有名曰“平贞文”之登徒子。某次欲使计诱女动心，拟伪装流泪，竟于忙中出错，误以墨汁为水，点入眼中，致染黑其脸。

人花两似兮徒增叹。[1]

唉，唉，真是……”源氏之君不觉地吐大气叹息起来。这类女性的将来，谁知究竟会如何的呢？

1 光源氏因红梅含苞，联想常陆宫女之红鼻，遂作此和歌。谓梅花本娇美，秀色可餐，奈自识得红鼻之女子以来，已怕觑见花也。

第　七　帖

红　叶　贺

皇上行幸朱雀院预定在十月十日之后。此次所拟仪式及节目特别丰富精彩，故而后妃、更衣等皆以未能一饱眼福为憾。[1]皇上对藤壶之未能参观，尤为惋惜，故而特令于御前试乐。源氏之中将所担任的是《青海波》之舞[2]。对舞者为左大臣府中的头中将，后者无论姿容风度皆胜常人一筹，然而与源氏之君相比，则不啻成了花旁之木，颇为逊色。在夕阳残辉之下，乐声高扬，舞兴达于极致。同是舞蹈，由源氏舞出，则无论顿足之节拍，脸上之表情，均有超越尘俗之致。在音乐间歇之时，他也朗诵诗句，那声音又几乎令人疑为佛之妙声鸟[3]一般曼妙。音色美极，皇上内心颇受感动，不禁以袖拭泪。公卿亲王们亦无不感泣。咏毕，拟再舞，候其理衣袖之时，众乐齐奏，响彻霄汉。源氏之君的颜色表情亦转为格外愉悦艳美，看

1 仪式节目等在禁中以外举行，故宫中女性未能参观也。

2 舞姿仿海潮，故名。又称《天竺乐》，或《龙宫乐》。此舞由二人双舞，故下有对舞者云云。

3 相传为极乐净土之鸟，其声特别婉转美妙。

来较常时更切合那“光之君”的绰号了。东宫之母——弘徽殿女御看在眼中不禁妒羡有加，嘴里咕哝道：“天上的神都要被他迷倒哩。噢，看着都教人毛骨悚然！”旁边那些年轻的宫女们听了却大不以为然。

对于藤壶而言，假如她和光源氏之间没有那件逆伦私情，今天她也许可以用坦然的心情来欣赏这美妙的舞姿吧？想及此，便心绪紊乱，有如置身梦境般虚空不可把捉。当夜，她留宿清凉殿侍候皇上。“今日试乐可谓以《青海波》为最高潮。你以为如何呢？”皇上似颇满足地问。藤壶正万感交集心头，不知如何作答，故只得含糊其词道：“真是格外地好。”“对舞的也挺不错。身段啦，手势啦，不愧是名门子弟，不同凡响。如今一般有名的舞师，当然也有技艺不错的，可是那种优雅从容的风度却是学也学不来。本来嘛，试乐而如此之尽兴，到了正式的红叶贺那天就没有什么好看了。只是特别为了让你看一看，才不惜准备周全的呀。”皇上温柔体贴地说。翌日，光源氏差人送了一封信给藤壶。“昨日之舞，观感如何？当时我心烦意乱，竟不知所为为何。

方寸乱兮忍将舞，
　踏步翻袖情痴迷，
　　卿岂察知兮莲心苦？

罪过罪过。”诗文勾起昨日舞者容貌姿势的记忆，一切都历历如在眼前，教她不忍像往常一样置之不理的吧？于是回了一函：

“唐人舞兮遥不知，
　观君翩翾弄长袖，

清影曼妙兮拟仙姿。[1]

敬佩至极。”虽是寥寥几行简短的诗文，对光源氏言之，却有如获至宝一般珍贵。从诗中所咏，可见藤壶知识之广，观《青海波》舞而知其来历，正充分表示着她已具备了做后妃的识见和涵养。他会心微笑，将信笺如随身怀带之经卷般恭敬地展读着。

朱雀院行幸之日终于来到。亲王以下无不随行，东宫之君亦临席观赏。依例，奏乐之船穿梭于池中，唐舞啦，高丽舞啦，表演的种类名目繁多。管弦鼓音更是响遏行云。由于试乐之日源氏之君表演得太出色，皇上担心将会遭天妒，故而令人处处祈祷，保佑其平安无事。大家听见寺院中传出的诵经声，都为皇上爱子之心所感动，独有东宫之母怀嫉恨之心，怪责其未免小题大做。为着表演《青海波》舞，需要大约四十人围成人垣，吹笛击节拍，上自殿上人，下及于地下人[2]，凡具有优秀技艺者皆在网罗之列，并由宰相二人及左卫门督、右卫门督负责担任左右乐[3]。为了今日盛典，舞师们皆招揽一流的名手闭门苦练多日。在高大的红叶树荫下，由四十人组成的人垣齐奏笛声，山边吹下的松风有如助阵般，一时间乐声与风声交织成谷响。在多彩的叶色之下，光源氏明艳的《青海波》突然舞出，那光景简直美得惊人。插头之红叶[4]已呈散乱，被他那张艳丽的脸夺去了光彩，看来不甚相称，所以左大臣替他换插了御前的菊花。日暮时分有微雨，像是老天爷都深受感动似的。源氏之君曼妙的舞姿衬以各色菊花的变化，今

1 《青海波》舞为自唐传入日本者。藤壶此歌谓唐人舞《青海波》事虽已遥远不可得观，今睹源氏之舞，叹其美妙，疑为仙姿也。

2 宫中地位较低者，不准升殿，故称地下人。

3 左乐为唐乐，右乐为高丽乐。

4 指冠上所插之红叶。

日他刻意用心舞蹈，如换场时之入舞[1]，更是风情万种，令观者看得禁不住打寒噤，几不能相信是人间之舞哩。连那些无知的下人，躲在树下、岩边、落叶堆里偷窥的，只要稍具几分情感的人都莫不感动而落泪。接着出场表演者为承香殿女御的第四王子[2]。这是一场童姿的《秋风》舞。由于前面的这两场舞太精彩，其他的节目都相形见绌，无甚可观了。此夜，源氏之中将晋升为正三位。头中将也升为正四位下。其他公卿上人们也各依身份等第获得晋位。凡此皆是托源氏之君福者。这样一位惊人耳目、悦人心胸的人物，到底他前世是怎样一个人呢？真教人想一探究竟哩！

这些日子来，藤壶又返归娘家住着。源氏之君照例又想伺机相会，故而时时徘徊走动着，所以左大臣邸那边的夫人难免对此有怨言。加上有人密告："主上在二条院迎进了一位新人。"有关那位年轻的若紫的事情也终于宣扬开来。夫人的愤怒自然是前所未有的。她未明详情，也难怪会如此不愉快了。不过，如果她能像普通人那样直率地抱怨，源氏之君倒是可以告之以详情，并加以安慰，然而她却闷声不响，只是一味狐疑，所以才反而会引起这类不太好的风流韵事来。其实，平心而论，夫人本身并没有任何缺点瑕疵，她又是和自己最先结缘的一位，源氏心中绝没有怠慢她的意思，只是盼望她有一天能逐渐了解自己对她的心意。好在她平素尚称温和，也甚明事理，这一点倒是可以依赖。故源氏之君对待这位夫人的态度也自然与对待其他女性有所分别了。

那个年幼的人呢？相处愈久，无论性情、姿容都显得愈发出众，如今已十分天真无邪地与源氏亲密起来。光源氏打算暂时不让世人知

---

1 舞者于退出之际折返复舞一回，谓之入舞。

2 源氏之同父异母弟。

晓，故而仍旧让她住在那间隔离的对屋里。不过房间里装饰得相当美观，他自己也经常出入，费心教导种种。有时亲自写字，教她临摹，那样子看来就像是迎回了久居别处的女儿一般。为着平时起居方便起见，又特别设置家司役人等，务使生活能自由自在，一无不便之处。此事除惟光一人而外，余皆大感疑惑。少女的亲父兵部卿至今依然被蒙在鼓里，对此毫不知悉。有时，她偶尔也会回想往事种种，多数只是思念着故去的尼君。源氏之君在旁边时虽然可以忘怀忧愁，但是由于他夜间甚少留宿，总是忙于四处幽会别的情人，天一黑便要离去，无知的若紫竟有时不忍相别，那副可爱又可怜的模样儿实在逗人喜欢。逢到源氏在宫中宿直二三日，接着又得回左大臣府邸时，她便显得更加沉闷不悦了。在源氏之君眼中看来，就像有了一个失母的女儿，为此竟也影响了他与情人幽会的兴致呢。僧都获悉源氏之君珍爱若紫的情形，虽难免有些半信半疑，毕竟还是感到欣慰。而每逢北山上举行尼君的佛事时，源氏之君也总是寄赠许多供物，郑重其事地吊祭。

藤壶这一阵子住在三条之宫里。光源氏忍不住想要探悉其近况，所以径自往访。藤壶本人并未出见，却派些命妇啦，中纳言之君啦，中务[1]等侍候左右的人出来应对。多么隔阂疏远哪！他心里有些不愉快，表面上却伪装平静，与之闲话聊天。不意兵部卿也来到，他听说中将之君在此，立刻过来相见。兵部卿的外表甚是高雅俊丽，颇有吸引人之处。源氏之君暗想：设若这位是女性的话，如此相对岂非有趣？何况他又是藤壶之兄、若紫的父亲，于是倍觉亲热，谈话也分外投机细腻。兵部卿方面呢，他见到源氏之君今日表现得格外热络轻松，也觉得对方真个是世所稀有的美男子，他做梦也想不到这位便是自己亲生女儿的夫婿，故此刻心中正亦产生风流的幻想：若是能把他

1　皆藤壶近侍也。

换作女性该有多好！日暮之后，见兵部卿步入了藤壶的御帘之中，教源氏打心底羡慕。回想年少时，常随父皇出入御帘里，得亲芳泽，也无须旁人传言便可以和藤壶直接对谈；而今，自己竟受如此疏远见外，心中颇不是滋味。这也难怪他啊。最后，只得讲些表面客套话："本应时时参见，奈因别无急事，故而不免疏懒，未能勤于拜访。若有吩咐，当欣然洗耳恭听。"于是悻悻然辞出。命妇见无由传递消息，而藤壶的表情也较前时更为悲苦不悦，似对自己与源氏之君的孽缘有无限忧郁，故虽则同情，却又难于启齿。时光徒然流转。藤壶和光源氏二人心底，对这一段无可奈何的缘分都有无穷无尽的悔恨……

若紫的乳母少纳言对小姐的幸福倒是感到十分欣慰，觉得这必是故去的尼君生前日夕祈祷的结果应验的吧。不过，源氏之君在左大臣邸那边早已有一位名正言顺的夫人，此外，他又到处留情，真不知有多少女性关系。如此下去，等小姐长大成人后，恐怕难免有些麻烦产生也未可知。不过，依目前的情形看来，源氏之君既然如此宠爱，应该是可以放心的。娘家方面的服丧是为期三个月，所以到十二月底便可以脱去孝服，不过，她从小除了外祖母以外，也没有什么亲人照料，所以丧期过后也就避免选择太过鲜丽的花衣裳，而总是穿着红色啦，紫色啦，黄色等素色的衣服。但是，反倒显得时髦且优雅。男主人在元旦上宫朝拜之前，到房间里来探望。他见了若紫，微笑道："从今天开始变成大人了吗？"那张脸因欢愉之情而更显得美丽多情。她则早已摆好玩偶，径自忙碌着，又在三尺大的一对柜子上装饰了形形色色的东西，把源氏前时送给她的许多模型房子散放一地，正兴致勃勃地游戏着。"犬君说是要学大人祛鬼[1]，把它弄坏了呢。"她十分严重似的告状。"这孩子多粗心哪！我马上叫人替你修理好它。今天是好

1　大年夜所举行祛鬼之仪式。

日子，可要谨慎点儿，不能哭哟。”说完，源氏之君便要出门去。他今天装扮得分外整齐美丽。众侍女都走到廊边来相送。若紫也杂在人群中送源氏之君，却又马上折返房里，继续她的游戏。她把一个当作源氏的玩偶装扮整齐，教他模仿参拜皇上的样子。“从今天起要学做大人啦。过了十岁的人怎么好一天到晚这样耍玩偶呢？何况你已经是有了主儿的人，更当学得温顺优雅些，好好儿侍候主上吧。你呀，连给你梳头发的时候都不肯安稳一刻。”少纳言苦口婆心地在一旁奉劝。别人叫她不要再贪玩，应该引以为耻才是，这才意识到：自己如今已是个有丈夫的人了。别人的丈夫多数是相貌丑陋的，而我独拥有这么一位美貌而年轻的人。她能这样想，恐怕正足以证明是长大了的缘故吧。二条院住宅里的人有时见着这位年幼的女孩子，多少有些猜疑的，可是哪里想象得到她和源氏之君竟是如此奇特的夫妇关系呢！

光源氏退朝后便直赴左大臣邸。夫人照例是一丝不苟的装扮，同时也依然冷冰冰一无可亲之处。“开了春后，至少也改一改常态，如果能让我看看你近情理的一面，不知多高兴哪。”源氏之君不禁抱怨起来。但是，夫人大概是风闻他新近在二条院迎进了一位女性，怕他可能会改立那一位做正室，所以正心神不宁，态度也就愈显得疏远，更令人不易亲近。不过，表面上则佯装不知，遇着源氏说笑时，也不便表现得太倔强，常有适切的回答。这一点倒是可以看出她与众不同之处。究竟是年长于源氏之君四岁，看来自然具备着那种成熟的女性美。到底这个人有什么缺点呢？大概是由于自己的行为不端，才会引起对方如此怨恨的吧？光源氏自己也察觉到了。在一般大臣之中，左大臣乃是皇上所特别倚重的一位，而她又是左大臣的唯一掌上明珠，自幼金枝玉叶般娇生惯养长大，当然不堪忍受些微亏待喽。可是，男主人方面则认为自己何须如此去取悦他人。于是，彼此心中的隔阂便越来越深。做岳父的对女婿如此怠慢爱女，自是不满，不过，说来也怪，一见面他就全忘了怨尤，总是照拂得无微不至。翌日清晨，源氏之君准备上朝时，左大臣还特地到他房里来探望，见其正在整装，乃亲自携来名贵的玉带，又站立背后，为之牵拉领背等，只差替他取履而已。那热心的样子倒也怪可怜的。“这一条腰带等举行内宴[1]时再让我拜收吧。”源氏虽辞让，左大臣却执拗地给他系上。“那时还有更好的送你。我不过是觉得这一条还算别致，所以带来给你用用看。”其实，左大臣心里觉得能够照拂这样一位女婿真是三生有幸。不说别的，只要这一位了不起的人物偶尔在自己家里出入，都是值得骄傲的一件事情哩。

源氏之君虽说是去上朝贺新，却也没有到处拜访，只去了皇宫、东宫、一之院[2]诸殿，然后便转往藤壶所住的三条之宫去了。“今天看来格外美丽啊。真是年纪越大越出落得超凡脱俗。”三条之宫的侍女们异口同声齐赞。藤壶在几帐后偷偷窥看，心中难免为之感慨。预产期应在十二月，可是至今一无动静，藤壶心中正为此烦扰不安。宫中大家盼望着这个月之中总该会生产了吧。连皇上都焦急地等待着消息，而偏偏正月又白白过去了。莫非是中了邪魔妖气？于是，世人都议论纷纷起来。藤壶自己呢，她内心暗自猜疑着：为了这不可告人之事，或许将招致身败名裂的结果也未可知。越来越恼，竟致身体也更加衰弱起来。中将之君自然也心里有数，暗自焦虑着，秘密地命人到处去祈祷修法。世事无常，万一藤壶有什么三长两短的话，二人之间的秘恋岂非就此终结吗？他甚至于不禁如此过虑起来。但是，藤壶终于在二月十日以后，安然产下了一个男婴，大家的心情也随之而轻松起来，皇宫及三条宫里人人都庆幸不已。藤壶自知罪孽深重，颇有生

---

1 正月于宫中仁寿殿举行之节会。参与者多为皇亲国戚，亦有文人参加，届时由皇帝赐题命制诗，令各人于御前朗诵之。类我国古代应制诗也。

2 其父桐壶帝之住所。

不如死之叹，可是她风闻弘徽殿女御恶毒的咒语，深觉如此死去岂非成为笑柄，故而勉强振作，于是，逐渐地身心也都爽快起来。皇上在宫中焦急地等待着尽快会见这位新生的皇儿。中将之君则更是内心暗自期待着，想一睹自己的骨肉。终于，趁人不注意时，他溜进了三条之宫，借口："皇上迫不及待，让我先拜见一下，好回去向皇上禀报情形。"藤壶却不答允，令人代答道："孩儿初生，尚见不得人。"这也难怪的呀。说实在的，婴儿那张小脸儿跟他的生父源氏之君长得一模一样，简直如同一个模子刻印出来似的，一看便知是父子。藤壶内心愧疚，痛楚异常，每逢有人探望婴儿，便恐那过失会让人看穿。世人原本好寻他人瑕疵，想到自己将来不知会怎样恶名昭彰便无限痛苦忧闷。中将之君呢，他虽然想尽办法接近命妇，费尽口舌地请她引见，但是，当然不会有什么效用的。他一心只想见皇子一眼。命妇嘴上说："为什么要这么不讲道理啊？将来自然会有机会拜见的嘛！"不过，她心中到底也同情且不忍。这件事原是极度隐秘的，所以源氏之君也不便明说，只有伤心哭泣道："究竟哪一辈子才能直接跟她说话呢？"实在教人看着心酸哪！

"宿世缘兮究何如？
　而今钟情却隔阂，
　　忍将相思兮换唏嘘。

我不明白，为什么会这样呢？"命妇听了源氏之君这番感伤的话，又想起藤壶那边苦恼的情形，所以她也实在不忍心对之不理不睬。

"睹见皇儿兮母心悲，
　未得见子父心苦，

可怜亲情兮难补弥。

真难为了二位，衷心岂有安宁之时?”趁无人时，命妇偷偷地表示同情。光源氏见终究无由达到目的，只好悻悻然归去。藤壶恐人言可畏，故连对命妇的态度也不如昔时之亲信，虽则她表面上仍维持一贯的稳当作风，以免引起世人猜疑，但是毕竟有时难免会露出郁悒之色，真教命妇暗中替她伤情，又不无遗憾。

新皇儿到四月才第一次来到皇宫。他长得比一般三个月大的婴儿还壮，已经开始会在床褥上翻身了。那张小脸儿长得跟生父完全一样。不过，皇上当然是做梦也想不到，只认为美丽的人总是类似的吧，故格外小心看守着。他原来对光源氏的宠爱也是非凡的，当时只因怕不能见容于世人，故而未便立为东宫，这件事至今仍是他心中的一大遗憾。其后，见他日愈不凡，充分显示出类拔萃的器宇，更是暗自心疼。这次，贵妃又产下了同样光芒四射的男婴，皇上简直视同美玉一般珍爱着。这样反而令做母亲的藤壶衷心感愧，终日不安地沉思着。中将之君仍照常地有时到藤壶殿来参加管弦游宴等。适逢皇上亲手抱着婴儿，无限疼爱地对他说:“在众多孩儿之中，我只有对你特别朝晚细心照料。不知是否为此缘故呢，看来这个孩子也特别地像你……到底婴孩都是长得一个样子的吗?”中将之君听后面色大变，觉得心惊胆战、恐惧、愧疚、欣慰、悲哀，这种种复杂的感情交集于心头，险些儿落下泪来。婴儿已学会发出声音，笑起来的模样儿真是美得出奇。假如他果真像自己，那么自己也真是值得珍重啊。他这样子想，可是有些自负吗?至于藤壶呢，她已是羞愧至极，坐立不安，汗流浃背。中将之君如今亲眼看到盼望已久的孩子，反而引起感慨万端，心中骚动不已，只好找借口匆匆退出来。回至二条院住所略事休息，待心情稍平后再准备赴左大臣邸。今日庭前的盆栽看来格外青翠，常夏之花明媚地开着。遂令人摘下一些花朵，附上许多细腻的话语，一并寄给了藤壶的近侍王命妇。

“常夏华兮正盛开，
　目睹斯花思吾子，
　　泪湿衣袖兮衷情哀。[1]

本以为可以‘赏花慰相思’[2]的，岂知世事难以逆料，未得偿愿啊。”大概是正巧逢着好机会的吧，命妇乘机把那封信呈给藤壶看，并央请道：“请您对这信写几句答歌吧，哪怕是片语只字也好。”[3]藤壶心中正亦伤感着，遂执笔轻描淡书：

常夏华兮诱涕泪，
　衣袖常湿为此儿，
　　踌躇难爱兮多顾忌。[4]

虽是寥寥数语，命妇却喜滋滋地呈献给源氏之君。源氏本已习惯对方之冷漠，故而猜想：今日之信恐亦将如石沉大海，不可能有回复。正垂头丧气，未料竟收到此意外之回音，所以一时间竟喜极欲泣。

思前虑后，坐卧难安。这种时候他总是要到西侧的对屋去散心。

1 “常夏之华”即石竹花，日语又称“抚子”，音与“吾儿”近同，故诗歌中每引为双关语。此源氏之歌，明知藤壶所生为己骨肉而不得相认，故衷情甚苦也。

2 引《后撰集·夏》，无名氏作歌句，原歌意谓：既未得见所爱之人，赏花亦聊堪慰相思情。源氏引此句则以花喻幼儿，谓本拟见皇儿以慰思慕藤壶之情，而今日心情适得其反，愈增悲苦也。

3 此处本引用《古今集》和歌句，简单而又含双关义，无法以中文表达，故采意译。

4 藤壶答歌谓：此儿实吾涕泪之种因，遂多顾忌犹豫，不免减却爱子之心也。

他无心梳理，任由鬓发散乱着，随便披上一件潇洒的外褂，一路吹着熟悉的笛调来到房前。探首望里，幼小的女主人正斜倚着隐几，那风情正像是先一刻所见庭前沾露的石竹花。她像往常一般看来甚为娇美，但是大概心中有几分埋怨源氏之君回家却没有马上过访吧，有些闹别扭的样子。见他坐在房间的一端说“到这儿来呀”，也故意不加理睬。“随波漂流水中草。”[1]她用袖口半遮着嘴角低吟几句，那模样儿竟是如此妩媚，饶有情致呢！“咳，多可恶！什么时候学会了这套？‘朝夕常见终厌腻。’[2]不是古人已经这么说过吗？”源氏之君遂令人取来一具琴，叫若紫弹奏。又说：“这种十三弦的琴，中央的细弦最难调……”遂改降为平调，轻拢慢捻试弦片刻，然后将琴推向女前。总不能一直赌气的吧，所以若紫也就奏出了清越的琴调。她的身体还太小，左手按弦的手势颇为可爱，源氏之君忍不住也掏出笛子来，一边合奏，一边指导。聪明伶俐的若紫甚具悟性，无论多么复杂的曲子，只要一教便记得。凡事她都学得极迅速，真是光源氏盼望已久的理想人选！《保曾吕俱世利》虽然是奇特的曲名，源氏之君吹出了澄亮的笛音，若紫便能立刻搭配合奏，虽然指法未见得十分熟练，但是节拍的控制啦，情调啦，都听来挺不错。

天黑后，点起灯来共赏图画时，侍从们却在门外假咳，[3]纷纷道：“要下雨了吧。”云云。像往常一样的，若紫怕寂寞，遂变得闷闷不乐。她也顾不得图画，就在那上面趴着，模样儿极惹人怜爱，源氏之君一边撩起她那丰多而散乱的头发，问道：“我不在，你会想念我吗？”若紫默然点头。“我也是，一日不见你便心中难过。可是，你现在年纪还小，可以让我不必顾忌太多。我怕得罪那些心眼儿小的人，所以暂

1　引自《万叶集·一三九四》恋歌。暗讽光源氏忽略己也。

2　引自《古今集·恋四》，无名氏作和歌。谓常见生厌，不如少见新鲜也。

3　相当于今日之敲门，咳声表示已备妥车驾。

时还要经常这么到处走动走动。等你长大成人，我大概就不会再到外头去找别人了。现在若是这样，怕会招惹别人怨恨。其实我还不是想多活几年，跟你自在地享受咱们两人的将来吗！”经过这一番细腻的解释，若紫也就不便再生闷气，她已羞怯得不知如何作答。于是，竟伏在源氏之君的膝上睡着。见她如此娇弱，源氏遂下令：“今晚取消外出。”仆从们乃纷纷离席，搬来膳食。源氏之君摇醒若紫，告以：“我决定不出去了。”她心情立即转好，二人遂共进餐食。但是，吃不到几口，她又不甚放心地问：“那么，您今晚也在这边休息喽？”这使光源氏不禁想道：如果遗弃这样的人，自己恐怕连安心赴冥途都不可能的吧。

有人风闻源氏之君经常给人如此绊留。这消息传至左大臣邸后，人人都在议论。“不知是哪一位呀？真是奇怪！也没听说过到底是怎样一个人，不过，这种死缠着人不放的，反正必不是什么好身份的人无疑。恐怕是在皇宫里偶然物色到了什么人，怕世人评议，所以就把她故作神秘地隐藏起来也未可知。有人把她说得像是很年轻的样子，大概也就是这个缘故吧。”最后连皇上也知道这事情，故当面告诫道：“可怜，大臣恐怕也很难过的吧。他从小就照顾你无微不至。你又不是不明事理的年纪，为什么会做出如此绝情之事啊？”光源氏只是俯首惶恐，也不作答。皇上猜想，大概是夫妇间小两口子感情不睦吧，所以也觉得十分心疼。片刻后，复道：“其实，看来你也未必有什么好色猎艳的行迹。宫里啦，到处也未听说过有什么关系极深的女性，究竟是到哪儿偷偷去走访，教别人这样怨恨你呢？”

皇上自己虽然年事已高，不过，他自己对这方面的兴趣至今也仍不减当年。采女[1]啦，女藏人[2]啦，特喜容貌才气出众者，故而周围经

1 采女为宫中女官，选自郡少领以上之女，仕奉陪膳之职者。

2 女藏人亦宫中女官，掌保管殿上杂物之职。

常有一些上选的宫女侍候着。只要源氏之君随便出口挑逗，几无人不从风靡倒；不过，事实上他在男女情事方面已颇有经验，所以往往表现得出奇冷漠。有时候，宫女们觉着不可思议而企图主动向他搭讪，他也只是适度敷衍而已，并不及于乱，那种拘谨的样子真教人失望。有一位徐娘半老的典侍，家世好，有才气，高雅而受人敬重的，奈她天生风流，有几分妖娆，颇好此道。源氏在好奇心驱使之下故意用言辞向她挑逗。未料，对方竟认真了起来，竟没有考虑双方种种条件的悬殊。源氏之君起初觉得讶异，后又认为这样的关系亦未尝不新鲜可试，故也偶尔断断续续地幽会着。不过，究竟对方是个老女，给别人知道了，怕会传为笑柄，因此始终表现得若即若离。这样，却教女的十分难堪，她内心怀恨着。某日，逢这位典侍侍候皇上梳栉。当时皇上另外召人侍候换装，故左右并无他人，源氏之君正好经过。他觉得这一天女的穿得格外讲究，发型啦，服式啦，都十分花俏妖艳。真是不服老，看着怪不舒服。但是，不知对方如何作想？而到底也不能视若无睹，所以他轻轻拉一拉女的裙裾示意。典侍以色彩鲜明的扇子半遮着脸回看。她自以为风情万种地流目顾盼着，可是那对眼睑松弛而深陷，又罩着一圈黑晕。未被扇面遮盖的部分则露出了散乱的发梢，与扇面显得多不相称啊！于是，他以自己的一把扇子交换了过来。典侍的扇子是用红可映面的纸做的，上面用金泥绘着森林。下端用古雅的笔迹写着："林下草老乏人问。"[1]可真是选了妙句啦！源氏之君看了忍不住微笑道："正所谓'荒林鸟啭夏常驻'[2]吧。"他不想和老女多寒暄，以免被人撞见不体面，可是对方却一无介怀地说道：

---

1 引《古今集·杂上》，无名氏作和歌句。

2 引《信明集》和歌句。光源氏引此歌乃在讽刺所谓"草老乏人问"句，谓荒林草老仍能留住夏日，揶揄老女仍留得情人也。

林下草兮衰芸芸，
　君若惠临及早刈，
　　尚得饲驹兮致殷勤。[1]

她那模样儿竟然另有一股迟暮之魅力呢。

“林荫下兮既多驹，
　踏草相访恐引咎，
　　岂敢冒昧兮实多虞。[2]

怕惹出麻烦来呢。”遂即欲离去。女的却哭哭啼啼挽留他：“活了这大把年纪，还没有碰过这种钉子呢。真是羞死人啦，教我怎么好呀。”“马上会给你写信的，常常挂念着的嘛。”源氏之君准备拂袖而去，没想到竟被她追出来强拉住埋怨道：“反正还不是像‘老朽的桥柱’[3]一样……”这时，皇上已经换装完毕，他从纸门缝里窥见了这情景。圣心觉得，多不相称的一对情人啊，于是笑道：“大家还在为他担心太正经啦什么的，没想到真不简单嘛！”那内侍听了不胜尴尬，不过，大概是所谓“甘着湿衣为情郎”这种心理吧，倒也没有怎么辩解。人人都将此事视为意外之新闻。唯独头中将获悉后，以其好色喜新之性，迄未想到源氏之君竟会对如此一位老女感兴趣；而他自己倒也颇想一试与年长女性调情的滋味，故亦设法与之接近。这位公子也算得上是男士中上上之选的人才，女方本欲以之替代那位薄幸人，但

1　典侍以林下衰草自喻，谓虽己衰老，若蒙源氏相顾，仍愿殷勤表欢迎也。

2　源氏因前歌之“驹”，转喻前往访问老女之男士，谓其闺房宾客必多，己未敢冒昧过访，引起众男咎责也。

3　《一条摄政御集》《新敕撰·杂四》和歌句。

是，几经交往后，却愈觉得自己心目中所真正追求的竟只有一个人，任谁也取代不了他的地位。这可真正是奇妙的爱情心理啊。

典侍和头中将的关系十分谨慎隐秘，所以源氏之君并未知晓，而女的每见源氏就口出怨言，源氏虽也同情她年老可怜，有意善待她，安慰她，可是，实在提不起兴致来。时间就这般一天天过去了。一个阵雨后的晚凉时分，光源氏独自漫步在温明殿附近，忽闻这位内侍正弹奏着琵琶，音色相当美妙动听。本来她的技艺在御前演奏时，即使与男乐师们相比，也毫不逊色；何况，今日她正怀怨弹奏，更显得如怨如慕，如泣如诉，格外动人心弦。从她口中唱出的催马乐《山城歌》“种瓜山城下”云云，也相当悦耳，只是与她的年龄外表不甚相称，教人听得有些说不出的不自在。从前白居易在鄂州时所听船女的歌声[1]，大概便是这样的吧？遂驻足侧耳聆听。有顷而奏毕，像是思绪无限烦乱的样子。源氏之君忍不住地走近，哼着催马乐《东屋》之歌[2]的头几句，里面也立即传出接唱那首歌的后段“有情人儿推门来”云云。这风情委实不同于一般女性。

东屋寂兮无人知，
　雨打门窗空自湿，
　　泪下沾襟兮妾心悲。

她幽幽地悲叹。可是，为什么要由自己独受此怨怼呢？源氏想：真是个难缠的女人，够噜苏讨厌。

1　白居易《夜闻歌者》：“夜泊鹦鹉洲，秋江月澄澈。邻船有歌者，发调堪愁绝。歌罢继以泣，泣声通复咽。寻声见其人，有妇颜如雪。独倚帆樯立，娉婷十七八。夜泪似真珠，双双坠明月。借问谁家妇，歌泣何凄切。一问一沾襟，低眉终不说。”作者引此盖仅取其歌声幽怨凄切也。

2　此歌内容是述男女幽会之情。

卿多客兮酬酢繁，

东屋檐下敢辄立？

狂蜂浪蝶兮忌怨言。[1]

光源氏说完便欲离去，又怕这样太不解风情，故而只得稍事盘桓，虚与委蛇，说一些打情骂俏的话，觉得这样也未尝不无趣味。

头中将平素常被源氏之君伪装正经地训诫，心中难免有些恼怒。他明知源氏自己也必有许多暗中幽会之处，所以颇想揭发其隐私，教他也狼狈一下。而今被他逮着这个机会，故甚为得意。他想，现在该是轮到自己报复的良机，得吓唬他一下，教他难堪，然后再问他："下次还敢吗？"于是一边伺机，一边故意地放松一阵子。凉风习习地吹着，夜已深。里面两人大概已逐渐入睡的样子，头中将乃轻轻溜进屋内。源氏之君本已提高警觉不敢酣睡，故稍有动静即察知。他当然没有料到来人是中将这家伙，还以为是那位修理大夫[2]至今不能忘怀这内侍呢。如其教那老头儿识破这不正常的关系，多么没面子，所以急忙爬起来。"嗳，真麻烦。回去啦。看蜘蛛结网的样子都可以料到那人要来的，何苦骗我呢！"他抓起外褂便躲入屏风后。中将强忍着笑，故意走到那屏风边，出其不意砰聆啷啷大声地把屏风折叠起来。这位内侍年纪虽不轻，却是风骚多韵事的女人，这种事情以前也屡有经验，因此她当时心中虽也慌乱，又担心着这个黑暗中突然出现的人究竟要如何对待源氏之君，却仍能克制急跳的心，牢牢捉住中将。源氏之君颇想偷偷一走了之，可是自忖歪戴着冠帽狼狈而逃的样子实在不成体统，所以犹豫了片刻。中将这边呢，他当然也不愿源氏

---

1 光源氏作此歌以答老女前歌之"东屋寂兮"云云，谓东屋下既多狂蜂浪蝶，故未敢辄立，引来无端怨言也。

2 盖亦老女情人之一也。

知道是自己在恶作剧，所以默不作声，只是伪装盛怒，拔出了腰际的剑。这回可把女的吓急了。“请您，请您别……”她连忙跪下去合掌讨饶。中将险些儿要笑出来。她穿着与年纪不相称的花哨衣裳，表面上虽装成婀娜风流的样子，毕竟已是五十七八岁的老妇了，如今正顾不得体面什么的，在那儿不知所措地急成一团；更何况还是夹在两位二十多岁的年轻公子中间哩。咳！真是滑稽透顶。中将怕被识破真面目，因而故意装成一副凶狠狠的相貌，可是眼明的光源氏反倒立即认出是他故意恶作剧，不禁恨得咬牙切齿。待确定之后，源氏之君也暗自好笑起来，他猛然抓住中将握着剑的手腕，使劲拧了一把。中将自知已被对方识破，虽然有些遗憾，却终于忍不住笑出声来。“你这是干吗呀！开玩笑也得有个限度才是。喏，穿外褂啦。”源氏要穿外衣，中将却紧紧拉住不放。“那么，教你也跟我一样吧。”遂以牙还牙，也解开了中将的带纽，想把他的外褂脱掉。中将拼命拉着外衣，不教源氏脱去，你拉我扯的，两人纠缠着，竟将衣服撕破了。中将咏成一首和歌：

“衣裳破兮不蔽体，
佛要金装人须衣，
锦衣既破兮名誉诋。[1]

穿了这件破外褂，定会显眼引人注目吧。”源氏之君亦立即返赠一首：

夏裳薄兮难蔽身，

1 头中将以破衣讽刺源氏，谓如今已扯破面皮，无须再故作正经，包藏艳事，名誉好恶自显露矣。

既知衣破体暴露，

何苦相扯兮显乏贫！[1]

他们二人彼此嘲弄对方，终于双双穿着又破又皱的衣服走了出去。源氏之君回到家里，想起今晚被头中将发现隐秘之事，深深引以为憾。二人走后，遗留下兴味索然的内侍，无可奈何地捡起掉落满地的带扣和腰带等物，次日令人送至光源氏处。

“似波浪兮往复返，

双双离去空留侬，

衷心怨怼兮时运蹇。[2]

如今已成‘川底清澈见石砂’[3]，教人如何不悲伤啊！”源氏见所附诗文，起初颇嫌恶其厚颜，继而回忆昨夜她那种狼狈不知所措的情形，反倒生出同情心来。

浪虽壮兮不介意，

惊涛拍岸亦寻常，

特怨矶石兮未拒避。[4]

1 此为光源氏反唇相讥之歌。谓二人皆有不可告人之隐秘，何须相互牵扯，撕破本已单薄之夏衣（喻拉破脸皮），显出贫乏之躯体（喻名誉）也。

2 此为老女遣人赠予源氏之歌。以光源氏、头中将喻往返无常之波浪，怨其双双弃己而去，谓盖亦己命蹇运乖故也。

3 引《敕撰集》悲恋歌句。歌意为：女子怨责情人抛己离去，谓自别之后，泣泪成川，其底清澈可见砂石也。

4 源氏之君承女前之歌，转以波浪喻头中将，谓其恶作剧虽如惊涛拍岸，仍可原谅，特怨女（以矶石喻女）未能事先避免发生事端也。

他只简短地书成一首和歌。腰带实为中将之物。源氏之君觉得较自己所用者色深，正比看时，却发见自己外褂的端袖[1]也被扯去了一只。这简直不成体统，好色者自然多类此之狼狈行迹喽。于是，他愈加谨诫自己。头中将自禁中宿直处遣人寄来昨夜撕断的那只端袖，包裹中另有附文云："请即予缝合此袪。"源氏之君一想到自己的衣袖竟不知如何落入其手中，心中便愤恨不已；所幸他这边也保有对方的腰带，否则必定遗憾至极。遂以同色之纸包妥，亦附文令人送返。

恐妨碍兮怕阻绝，
两情不悦莫责吾，
完带奉还兮未尝撷。[2]

对方又回赠答歌云：

"既取带兮复夺爱，
带与情人俱归君，
能不责怪兮太妨碍！

君将难逃此怨恨哦。"

日高升后，源氏之君与头中将各自参拜于清凉殿。源氏一本正经地假装若无其事，头中将内心暗觉可笑。这一天公事繁忙，奏上宣下等诸多任务，故而二人皆端正威仪，无暇交谈，只有偶尔四目相交互递眼色时，大家会心地莞尔一笑。随后，趁旁无他人时，中将靠近

1 古代日本服装，于袖子前端另加缝半幅布，谓之端袖。
2 此为源氏讥头中将歌。谓日后若与典侍两情不欢悦，切莫以吾取带责怪，今恐妨碍二人之情，故特将衣带完好奉还也。

来，故示妒恨地睥睨道："这下子，怕是不敢再偷偷摸摸喽。""这是哪儿的话！那个空手白跑一趟的人才可怜哩。不过，倒是真所谓'世事多烦忧'[1]，一点儿都不错！"源氏亦不甘示弱。于是双双做"山川之约"[2]，互禁其口。其后，此事每每成为冷嘲热讽之因。这都是由于错选老女做情人的缘故。源氏之君内心难免会如此后悔吧？不过，女方倒是还时时妖妖娆娆地抱怨什么的，实在教人不堪其扰。头中将并没有将此事告知那位妹君[3]，只是当作今后威胁源氏的把柄而已。

即使是那些贵人所生的亲王们，平素对这位皇上所宠爱的源氏之君都有所顾忌，未敢轻易冒犯，唯独此中将却不服输，他总是锱铢必较。何以如此呢？这是因为他与源氏的夫人为同母所出的关系。盖彼心中常想：源氏之君不过是生为帝子而已，自己则是大臣之中特蒙皇帝恩宠的左大臣之子，母亲又是公主出身，从小金枝玉叶般受人呵护长大，有什么比不上人家之处呢？说实在的，无论人品啦，种种条件他都俱全，可谓有美皆备。这两位人物之间的竞争，有说不尽的趣事逸闻，不过，若要一一说出，未免太过烦琐，故此处略而不书。

藤壶之宫在七月里受封为中宫[4]。源氏之君也同时晋升为宰相。当此皇帝逊位在即之时，诸事皆在积极准备中，皇上本属意立这位中宫所生的新皇子为储君，但是，苦于无适当的保护人，母方亲人又皆为亲王，皇族不宜参政，故再三考虑之后，只有立母为后，以巩固新皇子的地位一途，遂有此举。东宫之母弘徽殿女御为此大感不安，固亦人之常情。不过皇上却对她安慰道："不久，到了东宫之世，你便是名正言顺的皇太后了。放心吧。"的确，弘徽殿女御做了二十余年的东

1 句出《古今六帖·四》，伊势作和歌。世事谓男女情事。
2 典出于《万叶集·二七一〇》，谓指山川为证，勿泄吾名。
3 指年少的葵夫人。
4 相当于立后。

宫之母，如今却以藤壶之宫越位为皇后，这是大家始料所未及的。于是，世人难免议论纷纷。

中宫入内之夜，宰相之君亦得供奉侍候。虽然同为后妃，这位新册封的中宫却是先帝之后所出，如今她已产下玉一般美丽的皇子，而本身又深得皇上宠爱，故人人无不对她格外崇敬。值此喜庆之日，唯独源氏之君内心烦闷异常。眼看着藤壶所乘的凤辇经过，想象内中的人儿，而今她已成为中宫，无疑，以后更不易接近她了，如何是好？这使他跌入无限的苦恼深渊之中。

爱无尽兮忧未已，
而今卿更升云端，
高不可望兮情难理。

独自低吟，倍添哀伤。新皇子随时日成长，二人看来更为相像，几乎难于辨别。母后衷心尤觉悲苦，所幸，别人并未察觉吧？说真的，就算是刻意仿造替身吧，世上又怎可能产生另一位貌似源氏之君的人物呢？可是，这两位真是出奇地相像。世人只有认为这奇迹乃如同日月之交辉于天空中了。

第八帖

花宴

二月二十几日，宫中在南殿举行樱花之宴。皇后[1]与东宫[2]的座位设在御座左右，二人双双出现。弘徽殿女御内心对中宫如此居上风，每每怀恨于心，尤其今日这种隆重盛大的日子，她更不甘心独个儿闷着，所以也来参加游宴。万里晴空，天色，鸟声，无不令人畅快。亲王和公卿以下，凡是精于文学之道者，皆于御前探韵作诗[3]。宰相中将[4]宣称："探得一'春'字。"他的声音像往常的，总是格外悦耳，不同凡响。其次轮及头中将。大家很自然地会将他们二人来相比。恐怕心里多少有些紧张吧？不过，倒也表现得无甚逊色，态度从容，声调也极平稳，算是可圈可点。其余的人则多数显得有些怯场的样子。至于那些殿下人呢，当着才学优秀的皇上和东宫以及当世诸多大方之士的面前，实在羞于冒昧地出现在这种大庭广众前。受了这种心理的影

1 即指新晋位为中宫之藤壶。

2 弘徽殿女御所生之子，即后日之朱雀院。

3 庭中设文台，上覆书韵字之纸，诸臣各探一纸，即以其字为韵脚之作诗游戏也。

4 即新晋升为宰相的光源氏。

响，本来不难的吟诗，竟也变成了一大负荷的样子。有些年老的博士，虽然穿着敝旧的衣服，不甚显眼的，却是文坛老手，习于此道，表现出驾轻就熟的样子。皇上欣然观看着这形形色色的诸臣。

不消说，舞乐等节目的准备是充分的。好不容易等待到日落时分，演出了一场美妙的《春莺啭》之舞。这使东宫想起了红叶贺之际源氏之君的舞蹈，他特地取下插头之花赏赐，并要求他再度演出一场。源氏之君碍于盛情难却，只得起身舞出翻袖的一段。舞姿优雅，无与伦比。连左大臣都忘了平日的怨恨，感动而落泪了。接着，东宫又问："头中将在哪儿？快快出来，也舞一曲吧。"于是，头中将也应邀表演了《柳花苑》之舞。他比源氏之君更为用心跳舞，大概是早先已料到可能有此需要而预为准备的缘故吧，表演相当出色。皇上特赐御衣以示嘉奖。人人觉得这是十分罕见的事情。于是，公卿们轮流舞出，但是入夜之后，已经分不清楚谁是谁了。在朗诵诗的时候，讲师遇到源氏之君的作品，并没有一口气读完，却逐句咏诵赞美。博士们也都由衷地感佩着。皇上每逢这种场合，总是以这位宰相为一座之光。这样的人物，如何能对他等闲视之啊？中宫则无法对这位杰出的人逃避视线，她实在不能了解，何以东宫的母亲会那样执拗地憎恨这位公子呢？同时，也禁不住悲痛地回想自己这一段宿世孽缘的无奈了。

舞翩翻兮美若花，
赏花何须心悲苦？
悲苦往事兮增叹嗟。

这首歌应该是她在心中暗自吟咏的，但是怎么后来竟然流传于世间呢？夜深之后，宴会乃罢。

公卿们各自散去，皇后和东宫也都回宫里去了。这时明月高升，夜空极饶情致。源氏之君不愿错过如此夜景，遂趁宿直诸人入睡之后，悄悄地溜出来。他心里暗中希冀着或许会有什么好机会也未可知，于是不觉地来到藤壶殿附近。他满怀心事地徘徊着，却苦于欲进无由，连平时替他权充媒介的王命妇都已锁上了门，故只好叹息离开，却仍不能死心，于是信步走到弘徽殿的厢房附近，看见第三个门仍敞开着。女御在宴会后直接上清凉殿去了，所以如今余下的人大概不会多。连里面的枢户[1]都开放着，却没有人的动静。他心里想：往往就是这样不谨慎，才会引起世间许多意外的错误哩。于是，又悄悄地绕到回廊上，从那里窥伺内里。大概人都睡了吧？不，就在这时，一个不像寻常人的年轻女子以美妙的声音轻声吟着："胧月夜兮不可拟。"[2]她正走向这边来。源氏之君心里一阵高兴，连忙用手按住她的长袖。女的似乎大吃一惊，问道："呀！吓死人哟。是谁呀？"源氏只是说："别这么疏远好吗？"

夜深沉兮月朦胧，
　月下相遇当珍惜，
　　缘定三生兮乃今隆。

轻轻将她抱起，放下在厢房里，随手关上了门。那女子受惊过度，呆愣在那儿，模样儿惹人生怜。她用颤抖的声音叫喊："来人哪。"但是，源氏之君十分笃定地告诉她："我在此地是通行无阻的，所以你喊叫也没用。还是安静些的好。"女的仔细听这声音，才知对方原来便是源氏之君，于是也就略微安心了。她虽然有些不甘，却不愿教这一位

1　装置回转枢机之门。
2　《新古今集·春上》，大江千里作和歌句。此歌为化自白居易《嘉陵夜有怀》诗句"不明不暗朦胧月"。后遂以"胧月夜"称呼此女子。

把自己看成顽强不解风情的女人。源氏之君则仍然陶醉着，不愿就此放过眼前这个人。女的像是娇柔顺服的样子，看来并不至于如何抗拒的吧？春宵苦短，意乱情迷。女方更是心事重重。“请您至少告诉我名姓吧。这样子教我如何跟您通音讯啊？我们不会是就此绝缘的吧？”源氏苦苦哀求着。女郎吟咏道：

人生短兮若浮云，
妾或不幸早即世，
宁肯草中兮访孤坟？[1]

那神态十分妖娆。“你说得对，是我没有说清楚。”

“披荒草兮冒寒露，
欲将芳名来相寻，
世人多事兮得不惧？[2]

只要你不嫌麻烦，我又何妨呢？或者，你竟有意要欺骗我吗？”话未讲完，别人已经起来了。为着去迎接女御，大家正忙忙碌碌奔往清凉殿去。不得已，只好互换所持之扇，以为日后之信物。源氏之君遂匆匆离去。

桐壶殿中挤满了人，有些人已经醒来，看见源氏之君清晨归来，大家窃议着：“嗳，嗳，可真有劲儿四出幽会啊。”他们彼此碰肘打暗

1 此为女方试探源氏爱情深浅之歌。
2 源氏答谓：己虽欲披草冒露，探寻芳名，然世人每好事饶舌，恐终将泄露好事（故盼早告以名姓）也。此和歌后段本用音义双关语，无法译成中文，乃径采意译。

号，装睡着的样子。源氏之君径自回到卧房里躺下，可是没有一丝儿睡意。回想起来，那位女性算得上是极标致的美人儿，定必是女御众妹中之一位无疑。但是，到底是哪一位呢？从她那不甚谙世事的举止态度看来，或系五之君、六之君[1]吧？听说帅宫[2]的夫人和头中将所嫌恶的四之君是长得最美的。如果她是这些女子中的一位，那就更有意思了。但那位六之君，据说那做父亲的右大臣有意将她许配给东宫，如果方才跟自己分手的人竟是这一位，那可就不太妙了。他独自猜想，也弄不清楚到底对方是谁。这事若要探索起来，却又相当麻烦。看样子，二人之间也不像是会就此断绝的缘分，只怪自己当时怎么没有告以通讯的方法呢。他这样想东想西，怕是已经被这位女郎迷住了吧？逢着这样的事情，光源氏又不由得想起那一位私慕的人儿来。她的身边总是门禁森严，令人难以接近，这正显示着她为人的谨慎。凡此种种，在在都不免使人以她作为标准，来衡量别人。

这一天，因为有后宴[3]诸事，所以不觉地时间过得很快。源氏之君今日担任弹筝，较诸昨日之表演稍微不拘形式，故而也显得格外风流多趣。藤壶在拂晓时分上清凉殿去了。源氏之君担心那位月下相遇的人儿会辞出皇宫，已预先派了平素小心谨慎的良清和惟光去看守着，所以他一退出御前就听到报告："刚刚北阵[4]侧方有几辆车子起驾出去。在许多女御娘家的人中间，看到四位少将啦，右中辨[5]等也在那里面匆匆忙忙赶出来相送，看来大概就是弘徽殿方面的人吧。恐怕不是普通人家小姐呢，气派之大，光是车驾就有三几辆哩。"源氏不禁

1 五之君、六之君，犹谓五妹、六妹。与源氏幽会之君实为弘徽殿之六妹，即右大臣之六女也。
2 光源氏之同父异母弟，后日称为萤兵部卿宫。
3 大宴次日所举行之小宴。
4 皇宫内之北正门，有兵卫府之阵，故称。
5 二人皆弘徽殿女御之兄弟。

胸中一阵骚动。如何才能得知到底是哪一位小姐呢？万一让那做父亲的右大臣听见，一本正经要把自己当作女婿看待，那可怎么办？连对方的容貌都没有看清楚，就把事情张扬出去，委实不太妥善；然而像这样不知对方为谁人，却又教人不甘心。究竟如何是好？源氏之君心事重重地斜卧着。二条院里那位幼小的人儿又不知有多寂寞难耐啊。好久没有见到她了，大概正闷闷不乐的吧？他难免又想起那可爱的模样儿来。那把折扇是桧木薄片糊以三重薄樱纸造成的，在较深色的一面画着朦胧之月及水中月影。扇子本身并非稀罕之物，不过，如今睹物思人，其上依稀染着物主的芳泽，更令人想起曾经咏歌“宁肯草中兮……”的那幅妖娆影像来。于是，源氏之君情不自禁地在扇面上加添了几行字：

月朦胧兮云掩翳，
　浮云蔽月失影踪，
　　寻月未得兮落沾袂。[1]

许久未回左大臣邸去，可是心中更挂虑着年幼的人儿，想着应该设法安慰她才好，所以终于决定回二条院的住所。这位少女日愈成长，真是出落得标志又妩媚，伶俐的气质更是越发明显起来。这正是他梦寐以求，可以随心所欲塑造成理想中完美女性的对象。不过，究竟是由男主人来教导，多少有点令人担心：是否会变成一位与众不同的女性呢？源氏之君把最近以来停顿已久的故事对她重予补述，又日日课以琴艺。但是，天黑之后，则照例仍要外出。虽然她心底不无不悦，不过，源氏之君近来已经把她教训得不至于无理缠绊了。左大臣邸里的

1　以月喻女，谓失其芳踪，衷情悲苦，涕泪沾袖袂也。

夫人依然未肯辄予相见。源氏之君无聊之余，胡思乱想，拨弄着筝，随口唱道：“夜夜难安眠。”[1]云云。左大臣闻声，过来和他谈起日前宴会上的表演。“我活了这么大一把年纪，虽然曾经身仕四代明主，但像此次宴会中所表现的诗文秀逸、舞乐齐整，尚是首次遇见，真教人看着有延年益寿之感哩。当今朝廷里此中高手颇多，加上你能详熟各道，又勤加练习准备的结果吧，真是看得连我这个老头儿都想下去舞一番呢！”老岳丈对他赞不绝口。“也没有怎么准备的，只是为了尽责，拜了几位师傅稍事练习而已。那一天的许多节目之中，我倒是觉得《柳花苑》确实可供后世范本。不过，假如您老人家果真肯为明主圣世舞一曲的话，定更能给当天的节会增添光辉呢！”这时，左中辨和头中将正好也双双来到，于是大伙儿依着栏杆合奏各种乐器。真个兴致浓烈啊。

那位胧月夜之君，自与源氏相遇后，每每回忆那次拂晓梦一般的情事，日日叹息，郁郁寡欢地打发着日子。她已内定将于四月入东宫，所以如今更加心事重重，思绪纷乱。男方呢？倒并非无人做媒介，只是他自己也弄不清楚对方究竟是众多姊妹中的哪一位，不巧，偏又是平素与自己合不来的弘徽殿女御一方的人，更不便贸然相寻，故而诸多顾忌，不知如何是好。就这样日复一日，已到了三月二十几日，右大臣家里举行射箭比赛。公卿亲王们皆应邀参加。赛后还有藤花之宴。樱花的季节早成过去，独有二株樱树不知是否有人教它们“众芳凋尽我后绽”[2]的，正盛开着，更增添许多情趣。右大臣家里新修了一幢房子，准备迎接小姐们着裳之日[3]用，故装饰得十分讲究。这一家人原本喜欢阔绰排场，所以凡事都按照最流行的方式准备停妥。

1　催马乐《贯河》一节词。
2　引自《古今集·春上》，伊势作和歌。
3　女子十二三岁，结婚前改为成人装束之仪式。

右大臣日前在宫中遇见源氏之君时也顺便邀请了他，可是这一天却不见前来。这种盛大的宴会场合里没有源氏之君出席，未免太逊色，所以特地派其子四位少将再去邀请。

藤花盛兮樱花薰，
　藤樱并妍傲众色，
　　若非名花兮敢邀君？[1]

源氏之君正好在宫里，所以先向父皇禀报请示。皇上读了右大臣的歌，笑着说："相当自信的样子嘛！"于是劝道："人家特地差了人来迎接，你就快快去吧。再说，你许多姊妹也都在那儿成长的，谅他们也不会把你当外人看待吧。"源氏之君乃小心谨慎地选择了衣裳，在天将黑时分，众人盼望之际方才过去。他穿着面白里红质薄的唐罗外褂，下面拖着面紫里青的长长的裳裾。别人都一本正经严装以待，只有源氏之君的这一身打扮是潇洒的便装。他被众星拱月似的，在左右簇拥之下进来，予人耳目一新之感。他的出现使众花失色，众芳消香，一时间，大家对花宴反而减却兴味似的。他愉快地参与各种节目，夜深之后，故意装成醉醺醺颇不舒服的样子，趁人不注意，悄悄离席而去。

客厅里有大公主和三公主在。源氏之君走到那东边的门口靠着。藤花正开在房子这一角，因而格子门都敞开，侍女们也都在靠近外面的地方坐着，她们有意无意地像踏歌节会[2]时那样让袖口暴露帘外。

1　此右大臣之歌。谓若非自信庭园有名花，岂敢辄邀源氏也。

2　已见第六帖"末摘花"。每年元月十四、十五两日举行之节会。是日，凡朝廷中男士不分上下阶级，均歌唱游行宫中及诸院诸宫，女士们则可近帘参观，衣裳出于帘外亦不禁之。

这光景实在不雅观。与此相比，藤壶殿那边的情形毕竟优雅多了。这又不禁教他爱慕敬佩之情油然而起。“身体本来不挺舒服的，又给人强灌了好多酒，所以难过极了。抱歉得很，不知道这儿可否让我歇一歇。”于是，他撩起了妻户的帘子，径自进入内里。“哟，不得了！听说只有卑微的人才会向贵人去高攀的呢……”说话的人虽不至于故意端着架子，却也不像普通的年轻侍女。这儿的主人是一位高贵美丽的女性无疑，这可以从整个的气氛感觉出来。满屋子的薰香飘散，长裙曳地发出猝䌽的声响，这一切都不能算是如何含蓄有深度的表现，不过，这家人正是好时尚的人家，所以小姐们也就在这种靠外之处设席看热闹的吧？本来应该谨慎些才对，但是又禁不住兴致高昂，内心只想把那夜的女郎找到，光源氏按捺不住心口的骚动，故意装出滑稽的口吻唱道："失扇[1]深悔恨。”云云。他靠着帘子窥伺内里。有人说："咦？奇怪的高丽人[2]呀！”显然，这是不知情的人，所以并不去理她。他仔细揣摩一下，挪近那个像是时时在叹气的方向，蓦地隔着几帐握住了那只手，试探道：

月朦胧兮途茫茫，
光隐山后失清影，
何时重现兮常彷徉。[3]

许是对方也实在忍耐不住相思之苦吧？

---

1 此为套催马乐《石川》歌句。原歌词为："夺带高丽人，失带深悔恨。”云云。源氏故以“扇”代“带”，盖以与胧月夜之女有换扇之谊也。

2 以源氏歌词故意以“扇”代“带”，故云。

3 光源氏以此歌试探握手之对方是否即前朦胧月下相遇之女性。谓自失音讯后，常徘徊相寻，痴迷哀苦也。

月暂隐兮远山后，

澄辉虽蚀有见时，

辄谓迷途兮会寻否？[1]

正是那人的声音呀。他几乎惊喜得要跳起来。但是……

1　女答歌。谓：若月之隐山后，虽光影有暂蚀之时，总会再现，轻言迷途，可曾真心相寻否？

第九帖

葵

时移世变，自从新帝即位[1]后，光源氏心中颇觉抑郁，加以如今地位愈高，更未便随意出行幽会，害得处处有人在盼望着他，怨尤着他。是报应吧，他本人则又苦苦思念着始终对自己冷淡的那位心上人。而今，逊王以寻常人之身份，更可以自由自在地与所钟爱的藤壶相伴，过着恩爱的夫妇生活。这情形，皇太后看在眼里，心中自是不快，故而她经常深居宫中。藤壶却因为不再有人比肩竞争，所以显得心境轻松不少。逊王又时时举行管弦游宴等，每每铺张隆重，风流多趣，教世人惊叹不已。看来，现今的生活反而比执政时期更加惬意畅快哩！唯时时思念东宫[2]而未得见面，诚为美中不足之事。尤其对于这位东宫欠缺有力保护人一事，更觉遗憾，遂以万事委托于大将之君[3]。源氏内心虽不免有所愧疚，毕竟还是喜悦的。

---

1 桐壶帝盖于“红叶贺”帖后不久逊位，新帝为弘徽殿女御所出之朱雀院，为源氏同父异母兄。

2 指藤壶所出（光源氏实为其亲父，唯桐壶帝不知情也），即后日之冷泉院。

3 当时光源氏已晋阶为大将，故称。

至于那位六条夫人呢，她与故储君所生的公主，于此换代之际，已被遴选入伊势斋宫。大将之爱情既不可恃，乃以不忍见女儿年少独行为借口，准备随女赴伊势。桐壶院[1]闻悉后，甚为不悦。“她一度也是故储君所宠爱过的人，如何能以常人般轻率相待？至于斋宫，则我一向视她如宫中诸公主，也不宜怠慢了她。你这种不检点的风流韵事，若不收敛一些，恐怕迟早要遭受世人非难的。”由于句句属实，源氏之君也无词以对，只有俯首领教的份儿。“千万勿使对方羞辱受困。对人要温和体贴，不可以让女性来怨恨你。”听了父皇这一番训诫，想起那桩不可告人的隐秘。万一那事情传闻到父皇耳朵，岂不该死！他恐惧之余，唯唯诺诺，俯伏而退。

如今六条夫人之事，院君既已知悉，为着对方及自己的名誉，这样弃置不顾，难免犯好色之嫌，同时，的确也有过意不去之处，故而有意设法善待她。只是尚不便于公然表示而已。女方则以二人年龄悬殊，心中不无芥蒂，故始终羞于畅谈心事。源氏方面却明知如此，也就装成顺应对方的样子，拖拖拉拉的，没有一点表现。在六条的夫人想来，院君既已知悉，而世人谅亦多风闻二人之事，可是男方却如此寡情，因此十分哀伤。那位朝颜之君则戒于前车之鉴，深自警惕着，若非必要，也不勤于回信；不过，她倒也没有给源氏之君难堪，这样的态度实在令人觉得与众不同。

左大臣邸的夫人虽然对他这种见异思迁之心颇不满，可是见他也并未有故意隐瞒的样子，谅劝说也无用，故而也没有怎样深怨，加以最近许是怀孕的缘故吧，似乎日子过得愈为忧郁。源氏之君见夫人初次怀孕，既喜且怜。举家上下则对此喜讯无不欢欣。不过，因为妇人家产期里每多灾难，故而不得不格外谨慎，时常举行祈祷除灾等佛事

---

1 桐壶帝逊位后称院（原文仅称“院”）。

以求安全。这期间，源氏之君也就自然心无旁骛，无暇过访那些常去的处所了。

此时，贺茂的斋院[1]也已退休，皇太后所生的三公主得遴选递补其位。她本是父皇和母后所钟爱的女儿，实在不忍心叫她去做这种身份，不过，既然别无人选，也只好如此。此次仪式虽系例行之祭祀，却格外隆重盛大。行祭当日又特别追加许多额外的仪式，使节目显得更为壮观。这些大概正足以表现当事人的品格地位吧。至如祓禊之日[2]当天，供奉之公卿人数本已定好，却又特选名望高而风采佳者来担任，每位参加者所穿的衣裳颜色花纹，乃至马鞍装饰等，均一一经过细心调度。又特宣令大将之君参与其事。人人都为了一睹此空前盛举，早已用心准备车驾的装饰。一条之大道为参观的人群挤满了。沿途的房屋各自别出心裁地装饰得美轮美奂，连那些从帘中露出的仕女们的衣袖都是美不胜收。

左大臣邸的女主人平时甚少外出，加以如今已有身孕，故而显得无精打采，可是经不起年轻的侍女们一再怂恿："教我们自己偷偷参观多没意思啊。今天这样盛大的节日，连那些毫不相干的一般世人都想瞻仰光之君的风采，卑贱的乡下人都扶老携幼地老远赶来看热闹呢。而夫人您自己却看都不去看一下，岂不是说不过去吗？"加以太夫人也在一旁劝告："你今天气色看来好多了。去吧，别太扫侍女们的兴致才好。"因此，临时决定去参观。日头高升之后，特令随从勿使车驾装饰过分以免显眼，而后出发。大街上到处人山人海，观看的车驾更是排得满满，水泄不通。他们一行华车寻不着空隙，进退不得，只好停在那里。所幸侍女们的乘车不少，侍从们见着随车的杂役不在时，

1　未婚之公主入贺茂神社仕奉者。始于嵯峨帝时代。

2　斋院入贺茂神社之前，须先于贺茂川行洁身之祭，称祓禊。

乘机推开了左右之车。这时却见两辆稍嫌古老的桧木牛车，那车帷颇具格调，车主似有意躲避人目，故而坐在车厢深处。微露的袖口裳裾和女童的衣裳等，都是色泽考究而含蓄，不甚引人注目的。这情景一望便知非寻常等闲人之车。那些侍从连碰都不准碰这两辆车子，他们顽强地坚持道："谁敢来随便推开这车子！"但是每逢这种节日，酒醉的年轻人一起冲突便难以制止。左大臣家那些年纪较大的仆从虽然出来劝架，说"好啦，别吵啦"，可是哪里管得住呢？对方的车辆原来是斋宫的母亲——六条夫人为着排解郁闷，偷偷出来看热闹的。左大臣邸这边的人本来想佯装不知，可是自然还是认出来了。于是乎这边有的人在叫骂："搭什么大架子！想把大将之君抬出来吓唬人是不？"左大臣邸的侍从之中也有若干源氏之君的舍人，他们同情六条夫人的处境，但是也不便说什么，因此只好保持缄默。双方争执的结果，终于众胜寡，把对方的车子推开来，左大臣邸的车子乃排成了一列。六条夫人的车因为被挤到左大臣府侍女们的车后，所以什么也看不到。女主人内心的气愤自不消说，而今自己便服微行都被别人察知，更教她如何能不衔恨呢？眼看着自己车驾的踏台都让对方给折毁，车辕也随便地搭挂在附近不知什么人的车毂上，这情形简直不成体统。于是她禁不住悔恨交加，真不知自己当初为什么要起这种来凑热闹的念头。但是，事已至此，也无可如何。恨不得索性不看热闹，掉头回去。可是偏偏这时人群中却喊起："来啦，来啦！"心中怨恨的人儿就要过来了，于是胸口兴起了一阵骚动，盼望之情亦油然而生。唉，人的心是多么脆弱啊！不过，源氏之君却不知今日六条的夫人也来看热闹。难道真是所谓"驹不稍停川自流"[1]那样的，竟无情地走过去了吗？女的心里真有如千结弗解般难耐。

1　句出《古今集·神游》和歌。

看热闹的车队一辆比一辆考究，在竞相争妍的那些帷帐缝隙中，大概总有些眼熟的对象吧？源氏之君虽然装得一本正经的样子，仍有时会微笑流目示意。至于左大臣府的车驾，一望便判然分明，所以经过其前时，他的表情是严肃的。连仆从们都小心谨慎，面露敬意。这情景看在六条夫人眼里，不得不重新意识到彼此地位的悬殊，而颇有被压倒的感觉，于是心中难免隐隐作痛。

祓禊日兮逢盛会，
　遥望郎君美姿容，
　　怨叹薄幸兮总无奈！

忍不住泪珠儿落下，却又恐教人看见太腼腆。心上人那明艳的姿色在如此的盛会里越显得光芒四射，见了固然心痛；若不见，则又恐将悔恨遗憾。其他参与典礼供奉诸人也都各依身份、地位而束装齐整美观，公卿们的表现尤为壮观，然而唯独光之君一人，可谓抢尽风头，使众人黯然失色。大将之近卫随从而任用殿上人，这已是罕见的特例，今日虽非特别行幸，却遴选了右近藏人的将监[1]值勤。其他随员们也都无不容貌端丽，衣着华美。源氏之君被大家如此簇拥着，显得更具风采，所到之处，无不引起草木披靡般的赞叹。

难怪那些披着头巾穿着旅行装束的一般妇女啦，遗弃红尘的尼姑等，也都杂在人群中，大家你推我挤，颠颠倒倒地在那儿观看热闹。假如是平时的话，别人一定会讥笑：“干吗呀，这么不顾体面的！”可是，今日这光景却像是当然之事一般，无人见怪。也有些两颊干瘪，发梢夹进外褂里的老妇们，在那儿不觉地合掌额前，呆呆拜见这位人

1　六位藏人而身兼近卫之将监者。

物的光彩，看来实在是滑稽。还有一些劳动阶级的男人，忘了自身相貌的丑陋可笑，正看得兴致勃勃。连那些源氏之君不屑于一顾的地方官吏的姑娘，也都刻意把自己打扮得花枝招展，坐在费神装饰的车厢里，装模作样，想引起他的注意。这形形色色的众生相，确实有趣。至于那些源氏之君平时偷偷幽会的妇女，看到今日此景，愈觉自身的微不足道，不少人在那里暗自叹息。式部卿之宫[1]在观台上看见，对于源氏之君那随着年龄而愈加增添明艳的光彩不禁由衷发出感叹来。这副姿容焉得不感动鬼神？简直是美得有些令人害怕。朝颜之君呢，以她正当花样的年华，而近来源氏之君又频频示爱，这种心意较诸常人不同；即使对方是普普通通的人，都不可能不为之感动，何况，对方竟是如此一位美貌的男士呢！她衷心不无感激。只不过，她并没有意思因此缩短两人间的距离。倒是那些侍候左右的侍女都在那里对源氏之君赞不绝口。

祭祀当日，左大臣家并没有出来参观。有人将昨日祓禊游行时所发生的争执一五一十地详告源氏之君。源氏对六条之夫人深感抱歉。他想：左大臣邸的女主人自己未必有意要向对方示威；不过，她虽然生就一副贵妇人的庄重气派，却稍嫌倔强有余而温柔不足，她手下的人又不明像她们二人之间的关系应该互相体谅的道理，一意护着自己的女主人，所以才导致那样的结果吧？六条的夫人偏又天生那么含蓄谦逊，遇上这种难堪的事情，不知多消沉忧郁呢。源氏之君深深怜惜之余，特地亲自造访，欲加以安慰。可是她却借口说女儿斋宫仍在六条府邸，行动须忌讳，而未肯轻易会见。源氏之君非不知她心底的怨怼，却忍不住抱怨道：“究竟为了什么呀！她们两人又何须这般互逞意气呢？”

---

1 即朝颜之父。

今天，源氏之君没有赴左大臣邸，却准备与二条院的家人出去参观热闹。他来到西侧对屋，命令惟光预备车驾。又对那些女童戏谑道："女孩子们也要去吗？"见到若紫打扮得十分娇美，他嘴角上自然地浮出一抹笑意。"来吧。一块儿去看热闹。"他爱怜地抚摩着若紫那一头看来较平时更光亮的发丝。"你好久没有剪头发了吧？今天是个好日子呢。[1]"于是召请历博士来问明时间良否。这期间，又对女童们说："你们女孩子先出去吧。"那些女童一个个都装扮得花枝招展，她们把可爱的发端修剪得十分整齐，那垂覆在华丽的绫罗衣裳的部分尤为显明醒目。"你的头发，让我来修剪吧。"他甚觉意外地说："头发可真不少哇。将来不知要长多长呢。"源氏之君好不容易才把若紫的发端修剪整齐。"哎，别人的头发尽管很长，额际总是有些短毛的；你却一点儿都不见。太整齐了，反而缺乏情调吧。"剪完之后，依例地祝祷："愿斯发兮千寻长。"若紫的乳母少纳言在一旁观看，正衷心感动，恭恭敬敬地侍候着。

乌丝伸兮似海草，
　千寻万丈未可量，
　　天长地久兮情不槁。[2]

源氏之君情不自禁地信誓旦旦。

海底深兮千万寻，
　潮水涨退莫能测，

1 当时剪发须选择吉日。

2 源氏作此诗以示不渝之爱。谓若紫长发似海草千寻万丈不可测量，其生命前途亦正长远，而己愿情爱不枯，长相厮守也。

变幻无端兮似君心。[1]

若紫顺手在纸上涂抹着。那模样儿虽然十分乖巧伶俐，却仍不脱稚气，挺惹人怜爱。

今天大街上又给看热闹的车子挤得水泄不通。源氏之君一行人在马场的大殿附近徘徊踌躇，正为周遭骚扰的公卿们的乘车伤脑筋之际，忽见一辆坐满了人的车，其中有人伸出一把折扇向他招呼道："请到这边来吧。这个位置让给您。"是哪一个好奇心重的女人呢？他疑惑不解地走过去。果然，那位置相当好，所以就把车驾移了过去。"怎么找到这样好的位置呢？真教人羡慕！"他试探地问。女方竟把那讲究的扇子折断一端出示，那上面写着：

"葵之祭[2]兮含辛悲，
君既有女共车赏，
妾独空盼兮此佳期。

岂敢辄入君车？"字迹分明是那位源内侍的手笔。唉，她竟然以为自己是不老的常青树呢！源氏之君不禁嫌恶起来，故意冷漠地答咏：

卿多情兮知盼谁？
不意相逢葵之祭，
心旌为荡兮亦嬉嬉。[3]

---

1 若紫作此诗以示对源氏情爱之怀疑。

2 此祭日称葵之祭。"葵"字，日语音同"相逢之日"，女方用此字旨在怨责源氏无情，谓己原拟与君相逢此佳期，今君既有女同车，遂令相逢之日徒增悲辛也。

3 此为光源氏答歌，旨在揶揄老女多情。谓其所盼相遇之郎君必多，而己不意竟与之相逢，故心旌不免亦摇荡，自觉轻浮也。

女方觉得十分尴尬，故又咏道：

悔相逢兮此佳日，
　葵叶徒有美好名，
　　实乃凡草兮不足述。[1]

许多人见源氏之君有女同车，却未肯卷帘露面，猜不透车里是什么人，故而纷纷嫉妒。“祓禊之日那天，还装得多么端庄正经，今日却轻松地出来观赏热闹哩。同车的究竟是谁呀？一定是很不错的人吧。”还有些人索性径自瞎猜，胡乱下起断语来。源氏之君真后悔自己竟跟那种女人作无聊的歌诗往返，不过，若不是像内侍那样厚颜的人，谁又好意思明知对方有人同车却随便投歌传情呢？

六条的女主人近来愈觉郁悒消沉了。她虽然明知源氏之君薄幸，要毅然斩尽情丝离开京城远赴伊势却也不是容易之事；而且，又怕消息一旦传出去，可能会成为笑柄。但是，假如继续再在京城住下去，也许会引来更多的羞辱。她这样昼夜烦闷，诚如所谓“漂荡无定如浮标”[2]，心情不定，身子也跟着像生病似的衰弱起来。大将之君得悉她将远赴伊势，也并没有明显地表示干涉或反对，只是说些无关痛痒的话：“你嫌弃我这微不足道的人，这也难怪；不过，既然事已至此，可否请你将就些跟我过一辈子？所谓男女缘分岂不就是这样的吗？”六条夫人正犹豫着，实在拿不定主意。祓禊那天本是抱着姑试运气的心情，想不到反而惹来一场羞辱。自此，她更加郁闷，对凡事兴味索然了。

1　女方恼羞之余，责以薄幸。谓己盼望与源氏于此佳日相会，无奈“葵”字徒具吉利之名（见上页注2），实则不足为恃，乃凡草也，遂令增悔恨。

2　句出《古今集·恋一》，无名氏作和歌。

左大臣邸的夫人许是中了邪魔吧，这些日子来痛苦异常，全家上下也都跟着终日惶惶。这种情况之下，源氏之君也不便再像往常那样随便走动，就连二条院方面，也只能偶尔才回去一次。究竟夫人的身份地位比其他的女性都高贵，而这次的病又与怀孕有关，源氏之君也就格外关心，故时常召请法师在自己房里举行佛事什么的。果然，妖怪啦，生灵等种种妖魔鬼怪都一一现身道名，可是，其中却有一种，无论怎样都不肯转附在招魂者身上，偏偏牢牢地附着在夫人身上，为害虽非深重，却一刻不离。灵验的法力也无法驯服它，从那种执着不化的样子看来，怕不是寻常灵怪呢。最后只得把源氏之君平日走动的女性群像一一相告卜问，有人又偷偷告以："六条的夫人和二条院的女主人，她们二位既然是主上尤其宠幸的人，恐怕对夫人的嫉恨也特别深吧。"可是，占卜的结果也并不恰切。而那些现身道名的妖怪之中，亦未见得有特别仇深之者。像故乳母之灵啦，或者是先祖以来时时作祟的怨魂等等，倒是乘机来骚扰一下，此外则别无他物。病人只是哀哀哭泣着，时而又窒闷苦喘，甚是难受的样子。到底将会如何呢？亦悲亦恐，人人都束手无策，大感狼狈。桐壶院闻悉后，亦频频探访慰问，又亲自指示祈祷种种。这样一来，更加令人珍惜这位夫人的境况了。

举世都在为夫人的病祈祷着。六条的夫人得悉后，内心更为不平静。其实，这些年来，她并无意与之竞争，可是，自从那次偶然的争车事件以来，妒恨之火禁不住地燃烧起来。左大臣府邸的人当然无由知此，但六条夫人自己近来却正为此而心绪不宁，她为着避女儿斋宫仕神之讳，特别移居他处修法祈祷。大将之君得悉后，同情之心油然而起，所以勉强前去慰问。由于这是临时居所，因此也就在格外保密之下行动。他费尽口舌解释久疏走访的缘故，并请女方予以谅解；同时，又以病人之近况相告。"我自己倒没有如何深以为苦，可是，看到长辈们那么忧虑着，实在也值得同情。这种时候，我恐怕最好还是陪在她身边吧。假如你能宽怀大量，那就真感激不尽了。”他绵绵地细说。看着女方那较平常悲苦的样子，他内心也充满了愧疚。这一夜便这般言不尽意地过去。清晨，见匆匆欲离去的源氏之君那副美姿容，六条夫人深自感觉实在不忍与之断绝情分。左大臣邸那边本是名正言顺的正室夫人，而今又将增添孩子，然则今后源氏之君的心更会倾向那边无疑。往后，自己的盼望必将变成更为渺茫吧？光源氏这次意外的造访，不啻把她那一潭平静的心湖重新震荡起来，也使她的情火重燃了。源氏之君的情书在黄昏时分才送达她手里。“近日来病情稍见起色的人儿，又突形恶化，故而未便离开。”看了这样的内容，她认为源氏之君又在找借口推托。不过，仍然写了一封回信给他：

“明知田兮多泥泞，
　奋不顾身稼穑人，
　　妾亦深陷兮相思径。

‘山井水浅仅濡袖。’[1]这原也是难怪的啊。”那笔迹委实不同凡响。唉，可是世事究竟不能尽如人意啊！论性情啦，容貌啦，教养等，这位女性都有她可取之处，可是要教他集中爱情于这一个人，却又是办不到的。这真令人苦恼。光源氏的答复延迟了许久，却也写得相当细腻：“为什么说‘仅濡袖’呢？谅必是你自己爱情不深吧？

相思径兮吾陷身，

1　句出《古今六帖·二》，和歌。以喻光源氏爱之不深。前和歌则悲叹己深陷爱之苦海，犹农夫明知田多泥泞而陷足其中奋不顾身也。

卿何忍心责濡袖，
　谅常伫立兮浅水津。

若非有人病重，怎会不亲自拜访细诉衷情呢？”

左大臣邸的葵夫人近来屡为妖怪骚扰，几不堪忍受。六条夫人风闻那是她自己的生灵，以及她先父的幽灵在作祟，只有愈加怨叹命薄了。其实她本身未尝想到要咒诅别人，可是由于昼思夜想心绪不定，或者灵魂竟身不由己出壳而犯罪也未可知。虽说她此生备尝种种苦痛，倒也未曾有过如此纷扰烦恼的经验。自那次偶然的争车事件以来，受尽对方屈辱，如今每一念及祓禊当日的憾事便忧心如焚。许是心境无法平定的缘故吧？稍一假寐，便会梦见自己魂游那位美丽的夫人身旁，时或牵引之，时或殴打之，疯狂而又激烈，全不似她的平素操守。如此噩梦，颇有几回。哦，天哪！难道我的灵魂真的脱离了此躯壳而外游了吗？有时她真的会感觉有若失神般。想到世人每好造谣是非，而今自己更成为众矢之的，将难免惹来种种讥刺无疑。通常总是人死冤魂乃现，这种事情听来已觉罪孽深重，令人毛骨悚然；现在自己还活生生的，却听他人恣意恶评，命运何其悲苦！她痛定思痛，决计不再去思念那位寡情之人；但是这不再思念之念头本身岂非就证明了她对源氏之君的不能忘怀吗？

六条夫人的女儿斋宫原定于去年入宫，却由于种种事故，改期在今秋。九月，她将先行赴嵯峨野宫，届时仍将举行第二度的祓禊。可是由于母亲近来时常失魂落魄，苦卧病床，故宫中方面不得不时时为之隆重祈祷。她的病态虽非十分严重，却又始终不能爽朗，缠绵病榻以度时日。大将之君虽也时时来访探望，不过他那边另有一位更重要的病人，故而每每显得心神不定。产期未到，左大臣邸人人尚松懈着，谁料夫人竟忽然阵痛起来，痛苦难忍。府中当然格外费心祈祷乞灵。可是先前那妖怪却仍然不动如山，这真教法师高手们都伤透脑筋了。不过，究竟还是勤加祈祷应验的吧，它终于被驯服而哭喊着："稍稍饶了我吧。有话跟大将说啊。""到底还是有原因的。"人人窃窃私议着。于是让源氏之君靠近夫人的枕边几帐旁。葵夫人那衰弱的模样儿看来有如临终的病人。她的双亲以为女儿将对其夫婿交代遗嘱，故而暂时回避。这时四周寂静，只闻僧侣们庄严的诵经声。源氏之君掀起几帐的布幔探望里头，见她容色依旧美丽，只是腹部高高隆起，辛苦地卧在那里。这光景就是素不相识者见了都会心疼，而况身为夫婿的人呢！难怪他如此悲哀怜恤。葵夫人身着白衣，脸色因痛苦而涨红，那头丰盛的长发随便地束扎起来，任其流泻在枕边。在这种无暇拘束的情形之下，看来反倒增添了几许妩媚风情。源氏之君无限爱怜地拉着夫人的手道："唉，究竟是怎么回事啊？教人多伤心哪。"他言未及尽便哭泣起来。葵夫人也忘了平时的矜持似的，乏力地睁开那一双高雅的眼睛静静地凝视夫君，于是，泪珠儿禁不住地夺眶而出，真令人看得心疼。见她哭泣得太厉害，源氏认为，她定必是念到悲伤的双亲，以及看见眼前的自己而不忍心死别的吧，因此温柔地安慰道："别想得太多。你的病一定会痊愈。无论如何，夫妇总是会有重逢之时，所以我们也一定有机会再相见的。至如你的父亲和母亲，你们既生为亲子，那定是前世之缘，深不可断，所以你应知道走到哪儿都会再会他们。"可是葵夫人却代某生灵回答道："不，不，不是为了这些。我请您来这儿，是想叫他们暂时停止祈祷。那些作法的人念得我难受极了。我自己万万也没有想到会漂泊到此地来，怕是忧思过度致灵魂脱壳而出的啊。"接着又无限依恋地咏歌：

叹妾魂兮空飘荡，
　云游西东无定时，

昣结裾端兮息魑魅[1]。

那音声全不似葵夫人平时的声音。源氏之君颇觉诧异，仔细思量下，果然是六条那位夫人的声音哩。世人早已纷纷扰扰谣传此事，自己总是把它看作恶意中伤，不屑理会，如今亲身经历，不得不相信世事之不可思议而更觉嫌厌。“你这样说，我怎知是谁啊？请明白说出名姓来。”他试探地问。不料，葵夫人的形体竟忽然间变成了六条夫人的模样。这岂止令人感到意外而已，只怕左右侍候的侍女们也会觉察出来，害源氏之君提心吊胆。

叫喊之声逐渐低下去。葵夫人的母亲见她女儿身体已稍觉舒展，遂端药汤过来。几个人合抱着她，不久，居然生产了。家人的欣喜自不在话下。但是，一度移驾招魂者身上的那些妖魔灵怪，这时又妒恨交加地纷纷叫嚣起来，实在令人担忧生产的情形。不过，怕是那些密密麻麻写了一纸的许愿文发生效验了吧，总算后产也顺利过去了。睿山的座主及那些法师们都松了一口气，大家擦着脸上的汗急急退出。众多的人如此尽心看护的结果，到底有些用处，大概不至于再出什么差错了吧？两位老人家也稍觉心宽。虽然修法之事仍照前进行着，如今大家的兴趣毋宁是转移在新诞生的可爱的婴儿身上，对产妇方面的注意也就有些松弛了。上自桐壶院、诸亲王公卿等，各方送来许多祝贺的礼物，尽是些稀奇珍异之品，每夜家人都在热闹地参观。

那位六条的夫人洞悉之后，胸中仍是不能平静。没想到一度病危的人，而今竟然安产了呢！她追寻着身不由己而出游的踪迹，果然在衣裳上嗅到了除邪用的芥子[2]气味。自觉厌嫌，乃令人准备汤水沐浴，

1 当时迷信以为：人见魍魉，急结裾端，则可使游魂还于躯壳。
2 当时去邪，于病人枕边焚烧芥子，故云。

又换穿衣裳。可是那种气味却驱之不散，如影随形般附着在身上。这真教她不能不厌恶起自己来，更不知世人将会怎样议论啊！这种事情又不便于对他人启齿，故而只能独自闷在心中，于是也就愈形狂乱了。大将之君在这一阵子忙乱之后，心境稍微平复，但是他每一思及那不问自报的生灵所说的话语，衷情便懊恼不已。许久未见面，难免爱怜思念；另一方面又怕亲眼看见，不知是否会对她感到嫌厌。虑前顾后之余，只能给她写信。至于葵夫人这边呢，大家觉得大病之后需要格外细心照料，绝对大意不得，所以源氏之君也未敢轻易走访各处。病人仍然十分辛苦，所以也不便像平素那样随便去看她。新生的婴儿真个是美得出奇，做父亲的那种宠爱的样子也真是世所罕见。左大臣也像是偿了夙愿般，显得心满意足的样子；只是爱女产后的病体一直不见康复，多少使他感觉不安；不过又想，重病之后总难免如此，因此也就没有太过忧心。源氏之君见新生儿美丽的眼神像极了东宫，不禁思念之情陡增，急欲参内一见，故而抱怨道："许久没有去皇宫参拜，心中颇觉过意不去。今日想去趟禁中，可否让我靠近些儿谈话呢？老是隔得那么远，心都要给分离了呀。"侍女们也同情地说："说真的，夫妇之间只要保持适度的礼貌便行了。就算是病中憔悴吧，也不必隔着东西谈话啊。"遂在卧榻旁边铺好坐席，让源氏之君入内。夫人偶尔也答复一两声，可是她仍然显得极虚弱。一度还以为眼前此人将会死去呢！回忆当时，直如梦境。于是，细说危笃时的种种情形给她听，未料本来有气无力的人竟忽地变得唠叨起来。源氏之君怕继续说下去会惹出麻烦来，故道："想说的话还多着，可是看你这么辛苦的样子，还是改在下次再谈吧。""喏，喝药吧。"他又亲自细心地照料病人。到底什么时候学会了这些的呢？左右的人不禁大感惊讶。原本美丽的人儿，如今却病恹恹地躺在那里，看来极惹人爱怜。她那丰富的长发一丝不紊地散在枕边，显得风情万种。究竟自己对眼前此人过去有什么不满足的呢？光源氏默默地凝视着夫人。“我跟父皇打个招呼去就会早早退出来。如果能常常跟你这样无拘无束地相见该有多好呢！你母亲老跟随着，教我不得不回避点儿，真教人伤心。以后等你身体慢慢复原，还是回到原先的房间里去吧。一方面，老是这样给人当孩子照拂，反而会阻碍康复呢。”说完，便打扮整齐出门。葵夫人躺在病榻上静静目送。她较往常更注意看夫君的背影。时近秋季任官之际，左大臣亦赴皇宫，而葵夫人的兄弟们也各自盼望着邀功晋爵，所以也都纷纷跟随父亲出门去了。

府中人数骤减，显得寂静异常。葵夫人偏在此时又突然气喘痛苦起来。等不及给去宫里的家人通报消息，她就断气了。大伙儿得悉后，都连忙脚不着地似的赶回家里来。这本来是任职仪式之夜，但是一切都因这个紧急消息而停顿。大家尽管紧张地忙乱着，可是因为事情发生在深更半夜，所以也无暇邀请那位比睿山的座主或别处的高僧来。原先大家认为已经不会有问题的，故难免有些大意，不料事出意外，所以合府上下无不惶惶不知所措。各处闻风派遣来吊问的使者络绎不绝于途。祭吊的宾客挤满一屋子，也无人通报。到处显得十分喧扰，而这边亲人们的哀伤更是难以言喻。由于前此也有过被妖怪附身而气绝的经验，所以暂时未敢移动那躯体，静观二三日，可是颜色愈变，只好绝望。大家心里都充满了深沉的悲痛。大将之君则于哀悼死者之外，为另一心事[1]所困扰着，故独自痛悟，对世事万端极感灰心。虽然各方人士细心诚恳地前来吊问，他却深深忧闷，也无心听取他人言语。桐壶院也悲哀异常，曾亲来吊慰，这真是左大臣府的无上光荣。左大臣悲喜交集，颊上泪痕几未有干时。有人奉劝不妨再予勤加祈祷，以求万一的苏醒，而虽已极尽人力，仍无补于事。眼看遗

1 谓六条夫人之生灵咒杀葵夫人一事。

骸渐变，法力无效，徒耗时日而已，最后只得送殡于野。一路上悲伤之事，真是说也说不完。来自各方送殡的人和从各寺院请来念经的僧人，大伙儿把广大的野地挤满了。上自桐壶院，乃至藤壶、东宫之使者，以及其他各方差遣来的人也都杂处其间，纷纷致述无限的哀悼。左大臣悲伤得连站立起来的力气都没有。“没想我活到老，竟然白发人送黑发人，遇着这样悲伤的事情……”他羞愧地哭泣着。人人见了，无不为之鼻酸。葬礼十分隆重，终宵骚扰，最后只留下了遗骨。次晨，参与葬礼的人皆陆续回去。世俗送葬总是如此，可是对于年轻的光源氏而言，这种事情至今只经验过一次，[1]所以也难怪他会这样眷恋不舍地追念亡人。

这是八月二十几日的黎明时分，天色本已饶富情致，而况见到左大臣为亡女悲哀的情景，更教人深受感动。光源氏呆呆地望着天空，咏成一首歌来：

人已亡兮化青烟，
青烟袅袅入霄汉，
云烟交流兮情焦煎。[2]

回到左大臣邸，也无法成眠。回忆近年来种种，心中充满无限悔恨。为什么自己风流成性，却盼望她能予以宽容呢？谅她必以自己为薄幸寡情的男人而衔恨以终吧？但是，如今一切已成过去，悔之晚矣！身着暗色之丧服，犹觉似在梦境中一般。假如当时先死的是自己，她定将丧服染成更深的颜色吧？

1 谓第四帖中夕颜之死也。
2 谓葵夫人的遗骸已火化为烟升入空中，上与云相杂交流，不可辨别，令人情焦心伤也。

淡墨衣兮缘定制，[1]
服色虽浅情愫深，
神为浸湿兮长悲涕。

他那专心念诵的样子十分优雅，别具风格。而低诵经文，赞“法界三昧普贤大士”的音调又较一般法师更为自然尊贵。每见婴儿则“何忍遗此儿”[2]之情油然而生，更不能不泪落如雨；不过，话要说回来，假如没有这个孩子留下来的话……于是，内心多少感到自慰。

左大臣夫人因哀悼亡女悲伤过度，竟也病倒在床上，且情况相当危笃，于是府中上下又蒙上了紧张的气氛，又开始诵经祈祷了。日月渐逝，由于葵夫人的死出乎意料，所以如今准备佛事之际，难免重新勾起大家的悲哀来。天下父母心，就算是寻常平凡的孩子都无不疼爱的，此乃人之常情；何况左大臣和夫人之间就只有这么一个女儿，生前已叹寂寞，而今更觉得有如掌上珠骤碎一般，不胜悲痛。大将之君这一向连二条院方面都顾不得回去，只一味沉浸于哀慕之中，唯有朝夕更勤于诵经而已。至于平日走访的女性各方，则只有书函致意了。对于六条的夫人那边，却以其女斋宫已入左卫门府，尤须斋戒为借口，连一封信也未曾送去。他平时已觉世事多忧，而今更对一切生厌，若不是新诞生的婴儿缠绊，倒是颇想皈依佛门以偿夙愿。不过，这样想时，眼前又不禁浮现二条院西侧对屋里那一位寂寞的可人儿来。夜晚独卧帐内，虽然宿直诸人近在咫尺，总觉身边寂寞，尤其秋天这种季节更为诱人哀伤，故夜半时时惊醒，未能酣睡。诵经的和尚尽选声音之美妙者，那拂晓时分的念经声，才真教人难堪呢。

1　当时制度，夫为妻服丧之墨色较妻为夫服丧者为淡，故云。

2　句出《后撰集·杂二》，和歌。

风声愈添晚秋之悲寂。源氏之君孤枕难眠，度过了漫长的一夜。在朝雾茫茫之中，他看见有人将一纸青灰色的信结留在初绽的菊花枝茎上。咦？多么风流伶俐的手腕啊！心里这么想着，顺手拿起来看，竟是六条夫人的手笔。“请原谅久疏音讯，

惊噩耗兮心怵惕，
　人世哀苦本居多，
　　悯君衷情兮遂戚戚。

眺望今朝天空，遂情不自禁遗送此书函。”那笔迹比平时写的更为优雅，源氏之君忍不住多注意看了一会儿。想到生灵作祟之事，眼前这封若无其事的吊问诗文，委实教他心烦。不过，假若突然断绝音信，似乎又于情不忍，又怕因而破坏了对方之名誉，这样的思前虑后，实在煎熬人。对于死去的人既已尽了人事，不能挽回生命，这种事总是冥冥之中有天数的吧。如今只恨为何偏又教自己看清那生灵的模样。其所以有此念，大概正足以证明自己对六条夫人仍不能释怀吧。当其女儿斋戒之际，尚得借口犹豫；而今对方既然特为修书慰问，若是置之不理，恐有寡情之嫌，故而揽得一纸灰紫色信笺，于上书写道：“久未修书致意，衷情无时不在念中，特以身值丧期，未便自悫，尚请见谅。

亡者亡兮生者生，
　生亡虽殊犹朝露，
　　终归空无兮莫慌惊。

盼请忘怀此不幸。谅正值精选修行之期间，恐无意阅览吾信，故而未

敢辄遗书函也。”当时对方正居住于六条京极寓所中，故而不得不回避众人的视线，偷偷展信阅读。源氏之君信中所暗含的意义，却由于做贼心虚之故吧，立即了然，更教她一刻难安。啊，自己真是罪孽深重的女人哪！假如这个谣言传到桐壶院耳中，该怎么办呢？她的亡夫故东宫与桐壶院往日在兄弟之中尤为手足情深之一双。桐壶院对于她的女儿斋宫的前途，总是特别关怀地说："一定要替代亡兄好好儿照顾她。"而对于自己呢，又曾劝道："就这样继续住在宫中吧。"当时恳辞了人家的一片好意，搬出宫外独居，未料如今竟爱上了比自己年轻许多的源氏之君，终致恶名昭彰。这样的反复思虑，身体也只有更形衰弱了。不过，这位夫人素以优雅和风流多识著称于上流社会，在斋宫移居入嵯峨野宫时，便风闻许多殿上人不辞辛劳，朝晚冒着野露，以造访嵯峨野宫为当时日课呢。源氏之君对此消息倒是认为理所当然。万一有一天，她果真厌恶世事而远赴伊势的话，自己不知将会有多寂寞啊。

葵夫人的佛事虽已作完，光源氏在忌除之前，仍守在左大臣邸里。怕他不习惯独居的寂寞，三位之中将[1]自动地时时来探访慰问。他总是带来一些新闻话题，其中有认真的话题，当然啦，照常，也难免掺杂了一些风流趣事。大概那位老侍女的事也常给搬出来当笑话的吧。大将之君每逢这种时候，总是制止道："喂，留点儿情面哪，别把那老奶奶说成这样好不！"其实，他内心何尝不以此为乐呢？还有，那十六月夜的事情也上了话题；接着，两人将其他许多风流韵事都互相坦白说出来；最后，谈到人世的哀乐无常，则又终于情不自禁而双双落泪。有一个阵雨初歇、诱人感伤的傍晚，中将之君将浅墨色的外袿和布裤换穿为浅色的衣裤来访源氏。他看来英姿焕发，令人羡慕。

1　即前之头中将，而今已晋位为三位之中将也。

当时源氏之君正在西侧妻户边凭栏欣赏着冻霜的庭前花草。风飒飒地吹着，时雨阵阵，诱人禁不住也要泪簌簌。他那托着腮帮子喃喃自言“为雨为云今不知”[1]的绝妙姿态，真个教人着迷。中将之君不愧为风流解趣的人，故而默默凝视，坐近其身边，心想如果自己是女儿身，如何舍得留下这样的人离开这世间呢？源氏之君依然从容地坐着，只是稍加整顿衣带而已。他穿的是浅墨色的夏衣，下面的红裳衬出炜然的光彩。这一身朴素的装束，反而令人有百看不厌的感觉。中将也无限感慨地望着天空自语道：

“旦为云兮暮为雨，
　浮云朵朵满天游，
　　芳魂何处兮摧肺腑。[2]

究竟在何方呀？”

暮为雨兮伤故人，
　叆叆云深不知处，
　　泪雨交加兮徒悲辛。

源氏之君咏歌的样子充满无限追慕之情，真教人不可思议。近年来他对故去的夫人并没有如何特别亲爱的表现呀。犹记得桐壶院曾为此予

1　刘禹锡有所嗟：“庾令楼中初见时，武昌春柳似腰肢。相逢相笑尽如梦，为雨为云今不知。”

2　《昭明文选》宋玉《高唐赋》序云：“妾在巫山之阳，高丘之阻，旦为朝云，暮为行雨。朝朝暮暮，阳台之下。旦朝视之如言。”按：源氏所吟刘禹锡诗句亦用此典。中将作此歌乃谓：其妹亡魂或已化为朝云暮雨，然而眺望空中，但见浮云朵朵，不辨在何方，徒摧人肺腑也。

以训诫；左大臣更是费尽心机居中撮合过。源氏自己呢，恐怕是因为与左大臣夫人为姑侄关系，同时为了种种的压力，不得不勉强维持那一段姻缘的吧？中将曾如此暗中推测，故而有时也替源氏感到十分遗憾。真没想到，其实在源氏心目中，自己的妹妹仍占据着最重要的地位呢。待分清事实后，更觉遗憾了。葵夫人的死有如日月失光，使凡事变得黯然无彩。

源氏之君瞥见草丛中有龙胆草、石竹花等杂开，因令人采摘，中将归去后，命新生儿的乳母宰相之君连同书信送呈左大臣夫人。那信上写道：

“石竹华兮绽垣下，
秋来霜降众草衰，
独爱此花兮聊慰藉。[1]

芳香难道不如他花吗？”婴儿天真无邪的笑容委实美丽。外祖母的眼泪原比秋风中的树叶易落，读此诗文后，教她如何忍得住不掉眼泪呢？

石竹华兮命独苦，
风里摇颤废垣前，
睹花拭泪兮袪为腐。[2]

1 “石竹花”日语音同“吾儿”，因以喻葵夫人所遗留之婴儿，谓视儿若见其母，聊可慰藉也。

2 左大臣夫人读源氏“石竹花”云云之歌，重新勾起亡女之哀，谓睹花（喻其外孙）心悲，泪不停，勤拭泪水，袖已为之腐朽也。

为打发独处的无聊，推想：在许多认识的女性之中，恐怕只有那位朝颜之宫能了解自己今日无端哀伤之情吧？于是，也顾不得天色已晚，立刻差人送信过去。虽然他们之间的信件往来并不繁密，倒是也曾经偶尔有过这种事情，所以身边侍候的侍女们便也一无顾忌，将那封信呈递上去。在青色的唐纸上书写着：

“悲莫悲兮秋之气，
曾经几度感伤秋，
今秋尤悲兮泪涓涓。

‘时雨诱人泪’。[1]” 看来是特别费心运笔的样子，那字迹较平时更具神韵，令人爱不忍释，人人赞美着，朝颜之宫也颇受感动，于是她也援笔作复：“知悉你守丧独处，只因‘心思深藏岂敢露’[2]，故未便辄奉函慰问。

闻噩耗兮衷心悼，
秋雨秋风为君悲，
秋雾满空兮情颠倒。”

寥寥几个字，墨痕淡淡，看来却不知为何，显得特别优雅。

本来世间凡事对光源氏而言，都没有什么困难，然而他的癖好偏是：越对他冷淡的，越是具有吸引力。平时若即若离，遇有事时却能适当表现情趣，这样的对手才能维持恒久的爱情。有的过分热络多

1 典出未详。
2 句出《新敕撰集·杂四》，藤原兼辅作和歌。

情，往往反而会暴露出缺点来。对屋里的那位年轻女性可千万不能让她变成这样子才好。说到这里，这一阵子倒是真委屈她了。虽然她那寂寞的影子时时在念中，不过，此刻源氏之君对她的心情却只是像把失去母亲的女儿留在家里似的，并未因久不相见便觉内疚啦，或是怕她如何怨怼啦，所以倒也觉得挺轻松。

天已黑，乃令人挪近灯火，召了几位品貌端正的侍女上来，让她们述说故事。有中纳言之君者，本是源氏之君近年来暗中幽会的对象之一，而今在服丧期中，却一无越轨的表现。主上这种对夫人的真情，不得不令她深受感动。源氏之君与大家闲谈道："近来跟你们相处，似乎较夫人在世时更为亲密些，想到今后将不能长久如此，心中倒有些遗憾。亡者已矣，而设想自己的前途，真有说不出的难过。"这一番话引起了大家的感伤和唏嘘。"如今夫人已过世，虽然我们大家都忧心如焚，不过这种话说了也无济于事。倒是一想到主上您今后将弃置我们于不顾，不知要到什么地方去，心里便……"言未尽，已是泣不成声。源氏之君无限怜悯地环视众女。"怎么会弃置你们不顾呢？大家以为我是无情无义的人吗？相信只要你们耐心观察，将来总会了解我这个人的。唉，可是，人生真的不可思议啊。"说完，他静静地凝视灯火，睫毛上有泪光闪亮，教人看着既爱慕又心酸。有一个夫人生前宠爱的孤女，如今显得更为伶仃可怜。源氏之君无限慈祥地对她说："今后，你要依赖我才好。"女童闻后，悲从中来，竟放声哭泣起来。她穿着染得比别人稍深的底衣和墨色的衣衫，下身穿着黄褐色的裙裤，模样儿十分惹人怜爱。"请大家看在夫人生前的面子上，忍耐日后的寂寞，好好儿看顾小少爷吧。而今，夫人过世了，如果连你们都离去，教我日后如何是好呢？"源氏之君恳求大家继续留侍府邸。其实，大家心里正觉得：恐怕以后会对此地逐渐疏远的还是主人自己吧。左大臣将亡女生前的遗物细心地依各人身份地位，一一分送与侍女们，有的人得到的是琐碎的玩物，有的人则得到堪作纪念的衣物等。

光源氏觉得老是这么困居府邸也不是办法，遂决定上桐壶院去参拜。车驾备妥，前驱的人陆续集合时，赶巧雨又突然下起来。风夹着雨，吹落了周遭的树叶，害前驱的人倍增凄凉之感，而衣袖乃重又濡湿了。早已吩咐今晚将在二条院过夜，因此随侍的人也各自准备好行装出发。虽未必一去不返，却总难免令人感伤异常。左大臣和夫人闻悉此事，均心酸感慨，重新悲叹起来。临走前，源氏之君呈文于岳母，辞行道："近日来父皇颇挂虑种种，曾多次遣人慰问，故今日特去拜见。值此外出之际，回想过去，不免感慨自己竟偷生苟活至现在。本应亲来拜辞，只恐一旦拜见慈颜，难免悲伤落泪，故而径行离去，尚祈赐谅。"左大臣夫人读信后，不禁悲从中来，泪涌如泉，竟致不能回音。结果只有左大臣单独赶来送行，却也悲苦难忍，始终以袖掩面。左右的人见此情景，无不为之鼻酸。大将之君有感于世事无恒，正亦悲泣着。他那真情流露的姿色，偏又另具一种艳美呢。良久以后，左大臣强抑悲哀对源氏说："人老了，凡事容易动情落泪，而况近来日夜哭泣烦乱，不克自制，让人看见，颇不好意思。故而也未敢上宫拜见院上。得便时，请代为致意。唉，我这种风烛残年，却又遭孩儿遗弃，实在是悲痛难忍啊。"看着老岳父那悲苦的脸色，源氏之君忍不住又涕泗滂沱了。"老少不定虽是世间常事，但是，一旦亲身体验，才知其苦。谅父皇也必能体会此心的。""走吧，这雨恐怕一时也不会停，趁天未暗，快些去吧。"左大臣强忍离情，催促源氏走。

环顾四周，几帐后、纸门边等处，有三十来个侍女聚成一堆，各着深浅不同的墨色丧服，人人脸色凝重，令人感动。左大臣见此情景，又道："告诉她们过：这儿还有你不舍的婴孩，无论如何，日后得便时总会过来探望的。这些不懂事的侍女却偏偏以为你从今而后不再回来，所以大伙儿像失了魂一样，比小女亡时更加悲伤，只怕不再有从前侍候你的那一段岁月了呢。唉，这也难怪她们。回想过去，你和小女未尝真正融洽相处过；当时以为将来事情总会好转的；而今……今宵真个教人担忧啊。”说着，他又落下泪来。“大家也未免想得太多了。从前时候，还有个将来好依恃，所以有时难免疏懒些；如今，凭什么还能拖延怠慢呢？以后你们自然会了解我的。”源氏之君只有这样安慰大家。送走了源氏，回到屋里来，举目望去，从四处的装饰乃至其他一切，无不与昔日相同，但是在左大臣看来，却如蝉之蜕壳一般空虚，帷帐前散置着砚台等物。他顺手捡起源氏习字的旧纸，眨着泪眼浏览着。恐怕有些年轻侍女正含泪微笑着偷看这光景吧。那张纸上写满了和汉古文，草体假名啦，汉字啦，随便地交错书写着。“多美妙的字迹啊。”左大臣不禁仰天感叹。大概是不舍得今后将与这样一位人物断绝缘分之故吧，在“旧枕故衾谁与共”[1]句下有和歌：

曾共枕兮道恩爱，
　物是人非遗故床，
　　天上芳魂兮宁心碎？

“霜华白”[2]下又附一首：

鸳鸯梦兮而今消，

1　白居易《长恨歌》句：“鸳鸯瓦冷霜华重，翡翠衾寒谁与共。”当时东传入日本，或有一本作“鸳鸯瓦冷霜华重，旧枕故衾谁与共”（从金泽文库本），一九七一年出版之京大人文科学研究所校定《白氏文集》即据此。

2　盖为改“鸳鸯瓦冷霜华重”句也。

寒床尘积人去后，

和泪独卧兮度几宵。

是前些日子令人采摘的石竹花吧，有一朵枯花夹在纸堆里。左大臣把那枯花拿给夫人看，一边忍不住地放声哭道："虽然是说也无用，唉，可是世间竟也真有这么悲惨的事吗？我这么独个儿想着，有时也恨这孩子跟我们的缘分这样薄，乃是前世注定，无可奈何的；可是，追念之情偏偏与日俱增。想到从今而后，大将之君就要跟我们变成路人，怎能不伤心啊？过去有时一天两天不见往来都教人心疼的，往后早晚见不着那光辉，如何过得日子啊！"那些年长的侍女看见主上如此悲伤，也都更加难过，大伙儿齐声痛哭起来，把这渐冷的黄昏衬托得更为凄惨了。至于年纪较轻的侍女们则三五成堆，在那里互诉心事。"主上说得对。如今侍候小少爷才是咱们最大的安慰。可是呀，他又实在太小，真靠不住呢……"有的竟至打算道："我看还是先请假回去一下，以后再上来吧。"于是，彼此互道珍重，一时间又充满了感伤的气氛。

光源氏参拜父皇于桐壶院。为父的无限心疼地慰问："瘦了许多啊。大概是斋戒的日子过长的缘故吧。"遂令侍从运来膳食，教源氏之君在御前进食，诸多细心照料，那情景真个感动人。后来，又到中宫的藤壶殿参见。侍女们风闻源氏之君造访，无不好奇兴奋地围观。中宫经由命妇转告："谅您心中必定异常悲伤，但愿可以随时日逐渐治疗……"源氏则答以："虽知人事无常，可是一旦事临己身，竟如此烦闷迷乱。所幸时蒙慰问，得以勉强支持到今日。"即使平常时候，对这一位的思慕都是难以排遣，如今则更加上葵夫人的丧事，源氏内心的悲苦是可以想象的。他穿着素色外袍，灰色底衣，依照丧服式样，将冠缨外绕。这一身素净的装束却较华服时候更具优雅引人之致。最后，又到东宫处采访致意，说明所以久疏拜访之故。夜深之后，才退出宫中。

二条院府邸则完全是另外一种景象。府中处处洗刷得十分爽净，男男女女都在等待着主人归来。眼看那些资深的侍女个个严装以待，不由得想起先前在左大臣邸看见的忧闷得令人窒息的侍女们。两相比较，真令人心酸。源氏之君换装之后乃赴西侧对屋。这时正值迎冬换季之时，[1]屋子里洋溢着新鲜的气氛。侍女们和女童们也都穿戴得极体面合宜，处处显示着少纳言平时的用心周全。源氏之君称心满意地浏览着周遭。年轻的女主人装扮得十分美丽。源氏之君掀起几帐的帷幔说："久不相见，没想到你竟变成了大人嘛。"她羞涩地别过脸，模样儿实在艳媚得无以复加。灯光照出了那一张侧脸，乌亮的丝发啦，小巧的头型啦，嗳，嗳，怎么跟那位衷心恋慕的人儿如此相像呢？还真教源氏惊喜出奇。于是，他贴近其身边，绵绵地细诉别后种种。"本来想告诉你近来诸事的，但是总不是什么好事情，所以不如到那边屋子里去休息一会儿再说吧。从今以后，我们将要长相厮守，还不知道你会不会嫌弃厌腻哩！"听着他们俩卿卿我我的情话，少纳言内心不无安慰；但是另一方面却又难免升起莫名的不安。主上的女性关系相当多，又有不少身份高贵的对象，难保不会再有什么特殊的人物出现，那么岂不是又有麻烦了吗？咳，少纳言这种妇人心胸也真是够讨厌的。

源氏之君不久便回自己房里去，叫了一名中将之君给他揉脚什么的，于是渐渐入睡了。次晨，给左大臣府邸的少爷寄去了一封信。回信里充满了哀苦的情调，教人看得无限悲痛。日子过得极沉闷无聊，不过倒也引不起风流幽会的兴致来。若紫如今已长得亭亭玉立，成熟

1 换季在夏四月及冬十月。依例更换衣服，更及于屋内装饰。

很多，看来可以和自己相称了，故而也时时借机示意，无奈对方却一无反应。为着打发无聊，只好在这边对屋里下下棋啦，玩玩猜字游戏[1]以度日。若紫生性敏悟，又甚为娇媚，即使普通游戏之际都能表现不凡，故而这些年来光源氏只是把她视为乖巧的可人儿罢了，并没有对她怀抱任何特殊异样的情感。但是，不知怎的，最近却感觉到有些难耐了。他们俩一直都是同榻共眠的，所以在别人看来并无甚分别的样子，但是，却有那么一个早晨，男主人已早早起身，女主人却迟迟未起。侍女们正关心着。“怎么到现在还不起身呀？莫非是身子不舒服吗？”源氏之君准备回他自己房里，他顺手将砚台盒子推入帷帐里。趁无人时，若紫抬头看到枕边放着一张打结的信纸。她随便地打开阅读，那上面像是嬉戏般地写着：

同衾枕兮共卧榻，
至今犹隔衣一层，
卿何疏离兮未允纳。

做梦也没有想到对方竟有这种念头！唉，为什么自己竟一直对这种居心不良的人百依百顺地信赖呢？她不禁自伤起来。

中午时分，源氏之君回到这边来。“身子不舒服吗？怎么回事啊？今天连棋也不下，太无聊了。”说着，探头往里看，见她正蒙被卧着。这时侍女们都退得远远的，于是他挪近去。“为什么这样子呢？真教人伤脑筋！别人会怎么想啊？”他把被子掀开。女的正出着一身汗，额际头发全湿了。“哟，这是干吗呀？眼泪是不吉利的哦。”费尽口舌地逗她，安慰她。可是，若紫真的生气了，她默默不发一

1 出汉字某一偏旁，令附予适当之另一边使完成整字的游戏。

言。“好啦，好啦。那么我不再见你就是了。真羞煞人哩。”于是，他一边抱怨一边打开砚盒，里头连一首答歌也没有。唉，真是孩子气！却教人不由得产生爱怜。这一天，他整日守在帐内，耐心地讨好她，可是说什么也不肯给好颜色看。真是又恼人又可爱。

这一天晚上正值十月亥日，故令人持来亥之子饼[1]。由于丧期未满，故而未便铺张，只是把给若紫的饼装在华丽的桧木盒中呈上。源氏之君瞥见后，即赴南侧屋里，召见惟光，微笑着吩咐道：“糕饼不必拿这么多种来。等明天傍晚[2]再送过来好了，今天可不怎么方便呢。”惟光本是善解人意的男人，他察言观色便知其意，故而不待询问便一本正经说道：“对呀，喜饼是应该选日子的。那么，明日要准备多少才好呢？”源氏之君说：“就算这些数量的三分之一吧。”惟光唯唯诺诺退下去。好一个世故的家伙啊！源氏之君十分佩服他。惟光并没有跟任何人提起这事。他几乎亲自指挥，秘密地在家里准备起来。

源氏之君百般讨好若紫而无效，真不知该如何是好。好像眼前这个人是才抢回来的女人似的，委实教人不可思议。自忖：若以这些年来疼爱她的心情与此刻对她的情意相比，简直变成不值一提了。人的心理可真奇怪。如今即使一夜不见都会不堪忍受。那吩咐的糕饼到夜深时分才由惟光隐秘地送过来。惟光深怕托年纪大的少纳言会教女主人害臊，故而特别费心令其女儿名字叫辨的出来，告以：“把这东西偷偷呈献给你们女主人吧。”他故意将喜饼装在薰笼之中，推入帘里。又嘱咐道：“务必要放在她枕边。是一种祝贺的礼品，可别以为是什么轻浮的东西呀。”那女孩子只觉得莫名其妙。“什么轻浮不轻浮的？人家不懂您的意思！”于是，惟光连忙告诫她：“今日可千万不能说这种

1　依俗于十月初之亥日食饼，相传可祛病，且保子孙繁昌也。

2　次晚为新婚第三日。光源氏未便直言，故谓今日不便也。当时习俗，于新婚第三日备糕饼祝贺。亥日子饼有各种颜色，三日夜之饼则仅为一色。

话。讲话要当心点儿。谅你也不至于在夫人面前这样说的吧。”少女根本不明就里，只是照着惟光吩咐的，把东西从枕前的几帐外推入。以后的事情，大概源氏之君总会找机会巧妙地说明给若紫听吧。其余的人并不知发生了什么事，只有侍候左右的人翌晨见着退下的薰笼，大家若有意会而已。也不知是何时装备起来的，有人把那糕饼饶有情致地盛入盘中，端正地放在极华丽的几桌之上。对身为乳母的少纳言来说，这是始料未及的，她万万没想到源氏之君竟肯如此郑重其事地与小姐成婚，故而衷心感激，不禁喜极而泣。“其实，也该跟我们这些里面的人提一声嘛。咳，那个人[1]究竟是安的什么心来着？”侍女们都在背后这样议论着。从此之后，源氏之君无论是在宫中，或在桐壶院中都时刻显得心不在焉，眼前老像是有那位恋爱的人影似的，连他自己都觉着不可思议。旧日那些情人纷纷来信怨怼。对于其中某些人也有稍感过意不去的，可是一想到身边这位新夫人，实在有“一夜不见如隔世”[2]之感，因此根本无心出门，只好时常装作不舒适的样子。对于那些女性也只有写信敷衍道：“如今对一切世事都觉消沉。等日后逐渐淡忘悲痛之丧事，也许再求谋面吧。”

皇太后弘徽殿女御见六妹御栉匣殿[3]衷情恋慕着这位大将之君，心中已是十分懊恼，加以其父右大臣又在一旁说：“这倒是也不错。如今他又丧偶，若能和他成亲也没有什么不好啊。”于是对源氏之君越发嫉恨，故而极力怂恿，促令其妹入宫仕奉，说进宫之后若能地位升高也不错啦什么的。至于光源氏这方面呢，虽然他对这位女性并不像对待别人一般等闲视之，恐怕多少还有些留恋的，不过，如今他因自

1　指惟光而言。

2　引《万叶集·二五四九》和歌句。

3　即第八帖“花宴”中之胧月夜之女，如今入贞观殿，任负责帝王装束调度之职，故称。

己心中已有人，无暇外骛，且又觉得人生短暂，自今而后不如只守着眼前这一位，省得招惹怨恨；说实在的，上回那件事以后，至今犹有余悸哩。对于那位六条的夫人，虽然难免觉着有些过意不去，但是，对方究竟不是作为自己正室的理想人选。假使她愿意继续维持过去的关系，那么偶尔也仍然可以跟她见见面或闲谈什么的。到底跟这一位女性还是无法完全断绝情分哩。至于现在这位女主人呢，到如今世人对她的身份地位仍然不甚了解，这样未免太过轻率，而且对她本人也实在不公平。同时，也颇有意将此喜讯报知她的父亲兵部卿宫。故而元服之仪式[1]虽未必要大事铺张，倒也准备周全，诸多细心费神。女主人对此种种却显得十分冷淡，心中甚且悔恨着近年来自己的无知和愚蠢，竟然对源氏之君那样亲热且依赖和顺从呢！于是，她连见面都不愿意，对于源氏之君的戏谑也毫不感觉兴趣，表情总是凝重忧闷，与往昔之活泼明媚大不相同。不过，在光源氏看来，她这种模样儿也未尝不可爱，所以只是轻微地抱怨道："人家这些年来那样疼爱你，想不到一片好心却换来你这种'狩雁未驯增爱怜'[2]的脸色，怎不教人心痛啊！"就这样，很快地已到了新年。

元旦之日，光源氏依例先上桐壶院拜见父皇，而后再上皇宫及东宫等处。最后，他也去了左大臣府邸。左大臣顾不得新春，正为追念亡女而回味往事种种，既伤情且又觉得孤单。他见着源氏之君的面，虽是强自抑制，仍然禁不住悲从中来，重又引起了感伤。许是由于加添了一岁[3]的缘故吧，源氏之君看来更具风度，比以前更为俊美。辞出了左大臣跟前，来到亡妻房里。侍女们久不见男主人，个个悲喜得眼泪滂沱。小少爷已经长大许多，正对着父亲欢喜地笑着，真令人心

---

1 男女成人之仪式，或定亲之仪式。此指后者。
2 引《万叶集·三〇四八》和歌句。
3 时光源氏或当为二十三岁。

酸。他那小脸儿上的眼神啦，嘴角啦，都跟藤壶所生的东宫一模一样。光源氏心里不禁一怔，只怕别人会识破那隐秘。房间里的布置和装饰依旧未变。他自己的华衣也仍然挂在衣架上，只是不见先夫人的衣服并悬罢了。这光景显得十分落寞凄凉。

左大臣夫人差人来报告："今天本来打算要强忍悲哀，没想到听说你过来，反倒更加……"又道："元旦的礼服也仍旧照往年给你准备好了。不过，这些时日来，一双老眼已经给泪水浸伤，视力模糊，故所选的衣裳色泽未必能合你意，只盼你今天还是勉为其难换穿这一件吧。"老夫人另外又细心地备妥许多衣裳，一并赠予光源氏。那件特为今日而选择的衣裳，无论其色泽还是织法，都是非同寻常的上选之品。源氏之君不忍违背岳母的一番心意，因此立刻换穿上。他心中暗自忖度：假使自己今天没有来此拜访，老人家将不知有多失望难过呢。念及此，他也悲痛极了。于是，给左大臣夫人写了一封回信："迎接新春，特来拜见，讵料往事诸多感伤，竟不知何以为对。

试新裳兮迎新春，
　华服依旧丽且艳，
　　泪沾襟袖兮含悲辛。

如何强忍啊！"左大臣夫人之答歌云：

既开春兮岁云新，
　物是人非又一季，
　　老泪纵横兮尽湿巾。

他们二人内心之悲苦，真不是笔墨所能形容的啊。

第十帖

贤木

随着女儿斋宫赴伊势的日期愈近，六条夫人的心情也愈觉沉重了。自从光源氏的原配夫人逝世后，世人纷纷议论着：这次定必会选这一位做正室吧；而六条院内的人也都对此事充满着期待，可是，没想到，其后反而音讯断绝，对之格外冷漠。至此，六条夫人心底也明白，对方一定是十分嫌恶自己无疑，故而只得斩绝情根，决心下乡去。本来，母亲追随女儿赴途，也并非全无前例，但是风闻六条夫人以不忍心幼女独行为借口而从此远离京城，大将之君究竟也有依依惜别之情，所以近来倒是频频致书表深情。不过，女方也明白，如今更想再会是不可能了。既然对方对自己有所不满，见面也只有徒然增添恋情而于事无补，然则何庸自寻烦恼？故此痛下决心的吧。

偶尔她也会回六条京极的住所探望一下，不过，由于行动总是十分隐秘谨慎，所以大将之君也无由得知。野宫是神圣的场所，不是可以随便过访的地方，故即使有心也无可如何。就这样，一任日月流逝。这期间桐壶院时时病发，虽非严重，却也相当令人挂虑。源氏之君一则怕女方误会自己薄幸，再者又恐他人责怪自己冷淡，故而勉强赴野宫相访。已是九月七日左右，行期迫在眉睫，故而女方也诸多忙碌。可是既然源氏之君方面曾有消息传来，说“愿得一见”，已原拟不再相见，却又恐怕如此则未免太显得畏缩，故终于决定答应与他隔着几帐会见。如此一来，不觉地，内心又暗自期待着再度的相见了。

越过广阔的嵯峨野草原，只见满目风物动人。如今秋花已凋，枯槁的草原显得无限凄凉，微弱的虫鸣，伴着悲切的松风，加以不知什么琴的弦音断断续续地传来，委实凄迷感人。此行刻意谨慎，只选了十余亲信为前驱，随侍的服装也特令避免显眼。源氏之君自己的装扮则刻意用心选择，故而看来更为美丽，极引人瞩目。有些解风情的仆从不由得被周遭的气氛触发了情意而倍添感动。源氏之君也不觉地内心责怪起自己来：为何过去不常访这样诗情画意的地方呢？到处看见柴垣板屋式的临时禅室似的屋子。原木的鸟居[1]倒是看来十分神圣，令人不由得要正襟。连神官们处处干咳互谈的样子都显得别具风味哩。炬舍[2]的火光微明，罕见人影，到处幽暗冷静。源氏之君设想，这些时日来那位多愁善感的人儿竟在这种环境中过日子，心中禁不住感到一阵辛酸。一行人在北侧对屋隐蔽处落脚，差人去通报求见。乐声忽止，只闻见许多侍女们长裾綷縩之声。

六条的夫人尽管差遣侍女出来传递消息，她自己却似乎无意相见。源氏之君甚觉忧心，他诚恳认真地说：“假如你能体谅我如今已是不便四处出游的身份，应当不至于这般疏远见外的吧。今宵相访，也不过想一吐近日来胸中积郁而已。”侍女们也在一旁纷纷劝道：“唉，真可怜！教人家尴尴尬尬地站在那儿，多不好意思。”这可真教女方为难，既怕侍女们见怪，又怕万一教女儿斋宫知道，会责备自己言行

1　日本神社参道前所立之木门以示神域者，有柱架而无门扉。相当于我国牌坊。
2　神社内调理神馔之处所。

与年龄不称；而如今与源氏之君再谋见面呢，究竟是有些别扭；不过，话要说回来，即使现在对他表示冷淡也无多大意义了。顾前虑后，再三叹气之余，只得徐徐挪移身子靠近来。那种明明是内含深情，却外表矜持的风度，真教人由衷爱慕感佩！“可以让我上这边回廊坐一会儿吧？”源氏之君径自上来端坐在那儿。此时月华皎洁，烘托出他那一身优雅的装扮和高贵的气质，真个是世所稀有，无与伦比。疏远既久，如今再来巧言逞辩，委实有些教人赧颜，故而折来一些贤木[1]，顺手推入帘中，说道：“我心之不变，就像这贤木的叶色常青，所以今宵才不辞辛劳，越过神社斋垣，来此相访。怎料你竟这般见外呢！”

神垣内兮岂有杉，
　既无目标亦无树，
　　误将贤木兮来相衔。

女方如此咏歌。源氏之君也答咏道：

传芬芳兮贤之叶，
　慕少女子[2]遂此行，
　　折枝之情兮卿当接。

此地是神圣处所，虽多少有所介意，源氏之君仍然冒失地窜入帘中，将身子斜倚在长板上。

1　又称神树，为种植于神社内之神圣树木。
2　少女子有二解：一指斋宫，一指六条夫人。取前解为妥，斋宫所居神社即六条夫人所居处，光源氏盖迂回言之也。

回忆过去可以随意见面而对方也恋慕着自己的那一段日子，倒是相当矜持，也未必如何痴迷执着；其后，有了那件不愉快的事情而发现了她的瑕疵以后，情火尽熄，二人之间遂疏远至此。可是，如今一旦久别重逢，想不到过去种种却又回到记忆之中，令人无限依恋。思前想后，源氏之君竟然忍不住而哭泣起来。女方虽强忍着，不愿让对方看出自己内心的悲痛，这情景却更教源氏之君看着心疼，于是，不得不阻止她下赴伊势了。月轮已隐入山边了吧，源氏之君望着那幽暗动人的天空，时而埋怨对方，时而责备自己。听着他低声倾诉，六条夫人这些时日来的心头积怨怕都要消除了呢。考虑再三，好不容易给自己下了决心的，嗳嗳，早知会如此，真是倒不如不相见的好，如今反而又意乱情迷起来了。此地以庭园之美著称，据说平时亦颇多贵族子弟流连徘徊。果然，这优雅的风景真是名不虚传啊。他们二人是历尽沧桑的一对，如今互相对答的内容种种，又岂是文笔所能描述的呢。天空逐渐转明，那一番美景更像是着意塑造出来的一般奇妙。

晓之别兮总黯然，
　泪为沾衣袂为湿，
　　就中断肠兮是秋天。[1]

他依依不舍地握着六条夫人的手，真情感人。冷风习习地吹，蟋蟀的鸣噪声复增添哀伤，此情此景，即使不解愁的人都不易放过，而况正为爱情煎熬的人，恐怕想咏歌都是困难的吧。

1　此和歌为踏袭白居易诗《暮立》“大抵四时心总苦，就中断肠是秋天”而来。

大抵别兮心总苦，
　秋别尤悲伤神情，
　　忍听蟋蟀兮泣肺腑。

胸中之悔憾虽多，也无可如何，而天色渐明，怕教人识破不好，故只得离去。谅他一路上总是泪湿衫袖的吧。女方也不再能装作镇定，正陷入别后的寂寞里。那月光下隐约见到的身影啦，人去犹留的衣香啦，在在都使年轻的侍女们对他无限依恋，大家异口交赞着。“再怎么要紧的旅行也岂能丢下这样一位人物，如何忍心跟他分别啊！”人人都像失了魂儿一般泪汪汪的。

光源氏这次相会后的情书写得比平时更为细腻感人，使六条的夫人读后几乎改变原定计划呢；不过，既然事已至此，也由不得她意乱情迷，实在无可奈何。男方本是一位能言善道的多情种子，即使不怎么顶喜欢的对象，逢场作戏之际都会巧妙示情意，何况这一位六条夫人是不同寻常的人，而今，她竟要这般离己而去，怎能不教他依依不舍怜悯惋惜呢？虽然源氏之君为表深情，上自六条夫人，下及众侍女，一一为之准备旅行衣裳及种种品物，可是女方却对此已意兴阑珊。她心中正懊恼自己，而今徒留浮名，贻笑世间，实在遗憾。赴伊势之日期愈近，心境愈为沉重，日夜哀叹不已。斋宫幼小的心田里则天真地为母亲决意跟随自己而庆幸着。至于世人呢，对于母随女行这罕有之事，有人议难，也有人表同情，怕正是众口扰聒哩。唉，这世界上，能为所欲为而不受人指责才是真幸福啊。身份特殊的人，往往反而做事总是诸多顾忌和不便。

十六日，于桂川举行祓祭。此次仪式格外隆重，护送斋宫的送使，以及其他供奉的官吏都特别选自身份高而有名望的人士中。这大概是桐壶院示意如此的缘故吧。当其启程出发之际，大将之君特差遣人送来细腻的书函。上书“谨呈贵人”，并附以祭神用之白绵纱[1]。

“护国神兮若有知，
灵皇皇其来裁决，
人间何故兮多别期。[2]

千思百念，总是不忍分离啊。”虽然是出发在即，诸事纷乱，六条的夫人却也未曾怠忽答复。斋宫方面的答歌，则是令其女官代笔。

神若知兮能裁判，
灵其降临先纠明，
出言不实兮慢无惮。[3]

大将之君颇欲再见六条夫人和斋宫二位，本拟趁她们母女赴皇宫辞行之际，自己也入宫见面的，可是既然对方已决心舍己而去，如此纠缠眷恋，总是不太体面的事情，故而只得作罢，内心却正为此事懊恼着。斋宫的答歌看来颇有几分成熟的气息，源氏之君读着，不觉地浮出一抹微笑来。说不定这一位是早熟的少女，已解风流也未可知。如此一想，不禁心动。他总是特别容易给这种境遇不凡而错综复杂的对象吸引。生性如此，无可如何。真有些后悔，从前大有机会可以随时见面，却白白放过见她年少时的姿容。不过，世事难料，将来或尚有见面之时吧。

这一对母女是有名望而优雅的女性，所以她们出发之日，许多人

1 斋宫即将入神社仕神，故用祭神之白绵纱。日人至今以白色为神圣洁净之色。
2 此为光源氏送别六条夫人之歌。
3 此为斋宫答歌，责光源氏对其母情不专言不实也。

都乘车在沿途上观看热闹。申时上皇宫。六条夫人陪着女儿斋宫乘舆参上。她的父亲——大臣从小对之呵护备至，本有意让女儿有朝一日登上光荣的后位，奈世事多变幻，命运不可把握，[1]而今年事已长，重踏入宫里，心中不免无限感慨！十六岁许配予故太子；二十岁即守寡；如今已三十岁，而复见此九重城阙！

今日事兮应庆喜，
　往事乖迁宜暂忘，
　　无奈衷情兮悲未已。

斋宫已十四岁。长得眉清目秀，十分出色，今日又着意装扮修饰，故显得更明艳惊人。皇上看见，亦深受感动，当其为之插上别离之小栉时，[2]不禁热泪下落。

为看斋宫退出皇宫而鹄候八省院前的舆车甚多，那些露出帘外之袖口正争妍斗绮，色泽醒目，十分可观。这种时候，恐怕也正有许多殿上人和那些随行的侍女在私下依依道别吧。天黑之后，一行人始出皇宫。途经二条再转入洞院之大路，正当光源氏二条院府邸之前。大将之君如何忍得内心之感慨呢？于是，他咏成一首和歌，系于贤木之端。

铃鹿川兮不停流，
　忍心弃我去不复，

1　六条之夫人原为前东宫（桐壶院之兄弟）妻，奈年轻守寡，故未得即后位。
2　斋宫参见天皇辞行，天皇即取梳栉一只，插入其发际，口中念诵："从此别去，勿复返京。"此为当时仪式之一端也。

宁不沾袖兮恨悠悠。[1]

当时天色已晚，又诸事繁忙，故而延至翌日才收到来自逢坂之关那边的答歌。

独衔恨兮渡铃鹿，
袖为沾湿缘泪川，
伊势遥远兮对谁哭？[2]

笔迹清劲，既饶情趣，又富高雅之气息，不过，歌意稍欠哀艳，是为可惜。清晨时分，雾正浓，景色动人。源氏之君独自眺望，正茫然喃喃自语。

路迢迢兮伊势远，
逢坂山关阻其间，
秋雾有情兮开混沌。[3]

这一阵子，源氏之君心境沉闷，虽谓咎由自取，难禁十分消沉，也无心赴二条院的西侧对屋。而那位旅行的人呢，谅她此刻心中必更为忧乱吧。

入十月以来，桐壶院的病态愈形严重，举世无不哀痛。皇上也悲

1 此为源氏怨责六条夫人之歌。谓如今虽忍心弃己远赴伊势，恐终将不免追悔涕泣也。铃鹿川为自京都赴伊势途必经之河川，以川水不停流，喻恨之悠悠及泪之涟涟也。

2 此为六条夫人答歌。谓伊势离京都遥远，虽川水与泪水交湿衣袖，亦无人知也。

3 源氏之歌。谓伊势遥远，途中坂山关复阻其间，秋雾若有情，请开混沌，勿阻碍己眺望视线也。

伤至极，时有行幸。桐壶院病中不忘东宫之事，故而一再叮咛嘱咐。某次，又谈及大将之君道："今后也千万要像我在世时一般，无论大小诸事都与他坦白商量。他这人年纪虽轻，却是可以委托国家大事的人才。以他的相貌，谅必能胜任治世大任无疑。过去我怕让他做亲王会招致物议，故而不得不降为臣位，也便是有意使他出任公家大事的。日后万勿违背我意才好。"他这般细腻周到的遗嘱还不止于此；不过，这种事情终究不是我们妇道人家可以随便谈论的，仅仅如此附于笔端都有些令人惶惶不安呢。皇上听了这样的话，心中更加悲痛，他只有唯唯诺诺，再三誓志守约而已。近来随年龄增加，愈添清丽，器宇愈显不凡。桐壶院见此情形，心中甚感安慰。行幸之时间既有限，不得不催促使还宫，然而，做父亲的实在内心有无限依恋，诸多不忍心。

皇上本欲与东宫同行，却恐如此不免太骚扰，故而只得隔日使其另行拜见父皇。东宫的模样儿看来较诸实际年龄为大，[1]也长得十分俊丽。做父亲的对此皇儿原本极想念的，如今这般就近亲眼看见，衷心不胜感奋，那慈祥的表情和眼神真是令人感动。见到中宫含泪沉郁的样子，则又不禁感慨万端。虽然对着东宫说了种种话语，但对方毕竟年事尚幼，一无了悟，这又教为父的无限担忧悲痛。对大将之君，则反复晓以朝廷大事，又再三嘱咐，使照拂东宫的将来种种。夜深以后，东宫始离去。所有殿上人皆随行，气派之壮盛，与皇上巡行并无二致。桐壶院觉得意犹未尽，对皇儿之离去十分遗憾。

皇太后本有意也来探望，却碍于桐壶院已有中宫看顾作陪，稍事犹豫之间，病人竟也没有什么太大痛苦就驾崩了。宫里宫外，众人忙乱异常。其实，桐壶院在逊位后仍掌理着实际政事，由于现今这位皇帝实在太年轻，而他那位外祖父右大臣又是性急且识见短的人，这

---

1 当时东宫盖已五岁。

情况不禁教公卿殿上人等对国家前途忧心忡忡起来。中宫与大将之君的悲哀尤为深刻。举行佛事之际，源氏之君仍是诸亲王中最引人注目的，大家既怜恤且羡慕地望着他。源氏穿着丧服，形容憔悴，那模样儿清丽且惹人怜爱。去年和今年连续遭遇如此不幸，源氏不禁心灰意懒，颇有看破红尘出家之念；但究竟身不由己，诸多羁绊，而不能遂愿。

断七之佛事一过，那些女御啦，更衣等都各自散去。已是十二月二十日。岁暮的天空总是寂寞，中宫的心底更觉抑郁。皇太后的个性她是十分了解的：今后凡事谅必依照皇太后的心意行去，那该是多么难处的世界啊。念及此，又使她忍不住想起这些年来日夜亲近的桐壶院来。可是，究竟不能长此居住在这里，眼看着别人一个个地离去，心中的悲苦真是难以言喻。遂决意迁居三条之宫。她的长兄兵部卿宫过来迎接。雪花飘散，风势凛冽，院内人口渐稀，周遭寂无声响。这时大将之君到房里来聊天，难免又谈起桐壶院的故事来。庭园中的松树覆盖着白雪，枝丫低垂。看着那下边的枯枝，兵部卿之宫咏成了一首和歌：

岁云暮兮松萧条，
广荫从此不复有，
下枝枯槁兮叶渐凋。[1]

虽非上乘之作，却因吻合当时情景，十分诱人感伤，大将之君不禁为之动容泪沾袖。他见到池面一片冰封，也即景咏成一首和歌：

1　以松喻故桐壶院，叶喻众后妃。歌意谓：时近岁暮，老松萧条，枝叶枯槁渐凋零。以喻桐壶院之死，从此宫中失却广大之庇荫，后妃渐散，如松叶渐凋也。

池面澄兮如明镜，
明镜依旧人事非，
不照圣颜兮空自映。

这首歌多少仍带些稚气吧。王命妇也在一旁和了一首歌：

岩井冻兮岁已晚，
繁华成空园寂寥，
人影渐疏兮不复返。

其他还有很多首和歌，但是无法一一记述，故此从略。中宫迁移三条之宫的仪式并无异于往时，但是不知怎的，这次却格外令人难堪。如今她觉得自己的娘家倒是反而有类旅邸，大概是因为这些年来侍候惯了桐壶院的缘故吧。看来今后恐难免有往事不堪回首之憾吧。

已改新岁了，[1]但是世上一无热闹之事，日子过得极平静。大将之君对凡事尚为厌气，这一向他总是闷坐家里。往常到了除目[2]时节，不说故桐壶帝在位之时，即使在他逊位之后，光源氏的威势依然显赫，门前总是冠盖云集，车水马龙；但今年却是门可罗雀，竟没有几个携带寝具自动来宿直的人。如今只见几个较亲近的舍人走动，也一无忙碌的样子。唉唉，往后难道就是如此的世态吗？想想都教人乏味。

御匣殿[3]于二月里晋封为尚侍。这是由于桐壶院驾崩，前任御匣殿出家为尼，而递补其位的。由于她举止优雅，且又品貌出众，故能

1 源氏当时值二十四岁。
2 除授官吏之文书分春秋二季。春为任命地方官吏，秋为任命中央官吏，此当指前者。
3 即胧月夜之女，皇太后六妹。

于众多女御和更衣之中赢得皇上专宠。如今，皇太后时常退居故里，偶尔上宫时也仅住梅壶殿，乃将她从前惯住的弘徽殿配给了这位新的尚侍之君住。此地较诸往时所住的登花殿，显得阔绰热闹得多，侍女人数也大为增加，表面看来，日子过得挺惬意，谁知她内心却难忘往日那一段情事，故而总是叹息连连。恐怕二人之间私下仍偷偷有书信往返的吧。源氏之君这边虽亦担心人言可畏，奈他本性难移，如今似乎更为痴迷眷恋哩。至于个性刚强的太后呢，桐壶院在世之时勉强克制着的报复之念，到此可谓随时觅机待发，故凡事多所挑剔。对于光源氏而言，这虽是意料中之事，却毕竟由于初次体验到人世的艰难，所以深觉抑郁，连与人交接都懒得。左大臣也变得意兴阑珊，居常怏怏，不勤于朝夕之会。皇太后到现在都不满他当年把如今已作古的千金许配大将之君却不答允嫁于皇上呢。他和右大臣之间本已有隔阂；回想先帝在位之时自己权倾一世；而此一时彼一时，眼看右大臣踌躇满志的样子，也实在难怪他心灰意懒了。

大将之君仍常走访左大臣邸。他对先夫人的众侍女如今毋宁是更加关怀。对于自己的骨肉则付出无限的爱心，这样奇特的仁慈心肠着实难得，故而左大臣疼爱女婿的情形也一如往昔。从前由于父皇的宠信而常是身不由己忙碌着，现在却连一些过去时常走动的地方都逐渐疏远起来，也无心于风流韵事的样子；经常深居简出，悠闲从容，倒是能表现得十分得体，允称身份。举世皆为西侧对屋女主人的幸运庆喜着。连乳母少纳言也暗自欣慰，以为这定必是故尼君在世时事佛精恳所致无疑。如今，紫夫人与生父兵部卿之宫间也已经自由通信了。兵部卿宫的继室见亲生女儿之间竟无一人交运，偏偏独有此继女幸福逾常，难免妒恨交加，心中有些不宁静吧。这一切岂非巧合，有如说故事一般！

由于桐壶院驾崩，斋院改由朝颜之君递补其位。本来贺茂神社的斋王甚少由皇孙出任之例；这样做，怕是因为一时找不到适当皇女之故吧。对于这位朝颜之君，大将之君实在眷恋依旧，经年难忘，而今，对方已成了这种特殊的身份，更觉得遗憾。相思情只有时时寄信于其侍女中将之处，而由她转达了。今非昔比，声望权势虽已大不如前，他自己倒也不甚介意，只是为了消磨无聊的时光，竟如此又四处放情起来的吧。皇上果然没有违背先父的遗言，十分倚重大将之君；只是他本身尚年轻，而且性情又过于温和，不够刚强，所以对太后及外祖父的意见总是不敢违背，看来并不能自由自在地独当一面料理政事哩。

虽则光源氏的周遭不断有烦恼事起，他与尚侍之君彼此倒是心有默契，暗中保持着亲密的关系，相见虽不易，却也未尝断绝过来往。这一阵子宫中为了除灾，正举行着隆重的五坛佛事，皇上亦照例值斋戒期中。源氏之君遂得伺机潜入尚侍寝殿中，倾诉梦一般的情话。是尚侍的侍女中纳言的安排，使二人得相会于往日朦胧月下初会时一般的细殿厢房里。做佛事期间正是众人耳目繁多之时，而这厢房却较往常更为暴露，中纳言委实有些提心吊胆。光源氏的美貌，即使是朝夕得拜见的人都看不厌，而况对于难得一见的人来说，岂能将他等闲视之啊！至于女方呢，她也正当盛年最艳美之时。其人是否稳重？虽不得详知，不过，看来甚美，且又年轻而讨人喜欢。不知不觉间天快亮了。这时，附近有人在干咳喊报："宿直者报到！"源氏心想：恐怕除了自己以外，另有什么近卫侍者潜入这殿中来和情人约会，同僚知悉而故意警告的吧？他虽暗觉好笑，这倒也是一件麻烦的事情呢。宿直者似乎在那儿到处徘徊，寻找什么人，口里却报道："寅时一刻。"女方这时咏成一首和歌：

衷心悲兮泪濡袂，

报晓声里天转明，
　离别在即兮情思滞。

那模样儿十分娇弱，逗人爱怜。

长太息兮天已亮，
　命何悲苦运堪嗟，
　　吾生何故兮多惆怅！

源氏之君心神不宁地离去。晓月朦胧，雾气弥漫，别有一番情致。为着怕人察觉，他故意穿着极朴素，行动也十分隐秘，可是那样子看来反而另具风格哩。此时，承香殿女御的长兄头中将[1]刚巧由藤壶殿走出来，正立于月影下的板屏边。唉，运气真坏，光源氏竟从他面前走过而毫不知觉呢！后日恐将会因此而引起种种非难的吧。

对于这类的事情，中宫仍然伪装冷淡，尽量保持着二人之间的距离。光源氏对她这种态度，既钦佩且怨恨。如今，中宫对进皇宫竟有些视为畏途，不愿轻易走动，只是久不见爱儿，心中又难免牵挂。至于年幼的东宫，除大将之君外实在别无可倚赖之人，故而凡事只得与之商量；可是，偏偏源氏对中宫之痴情至今未减，有时也就难免会做出教人提心吊胆的事情来。每想到故桐壶院竟然始终对二人过去的私情毫未察悉，中宫心中仍有余悸；而今，万一再传出什么谣言的话，就算自己是咎由自取吧，对于东宫也必然会有不良影响。这真使她惶恐，故而甚至于令人祈祷，想尽办法试图中止源氏对自己的恋情。但是，不知对方怎么找到的机会，竟不意又让他给偷偷溜到了身边来。

1　此人非葵夫人的长兄，乃以后登场的黑须大将之弟。

大概是慎重计划过的缘故吧，连侍女们都没有一个知晓。一旦相会，中宫只觉得有如置身梦境一般。源氏虽以笔墨所不能形容的甜言蜜语百般诉情，怎奈中宫的表现却愈转冷漠。不过，她内心的矛盾也愈为深重，故而终至于难堪难忍，胸口作痛起来。近侍的命妇及其女儿辨等都闻声连忙过来照料女主人。男方对此大感失望，内心甚至怨怼，思前虑后，觉顿似陷黑暗之中，几为失神，所以虽然天已大明，也忘了归去。中宫的突然病发，惊动了众人，许多人进出内里，显得异常混乱。源氏之君给人糊里糊涂地关入储藏室里。那个保管他衣物的侍女也被害得跟着惊恐万分。中宫本人则因悲痛过度而失神，显得十分衰弱。兵部卿之宫和中宫大夫等都连忙赶来，纷纷喊叫："去找高僧来祈祷啊。"这一切的情形，光源氏只有躲在储藏室里痛心地听着。好不容易挨到日暮时分，中宫的身子才逐渐舒畅起来。

她万万也想不到源氏之君竟会那样被关在储藏室里，家人则因怕她担心，所以也无人提起这件事。不久，她起身出来，到起居室里坐着。兵部卿之宫见她气色已转好，故亦退出。左右人渐少。中宫的近侍宫女本来就不多，而且都侍候在较远处。命妇之君等这时都在窃窃私议："怎样让主上回去好呢？今晚如果教咱们女主人再失神病倒可不得了啊！"源氏之君见储藏室的门未关紧，乃悄悄推开，溜入房里，躲在屏风后。许久未见心上人，如今得一窥真面目，不禁喜极泪落。"唉，唉，又难过起来了……是寿命已尽了吗？"她正望着外面轻喟。那美丽的侧脸，从源氏这边看，有难以言喻的艳光逼人。"请用些点心吧。"侍女们端来一些吃食。果盒上虽然满盛着各色精美的点心，可是她竟连看都不看一眼。那种愁眉深锁、无限烦恼的神态却别具韵味，惹人心动。发型啦，头部啦，还有长发垂覆的样子，以及娇艳的脸庞等，与住在对屋的那位紫夫人全无分别。近来对这位情人似已稍能忘怀，而现在亲眼看到二人如此之相像，遂觉得自己幸有那位少女相伴，也聊堪安慰这一份相思之情了。虽然那高贵而不可侵犯的气质也与紫夫人相同，不过，究竟眼前这一位是自己从小恋慕的人儿，而她如今又正当盛年，散发着成熟女性的魅力，所以更显得无与伦比的美艳。他一时间难禁意乱情迷，竟不自觉地挪移身子到几帐之内，轻轻牵动中宫的衣端。一阵熟悉的薰香袭人，中宫对此意外之事惊恐交加，不知所措地突然俯下身子。“至少，请你望一望我吧。”源氏幽幽地哀求着，想把她拉到身边来。未料，中宫竟滑下了外褂，想逃去，但是没想到她那长发和着衣端一起给源氏捉住，竟致无法脱身。唉，这恐怕也是前世注定的命运吧？实在无可如何。

天快亮了。王命妇和辨都在频频催驾，可是，见到中宫那似生似死魂魄失散的样子，实在不忍心离去。“如此活着倒不如死去；但是，这样子死去，又怕罪孽深重啊！”源氏之君终于忍不住凄楚地哭诉，真情感人。

“缘何薄兮相逢难，
今日一别几时会？
悲怨再世兮永难安。

我这一片痴情怕会阻碍你升天。”给他这么一说，中宫竟也吐了一口大气道：

君虽怨兮妾难盛，
咎由自取风流债，
扪心寻问兮当自明。

她表面上装作冷漠绝情的模样儿实在惹人爱怜，但为着对方，为了自己，都不便于多事逗留，只得悻然离去。

回到二条院的住处，自悔不该，委实没有面目再见伊人，故而连情书都不敢寄出。自此之后，也不上宫拜见东宫，只是独自闷闷地过日子。昼思夜念，想及那位冷淡的心上人，既眷恋又悲怨，像失了魂儿一般，人也变得病恹恹起来。有时觉着万念俱灰，想到这一切的苦恼都是由于身在红尘之故，倒不如索性出家算了。但是，看见这边一位天真的少女这般依赖着自己，又如何忍心舍她而去呀？自那次意外的相会后，中宫的身体也一直不舒服。命妇见其后源氏之君竟一无音讯，故意要疏远的样子，不禁对女主人深感同情且心疼。中宫内心又怕源氏之君会为此而与东宫之间产生隔阂，因此正焦虑不安。但是，这种私情若不能及时中止，世事本多扰扰，万一事端泄露出去，如何是好？她甚至于想道：索性把皇太后素所妒恨的这个中宫的头衔退了回去吧。回想故桐壶院的一片心意，而今世态已变，万事非同昔日。即使自己能幸而免于戚夫人那种悲惨的命运[1]吧，谅亦难逃成为世人之笑柄，故心中抑郁，生活乏趣，思欲出家，只是舍不得未见爱儿而披挂尼衣，因此决心微行参上。大将之君原本是细心周到的人，此次却托词身体不适，没有出来相送。他口头上虽仍然保持着一贯的谦词应对，知悉内情的宫女们却窃议道："倒是真有些不顺心的样子。"几日不见，东宫已经长得越发美丽，也成熟许多了。他正高兴而亲切地缠着母亲嬉戏。看见爱儿这逗人喜欢的样子，中宫的决心几生动摇；不过，如今宫中已大异往昔，世事变幻，不可逆料，加以太后之心又难测度，连自己出入皇宫都已不甚方便；这样下去，东宫的将来不知会如何？实在令人不安。乃对爱儿试探地问："假如隔些时日不相见，

1 戚夫人为汉高祖宠姬，赵王如意之母。高祖有意废太子（后之惠帝）另立如意，事未竟而崩，惠帝即位，其母吕太后"遂断戚夫人手足，去眼，煇耳，饮瘖药，使居厕中，命曰'人彘'"（详《史记·吕太后本纪》）。

以后看到我变成另外一副模样，你会觉得怎么样呢？”孩子望着母亲的脸笑着说：“是不是会像式部[1]那样子呢？不过，您一定不会变成那样的呀。”做母亲的不禁心疼起来。“那是因为上了年纪才变得难看的呀。我不是指像她那样子，而是说如果头发比她短些，穿上黑衣裳，就像那些夜晚上经的和尚一般。而且，以后也许会更不容易见面呢。”她终于哭了起来。“久不见您？心中好想念哦。”东宫已知害臊，他故意转头，不愿母亲看见自己掉泪。唉，那一头丰富的头发，还有那一双温润的眼神，随着年龄增加，越发像他的生父，就如同把源氏的脸移植过来似的。有些蛀牙，笑起来嘴里黑黑的，脸庞却十分光润美丽。这样的脸，就当作女孩子来看，也是十分漂亮的。“为什么他们俩会长得这么相像呢！”对于中宫而言，这一点竟如白璧微瑕般令她不安，这大概也是由于衷心愧疚，怕世人议论的缘故吧。

大将之君心中虽然十分想念东宫，却有意让那孩子自己去体会他母亲的狠心，故而强抑感情，没有造访。不过，他这样做，却也教自己变得心不在焉。为着打发无聊，一方面也想顺便赏秋景，遂有云林院之行。该院为其亡母之兄律师[2]所居僧坊。此次探访，本有意诵读经文勤加修行，讵料逗留二三日后，颇有感慨。举目远眺，秋天原野的红叶正逐渐转色，风物动人，几令人忘却家中琐事。他特别延请所有高僧出席议论，自己则在一旁静听。置身如此环境之中，夜深人静时分，格外能体悟世事无常之理；然而，一方面又难忘怀那位“令人忧心的人儿”[3]。所谓“僧推月下门”[4]吧，隐约可见伴侣们晓月之下采摘供佛之菊花啦，深深浅浅的红叶等，花盆相碰，叮当作响。这情景虽

1 盖谓宫中年老之侍女也。
2 为德高之僧，属三纲第三位，为仅次于僧都之僧官。
3 谓藤壶。典出《新古今集·恋四》，无名氏和歌句。
4 此句承上引和歌而来，含意颇近贾岛诗，故采之。

未见得如何特殊，但是佛门人家的修行确实堪慰人心，又可恃为来生之寄托。而自己呢？究竟这样乏味无聊的生活要持续到何时才好？光源氏不禁感慨万端。听得律师庄严而从容的诵经声“念佛众生摄取不舍”[1]，心中十分羡慕；反顾自己，却先想到那位年轻的女性，出家之念，因而不得不辍止。唉，这样的心肠，实在够脆弱。这一次已有多时不相见，内心不无挂虑，只有勤写书函了。“本想到此试验自己能否捐弃世事的。看来亦无助于安慰无聊，徒增心事而已，尚有经典教义未听完，故而犹豫未得回去。这期间，你将何以度日呢？”他随便在陆奥纸上挥毫，看来却是十分出色呢。

徒留卿兮空相寻，
风雨飘摇教坠露，
山风袭耳兮震吾心。[2]

深情溢于字里行间，女方读此，不禁感动落泪。她的答歌写在白色的纸上。

风乍起兮蛛丝乱，
君心易改似东风，
不可凭恃兮空长叹！[3]

虽系寥寥几行字，源氏之君却含笑欣赏不已，喃喃自言道：“笔迹越来

1 《观无量寿经》：“光明遍照十方世界，念佛众生摄取不舍。”

2 源氏此歌谓：留紫夫人于风雨飘摇般之屋中，而己则来此修行，山风震心，增念露珠般脆弱之情人也。

3 紫夫人以蛛丝喻己，谓源氏之心既如东风难把握，而蛛丝徒随风摇乱，如何不悲伤也。

越好。”由于二人之间时常有书信往返，故字体也十分相像，只是由她写来更富于女性韵味，颇有几分情致哩。这又使他想道：今后凡事都要再加教导，务使她成长为一个完美的女性才好。

此处离贺茂甚近，风声几可相闻，故而给斋院那边也写了一封信寄去。对那位中将之君，他埋怨道："可叹你竟不能谅解我如此借旅遣怀的表情啊。”给斋院则另用亲昵的语气写道：

“木绵襻[1]兮在卿身，
　虽恐渎神总难忘，
　　去秋此时兮书信频。

虽说‘今非昔时’，可总觉得不能如此断绝思念呢……”这封信书写在浅绿色的唐纸上，又特为系上贤木及木绵，故外观显得十分神圣。中将之君的回信相当细腻："此地生活单调，一无可调剂精神之事。有时回想过去种种，虽也难禁思念及您，而今又可奈何！”斋院的答复书写在木绵的一端：

“木绵襻兮究何事？
　往昔平静本无缘，
　　辄谓难忘兮教人悖！

委实不解所言为何。”那笔迹虽欠韵致，却看来相当伶俐的样子，草书的体势也较前进步不少。光源氏观赏着字迹，不禁联想到那张脸庞：如今该也成熟许多，漂亮许多了吧？这种想象的结果，难免又要

1　日本神道仕神者佩戴以示身份者。此盖以代斋院也。

心旌摇荡了。咳，真不怕神谴责哟！身自体验野宫情趣不正是去年此时的事吗？去年和今年，六条夫人和斋宫，事情竟然有如此巧合吗？埋怨神明，可不是什么好习惯呀。早知会如此忧心难忘，就该事前想好办法才是。唉，当时丝毫不挂心，而今却来后悔，这种心理可真令人费思量。斋院她那边又如何呢？她深深了解这位人物的怪癖，所以偶尔也会给他一些回信。也许这种事情说起来有些教人莫名其妙吧。

源氏之君如今正埋首于研读天台六十卷，不解的部分则请高僧讲解。云林院上上下下的人都认为这个光荣是大家平日勤加修行的结果，连那些地位较低的僧人都沾沾自喜，觉得源氏之君的光临无疑菩萨都会欢喜的。在这种地方静居深思，真教人不想回家；不过，念及那位年幼的人，又觉心中不无牵挂，故也未便久留，于是捐献了一笔丰厚的布施，又连上下各级的僧侣以及山中附近的居民都一一赠送礼物，极尽关怀而归。因此四方的人都争相来欢送，连那些樵苏辈贱民都感泣而拜送着。源氏之君穿着丧服坐在黑色的车中，虽然从外面看不清楚他的模样，却已教人十分心醉了。

几日不见，二条院的女主人看来愈增艳丽。她正静坐沉思，忧虑着自己和光源氏的姻缘，那模样儿十分惹人爱怜。恐怕她已经觉察到自己这边种种的恋爱关系[1]吧？回想她前些时候歌咏的"君心易改"云云，更觉可疼爱，于是，禁不住对她格外细腻谈情了。山中携返的红叶颜色显得比庭园里的更红，许是深山露重的关系吧。这一份情趣难舍，又怕久疏音信，会教人责怪，故而装作若无其事地差人送去给中宫。同时附上一函给命妇，那上面写道："欣闻中宫赴皇宫探望太子。虽则心中无时不挂念二位，无奈亦不敢怠惰精进勤行，故而日复一日，拖延至今。人云红叶独赏犹衣锦夜行，故特此奉上，敬祈过目

1　源氏自忖己与藤壶及斋院等不寻常之畸恋。

为荷。”那些枝叶实在好看，中宫当然也十分欣赏。不过，照常，那上面又结着小小的纸条，别人大概也都注意到了吧，红叶映脸，更显得不胜娇羞。唉，他怎么至今不能死心呀。这人凡事都颇有分寸的，唯独这件事没法儿克制，时时还会做出这样的傻事来，难道不怕那些侍女们疑心什么吗？她心中有些恼怒，遂令人将红叶插入花瓶，放置于远远的厢房柱下。中宫的回信完全是一派公事公办的口吻，只是简单地写些有关东宫及一般事务而已。光源氏可真是碰了一鼻子灰，内心恨得咬牙切齿，却又不得不对她的坚决肃然起敬。但是，好歹自己总是受托照拂东宫一切的，总不能教旁人多疑，故只得在中宫退出之日上皇宫去。他首先去晋谒皇上。正值他空暇之际，故二人不觉地闲话今昔起来。皇上的容貌如今越来越像先帝了，只是更富于优美的气质，也更为柔和可亲。他们兄弟二人亲昵地注视着对方。皇上对光源氏与尚侍之君的情事也略有所闻，他自己有时亦能察觉到蛛丝马迹；但是却以为这件事既然早已发生，又非始于今日，也是无可奈何的；而他们二人既然情投意合，也不便多加责难了。在海阔天空地闲谈之余，对于学问上的诸问题亦互有切磋琢磨。末了，更及于种种的艳闻逸事。皇上谈及那天斋宫下乡赴任之事啦，她的容貌如何美丽等事情；源氏之君也就毫不保留地将自己清晨探访野宫之感动和盘托出。

二十日之月终于露出，今夜颇饶情致。皇上提议："这样的好夜色，应该作管弦之游才好。""据说中宫之君今夜要退出东宫的宫殿，所以特别来此拜见。既然父皇在世时嘱咐过我，她又别无保护的人，同时又是东宫的母后，实在也不忍心不照拂她啊。"皇上也道："记得父皇也曾经叫我要把东宫视如己出，所以我对他倒也十分关怀；不过，再要如何表现得更特殊嘛，也有些什么的……这孩子，小小年纪，倒是写得一手好字。我自己没有什么长处，恐怕日后还得靠他争面子哩。”源氏之君也就禀报日常琐务道：“正是。他凡事聪明伶俐的，看来显得颇为老成。不过，究竟还仍是个孩子呀。”说完便退出御前。这时，皇太后长兄藤大纳言之子，叫作头之辨的，他是当今俊美且甚得势的年轻人，正无拘无束地想过访其妹于丽景殿[1]。忽遇大将之君一行含蓄的警跸队伍。于是，他伫立片刻，低吟：“白虹贯日，太子畏之。”[2]光源氏听后内心不悦，却也无可如何。据悉皇太后近来心境不佳，脾气甚大，故而连她的近亲都要如此肆意放言的吧。大将之君虽然十分恼火，也只得强忍着，伪装平静。

“方才在皇上御前侍候，不觉地天都黑了。”他如此禀报中宫。此时月光皎洁，普照四方。唉，过去每逢这种情景，总有管弦游宴什么的，生活得挺热闹惬意的啊！追怀往事种种；而今，同样的宫宇，却已大不同于昔日，怎不诱人伤情？

九重雾兮阻清辉，
云上徘徊不见月，
遥思倩影兮情依依。[3]

中宫咏成和歌，差遣命妇传递过来。她本人就在附近，所以隐隐约约看得见帘里的情况。光源氏思恋之余，连平日的怨恨都忘记，眼泪竟簌簌下流。

“月依旧兮未尝变，

1 嫁于朱雀院为女御者。

2 汉邹阳狱中上书云：“昔者荆轲慕燕丹之义，白虹贯日，太子畏之。”（详《史记》卷八十三《邹阳列传》）头之辨吟此，盖暗讽源氏对朱雀院有不轨之图也。

3 此系中宫之和歌。以月喻朱雀院，九重指皇宫，云与雾则谓宫中新贵诸人。歌意谓：如今宫中到处有人阻碍，故未便参上，仅得遥望想象皇上近况也。

云雾阻隔遂朦胧，

　　衷心怨怼兮未得见。[1]

所谓‘雾霞有心’[2]，恐怕古人便有这等事情吧。”光源氏乘机埋怨起来。做母亲的心中有无限别思离情，正依依不舍地细心嘱咐一切，可是幼小的东宫却未必十分理解，表现得不甚经心，真教她不放心。不过，平时惯于早早就寝的他，今晚大概有意等候母亲退出的样子。送别的时候，虽然看来挺不忍心，倒也相当能自制，总算没有追出来纠缠。这情景才教为母的心中更难堪呢。

大将之君每一思及头之辨所咏诵的那两句，心中便十分懊恼，恐世人议己，故久久不曾给尚侍之君通音讯。未料，在秋雨初降之时，对方却不知怎的，忽寄了一首歌来。

盼音信兮渺无踪，

　　日复一日空等待，

　　　　飒飒秋风兮愁盈胸。

时值感伤之秋，而那强抑热情赋歌的笔迹又不无惹人怜爱之处。故而令使者稍待，拉开放置唐纸的橱柜，特选精致的信笺，连毛笔都用心挑选。那神态看来格外专情，引得侍候左右的侍女们无不好奇心大起，纷纷在那儿互相递眼色牵衣袖地窃议着。“明知致函亦徒然，故而衷心失望已极。时逢忧郁之季节，

1　源氏答歌，以云雾转喻藤壶，谓月光依旧，奈情人疏远，未敢相亲，遂教衷心怨怼也。

2　盖引古歌一节也，出典不详。

强忍情兮抑相思，
情为化泪泪为雨，
云何秋雨兮得不悲！[1]

若得互通心声，亦聊堪慰秋雨秋风之愁闷啊。”遂忍不住细腻地修成一函。像这样互通情款的人大约不少，不过，光源氏只是适度地敷衍着，似乎并未深系于心。

为着故桐壶院的周忌佛事，接着又得筹备《法华经》八讲的法会，中宫之君近来显得十分忙碌。十一月朔日左右正逢国忌，雪降得很重。大将之君差遣人送了一首歌给中宫。

逢国忌兮念先帝，
逝者已矣生者悲，
重见何日兮不可系。

今日无人不伤情，故而对方也赠送一首答歌：

苟生存兮未亡身，
值此忌日忆往事，
聊堪慰情兮好婚姻。[2]

那笔迹未必是刻意用心书写，却不知怎的，看来高雅而极具格调。她

1 源氏谓：己强抑制相思之情，情化为泪，泪化为雨。而女方竟视同寻常秋雨，焉得不令人悲伤也。

2 藤壶明知源氏盼望与己重见之意，却以此歌明己珍惜与先帝美好婚姻之记忆，借此拒情并疏远之。

的字绝不是世俗所谓时髦别致的体裁，然而运笔之间自是高人一等。源氏之君今日倒是连对这一位的恋情也无暇顾及，只是终日沉浸于追念先父，专心事佛。外面雨不停地降着，而他的双颊也未有泪干之时。

十二月十日过后，中宫之君主持了法华八讲的法会。那气氛既尊严又神圣。一切都准备得十分周到，从每日诵读的经文到玉轴啦，织锦封面啦，帙套的装饰等等，无不考究异常。她素来对一般事物都是极仔细的，更何况这次是大事呢。尤其是佛像的饰物啦，花几的覆布等，更是华丽得像极乐世界一般。首日之佛事专为其亡父先帝[1]而举行；次日乃为母后；其次则为桐壶院。当日正轮及《法华经》第五卷讲义之日，故而公卿们都毅然不顾世俗议论，参加法会者甚多。今日主讲的法师系特别遴选资深的高僧。他从“采薪及果蓏”一节开始诵起。同样的经文，由高僧口中诵唱出来，却显得异常尊严肃穆。虽然各亲王皆奉献了祭品，究竟都比不上大将之君所供献的。这样说来，似乎始终不绝地只夸奖着这位人物；不过，说真个的，他确实有教人百看不厌，永远新鲜引人之感，故而不得不然了。

在法会最后之日结愿时，中宫之君突然向菩萨宣誓出家皈佛之旨。由于事出意外，众人皆大为吃惊。连兵部卿之宫和大将之君都茫然不知所措。亲王[2]竟在仪式中途退入帘内。可是中宫的意志甚为坚决，法会完毕，即召请睿山的座主，道出她申请受戒之旨。于是乃请其伯父横川僧都到她身边来，当其削发之际，人人感动，哭泣之声震动殿宇。这也难怪，即使是一个普通老人要出家，都会引起无端哀怜的；何况如今中宫正值盛年，平时又丝毫未曾有过这样的表示！身为长兄的亲王哭泣尤甚。参与此会的众人，则受了周遭庄严而尊贵的气

---

1 指桐壶院前代之皇帝，亦即藤壶之亡父也。

2 即兵部卿之宫。

氛感动，人人都以袖拭泪而归。故桐壶院的亲王、公主们想到这一位的过去繁华生活，更不由得为她悲伤怜恤，所以大家纷纷前来致慰问之词。唯独大将之君一个人茫然留在那儿，不知说什么是好，只觉眼前一片昏黑；不过，如果表现太过悲哀，又怕教人起疑，因此在诸亲王退出之后才来到中宫跟前。

好不容易四周逐渐平静下来。侍女们纷纷擤着鼻涕，三五成群地聚集着。此时月光普照庭院中的雪，皑皑发光。追忆往事，无限悲伤！光源氏强忍心底的激动，悄悄发问："为什么会突然做出这样的决定呢？"中宫又让那位命妇居中传言道："这也不是现在才想起的事情，只是怕一旦传闻开去，议论纷纭，会动摇了决心……"帘内动静隐约可辨，众侍女的衣裙綷縩之声啦，大伙儿含蓄谨慎的行动啦，还有那种强抑悲伤的情景等，无不教人心痛。风势突增，吹散了庭中的积雪，帘内溢出黑方之薰香[1]与供佛之香混合的高贵芬芳，加以从大将之君衣裳上飘出的香气，把这夜色烘托得十分美妙，就如同极乐世界一般。这时，东宫差遣使者来。为母的回想上次离别之际所说诸语，任她是铁石心肠也无法再忍悲伤，故连话语都说不上来，只好由大将之君代为答复。所有在场者无不内心激荡。源氏之君当然也无法尽吐心声了。

"月皎洁兮人羡仰，
　徘徊云间散澄辉，
　　高处甚寒兮增迷惘。[2]

1　当时室内熏烧之一种香料。

2　此为源氏之歌。以月喻出家之中宫，云间澄辉则谓其今后所居清静之世界，己虽亦羡慕而欲仿效之也，又恐今后藤壶佛门寂寞，无法兼顾年幼之东宫，怎不增添迷惘耶。

唉，但是，一切已无可如何了。我只是羡慕您的决心而已。”他只能如此简单说几句。当着众多侍女面前，虽云柔肠寸断，又能如何！

“世多忧兮遂生厌，
　弃绝红尘皈佛门，
　　唯此幼子兮总惦念。

心中仍不无烦恼啊……”中宫这些话语恐怕有一部分还是传话的命妇擅自加添上去的吧。光源氏终于耐不住心底的悲痛，言不尽意便怏怏退出。

回到二条院府邸自己的房间里独个儿歇着，却也未尝合眼。世间诸事教人心烦，而东宫今后之事尤其使他担心。故桐壶院虽然一度也把那位母后明定为正式的监护人，而今她却不堪世间忧苦而如此这般，以后怕是不再可能保留那中宫的地位了；如果连自己也舍他而出家去……他这样地左思右想，不觉竟到了天明。遂又想道：恐怕得开始准备今后事佛所用种种物品了吧？于是催促下人在年内备妥一切。至于那位近侍的命妇也将陪同女主人出家为尼，故而对她也有细腻的问候。像这些事情，如果一五一十地详述，或有琐碎夸张之嫌，故大概有些话也就写漏了吧。不过，本来像这种场面，谅应该有许多有意思的和歌往来的，如今竟多遗漏，委实可惜。由于自己已经削发出家，心中不再有太多顾忌的缘故吧，有时源氏之君去拜访，中宫偶尔也会亲自与之应对。其实，源氏之君心底对她深深的恋情始终并没有淡去；可是，如今更属徒然无奈了。

又改新岁。[1]宫中到处举行着内宴啦，踏歌等，十分热闹。可是，

1　时光源氏二十五岁。

藤壶对这一切都已不感兴趣，她只是愈觉人世无常，日日勤加诵经祈祷以修来生之福而已。如此，果真感觉心中安慰些，而从前诸多烦恼的生活也似乎变成遥远的事情了。她不仅在日常念经的堂里修行，有时候更特别到新近在西侧对屋之南加盖的佛堂里诵祷。年初有一日，大将之君突然来访。这里没有丝毫新年景象，殿内冷冷清清不见人影，只有几个平日亲近的下人没精打采地侍候着，显得异常沉闷。正月七日为白马节会，宫中倒是照例牵来了一匹白马，有些侍女便在那儿观看着。回想当年，公卿大臣们无不竞相来此拜贺；如今他们却都避过这里，到右大臣家里去。唉，世态冷暖，趋炎附势，这本也是人之常情，无可如何啊。可是，源氏之君竟在这个当儿独来此地，真所谓有心之人一人堪敌千人，看着他诚意来访，侍女们无不深深感动，喜极而泣。

这位客人似乎也心中正有无限感慨，他环视四周，暂不发语。此地与往昔已颇异其趣，御帘之边啦，几帐等都改为出家人用的深蓝色，而其间露出的众女袖端也都是浅灰色或淡茶色等尼衣的服色。这样反而别有一种含蓄的女性气氛。园中池面上渐融的薄冰与岸边柳芽微吐的景色，倒是依然不忘时序推移的样子。源氏之君眺望着眼前各物，不禁低吟“渔人居兮……”[1]之句，他的风姿依旧十分风雅。

有渔人兮居海滨，
　常刈海草松浦岛，
　　泪共盐渍兮为湿巾。[2]

1　句出《后撰集·杂一》，和歌。日语“渔人”音同“尼”，源氏盖引此和歌取其双关之音义也。

2　源氏因所吟古歌，又作此和歌。“渔人”仍为“尼”之代语。盖以藤壶今已出家为尼，故以渔人生活拟其今日起居，而谓己心悲悼也。

此地本非宽敞，如今又将大部分空间用来奉佛，故人儿就在近旁吧。

松浦岛兮异往日，
　荒凉空寂少人踪，
　　难得浪潮兮肯留迹。[1]

她的声音居然隐约可闻。源氏之君一时间抑制不住，不禁簌簌落泪。他怕让皈依佛门的众尼瞧见难为情，遂三言两语匆匆辞出。“嗳嗳，可真是年纪越大越出类拔萃，无与伦比啊！想当年他无忧无虑天之骄子的时代，怎晓得世态人情；如今哪，瞧他一副稳重的气派，凡事能深思远虑的样子，教人看着反而心疼呢。”那些年老的侍女忍不住地一边流着眼泪一边对他赞不绝口。谅中宫之君本人对他也正有不尽的回忆吧。

　　虽然春季任秩的时分已到来，可是三条宫里的这些人却无一人得应赐之官职。依一般惯例，中宫之君在受年俸之时，也应有名义上的晋爵才对；可是，今年上面却一无表示。这也就难怪有人感叹不平了。虽云出家，但这并不意味着中宫的地位也自然取消，或应当停止封邑；可是，当权者竟以其皈佛入道为借口而对她的待遇多所改变。中宫本身虽然早已看破世事，可是见下人们慨叹不平的样子，心中有时也不免不大愉快；不过，如今她倒是不在乎一己之事，但求爱儿能平安无恙，于愿足矣，故而更加勤行事佛了。而且，她心底始终有一桩不为人所知的不安与恐惧，思之每觉罪孽深重，因此除了虔诚祈祷求菩萨赦罪之外，凡事总是尽量忍让。大将之君对她的心意亦有所察

1　藤壶此答歌乃沿源氏前歌而作。以松浦岛自喻其居，以浪潮喻源氏。谓如今众人皆弃己而他往，未料源氏竟肯关怀过访也。

觉，所以也十分同情。其实，他自己的家这方面，现今也正遭受着相似的待遇，此一时彼一时，大异往昔了，因而他本身对世态炎凉亦颇有感慨，常是郁郁不得志地困居家中。至于左大臣呢，他亲眼看见公私两方面都已大异其趣的现状，心中甚为不快，因此呈上了致仕表。皇上却以先父在世之时再三嘱咐过，应视这位老臣为国家柱石，千万不可怠慢，所以未予接受。不过，左大臣去意甚坚，不肯收回原表，自此竟亦隐居家中。而今只有右大臣一族权倾当世，享受着无比的荣华，国之重镇的左大臣反倒如此引退起来，这情形教皇上不得不担忧，而世间有心人亦莫不私下悲叹着。

左大臣诸子本皆是品德优良，甚受世人器重的。他们一向生活在无忧无虑之中；可是现在一切也都已改变，个个垂头丧气，连三位中将也显得郁闷异常。他与原配夫人——右大臣的四小姐虽然仍保持着若断若续的关系，但是，右大臣方面却责其待女冷淡，而不再承认他做女婿了。大概是为着表示惩罚的意思吧，这次春季任秩，也故意点漏了他。不过，中将本人倒像是不怎么介怀的样子。他想：现今时势，连大将之君都不免于那样引退，更何况像自己这种人呢！于是，时常走访光源氏，互相切磋琢磨学问，也一同游戏作乐。他们俩从前即对于凡事每好竞争，如今依旧经常互争短长。光源氏既然已不再勤于公事，为着打发居家之无聊，除了春秋二季的诵经[1]之外，又时时于家中举行法会。有时也邀请闲暇的博士们来吟诗，或做猜韵游戏[2]等消遣，即使这些事情，世人恐怕都要大肆渲染而议论纷纷的吧。

有一个夏雨连绵教人困倦的日子，中将之君带了许多诗集来访光

1 当时宫中于春二月及秋八月各举行转诵《大般若经》之仪式。此盖系源氏仿之于私邸也。

2 故隐古诗韵脚，互猜其字之游戏。

源氏。源氏之君亦令人敞开书房，从难得开启的书柜中选出一些极珍贵有来由的古本。又特令人秘密招请许多此道高手。他把那些应邀而来的公卿大臣和大学之士分组成左右二方。胜负的赌品十分名贵。随着猜韵游戏之进行，韵字愈形难猜，连那些素负名望的博士都难免犹豫不决起来，而源氏之君却时时能在一旁出主意，真教人钦佩至极。"怎么能如此才德兼备于一身呀？大概是前世注定要他出人头地的吧。"人人都这样夸奖他。右方终于败输，所以两天之后由中将宴飨胜方。宴会故意避免过分铺张，食物盛装在雅致的桧木薄片制筒中，赌物也各形各色，名目繁多。今日又依例邀请许多人来赋诗作乐。阶下的蔷薇渐开，比起春秋花季更饶趣味，所以大家能更开怀畅游。中将有子今年始仕殿上，年纪大约七八岁吧，他正美妙地吹起笙来。源氏之君见他如此可爱，忍不住也参与合奏。这位少年乃是右大臣四小姐所生的次子。由于他是大臣的外孙，后台坚实，故而世人都不得不对之另眼相待，而他本身也生就才气不凡，容貌十分端丽。日暮酒阑时分，他高歌一曲催马乐《高砂》以娱众宾，歌声动听，模样儿可爱。大将之君遂脱下自己所穿的衣裳披挂在少年身上。他今日喝得较平日为多，脸色泛红，却愈形美丽，轻罗之上只披着单层的外褂，温润的肌肤隐约可见，年老的博士们在较远处拜见这位玉人，不禁都感叹而落泪。中将之君在《高砂》之曲的终阕"百合初绽清且艳"句之后，劝酒于光源氏道：

百合花兮清且艳，
　冷艳清丽人拟花，
　　人花竞妍兮觑不厌。

源氏之君含笑接过酒杯。

“百合花兮绽非时，
　骤遇夏雨色衰矣，
　　残瓣凋萎兮不堪窥。

我也衰老了呀！”他尽在那儿戏谑浪笑。中将之君看不顺眼，故又强灌了些酒。此类戏作颇有许多，不过这种嬉戏之歌大多无甚可观，也不值得一一记述，从前贯之已有诫语，[1]故此处从略。总之，大伙儿赋诗写文，无非皆在赞颂这位公子。而他自己也得意地吟起“文王之子，武王之弟”，[2]这倒是真正恰如其分哩。不过，底下该自称成王之何许人呢？恐怕这一点是不易明言的吧。兵部卿之宫也时常与他来往。这一位在音乐方面的造诣极深，故而他们的交游是相当风雅的。

近日来尚侍之君正返归故里住着。由于染患疟疾甚久，故有意在家里祈祷养病什么的安心住一阵子。许是祷告奏效的吧？疾病果然痊愈，人人正庆幸着；没想到，大概是机会难得，她和光源氏二人竟互约时间，夜夜私下幽会起来。女的正值盛年，她那原本丰腴艳丽的体态因久病初愈而略显消瘦，却反而更形可爱。这时期，皇太后也同时返归故里住着，所以颇多不便之处；不过，他偏是越有困难越热衷的个性，所以二人继续暗中幽会着。周围的人或有几个察知此事的，可是大家怕惹事端，所以也无人敢告晓太后。当然啦，右大臣也被蒙在鼓里。有一天黎明时分，大雨骤降，雷声阗阗，震耳欲聋。殿里上下，那些公子啦，太后的近侍们都吓得到处乱窜，侍女们则颤抖着聚成一堆，都躲到房间来。害源氏之君苦于无机逃脱，三迁四延之间，

1　此盖人名，典故出处未详。
2　《史记·鲁周公世家》：“周公戒伯禽曰：‘我文王之子，武王之弟，成王之叔父，我于天下亦不贱矣。’”源氏吟此盖以周公自喻，而以文王喻亡父故桐壶院，武王喻其异母兄朱雀院，然则成王当喻东宫，但东宫实为与其继母藤壶之私生子，虽自称叔父，故后文嘲之。

天已大明。卧榻帷帐之外仍有人群麇集，真是糟糕！有两个详知内情的侍女也在那儿焦急万分，不知所措。有顷，雷声已停，雨势渐弱。右大臣关怀女儿，先去探看皇太后那边，再到这边来，胧月夜却因雨声扰听，竟未察觉，致令父亲径入内里。右大臣掀开帘帐关切慰问："昨晚可曾受惊了未？天气真是糟透了！我心里惦着，却没能来看你。你哥哥中将和宫之亮昨晚恐怕都在宫里头吧。"他话说得太快，听来有些轻率之感。光源氏虽在这种窘迫之际，心中仍不禁以此人与左大臣相较而口角泛起笑意来。嗳嗳，也未免太性急了吧？这种话等进入里面再讲还来得及的嘛！

尚侍之君大感狼狈，不得已而徐徐挪出身体。她的脸色涨得绯红。做父亲的以为女儿病体未愈，故而说道："你脸色怎么啦？病魔是极难驱逐，恐怕太早停止祈祷的缘故吧？"这时他发现女儿衣裳上面缠着一条淡蓝灰色的男用带子，心觉有异，又见几帐下散落着有字迹的怀纸。"咦？那是谁写的呀？像是没见惯的呢。拿来给我看看，我去替你查一查是谁的笔迹。"女的大吃一惊，回头看见床榻几帐下遗落的纸张，始知无法隐瞒，也无从应对，正不知所措地犹豫着。本来嘛，这种场合，若是稍具深度的人，定不忍心教女儿困窘，应当客气些才对；可是这位右大臣呀，平素就是这副性急的样子，没有一点儿度量，所以他顾不得一切，抓起那沓纸便探首窥看几帐里面。果然，有个衣冠不整的男人不成体统地卧在那儿！他正别过头去，不愿给人认出脸来。右大臣不看则已，一见此光景，不禁火冒三丈，心中又气又懊恼，却也不便当场发作，只觉得眼前顿黑。最后，只好将那沓纸携回寝殿。右大臣离去后，尚侍之君羞愧欲死。大将之君内心也忧急如焚。想到这一切恐怕都是自己平日无聊的举止累积，终难免肇此大祸，将来不知如何受世人非难哩。可是，见眼前这位女性悲痛的样子，又不得不暂忘自己的处境，百般温柔地劝慰她。

右大臣原本生就一副急躁的天性，什么话也藏不住心底的，加以年老怪僻，更无法容忍半点儿事情，所以他毫不考虑地将此事详告太后。“发生了如此这般之事。这怀纸上的笔迹无疑是右大将的。从前，由于咱们不小心，才发生了那种事情。[1]当时瞧得起他，想招他做女婿，没想到人家还相应不理，教我们丢尽了脸。那时候虽然心有不甘，倒也认了命，只希望皇上不致嫌弃我们家小姐不干净，才这样把她送进宫里去。可是，至今皇上都不教她晋升女御，看来多少还是这个缘故吧。我每一念起这事，心中便老大不愉快；而今偏偏又发生这等事情，真教人生气！好色虽是男人常性，可这个大将也未免太过分了。听说他和斋院也有什么纠葛，二人之间还时常有情书来往哩。他这种态度不仅影响世风，对他本人来说也不好。如今，天下的人都尊他做第一贤者，自己多少总该自爱才对。真是做梦也没有疑心他竟然会做出这种事情来。”太后对光源氏本来就怀恨于心的，听此番话之后更是愤怒盈胸。“皇上只是空有其名而已，从来就没有人重视他过。连那如今已致仕的左大臣当年都不肯把他的掌上明珠许配给做哥哥的东宫为夫人，却反而在他弟弟源氏元服之时许嫁了他呢。至于我们这位小姐呢，本来是准备要让她进宫的，却教这人给糟蹋了，可是当时有人说过他一句话没有？大家还不是都护着他！后来人家不要了，才不得已入了宫。说来，也真可怜，总想能够让她在宫里出人头地，也好让那可恶的人看看颜色……唉，真没料到连她自己都这么没出息，还要这样地对他倾心相爱呢！可见得斋院那边的事情也绝不止于谣传而已。也难怪这个人所作所为都在威胁着皇上，他恐怕真巴不得快些到东宫的朝代哩！”她滔滔不绝地一口气说出来。这样反倒教右大臣有些过意不去了。他开始后悔自己方才何以说了那些重话，于是连忙

1　谓光源氏过去与其六女月下相遇幽会之情事。

又道："这种事情恐怕暂时不要张扬出去才好。你也别对皇上提起。你妹妹大概是仗着皇上还不至于为此而对自己如何，故而胆敢如此的吧。日后你好好儿教训教训她；若其不听从，我再负一切责任好了。"但是，皇太后的气未见得消除。那源氏明知自己也住同一所殿里，且戒备森严的，竟然胆敢冒险入内和妹妹幽会，这岂非证明他故意在蔑视自己吗！这么一想，她便越发恼火起来。这种时候，若能巧妙计划，定能奏效；她心里遂有了某种阴谋也未可知。

第十一帖

花散里

对光源氏而言，怜花惜草自寻烦恼之癖好虽是由来已久，但近来世态日变，事情也愈形复杂，更使他觉得厌腻乏味了；不过，若要真的看破红尘皈依佛门，则又诸多羁绊，未便骤下决心。故桐壶院的未亡人之一丽景殿女御未曾生育，桐壶院驾崩后，她形单影孤，生活颇有些困难，生计全赖这位大将之君在照拂着。这位丽景殿有妹称为三之君者，与光源氏在宫中曾有过一夕之缘；依他的个性，这种事情总难忘怀的，可是却也没有什么进一步的表示，所以害得对方焦急万分；但是因为他最近阅世较多，难免凡事多所顾虑，于是这位女性的事情也就自然涌上了心头，结果竟然思念之情陡增，故而挑了一个梅雨骤晴的日子过访。

这次故意便服微行，既少侍从，也不行警跸，以免引人注意。来到中川附近，忽闻筝与和琴合奏的优雅曲调从林荫深处的房屋里传出，像是有人正弹奏得兴致浓烈呢。源氏之君听得此乐声，忍不住从车子里伸出头来探望。房屋就在离门垣不甚远处。和风送来高大桂树的嫩叶芳香，令人想起葵之祭时分的情景。[1]这一带饶有情趣，似十分熟悉。哦，原来是曾经来过一次的地方嘛！他终于记起来，遂忽感兴致。久未相访，不知对方可还记得否？心中正踌躇犹豫之际，“子规犹有劝啼声”[2]，正巧有子规啼鸣飞过，好似在怂恿他进去访问，于是下了决心，将车靠妥，照例又遣惟光入内通报。

不如归兮不如归，
　子规频啼何忍去，
　　墙垣依旧兮情痴迷。[3]

在那看似寝殿的西端有一些侍女正闲聊着。都是些熟悉的声音，故而惟光干咳两声，便乃递进主上的和歌。内里像是有许多年轻的女性，尽在那儿讶异谁人来访。

子规声兮虽依旧，
　无奈晦暗梅雨天
　　遂难分辨兮难查究。[4]

惟光见对方故示冷淡，有意端架子，遂亦还以颜色道：“算啦，算啦，‘花散垣改致误访’[5]。”见惟光既已离去，女方内心不无遗憾与失望。

---

1 葵之祭时，以葵叶悬于桂枝，作为帘幕或冠之装饰，故云。
2 句出《古今集》和歌。
3 源氏之歌。谓：闻子规劝归，遂不忍离去。墙垣未改旧日情景，而己亦痴情依然也。
4 女方答歌。以子规喻光源氏，谓：分明歌词拟似其人，奈不解何以今日突来访问。梅雨天云云犹讽刺其“什么风吹来”也。
5 此盖引用古和歌歌句，未详其典故出处。

不过，人家既已有了别的情人，对于这种事情总得要有个分寸，这也是理所当然的，故而也难怪了。遇着这种身份的对象时，源氏之君总会第一个想到那位筑紫五节的舞姬[1]，她才是真正惹人怜爱的。唉，总之，不论怎样的对象，他的心永远是这般为情操劳着，没有一刻休停之时。他便是生就这种脾性，哪怕是只有一面之缘的女性，往往也会在心头经年难忘；就因为如此，所以相对地也会惹得处处有人对他一往情深哩。

来到了原先的目的地。果如所料，这儿门可罗雀，静悄悄一无声响，颇为寂寞可怜。源氏之君先赴为姊的女御处，稍事闲谈之间，天已暗下。二十夜晚的月光初射，高大的树木下愈增阴暗，檐边的橘木散发出难忘的芳香。女御虽已不再年轻，却一向优雅有致，令人钦慕。故桐壶院在世时，这位妇人虽未必是最得宠的，却仍是他心目中温顺可亲的伴侣。想到这些，往昔的情景竟不断在脑海中涌现，遂悲从中来，抑不住的泪水簌簌而下。子规在啼鸣。是方才在短墙处遇到的那一只吗？听来颇像是同样的声音，难道鸟儿在心，追随自己到此处来了吗？他这样的想法可真个是风流多情啊。“子规焉知劝啼鸣。”[2]他私自低吟起来。

“橘飘香兮诱子规，
　众花渐散故里寂，
　　满园余芳兮有谁知？[3]

1　太宰大贰（官衔）之女，将复见于后文“须磨”帖中。

2　句出《古今六帖·五》和歌。

3　源氏此歌为即景咏怀，以子规喻己，以花散之故里（本帖题目即用此，本帖女角亦沿用此绰号）喻先父亡后寂寞之丽景殿。今昔之感慨溢乎词表。

追怀往日，只有到这里来求取安慰了。啊，这样子坐着，真能暂忘现实的悲伤，却也禁不住教人想起过去的种种。人都是趋炎附势，顺从时流的，如今连找个闲谈往事的人都不容易了。何况您这样独个儿住着，更不知有多寂寥难耐啊。”虽然这些事情说也无用，不过，瞧他那种忧思满怀的模样儿，却真教人心酸。其所以然者，正足以显示这一位的品格感人之处吧。

荒宅寂兮正惆怅，
幸有橘树传芬芳，
犹得诱君兮来相访。

女御只是轻描淡写地咏成一首歌，可是人品气质自异于其他女性。光源氏私下这么思量比较着。

至于此园西侧屋里的人儿[1]那边，他装作顺道过访的样子，悄悄走过去，贴近门边窥伺内里。源氏之君的突然来访，真是令人喜出望外的事情，何况他那光芒四射的风姿更是教人着迷，因此女方恐怕也忘了平日的怨恨吧？何况他那细腻的情话听来也不像是全然言不由衷呢。事实上，源氏之君所交往的妇女们各有千秋，都是颇不平凡的。他能欣赏每个人的长处；而对方也总是对他一往情深，因而多数能互相保持美好的情谊。当然啦，其中也有些不耐久候空待而借故离去的。他对此倒也认为系人情之常，而并未有责备之意。例如方才所提到的那位短墙里的女性，便是由于这种缘故而变心的。

1 丽景殿女御之妹也，即前文“三之君”（绰号“花散里”）。

第十二帖

须　　磨

世事纷扰，烦恼愈多。光源氏表面上虽极力伪装平静，而心里却预感到可能还有更大的麻烦在后头。

须磨地方过去尚有一些住户，而今已是荒凉少人烟，据说连打鱼人家都罕见。不过，目前他可真不愿居住在繁华人多之处。只是，若真要远离都城，又怕自己难免会惦念故乡……这真教他左思右想拿不定主意。再者，思前虑后，也诸多悲伤之事。这世间原本多忧愁烦恼，但是一旦真要远行，又不无教人依依不舍之处，尤其想到西侧对屋的女主人今后将如何朝暮悲叹，度日如年，心中更觉悲悯。明知仍会再见，只消分离一二日，她都会显得那么害怕消沉，而这次出门却不同以往，虽云“相逢有期情”[1]，可是世事无常，怎知不会成为永别呢？念及此，便悲情盈怀。有时也想，索性偷偷带她一起走算了；然而，寂寞滨海之地，除了风声波响别无伴侣，实在不忍心教这么一个楚楚可人的女性到那种地方去住，也省得自己将来增添内心的负荷，

1 句出《古今集·恋二》，躬恒作和歌。

故此作罢。女方则幽幽地抱怨道：“即使是再艰险的旅行，只要能够让我随行就心满意足了。”

至于那花散里邸内的人呢，虽然源氏之君只是偶尔去探望而已，在这种困难的生活环境里，却成为她唯一的庇护依赖，故而对此次远行的消息，她自然也是极感难过的。此外，与这位人物曾经有过偶然缘分的许多女性之中，也有不少人暗自伤情吧。如今已出家的藤壶呢？虽然她担心人言可畏，将于己不利，倒也始终会暗地里差人送信过来。假如她从前也能这样表示好感的话……光源氏不禁这样遐想起来。究竟自己同这一位女性的关系纠缠会闹到怎样的地步啊！真教人心酸。他决定于三月二十日过后离开京都。没有告知任何人，便服微行，只带了七八个平素亲近的侍从而已。寄给那些曾有过从的女性的书函中，当然不免有些柔情缠绵的好文章吧？不过，由于行色匆忙，又悲情难抑，也就未便仔细留意了。

出发前两三天，曾经趁着夜色过访左大臣邸。他故意乘用粗劣的女用牛车，伪装成女性模样溜入府邸。唉，说来可怜，世态变迁至如此地步，真教人疑为梦啊。先夫人的房间显得异常荒凉。只有小少爷的乳母啦，以及从前侍奉至今的仆人知晓主上来临，大伙儿从各屋集拢来欢迎源氏之君。连那些对他并不十分熟悉的年轻侍女见了他都难免感慨世事无常而落泪。只有美丽的少爷兴奋地叫嚷着。“好久不见，竟然还记得我呢！”源氏之君爱怜地抱起孩儿，让他坐在自己腿上，心中似有难忍之情。左大臣也过来见面。“听说你近来深居简出，本想去拜访你，随便闲聊的，奈人老病多，又既然已上辞呈，朝廷方面也不去了，怕别人议论我‘私事便走动起劲’；虽说如今的我已不必多顾忌了，唉，可是世事艰险，教人害怕哩。像我活了这大把年纪，看到这些事体，才深深体会到长命之苦呢。真所谓颠倒乾坤，万万也没有料到会有这样的日子啊，怎不教人乏味厌气！”老人颓然而言。“凡事都是前世报应，归根结底，只能说是我自己前世没有积德吧。譬如像我这样，稍一犯过，虽不至于丢官失爵吧，既然已蒙谴词，而仍我行我素，恐怕在外国朝廷说来都是相当罪重的。我这回闯的祸，[1]听说还有人主张要迁逐我，可见朝廷方面必定是认为我罪大恶极了。事已如此，就算自己问心无愧，也不便再装作若无其事，为着避免更受羞辱，倒不如自己趁早离开这是是非非的圈子算了。”源氏之君仔细诉说缘由。左大臣则绵绵细述过去种种，如故桐壶院之事啦，以及他临终时对源氏之君的关怀等等，边说就边流泪，始终用衣袖覆着脸。这情景，教人如何不伤情啊。眼看着天真稚气的孩子缠着父祖二人玩耍，更觉无限心酸。“到如今都不能忘怀故去的小女，每一想及她，便不免心疼。唉，她若是活着，对这次的事情不知会怎样悲伤呢。如今她已夭折，反而不必见到这噩梦一般的事情。这倒也是差堪安慰的。只是，今后这幼小的孩子得依靠两个风烛残年的老人过日子，见不到他亲生父亲了，怎不令人为他心酸呢。也没听说古时候的人犯了罪要受这种刑罚的。这恐怕真是所谓宿命吧，外国也常有这种冤枉的例子哩。不过，这次的事情，一定是别有用意，才闹成这个样子的吧？实在教人想不通。”左大臣心底似有说不完的话。

三位中将也过来参加闲谈，斟酒交杯之间天已暗下，所以当晚便留宿左大臣府邸。照例地又召了二三侍女来陪侍，令其说故事解闷。其中一位中纳言，过去与源氏之君曾有亲密过从的，这时候许是所谓“心底哀伤未敢言”[2]吧，正含情脉脉垂头丧气。源氏之君见她如此，心中亦不禁怜恤难舍起来。夜深人静之后，乃特别留下她，与之更倾心长谈。事实上，他今宵大概就是为了这个人而留宿此处的吧。翌晨天

1　谓与胧月夜私通事。

2　句出《伊势物语》。

未大明便起身要离去。这时晓月的余晖照着满园残花，树影淡淡，饶有情致，蒙蒙的晨雾笼罩下，景色似真似幻，这暮春的清晨，比起秋夜更胜一筹。源氏之君不忍骤离，暂倚栏杆眺望着。中纳言之君想必是为了相送吧，也打开妻户侍候在一旁。“再会将是何时呢？真是不容易啊！从前不知事态会演变至此。唉，真个辜负了过去那一段可以自由相会的时光哩。”源氏之君无限感慨地说出这些话，惹得中纳言再也抑制不住悲情，竟放声哭泣起来。

左大臣夫人差遣孙儿的乳母宰相之君带了消息来。“本想亲自见面同你道别，可是悲伤之余，心绪紊乱，正等着自己宁静下来，没想到天未明你就要离去；真个与过去都不一样了啊。至少等可怜的小孩醒后再走也不迟嘛。”源氏之君忍不住地泪下。

鸟边山兮曾睹烟，
　而今将赴须磨浦，
　　犹恨渔人兮烧盐田。[1]

他这首和歌未必是作答之用的，只是私下低吟而已。于是答道：“晨晓的分别是这样教人悲苦的吗？总有人会了解我此刻的心境吧。”“其实，不论何时，‘别离’这两个字总是讨人嫌的，而今朝尤其更教人难堪啊。”宰相之君也忍不住涕零而语，悲情正亦不浅。“想说的话实在太多，而又悲哀填膺，请老夫人原谅。若再见那熟睡的爱儿，怕会教我踌躇不能发，所以只好狠心就此匆匆离去了。”众侍女依依不舍地窥伺主人出发。此时晓月将入，澄辉尤明，照现源氏之君绝俗的姿

1　鸟边山为平安时代火葬场，首句指葵夫人之死一事。须磨在海滨，渔人烧盐田亦有烟，故谓恨之也。

色，那若有所思的神情，即使鬼神虎狼见了都不能不为之感动，而况大家都是追随服侍有年的，此时此景焉能不心酸！对啦，左大臣夫人有一首答歌：

人[1]虽亡兮化云烟，
　飘浮游移京城上，
　　今君将去兮愈隔焉。

加上此类感伤，真是悲苦不堪。源氏之君走后，左大臣邸人人依旧浸淫哀痛中，哭泣不已。

回到二条院府中，这边的人昨夜似乎也没有睡好，大家三五成群地茫然呆坐，正为骤变的世界感喟着。侍从们则由于随行在即，各自回家与族人道别去的吧，下房里空无人影。平时与光源氏关系较疏远者，此时理应来慰问道别的，却怕引起有心之人[2]责难，平添无谓的麻烦，故而都未敢前来相访。昔日府前常是车水马龙，挤得水泄不通；如今却是门可罗雀，寂无人踪。唉，世态炎凉竟是这样的吗？光源氏恍然大悟。膳桌之上积尘已厚，席垫则覆盖堆积在一旁，主人未去，室内景象即已如此，更遑论去后的荒凉情况矣。

来到西侧对屋前，见格子木门未下，可知女主人彻夜未眠，必在沉思。众童侍则随便在走廊处处假寐着，见主人归来，个个连忙起身骚动。源氏之君见女童们穿着优雅整齐的侍衣出入，不禁想到她们今后将各自散去，无法再跟随自己，心中顿生悲戚之感。这些平日所见的常事，今天却一一映入眼帘，成为格外深刻的印象。“昨夜由于

1　谓其亡女也。
2　指右大臣及弘徽殿女御等人。

如此如此原因，不觉地天黑，只好留宿在那边。你可曾以为我又有了什么料想不到的艳遇吗？我何尝不想趁现在身在京都期间多多陪伴你呢；可是，即将离此而去，自然难免有一些事情牵挂的，所以也就不可能老守在家里。再者，我又不愿意教世间人士看作寡情的人而疏远呢。”他如此辩解道。“您说料想不到的事情。唉，还有什么事情比遇上这样的命运更料想不到的呢！”紫夫人只回答这么两句话，便默默不语。她比任何人都显得更为消沉。也真是难怪啊！她和生父的关系原本不亲密，所依恃的只有光源氏一人而已，加上近来世事扰扰，她父亲也怕惹上麻烦，故而更加疏远，既无音讯，也未见来探访慰问。这样名存实亡的父女关系，教人知悉多不好意思，索性当时不再来往就好了。又传闻继母曾对人冷言冷语：“咳，好不容易交了好运，马上又都完了。真教人寒心哪！那孩子命中注定会克害亲人的吧。”这种话语真伤人心，故此也就懒得和娘家人来往了。可是，她又实在别无亲人可依赖，委实孤单寂寞。“今后若是永远不蒙赦免，则无论我住什么山岩土穴，都一定来相迎。现今状况之下，人言可畏。照理说，受朝廷咎罚者，即使日月之光都应该躲避，更如何敢随便行动呢？这是罪过的啊！我虽自恃无过，但是事既如此，定是因果报应。更没有听说这种时候还带着所爱的人走的。如今世态狂乱，怕会再遭受更大的灾难也未可知。”他仔细分析道理给紫夫人听。

日上三竿，仍守在寝房里。帅宫啦[1]，三位中将等来访，故而召人侍候穿衣。“如今已是没有官位的人了。”他自言自语，遂令取来素色无纹之外袍。这一身朴素无华的衣着反而衬托出他那优雅可亲的气质来，真是好看。面向镜台，镜中略微清癯的面庞更增几许高贵的气氛，他顾影自怜道：“哎呀，瘦了许多啊。真的像这镜子里的影子那样

1 光源之同父异母弟也。即后日之萤兵部卿宫。

瘦削了吗？真教人伤心。”紫夫人正满眶热泪注视他。源氏之君见她如此，不禁心疼起来。

将流浪兮去京城，
　吾身孤单虽堪叹，
　　愿留镜影兮长伴卿。

他不觉地咏成一首和歌。

生别离兮总苦悲，
　镜若有情留君影，
　　对此聊堪兮慰相思。

低声吟咏，犹如自言自语般。那种躲在柱后偷拭粉泪的模样儿真值得爱怜。光源氏深深体会到这一位女性的优美，在自己所认识的情人之中，可算得非凡的啊。帅宫的话题也总离不开悲伤，他和源氏之君直谈到日暮时分始离去。

花散里的那位[1]近来愈觉孤单寂寞，所以也难怪她至今时时致函于源氏之君。若不再谋见一面便骤然离去，恐将惹她怨怼，故而当晚又要出门。不过，另一方面也舍不得放下紫夫人一个人，因此犹豫良久，夜深之后才出发。“想不到这种时候您竟然还想到我。”丽景殿女御内心之欣喜不可言喻。可怜，这些时日以来，她的生活更形寂寞，如今源氏之君可说是她的唯一依赖，从今而后，这地方岂非将愈为荒凉吗？殿内到处寂无声响。月影朦胧，宽广的池面啦，阴暗的假山等

1　谓丽景殿女御之妹也。即“花散里”（详前帖）。

处，显得异常寂静。眼前此景，不由得令人想象日后远离尘世的隐居生活来。

西侧屋里这位女性没有想到源氏之君会来访，她正在暗淡的月光下呆坐沉思着。忽地嗅到熟悉的衣香飘来，而心上思念的人竟悄悄进入室内来，于是，她挪出身子装作赏月的样子。情话绵绵之间，已到近晓时间。“啊，夜何其短促！想到这种见面的机会以后可能都不会再有了，真后悔过去没有好好把握时光及时行乐呢。我这一辈子无论过去与未来总是容易让世人议论，所以从来都没有心境轻松过。”光源氏讲起这些过去的种种，有无限感慨。鸡鸣频闻，人言可畏，故而匆匆起身欲离去。依旧又是晓月将沉时分的别离，所以格外令人感伤。淡淡的月光照在女的深紫色衣裳上，真所谓“月亦有情濡吾袖”[1]，于是她随口咏成一首和歌：

袖虽狭兮月影寓，
光华皎洁目难移，
愿得澄辉兮永留驻。[2]

源氏之君不忍见她如此消沉，他自己内心虽正亦悲苦逾恒，却强自振作来安慰。

“月暂隐兮光华消，
阴晴圆缺寻常事，
重待澄辉兮见汉宵。

---

1 句出《古今集·恋五》，伊势作和歌。

2 花散里表留恋之歌也。以狭袖喻己（谦词），月光则喻源氏。

细想来，人生本多无可奈何之事，只是‘泪珠无心沿颊流’[1]，教人心头上蒙暗影哩。”遂趁天未大亮便离去。

行期在即，许多事情需要准备。乃特召集忠心的仆役来吩咐别后二条院邸上下粗细诸事务。随从人员则另有人选。至于将来隐居处的日用物品则尽量减少至最低程度，且以朴质为旨。除此之外，则只有装置各种书籍，例如《白氏文集》等的箱子，以及琴一具而已。一切豪华的家具用器与奢侈的华衣都不在携带之列。这情景，直似那村夫樵民的旅行一般。留下来的仆役及其他种种事宜，包括所领之庄园、牧场及其余各处之所有权状等，悉交与西侧对屋之女主人。他如仓库及储藏财物之纳殿，则由忠实可靠的少纳言主司，另派亲信之舍人佐理。那些侍候源氏之君身边琐事的中务和中将等人之中，平时难免也有人对主上之冷落自己怨怼的，可是能够随侍左右的时候毕竟还差堪安慰；今后她们真不知何以为生啊！对于这些人，源氏之君又吩咐道："我或许还得活着回到京城来，愿意等我回家的人，请留此继续侍候西侧对屋吧。”于是，上下众侍女都转侍女主人去了。人人都得到主人赏赐之纪念品。爱儿之乳母及花散里那边的人也各得寓意深刻的礼物且不说，甚至更有许多日用品等，颇见其用心之细腻。

尚侍之君那里呢？自然也想尽办法遣信过去。“竟如此吝于赐函慰问哪。这倒也不能怪你，只是，如今离京在即，内心真有无比烦恼悲酸呢。

相逢难矣泪潸潸，
　汇成泪川身沉没，
　　从此漂流兮向何湾。

---

1 句出《后撰集·离别》，源济作和歌。

往事难忘，恐是咎由自取吧。”这种信函万一在途中给人截取，也十分危险，所以未敢写得太详细。女方展信阅读后，亦悲从中来，虽极力忍耐，毕竟袖端尽湿了。

泪河泛兮湍濑急，
妾亦沉浮任漂流，
后会之期兮恐难舍。

泣涕而书的乱笔正见其真情，极为动人。不见最后一面就此别离，实在于心不忍，也十分遗憾，不过考虑再三，觉得对方身边既有厌嫌自己的人，而她本人也多所顾忌，所以也未便勉强。

出发前夕，特赴北山亡父墓陵拜辞。时近傍晚，初月将现，乃先行过访皈佛之藤壶宫处。特令人安置客席于座前帘外近处，并且隔帘与之亲自恳谈，言中屡及于年幼东宫之事，似有无限挂虑。他们二人都有满怀心事，谅所谈内容必多感伤。藤壶宫的优雅高贵一如往日，光源氏本来对她过去种种冷漠颇想借机示怨怼，然而，如今一切都已属徒然多余；又恐添加自己心底的烦恼，因而强抑情感，只道：“我自己蒙受如此意外的罚咎，想必是冥冥之中过去那件事情的因果报应，这真不由得教人惶恐不安。我此身原不足为惜，但愿东宫将来平安无事，便心满意足了。”他说这话自有道理，藤壶内心当然十分明白，故正亦衷情感慨激动，别无他言。大将之君思前虑后，万感交集，不禁哭泣起来。而他那哭泣的模样儿却更饶凄艳之美。“我这就上山去拜别先父，您可有什么话交代的吗？”藤壶方面一时间也悲痛得说不出话来，似正强自抑制着。

亡者已矣生者悲，

生离死别多恨事，
空门犹泣兮枉为尼。

由于心中思绪纷乱，二人都未能畅所欲言。

顿失父兮已堪悲，
复遭迁谪倍增痛，
世间忧苦兮无休期。

待月出之后，始告辞出发赴北山。随从者仅五六人，尽选平日亲信之下人，皆以马代步。虽是说也徒然，唉，可真个今非昔比啊！人人心中沉重异常，就中有一位右近将监藏人者，斋院御禊之日曾奉御旨出任为特别随侍的，此度朝廷叙爵，竟榜上无名，终遭除籍免官，故亦参加源氏之君此行列之中。途经下贺茂神社时，不由得想起当日情景，乃下马去牵引源氏之君的乘马。

曾追随兮贺茂祭，
葵叶盛饰忆游行，
重见瑞垣兮不忍睇。[1]

语调极悲伤，不知此人心中正有多少感慨呢！回忆当日盛况，源氏之君亦不禁为之怜悯心生。于是，他自己也下马遥望神社合掌膜拜，向神明虔诚辞行。

1 藏人之歌。瑞垣谓贺茂神社之墙垣也。

繁华世兮而今别，
　是非曲直身后名，
　　任由神祇兮来裁决。

右近将监本是多愁善感的年轻人，见主上如此情形，深受感动，钦佩之情遂陡增。

光源氏来到北山墓陵。先父生前的种种历历如在眼前。一个人生前即使享有无上荣华富贵，亡后也只有留下无限憾恨而已！他虽对着墓陵哭诉满怀委屈，如今又能听到什么答复与安慰呢？回想亡父临终时费心的遗言，如今又消失于何方啊？这一切，说也无用了！墓前陵道野草丛生，愈入愈觉露重。此时月隐云间，林木苍郁，景象凄惨。光源氏合十膜拜着，内心正忧虑不知如何寻觅归途，蓦地瞥见先父在世时之影像，不禁毛骨悚然。

何所见兮何所思？
　灵影偃蹇丛草里，
　　月为不忍兮云间窥。

黎明时分才踏上归途。遂即禀报东宫。自藤壶皈依佛门后，王命妇便代侍在侧，故托其转告："今日决计离都出发。未能再见一面，诚为一大遗憾。东宫尊前请代为致意。

衔泪别兮断眷恋，
　世人嫌我如村夫，
　　京城春花兮得重见？"

遂令人折取花朵渐凋的樱枝，将信附上。王命妇呈上信函与樱枝道：“您看这封信。”东宫幼小的心灵似亦渐解事，他认真地聆听内容。“怎么答复好呢？”“告诉他：几日不见都教人思念的；今后果真去了远方，不知会有多寂寞呢……”毕竟东宫尚幼，不明真相，不知事态之严重啊，命妇不由得感到心酸。回想往日源氏之君苦恋心碎的私情，过去种种有如在眼前。源氏之君和藤壶之宫他们二人原本可以各享幸福的人生，偏偏自求苦果，乃有今日。唉，这一切都怪自己当时浅薄，为什么给他们安排了那些机会呢！如今真是悔之晚矣。命妇乃代东宫答复：“抱歉至极。大函已呈上。东宫似极伤心失望，令人心疼。”寥寥几个字，言不尽意，许是心绪紊乱所致。

“樱花凋兮春去矣，
花开花谢虽添忧，
珍重再会兮为探蕊。

但盼那时节快快来临！”命妇又如此追加。殿内充满一片悲哀的气氛，大家纷纷谈论着伤心的事情，人人吞声饮泣。只要见过源氏之君一面的人，看到他此时颓废的神情，莫不为之悲酸遗憾。而况平常侍候过他的人呢？就连那些奴婢啦，打杂的粗工等都无不蒙受过恩惠，即使是短期不得拜见玉颜，已足堪教人悲叹。世间一般人士对此事件又如何能不惋惜呀。自从七岁以来，他日夜追随先帝左右，言无不上，因此蒙其庇荫而铭肌镂骨者不知凡几。即使地位高贵的公卿达官之中，此类人士亦颇不少，至如等而下之者间，则更是数不胜数哩。不过，尽管人人对他感铭于心，如今却由于时势演变，多所顾忌，竟致无人敢于亲近。举世悲悯，大家心底都讥恨朝廷权贵；然而，即使奋不顾身去探访他或安慰他又有何用？世态炎凉，而今已深深体会，这使光源氏更深地感慨浮生乏味了。

此日，光源氏与紫夫人亲密厮守谈心，夜深时分始出发。旅装及携带用品特选简陋者。“月亮出来了呢。到这边来吧。至少得送送我呀。今后，不知会有多少相思情郁积心头呢。唉，过去偶尔有一天两天不见都教人难忍的……”源氏之君卷起帘端向里招呼。女的正含悲凝睇，犹豫顷刻，徐徐挪移出前来。月光照射之下，丽姿耀人眼目。如果就此一去不返，不知她将怎样漂泊无依哪。光源氏心中满溢哀情，可是，女方亦已悲酸莫奈，所以也未敢再予刺激，乃故作潇洒道：

“曾约契兮长相厮，
　信誓旦旦犹在耳，
　　世事难卜兮竟生离。

无可奈何啊。”

妾薄命兮不足惜，
　愿将寿命抵光阴，
　　常驻此刻兮莫相迫。

见她真情流露，更不忍心留下她独去了。不过，再迁延下去，天大亮后，恐怕别人看见不妙，遂不得不毅然首途。

一路上，紫夫人的临别倩影始终不离脑际，令人悲伤愈深。怀着凝重的心情，登上船只。这是昼长的季节，加以顺风而驶，故申时左右便已到达须磨之浦。在光源氏过去的经验里，无论登山旅游都未尝有过类此之举，故而他心中悲喜交集，对四周风物十分好奇。昔日所谓大江殿[1]，如今已荒废，仅余松林供人瞻仰。

昔唐国兮有屈原，
　以遭谗言遂流放，
　　吾今漂泊兮亦衔冤。

静观波浪往返海滩，他低吟出“羡水波兮去有返”[2]这首古歌来。虽然这是人人耳熟能详的歌，此时此地听来却格外感人，随侍众人莫不悲从中来。回望走过的重重山峦，正在氤氲烟霞之中，真有所谓“三千里外远行人”[3]之感，但是，虽然“泪滴如浆露”[4]，亦已无可如何啊。

云雾阻兮故乡邈，
　魂牵梦系两地情，
　　伊人岂盼兮在天表？

眼前景物无一不诱人悲伤。

光源氏的新居所乃在中纳言行平那寂寥的“海藻伴盐水”[5]的住所附近。离海岸稍远，在荒凉的山中。那墙垣啦，茅屋啦，葺苇的走廊等，都是前所未见的。这种质朴的房屋正与寂静的环境相称，倒是别有风味，若非处于今日逆境，怕会引起他的兴趣也未可知。于是，源氏之君不觉地又想起了往日种种风流事迹来。可怜，如今他得招来

1　斋宫自伊势返京都道中，于难波（即今之大阪）举行祭事，其住宿处称大江殿。
2　句出《后撰集·羁旅》，业平作和歌。前和歌中，“唐国”乃指中国而言。
3　白居易《冬至宿杨梅馆》诗：“十一月中长至夜，三千里外远行人。若为独宿杨梅馆，冷枕单床一病身。”
4　句出《古今集·杂上》，无名氏作和歌。
5　句出《古今集·杂下》，行平作和歌。

附近领地的各管理人，任命良清朝臣为家司来主持一切大小粗细诸事务。未几，这滨海的荒屋居然大为改观，变成颇饶情致的住所。庭园中引入流泉，又多栽植树木。待诸事告一段落，浏览四周，感慨真不少，犹有置身梦境之感。此地郡守本是源氏之君的昔日部属，故而凡事总是特别费心照料，多予方便，因此倒也不像一般旅居生活之乏味，出入往来的人也还不少；只是究竟少了可以推心置腹的知己，所以有如来到陌生的国度似的，觉得怏怏不乐。想到今后日子如何打发是好，不免更加发愁。

身边琐事逐渐安排停妥，正逢雨季到来。光源氏无聊之余，不禁驰念京城。可眷恋的人实多，就中，二条院邸的女主人临别时悲怨的模样啦，东宫的前途啦，左大臣邸里稚儿天真玩耍的情景等，还有其他认识诸人，都一一浮现脑海。遂差人送信于京城各方之人。给二条院的紫夫人及皈道的藤壶修函之际，最是感慨无限，不知几度掷笔拭泪。致皈道之宫的信如下：

"海风拂兮须磨浦，
有人独居泪沾衫，
可曾相待兮尼之庑？[1]

伤心之事终是难免，近来却格外感觉往事如梦，前途茫茫，真所谓'思君泪下似流涌'[2]也。"那位尚侍之君处，又得依例伪装驰函其侍女中纳言，实则秘密托附情书于中："每一思及过去虚掷的光阴，衷心难免遗憾惋惜。

---

1 原和歌字句多取音义双关，无法译为中文，此径取其意。源氏谓己独居须磨之浦滨，终日悲伤流泪，皈佛为尼之藤壶可曾等待思念耶？

2 句出《古今六帖·四》，贯之作和歌。

情所钟兮未敢忘，

　刻骨铭心遂多憾，

　　卿知海人兮遥盼望！[1]”

他这样细腻致函示情意，心境如何可以想见。此外又另修书与左大臣邸，其中特别嘱咐乳母，令细心照料爱儿。

书信到来，京城方面处处有人展信感伤。二条院的女主人自夫君别后，恋慕焦虑之余竟病倒，害那些侍候身边的侍女们急得团团转，不知所措。源氏之君平素惯用的器物啦，常弹奏的乐器啦，衣裳上余留的薰香等，在在都教她产生人已亡故的错觉。这情景，愈想愈不吉利。紫夫人的乳母少纳言只得乞求北山之僧都祈祷庇佑。高僧遂应邀特为女主人之康复及男方之灾难许愿修法，又虔诚祷告二人将来得以团圆。不久，二条院方面开始准备旅居寝具用品，送往须磨。为夫君挑选平织无纹的外褂及布袴时，回想他一向都是衣着考究的人，而今以贬谪之身份，不得不穿得如此简陋，女主人的心确实哀痛难忍。回想那吟咏“愿留影兮”云云的影像犹历历如在眼前，而事实上，人已隔万重山，又可奈何！往日他经常进出的房间啦，还有那几根他时常依靠的桧木柱子等，无一不教她睹物思人，触景生情，而满怀辛酸。这情景，即使是曾经风波、历尽沧桑的中年人都难以忍受，何况对于年轻的紫夫人言之，源氏之君是她从小视作父母般亲近倚赖的人，如今骤别，也真难怪她这般苦苦思恋呢。如若索性人已亡故，则悲痛亦无济于事，倒或能随时光流逝而淡忘了吧；可是，偏又明知道居处之所，只是相见无期，所以才格外煎熬人的呀。

1　此和歌与致藤壶者同为双关语之巧妙运用，亦采意译，故词句颇异于原作。“海人”为源氏自喻。

至于那位皈道之宫呢，每一念及东宫的将来，她内心便觉悲苦。回忆自己与光源氏那一段孽缘，怎能不矛盾怨叹呢？这些日子来，为着人言可畏，怕自己稍一显露感情就会惹起对方痴迷难禁，又恐遭世人议论，所以只得强自抑制，伪装冷漠而不予理会；不过，他们二人的私情居然始终未为世间好事之徒所谈论，可见得源氏那方面也颇能节制热情，而并没有一任其奔放了。她这么反顾当时情景，竟不觉地感觉无限依恋起来。于是，这次的回信也就自然格外细腻。“近来尤觉悲伤，

泪未干兮日日叹，
海风轻拂松岛滨，
可闻海人兮遥呼唤？”[1]

尚侍之君的回信则谓：

“隐私情兮暗相恋，
闻悉海人焚盐田，
烟为熏心兮目为眩。[2]

言不尽意，而今更如何表衷情呢？”寥寥数语寄托于中纳言的信笺内；而中纳言的复信里却仔仔细细描述着女主人思慕悲叹的情形。光源氏读后深受感动，也只有长太息而已。

紫夫人那边的回信，则由于源氏之君给她的信特别细腻温存，所以答复也格外充满柔情蜜意，极尽哀怨，并附有一首和歌：

1　松岛以喻光源氏迁谪之须磨，日语中“海人”音同“尼”，故借为藤壶自喻。
2　以源氏谪居须磨海滨，故以海人焚田云云喻之，谓己则难忍恋火煎熬，目眩心迷也。

君处浦兮袖弄潮，
　妾独居京情何托，
　　波路阻隔兮泣红绡。

经过她细心挑选的寝具衣物等，无论色泽做工都是别具一格。这位女性真个愈发聪明伶俐了。唉，若非事出不测，如今自己也该按下无谓的风流习性，与她长相厮守才对啊。这一思念，真教人无限遗憾，竟致脑中日夜浮现伊人倩影。不堪相思苦闷，恨不得索性把她秘密迎来此地；不过，又想回来：不，不，如今自身罪孽深重，正应当修行补过才是。故而立刻打消此念，努力于朝暮之佛事精进。左大臣也有回音，信中提及爱儿诸事，读之令人心酸，不过他相信后会有期，而那孩子周遭既有多人照料保护，也无须太过忧虑。咦？其所以如此想法，难道亲子之情，他反而看得开吗？

对啦，尽顾着记述这些纷纷扰扰诸事，竟写漏了迁居伊势的六条夫人之事。当然源氏之君也不会忘记给她去信的。而她那边也特地差遣人到须磨拜访。她的信总是写得细腻委婉，用字遣词啦，运笔着墨啦，也总是显得比别人富于情致，充分表现高人一等的气质。“闻悉您迁居荒海之滨，直如长夜之梦，实难令人置信。谅必是一时运蹇，不久当能重返京城。然而妾身罪孽深重，恐怕再会无期矣。

须磨浦兮潮如泪，
　寂寞海藻逐浪花，
　　伊势有人[1]兮更憔悴。

1　六条夫人自谓也。

世事纷扰，难以逆料，未知前途如何？”云云，尚有许多言语，缀成长长的一封信函。又有：

既撒网兮伊势岛，
不见鱼贝属徒劳，
一无所获兮妾自讨。[1]

谅她提笔之际，必是深深思虑，叹息再三的吧。此信长达数张唐纸，墨色浓淡恰到好处。对于这位超俗的女性，自己一度曾恋慕迷恋过，但是自从生灵作祟之事发生以来，对她产生误会，双方遂有了隔阂；对方亦觉怏怏不乐，致有今日之别离。于今思之，内心犹有遗憾。今日骤得如此含情深刻的回信，不觉喜出望外，倍添思念，连对那送信的人都感到格外亲密，故而留他住宿二三日，令其讲述伊势地方的种种情形。这侍役十分年轻，看来相当伶俐。由于须磨之居所极其简陋，故贱役如此人者亦得亲近身边。这年轻人亲眼拜见源氏之君稀世的美姿容，不禁感激流泪。轮及源氏之君修函致答了。究竟内容如何？颇耐人寻味。“早知自己竟会如此远离尘网，倒不如当时跟随你们去伊势啊。此地生活乏味且单调，不免无聊生愁起来。

逐海藻兮渺无踪，
早知弄潮不可恃，
何不伊势兮泛舟从。

1　亦六条夫人之歌，以网鱼而一无所获喻己自讨无趣之恋情。

荒郊浦兮多盐田，
　海人孤独迎风立，
　　须磨迢递兮无人怜。

只恨相会无期，焉得不教人悲伤啊。”如此，他与每个人都有细心周到的书信来往。

花散里那位女性方面也有一些柔情绵密的信函寄达。光源氏对阅读这些信件颇觉兴味，又感珍奇。他一一检视，觉得既慰情思，同时又惹感伤。

荒轩下兮生忍草[1]，
　睹物思君泪涟涟，
　　似露如雨兮袖浸潦。

花散里这首凄惨的歌的确是事实。蓬门之内乏人照料，可怜，她如今不知正过着什么样的日子呢，委实教人担心。听人说起：“墙垣也给这一阵子不停下的雨冲毁了。”于是，他特传令京城之家司，召集附近领地的庄稼汉，使合力修缮。

尚侍之君与光源氏偷情之事外泄后，终被世人传为笑柄，故迩来颇为消沉郁悒。不过，究竟她是右大臣的爱女，所以为父的极力请愿于太后；而皇上也认为她既然不是正式的女御或后妃，只不过是朝廷女官之一罢了，故而未予深究。这次事变，其实只因为对方是皇太后素所痛恨的光源氏，所以才会如此小题大做。虽然已获皇上赐

1　草名，日人称忍草，以其可于无土处生长，能忍耐无土也。日人夏季多悬挂屋檐下观赏之。

谅，且幸得保有官职，尚侍之君心底却仍深深怀念源氏之君一人。时入七月，尚侍之君又回复入宫仕奉。皇上对她宠爱依旧，竟不顾他人讥诮，仍然令其随侍左右，时则怨言相加，时则信誓旦旦。皇上虽然也生得气宇非凡，一表人才，但是她内心还是禁不住偷偷思恋着那个心上人。这实在是罪过啊。逢着游宴之际，皇上也会忍不住慨叹道："此地少了那个人，真个美中不足。连我都会这么想，更不知有多少人有此同感哩。唉，就像是凡事都变得黯淡无光了。"他甚至噙着泪水说："想不到自己竟做了违背先父遗志的事情……说不定会为此遭天罚呢。"这样更教尚侍之君难堪。"早知这世间如此乏味，真不愿意长寿。如果我一旦死去，你可会思念我？恐怕那时候你心中的悲伤还不及前时跟那个人生离的深刻哩。唉唉，怎不教人嫉妒啊。所谓'生时未晓遑论死'[1]，真是痴人说话哟。"皇上幽幽地说，害尚侍之君也禁不住眼泪夺眶而下。"瞧，你竟哭起来了。谁知道眼泪是为了什么人而落的呢？"少顷，他又说："至今你也不替我生个皇儿，实在遗憾得很。东宫之事，当然得遵照先父的遗志做去，只是，恐怕事情不会太简单，怪教人担心的。"实际上，朝廷中掌握大权者的所作所为，往往与皇上的意旨相左，而他本人则因年少而又优柔寡断，故亦无可如何。

如今须磨地方已吹起"撩人愁绪"[2]的秋风。光源氏的居所虽然离海岸稍远，可是诚如行平中纳言所咏，"越关渡山"[3]的海涛鸣响，入夜之后尤觉刺耳。这荒海僻壤之秋，别有一番诱人感伤的情调。左右侍候的仆人本来就不多，这时刻大家已都入睡了吧。光源氏独醒难眠。他倚枕聆听四方的风响，觉得海浪袭近身边似的，眼泪也不知何时下

1 句出《拾遗集·恋一》，大伴百世作和歌。
2 句出《古今集·秋上》，无名氏作和歌。
3 句出《续古今集·羁旅》，在原行平作和歌。

落，枕头尽湿，若要浮起然。[1]揽琴轻抚，自觉音声悲切，故而弃琴咏歌：

恋京城兮泪下流，
　涛声缘何似呜咽，
　　悲风岂发兮故乡秋。

美妙的吟咏惊醒了众侍，教人既感动且伤怀，于是，大家纷纷起床来抹泪擤涕。源氏之君见此情景，内心甚是过意不去。不知大家心底如何想法呢？为了身为主人的我一个人，大伙儿都得忍痛别亲离爱，追随自己到此穷乡僻壤来受苦啊。如此一想，悲悯之情油然而生，觉得自己不该再这样消沉下去，以增加别人的负荷。遂勉强振作起来，昼间故意谈笑戏谑以助忘忧，有时为着消磨时光打发无聊，命众人粘贴各种色纸，于其上书写汉诗和歌等。又在珍异的唐绢上随意涂画，令人做成屏风。倒是看来十分出色。从前居住城里时，有关山水风光，只是听人描述，自己在心中想象其状而已；如今就近亲睹景色，方知海边风物百闻不如一见，画笔下的美景遂亦逐一展现了。"恨不能召请名画师如千枝、常则之辈来着彩哩！"人人都在惋惜。源氏之君和蔼可亲的态度终于使众侍忘却忧愁，而都以能近侍左右为荣，他身边总是有四五个人追随着。

庭前种植的花儿正开放得五色缤纷。夕阳西下时分的海景饶富诗情画意。光源氏伫立在望得见海滨的走廊上，他那稀世的美妙姿容在这种背景的衬托下越发显得超凡绝俗了。上身着白色柔软的丝衣，下身则穿淡紫色的裤绔，外面随便地罩着一袭褂子。他穿着这一身便

1　与我国六朝乐府歌《华山畿》"落泪枕将浮"意近。

装，态度从容地自诵“释迦牟尼佛弟子”[1]，音色优美，令人感动。眺望远方，海上正有舟子讴歌摇桨的船只。船影渐行渐远，有如漂浮水平线上的点点岛屿，极诱人感伤，适又见雁群列队飞过，那啼叫声伴着模糊的欸乃楫声，终于使他禁不住泪水夺眶而出，遂悄悄用手弹拂泪珠，姿势十分优雅。那白皙的肤色映着黑檀木的念珠，委实堪称一绝，予人无限情致与美感。此情此景，使亲眼拜见的侍从们大有忘忧消愁之感，一时连家乡的伴侣情人都给遗忘了呢。

初雁过兮遗悲鸣，
行行列列展旅翼，
禽鸟岂解兮恋人情？

源氏之君咏成一首和歌。接着随从们也纷纷相和。良清的歌：

雁嗈嗈兮横天飞，
吾与此禽虽素昧，
啼声动心兮情依稀。

民部大辅[2]的歌：

雁南飞兮弃故土，
当时无心责伊痴，
而今漂泊兮始知苦。

---

1 此为凡诵经文时最先称，如“释迦牟尼佛弟子某某”。
2 即前文屡见之惟光也。

前右近将监则谓：

“弃故土兮试旅翼，
　雁心虽亦恋家园，
　　犹得列队兮在友侧。

如若离队孤飞，失去了友伴，岂非更悲苦？”此人的父亲曾为常陆介，下赴伊豫国，然而他自己当时未追随亲人，如今却陪侍源氏之君到这个谪居之僻地来。谅他内心多少有些感慨吧？不过，表面上他倒是始终能保持镇定，显得若无其事的样子。

月已上升，光华皎洁，始知今宵为十五夜。回想往时，每逢这种时候，宫里总有游宴娱乐，更教人怀念京城；谅京城方面各处此刻必也有一些人同望此月吧？于是，他禁不住更用心仰望那月亮，不觉地低吟：“二千里外故人心。”[1]左右近侍闻之，无不泪潸潸而下。源氏之君自己则追忆皈道之宫咏歌“云雾阻隔遂朦胧”的夜晚，往事种种似又在眼前，一时思恋之情难禁，竟举声而泣涕。“夜已深了。”侍从们在背后轻呼，可是他仍未肯进入室内。

路迢迢兮京城远，
　相思难偿情依依，
　　聊望此月兮暂缱绻。

那夜，与皇上促膝恳谈之事也浮现脑际来。记得当时长兄的脸庞像

1　白居易《八月十五日禁中独直对月忆元九》：“银台金阙夕沉沉，独宿相思在翰林。三五夜中新月色，二千里外故人心。渚宫东面烟波冷，浴殿西头钟漏深。犹恐清光不同见，江陵卑湿足秋阴。”

极了亡去的父亲。这又是教人十分怀念的，遂低吟着“恩赐御衣今在此”[1]进入室中。那一袭恩赐之御衣真的时刻不离身边，放在近侧呢。

遭逆境兮虽窘困，
泪湿御衣手足情，
遥念皇恩兮心无怨。

这时候，太宰大贰上京来。由于族繁人多，又有好几位小姐，陆路旅行诸多不便，北边途程遂由水路。他们一行沿着海岸船行，颇为悠闲自在。来到须磨地方，见此处海边较他地有趣，又闻悉源氏大将因故而暂居在此，那些风流多情的年轻女郎在船里——源氏之君当然无法得见啦，已然心猿意马，大伙儿竟装腔作态起来了呢。尤其是五节之君，她更不舍得船夫就此白白引缆而过。顺着风向，断续可闻远处传来的琴音。此情此景，加以那位人物的品格气质啦，音声悲切的乐调啦，百感交集，有心者闻之，莫不动容。大贰呈书致意于源氏之君：“此次自远地上京，原盼望得首先拜见您，亲聆都城诸事，讵料事出意外，闻道您因故暂避此地，衷心既悯且悲。兹因亲知等相迎者颇众，诸多不便，未敢惊动旅府，容后日再行专程拜访。”此函由其子筑前守携带呈上。此人系受源氏之君当年推荐为藏人者，故而见眼前此情景，心中格外不忍，不过，当着许多侍从面前，也不好意思表露真情，因此只得匆匆告辞。“自从离开京城以后，难得一见昔日好友。承你们关怀，屈驾枉访……”源氏之君十分感慨，遂特修书致复于大贰。筑前守携返复信，涕泣而述源氏之君的生活情形。大贰以下，莫

1 《菅家后集》(平安前期学者兼政治家菅原道真之诗文集):“去年今夜侍清凉，秋思诗篇独断肠。恩赐御衣今在此，捧持每日拜余香。”

不哀痛逾恒，举声哭泣。五节之君特为设法令人遣信于源氏。

“海风拂兮送琴音，
　舟子闻声忍引缆，
　　踌躇难离兮是妾心。

人或笑我太痴情，君当解‘莫怪相思痴’[1]吧。”源氏之君展书细读，禁不住羞涩得口角泛出一丝笑意来。那模样儿真个艳美绝伦。

“道有情兮难举橹，[2]
　若是真心慰相思，
　　何忍空过兮须磨浦？

做梦也想不到会在此滨海僻壤当‘渔人’[3]啊。”从前，菅原道真流放于筑紫途中，明石地方的驿长曾为之惊叹悲哀，道真反赠诗安慰道：“驿长莫惊时变改，一荣一落是春秋。”[4]而五节之君这封诗文并茂的信可谓犹有过之，为此，源氏之君甚至甘愿独留此地哩。

京城方面，随时光流转，皇上以降，大家每每思慕源氏之君。尤其是东宫，经常独自垂泪，教乳母、王命妇等看着十分心酸。在皈佛之宫心中，这位东宫原是最使她挂虑的；如今，连她唯一可赖的大将之君都自身难保，这般贬谪远方，怎能不教她悲叹啊！初时尚有亲王啦，知己的公卿等与源氏之君书信来往，表示慰问之情意；其后却因

1　句出《古今集·恋一》，无名氏作和歌。
2　源氏此歌本和前五节之君歌而沿用“缆”字，今译诗以押韵故略改原歌。
3　此为双关语，暗含“风流渔色”之意。
4　此段历史故事典出《大镜》时平传。原文着墨甚少，本宜入注解中，恐文意晦涩，故化入文中，与原作稍异。

大家谈论，事闻于太后，遂严加训诫。“照理说，蒙上惩罚贬谪的人，连日日的饮食都不可随意讲究。没想到，如今他竟任意修建风雅的居处，逍遥世外，还敢讥讽批评诸事；更没想到，此间竟然也有人去追随那个指鹿为马[1]一般可恶的人哩！”听说太后盛怒，人人怕受牵连，从此也就不再有致函之者。二条院女主人心中的积郁则更是随时日俱增。当初东边的侍女们到西侧对屋来侍候这位新主人时，大家心里以为这一位谅必无甚了不起；未料，追随时日愈久，愈觉其人品格高尚优雅，且心境宽宏细腻，故而竟无一人下乡求去。紫夫人自己则用心颇周，对于身份较高的侍女，她有时也予以亲自接见。凡是目睹其人的侍女，心中皆有所感：的确，在主上众多的情人之中，这一位夫人堪称是最优秀的。

光源氏久居须磨僻壤，十分思恋紫夫人。可是环视简陋的居所，觉得连自己一人住着都嫌恶它，怎好在这地方跟她共同生活呢？乡下地方自有其独特的风俗习惯，源氏之君初睹平民的种种生活状况，不禁自悲坎壈。有时烟火就在近处升起，以为那是渔民烧盐田，岂知竟是后山的樵夫在熏柴木哩。这种事在光源氏来说，实在是新奇有趣的经验，于是咏成一首和歌。

烧柴枝兮樵民忙，
　缕缕轻烟袅袅起，
　　可叹故人兮岂我望？

入冬以来，雪大降。今日天空看来格外凄凉，遂自弄琴弦，令良清歌唱，又命大辅吹笛合奏以为娱乐。源氏之君将满怀心事寄托指端，奏

1　以我国秦代赵高之专横喻光源氏。“指鹿为马”详《史记·秦始皇本纪》。

出雅怨的曲调，引得众人无限感伤，莫不释乐器而以袖拭泪。源氏之君自己则由琴而想到琵琶；由琵琶又联想到从前昭君出塞的情景，[1]想象当时她心境不知如何悲苦哩；设若事情发生于现在，要自己把所爱的人遣送去远方的话呢？他这样胡思乱想，竟觉得自己会遭遇到这种不吉之事一般，于是不禁吟出“霜后梦”[2]来。月华皎洁，把这旅邸的房间处处角落照射通明，卧床可见深夜的天空[3]。拂晓之月别有一番凄迷之美，遂又独吟“唯是西行”[4]等句子来。

月不迷兮唯西行，
　吾竟[5]漂泊无去向，
　　羞见澄辉兮心难平。

咏成这一首和歌后，又像往常，思潮起伏，难以成眠。忽闻鹬鸟悲啼飞过近晓的天空。

鹬鸟啼兮近晓天，
　彼禽犹知呼唤友，
　　独醒旅榻兮思婵娟。

别无他人醒觉，所以再三低吟始就寝。有时，他心血来潮，也会在深更半夜洗手洁祭，低诵经文，随从们遥遥望见，只觉其神圣尊贵，故

1　此处原文甚简短，仅称“昔日遣使赴胡国之女”，以其晦涩难解，故稍润饰之。
2《和汉朗咏集》大江朝纲咏王昭君诗云：“胡角一声霜后梦，汉宫万里月前肠。”
3　此盖引用《和汉朗咏集》善宗诗句：“向晓帘头生白露，终宵床底见青天。”
4《菅家后草》：“蓂发桂芳半具园，三千世界一周天。天迥玄云鉴将霁，唯是西行不左迁。”
5　承前菅原道真之诗“左迁”，故云。

无人舍得离开主人而返归京城之家。

此地离明石之浦仅有跨步之程，良清遂自然而然想起了那位皈道者的女儿。虽然试投信函，却一无回音。只有她的父亲差人来说：“有话想跟您说，请设法相见。”良清想，反正对方不可能答应自己的要求，白去白回，未免太难看，所以也就提不起兴致来。依地方上的习惯，凡是与郡守有亲戚关系者，总是受人另眼相待，备受尊敬的，但是，这位出家人却是个孤傲的老家伙，偏是一向不把良清放在眼里。不过，如今听说大将之君屈尊在此，乃与其妻道：“听说故桐壶院更衣的亲生子光源氏之君蒙朝廷贬谪在须磨之浦呢。这无疑是命定咱们女儿要有福气了，所以才教这位人物发生了这种意外的事件吧。得想个办法让女儿去侍候他才好。”为母的大为吃惊道：“您胡说什么呀！听京里人说，人家早已有了好几位身份高贵的夫人，而且还跟皇上宠幸的人惹上麻烦事儿，才弄成这个地步哩。人家哪儿会看得上咱们这种穷乡下人哪。”那皈道者听妻子这番话竟动起怒来，他固执地说：“你懂得什么！我自有计划。反正你给我准备着，相好时机，总会请他到这儿来一趟的。”遂令家中布置一新，又从此更加珍爱女儿了。为母的仍不能谅解，只有抱怨道：“不管人家是多么了不起吧，女儿初嫁，哪有选择这种犯罪流放的人的道理！如果是对方看中了咱们，又另当别论的……可是，咳，就算是开玩笑吧，也万万不可能呀。”“犯过触罪这种事情，不管是唐国还是我国，像他这种出类拔萃的人总是难免的。你以为那位人物是什么样的出身？嗯？他母亲原是我的叔父按察大纳言的女儿。由于她品貌超凡，所以一入宫便蒙先帝宠爱，因为宠幸过度，所以遭受多方的嫉恨而终于夭折。所幸留下了这个源氏之君。所以说呀，妇人家都得拿她当榜样才是。就算我是一个乡下佬吧。人家凭这点缘分，也该不至于瞧不起咱们吧。”这位女儿呢，虽然未见得多标致，不过，还算优雅可亲，而且也相当聪明伶俐，并不比出身高贵人家的小姐逊色。她自己则颇有自知之明，晓得反正像她这样的女子，贵族子弟是不屑一顾的；而叫她去嫁给门当户对的人呢，又心有不甘。假如自己命定年寿长，父母先已而去的话，那时候或是出家为尼，或是自沉海底算了。为父的则十分珍爱着这个女儿，每年依例要她去参诣住吉大神，暗中希冀神明能保佑她。

新年也到了须磨。[1]白昼逐渐增长，愈令人感觉无聊，而庭园里去年培植的樱树竟开始含苞欲放，加以暖洋洋的天气，不觉地一个人胡思乱想起来。这一阵子，光源氏往往忍不住要掉眼泪。二月二十日过后，更加使他思念去年别离之际所见的京城方面各个人。皇宫南殿里的樱花如今该是盛开的时节吧？记得若干年前那一次的花宴，先帝尚在人世，御颜多么明朗，今皇那时的模样也甚是清丽优雅，他且咏诵自己所作的诗句呢……

思京城兮念故旧，
　樱花依旧迎春风，
　　花开徒伤兮泪沾袖。

正百无聊赖之际，左大臣家的三位中将来访。如今他已晋升为宰相，甚得人缘且广获好评；不过，总觉得生活乏味，无时不思念光源氏，所以才这般罔顾物议——即使因此而蒙受惩罚也不管了——突然造访。二人乍见，悲喜交集，竟不禁“亦喜亦悲一流泪”[2]。环视周遭，这儿的情形一切有如唐国人的住所。风光如画，竹篱、石阶、松柱等，简朴之中别有一番风雅之趣。源氏之君自己也穿着附近樵夫般

1 时光源氏年二十七。
2 句出《后撰集·杂二》，无名氏作和歌。

的淡褐带黄色的底衣，外加青灰色狩衣及裤袴。尽量求质朴含蓄的乡下人模样儿，却令人看来更觉潇洒英俊。所使用的种种器物都只是随便凑合的，连那居息的房间也可以从外头看得一清二楚。棋啦，双六盘[1]及其附件啦，还有弹棋[2]之道具等，都不是考究的，看来只是乡下做工而已。房间里摆着诵经之具，恐怕是经常要诵祷的缘故吧。膳食也故意令人仿当地风味调制。又命渔夫呈上新网得的贝类，一一亲自过目，又慰问海边生活情况。听他们各自陈述辛劳的身世，不禁心生悲悯，觉得虽是词不达意的小民，人生之悲苦总是相同的啊。遂令侍从赐下衣物诸品，以示关怀。渔夫们接受了源氏之君的赐物，无不感恩庆喜，都觉不虚此生。于是二人又并肩观看下人自仓库取出稻草饲马。这种寻常役工都是以往住在京城时所未曾见过的，所以他们都看得津津有味。随后，他们又唱了一些催马乐的《飞鸟井》之歌。时笑时哭地闲谈一些别后种种。“小少爷至今不解事，左大臣常为此旦暮流泪的……”听中将这样说，心中十分难堪。他们二位的话语岂有尽止之时？唉，不写也罢。两人都终宵未合眼，赋诗作文之间，竟到了天明。不过，宰相之君毕竟还是顾忌世间人士听闻，所以只得匆匆离去，相见不易，故而格外辛酸。他们举杯同诵：“醉悲洒泪春杯里。”[3]从者见此情景，亦莫不垂泪，皆有依依惜别之情。此时忽有雁成行而飞过拂晓之天空。主人遂咏：

雁成行兮飞过去，
　羡鸟犹得归故乡，

1　盖即《史记·滑稽列传》中淳于髡所称六博投壶也。为室内游戏之一种。

2　亦当时流行之室内戏具。棋盘中高，两侧分置黑白棋子，互弹以争胜负者。

3　白居易《十年三月三十日别微之于沣上》诗：“……往事渺茫都似梦，旧游零落半归泉。醉悲洒泪春杯里，吟苦支颐晓烛前。……”

都春何日兮重相觑！

宰相似乎一无离去之意，他也和了一首：

语未尽兮情未了，
依依不忍别客乡，
泪眼迷途兮花都邈。

临别之际，宰相赠送了许多京城里饶有情致的礼物。做主人的也以黑驹一匹返赠致意。“按理说，接受我这种身份的人送的礼物，难免有些忌讳的吧？人道是胡马依北风，故乡风起时，它或会嘶鸣啊……”显然是一匹名驹。“把这个东西当作纪念，偶尔也想念我吧。”宰相仅以贵重的笛一管相留赠，其余更无他物互换，以避世人猜忌之眼。

日头渐升高，心底焦急烦乱。宰相只得一再回顾而别；光源氏目送好友将去，觉得比未重逢之时更悲苦难忍。“何日得再相见呢？总不至于如此长居此地吧……”对宰相这一番话，主人只得答以：

“鹤交飞兮白云际，
可曾下窥吾处身？
明若春空兮无荫翳！

我自己虽问心无愧，总希冀有朝一日得重返故地；唉，可是一旦身罹此难，连从前的贤者都不容易再立身出仕的，何况我呢？怕是再也见不到京城的土地喽！”宰相又道：

“天空旷兮云未散，

昔日比翼今单翔，

声声悲啼兮为寻伴。

许是自幼蒙您垂爱，得追随左右的缘故吧，如今正是所谓‘相见既难倍增念’[1]，触景生情，每每徒然悔憾而已……”遂言不尽意而分别。光源氏孤零零地留下来，终日沉思不已。

时入三月，上旬之巳日，有博识者劝道：“今日适逢上巳，有灾难者，宜沐浴洁祭去宿垢。”故而兼为观赏海景出门去。光源氏并无意铺张，仅于海滨设置简单之帷幕，召请当地的阴阳师，使为修禊。当其舟载人形[2]逐水而流之际，源氏之君禁不住联想到放逐之己身，遂感慨而歌：

漂兮荡兮逐海波，

吾身未定若萍藻，

前程茫茫兮空蹉跎！

他那绝妙姿态在风和日丽的这海边祭坛上，看来更显得冷艳极了。海面平静，一望无垠。思前虑后，冲口咏出：

四面神兮八方祇，

灵皇皇其降悲悯，

衔冤未昭兮人谁知？

---

1 句出《拾遗集·恋四》，无名氏作和歌。

2 阴阳师以纸仿人形以替代其人，使载入舟中逐水而流，相传可消灾除祸。

未料，风乍起，天空为之昏黑。众人不及修禊之仪式终了，竟骚扰不安起来。忽地，又下骤雨，来势甚猛烈，人人急着要归去，连拿取斗笠的工夫都没有。谁会料想得到天气变得这般快呢？那风又吹得紧，把所有的东西都吹散了。接着，波涛也乘风汹涌起来，教人看着心慌，大家顾不得别人，都纷纷拔腿逃命。只见海面像张开的一扇白纸门，雷声轰隆，闪电频仍，就像是要落到什么人头上来似的。好不容易返抵屋里，心中犹有余悸。“咳，从没有遇见过这种事情！要刮风，总也有个预兆的呀！真吓死人哩！”侍从们彼此讶异着。雷鸣仍然未停，雨脚也还是很密，真教人担心，莫非是世界末日到临了？这时，只有源氏之君一个人在那儿安详地诵经。日暮之后，雷声渐息，风势却整夜未减。幸亏这是他多许了愿祈祷的缘故吧。“假如这情形再不转好的话，恐怕连人都要给卷进海里去哩。这叫作海啸，据说刹那之间会夺取人命的。倒是第一次亲眼看见呢。”人人都在谈论这场罕见的暴风雨。

近黎明时，众人才逐渐入眠。源氏之君亦小睡了一忽儿。不料，却梦见不知什么人在到处寻搜：“宫里头有请，您怎么竟不肯赏光呀？”遂惊醒。原来是那个好渔色的海龙王迷上了自己才引起的这一切啊。如此一想，颇觉恶心，于是，连这个地方也变得教他容不下身了。

第十三帖

明石

风雨未已，雷鸣也持续了好几日。光源氏心中无限懊恼。想到过去种种，前途茫茫，更觉心碎。究竟如何是好？若就此返归京城，则以贬谪之身，未便率尔行动，恐遭世人讥诮；如若更求深山，隐没身迹，又怕教人谣传“不堪风波骚扰”，这样岂非将贻笑后世，徒留恶名？真个诸多顾虑。连日来，又总是梦见同一个人来纠缠不已。

日复一日地淫雨不晴。望着那阴沉沉的天空，不禁驰念京都；想到此身是否将朽腐此僻壤，便十分不安，可是气候如此恶劣，连伸个头出去都困难，又有谁肯特地来相访呢？只有二条院方面派了一个使者来探望。那人在这样的倾盆大雨中简直成了落汤鸡，浑身湿透，模样滑稽奇怪，即使跟你擦身而过，恐怕都分辨不出是人还是什么东西哩。然而，光源氏如今竟会对这么一个贱民感到格外可亲可睦呢。唉唉，自己想想都泄气，这岂不自甘堕落，糟蹋自己身份嘛！紫夫人的信写着：“连日阴雨不止，觉天空闭塞，几乎教人迷失相思之方向。

泪涟洳兮泣红袖，

相思无极雨未停，
　须磨海风兮岂有究！”

诸如此类感伤之词颇居多，真情溢乎字里行间。源氏之君乍一展书，便禁不住泪水泉涌，眼前昏黑，心境亦悲痛起来。使者嗫嚅而语："京城方面大伙儿都说：这么大的风雨，定必是老天爷的警诫，所以听说要举行仁王会[1]除灾。可是因为豪雨阻途，公卿大臣都没法儿上宫，连朝会也不得不暂停。"这人讲起话来词不达意的，然而凡是京城方面的消息都教人关心，遂召他上前来仔细询问："唉，雨一个劲儿地下，风也时时刮起，又连着风风雨雨这么多天，真是前所未有的事情，所以大伙儿都给吓住了。那冰雹降下来，像是要穿过地心似的，雷也响个没完。谁见过这等事情呢！"那男人的脸上仍有惊悸之色。源氏之君见那一张悲苦的脸，不禁更加忧虑起来，莫非是世界末日到临了？翌日黎明时分，风吹得更紧，潮水高涨，浪声惊天动地，直要排山斥岩一般。加以雷声隆隆，闪电处处，景象恐怖，难以形容。随时随地有雷电击顶的危险，无人不恐慌。"到底犯了什么滔天大罪，遭受这种悲哀呀？难道见不着爹娘，又看不到妻儿，就这样死去吗？"人人都这样怨叹着。源氏之君极力镇静，反省过去所作所为，究竟自己犯了什么大过，致注定送命于此僻海之滨？但是周围太骚扰，使他不能静思，故而供奉币帛于神明，许下了愿："守护此境的住吉之神啊，若有灵验，请助我度过此难！"众侍仆亦人人奋不顾身，恐海浪吞没高贵的主人，故虽在悲恐之中，却能强自镇定，稍有勇气者，无不愿牺牲己身以换得主上的安全，遂齐声呼唤祈祷，求佛保佑。"主

1　宫中每年于三月及七月择吉日在太极殿、紫宸殿及清凉殿等处讲诵《仁王护国般若经》，本为年中行事，亦可临时举行以除灾消祸，此盖属后者。

上虽生于深宫之中，备享荣华，而他慈爱广被，曾多次拯救过苦难的人。如今是何报应，要教他沉溺此邪恶风波之中？天地诸神啊，请垂明鉴吧！且不说他无罪而受罚，褫夺官位，教他离乡背井悲叹以度日，如今又教他遭受这等大灾难，几不得保命，这是前世的报应呀？还是现世之罪咎啊？神明哪，菩萨哪，你们果真存在的话，请听这祷告吧！”大家朝住吉神社的方向许下了种种愿望。源氏之君自己也向海龙王和各方之神立愿祈祷。可是，雷声更响，终于落在廊上。顷刻间火焰升起，烧毁了走廊。至此，众人已魂不附体地慌乱成一团。大伙儿连忙护送源氏之君到后面厨房似的房间里。上下诸人都逃命到此，哭喊之声震耳，不输于雷鸣。天空有如泼墨，漆黑一片，而日已暮。

风总算是停下来，雨脚渐疏，星光也依稀。大家觉得这地方太简陋，想请主人再回到原来那所寝殿，可是雷击之余的房子，教人看着心中不好过，加以众人践踏后，十分肮脏零乱，帘幕也让风给吹走了。一切只好等待天明再说。趁众人狼狈之际，源氏之君独自诵经思虑着，觉心绪颇不宁。这时月已上升。他开启柴门眺望，借着月光清楚地看到近处潮水上涨的痕迹，余波犹往返不已。这附近竟无通晓物理能测知过去未来及事端缘由之人。低贱的渔民听说这儿住着身份高贵的人，于是都围拢过来，喧喧扰扰，说着光源氏听不懂的话语[1]。这光景有异于平常，可是，如今也没有人去驱走他们。有人说："风再不停止的话，潮水涨到这儿来，怕要一个不剩哩。这全是神明保佑的呀！”源氏之君听得此话，不消说，心中更加惶恐了。

蒙海神兮赐庇护，

---

1 当时下民与贵族言语有别故也。

得逃巨浪避狂涛，

遂免漂流兮命暂驻。

竟日风雨波涛骚扰，身心俱疲，不知不觉间竟入睡了。此处粗陋至极，也无甚家当，只是随便斜倚在说不出名堂的东西之上而已。忽地梦见亡父故桐壶院，他神貌依然，如同生前。“为什么在这种简陋的地方呀？”说着，牵光源氏起身。又道：“快快顺着住吉之神的领导出航，离开此滨海之地吧。”源氏喜极泣道：“自从您离去以后，不幸之事一再发生，恨不能投身此海呢！”“千万不可如此。这仅只是一点小报应而已。我在位之时，虽然自以为没有做错事，其实无意间也犯了些许过失；我自己未及偿罪便离开人间了。如今看见你这般受难，实在忍无可忍，因而潜海上岸到此来，虽然很是辛劳，却还得到皇宫里去办一桩事。我这就去了。”说完便走。光源氏依依不舍地啼泣仰望道：“让孩儿跟您去吧！”可是灵影已消失，只见月华皎洁。这情景不像是梦境，似乎亡父身影仍在附近什么地方呢。云飘浮在天空，悠悠而过。近年来，梦境中不见亡父已有多时，正怀念挂虑之际，如今竟清晰拜见，虽系短暂的一瞥，却历历仍似在眼前。遂觉得：这必是慈父亡灵同情自己的困境，特地托梦显影无疑。内心兴奋不已，竟至感激那一场暴风雨骚扰呢。这场梦真教他留恋，又无限欣喜！胸中思潮澎湃，反而有些不能安宁，使他暂忘现实的悲哀，后悔为何不在梦中与先父多攀谈；又想，或可能再见一面，于是强迫自己入睡，但是究竟已无法合眼，只好眼睁睁地看着东方发白。

有小舟靠岸，二三人朝着光源氏这个临时的居所走来。是什么人呢？询问之下，答以：“是近年皈依佛道的前播磨太守，从明石摇船来晋见。源少纳言若是在的话，请当面仔细禀报。”良清乍听之下，大吃一惊道：“我跟这位皈道的老先生从前在播磨国便认识，那时候大家挺合得来的；后来由于一点私事，闹得不愉快，从此以后，很久没有通音讯了；不知道他现在冒这么大的浪，有什么事情特地来访呢？”源氏之君想起方才那奇异的梦，心中颇有所动，故而下令：“快快召他上来。”良清只得走到船边相迎。一路上，他颇不能释疑；这些日子来，风浪那么大，究竟这船是何时出航的呢？皈道者见良清之面，说道：“本月初一[1]之夜，曾有形状奇异之人托梦嘱咐，这种事情本难辄予相信的，但是他又道：‘十三日再给你看见新验证。务必要备妥船只，风雨一停，即来此海边。’所以试为准备启航，没想竟遇到风雨雷鸣。我想到外国也常有托梦救国的故事，所以不管源氏之君听取与否，也要依照所指示的时间出航。说也真怪，一路上竟然风平浪静，得安然到此地。神明指示的，果真不错啊！这话说来或有冒昧之嫌，不过，可否请问他这边是不是也有什么巧合之事呢？”良清秘密地回报此话。光源氏听后，仔细思考，这一向，无论做梦或现实，接连地发生这许多骚扰的事情；再想到亡父托梦叫自己离开此地；拿过去、未来种种做印证，此事无疑是神明要佑助自己。如今，若是轻易离开此地，既要担心人言可畏，又恐怕后人非难自己；但是，设若违背神明指示，岂不更会造成贻笑人间的后果？世间人情也不便背弃啊。过去自己虽也吃过不少苦头，最好还是顺从德高望重之人的好意吧。古圣贤有言：“不退有咎。”说真个的，受尽灾难，又吃尽苦头，而今想防备什么死后的恶名，恐怕也没有多大意思哩。而况既然先父也已托梦相告，又何须再犹疑呢？遂笑道：“我一个人离乡背井来到此陌生之土，又备尝种种辛劳，京城里却没有人肯相访慰问。整天只有呆望天空，把那日月当作故乡的朋友；真没有料到‘渔船肯泊解愁忧’[2]，喜

1 谓三月初一也。

2 句出《后撰集·杂三》，贯之作和歌。

出望外呢。明石之浦可有什么隐居的好处所吗？”皈道者也大感兴奋，遂连忙致礼，又催促道：“那么，就请趁天未大明，快快上船来吧。”遂差遣了数名亲信者来迎接源氏上船。果然，那顺风又吹起，一路船行如箭地抵达明石之浦。此地与须磨本相距不远，仅一水之隔而已，不过，这风力的确是不可思议。

果然，此地海滨风光与其他地方大异其趣。但嫌居民稍多，是光源氏始料未及的。皈道者的属地，无论近海处，或山脚下，处处都有可供随时引发兴致的海边葺屋啦，适合修道者深思的傍山水而建的肃穆佛堂啦，又有为现世生活而备，容纳秋收以度余生的谷仓等等，每一场所都有随季节转换而可观赏的景致。他家里的几个女儿都因为上次的涨潮而移住到山里的住所去了，源氏之君遂得在此滨海的府馆从容休息。由船行改为车行之际，日光始射。皈道者乍见源氏之君的姿容，便有延年益寿之感，他禁不住地笑逐颜开，连忙伏拜住吉之神。那内心里的感激，就好比是日月在握似的，莫怪他甘心情愿地顾此顾那，把源氏之君照拂得无微不至了。此地自然风景本已得天独厚，屋主又于庭园中刻意布置花木奇石及风雅的泉流等，这样的美景，即使要入画，造诣不高的画师恐怕还不容易完全捕捉呢。比起光源氏的须磨居所，当然也宽敞，而且舒服多了。至如室内装饰，也十分考究，可以想见皈道者日常生活之一斑；与京城里那些豪门贵族的气派几乎不相上下，若论及优雅奢华，恐怕这里还要更胜一筹哩。

等身心稍定，便开始给京城方面写信。二条院前些时候差来的使者惊魂甫定。“这次当差，可真找对了时候，倒霉透顶哪……”他叫苦连天，却仍逗留在须磨。遂赐下许多礼物，并令携返回信。谅平时亲近的僧人和其他各方的人都有近况通知吧。不过，就中只对皈佛的藤壶详细报告此次大灾的经过而已。当其执笔给紫夫人的细腻慰问作复时，究竟无法畅书。那写一写便搁笔，忍不住时时拭泪的模样儿，依然是十分动人。“如今尝尽人间苦滋味，遁世之志愈坚，可是，你吟咏‘镜若有情’的倩影时刻在我心中，教我如何舍得出家？别的忧虑尚可不顾，可是：

经一湾兮转一浦，[1]
　如今离卿更迢迢，
　　千里相思兮愈悲苦。

这一切，宛似在梦中；如今梦犹未醒，语无伦次，在所不免吧？”这本是信手书写的，可是旁人看来，总觉得深情蜜爱溢乎词表。趁这个使者回去之便，追随源氏之君的那些侍从大概也各有信函什么的托带给他们的家人吧。

久雨初晴，天空一片蔚蓝，渔夫们又恢复了快活的作业。须磨那地方太偏僻寂寥，连渔民也不多，此地虽然多少有些杂乱之嫌，不过，风物特殊，诸多引人入胜之处，故也聊堪打发无聊。皈道的主人一心事佛，心无旁骛，但是他心中却有一个烦恼——女儿的终身大事，有时也就难免不自觉地对光源氏唠叨不已。源氏早已风闻这位女性的美貌，如今竟碰巧有此良机，怕是冥冥之中缘分注定也未可知；不过，自己既然身处逆境，目前除了勤加修行以外，恐不宜多所思想；而万一京城里的人儿获悉自己有了外遇，也必定会埋怨自己借机负情吧，如此岂非太对不起她吗？故而也就一无表示。不过，想象那人的性情气质与众不同，究竟也偶尔难禁心动。皈道者十分客气，绝少来打扰客人，总是侍候在远处的下房里。其实，他内心极盼望能朝暮拜见源氏之君的玉颜，这心愿只有勤加事佛以求实现了。这位皈道

1　谓由须磨之浦转来明石之浦也。

者有六十来岁，是一位清清爽爽予人好感的老人。由于修行事佛的关系略显清瘦；虽然稍嫌其顽固，毕竟是出身高贵的缘故吧，他见闻甚广，举止应对也十分得体。若叫他说些古老的故事来听听，定可以解闷打发无聊。说实在的，这些年来，源氏之君公私两忙，不闻故事已有多时，而皈道者娓娓道来，其中也颇有一些挺有趣的呢。源氏之君甚至觉得：如果来到这种地方而没有遇见这位老人，必定乏味极了。皈道者近来虽与源氏之君相当稔熟，可是每次见到这位高贵人士，仍有些胆怯，话是说了，但总未能畅所欲言，实在是遗憾至极，故每每对着妻子慨叹。那女儿本身呢，住在这种乡下地方，想找个外表像点样儿的对象都不容易，如今却来了一位这样俊美的人物。相形见绌，她本人绝不敢存非分之想。对于父母的企图，她也略有闻知，这真教她一方面自叹不相称，另一方面又觉得宁愿与源氏之君素昧平生。如今，徒然增加许多烦恼而已。

时入四月。主人为这位贵宾准备了换季的衣服、几帐的帷幕等，皆饶有情趣。光源氏对此无微不至的照顾，既觉得有些过意不去，同时也认为不无过分之嫌。不过，看在皈道者那种一派端庄的面子上，也只好让他去随意安排了。京城方面常有人寄来慰问暴风雨的信函。今夜月色分外明亮，四周寂静。月光之下，海景一览无余，颇有些与住惯了的故园池水相像之处。光源氏不禁悲从中来。可是，究竟那横亘在眼前的，只是淡路岛[1]而已。“迢递远望淡岛月。”[2]想起古人的句子，遂亦自吟一首和歌：

眇忽忽兮淡路岛，

---

1 淡路岛在今兵库县。

2 句出《新古今集·杂上》，躬恒作和歌。

澄辉广被愈玲珑，

复照予心兮耀烦恼。

遂自袋中取出久未触抚的琴，轻弹一曲。观此情景者，无不深受感动。复以高超之指法弹出《广陵之曲》。弦音伴和着松风波涛，交响成绝妙音色。住在山脚下那些有教养的年轻妇女恐怕正倾耳聆听得入神吧。连那些不辨音色的渔夫也都受了琴声引诱，不知不觉地闲荡到海边来，顾不得伤风感冒的可怕，正在那里徘徊哩。皈道者呢，他也静不下心来，竟怠慢了供佛诵经，匆匆来到源氏之君面前，感动得涕泪满面，赞仰道："简直要教我再拾回红尘的种种回忆呢。谅我素所向往的极乐世界，也不过是今晚这般光景吧。"光源氏心里回想着过去在皇宫时常举行的游宴啦，认识诸人的琴笛造诣或歌声啦，当时世人为自己着迷的情形啦，乃至于上自皇帝，下及于众人，大家推崇自己的状况等等。这一切他人之事、自己的过去种种，都使他有恍如在梦境的感慨，于是弦外乃有悲切的情绪弥漫。老人更是感动得落泪不已。他连忙差人去山脚下的屋子里取来琵琶和筝等乐器，自任琵琶师，弹奏一两首饶有情趣而珍奇的曲子。源氏之君应邀而试弹着筝。他那多方面的才能，真个教皈道者佩服得五体投地了。即使不甚佳的音色，有时都会因情因景而给烘托出无比的效果来，而况如今当着这一望无垠的海景，那阴森森的树荫，较诸春花秋叶的盛景，似乎更饶情致，加以伯劳啄户，不由得使人想到那首"夜深知谁扣木扉"[1]的恋歌来呢。源氏之君听主人美妙的琴音，颇有感触地说："筝这种乐器，还是由女性满怀深情徐徐弹奏，较有韵味啊。"皈道者却含笑说道："哪个女性能弹得比您更高明有情致呢？我自己所学的是延喜帝以

1 句出《伊行释》所引和歌。

来正统的指法，已是第三代了；像我这个老朽，虽说是出家之身，有时心烦，也偶尔弹他几曲。可真是怪事，竟也有人[1]学我，而那指法也自然像极了我的师父前大王呢。不知是否我这乡下佬的耳朵错把松风当琴声了。希望下回您肯予赏光听一曲。”说罢，老人竟全身颤抖，眼泪也快掉下来了。“呀，竟不知高手在此，方才可真个是‘班门弄斧’[2]哩。惭愧，惭愧。”源氏遂将乐器推置一边，认真地说：“筝这种乐器，自古以来，总是女性深得个中三昧者多。嵯峨帝的技艺，据说传授给了五公主，使她成为当时名手，其后，却没听说有谁习得那流派呢。总而言之，现今世上有些名声的人，大部分皆自以为是者流罢了。你们家竟然有深懂筝道的人，真教人兴奋。几时定要洗耳恭听一番。”“您要听的话，请不要客气，随时可以召她上来。据说甚至于还有人叫商人妇出来演奏古曲的呢[3]。说起琵琶，真正懂得要领的人，从前也不多。而她居然弹得还很流畅，指法娴熟，饶富情致，颇有一手。也不知道她是怎么学会的，只可惜，住在这种偏僻的海边，琵琶声也只有伴着波涛声而已。不过，倒是时常能借那音色解闷儿慰情罢了。”听老人这番风流有趣的话，源氏之君也不觉地给他引出兴致来。于是，将琵琶换筝，请舨道者奏一曲。果然，不同凡响。所弹为时下难得一闻的古典指法，甚得唐人之旨，尤其左手按弦使颤之摇音更是清脆响亮。此地虽非伊势之海，却令善歌者唱那催马乐《伊势海之歌》“拾贝兮清岸”云云，而源氏自己也时时合着拍子加入歌唱之中。这情景，真个赏心悦目。舨道者不禁停止弹琴，大为赞赏。于是，唤人准备酒肴助兴，又强灌于左右侍从们。这真是教人忘忧消愁的夜晚呢。

1　暗指其女，后之明石夫人也。

2　此处原文所引用和歌，有我国成语“班门弄斧”意，故径采意译。

3　此盖引白居易《琵琶行》故事也。

夜更深，海风徐徐吹着。月将隐入山边，而清辉愈增。四周寂静。皈道者乃乘机倾诉种种，诸如当初择此海滨而居的用意啦，为着来生而发愿的修行啦，都逐一道出；终于，连女儿的事情也不问自语，和盘托出。光源氏一一耐心地听着，不时被这个做父亲的用心之苦所感动。“不怕您见笑，这次想不到您会光临这种乡下地方——哪怕是暂时移驾也好——大概总是冥冥中，我这老法师平素的祷告应验，神明菩萨怜悯我，才教您一时到这儿来受这个苦的吧。事实上，我向住吉之神许下这个宏愿，已经有十八年了。打从小女幼时，我就有所打算，所以每年春秋两次，总是教她去神社参拜。同时，每日六次的祈祷中，我自己日后升净土的愿望倒在其次，却始终不忘念诵：‘求菩萨保佑，让这个孩子能如愿匹配贵人。’我自身或许是前世业障，以致落魄到变成这种乡下佬的地步；可是，先父也曾是堂堂一位大臣呢。我自己倒是乐得如此，可是，就怕这样下去，子孙代代每下愈况，真怕不知终究如何。小女生就有几分与众不同之处，所以一心想把她许配给京城里的贵人。唉，可是身份一低，总要遭人嫉妒，也为此真是吃了不少苦头。不过，我可不在乎这些。有生之年，不论如何贫困，都决心要好好儿照顾她。万一不及见她的终身大事便先走的话，我叫她径自去投海死掉算了。”他哭哭啼啼说了这类笔墨所不能描摹的话语。光源氏自身亦正值多感之际，所以聆听之时，也始终满含泪水。“说实在的，我自己蒙此不白之冤来到这个意外的地方，心里始终嘀咕着：究竟是什么报应？今晚听得您这一席话，才算明白一切都是前世缘分了。既然您早知此事，为什么到现在才来相告呢？自从离开京城后，我深觉得世事无常，百无聊赖，除了事佛以外，日日无事可做，人也变得消沉起来。也曾听人谈起您这位千金，不过，总觉得我这种流浪汉，又有谁肯理呢？所以也就没精打采的。这么说来，您是有意撮合千金和我喽？这真是足堪安慰独宿的寂寞啦。”皈道者听光源氏如此说，心中十分高兴。

“地偏僻兮明石浦，
　有女一人常独居，
　　寂寂怏怏兮岂不苦？

请谅察为父的我这些年来为她操劳的苦心吧。”老人的声音虽然因兴奋而致抖抖颤颤，却仍然显得高贵优雅。“可是惯住在海滨之区的您，又怎能与我现在的情况和心境相比呢。”源氏之君遂咏成一首歌来：

空漂泊兮居无所，
　旅邸独眠常悲辛，
　　梦亦难成兮怎自处？

他那从容可亲的态度中别具艳光，显得风情万种，极其讨人喜欢。皈道者另外又唠叨了不少，不胜一一记述，故此从略。说实在的，也已经拉拉杂杂写了一些，就中或不免有误记之处，恐怕更把这位顽固执着的老人家脾性暴露无遗了吧。

皈道者总算了结一桩心事，顿觉心境轻松起来。于是次日近午时分，源氏之君差人送信到山脚那边的屋子里。见皈道者优雅的举止谈吐，不由得教人想象：说不定这种偏僻处所反而隐藏着意外可取的人儿也未可知。故而特为费心选用高丽产的胡桃色信纸仔细书写：

“难分辨兮远近云，
　京城迢递徒沉念，

暂得一枝兮拜红裙。[1]

‘相思情难耐’[2]啊。”信中不知是否只有这些字句呢？皈道者心中早已有几分预感，故而抢先来到山边的屋子里等候着。果然不出所料，于是，他隆重地招待那送信的使者，又灌了他不少酒，真教人几乎消受不了。回信可不容易哩。皈道者到房里催促了好几次，可是女儿偏不听其言。如此出色的一封信，若非自信有好笔迹，岂敢辄予答复？再者，念及对方的身份和自己的环境，也不由得胆怯畏葸，于是，索性伪称身体不适，斜倚小几不起。为父的不得已，只得代笔。“承蒙盛情隆重，恐敝袖不堪受容[3]，欣喜兴奋之余，竟未能卒读。盖以

眺兮望兮共翘首，
　今日相看一天云，
　　春女之心兮同君否？

窃自这般想。颇涉艳情之处，尚祈赐谅。”陆奥纸上的字迹虽然稍嫌保守，倒也还算潇洒。光源氏睁大眼睛欣赏着，内心想：写得可真带风流气息呢。于是，赐给使者华丽的女装等物。次日，喃喃道：“从来也没有收到过代笔的情书哩。”遂更修一函。

“孤独者兮乏人问，
　我心忧郁谁晓知？

1　源氏此歌谓：已远离京城致不辨远近方向，而今皈道者既以其女暗许之，有如获得一枝之栖，堪慰寂寞，故将访问之也。

2　句出《古今集·恋一》，无名氏作和歌。

3　此处暗引《古今集·杂上》，无名氏作和歌句。

悠悠旦暮兮任转运。

‘卿竟吝赐言’[1]。”这次是书写在极薄的信笺上，字迹仍然十分逸秀。年轻少女收到这样的信，若说全然无动于衷，未免太畏缩；不过，内心虽感激，却愈觉双方身份悬殊，想到对方竟然看得起自己这种女性而肯予理睬，不自觉地泪水下落；只是，依旧不肯执笔。拗不过周围的人一再劝诱，遂在满染薰香的紫色信笺上写下深浅有致的字迹：

相思意兮究何如?
　未拜庐山真面目，
　　何以解得兮情密疏!

墨痕笔迹之间，自有一种高尚的气质，绝不亚于贵人之手笔。这样一来，又不由得教他想起京城里的许多人和事了。他久久凝视着那回信，意兴甚浓。书信往返若过于频繁，怕引人注意，故而约隔二三日，选寂寥的傍晚，或动人的清晨，谅对方亦正有所思的时刻，差人送去。未料，对方的回信竟也敛放适度，颇不含糊。字里行间透着谨慎高雅的风度，十分惹人好奇，想一睹其人而后已。想到良清曾有视为禁脔之词，心中虽有不甘，不过也不便横刀夺爱，使他多年来之希望落空。万一女方有所表示，则又另当别论，届时不妨再予应付。可是，想不到这少女却比那些身份高贵的女性更骄傲，未肯辄示真情，所以日子一天天过去，二人之间竟如同在互比耐性哩。如今，光源氏的住所比须磨地方更向西移，他对京城的思念之情亦愈增，真不知如何是好。对二条院那一位女主人的恋情更是“乍闻已堪情

1　一条院御制和歌，句出《弄花抄》。

颠倒”[1]，有时恨不能索性暗中接她来此，又想：自己总不至于在此长久消磨岁月的吧？然则又何苦做些不体面的事情呢？故而勉强忍耐下来。

这一年，朝廷方面接二连三地发生怪异的预兆，骚乱亦特多。三月十三日，暴风雨之夜，皇上梦见先帝立于御阶之下，神色不悦地睥睨着自己，故而惶恐异常。亡父又诸多嘱咐，多半是有关源氏之君的事情吧？皇上愈觉不安，对源氏遂起怜悯之心，乃告于母后。皇太后却道："这种大雨天色不佳的夜晚，常会教人梦见日常挂心的事情。不必这么慌张。"许是梦中与先父不悦的眼神相遇之故吧，从那时候开始，皇上竟患眼疾，疼痛难忍。为此宫中和太后之宫殿都举行了隆重的消灾祭祀。而正当此时，皇太后的父亲太政大臣竟忽然逝世了。这件不幸的事情，就大臣的年龄而言，本来也并无甚不自然，只是事情如此连连发生，太后心头不由得烦恼起来，故而形容日愈憔悴衰弱，皇上也因之叹息不已。"大概是那源氏之君蒙冤流放，才引起这种种报应的吧。我看还是快快恢复他的爵位才好。"皇上再三奉劝母后，可是太后却严格坚持道："这样做，世人定必非难朝廷草率行事。畏罪而自行离都的人，不到三年工夫便原谅他，岂不教人讥评！"于是踌躇犹豫之间，日月流逝，皇上和太后二位的病亦愈形严重了。

明石地方的秋天，海风寂寥，特别诱人感伤。光源氏难耐旅邸独处，故时时催促皈道者："可否设法暗中接令嫒来此？"他无意主动去走访，可是，偏偏这位少女亦没有委屈相从的样子。她心里想：只有卑微的乡下女子才会上城里人花言巧语的当而轻易委身与人。反正对方并没有把自己放在眼中，若拿这事当真，到头来怕是只有自寻苦恼而已。父母还不是因为我这个女儿尚未谙世事，所以才会存着天真

1 句出《古今集·杂体》，诽谐歌，无名氏作和歌。

非分之望，以为真的有天大的幸福等在前面似的；其实，果真如此的话，将来或许反倒会教他们操心也说不定。因而决心趁源氏之君暂居这海边的期间，不妨互通音信，于愿亦足矣。对于这位公子的大名，自己早已久仰，一直盼望能有机会远远拜见其人；没想到，而今他竟如此来到这深海之地居住，自己也得偿夙愿，曾间接瞻仰过他的风采，那无与伦比的琴艺，亦有幸曾借风势偶尔聆听过，而书信往返之间，复承以朝夕生活之情形相告，如今更听说他有意关怀自己这种微不足道的人。对于理当朽腐于渔村的人而言，这已是非分的殊荣了。这般思想的结果，愈觉赧颜，更不敢奢望接近源氏之君的身边。至于少女的双亲则不知女儿心事，一心只想着这些年来祈祷的结果似将应验；不过，万一对方若是相应不理，而自己这边却已轻率地把女儿让人瞧见过，到那时节，女儿心中不知会如何悲伤呢。虽然人人都说这位人物品格高尚，但是难保有时不免也会冷漠寡情吧？于是，一忽儿求助于冥冥之中的神明菩萨，一忽儿则又后悔当初不考虑源氏之心和女儿的命运，胡乱许下了那样的愿望。到如今，反而垂头丧气、心烦意乱起来。

源氏之君则每常念道："近来的波涛声，更教人想听一听那一位的琴音呢。不然的话，这秋夜简直白白浪费了。"皈道者已暗中令人占卜吉日，他全不顾为母的操心，也不让弟子们知晓，独自费心忙碌，将房子里装饰得美轮美奂。十三夜晚的月光明亮地照射时，他只简单而意味深长地引用古歌对源氏之君说："良宵兮。"[1]云云。光源氏想：这老人倒是挺风雅的。遂披上外褂，夜深之后始出门去。皈道者早已备妥豪华的车驾，但是他宁愿避人耳目，故特选马代步。随从者仅惟

1　句出《后撰集·春下》，源信明作和歌。原歌寓意：良宵花月，当及时欣赏。皈道者盖以花喻其女，诱源氏往访其宅也。

光一人而已。目的地在稍僻远处。沿途眺望附近海边的景色，海上的月别有一番情致，正合有情人共赏，光源氏不由得驰念可恋的人儿[1]，恨不能将马首指向京城，就此回去呢。

月空明兮秋无涯，
　天马行空若可信，
　　愿得驰京兮慰相思。

他不觉地自言自语起来。

山边的房屋在茂密的林木中，一望可知为精心布置的处所。皈道者海边的那些房子可谓庄严中饶富趣味者，而这边的房子却相当含蓄收敛，居住在这种地方，定必能领略风雅的情调吧。然则住在此处的人儿谅亦不凡，这真教人动心啊。皈道者修行处三昧堂便在附近。钟声伴和松风，倍添悲戚。连置根于岩石的松树，都看来别有风味。庭前草树间，百虫交鸣。光源氏到处浏览观赏着。那少女所住的一栋房子刷洗得特别光洁，月光照射的那一扇杉门似有意微启着。

不久之后，光源氏已绵绵谈情。少女何尝料及自己会与这位公子如此亲近呢？所以她不免心思重重，叹息连连，不甚可亲的样子。源氏心想：好大的架子哟！即使出身再高贵的女性，凭自己这般殷勤诉情，多数总会驯服的；难道她看我今日如铩羽之鸟便要瞧不起人吗？他这样反复思想，觉得十分不甘，诸多懊恼。他虽然无意举止粗鲁，强迫对方就范，可又不愿意互逞意气而认输。那种矛盾而焦躁的神态，真应该教世上有情人来瞧瞧才对。

身边几帐的带子触着筝弦，微微作响。令人想见屋主人先一刻从

1　谓紫夫人。

容弹琴的样子，遂引发了兴致，央求道："风闻你琴艺绝妙，难道也不肯让我听一曲吗？"

寄客乡兮独漂泊，
悲苦人生何遣怀？
红粉知己兮慰寂寞。

夜漫漫兮若无极，
妾心迷惘犹梦中，
难辨真幻兮遂缄默。

这少女的举止气质倒有几分与远在伊势的六条夫人相似处。她本来正在屋子里闲坐着，讵料光源氏如此不告而突来，慌张之余乃躲入旁边的房间。也不知她怎么关闭的，那扇房门竟然牢不可启，而她似乎也无意打开的样子。但是，事情怎能就这般僵持下去呢？她是一位气质高雅的女性，个子相当修长。她那含蓄有致的态度，简直让源氏之君自觉赧颜。源氏想到二人之间所以到这种地步的缘分，怜惜之情油然而起，而今得一亲芳泽，恐怕更增添情爱呢。近来独宿，每常觉得夜长无聊，今晚则颇有春宵苦短之感。他不愿意给人察知此事，所以焦虑着要趁早离去，却也不忘留下细腻的别词。

今日，他偷偷遣人送情书去。是由于做贼心虚的缘故吧？皈道者那方面也唯恐事情宣扬出去，故未便大事铺张来招待那使者，而另一方面，又觉甚为过意不去。其后，光源氏乃时时伺机来会。由于女方住处离源氏居所稍远，恐路途上遇着渔夫什么的，所以不敢走访过勤。女方则敏感地以为源氏之君要遗弃自己而沉思悲叹起来。为父的皈道者也暗自操心，竟忘了为自己日后升天祷告，一心只注意等待着源氏之君的光临。唉，看他出家之人却去操心尘俗之事，也怪可怜的。

万一，二条院那人儿风闻此事，以为自己蒙骗了她而有所不悦的话，该有多丢人，也多对不起人哪。而所以有此顾忌者，正足以证明爱情之深吧。回想过去，每逢自己浪荡，拈花惹草，她难免要妒恨于心；如今，倒有些后悔不该，所以每回见着这边的女性时，便不由想起京城里的人儿。相思之情，唯有寄托于细腻的情书而已。他更在信尾附言："每忆往日风流成性，害你受苦，心中不免隐隐作痛。唉，讵料竟又在此幻梦一场！不过，请谅察我所以如此坦率相告，正足以证明视卿如己啊。'誓言犹在耳。'[1]"复写道："凡事请看开一点，

有一人兮暂相随，
聊慰寂寞逢场戏，
心实恋卿兮泪常垂。"[2]

紫夫人的回信并未见得十分介意的样子，语气依然温顺。仅于信尾附言："承君坦告以梦，衷心亦颇有所感怀，

临别辞兮犹萦耳，
讵知浪涛越山高，
君心浮荡兮似海水。"

表面上宽怀大量，实则暗含讽刺，可真不能小看她哩。果然，收信之

1 盖引用古歌句也，出典不详。
2 源氏此歌为解释对紫夫人未忘情，谓明石之女实逢场作戏耳。原歌全用音义双关语，此采意译。

后有好几晚光源氏都不便往访山边的屋子了。

女方不知就里，认为源氏之君正如所料，弃己于不顾，恨不得投身浪中。这少女一向依赖惯了风烛残年的双亲，虽未敢奢望出人头地，多少年来倒也过得无忧无虑，从不知愁滋味的；而今方知人生苦恼，这苦恼却又远较想象中的更为悲痛难耐。不过，她表面上倒颇能伪装冷静，见面时也不稍露憎恨之色。光源氏见她如此，竟也不知不觉间怜惜之余，爱情随时日而增。另一方面，想到留在京城里的那位高贵的夫人正度日如年地等待着自己，怕她为自己这边的生活操心，故而不忍心与明石夫人太过亲近，往往独卧之时居多。有时候，他画许多风景图画，附上一些诗文，又特留空白作为给紫夫人添加答歌之用。每一张图文都充满情意，十分令人感动。是相思者的心思往来天空之间吗？二条院的女主人也往往同样地绘图排遣无聊。有时，她更将每日所发生之事记入日记之中。到底这两位人物的未来将是如何的呢？

岁已改。[1]京城方面因为皇上御体违和，人人慌乱骚动着。皇子为右大臣之女承香殿女御所出，如今才仅两岁，实在太幼小。这样看来，帝位恐怕自然会轮到藤壶所生的东宫来继承了。届时堪任保护人和代理摄政者，除光源氏而外不做第二人想，而他本人正遭逢这种逆境，实在是遗憾且不方便。至此，皇上乃毅然不顾母后之旨而宣示赐赦。去年以来，皇太后始终受着妖物骚扰，不祥之兆告连连发生，而世间亦颇不安定。皇上则许是隆重的法事生效的吧，眼疾一度曾转愈，可是近来又变得严重起来，故而甚感不安，遂于七月二十日后，特派使者宣令源氏返京。

光源氏虽然也预料到自己终究会获赦免的，然而，世事无常而命

---

1 时光源氏二十八岁。

运又难卜知，故也不免猜疑悲叹着。讵知竟如此骤闻圣旨频催，真教他欣喜之余，另一方面也不忍离开这滨海的地方。皈道者当然也早知有这样的一天，只是乍闻悉之下，仍觉心情沉痛；不过，他又想道：源氏之君一旦而飞黄腾达，自己的期望始可达成呀！这一阵子，源氏之君每夜都过访山边的闺房，与明石夫人温存恳谈。这位女主人自从六月前后便怀身孕而苦恼着。别离在即，却偏遇着这种事，怎不教他爱怜呢？源氏不禁感慨：吾身何以如此劳苦不绝啊！不消说，女方更是心思重重，这也实在难怪。源氏之君呢，此次意外的出旅，虽然十分悲苦，但总觉有重返京城之时，故而心中也聊堪安慰的；现在正是可喜的出发，可是想到自己或将永不再回到这样偏僻的地方，心中反倒有无限依恋之情。随从人员亦莫不喜出望外。京城方面有人来相迎，在众心欢腾之中，唯独那做主人的皈道者在悲伤流泪。这个月便如此过去了。已是仲秋时分，天空饶有情致。光源氏反复思想：何以自己始终为情爱所困，自寻烦恼呢？有些知悉内情的人便愤愤地说："真是没办法，又是那种老毛病！"更有人互递眼色、牵拉衣袖道："前些时候还不敢明地表现，只是偷偷走访，装模作样的。近来倒好啦，走得殷勤，教人家日后如何消受得了啊。"少纳言良清听到大家谈论着当初他介绍这位女性的经过，心中甚不泰平。

终于决定后日出发。光源氏又依例趁夜天深，来到山边的屋里。以前他从没有像今宵这样清晰地看过女方的容貌。想不到她竟是一位美人胚子呢！这真教人依依不舍得离开了。他决心日后定要设法迎接她去京城，于是情语绵绵，信誓旦旦，再三相慰。男方的姿容则是无须在此更赘言喽。由于长期的事佛修行，面庞略显消瘦，却因此更增添一份高贵的气质。看他表情凝重，含泪诉衷情的模样儿，心中已满溢幸福之感，复何所求？另一方面，愈是如此近拜玉颜，更感双方身份悬殊，难免自惭形秽。浪涛之声在这样的秋风之中格外响亮。海边盐田升起的烟缕轻轻地散布在空中。这一切，像是千愁万感的集结呢。

去将去兮离此浦，
　似那盐烟随风靡，
　　有情同心兮总重聚。

源氏之君即景咏成一首歌来。

妾心忧兮如焚火，
　奈何人生多苦悲，
　　未敢怨叹兮独负荷。

女的只是幽幽低泣，不多言语。即便是这种场合的诗歌答赠，也可以窥见其人气质品格。

源氏之君埋怨女方始终未肯弹奏她所拿手的琴。“在此临别之际，让我聆听一曲吧。也好作为日后的怀念啊。”遂令人取出从京城携来的琴，先自行抚弄一番。值夜深万籁静时分，动人的曲调流入澄静的夜空里，真是妙不可喻。皈道者也忍不住取出自己的筝推入帘中。女的正感慨万端，泪流不已，故而情不自禁的吧，遂亦开始轻轻拨弄起来。听来自是优雅动人心弦。从前源氏之君总以为那位如今已入佛门的藤壶的琴艺是无人可以比肩的。她的造诣是流行的格调，任何解音者都能欣赏体会，技艺之高超，甚而可以令人想见弹奏者的容貌姿态呢；可是，这位女性却更擅长于表现清脆优雅而美妙绝伦的音色。她所弹奏的竟是连源氏都不十分熟悉的曲调，指法娴熟，似有意故留余韵，戛然而止，教人回味无穷。现在才懊悔：为何这些日子来没有央求她时常弹奏给自己听呢？于是，他细诉衷情，诚诚恳恳，再三约契：“这具琴请你留下，作为我们后期的信物吧。”女的低吟道：

轻许诺兮辄置词，
明知戏言不可恃，
忍声偷泣兮总相思。

源氏立加制止道：

“筝一具兮十三弦，
丝弦音调常不变，
情爱不渝兮会团圆。

盼望趁此弦音未变时，得再相见。”男方虽然如此柔情相慰，但是眼前的别离实在难以忍受，这也就难怪她幽幽哭泣了。

出发之日，光源氏趁天未大亮便离开山脚下的屋子。京城里派了许多人来相迎，到处骚扰，使他无法专心，却也伺机咏成一首和歌送于明石夫人：

不忍离兮泪洒隈，
今日一别何时见？
寂寞波涛兮空徘徊。

答歌如下：

君将行兮茅屋废，

何忍苟容此山冈？
　去将逐波兮身心碎。

显然是真情流露之作。源氏之君按捺不住地簌簌泪下。不知内情者却以为：虽然这种僻陨处的茅屋，日子久了，一旦离别，总难免教人依依不舍哩。只有良清等少数熟知究竟的人才感叹主上用心之深。当此离别之际，人人心头悲喜交集，纷纷惜别道："真想不到就这么离开这海边啊！"恐怕感伤的场面也在所不免。不过，这种事情也无须乎一一记述吧？故此从略。皈道者为今日离别，准备得十分周到。连源氏之君的侍从下属人员都分享其福，各得豪华的旅装作为礼物。真不知他什么时候备妥的这么些东西哟。源氏之君的装束则更不在话下了。光是那衣柜就不知有好几担子。至于预备给一行人携返京城的正式礼品和贡物等，也都是用心细腻，无一处不周全。光源氏在今日穿的狩衣上，发现明石夫人留下的和歌纸条：

和泪裁兮此旅装，
　一针一线寄情爱，
　　恐君厌嫌兮润似浪。[1]

虽然当时诸事纷乱杂沓，却赋歌道：

相逢日兮究何时？
　试把衣裳来交换，

1　明石夫人歌，谓己亲为裁缝此旅装，一针一流泪，复恐源氏嫌恶其泪沾衣似浪浸淫也。

留作誓物兮表相思。

又喃喃自语："人家一片好意啊。"遂更衣，将那脱下的一件持与女方留作纪念。唉唉，这岂非又追加另一个记忆的种子吗？那衣裳上面余留的香泽怎不深扣人心呢？皈道者哭哭啼啼道："此身早已弃绝红尘，却恨不能奉陪相送呢。"他那模样儿可怜复可笑，害得那些年轻小伙子们差点儿忍俊不禁哩。

"弃红尘兮避海滨，
潮风长年任吹拂，
烦恼依旧兮未了身。

今后恐怕将更为孩儿昏暗执迷不悟呢。好歹让我相送到边界上吧。"随后又吞吐而探问："这种话有些不好意思说，不过，盼望您偶尔也能想起小女……"光源氏衷情感动，不觉地眼眶润红，却因此更添几许韵致。"这一点请您放心吧。我与她究竟有切不断的缘分啊。我会设法让她了解心意的。唉，只是，如今怎舍得离开这住惯了的地方呀。"

当年春兮泣别京，
时光流转增感喟，
今秋将去兮魂梦萦。

他忍不住以袖拭泪。惹得皈道者老泪纵横，悲伤之余，几不能支持。

至于那位女性本身的心事，该如何形容才好呢？她试图要抑制爱慕之情，唉，可是悲伤的根本原因乃在于双方的身份悬殊，这是没有办法的呀。她不能责怪源氏之君弃己而去，但是偏又片刻难忘情郎的面貌，如今，只好浸淫泪水之中了。为母的也不知如何安慰，只有咕哝着："怎么会想起这么一个教人懊恼的念头啊？唉，都是当初不小心听从了你这老糊涂的话啊！"皈道者则不耐烦地躲在一旁说："少啰唆！既然人家知道生米已成饭，总不至于弃自己骨肉于不顾，定必会有安排的。你就给我振作起来，熬些补药什么的给女儿喝，别尽在那里说不吉利的话了。"乳母啦，母亲等人异口同声地责备这老人的顽固。"长久以来就盼望着能选到一位乘龙快婿，以为这回总算如愿以偿了。唉唉，哪里知道打一开始就变得这么糟糕哦。"听家人如此抱怨，皈道者更不知所措了。他白日里无所事事，蒙被而卧，夜间倒反而正襟危坐。"念珠呢？哪儿去了？"口中喃喃，不断搓着双手，仰视天空而已。他这样反常的态度，更教徒弟们瞧不起。说道是乘月色出门修道去吧，又有时竟跌落池塘中，只好从水中爬起，坐在那风雅的石丛间抚痛，好似可以稍稍忘却心底烦恼了。

源氏之君不忘到难波去行祓祭。住吉之神方面也特地差遣人去参拜，并许以日后隆重祭祀之愿。由于此次陪行者人数骤增，故而未便亲自参拜致谢意。一路上也无心观览名胜古迹，便匆匆入洛。[1]回至二条院府邸，留在京里的人与追随出行的人都觉得恍如隔世，人人喜极而泣，显得纷纷扰扰。女主人原本认命绝望的，而今内心正不知有多欢喜呢！见眼前这位夫人成长得如此美丽，原来那一头稍嫌过于丰多的乌发，许是因为操心的缘故吧，掉落了一些，反而显得清爽有致。想从今而后，便可与她长相厮守，顿觉安慰；但是，另一方面，也不由得想起那一位明石夫人依依惜别之情态，悲悯之情油然而生。看样子，他这一辈子总是注定要这般为情烦劳不已的吧。不瞒紫夫人，他把海滨贬谪时的那一段情事照实相告。看他那思念的表情十分认真，

---

1 平安时代日人崇仰中国文化，称京都为洛。

可见得非泛泛之交。女方怕是内心有些不悦吧，乃不露痕迹地巧妙表示："旧情未断新欢生。"[1]那种含蓄的嫉妒教人既爱怜复觉有趣。这一位女性是如此教人百觑不厌，何以自己竟能与她长期分离呀。光源氏一面觉得过去一段日子的不可思议，另一方面，也不能不再次对这浮世怨怼起来了。

未几，光源氏蒙朝廷回复官位，并且晋升为权大纳言，而属下诸人亦蒙赐赦，各复原职，这情形如同枯木逢春，皆大欢喜。光源氏应召上宫。他恭恭敬敬端坐在御座前，那随年月而愈增的成熟的气质与姿容真个教人赞叹不已；更令人不由得惋惜，这些时日来，不知他在滨海僻地如何过日子啊。有些从故桐壶院在世时代以来仕奉的老宫女则万感交集，禁不住喟叹唏嘘。连皇上都觉着有些不自在，故而刻意整装始出。迩来御体违和，心境也始终不佳，昨日、今日则似觉畅快许多。君臣兄弟绵密恳谈，不觉已到夜晚。今宵正逢十五，月华皎洁，周遭寂寂，追怀往事，帝心感慨，竟而落泪，不禁喃喃道："这一向都没有举行什么管弦之游，不闻你的乐音也有多时了啊。"源氏之君遂以歌代答道：

蛭之子兮本神嗣，
奈遭苇舟海上迁，
经年未步兮遂颠踬。[2]

皇上听后既怜悯且感觉羞愧，亦赋成一首和歌：

---

1 句出《拾遗集·恋四》，右近作和歌。

2 蛭之子为伊弉诺、伊弉冉二神之子，相传三岁尚未能步行，故源氏借以喻己流浪滨海之地三年也。又蛭之子尝遭以苇船迁逐海上，亦与其身世相类。

绕宫柱兮神嗣生，
　若得相逢何须怨？
　　相别之春兮勿置评。[1]

态度雍容优美。

宫中正为追念故桐壶院所举行之法华八讲而忙于做种种准备工作。光源氏抽身去拜谒东宫。几年不见，东宫已长大许多。他见源氏之君归来，喜形于色，兴奋不已。光源氏心中无限感慨，深情地凝视着。这些年来，东宫在学问上也有长足的进步和可喜的造诣，看来英姿焕发，将来由他来担当天下之大事，该是没有一点可虑的。至于那位母后，皈依佛门的藤壶之处，恐怕等过些时候，心境平静之后再相见，谅必有许多道不尽的深情和话题吧。

对啦，还有那位明石夫人呢。趁护送到京城来的侍从们回去之便，源氏之君托了一封信。他用心回避众人，柔情细腻地书写："浪声寂寞的夜晚，不知你何以消磨时光啊？

长叹息兮苦别离，
　气为朝雾罩明石，
　　情意缭绕兮卿岂知？"[2]

至于那位太宰之帅的女儿五节之君呢，她本来在须磨滨海私心偷偷恋慕着这位光源氏之君的。讵料人家已如此浩浩荡荡返回京城去了。这

1　绕宫柱云云乃据《日本书纪》所载：伊弉诺、伊弉冉二神为生神嗣，环宫柱左右绕行，终于重逢之故事，以喻如今兄弟既已重逢，盼源氏释憾，勿再提往日相别之春也。

2　源氏此歌谓：自与女别后长叹息，想象所吐之气已随情思飘荡明石海浦，化为朝雾缭绕笼罩其上空也。

真教她感觉有如一盆冷水当头浇下来，希望全落空了。于是，她写好几个字差人送去，也不说明谁人所托，令其悄悄地放置在源氏之君身边。

有舟娘兮住须磨，
私情相思未敢忘，
泪腐衣袖兮形婆娑。

笔迹颇见进步了啊！源氏之君一看便知是谁人之信，遂亦立刻援笔致复：

展卿书兮读卿字，
衷情为动泪涟涟，
吾袖亦朽兮非嬉戏。

其实，对这位女性，源氏之君一度也曾寄情颇深，所以一旦收到这样的情书，难免唤回记忆。不过，近来他似乎对这方面的言行显得十分谨慎。据说对于花散里那位女性，也只有普通书函而已，所以也就难怪大家心底对他怨恨哩。

第十四帖

澪　　标

自从在须磨清晰地梦见故桐壶院以后，光源氏心中一直牵挂着此事，总想无论如何得举行佛事以营救那沉沦苦海的亡父灵魂[1]。如今他既蒙朝廷宽赦，重返京城，故而开始筹备一切。十月里举行了法华八讲会。至今，世间人士对执政者顺风靡倒的情形依然如故。皇太后虽然玉体违和，却仍是打心里不快乐，想着："终究没能把这眼中钉拔除掉。"至于皇上呢，这事情的经过，倒是教他想起了先帝的临终遗言。他原以为自己必受报应无疑，但是自从恢复源氏之君的官位以后，自觉心境爽快许多，而时时困扰他的眼疾也竟然痊愈了。不过，他内心始终觉得自己恐怕活不长久，颇有些儿心不安，又认为在位之日也不会多，遂时时召源氏之君上宫。有关政治方面的问题，也都能与之坦诚商量。如今，皇上似乎颇能随心所欲地言行了。世人对此转变，莫不大感兴奋和庆幸。

皇上有意将于近期内逊位，不过，看到尚侍之君为着她的将来发

1 指第十三帖"明石"中故桐壶院托梦晓告其生前所犯罪过一事。

愁的样子，圣心颇有些怜悯不忍。“右大臣已作古，太后又病重，看来，我自己也不久于人世了。所放心不下的是你日后的生活。以后的日子，怕是大不同于过去，教你一个人怎么度日呢？在你心目中，我总是不如你那一位吧？但是，我自信对你的爱情比谁人都深，所以也就老是放心不下你的事情。或许有一天，如你所盼望的，那位比我更好的人会来照料你，可是，谅他的情意也不会比我更坚固吧。想到这些，真教人伤心哪！”皇上越说越难过，竟哭泣起来。女的听到此番话语，也禁不住面颊泛红，却看来愈添娇媚。那任由泪珠下落的模样儿，使皇上打心底生爱怜之情，竟致忘了她过去的种种过失，痴痴地注视着她。“现在只遗憾你为什么不给我生个皇子什么的。若是跟你那位缘分深厚的人，恐怕马上就会有孩子也说不定。咳，想到这事，真教人痛心！不过，你若是替他生孩子，身份总有际限，怕一辈子也只能过寻常人的生活哩。”亏他连将来的事情都设想周到，这样越发使女的羞愧且悲哀了。其实，皇上生得眉清目秀，这些年来，他对自己又是宠爱有加；而源氏之君呢，虽然他是出类拔萃的人物，可是，近来似乎对自己逐渐冷淡起来。如今，只后悔当初为什么不识好歹，以至于引起了一场骚动，败坏了自己的名声且不说，更害得人家也跟着灾罹祸加。想起这些事，真要自叹自怨哩。

翌年二月，[1]皇宫里举行东宫元服之仪式。十一岁的孩子，看来却显得比实际年龄大许多。他既成熟且又俊美，与大纳言源氏之君长得一模一样。世人对这一双光芒夺目的人物赞颂不已。为母的则暗觉心虚，正为苦痛煎熬着。皇上待东宫疼爱逾恒，视若己出，他和蔼地表示让位的事情。同月二十几日，朝廷忽传出逊位的消息。皇太后大感讶异狼狈。皇上只得安慰道：“让位去朝后，希望能还我自由之身，时

1 光源氏二十九岁。

时随侍您左右。”于是，又立承香殿女御所生之皇子为新东宫。世态一新，一切较前代显得繁华热闹。大纳言源氏已晋升为内大臣[1]。因为左右大臣已有人选，故而追加此一额外大臣。原来他这个官职乃是理当执行天下之政治的，却借口“不堪政事繁忙”，而欲推荐退隐中的左大臣复出摄政。左大臣则谓：“先前由于疾病而致仕，如今年事更老，何堪负荷国之大任！”未肯辄予答允。但是，朝野人士纷纷议论道：外国也有变乱不安则隐退山中，事平则不耻白发，复出而仕的真贤者，虽说一度因病致仕，如今物换星移，朝代已改，再度出仕，又有什么顾忌呢！而事实上，这种事情也的确不乏前例，所以终于不再辞让，而出任为太政大臣。他高龄已六十三。当年由于世间纷扰，一时闭门独居，与世隔绝；而今再仕，繁荣再现，随着他埋没寂静过一段时期的子辈也都个个又浮升了。就中，宰相中将[2]晋位为权中纳言。他与右大臣四女所生的女儿，如今已十二岁，故准备令她正式入宫。至于曾唱《高砂》之曲的公子，也获得叙爵。看来事事如意顺遂的样子。见他夫人众多，子嗣相继出世，好不热闹，源氏大臣十分艳羡。他自己与太政大臣之亡女所生的公子，而今更长得俊丽超凡，常以童子殿上人的身份到宫里啦，东宫等处见习礼仪。但是，这一切的改变，却又重新唤起了大臣夫妇悲哀悼亡女之情，从而徒增感叹。不过，在葵夫人去世后，总算是仗着源氏大臣的威严，凡事有了妥善的安排，故而虽然一度隐没不得志，现在却又能荣耀如昔了。源氏大臣则至今犹不改旧习，逢年过节，从未怠忘上岳父家去拜访请安，对于公子的乳母，以及忠心侍奉的婢仆等，也都留意随时提携，所以大伙儿都过得挺不错。他对二条院那边的人也同样用心周到，有意教那些耐心等候自己回来的中将啦，中务等女官得到应得的报赏，费心细腻

1 太政大臣有二，即左大臣、右大臣各一。内大臣为定员以外特设者。
2 即前之头中将。

地照料她们。这样一来，委实够他忙碌，所以自然没有时间出外闲荡了。二条院东邻的宫殿，本是故桐壶院所赐，因此特令人加以翻修改筑，准备将来迎接花散里之辈乏人照料的妇人来此居住。

对啦，关于那位留在明石的女性，不知她别后如何？虽然源氏之君并没有一时一刻忘怀她，无奈公私两忙，也就一再迁延下去，无法往访。直等到三月初时分，他心中预料产期将临，故而暗自焦虑，偷偷派遣人去探看。使者旋即回报：已于十六日安产一女婴。源氏之君闻知得一女儿，欣喜异常，同时又后悔当时为什么没有接她来京生产。曾有占卜星相的人说过："贵子三人，[1]中并有帝后之尊者，[2]其次[3]为太政大臣，位极人臣。"又道："身份较低之夫人[4]所出者为女。"如今推想，皆一一吻合事实。其实，以前也有许多灵验的相人异口同声说过，源氏之君有执天下大政的一日；不过，由于这些年来世态动乱，他自己内心颇有些怀疑失望罢了；而今皇上既已登位，一切果然偿愿，所以也就感觉踌躇满志，但说实在的，他可从未曾梦想过自己即帝位这种离谱的事情。虽然亡父生前对自己格外宠爱，但他三思之后终于降为臣籍，想来其中总是有道理的。只是，自己虽与帝位无缘，如今皇上已顺利登基，别人虽无由得知，而他私下却不得不暗惊预言之中肯了。如此推想将来，则那住吉之神的指引恐怕也不会有错，然则自己与那位明石的女性盖亦有宿缘，而她那顽固的父亲或自有远大的打算也未可知。如若一切属实，教一位将来可能即后位的女婴任其生长乡间，岂非可怜且不当？无论如何得要尽快把她接来京城住才好。遂下令使急修东院的殿阁。

---

1 三人指光源氏与原配葵夫人所生之夕雾、与继母藤壶所生之冷泉院及与明石夫人所生之女（即后之明石中宫）。

2 冷泉院已继朱雀院为帝，明石中宫，后入宫为妃，故云。

3 次者谓夕雾。

4 明石夫人为明石郡守之女，身份不及藤壶与葵夫人，故云。

此外，乡下地方，恐怕也没有什么伶俐的人选，所以特寻得昔日仕故桐壶院的宣旨之女——其父曾官至宫内卿兼参议，如今已父母双亡，无依无靠，听说最近产下一儿。乃召来传达此消息之人，令其设法安排为乳母。这个女人年纪尚轻，也无甚主见，正孤单地在她那乏人问津的茅屋里打发日子，所以对源氏之君的召请，也没有经过什么细心考虑便答应了。源氏内心对这女人的身世十分怜恤，所以某日，顺道私下往访。她在应允之后，倒是感觉有些犹豫起来，可是，如今见源氏之君亲自过访，惊喜之余，大感安慰，乃立刻顺从道："一切悉听尊意。"正逢着吉日，遂催促使去。"请别怪我冷酷，实在是有万不得已的原因呀。我自己也是由于偶然的事情才在那种偏僻地方过了一些岁月，所以请你暂时忍耐一下。"又如此细腻加以解释。这女人从前偶尔也上过宫里，故源氏对她挺面熟的；不过，如今的她却憔悴许多。那所房子呢，更是破旧得厉害，只有宽敞的架构，稍可令人想见昔日盛况而已。庭院中，古木参天，阴森森的，颇有些恐怖景象，不知她在这种地方怎么过的日子？倒是那人儿本身还挺活泼可爱，所以令人不忍移目。"唉，真有些儿舍不得放你去乡下哩。你觉得呢？"他半开玩笑地说。说真个的，同样要仕奉，她倒也宁愿留在源氏之君身边，这样或聊堪安慰不幸。于是，她重又抬头拜望。

"素相隔兮非相亲，
　未尝深交吾与汝，
　　别离滋味兮总悲辛。

要不要追踪你而去呢？"对此似真似假的口吻，女的微微含笑答道：

说悲辛兮道惜别，

情驰他方实有人，[1]

托词慰妾兮真心折。

见她应对从容老练，源氏之君颇觉有趣。

新乳母终于乘车离京而去。临走时，着意多派了些亲信护送，并嘱咐大家千万勿将此事对外泄露。守护刀啦，以及其他种种物品堆了满车，用心之细腻，真个是无以复加，连对乳母，也表现了格外的关切和叮咛。想象那位皈道者疼爱孙女儿的样子，源氏之君不觉地莞尔微笑，又觉几分心酸。他这样一心只想着新生的婴儿，正足以证明爱情深厚。于是，他写信更加叮嘱，千万不要怠慢了孩儿。

经几月兮复几岁，

始得怀袖抱吾女，

如何亲生兮不爱怜。

一行人乘船至摄津之国，其后改由陆路马行。皈道者早已等待盼望着。见乳母等到达，心中无限欣喜，乃俯伏向京都拜谢。有感于源氏之君的深情关切，这老人唯有对孙女儿小心翼翼，愈加宠爱。那新生的女婴呢，实在是美得出奇，笔墨难以形容。乳母初拜稚儿的玉颜，便衷心感动，才知道源氏之君何以再三郑重嘱咐的道理，一时间激动得不知所以，连旅居陌生地的悲伤全忘记了。她一心只觉得婴儿美丽可爱，不由自主地要细心照料一切。产妇这个月来一直抑郁不乐，身子也十分衰弱，不思生活的样子。不料，源氏之君这种体贴的表现，却令人倍感安慰，故而她微抬起头来与使者寒暄，尽力招待大

1 “有人”谓明石夫人。此歌讽刺源氏表面虽对己惜别，实则托词相慰，而情爱已远驰他方之人身边也。

家。"得马上告辞了。"使者急着要返京禀报此间情形。女主人只好将心中之一端书于信上。

将独抚兮此娇儿，
妾袖嫌狭难蔽护，
君袖宽大兮何日垂？[1]

源氏之君对那新诞生的婴儿异常思念，盼能早日父女相会。此事他本不欲紫夫人知悉，却又怕她若由他人口中得知则更不妙，故而说道："老实说，发生了如此这般的事情。人生真是有些儿恶作剧一般，希望她生孩子的人，偏偏毫无消息，却教料想不到的人来生产呢！而且，这又是个女娃儿，所以也没什么教人高兴的。本来嘛，舍弃不理，也可以的，不过，究竟有点儿什么吧……几时找个机会让你见一见，希望你不要怀恨才好。"紫夫人红着脸说："这是什么话呀。总让您这样警告，莫非是我脾性不好？真教我自己讨嫌呢。我几时学会怀恨别人来着？"她那埋怨的样子十分妩媚。源氏之君微笑道："咦？看你！谁教你这些的呀。怎么这样说呢？别多猜疑了。瞧你这么埋怨，可真教我伤心啊。"说着真难过起来，眼眶里竟有泪光哩。这两个人一向恩恩爱爱的，有时回想离别那一段时间里互相交换的情书，更觉得真情可贵，与此相比，别的女性关系都显得逢场作戏一般，不值一谈了。于是，他娓娓而谈："我这样子想起那个人，实在是另有原因的。不过，现在谈这些，怕你又要误会了。"又道："当时我觉得她人品挺不错，或许是由于旅居滨海寂寥的关系吧。"接着，又提到渔夫

1　明石夫人此歌意谓：己不堪独力负荷抚育此女之责任，盼望源氏及早庇护彼等母女也。

们烧盐田的情景啦，当时明石夫人所谈的话啦，还有，那晚依稀见到的容貌啦，以及琴声动人之情形……这一切都好像在源氏之君的心底留下了深刻的印象。回想那些时日，紫夫人自己却在京城度过何等悲伤的生活啊！就算是逢场作戏吧，他这种移情别恋，怎能不教人怨恨呢？“反正，我是我……”她别过脸去，又若有所思地自言自语：“世事总是悲哀的啊。”乃感叹道：

方向异兮非海滨，
君自相思妾自恨，
宁为化烟兮灭此身。

“这是什么话？何以说这种傻话呀！

世事艰兮命不厚，
万里流浪山海间，
为谁忍誓兮卿知否？

我一定要教你谅解这心志。命运虽然由不得我，这一向多方避免遭人怨恨者，还不都是为了你一人啊！”说毕，援筝来弹奏，劝紫夫人也试一曲。可是因为方才听说明石的女性擅弹此乐器，心中有些儿妒意的缘故吧，她连手指都不肯去碰一下。这位女性虽然优雅温顺而美丽，毕竟也有其执着之处。看她那副怨恨娇嗔的样子，反倒增添几许娇媚，源氏之君对她生气的模样儿，只是觉得有趣可爱。

五月五日，算来应该是婴孩诞生第五十日[1]吧。源氏之君心中暗

---

1 日人于婴儿出生后第五十日举行祝贺之仪式。

暗把日期数，不觉地思念之情陡增。若在京城的话，要做什么都可以随心所欲，不知有多高兴哪；只可惜教她出生在那种乡下地方！唉，这个孩子若是男婴的话，倒不必这么担心，她既是将来要即后位的人，如今却教她这般冷冷清清，真是可怜复可悯。想自己遭受不幸而流放彼土，怕也是命中注定要生这个女儿的缘故吧。他已预先差遣人，务使如期到达，故而在五日当天正巧抵达明石海浦。费心准备的品物皆是珍奇贵重者，其中还有许多颇实用的礼品。

“常寂寥兮似海松，
 五月五日嘉庆日，
  何以祝颂兮相思浓。

恨不能插翼飞来身旁，然而我今已身不由己，故而盼望你们母女上京来团聚。一切当会顺利，无须多虑。”皈道者展书读此，竟感激而泣，觉得这一生的确没有白活。本来这边也早有祝贺的准备，相当隆重的；不过，假使源氏方面没有派遣这使者来，这一天也只有像在黑暗中度过一般了无意义吧。

这位女主人果如所盼，是一位优和可亲的人，所以乳母自己也像是找到一位言语投机的对象，颇堪安慰解忧的。此处另有一些侍女，论身份人品也并不比这个乳母差，是为父的皈道者一一把她们召请来侍候女儿的。不过，究竟都是些衰老的宫女之辈，为觅得老后退居之处，才来到这种偏僻的海滨。因此，这位乳母在众侍女之中便显得鹤立鸡群，既年轻又出色了。凭那三寸不烂之舌，她对女主人大谈源氏大臣的近况，说他如何为世人所重啦等等，遂使明石夫人的心境也渐渐明朗起来，想自己为这样一位人物产下教他牵挂的婴儿，毕竟是值得引以为荣的事情呢。这乳母也与女主人一起拜读了主上的信函。她内心不无感慨：唉，世间竟然有这么幸运的人儿哟；与她相比，自己是多么命苦啊……可是，没有料到，那信中竟也提到“乳母近况可好”云云，何等细腻的用心呀。为了这些话语，她觉得一切的代价都值得，故甚感安慰。女方的答复如下：

“鹤[1]哀鸣兮穷海滨，
今日虽逢五十日，
君自慰问兮更无人。

迩来事事忧心，幸赖您偶然遣使来相慰，否则真不知何以为生啊。但盼对此娇女有所安排，则贱妾死亦瞑目矣。”字里行间情绪激动。源氏之君反复读之，不禁自语道：“可怜哟。”紫夫人流目窥得此情景，也低吟：“舟楫摇摇去我远。”[2]见她沉思不乐，源氏之君乃埋怨道：“你又在多心了。说她可怜，也只是衡以常情罢了。想到海边那些景色，有时便难免也会想起当时诸事，不觉地也就自言自语起来。难道你连这一点都不能当它耳边风吗？”说着，仅将那封信给夫人看。上面的笔迹颇见修养功夫，优雅有致，即使行家见着都恐怕会自愧的。这就难怪源氏之君对她如此依恋不舍啊。紫夫人这样想。

诸如此类，源氏之君忙于取悦这位女主人，故而对花散里那方面全然无暇顾及，委实可怜。不过，现在公事频繁，源氏之君又以内大臣之身份，出入行动诸多不便，而对方也无甚特别之事情相告，所以便这样日复一日地过去了。梅雨连绵的某日，正巧公私双方面都稍空，闲来无事，遂想到过访。这边是朝暮只盼源氏之君，视他为唯一

1 鹤以喻女婴。
2 句出《古今六帖·三》，伊势作和歌。紫夫人托歌以怨源氏心思他驰也。

可赖之人，当然决不会学着别人撒娇或埋怨什么的，这一点倒是教他觉得心境轻松不少。这几年来，房屋愈形荒废，简直令人不忍卒睹。礼貌上，他先去拜访丽景殿女御，稍事闲谈寒暄，待入夜之后，始赴西侧妻户方向。这时月色朦胧，照在源氏身上，使他的举止看来更增艳美。女的虽然无限娇羞，依然保持着对外眺望的姿势，但那态度从容大方，十分可取。近处有水鸡啼鸣。

夜寂寂兮人孤独，
若非水鸡惊晚氛，
月光[1]肯入兮此荒屋？

这首和歌虽然有些自卑意识，仍不失分寸而颇显得温顺。唉唉，其实所认识的每一位女性都有长处，唯其如此，自己才会徒增苦恼的啊。

“水鸡啼兮晚氛惊，
若逢鸟鸣便启户，
满屋月色兮宁太明？[2]

这岂不教人担心？”源氏之君话虽这么说，其实他内心深知这位女性绝非风流多情、招蜂引蝶型的。对于她这些年来苦苦等待自己从须磨返京的忠心，他当然也衷心感铭。二人遂情话绵绵，连那时节源氏之君所勉励的“月暂隐兮光华消”的歌句也上了话题。“为什么当时您会那样悲叹呢？像我这般女人，其实您在远方或近处又有什么差别

1 月光以喻源氏。
2 原和歌引用音义双关语，以“满屋月色”转喻其他男人，无法译为中文。源氏此歌颇有揶揄俏皮之意。

呢？”她那含蓄收敛的态度，着实讨人怜爱。于是，源氏之君又大鼓其舌，不知从何处觅来的灵感，用尽甜言蜜语，百般地说服。

即使在这种时候，源氏之君都不能忘怀那位五节之君，心里老是盼望再见到她；不过，他今日的地位却已经不容易随便出外逍遥，幽会情人了。女方呢，心中始终也思慕着源氏之君，所以虽然父母常常向她提起亲事，她自己则一概表示冷漠。近来源氏暗中时常想着：希望能盖造一座不显眼的房子，把这些教人惦念牵挂的情人都找来一处；倘若有人替自己生个女儿什么的，也好让她们来抚育管教。目前在东侧赶工改筑的房子倒是相当新型华美的。为了精益求精，他又从各地藩主处征选了一些此方面的人才，令其参加营建。

对于尚侍之君，他也实在至今犹难忘怀，所以曾经略示心意；无奈对方已饱受灾害，不肯再像往日那般相待了。而今身份愈高，愈觉诸多不自由，反而有人生乏味之叹。相反，逊位之后的朱雀院则心境轻松了许多，时时在后宫举行管弦游宴，显得十分愉快。他身边依然有众多女御和更衣随侍。东宫的母亲承香殿女御在后位时未见得踌躇得意，反倒因尚侍之君的专宠而有几分被压抑的感觉；而今世态已变，她也乐得离开朱雀院身边，一心陪伴东宫去了。源氏大臣在宫中的宿直处为淑景殿，与东宫所居之梨壶殿相比邻，故而随时见面谈话都极便利，正可以趁此机会保护照料他。藤壶之宫以皈佛之身，无法晋位为皇太后，遂仿太上天皇改称女院，也得到应得之封邑。[1]院司以下诸役，亦颇改威仪，仍以事佛积德为日课。这些年来，恐世人议论，不敢任意出入皇宫，连母子会面都尽量避免着，实在是她衷心一大憾事；而今又恢复出入皇宫之自由，看来凡事顺遂的样子。倒是太后有无限感慨，不禁私自悲叹：“世事无常，真教

1 太上皇封户为两千户。

人厌烦！”源氏大臣倒是能时时照拂太后，显得无微不至的样子；这样更害她羞愧得无地自容。世人对此，又自然难免纷纷以为谈论之话题了。

紫夫人的父亲兵部卿之宫过去一段时间表现得异常冷淡。他不念父女之情，唯世人之议论是从，故而源氏对他大不满意，也就不像往昔那般过从亲密了。他对大部分的人都十分亲切，唯独对此兵部卿之宫则故示冷漠，皈道之宫看在眼里，以兄妹之情分，自难免焦虑不安。现今天下政权可谓分由太政大臣与源氏大臣所掌握。权中纳言[1]的女儿在这一年八月入宫了。有祖父太政大臣的照料，仪式之铺张隆重，自不在话下。据说兵部卿之宫也有意教次女入宫仕上，可是源氏大臣并不以女院之故而肯另眼看待。这可怎么办呢？

这一年秋天，源氏之君到住吉神社参拜。由于此行目的在还愿，所以随从的装备十分隆重，惊动世人。公卿殿上人等，都争先恐后地追随。刚巧，那位明石夫人也照例每年来此参拜，去年到今年之间，由于怀有身孕，不便拜祭事神，所以今日也特别来此有所解释。她们一行人取道于水路。船舶靠近岸边时，却见海边人潮汹涌，正严肃地依次供奉着祭物。“是哪一位人士来此参拜呢？”遣人相问，则答以：“是内大臣殿下来此还愿的呀。咳，竟然还有人不晓得这种天大的事情哩！”连那种微不足道的卒仆都在得意地取笑。嗳嗳，真是不凑巧，什么时候不好来，偏偏挑选了今天这个日子，教自己在这种场合里遥遥拜见源氏之君呀！不过，想到因女儿而与这位人物相连的宿缘，连那种低下的人都以能侍候他为荣，而自己又何其幸运，平时昼思夜念的，今天竟这般孤陋寡闻地无意撞见了这行列啊！她愈思愈悲，不禁暗自落下眼泪来。

---

1 即前头中将也。

在一片苍翠的松林间，源氏的行列有如撒开了花朵与红叶一般，到处点缀着深深浅浅的紫色、红色等锦袍。六位之中，藏人的青色袍子显得特别鲜明耀眼。就中，那位当年怨恨过贺茂神垣的右近将监，如今已荣升为卫门尉，下属随从甚多。至于那个时常随伴的良清，也做了卫门佐，今天他看来比别人更高兴，穿着一身鲜艳的红色外袍。那些当年在明石地方常见的随从，现在个个精神抖擞，正无拘无束地到处走动，与往昔大异其趣。年轻的公卿殿上人则竞相装饰，连马鞍等细微部分都别出心裁地互别苗头。这光景，连乡下人都觉得十分壮观呢。遥遥望见源氏之君的车驾，明石夫人只觉得胸口郁闷气喘，反倒无心拜见所恋慕的夫君。源氏之君仿河原左大臣的先例，领有童子随身。十个身高相若可爱的少年穿着与众不同的华丽衣裳，梳着鬟，系着鲜艳的紫带，看来十分清新，引人注目。太政大臣对亡女所遗留下来的孙儿疼爱逾恒，众星拱月似的让许多人簇拥着，连引马的童仆都打扮成配合的装束，故而远远地便与别的队伍判然可以区分。这一切的情景，从遥远处看在眼里，明石夫人越发觉得自己所生的女儿与人比较，实在判若云泥，简直相去不可以道里计，心中更为难过，因此她重又虔诚向住吉神社方向伏地膜拜。摄津国郡守接待源氏之君的礼仪恐怕也较普通大臣更为周全郑重吧。明石夫人见此情形，更觉不安。唉，像自己这种微不足道的人，刚巧混进今天这个大场面之中，从明石带来的那些微薄的祭品，恐怕神明都不会放在眼中吧？不过，事既如此，也由不得半途而废，今天只好在难波港停泊，行祓禊也好。遂令下人将船只摇过去。

源氏之君对这一切当然毫不知悉，故而他整夜忙着举行种种祭祀。那仪式之隆重，可谓前所未有，为偿夙愿，乃特令盛大行事，奏乐祭舞，通宵达旦，神明必然安飨无疑。惟光之徒，莫不衷心感激神赐的恩德。遂趁源氏之君暂离席位时，上前进言：

住吉松兮翳青苍，
今日盛会犹忆昔，[1]
否极泰来兮夙愿偿。

源氏之君也勾起无限回忆来。

“波涛高兮须磨湾，
狂风暴雨若无极，
幸赖住吉兮渡难关。[2]

可见得神明灵验啊。”他甚觉安慰地说。

惟光告以明石夫人一行被这里的豪华气派所压倒而改避于难波之事。“哎呀，我竟全然不知情呢！”源氏之君觉得十分遗憾。想那一段姻缘也是住吉之神所缔成，如何能疏忽呢？至少得送个信去安慰她才好。同日来此而不得相见，谅她此时定必正感伤不已。离开神社以后，源氏之君到处逍遥走动一番，又特令人于七处行难波之祓禊。浏览沟堤一带，不禁冲口而出：“而今同处难波湾。”[3]被随侍于车旁的惟光听到了吧，马上从怀中取出常备不时之需的短杆之笔等，趁车停时立即献上。“好伶俐的家伙哟。”源氏之君内心感叹，遂于怀纸书写：

拚今生兮为爱卿，
处处相逢时时念，
情意深重兮再生盟。

---

1 谓犹忆昔日流放须磨、明石情景也。
2 谓须磨遇风暴事，已见第十三帖“明石”。
3 句出《拾遗集·恋三》，元良亲王作和歌。

令熟悉内情之侍仆持去。仅仅拜见源氏的车队马列已足内心激动，而今骤得信息，虽是寥寥数语，究竟可窥情意，女方禁不住感激而泣啼。

妾身贱兮敢高攀？
　只缘冥冥牵红线，
　　遂教相思兮未得闲。[1]

她将答歌系于田蓑岛袚禊时所用的祭棉之上。

随着日暮，晚潮愈涨，海边鹤鸣之声也越发频闻。是这一切的情景气氛渲染的缘故吧，源氏之君恨不能无所顾忌去会见情人呢。

泪涟涟兮旅裳湿，
　田蓑之岛虚有名，[2]
　　不堪遮雨兮不劝泣。

他虽然表面上一路逍遥乘兴作乐，心底却始终惦念着明石夫人。许多游女靠拢过来。那些年轻好渔色的公卿无不为之心旌摇荡。不过，人之好恶各异，对源氏之君而言，即使是逢场作戏的对象，欠缺真情的，总不能教他引起兴致来，所以看她们各自献媚作态，心中徒觉嫌厌而已。

那位女性在源氏之君离去后的翌日，正逢着吉日，所以也连忙奉献币帛，好不容易才偿了一些前愿。说实在的，此度重逢，徒增心

1　原歌多音义双关之妙，且影射本帖题目“澪标”（按：日文本义为指示船只航行之指标也），无法译成中文，今仅采其内容意译之。
2　蓑本避雨之具，而田蓑岛徒有其名，既不遮雨，亦不劝人止泣也。

事，故而旦暮之际，更加感叹双方身份之悬殊而已。不等她盘算源氏之君返京日期，对方已有使者派来，道是：将于近期内差人相迎。蒙他这样看得起，把自己列入众多的情人之中；可是，唉，谁知离开了这生长的滨海之地以后，将来会不会弄得进退维谷呢？她私下又难免有种种的不安。至于那为父的皈道者，又是如何想法呢？把女儿就这般送走嘛，究竟有些牵挂；若不然，教她长久埋没在这种乡下地方也不妥，想不到现在的烦恼反倒比过去更多！前思后想，诸多顾虑，只得答以："未便仓促决定。"

对啦，这期间，那位斋宫也因新帝即位而改由他人递补。为母的六条夫人便也随着女儿再返京城来。源氏之君已尽弃前嫌，依然恳切访问，出奇地细心照料。但是，女方鉴于前度源氏待己薄幸的经验，决计不再自取悔恨，故表现得十分决绝。这么一来，男方也不便采取主动积极的态度了。何况，即使打动了别人的心，如今的他也不容易随便走动幽会情人，所以为着长久之计，对这位六条夫人，他也不会强求什么了。不过，他内心对那位斋宫究竟成长得如何，倒是有些儿好奇心。她们母女仍旧住在那座古老而照顾周到的六条府邸里。生活依然风雅有致，一如往昔。府中侍女多面貌姣好，故而府邸经常成为年轻男人走动的目的地。六条夫人返京后的生活虽然难免有时寂寞，倒也挺自由自在；不过，不知怎的，却突然染患了重病。她自觉年来由于女儿斋宫事神而不得不断绝佛事，罪孽深重，颇有些心虚不安，所以便许身为尼。源氏大臣闻讯后，深感惋惜。其实，他倒不一定想找这位女性谈情说爱，只希望能够偶尔做个商量的知己，没想到她竟这样突然下了决心断绝尘缘！于是，惊讶之余，亲自过访，恳切慰问。六条夫人特令下人于枕头上方设席款待源氏之君，自己则斜倚在隐几对答。看来女方已十分衰弱，既然如此，恐怕无由证实自己不渝的感情了吧？源氏之君不觉悲从中来，泪落不已。女方正亦感慨万端，小心托付女儿斋宫的未来。“我走之后，她一个人孤苦伶仃的，请别忘记时时照料她。唉，可怜她别无亲人可以依赖。我自己虽然是力量有限，假若能够再撑一些时间，等到她稍微懂得是非之后……”话未说完，已是泣不成声。“不等你说，我也决不会弃绝她的。只要我能力所及，不论何事，定会好好照顾她。请你千万不要担心。”听源氏之君此番话说，女方又说：“唉，谈何容易呀。即使是有父亲可依靠，没有亲娘的孩子总是可怜的。何况，就算是您答应要好好抚养她，恐怕难免还要顾忌别人猜嫉的眼光吧。也许是我多心，不过，千万不要对这孩子存什么色情的念头吧。我自己命薄，知道女人总是在这方面多一层顾虑，所以，请别让她发生这等事情才好。”源氏之君听后，大感意外，没想到她竟会把话说得这般露骨哩。他连忙安慰道：“近来的我已经与往日大不相同了，没想到你还把我看成跟从前一般的好色啊。等着瞧吧，事实自然会证明的。”外面已暗下，屋里燃起了灯火。内里的情景在灯光摇曳之间依稀可见，于是他好奇地从几帐的隙缝往里窥伺。果然，在微明的灯下，见到六条夫人新削的乌发，她那倚几的姿态，竟像是画中之人一般，显得风情万种。另一位横卧在帐台东边的，恐怕便是她的女儿斋宫吧？几帐随便地推在一边，定神望去，可见到她正双手托着腮帮子沉思的模样儿。虽然只是惊鸿一瞥，却觉得非常美丽。她那垂发覆额的样子啦，美好的头型等，在高尚的气质中又透露着玲珑的娇态，这一切印象都分明留在他的脑海里，令人焦急又思慕。可是，不得不又回想方才六条夫人所说的话。这时，女的又呻吟起来：“唉唉，又难受起来了。怕这样子会失态，请您早些儿回去吧。”说完，遂由侍女服侍躺下。“我还以为到近旁来探望你，会让你的病情好转的。这下子可真是糟糕。到底怎样啦？”他探首望向几帐里。“衰弱得厉害呢！您这样肯在我危笃的时候光临，大概也是注定缘分不浅的吧。今天，总算把心里头的话说了一些。相信您不至于背弃我吧？”她悲悲切切地说。“你这样把我列入听取遗言的对象，一方面教我感铭，一方面也使我难过。先父的子女虽然不少，与我真正亲热的却没有几位。既然先父把你的女儿视同己出，那么我也就把她当作妹妹一样看待吧。我自己慢慢也到了父亲辈分的年纪了，却也没有什么好照顾的孩子，正感觉寂寞呢……”源氏之君百般安慰而归。

自此之后，他更加关怀地时时探望病人。可是，隔了七八日，六条夫人终于去世。人生短暂，世事无恒。源氏之君心底十分哀伤，连皇宫也懒得上，近来只是一心指挥着葬礼仪式种种。事实上，六条夫人身后除了源氏之君以外，也别无可依赖之人，只有少数几名前时做过斋宫的宫司者还经常出入府邸，而今只好由他们去执行各种事务了。源氏之君差人送信去慰问斋宫。对方只是令侍女代答道："千头万绪，正不知如何是好。”源氏之君遂召集各人说明："我曾经同你们女主人生前商谈过，所以有什么困难尽管告诉我好了，希望大家不要见外。”他的态度恳切可靠，看似有意补偿这些年来对六条夫人的冷漠。葬礼十分隆重。源氏之君特令许多舍人仆役奔走执役，自己则沉溺悲愁之中，垂帘深深，勤事诵经精进。这期间，他也未忘慰问斋宫。待哀伤渐退，斋宫也自己致复。本来，她对此稍有顾忌，可是乳母等人多在耳旁劝道："不要对人家失礼才好。”

逢着下雪降霙的日子，源氏之君难免想到斋宫，不知这种时候她内心该有多消沉啊。遂令人送信问候："如今，你该是以什么心境仰望这样的天空呢？

雪霙降兮阴沉沉，
　灵皇皇其翔天际，
　　追念亡人兮悲难禁。”

信与和歌书写在稍带灰暗的蓝色纸上。许是故意想引年轻人注意的吧，那特别下功夫写的字体，显得异常鲜明。斋宫不知如何作答，有些犹豫的样子。可是身旁的人都说这种时候不便于找人代笔，所以只好在染着优雅薰香的浅灰色纸上，用浓淡适度的墨色写下：

阴沉沉兮悲切切，
　泪流纵横似雪霙，
　　孤苦伶仃兮常呜咽。

那笔迹含蓄而大方，虽未必称得上老练，却自有优雅而讨人喜爱之处。源氏之君对这位少女，打她下赴伊势之时起便颇怀好感的，如今虽然有机可乘，可是每一念及她亡母生前一再叮咛的话语，便不忍心轻率相待，且又以人言可畏，故转而想道：倒不如一改常态，以纯洁的爱情来照料她。等皇上年纪稍长后，也不妨让她进宫仕奉皇上。自己反正孩子不多，就当作养了一个秘密的女儿吧。于是，对之呵护关怀，无微不至，又不时造访慰问什么的。“蒙令堂生前看得起，把我视作她的知己。所以希望你也不要见外，有什么事就找我商量吧。”对于源氏之君这种体贴的话，她却羞涩得不肯出声。那种内向的个性，真正教底下侍候她的人着急万分。源氏之君觉得：斋宫身边既然经常有女别当啦，内侍啦，以及一些有关联的王孙等有教养的侍女们侍候，将来果如自己的打算，能教她进宫的话，与别人相比，也未见得会逊色；不过，究竟她本人的长相如何？倒是颇想一睹庐山真面目。这一点，恐怕到底不是亲生父女的关系吧。他自己则又怕将来计划会变更也未可知，所以这件事只是放在心里，并未向任何人透露。追悼佛事又格外隆重举行，六条府邸，人人无不感铭入腑。

　　日月无情地流逝。斋宫的生活本已寂寞孤单，而近来侍女仆役又相继告辞离去，那坐落于下京区京极附近的六条府邸，邻居既少，偶闻野寺传来钟声，越发显得寂寥难耐，诱人落泪。回想亡母生前，母女二人相依为命，片刻未离，即使自己做斋宫下赴伊势时，也打破惯例地强请陪伴；而今她冥途独赴，自己竟未能追随同行！想到这些伤心事，斋宫的两袖几乎无日不为泪水沾湿。这时候，央请侍女们说情代寄相思的男士颇不少，其间有贵族，也有身份较低者。可是，由于源氏之君早先以长辈的口吻严禁乳母等人："千万勿自作聪明，造成后悔莫及的事情。"既然有他这样的关心，大家自然不可能随便传递消息了。朱雀院脑海里始终忘怀不了斋宫下赴伊势之日，在太极殿举行庄严的仪式时，亲眼所见的那一张姣好面容，所以也曾经怂恿过其母："让她入宫来，也好教她跟我的姊妹们生活在一起。"不过，当时六条夫人见皇上左右已有颇具分量的后妃多人，而她这个女儿又独欠有力的后台，加以那时候皇上自己也体弱多病，所以犹豫不决的。谁也没有料到，如今还有什么人肯担任她的监护人呢？可是，既然朱雀院一再热心邀约，故意违背圣旨，横刀夺爱也不成；但就此放弃这位可人儿呢，又有些于心不甘。源氏大臣思之再三，只好去找皈佛的藤壶商量。"事情如此这般，教人百思不解。她的亡母故六条夫人原本是一位气质高贵、颇识分寸的人，只因为当时我好色风流，害她徒留浮名，含怨以终。至今想来，内心仍觉得过意不去。当其临终的时候，曾经一再把那女儿来托付给我，可见得人家是相信我定会贯彻遗嘱的，这怎不教我感动呢？人之常情，即使是与你毫不相干的人，只要听到可怜的身世，也总不能弃置不顾的呀；而况，我这种情形，恨不能让她九泉之下瞑目，消除对我的怨怼才好。皇上现在虽说是成人了，究竟还太年少，他身边是不是应当有位懂事理的女御[1]侍候比较

1 暗示斋宫（时二十岁）为合宜之人选也。

合宜呢？不知您认为如何？”“这倒是好主意。违背院上的意思虽然不恭，不过，还是顺着她亡母的遗嘱，假装不明就里，让她入宫去吧。反正院上近来对这方面的事情也看得比较淡，如今，他毋宁对来世的修行更注意，所以只要详细解释事由经过，谅他也不至于太介意吧。”“那么，宫里头如果有召请的话，我就劝说她好了。唉，为了她的将来，我也着实左思右想费了不少心神，今天总算把心意来同您商量明白。只怕世人又不知将如何议论呢。”遂准备依藤壶所言，伪装不明就里，悄悄地把斋宫迎入二条院府邸里。对于二条院的女主人则说明：“我想要如此这般。将来也好给你做个闲谈的伴儿[1]。”紫夫人果然十分欣喜，即刻令人备妥迎接事宜。

皈佛之宫明知她的长兄兵部卿宫有意使其女儿早日入宫，奈何如今却与源氏大臣闹得不愉快，真不知后果将如何。她暗中私自焦虑着。权中纳言的女儿已入宫中，封为弘徽殿女御。由于她的祖父是现今当权的摄政太政大臣，所以后台坚实，生活也十分如意。加以皇上与她年纪相若，[2]正成合适的游伴。某日，皈佛之宫进言道：“兵部卿宫的次女与皇上的年纪也差不多，这岂不变成游戏伴侣太多了吗？倒不如找一位年长一点的，好作为商量谈话的对象吧。”这就把斋宫入内之事预为设计好了。[3]源氏大臣对皇上关怀周全，朝廷公务方面固不消说，即使在日常琐事方面也表现得十分体贴入微。对此，皈佛之宫自是欣喜感激不已。不过，她自己年来经常生病，身体逐渐衰弱，即使偶尔上宫，也多半无法长伴皇上。在这种情况下，为年幼的皇上物色一位年纪较大而懂事理的人，实在也是势所必然的了。

1　时紫夫人年约二十一二，与斋宫年龄相若，故云。

2　皇上（冷泉帝，实为源氏与其继母藤壶私生子）年十，弘徽殿女御年十二。

3　原文藤壶此段话语极委屈含蓄晦涩，故径加润饰以求达意，与原文稍有异。

第十五帖

蓬　生

当光源氏在须磨海滨“漂泊似海藻”[1]般落魄时，京城方面正有不少人为他悲叹着。不过，对生活有依赖的人言之，究竟那只是相思的苦闷而已。就以二条院里的夫人为例吧，她在那一段期间里从未间断过与远方的夫君通信，逢年过节也给他寄些一般狩衣，所以倒也聊堪安慰寂寞。可是，就中也有一些未足轻重的女性，风闻源氏之君远离的消息而暗自伤情的呢。

常陆宫的千金末摘花，自父亲逝世后，乏人照料，生活既不安且寂寞。自从那次与源氏之君偶结缘分之后，二人之间倒也维持着断断续续的关系。只是，这种事情在光源氏方面而言，不过是略施恩情罢了，算不得什么大事的；而在等待盼望的女方言之，则犹如以脸盆承接太空的星光一般，实在是希望渺茫。不久，源氏之君本身遭遇那样重大的变故而厌弃人世，避居于偏僻的乡下。大概是有意斩绝旧情的吧，若非关系特别亲密者，便不一一通音讯了。初时，末摘花虽哭

1 句出《古今集·杂下》，在原行平作和歌。

哭啼啼，倒也勉强度日，但随着岁月流逝，却愈显得孤单无依了。有些老侍女也禁不住私下怨叹："唉，还是运气不好啊。当时以为菩萨现身，良缘天定呢。如今，虽说世事无常，可瞧她，也没有可依可靠的人，真个可怜哪！"许是这些人往日虽过惯了贫困的日子，由于中间曾一度好转，所以才显得更难忍受后来的生活吧。在源氏之君与女主人过往的时期，倒也自然有几个较好的侍女投入门下来，可是，后来又渐渐散走了。中间也有几个死去。日子久了，走的走，死的死，府里上下，人数骤减。那原本荒废的房屋，而今更成了狐狸栖身之所。阴森森的林荫间，朝夕可闻猫头鹰啼叫。从前由于屋里人多，故而受到抑压的木灵，现在正乘机现形，闹得府邸上下不宁，因此连那些留侍的女仆都叫苦连天。"实在忍受不了啦！近来有喜欢盖怪房子的郡守看中了咱们这儿的树林，特别派人来打听，说是否可以把房子售让给他。请您就把这儿卖掉，另外搬到没有这么可怕的房子吧。再在这儿住下去的话，连我们这些留下来侍候您的都没法子待下去了呢。""呀，你们怎么可以这样讲呢？也得要想想人家会怎么议论的啊。只要我一息尚存，如何能做出这种忘本的事情呢？就算这房子荒废得可怕吧，总是父亲遗留给我的，想到昔日种种记忆所寄托的地方，也聊可安慰的……"末摘花只有幽幽哭泣，她对下人的建议全不理会。这房子里的家具也都是年代已久、颇有来历的考究之品，故而有些喜欢附庸风雅的人打听得这些东西出于某某名匠之手，便千方百计托人来要求售让予他。唉，都是看她如今落魄，才敢于这样欺侮人。那些侍女便想，出售传家之宝也是不得已，这本是人情之常，所以想从中设计达成交易，以渡过迫在眉睫的生活难关，没想到却被女主人严厉指责："父亲为着给我使用，才费心叫人造的。如今又怎么可以把它们随便放在身份低贱的人家里当装点门面之用呢？违背先人之志是罪过的呀。"对于这类话语，她一概不肯倾耳。她这古老的房子，连顺便走访的客人都没有一个。只有她那位当禅师的长兄偶尔上京时会顺道探望一下。可是，这位仁兄是个老古董，怪得出奇。在僧侣辈之中，他最为贫穷，是一位离尘绝俗的贤者。所以每次过访这位胞妹，也从不曾想起叫她把那满园茂密的蓬草刈除一下，因此任由杂草丛生，都要长得比屋檐更高了呢。蔓草衍生的结果，把东侧、西侧的大门给牢牢封住倒是不打紧，那旁边摇摇欲坠的墙垣却变成了牛马惯走的道路，春夏之际，更成为牧童们饲放牛马的好去处了。当八月的台风起时，整个廊庑都倒塌下来，下房那些简陋的板葺更是毁坏无余，仅剩得几根骨架，所以也没有什么仆役住在那儿。如今，竟致朝夕之炊烟都常断，真个是凄惨极了。连那些宵小之辈也看不上眼的吧，过门都不入，故而门庭虽荒芜，正房里倒是摆饰得一如往昔。少了个打扫清洁的人，积尘虽厚，房屋和内里的装潢家具等却仍是可取的。末摘花便在此过日。

住在这种老房子里，若是面对着古老的诗歌啦，小说等，或者尚可以打发无聊，安慰寂寞，可是她偏偏缺乏这方面的修养。又如，书函来往未必是上策，但是情投意合者互遗书信，可以消磨时间，而年轻人之间，尤可以寄情草木风景，以忘怀消愁的；但是，这位小姐却保守着先人的遗教，以为世事多烦扰，所以连那些偶尔也该联系的人家，都不敢轻易与之接近。故而独处的日子里，只能打开那破旧的书橱，取出《唐守》[1]啦，《藐姑射夫人》[2]啦，赫耶姬[3]等图画故事来观赏玩弄一番。老歌之中，若选出那些有趣的，有题目作者等解说的，倒值得欣赏，可是，有时无聊之余，竟连那些写在毫无风味的纸屋纸[4]

1 日本古代小说，散失已久。

2 同上。

3 为日本古典小说《竹取物语》之女主角。

4 一般用纸，不适于风雅诗歌之书写也。

啦，陆奥纸[1]上的普通诗歌都会摊开来看呢。至于时下流行的读经勤行等事，虽则也无他人旁观，却羞涩得不敢尝试，连念珠都不肯放在身边。她便是生就这般古板。

有个叫侍从的乳母之女，这些年来倒是始终待在老屋子里侍候这位女主人。可是最近她有一位认识的斋院故世，所以心里颇不安。末摘花有一位沦落为郡守夫人的姨母，身边有几个女儿，正有意物色一个伶俐清秀的侍女。侍从得悉后，便觉与其去侍候素不相识的人家，倒不如到这家自己母亲从前也曾侍奉过的地方，所以近来也时时到那边去走动。如前所说，末摘花是一位不擅交际的人，她与这位姨母自然也没有什么来往。姨母乃向侍从诉苦："先姊在世的时候，瞧不起我，以为我下嫁郡守，有辱门楣。所以，现在明知她女儿生活困难，也不便去探望她呀。"不过，她倒也偶尔给这外甥女通音讯。凡出身低微者，往往每好故行善事，以提高身价；而这位姨母则注定是出身高贵偏要沦落俗下的吧，故她内心多少也有些自卑。由于自己的地位低微而让人瞧不起，这是她一直引以为憾的事情，所以总想伺机报复，趁这个机会把那外甥女找来当作女儿们的侍女使唤，那该有多妙！虽然她的个性有些古板，不过人倒是挺靠得住的。既已胸有成竹，遂遣人来邀："有时也过来坐坐嘛。有人想听您弹琴哪。"末摘花倒非故意要端架子，只是她天生羞涩的个性，故而跟别人热络不起来。这引得对方咬牙切齿的。

不久，这位姨母的丈夫当起太宰大贰来了。姨母乃有意将女儿们定妥亲，自己好陪丈夫远赴任地去。她对末摘花的企图仍未死心，千方百计欲引诱她出来，因而巧妙托词道："这次我们要去远方的筑紫赴任了，对你的日后生活总放不下心。这些年来虽说彼此欠缺联系，总

1 一般用纸，不适于风雅诗歌之书写也。

以为住得近，也就比较可以少牵挂。今后，可真不知怎么办呀。”末摘花方面则沉默依旧。最后，姨母竟恼羞成怒，不禁咒骂起来：“讨人嫌的！摆什么架子呀！自以为了不起，可是常年住在这种破房子里，人家大将之君怎会把她放在眼中呢？”未几，源氏之君得偿返都之心愿，天下处处一片欢腾之声。男男女女又竞相表现殷勤了。这些年来，源氏之君已看尽各种身份的各种人物，使他深悟世事表里。时间在忙这忙那之间过去，他根本无由想起末摘花来。唉唉，不再有希望了。这些年来，末摘花为源氏之君的不幸遭遇尝私下悲痛着，更衷心祈祷他能时来运转；如今，对方果然一切如意了，普天之下，连那些身份卑微的人都在庆幸源氏之君的回复官爵，而自己却只能在一旁，像陌生人似的打听他的消息呢。当其贬谪离都之时，她曾以为悲莫过于当时；唉，这世界真是欠公平。于是，她失望、怨怼、悲伤起来，不禁幽幽独泣。大贰夫人则幸灾乐祸地冷笑道：瞧，谁来理她那种落魄穷困的人呀？菩萨也只是帮助罪过轻的人呢。自己也不想一想现世环境如何，还一个劲儿端架子，想过她父母在世时候的生活哩。然而，这女人表面上却好心好意似的劝说：“还是下个决心吧。人道是‘世事多忧患’[1]。逢着这种时候，也就不得不‘深山觅生活’[2]了呀。也许是不喜欢乡下地方的吧？不过，放心好了，我决不会亏待你。”那些早已经心绪不佳的侍女们也纷纷口出怨言道：“唉，答应人家算了吧。反正也不会有什么好运道的。真想不通，干吗还要这么逞强呢？”

侍从自与那位大贰的外甥相恋之后，男方终究也不会让她留在京城里吧，故而只得追随情郎离去。“不忍心丢下您一个人在这儿……”她极力怂恿，想教女主人也一起离去。可是，末摘花内心实在依然

1　均出《古今集·杂下》，物部吉名作和歌。

2　同上。

盼望着那位音信渺茫的源氏之君。总有一天，他会想起自己来吧？当时那样信誓旦旦的呀；这都是因为他一时运乖，所以才把自己给遗忘了。假若他风闻自己如今的悲惨境况，必定会来相访无疑。这些年来，末摘花始终这样相信着，所以尽管房屋一天天荒废，她自己却振作起来，不遗失任何一样家具用器，样样都保持着昔日的风味。她这样日日以泪洗面，更加沉思的样子，那张脸看来就像是樵夫在脸中央牢牢地放置一枚红果子似的。[1]尤其她那张侧脸，更使人不敢领教。唉，不过这种事情少提为妙，实在是可怜，不好多说。

入冬以来，末摘花的生活愈形困难，她经常悲哀地呆坐着。光源氏在府中正为亡父举行着《法华经》八讲会。他所邀请的僧侣皆非泛泛之辈，必选学问修养极高者，所以尽是一时之选，末摘花的兄长也在其间。归途上，这位禅师又顺道过访其妹于荒屋之中。“由于如此这般的原因，我去参加了权大纳言君的法华八讲会。那会堂布置得极为庄严华丽，如同人间净土似的。那位人物又像是菩萨的化身，他怎么会降生在这五浊[2]之末世呢？”禅师之君说完这些话便离去。这一双兄妹，真是与众不同，平时言语既少，交谈不深，更不知作世俗的寒暄。至此，末摘花已心灰意冷。源氏之君竟然忍心如此大不慈悲，无顾于自己悲切的哭泣，多么寡情的菩萨啊！这时，大贰夫人突然来访。平时双方并无甚特别交往，而今一心为了要把末摘花带走，所以她今日刻意准备了一些礼物，乘着一辆考究的车，堆着满面的得意笑容，突如其来，也不令人传报便推开了门。你猜如何呢？唉，那种幽暗寂寥的情景，简直无以复加！左右两扇门都摇摇欲坠，险些儿倒塌下来，赶紧让随从的男仆扶撑着，好不容易才把那门打开来。即使

1　此女貌丑鼻红，故云。详见第六帖“末摘花”。
2　五浊，佛家语也，谓劫浊、见浊、命浊、烦恼浊、众生浊。

像这般荒废的房子，也该有人迹踏过的所谓“三径”[1]吧，可是究竟在哪儿呀？遂步步寻去。仅见南侧有一屋掀开了木格子门，乃将车子停靠。未摘花对大贰夫人这突如其来的造访，内心颇不以为然，不过，她还是令人推出一座十分破损的几帐，使侍从与之隔帐对谈。这个侍从近来十分憔悴，但是依然保持伶俐不俗。说来或者有不敬之嫌，可是姨母心想，真恨不得她与那位外甥女替换一下就好了。

“如今准备出发了，可是心中实在丢不下你。今天是到这儿来接走侍从的。你平时嫌弃我，从来都不肯到我那儿走动走动，可是，至少得要答应让我把侍从带走哦。唉唉，天可怜见，怎么会弄到这种地步啊！”说完，本来应当落泪的吧，可是，想到自己即将做地方长官夫人的幸福，便禁不住得意地泛出微笑来。“你父亲在世时，总认为我玷污了你家门楣，不肯让我接近你们，所以大家就这么疏远起来。事实上，我可从来也没有怠慢的意思。只是，你又那么自视过高，而且还跟大将之君交往，更教人不敢轻易来看你喽。唉，可是世事难以逆料呀，这种时候，还是像咱们这种身份低的人好过些。从前，你们这儿真是高不可攀……现在，真是教人不忍心看哪。住在近处的时候，虽然长久不来往，总以为不怕没照应。可是，现今要远行了，心中总惦着，放心不下呢。”对于这番话语，末摘花却连个好听一点的答复都没有，只是简单地说：“谢谢您的好意。可是，像我这种怪物，到别处去又能如何呢？还不如朽腐埋没在这个地方算了。”“话虽然是这么说，可是哪有活生生地隐没在这种阴森森可怕的地方之理啊。假如大将之君肯眷顾照料的话，此地倒是可能给他磨炼成玉台一般璀璨的吧？只是，目前他除了那位兵部卿之宫的千金以外，恐怕无心旁顾喽。听说他从前风流成性，可是，现在跟以前那些偷情的女性

1　陶渊明《归去来辞》有语：“三径就荒，松菊犹存。”

也都断绝关系了，更遑论悲悲切切地生活在这种荒草堆里的人儿呢！人家怎会把你当作圣女看待，感激之余竟来过访呀！”听姨母此番分析的话，末摘花倒也认为不无道理，故而更为伤心悲切，幽幽地哭泣起来。

可是，她并不因此就动摇心志。最后，姨母只得放弃原意，催促道：“那么，就让侍从跟我去吧。”日已近暮，姨母急着要离去。侍从心慌意乱的，哭哭啼啼低声向女主人道：“既然如此，今天就让我去给他们送行吧。她说的话不无道理，而您的考虑也是难怪的。这样，教我站在中间真不是滋味，也不知怎么办好。”想到连个侍从都要舍己而去，不禁既恨且悲，不过，委实也无由挽留，所以竟放声痛哭起来。想要送侍从一样什么纪念品，可是自己的衣服都破旧不堪，也找不到别的什么来酬报她长年的辛劳。遂将用自己的脱发结成的假发，大约有九尺长吧，装入风雅的盒中，又附上一壶古代的薰衣香料，并作为礼物。

“玉鬘[1]美兮莫断绝，
未料脱落遂相离，
不可恃赖兮终将别。

去世的乳母所说诸语犹萦耳边。总以为你不会嫌弃我这不肖之身，肯陪伴我终始的。不怪你弃我远去，只恨从今而后，有谁来照料我啊。”说着，更举声哀恸。侍从正亦悲哀满怀，无言以对。“先母的遗嘱自然是记得。这些年来，我自己什么苦都忍受下来了，真没想到会受这

1 玉鬘（实即髢，假发以增益稀薄之发者）以喻侍从，盖彼实末摘花乳母之女，二人犹手足，故云。

种意外的旅行引诱，流浪到远方去呢。”于是，也咏成一首歌：

“玉蔓断兮虽暂离，
　衷心不违情依旧，
　　道只为证兮莫怀疑。

只是，命运不可逆料罢了。”“做什么呀？天都快暗了。”大贰夫人在唠叨催促，侍从只得依依不舍，一再回顾地离开。

连这些年来吃尽了苦也未尝离己而去的人都走了，末摘花心底如何能不感慨难安呢？现在，那些老朽无用的女仆都各怀私心，有意另谋出路，她们纷纷议论：“人家当然要走啦。谁愿意留在这种地方呢？连我们都忍受不下去喽。”末摘花听了这种话，心里真觉得不是滋味。到了十一月，天空降下雪霰。别处尚未雍雪，而此地蔓草衍生，杂卉从聚，遮住了朝日和夕阳，所以积雪深厚，不由得令人想见越路地方的白山。荒凉的庭园，如今更无甚下人出入，末摘花往往终日独自凝望那一片白色茫茫。侍从走后，不再有人与之闲谈共哭笑；夜晚，也只好在积尘已厚的床铺上细嚼寂寞滋味了。源氏之君呢？二条院邸迎回了这位久出门的主人，显得热闹非凡，所以目前若非十分重要的人，自然不会专程往访，而况这位常陆宫的千金呢？至多只是偶尔想起她是否依然健在罢了，也没有兴起来探望她的念头。这一年便如此过去。

翌年四月光景，源氏之君想起了花散里，于是向紫夫人打个招呼，便悄悄出发。数日来连绵不断的雨，在一阵激雨过后，竟然放晴，月色皎洁。一路上回想自己往昔时常私自幽会情人的种种情形，不觉地在这饶富诗情的月夜，沉溺于回忆里。忽然车经一所荒屋之前，那四周阴暗的树木看来似一片森林。巨大的松树上攀衍着蔓藤，月光之下，一串串藤花在风中摇动，时而飘来阵阵熟悉的清香，令人陶醉又怀念。那藤花与橘花趣味自异。源氏之君从车中窥伺着。见柳枝低垂，墙垣倒塌，正好自由地伸长着丝丝柳条。咦？什么地方见过的树木呀？难怪他会这样想起来呢。此处正是末摘花的住所啊。源氏之君内心禁不住升起怜恤之情来，遂令停车。那个名叫惟光的男子总是源氏幽会时的忠心随从，今日自然也陪伴在侧，故而召他上前询问："这儿是故常陆宫的住处吧？""是的。""不知住这儿的人现今仍健在吗？我也该来探望她才对。不过特地专访也不太方便。你这就去替我乘机打听一下吧。千万可得问清楚才讲哦，弄错人就闹笑话啦。"这一阵子，末摘花较往常更烦闷，沉思多虑之余竟在日里梦见亡父。醒后无限依依，悲哀也更深，却一改往常，表现得颇伶俐，令人揩拭漏雨之后的厢房地板，又叫人整理屋中各处。

念亡父兮泪涟涟，
　悲哀常在袖长湿，
　　屋漏雨滴兮自添怜。

看她咏成和歌自怜自哀的光景，真堪同情。惟光进得门来，到处徘徊，想听到一点人声，却是寂无音响。他每回经过此家门前，不忘窥伺内里，总不见人影；果真如此，遂欲返回去。却在此时，借月光照射，见到有两间房子掀着格子门，那门后的帘子似有动静。咦？还是有人住着嘛。觉着有些阴森森可怕，乃走过去叩问。有个枯干的老妇，咳嗽数声后问："那是谁呀？"惟光报名后说："请找一位叫侍从之君的人。""她到别处去了。不过，还有跟她差不多的人在这儿呢。"说话的声音大概是年纪相当大了，不过，惟光似觉那老侍女的声音颇为耳熟。屋里的人对这个穿着狩衣轻声叩问的来客大感讶异，许久不见此光景，侍女们莫不以为是狐狸化身哩。惟光更靠近过去说："想打听一下确实的消息。如果你们这儿女主人还跟往昔一样情形的话，我们主上好像有意再来拜访。今晚就是不忍心过门不入，所以现今把车子停靠在门口。不知道该怎样去复命好，请你们不要客气，坦白告诉我吧。"侍女们听此语禁不住地笑出来。"假如我们女主人有什么改变的话，怎么到现在还会住在这种荒草堆里呀！请您照实报告你们主上吧。连我们这些大把年纪的人都很少见过像我们女主人这么忠心的人呢！"那老侍女逐渐唠叨起来，惟光怕她会不问自答，故而先发制人道："好啦，那么，我这就去报告主上。"说完掉头便走。

"怎么去了这么久呢？究竟如何？看来，这院子里蓬草丛生，一点儿都找不到昔日景象啊。"源氏之君迫不及待地问。如此这般……"诚如您所说的。好不容易才找到了有人住的房间。有个老侍女，叫少将的，是侍从的伯母，她那声音，我还记得……"惟光遂将方才所见所闻，据实禀报。唉，真个可怜啊。这些年来，害她不知如何在此乱草丛生的地方度日啊，而自己竟然一直没有来探望一下呢。光源氏内心深感愧疚。"如何是好？总不能说每次都这般偷偷来幽会，但是，若不是这样的机会，怕也不可能来看她呢。既然人家依旧跟从前一样，那么，我就见一见她吧。想她的人品气质，也应该是忠贞的才对。"口里虽这般说，毕竟有些踌躇，所以也没有一下子跨入门里。心里可真想送一封风雅的情书什么的，然而，想到她那木讷的脾性或者也依然未改，恐怕使者久等，故而打消此念。惟光建议说："里头蓬生露重，叫个人披拂一下再进去吧。"源氏之君遂自言自语：

蓬乱生兮没胫膝，
　欲寻无途披拂趋，

深[1]情感人兮访此室。

遂亦径自下车来。惟光乃以马鞭拂去主上足边之露水，为之先导。这时，枝叶间残留的雨滴纷纷落下，惟光颇解情趣地套着老歌道："给您打伞吧。真所谓'树下露胜雨'[2]啊。"源氏的裤管子颇有些潮湿了。往日那似有若无的二门已经消失无踪迹，走进内里也无人管，真教人看着悲凉。

总算等待没有落空，末摘花心里自是欣喜异常。可是，想到自己这一身寒酸相，也着实羞愧。那姨母送的衣裳，她本来因为嫌厌其人而连带地觉得可恶，懒得过目，侍女们便将它收在藏薰香的唐柜里，已染着浓郁的芳香，如今在众侍女催促怂恿之下，只得拉近那破旧的几帷，换穿起来。源氏之君乃径入房里来。"许久不见啦。我的心倒是没有变，始终惦念着你。可是，你竟然都没有给我一封信，真教人怨恨。这些日子来，一直想试一试你的心，唉，还不是那'熟悉杉木为目标'[3]的林木，教我不忍心过门不入，终于这样输给你了。"说着，他轻轻用手推开那几帐的帷幕。末摘花照例又是一副矜持客套的样子，也不答话。不过，想到源氏之君特地披草冒露来看自己的心意，于是只得勉强答复一二。"怜恤你这些时日来独个儿躲在这种荒草堆里。将心比心，我相信你一定跟往日没有什么改变，所以也没有打听清楚，便这样冒着露水来了。你说我的心意如何呢？至于这些年来的疏懒，实在也是不得已，对谁都是一样的呀。请你就原谅了我吧。今后若有背弃你的事情，再由我负那罪过的责任吧。"尽管内心未必真如此想，可是他嘴上却能这般说得天花乱坠、深情蜜意的样子。这一

1 谓末摘花坚贞之深情也，原和歌日语中"深"字兼指蓬与女之情。

2 典出《古今集·东歌》。

3 句出《古今集·杂下》，无名氏作。原歌为一首恋歌。

天，就算有意留宿，那荒废的住处与他身上的华服也显得极不相称，所以只得找借口离去。“杉木高兮人老矣。”[1]那树木虽非自己所种植，望着高大的枝干，却不禁令人怀念逝去的岁月，遂觉浮生如梦。

“松苍翠兮攀藤花，
当时驻足不忍过，
为记此树兮遂返家。[2]

算起来，真够久了啊。相信京都方面，这些年来，也发生过不少变化，真教人感慨无限！过些时候，等安定下来，再让我来告诉你乡居生活的种种劳苦情形吧。恐怕你这方面，长久以来的寂寞忧愁，除了我也更无别人相告的吧？至少，我自以为是如此。”听源氏之君这样讲，末摘花也答道：

空等待兮虚度岁，
蓬屋今日得迎君，
宁为赏花兮遂施惠[3]？

说罢，稍稍摇动身体。那举止啦，从袖口溢出的香气啦，似乎都较过去显得成熟有韵致的样子，西侧妻户开启处，既无廊庑栋梁，亦无屋檐之阻碍，所以月华得直射入内里。借着白光，可以看清房内各种装

1 句出《后撰集·杂一》，躬恒作和歌。原歌内容为植树人叹岁月流逝，故源氏兴发下文之感叹。

2 源氏此歌谓：方才所见松树果然为此家标记，遂不忍心空过也。日语“松”与“待”同音。故“松”亦兼指等待自己返京之末摘花。

3 末摘花因光源氏前歌而作此以答复。歌意谓：已经年等待，今日始盼得源氏光临，讵料实为赏藤花而驻足施惠也。

饰，此处较忍草丛生的庭园饶富风情，依旧保存着昔日的景象。光源氏不禁想起故事中所讲的那个毁弃双亲所建之塔的不肖女儿来了。与其相比，眼前这女性却艰苦度日，努力保存先人的场面，这孝心真令人敬佩。她的为人虽然稍嫌畏缩，不过，究竟不失为含蓄有气质。的确，这一点是教人难以忘怀的。唉，只因为这些年来，自己接连地遭受种种变故，致无暇顾及她。不知她私下如何怨怼呢？他深深同情，也十分遗憾。后来去访问的花散里，也是一位生活简单、不奢华显眼的人，所以与常陆宫公主的荒凉住所两相比较之下，那边房子的一些缺点也就不太明显了。

时入贺茂祭啦，御禊等祭祀频仍的季节，人人争先恐后地献上礼物来。源氏之君便将这些东西一一分赠他所关怀的女性们。对于末摘花，他特别照顾周到，命令亲信的部属率领下人去刈割蓬草，修筑板垣，使整顿修缮一番。但是，他怕世人议论自己如何寻得蓬门贫女云云，总不是体面的事情，故而本身倒是绝少再过访。由于目前正在二条院附近兴建新房，所以信中细腻地表示，将来可能把她迎来居住："你尽管物色一些伶俐的女童来侍候自己吧。"连有关侍役一类琐碎之事都替她设想周到。众侍女对这样的殊荣和关切，觉得蓬门之内受之有愧，所以纷纷朝源氏之君居住的方向膜拜答礼。大家都以为源氏之君的眼界极高，即使逢场作戏的对象，也决不随便挑选普通的女郎，定会选择稍具韵致风度的吧。但是，这回却大大出人意外，没想到像末摘花这种处处不如人的女性，竟然也会得到他郑重其事的款待。这究竟是怎么回事呢？许是前世姻缘注定的吧？原先以为女主人已没有前途而纷纷逃散的侍仆们，现在却争先恐后地回归来了。有些已改侍一般郡守程度家庭的，在经过了一段时间之后，才领悟到这位女主人的好性情与宽宏大量，这时也都充分暴露小人心态，竞相回到府邸来。

如今源氏之君威赫不可一世，又细心得出奇。在他的指挥之下，不出多少时间，末摘花的住所忽然重现活泼生动的景象。殿内人数陡增，那原本杂草丛生、凄凉荒废的庭园，经过整顿之后，泉流清澈，花草扶疏，大为改观。有些想奉承源氏之君的下属见此情形，私下认定末摘花必是主人所宠爱的对象，故而纷纷前来向她请安献殷勤哩。在此旧屋住了大约两年以后，光源氏便把末摘花迎接到东院去。虽然他并不轻易去找这位女性，不过究竟近在咫尺，故常常可以借机去探望一下，表现得颇不怠慢。至于末摘花的姨母——那位大贰夫人上京时的惊讶啦，侍从见此情况后一则以欣喜，一则以羞愧，深悔自己短视，当时未能稍忍等等的故事，本来也想在此交代清楚的，无奈今日头疼得厉害，身子也不太舒服，只好等下回有机会再补述吧。

第十六帖

关屋

那位伊豫介，在桐壶院驾崩的次年便被任命为常陆郡守而下乡赴任去了。他的夫人空蝉自然也伴他同行。关于源氏之君漂泊须磨之事，她亦略有闻知，私下也曾偷偷为之唏嘘怀念，可是衷情无由倾诉，又不敢托音信于吹拂筑波根山之风，致日复一日，在讯息渺茫之中，岁月流逝过去了。源氏之君的旅居生活本非有定期，却也比一般人预料的提早回到京城来。而翌年秋，常陆郡守也上京了。当他们一行人入逢坂关之日，源氏之君也正诣石山寺，向观世音还愿礼拜去。常陆守之子——纪伊守等出迎的人已预先告以源氏大臣赴石山寺的消息，唯恐途上拥挤，故而一清早便出发赶路过来，无奈女车既多，沿途摇摆，所以最后还是延至日上三竿，才始抵达打出之滨。这时，听说源氏之君的车队已过了粟田山，而前驱众人已遥遥在望，所以大伙儿只好在关山下车，将车辆引入于树荫下，把牛解开，放下车辕，人人伏地拜候着。常陆守下令车队之中，有的居后，有的在前，可是眷属仍显繁多。约莫有十辆女车并排着，那些帘帷之间露出的袖口啦，衣裳色泽等，到底不同于乡间妇道人家的，看来颇有些韵致哩。这光景，颇令人想象斋宫赴任之际的热闹什么的。如今源氏之君较往日更为威赫，故而逢着这种出行时，随侍供前驱者竟不知凡几，大伙儿对眼前这些女车的艳丽景象，无不看得目瞪口呆。

时值九月之杪，红叶深浅交映，冻霜的草丛一望无垠。忽地，源氏之君的行列从那关屋[1]闪出。侍从们穿着各色各样的狩袄，色泽图案各有千秋，看来十分赏心悦目。以前提到的那位少年[2]，如今已任命为右卫门佐，源氏之君召他使传话于其姊空蝉："今日特来此关相迎。我这一片情意，你难道等闲视之吗？"他心里有无限感慨，表面上却只能做普通的客套应酬罢了。女方正亦衷情难忘往事，故深感哀伤。

昔我往兮泪涟涟，
　今我重来啼未已，
　　人或错谓兮清水川。[3]

这首和歌不过是她自己在心中吟咏的。源氏之君当然无由获知此深情。唉，徒然的啊！

源氏之君自石山寺返归时，由那右卫门佐来迎接。这少年殷殷向主上道歉年来未能随行侍候之旨。从前他稚少时，蒙源氏之君宠爱，叙爵晋级，无不受其庇荫，而那次意外的灾难[4]降临时，却因畏惧人言，跟随长姊赴常陆地方。其后，源氏之君对之不无芥蒂，不过，现在却丝毫未形于色。虽然，或许对这年轻人已不可能再回复往

1　本帖帖名即关守所住之屋也。此指逢坂关之关屋。

2　即空蝉之幼弟。详第二帖"帚木"。

3　此空蝉之歌。谓己昔日往时，泪流不止，今重返此，仍悲啼未已，昔日之泪与今日之泪汇集，世人或将误以为清水之川也。按：清水盖逢坂关附近之水名也。

4　指光源氏流放须磨之事。

昔的亲密关系了，可是至少仍会将他视作亲近的家司之一吧。常陆介之子——那位从前的纪伊守，如今已出任为河内守。其弟右近将监，当时因被执政方面目为光源氏之党羽而连累遭免官，后来竟随行到须磨，而今得蒙源氏之君另眼相待。人人见此情形，深深体会源氏之君的心意，故而纷纷后悔当时靡倒时势、奉承执政的短视了。

源氏之君召右卫门佐来，将信交托于他。这年轻人心中暗忖：嗳，这么多年了，也应该忘怀才对，怎么情丝这么长啊？那信上写着："前日相逢，想必是冥冥之中缘分未尽。你不觉得如此吗？

乍相逢兮逢坂关，
　忧喜参半相思路，
　　不见玉颜兮泪潸潸。

令人禁不住妒羡那位关守[1]呢。"他又对年轻的右卫门佐说："断绝了许久，似乎有些儿生疏的样子。不过，我心始终不变，每觉得有如昨日、今日之事一般。嗳，说这种风流话，也许又要教人家讨厌呀。"右卫门佐颇受感动，遂将信送达长姊空蝉处。"还是给他写封回信吧。我原先以为人家已经不会像从前那么执着的，没想到竟然跟过去一样呢。真是太难得啦。我明知道这种差事不会讨人喜欢，唉，可就是没法拒绝人家呀。妇道人家即使感情冲动而写封回信什么的，大概也不至于被人讥诮的吧。"他更在一旁热心怂恿。过去，空蝉总觉着羞涩别扭，故而总是矜持，现在，乍获此意外的情书，许是抑压不住内情激动吧，竟一反常态，修成了复函。

1　此关守盖迂回称空蝉之夫常陆守也。

"逢坂关兮是何关？
既已相逢徒增叹，
生也茫茫兮多苦难。[1]

一切直如在梦中。"

可爱又可恨，这一位女性实在是他心中难以忘怀的。其后，伺机总不放弃时时致音信，企图要打动她的心。

不久，许是年岁大了吧，常陆守时常为病痛所苦恼，对许多事也有了一些挂虑。就中，对这夫人尤其放心不下，故日夜地一再吩咐诸子："以后你们要善待她，如同我在世之时。凡事顺着她的意思，让她做去就是。"夫人则怨叹命运多舛，而今若给身边这个人抛下了，往后的日子将不知有多悲惨呢。常陆守见此情形，心中更为焦虑。人的寿命总有际限的，任你如何不舍得，也无法挽留啊。唉，能否为这个人留下自己的灵魂呢？儿子们的心意，究竟不可测知呀。他心中这般忧虑烦恼着，却也无可如何。不多久，终于去世了。当其亡故之初，常陆守的儿子们倒是都表现得颇有人情味的样子。"先父在世时，再三地交代我们的。"尽管表面上话说得动听，可是，空蝉方面呢？当然是诸多悲苦之事啦。不过，她倒也认定，人生终归如此，这也是一己的不幸罢了，所以在悲叹之中度过旦暮。只有那位河内守，一直对这位继母有好感，故而表现得较为体贴。"先父既有那样的遗嘱。我虽然是个微不足道的人，但请不要见外，有什么事情，请尽管吩咐好了。"初时，他只是百般献殷勤，逐渐地，却暴露了那卑鄙的居心。唉唉，自己的命运已堪嗟叹，再这么偷生苟活下去，将来更不知会怎样恶名昭彰呢。空蝉私忖之下，有所觉悟，乃悄悄地，也没有通知任

1 原歌多取音义双关之妙，译文无法表现，故此歌径采意译。

何人，便做了尼姑。害那些侍候左右的侍女，人人都为她惋惜慨叹着。河内守也深自苦闷，说什么“您真的就这么讨厌我吗？瞧您还年纪轻轻的，今后的日子怎么过呀？”“何须装成贞女的样子嘛！”据说，背后还有人这样批评她呢。

第十七帖

绘　合

前斋宫秋好[1]入宫之事，由中宫藤壶居中游说安排着。[2]所不安者，独欠一位扎实的监护人。源氏大臣顾忌到朱雀院的面子，故而中止了将她迁移入二条院邸的原旨。表面上，他淡然处之，实则暗中照料，一如亲父。朱雀院心中虽不高兴，却恐传闻开去不妙，故亦不再致函于秋好。不过，到了入宫之日，却特令人选取上乘的衣裳啦，栉匣啦，化妆箱啦，薰香盒啦，以及各种薰衣香料等送去。可谓应有尽有，简直百步以外都闻得到那芬芳的香气呢。许是意识到源氏大臣会过目的吧，有意费心准备的样子，令人看着不无造作之感。而正巧源氏之君也来到秋好住处，所以由侍女禀报缘由，请其一一过目。他注意到栉匣的盖子，无论做工、品质，都堪称第一流。于栉匣之饰花上附有一首和歌：

---

1 即六条夫人之女，时年已二十岁。

2 藤壶已皈依佛门，且因其子即位为帝（冷泉院），前文多称皈佛之宫，或女院，此处忽又改称前之"中宫"，未详何故。藤壶受光源氏之托，促成秋好入宫一事，已见于第十四帖"澪标"。

昔别离兮为插栉，
　当时诵祷情依依，[1]
　　遂教阻隔兮难亲昵？

光源氏见此，既同情又遗憾。自己对恋爱往往是坚持又任性，而长兄朱雀院却完全不同啊。试想当年斋宫下赴伊势之际，他私下虽恋慕那少女，却苦于无由表白，悠悠经年，而今斋宫已返京城，这一份相思之情原可以得偿，却事出意外，对方偏偏将成为他的嗣位者——今皇的人儿。唉，不知他内心做何感想呢？而且，逊位以来，生活平淡，谅他对世事也不无怨恨吧？易地而处，若是自己遇着这等事情，怕是终难禁止心中动摇呢。想及此，一面深深同情朱雀院，另一面也后悔自己何以出此下策，害了长兄痛苦煎熬！虽然，自己也曾一度怀恨过他，不过，他究竟仍不失为一位温厚的人物呀。这样反复思想，竟觉心中烦乱起来。“那么，回信怎么样呢？除此之外，有没有另外的信件什么的？”对于源氏之君这样的追问，侍女大概是有所介怀的吧，并不肯示以全部信件。事实上，斋宫心中也十分烦恼，给他回信吧，又不知如何作答，怪别扭的。“可是，不给人家回信嘛，又嫌不通人情，太失礼了吧。”侍女们又在旁边纷纷催促着，源氏大臣见此情景，不由得不加劝一句：“这样子不太好。形式上也得给人家写封回信才行呀。”斋宫被大家这般劝促，虽然仍有些羞涩，倒是回忆起当年离京城时，朱雀帝那优雅清丽的姿容，以及他悲伤哭泣的样子。那时候，自己年事尚小，未能深体事由，只是木讷地拜见一切；现在回想起来，仍历历如同昨日、今日之事呢。接着，她又想起了亡母生前

1　插栉谓秋好赴伊势斋宫任，辞行于帝时，朱雀院（时在位）依习俗为之插栉，口中并诵祷：“从今别去，勿复返京。”（详第十帖“贤木”）

的种种事情，遂简单修成一首答歌：

蒙赠言兮昔日别，
伤心一语铭记心，
乃今成谶兮遂相诀。

对于使者则赐下了许多品物。

光源氏颇想一窥那答复，可是究竟不便于说出口来。朱雀院的姿容清丽脱俗，几乎可比女子，而这位斋宫呢，二人堪称匹配，实在是天造地设的一对。皇上则相形之下，显得太幼稚了些。而今，事情运行如此，斋宫心中或有不快吧？嗳嗳，真是作孽啊！想及此，心中不禁隐隐作痛，后悔不已。可是事已至此，也无可如何，故只得将斋宫入宫的仪式诸务指挥停妥，又将万事交代于心腹之臣的修理宰相[1]，而后乃上皇宫去。为着替朱雀院设想，他并没有将照料斋宫的关系表现得过分夸张，而装作只是例行上宫请安的样子。斋宫所住的六条府邸，一向有许多好侍女仕奉的，如今连一些下乡去的人都回来了，故显得热闹有趣。唉唉，如果那位夫人还在世的话，不知现在该如何兴奋地照料这个女儿入宫诸事呢！他触景生情，不禁想起了六条夫人生前的气质人品来。说实在的，像她那样的女性还真是绝无仅有，而论风雅，则更是无人能出其右者。这一点，倒真是教他时时怀念。

这一天，中宫也上宫里来了，皇上闻说有新人入内，小小心里正烦恼挂虑着，他看来比实际年龄显得稍大而且成熟一些。母后中宫又在耳旁进言："有一位很好的人要上宫来了，您可得好好儿接待她。"皇上一想到自己将要会见一位成熟的女性，便已经觉得羞涩不

1 参议之兼任修理大夫者。

是滋味。斋宫在夜深之后始进宫。她看来十分温顺，而且生得娇小美丽。皇上见了，倒也挺欣赏。不过，他与弘徽殿女御是青梅竹马，感情融洽自然；而这位新女御则成熟稳重，与她相处较为费心神，且源氏大臣又处处表现得十分郑重严肃，故而显得颇不容易亲近。因此，夜晚虽然由二位女御轮流侍寝，而日里较轻松的游戏，则自然多接近弘徽殿方面了。弘徽殿女御之父权中纳言本希望自己的女儿将来能立为皇后，可是这位新人进宫，不啻变成了竞争者。恐怕他内心颇有些不安吧。

朱雀院展读斋宫那首插梳的答歌后，觉得心中更难忘怀了。赶巧，这时源氏大臣来访，所以难免对之细谈起来。话题自然地转到当年斋宫下赴伊势的情景。其实，朱雀院以前也曾提过的，可是，这回重提，却仍然一不及于自己的恋情。源氏也不便于表示晓悉，内心里却十分好奇，所以转弯抹角地总是将话锋指向斋宫身上。果然，从长兄口气上便可以察知深情之一斑。他一方面悯恤长兄，另一方面却对他如此倾心恋慕的人儿的容貌顿生好奇，颇欲一探庐山真面目，然而如今怕是难偿愿望了。因此反倒觉得有些遗憾。又由于她始终保持着贵妇的矜持态度，未曾稍露稚气，这样更教人无由亲近。不过，她这一点倒是十分可佩。

既然皇上身旁已有这两位女御并侍，兵部卿之宫想纳女入宫的希望暂时恐怕是不可能实现了。待皇上成人之后，或尚有一线希望吧？他只好这样寄望于将来。皇上对这二位女御的宠遇可谓不分轩轾，而双方似也颇有争宠的倾向。皇上的兴趣特在绘画之上。许是酷嗜成癖的缘故吧，在此方面表现得颇有造诣。而斋宫女御恰巧也擅长绘画，因此逐渐对她产生好感，乃时时幸临殿中，互以绘画作乐。平时皇上对殿上人之辈有这方面的专长或兴趣者都予另眼相待的，而况见着擅长绘画的美人儿依几涂抹啦，沉思运笔等模样，怎能不为之心动而勤临添爱呢？这消息传闻于权中纳言耳里，可真有些儿恼怒。他本是个好胜心强，凡事不喜欢落在人后的，因此立刻召来此中高手，暗中令他们在上等纸张上多画种种好画。尤其认为小说之题材最适于入画，故令人画成许多颇具特色和兴味者。又使绘制四季行事图，且别出心裁地详加题记，而后呈上。这些精心绘制的画果然引起皇上的兴趣，其后遂不觉地多次幸临弘徽殿。不过，弘徽殿女御已遵照其父权中纳言之意，不肯轻易展示，却小心秘藏着。皇上欲持与斋宫女御欣赏，也为她所拒绝。源氏大臣闻悉此事，遂笑道："咳，权中纳言还是跟从前一般孩子气！"又道："真可恶！竟然藏着，不让皇上好好儿欣赏。这简直是故意吊人胃口嘛！好啦，我这边也收藏着不少古人的画，让我来呈献给皇上过目吧。"遂令人开启二条院府邸的书橱，与紫夫人共选受人欢迎的种种画。其中，《长恨歌》、王昭君等画卷虽亦哀艳感人，不过总嫌其不吉利，所以这次避免呈献，特为除下。

趁此机会，将那在须磨和明石时期的绘画日记也取出来给夫人过目。即使不明就里的人，只要稍具人性者，见此恐都不能无动于衷。何况对于记忆犹新，连当时所做噩梦都不能忘怀的这两位当事人而言，更如何能不重新勾起辛酸的回忆呢？夫人则又埋怨源氏之君何以至今始许她观览。

"独留京兮虚掷时，
恨不当时从君去，
犹得共绘兮渔村篱。

或可以在您身边陪伴相慰的呢。"源氏之君无限怜爱地说：

睹斯画兮忆当时，

新愁旧恨重汹涌，
　　得不泪下兮难自持。

其实，这些画片和日记，至少应该给中宫过目才是。于是，他一一挑选其中较佳者。明石海滨那一片的景色遂又历历如现，而明石那一家人的生活情形也自然无时不浮现于脑海了。

权中纳言听闻源氏大臣收集着许多好画，于是他更匠心独运地在画轴啦，封面啦，带饰等各方面下功夫，欲使其尽善尽美而后已。时在三月十日左右，气候暖洋洋，人心也悠闲自在，正是最容易教人对凡事引发兴致的季节。而且皇宫里这一向又无甚节会，大伙儿遂以此为日课似的打发着日子。既然要收集，索性不如选一些更别致的献上。大臣方面也就特别费神地替斋宫女御物色了种种上乘之作品。如此一来，二位女御身边乃各集了许多画品。住在梅壶的斋宫女御处，以细腻的画卷略胜一筹，收藏着不少古老故事之风雅多趣者；而弘徽殿女御处，则专门收集当世的风俗画，极尽题材趣味之能事者，故予人耳目一新之感，委实高妙。近来，连那些随侍的侍女中稍具心得者，都无不这样那样地以互相评论为日课哩。正巧这一阵子，中宫也上皇宫来住着，她自己对此道本来也有浓厚的兴趣，故于观览种种之余，竟致几乎怠慢了事佛勤行。又闻大家议论纷纷，遂使分左右二组。梅壶女御为左方，以平典侍、侍从内侍及少将命妇为之辅；弘徽殿女御为右方，以大贰典侍、中将命妇、兵卫命妇[1]为之助，双方皆是当时博识能辩者。聆听她们的舌战，必然有趣。故而先从小说元祖的《竹取之翁》与《宇津保之俊荫》开始，分为左右，使其论评，以决胜负。左方首先发言：“这个筱竹的老故事，虽然是世代相传，大家

1　以上均宫中女官也。

耳熟能详的故事，或许不怎么引人入胜吧，但是，故事的女主角赫耶姬出淤泥而不染，最后终于升入月界，那种高贵的气质，乃是天神时代的传说，恐怕时下一般肤浅的女子是无从了解，也无从欣赏的吧。”右方论评：“所谓赫耶姬升天之事，是没有人见证过的，所以没法儿知晓。设若她是出于竹中的命运，那么大概不可能是怎么高尚的人吧？或者曾借一己之光而照亮了她的家庭，不过，终究不能跟成为帝后的高贵光芒同日而语。在追求赫耶姬的五位男士之中，安倍多不惜以千金换火鼠之裘，可是那一片痴情却在瞬息间与裘衣同时付诸一炬。还有，那位车持王子明知蓬莱山难达，却伪装在玉枝和自己身上设创痕。故事中这些地方都是教人不以为然的瑕疵哩。”[1]画是由巨势相览所绘，字则由纪贯之所写。纸屋之纸啦，唐绮之里啦，紫红色的封面啦，紫檀之画轴等，那装裱是极普通的。接着，右方接辩道：“俊荫甘冒风波之险，漂流到不知名的国土[2]，可是他终于达成了愿望，扬名于唐朝和我国，流芳后世。这故事便是要传述古人这种旨趣。至于图画方面嘛，既然融汇着唐土与日本风格，趣味特浓，可说是无以复加了。”这一幅画是用白纸裱在青色纸上的，有黄玉之轴。画是常则之作，字是道风之笔，所以显得时髦且醒目。左方竟无从置评，故此回合只好认输。

其次，以《伊势物语》对《正三位》。不过，胜败难于骤下定论。右方仍然出示宫中生活啦，时下社会百态等生动有趣的图画，相当引人注目。平典侍辩道：

“伊势海兮无底深，

1　此段论辩颇嫌晦涩，故依円地文字译文，稍加润饰增添，以助读者了解。

2　盖指波斯国也。

浪涌沙滩消足迹，
徒嫌古老兮何堪任。[1]

如何可以受时下那些绘情绘色的艳体小说的影响而埋没了业平[2]的名字呢？”看样子，她颇有不肯轻易让步的样子。右方的大贰典侍乃道：

志霄汉兮登尊位，
居高临下乃了然，
千寻海底兮亦得伺。[3]

中宫此时发论：“兵卫大君[4]的品格高尚，固然是不容否认的，但是在五中将业平之名也是不朽的呀。”遂咏成一首和歌：

经几年兮传几代，
虽云古老岂可消，
伊势海人[5]兮名不废。

妇女们这般言论争辩，喧喧扰扰，往往为一卷画而费尽口舌，不能决一胜负。有些肤浅而没有此方面修养的年轻侍女向往这多彩的绘画比赛，[6]想看得要命，可是由于十分保密的关系，除了双方女御以及中

1 以伊势海喻《伊势物语》，以评对方不究此书深厚无底之情趣，却如浪潮之消足迹般嫌其古老，实有欠公平，难以负荷也。
2 《伊势物语》一书之主角。
3 《正三位》一书早已散佚不传。此歌盖指书中主角志在尊高之位，故得临望海底，伊势海（沿用前歌以喻《伊势物语》）虽千寻深，亦得洞伺也。
4 盖为《正三位》书中人物名也。
5 伊势海人即《伊势物语》之回称。
6 本帖帖名“绘合”即由此而来。

宫的贴身近侍得略窥一端而外，其余皆无由偿愿。正巧，源氏大臣也上宫来。他看到后宫这热烈争论的光景，颇觉有趣，遂提议：何不在皇上御前一决胜负呢?

光源氏曾预料到或有这种场合，故而将自己所收藏的画之中尤为特殊者保留下来，于今始将那须磨与明石的二卷追加。权中纳言当然也不肯轻易认输。于是，近来收集有趣的图画，竟成为一种流行的风气。“为此而特别令人画，便没有意思了。应该把原有的展示出来才对。”源氏大臣是这般主张的，可是据说权中纳言却偷偷令人在特设的秘室中作画呢。朱雀院对此也有所风闻，乃将自己所藏的一些画送给了梅壶殿女御。其中包括了出于从前名师之手的四季节会之有趣者，上有延喜帝亲笔题记。此外，还有他自己在位时令人制作的画卷等。就中，斋宫赴伊势当日，在太极殿所举行的仪式，深深烙印在他心中，故而曾亲自指挥构图，使巨势公茂作画，此幅尤属绝妙之品，故也一并送与了她。这幅画特别装在有精致镂雕的沉香木盒中，上覆以同样做工的饰物，外观颇为时髦。未附任何信函，仅令兼仕朱雀院殿上的左近中将带口信而已。画中绘有当日斋宫之乘舆抵达太极殿的神圣场面，那上面仅题着一首和歌：

身虽退兮宫殿外，
　衷心常忆往日情，
　　未尝忘怀兮叹无奈！[1]

若不答复，恐怕失敬，斋宫心中实多苦恼，故只得将昔日辞别太极殿

1　原歌取音义双关之妙，无法译出，故径采意译。朱雀院自谓身虽退隐，而思念斋宫之心始终未变也。

时朱雀帝所插之梳栉折取一端，于上书写：

禁中变兮异往昔，
　物换星移几度秋，
　　仕神之时兮堪珍惜。

遂以淡青色唐纸裹之，又厚遗使者。朱雀院目睹答歌，不仅感慨万端，恨不能时光倒流，重返在位之时。或许，他心中也偷偷怀恨大臣的安排吧。唉，可是，这一切恐怕都是过去贬谪胞弟的报应也未可知。

朱雀院所收藏诸画都是太后时代所遗留下来的，所以恐怕现在这位弘徽殿女御处也集了不少吧。[1]尚侍之君在此方面的修养与嗜好也是超凡出众的，所以自然也收集了不少。绘画比赛的日期既定，此次虽系仓促成事，会场上倒也临时布置得相当风雅。左右双方遂将所属之画罗列展示。御座暂设在清凉殿之西厢，而左右分别侍候在北侧与南侧两方。殿上人则于后凉殿廊上各依所好者之方向分坐。左方之排场为：紫檀木盒，苏芳木雕足之台几，紫色之唐产织锦铺地，几下复铺以葡萄色唐绮。女童侍六人，各着樱红短衣及深红色上衣，内穿红色及青面浅绿里之锦衣。服饰仪态均非普通泛泛之选。右方则有沉香木盒，浅香木之矮几，下铺青色之高丽织锦，几腿上缠绕丝组，显得华丽鲜明。女童侍们上着柳绿色短衣及青色上衣，内穿褐面黄里之锦衣。诸画由女童共同摆列于御前。侍候皇上的宫女，前侧为左派，后侧为右派，分别穿着异色的衣裳。源氏大臣与权中纳言也应召参内。

1　现今之弘徽殿女御为朱雀院生母（昔日之太后弘徽殿女御）四妹与权中纳言所生，故云。

而源氏之弟帅宫，当日也来到宫里。他本是多才多艺的人，尤其擅长绘画，所以由大臣推荐出席的吧。不过，他此次倒并非特别应召而上宫，乃是正巧身在宫中，故顺便来担任此绘画比赛的审判官而已。

参加比赛的画，每一幅都极尽技巧之能事，所以实在难以骤下判断。前述朱雀院所藏的那幅四季节会图，乃是过去的名手们特选有趣之题材，而以极高妙之笔法绘制者，所以当然是好得无以复加了。说实在的，纸张终是有限，不可能完全表现出山水的清晖，只是运笔之奥妙与趣味，却往往能引人入胜，因此，造诣未必甚高的新画，也不见得输给古画，反而显得热闹醒目。如此一来，委实不容易决定优劣，今日左右双方的论辩都是极具深意的。中宫藤壶也令人开启纸门，在清凉殿的朝饷之间静静聆听这一场争论。源氏大臣知悉中宫也深谙此道，心中颇感安慰。评论不甚妥当时，他便时时在旁适切地出言助论。

胜负未决，而天色已暗。在左方最见优势之际，须磨之卷突现，这真不得不令权中纳言焦急起来。右方预先也准备好一张压轴之佳作，以防万一之用，可是怎么敌得过像源氏之君这种高手沉思细描之下的杰作呢？自帅宫以下，目睹此画之人，无不深受感动而落泪。回想当时，京城里有许多人深深地同情怜悯着源氏之君；但是，如今亲见这一幅画，这种独居须磨的光景和心境都历历如在眼前。当地的风光啦，不知名的湾浦和海边，等等，一一都在画面上。题记则草书夹着和文假名，不像一般正式的汉文日记，间亦记着缠绵的和歌。[1]观赏者人人恨不能多看其余各卷作品哩。欣赏了这幅须磨之卷后，以前所看的各画都变得恍惚，几乎不在记忆之中，实在是趣味无穷。在这种情况之下，一切作品均被它压倒，左方遂获得了胜利。

---

1 当时之日记以全部汉文书写为正格（按：平安时代汉字称男文字，和文称女文字）。

近晓时分，源氏忽地感伤起来。倾杯劝饮之际，往事种种乃上话题。“自幼便致力于学问之道。先父在世之时，许是认为我尚是可造就之才，曾经诫谕道：‘世人往往过于重视才学之故吧，深得其奥者，常是难兼寿与福。你既然已有高贵的身份，无须特在此方面多努力，理当不致输于人，所以不要勉强深入此道才好。’于是，他教我许多政治之道。其实，我在这方面则既非拙劣，也无甚特殊心得。反而绘画此道，虽然是雕虫小技，我对它倒是颇有所好的，也时时想要随心所欲地摹描。后来，意外地做了山民，[1]才有机会饱览浩瀚的大海，也深深地体会个中旨趣。不过，笔力所及，究竟有限，终嫌无法完整地表现内心所感。若非今日这种场合，怕是没有机会让你过目吧。不知别人会不会以为我好事夸耀呢？”他这样对帅宫倾谈，帅宫也道：“凡事不下功夫便无以成器，所谓行行出状元，只要可学的技艺，功夫深浅且不谈，肯学习的话，自然就有心得吧。不过，就中书画与下棋，倒是颇见天分的。有时候，未经修养的人，也能凭天分写得一手好字，下一番好棋。但是贵族子弟之中，还是比较容易找到出类拔萃的人，无论学习什么，往往都会高人一等。先帝之下的诸亲王、公主，无人不学习各种技艺，可是，他对您特别厚爱，也特别注意训练，所以学问方面自不待言，余者，首如弹琴，次如横笛，还有琵琶及筝等，您样样都熟习擅长。父亲在世时，时常夸奖您，而世人也都晓知。至于绘画方面呢，大家以为您只是当作书道运笔之便的消遣玩意而已。没想到今日拜见，竟是如此出人意外地高妙。真要教那些古之名师都退避三舍哩。咳！真有些岂有此理啊！”怕是有点醉意了吧，话说得有些结结巴巴的。言谈之间，竟也及于亡父故事，终致兄弟二人哭哭啼啼流下了许多眼泪。二十余日之月已升，光华虽未普及，天

1 谓谪居之事。

空却十分美妙，遂令司文书之宫女取琴，又为权中纳言准备和琴。其实，这一位的琴艺也是不同凡响的。于是，帅宫抚筝，大臣弹琴，琵琶则由少将命妇担任，更选殿上人中之优秀者，使击笏为节拍。乐声优雅，十分动人。随着夜分转明，花色和人影逐渐可辨，鸟鸣也愈为清脆。这清晨显得极明朗宜人。由中宫方面赐下了许多赏品。帅宫则另外得到皇上所赏赐的御衣一领。

这阵子以来，宫里到处都在谈论着此次绘画比赛的种种事情。源氏之君上奏请将须磨浦那卷画献给中宫。藤壶颇想一睹其他的前后诸卷，大臣却道："等将来再慢慢请您过目吧。"皇上对此番比赛，似乎也十分满意，源氏心中便也颇感安慰。唉，即使这种琐碎微小的事情，都有大臣在一旁撑腰，怎不教权中纳言担心皇上的爱情会倾向于梅壶女御一边呢？但是，另一方面，他又安慰自己：皇上原来是对弘徽殿女御钟爱的，如今他也自信宠幸能依然如故，大概还不至于太悲惨的吧。其实，源氏大臣心底则另外又有一种野心：即使这种节会场合，也希望后世代代之人会传诵，一切始自今皇之朝代。故而虽是微不足道的游戏玩意，他都要费心费神设想安排，总希望能将这个时代烘托得更繁华、更昌盛。不过，在另一方面，他也深悟人世无常，所以仍有意于守护皇上成长后，达成出家皈佛之志。征诸往昔史例，年少而得升高官隆位者，鲜有能保长寿的。自己现今的地位可谓已达人臣之极，所以尚得苟延存命至今日，恐怕还是中间曾一度消沉零落的关系吧？设若今后仍贪婪荣华富贵，则真个寿命难保，倒不如悄悄隐退，勤行以修来生之福，或尚得延年益寿吧。遂卜得山里闲静之地，使造佛堂，又积极准备佛像、经卷诸品。可是，年幼的儿女正嗷嗷待哺，为父者养育之责任实难推卸。看来，一时也不容易真的弃绝红尘呢。究竟这位人物的真正居心如何？实在难以测知。

第十八帖

松风

光源氏于二条院府邸新筑的东院已告落成，遂迎接花散里之君来住。划西侧对屋到渡廊为其住所，同时更附设有事务所和家司役侍等。又暗自预定将东侧对屋留给明石夫人使用。北侧对屋则特令筑造得宽敞些，以便于将来或有因逢场作戏而缔结缘分的人，届时可以让她们集合起来住此。故这里设有隔间，看来也都费心细腻的样子。至于寝殿，则特别留给自己日后偶尔来此休息时之用，故内里的装饰和设备也都考虑周全。

明石方面，时常去函催邀那一对母女上京。但是女方顾及自己的身份，又风闻源氏之君对那些出身比自己高贵的人都是若即若离教人烦恼的，自己又能凭什么宠爱打入那个圈子里呢？怕只有徒然被人识破卑微的身份，害女儿也脸上无光罢了；如若盼望他有时顺道来访此地嘛，又怕教人传为笑柄，实在难听，故多所顾忌；可是，长此以往，让女儿在这种乡下地方成长，又亏对了她的高贵血统，所以也未敢彻底回绝对方的邀请。双亲对女儿这些考虑也认系无可奈何之事，除叹息而外，更不知有别途。想起了母方的祖父中务之宫领有大堰川附近的土地，后因子孙不繁，无人继承，任其荒废，有一男人代为管理这领地，皈道者遂召他上来商量："这些年来，本已看破红尘，隐居乡间，没想到现在竟然发生了这等事情，不得不再找个京城的住所。可是，真教我一下子到繁华的地方抛头露面嘛，这颗住惯了乡下的心恐怕消受不了，所以只好在从前有关系的人中间找个适当的地方。我愿意提供一切费用，劳驾你把这房子修造一下，以便于居住。"那代管的男人说："这地方一直没有人来接领，这些年来已经变成了废墟一般。我在这儿随便搭盖了一间下房，暂时住着。今年春天以来，内大臣在附近兴建佛堂，所以那边倒是十分喧哗嘈杂的。听说要盖好几间庄严的佛堂呢，工人挺多。您若是想找一处闲静的地方，这儿恐怕不怎么合适吧。""那倒没有关系。正想托他大人之福呢。内部的细节问题，以后慢慢再说，请马上给我大体上修建起来。""虽然不是我的地方，可因为这儿一直也没人来领取接管，所以这些年来倒也安安静静住惯了。那几块庄田也没人整理，所以从前我就跟故民部大辅之君[1]要求，当时也付了一笔代价，作为我自己的田地来耕种的。"这男人许是怕自己辛苦种成的农作物让人一起充公的吧，把那一张满是胡须的脸气咻咻地鼓胀着，红着鼻头，噘着嘴力争。"那农田的事情，没问题，你尽管像过去一样去耕种好了。不过，土地的所有权状在这里，我又因为事佛的关系，很久没有过问这些事了，这次想要仔细调查一下。"皈道者又在言语之间暗示自己与大臣的关系，所以那代管的人也知趣地不敢再强求。后来，领得一笔可观的费用之后，便赶着修建起来。

光源氏并不知明石家人的计划。他只觉得女方如此推托不肯上京，未免令人难解，又怕让女儿在那种偏僻的地方寂寂生长，日后给

---

1 盖系中务之宫子孙。

人议论起来也实在不好听。可是，这时候却忽然得到皈道者方面的报告，说是已修妥了大堰川的房子，“找到了这么一个地方”，云云。哦，原来她怕与别人相处，乃是有这么一个计划的缘故呀。这才恍然大悟，对这细腻的用意，不禁深深感佩。于是，照例又派惟光朝臣为秘密使者。由于此人常常担任这类职事，可以驾轻就熟，故而令其料理一切。惟光复命于源氏之君道 :“那地方景色宜人，跟明石海边有些相似。”源氏心中想：若是那种住家，给她住着倒是挺合适的。新营的佛堂在大觉寺南方，临泉的殿堂也不亚于大觉寺，是一所十分风雅的寺院。而明石夫人的住所则面临大堰川的岸边，在枝叶扶疏的松荫下。从那不甚考究的建筑，质朴的寝殿外表，自当可以想见山里趣味之一斑。大臣倒是连对内部的装饰都颇费一番心血。万事已就绪，遂暗地里派遣亲信诸人前往明石迎接。如今已是欲遁无途，只得上京。明石夫人对这长年住惯的海边有无限依依之情。想到日后将留下老父一人在此寂寞度日，更觉心碎。唉，真是无事不教人悲哀啊！我身何以忧愁不绝呢？这会儿，她倒是羡慕起那些不为源氏之君所钟爱的女性来了。

双亲对女儿这个应邀上京的荣幸期待已久，而今一旦得偿夙愿，内心自是欣慰异常。不过，想及日后与女儿分别的生活，又觉寂寞难耐，故而日夜呆坐茫然，口中只是喃喃重复 :“那么，以后将看不到我们女儿啦。”为母的格外值得同情。她原先便与丈夫分居的，往后，将依赖什么力量独自在此挨下去呢？然而，即令是偶然短暂的缘分，所谓“一夜夫妻百日恩”[1]，分离总是令人不愉快的。何况，那怪僻的老和尚即使不可依赖，究竟是自己缘分所系之人，而夫妻既有白首偕老之誓约，认此地为最后之居所，则如今骤别而去，委实也于

1 《伊行释》所引古歌句，以其含意相近，故采此意译。

心不安。年轻的侍女们则多数已厌倦单调的乡居生活，听说主人家要迁移上京，各人心中当然是高兴的。不过，这海边的景色也自有令人不舍之处，想到重归或属无期，对着那往返不已的浪潮，竟也纷纷不觉地泪沾红袖哩。正是秋季感人倍深之时，而出发之日的晨晓又格外地金风送爽，秋虫竞鸣。明石夫人依依地眺望着海景。皈道老人依例在后半夜便起身勤行，他竟也边诵经边涕零。虽然为讨吉利而严加忌讳，可是谁都忍不住悲从中来。那女婴就如同夜明珠一般，皈道老人时刻不忍教她离开自己的怀袖，这些时日来，更是疼爱逾恒，而小孙女也已缠惯了自己。如今真后悔起这出家之身来，不知将来见不着孙女儿，将何以度日呢？于是，他忍不住地咏出：

“行将别兮为祝祷，
　愿神保佑此明珠，
　　老泪纵横兮形枯槁。

哦，说什么不吉利的话呀。”他急忙拭去了泪痕。他的夫人尼君也在一旁哭泣道：

曾随君兮共离都，
　而今独自返京去，
　　如何中野兮不迷途！

这也难怪她啊。回想多年的夫妻情谊，如何舍得这样抛弃不顾，却指望那源氏之君一人，重踏上京城之路呢。明石夫人也悲切地央求道：

“命无常兮事难测，

今日一别得重逢？
忍将唏嘘兮换默默。

至少，请您相送到京城吧。”对于女儿这苦苦的哀求，皈道者费心找借口推辞。可是，毕竟心中还是担心途中一切的。“当初我弃绝繁华，到这乡下地方来，还不是为了你？那时心中只盼望好好儿养育你，而我自己也确实有些不顺遂之事，故知即使重返京城，也不过被人目为没落的老郡守，既不可能重新光耀门楣，而且，于公于私，徒然贻笑大方，留传恶名而已。所以内心决意不再辱没先人之名，而别人也都以为我所以下乡到此，乃是为遂出家之志。这一点，也就更加地坚定我的信念了。可是，后来看着你愈长愈大，稍解世事之后，又觉得自己何以竟把锦绣隐藏此穷乡僻壤？唉，做父亲的心竟如昏黑不晴之天空，遗憾极了，所以求神明啊，求菩萨的，保佑你别受我的厄运影响。一心只祈祷，让你不要跟我这种乡下佬过一辈子苦日子。那位源氏之君的来临，不啻是运开命转，可是，想到双方的身份悬殊，又不得不教人担忧。不过，自从那小女孩诞生以后，推想这一段缘分，绝不会是在这种海滨度日的命运，而你的运气也总是胜人一筹的。诚然，今后若不能再相见，心底着实难以忍受，不过，反正此身早已决定弃绝尘世了。你们母女俩是命中注定将来要大放光芒的，而对我这乡下佬言之，这只不过是暂时骚扰我心的宿缘罢了。今日之别，只当它是天人暂时复归于三恶道的悲哀，[1]就此告辞吧。即使日后听到我命尽的消息，也不要替我举行法会什么的，千万不要为‘难免之别离’[2]烦心才好。”皈道者尽管口中这么说着，讲到“此身化为云烟以前，

1 依佛教说法，天人果报既尽，须先历地狱、饿鬼、畜生等三恶道，然后复升于天界。

2 《伊势物语》中语，即死亡之别词。

恐怕不会中断日日为孙女儿祈祷吧”，竟也忍不住哭丧着脸。

此行，车队相连，固然嫌其嚣张，若分水陆两途，又恐怕麻烦，而迎接之人既然也躲着众人耳目，遂决定悄悄取船行。辰时启航。船只在那昔人所咏歌的“晨雾荡漾”之湾浦渐行渐远。皈道者悲哀盈胸，似乎无法斩绝烦恼，茫然呆望着。在此地消磨了许多岁月，而今重返京城，回忆往事种种，怎能不感慨良多？他的夫人尼君也忍不住哭泣起来。

慕彼岸兮遂为尼，
欲弃红尘求清净，
橹桨复指兮来时涯。[1]

明石夫人也咏成一首：

经几秋兮度几岁，
滨海渔村是吾家，
竟泛浪涛兮从此逝。

顺风助帆，在预定之日抵达了京城。因恐引人注目，所以陆路之旅也特求收敛，避免招摇。那大堰川的府邸建造得极有情趣，与长年住惯的明石海边也有几分相似，故而未大觉得已移居异地。不过，尼君心里毕竟难忘旧日种种，所以独自沉思时居多。那增建的走廊也颇饶趣味，而廊下泉流则更是精巧优美。虽然那细微部分尚未告成，但

1 彼岸，为佛家语，指涅槃之境。老尼此歌谓：已下决心脱离红尘求清净，未料今日复乘船返俗尘也。

住惯之后，自能领会其长处吧。大臣特令舍人准备欢迎之仪式。不过，他自己却假借种种理由，日复一日地推延，未予造访。明石夫人近来反倒心事重重，她委实难忘乡间的故居。百无聊赖之余，乃令人取来那具源氏之君留赠的琴，随意弹奏着。她悲从中来，情思难抑，想此地谅也无甚人听闻吧，遂纵情抚弄。未料，松风合鸣，异响同听。老夫人尼君本是斜靠在隐几上的，这时竟给这音乐引诱得半抬起身子，吟咏道：

出家人兮归故里，
　物换星移人事非，
　　松风依旧兮鸣未已。

明石夫人也咏成一首：

念故居兮怀故人，
　清调一阕托寂寞，
　　人谁倾耳兮空自陈。

知她如此忧悒度日，源氏大臣也觉着过意不去。今日不再忌惮人眼，便欲径自往访。此事尚未与紫夫人谈起，恐她日后从别处听悉不妙，故而颇费心机说明道："桂[1]方面本来还有些事情待料理的，没想到竟一延再延至今。还有一个人在那附近等着，不去探望她也不好意思。而且，嵯峨野的佛像也还没有装修完毕……恐怕得两三天才能回来吧。"紫夫人已略闻源氏近来突然营建桂院之事。莫非是想把那明石

1　京都近郊地名，在京都西方。

的妇人接来住吗？这么一忖度，心中甚不和平。“怕要我等待到斧柄都朽腐[1]吧？够人等待的哦！”她脸色颇不悦。“唉，你又要瞎猜疑了。人家都说我跟以前大不相同了呢。”费尽口舌取悦夫人之际，日已近午了。源氏之君此次只带亲信者，小心出发。

傍晚时分抵达目的地，当其谪居时代，穿着简略的狩衣，已是姿容卓越的，而况今日乃久别重逢，刻意装扮整齐的直衣风姿，更是优美绝伦，令人看得目眩心乱。明石夫人乍一拜见之下，觉得多日来悲咽昏暗的心一时间如雨过天晴般明朗起来了。大臣心中也悲喜交集。尤其面对这初次会见的女儿，衷情感动更是难以言喻。如今才真正后悔那未尝谋面而白白浪费的岁月呢。人人都夸太政大臣之女所生的少爷[2]，恐怕那还是由于他高贵的出身之故吧。而这位女婴则生得眉目清秀。美丽的人真是从小就与众不同的啊。光源氏心里这样想着，眼睛却牢牢把那天真地嬉笑、憨态洋溢的小脸蛋儿盯着，无限怜爱之情油然而生。原先派去明石的乳母也不再是当年憔悴的模样儿，而显得既成熟且端丽。听她娓娓道出这些时日来的情形，源氏不禁感慨万分：亏她忍受那与渔夫、盐户为邻的辛苦生活呀。遂央求明石夫人：“这儿离京城相当远，不便于时时相访，还是搬到我给你预备好的地方来吧。”女方却婉谢道：“请让我稍微习惯些再说吧。”这也难怪她呀。这一夜便在柔情蜜意、信誓旦旦之中过去了。

于是，源氏大臣便令新旧舍人修理住处。附近庄园的人听说大臣来此桂院，都从四面八方集拢过来，大伙儿出力帮着整修庭园草木等等。“喏，那一带的石头，有的都不知滚到哪儿去了。好好儿整顿一

1 《述异记》：“信安郡石室中，晋时樵者王质，逢二童子棋。与质一物如枣核，食之不饥。置斧于坐而观。童子曰：‘汝斧柯烂矣。’质归乡间，无复时人。”

2 即葵夫人（其父本为左大臣，如今已晋位为太政大臣，故云）与源氏所生之子，后之夕雾也。

下，应该是相当值得观赏的庭园吧。不过，像这种临时的住所，也不必过分用心布置。反正又不想长久住下去的，倒是弄得太好，离开时反而会教人难过呢。”许是想起过去的经验吧。看他时哭时笑地纵谈时，最是自然美丽了。老夫人亦得遥遥拜见这位人物不凡的姿色，她忘了老，也忘了忧愁，顿觉心境爽朗，遂笑逐颜开。源氏之君正指挥众人修正从东边渡廊流出的泉水趣味。他身上仅穿里衣，显得十分潇洒艳美。尼君正望得出神。忽地，源氏看到供佛的阏伽道具，乃问："哎呀，尼君在此地吗？真是抱歉哪，我竟然衣冠不整的。”遂令人取来外褂套上。“想必是托您平日勤行事佛之福，小女得以安然成长。让我特别在此向您致谢意。舍弃了静心修行的贵邸，再度返归这尘俗，您这心意深刻，怎不令人感铭于怀？明石那边，他老人家不知如何挂念着这里的情形呀？这一切，都深深使我感动。”他优和地慰问致辞。老尼则答以："多亏您能体谅我重返红尘的一颗紊乱之心。唉，这也算得是我长命的代价啊……”遂泣道："那生长在荒海之滨的双叶之松[1]，如今庆喜得成长健壮，只是，她生根卑微，怕将来终究会妨碍前途幸福。”老夫人的谈吐甚见气质。大臣乃央请她稍谈往日此处中务亲王居住时的情形。这时，修复妥善的泉水正巧涓涓流注，似也在倾诉着古老的故事一般。

返故居兮屋主人，
往事如梦无处觅，
但闻清泉兮空自陈。

尼君这首谦逊适度的和歌颇具品格，令人产生好感。

1　喻明石所生之女已两岁也。

涓兮淙兮庭中流，
　悠悠世事或未忘，
　　旧主故姿兮不可留。[1]

源氏之君感慨万分地和咏成歌。那姿态和容貌委实美丽，真个无与伦比。尼君深深感动。

光源氏亲赴佛堂，即令于每月十四、十五及月底举行普贤讲、阿弥陀、释迦念佛三昧，以及其他细节种种。又一一指示佛堂的装饰啦，佛具等等。而后，踏着月光，回到大堰山庄。这使光源氏不禁想起从前时常在夜晚往访明石山边的往事，女方也乘机呈上那极具纪念之琴。源氏果然忍不住揽琴鸣奏一番。曲调不改当时，而往日旧事也历历如昨。

曾相约兮重逢期，
　曲调不改情依旧，
　　吾心耿耿兮卿岂知？

女歌如下：

曾相誓兮情不渝，
　幸有清琴慰寂寞，
　　松风伴鸣兮荒海隅。

他们歌诗往返，看来真像是天造地设的一对。不过，从女方而言，这

1　此源氏和尼君之歌。谓庭中流水未忘昔日故事，可叹屋主人已成尼，故姿不可留也。

未免是一种殊荣哩。

大臣仔细地端详这位女性愈发成熟端丽的姿色，对于那位可爱的女婴，也有百看不厌之感。唉，但是这孩子的将来该如何安排是好？私生子一般偷偷地抚育她吗？这样未免太可怜，而且也不公平。如能将她接来二条院府邸予以好好照料，对其前途应当大有助益，并且可免受人非难吧。不过，又怕为母的明石夫人心里难过，故而难以启齿，只是满含着泪水注视着。女儿幼稚的心田里，起初尚有些陌生害羞的样子，后来倒也逐渐熟悉起来，有说有笑地缠绊撒娇，看来更是天真逗人喜爱。源氏大臣亲自抱着女婴的模样儿，才真引人注目，就像是象征着这女孩的光明前途似的。

光源氏准备于翌日回京城，所以今早迟迟仍耽在寝室中。原先想就此直接出发的，未料桂院中人群麇集，此处也有许多殿上人来侍候。源氏之君一边穿衣裳一边咕哝着："真是糟糕。本来以为这里是一个安全的隐蔽之处呢。"遂在人声喧哗之中，被众人簇拥而出。他勉强把满怀依依之情抑压隐藏着，站在门口。这时乳母抱着小女儿来，为父的无限怜爱地抚摩着她的头发。"以后看不到这孩子，心里不知将会多痛苦啊。唉，这也是人之常情呀。该如何是好呢？这儿真是所谓'路遥道途远'[1]哩。"乳母对源氏之君这一番感伤的话却答以："与过去在遥远的明石盼望着您的时候相比，倒是现在才更教人担心，今后不知您将如何对待我们女主人呢。"那小女孩正恋慕地伸手站在那儿，源氏之君遂挪近去坐下，自言自语似的说："唉，怎么我这样劳心呢？短暂的别离都不能消受。你母亲呢？为什么她不一块儿来这里跟我惜别呀？至少也让我好过些啊。"乳母听此，忍不住地窃笑，并将男主人的意思传入帘中。这位女主人却因种种心事烦恼，正恹恹地卧

1 句出《元真集》和歌。

着，所以一时间也无法起身见人。源氏心中颇不以为然，觉得她未免太会端架子了。不过，究竟是拗不过周围侍女们一再的怂恿吧，明石夫人终于只得徐徐挪出，那张闪现于几帐旁的侧脸，确实艳丽得很。她那股温雅的韵致，恐怕虽皇室公主也不过如此吧。源氏之君一把掀开了几帐的帐幕，与之恳恳谈心。临别时，回首再望，见先一刻还那么羞涩地躲着自己的人儿，如今却在那儿含情脉脉地相送。大臣正当盛年，显得英姿焕发，无可比拟。女方呢？从前的她是属于瘦高型的，而今却略添丰腴，看来更具贵妇风韵，连她那裙裾边都洋溢着爱娇似的。难道这也是源氏之君情人眼中出西施的缘故吗？

一度曾被解官去职的那位藏人，也再获复职了。他既已恢复韧负尉之职，今年又得晋叙爵位，所以正春风满面地上前为主上取佩刀。忽见帘内有一位在明石地方认识的侍女，遂带挑逗的口吻道："未敢忘记从前之事，却也不敢冒昧打扰。有时晨起，常回想到那海风吹拂的往事，奈何无由传递消息啊。"未料，里面那女的竟也多情地答道："这山里的生活与那寂寞海边相差不多，正在愁'松木非故友'[1]，没想到竟会有故人在这里，真令人兴奋呀。"男的本是有意，听得此话，却反而大觉扫兴，遂敷衍道："只好下回再找机会喽。"说完便溜出去，若无其事地加入侍从的队伍中。源氏之君步伐稳重地走向车边，这时，前驱者已高声吆喝行警跸了。车后由头中将及兵卫督殿坐着。车中，源氏一再叹道："真讨厌，连这种隐秘的地方都教人发现了。"头中将等则说："我们昨晚没赶上月夜之行，所以今早才特别冒着朝露来参见呢。山中的红叶，恐怕是略嫌早些，不过，一路上荒野的秋草倒正是时候哩。某某朝臣因为热衷于猎小鹰，所以没能及时赶来，不知他到底如何了？"

---

1 句出《古今集·杂下》，惟乔亲王和歌。

“今天还是去桂院吧。”源氏之君心血来潮又赴桂殿。殿中上下为着招待这位不速之客，忙得不亦乐乎，又临时召来了捕鱼人[1]。这使源氏想起了在明石海边听到的渔夫们的土腔俚语来。昨夜在嵯峨野打猎的人们献上一些系着荻茎的小鸟。杯回几巡之后，大家都有了几分醉意，逍遥于河边的步伐都有些摇摇摆摆，令人担心。这一天便在醉醺醺之中过去。大伙儿各自吟咏着绝句，待月华始射时分，管弦之游又开始，真个风流可赏。弹器仅有琵琶与和琴，笛手皆是一时之选。乃令众人吹奏合乎时宜的乐调，一时间，川风合鸣，颇饶情趣。月已高升，万籁清澄之时，有殿上人四五名联袂而来。他们原先都是在皇宫里仕奉的，宫中此时也举行着游宴，皇上问起：“今天是六日忌开忌之日，大臣理当来参加，而不见他来，不知究竟如何了？”又听说源氏之君逗留于此，乃派人来此通报。使者为藏人辨。皇上亲笔写着：

“月有桂[2]兮桂庭廓，
安享清福远人尘，
澄辉冉冉兮谅多乐。

委实令人羡慕！”源氏乃急忙虔诚致歉。

说实在的，这儿的游乐较诸禁中的宴会更有情趣。乐声助兴，响彻秋空，众人的醉意也更浓。桂院方面没有预备可供赏赐之物，乃令人向大堰邸方面去物色一些不甚显眼之品物。搬来的品物皆是现成者，计有衣柜二担。使者速返完命，遂以女装等物赐下。

1　原文“鹈饲者”，系令所饲养之鹈鸟代为捕鱼之渔夫。
2　此“桂”字有双关义，一取月中有桂树之传说，一指源氏所居桂院。

桂之庭兮享虚名，
朝夕唯雾山里寂，
月华掩翳兮减光明。

源氏这一首和歌是有意暗示盼望皇上行幸的吧。接着，他又咏诵了一首古歌“久居斯里兮”[1]云云，乃想起淡路岛，谈到那位躬恒吟咏“淡岛路遥近月乡”的故事。在座者中，恐怕还有些人会联想到这位主人过去的遭遇，而借酒意激动流泪的吧。大臣遂更咏一首：

岁月流兮时运转，
淡路岛月光依稀，
而今澄辉兮自彰显。[2]

头中将也和成一首：

浮云流兮暂蔽月，
云消雾散显光芒，
重享闲情兮乐无歇。[3]

右大辨年纪稍大，他乃是故桐壶院时代以来的老臣。如今他也不禁感慨万分，故亦咏歌一首：

---

1 句出《古今集·杂下》，伊势作和歌。
2 源氏踏袭前所诵之古歌，忆当年流放，于明石海滨遥望淡路岛上之月也。此和歌为其感慨今昔之作。
3 头中将此歌取景事双关，谓源氏虽一度运蹇，若浮云掩月，而今得重返都城享无尽之闲情，犹云消雾散，月光重现也。

弃宵汉兮夜半月，
　孤独西行冉冉光，
　　将隐何谷兮渐沉没。[1]

其他各人所吟咏的一时感慨之作，谅必有许多，不过，恐有烦琐之嫌，故此从略。

大臣的话兴愈盛，气氛亦愈形融洽。大家恨不能千年万岁常侍在他身边，洗耳恭听下去，就像前面所述那斧柄朽腐犹不知的故事一般，可是他偏说："今天可不能再贪玩下去了。"于是急急忙忙要回京城去。人人各自领得一件与身份相称的赏品，将那些被服之类挂于肩头上。远远望去，在雾霞隐约之中，那五颜六色与园中之花朵交杂，显得更缤纷悦目。近卫府的舍人中有些擅长歌舞者，似觉得意犹未尽，正在那儿继续高唱着乐神歌《其驹》，引得源氏之君情不自禁也脱去身上所着之各色衣服，一再赏赐他们，那光景好似秋叶在风中翻舞一般。这边吵吵嚷嚷作乐而归；而在大堰那边，明石夫人却独自遥望，细嚼着别后的寂寞滋味。大臣心中这时也想起自己竟忘了给她写情书便回来了。返抵二条院后，稍事休息，便与紫夫人谈及山里的种种趣事。"真抱歉拖延了日数。都是那些玩伴闯来，强留人不肯放，所以才弄得如此。嗳，今早可真累了。"说完便欲卧下。紫夫人脸上又有不悦之色，源氏故意视若无睹地告诉她："何必硬将自己跟等而下之者相比呢？'我就是我'，你应该这样想，高高居上才对呀。"日暮时分，欲上皇宫之前，在那儿急忙偷偷摸摸写些什么，恐怕还是要送给大堰邸那边的信类吧。咳，在一旁看见，都感觉得到那股细腻劲儿哩。见他跟送信的使者在那儿咬耳朵的样子，连侍女们在帘中窥伺，

1　以"夜半月"谕先帝桐壶院，谓其弃离人寰居所，而今安在耶？

都觉着愤恨。

这一晚本该住宿禁中，却心中老放心不下临走时夫人的脸色，故夜虽深，仍然退出皇宫。刚巧接到方才的回信。光源氏并没有避讳，他大方地展开览读。信中并没有什么教别人难堪的句子，所以他斜倚隐几，口中说道："把这东西给我拿去烧掉吧。嗳嗳，已经不是让这种东西散见各处的年纪喽。"其实，他心里正深深眷恋着明石夫人，因此凝视着灯影，不再作响。那信笺正展现着，见女主人并无意阅览，乃笑说："瞧你，那故意装作不爱看的眼色才教人不放心呢。"他那打趣的神态，浑身洋溢着吸引人的美。他又故意挪近夫人身旁。"说实在的，我跟她之间也有了个女儿，这恐怕不是泛泛的缘分吧。可是，现在也不便于太公开化，这事情不知如何办？正烦恼着。请你替我想一想，我该怎么做才好？在这儿抚养她吗？如今已是三岁[1]了呢，见到她那乖巧的模样儿，真舍不得丢下不管。将来她着袴仪式的时候，也想照拂一下；如果你不介意的话，那时节倒是想再请你替她系纽带呀。""您总是这般猜疑我，对我见外的，所以才教我有时不得不装聋卖哑啦，或是故作赌气状啦什么的。我倒是挺喜欢小孩子，她年纪正是可爱的时候吧。"紫夫人微笑道。她天性喜爱孩子，所以颇愿意收下这个孩子来抚养。不过，大臣方面反倒感觉困惑起来，究竟怎么办？将那女儿迎来此处吗？可是，再度往赴大堰方面可不是容易之事，怕只能寄望于嵯峨野佛堂诵经之际，这样，大约每月仅有两次相逢的机会吧。这种见面虽是难得，但比起牛郎织女的七夕之会，总是略胜一筹，所以也不能再有什么奢望了。不过，在明石夫人方面而言，以一个妇人之身，教她如何能不为情憔悴呢？

1　此处原文引日本古代神话中"蛭之子"典故，颇迂回难懂，故稍削减，仅取其三岁之含义。

第十九帖

薄云

随着冬天到来，大堰川畔的住所愈显得寂寥，而明石夫人也愈觉得茫然不安。源氏之君见此情形，曾几次三番地劝促：“这样总不是个办法，还是听我话，搬到近处[1]来住吧。”不过，在女方立场言之，所谓“换屋换宿总难候”[2]，如若再换一个新住所，结果看清了那善变的男人心呢？则岂不一了百了，真的无可依恃了吗？唉，真个是“怨兮恨兮如何了”[3]，心中矛盾极了。“那么，至少这个女儿是不宜放置在此不顾喽。为着她的前途[4]，这样下去总是不敬。恰好对屋那位[5]听说这孩子的事情，而盼望着会见她。不如让她们去熟悉一下，将来举行着袴仪式时，也就不必偷偷摸摸了。”源氏倒是催得紧，商量得细腻。女方早已料到此事，心中亦曾暗自苦恼着，如今亲耳听见这番话，更觉心碎。“即便是给那高贵的人家收留下来，疼她爱她，恐怕别人还是会

---

1 指二条院东侧新营之住所。
2 句出《后撰集·恋三》，和歌。
3 句出《拾遗集·恋五》，无名氏作和歌。
4 暗指卜人预言，谓此女将立为后妃也。
5 谓住于二条院西侧对屋的紫夫人。

闲言闲语，不容易弥补面子的吧？”为母的这样嘀咕唠叨，显得难舍难放，这也是人之常情，难怪她啊。“关于对屋那位女主人的心，你倒是绝对可以放心的。喏，就像前斋宫那么大的人，她都照拂得无微不至呢，何况这孩子，小小年纪，正是逗人喜爱的时候，她怎能不疼爱呀？”源氏又这样热心解释紫夫人的人品气质，好教她放心。

记得以前大家都在替源氏之君担心：究竟要怎样的女性才能匹配他呢？而今看来，他好色之心已稍稳定，可见得这一位夫人定必与他有不寻常的缘分，可以想象其人品貌是如何出众了；反顾自己呢，这种微不足道的身份，如若想抛头露面强求什么，恐怕只会徒然教人看作不识抬举的人吧。反正自己是没有什么好计较的了，女儿的前途却正不可限量，将来大概总是要麻烦这位夫人来照拂的吧。既然这样，倒不如趁现在幼小不解事的时候，让给人家算了。但是，一方面又担心：一旦放弃女儿之后，失去了心灵的安慰，那种早晚的寂寞将不知如何来排遣？恐怕今后源氏之君也会借口琐务羁绊，不再到此走动了吧？她这般顾虑种种，深觉得悲痛难禁。至于明石夫人的母亲尼君呢，她是一个思虑颇深的人，见女儿如此悲叹，遂劝道：“这也是没有办法的事情呀。今后看不到孩子，当然是伤心的事情，不过，咱们还是得为她的前途设想才是。大臣既然那样说，谅他必定不是信口开河，你应当信赖他，将那孩子交给他才是。即便是皇帝所生的孩子，往往也因为母亲的身份地位而有所等差的。就拿这位大臣为例吧，你看他生得出类拔萃，世上无人能出其右者，却不得不降为臣下，这还不是因为他是更衣所出，而他的外祖父故大纳言的地位终究差人一等的关系吗？而况寻常人家，那就更不用谈了。又即便是皇子或大臣的女儿，假如娘家的威势不如人，世界人士便也就看轻，而做父亲的态度往往也会有差别呢。所以说呀，这个孩子的情形也是如此，万一将来人家身份高贵的夫人也生了女儿或什么的，那时候她恐怕就竞争不过别人呢。总之，不管是什么身份，只有双亲特别宠爱的孩子，世人也才会重视。将来给这孩子举行着袴仪式时，如果躲在这深山里，即使费尽心力，又会有什么光彩呢？我劝你还是依了他，把孩子交给他去照顾，看他怎么安排吧。”后来又另找足智多谋的人商量，也请了阴阳师来占卜，大家的意见都认为孩子宜交由源氏大臣抚养，所以明石夫人对这件事也逐渐灰心失望了。

源氏大臣方面虽然焦急，倒也能体谅为母的心情，故而未便强迫，只在信上问及：“着袴仪式当如何处理？”未料，女方竟答以：“反正这孩子跟着我这样的人，对她的将来总是不利；唯又恐一旦而以示于众人间，不知他人将如何看轻她呢？”这真令人怜悯。遂选择吉日，令其暗中准备万端。明石夫人知分离已成定局，心底无限悲伤，不过，为着女儿的前途，只得强自忍耐。“乳母呀，连你也一起离去的话，好不容易早晚有个商量和诉苦的伴儿的，今后真个是没有了依靠，将不知有多难受呢。”女主人幽幽哭泣起来。乳母也伤心地说道：“难道这也是命运吗？偶然得蒙您收留，侍候在左右，深情厚爱，真是教我永生难忘。大概也不至于真的就此不再见面吧？不过，即使后日得有机会再拜见，也真不愿意暂别您，而跟他人虚与委蛇啊。”遂终日浸淫于泪水中。时入十二月。近来时时下雪降霰，令人打心底忧郁不安。明石夫人的心情愈觉沉重，每常悲叹；何以自己偏偏多所劳心之事呢？疼爱女儿之情也自然较往日更深，忍不住地整日价抚爱着。雪霁之后的早晨，乌云密布，积雪皑皑。明石夫人思前虑后之余，竟移身于平日难得暴露的廊边。她身上穿着多层轻如蝉翼的白绸衣裳，茫然眺望着池边的结冰。人人见她那姿态、头型、背影等，都觉得即使最高贵的女性也不过如此。她正时时轻拂落泪，内心想着：往后遇着这样的日子，不知将更有多寂寥呢。遂优雅有致地叹气道：

雪霰降兮掩山深，
　寻觅无由路虽绝，
　　盼请踏[1]雪兮来相寻。

乳母也悲啼相慰道：

吉野山兮雪霏霏，
　纵使积雪蔽山路，
　　衷心无绝兮誓有依。[2]

雪稍融时，大臣来访。若是平时，将以何等兴奋期待之心情迎接他啊；可是对今日之事已有所知，故而不觉地心碎，不过，也不能责怪谁。本来这件事可以由自己来决定，假使自己不肯答应，谅他也不致如何强迫吧？唉，真有些儿悔不当初。但是，如今再来说什么反悔的话语，也未免显得太轻薄，只好独自沉思着。源氏之君见爱女缠绊在母亲身边，愈觉得自己与这位女性宿缘不浅。今春以来蓄留的头发，已长至普通尼姑发长的程度，那乌发摇动的模样儿逗人喜爱。脸庞啦，眼神之美，则更不在话下。设想为母的即将放走这样一个娇女，不知她此刻心中有多哀伤，遂柔情细腻地反复安慰至天明。“只要……只要您不嫌弃这孩子的母亲出身卑贱，好好儿对待她……”虽然强抑着激动，究竟眼泪簌簌而下。看着真教人心酸。那小女孩子，尚不解人事，一心只想着快快上车。明石夫人亲自把她抱到车边。孩子无心，牵引着母亲的袖口，咿咿呀呀地说：“妈妈也上车呀。”至此，

1 “踏”字日语同于“文”，故亦暗含盼乳母通讯息之意。
2 乳母歌此，以示衷心已有所归依，决不改变也。

为母的终于抑制不住感情：

忍相别兮嫩叶松，
　悠悠岁月任流转，
　　何日得见兮枝丰容？[1]

言不及终，已是泣不成声。源氏之君也深深怜悯，只得勉强安慰道：

“根既深兮土亦厚，
　武隈之松连理枝，
　　得庇小松兮至永久。[2]

请你不要着急。”话虽如此，唉，骨肉亲情，心里总难忍受的啊。

只有乳母与一位优雅的少将携带着守护佩刀及护身符乘车。其余，则更有几位青年及童侍随行。光源氏一路上惦念着留别的明石夫人，自觉这样做实在造孽啊。薄暮时分，一行人方抵达二条院府邸。车队一靠停妥，映入眼帘的竟是热闹豪华的气氛，这与原来的住所大异其趣，不由得教那些乡下来的侍从担忧自己是否配得上在此侍奉呢。西边房间早已刻意准备完好，内里的家具摆饰等尽是些玲珑小巧的。配给乳母的房间，是在西侧渡廊的北方。小千金在路途上已入睡，被人抱下车来，却也没有哭啼吵闹。她给带到紫夫人的房间里来招待糕点。这时，她四顾不见母亲，那一张可爱的脸突然有了哭意，于是连忙差人唤来乳母哄骗。这时，光源氏私下又难免想到明石夫人

1　嫩叶松以喻稚幼之爱女，谓己何日得见其成长也。

2　此源氏安慰明石夫人也。以连理之武隈松喻夫妇，小松则喻爱女，示彼与明石夫人终得抚养爱女也。

那山居的寂寞情景；不过，另一方面，又觉得这孩子能跟在自己身边，由对屋的夫人细心照料，应当是最妥善的安排吧。唉，其实，索性这孩子是这位夫人所出的话，也就用不着担心世人议论了。这种事情毕竟是由不得人的啊。委实遗憾！

那女娃儿哭闹了一会儿，想找寻惯见的亲人。可是，由于紫夫人生来好脾气，讨人喜欢，所以孩子也就逐渐与这位夫人熟稔亲近起来。夫人则内心欣喜异常，如获至宝，整日怀抱逗弄着孩子，乳母也自然得侍候在近处。除了乳母以外，又另外召请了一位身份高贵而有奶水的妇人随侍。着袴仪式当天，虽然并无意大事铺张，究竟也不同凡响。那些配合着小主人而准备的衣裳饰物和道具等物，样样精致小巧，就像是扮家家酒似的有趣可爱。当天来参加仪式的客人虽不少，不过这府邸从来就是进进出出的人很多，所以也没有显得比平日特别热闹多少。只是那位女公子系着带子的胸前，看来更显得漂亮罢了。

住在大堰那边的夫人呢，她一直拂不去念女之情，如今才后悔：当初为什么糊里糊涂把女儿交给了人家。至于做外祖母的尼君又是如何呢？那时节，她虽然把话说得那么坚定，现在却也变得哭哭啼啼；不过，听人说起她的孙女儿正生活于众侍仆簇拥的环境里，又禁不住破涕为笑了。既然如此，自己也无须再锦上添花了吧？于是，为乳母等近侍者准备各色衣裳，差遣人送去。大臣不忍心教明石夫人久盼，故在过年之前伺机往访。失去了爱女，做母亲的心里定必更加寂寞吧？他想象明石夫人悲叹哀怨的心境，故而时时遣信致意。如今，夫人对此也不太介意和怨怼了。看在眼前这位天真可爱的女孩子面上，可以宽宏大量些。

又改新岁。[1]初春的天空明媚无比，而光源氏亦无忧无虑，看来

1　时光源氏三十二岁。紫夫人二十四岁。明石夫人二十三岁。

甚是俊美。二条院府邸扫除得一尘不染。前来贺年者络绎不绝，年长者及身份较高者则于初七之日陆续来贺。年轻辈的公卿们显得无拘无束，十分欢愉。等而下之阶级的人们，心中或有挂虑啦，不满什么的，不过表面上也都装得十分快活的样子。这真个是一幅泰平景象。如今已迁居于东院西侧对屋的花散里也看来十分幸福。她平时对下人的服装礼仪等诸细节都挺讲究，日子过得悠闲而惬意。毕竟是住得近的关系吧，源氏之君空暇之际也偶尔会出其不意地造访；不过，他却无意专程来过夜呢。这位妇人生性大方而温顺，对此，她倒是认定命合如此，故而表现出奇地安分知足，颇能自得其乐。源氏见她这样，反倒未便疏忽，逢年过节的待遇，也使与紫夫人几乎不相上下。主人对她如此尊重，于是府邸人人自然也不敢稍有怠慢，舍人家司，无不谨慎执役，故看来并不比本邸那边的情形稍差。

对于住在大堰山庄那明石夫人的处境，光源氏也时时惦念挂虑着。一日，公私琐务繁忙之余，准备专程过访。这一天，他较往常刻意修饰。樱色直衣之下，穿着几层讲究的华衣，又特地深染薰香，而后与夫人辞别。他这一身打扮，在夕阳余晖之下，更显得明艳照人。紫夫人默默相送，衷情甚不宁静。幼小无知的女儿却缠绊着父亲的裤裾，追随出垂帘之外，教为父的无限疼爱不忍。百般哄骗之后，低吟催马乐的一节歌“明日兮归来”[1]，终于走了出去。夫人特令中将之君相侍于渡廊口上。

送郎君兮终不悔，

若无远人为羁牵，

1 引用催马乐《樱人》句。

明日之期兮犹可待。[1]

那侍女从容转诵女主人的和歌。源氏之君聆听后，不禁莞尔，亦以歌一首作答：

犹未去兮已念归，
云何远人相留引，
明日之期兮必无违。[2]

小女孩无心地嬉戏于身边，使紫夫人甚感安慰，不觉地妒情也渐消。唉，那位母亲不知如何忍受此骨肉分离的悲哀啊！这样一个乖巧的娇女儿，若换作是自己，必定会思思恋恋难舍呢。她凝睇眼前这孩子，情不自禁将她揽入怀里，将丰美的乳房让孩子含弄着。这一幅满足快乐的景象，真个令人陶醉。侍女们不禁窃窃私议道："怎么夫人自己偏偏没有孩子呢？""如果是她亲生的女儿该有多好！""唉唉，世事总是如此的呀！"云云。

那山庄的生活十分清静风雅。房屋的构造既与都城里的一般格调迥异，显得极其珍奇，而女主人的品格更教人每多一次见面便更为心折。她的气质风度，一切都与贵族妇人不相上下，而近来在姿容、应对的表现方面，更是愈趋完美。假若这位女性是一个平凡不显眼的，那倒也罢了；偏偏她是这般高雅美丽，却有那样一个世所稀有的顽固老父，这真是令人头痛的问题！源氏之君每次来访明石夫人，总觉得兴犹未尽便得归返。他有些儿眷恋不舍的吧，禁不住叹道："浮生若梦

1 原和歌套袭催马乐《樱人》，极委曲巧妙，唯中文无法译出，此采意译。"远人"盖指明石夫人也。
2 源氏因夫人前歌，复套催马乐《樱人》第二章，表明履约之志。

似过桥。”援来眼前的筝，回想明石之浦的深夜聆听到的琴声，遂央求她弹奏琵琶。轻拢慢捻弹奏一曲，果然不同凡响。为什么这位女性具有这般高超的技艺呢！于是，详告以女儿近况种种。此地虽偏僻，由于主上偶尔也会这般造访过夜，所以自然有时也就会进食些许糕点饭食什么的。有时，借口赴嵯峨野的寺院，或桂之院等，而实则悄悄到此访问。光源氏虽然表面上不愿公开表现热衷于这一位女性，不过，对她是既不过分热络，也不表示等闲视之的态度，看来，对这位妇人总是有一份深情厚爱的吧。女方也颇知其意，凡事总守着分寸，却也不过于自卑，能恰如其分地配合男主人的心意，故而日子过得倒也挺惬意有致。她本人也略有闻知，源氏之君在别的贵妇人处反倒不如在此处自由自在，多少总是有些拘束的。假使像自己这种身份的人也迁移入京城府邸里的话，恐怕会因为过分亲近，反而引起别人妒忌，终致自取其辱的吧？像目前这样子，对方偶尔专程来访，岂非更增加自己的身价吗？至于远在明石地方的父亲呢，当初他虽然把话说得那么决绝，毕竟内心还是挂虑着：不知源氏之君如何对待爱女？所以他也时常遣人来问候。他所收到的回音呢，有时几乎教人心碎；不过，也有不少使他大感光彩的好消息哩。

这期间，太政大臣不幸而亡逝。他本是天下人赖以为国之栋梁柱石的人物，皇上的哀痛自是不浅。当其暂时退隐之际，已是举世哗然；而今这情形，更不知有多少人伤心失望呢！源氏大臣的遗憾则是可想而知。这一向，一切都赖他老人家料理承担，自己才得着些许空闲的呀。往后将不知如何忧虑忙碌呢。想及此，不禁喟然长叹。皇上虽然已较他的实际年龄成熟懂事，处理天下大事当不致有什么大困难；不过，究竟欠缺着一位有力的保护人，到底将此大任交托于谁，自己才能达成隐遁之旨呢？源氏之君的遗憾莫过于此。有关太政大臣的葬礼法事等，一切悉心办理，观其谨慎郑重之态度，尤胜于子孙公卿辈诸人。

这一年当中，世态扰扰。类似预兆的怪异现象频频发生，甚是不宁。世人纷纷传说，天空出现了异样的日月星辰啦，甚至云形都不同寻常啦，种种迹象，教人讶疑。天文博士和阴阳师所上的奏折之中，也颇有不可思议的文字。此事，唯有源氏之君一人内心若有所悟，故而正私自痛心。皈佛的太后藤壶，入春以来玉体违和，到了三月，病情愈形严重。皇上时有行幸。桐壶院驾崩时，皇上年纪尚小，不知生死离别之悲哀；而今，他对母亲病危，甚为痛心，故悲形于色。这教为母的看着十分不忍心。“自知今年将必是命尽之年。可是，前些时候还不怎么严重的样子，所以怕万一故作预知死期的样子，世人会议论，因此佛事供养诸务也不敢过分铺张，仍维持一如平常。总想着，找个机会上宫，从容同您讲一些过去将来的事情。唉，就是这么老病恹恹的，心底也一直不清爽……”她乏力地说。今年虽然已是三十七岁，不过外表看来仍显得十分年轻，正值盛年，这教皇上看着更觉悲痛。“今年运气不好，听说您心境不佳，已经教人十分担忧，没想到，竟连祈祷祭祀都没有好好儿办……”皇上无限心痛地喃喃说。于是，连忙下令举行法事祷告诸事。源氏大臣原以为这次藤壶的病不过是老病复发而已，所以也就未加特别注意；如今听得此消息，内心深深为之忧虑不已。

皇帝行幸总有期限的，探望母后病情之后，只得依依返宫。不过，圣心不免诸多烦恼。藤壶的病情愈形恶化，近来连说话都甚觉困难。回想自己这一生，可谓得天独厚，出身既尊贵，所享荣华也无人可与比拟；只是，在另一方面来说，衷情秘密隐藏的相思，也较常人更为深厚的啊！对于皇上，至今隐瞒着他生父的真相，这件事始终使她内心觉得遗憾，怕是死后都不能安心瞑目。源氏大臣方面呢？在公的立场言之，最近贵人如此相继离去，不免使他徒增感喟；而在他个人心底，不可告人的悲哀更是无限深沉。他唯有勤加祈祷，乞求神明保佑而已。这些年来，连心中的相思情意都没有机会吐露一端，委实痛心遗憾。于是，他挪近几帐附近，寻问近侍诸人。如今，藤壶身边时刻有亲信的侍女多人侍候，她们遂将女主人近况详细禀报于源氏之君。“近来身子已是十分衰弱，可是她偏不肯稍减勤行。大概是太过勉强的缘故吧，积劳的结果，更加衰弱。这一向，连橘子都吃不下去。越来越危急了呢。”每个人都在悲叹。“这些年来，对于您能恪守故院的遗嘱，协助照料皇上，内心十分感铭的。也一直记挂着，怎样才能让您知晓我心底感激的一端。唉，可是，看来……已经无由报答了……”隐约继续而微弱的声音从几帐后流出。源氏之君无暇作答，只是哀哀哭泣，教人看着心酸。他明知自己这副样子十分不争气，让人瞧见不成体统，所以勉强忍泪；可是想到藤壶这位的人品气质，就算她和自己之间没有过去那一段私情吧，世上像她这样的女性岂有第二位？人的力量是多么有限啊，而自己竟无能挽留她的生命！真个教人心碎遗憾。“此身虽不肖，对于皇上，总是一向尽忠尽力地保护着。上回太政大臣过世，已足令人担心世事种种；而今看到您这般虚弱，真教人心碎。怕是连我自己都寿命难保了啊。”说话之间，藤壶竟然似灯火熄灭一般悄悄逝去了。源氏大臣的悲苦自不待言，从此，更沉入哀叹之中。

藤壶生前，虽以其高贵的身份，却待人十分慈祥。人往往喜欢仗着权势随意支使别人；可是，她则从未有过这般举动，凡事总能设想周到，即使有人自愿来侍候，她也尽量避免增添别人的麻烦。又如奉献供养寺院之际，古之贤者中，往往也有人听取他人意见而别出心裁，极尽豪华阔绰之能事的；而这一位却未尝做过此类事情。她只是将自己所继承的宝物啦，或是朝廷赏赐的奉禄等之中，选取一些无伤大雅者供奉。东西虽未见得是顶稀罕，却真情感人，所以连那些无知的野僧都为之痛惜唏嘘不已。葬礼之日，举世哀悼。殿上人辈皆着墨色丧服，致使春天的暮色浸淫于沉重寂寥里。源氏之君见二条院邸的樱花，禁不住忆起那一年的樱花之宴来。“樱若有心为染墨。”[1]他暗自低吟，复恐别人见了会起疑，乃避入佛堂中，终日饮泣。夕日余晖清晰地照着樱树的枝梢。薄云暗淡，看似丧服的墨色。更觉意兴阑珊，万事乏味，诸多哀伤。

夕日倾兮不稍候，
　薄云低垂覆群峰，
　　灰暗凝重兮似吾袖。

他这样感慨吟咏，倾吐心声，但是佛堂中别无他人，又有谁知晓呢？

断七的法事已毕，一切葬礼皆成过去。皇上心中无限寂寞哀伤。有一位从藤壶先母时代以来便代代身任祈祷的老僧都，故皈佛之宫对他十分亲信，皇上待他自然也就格外信赖，凡宫中隆重的佛法祈祷，总是由他担任。他是一位年约七十的大德，近年来本已隐遁入山林，专事来世的修行，可是为了藤壶宫的祛疾佛事，又召他上宫中侍候着。源氏大臣劝他留在宫中继续出仕，老僧说道：“我这一大把年纪，恐怕不堪任夜居[2]等重任。不过，既然蒙皇上这般器重，而对亡去的女院也可以借此报答恩德的话……”遂再度出仕。有一个安静的近晓时分，左右别无近侍之人，部分侍候在皇上身边的人正好退出，这位僧都像一般老人那样边咳边谈起来，末了又道：“有一件事情很难启齿禀奏的。只怕说了罪过；不过，如果瞒着皇上，又怕天眼有鉴，更加重罪障。万一我这老朽这般独自悲叹苦闷以终，又将如何呢？或许菩

1　句出《古今集·哀伤》，上野岑雄作和歌。
2　高僧夜间侍候于皇帝寝室之邻室，彻夜祈祷，以祈求其平安之修行也。

萨会责备我是个心底不洁的家伙也说不定。”他欲语还休，正踌躇着。皇上圣心猜测：究竟什么事呀？难道他今生还有什么遗憾的吗？法师虽是圣僧，说不定这种人反倒有些乖背俗情的怪癖也未可知。于是劝促道：“朕从小就没有对你设隔阂过。如今看你这般对朕隐瞒着什么，反倒有些意外。”“岂敢！岂敢！这件事绝非个人私愿。过去，连菩萨所禁的真言都不敢不禀奏于您；如今又怎敢有什么见外的事呢？这事实在关系着过去与未来。只怕隐瞒着真相的话，对于去世的故院、后宫，以及现今执天下大事的大臣诸位，万一将来走漏了消息，反倒更为不妙呢。反正，以我这老法师之身，即使因饶舌而遭受灾祸的话，也没有什么可后悔的了。今天，实在是受命于佛天，不得不奏上的啊。故女院在身怀皇上的时候便有某种深深的隐忧，所以曾屡召我为她祈祷。详细的事情，我这老法师也未便明白。[1]后来，天有不测风云，大臣遭受无妄之灾，她内心更为慌恐，愈令我勤加祷告。其后，大臣也闻悉此事，他那方面也命令我加紧事佛祈祷。于是，老朽便继续主持祈祷，直到皇上顺利登位为止。那祈祷的内容是如此这般的。”皇上生平头一遭听到有关自己出生的秘密，既惊讶且恐惧，既悲痛又心碎！

一时间，皇上竟无以言语，僧都怕自己冒犯了皇上，正畏罪匍匐，预备悄悄退下。皇上呼止道：“这种事情若果不知不觉，反将延罪障于后世。为什么你要隐瞒至今呀？朕倒有些怨恨呢。这件事还有什么别人知道，会走漏消息的吗？”“除了老朽与王命妇而外，别无他人知晓的，所以更觉得惶恐。近年来，所以屡有天变兆告，世上不得安宁，也就是为了这缘故吧。在您少不更事之时，老天亦无由警告；如今您已长大成人，能洞晓人事，所以它才如此示咎的。这一切都是始自上一代。老朽是怕您不知罪孽何由起，所以虽然一度决心闭口不外

1 事关男女情事，故老僧回避不便言也。

泄，今天却忍不住都说了出来。”僧都涕泣言语之间，天色已明，故而只得退出御前。皇上乍闻秘密，有若在梦中，心绪纷扰不已。这事说来，对故桐壶院的亡灵颇感不安妥，可是，让源氏大臣这般屈居臣位，也甚不合宜。左思右想，计无所出，日上三竿，犹未出朝。大臣有所闻悉，大惊而参内。皇上见大臣来，万感交集，更忍不住地眼泪簌簌下落。大臣则以为皇上近来思念亡母悲切，故而如此的吧。这一天，又获悉式部卿宫[1]去世。皇上愈觉世态纷扰，圣心悲叹。逢此多事之秋，大臣亦未便退返二条院府，遂陪侍御前。二人闲谈之余，皇上竟意外地说道：“看来，我这条命也到了尽头的吧？近来心中甚不安宁，身子也常不舒服。世上如此扰扰，真个是教人不能放心。老实说，从前由于怕先母伤心，所以未敢提出让位的意思；如今，可真愿意早日回复闲散之身呢。”大臣颇为讶异，连忙劝阻道：“这怎么可以呀！世事纷扰，未必是因为政治的是非曲直啊。贤王之世有时也会有不良之事发生。圣主在位而邪乱突起，这种例子在唐土便不乏其例，而在我国亦复如此。何况，天命已尽的人顺随天意，又怎能这般为之深叹呢？”说实在的，此类事由，可不是拙笔所能一一详记。

如今，皇上穿着深色丧服，愁眉不展的模样儿，看来与光源氏更为相像，几致不能分辨。有时，揽镜自照，圣心亦有所感；自从探悉真相以后，曾仔细端详大臣之脸，更觉情绪激动。如何将此事端来暗示于他呢？不过，念及大臣的尴尬，年少纯情的皇上，究竟有所顾忌，故而未便轻易出口，只得闲谈一般，显得格外亲切而已。贤明的大臣见皇上一改常态，表现得十分亲昵尊敬，内心颇觉讶疑；不过他怎么料想得到皇上已洞悉一切了呢！皇上则盼望向王命妇更探究竟以知详情，可是又怕对方得悉自己已获知亡母生前的隐秘。乃又想旁敲

1　朝颜斋院父，故桐壶院之弟。

侧击，从大臣处探听史上可有前例，可是苦于全无机会，所以只得勤勉向学，遍查书籍。果然，唐国史上，明载暗示，这种乱伦之事例亦有不少。而日本朝廷之中，则可谓史无前例。即使有之，这等隐私又如何能传之于后呢？至于皇子而降为臣籍，赐命为源氏第一代，经纳言、大臣，而更晋升为亲王，终登皇位者，则颇有数例[1]。是否托故其人贤明，而将此帝位让于他呀？再三思虑，圣意未决。秋季中央任官式之际，本已内定由源氏之君出任太政大臣之职，皇上乃乘机暗示让位之旨。源氏恐惧伏拜固辞道："故院虽于众子之中，特别待我优厚，可是却从未考虑及让位之事。如今又怎能违背先帝遗志而高攀帝位呢？我只想遵循故院的遗志仕奉朝廷，待年纪稍大，再隐入佛门专心修道。"他的语气一如往常，这真令皇上失望。虽然圣旨已下，任命为太政大臣，源氏之君方面仍然有所顾虑，故未辄受命，只在爵位上晋升一级，得享牛车直入建礼门之特权，乘舆出入皇宫，通行无阻而已。皇上对此亦觉不忍，又建议改为亲王；不过，目前朝廷里一时也找不到适当的摄政人选。源氏之君只好内心盼望着那位由权中纳言晋位为大纳言兼右大将的人[2]，今后若再升一级，则自己便可将一切政事让于他，而过投闲置散的余生了。源氏之君思想再三，有异样感觉。皇上若获悉那件隐秘之事，对故去的藤壶宫固然不好，而近来每见皇上忧思烦恼的样子，又委实于心不忍。究竟是谁人把此事走漏风声的呢？他百思不解。自从御匣殿[3]迁移他处后，王命妇便居此侍奉皇上。一日，大臣与她闲谈之际询问："你可曾不经心将那件事说漏了嘴吗？"王命妇坚决否认道："贱婢岂敢！故去的女主人曾经为此烦恼终生。她一面担心皇上获悉真相会大受刺激，另一方面又怕若无由得知，会对

1 是忠亲王、是贞亲王、兼明亲王、盛明亲王即其例。
2 即昔日之头中将。葵夫人胞兄也。
3 附设于贞观殿内，为调理宫中服饰处。

您失却父子之礼，必遭菩萨咎谴。所以无时不悲叹呢。”听得此番话语，方知藤壶为人之厚道，用心之细腻。大臣心中禁不住恋慕之情更增，悲哀亦随之更深了。

斋宫女御[1]果如源氏之君所料，克尽厥职，能照料皇上的生活起居，也深得皇上宠爱。而她本人，无论人品修养都看来毫无瑕疵，大臣对她也就甚为满意，十分器重。秋天到来，斋宫女御归宁于二条院邸。源氏之君特令下人将她的寝殿修饰得美轮美奂。如今，全然以父辈态度照料着一切。秋雨淅沥，庭前苑花五色缤纷。望着那露浓的花草，大臣心底不觉地回忆往事种种。他不顾雨露湿袖裾，前往女御房间。那身上仍穿着墨色丧服。借口世事纷扰，实则这一阵子以来，一直为着纪念故藤壶宫而隐退事佛精进。从袖口隐约可见念珠，许是怕引人注目的吧？可是他这一副素雅的装扮，另有一股冷艳之致。他悄悄进入御帘之内，只隔着几帐，直接与女御对谈。“庭前的花朵竟然盛开了。唉，人世上灾祸连连，花儿倒是依然逢时便开，如何不教人伤情啊。”他那倚着柱子的身影，在夕阳残照之下，看来是多美丽啊。于是，话题又转到当年访故六条夫人于野宫的那晓分情景，语调充满着无限感慨。斋宫许是所谓“思兮恋兮泪沾袖”[2]吧，被他的话语诱得思恋亡母之情油然而生，像是在那儿落泪的样子。那种徐移娇躯的动作，予人楚楚可怜的感觉。真遗憾未能拜见玉颜！源氏之君竟不自觉地内心骚动起来。呀，这可真是糟糕哦。“我这人哪，从小无忧无虑，应该是可以平平稳稳过日子才对。可是，偏偏自寻烦恼，为情为爱身心交瘁。在各种各样的悲苦恋爱之中，尤其有两件，至终各逞自尊，竟无以使对方了解衷情的：其中之一，便是您去世的母亲哪。唉，终

---

1 即六条夫人之女，前斋宫也。亦即日后之冷泉院女御，第十五帖中所称秋好中宫也。

2 句出《拾遗集·恋二》，无名氏作和歌。

于让她那样衔怨以终！这实在是我今生难忘的悲痛啊。如今，能这样就近照拂你，也聊慰私衷了。可是，谅她‘爱尽恨生燃为烟’[1]，怕是至今九泉之下也不能瞑目的吧？”话说到这儿，关于那另外一件事[2]却只字不提。“后来，一度曾沦为庶人，在乡间过日子。当时心中想这想那的，如今倒也逐一偿了愿。就中，现今居住在东院的那一位[3]，最是无依无靠，教人担心；不过，现在也已经没有什么可牵挂的了。她是个心地善良的女人，我们彼此深深了解，所以也相处得挺好。你别看我如今又回到京城来，负责佐助皇上，其实，我内心并不怎么高兴呢。就是对恋爱情事，至今犹难戒止。你可知道，我现今这样照拂你，得要怎样克制感情才办得到吗？假如我这么做，而连你的同情都不能赢得的话，那又有什么意义呢？”他这样绵绵低诉，真不知教人如何作答，所以斋宫女御只是默然不响。“唉唉，天可怜见哟！”大臣只得将话题岔开。“如今，我一心只盼望能有个平静的余生，隐居起来，好好儿为来生修行事佛。只恨这一辈子所作所为，竟没有一件值得留念的。我尚有小女一名，不知自己能照顾她多久，麻烦你往后能扶助她，使我这一族得以繁荣。同时，在我死之后，也希望仰仗你，让她得有立足之地啊。”对此番话语，女御倒是从容大方地仅答一声。源氏之君闻其声，如见其人，无限依恋，故直候到日暮时分。

“荣华之梦，我倒不怎么顶渴望，只希望从容享受这四季自然的美景，例如春花秋叶，变化的天色，等等。自古许多人都在争论春天的花木与秋天的野望，究竟孰胜？这真是难以骤下论断的事情。唐土之人似乎认为春花如锦，最是可取；而我朝歌咏则好像更重秋色动人呢。到底孰是孰非？其实，放眼眺望，佳景处处，令人目不暇给，花

---

1 典出不明。
2 盖指与藤壶之恋情也。
3 指花散里。

色鸟音如何评定优劣呢？只得于狭窄的垣内，尽量设法，使能体会四季变化，种植春天的花木啦，秋天的野草等，好让那些无人倾耳的草虫有所栖息之处，也好教知音的人儿欣赏欣赏。但不知您个人是比较喜欢春秋哪一季呢？”这真是难以回答的问题，不过相应不理也太扫兴，所以只好故意含糊其词道：“像我这样没见识的人，又能懂得什么呢？果真如您所说的，这真是难下定论哪。不过，对我个人而言，所谓‘秋暮景致尤动人’[1]，那种傍晚的景色倒是常教人想起如露痕般消逝的亡母哩。”那谈吐语气之间，充满无限温柔。源氏之君终于忍不住心底激动：

“卿喜秋兮亦吾好，
　秋风萧萧盈我身，
　　倘得同心兮情不劳。

请体谅我的心呀，颇有几回热情难熬呢。”对于这样的话，女方又能说什么呢？她显得有些不知所措的样子。不过，在大臣方面来说，趁此机会倾吐心声，也是情所难免的吧。这种情况之下，假使再深入一步，或会铸成大错也未可知。可是，女方既然显得踌躇困惑，反顾自己，这种年纪也已经不再是闹什么笑话的时候了，所以尽在那儿叹息。见源氏之君如此沉闷不悦，女御此刻反倒觉着有些懊恼。她徐徐挪移身躯退入内里去。源氏之君见对方如此，只得悻悻然起身叹道：“真的那么厌嫌我吗？居心深厚的人应该是不会如此的啊。可别真的怀恨于心啊，多教人难堪哪！”人已离去，房中余香犹存，女御连闻到那薰香的味道都觉不悦。侍女们却在那儿一边放下格子门窗一边说

1　句出《古今集·恋一》，无名氏作和歌。

道："哎呀，这座垫上留下的薰香真是好闻哪！这一位人物怎么这样有美皆备啊。真是所谓'柳枝绽樱梅移香'[1]哩！真教人不寒而栗。"

回到紫夫人所居住的西侧对屋，竟也无意直入内里，只是斜卧在屋前。令人将灯笼挂在不碍眼的远处，召几名侍女近伺，随便谈说些故事解闷。嗳，没想自己到如今还有这种偷恋的癖好呢。虽则从前犯下的过失比起这种更为严重，但是当时总是年少无知，菩萨也或许会原谅的吧；究竟现在的自己年纪渐增，阅世已多，对这些事情居然也略知分寸了啊。女御方面则正回想，都是自己一时强不知以为知地答复人家"喜爱秋季"，致引起对方作歌诉情，所以别后仍悔恨不已；可是，源氏之君方面却若无其事地，仍旧不改常态，来回于二条院府邸各方。一日，他对紫夫人说道："女御喜欢秋天，自有其趣；而你偏好春晓，也有道理。我自己倒是愿意寄情于四季花草，时时举行宴游啦，管弦之会什么的。同时，虽然以公私杂务缠身之人，这种话说来也许有些不相称，却又盼能有朝一日达成隐遁的希望呢。只是，如此一来，怕你们大家不知会多寂寞难堪啊。"

对于居住山里的那位明石夫人，也无时不惦念于心中，可是，如今身份愈高，责任愈重，不由他随意出行，实在难以了解这位女性，为什么她要认定世事艰难，不肯轻易上京来住？难道是怕我对她怠慢吗？这真是岂有此理！不过，他还是忍不住怜悯之情油然而生，所以某日又借诵经拜佛为理由，偷偷往访。此处一仍往常，显得寂寥单调，即使非多愁善感之辈也难禁哀怜的。相逢徒增感慨。想到自己与这位人物之间且有一女，缘分可谓不浅，这更教人难堪！明石夫人只是幽幽哭泣，任源氏之君百般劝慰亦无法消解她心底的委屈。这真令

---

1 句出《后拾遗集·春上》，中原致时作和歌。谓柳枝开樱花，且有梅香，喻聚众美于一也。

人难以应付。林木深处，篝火隐约明灭，犹如泉流上交飞的荧光点点，这景致多么富于诗情画意，诱人感伤啊。“若非过去已有明石那一段生活经验，眼前这一片景象不知看来有多珍奇呢。”源氏之君不禁冲口而出。

“影暗淡兮篝灯微，
　忽明忽灭似渔火，
　　悲苦恒伴兮无所归。[1]

那篝火就像是明石海上的渔火，还以为是往日的悲苦追随到此地来呢。”女方幽怨地说。

“情匪浅兮卿当知，
　篝灯渔火虽仿佛，
　　迄今骚扰兮岂相宜。[2]

是谁‘教知浮生苦’[3]呀？”他反倒来向女方抱怨哩。近来，光源氏心绪稍宁，对事佛之途也愈为努力，逗留在大堰的时间自然也就较过去为长。明石夫人的心情也许会因此稍感安慰的吧。

---

1 明石夫人此歌以忽明忽灭之篝火喻当年明石海上所见之渔火，谓而今心中悲苦亦无异当时也。

2 源氏因明石夫人前歌作答，谓己情爱非浅，女当谅解，何以至今心中犹骚扰不定耶？以上二和歌并有多处音义双关（如“火”字之语尾音与“思”同），惜未能译成中文。

3 句出《古今六帖·三》，素性法师作和歌。

第二十帖

槿

斋院之宫[1]因服父丧而卸去斋院之职。光源氏照例地又是那副旧情难忘的德性，故而托词慰问啦什么的，频频致函。女方则因为有前车之鉴，所以连一封像样点儿的回信也不肯给，害得大臣遗憾烦恼不已。据悉，九月之后，她已迁移入桃园的府邸，光源氏便借口姑母女五宫[2]也住在该处，遂得以向长辈请安为理由过访了。

过去，故桐壶院对这位姑母十分关怀，所以源氏大臣也就自然而然与之保持亲密关系迄今。女五宫与朝颜之宫两位各占同一寝殿的西侧与东侧二屋。唉，其实，屋主人逝世未久，而这府邸竟看来已显得十分荒废，教人感觉到深沉的寂寥。女五宫与大臣对面而谈。她是个已上了年纪的妇人，谈话之间时时夹着咳嗽。她的姊姊左大臣夫人反而看着不怎么显老，真令人羡慕；而这边的一位，则声音既粗哑，又没有一点儿温柔的韵致，这大概与个人的生活境遇有关联吧。“自从

---

1 又称槿（一作“朝颜”），已见第二帖“帚木”。其父桃园式部卿宫薨去一事，亦已见前帖“薄云”。

2 式部卿宫之妹，亦即源氏姑母，葵夫人、朝颜辈之姨母。

故院驾崩后，凡事像是没有了依靠似的，十分不安，而自己年纪大了，也变得容易掉眼泪；没想到这位式部卿之宫竟然也撒手归天，真不知道何以度日呢！亏你还记得来看看我，真教我忘忧消愁。”源氏之君看她说话的样子，心想：真是老了啊！于是他毕恭毕敬地答复道：“故院驾崩后，一切都不如从前了。至于我自己，则又遭受意外的罪咎，到外地流浪漂泊了一段时间；如今总算蒙朝廷开恩，幸得获赦，应朝命回到京城来，然而总是被大小琐务缠身，这些年来，也没能够来给您拜访请安，心里委实过意不去。”老妇人听源氏此话，连忙说道：“可不是嘛！这世间变幻无常，真教人伤心。我自己倒是一无是处，庸庸碌碌活了一大把年纪，看尽了世相。所幸现在见着你这样又有了出头的日子。唉，若是死在你当时不运之际，才不知有多遗憾呢。”她用抖抖颤颤的声音接着说：“瞧你，越长越神气了呀。第一次看见你的时候，还是个小孩子，那时真给你那光彩吓了一跳哩。往后，每见你一次，便觉得真个是俊得出奇。大家都说皇上跟你长得很像；其实，我倒觉得他还是差了点儿呢。”听她唠叨不停，源氏之君私下觉得：哪有这样当面来夸奖人的呢！“有一阵子，我在须磨当起乡下人来，吃尽了苦头，真个是身心俱瘁。皇上的御容可是前无古人可比拟，出类拔萃的。您方才的夸奖，可真教我承担不起。”“我若是能这样常常看到你，这一把老骨头或许能托你的福，再延长些寿命也未可知。唉唉，今天可真的教我高兴得忘怀忧虑，也不记得自己老朽了呀。”言谈之间，老妇竟哭了起来。“家姊三之宫[1]有你这么一位乘龙快婿，真是教人羡慕啊。前此时候过世的式部卿宫，生前也常后悔没能招到你做女婿呢。”这句话倒是引起了他的注意。“唉，当初他若能那样子待我，现在真不知该有多幸福。想当年，也没有一个人肯理

1　即葵夫人母，左大臣夫人也。

会我的。”源氏幽幽地说，似乎言外有深意的样子。

眺望前斋院所住的庭前，花草渐凋，饶有情致。光源氏心底私自猜想：那人儿此刻或许也正在那里静静欣赏吧，不知她姿容如何？遂心湖为之荡漾，乃托词道：“既然今天到此来拜访，不顺便过去看看她也挺失礼的。”于是，沿着走廊走去。时近黄昏。镶着黑边的帘子[1]，墨色的几帐[2]里，人影蠕动，房中复有优雅的薰香微闻，别有一种难言的格调。总不能在走廊上招待客人，遂于南边厢房设座。宣旨的侍女出来代替女主人应对。“怎么让我在帘外坐着呢？到现在还拿这种对付年轻人的态度待我呀！看在我长年照拂你的面子上，也理当让我自由出入帘内才是嘛。”源氏之君惘惘然若有所失。“过去诸事有如梦一场，如今像是刚醒来一般。真难分辨是梦是真，心底怪迷茫的。至于蒙您照拂之事，容后再慢慢思想吧。”斋院之宫令侍女这般代言。唉，真个世事无常啊！女方这一番话语倒是惹起源氏无限感慨。

“盼兮望兮求神宥，
　岁月悠悠难遣怀，
　　为情颠倒兮为卿瘦。[3]

而今，你又有什么顾虑呢？我自己从遭受那次灾祸以后，也备尝人间辛苦了呀。请你聆听我衷心相思的一端吧。”他情痴意专也似的说。如今，这位贵人的风度气质，较诸往昔更饶韵味。其实，他年纪也不轻了，可是偏偏仍具有与他那高贵的地位不相称的青春气息呢。

1　均为居丧者器物也。

2　同上。

3　此源氏致送槿斋院之情歌。谓当其仕神为斋院时，既已相思恋慕，悠悠岁月难遣怀也。

既仕神兮身份殊，
　世俗约束当须记，
　　敢毁圣誓兮残贱躯？[1]

源氏之君大失所望道："哎呀，真没道理！过去的事儿老早已教科户[2]之风给吹除祓净了呢。"他那嬉笑耍赖的样子，却十分逗人喜爱。

"说什么'从今而后不再爱'[3]的，神明哪里会听得到呢？"他这样胡诌不已，女方这边可是认真的，所以觉着难以应付。她对恋爱之事本是生手，随着年纪增大，更显得谨慎多虑，所以只是一味退缩，连个得体的答复也没有。这情景，教那些侍候左右的人空着急。"唉，想不到竟变成了胡言乱语哩！"他只得长叹起身。"年纪大喽，怪不得要碰钉子哩。这一副为情憔悴的模样儿，连个'暂过卿门得相见'[4]都盼望不到！今天，真是受够了。"遂悻然退出。侍女们则纷纷在背后赞叹着。时值深秋，天色美妙，落叶纷飞，正是诱人回忆和感伤的季节。斋院内心也禁不住思念源氏之君那时则深情脉脉，时则真挚感人的情态，于是过去种种又回到记忆中来了。郁郁归来的光源氏，竟彻夜未能合眼，心中思潮起伏。次晨，很早便令人掀开了木格子窗户，在那儿眺望着朝雾。众花渐凋，槿花[5]蔓衍处处，有几朵花点缀其间。乃令人撷取其中之尤凋萎者，送于女方，更附赠一文："没料到昨日竟受那般待遇，真令人羞愧得无地自容。我那副狼狈的背影，又不知如何映入你眼中？真是悔恨极了。不过，

---

1 此斋院之宫答歌。谓已既曾仕神，则未敢轻毁圣誓，恐遭神明谴责也。
2 科户为风神之名。
3 句出《伊势物语》，原文所摘取者为中句，以其晦涩难解，故此径取其首句。
4 句出《住吉物语》，原文仅书"而今"二字，亦因晦涩，故稍润饰之。
5 "槿花"即本帖题目。我国俗称牵牛花，此处为顾及人物称呼及帖名，故保留直译。

犹难忘兮槿之华，
芳露濡瓣艳冠俗，
但恐凋零兮伴泥沙。[1]

难道竟不怜恤我郁积心头多年的恋情吗？但冀望于一二耳。”他这样写着，词气不激不迫。若不答复嘛，似有些儿过意不去，而侍女们亦已径取砚台，催促提笔，故而只好答以：

“秋既深兮雾弥漫，
满园萧条不忍窥，
残瓣犹缀兮断垣畔。[2]

譬喻属实，不禁袖为之沾湿矣。”寥寥几行字，未见得有什么特殊情致，却不知怎的，难予舍置不理。许是那青灰色信笺上柔弱的字迹打动了他的心吧？凡此偶然间的书信赠答，往往会受那书写者的人品啦，字迹等的影响，当时总是不容易看出有什么破绽；可是，将其记录下来，过后再仔细看，便难免会显出缺点来，所以此处也许稍有润饰之处，与原作或有出入的吧。

光源氏自忖，如今再来学年轻人写情书什么的，委实有些儿不像话；不过，回想这位女性倒是始终与自己保持着这种若即若离的态度，而自己过去竟让时光白白流逝！这一转念，便觉得确实不忍斩绝情丝，遂仿佛又回到少年时期，开始热烈寄赠情书了。他甚且把女方的侍女宣旨偷偷迎入二条院东侧的对屋，与之恳切商量。众侍女之

1　源氏托歌寄情，谓己犹难忘昔日所见之美艳姿容（此女因以“槿”为绰号），然而盛年难再，恐其踌躇蹉跎，芳华虚度也。

2　槿斋院答歌，以断垣畔之残瓣自喻年华老大也。

中，有些人对泛泛之辈的男士都容易倾心的，对这位源氏之君则自然更是如醉如痴，颂赞不已。但是斋宫本人呢，当初她都无意与这位人物深交；而今彼此年纪都已不小，地位也不低，即使普通寄情草木等的诗歌酬答，都唯恐他人讥诮，而不肯轻易动情，所以这么多年来，二人之间始终没有什么进展。这真教男方感叹，世上竟有如此奇特的女性哪！可是世间好事之徒却将这件事渲染开来，道是："据说源氏大臣跟前斋院挺热络的。那位姑母女五宫也十分满意高兴哩。这一对倒是蛮相配呀。"紫夫人风闻此事，起初并未予置信。她想：如若有这等事，他怎么会瞒着自己呢？不过，仔细思量之下，觉得源氏之君的态度，近来的确有些异样，像是有所憧憬的样子。这真是出人意料，教人伤心。原来他是认真起来了，却故意装得若无其事般呀！她逐渐明白了。对方与自己同是皇族出身，而她那一边的家世名望甚高，主上怕是老早就对她钟爱的。万一将来主上的爱情倾向那边的话，自己岂不遭世人嘲笑？也难怪紫夫人要独个儿这般烦恼。这些年来，她在源氏之君的心目中可说无人可与相比，如今她怎么忍受得了这样的打击呢？即使主上不致见异思迁，将自己弃置不顾，以二人长年相处之故，日后难免会自然而然对自己轻率相待吧？她这般忧思苦恼着，若是小不如意之事，倒是还可以娇嗔抱怨；可是，这次她是打心底感觉悲辛，所以反而丝毫不表露于颜色。最近，源氏之君每常独自在靠外之处沉思，而且住宿宫里的日子也越来越多，又像是以写情书为日课似的。这样看来，世人所谣传的，大概真有其事了。唉，只要他肯透露一句也好。紫夫人内心不觉地怨怼起来。

时届冬季。今年因藤壶去世之故，一切祭神之事都停废，显得十分无聊。光源氏不耐寂寞生活，又前往探望姑母。黄昏时分，细雪霏霏，饶富情调。穿过几回的衣裳，显得十分服帖，又在那上面仔细薰染香料。他一早便在那儿刻意打扮自己。瞧他这副模样儿，若是遇着意志稍微不够坚定的女性，真不知会闹出什么样的后果来。究竟，在礼貌上还是得对夫人打个招呼才对。“女五宫之君身子不舒服，我得去探病一下。”他稍坐后，启齿。未料，夫人竟连头都不肯回。源氏之君窥见她那逗弄着女婴的侧脸颇不同寻常的样子，乃道：“哟，这两天来心情挺不好的样子嘛！我可没有犯什么过错啊。所谓‘渔人着盐衣’[1]，怕你看多了嫌腻，所以才故意时时离家的。今天，你可是又想到哪儿去了？”“哼，真个是‘见多惹人厌’[2]，怎不教人担心呢？”紫夫人也不愿多言，却背着脸卧下。就这般离去，教人心中不无牵挂；可是，斋宫那边早已去信通知过，所以只好出门去。留下女主人独个儿躺在那里悲怨：唉，世事如此，而自己竟一向单纯至未尝逆料有这样的一天啊！丧服的颜色凝重，可是穿在光源氏身上，无论色调深浅，反倒将他的美衬托出来，在皑皑的雪光里，显得异常艳丽。紫夫人目送着夫君的背影，心里想着：假如这身影真的越离越远的话，自己该怎么办呢？遂悲哀盈胸。

只有少数几个心腹者为前驱。对众侍女们则托词道：“如今，年纪大喽。除了到皇宫参拜以外，也没有什么心境出游了。桃园之宫的寂寞生活本来是由式部卿宫照料的，如今责任降在我身上，实在也是义不容辞呀。而且，她老人家怪可怜的……”其实，大家早已知其居心，故而背后纷纷议论着：“嗳嗳，他这好色的老毛病哪，真是所谓白璧微瑕。谁知道又会发生什么事情呢。”来到斋宫的宫殿，究竟不便从出入者众多的北门进去的吧，遂由西侧正门入内，令仆役先行通报。女方万万没有料到今天这么晚了，源氏之君还会过访，所以赶紧令人开启大门。看门的人冷得蜷缩着身子，慌慌张张跑出来开

1　句出《新古今集》徽子女王作和歌。原歌托词渔夫盐渍之旧衣，谓男女相恋，日久必见腻而生厌也。

2　同上。

门。可是，那扇门一下子竟也不容易打开来。大概也别无其他男仆的吧，那人径在那儿砰砰哪哪拉着门闩，嘴里咕哝着："这门闩都完全锈住了！"源氏之君听见，不由得心酸起来。唉，过去种种就如同昨日、今日之事，而不知不觉间，自己竟也过了三十大关呢；[1]明知人生本如斯，却总不能忘情，每常为偶然之缘分啦，草木之颜色等所诱。唉唉，这真正如何是好啊。乃低吟：

蓬草深兮极目哀，
　残垣断壁满园老，
　　更覆白雪兮忍徘徊？

推拉许久，大门好不容易才给打开来。源氏之君遂入内。

他先往拜访姑母。照常的，话题总不离老生常谈，琐琐碎碎，唠唠叨叨，一无新鲜之处。许是困倦了吧，老妇人哈欠连连道："年纪大喽，早早地就想睡，话都谈不上来呢。"话未说完，便打起鼾来的吧，不知什么怪声音响起。光源氏伺得良机，准备离去；未料，又有另外一个老人咳嗽的声音由远而近。"说来有点儿冒昧……不过，人家在这儿，您总该知晓的吧？怎么竟然理都不理呢？故院上还曾经开玩笑，叫我'奶奶'啦什么的哩！"听她这么报名，源氏之君倒真的想起来了，风闻那个叫源典侍[2]的，如今也已做了尼姑，跟着姑母修行；可是没想到她竟活到现在，而自己竟也没有再寻访过她的下落呢！"过去的事情都像是故事里头的一般遥远了。今天，没想到又听见您的声音，真个倍觉亲切呀。所谓'无依无亲逆

1　原文着墨甚少，盖以铁闩生锈喻马齿徒增，遂有些感叹。当时光源氏三十二岁。三十,一作三年。

2　已见"红叶贺"与"葵"中。为昔日光源氏与头中将所嬉戏之老侍女。

旅客'[1]，请您照拂照拂我吧。"女的像是倚在那儿说话，她心中恐怕还在回味过去那一段日子呢。那依然媚劲十足的模样和嗲声嗲气的声音，却教人想象牙齿脱落两颊干瘪的老态。说不定，到如今她还有兴致调情哩！听她讲什么"岁月不饶人"[2]那口气，才教人难为情呢。难道她现在才感觉到自己老了吗？源氏之君不觉地苦笑起来。唉，不过，这种事情也自有其无可奈何之情致啊。当其盛年之时，与她争宠过的那些女御啦，更衣等人，或已死亡，或已落魄流浪不知去向了吧？像那位皈佛的藤壶之宫那么命短，实在令人遗憾心酸；偏偏有些看似风烛残年，心地也未见得善良的人，反倒能安享老年，念经修行过日子。如此看来，世事无恒，怎不教人伤情？那源典侍见源氏之君浸淫感伤之中，竟有所误会，不觉地仿佛心境也变得年轻起来。

经几月兮度几年，
虽蒙戏谑称祖母，[3]
难忘旧情兮共缠绵。

她得寸进尺地咏出这样的和歌来，教人听着都恶心。

"虽经世兮再换生，
亲子之情永难忘，
谓予不信兮请察侦！

1 句出《拾遗集·哀伤》，圣德太子作和歌。
2 句出《伊引行释》歌。源典侍盖取此歌为双关语，谓己虽更老，源氏之君亦不复年轻也。
3 原歌祖母称为"(母）亲之（母）亲"，故下面光源氏得沿此作答，然以迂回不易解，故此处径取意译。

缘分既然不浅，容后日再细谈吧。”源氏之君说罢，乃起身离去。

西边那房子[1]本已放下了木格子窗户，或许是怕源氏之君误会自己厌嫌其来访吧，所以特为留下一两间房间未关。月已上升，照出满园薄薄的积雪。这夜晚，饶有风情呢。光源氏想起方才那一幕老女卖弄风情的样子，颇有滑稽之感。怪不得世人每引老妪悬念为不佳之譬喻哩。今宵，他可是认真谈情来的。“索性请你亲口对我说清楚，讨厌我这个人，那么，我也就死了这条心了。”对于他这种央求，女方仍踌躇未能辄予答复。想当年，彼此尚年轻，即使稍犯过失，世人也还能见谅之时，亡父似也颇有意撮合二人，那时节，自己都害臊得不肯答允什么；如今，年华老大，还来答应他做什么呀？源氏之君见她仍丝毫不为之心动，怨怼不已。不过，究竟对方也尚能顾全体面，令人焦躁半晌之后，总算使侍女传递了答语来。夜已深，风吹得愈紧。光源氏不觉地心绪不安起来，他轻拭泪痕，吐言道：

“狠心人兮心依旧，
　热情激荡吾仍然，
　　遂令深爱兮换愧疚！

‘我心我情可奈何’[2]哟。”众侍女倒是又像往常，对源氏之君十分同情。斋宫只得答以：

“莫怨恨兮莫责怪，
　风闻郎君善变心，

---

1 斋宫所居处也。
2 盖句出古和歌。

妾身焉得兮不惕戒！

没办法违改自己的风格啊。”如此碰了一鼻子灰，即使再认真抱怨下去，也未免太幼稚无聊，乃对宣旨说：“世人如若知晓今日此事，必引为笑柄，盼请千万保密才好。古歌所谓‘山川之约’[1]，现在说来，怕是不太恰当吧？”他们二人又在那里低声交谈，不知说些什么。侍女们纷纷为源氏之君抱屈。“哎呀，真太对不起人啦！咱们女主人何以如此寡情呢？人家并没有什么鲁莽的举动呀。真个可怜哪！”背后且有人如此批评哩。

并非不敬仰源氏之君的人品，也非不欣赏其人情致。但是，即令自己表示仰慕之情，怕世人只当自己与一般阿谀他的女性无别；而且，对方可能轻易便看透自己肤浅的心吧？对着那样超凡越俗的人物，这样岂不教自己太窘困吗？普通的感情实在已无济于事，不过，无大碍的信件往返倒是不必断绝，只要保持适度的距离，勿过于疏远，则有时也不妨令人居中传递言语吧。自己身任斋宫期间，对佛道无形间疏淡了，[2]如今正应该勤加修行以偿前罪才是。但是，万一突然中断彼此间这种关系，怕别人误会自己故意端架子，又恐世间物议，她是深谙人心的；另一方面，又得在众侍女面前当心，故而费尽心机，逐渐专心于向佛道修行之途。兄弟虽多，却都是异母所出，彼此感情也甚不融洽，故而所住之处常是寂寞无人，房屋也渐形荒废了。不过，有这么一位特殊的人物对她关心，别人自然也会另眼相待，可见得人心都是一样的。其实，大臣对这位女性未见得真是如此倾心恋慕，只因为料不到自己会遭受这般冷淡的待遇，不愿意就此认

1　句出《万叶集》（已见第182页注2）。原歌为咏男女幽会后心照不宣。光源氏尚未获女心，故下云不当也。

2　斋宫之身份为仕日本神道，不可兼事佛，故云。

输罢了；而在另一方面来说，无论人品、名望，这位女性确实都有她过人之处，光源氏又私下自忖：比起年轻时候，现在的她应该更具深度，也更能细品人情、经验可贵的吧？所以他虽担心这种年纪还闹什么绯闻，会引人注意，可又怕如果这样白白引退，更教人看着笑话，左思右想，不知如何自持。近来，不回二条院邸的日子也更多了。夫人则猜想：必是“深恋非游戏”[1]无疑。虽然她强自抑制着，毕竟难禁眼泪下流啊。“脸色不太好看呢，你怎么啦？”瞧他给夫人撩起头发那模样儿，爱情深厚溢乎言表。这一对漂亮的夫妇，真恨不能将他们入画呢。“自从皈佛之宫过世以后，皇上生活寂寞，实在是可怜。而且，太政大臣已不在世了，真正无人可以交托大事，公家的事情可真不少哇。最近我常常不在家，也难怪你不习惯而埋怨。我虽然深深怜恤你，不过，像咱们俩这样的关系，你还有什么不放心的呢？看你长得像个大人模样儿，没想到还是不能体谅别人，可见得仍然是个小孩子啊。”边说着，边替她整理给泪水浸乱的额际发丝。但是，夫人却更将脸别过去，也不肯讲话。“哎哟，是谁把你教成这副孩子气呢！”源氏之君不禁嗟叹出来。浮生无常，眼前这个人儿又如此与自己相隔离，真个令人遗憾啊！一时间，他竟也默然。“是不是我跟前斋院谈些话，你便在这儿胡乱猜测了呢？那你就大错特错了。反正，到时候你自然会明白。她这个人呀，从来就是这副德性的。我这边闲着没事儿，跟她开开玩笑，逗一逗她，赶巧她那里近来也正无聊，所以偶尔也给我回个信什么的。不过，并不是什么认真的，也没有什么大不了的事情，实在不值得一提。请你放心好了。”他这样费尽口舌，花了一整天的工夫去讨好紫夫人。

雨雪霏霏。积雪之上更继续地下个不停。黄昏时分，松与竹都判

1　句出《古今集·杂体》，诽谐歌。

然可辨。源氏之君的姿容也显得更为清晰美丽。“四季风情之中，比起那人人都懂得欣赏的春秋花叶之盛来，倒是这种冷月映雪的冬天夜空，看似空无一色，其实更能感动人心。望着它，就像可以想见现世以外的事情，情趣和感伤遂亦陡增。从前的人真傻，竟以为这是乏味的呢。”源氏之君令人卷帘外眺。月华普照，庭中雪白一色，草花冻萎，姿色可怜。泉水凝滞不流，池面的薄冰更予人荒凉之感。遂令童侍下去戏雪。女娃儿们可爱的身影以及发型，在月光下清晰浮现。有些身材较高大、较为成熟的女童，随便地穿着彩色缤纷的重重里衣，裙裤的带子系得挺孩子气的，那一身仕宫的装扮，看来竟也饶有一番情趣，而摇曳在她们背后的长发，在月华之下，看来更乌黑有致。那些年纪较小者，一心玩耍，蹦蹦跳跳，扇子掉落都不知觉，脸蛋儿真可爱。有的在滚雪球，贪心想滚得更大些，终于无法再转动，正站在那儿发愁。另外一些人则在东廊上观看热闹，替孩子们着急。“不知是哪一年的事情了……当时在中宫御前堆雪山；其实，也只是寻常游戏罢了，却是挺费心血呢！唉，真个是睹物思人，无时不教人遗憾哪。她总是那么矜持，所以也无由就近拜见玉颜，可是，在宫中那一段时间，她倒是十分信赖我的。而我这方面也仰靠着她，每逢有什么要紧事情，总是请她拿主意；她为人绝不卖弄才智，实则凡事都能思考周全，妥为安排。像她那样子的人，这世上哪里再去找寻第二位呢？温柔内向而又伶俐聪慧，实在是无人及得上她啊。只有你与她因存有紫色深缘，[1]所以颇有些相像之处；你呀，就是有些儿爱使性子，个性倔强一点，这是美中不足之处。至于那位前斋院的性质，则又有不同之处。寂寞之时，偶尔跟她通一通信啦什么的，也用不着特别提

1 紫夫人为藤壶侄女，故云。又当时以紫色为最高贵之颜色，故凡称“紫”，均有最高贵之意。日人至今犹崇紫色，盖其来有自也。

心吊胆的对象，如今只剩这一位了。”源氏之君滔滔不绝地谈。“尚侍[1]才是有才气、有情致的人呀。人家看来并不轻薄，怎么倒是听说也有过绯闻啦什么的呢？”“对啦。谈到艳丽的女性，她可真是当之无愧。想到这一点，我都要替她很觉得遗憾。何况那些风流好色之徒，随其年纪老大，更不知会怎样后悔哩。连我这自恃稳重的人都难免这么想的。”源氏之君不禁为尚侍之君稍稍落泪了。“那一位自视卑下的山里之人[2]倒是出奇地能守分寸啊。当然，她的身份自是不能同别的妇人相比，所以这一点，对她而言，反而不太相称，我也就只当没那回事了。至于太过卑贱的女性，我至今尚未遇见过。这么说来，真正优秀的女性，这世界上似乎是罕有的呢。寂寞地住在东院的人儿[3]，倒是始终未改脾性，真令人喜欢。这真是难能可贵，我当初便是看上了她这一点，所以才一直照拂她；而她也至今依然表现得很知足的样子。到如今，恐怕我们之间彼此都离不开对方了。我更是衷心对她十分爱怜。”在闲话今昔之间，夜已深了。月色愈澄，把这夜晚衬托得更有情致。

冰封泉兮似凝脂，
岩间留滞若明镜，
唯见月影兮西向移。

夫人即景咏成一首和歌。那微侧着头眺望外边的姿态，实在美得出奇。头发啦，脸庞啦，仿佛似那位衷心恋慕的人儿[4]幻影，委实端丽。

---

1 即胧月夜。
2 谓明石夫人。
3 谓花散里。
4 谓光源氏始终难忘之初恋人——藤壶。

这样看来，源氏之君一时彷徨的心，大概还是会回到紫夫人这儿来的吧。忽闻鸳鸯鸣啼。源氏之君遂咏道：

雨雪夜兮愁绪生，
旧情难忘强自抑，
鸳鸯啼声兮复添情。

退入寝室之内，仍难忘怀藤壶。迷迷糊糊似睡似醒之际，竟不知是梦是真，看见藤壶之宫的身影。她似乎深深埋怨地说："你发誓过绝不泄露秘密的，如今竟害我没法子隐藏浮名，死后犹觉羞愧。我恨你啊！"源氏之君想要回答，却觉得有什么东西压着胸口，呼吸都困难。"哎呀，到底是怎么回事啊！"夫人一声惊叫，把他从噩梦里唤醒来。可是，衷心无限依恋，难禁胸中骚扰激动，正努力要抑制，却发觉眼泪都流下来了。于是，他忍无可忍，索性一任泪水自流。夫人在一旁看着，不明就里。源氏之君则一动也不动地静卧着。

有所思兮遂不眠，
寂寞冬夜何其短，
梦也难成兮泪涟涟。

梦中所见，使他挥不去心头悲伤，遂早早起床。也不说明原因，便令人在各寺院中举行诵经之会。"害得我好苦哇！"那梦中的幻影这样埋怨，恐怕她是真的打心底怀恨自己了。她生前勤修佛事，似乎也减轻了罪障的样子，实则为了这一项秘密，无法洗清现世的污秽，而未得成佛的吧？光源氏深思之下，更觉悲苦。自己甘愿备尝众苦，恨不能探寻漂泊之亡魂于无人知晓的冥界，请为其代罪。假如现在为了藤壶之宫而特别举行法会什么的，怕世人定会讶异，皇上也会起疑念，而察知那件隐秘，这样仔细思虑的结果，只得在自己心中默默念诵阿弥陀佛了。但愿来世能共生于同一莲华之上。

难忘怀兮总依恋，
　魂为徘徊奈何津，
　　倘寻冥界兮恐难见。

这等思念，何其悲苦啊！

第二十一帖

少　女

开了年[1]之后，藤壶女院的周年忌也过了。人人卸下了凝重灰暗的丧服。换衣的季节[2]一到，使人耳目一新。尤其贺茂之祭[3]时节，天空晴朗，十分赏心悦目。可是，前斋院却因无所事事而闷得慌。庭中的桂树已长出嫩叶，正在风中摆动。近侍的年轻侍女们禁不住回想起过去的一些事情来。[4]这时，源氏大臣忽托人送来慰问之函："今年的禊日，谅必十分清静的吧？"又附歌道："今日，

纠川波兮异往常，
贺茂御禊犹昨日，
光阴倏忽兮已除丧。"[5]

---

1 时光源氏三十三岁。

2 时例于每年四月一日换穿夏衣。

3 又称葵之祭。于四月中酉日举行。京都人民至今仍之。

4 桂叶为葵祭时用以插头之饰物，女主人身为斋院时，每逢此际，必有一番盛况，故云。

5 纠纪川为斋宫当年任职行禊祓之处。源氏此歌为感慨时光流逝，谓犹记女之任职如昨日之事，而光阴倏忽，人事已非，如今斋宫已因父丧卸职，且又已除丧也。

那封信书写在紫色信笺上，采正式格式，[1]并附紫藤花一串。当时女方正感伤无聊之际，遂有复函：

“哀丧服兮如同昨，
　又逢御禊感时光，
　　世事变幻兮不可度。[2]

真不可恃啊。”信上只有寥寥几句而已。源氏之君却照例用那一份眷恋的眼光再三地阅读。而正式除丧服之日，又差人赠送衣料等物多种于女方近侍宣旨处，由其转呈于女主人。女方对于他这一片心意，颇有些踌躇。嘴里虽然嘀咕着，心里却想：对方若附有表心意的文字什么的话，怕得要回信才好。她近来倒也惯于偶尔接受源氏之君这种公开的礼物了；何况，看来人家真是一番好意，所以也未便坚辞不受。唉，就是不知该怎么托词的吧。

光源氏总不会忘记顺便也给他的姑母女五宫送个信件什么的。老人家深受感动，极力夸奖道：“那位少爷啊，记得昨天他还是个小孩子的，怎么一下子就变成了大人呢！看他这样时时来慰问我，真个不只是外貌漂亮，连个性脾气也越长越出众呢。”年轻的侍女们则在一旁窃笑这位老妇人。女五宫见着斋院的面便时常劝说：“那位大臣的热心求爱也并不是现在才开始的呀。你父亲在世时，总说遗憾没能收他做女婿呢。唉，他时时对我说，想得好好的，不知你为何要那么固执地躲避？说到这些事情，他常是无限惋惜的。当然啦，那时节故大

1　正式信件与情书艳文格式有别，故云。

2　槿斋院之答歌。谓犹记哀父丧亡似昨日之事，时光流转，又逢葵祭，而己亦已除丧服也。

臣的千金[1]还在世，我倒是替三宫[2]设想，所以也就不便多所劝促。而今，人家既然已经失去了最亲近的伴侣[3]，你就偿了你父亲的遗志也不妨啊。何况，人家这样一片热心，恐怕你们俩冥冥之中姻缘已注定也未可知哩！”听姨母这番训诫，槿斋院不由得又厌烦起来。“反正父亲在世时便已经对您说过，我便是这么固执的呀。如今再来迁就大家改变意思也不大合适吧。”见她如此毅然断然的态度，也就未便再怎么勉强了。府邸上上下下，人人都同情着源氏大臣，害槿斋院心里不禁担心着：不晓得会发生什么事情。至于那位源氏之君自己呢，既然他已经倾心尽力示之以真情，如今只有静待对方逐渐软化而已。谅他尚不至于拂逆女方心意而强行设法的吧？

故太政大臣千金所遗留下来的少爷[4]已届元服的年纪了。源氏之君积极着手准备元服仪式诸事。他本来希望能在二条院府邸里举行仪式，却因为孩子的外祖母切望亲眼见此盛大典礼，这也是常情所难免，故不忍拂逆她老人家心意，乃决定在故太政大臣邸那边行礼。自右大将[5]以下，所有舅父之辈皆是公卿阶级，且都是皇上所宠遇的人物，所以主人方面[6]，人人竞相出力照料，克尽厥职。当日典礼极为盛大，惊动世间。大臣本欲借此机会令此嗣子即四位之官衔，后因思及毕竟年事尚幼，而今自己既然权倾一世，可以为所欲为，过早提携，反倒显得庸俗，故而辍止。看着元服后的夕雾穿着葱绿色[7]的袍子返回殿上去，外祖母颇不满意。其实，这也是人之常情，难

1 即前左大臣之女，源氏原配葵夫人也。
2 槿斋院的母亲。
3 即葵夫人。
4 即光源氏原配葵夫人所生之子——夕雾。
5 即前之头中将，葵夫人兄。地位已由权中纳言晋升为右大将（见第十九帖“薄云”）。
6 夕雾之元服仪式在其外祖母府邸举行，故右大将以下舅辈为典礼之主人。
7 原文作“浅葱色”，即绿色也，为六位者所着袍色。

怪她的呀。见面时，她也对着源氏之君抱怨。源氏遂解释道:“早早就让这孩子行元服之礼，或有教他早熟之嫌，不过，我内心实在是有所打算的。总希望他暂时在大学里念些书，二三年之后，等他年纪稍大些，若是有机会的话，自然也就顺理成章地可以入朝仕奉了。像我自己从小生长在深宫之中，跟外面的世界没有什么接触，日夜只是随侍在故院左右，所以汉学方面的书籍等，也只是略知皮毛而已。虽然曾蒙先父亲自教授，究竟年纪太小，未谙世事，所以无论学问啦，琴笛啦，总嫌修养不够，遂以至于今日。听人说，贤子不及愚亲，而况子孙隔代越久，自然更会显得每下愈况，所以今天才下了这样的决心。出生在高门贵第人家的子弟，往往总是宦途顺遂，一旦养成仗势傲俗的坏习气，便怠惰不肯用功了。这种人整日价耽于游乐，却自然也或能随心所欲，得着官职，晋升高位，而世之趋炎附势者，则又肚子里虽暗暗讥笑，表面上总是察言观色，多方讨好他们。当其受人奉承之时，看来多么威风呀；可是，一旦时代变迁，死别了亲人，那么就往往会突陷于困境之中，遭人白眼，那种滋味才教人不好受呢。所以，人还是得致力于学问，其才能[1]方为世人所器重。目前，也许有些儿厌烦吧，不过，我是为他将来有朝一日成为国之重镇时设想，故而要他趁现在多下点儿功夫。这样子，即使我死后，也稍可放心了。现在呢，有我跟在身边，虽然我自己庸碌无能，大概也不致遭人讥笑为穷书生什么的吧。”任凭源氏之君费尽口舌解说，老夫人还是不能释然于心。“你的想法自然有道理，可是，我们这儿的大将[2]也说你这样做法，未免太破例了。而且，那孩子小小心灵里怕也会难过的吧？连

1 此处原文为“大和魂”，指学问以外之才，诸如应用之才、治世之才等，以与上文“学才”相对。学才则指汉学之才也。由此可见平安时代日本文士以我国学问为主。

2 即右大将，夕雾之舅父。

大将啦，左卫门督等家的孩子们，向来在咱们之下的都个个加阶升级出人头地了，只有这孩子一个人反倒还要穿着葱绿色的衣服。也难怪他的心里不舒服啊。”源氏之君听此话，不禁笑道：“咳，人小鬼大的。不过，这孩子实在还太小，也怪不得他。”为父的自有疼爱的感受在心头吧。遂又道：“等他在学问上多下些功夫，懂事理以后，这种不平的感觉就自然会逐渐消除了。”

命字[1]的仪式在二条院府邸的东院举行。东侧对屋暂时充作礼场。公卿殿上人之辈，无不好奇地竞相参加。这盛况，恐怕难免会教那些博士怯场。源氏之君下令道：“无须忌惮，但依前例，严格执行便可。”博士们只得强自镇静，虽然临时借穿的礼服不挺合身，大家倒也不太介意，颜色音声也都从容不迫，济济多士列座尽席，实在是壮观！这情景，年轻的公卿们看得忍不住嘴角泛出笑意来。本来就怕年轻人不能忍俊而特别挑选了一些年长之辈来斟酒行礼的，可是，今天这个不同寻常的场合，不由得使右大将、民部卿等人紧张起来，一个个都僵硬地在那儿端着杯子。博士们果然对之认真要求，竟不顾情面地当众叱骂道：“喂喂，诸位执役之士，你们未免太不懂规矩了！不认识我这博学多才之士，居然还在朝廷仕奉？真是愚蠢至极！”听他一派老学究的口气，大家终于忍俊不住了。“别吵！安静点儿。真是不懂规矩。你们都给我退了下去。”可笑，博士竟故意这样吓唬人。对于一般人而言，今天这情景，的确是难得一见的珍奇场面；至于那些儒者出身的公卿，则不得不佩服源氏之君令子入学的用意深刻了。

稍微说一些话，便加以制止，稍一不慎，又责以无礼，那些一丝不苟、嚷嚷不已的博士的脸，入夜以后，在灯影摇曳之下，竟一个

---

1 《礼记》：“已冠而字之，成人之道也。”此为仿我国习俗，于入大学寮时，另取中国式之字，如“文屋康秀”称“文琳”是也。

个看来有的好似道行甚高的样子，有的十分寂寥的样子，也有的则看来貌极寝陋，真个是奇观！源氏大臣径自躲在御帘里偷窥，喃喃道：“像我这种不懂规矩的人，如果出席的话，不知会给他们骂成什么样子哩。”他听说有人因席位不够欲行离去，乃令人挽留于钓殿[1]上，又特使赏赐礼品。仪式已毕。俟博士才子们退出之际，邀请大家作文赋诗。公卿殿上人之中，擅长此道者，亦皆挽留下来同席。博士们皆作律诗，一般人，包括源氏大臣在内，则皆作绝句。题目由文章博士选取有趣者出之。这时正值夜短之季节，故而天明之后，方举行朗诵。由左中辨担任讲师。此人长得一表人才、眉清目秀，声调更是庄严悦耳，听他朗诵实在有趣。到底是声望甚高的博士啊！人人都赞美，夕雾出身高贵，而不耽于荣华，能发愤读书，乃将其奇特之志拟于古之孙康映雪、车胤聚萤[2]诸故事。“每一首诗都寓意深刻，即使持与唐国传颂，都不逊色。”盛况空前，风靡一时。大臣之作，则更是毋庸置疑，亲情深长，溢于字里行间，读之者莫不动容。不过，只怕人家会讥诮我“妇道人家懂得什么”，故此只得略而不予记述。

接着，举行入学典礼。遂于此二条院中设置书房，使受业于资深之师。从此，夕雾便很少去拜访外祖母了。由于外祖母过分溺爱，总是把他当小孩子，不分昼夜地挽留在自己身边，这样会妨碍年轻人读书，乃将他留在此安静的处所，而只准每年访问故摄政大臣邸三次。夕雾不耐独处的寂寞，难免有时埋怨父亲：“好狠心啊。用不着受这种苦行，别人还不是照样可以晋升高位，为世人所重！”不过，他究竟认真，为人也不浮躁，所以颇能抑制自己，希望早早读完必读之书，

---

1 临正屋流泉之上架构之殿舍。或谓便于垂钓而设者。

2 晋人车胤，好学而家贫，不常得油，夏夜则练囊盛数十萤火以照书，以夜继日（事详《晋书》卷八十三车胤传）。孙康亦家贫，无油点烧，常映雪读书（事见《艺文类聚》）。

以便完成出仕之志。在短短四五个月之间便已读遍了《史记》。为父的源氏大臣决心令夕雾参加大学寮考试，遂令其先受模拟考试[1]。在座之中，有大将、左大辨、式部大辅、左中辨诸人，又邀请师傅大内记参加。从《史记》艰深的各卷之中抽出一些寮试时可能出题之处，先使夕雾试读。未料，他不仅无处不精通，而且又旁及于诸家学说，连一点儿疑难都没有。这真教人惊奇，毕竟是血统关系，得天独厚的啊！人人都感动落泪。尤其那位舅父大将之君，心中更是感慨系之。“唉，假如他外祖父在世的话……”他不禁遗憾地哭泣起来。源氏大臣也忍不住地慨叹道：“从前见到别人这样，总觉得可笑。其实，孩子长大成人，为父的痴老下去，这乃是人情之常吧。我自己倒不觉得已经到那种年龄呢。”夕雾的师傅见大臣边说边拭泪的样子，既欣喜且觉得十分光荣。如今他正从大臣手中接过酒杯来，那张脸看来醉得厉害，显得十分瘦削。此人为有名的老顽固，虽然颇有才气，却未见知遇，又缺乏荐举之人，所以生活贫困，所幸源氏之君慧眼识英雄，召他为夕雾之师傅，给予特高之待遇。大臣这种恩德，不啻使他有重生之感。恐怕将来的信望，更是无人能出其右的吧。

大学寮考试之日，寮门之前，公卿贵人的车聚集了不知多少辆，几乎使人不能想象还有谁没有来此参加的。就中，刚刚加冠过的这位少爷，被许多人恭恭敬敬簇拥着，看来格外气质高贵，显得与周遭的人格格不入。他在那些寒酸的学者们的末席就座，也真难怪他心中有些儿别扭的感觉哩。今日这种场合之中，竟然仍有人在那儿高声叱喝啦什么的，教人觉得不愉快，可是夕雾却能从容不迫地读完指定之书。现今的社会正像古代盛世，大学之门特受注目，故而无论上

1　当时大学寮试及格者称为拟文章生或拟进士。考生须通过《史记》难仪五题中之三题以上为及格。

中下各阶级的人都有志于此道，世间有才之士与贤者也就特别多了。夕雾自考取文人拟生[1]之试后，其他各阶段的考试也都顺利通过。其后，师生遂更努力奋勉。大臣邸也时常举行诗文之会，所以如今博士学者之辈正大行其道，十分得意。总而言之，这真是一个人才济济的世代啊！

宫中已届立后之时。源氏大臣以先太后曾属意于斋宫女御为理由，故极力推荐。不过，世间人士见源氏[2]方面的人接连膺任皇后之位，遂难免有所异议。“弘徽殿女御才是首先入内的嘛，怎么回事呢？”许多人都在那里暗中着急打抱不平。紫夫人的父亲——前兵部卿宫如今已晋升为式部卿，由于他是当今皇上的舅父，故而恩宠异常，他的女儿也终于顺利入宫，称为王女御，[3]故式部卿方面也自然要据理以争了。“同样要选后，倒不如立这位先太后的外甥女。这样也好作为先太后的替身来照料皇上吧。”为此，几方面纷纷扰扰地竞争。不过，最后还是住在梅壶的斋宫女御赢得了后位。这情势跟故六条夫人在世时代相较，真有霄壤之别，世人为之惊讶不已。源氏大臣又晋升为太政大臣，而大将则任命为大臣。天下政事如今遂由大臣来执理。他气质优异，虽然性格有些外向，但十分贤能，学问修养也颇扎实。虽然年轻时代，猜韵游戏时曾败于源氏之君，但是他在政务方面的才能，却是超凡出众的。其他诸夫人所出之十余子，也都次第成人立身。看来，这一家的繁荣亦不输源氏之君哩。内大臣除弘徽殿女御之外，另有一位千金。[4]那位生母也是王孙的后嗣，所以若论身份，并不劣于做女御的姊姊。可是，后来那位母亲却成为按察大纳言之母，

1 文章道毕业者称“文人拟生”，以别于明经道等其他部门之学生。

2 皇子降为臣籍者赐姓为源氏。

3 皇族出身之女御，故云。

4 后称“云居雁”。

而且又生了不少儿女。内大臣不愿意自己的女儿跟随母亲与众多异父弟妹相处，所以就把她接过来交给祖母抚养着。在父亲眼中，对这个女儿当然没有像对待贵为女御的长女重视。不过，这少女倒也长得气质非凡，容貌出众。

夕雾和她从小都在故太政大臣邸一处长大。不过，十岁以后，已各自分房而居，而且为父的内大臣也时常晓以男女授受不亲的道理，所以后来二人便逐渐疏离，不过，夕雾幼小的心里却仍然思念着这位女伴，故而赏花赏叶之际啦，玩偶戏的时候啦，总是热心缠绊着，借机表示心意；女方自然也就深受感动，而不再那么冷淡地回避躲藏了。监护的乳母之辈以为，反正两人都还幼小，[1]一方面又不忍心拆散这一对亲热的青梅竹马，所以也就没大理会。讵料女方虽然还天真无邪的样子，而男方看来也依然是不解事的年龄，谁知他们竟背着大家成了怎样的关系呀？自从各自分居之后，更不知增添几许相思之情呢。年轻人不懂得防备，所以偶然会遗落一些情书什么的。那幼稚的字迹虽未见得如何工整，却也令人想见将来的一手好笔迹。侍候小姐的侍女之中，倒是有几个人略知此事，但是，这种事情怎能去告诉别人呢？因此，大部分总是佯装不知的吧。

源氏之君与大臣所举行的各种任官大飨已告一段落。如今已别无特殊的公事，诸事逐渐安定下来。又逢蒙蒙细雨的季节，有个“秋风过荻诱人哀”[2]的傍晚时分，内大臣来到其母住处，使女儿取琴弹奏。老夫人擅长各种乐器，而这少女竟从她那儿习得了种种技艺。“妇道人家弹琵琶，像是有点儿教人看不顺眼的。不过，今日之世，懂得正统弹奏之法者，恐怕没有几个人了啊。只有某某亲王啦，某某源氏

---

1 云居雁十四岁，夕雾十二岁。

2 句出《藤原义孝和歌集》。

啦……”内大臣在那儿一一数起来，“女子之中，听说只有太政大臣隐藏于山里的那一位才是真正此中高手呢。虽说是名人后裔，但家道中落而长年居住在乡下地方，怎么弹得一手好琴呢？大臣也因而对她另眼看待，时常夸奖。音乐方面的才能跟别的技艺有别，得时时同各种各样的乐器配合，互调音色，才能精通此道。倒是很少听说可以自修得道的啊。”说完，他央请母亲大宫弹奏一曲。“哎，近来连按弦柱的手指都有点儿不灵活了呢。”老妇人虽自谦一番，毕竟不同凡响，弹来饶有情致。于是，大宫也放下琵琶感慨道：“大臣那位宠爱的人，看来性情也挺温顺的。她替大臣生下了一位久久盼望的千金，竟然能为孩子的将来设想，怕放在自己身边教人瞧不起，而把她托养给名正言顺的大臣夫人。光凭这一点，就教人佩服呢。”“是啊。女子的地位，总是靠自己的性情脾气决定的呀。”内大臣也不觉地附和起来。“就说那弘徽殿女御吧。我自己总以为各方面都已把她教养得不输于人了，怎么料想得到她竟会让意外的人给赶先了呢？如今，只有寄望于这个女儿了。东宫[1]元服之日为期不远，我这里暗中打算着；可是，怕又要给那位幸运的人所生的女儿追赶了上来也未可知。万一教她入宫的话，恐怕没有人能竞争得过了。”他不觉地叹息连连。“大概不至于那样吧。你父亲故大臣生前也相信，咱们家终不致出不起一位皇后，所以弘徽殿女御入内之时，也热心地亲自照料许多事情。唉，他若还活着的话，事情也不会如此错乱的啊。”对于这件事情，大宫心里头恐怕也难免要把那太政大臣怀恨的吧。

那少女长得稚气可爱。她正一心弹奏着筝。那垂覆的头发啦，额际等，天生富于高贵的体态。为父的大臣正默默欣赏着。这使她羞怯得别过脸去，而那侧脸面颊又美得很。按着琴弦的左手，纤巧得像是

---

1 朱雀院之子。

刻意塑造出来一般。做祖母的看在眼里，自然也十分疼爱在心。她轻拢慢捻聊奏一曲，便将筝推置一旁。大臣也情不自禁地援取和琴来，用熟悉的指法随意弹奏出有情致的律调。[1]庭前之树，众叶落尽，空留枝梢。年老的侍女们在近旁各处的几帐后倾耳聆听，无不感动落泪。大臣遂即朗诵“风之力盖寡”[2]，又道：“虽然未必是古人所谓‘琴之感’[3]，这傍晚的情调真个能动人心弦啊。再弹一会儿吧。”乃劝云居雁更奏一曲《秋乐风》[4]，而自己也和着琴音歌唱起来。大伙儿听得十分陶醉。大宫细细欣赏着爱子的歌声。这时，就如同故意来增添兴致似的，夕雾也赶巧来到了。内大臣遂将夕雾延入，并使与其女隔几帐而坐。“近来很少见到你嘛。为什么要那样用功呀？才学过分，也并不是好事，这一点令尊也该明白的；他这样严格教育你，想必是另有用意吧，倒真是难为了你，这样一个人躲着看书。”内大臣同情地对夕雾说。又劝道：“有时也做点儿别的事吧。笛音之中也自有古代圣贤之道呢。”遂将笛管交与夕雾。夕雾吹出了曼妙的笛声，十分悦耳。遂令停奏其他乐器。内大臣在一旁轻轻击拍，唱起催马乐《更衣》之调“萩之花纹”云云。“令尊也时常喜欢这般游乐，来逃避繁忙政务的。人生无味，只好借这些赏心乐事来度日子呀。”倾杯谈话之间，天色已暗，遂令人点燃灯火。大伙儿享用着汤点等晚餐。云居雁却被遣回她自己的房间去了。近来，内大臣总是有意将夕雾和她隔离起来，连云居雁弹琴的声音都不让听见。所以大宫身边的老侍女们背地里都在担心着：“可别教他们发生什么不幸的事情才好。”

内大臣装作回家的样子，实则他今夜想偷偷幽会这里的一位侍

1 律调本系秋季之曲调，今于冬季闻之，觉别有情致也。

2 陆机《豪士赋》序：“落叶俟微风以陨，而风之力盖寡；孟尝遭雍门以泣，而琴之感以末。何者？欲陨之叶所假烈风，将坠之泣，不足繁哀响也。”

3 同上。

4 相传为嵯峨帝时代曲调。

女，所以便悄悄向那方向走过去，却无意间忽地听到秘密的耳语，于是停下来偷听。没想到竟是在谈论着他自己哩。“看来贤明的人，没想到他终究还是为人之父啊。这样下去，怕是要发生事情呢。所谓知子莫若父，看来也未必然哩。”侍女们都在那儿互递眼色牵扯衣袖。哎呀，这样看来事情可真不妙了！其实，他也并非毫不知情的，只不过总以为夕雾和云居雁还是小孩子，所以也就没在意罢了。咳，世事真不如人意，够教人厌烦，这下子，可全盘明白了。于是，他静悄悄地出门去。前驱者用庄严的声调施行警跸。“咦，主上怎么这个时候才回去呀？先一刻躲到哪儿去了呢？没想到他现在还不改风流习性。”人人都在窃窃私议。“怪不得刚才闻到那么香，还以为是少爷的薰香呢。糟了，不知道咱们背后说的话语有没有教他听见呢？主上的性情可不是好惹的哦。”大家难免又担心起来。

内大臣一路上思虑着。这一对缘分并不差，只怕世人会议论他们关系太近罢了。可惜的是，本来预备将来让这个女儿入宫，以报复源氏之君硬抢走皇后之位的仇恨，没想到如今这希望又将落空了。内大臣和源氏之君二人间的关系倒也十分微妙；他们俩本来就友爱亲密，可是，另一方面，像此类事情也频频发生，从来都喜欢互相竞争的。如今，内大臣心底仍不能释然，所以这一夜便在辗转反侧之中度过。想来，母亲也并非不知此事，恐怕是疼爱孙儿，才任由他们发生了这种事情的吧？回想侍女们背后耳语的情形，心里面便老大不高兴。他为人个性强，做事又喜欢干脆利落，故而此刻觉得坐立不安，难以忍受。

过了两天，内大臣又来拜访母亲。大宫对爱子近来时时造访，颇感心满意足。她的为人挺方正，便是与自己的儿子见面，还要修饰尼发，穿上小褂，命人设置几帐。内大臣的脸色可不大好看。“我都不好意思来这儿。不知道人家会用怎样的眼光看我哩。虽然孩儿不肖，总希望活着一天，能时时侍候您，也希望您不要太见外。唉，可是，现在却为了那丫头，内心不得不怨恨您。虽然明明知道这样不好，可是真忍不住啊。”他边说边拭眼泪，害得大宫那张擦了粉的脸色大变，张大一双眼睛，连忙问道：“到底是怎么回事呀？活了这一大把年纪，偏要让你来恨我什么呀？”内大臣见此，心中虽有些过意不去，却也忍不住冲口而出：“孩儿是信赖您，才将那丫头寄养到这儿来，自己反倒一向没有怎么照料她。弘徽殿女御没能顺利立后的烦恼，也只有寄望于这个女儿才得安慰的。孩儿是相信母亲必能好好儿抚养这个孩子，才敢放心过日子。哪晓得现在竟发生了这等事情，怎不教人痛心呢！虽然对方是举世无双的才学之士，可是表姊弟闹恋爱，世人会如何批评呢？这种事情，即便是发生在普通人之间都不怎么好，替他设想起来也不好听呀。何况嫁女儿，应该选个关系远一点的门当户对的人家，才算得理想配对呢。亲族之间这种偷偷摸摸似的缘分，想来大臣也不会高兴的吧？而且，就算要这样，也总该告诉孩儿一声，那么多少也可以叫别人瞧着好看一些。怎么料想得到，您竟然一任孩子们胡作非为。真教人伤心哪！”听他滔滔不绝地说，大宫着实吓了一大跳，她做梦也没想到会有这种事情，所以连忙解释道：“这话是怎么说起的呢？若真有其事，让你来责怪，倒还有道理；事实上，我半点儿都不知道他们之间有什么居心哪。如今听到，我才是最难过遗憾的呢。你又怎能把我同孩子们相提并论来数罪呢？自从接养这孩子以后，你可知道我费了多少心血？连你自己也没有想到的芝麻小事，我都不晓得花了多少功夫来教养她，总希望她能出人头地的。怎么可能疼昏了头，要让那一对小小年纪的孩子急急成婚？唉，这究竟是谁造的谣啊？怎么好把下人们的话也来当真，这样大惊小怪的，不怕叫孩子的名誉都给你伤了吗！”“哪儿是谣言呢？这里没有一个侍女不背地里嘲笑这件事。真是越想越生气！”内大臣说完便愤然离去。晓悉内情的人无不深深同情。至于那一晚交换耳语的更是内心愧疚不已，后悔无限。

那少女可不明白这一切。内大臣到她房里去，无限爱怜地凝视她。“唉，总觉得她还小，竟没想到她这般不懂事。说来说去，还是怪我自己浅薄，怎对她抱着那么大的希望呢！”他禁不住责怪起乳母啦，老妈子辈来，真教人不知何以为答。“这种事情，就是在帝王家的掌上明珠间也会发生的。古老的故事里，不是也常有这种例子吗？不过，那多半都是由晓悉内情的侍女在那儿伺机给双方牵引才成。我们这儿的情形可不相同啊。他们俩从小在一处长大，熟得不能再熟，而且年纪都还这么小，我们又怎敢不顾老夫人的命令，自作主张地硬把他们拆散呢？唉，实在是有点儿太大意了。前年起，规矩也多了起来，虽说是也有早熟的孩子，那少爷可是一点儿也看不出有什么不对劲的地方，所以压根儿就没有想到这一层呢。”大伙儿怨叹着。内大臣乃道：“好啦，那么暂时把这事情保密起来。真要隐瞒，恐怕也不容易吧？反正，若有人问起来，就装作没有那回事好了。至于小姐嘛，我决定把她带回去。老夫人所做的好事啊！你们倒是没有想到会演变成这样的吧？”侍女们听了此番话语后，虽然为老夫人难过，但是自己的立场总算给澄清了，所以也难免有些高兴。“怎么会宣扬出去呢？说出去，对小姐的继父大纳言君也不好听呢。我们都是希望小姐早一天入宫的。再说，这位少爷就是人品再好，总是不希望看到小姐跟做臣下的人成婚的呀。”她们七嘴八舌地聒絮不停。可是，少女本身却孩子气十足，不管为父的说明万端，仍然不明白事由。最后，内大臣竟急得掉下眼泪来。究竟怎样才能使这孩子不至于耽误终身大事呢？他又秘密地跟乳母等人商量种种，内心仍难免埋怨自己母亲的不是。

至于大宫方面呢，在众多孙儿辈之中，她大概是特别疼爱夕雾的吧，对于这男孩子初恋之事，倒是颇同情的，所以内大臣那种无情无义的谴词，反而引起她的反感。她想：他自己并没有怎么宝贝这个女儿，也没有料到她竟会成长得如此乖巧端庄吧？还不是我把她辛辛苦苦抚养带大，如今才会想到把她同东宫去配对成双的吗？假如要许配给普通人的话，除了这位少爷之外，难道还有更理想的人选吗？世上哪儿有人比得上他呢？论外貌气质，也是无人能出其右的呀。其实，在大宫看来，恨不得给这孙儿物色一位比云居雁更高贵的小姐做伴侣，这大概是她疼爱这外孙的缘故吧，对自己的儿子反倒有些不满呢。咳，她内心这种想法，若是给内大臣知道的话，他那边更不知会怎样怨恨母亲哩。

夕雾却全然不知道自己的事情已经引起一番骚动。这一天，他又来到了外祖母的家。许是前些时候那一夜人多耳杂，未能一诉衷情而倍增爱恋的吧，遂趁黄昏时分过访。大宫平时对这孙儿的来临总是笑颜相迎的，可是今日却一反常态，显得十分严肃。“内大臣对你的事情很不高兴，来对我抱怨许多，教我也不得不担忧。就怕你会跟表姐闹出什么无聊的事情，害我操心呢。本来不想告诉你这些的，可是，又觉得不让你知道也不好……”由于心虚之故吧，夕雾一听便知何所指，故而红着脸辩称：“什么话呀。自从入学用功读书以来，跟外面都断绝了来往，哪儿还有闲工夫做什么教人抱怨的事情呢？”少年人那副羞涩的模样儿实在教人看着心疼。“好啦。以后自己小心点儿就是。”大宫也只能轻描淡写地说几句，便把话题岔开了。可是，夕雾一想，恐怕今后要通信都不容易了，心里难免悲伤起来。老夫人令人送来膳食，他却根本无心享用。装作睡下去的样子，而事实上却是心事重重。等大家入睡之后，想悄悄拉开寝室的纸门。平时这儿从未刻意下锁过，今晚却怎么也打不开，连个人声也没有。夕雾觉得无依无助，乃斜倚纸门边。这时，那少女也醒来了。风吹竹枝，索索作响。

雁鸣嗈嗈。她那幼小的心灵也深受感动的吧？“云居雁兮似我心。”[1]瞧她不觉地咏出口来，那模样儿稚气之中又有几分娇态。夕雾听后十分难耐，遂轻声央求：“把这儿打开吧。小侍从在不在那儿？”对方却默不作声。小侍从便是云居雁乳母之女。云居雁可没想到自言自语竟给男方听到，真教人害臊，少女羞得一个劲儿往被子里头钻。人儿虽小，咳，心儿可也略知风情哩。乳母诸人便在近处卧着，连动一动身子也不方便，所以双方都不敢出声音。

雁嗈嗈兮将友觅，
声声悲鸣划夜空，
更添惆怅兮风吹荻。

“秋风浸身动衷情。”[2]夕雾咏成一首和歌，一路思潮起伏地回到大宫房间来。长吁短叹，又怕吵醒外祖母，遂辗转反侧就寝。无缘无故，又莫名其妙地羞涩满怀。次晨早早便起床，到自己房里来写信。既见不着小侍从，又不敢贸然去找云居雁，只觉得心碎。至于女方呢，虽然她也知道，这种事情让别人晓得可不好听，不过，她倒没有费心去想，自己的将来会如何啦，世人会怎样批评啦诸问题，依然天真烂漫地过日子。对于侍女们的闲言闲语，似乎也没有怎么特别厌嫌的样子。与夕雾相恋之事，会演变到如此重大的结果，也是她始料所不及的，但是那些照顾她的人却喧喧扰扰，叱责不已，因而也就不便互通音信了。若是年纪大一点的人，也许会想法子找机会什么的吧。可是这位少爷毕竟还年少，凡事都缺乏经验，所以只有暗自遗憾而已。

---

1 出典不详。“云居雁”本应译为“云间雁”或“云中雁”，谓飞翔于高空之雁，此少女以此和歌得“云居雁”之绰号，故采直译。

2 句出《续古今集·秋上》，纪友则作和歌。

自从那一次以来，内大臣也不再上故太政大臣府邸来了。他对于母亲颇为不悦。不过，老夫人对此事则丝毫不动声色，只是有些不满地说："人家中宫挺气派地入内了，而咱们女御却教她这般消沉，怪不忍心的，还不如让她暂时退下来休息一阵子吧。虽然没有被选立为皇后，终究得日夜侍候皇上，身边的宫女们也挺辛苦的。"乃忽然求假归宁。皇上本不答允，后因源氏之君在一旁劝说，遂勉强赐假。内大臣府方面辄使人备驾迎回女御。为父的安慰女儿道："无聊的话，把那女孩子找来作陪吧。本来以为交给你祖母照顾便用不着担心的，谁知那边却有个人小鬼大的人。她这种年龄，也不便教她跟别人随便太接近了呢。"乃出其不意地使人将云居雁迎接来此。大宫十分失望。"自从我失去了唯一的女儿以后，心里十分寂寞悲伤；幸而后来得有机会抚养这小女孩，还以为可以作为老后朝夕的安慰呢。没想到，你竟忍心这样跟我见外！"内大臣对母亲的责备也甚觉心虚，故答以："我也不过是把心里不以为然的话老实讲出来罢了。哪有什么跟您见外的道理呢？近来那个入内的女儿心里不大愉快，正回家住着。我看她闷着无聊，所以才把这女孩子暂时迎过去陪她解解闷儿而已。"又解释道："至于您对她的养育之恩，岂敢教她忘记！"为母的知道事已如此，劝止也无用，故而遗憾地说："人心真是不可逆料啊！孩子们的事儿瞒着我，虽然已是教人意外，不过也没办法；没想到，现在连深明事理的内大臣都要跟我闹误会！就算是把那女孩子带到他那边去了，难道就能比放她在这儿更安心吗？"她禁不住哭哭啼啼。

赶巧，这时候少爷也来到了。近来他倒是走访得勤快，总希望能让他碰上一些好机会。没想到，却在门口看见内大臣的车驾。有些心虚的缘故吧，他只得悄悄地溜进自己房里。这儿的王孙公子们计有左少将、少纳言、兵卫佐、侍从、大夫等，大家虽都来到此殿，却无人能进入帘内。左卫门督和权中纳言虽系内大臣的异母兄弟，他们倒是都能恪守先父的遗言，至今与老夫人保持亲密的联系，所以也时时会来拜访。不过，在外貌上而言，这些人当中，可真没有一个人能及得上夕雾。当然，老夫人对他的宠爱也是格外的。除了夕雾，这些年来，就只有将云居雁放在自己身边，朝晚地疼爱着；而今，却硬要这般把这女孩子带走，真个如何教她不感觉寂寞呢？内大臣临走时说："我先到宫里去转一下，傍晚再来接她吧。"他内心想着：云居雁和夕雾之事，反正阻止也无用，倒不如缓和对付，将来再让他们在一起算了。不过，究竟心中有些不甘愿。又想：或者再等一段时间，待男方的身份地位稍定，到那时节，再看看他们两人的爱情深浅，然后答应他们也不迟。这种事情，就算是说破了嘴皮，放年轻人在一处，任感情奔放，说不定会做出什么见不得人的事儿也未可知。而那位做祖母的，大概也不至于真的不肯放孙女儿走吧？遂以使伴女御为借口，对母亲和夫人双方面都费尽口舌游说妥帖，而后将云居雁接过去。

云居雁处有人递来祖母的信函，那上面写着："内大臣或会怀恨，不过，你自己总应该明了我心意吧。请让我见一面再走。"少女打扮整齐后便过去。她今年十四岁，看来还有些孩子气，却是天真烂漫，温顺可爱。祖母见了这孙女儿，忍不住哭泣道："本以为可以片刻不离地留你在身边，作为朝朝暮暮的安慰呢。唉，不知道今后将有多寂寞呀！来日不多，自己也知道反正看不到你的将来，可是，现在教你这样抛下了我走，怎么不悲伤呢？"那少女知道这一切都是由于自己的过失而引起，故而羞愧得无地自容，她只是低着头流泪。夕雾的乳母宰相之君也过来了。"嗳嗳，我把您当作跟我们少爷一般看待的。没想到就这么要走了，真教人伤心。就是主上要把您许配给别人，也千万不要答应哦。"她对着云居雁咬耳朵，更教她羞涩得不能言语。老夫人责以："别说这些了。人各有命，没法儿预料的。"可是，宰相之君却不服地抗议道："不！内大臣定以为咱们少爷没什么出息。究竟真的不如别人吗？让他去打听打听就知道了！”

夕雾躲在门后偷看着这光景。平时的话，总要担心别人耳目；不过，今天他只觉得心里哀痛，也管不了眼泪簌簌流下，只把那心爱的人儿痴痴地望着，教乳母看着无限心酸。她在老夫人面前说好说歹的，趁着黄昏时分人多事杂之际，让两个年轻人见了面。双方都是既羞涩且满怀心事，所以只有相对而泣。“想不到令尊的心这么狠，我真想就此算了；不过，一旦真的分别，恐怕会更加思恋你吧。唉，为什么从前别人不太注意的时候没有多见面呢？”夕雾说话的样子充满着年轻人的热情和悲哀。云居雁回答道：“我也有同感啊。”“你会想念我吗？”女方只是微微地点一点头，模样儿十分惹人怜爱。灯火亮起时分，内大臣方从宫里回来。屋外传来了前驱者吆喝的声音。侍女们都紧张地说：“主上回来喽。”云居雁吓得身子都颤抖起来。男方却有点儿一不做二不休的样子，不肯放她走。云居雁的乳母来找小姐，她看见此情景，大为吃惊，心里想：这也太过分了，难怪老夫人不会不知悉哩！遂顾不得一切地愤慨起来：“真是的！难怪主上要不高兴了。人家大纳言那边又会怎么感想呢！就算是多好的人才吧，哪有说是一开始谈到婚嫁，便找个六位的姑爷的呢！”唠叨不平之声微闻。原来，她已逼近二人所在的屏风后头来了。男方听见这种侮辱自己地位卑微的话语，不觉地愤怒激动起来，恋火几为之灭熄。“你听，

泣血泪兮染袖红，
情为燃烧爱弥固，
岂容讥嘲兮浅绿穷！[1]

1 夕雾愤怒之歌：谓已爱云居雁情至深，遂令衣袖为血泪染红，今其乳母竟以六位之卑官讥嘲之。按：浅绿色为六位者所着服色，故以代称地位。

真教人感觉羞耻！”

多忧虑兮每懊恼，
　形形色色浮生情，
　　底事因缘兮难究考。[1]

言未及终，而内大臣已进来了。云居雁只得退返自己房里。

留下夕雾一个人在那间屋子里。他愈想愈难堪，也只有回到自己房里歇着。未几，大约有三辆车子悄悄地离去。夕雾心中更不免一阵激动骚扰。老夫人虽差人来唤他过去，他却佯装入睡，连身子也不动一下。他静静地躺在那里，眼泪流不止。这一夜，竟这样哭着度过。翌晨天未大明，便趁着白茫茫的霜急急离去。怕昨夜哭肿的眼睛让人看见的吧。另一方面，则又恐老夫人定必会又派人来邀请，故而慌慌张张跑出来，想找一处放得下心的地方躲一躲。一路上，他自忖着：这都是自找的啊。天空阴沉沉的。

冰霜降兮天惨淡，
　独自饮泣思悄然，
　　泪盈眼眶兮添幽暗。

光源氏府邸今年决定于十一月的新尝会日进献一位五节之舞姬。虽然不一定要铺张，不过，时间也快到了，所以那些伴随舞姬的童侍的装束等，也不得不赶着办起来。东院[2]方面已着手为参内之夜的众人

1　云居雁答歌也。谓浮生情爱形形色色，二人因缘究竟如何，难逆料也。原歌多音义双关之妙，无法译成中文，故径采意译。

2　花散里住所也。

准备衣物了。主上对巨细诸事无不费心照料。中宫方面也遣人送来童侍及下人用的衣料种种，都极为考究。去年一年，因值谅暗[1]期间，故而五节等事都在取消之列，显得世态寂寞。今年遂有意要办得较往常更为热闹。而每个人心中都这样想着，所以到处竞相斗奇，务使尽善尽美而后已。据说按察大纳言和左卫门督也都要献出舞姬，而殿上人所出之五节，则由良清——如今已升为近江守兼左中辨——来负责。宫里特令，今年所有舞姬都将留仕宫中，故而，大家竞以自家的女儿献上。源氏之君府邸所遴选的舞姬，为摄津守兼左京大夫惟光朝臣之女儿。她生得眉清目秀。惟光本不答应，但是周围的人却一致劝说："人家大纳言都要把庶生的女儿献上，何况您这女儿还是嫡生的，有什么难为情呢！"故而只得决心让女儿将来留仕宫中了。有关舞蹈方面的练习早先已在家里充分准备好，连随侍左右的侍女也都仔细加以挑选妥当。乃于当日傍晚时分参上。源氏之君又特别亲自在紫夫人和花散里等各位妇人之处选出一些童侍和侍女。被选中的人自然是感觉格外光彩喽。为了御前召见的仪式，主上又令全体试为预演，而于其中细心挑人选。他看到童侍们个个装扮得美丽可爱，真有些儿舍不得剔除任何一个，故而笑着说："恨不得从这里另外再选一组出来呢！"结果，便在这些人当中，就其仪态风度之尤佳者考虑人选。

大学之君[2]近来只觉得胸口郁闷，也无气力进食，也无兴致读书，整日只是恹恹地卧着。这一天，为着遣忧散愁，出门信步徘徊。他长得稳重俊美，风度翩翩，引得年轻侍女们痴痴地眺望。不知怎的，府中的人就是不让他走至紫夫人殿上的御帘附近。许是光源氏有鉴于自己过去的经验，所以才预为设防吗？这么一来，那边的侍女们也就自

---

1 皇太后崩，天子为服丧一年，举国从之。
2 即夕雾。

然与他颇为疏远了。不过，今天怕是趁着众人纷杂而让他溜了进来的吧。大伙儿正把舞姬[1]从车里迎下，在妻户之间立起屏风，作为临时休息之处。夕雾悄悄地靠过去窥伺内里，见她正娇慵地斜靠着。这少女的年纪和云居雁相若，身材大概要比她高些，风姿甚佳，容貌可能略胜一筹。虽然因为四周稍暗，看不太清楚，不过，由于感觉上二人这般相像，倒不是他见异思迁，竟也心旌摇荡起来，禁不住去牵动那裳裙。舞姬方面未知就里，只是茫然地讶疑着。夕雾乃出其不意地投歌：

“丰冈姬兮非凡姿，
乍见天仙心旌荡，
吾情深厚兮勿相疑。[2]

所谓‘瑞垣舞袖久恋慕’[3]的啊。”这声音听来似挺年轻悦耳，不过，究竟也分辨不出是谁人来。正心中纳闷着，赶巧，那些侍女慌慌张张地跑来给她添粉加胭脂，骤然间四周骚扰了起来。夕雾只得悻悻然走开。这一阵子，他正为那揶揄自己浅绿色衣袖的歌而懊恼着，也懒得上皇宫去参拜，但是，五节之日是可以径着直衣而不必穿代表官阶的衣裳上朝。表面上看来，年少俊美，实则，他已经颇涉艳事哩。上自皇帝，无人对他不宠爱，人缘之佳，真个世所稀有。

五节参内的仪式，家家互争长短，各显本事，可谓不分轩轾。不过，就中，有关舞姬的姿色，则大家一致公认：以太政大臣府与大纳

---

1 惟光之女也。
2 原歌套用日本古歌甚多，并涉及日本古代神话，颇迂回晦涩，今径采意译。
3 句出《拾遗集·杂恋》，人麿作和歌。原文仅书“瑞垣”二字，以其难解，故稍润饰之。

言府所出者为最佳。此二人的容貌虽都标致，不过，论及温文娴雅，则似乎无人及得上源氏之君府方面的了。这位舞姬全身洋溢着清丽而时髦的气质，那一身高尚的装扮，又把她衬托得无比优雅，所以赢得大家赞美的吧。人人都称赞：今年所选出的舞姬较诸往年的更为成熟，觉得十分特别。源氏之君也上皇宫里去。他不禁想起了自己年轻时代也曾经爱慕过五节的舞姬。遂于节会当日，遣人送信去给那位故人。信中究竟写些什么呢？岂不教人好奇！

少女子兮舞仙袖，
光阴流转忽多年，
故人同我兮皆增寿。[1]

这封信，深情溢乎词表。想到源氏之君如何数着逝去的日子，忍不住怀念往日的一段情，女方也不禁深受感动，遂修成答歌如下：

如昨日兮似今日，
五节盛会幸逢君，
袖底旧情兮犹专一。[2]

看她选用青色皱纹之纸，就如同见到她当日所着青色有皱纹的唐衣一般。那深浅有致的草书与和文的字迹，以舞姬的身份而言，也显得十分优雅而饶有风情。

---

1 此光源氏赠昔日五节舞姬之歌。谓当年之少女，而今与我双双皆增寿添岁，是为可叹也。少女为本帖名由来。

2 五节之君答歌。以上二首和歌多套用音义双关之典，均无法译为中文，故皆采意译。

夕雾自偶然瞥见那少女后，总是伺机在其身旁偷偷徘徊，然而苦于无由一亲芳泽，且对方始终矜持冷淡，他自己又因正值羞涩之年龄，故除叹息而外，实别无他途。而且，另一方面，舞姬的印象已深烙于心头，所以倒是很想与之亲近，以补偿对云居雁的相思之情。宫里早先已宣布，令所有舞姬留仕宫中，不过，却特准大家先行返家一趟。所以近江守邸的舞姬便在唐崎行祓祭，摄津守邸的则在难波行祓祭，大家相继退出。大纳言也禀奏了日后令女入宫之旨。左卫门督所献之舞姬资格不符，皇上对此颇为不悦，本欲有所咎责，不过，最后也把她留下来了。据说，摄津守曾向上请求："典侍之官有空缺，恳请使小女递补其位。"源氏之君也想援例而促成惟光之女入宫之事。夕雾对此深感遗憾。唉，这都怪自己年少位卑，否则或可以提出婚事的要求吧。其实，他对这件事倒不是怎么顶认真，只因为又有了云居雁的事情而添忧增虑，所以这阵子常常都是泪汪汪的。他爱屋及乌，遂对那少女的哥哥——在自己身边当童殿上人的，也自然格外温柔相待，遂伺机问他："五节要什么时候入宫呢？""听说在今年之内吧。""她那脸蛋儿长得真美，真教我难以忘怀。多羡慕你可以常常看到她，可否让我再见她一面呢？""那怎么成啊！我虽然身为她的长兄，可是也并不能说要见她就能见到她呢。说什么男性同胞的，总是不让我接近她。何况您是外人，更不容易哩。"夕雾不得已，只得说："那么，给我递个信吧。"遂将信函交给他。那少年曾经被警告过不准接受这种差事，所以面有难色，可是拗不过主上的苦苦哀求而心软，只得将那信亲自交给了妹妹。那少女看来年纪轻轻的，倒有些已解风情的样子，她对信甚感兴趣。信是写在绿色质薄的信笺上，而每换一张便使用着不同颜色的纸。笔迹虽尚未老练，却已足令人想见其将来。

舞翩翾兮少女儿，

天羽袖翻动吾意，

情为颠倒兮卿岂知？

兄妹二人正展读信时，为父的惟光突然来到。事出意外，惊慌失措，也来不及隐藏。“什么信啊？”信被惟光抢夺过去。女儿只有羞怯得满脸通红。“你们做的好事啊！”一声叱责下来，为兄的吓得连忙拔腿欲逃，却被父亲喝住：“谁写的？”不得已，只好据实以告：“是源氏之君的少爷如此这般教我带来的。”没想到，惟光听后，竟一改前态，笑嘻嘻说道：“这位少爷可真个会开玩笑啊。你们两个人同样年纪，都是一般孩子气哩。”说罢，又将信给孩子们的母亲过目。“假如那位少爷真的看得起我们女儿的话，与其让她平凡地入宫，倒不如许了他算了。看他父亲的为人，对一旦有过情意的女性，总是绝不会背弃对方，这一点，实在是可以信赖和佩服哩。说不定，将来咱们就会像那位明石的皈道者呢。”可是，尽管惟光在那儿自言自语，却没有一个人理会他。大家都在为这位少女赶办着入宫之事。夕雾方面呢，自此以后，连个送信的机会都没有了。而且，在另一方面来说，他心底实在难忘更重要的云居雁，日日只盼望再见她一面，恋情徒增，烦恼亦愈深。这些时日来，连外祖母那边也提不起劲去拜访了。每一念及云居雁住过的房间啦，二人一同游戏过的场所啦，无不魂牵梦萦，教他滋味难以消受，故而懒得过去，每天只是守在二条院府邸里。

光源氏将此子交托于西侧对屋的花散里。“他外祖母年数已高，将来她过世后，希望你来照顾这孩子。所以从现在开始，让他跟随着你，也好教他习惯习惯。”这位妇人一向脾气温顺，凡事总是听从夫君的，所以便开始细心照拂一切。夕雾偶尔也有机会就近亲睹花散里的容貌。觉得她那五官长得并非如何端丽，何以父亲竟也对她依恋难舍呢？反观自己，对寡情的云居雁的美貌，竟梦寐难忘，这实在未免太傻了。有时候，他甚至觉得：像这位妇人这般好脾性的人才是应该爱慕的对象呀！但是，话又要说回来了，若要真守着一位不值得一顾的女性，实在也是乏味得很。父亲对这位虽然长年照料着，但他深知对方的容貌和性情，所以他们二人之间始终设置几帐啦什么的，总是尽量避免直接见到女方的庐山真面目，这也难怪。夕雾独自左思右想，自觉得小孩子想这些事，未免太越轨了。外祖母虽然一身尼姑装扮，可是依然不能掩盖其美。他所接触的环境，使他惯见处处有美丽的女性，故无形中以为凡女人都是漂亮的。至于这位花散里呢，她的外貌本非出类拔众，而且年纪也稍大，身子单薄而头发稀少，看起来自然不会是赏心悦目了。

岁暮时，老夫人只一心为夕雾一人准备新年的衣物。虽然备妥了好几套衣服，可是，一看见代表六位的装束，夕雾便觉得十分扫兴。他不禁冲口而出："说不定元旦那天会不去上朝呢，何必准备这么多呀？"老夫人讶疑地问："怎么说这样的话呢？简直像个没精神的老人似的。""虽然不是老人，可真觉得一点精神都没有。"夕雾自言自语，已泪满眼眶。一定是在想念云居雁吧？老夫人不禁心中隐隐作痛，亦不觉地愁眉不展。"男人呀，即便是身份低的，也应当胸怀广大、心境高远才是。什么事值得你这样哭哭啼啼、闷闷不乐的？真是不吉不利！""没什么特别的事情。只是，被别人嘲笑六位的身份，有点儿不甘心罢了。明知这是暂时的，却也提不起精神上朝去。假如外祖父在世的话，人家也不敢这样瞧不起我吧。太政大臣虽然是我自己的亲生父亲，却因为他老是跟我疏远，也不便常常到那儿去找，只有在他偶尔来到东院时，才有机会接近他。倒是对屋的夫人待我很亲切；可是，想到自己母亲在世的话，也就用不着受这些委屈啦……"见他偷偷拭泪，老夫人十分心疼，忍不住也泪簌簌而下。"没有母亲的孩子，倒真是不分身份高下，总是悲苦的。不过，顺应天命长大成人，将来也就没有人敢看不起你了。千万别把它放在心上。唉，你外祖父若是能多活些年就好啦！现在这位大臣哪，虽说是你的亲生父亲，我对他也满怀希望的，不过，终究不能完全照我的意思呢。至于你的舅舅内大臣呢，大家对他都十分敬佩，可是，跟以前的他不太相同了啊。咳，如今反而只恨自己活了一大把年纪。没想到，像你这样年纪轻轻，竟也如此悲观，真教人看着觉得这世间没有一件如意事哩。”她自己居然也变得哭哭啼啼起来。

元旦[1]这一天，源氏之君并没有上宫去参拜，所以显得十分悠闲。良房大臣依旧例牵来了两匹白马。七日的节会仿照宫中仪式举行，且较往常更为肃穆隆重。二月二十日过后，皇上行幸朱雀院。虽然离开花的季节尚早，不过，由于三月为故女院之忌月，所以只得稍微提早一些日期。早绽的樱花别有可赏的颜色。朱雀院方面也特令隆重准备迎驾事宜，诸如修理殿堂啦，装饰房间等等。有关参与接待工作的公卿亲王以下各人员，也都有仔细的吩咐。每个人皆穿着青袍，下衬以面白里有花色的衣裳。皇上穿一袭大红的外袍。太政大臣光源氏也应召奉陪在侧。二人穿着相同颜色的衣服，所以看来更为相像。他们各放光芒，简直分不出谁是谁来。人人打扮齐整，态度从容，大异于常时。朱雀院则随年龄增长，愈显得清丽优雅，风采超凡。今日没有特别召见专门的文人，只选拔了十位优秀的大学生。御敕的题目系比照式部省试题而出。大概是想探试太政大臣的大少爷的吧。胆子较小的学生无不战战兢兢。一个个乘舟而出，在池中央[2]发呆哩。日倾时分，乐队之舟穿梭于池面，演奏出各种音调。山风助响，十分悦耳动听。夕雾不禁怨叹，自己又何必如此苦修学问之道，与众交游同乐，岂不

1 时光源氏三十四岁。

2 此谓“放岛之试”，每人各乘一舟，推入池中，令于舟中作诗也。

更好吗！《春莺啭》之舞一开始，朱雀院难免想起昔日花宴御游的情景来，遂感喟道："怕是再也见不到以前那么精彩的表演喽！"源氏大臣也回忆往日，不禁怅然有所感。舞将终时，大臣对朱雀院举杯歌咏：

黄莺啭兮春依然，
　物换星移花非昔，
　　故人寥落兮似云烟。[1]

朱雀院亦咏道：

九重霞兮满春意，
　而今远隔九重城，
　　莺啭报春兮未相弃。[2]

昔日之帅宫，今为兵部卿者，举杯对其兄朱雀院道：

竹笛鸣兮圣代音，
　悠悠自古传今世，
　　黄莺啭调兮感人心。[3]

这首歌能婉转引前二歌以赞美今日之行幸，可谓用心独到。皇上遂亦取杯吟咏：

1　谓桐壶帝、藤壶诸人已驾崩作古也。
2　朱雀以逊位之身，感激光源氏等不相弃，肯相访也。莺以喻源氏诸人。
3　帅宫此歌以《黄莺啭》之音调自古不绝于今，喻今世之治可比古之圣代也。

黄莺啭兮展彩翮，
飞越枝头寻旧春，
岂嫌花色兮不及昔？[1]

他的态度雍容华贵。今日行幸，非为公开，故而流觞未遍的吧？抑或抄录之际，有所遗漏呢？

乐队距离太远，听不十分清楚，乃令就近演奏。兵部卿宫弹琵琶，内大臣奏和琴，筝置于朱雀院之前，琴则命令那太政大臣担任表演。他们个个都是高手，每人各献本事鸣奏出的曲调，真是妙绝人寰，非笔墨所能形容。另有合唱的殿上人多人，先后唱出催马乐《安名尊》及《樱人》二首歌。月色朦胧，饶有情调之时分，池中各岛燃起篝火处处，游宴遂告结束。夜虽阑，圣心觉得经太后之门而不入，有些过意不去，故于归途顺道过访。大臣亦陪侍在侧。太后喜出望外，亲自接待。她如今年岁已大。皇上不禁想起自己去世的母亲，觉得各人寿命长短真不相同，心中遂有无限感慨遗憾。太后哭泣道："看我这么老。如今已忘记一切了。没想到，竟蒙皇上眷顾幸临。这教我怎能不想到过去的朝代呢？"皇上乃道："亲人一个接一个地去世，教人都不记得春天的来临呢。今日拜见，内心觉得十分欣慰。日后当再来探望您。"大臣方面也有适当的寒暄，最后留言："改日再来拜访。"便匆匆离去。见眼前这派威势，太后内心颇不泰平。谅大臣心中亦有感触吧？而今，她倒有些悔不当初了。究竟是天意要教他掌握大权，妨碍阻挠也无用的啊！尚侍之君方面呢，谅她偶尔也会回想种种，感慨无量的吧。他们二人之间，恐怕仍有伺机书函来往什么的哩。太后在遇着禀奏朝廷啦，蒙赐年官、年爵之际，难免有所不满，而频叹长

1　冷泉帝此歌以莺喻光源氏等，谓汝等追慕昔日盛况，岂因今世之治不如昔时耶？

寿之不幸，恨不能退回逝去的朝代，遂变得愈为怪僻。另一方面，人老了，也自然更加爱唠叨，连她的亲生子朱雀院都不大能忍受呢。

夕雾的诗文成绩颇优，遂为进士。虽然当天所遴选的尽是年长有学问之士，但是及格者仅有三人。这一年秋季任秩时，夕雾乃得晋升五位，叙为侍从。他心中虽然片刻未忘云居雁，奈可恨，内大臣监视甚严，故而未便勉强相会，只有偶尔鱼雁传情互通消息而已。

这一阵子，光源氏有意修筑居所，使其宽敞有致，务能容纳各处难得会见的妇人[1]，使大家会聚于一处。遂选定六条京极附近那所中宫的旧邸[2]。新屋占地四町[3]。式部卿宫明年将度五十大寿了。做女儿的紫夫人心里已经有所准备，大臣对这件事当然也不能佯装不知，所以希望来得及的话，能在新屋举行，因此令役者赶工。过了年以后，[4]更得在寿礼的准备啦，乐队、舞队的人选等等，各方面细心筹备。经文、佛像、法事当日的装束，以及种种的赏禄，则由紫夫人负责张罗。东院的女主人花散里也分担帮忙。这两位妇人的交情真个是优雅大方，时有信函来往。

如今，世人皆在忙着准备寿庆大典，式部卿宫本身也略有所闻悉。想到这些年来，这位以仁爱见知的大臣，独对自己不甚客气，每每使自己困窘，连派去的下人也都不假以好颜色。自己所以这样惹对方憎恨，其间必有原因。这一点，颇使他困惑且心痛。不过，对方倒是在周围众多的女性之中，对自己的女儿格外有宠。那种高高在上的优越待遇，真使娘家的人倍添光彩！而今，料想不到，自己五十岁的寿诞，又蒙他如此看重，隆重筹划种种，这真不啻是晚年的荣誉哩！

---

1 主要指居住于大堰川的明石夫人也。

2 原属六条夫人所有，遗留与中宫秋好，今为光源氏六条住所之一部分。

3 当时平安京（即今之京都市）行政区划，以方四十丈为町，四町为一保。

4 光源氏三十五岁。

可是，他的夫人并不这么想。大概是因为女儿入宫时源氏之君不肯帮忙促成其事，故而怀恨至今的吧。

六条院的新府邸在八月落成，遂迁移过去。西南町方向，原本是属于中宫的殿屋，所以仍然保留给她日后归宁时之需用。东南方向的殿堂则为源氏之君自己留用。东北方，给花散里。西北町，预备给明石夫人。原有的庭园、池水等，位置不佳者，皆予以毁除，水势山形，各依诸位妇人的爱好而重新改造。东南方向，堆土使高，多种春花春树，池形也使别具一格。殿前则遍植五叶之松、红梅、樱树、紫藤、棣棠、杜鹃花等春季的花树，又于其间略微散植秋草丛丛。中宫的居所方面，则于原有的假山上多栽植红叶之特佳者。又疏引泉水淙淙，为增泉响之效果，特设岩石。瀑布之外，则展开宽敞的野眺，以收秋望之趣。如今，正值赏景之季节，遍地的草花使嵯峨、大堰一带的风景都相形失色了。东北方有清凉的泉水，林木森森，取其夏荫之长。殿前栽植的吴竹，风过处，颇有凉意。尤其一片高耸的树林，蓊蓊郁郁，饶有情调。为增加山里之趣味，又特设溲疏之绿垣围绕，而种植发人思古幽情之橘花、常夏之华、蔷薇、龙胆草等多种花，中间又杂植春秋之草木各种。东侧取一部分土地做马场殿，遍设围栅，供作五月竞马的游乐场所。池边多种菖蒲。对面盖好了马厩，其中系着名驹多匹。西町方向则在其北方筑墙，设有仓库。在墙界处种植松树多棵，以取冬季积雪之美景。又为着欣赏初冬之朝霜，此处也有菊篱及叶色正美的青冈树，其他更有一些不知名的原始山木多种。

大约在秋分祭祖时期，始陆续迁入。源氏之君本指定大家于同一日搬来。不过，中宫怕当日太杂乱，所以稍延数日始入。只有那位温顺的花散里，于当晚陪同紫夫人迁移过来。紫夫人的庭园是为春季而设计，虽然现在尚未合时宜，可是看来倒也挺不错。车驾十五辆，前驱者多系四位、五位之人，六位的殿上人，则只有少数特别挑选出来的。人数并非繁多。为避免世人非难，故意一切从简，所以看来不怎么刺目隆重。花散里那边的情形，也尽量使不输于紫夫人的排场，而且又有夕雾陪伴照拂，真亏他设想周到啊。非仅此也，所有侍女们的房间，都一一分配妥当，这才教用心细腻呢。五六天以后，中宫才由宫中请假搬来。这次的仪式虽然简单，倒也颇讲究。她本人的幸运固不消说，尤其是其人人品高贵而含蓄，故能赢得世人如许敬重。六条院府邸内的四个町，各由墙垣、走廊分隔联络着，使彼此之间既相隔离，又能互相亲近沟通。

时届九月，红叶处处。中宫的庭前格外富于情致。有个秋风乍起的傍晚时分，她特选一些园中的花叶置于盒盖之中，遣人送于紫夫人。那个为使的年长童女穿着深紫的衣裳，外罩淡紫色织锦袍子，内为赤褐花色的薄罗底衣。她以熟练而优雅的步伐姿势沿着渡廊挂桥走过来。像这种客套仪式，也不差遣大人，而故意选择面貌姣丽的童女。看来，这童女已仕奉有年，故而举止之间不同凡响，予人好感。中宫的信函上有和歌如下：

待春园[1]兮春尚远，
野花红叶在眼前，
为传秋风兮到贵苑。

瞧，年轻的侍女们大伙儿恭维那女童侍的样子，真个是有趣！紫夫人的答礼系在盒盖中薄敷青苔一层，使高低起伏如同岩石，其上置五叶之松枝，并附函：

1　紫夫人的庭园系依其爱好（见第十九帖“薄云”文），为春而设计，故云。

秋风起兮红叶飘，
轻易离枝不堪睹，
岩松长青兮春非遥。[1]

那盒中的岩石啦，松枝等，造型十分可观。尤其物主那突生的灵感，更足以证明其人涵养的深刻和趣味的高雅。中宫左右的侍女们不禁异口交赞起来。源氏之君对紫夫人说道："这红叶的诗文可真不错啊。等到春花盛开时再好好儿给她答复吧。现在若说红叶的坏话，恐怕惹起秋之女神龙田姬的不悦，倒不如暂时认输，等到仗着春花盛势再回报一箭之仇好了。"这位人物看来仍显得十分年轻，风姿依旧美丽。至于他身边的妇人们，如今都住在华丽的殿里，而且这般互相沟通着消息。

大堰方面的明石夫人呢，等到别人都迁移停妥之后，她自觉得卑微之身，不如静悄悄地搬了过去，遂于十月移入。她所居住的房间，里外的装饰以及其他一切，都不比别的妇人差。为着她所生的女儿着想，所以对她的礼貌也使之与其他地位高贵的妇人相若，源氏之君待她，可谓凡事都十分郑重的了。

1 紫夫人不服中宫示威之答歌也。谓秋叶易飘，不值一睹，而离春不远，计日可待也。

第二十二帖

玉　　　鬘

岁移月迁，但光源氏心底始终未忘逝去的夕颜。每当遇着各式各样脾性的妇人时，尤其教他想起那一位，恨不能她活在自己身边。右近未见得是一个如何特殊的侍女，不过，既然是故人遗留下来的近侍，也就格外对她另眼相待了。如今，她仍以资深侍女的身份留在府邸侍候着。当源氏之君贬谪须磨之际，曾将所有侍女都交托给了紫夫人，所以右近后来便一直追随在夫人身边。夫人见她温顺而谦虚，也十分疼爱她。可是右近心里却老是忘怀不了故去的女主人，认为她若是还活着，主上对她的宠爱绝对不会输于明石夫人。说真格的，源氏之君对那些并不怎么有特别深切关联的女性都不忍相弃，总是费神照拂，何况那位女主人呢？就算不能与出身高贵的妇人相提并论吧，至少与此次迁入府邸的几位相比，总该不成问题。她这么一思量，不觉地又悲从中来。

想把夕颜留在西京的女婴抱来照顾吧，可是，如今连她的下落都不明。右近这边，一面是怕这事外泄不妙，徒然无益；另一方面，源氏之君曾经嘱咐过"盼勿泄吾名"[1]，所以也就不敢打听那女婴的下落与安否，致日复一日过去了。这期间，乳母的丈夫已晋升为太宰少贰而下赴筑紫地方任职，故而乳母也同行离去。当时，那女娃儿正好是四岁。那时节，乳母一心想探听女主人的行踪，曾向菩萨神明许愿，日夜涕泣，四处寻找过，可是终究也没法子得悉消息。最后，不得已，只好决心将这女娃儿当作女主人的纪念来照顾。可是，想到要教她跟自己这种身份卑微的人远赴他方，总有些不忍，所以一度也想，不如索性告诉了她生父[2]，只是也没什么好机会，就这般一天拖一天地过来；不过，哦，不成，不成，连她母亲的行踪都不清楚，万一有一天人家来找女儿，那时该怎么答复是好呢？若把这孩子交给她那位生疏的父亲吧，总有些儿教人挂心的；可是，如果一旦让那做父亲的知道这是亲生骨肉，人家也不会答应将孩子交由乳母带走吧？于是，大家商量的结果，便将这美丽而已具高贵气质的玉鬘带上了一艘极为普通简陋的船。当其起航之际，大家都难免十分心酸。玉鬘稚小的心里并没有忘记母亲，所以时时问道："是不是要去妈妈那儿呢？"乳母听了怎能不流泪？连她的女儿们都禁不住地想起离去的女主人而哭泣不止。"在船上哭哭啼啼可是不吉利的哦！"为母的只好这样训诫女儿。每逢见着优美的景色时，想起对凡事都还挺有好奇心的女主人，恨不能让她也一睹此景。不过，话又说回来，假如女主人在的话，咱们又怎会这样远赴乡下去呢？于是，不觉地心里惦念起京城来了。唉，正是所谓"徒羡浪有返"[3]啊！就在大伙儿心中这般难过的时候，却听得船夫们正以粗哑的声音合唱着"悲呀，伤心哪，越行越远啊"云云。姊妹俩终于忍不住地相对哭泣起来。

---

1 句出《古今集·恋三》，无名氏作和歌。

2 即一度为夕颜恋人的头中将，今之内大臣也。

3 句出《后撰集·羁旅》，业平作和歌。谓心羡浪潮往又返也。

何所思兮何所恋？
　舟子悲歌诱人哀，
　　余音绕浦兮犹震颤。

来无影兮去无踪，
　茫茫苍海欲何往？
　　思恋女君[1]兮悲盈胸。

她们经历了这“离京去都游远方”[2]的悲哀，只有这样借和歌倾吐心声而已。过了钟之岬以后，“不忍将君忘”[3]，这句话竟成为她们旦暮的口头禅。到达任地之后，想到离京城已迢递，更难忘怀女主人，只好泪簌簌地将玉鬘这位小姐当作女主人的替身来小心侍候着。有时，偶尔也会梦见思念的那一位呢。有时更会梦见那位与当时闪现的同样的妇人[4]，觉来心中颇不是滋味，也就变得病恹恹的。这么一来，只有猜想：女主人怕是已经去世了吧。唉，说来真够悲伤。

少贰的任期届满，[5]本想上京来，可是旅途遥远，又无甚权势可以另觅前途，故而也未敢轻举妄动，踌躇犹豫之间，竟患得重病，生命垂危。玉鬘已有十来岁大，长得娇丽可爱。少贰见她如此，十分放心不下。“唉，连我都把她遗弃的话，不知她将怎样流浪哩。说实在的话，当初真舍不得把她带到这种乡下地方来抚养，可是，总寄望于有一天会再陪她上京，将那一位生父找到，更希望能看见她时来运转出人头地。想着京城地方大，人家也未必会知道她这几年是怎么过来的

1　女君，谓夕颜也。
2　句出《古今集·杂下》，小野篁作和歌。
3　句出《万叶集·一二三》，和歌。
4　谓夕颜临终时枕边闪现之女（六条夫人生灵）。
5　任期为五年。

吧，也就稍稍宽心，而没有怎么着急。嗳嗳，怎晓得我自己竟会死在这种地方呢？”少贰有三个儿子，乃嘱咐道：“你们务必要想办法把这位小姐带回京城去。至于我自己的法事倒无所谓了。”也不告诉家里的人这是谁人的女儿，只是交代大家：这孙女儿因某种特别的缘故，得好好儿照顾她。对外也不予公开，费心费神小心翼翼地将她抚育带大。真没料想到，少贰竟突然去世了。大伙儿正悲悲切切地一心准备上京。可是，当地还有不少与少贰生前不睦者，所以也不能不有所忌惮。顾这顾那之间，竟又拖延了岁月。这位小姐越长越美，似乎比她母亲当年的模样儿更为标致，许是加添了她父方的血统之故吧，出落得更高贵端丽，性情脾气也十分温柔。关于她的消息，竟逐渐传闻开来，据说，还有不少当地的登徒子想寄情书给她呢。乳母对此事真是又气又恼，她什么人也不理，乃故意造谣道：“姿色倒是还过得去，不过，这孩子身体是残废的，所以不想把她嫁人，迟早总要教她当尼姑去。我活着一天，就留她在我身边吧。”于是，大伙儿传说：“那少贰的孙女儿是残废的，怪可怜！”唉，这种话教人听得挺不顺耳，于是乳母又叹道：“得想办法把她带回京城才是。告诉她生父内大臣吧。小时候那么疼爱，总不致亏待她吧？”遂又一心拜佛祭神，许下了种种愿望。可是，眼看着自己的儿女们娶的娶，嫁的嫁，都在当地人当中找到适当的对象而安顿了下来，乳母又只好独自空着急。返归京城的希望也就一天淡似一天。玉鬘长大成人之后，颇觉世事多愁苦，故而甚至于令人为她举行年星之祭[1]哩。到了她二十岁左右，已经长得亭亭玉立，出落得十分美丽。所住之地为肥前国。附近的豪族阔少们，风闻这少贰孙女的姿色，依然不绝地来访求婚，弄得喧喧扰扰，真个麻烦透顶。

1　于每年正月、五月、九月祭其人之本命星（各人所生年之星），以除灾禳祸也。

有一位大夫监者，乃是肥后国一带有名的豪族，在当地拥有相当强大的武力。别看他是一个粗里粗气的乡下武士，风流好色之心却不输于别人，正暗中打算要多收几个年轻貌美的妻妾哩。闻悉这位玉鬘之事，他也热心来央求："管她什么残废不残废，我闭着眼睛照顾她就是。"乳母听了，不觉地打了个寒战，连忙差人回说："这怎么能答应呢？她自己说的，这一辈子也不嫁人，只想当尼姑算了。"大夫监一听之下，更加着急，竟然亲自来到肥前国。又差人来请少贰的儿子们商谈："你们若是肯答应的话，以后我一定好好儿给你们撑腰相助。"那老二与老三终于点头答应下来了。起初还觉得这一段姻缘挺不配，也替玉鬘颇遗憾，可是，若想找个后台支柱，确实没有比这位大夫监更理想的人选。而且，反过来想，万一得罪了这个人，自己也甭想在这一带混下去了。遂回去向为母的乳母威胁道：虽然玉鬘的出身不错，但是连她父亲都不肯来相认，世人也不知她是何许人物，又有什么用呢？既然人家这般热心来求婚，也算是她运气好。若不是命里注定要有这段姻缘，也不至于老远跑到这种乡下地方来呀；看来，恐怕是逃都逃不了的。得罪了那个家伙，弄得不好，不知会吃什么亏，他可不是好惹的哦！乳母听了此话，十分心痛。不过，她的长子丰后介却不表赞同，力言道："你们真是大错而特错，简直太不像话了！先父有遗言，咱们正该依言行去，将这小姐送回京城才对。"女孩子们则哭哭啼啼，以为这小姐的母亲既然不幸而行踪不明，至少应当给她找个体面的对象才是，怎能教她去嫁给那种乡下武士做妻子呢！大夫监当然无由知悉这一切，他自以为了不起，颇有名望，所以竟然也写起情书来。不过，那字迹倒也不差。那唐式的信笺上染着浓郁的薰香，他自以为写得挺有情趣，实则土腔俚语满纸。他又笼络了少贰的次子，与他同来拜访。这人长得高大肥壮，年纪大约有三十岁。外表倒还不难看，不过，许是先入为主的想法作祟的吧，觉得有点儿讨人嫌。他动作粗俗，看着都教人害怕。脸色倒挺红润，可是说起话来声音沙哑。求情者多半乘夜而出，故俗云：“夜行。”[1]嗳嗳，可是这种春暮时分的求情，可真有些别扭哩。现在又不是秋天，看来倒有点儿“心头乱撞觉怪异”[2]哩。深恐得罪此人，故而由祖母[3]亲自出来招呼。“故少贰君的为人十分可佩。我自己早想到要亲自诚恳地向他请求的，没料到来不及表示，他老人家便去世了，真是十分遗憾。我今天是专诚到府上来表示对各位遗族敬悼之意。又听说，府上有一位身份高贵的小姐，或有些高攀之嫌吧，如蒙赐作妻子，日后必当宝贝一般捧在头上侍候她。祖母迟迟不肯允准，许是听到我养着不少身份卑微的女人之故吧。其实，我怎会拿她们来跟府上的小姐相比呢？将来准备把她当皇后一般供着哩。”大夫监正滔滔不绝地在那儿花言巧语。“嗳，您太客气了。蒙您瞧得起，实在是三生有幸。不过，是运气不好吧，有点儿特殊原因，这辈子怕是没法子结婚了。她本人也时常悲叹着。唉，怪可怜的。”“用不着担心。就算是瞎了眼睛，断了腿，我都愿意照顾她。这儿一带的神明菩萨都听我话哩！”他正在那儿大言不惭，又提出何时来迎亲啦等问题，故而只得学乡下人的口吻回避道：“这个月是季春，不便于婚嫁呀。”大夫监不得已，只好准备离去，可是又忽然想咏歌起来，思之良久，终于咏出：

“不违心兮情不替，
　若谓余言非坦诚，

1　日文“求情”与“夜爬”（日文书“夜这”，“这”即“潜爬”）音同，遂取其音义双关之妙。“夜爬”为夜间男子潜入女子闺房之荒唐习俗，故译为“夜行”。

2　句出《古今集·恋一》，无名氏作和歌。原歌意谓：恋人之心本无季节之分，而秋夕尤觉心乱怪异。此大夫监则造访求情于春暮，故引此和歌以讽刺之。

3　指乳母，盖伪装玉鬘祖母，故云。

宁指镜神[1]兮以为誓！

这首和歌还不错吧？”看他笑眯眯的，倒是一派天真未谙世故的样子。乳母见他如此，真个莫可奈何，也不知该如何与这种乡下武士答咏，故而央请女儿们代咏。“我们更是吓坏了呀！”女孩子们也不依她。教人等太久也不好，只得勉强敷衍道：

求神明兮常祈祷，
佳人宜配好郎君，
镜神可恨兮不我保。[2]

她声音抖颤地咏出此歌。“你说什么！”大夫监逼近来问，骇得这位祖母脸色惨白。女儿们到底机智些，连忙装着笑容替母亲掩饰道：“还不是因为她身体残废，母亲日夜辛苦，为她祷告，祈求她幸福；可是，终究无济于事，所以不觉地埋怨了起来。唉，年纪大了，干吗扯上镜神什么的？瞧她，大概是老糊涂了吧。”“嗯，有道理。”大夫监倒是很容易哄骗，遂又道：“这和歌倒是挺有趣。别看咱们乡下人土里土气的，可不是贱民哦。都市人又有什么了不起？哼，我可全都知道。千万不要瞧不起人哦。”于是想又要咏歌的样子，但是，也许兜不好句子的缘故吧，只好作罢而悻然离去。

为母的乳母对次子倾向大夫监一方之事甚觉心寒，并大不以为然，乃责备长子丰后介。唉，到底该怎么办啊？也没有个人好商量。兄弟本来就不多，他们又怪自己不肯与大夫监合作而闹翻了。如今，

1 镜神为肥前国守护神，故云。
2 乳母谓己当年祈祷求神明，盼玉鬘配得好郎君，未料今竟遭大夫监求婚，故怨镜神未予保佑也。

若教那大夫监怀恨，自己也甭想在此地混下去了。唉，将来还不知要吃什么苦头哩。丰后介内心正烦恼着。可是，见玉鬘独个儿在那里悲伤，消沉得恨不能寻死的样子，也真个难怪她呢。于是，只好下了极大的决心出发。连妹妹们也想丢开平日相伴的丈夫随行。由乳名叫“阿吉”的小妹，如今已升为兵部君者，伴随玉鬘趁夜逃上船。大夫监已先行返归肥后去，预备在四月二十日左右选吉日良辰再来迎亲，故而只得在这期间仓皇逃走。那为姊的，因为子女众多，终于无法相随。互相惜别，想到今后再会或不容易，兵部君对这长年住惯的地方倒未必如何留恋，只是，对那松浦宫前的浪潮和与长姊的别离，有无限依依悲伤而已。

舟摇摇兮去浮岛，[1]
　将离忧愁适地方，
　　奈何漂泊兮知苦恼？

兵部君不觉地吟咏出口。

去将去兮路茫茫，
　浩渺乘波任舟驶，
　　飘零何方兮徒自伤。

玉鬘咏成后，更觉忧伤空虚，竟卧伏船中。那大夫监是个性子倔强的人，玉鬘逃亡之事若被他探悉，定必追来，绝不可能轻易罢休的，这一点真令人放心不下，故而特为装备了这一条快船。所幸，天从人

1　日语“浮”字，音同“忧”字。“浮岛”本为地名，此则另含下句“忧愁”之义。

愿，顺风助帆，船行如箭地指向京城。响滩也安全地驶过了。“不知是否海盗船呢？有条小船飞也似的追来。”有人在嚷嚷。海盗虽然残暴，但是那个鬼一般的大夫监才更教人害怕。

心骚扰兮怦怦响，
若将心悸比此滩，
滩名虚设兮堪比仿？[1]

川尻已近，这才使人稍稍放心。先前唱歌的那些舟子又在用粗壮的声音唱：“唐泊呀，复又驶向川尻啊。”教人听着怪感伤的。那丰后介也禁不住地跟着唱：“悲哟，伤心哟，忘不了妻儿哟……”他的歌声悲沉沉的。唉，也真难怪他啊，丢下了家小出来，不知现在他们可安好？可靠的家司全都教自己给带走了，日后，那大夫监不知将如何拿家人来出气呢。当初也未免太冲动，丝毫未考虑后果便这般一走了之。如今，越思越害怕，脑子里想象的尽是些恶劣之事，竟致掉下眼泪来，遂吟咏道：“胡地妻儿虚弃捐。”[2]兵部君闻后，亦颇有感触。唉，当初自己究竟是怎么下的决心啊，怎会忽然抛下伴随多年的丈夫而逃了出来呢？真不知他现在心里怎么个想法哩。说是说返归京城，但是前途茫茫，既无一定的目标，又无甚可以信托之知交，只是为了这一位小姐，便远离长年住惯的地方，就这般任风任浪地漂荡过来。可是说真个的，也没有什么好计划，今后该如何照料这位小姐才好呢？不过，事已如此，也由不得他退缩，故而只得匆匆入京。

---

1 此盖玉鬘所咏。谓己心悸怦然作响，声音大于滩响也。
2 白居易《缚戎人》：“……凉原乡井不得见，胡地妻儿虚弃捐。”

京都九条那儿住着一位故知，所以暂时寄居于此。这儿虽属京城里的房屋，可是却不像是体面人住的地方。遂与那些做小买卖的妇女和商人杂处在一起，过着挺郁闷的日子。入秋之后，思前虑后，愈觉悲哀。连那个唯一可赖的丰后介自己都像是上了陆地的水鸟，日日无所事事，简直计无所出。事到如今，再想返回筑紫也说不过去，真后悔当时何以这般莽撞！那些跟随回京来的家司舍人则一个个寻找亲戚朋友，纷纷逃走了，甚至还有人又潜回肥前国去呢。看来，京城亦非安身之处，为母的乳母对儿子日夜觉着歉疚。为儿的丰后介则安慰道："这有何干系？我此身是随遇而安的。反正这一条命已奉献给小姐了，无论海角天涯都要追随侍候到底，即便是遗失了行踪，又有谁来谴责呢？再说，即使有富贵荣华可享，若将小姐交给那个家伙，心中又何能安啊！"又说："这种时候，最好是去求神明菩萨来指引。这附近有个八幡宫，是跟咱们在乡下时，常去祭拜的松浦之明神啦，箱崎之宫等同样的神社。离开那边时，还向那位神许了不少愿呢，如今幸得他保佑，总算平安回到京城来了，也该赶快去膜拜祭祀才是。"遂劝玉鬘诣八幡神宫去祭拜。又托人去寻找少贰生前所交游的大德，如今已晋升五师[1]者，令其安排祭祀事宜。

"据说，菩萨之中，那位初濑的观世音在我国最为灵验，连唐土人士都知晓。虽说咱们小姐是宅在偏僻的乡下，但既然是属于他管辖区里，哪有不降福显灵光的道理呢？"遂建议玉鬘出发，赴初濑去祭拜。既然是向菩萨许愿去，这也是修行的一种，所以应当徒步参拜才行。对玉鬘而言，这般辛苦之事，为生平所未有，着实难以忍受，可是，因为大家都这么说，她也就只好拼命步行。唉，到底前世犯了什么重大罪孽啊？这辈子得这么吃苦流浪。母亲若真的过世了，也该可

---

1 僧役职衔，一寺由五僧负责，故谓五师。

怜可怜她的孩子，把我早些儿召到她身边去吧；若是还在世嘛，请她早些儿跟我来相会啊。她一路上心中这般念诵给佛听。其实，她哪里记得生母的面貌呀，只不过是每一想到母亲或尚在人世间，便不禁悲从中来。遂叹气连连。路途迢迢，真个千辛万苦，好不容易到第四日巳时许，才筋疲力竭地抵达椿市。走的路并不算太多，途中也曾施与种种治疗，但是脚底却疼得无法忍受，只得在此休息。所依赖的，除丰后介之外，另有持弓矢之侍从二人，男仆及童侍三四人，女性则仅有三人，皆着壶装束[1]。此外则有侍候贱役之下女及老妇二人而已。大伙儿都穿着极不显眼的朴素旅装。在忙着追加供佛灯火之间，天已暗下。听住持的僧侣在那儿叱责："明知道今天要留客人，怎么又来了那一群人呢？这些可恶的女人，[2]也不来商量一下就自作主张。"玉鬘等一行人正听得逆耳反感之际，果然真来了一大堆人。对方大概也是徒步来的吧，穿着整齐旅装的妇人有二人，随从的男女颇不少，牵着四五匹马。虽是动作不敢夸大，尽量不想引人注目的样子，可也看得出有几个衣着讲究的男人杂在里面。那僧侣想留这一行人住宿，所以急得搔头徘徊。对于那位僧侣而言，虽有些不方便吧，不过，如今再要更改住宿处也实在不体面，而且也太麻烦，所以只好教大伙儿四处分散，有的到内里的房间，有的躲到其他房间，只有剩下的少数人留在这房间的一隅。玉鬘则暂坐在软障[3]之后。那些后来的客人，倒也不像是什么令人难堪的。双方都小心翼翼，尽量保持安静。

那些邻居的客人，其实便是日夜思念玉鬘下落的右近和她的同伴。日月流逝，如今的右近虽早已改侍紫夫人，但是她内心却觉得自己的处境越来越困难，有些不伦不类似的，所以时常到这寺院来祭

---

1 中流以下妇女外出徒步时所着装束，腰部宽大，裙裾较窄，状如壶，故云。
2 盖指此寺中之下女。
3 布制屏风。

拜。由于经常来往的缘故，轻装微服便上路来了，但是，究竟是走累了吧，这会儿正倦困地躺在那儿。这壁厢，丰后介亲自端着膳盘来到双方界限的软障边。听得见他在那儿说："请把这呈上小姐。碗盘不整，还请包涵。"然则，必是有位身份比那男人高贵的人物喽。右近好奇地从软障的隙缝往里窥伺，觉得那男人挺面熟，不过，一时也记不起是谁来。多年前认识的时候，对方还很年轻，如今既已长胖，又在乡下晒黑了皮肤，穿着也十分简陋。唉，时隔多年，也难怪右近一下子认不出他来啊。"三条，小姐喊你呢。"被召上来的女人，那张脸也是见过的。对啦，虽然是个下女模样儿，可不就是那个久侍女主人夕颜，伴她同赴秘密幽会处的人吗？右近此刻直觉得像在做梦似的，恨不得立刻拜见隔壁厢那位女主人，可是，看来恐怕不太容易吧。想来想去，决心问一问这女的。方才那男人大概就是兵藤太[1]吧？若是的话，也许那位小姐便也会在此地吧？想及此，难免性急起来，禁不住地，令人叫唤那个在近旁的三条，可是，她偏偏正小心侍候着用膳的女主人，不肯马上过来。哼，真讨厌！右近倒有点儿等得不耐烦了。好容易才盼到三条，她好生讶疑地问："到底是哪一位呀？在筑紫国住了二十来年的贱躯，居然会有京里人认得我哩。怕是弄错人了吧？"她徐徐地挪近右近身边来，身上穿着土气十足的红生绢，外罩着上装，长得挺胖的。给她这么一提醒，右近倒也想起了自己的年纪，觉得怪难为情，不过，她仍探出脸来说："你仔细瞧瞧，应该记得我才对啊。"这边女的端详了一会儿，果真击掌惊叫起来："哟，是您哪！太好啦，太好啦！打哪儿来啊？主上呢？[2]"她喜极而泣。右近回想眼前这女人当年的模样儿，也不禁感慨岁月无情而悲从中来。

1 丰后介从前之职称。
2 谓女主人夕颜。夕颜家人至今犹不知其死，故问。

“乳母可还健在吗？小姐呢？记得还有个叫阿吉的姑娘吧。”右近一连问了好几个人，就是不敢将红颜薄命的女主人之事提起，怕大伙儿知道了，不知道会怎么悲哀。“大家都好。小姐也长大喽。让我赶快去报告乳母吧。”说罢，连忙离去。隔壁厢众人皆大惊。“不是在做梦吧？咳，当时对那一位的作为虽然怨恨着，但怎么想得到，今天会在这儿见面呢！”大伙儿都挤到软障边上来，索性将那挡眼的东西统统去除掉。初时，大家都说不出话语来，尽在那儿哭着，还是由乳母先开口问道：“主上呢？这些年来，连做梦都想找她，也曾立下了大愿。唉，都怪我们跑到那老远的乡下地方去，才压根儿没法子打听消息，真教人伤心啊！我这把老骨头辛辛苦苦撑过来，还不都是为了不忍心那给母亲抛弃的小姐呀，就怕不顾她而去，将来不能安心赴黄泉，所以至今都不肯瞑目的。”听老人家这般说下去，右近的心比当年失去女主人时更为彷徨，一时间，竟也说不上话来。“唉，如今说起来也没有用了。主上早已经过世了呀。”三人遂哭作一团，眼泪止不住地流。

天快黑了，侍者催促道，供佛之灯已备妥，双方只得依依惜别。右近虽约乳母等同行，但是怕随从们起疑，连丰后介都来不及通知事由，便各自分道而出。右近小心观察之下，见众侍女之中，有一位背影甚美，似乎有些儿旅途劳顿模样儿的人。那丰富的秀发在单衣之下隐约可见，教人看着心酸爱怜。右近对此地较为详熟，所以早到了佛堂里。乳母一行人则扶持着脚痛的玉鬘徐徐而行，直到初夜勤行开始时分才上了堂。堂内挤满了礼拜的人群，吵吵嚷嚷。右近等的厢房在佛像右边近处。玉鬘一行人，也许是与住持不相识的缘故吧，竟给带至远处的西侧房里去。右近差人去相请：“请过来这边吧。”遂简单向丰后介说明事由，留下男侍们，让玉鬘等上来。右近乃道：“您看，这卑贱之躯，自从侍候现今的太政大臣以后，连这种偶尔随便的出门，也都没人敢怠慢呢。像这种地方呀，一看来人是乡下佬，便要狗眼看人低。真个是岂有此理！”她原本欲再说下去，却由于诵经声起，四周骚扰，故而赶紧也跟着大家膜拜起来。右近心想着：“看来是平素祭拜许愿得偿，今后，只要再祷告，请菩萨保佑，让源氏大臣与小姐相见便成。”

四面八方的乡下人都到此地来祭祀。其中也有这大和国的郡守哩。看他随从的人一大堆，好不威风！那唤作三条的女人乃合掌于额前祷告：“南无大慈大悲观世音菩萨呀，我没有别的愿望，只求您保佑，教我们家小姐将来若嫁人，不是嫁作大贰夫人，便做个郡守夫人吧。若她有这份福气，我们也就跟着有出人头地的一天啦。到那时候，我一定会再到这儿来祭拜您哪。”右近听见，不禁嫌恶起来。“哟，什么时候变成了这种乡巴佬呢？小姐的父亲中将之君，可是老早就受人敬重的，何况如今已是掌理天下之大政的内大臣了，一家族的人正威风得不得了，怎么能教这位小姐去当啥郡守夫人呀？”可是，三条仍不服气地说：“算了吧。别提什么大臣了。人家大贰府的夫人上清水寺去祭拜时，咳，那种排场可真是豪华极了，简直就跟皇上行幸时一样呢。您就别多嘴了。”她仍合十膜拜不已。

筑紫来的一行人准备在此参笼三日。右近本无意于此，却想借此机会从容谈话，所以便请大德设法也使她们加入。大德对许愿书的写法已是十分熟稔，所以就全权交由他去依照一般情形处理，只是吩咐道：“还是照旧为藤原琉璃君[1]祈祷，请好好儿代办吧。最近已经寻着这一位人物了，所以也想乘便奉上解愿的礼。”筑紫方面的人听到右近此番话语，不禁深受感动。僧侣也十分欣慰地说：“那真是太好了。可见得是大家热心祈祷应验哩。”这一夜，大伙儿便热热闹闹地

---

1 盖为玉鬘童时之名也。

彻夜诵经拜佛度过。天明之后，右近等始退入知己的僧庵之中，谅必是为便于与筑紫方面之人恳谈之故吧。见玉鬘十分憔悴，不过，她那害羞的模样儿真个动人极了。右近乃道："自从意外地侍候那位高贵的主人以后，倒也见识过不少世面，会见过许许多多的人，却总觉得大臣夫人的美貌是没有人及得上的。近来，夫人又收养了一位可爱的小千金，不消说，也是漂亮极了。大臣珍爱得像掌中珠似的，也实在难怪他啊。不过，如今看到这位小姐，虽然打扮得朴朴素素，却也并不比大臣夫人和那位小千金差。真教人高兴。生为帝子的大臣，从故桐壶院在位的时代起，便见过上自后妃，下至各式各等的妇女，可是，听他说：'恐怕真正所谓美人者，只有当今皇上的母后，和咱们家这位小姐吧。'不过，据我看来，那位先后，我当然无由得知，而小姐嘛，究竟目前还太小，总得看她将来长大后再说。这么说来，大概还是数夫人为最标致吧。我猜主上心里恐怕也这样想着，只是未便说出口而已。他有时还跟夫人开玩笑，说什么：'跟我做夫妇，给你占了便宜哩！'见他们这般互相调逗，真个令人羡慕，好像会教人延年益寿似的。过去总觉得，世上哪儿再去找来像夫人那样的美人胚子呢？可是，今天见到这位小姐的模样儿呀，咳，哪一点不如夫人呢！世上事物总是有际限的，再美丽的人儿，又岂有真的头上会放光[1]的？像这一位小姐，真可以算得是美人呀！"右近含着笑，目不转睛地盯着玉鬘看。老乳母也心满意足。"咳，差点儿把这样玉一般的人儿给埋没在乡下地方了呢。就是因为不忍心这样，才大伙儿抛家弃灶，离亲别子地来到这如今反倒陌生的京城里。请您帮忙好好儿照拂一下吧。在富贵人家府邸里仕奉，自然交游较广，关系也较好些吧。请您想想办法，好教我们小姐的父亲内大臣来跟她相认。"那玉鬘则羞怯地背过

1 《楞严经》："世尊顶放百宝无畏光明。"

身子去。“我虽然是个微不足道的女人，不过，幸蒙主上看得起，常常得近侍身边。有时趁便提起：‘不知那位千金现在如何了？’主上倒也说什么‘我也总想要把她找出来。你若有消息就来告诉我’这类的话呢。”不过，乳母不知就里，只是一味坚持道：“太政大臣虽然是了不起的大人物，可是，诚如您所说的，他府上已经有那么多位高贵的夫人了。我看，还是先向小姐的生父内大臣禀报消息的好。”右近只得将夕颜与源氏之君的故事从头说起。“所以主上恋恋难忘故去的女主人，老早就说过：‘真想替她来照拂那位千金。我自己孩子不多，膝下颇为寂寞，若能找得到这一位，一定教世人相信是亲生女儿一般善待她。’那时节，我还不懂事理，又有点儿怕羞，所以也不敢来相寻。后来，听说您的先生升为少贰，他赴任之前，曾到二条府邸辞别，好像也瞥见过一眼，可是，究竟也没能交谈上。我还以为小姐定必留在五条那间夕颜花多的房子里呢。唉，若教她隐埋在乡下，那才真是可惜呢。”就这般，一整天都在闲话往事和念经拜佛之中过去了。这儿居高临下，可以看到下面来往参拜的众人。前面那条流水的名字叫作初濑川。右近遂咏歌：

“初濑川兮双杉生，
人道此木保相会，
幸诣灵寺兮遂君迎。[1]

‘可庆可喜初濑川’[2]啊。”

1　此沿《古今集·杂体》，旋头歌，无名氏作和歌而来。原歌谓：初濑川畔有双杉生，相传此二木能保人间重逢相会之缘也。

2　句出《古今六帖·三》，和歌。

初濑川兮偿所求，
　旧说纷纭莫衷一，
　　喜泣成川兮身将流。

玉鬘亦泪汪汪地咏成一首和歌，她那模样儿十分惹人怜爱。看她长得眉清目秀，若不幸而给染上粗里粗气的乡下土味儿，岂不白璧微瑕，委实可惜。但她真个怎么出落得如此美丽可爱呢？这当然得归功于乳母平素的细心照拂。记得她那位去世的母亲只是年轻温和而柔顺的人罢了；可是，这一位千金却另具一种高贵的气质，举手投足之间，更有无限韵致。难道是那筑紫地方地灵人秀的缘故吗？可是，再看一看其他诸人，个个都显得土头土脑的，这就真教人弄不清楚了。次日日暮之后，大伙儿又上佛堂勤行。秋风自谷底吹起，带来寒意，也诱人哀思。本来，大家对这位小姐的前途并不敢存什么奢望，没想到正灰心之际，听得右近谈起她生父内大臣的种种近况，说到什么："人家到处所生的儿女，连那些不怎么顶有来头的都一一抚养提拔得好好的。"这么一来，又觉得：或许像她这样一个在阴暗处长大的女儿也还有一个希望吧？离开寺院之际，双方郑重地互相交换住址，唯恐此一别又将失去联系。不过，右近的家便在六条院近处，离乳母住所不远，日后若有事，尚可走访商量。这一点，倒也稍稍教人安慰。

右近赶到光源氏六条院府邸来。她伺机欲将此事来禀报主上，可是，偏偏入得门内，见四处宽敞，却车辆往来频繁。此处光景，如同琼楼玉宇，像自己这般卑微之躯，实在不配出入似的。这一夜，竟连个上前问候的机会都没有，便忧郁就寝。翌日，紫夫人从昨夜归宁返邸的资深侍女及年轻之辈中特为召见，右近遂恭恭敬敬上前。大臣又像往常那样打趣道："这一次为什么回去这么久？有点儿不同寻常嘛！单身的人回一趟怎么就看来年轻些呢？大概有什么好事情发生的吧？”这种话真够教人发窘。“请了七天假。能发生什么好事情呢？倒是在山里，无意间遇着一位难得的人儿哩。”“是谁啊？”源氏之君好奇地问。这时，右近倒又担心起来：如果现在说出来，以后让夫人知道了，会不会误以为自己故意先禀报主上而瞒着夫人呢？所以只得含糊其词道：“以后再谈吧。”刚巧，有很多人上来，故而话题也就岔开了。入夜以后，房里点燃了灯，源氏之君与紫夫人双双在那儿闲坐着。那光景真教人艳羡。夫人年约二十七八。正值盛年的她，看来较从前更为美丽。右近这一向回到山里休假，有好些日子没有侍候在夫人身旁，今宵看来，觉得她风姿愈添，韵味更足了。那位玉鬘小姐也长得挺美，并不比夫人逊色；不过，究竟还是这位夫人显得更雍容华贵。唉，两相比照之下，愈觉得幸与不幸，总是有差别的啊！主上想睡了，召唤右近使揉脚。“叫年轻的来按摩，总是要给人嫌厌的。唉，老人家还是得找老的，比较能互相了解哦。”光源氏又在说笑了。引得侍女们在那里窃笑。甚至也有人私下互诉：“替主上服侍身边琐事，谁会讨厌呢？只是，他这种玩笑开得真教人吃弗消呢。”源氏之君则径自在那儿继续同右近笑谑：“老相好太过亲密，女主人也会不高兴哩。可得要小心点儿哦。”瞧他那副说笑戏谑的样子，浑身散发魅力，真个美极了。

如今，他的地位已非十分忙碌，心境轻松之故，有时也就乐得跟大家嬉笑。连像右近这种年老的侍女都不会放过。“你说那个被你寻着的人是谁呀？难道是说跟老僧要好了，把他给带了出来吗？”听他这种不着边际的玩笑，右近乃抗议道：“哎啊，怎么说得这样难听：说实在的，是将那悄悄消失了的夕颜之露痕给寻找了出来呢。”“哦？那倒是真个天可怜见的。究竟这一向，她都躲到哪儿去了？”右近不便于实说，故只得说道：“住在很荒僻的山里头。还有几个旧相识的人留下来侍候她，所以大家聊了一阵子。咳，才教人心酸呢。”“好啦，好啦。还有不知究竟的人在这儿呢。”源氏之君像是要隐瞒秘密似的。“哟，我在这儿碍事吗？人家可是困倦了，没有听见什么哦。”紫夫人故意用衣袖掩耳。“人长得怎样？跟从前的夕颜相比呢？”源氏之君继续又问。右近乃告以：“原先以为定会像极了她母亲的，没想到却比她长得更美。”“哦，那倒是有意思。拿这儿的人相比的话，大概跟谁差不多呢？”“这……怎么好说呀。”“听这口气，倒是挺得意的样子嘛。总之，若能长得像我，那就放心了。”源氏之君故意把自己说成像是玉鬘的生父似的。

此后，源氏之君时常把右近单独叫进房里，向她打听有关玉鬘的事情。“你看，如果把她找到这儿来住如何？这些年来，我每一想起，便遗憾跟她失去了联系；如今，好不容易打听出下落来了，却又不去寻访，也说不过去吧。她父亲那儿，倒是不必通知了。人家那儿反正子女众多，她又不是什么了不起的出身，到得那里，说不定反而会显得格格不入呢。我这边，则子女较少，挺寂寞的，所以不妨对外宣称：意外地找回来了一个女儿。你看着好了，我一定要好好儿对待她，教世间贵公子们，到时候都来追求她！”右近听到源氏之君这一番话语，高兴得不得了。“随您的意思好了。就算是要通知内大臣，也得经由主上您哪。若是主上能代薄命的故女主人善待小姐的话，也可以减轻罪过吧。”“你倒是意见挺多的嘛！”源氏之君含泪微笑。“唉，真个是短暂的缘分啊！我无时不这么想念着她。这里虽然有那么多的妇人聚集在一起，可是就没有一位像她当时那样使我动心的；偏偏大家都有福气见证我的诚意，而她却死得那么突然，仅仅留下你做纪念；实在教人遗憾，也教人难以忘怀。如果那位千金肯到这儿来的话，那就真个偿了愿呢。”遂致函于玉鬘。由于过去曾有末摘花的前例，所以想先借文笔来试探蓬门逆境里的丽人吧？他认真严肃地修成一函，于末端又添加上：“我所以如此关心你，乃是

知弗知兮莫相疑，
与尔原本深缘系，
终将了然兮吾衷私。”[1]

此信由右近亲自送呈于玉鬘，并转告源氏之君的心意。更附有赠送玉鬘及其侍女的衣裳等礼品。大概是事先与紫夫人商量过的吧，又从御匣殿取来种种物品，举凡做工啦，色调等，都严格挑选，更教那些乡下人看得目瞪口呆。玉鬘本人倒是巴不得这一切来自自己的生父；不过，要她突然搬到陌陌生生的人那儿去住，又觉得怪不自然的，故而犹豫不决。但是，一方面由于右近恳切地劝她依源氏之君的话去做，另一方面，大伙儿又都奉劝："假如您的地位尊贵起来，令尊内大臣自然也会晓闻吧。世间亲子之情是决不会断绝的。右近虽然算不得是什么了不起的人物，可是，人家虔诚祈祷要跟您相会，瞧，菩萨不是果然就指引了她吗？何况，只要双方都平安无事，总有会面的一天吧。"遂七嘴八舌地强迫她先给源氏之君一个答复。玉鬘自觉笔迹不登大雅，故而羞愧忸怩。这期间，大伙儿已取出深染薰香的唐纸促她书写。

身卑微兮不足道，
如何飘零来世间，
辗转似蓬兮难自保。[2]

寥寥几个字，墨痕淡淡。那笔迹看来稍嫌纤弱，但是颇具气质品格，

---

1 原和歌多套用枕词，迂回艰深，故此处径采意译。
2 此答歌沿源氏前歌而来，亦多取音义双关之妙，译文仍取意译，与原歌稍有出入。

并不难看。源氏之君看后，甚觉欣慰。

于是，源氏之君便开始为玉鬘选择住处。紫夫人所居南町方面，没有一间空的厢房。这儿的气派本来就特别大，故而住着许多侍女，出入的人也频繁，对玉鬘恐怕不太合适吧。中宫[1]所居处，倒是有合乎这位女性住用的安静房子。不过，怕会让人看作中宫的侍女，那就不妙。遂决心将花散里所住东北町的西侧对屋那间书房迁移别处，此屋虽然稍嫌晦暗，腾出之后，倒是可以作为玉鬘日后的居所。花散里是个文静温柔型的女性，她们二人住在一起，或可以意气投合，成为谈得来的伴侣吧。至此，对紫夫人也不得不坦白往昔与夕颜的那一段情事。夫人自然难免要埋怨他何以隐瞒至今了。“这哪能怪我呢？就算是活着的人儿，若不是给人问起，又怎能不问自语呢？趁着这种机会，毫不隐瞒地坦白告诉了你。这正足以证明你在我心目中的地位是如何重要呀。”说着，他不禁追忆起夕颜来。“听多看多之后，总算知道女性用情之深刻了。即便是连那些不挺相爱的都如此呢。所以也常常警惕自己，不要再拈花惹草了。不过，有时还是情不自禁要动心。在所认识的众多女性之间，真正教我怀念的，恐怕没有一个人比得上她。如果她还活着的话，大概总要待她如同住北町的那一位[2]吧。人的脾性各有不同，若要谈什么才气啦，解情啦这些方面，也许算不得是挺高明的吧。但是，她却文文静静，十分讨人喜欢。”“总不至于拿她跟明石之君同等看待吧。”看来，紫夫人对住北殿的那一位，多少有些不愉快。不过，见那漂亮的女孩子无心地嬉戏于夫妇俩身边，则又觉得：主上对这孩子的母亲会另眼相待，其实也不无道理。

这些都是九月里发生的事情。玉鬘虽说要搬到源氏之君的六条院

---

1 即斋宫，秋好，六条夫人之女也。

2 谓明石夫人也。

府邸去住，但是哪能说做就做呢？首先，得找些面貌端庄的童侍和年轻侍女才行。在筑紫地方时，便曾就近物色了一些从京城落魄流浪去的女人，托熟人找关系，将她们集合在一处使唤着；可是，这一次落荒而逃似的离开，竟将她们都留在故地，故她现在身边实在连个像样的侍女都没有。不过，京都毕竟是个大地方，因此常常有做买卖的女人物色一些适当的人来。这边呢，暂时不对外公布玉鬘的身份，先让她住在右近的故居五条之家。在此精选侍仆，又准备装束等诸事宜，而后，于十月迁移过去。大臣乃将玉鬘交予东院的花散里。“有个过去与我相爱的人，她曾经伤心失望之余流落山里，留下了一个女儿。我暗中找她好久，都没能得到线索，竟致白白让岁月流逝，而那女孩子也长大成人了。现在，却无意间把她找到，心想，即使从现在开始照拂她都不迟，所以便把她收留下来。她的生母已过世。你既然照顾过中将[1]，大概这次也可以答应我吧？只要待她如同我那孩子便可。这女孩子在乡下地方长大，恐怕有些儿土里土气的吧。望你好好儿教导她。”源氏之君细心叮咛。“我倒不知道有这么一个人儿哩。正愁小姐[2]没有伴侣怪寂寞的，这真是再好不过了。”花散里温顺地回答。“她母亲从前是个脾气好得出奇的人。当然啦，我对你是十分信赖，才敢来麻烦你。”“我这儿也没有什么可以照拂的人，挺寂寞的。这样倒也很好。”六条府邸的侍女们并不知这位玉鬘乃是源氏之君认领的女儿，故纷纷在那儿议论：“不知主上又找到了什么样子的美人了。咳，真个欢喜收集怪古董啊！”

迁居之日，大约有三辆车驾相连。幸有右近相随，故侍从们的外表及其他种种，都尽量求其勿失诸简陋可笑，以免让人看不起。主上

---

1 谓光源氏长子夕雾也，由此文可知当时已晋升为中将。

2 明石夫人所生之女。

方面赠送来许多绫罗锦缎等物。当晚，大臣便过访了。光源氏，这三个字早已是响当当如雷贯耳，可是由于长年闷守乡下地方的缘故，这些人竟以为大概没有什么大不了的吧；如今，借着灯火摇曳，乍从几帐的隙缝里拜见其人，那姿容之美，真教人看得害怕呢。右近替源氏之君打开妻户，让他进来。“走这个门，好像是要去会见什么情人似的。”他一路说笑着，在厢房的席位坐下来。“这灯光隐约，更像是情人幽会的情调哩。人家说孩子总是急着想看父母的脸，难道你不想吗？”他继续打趣，将几帐稍稍推开。玉鬘正娇羞地侧着脸。那模样儿委实姣好，无可挑剔，源氏之君觉着十分欣慰。“喂，把灯光拨亮些。干吗这么谨慎！”遂由右近拨亮了灯火挪近来。“怕羞吗？”源氏之君笑着说。那一双美目仿佛遗留着她先母的神情。大臣丝毫不显出生疏的态度，像亲生父亲一般地对女方说：“这些年来，不知道你的下落，心里无时不挂虑着。如今这般会见，直像梦境一样，教人禁不住想起往事种种，心中真有万感交集，话都说不上来了呢……”他边说边拭泪。过去遥远的事情，遂又像都回到心中来了。他又数起玉鬘的年纪来，说道：“世上怕是再也没有像这样子长久不相会的父女吧？唉，好苦命哟。照理说，你也不应该是不懂事的年龄了，我想跟你谈谈这些年来的生活情形，怎么你就这么一个劲儿地怕羞呢？”听源氏之君这般埋怨，却又不知何以为答，故而娇羞地轻声说道：“‘足未稳’[1]便给带到乡下流泪，对什么事都没有多大信心呢。”那声音也颇与往昔夕颜的声音相像，显得年轻悦耳。源氏之君莞尔笑道：“像你这样隐埋在乡间，除了我以外，还有谁来寄予同情呢？”他内心对玉鬘的应对倒是挺满意，遂对右近嘱咐种种，方始离去。

源氏之君对玉鬘的人品气质颇觉欣慰，故而返回来后，忍不住

---

1 典出《日本书纪》竟宴之歌。意谓三岁也。玉鬘下筑紫地方，盖四岁之时。

对紫夫人谈起。“原以为她长年跟乡巴佬住在一起，定无甚可取；没想到，她那模样儿，真教人看着会自惭形秽哩。恨不得让大家知道有这么个女孩子住这儿才好，更恨不得那平日羡慕我这儿的兵部卿宫[1]恼煞才妙！那些登徒子之辈平时一本正经板着脸孔来这儿，还不是因为没有什么好烦恼的种子存在的缘故。得好好儿利用这女孩子，瞧瞧这些好色之徒的庐山真面目才行。”紫夫人却不表赞成。“多奇怪的父亲哟。首先，您这种想招惹人家的心理就不应该有。”“是呀。假如从前的我有现在这种条件的话，或许也会利用你也说不定哦。唉，可惜竟没有想到这一点！”源氏之君竟毫不介意地说笑，害紫夫人娇羞得满脸通红。她那样子，看来仍是挺年轻的。源氏之君顺手援得一具砚台，不甚经心地书写：

“恋故人兮情惆怅，
　究何因缘玉鬘[2]来，
　　见女忆母兮命难抗。

天可怜见的。”听他自言自语，紫夫人遂得悉：玉鬘实乃源氏之君曾经深爱过的女性所遗留。源氏之君又以此事告其子中将之君，盼他时时过访，并善待之。“我虽然不贤不肖，可真盼望您第一个来唤我做弟弟。真抱歉，您搬来此处时，也没赶上帮忙什么的。”见他一本正经打招呼的样子，晓悉就里的人竟暗中不能忍俊哩。

玉鬘在筑紫时所居住的房子，在当时而言，虽已属尽善尽美，可是，与现今所住的地方两相比较之下，便显得十分乡气了。先说这

1 即光源氏异母弟，萤兵部卿宫。
2 “玉鬘”为古代妇女发饰，以丝线串玉，此取其串联之义，别无他义。夕颜遗留之女即以“玉鬘”为代称，而本帖亦因此得名。

房里的装饰吧，无一不经过精心设计，既时髦且具格调。再说这里的人，那父兄等亲人固不消说，即连其他的人，都是个个显得派头十足，教人看着都目眩。如今，那个当初曾想教玉鬘下嫁大贰的三条才知道，大贰这种人，根本就算不了什么。而肥后国的大夫监那种气势，更是教人回想起来都讨嫌哩。不过，就中，丰后介的用意倒是十分难得。对此，玉鬘和右近都有同感，故而时时提及。大臣唯恐玉鬘这边的事务太过简单，会使大家流于怠慢，故特别新任命专司多人，又定下种种规矩。丰后介遂成为舍人之一。他这些年来，一直埋没在乡下小地方，原本有些忧郁的；如今，已愁云全消，竟然在做梦也想不到有机会参上的大殿里朝夕自由出入，并且还可以在此指挥别人，办理诸事务，所以觉得十分荣幸。对于大臣的巨细靡遗，用心周全，则只有由衷感铭了。

又届岁暮。玉鬘的一切，举凡装饰啦，各人衣裳啦，都与那些地位高贵的妇人享受同等待遇。看她外表虽然长得挺标致，恐怕嗜好方面难免总会带些乡气的吧，故而特为准备了一些此类趣味的衣物，也顺便送了一些织工们互竞技艺的女裳啦，小褂等等，花花绿绿，五颜六色，好不热闹。源氏之君特别交代紫夫人："不少东西呀。请你费神公平分配一下，可别教人埋怨才好。"于是，将御匣殿里所缝制者与自制者尽取出。紫夫人在染织方面的功夫亦相当高明，她所染出的颜色和效果都极珍奇难得。的确是一位难得的女性啊。瞧她又在忙着选择，忙着比较捣殿呈上的布帛，将那些深紫色啦，红色等料子挑来挑去，装入衣箱里。年纪较大的资深侍女们也在一旁"这个，那个"地帮忙检取。紫夫人忍不住感叹道："统统都不错呀，分不出什么高下优劣。就请您依照穿着的人的面貌风度来分赠吧。衣裳若不能与穿着的人相配，那可就不能看了呀。"大臣遂笑道："哼，表面上装得若无其事似的，其实，你就是想从衣裳的颜色来判断人品的吧？那么，你自己到底该穿什么颜色呢？”“自己照照镜子，又怎能晓得呢？”究竟被他说得不好意思起来。

别致的红梅图案外褂及染成葡萄色的小褂，配以时尚色调的上等品质衣裳，是这位紫夫人的衣服。面白里红的长衣，配衬以多光泽的软缎衣裳，是为明石夫人的千金准备的。浅蓝色底上织出波浪贝藻等花纹的衣服，织工十分考究，却不怎么显眼的，配以深红色有光泽的软缎，是为花散里之用。鲜红色的外褂，面绿底色红梅的长衣，则是给玉鬘的。紫夫人在一旁装作若无其事似的，心里却忖度着：那位新来的小姐，不知她模样儿如何？恐怕是像她父亲内大臣一样，表面上虽十分引人注目，而实则稍欠风情内涵的吧？她虽不动声色在那里暗自思量，大臣却已从她的眉宇之间读出那不简单的心事了。“拿衣裳来比拟人的面貌风姿，恐怕让那当事者知道，会不高兴的吧。东西就是再好，那色泽总是有际限的。再说，人的长相，就是再丑，也总有一些风情等可取之处啊。”源氏之君径自说。轮到给那位末摘花挑选衣料了。柳绿色之上织着优雅的蔓草花纹，看来蛮娇艳的。源氏之君不禁暗自微笑。送给明石夫人的是：梅枝上有蝶鸟交飞的唐式图案白小褂，外加艳丽的深紫色衣裳，可以想见其人品格气质。夫人稍感到妒意。至于给那位当尼姑的空蝉，则预备了颇雅致的蓝灰色衣料，又从自己的衣服中挑选了浅黄及浅红色的附上。最后，更附一函，令众妇人传阅，希望大家都能在元旦那一天穿上自己所赠送的衣服。心里想着：不知所送各物是否能适合每个人？遂决心届时一探究竟。[1]

收到礼物之后，每一位妇人都给源氏之君颇见个性的回函，给使者的赏禄也都各尽心意。末摘花住在二条院东院，她的处境较诸那些六条院里的妇人稍有不同，理当有异于他人的表现才对；然而，她生

---

1 以上一段文中，有关衣裳色泽，原文皆有专词，无法译为中文，故多采意译。

就那种一板一眼方方正正的个性，故而也不懂得稍稍用心费神，却只是依例将一件面绿里红的外褂使人披挂在那使者的肩上。那衣服的袖口都有些破损了呢，而且，单这么一件而已，连个供搭配的衣裳都没有。回信是写在古色古香的厚重檀纸上。许是收藏甚久的缘故吧，纸张都已经发黄了。“乍蒙赏赐，反而惹起心事重重。

着唐衣兮怨情郎，
悠悠岁月教虚掷，
泪为湿袖兮返旧裳。”

那笔迹也是挺老派的。大臣带笑展读末摘花的回信。看完也没有立刻放下，故引得紫夫人也好奇地探首看。源氏之君对末摘花竟然好意思赏下这么一件旧衣，觉得有些恼怒，那为使的男人只得赶紧退下去。侍女们见此情形，大伙儿都在那里窃窃私议，偷偷嘲笑哩。唉，她就是这种死死板板老式的女人，一点儿都不会替别人设想的，真是对之无可如何。“咳，这人真是老派呀。总是说些什么唐衣啦，泪湿啦的。恐怕我也跟她同样老派哩。不过，老守着旧格律，不肯尝试目下流行的语词，倒也是教人拿她没有办法啊。前人偶然在御前举行的正式歌咏会里，说到友谊时，照例总要说‘重相聚’[1]三个字，说到恋爱，又得在第三句说‘可恼薄幸人’五个字，以为这么一来，便容易巧妙地连贯前句呢。”说罢，又不禁笑起来。“其实，就算是熟读各种类书和辞典，吟咏诗，将那些文字词句硬取出来套用，也未见得就能成为好诗歌。有一回，她拿了常陆宫书写在纸屋纸的旧稿给我看，那上面写满了作和歌的心得，又举了不少应忌之条例。可是，我当时觉得，像

1　此处本宜译为“团聚”或“聚”即可，以应下文“三字”，故凑成三字，下五字亦同理。

我这种本来就不擅长和歌的人，如果照上面所写的法度去作，更无法动弹了，所以便不耐烦看，而将它还给了她。咳，这首歌呀，在一个详熟规矩忌讳的人而论，也不过尔尔！”可怜，末摘花的和歌竟给源氏之君这样挖苦哩。紫夫人倒是一本正经地说：“为什么要把那稿子还掉呢？把它抄写下来，留给咱们家小姐看看也好呀。其实，书房里也收藏了一本，只怕都长了蛀虫呢。我自己就是因为过去没有好好儿读这类书，所以老是作不好歌诗呢。”“你可用不着替那女娃儿担这个心。妇道人家呀，本来就不必要专心于某一事物的。不过，话又要说回来了，若是一窍不通呢，也不成。我觉得最好还是心中有个坚牢的信念，表面上则不动声色，能保持优柔的本质为佳。”他尽顾在那儿批评，却丝毫没有想起给末摘花回信的样子，所以紫夫人便在一旁催促道：“人家信上不是说‘返旧裳’的吗？您不给她回信，也未免太失礼了吧。”其实，他这人本来就是富于人情味的，当然不会扫别人的兴，可是，瞧他那提笔挥毫随便书成的信，可不是怎么顶用心的样子。

“道返衣兮便返里，[1]
夜深寂寂难成眠，
卿何单衾兮独拥被。

也难怪你呀。”那回信好像是这么写的。

---

1 日语“返”有二义：一为返回（末摘花原歌所取之义），一为衣裳类反其里子。源氏此歌故取后义也。

第二十三帖

初　音

新春第一日，[1]晴空万里。即使蓬门凡庭之内，融雪之间都可见幼草的嫩绿斑然，而早春的讯息，也可自云霞之间吐芽的枝梢感到，教人打心底觉得悠闲自在，更何况琼楼玉宇般的六条院府邸里，那庭院等，处处都有可观之景。至于各位夫人所居诸殿，则刷洗一新，自非拙笔所能形容。尤其春之殿前，那梅花之芬香与自帘内溢出的薰香混合，几令人疑为极乐净土出现世上哩。住在里面的紫夫人却过着从容闲适的日子。侍女之较年轻貌美者多移侍于明石小姐处，所以剩下的都是一些年纪稍大者。不过，这样反倒显得更为含蓄有致，大家的衣着外表等，也都十分合宜。她们正三五成群地相聚，在那儿举行固齿之仪式，[2]又取来镜饼[3]，大伙儿唱着“千岁万年贺君寿”云云。正作乐之际，源氏大臣突然来访，害那些侍女赶紧修正仪容，显得十分腼腆。“哟，挺热闹的嘛。想必是大家各有一套祝祷之词吧？说来听

1 时光源氏三十六岁。
2 自元旦至初三，食猪、鹿、鲇鱼、萝卜、瓜等，以祝固齿长寿之习俗也。
3 以大小二扁圆形之糯米糕相叠，谓之“镜饼”。日人至今犹有于新春期间供此镜饼之习俗。

听好不？我来给你们祭祀吧。”他那明朗美丽的笑容，真个像新春头一个瑞兆似的。侍女之中，称中将之君者，素来有些自视过高的，乃道：“我们正在这儿向镜饼求祈主上的千岁万年长寿呢。哪儿敢给自己求福啊。”早上进出贺年的人太多，显得纷纷扰扰，所以准备下午再到各处走动拜年去。他那种格外打扮化妆的姿容，才真教人看得要延年益寿一般。“早上见到侍女们在那儿互祝嬉戏着，教人怪羡慕的。可要让我亲自进献镜饼给夫人祝贺哦。”源氏之君带着半开玩笑的口吻，致祝贺之词：

> 春已届兮冰渐融，
> 　池面澄清似明镜，
> 　　倩倩俪影兮映其中。

真个是教人艳羡的一对夫妇啊。

> 池面澄兮似明镜，
> 　并肩映照影成双，
> 　　瑞兆千岁兮诚可庆！

他们这般卿卿我我地互相祝贺，信誓旦旦，祈求白首偕老之嘉缘。对啦，今日恰逢子之日，正是适于祝祷前途无量的好日子。源氏之君遂即赴小姐的居所。小丫鬟和下女们正拉着庭前假山上的松枝戏耍。看来，年轻人逢年过节，总是按捺不住快活心境。她的母亲明石夫人也特令人送来须笼[1]啦，桧木盒[2]等，全都用美丽的五针松枝[3]系着，那松

1　竹编之笼，不修整其编端，故呈如须状，因以名。
2　以桧木薄片制成之饭肴盒也。
3　日人以松竹为新春饰物，以象征长春也。

枝上另有莺形的饰物，怕连这小饰物都要为新春而欣欣然心动的吧。

“岁月流兮长期待，
　黄莺婉转应啼春，
　　盼试初音兮勿疏怠。[1]

‘不闻莺啼乡’[2]之人启。”光源氏阅读后，深受感动。虽值新春期间，为避免不吉利，强抑情绪，究竟还是忍不住地落泪。“这封信应该由你自己来答复。对那一位人物，你可不能矜持初音哦。”遂令人取来砚台，促令提笔。心中想着：这么可爱的娇女儿，即使天天看着都不觉得餍足呢。唉，自己怎么忍心教那亲生的母亲长久与她分离了啊，真个太狠心了。

经几年兮度几日，
　黄莺出谷离旧巢，
　　难忘松根兮情专一。[3]

明石小姐的信，似乎天真地写了一大堆呢。

到了夏之殿[4]方面。许是季节尚未到临之故吧，此处十分安静，也未见甚趣味与特色，只是可以想见屋主人高尚有致的生活情形而

---

1 此为明石夫人促女复函之歌。谓己寂寞长期等待其成长，而今应得闻其初声（此处为配合原歌及帖名之旨，乃采直译为“初音”）也。“待”字日语音同“松”。“待（松）”“莺”均缘饰物而歌，可见意味深长。

2 句出《伊行释》所引和歌。明石夫人用以自喻。

3 此为明石之女所咏之歌，以黄莺喻己，松根以喻其母，示难忘生母，亲情始终如一也。

4 盖花散里所居处也。

已。她与光源氏之间，这些年来已互相有深厚的了解与信赖，虽然已不再有什么肌肤相亲之事，倒是成了超越肉体之爱的夫妇关系。他们相亲相爱，情同兄妹。虽然仍依习俗隔着几帐相见，但源氏之君稍稍推开那帷幕窥伺内里，她也没有要躲避的样子。那身浅蓝色的衣裳[1]显然并掩盖不住逝去的年华，她的头发已不再是盛年女子的模样儿了。虽然配用假髻未必见得是上策，但是也不妨试试看啊。如果换了个别的男人，眼前这女性的模样儿，定必会教人扫兴，而自己竟能与她如此相对；这一点，光源氏对自己的作为倒是十分欣慰，也觉着是出自本心的。万一她也跟那些轻浮之辈的女性一般，背弃了自己呢？有时见面之际，他也会想到自己的情意深厚，以及对方的稳重可敬之处，而庆幸这正是自己内心所祈求的境界。于是，与之恳切详谈去年诸事，然后转赴西侧对屋[2]去。

这里的女主人迁居未久，谅必是仍然陌生的，可是，看来却也四处装饰得挺有趣味。童侍们都穿戴整齐漂亮，侍女也为数不少。虽然细微处的准备尚未周全，不过，倒也过得颇能适应的样子。玉鬘本身看来也十分标致。那一袭面绿里红的新衣，更把她的面孔衬托得艳光照人，可谓全无瑕疵，十分美丽。许是在乡下居住期间辛劳的缘故吧，发梢看来稍嫌单薄，不过，长短不齐地披散在华衣之上，倒也另有一股韵致。如此楚楚可人的女性，若是当初没有将她迎来此地的话呢？瞧他来回这样思量，莫非是又将不放过这一位女性了？在玉鬘方面来说，虽然她与源氏之君间相处得十分融洽亲近，究竟还是多少有些顾虑用心的地方，觉得这一切的变化有如梦境一般，所以尚未能教她打心底全部信赖对方。而在源氏之君方面看来，这样反倒使他感觉

---

1 为光源氏所赠，详前帖。

2 即玉鬘居所也。

兴味呢。“我觉得我们之间就像是相处已久似的。如今，大家也不必见外了。我倒是希望你偶尔也到那边[1]去玩玩。那儿还有个小女孩子由她来指导琴艺，你也可以跟她一块儿练习练习呀，不会有什么饶舌的人，你放心好了。”听源氏之君这么说，玉鬘也就答说：“我依您的话就是了。”这才对呀。

黄昏时分，才得空到明石夫人居处。一推开附近渡廊的门，帘内便飘出芬芳动人的气味来，教人感觉比其他任何地方都具品格。到处找不着女主人的踪影，正寻寻觅觅之际，却见砚台附近散放着一些纸张。源氏之君随手捡来看。唐土舶来的织锦缎上镶着豪华边饰制成的茵縟前放置着一具考究的琴。其旁有一只风雅的火盆，里面正薰烧着侍从香[2]，作为各物之香料，其间又混合着衣被香[3]的气味，挺雅艳的。周围散放的那些习字用纸上的字迹也十分特别，颇具风格，并没有那种故意卖弄汉字草书的样子，只是随便轻松地书写着。大概是珍惜女儿寄来的答歌吧，在杂着许多饶富情趣的古歌之中，见有一首这样的和歌：

“出谷莺兮飞花丛，
日日流连芳香处，
犹肯返谷兮访旧宫。[4]

‘盼得莺声婉转啼’[5]。”又有一首记写着：“吾家正在梅花冈。”[6]云云。想

---

1 谓紫夫人处也。
2 以沉香、丁子香、甲香、甘松香、熟郁金香或麝香等混合炼制之薰香。
3 以旃檀木之叶与树皮切成细末所制成之薰香。
4 明石夫人得女书而自咏之歌。以出谷莺喻其女，花丛喻紫夫人居所，谷以自喻其居。谓未料其女今日竟以书函答复也。
5 句出《拾遗集·春》，素性作和歌。
6 句出《古今六帖·六》，和歌。

必是她得信后自我安慰的吧。源氏之君不禁独自莞尔，那美丽的姿容，可真教人陶醉销魂哩。于是，他自己也情不自禁地濡笔试书。这时，明石夫人徐徐挪移进来。她的一举一动都谦逊合礼，在源氏之君眼中看来，自有异于他人。白衣之上披散的乌发已经稍稍变薄了，不过，这样反倒增添一股艳美的韵致，看得男主人打心底欢喜。于是，也顾不得一开年就教紫夫人嫉妒，这一晚竟在此过夜。可见得对于这位女性的宠爱还是不同凡响的呀！对此，别的妇人们都难免妒恨于心。南殿那边的侍女们尤其愤愤不平。源氏之君究竟有些戒心，故而天未大明便欲回南殿去。明石夫人内心难免要埋怨：何必夜还这么深就要走呢？遂又跌入沉思与悲伤之中。源氏之君推想紫夫人在这边等待许久，内心必定会不愉快，故而讨好地说："哎呀，打着盹儿，竟也像年轻人一般睡着了。也不叫我一声，害我睡到这时候！……"听他满口胡诌，实在可笑。他看夫人也不怎么理睬，晓得自己得罪了她，只好装睡，直到日上三竿才始起床。

今日适逢临时客宴之日，[1]光源氏遂得有借口避免与紫夫人见面。公卿大臣和亲王们皆依例来参加。管弦游宴之外，另有精美雅致的赏禄赐物等。在那些互逞才华的济济多士之中，要找一位能和源氏之君相提并论者都不容易。个别看来，才学之士当然也不少。不过，唉，在这位人物面前，大家都显得黯然无光了。平时，连那些微不足道的下人出入此官邸时，都会很自然地小心翼翼的，而况，据说今年此处又多了一位年轻貌美的小姐，所以更教那些年少的公卿贵族无端紧张起来。赶巧，这时晚风习习吹来。庭前的梅花正绽开，黄昏的空气中乃飘荡着清香芬芳。大伙儿遂合着节拍愉快地唱出催马乐《此殿者》云云，

---

1 原文作"临时客"，依当时习俗，正月二日、三日之间，于摄政官邸宴飨公卿大臣。此盖为正月二日也。

显得热闹非凡。大臣自己也禁不住时时附和着大家唱出声来。唱到那结尾处“幸运草[1]哟，三叶啊，四叶啊”，声音真个悠扬流亮极了。凡事只要这位人物一插手参加，他的光芒自然就会使得事物增光添彩。

住在四处的女人们，或隔着庭园假山，或隔着垂帘几帐，听到这种热热闹闹的车马声响，心中甚是焦躁，都以为住在极乐净土之未开莲花界[2]便是这般情形的吧？尤其是住在二条院东侧隔离之处那些人[3]，则寂寞之情随日月俱增。但是，既而又想道：“徘徊山路远浮生。”[4]则对郎君的寡情，又能埋怨什么呢？不过，除了见不着源氏之君这一点遗憾之外，其他倒也没有什么别的可忧虑或担心之事，所以那位事佛的人[5]自然一心修行；而另一位致力于和文学的人[6]，也就只有更加努力向学，同时，双方都依期地接受着源氏之君的暗中资助，所以生活自然都不成问题。

新春之骚扰喧嚣过后，源氏之君也来到东院探访。常陆宫公主的身份究竟与众不同，所以源氏之君对她也有一分歉意，人前总是殷勤相待。岁月无情，她那往昔丰盛的乌发，如今已变得稀薄。那一张华发如泉流下泄的侧脸，可真教人不忍直视。柳绿色的新衣显得这般不出色，怕也是因为穿着者的缘故吧。她竟然在毫无光泽的晦暗衣裳上穿着一件浆得硬绷绷的单衣，外面便直接罩着那件柳绿色袿子哩。难怪看来既单薄又寒酸的样子。怎么也不加穿一件小外袿在里头呢？唉，只有脸中央那只鼻子，依然似彩霞般红润。源氏之君禁不住叹一

---

1 幸运草，有三叶者及四叶者。此句为催马乐《此殿者》末句。

2 下品中生或下生者，虽得入极乐净土，须于未开莲花中度过六劫（劫为佛语之时间单位，指漫长之时间）或十二劫。其间不得拜见佛，亦不得聆听说教或从事供奉。

3 指末摘花及空蝉等女。

4 句出《古今集·杂下》，物部吉名作和歌。

5 谓皈依佛门之空蝉。

6 谓末摘花。

口气，故意将几帐拉过来，挡住视线不忍看。女方却丝毫没有觉察出来，倒是坦然天真地接受着源氏之君这般长期照料的深情，打心底十分信赖对方的样子。这位女性呀，不仅是容貌不出色，就是待人处世方面也样样不如人，实在是可怜，值得同情，若不是自己来照料她，真不知会如何呢。光源氏这番心意，也真够奇特的了。听她冷得直打哆嗦，用颤颤抖抖的声音说话，源氏之君实在看不过意，乃劝道："有人替你照顾衣物没有？这儿挺隐蔽的，用不着担心别人耳目，你尽可以穿得随便厚暖些。我可不怎么赞成你穿着只讲究表面的衣裳呢。"她却笨拙地笑道："尽顾着给醍醐的阿阇梨君帮忙，连个缝制衣服的工夫都没有呢。而且，皮裘也给他拿了去，害我冻得要命。"她所指的正是也有一只红鼻子的胞兄哩。说她天真直爽吧，咳，也用不着这般原原本本什么都讲出来啊。不过，这位男主人也只有来到她跟前才会变得如此木讷老实。"皮裘给了人，倒是不错。让他当作禅师的蓑衣披挂着也挺合适的。可是，你自己为什么不多加些不足为惜的白裳呢？穿它七层八层也不打紧的呀。假如有什么需要，尽管跟我来说好了。我这个人本来就糊里糊涂的，什么事情都不大经心，加上最近又特别忙，有时候就难免会怠忽了。"遂即令人开启二条院的仓库，取来绫罗锦缎相赠。这里虽然并非荒废之处，可是由于男主人难得走访，所以四周显得寂寂无生气，只有庭前的草木尚有可观之处。源氏之君见红梅初绽，清香四溢，却无人赏鉴，遂自语道：

为寻芳兮访旧屋，
　梅枝梢头春意浓，
　　又见奇花[1]兮香馥馥。

1　日语"花"字与"鼻"（影射末摘花之红鼻头）字音同。光源氏此歌颇有俏皮揶揄之意。

恐怕这位妇人是不会了解字里行间双关的含意吧。

为尼的空蝉那儿也去探望了一下。这位女性并没有把居处任意装饰起来，却是含蓄有度地生活着。只有那供佛的地方腾出较大的空间，可以想见平日修行的情形。那经卷啦，供佛的摆饰啦，乃至一些阏伽道具等，倒是相当讲究，别具一格，确实不失为优雅有深度的人。室内蓝灰色的几帐虽亦不无风情，而那位隐身于深处，穿着同样蓝灰色尼衣的人，袖口却隐约可见异色的里子，怪教人怀念的。源氏之君不禁热泪盈眶地说:“你这一身尼衣风姿，[1]恐怕还是在远处想象的好。唉，回想起来，我们俩的缘分一直是苦多于乐。不过，幸而倒是这样淡淡的交情能够不绝如缕，保留至今呢。”空蝉也无限感慨地回答道:“想不到至今犹这般蒙您照顾，怕也是前生不浅的缘分啊。”“念及你如今为了我过去常常麻烦你的罪障而向佛忏悔，心中便十分悲苦惭愧。不过，你现在也该明白了吧，究竟这世界上像我这般老实的男人也还是不多啊。谅你必不至于不懂我的心意吧。”空蝉想，大概对方已晓悉自己是为了逃避那卑鄙的继子而削发为尼的吧，遂羞涩得头都不敢抬起来。“唉，如今竟致教您瞧见这一副尼姑模样儿。难道还有比这更大的报应吗?”说罢，她不由得悲泣起来。比起从前来，眼前这一位人物毋宁是更添增了几许韵味。想到如今竟教她过着尼居的生活，心中难免不舍得；不过，到底事已如此，现在也不便于再同她说什么风流艳情的话语了。于是只得与之闲谈过去、未来种种话题。心中一边想着：常陆宫那一位，若是也能像这位尼君一般谈得来的话，该有多好！遂不禁眺望方才走过来的那一头。其他尚有不少蒙受这般照顾的妇人，源氏之君一一都去探访慰问，又一一解释:“虽然

1 原文引用《后撰集》和歌句，取音义双关之妙，颇嫌迂回，且不易译成中文，故此处径采意译。

很久没有来探望了，心中可没有一刻相忘过。只是所谓‘悲莫悲兮有限路’[1]，那种别离才教人担忧啊。唉，人道是‘命不可知徒奈何’[2]哩。”他的语气温柔而诚恳。说真个的，他对每一位女性都能恰如其分地眷念照顾呢。其实，像他这种地位的人，大可以高高在上唯我独尊，然而，他却丝毫不搭架子，能因时因人，对所有的人都亲切体贴相待，故而才有这么多女性以终身相托。

今年又将举行“男踏歌”了。那游行的行列从皇宫出发，经朱雀院而到此六条院邸来。由于路途相当远，一行人抵达时，天都快亮了。月光愈澄，而且又稍降着雪，庭园的景致美妙无比。殿上人之辈也都艺高一般，他们个个在这六条院邸里特别卖力表演，故而笛声清彻，富于韵律，十分悦耳动听。源氏之君早先已吩咐过，请大家出来观赏，所以左右对屋啦，渡廊等处，都已备妥临时厢座。西侧对屋那位新来的玉鬘则来到寝殿南边，与这边的明石小姐对面而坐。紫夫人也正巧陪着在坐，遂与玉鬘隔着几帐谈话。由于踏歌者先在朱雀院和太后的宫殿表演而耽误了时间，到此六条院时，已近黎明。照理，本宜以简略的水驿[3]款待即可，却较一般惯例更为铺张，特令以丰盛的膳食隆重招待大家。在晓月的荒凉澄辉之中，雪花越落越多。松风自树梢吹下，颇有几分凄凉的意境。踏歌者所穿的青袍，由于历时已久，糨糊已褪，变得柔软走样，他们下面所穿的白衣也无甚可观。各人头上插着的棉制假花，则虽然未见得有光泽，倒是在这种场合里，看来颇有些情调，相当赏心悦目，令人有些延年益寿之感。大臣的公子中将之君啦，内大臣的少爷们等，都是人群之中尤其引人注目的。东方逐渐发白，雪又继续降下，寒意袭人。大伙儿唱着催马乐《竹河》，

1　出典不详。
2　句出《明信集》和歌。
3　以踏歌者巡行之途站比作驿站，供膳食者称“饭驿”，仅供酒及汤浆者称“水驿”。

翩翩起舞弄袖的姿态，以及那优美的乐声，真恨这支拙笔，不能形容描绘尽呢。至于廊间厢房里，夫人小姐们竞妍争丽，帘外露出的各色袖口，更是美不胜收，五彩缤纷，好似那春晓霞雾中的樱樱柳柳齐现一般，教人看得眼花缭乱。不过，这种戴着怪模怪样的高冠，吵吵嚷嚷合唱祝歌，本来就是有些儿小题大做，也无甚特别可观者；而说到音乐呢，老实说，也没有什么格外好听的。

总之，参加踏歌的人，最后依照惯例，领得一些布匹退下了。此时，天已大明，观览的妇人们遂亦各自返回居处去。大臣睡了一忽儿，至日已高升，方始起床。“中将的声音听来不见得输给辨少将。现在的年轻人倒是挺有些才艺哩。从前的人哪，论学问，了不起的可不少，但是，这种趣味方面就比不上时下的人了。我原来想要把中将好好儿培养成为认真的政治家，老实说，乃是因为怕他将来会像我这样不务正事；不过，人还是多少解点儿风情的好。一天到晚绷着个脸，一本正经的，也是伤脑筋啊。”听他这口气吧，真个慈父心肠哩。他自己也禁不住地哼起《万寿乐》[1]来，又兴致勃勃地说：“好不容易大家都到这儿来了，趁这个机会来举行女乐吧。就来开个私人的后宴[2]好了。”遂下令将锦袋里的琴具取出，拂去灰尘，上紧琴弦，调整音律。夫人小姐们闻悉，恐怕大伙儿正紧张地拭目以待，洗耳恭听喽。

---

1 为七言八句汉诗，亦为踏歌之时所唱者。每一句末皆唱“万寿乐”，故名。

2 踏歌系公宴。宫中凡公宴之后必有后宴，此为光源氏于私邸自设后宴，故称私人后宴。

第二十四帖

蝴　　　蝶

三月二十余日，春之殿里的情形，花色花香似较往年为盛，鸟音宛转，也显得格外悦耳动听，真教人奇怪：难道这里的春天还没过去吗？园中假山的树丛啦，池中的小岛啦，还有那苍翠的苔痕等等，若只是远眺，怕不足以满足年轻人，遂令人急急备妥早先已修造好的唐式小船。当其下水之日，特召来雅乐队，使鸣奏舟歌。亲王公卿之辈，前来参观者甚众。

近日中宫正值归宁之期。去年秋天，她曾向紫夫人挑衅过：“待春园兮春尚远。”云云。故而，如今正有机会报复了。源氏之君则亦有意令中宫一睹此地花开的盛况，遂计划费神导游。不过，中宫的身份究竟不便于轻易出游赏花，故而她特选年轻侍女之中的好事者乘舟而来，以为代表。中宫所居殿堂南方的池水，与春之殿的池水本相沟通，中间只隔一座假山，所以乘载侍女们的小船便绕着山鼻划过来。春之殿这边也派遣一些年轻人在东边钓殿下相迎。龙头鹢首之船，仿唐风盛饰，担任摇桨的童侍们也一律依唐土风俗梳着总角。当其突然出现于广大池面时，真有令人置身外国的错觉。侍女们皆少见多怪，大感兴奋。船抵池中岸边。那些看似不经意安排的岩石，都有如画境般可观赏处。到处交错的树枝，更如同锦幕之开张。而紫夫人的庭园便在隐约可见之处。那里柳条垂覆，花正吐芳。别处的樱花已渐凋，此地却正怒放。绕廊的紫藤也深深浅浅地次第绽开。而池面上映着倒影的棣棠，更值盛开之期，花色朵朵，甚是美丽。水鸟双双对对轻游，衔着小枝的鸳鸯在水面上交错飞翔，划出了谷纹粼粼。这光景，恨不能请高手入画，诚令人忘怀斧柯之朽烂哩。不觉地，日已暮了。

风乍起兮池影乱，
　棣棠华开满水波，
　　仿佛置身兮山吹[1]畔。

春之池兮绽棣棠，
　芬芳满园沁水底，
　　可曾毗连兮井手[2]乡。

蓬莱山[3]兮寻非易，
　舟中自有乐无穷，
　　不老之名兮永留志。

日冉冉兮春无边，
　舟行欸乃逐波荡，

1　“山吹”即日文“棣棠”，此处系棣棠花名地，故用原名。
2　井手，亦产棣棠名地。
3　蓬莱山，原歌作“龟上之山”，恐其晦涩难解，故径取意译。此和歌乃踏袭白居易《海漫漫》诗句而来：“不见蓬莱不敢归，童男丱女舟中老。”

橹桨滴珠兮疑花溅。

侍女们各咏各的。水面风光令人心旷神怡，难怪年轻侍女们陶然忘其路之远近[1]哩。薄暮时分，乐獐[2]之音优雅地奏起，船正驶近钓殿，一行人乃相率上岸。

此钓殿虽简单朴质，却别具一格。紫夫人这边的侍女们自亦不甘示弱，人人打扮得花枝招展，真个花团锦簇一般。乐队正演奏难得一闻的珍曲。舞伎们全都是精心挑选出来的。她们极尽其能地用心舞蹈，以讨好观众。入夜以后，觉兴犹未尽，乃于庭园设置篝火，继续作乐。阶前苔上，乐队罗列，公卿亲王们也各自取来管弦合奏助兴。未几，乐师中之技艺尤精者奏起了双调，殿堂之上遂亦响起琴音繁富。当其合唱催马乐《安名尊》之歌谣时，真个令人有庆喜生逢其世之感，连那些不明事理的下人都拥挤在门缝车马之间隙，偷听得陶然忘我哩。天空的色调，万籁的助响，加以这春季的乐章，究竟是不同凡响的。大概所有在座的人都领略到了吧。

宴游通宵达旦。乐队由吕调奏到律调，更添以喜春乐。兵部卿之宫曼妙地反复唱着催马乐《青柳》之歌谣。做主人的大臣也不觉地被诱入参加歌唱。这期间，天已亮。黎明时分的鸟鸣，听在隔院的中宫耳里，格外教她感觉嫉妒呢。从前，王孙公子之中，有些人觉得这六条院邸虽然洋溢着一片柔和的春光，可是其中欠缺可以寄托相思的年轻对象，是美中不足之事；而今，据说西侧对屋里来了一位标致的小姐，而大臣对之又格外疼爱，果然，有些人心中颇有蠢蠢欲动的样子。可是，只有身份地位高而有自信心的人才敢伺机略表心意，普

1 此盖取陶潜《桃花源记》“武陵人捕鱼为业，缘溪行，忘路之远近，忽逢桃花林夹岸”意境也。

2 唐中宗所制之乐，属平调。

通的年轻公子们，怕是只有暗自心焦罢了。其中，如内大臣的少爷中将，便是不知其为异母妹，而日夜害相思的。其他，如兵部卿之宫，则因为死别了夫人，这三年来都过着独身生活，所以现在更可以肆无忌惮地追求了。瞧他今朝借酒装癫，举着藤枝嬉戏作态，那模样儿真可笑！一切如所预料的，大臣心里虽然颇为得意，表面上却佯装平静。酒杯流转到兵部卿宫之前，他面有难色地说："假如不是还有些心事，真想逃掉呢。不，我真的不行啦。"他推辞不肯受杯。

紫之故兮表心迹，
若因此情获恶名，
宁投深渊兮亦不惜！[1]

又说："聊供君插头。"遂将紫藤花一串共酒杯献于大臣。源氏之君满面笑容地答道：

果投渊兮且待觑，
缘分浅深看今春，
但守花下兮莫离去！[2]

被他强行挽留，故亦未便骤然离去。今晨之游乐，更甚于昨日。

今日值中宫春季《大般若经》法会开始之日。许多人索性不回去，在六条院邸的休息室换穿衣裳之后，便去参加法会，因事不便参

1 紫为高贵之色。谓紫之缘故，盖兵部卿宫以玉鬘为光源氏亲骨肉也。此歌意谓：宁愿因恋玉鬘获世人恶评而投渊也。"渊"字日语近"藤"，故有下文。

2 日语"渊""藤"音近。光源氏此答歌沿兵部卿前歌，转以"渊"（藤）喻玉鬘，谓兵部卿与玉鬘有无缘分，且看今春，故劝其守护花下，切莫离去也。

加者则径行退出。正午时分，大家来到中宫之殿。大臣以下，各人依次入席。殿上人之辈也一律参加。此次法会十分庄严肃穆，盖系大臣之威势所致。春之殿的夫人也奉献鲜花供佛。分别由装扮为鸟舞与蝶舞的童女[1]——特选面貌姣丽者八人端奉：鸟队捧插樱花之银瓶，蝶队捧插棣棠花之金瓶。花皆选择枝态特佳而色泽罕见者。献花之队伍由春殿南方之假山下出发，乘船而行，来到中宫殿前时，风稍稍起，瓶上的樱花有几片花瓣随风纷纷飘散。风和日丽，当此花队自云霞的背景忽然闪现时，真有说不出的艳美华丽景象。这边故意不设帐篷，只是略将殿前的走廊临时改作乐队休息处，置床几若干而已。女童们献花于阶下。由上香之司役负责接受，将花朵供奉于佛坛之容器中。紫夫人之信函，由大臣之少爷中将之君[2]代为转呈。

蝴蝶飞兮花园中，
　既喜秋虫草下泣，
　　肯稍留意兮春花红？[3]

中宫读后，知此为报去岁红叶歌之仇而作，乃为之莞尔。昨日乘船出游之侍女们，此时正亦私下纷纷议论："说真个的，那边的春光，实在是没话说哩。"她们怕是心神已被花色夺走了吧。莺啭悠闲，忽然间，鸟之乐声[4]热闹响起，池上的水鸟亦彼此互应。音调转为急调，[5]余音绕

1 法会中有鸟舞与蝶舞，故云（参看本页注4及下页注1）。
2 即夕雾。
3 紫夫人以此歌揶揄中宫秋好。谓其既喜秋色，谅必无意于春花蝴蝶也。原歌多取音义双关，且引申象征，颇嫌晦涩难解，此译诗除首句而外，二、三句径取其意而稍润饰之。"蝴蝶"二字为本帖帖名由来。
4 称迦陵频之乐。此时有鸟队童女四人舞之。
5 亦属鸟之舞。

梁之下，遂告终曲。未几，蝶之舞[1]接替而始，舞者个个身轻若飞，终于纷纷舞入篱笆下盛开的棣棠花丛中。以中宫亮为首的殿上人辈，遂承命以禄赏赐担任舞蹈的童女们。赏与鸟队者，为面白里有花纹之女童装；赏与蝶队者，为面褐里黄色之女童装。临时赏禄，竟如此周全，有如预先准备好一般。乐师们亦各得白色单衣、卷帛等赏物。担任使者的中将之君，则获面紫里青色之底衣，外加女装一袭。中宫复函云："昨日无福拜访，羡慕且遗憾，致几泪落，

蝴蝶诱兮心向往，
若非层山相隔离，
得一偿愿兮将春赏。"[2]

即使精通各艺的人，也未必是此种诗歌酬答的能手吧，说实在的，这两位夫人的诗都算不得佳作。对啦，昨日中宫方面派往春之殿的众侍女，自然也从紫夫人处各得寓意深刻的赏物。不过，此类事情，过于烦琐，故也不必一一详述了。

六条院府邸时常有类此的轻松游宴。主上的生活显得悠闲自在，所以府中侍女们也自然而然过得无忧无虑。各位妇人之间则彼此互通消息，相安无事。西侧对屋里的玉鬘呢，自从踏歌节日与大家会见以后，亦与紫夫人时时交换着信函。她是否城府甚深的人呢？虽然尚未可得知，不过，外表看来，倒是挺聪明伶俐，脾气也温柔，且又平易近人的样子，故而能赢得众妇人的好感。男士们对她寄情怀者亦颇不

---

1 蝴蝶乐为高丽壹越调。亦由童女四人起舞，以接替鸟舞。

2 此中宫秋好之答歌。亦多音义双关，以与紫夫人前歌抗衡。中句"层山"，原文作"八重山吹"，盖指紫夫人所赠棣棠花（日文为"山吹"），复喻紫夫人与己心相隔如层山也。

少。但是，主上可就难于骤下决心了。其实，他连自己是否真能贯彻为父的身份，都有些儿把握不住，因此，有时又觉得：索性把这个秘密向她的生父去坦白算了。就中，只有夕雾一人能接近她的帘边，女方也愿意亲自与之应对。虽然她多少仍有些羞怯的样子，不过，人人都以为他们是亲姊弟，而夕雾方面，则更是一本正经，所以根本没有什么爱情的念头产生。内大臣府里的少爷们，倒是颇有几个人想靠着夕雾的关系，向玉鬘表示情爱，故诸多费神徘徊且又烦恼碎心；可是，这位小姐本身却丝毫无意于爱情之事，她内心苦思着，默默地只求一见自己的亲父，然而口头上又只字不敢提出。瞧她，只是全心倚赖着源氏之君的样子，真个楚楚可怜。与她生母相比，虽未见得十分相像，不过，究竟予人的感觉还是有些类似，而她这方面则更具韵致和才气呢。

又到了更衣季节[1]，不知是否受了衣裳色泽热闹鲜明的影响，连天空都看来有异于前时。主上闲来无事，以音乐游宴打发着时光。正如他当初所预料的，近来，玉鬘处收到的情书颇不少。有时候，他也过去览阅那些信函，对于其中应予答复者，往往劝促使提笔。这倒使玉鬘有些儿难于从命，故心里头不无烦恼。大臣忽然看见兵部卿宫所写的信函。瞧他，相识未久，已是怨言满纸哩。源氏之君不禁暗自好笑起来。“在众多亲王之中，我跟这位兵部卿之宫倒是从小相处得蛮不错的。可是，唯独这方面的事情，他一直都保密。未料，到这个年纪，却教我看见他多情的一面哩！真有意思。还是给他回个信吧。对于识情解趣的女性来说，要找个知心的朋友，除他而外，怕是不作第二人想。此人性情风度都挺不错的。”他顺着年轻人的口味，这样劝告。可是，玉鬘则依然羞涩。连平时一本正经的右大将，都应了谚语

1　四月一日。

所谓“恋爱途上孔子仆”[1]，看他为情痴迷烦恼的样子，着实有趣。在读这读那之间，又看见唐土舶来的浅蓝色纸，染着优雅薰香，却折叠成非常谨慎的细条。“咦？这封信怎么还没有打开呢？”于是，也将它解开来看。那字迹倒十分秀美。

相思情兮似泉逼，
　溢岩出谷滔滔流，
　　水清无色兮君岂识？[2]

书法颇时髦且潇洒。“这是谁寄来的？”源氏之君好奇地问。玉鬘却不肯正面作答。乃唤来右近，告以：“下回碰到这样寄情书来的人，请你要帮着小姐挑选一下对方才让她写回信。有时候，那些登徒子所惹出的好事儿，也未见得都要归咎于男方呢。就以我自己的经验来谈吧，女的若不回信嘛，当时难免怨恨她无情啦，狠心啦，又责怪人家不识抬举啦；其实，说真个的，有时自己也未见得是出自心底的深情真爱，那种一时兴起寄意花啦蝶等的书信哪，对方愈是若即若离，有时反而愈教人动情。即使男的就此忘情，那也怪不到女方来呀。人家随随便便寄一封信来，大可不必赶着给他回信，有时候这样反倒会弄成后悔莫及的结果哩。所以妇道人家呀，不懂得含蓄，装成识情解风流的话，到末了，吃亏的总归还是自己。不过，像兵部卿宫和大将[3]等人，都不是胡乱写信的人，而且，这边如果表现得太不解趣，也不顶合适吧。至于比这两位等而下之的人，则只有麻烦你替小姐观察

1　盖为当时谚语，出典不明。以孔子喻圣人贤者，谓圣贤亦难免为情颠仆也。
2　据后文可知此歌乃柏木所作。柏木为内大臣之子，实系玉鬘之异腹兄，以未知悉内情，故赠此情歌。按：柏木后以此歌得“溢岩中将”之绰号。
3　即后文之须黑大将也。

一下对方，教她作适当的答复就好了。”这时，玉鬘故意转过脸看旁边。那一张侧脸委实美极了。她穿着红梅面子青色里子的贴身窄衣，外罩一袭应时的面白里黄溲疏花色小外褂，颜色搭配得当，显得相当时髦。从前的她，虽然朴实无华，态度从容，却总嫌未脱一股乡气；近来看多了六条府里形形色色的贵妇人，举止应对之间，已充分习得含蓄有致的礼仪，加以化妆适度，真个可说无懈可击，既娇贵且又艳丽。源氏之君内心不禁想：让别人占有这么一个美人儿岂不可惜！

右近在一旁比较眼前这两位，不禁嘴角泛出笑意来。主上这么年轻，作为小姐的父亲，实在不怎么合适，倒是让他们做夫妇还相称些。“决没有随便替人传递过信函呀。只有三四位老早就已认识的人，怕不接受会失礼，才收下他们的信，不过，也只有您吩咐的时候，才给人家答复。就连这样子，小姐都不喜欢呢。”右近向源氏之君禀报。“那么，这个还没有解开的信，看来挺年轻气息的，是谁的呢？写得还很不错哩。”他含笑览读着那信。“那是使者硬塞了进来的。是内大臣的少爷中将君跟这边一个名叫见子的小侍女认识，托她想法子带了上来。大概除了她，也别无他人可托的吧？”“哦？那倒有趣。那孩子官职虽然还低，可也不能小看人家，很多公卿之辈还比不上他的人望高呢。在内大臣的许多公子之中，也算是最懂事的一位了。将来总有一天，他会明白自己跟小姐是兄妹关系吧。现在暂且不要向他说。唔，这文笔的确是不错！”源氏之君反复观览着，似乎舍不得放下来的样子。又对玉鬘说：“不知我这样噜苏唠叨，你心里会怎么想法？我总是认为：即使要跟你亲父内大臣会见，像你现在这样年轻，经验又不多，一旦走进那长年分离的大家庭之中，多少总有不便之处吧？所以倒不如像世间一般妇人那样，嫁个丈夫，等身份固定以后，再候个机会父女相认，比较妥当些。兵部卿之宫，如今虽像个单身汉，到底他稍嫌风流成性，据说，常常幽会的情妇也不少，侍妾之辈也颇有几个。假如你能容忍他这些地方的话，大概日后这毛病总会慢慢改正过来的吧。但是，嫉妒心重的话，恐怕终会被做丈夫的嫌厌的，这一点，你可要注意一下。至于右大将呢，听说他嫌弃那位长年相伴的夫人年纪大，正物色着新对象。世人对这件事也颇为议论纷纷的。这也难怪大家喽。究竟是选哪一位好呢？我心里也正拿不定主意。咳，其实，婚姻之事嘛，即使是对双亲都难以启齿说自己的意思如何如何。不过，你年纪也不算很小了，大概也该可以自己下个判断吧。你就把我当你那位过世的母亲看待好了。放心吧，我绝不会忍心做出违背你心意的事情。”听他这番亲切的话语，玉鬘反倒觉得为难，更不知何以为答了。但是，也总不能老装成不明事理的小姑娘一般，故而只得答以："从小就没有了爹娘在身边，所以也不知该如何是好呢。"见她那纯真的样子，源氏之君也颇受感动。遂道："那么，就像世俗所说的，譬如遇着了'后父'，能接受我这一片衷情吗？"他这般侃侃而谈，只是心中那一点恋情，究竟没敢说出口来而已。虽然言谈之间时露一些弦外之音，对方怕是没有觉察，故而只得叹息连连地离去。忽见眼前一丛吴竹，觉其姿势颇富青春气息，竟不觉地止步吟咏道：

“围篱笆兮竹之子，
移根深植节节伸，
而今既长兮将他徙。[1]

怎不教人怨恨啊。”他掀起帘子稍稍窥入内里。玉鬘也稍稍挪移出外道：

---

1 源氏此歌为触景生情之作。见庭前吴竹，遂以竹之子喻玉鬘，谓己小心抚育栽培之女，而今既已长大成人，或将嫁人离己而去也。

“弱竹长兮姿便娟，
既生斯园徙何处？
寻根究底兮亦徒然。[1]

会见亲生父又如何呢？”听她这般温顺的口气，光源氏反倒觉得心酸起来。实则，玉鬘心中未必真如此想法吧。她正暗自焦虑，不知何时方得一究实情？眼前这位大臣对自己可谓呵护备至，而所谓亲父呢，反倒十分疏远，即使将来相会，也未见得会像他这般疼爱自己吧。世态人情，证之于古老的小说，更加令人心寒，所以也不便自动表明身份认父亲。源氏之君见她这般烦恼，心有不忍，遂与夫人商量道：“不知怎的，这女孩颇有一股引人之处。她亡母倒是比较个性内向，脾气也不十分爽朗的。至于她呀，既懂事又挺惹人爱怜，真可说是没什么教人不放心的缺点。”听他这般夸奖玉鬘，紫夫人已猜测到，夫君的脾性是绝不会就此罢休的，乃道：“唉，看她懂事的样子，却这般完完全全地信赖您，所以真教人替她担心啊。”“咦？你怎么说这种话呢？难道我这人不可信赖吗？”“谁晓得呢？就拿我自己来说吧，这些年来，为了您，也不知忍受过多少难忍的苦恼，这一切岂是随便忘怀得了的？”紫夫人微微娇嗔。源氏之君不禁叹其敏悟，连忙辩称：“怎的又胡乱猜想起来了。假如我有那种不良的居心，人家难道会觉察不出吗？”懒得再解释，遂将话匣紧闭。不过，内心里却暗自惊讶：这究竟是怎么回事呀，怎么让人家这样猜疑起来呢？另一方面，也发觉自己心中那一点青春气息尚存，颇有些儿腼腆。

这一向，老放心不下玉鬘之事，故而难免时时过访照拂。黄昏

1 玉鬘答歌。光源氏以“他徙”喻玉鬘嫁人而去，此歌则故意转以喻寻亲父而离去亦徒然无益也。

雨霁。庭前的嫩枫青柏看来格外苍翠茂密，天空也显得爽净而饶富情致。源氏之君不觉地吟诵起“和且清”[1]来。眼前遂又浮现出玉鬘那娇美的面庞，乃依例悄悄造访。女方正在房中随便地习字消磨时光。见源氏之君来，连忙起身相迎。瞧她那羞涩的模样儿，面庞上正透着一层红润新鲜的颜色，看来多么娇嫩！见体态婀娜，举止优柔，更是像极了她的亡母，仿佛昔日的恋人便在眼前。源氏之君忽然觉得情难自禁。“初见之时，没有想到你会跟那位过世的人这般相像，可是，有时候真教人难以相信，竟会把你误当作她呢。唉唉，天可怜见。中将压根儿都不像他生母，所以我一直以为母子之间是不会有什么关联的。哪里知道竟还有这般相似的呢！”说罢，泪已满眶。他玩弄着果盒中的橘花，随口吟出：

“橘之花兮传芬芳，
馨香盈袖忆往昔，
仿佛故人兮居身旁。[2]

我总是忘怀不了逝去的人儿。这些年来，也无人相慰，寂寞度日到今天；但做梦也没想到，竟会这样会见了你，更教我相思之情陡增！请你可别嫌弃我。”说着，便要拉玉鬘的手。女方从未习惯这种突如其来的举动，内心颇不以为然，但表面上仍保持从容之态。

袖盈香兮致疑误，
芬芳本异昔与今，

1 白居易《七言十二句赠驾部吴郎中七兄》：“四月天气和且清，绿槐阴合沙堤平……”
2 “橘花”云云句出《古今集·夏》，无名氏作和歌，用为追忆昔人之典故。此以眼前玉鬘拟为亡去之夕颜，忽觉仿佛难辨也。

命何短暂兮似朝露？[1]

玉鬘不知所措地俯身拒绝，那姿态美得不可言喻。玉手丰腴，体态柔软，肌肤细腻，愈看愈使人爱怜之情油然而生。今日遂有意一吐平素抑积之情怀。女方则似已不胜负荷，正颤抖不已。源氏之君明知其心，却仍然不肯罢休。“何以这样讨厌我呢？放心吧。我一定想办法保密，不让别人知道这事。你只要佯装若无其事就行了。本来对你的感情就不浅，近来更加觉得爱恋难忍。此情此意，真个世所稀有的啊！请千万勿把我看作比那些追求你的泛泛之辈更不如哟。像我这般深情蜜意的人，怕是世上没有第二个呢，别的男人总是居心不良，颇教人担心。”听他这番绵绵的情话吧，咳，好一位操心过度多管闲事的父辈呀。雨已停。风吹竹梢，索索作响。此时月华普照，四周幽静而饶有情调。众侍女见他们二人密谈，都识趣地回避，附近静悄悄的，没有一个人。虽然时时得以相见，不过，像今夜这般良机，却未尝有过，而既然已说出口来，便不甘罢休的吧？源氏之君乃巧妙地将那一袭穿惯而变得柔软的衣服滑下，没有一点声响引人注意。遂靠近玉鬘身旁卧下。女方正忧心如焚，想到侍女们将不知作何感想，更觉不堪忍受。唉，自己若是在亲生父处，就算是被简慢相待，也不至于会有如此恶劣的事情发生啊。念及此，不觉地悲酸难堪，眼泪夺眶而出。见她十分悲辛，源氏之君乃道：“难道就真的这样惹你讨厌吗？多教人伤心哦。即便是陌生人，也应该逆来顺受，以身相委才对，这乃是世间人情之常呀。何况，你我相处有年，关系匪浅，这一点事情又算得了什么呢！我绝不会再对你有什么无理的要求的。唉，我

1 此系玉鬘答歌。谓光源氏以袖间橘香误今昔，遂以己仿佛替代亡母，则恐己亦将命短若亡母矣。

也不过是想从你这儿得着一些难以忍耐的相思的安慰罢了。”那细腻的情话，竟像是无穷无已。如此逼近相对，更有仿佛会见昔日情人的错觉，乃遂感慨无限。不过，究竟他自己心底也明白，这种举止，未免太唐突而鲁莽，复恐侍女们会猜疑，故而趁夜未太晚便离去。“如果真教你厌嫌，真不知有多难过啊。相信别人定不会对你如此迷恋吧？说真个的，我对你一往情深，决不会做出教人非难的事情来。不过，有时候怕会由于难忘昔日情人，而对你诉说相思情话吧，也希望你体谅我心，至少同我说说话啦什么的。”他那边虽然仍绵绵诉情，而玉鬘这边已是心乱如麻，不知所措，显得异常悲苦。源氏之君叹道：“没想到，竟让你这样怨恨呢！”临走又嘱咐：“可千万别给人晓悉才好。”

玉鬘的年纪虽已不小，[1]可是她非仅全然未谙世间男女情事，这种事情实在是闻所未闻，见所未见，所以更想象不出世上还有什么比今晚源氏之君所作所为更为亲密的呢。咳，世事真是出人意外啊。她不觉地悲伤郁悒起来。“咦？小姐可有什么地方不舒服吗？”侍女们纷纷为她担忧。有时听得兵部之君耳语：“难得主上这般细心照料啊。即便是亲生的父亲，也未必见得会照顾得如此周全呢。”这更教她憎恨厌烦，连带着，也悲叹自身命薄了。

翌日清早便收到源氏之君的情书。玉鬘佯装不适而斜卧着不予理会，侍女们却早已取来砚台笔墨，催促道：“快些儿答复人家吧。”不得已，只得不情不愿地浏览。那信居然是书写在表面上不甚显眼的白色信笺[2]之上，不过，笔迹究竟是不同凡响。“你那罕有的冷漠寡情，真教人难以忘怀。不知周遭的侍女们又作何感想？

1　当年二十二岁也。
2　当时习俗，幽会次日之情书，多取艳丽彩色之纸，故云。

情难协兮未交欢，
稚草嫩根[1]不曾见，
何假惺惺兮频怨叹！

真是十足孩子气呀。”那口气倒是像个父执辈哩。玉鬘心中虽然气仍未消，却又怕若不作答，侍女们会见怪，故而特选质地厚实的陆奥纸，于上涂写寥寥数笔：“大函拜悉。恕我心绪不佳，未便作复。”源氏之君含笑览阅，认为究竟是年纪稍大的关系吧，这种有主见的对象反而值得用心下功夫呢。嗳嗳，他这怪脾气可真是麻烦哩。一旦说出了口以后，诚如所谓“太田松兮既形色”[2]，也就无须有所顾忌，而时时伺机来倾诉衷情，害女方回避无途，懊恼之余，竟致卧病。偏偏晓悉内情者不多，故无论亲者、疏者，皆以为光源氏系玉鬘亲父。在此情况下，万一消息走漏了出去，不知将会引起世人何等的物议和嘲笑；又设如将来父亲内大臣来相寻，他对自己原本就无甚真情可言，若是再打听得这等事情，更不知会如何轻蔑自己呢。玉鬘此刻委实无比烦恼心乱。可是，兵部卿之宫和右大将却听说源氏之君对自己的印象不恶，故而都愈加热心来求爱了。再者，那位“溢岩中将”[3]打听到大臣有见许之意，竟不知自己与玉鬘的兄妹关系，也欢欣鼓舞，专心一意地投书寄歌，又时时徘徊其住所附近。

---

1 日语“根”与“寝”同音。源氏此歌责女方谓：既未正式交欢共寝，则何须假惺惺作苦怨叹也。

2 句出《古今六帖》拾遗和歌。原歌意谓：大体恋情既形于色，则无所顾忌矣。

3 即玉鬘同父异母兄柏木也。详第543页注2。

第二十五帖

萤

如今，光源氏已位极人臣，事事顺遂，生活极美满如意，故而受他照拂的妇人们，自然也都各依其身份地位，过着安定而幸福的日子。但是，可怜就中独有那位西侧对屋里的玉鬘，自从发生了那件意外之事以后，暗自烦恼，心绪颇不安宁。当然，这与她厌恶那大夫之监的心理是不能相提并论的；不过，谁能料想到俨然父辈的源氏之君竟对自己有那种好色之心呢？这等事情又不足为外人道，所以只有独个儿闷在心里，觉得忧思厌气。她已届深明事理的年龄，故难免思前虑后，觉得这一切都是由母亲早亡所致，遂重又遗憾万分。大臣方面呢，自从表明心意以来，似乎也情丝紊乱，烦恼陡增，既要忌惮他人耳目，又不便于轻易出口，恋情难禁之余，乃频频前来探访。偶得周遭清静之时，总要伺机示情。每遇这种时候，玉鬘便觉心情沉重，但是，也未便于使对方过分难堪，所以只得佯装不知。由于她天性明朗惹人喜爱，故本人虽极力装得一本正经，可是言行举止之间，多少还会流露出诱人的娇媚。为此，兵部卿之宫简直神魂颠倒，情书频仍，真个痴迷已极。其实，追求玉鬘尚未多久，却已在那里心急地抱怨，白白已届戒忌婚嫁的五月了，又写信说什么:“如蒙一亲芳泽，得倾吐衷情之一端，亦聊堪安慰。”云云。大臣览后，照例又道:“这又有何关系？教这些人寄情相思也无大妨碍呀。可别待人太过怠慢才好。”又不厌其烦地亲自指点，告以:“有时也得给人家回个信才是。”玉鬘内心异常反感，哪有兴致作答，故而佯装不适，竟无意提笔。身边众侍女之中，也没有一个出身较佳者，只有一个夕颜的伯父，曾经做过宰相辈之官的女儿，唤作宰相之君的，算得上稍具才能。自她双亲死亡后，便追随在玉鬘左右。见她字迹尚称秀丽，人也相当世故，所以逢着这种时候，有时也令她代笔。如今，只好又召她上来，由源氏之君口授，使其书写下来。

在源氏之君而言，怕是多少有些儿好奇心，想看一看这位兵部卿之宫到底会如何追求示爱的吧？而在当事者玉鬘方面呢，自从对源氏之君不怀好感以来，这位兵部卿之宫的情书，倒是有时能引起她的兴趣而稍加以留心。并非她对兵部卿之宫本人有什么好感，实乃心中难免有些儿风流意味，想借此逃避和忘却对源氏之君的讨厌感觉而已。兵部卿之宫做梦也想不到大臣对他充满了好奇心理，所以收得玉鬘的一封若有情意的回信后，便兴冲冲地悄悄往访。遂令设茵缛于妻户前的厢房，延请入座，中间仅隔一枚几帐，玉鬘便在近处坐着。一切都经过细心布置，薰香芬芳，气味优雅。唉，虽说是过分多管闲事，逾越了父辈关怀的范围，不过，说实在的，也真亏他用心周全啊。宰相之君等都有些儿忸怩，不知如何对客人作答。主上却在一旁捏拧催促:“别怕啊！”更教人不知所措了。天已暗，乌云密布。兵部卿之宫举止优雅，另有一股风流姿态。帘内飘出的薰香之中，又混合着源氏之君衣裳的香味，更加浓郁芬芳，令人陶醉，较诸想象中的情形，又多一层浪漫的情调，兵部卿之宫不禁为之心旌摇荡。听他娓娓道出心中恋慕之情愫，只觉得真挚深刻，却没有一丝轻浮之嫌。源氏之大臣在内里倾耳偷听，也暗暗佩服感叹。

未几，玉鬘已退入东面的卧室休息。宰相之君为传兵部卿之宫的话语，膝行而入。源氏之君亦尾随入内。“这样对待人家，未免太见外了吧。凡事要适度才好。年纪也不太小了，不能老像个小孩子呀。对这位男士，总不该这么隔着老远的，叫人居间传递话语吧？即便是不肯让他听到声音，至少也得坐到靠外点儿的地方来才好。”听他这一番谆谆训诫的话语，玉鬘心里更不是滋味。她唯恐弄得不好，说不定源氏之君又会乘机径入内里来，故而索性悄悄地溜了出去，在正厅侧面的几帐旁躺了下来。兵部卿之宫虽然滔滔不绝地说了许多情话，玉鬘却丝毫没有动静反应。她正踌躇不知如何是好。此时，大臣忽地靠近来，掀起几帐的里层[1]，出其不意地出示不知什么闪闪发亮之物。咦？什么东西呀？是纸烛吗？可真吓了她一跳。原来是源氏之君傍晚时用直衣包藏了许多萤火虫暗暗放置着，如今故意佯装整理直衣而突然散放开来，[2]所以一时间周遭亮了起来。玉鬘大为吃惊，连忙用扇子遮掩面庞。哦，那张萤光之下的侧脸，真个清艳出奇哩！假如忽然有光亮照见，兵部卿之宫定有机会瞥见。他本以为玉鬘乃是我亲生女儿，故而表现得如此迷恋；恐怕他万万想不到气质容貌却也如此兼备的吧？今晚让他看个究竟，教他那好色之心难耐，那才有意思哩！光源氏居心如此，故有这个计划。咳，若真是自己亲生女儿的话，岂会闹成这等事情来，难怪玉鬘要对他不满。

光源氏悄悄地从别的出口溜走了。兵部卿之宫大约知道玉鬘所在之处，却没料到似乎就在那近处哩，遂抑制不住神魂颠倒，偷偷地从那十分讲究的细罗几帐隙缝窥入内里。未料，在约莫相隔一根柱子

1　几帐盖有内外二层，源氏所掀为里面一层，故后文谓萤光透过外面一层闪烁可见也。
2　此盖源氏预谋，欲以萤光照亮，令兵部卿宫看清玉鬘也。借萤光见女子姿态之故事又见于《伊势物语》及《宇津保物语》等。

处，有萤光点点。这真是别出心裁的安排，遂觉另有一种香艳的氛围。一忽儿工夫，那萤光又被侍女们打散而消失了。不过，这微弱的萤光，似乎可视作这艳事的绪端呢。方才，虽是惊鸿一瞥，却也窥得玉鬘那婀娜修长的卧姿。果如源氏之君所料，兵部卿之宫心中已烙下了难忘的印象。

“萤悄然兮飞绕缭，
　星星之光犹不灭，
　　情火何堪兮任熄消。[1]

你可了解我心意吗？”对此，女方觉得也不便犹豫耽误许久，好在可以有即席而咏的借口。

火既燃兮情自明，
　萤虽悄然犹熠燿，
　　此时无声兮胜有声。[2]

她咏成一首，交由宰相之君作答，自己却退入内里。对此疏远冷漠的态度，男方禁不住怨怼不服。不过，既然受此款待，再逗留下去，也未免太好色露骨，故只得乘夜离去。当时，梅雨连绵，听着单调的檐滴，淋了一身雨回家，心中真不是滋味。恐怕沿途难免还有杜鹃啼声[3]什么的吧？不过，这些琐碎的声响，他也没有闲情去一一倾耳。

1　兵部卿之宫示爱之歌。以萤火喻情火，谓己对玉鬘情火既燃，则不堪任其熄灭也。

2　玉鬘答歌。谓萤之悄然熠燿宵行，犹胜兵部卿之宫喋喋不休以示爱也。

3　杜鹃一名“不如归”，故兵部卿之宫不愿倾耳也。

人人都夸兵部卿之宫的外貌超俗，并不逊于源氏大臣。不知内情的侍女们，对于昨晚主上待小姐如母亲般的细腻周全，又纷纷交赞着。独有玉鬘内心隐隐作痛。看他表面上对自己殷勤照顾，不禁又要自叹命薄运蹇了。唉，若是能与生父相认，恢复普通人家小姐的身份，再来接受他这一番情意，倒也罢了；如今这种奇异的境遇，日后万一教人传说开来，真不知会遭受怎样的物议呢。为此，正日夜烦恼不已。其实，光源氏方面也并没有意思要把玉鬘来金屋藏娇的，只不过，他生性如此多情而已。譬如说对中宫吧，他始终是情不自禁地会怀有一份眷恋之意，遇着好机会，也总不放过游说引诱一番，奈何以对方高贵的身份，自然也就不便于接近；而这位玉鬘呢，外表既长得讨人欢喜，看来也挺时髦风流，所以有时难免忽地情动于衷，言行举止之际，便也会流露教人看着讶疑的态度了。所幸，还能强自抑制，故而尚不及于乱，勉强维持着一份微妙而复杂的关系。

五月五日有近卫宫人骑射竞技会。[1]源氏之君趁赴马场殿[2]之便，遂又过访玉鬘住所。“如何？兵部卿之宫昨晚有没有逗留许久？往后，最好别教他太接近。他这个人哪，有点儿讨厌的毛病呢。丝毫不伤害别人，也一点儿不会犯过错，这样的人可真是绝无仅有哩。”他这样忽而褒，忽而贬，忽而欲其生，忽而欲其死的。那种谆谆晓谕的样子，显得既年轻而又美绝人寰。今天他穿着色泽鲜明艳丽的衣裳，不经心地搭配的直衣，不知是什么缘故，看来特别醒目，几乎教人不能相信那染织的手艺是出自世间凡人之手呢。连那平日惯见的色调与花纹，今日也显得特别珍奇；而自他袖口溢出的薰香呢，唉，若非有过那次讨厌的事情，或许也会十分令人陶醉的。玉鬘心中私自来回地这

1 此处原文着墨简略，以其晦涩，故稍润之。
2 盖谓设于六条院内之马场也。

般思想着。这时，兵部卿之宫方面有信送达。在白色的薄质信笺上写着优雅的字。不过，往往初看挺有意味的歌诗，过后读之，也会觉得不过尔尔。

端午节兮采菖蒲，
　根植深渊暗饮泣，
　　人谁眷顾兮人谁须？[1]

那信纸竟系结在长长的菖蒲之根上，看来用心良苦，日后恐怕要被人当作话柄哩。大臣临走时又叮咛道："给他回个信吧。"近侍者亦纷纷规劝："还是写封答复的好。"不知玉鬘她心里作何感想呢？

"采菖蒲兮拔其根，
　始知浅薄未足贵，
　　缘何饮泣兮难思存。[2]

心境可真年轻啊。"寥寥数行，墨痕淡淡。唉，假如字迹之间能添些风情韵味就好了。恐怕对风流解趣的兵部卿之宫而言，这多少有美中不足之憾吧？

今日正逢端午节日，玉鬘收到了各方人士寄来的精美香包。看来，过去在筑紫的寂寥生活已全给淡忘了；而今，身心俱闲，生活美满，她但求能在不伤害主上的限度之内维持彼此的分寸距离便可。源

1　兵部卿之宫乞怜之歌。谓五月五日端午节，人人皆援俗采菖蒲，而己独如植根于深渊之菖蒲，无人眷顾采摘也（喻玉鬘不之眷顾）。

2　此玉鬘缘兵部卿之宫和歌而酬咏之答歌。谓拔菖蒲乃知其根浅薄（喻男方居心匪深），而无缘无故饮泣，则曾非己所能思存也。原歌多采套用音义双关之妙，此则径采意译。

氏之君也不忘一探东殿的花散里，告以："今日中将乘竞射之便，恐怕会带一些同伴到这儿来，所以请你稍稍准备一下。大概总在天黑之前就会到来的吧。不知怎的，咱们这儿一有事情，想不公开都不成，那些王孙公子们总会闻风赶来，结果不得不弄成大事铺张的样子。一切请你费神张罗一下啦。"马场之殿在离此不远之处，可以从这边的走廊望见。"叫她们年轻人把渡殿的门打开来参观吧。近来左近卫府里颇有一些风雅解趣之士，不见得输给那班殿上人辈呢。"听主上这番话，侍女们内心无不充满了好奇与期待。西侧对屋的玉鬘方面也派来了不少女童侍。走廊门口遍挂青青的垂帘，又排满时髦的裙浓几帐[1]。女童侍啦，下女啦，正来回奔走执役。那些穿着菖蒲底衣[2]外罩二蓝[3]的薄罗外褂者，恐即是西侧对屋的女童侍吧，共有四人，看来都十分伶俐可爱。至于下女们，则穿着樗色裾浓[4]衣裳，外加淡黄色唐衣。皆是合乎今日时令节气的色调。花散里这边的女童侍呢，她们穿的是红色单衣外罩常夏花色[5]褂子，看来大方而庄重。瞧她们双方争奇斗艳的样子，委实有意思。年轻的殿上人辈，也都早已各寻目标，显得心花怒放。源氏大臣于未时左右到临马场之殿。果不出所料，王孙公子们早已麇集一处了。这里的竞射有异于宫中的竞射。中将、少将之辈联袂而来，游兴甚浓，更形多彩多姿，十分热烈。妇人们虽不明就里，但见连舍人家司徒都穿戴得极尽艳丽，倾力竞技，乃不觉地也都看得兴致勃勃起来。这马场与紫夫人所居住的南殿也遥相连接，故而那壁厢也有不少年轻人在观看着。乐队奏起《打球乐》[6]啦，

1　当时所流行的几帐，其帷幕染法为上方白色，下方逐渐呈深色。
2　菖蒲底衣为面青里有红梅花纹（一说面青里白）之夹衣，着于最里层。
3　面为深紫色，里为淡紫色之夹衣。
4　面为浅色，里为青色之夹衣。裾浓则由上至下，颜色渐深之染法也。
5　面呈红梅花纹，里为青色（一说表里均红色）。以上衣裳染法，均有专词。
6　打球为唐土传入日本之游戏，打球游戏进行时所奏乐曲，故称打球乐，属大食调。

《落蹲》[1]等乐调。每一决胜负之后便钟鼓齐响，掀起高潮。不知不觉间已入夜，什么都看不见了。赏禄及于左卫舍人。人人皆于夜深后始兴尽退回。

大臣今宵宿此。他与花散里闲谈起："兵部卿之宫不愧为超凡的人啊。他的外表未必是最好的，不过，论气质、风度等，确实教人心折。你有没有偷偷注意看过？人人都赞美他了不起，但是，我倒觉得有些地方还差那么一点儿呢。"花散里道："他是您弟弟，可是看起来却较您显得老气些。近来听说他每有节令行事必到这边来，显得挺热络的。不过，我倒是自从在宫里头看过几回以后，许久都没有拜见了。据说他的外表，随着年龄增加，愈添英气呢。他弟弟帅之宫的容貌也十分美丽，可是究竟不如这一位，与其说亲王，倒不如像皇族的程度哩。"光源氏对于花散里这种敏锐的眼力和一针见血的评论大感惊讶，不过，他倒也没有再说什么，只是莞尔不语。他生性不喜品评他人缺点，所以内心虽然觉得像右大将那种人物，广受世人爱戴，其实也无甚了不起之处，倘要选作玉鬘的夫婿，恐怕还差得远，可是，这种话语，他是决不会说出口来的。如今，光源氏与花散里已是仅止于形式上的夫妇关系而已，他们甚至也不再同枕共衾了。究竟何时开始变成了这般关系呢？光源氏心中不免难过起来。而这位夫人却总是这样，从没有半句怨言。这些年来连这等游宴种种，也都只有听别人转告的份儿，今日破例在此举行竞射，在她看来，已属本殿的光荣，十分体面的事情了。

菖蒲生兮列汀洲，

　本自生灭驹不顾，

1　高丽传入日本之乐调，属壹越调。为双人对舞之音乐。

得非佳节兮蒙援求？[1]

听花散里这样从容含蓄的歌词，内容虽不见得如何出色，倒也禁不住对她产生爱怜之情来，源氏之君遂亦酬和道：

似关雎兮并俪影，
幼菰菖蒲亦连生，
须臾不离兮持此永。[2]

咳，这两首和歌都不怎么见情趣啊。“许久不见，此刻相会，也聊可慰相思之情呢。”源氏之君虽以言辞挑逗，奈何，对方系极稳重之女性，故而终究也只有变成一般闲谈了。今宵，女主人把寝室让与夫君，自己则设置几帐，在一旁卧下。许是她早已看穿自己不配与对方做卿卿我我的情话吧？看来女方的情火已经熄灭，男主人也就不便与之多所纠缠了。

这一次的梅雨较往常下得久。淅淅沥沥，不知何时方得放晴。六条院的妇人们，有的竟以图片故事来打发时间，消磨无聊。明石夫人方面呢，连这种玩意儿都能别出心裁地准备一套，令人送达女儿处。至于对住在西侧对屋的玉鬘而言，这些都是新奇的经验，故而日夜沉醉于书写阅读之中，十分起劲。她这边倒有一些精于此道的年轻侍女，听她们七嘴八舌、虚虚实实、真假莫辨的传说，也稍稍可知：原

1 此花散里喜出望外之歌。以列汀洲之菖蒲自况，谓：菖蒲本凡草，自生自灭列生于汀洲，驹马不顾（此处套用《后拾遗集·夏》，惠庆作和歌：“菖蒲无香驹不驻”），今日特蒙援引相顾，莫非以端午佳节之故耶？

2 光源氏答歌。幼菰本书“若荐”，日语与“若驹”（即“幼驹”）同音，故将花散里前歌中之“驹”字转为“荐”（即菰菜也，为生于水汀之草，常与蒲并生），此歌套袭典故甚多而迂回晦涩。大意谓：幼菰与菖蒲并生，宛如水中之关雎，须臾不分离也。菰以喻己，菖蒲则缘前歌，以喻花散里。

来，像自己这种境遇的女性还没有第二个呢。像《住吉物语》[1]中的女主角那种女性，别说在当时就绝无仅有，即使在今日社会上仍是十分受人爱戴的。谅她为那个主计头[2]提心吊胆的情形，不由得教玉鬘想起那个大夫监的可怕来。主上见到处散置图片故事，乃道："哎呀，你们妇道人家呀，真不怕麻烦，天生就是爱教人欺骗的。明知道那么多图片故事之中没有几个可信的，就是喜欢受骗上当。瞧，这种燠热的梅雨季节，也顾不得披头散发，尽在那里认真书写哩。"他虽是如此说笑，不过又道："说真个的，这种天气呀，若不是读一读这些古老的小说，实在也无法排遣无聊。而且，小说里头，确实也有些洞悉人情机微，写来委曲入理的，所以有时明知其为子虚乌有，却也不觉地会受感动。譬如说，读及一个美少女在那儿忧思，你不由得便会同情她。又有时，明明心里觉得哪里会有这等事情呢，可是，竟也被那字里行间洋溢的气氛所吸引；事后静静回想起来，往往不免要跟自己生气；偏偏就是当时忍不住教它引起兴致来。近来，有时听到侍女们给小姐读一些故事小说，咳，世上可真有些能说善道的呢！大抵，所谓物语小说者，总是出自那些惯于编造假话的人口里的吧，或者，未必尽然吗……"玉鬘听他如此说，遂答道："唉，说惯了假话的人，难免会这么想的吧。我倒是总深信不疑的。"说罢，将砚台推向一旁。源氏之君遂又笑道："嗳嗳，真扫了你的兴哦。其实，物语小说等，都是记载着古老神代以来诸事的吧。正史的《日本书纪》，不过只是略述其一端而已，还不如这些物语记叙得详尽委婉呢。"又道："而所谓物语也者，初不必限于某人某事的实相记述，却是作者将他所见世态百相之好好坏坏，把那些屡见不嫌，屡闻不厌，希望传诸后世的种种细节，

1　为日本平安朝时代流行小说之一。今日所见之《住吉物语》则系镰仓时代另撰者。

2　盖为《住吉物语》中之男主角。

一吐为快地记留下来罢了。当然啦，当其欲褒扬之时，难免尽选其善者而书；当其欲求读者共鸣之际，则又不得不夸张渲染，使集众恶于一处。不过，大体说来，都是事出有据，绝少完全虚构的。再说，唐土的小说与我国的物语就有差异；而即使同属我国的作品，古今之间又有不同；虽然其间容有深浅之区别，却不可以一概认为全属假构。就拿至高无上的佛经为例吧，为着说教的方便起见，有时也难免有大同小异的说法，而愚骏者竟也会对那互有差异之处起疑的吧？《方》等经[1]之中，这种例子尤其多，实则众说殊途同归，菩提与烦恼之隔，就像是小说中的善人与恶人之别罢了。所以，往好处讲，世间无一不好。”如此说来，他又像是赞同小说的价值功效了。“不过，话又得说回来，古老的小说中，可有记载像我这般憨直的男人吗？又即使是小说里头的世故的公主，也恐怕没有一位像你这样冷若冰霜，不理不睬人的吧？咱们俩这种稀有的事情，倒是希望让它编成故事流传于后世呢。”源氏之君趋势靠移过来。玉鬘不禁将脸缩入衣领之中道：“用不着编成故事，这等奇异的事情，自然就会传闻开去的。”“你说是奇异吗？唉，我倒觉得像你这样冷漠寡情的人，真是世所稀有。”瞧他得寸进尺地挪近身边来，真个一无顾忌的样子。

“思途蔽兮寻古迹，
　为人子女总孝亲，
　　未见前例兮竟叛逆。[2]

所谓不孝，佛道也严忌的哟。”玉鬘仍然不肯抬头。源氏之君轻轻抚摩她那一头秀发，心中可真怨尤不已。过了一会儿，玉鬘才咏道：

---

1 《大乘方》等经典之略称。为《华严》《法华》等大乘经总称。

2 源氏责怪玉鬘之歌。谓：搜寻古迹（按：籍也），亦未见子女叛逆、不孝顺尊亲者。

寻古迹兮果如言，

天下父母虽爱子，

居心叵测兮焉不烦？[1]

听她这样答复，倒是不好意思太过越轨哩。唉，究竟他们二人之间会如何发展下去呀？

紫夫人这边呢，应明石小姐的要求，她当然也放不下小说。有一卷《狛野物语》[2]的画卷摊开在那里，画着一个小公主无心的睡态。“画得蛮不错嘛！”紫夫人不禁看得入神，更不由得想起了自己幼小的时候。源氏之君却在一旁插嘴：“瞧，连这种小孩子之间都不知互相有过什么恋爱的勾当呢。相比之下，我的耐性之长，倒是世间罕有的啦。”这倒是实话。他这一生也不知经历过多少无与伦比的种种韵事呢。“这种描绘男女之情的故事，最好别教小姐看见才好。就算她对故事里那种偷恋的女主角还不至于发生兴趣吧，也得提防她看惯世间这等男女关系呀。”咳，他这一番话语，若是给玉鬘听到，定会责怪主上对亲生女儿究竟用心不同的啊！紫夫人继而又道：“有时候，读物语小说，会看到这些东施效颦之辈，真觉得可笑复可怜。《宇津保物语》里的女主角呢，虽然是甚有分寸，也够稳重端庄，不过，有时又难免显得太爽快，这样便欠缺了点儿女人的韵味，容易被人误会为肤浅哩。”源氏之君也附和道：“现实世界里，恐怕也有这种人吧。有些人就是喜欢坚持己见，丝毫不能替别人设想。有教养的双亲费神养育出来的女儿，若是长得大大方方，当然可以说没有枉费心血；不过，有时偏偏却是到处有缺点，那么别人会怎么想呢？当然连带地就怀疑

1　玉鬘答歌。谓古籍诚如光源氏所言，然亦未尝有父亲爱女而居心如此叵测者也。

2　盖系当时流行者，今已佚失。

那做父母的是怎样教育女儿了。你说，这样岂不可怜！反过来说，若是一个女孩子长得品格庄重，那抚养的人也没有白费气力，脸上也挺光彩的。有时，周遭的人尽在那儿夸奖，把嘴皮都说破了，而那当事者的举止言行，却没有一点儿相符合之处，那才叫无聊呢。所以呀，要尽量避免让那些无足轻重的人随便夸奖咱们小姐才是。”他这般苦口婆心，都是为着女儿将来设想的啊。至于那些谈及继母虐待前妻子女的故事，则怕紫夫人看了会不愉快，所以都经过一一精选，令人誊写，图画也重新令人绘制过。

虽然，源氏之君尽量避免使夕雾接近紫夫人，可与小女儿之间，倒是不怎么教他疏远，让他们兄妹有机会亲近。自己活着的期间倒是无所谓，可是，一旦死后，兄妹之间还是平素亲近了解，比较能够手足情深的吧？故而准予自由出入明石小姐所居住的南面帘内；至于紫夫人近侍所居的厢房，则绝对不允许他进入。不过，光源氏究竟子女不多，所以对这位嗣子自然是格外疼爱的。且夕雾本身，则又是一位庄重而忠厚的青年，所以为父的也就对他安心信赖。但是，夕雾方面呢，每见这位天真的小妹妹在那儿玩耍娃娃，内心便禁不住回想起与云居雁嬉戏的往日情景，遂难免一面细心陪伴玩耍宫殿游戏，一面又时时泪眼蒙蒙。有时，他也会向周围的女性调情说笑，但是未尝逾矩而害对方认真起来，偶尔，也会遇到教他倾心而不妨考虑作为终身伴侣的女性，但是，也总是勉强自己将真情化开为逢场作戏。他心底唯一记挂的，不外是要报那回被人取笑为“葱绿之袖”的耻辱而已。假如自己真想纠缠到底，云居雁的父亲——内大臣怕也只有许嫁女儿于己之一途吧？不过，他心里就是难忘自己每当屈辱之时便发誓的：定要教对方知道轻蔑自己的错误！所以，虽然对云居雁本人始终表现着柔情蜜意，而对周遭的人，则尽量克制感情，始终未有激动的表示。这样，反倒令云居雁的兄长们有些儿心中愤恼了。

右中将[1]对玉鬘一往情深，但是，那居中引荐的侍女见子却毫无助益，故而，最后只得哭诉到中将处来。“我才懒得替人家当媒介什么的呢！”夕雾的答复意外地冷淡。这情景，简直就与他们二人的父辈年轻时相类似。[2]内大臣的众夫人所生少爷颇不少，如今，每个人都依生母之身份及其人本身之品格才气，为所欲为地各享荣华。所遗憾者，内大臣的女儿本不多，偏偏那位弘徽殿女御既选后失败，而云居雁又因事出意外[3]而未得入内。事实上，内大臣心底始终未忘那失落的女儿——常夏之华。例如那雨夜品定之际，便曾将此隐秘向人坦白承认过。[4]不知她现今如何了？好一个可爱的女娃儿，跟随了她那位薄命的母亲，也不知流落何方呀？咳，妇道人家呀，真个是放眼不得！如今，她会不会自作主张地道出父亲的名字呢？抑或是衣衫褴褛地四处漂泊呢？无论如何，只要她肯前来相认便好了。他这般时时记挂着。遂对儿辈说道：“假如有人称名道姓前来认亲，千万要注意。唉，年轻时候，乘兴任意的，做错了许多事情，可是，对于那位女性，则始终另眼相待。没想到，竟因为芝麻点儿小事闹意气，就那么一去不返了。咳，女儿本来就不多，真可惜又这么失落了一个。”他时常这般唠叨不已。其实，有一段时期，几乎已淡忘了这事，可是见到别人的女儿一个个飞上枝头做凤凰，遂不由得对自己无法在此方面竞争深深感到遗憾。赶巧，有一夜，他做了一个梦，乃召来擅长占梦者问梦。那人占得一卦：“说不定最近会打听到您自己也不认识的孩子给别人领养的消息。”“怎么会有女儿被人收养的可能呢？这到底是怎么一回事啊？”近来，内大臣无时不念及此事，并频频以此为话题。

---

1 即右近卫中将之简称。内大臣之子柏木也。

2 谓夕雾之父光源氏与柏木之父头中将，年少时互争短长之往事也。

3 谓云居雁与夕雾相恋之事。

4 指玉鬘而言。详见第二帖“帚木”。

第二十六帖

常　夏

遇着炎暑之日，源氏之君便到东面的钓殿纳凉。中将之君陪侍在侧。六条院邸的一些近侍家司也有多人在旁侍候着，大伙儿就在跟前烹调桂川的鲇鱼啦，贺茂川的鳅鱼等。内大臣邸的公子们又来寻访中将之君。源氏之君高兴地说："来得正好。我们这儿正无聊得慌，想打瞌睡呢。"遂令人取杯劝酒。又拿来冰水，年轻人便用冰水泡饭，大伙儿热热闹闹地吃将起来。虽然有点儿风吹，但是太阳老不下去。好不容易挨到万里晴空夕日西斜的时分，又听到蝉声苦鸣，更令人感觉酷暑难熬。"咳，像今天这种大热天，即便是水上之席也不管用啊。来，让我失礼一下吧。"源氏之君边说着，便径自躺了下来。又道："说真个的，这种时候呀，连动个管弦之游什么的念头都兴不起来，真不知如何来打发时间呢。这些上朝仕奉的年轻人却得衣冠整齐的，连根带子也不能松解，亏他们真忍得住啊。这儿，至少还能自由自在的。你们可有什么新鲜的消息讲来解一解困意吗？最近觉得自己好像一下子老了不少，对世事也疏远了呢。"不过，实在也无甚格外新鲜的话题，所以大伙儿只好恭恭敬敬地背靠着凉快的高栏侍候。"不知谁说的，据说内大臣最近把他在外头生的一位女儿[1]找回来照顾着。可听说过没有？”源氏之君问辨少将[2]。后者只得答以：“倒也不是什么值得大事宣扬的事情。春天里，有个女的传闻到内大臣占梦的事情，[3]便毛遂自荐地禀报说，她有话报告主上。后来，中将朝臣[4]便去调查此事的真相。究竟详情如何，我也不太清楚。近来，世间好事之徒却把这事当作珍闻来谈论，其实，真是家丑不可外扬啊。”源氏之君心中想，果然真有其事，遂含笑说道：“你父亲也真够贪心，已经有那么一大堆孩子了，何必又要勉强去找寻离队的雁子[5]呢？像我吧，孩子少，倒是真想把这种缘分的骨肉找出来相认，然而，大概是人家嫌弃跟我这种人相认也没什么大意义的吧，至今也无一人肯前来告知。不过，那位女儿的事情，恐怕不是没有来由的吧？他年轻时候可真够风流多事，到处留情的。俗语道是‘底不清澄，月影亦混浊’哩。”中将之君亦详悉内情，故而不置可否地听着。至于少将藤侍从[6]，则心中甚不好过。源氏之君却对其嗣子夕雾说：“喂，朝臣呀。我看你不如就去捡这种落叶算了。这女孩儿既然是你那位心上人的妹妹，与其留恶名于世，倒不如就这么满足于‘同钗簪’[7]还安全些。”他这话里，多少带几分揶揄意味。这位大臣与内大臣之间，表面上虽然相处得极亲热，其实，像这类事情方面，二人从来都是互不肯相让。源氏之君对于对方曾经给夕雾难堪，又害他日夜相思之事，尤其不以为然，所以才故意要说这些话，存心要教别人把这些话语传入对方耳中的吧？就是此

1 即后文所见之“近江之君”也。
2 柏木之弟也。已见于第十帖“贤木”。
3 详前帖“萤”之末段。
4 即柏木。
5 典出《曾丹集》和歌。
6 内大臣之子，辨少将之弟。
7 句出《后撰集·恋四》，伊势作和歌。喻云居雁与近江之君为异母姊妹也。

刻听到内大臣收容了那女儿的事，心中也不免想道：万一给他看到玉鬘的话，不知会如何宝贝疼爱呢！内大臣这人，从来就是喜欢铺张夸大，而且他的性格又讲究一板一眼，对善恶之区别十分严谨，夸奖人的时候，虽然不遗余力，可是，贬起人来，也毫不含糊。所以一旦若给他知道自己匿藏了玉鬘，真不知会怎样暴跳如雷哩。又想：如果突然将玉鬘引见给他的话，也必不至于轻率相待的吧。总之，今后恐怕得要更加小心来照料那位千金才好。

随着夕日西下，晚风愈凉。年轻的公子们都有些依依不舍得离去的样子。源氏之君乃道："索性都在这儿纳凉好了。唉唉，看样子，我已经到了被你们年轻人厌嫌的年纪喽。"他预备赴西侧对屋去，公子们都列队相随。时已黄昏，而大家所穿的直衣看来都无甚分别，源氏之君便对玉鬘说："请你到前边儿来。"又小声对她嘱咐："我把少将和侍从等都带来了。他们老早就想闯进这儿来的，只因为中将这人太一本正经，所以没想到领他们来，真是差劲透顶！这些人恐怕都对你有意呢。即便是普通家庭的闺女，都会引人悬想的，而况，咱们此地，虽然里边儿很复杂，可世间人士倒挺艳羡的呢。虽说，这府邸里也还有别的人，[1]但总不是他们的适当对象，[2]故而就只剩你一人了。我曾经闲着没事儿许过愿，终究要看一看这些家伙的情意深浅；看来，现在得以偿愿喽。"庭前并没有栽植特别显眼的花草，只是将颜色调和的唐国种及日本种的常夏之花巧妙地混合种植着。夕阳之下，篱笆上朵朵的花儿，真个教人看着赏心悦目。年轻的公子们伫立花下，却无从任意攀摘，心中难免有些儿遗憾吧。

"大家都挺有教养的，真是各有千秋。内大臣的大公子右中将，

---

1 指中宫秋好及明石小姐。

2 当时中宫已属冷泉院，而明石夫人所生女，则光源氏已私下志在立后，故皆不适合此辈公子也。

这人尤其可取，论品格修养，更在众人之上。你看他如何呢？他后来有没有继续给你写信呀？千万可别怠慢，害人家难为情才好。”源氏之君又细腻地叮咛。即使在这一群公子之中，夕雾的光彩也自异于人，显得特别引人注目。“内大臣会讨厌这个中将，倒真是出乎人意外哩。莫非是他想保持他们藤原氏一族的纯粹血统，怕咱们皇族的血统混进他们家里不成？”对源氏之君这番牢骚，玉鬘附和道：“真是的，歌词也有道是：‘公子来呀，乘龙快婿’[1]呢……”“不，咱们倒没有指望人家‘待客呀，何以为佳肴’[2]那种特别的待遇。只怪他，眼看着一对青梅竹马纯真无邪的爱情，竟教他们没法儿偿遂心愿；假如他是嫌年轻人官位低，欠分量，只当不知道，交给我来处理也就罢了，我总不会让他失望吧？”源氏之君叹息再三，唠叨不已。原来，这位人物和内大臣之间尚有这一层隔阂呀。这样看来，自己与父亲相会的时间恐怕更是遥遥无期了。想及此，玉鬘心中悲苦极了。

这几天都不大见月亮，遂令人点亮了灯笼。“唉，灯火太近，热死人了。还是点篝火的好。”乃又使点燃篝火。“把篝火台拿一个过来。”这时，见玉鬘身边有一具上乘的和琴，源氏之君不自禁地取来拨弄一番。没想到，琴弦早已经调好为律之调，而且音色也十分浏亮。他又稍稍弹奏了一会儿，然后道：“真是抱歉，本来我还瞧不起你，以为你不会有这方面的才艺兴趣呢。这种乐器呀，秋夜月影清凉之时，在不太深奥的房间里，和着虫声鸣奏，可以说是既亲切而又热闹。它的特色在于没有什么格外难的调子，也没什么特别之处，但却能跟各种不同的乐器配合演奏。所谓‘倭琴’，表面上看来极普通平凡，其实，它的构造是很巧妙的。我想，这种乐器定必是为一般不熟

1 皆催马乐《我家》词。
2 同上。

悉外国之事的妇女而造的吧。既然要学嘛，我倒要劝你多在与其他乐器配合方面下些功夫。其实，这也无所谓什么诀窍，不过，若要真的弹好它，也不是那么容易的。若论造诣，现下，恐怕没人能及得上那位内大臣吧。他的指法呀，即便是在极寻常的清搔[1]之中，也往往令人感觉万籁贯注其间，真个妙绝人寰呢。”玉鬘对和琴原本就有些心得，听到源氏之君此番论调后，更加有意求深造，而且，对父亲内大臣的造诣之深也更为向往了。“不知将来是否可以有机会洗耳恭听呢？这种乐器，连村夫野老都有人会弹，我原先还以为是人人皆懂的东西呢。听您这么说来，名手的技艺确是不同凡响的喽。”见她表现热心，十分向往的样子，源氏之君乃进一步解释：“对啦。所谓东琴，这名称听来或有点儿嫌乡气；不过，在宫中游宴的时候，别的国家如何，我不知道，就拿我们朝廷来讲，书司[2]也总是以这种乐器为众乐器之祖。所以，如果能跟第一名手学习，那当然是再好不过啦。将来，总有机会请他到这儿来演奏一曲吧。不过，想要他倾其全力来弹奏，怕是不容易呢。大凡名手们，不管是哪一方面的，总是不肯轻易显露全部本领的呀。总之，以后一定会有机会听到。”源氏之君边说边弹着。他那神态绝俗，显得异常华贵。玉鬘私下却暗想着：如果换父亲来弹奏的话，这琴音恐怕要更胜一筹吧。于是，慕亲之情陡增，心底暗自盘算着：不知何日方能父女相会，听他演奏一曲呀？想不到由于这和琴，也引起她孺慕之心哩。

大臣却在一旁娴习地唱“贯河哟，水悠悠”，唱到“离开了亲人哟”[3]一句时，他有意无意地含笑弄弦。那清搔之音十分妙曼悦耳。“喏，你也来弹一弹。技艺这种事情呀，最不能在人前害臊了。除了

1　为和琴（又称“倭琴”）弹奏法之一种。

2　后宫女官十二司之一，掌后宫之书籍、文具、乐器等职。

3　以上二句均催马乐《贯河》歌词。

《思夫恋》那种曲子，或者有人认为应该秘藏在心里，不宜随便演奏；至于其余的曲子，那就不必怕羞，应该同别人多多合奏才是。”源氏之君虽热心地再三催促，但玉鬘却想：自己这和琴的技艺是自称为京都出生却长在筑紫那个乡下地方的一个没落皇族所教，不知是否有错误？故而连指尖都不肯稍碰一下琴弦。她倒是希望大臣能多弹几曲，也好让自己的耳朵熟悉一下。她这么一心只想着琴的事情，竟而不自觉地挪移上前。“究竟是什么清风助响，竟然会有这么美妙的弦音呢？”瞧她那歪着头洗耳恭听的身影，在灯火摇曳之下，看来多么美丽！大臣笑着回答：“对听觉灵敏的人，怕是真会有风吹助响的吧。”遂将和琴推向女方。玉鬘心中起了一阵骚动。不过，究竟是身旁有侍女们陪伴，源氏之君也不便于像往常那样戏谑说笑，故只得改变话题道：“那些年轻人倒是没来得及看常夏之花[1]就走了呀。将来也得想个法儿让内大臣来看看这个花园才行。世事无常，要及时行乐才好。回想以前他同我谈起有关你的事情，咳，直如同昨天发生的事情一般哩。”他那种浸淫于往事回忆之中的模样儿，真个教人看得心酸。

“石竹朵兮堪销魂，
　倘能一窥此花色，
　　焉得不访兮旧时垣？[2]

就因为怕他问起你故去的母亲，所以才把你隐藏起来。”玉鬘听此，却幽幽地哭泣道：

1　常夏之花以喻玉鬘。

2　此为踏袭第二帖“帚木”和歌：“村家垣兮半颓倾，庭中偏生石竹朵，雨露曾否兮沾其茎？”石竹（一名常夏之花）朵以喻长大成人之玉鬘；旧时垣，谓往日玉鬘之母夕颜居所也。歌意谓：内大臣如得一窥今日玉鬘之容姿，必兴寻访旧日情人居所之念也。

石竹朵兮生荒园，
　花色平凡地偏僻，
　　谁人肯访兮任晨昏。[1]

她那副青春而楚楚可怜的样子，真个叫人打心底喜欢。源氏之君低吟："许是不来已？"[2]更觉相思情难禁，无以自适。

最近，源氏之君赴玉鬘居处的次数更形频仍增多，有时也自觉不该而勉强抑止。不过，逮着机会，总是不忘殷殷致函。如今，心里只有这个女性，使他日夜不能忘怀。唉，何以要如此煎熬自己呢？与其这般苦闷难忍，不如索性放手做去算了。可是，那样做的话，世人会怎么评议呢？自己受众人指责为轻率，倒也罢了；只怕对方也受到连累，那就不好了。何况，无论对她如何情深，总不能拿她与紫夫人相比啊。这一点，他自己心中倒是十分明白的。不过，如果以等而下之的人对待的话，对女方又有什么光彩呢？虽然自己的身份地位很高，可是，让她屈居于众多妻妾的末座，那也没有什么光荣可言啊，还不如教她委身于不怎么显眼的纳言辈的男士，受其爱护还强些。他自己心中如此再三思量，便觉深深怜恤。故而有时又想回来，也许索性把她许配给兵部卿之宫或大将，让她嫁得远远的，不在自己身边待着，初时心中或会若有所失之憾，但是可能也就会死了这条心吧。但是，近来由于频频来此探访而得亲芳泽，又加上有了教和琴的借口，所以无形之间反而变得较以往更为亲密了。玉鬘方面呢，起初她对源氏之君的态度甚不怀好感，甚至有点儿嫌厌他；可是，日子一久，倒也看出对方并不那么可厌，而是十分温和的人，所以她的态度便也自然有

1　此玉鬘沿源氏前作之答歌。仍以石竹花自喻。谓己本姿色平凡，复生村家荒园，空度晨昏，谁人肯来访耶？

2　典出不详。情调颇近我国南朝民间乐府，故径采意译。

所转变，如今，她已逐渐习惯，偶尔也会含蓄与之作适度的周旋。源氏之君见她对己好感与日俱增，而其娇媚之姿色亦愈为增添，遂又变得难舍难弃起来。然则，就让她住在这里，给她找个夫婿好好儿侍候着，等有机会时，再偷偷与她幽会谈情说爱聊慰心意吧。女人往往是不识男人时难于进攻的，一旦解情知爱之后，无论守身何等严谨，在男方言之，顾忌既减，只要热烈示爱，周遭耳目再繁多，也总有办法想的吧。瞧他这般打如意算盘，实在是可恶透顶！不过，话又要说回来，他这一转念，思恋之情又增，怕是更为苦闷难耐；而且，今后要他言行之际适可而止，恐怕只会是难上加难吧？唉，这种关系，可真是世所稀有，复杂微妙之至。

内大臣府方面，对于此次收容毛遂自荐的女儿一事，连自己家里的人都无所忌惮地批评为轻率，何况，世人更是议论纷纭了。内大臣对这些评论都早已闻悉，可是，偶然从辨少将口里得悉太政大臣也曾讯问及此，只好苦笑道："也难怪啦，这府邸里从来也没有收容过这等乡下女孩儿呢。平时对别人家务事儿不爱置喙的大臣，轮到咱们家里的事儿，他却格外竖起耳朵来探听贬损。这倒是咱们家的光荣哩。"少将则又说："给他安顿在西侧对屋里的那位小姐倒真个没话说的样子。听说兵部卿之宫对她有意，表现得挺热烈的。大家都在猜测：大概这一位不是泛泛之辈吧。"那为父的却道："哪里的话呀。还不是大家以为是大臣的千金才那么稀罕的？大抵世人之心都是如此的吧？谅她本人未必有什么了不起。果真是漂亮的话，早该已经传颂于世人口头了。那位大臣呀，至今都不稍有被人非难之处，只可惜自己虽位极人臣，照理说，也该有个嫡出的宝贝女儿疼一疼，教大家羡慕羡慕才是；偏偏他却一个都没有，子荫既薄，心中定必感觉遗憾的吧？那位偏房明石夫人所生的千金，虽然不是嫡出，听说宿命不凡，将来恐怕总有可观前途的。至于你方才所说的那位小姐，我倒怀疑不是他的亲生女儿呢。他这个人呀，总是有那么一手。我看他也许又在想什么鬼花样呢也说不定。”听内大臣这种口气，多少有点儿不服输、不甘心的样子。“究竟不知会把她许嫁给什么样子人家呢。恐怕还是兵部卿之宫得偿夙愿吧？他从小跟大臣的感情好，人品也不错，看来是最相配的了。”嘴里虽是这样讲，内大臣心中总是对自己女儿云居雁之事感觉遗憾的。早知如此，自己也该把这女儿珍藏起来，害一害世间男士焦虑，教他们猜不透乘龙快婿是谁才好。如今，只有内心暗暗嫉妒罢了。于是，他私下决心：除非那夕雾能晋升相当高的地位，否则定不让他将女儿随便娶到。又退一步想：若是那为父的太政大臣肯替儿子求一求情的话，或者可以装作拗不过他而接受要求，偏偏可恨对方竟一无情急的表现，这才更教人生气呢！

这一天，内大臣思考再三之余，忽然决定到女儿云居雁处去探望一下。少将亦追随在后。云居雁正在假寐。她那穿着单层罗衣横卧的体态，看来挺凉爽，又娇小可爱。衣服之下隐约可见的肌肤，也十分白净细腻。她一手仍握着扇子，另一腕则曲肱为枕。流泻的乌发虽未见得有惊人的长度，但末端处却十分醒目美丽。侍女们也个个都依偎在几帐边打着盹儿。一时间，竟没有人醒过来。听得内大臣轻击扇面之声响，云居雁才醒。她不经意地抬眼，那眸子里充满稚气，双颊红润。为父者看在眼里，觉无限爱怜美丽。“我不是跟你说过，不好随便假寐的吗？瞧你，怎么又这样不经意躺下了呢？侍女们也没放一个人在身旁，又是怎么回事呀？妇道人家得随时注意自己身边，保护自己才是。任意放心，可是不体面的哦。不过，话又要说回来，太过小心谨慎，像老僧入定，诵读《陀罗尼经》或结印[1]那样子，可也不是怎么好看的。若是对眼前人过分冷淡客气，这样的女人，表面上看似

---

1 佛家术语。为师徒授受密法之一种，密教尤重之。

矜持高贵，实则没有一点儿可亲之处，也算不得是温顺可取。你看，太政大臣教导那位未来之后的千金，人家所要求的，便是要精通各项而不露才华；既不卖弄聪明，也不呆头呆脑的。不过，人总是生来各有秉持，自然会倾向某一方面的吧。不知那位姑娘将来长大成人进宫的时候会是什么模样儿？咱们可要拭目以待。”于是，又接下去对女儿说道：“想送你入宫仕奉的愿望，如今虽然破灭了，可是，每当听到形形色色的人物故事时，难免总要想：至少，不能教世人把你当作笑柄才好。所以，千万可得当心，别上了男人甜言蜜语的当。我这儿自有打算的。”那言语之间，充满着慈爱。如今，云居雁也渐渐懂事了。对于上一回糊里糊涂引起了那一场风波，而自己竟敢若无其事地面对父亲，现在想起来，真是又后悔又害臊。祖母大宫时时差遣人来抱怨她没有音信相闻，可是，既然父亲说了这种话，也就不敢随便去拜访大宫了。

内大臣对收容在北侧对屋的那位新来的千金，究竟预备如何对待呢？费尽心血把这女孩子迎接了过来，总不能因为别人说闲话，就把她再送回去呀。那样做也未免太轻率放肆；可是，如果就此隐藏着她，又怕人家讥评：怎么真的收留了那样的女儿啊。索性把她送到弘徽殿女御处，让她就这么待着算了。世人都嫌她貌寝，其实，也未必真的那么不堪入目吧。乃笑对女御说道：“叫她来跟你吧。若有什么不对之处，尽管让年长的侍女教导好了。可别教年轻的侍女们来取笑她才是。这孩子呀，有时候挺轻佻的。”女御答道：“您也用不着这般操心，世人往往言过其实。想必是哥哥中将等人对她期望过高，所以才会有些儿失望的吧。也许是周遭的人过分注意，才使她心慌胆怯呢。”她的言行举止，十分优雅有度。这位女性的外表，并不见得每一部分都很标致，不过，自有一种高贵而清丽的韵味，予人以梅花初绽之晨般的感受。她那种欲语还休含笑的嘴角，最是与众不同。内大臣遂又道："唉，这一切，都是中将调查未周才引起的麻烦啊。"唉唉，近江之君这女孩子，也怪可怜的。

内大臣自女御处[1]退出，顺道来到了近江之君的居所。那里，帘子随便地高高卷起，近江之君正与一个长得极乖巧的五节之君玩着双陆。她兴高采烈地揉搓着双手，嘴里不绝地念着："来个小么！小么！"[2]语调快速，显得极缺乏教养的样子。唉，真要命啊！内大臣一方面用手制止前驱者吆喝开路，一方面更从妻户的隙缝窥伺内里。里面的纸门正敞开，遂得一览无遗。当对手的那侍女也急呼呼地捏着筒子叫："赢她，赢她！"她却故意不肯轻易掷出骰子。这女孩子或者另有可取之处也未可知，不过，从外表看来，给人的印象简直是浅薄透顶。近江之君长得小巧玲珑，也十分讨人喜欢，头发又丰富美丽，可以算是相当福相的，只是额头嫌窄了些，声音也太高。后面这两个缺点，把她的整个印象破坏殆尽。那一张脸，虽未见得多标致，究竟显然看得出跟自己的关系来。想到眼前这张脸与镜中映现的自己的脸相像，内大臣心中不觉地要怨怼起命运来。"教你待在这儿，有没有什么不自在，不方便？我太忙，没能够常常来探访你。"听得父亲这番话，近江之君便用她那惯常的急促语调回答："嗯，我在这儿倒是自由自在，挺惬意的。只是没法儿时常拜见多年思念的您，稍稍有些遗憾，就像玩儿双陆的时候，掷不出好骰子似的。""可不是吗。我这儿，身边也没有一个好丫鬟……我倒是想，如果能让你在身旁待着也不错，但是，也不便于那么做。若是普通的丫鬟嘛，虽有身份高下之别，混在一大堆侍女之中，也不必担心会引人注意吧。不过，像你这样，给别人议论起那是某某人的女儿，某某人的孩子，自然

---

1 盖值弘徽殿女御归宁之期，故住在六条院府邸里。

2 盖盼对方掷骰子时出小数目也。

难免会教兄弟亲人感到不方便吧？”内大臣的话说到这儿，终究有些难以往下讲的样子。可是，那女孩子却丝毫不觉察这情形，她抢着说：“哪儿的话呀。如果想要出风头，才会引起麻烦。其实，我也可以做替您端夜壶的差事啊。”内大臣不禁笑了出来。“那怎么行啊。你如果有心要孝顺这难得一见的父亲的话，只要你在说话的时候小心点儿，把调子放慢些，那么我也就可以延年益寿了。”好开玩笑的内大臣笑着这样说。“唉呀，这快舌头是天生的呢。记得小时候，病中的先母还时常骂我。据她说：都怪我出生时，妙法寺的别当大德到产房里去祈祷，所以才教我变成这样子的。唉，我真该快点儿矫正这毛病才对。”看她忽然着急起来的样子，充分反映着内心的孝意。内大臣突然感觉于心不忍。“这么说来，都怪那个进入产房的和尚不好喽。那人大概是受前世报应的吧。据说，哑巴和口吃都是偿前世诽议《清华经》的罪过呢。”这会儿，内大臣心里却在想：虽然同是女儿，但要把眼前这一个交托给那位令人肃然起敬的女御，可真有些儿难为情哩。他又后悔：这样不成器的女儿，究竟当时是出于怎么个冲动才把她收留下来的啊！日后，让大家一传十，十传百地议论下去，那可怎么办？故而只得告以：“女御归宁期间，多多去拜访她，跟人家学点儿女官的礼仪什么的。连普通无甚可取的人，只要在人群中学点儿东西，自然而然也会受到熏染的。你可有意去见见你那位姊姊吗？”“呀，那太好啦。这些年来没有想过别的，日夜心里只希望大家能看得起我呢。只要她肯答应，就是替她挑水担柴的粗活儿我都干！”一高兴，她又不自觉地越说越快了。为父的只有变得更加忧郁起来，遂半开玩笑地说：“好啦，好啦。用不着你真的给她去打柴理薪什么的。尽管去找她吧，只要把那所谓大德留给你的毛病改一改就是。”但是这小女孩哪里听得出她父亲讽刺的口气呢？在大臣之中，这位内大臣算得上是最为美貌而具威仪的，普通人连拜见他都有些提心吊胆，战战兢兢，但是，这女孩子却蛮不在乎地追问："那么，我什么时候可以拜见女御呢？""本来嘛，该选一个黄道吉日才好。不过，我看算了吧，不必那么讲究了。高兴的话，今天去都可以。"内大臣留下这话便走了。

目送着被四位、五位等人簇拥着的父亲，他那一举一动都十分威严的样子，近江之君不禁感慨道："啊，我父亲实在了不得！可是，我是他的女儿，怎么会偏偏出生在小破屋子里呢？"她的玩伴五节却在一旁大放厥词："可是，太过了不得，反而不容易亲近。还不如让身份适度的亲人收容，好好儿尽心接受照顾的好。""你说什么！怎么尽讲些扫兴的话呀。以后你同我可要客气些说话。我跟你是不同身份的！"她那一张气咻咻的脸，却有几分可亲而逗人喜欢之处。瞧她那副没遮没拦的调皮相，真个天真无邪，可爱极了。咳，只可惜，生长在土里土气的下人堆里，所以也没有人好好儿指导她说话，遂致于如此。其实，即使极寻常的话，只要从容道来，听着自然感到悦耳；就是最普通的讲唱故事，只要用充满感情的声调，单唱那上下句的某些地方，一般不求甚解的听众，也会认为十分有趣哩；反之，若是碎嘴快舌，就算是话的内容再有深度，听的人也不会感觉其妙了。就以这位小姐为例子吧。声音既不清脆，说话又带着怪腔怪调，完全是在乳母怀里娇宠惯坏过来的样子。她那举手投足之间，又没有一丝儿气质品格可言，当然显得一无可取。可是，别看她这样，人家还真用功的，硬将那三十一个字母勉强凑合起来，也会快速地诵读拗口拗句的和歌呢。

"父亲叫我去拜访女御，假如我慢吞吞的，人家可能会不高兴。就决定今天晚上过去吧。即使父亲把我疼得像掌上珠儿一般，而姊姊对我冷淡的话，我还是没法子在这儿待下去呢。"听她这口气，恐怕别人真的没有把她放在眼中哩。乃先修成一函："虽蒙父亲收容于'苇垣近处'[1],至今都没有机会'一亲芳影'[2]。可悲,您竟要筑起'勿来之关'[3]相拒吗？容我不客气地攀上'同生武藏野'[4]的姊妹关系吧。罪过，罪过。"那字迹歪歪倒倒，龙飞凤舞一般。背面又书写着："今夜想拜访您,怕是'惹人生厌'[5]吧？文滞字乱,请当'流水过目'[6],多多包涵啊。"又在末端附笔：

"幼草生兮荒田中，
　常陆湾浦近江浪，
　　得蒙相会兮偿愚衷？[7]

'悠思如大川'。[8]"这些字句都书写在蓝色单层和歌用纸上。字迹模仿草书，可是看来到处都是棱角，显得颇不娴习的样子。笔力甚为不稳，那"し"字，又故意拖得长长，装模作样；至如字行呢，也斜斜歪歪，像要倒下去一般。近江之君却得意地含笑欣赏，最后，将它折成细条，又附添上常夏之花。担任送信的女童侍，虽是新近请来打扫厕所的小姑娘，倒还长得乖巧伶俐。她把小主人的信件拿到女御的下房去。"请把这个转交给夫人。"下女之中，有人认识这小姑娘乃是北侧对屋里的，遂将信件收下，再由大辅之君把它呈上。女御含笑将

---

1 句出《古今集·恋一》，无名氏作和歌。
2 句出《后撰集·恋二》，和歌。
3 同上。
4 句出《古今六帖·五》，和歌。
5 句出《后撰集·恋二》，无名氏作和歌。
6 句出《古今集·恋二》，纪友则作和歌。以上引句，皆典有所出，且音义双关，无法完全翻译，故多采意译。
7 此和歌所据典故多而晦涩不明，日文各语体本亦未见确说，今但取其意，译文与原歌字句相差甚大。
8 句出《古今集·恋四》，无名氏作和歌。

它搁置在一旁。有位侍候在女御身边的中纳言之君斜眼窥伺，说道："咦，挺别致的文章嘛。"女御见她如此好奇，乃将信笺交下。"大概是我不习惯读草书的缘故吧，这首和歌好像有点儿上句不对下句呢。"又说："要答复嘛，恐怕也得像她这样详详细细写出来，否则，人家也许要嫌咱们差劲呢。快快儿给她回个信吧。"女御明明是在逃避。年轻的侍女们大家都忍不住暗笑。送信的女童侍催求回音。中纳言乃道："人家来信引用了许多典故，倒是真难给她答复啊。写得像代笔嘛，又太失礼。"于是，尽量模仿女御本身的口吻写道："明明近在咫尺，却又疏隔如此，怎不令人遗憾！

常陆浦兮骏河海，
　须磨岸边浪往返，
　　箱崎之松兮空等待。[1]"

书写完毕，诵读一遍。女御听后，颇觉赧颜。"哎呀，糟糕。万一若是被人传闻开去，以为真是我写的，那可怎么办？"中纳言却道："听的人自然会分辨的呀。"遂将那回信折叠好，交由女童带回。近江之君读此，却惊喜万分地说："多好的歌啊。她说'等待'我呢！"于是，赶紧令人一次又一次地薰烧甜蜜浓郁的香料来薰衣物。把自己那一双面颊涂得通红。又梳头发，又理衣裳地忙碌起来，显得还挺热闹逗人喜欢呢。看样子，同女御会见时，准会有一番过火的举止哩。

1　此为愚弄前文近江之君原歌而作。以原歌堆砌地名甚多而句意不连贯，故此答歌亦愈竞用地名也。日语"松""待"同音。

第二十七帖

篝　　火

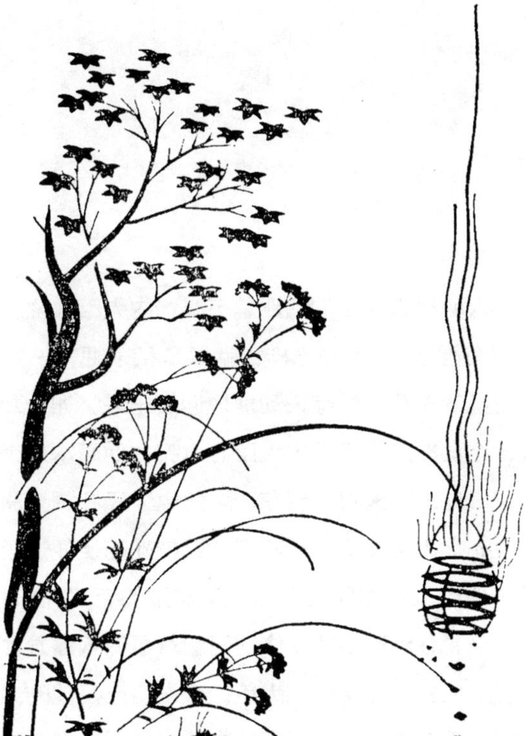

近来，世人所热衷谈论的话题总不离“内大臣那位新来的千金”。源氏大臣也时有闻悉。“不管怎样，就算是私子吧，一旦把那女孩子从一个没人注意的隐蔽之处惊天动地地迎接出来，如今却又让她随便给人评论着，这真教人猜不透内大臣心意呢。他原本是个讲究是非黑白，一是一、二是二的人呀。现在，居然也不仔细调查清楚，便把人家给接了过来；后来又发觉自己不喜欢，就随随便便这般对待的吧？其实，很多事情可以看如何处理而妥善安排的嘛。”他心里正为那近江之君打抱不平。看到这事情，住在西侧对屋的玉鬘方才觉得：幸亏自己当时没有急忙去依赖这位内大臣。虽说自己是他的亲生骨肉，究竟对他的认识并不够深，万一天真地去接近他，或许会碰上什么教人发窘的事情也未可知。另一方面，右近也在旁边详细分析源氏之君的用心深刻给玉鬘听。虽然，这位人物多少还是有其风流的坏习性，不过，他到底并没有真正勉强坚执己意，而且，对待玉鬘的态度也只有倍添亲切而已。这一层倒是感动了女方的心，近来她的态度也就逐渐有了妥协的倾向。

又到了秋天，凉风习习地吹着。这本是一个容易使人“寤寐思服”[1]的季节，源氏之君也就更加难忍相思情怀，遂借故时时造访玉鬘住所，有时便也教她弹琴消磨时间。初五、初六时分，夕月早沉，天空暗淡，微见云色。秋风吹拂荻梢，那声响愈发令人增感添趣。他们二人双双枕着清琴伏卧着。光源氏不禁暗自慨叹：好不容易能融洽地亲近到这个地步，却依然没什么进一步的事情发生！咳，谁会相信世上竟有这般不可思议的一对男女呢？遂叹息连连。可是，毕竟怕招惹别人猜疑，所以决心提早归去。他看见庭前篝火几灭，乃召右近大夫来，嘱咐令人添加柴薪。篝火设置在涓涓泉流之旁饶有情趣的檀木树荫下，那柴薪不多不少，有亮光而距离稍远，因此不觉其燠热。房间里相当凉快，光度亦恰到好处。女主人娉婷的身影看来格外鲜明诱人。她的秀发予人清凉的触感，别有一种高尚的韵致。那羞答答矜持的模样儿更教人产生无限爱怜。源氏之君愈看愈不舍得离去，在那儿叹气犹豫。乃吩咐道：“叫个人专门看管这篝火吧。没有月光的夏夜，院子里若不点着火，看起来怪阴森森可怕的。”

“篝火燃兮照园红，
　光焰渐升渐灼热，
　　伴我恋情兮共熊熊。

究竟要人家等待到何时呢？虽然无意于‘薰燃蚊香’[2]，可这种默默的燃烧，可真煎熬人啊。”听男方这寄寓热情的和歌，女方倒是有些儿莫名其妙的感觉，乃答以：

1　句出《古今集·秋上》，无名氏作和歌。原歌为男女思慕之作，以其意近，故径取《诗经》关雎之句代之。

2　句出《古今集·恋一》，无名氏作和歌恋歌。原歌以夏夜薰燃蚊香，喻恋火之煎熬难耐也。

“烟无踪兮半空消，
　既谓情同燃篝火，
　　胡不熄灭兮莫焚烧。

试想别人会怎么说呀。”看她真个焦虑的样子，只得死了这条心。“好罢，那么就只好算了。”正预备动身之际，却忽然听见东侧对屋方向传来风流有致的笙笛合鸣声。又是中将[1]和他一伙游伴游戏作乐吧。“咦？那不是头中将[2]吗？他那音色可真个不同凡响啊。”源氏之君遂又止步不忍行，令人传递消息道：“被清凉的篝火引诱，来到这儿呢。”三个年轻人[3]便也相随而来。“听到秋风乐的笛音，舍不得就这么离去哩。”源氏之君边说着边令人取来和琴一具，径自优雅地弹奏起来。源中将也和以美妙的盘涉调笛声。头中将心里想着玉鬘，所以一时竟唱不出口来，可是给源氏之君催促着“快点儿，快点儿”，也就只好和着辨少将的拍子幽幽地低唱起来。那歌声细细，犹如轰鸣一般悦耳动听。歌罢两阕，然后将和琴推向中将。这青年人的技艺可真不含糊，弦音繁富，并不比那位琴中高手的父亲内大臣逊色。“帘里头还有一位知音的人儿。今晚可得千万小心，不能让我喝过量啊。年纪大喽，难保不会醉后吐真言哩。”玉鬘在里头听源氏之君此番话语，心里不禁也难受起来。许是血浓于水的缘故吧，玉鬘对她这两位异母兄弟始终是暗中注意的；可是，他们本人却做梦也料想不到这一层关系。尤其是这位头中将，平时对玉鬘已是倾心爱慕，这种场合里，更加难以抑压内心的情火。不过，终究还算能极力克制，尽量收敛，所以即使弹琴之际，也不敢稍露情意。

---

1 即夕雾也。

2 即内大臣之子柏木也。

3 盖指夕雾、柏木及其弟辨少将。

第二十八帖

野　　分

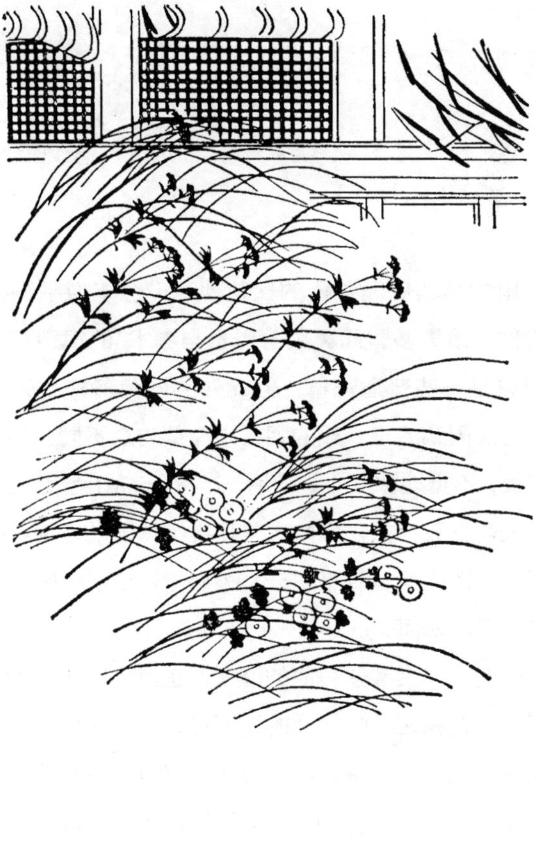

六条院里中宫的庭园种植的秋花秋草，今年似乎较往年更为可观。花草的种类既繁多，而羼杂着黑木与赤木[1]的篱笆更显得风雅有致。虽然都只是一些普通花草，但此处的各色各样，无论其姿态形状，甚至那上面闪耀的玉一般的朝露光泽都与众不同。望着这一园野外风味的庭景，不觉地教人心旷神怡，连春天的山色[2]都几乎要淡忘了呢。说到春天与秋天，古来多数人总是推崇秋天的。前一阵子还被春之殿的花园吸引的人们，看来现在又移心于这边了。唉，这情形正如同世态炎凉，无可如何。

中宫这一向为了贪看这美丽的园景，正返此归宁。她本是有意在这期间举行一些管弦之游啦什么的，不过，八月正值她先父前东宫的忌月，故而只好避讳，但是，她内心却日夜担心着：莫非要让这秋花秋叶白白过去了。等花色正盛时，竟天空忽变，刮起台风[3]来。即便是

1 保留树皮者为黑木，剥去树皮者为赤木。
2 暗指紫夫人所居处。
3 台风，日本古代语作“野分”，故帖名特保留原词。

平时不怎么在乎花凋草萎的人，看这情景都难免会心生怜悯之情的，更何况这位女主人呢？眼见那满园草露四处飞散的样子，真是说不出的心疼啊。所谓“似袖遮满天”[1]，与其说形容春空，倒不如指这般的秋空。黄昏天暗后愈加吹得起劲的风，教人不得不关上外头的木格子门，可是，中宫心里老惦念着园里的众花，瞧她，真个焦虑极了。

紫夫人的南殿方面，也正巧刚刚令人整理过院子，没想到竟刮起这样的暴风，稀疏的荻草被风吹得东倒西歪，有的甚至于茎叶断折，怎承得住露珠？这情景，岂是古人所谓“疏荻承露待秋风”[2]的风雅景象啊。紫夫人稍稍挪出廊边，凝视着那处处被风吹得摇摆不停、露水四散的荻草。源氏之君正好到小女儿明石小姐那边去了。中将之君却赶巧在这个时候来访。他无意间从东侧的矮屏间窥见妻户敞开的里面，到处有侍女们。他便默不作声地伫立在那儿。风太大，屏风都折叠好，推在一边，故而清晰可见那位在厢房的女主人。她那超凡脱俗的高贵气质，犹似春风薰人，又像是春天朝霞之间满开的桦樱一般，真个艳光照人。风吹得垂帘欲掀，侍女们连忙用手压着，不知怎么回事儿，竟逗得紫夫人笑了起来，那模样儿更是美得出奇。也许是担心花落吧，她久久待在那儿，不肯进入内里。近侍的几位女郎也都显得花枝招展，十分引人注目，可是夕雾此刻却无暇旁顾，只痴痴地望着紫夫人。这才领悟到：原来，父亲平素有意隔离自己和继母，乃是怕像这种场合里，难免教看的人心生摇荡之故吧。这一转念，使他突然害怕起来，遂连忙引车退出。赶巧这时候，源氏大臣正从西侧对屋的方向打开房门走进来。“这是吹的什么风呀，真够讨厌的！快把格子门放下吧。这种时候，总是有男士们探望，也不怕里头都教人看清楚

---

1 句出《后撰集·春中》，无名氏作和歌。原歌为咏春天肆虐百花之大风。
2 句出《古今集·恋四》，无名氏作和歌。

了吗？”夕雾听此，反倒好奇地又走过去窥伺一会儿。大臣像是在说什么，他正含笑注视着夫人的脸庞。那模样儿看来哪儿像是自己的父亲呀。瞧他浑身散发着年轻而清丽的气息，正值盛年巅峰时期呢。至于紫夫人，则更是韵味愈增，风华绝代。看着这一双玉人俪影，不由得教人打心底感动。不意，此时渡殿东边的格子门被西风吹倒。差点儿原形毕露，夕雾只得又站开。他伪装方才来到的样子，假咳通报，走到廊上。大臣说：“喏，我说的对吧。一定让人家瞧见里头了。”他如今才注意到妻户方面，遗憾刚才这边必定是十分暴露的。中将之君年来一直没有机会拜见这位继母，可是，所谓“风能举严石”，说得一点儿都不错啊，小心万端，竟也不敌此风，今日始得意外拜见丽影。

许多人连忙赶来。“看样子，还要刮一阵子风呢。从东北方向吹过来，所以这儿倒是没什么大关系，只怕马场之殿和南面钓殿方面较危险哩。”大伙儿七嘴八舌地扰扰不安。“中将是打哪儿来的？”“方才去三条之宫[1]拜访，听人说要刮大风，所以担心这边，跑来看看。那边的情形更糟，外祖母如今真像是小孩子一般，听见风声便怕得像什么似的。我放心不下，还是早点儿告辞，回去看看她吧。”“也好，你就回去照拂她吧。没听说返老还童吗？不过，大抵年纪大的人总是这样子吧。”源氏之君不禁油然起怜悯之心，乃修函于岳母：“天色大变，实堪忧虑。今以此朝臣[2]随侍在侧，万事请交代之。”途中狂风袭人，步履维艰。中将原是个做事认真、一板一眼的人，平素他也从未懈怠过日日拜访三条之宫与六条院的。除非正巧遇着宫里禁忌之日，不得不宿直以外，无论公事节会，或者事情再怎么繁忙，他也总是百忙之中偷空先到此六条府邸问安，再到三条之宫，然后才上宫参内。尤其

1 夕雾祖母故摄政太政大臣夫人居处。
2 指夕雾。为用于正式场合之尊称。

像今天。刮着这么大的台风，他也照常放不下心，东奔西走，真是难得他这一片孝心啊。外祖母大宫也无限感动地盼望着这外孙，她一见到夕雾，便用那种颤抖的声音说："唉，活到这么一大把年纪，还没见过这么烈的台风呢。"暴风吹断大树，那树枝折断的声音教人听着都害怕。"风都快要把屋瓦吹光了，你还来看我，真亏你有心啊。"大宫的声音依旧颤抖。回想从前摄政大臣在世时，她这里多么威风呀；今非昔比，瞧她现在竟要依赖这位外孙中将，怎不令人感叹浮生无常呢！世人对大宫的尊敬虽未稍减，倒是她自己的亲生儿子内大臣反而与之有些疏远了。

中将终夜听着风声，未能合眼，不知在那儿沉思着什么。真奇怪，如今他心中所想念的竟不是那位苦恋的情人，却是白天无意竟窥见的丽影哩。嗳嗳，这怎么行啊，可别引起畸恋什么的才好，这种事情，想着都是可怕的。他连忙警惕自己，设法要去想一想别的事情来把这念头岔开，可是偏偏脑中愈加会不时地浮现那倩影。古往今来，可有过这样美好的女性吗？父亲和她可谓佳偶天成，可是，为什么六条院邸里还会有像东厢那样的许多妇人呢？她们当中，有谁比得上这一位啊！夕雾不禁深深地为紫夫人惋惜起来。不过，从另一方面来讲，此刻他方才明白父亲竟能一视同仁地照料众多妇人的用情深刻了。这位公子是相当正派的人，他当然不敢心存妄念，只是内心里偷偷地想：若要娶妻，真应该选个像这样的女性日夜相伴，那必定会令人延年益寿的。

黎明时分，风稍敛，却下起倾盆大雨来。有人说："六条院的隔离厢房倒塌啦。""哎呀，昨夜狂风中，院中央父亲所在的地方倒是挤满了人，而东边人少，不知她们心里有多惶恐呢。"中将连忙跃起，天未大明便动身往访。沿途大雨横扫，打进车厢里犹觉寒冷。天色既不同寻常，而自己心中似乎另有一股莫名的慕情升起。咦？究竟是怎么一回事呀？莫非是那一段苦恋之情以外又加添了另一种新的慕情吗？嗳嗳，这样可不成，想到哪里去了嘛！就这样子，一路上忧思烦闷地来到了六条院。先去探望花散里夫人，细心安慰这位已经吓得魂不附体的妇人，又召人使修缮被风吹毁的各处。然后再赴南殿。这里，连格子门都还没有启开。夕雾只得凭依房前的高栏四眺。假山上的树木被吹倒的不知有几许，枝叶也折断了一地。草丛自不待说，连葺屋顶的桧木皮、瓦片，及隐墙[1]、透垣[2]等，到处一片散乱。日光始射，把满庭忧郁的露珠照得晶莹耀眼起来。空气中仍有浓浓的雾意。看着这清晨的景色，夕雾不觉落泪。他悄悄地拭去泪水，干咳两声。“咦？是中将的咳声嘛！天还没大亮的。”是源氏大臣的声音，他好像要起床的样子。女主人似乎也说了些什么的吧，听不见她的声音，却听得大臣笑道：“从来都没有让你尝过晓别的滋味，今天早上却要让你经验一下，抱歉哪。”听他们这般卿卿我我的，可真有意思。虽然夕雾这边还是听不见紫夫人说的话语，可是这样依稀地隔着门偷听他们说笑，也充分可以想象他们两人之间甜蜜恩爱的情形。忽地，源氏之君亲自掀开了格子门。怕靠得太近不好意思，夕雾连忙引退了几步。“昨晚你去了三条之宫，姥姥高兴吗？”“是的。如今，她变得更脆弱，更容易掉眼泪了。唉，真是可怜！”大臣却笑着说：“姥姥恐怕也不久于人世了吧。你好好儿照料她。常听她老人家抱怨：‘内大臣不肯管我身边事儿。’那位大臣呀，言行举止常是极大胆引人注目的。就拿孝亲这件事来讲吧，他的所作所为总是有意求闻达、惊动世人，实际上却欠缺着细腻的真情。当然啦，他这人极聪明，有深度，又才学兼具，虽然多少有些脾性，不过，像现在这种时代，要挑一位像他这般缺点不

1 立于庭中房前，以障蔽内里之墙。
2 亦障眼用之墙，板与板间略可透视，故称。

多的人，也的确很不容易了。”说完，他又忽然想起似的说道：“对啦，这么可怕的大风，不知中宫那儿有什么适当的宫司吗？”遂令夕雾往访。又使带上口信说：“昨夜风声，不知如何感想？暴风肆虐，复染感冒，遂更难堪，致未敢出户。”

中将徐徐退出，经由中央渡廊，走向中宫之殿的方向。晨曦之中，那姿势看来格外优雅有致。他来到东侧对屋之南，眺望寝殿。格子门已掀开了两间许，帘亦已卷起。见许多年轻的侍女依着高栏。她们自在闲散的样子，逼近看究竟如何，不得而知；可是，透过这微暖的晓光，那多彩多姿的衣裳色泽，倒是显得个个风情万种。她们正令女童侍们下庭园去给饲虫的竹笼挹取露水。那些小姑娘穿着深深浅浅紫色、桃色的底衫和面青底绿的外褂等，无一不合乎季节，看来极赏心悦目。她们三五成群地踩着草，提着各式各样的竹笼，去撷取常夏之华等细弱的枝茎。那光景，在朦胧的晨雾里，看来十分艳丽。从寝宫方面吹来的风里，似乎还飘含着紫菀花香，莫非是那风吹拂过里面女主人的衣袖所致？想及此，夕雾禁不住一阵心头骚动，顿觉踯躅不前。终于鼓足勇气，上前低声轻呼。侍女们虽未见得大惊失色，一时间却都滑入内里去了。其实，中宫入内之初，中将年纪尚幼，那时也曾自由进出她的帘内，所以同此地侍女们也应该还不至于太陌生疏远吧。他先将源氏之君的口信禀报中宫。后来，看见有宰相之君和内侍等熟人，故而与之轻声密谈。这边的生活情形，自有一种贵妃的高尚气氛，见此情形，夕雾脑中不禁又浮现各位女性的不同气质、情韵等等。

南殿已将全部格子门启开了。源氏大臣和紫夫人正双双观览着昨夜女主人所担心的花草。果然，今朝都已凋萎殆尽了！中将之君返归来，在阶前复命：“中宫之君以为您会过去帮她防范大风，吓得像个孩子一般。不过，方才转告了您的旨意，如今已定下心来了。”“她就是这么胆儿小。昨晚那种情形，她那里又全都是些妇女，真不知她有多害怕呢。一定会怪我不周到吧?”源氏之君决定立刻去探望中宫。为着要加上外褂,掀开垂帘,进入内里。眼明的中将却迅速瞥见了从低矮的隐几边露现的袖口。啊,那位妇人便在那儿!他的胸口顿时剧跳,乃不知所措地连忙将视线移向旁处。这时,大臣正在里边照镜子。他低声对夫人说:“中将今天早晨看来蛮漂亮的。他年纪轻轻,竟然也挺有派头。我这样子想法,也许是‘儿子自家好’的毛病吧。”瞧他不住地端详镜子里自己的身影,大概总是以为自己那一张脸是永远年轻美丽的喽。他刻意整容修饰一番,一面说道:“见那位中宫之君,心里多少会紧张些。虽然她未见得真有风情万种的绝世风姿,不过,到底风韵高贵,教人也不得不用心呢。看来女人味十足,却又有一股说不出的凛然气质。”走出时,看见夕雾似乎满怀心事,一时并没有觉察的样子。凭那敏锐的感觉,不知大臣心里怎么想的,他忽又折回房间里,对紫夫人说:“不知中将是否趁着昨天的大风骚扰看到你了?我记得那扇门是开着的呢。”夫人却羞红了脸道:“怎么可能啊?渡廊那边连个声音都没有听到呢。”“那就怪啦。”遂自言自语离去。

源氏之君既已进入中宫帘内,中将便到渡殿门口有侍女的地方去说笑一会儿。可是,不知怎的,胸口几次发闷,较往常显得心事重重的样子。大臣后来又直接到北侧去探望明石夫人的居所。这儿连个像样的家司仆役都没有,只见几个侍候多年的下女在草丛中来回走着。有些女童穿着风雅的殿仕装束在那儿徘徊,大概是想把篱笆间缠绕的龙胆草、喇叭花等被风吹乱的整理好的吧?明石夫人本来在靠外处满怀心事地拨弄着筝弦,忽听得源氏之君一行人来临的前驱者吆喝声,乃连忙从衣柜子里取出一件外褂,加在那件日常服的上面。瞧她这种一丝不苟的样子,的确令人感佩。没想到,源氏之君只在进门处小坐一会儿,问候昨夜风暴的情形,便匆匆回去了。女方大感失望,不觉地自言自语道:

拂荻叶兮寻常风，
经田过野自呼啸，
妾徒感喟兮怀苦衷。[1]

西侧对屋这边，玉鬘昨夜因怕听风声，一宵都没有睡好，今朝竟起晚了。现在她正在那儿照镜子整理装束。源氏之君特别关照仆役，使勿大声喧扰，故而进得门来也静悄悄的。屏风等杂物都堆向一边，周遭显得有些零乱。这时，忽地一阵阳光射入，将玉鬘的倩影照得玲珑浮突，十分艳丽醒目。源氏之君挨近她身旁问候昨夜的暴风，却又嬉皮笑脸地故意扯东扯西，半打趣，半诉情，真教人受不了。玉鬘不耐烦地说："早知您又要来这一套的话，不如随昨晚的风，给吹到别的什么地方去还好些！"男方却爽朗地答道："随风飘走哇？那岂不是太轻率了吗！恐怕是有了什么好定向了吧。我看你的心呀，越来越离我远喽！这也难怪你呀。"玉鬘自觉失言，羞涩地微笑着，那一张脸庞真个娇艳极了。瞧她那细腻的肌肤，丰腴的面颊，发际之间隐约可见的额角等，无一不令人陶醉。除了那一双眼神过分明媚，稍嫌欠缺着高尚的气质以外，其他真可谓无可挑剔。中将之君倒是颇想趁着父亲同这位小姐谈话的机会窥伺一下女方的庐山真面目。见边房帘内虽设着几帐，却被风吹乱，遂偷偷将那帷幕掀起。谁知里面碍眼的东西全都搬移开了，因得一览无遗。呈现在他眼前的是这一幅大臣嬉戏的情景，显然任谁都看得出来；这可就奇怪啦，虽云父女，但瞧他那股亲热的劲儿，恨不得把这妙龄的女孩抱入自己怀里似的。中将内心不禁起疑。他一面担心被人发现，却也一面又按捺不下好奇心，更睁大双

1　以风喻源氏之君，谓其到处呼啸而过，吹拂荻叶亦平凡寻常事（暗含走访之妇人甚多也），而己独怀苦感喟也。

眼注视着。这时，玉鬘正躲在柱子旁，把脸儿侧向一方，被大臣一把拉过去，陡地，长发似波浪一般披散在脸上。女的看来有些懊恼的样子，不过倒也柔顺地依偎着男方。看他们这情形，恐怕已不是泛泛的关系了吧？咳，究竟是怎么回事啊！父亲风流成性，精于此道，难道是亲生骨肉，只因为从小没有放在身边抚养，就会产生这等感情吗？唔，原来如此！真教人恶心。夕雾私底下这样想着都自觉羞愧。说实在的，玉鬘的模样儿真个容易令人想入非非，虽云异母兄妹，若是彼此疏远一些，谁知道会产生何等结果？虽然比起昨日窥见的另一位丽人稍嫌逊色，不过，眼前这一位是娇艳欲滴，两人几乎不相上下哩。看着她，忽然使人联想起棣棠花盛开的多露的夕阳景象。在这秋季里忽生这样不合时宜的联想，多少有些怪诞，但是，玉鬘予人的感觉确实是如此。赏花自有不同的层次和程度，有时也难免有萎瓣杂入其间而破坏美好的印象吧，但是品评人的美貌，可就难下精确的譬喻了。

周遭没有旁人，大臣与玉鬘原本在那儿轻声低语，不知怎的，源氏之君忽然一本正经地站起来就要走。女的遂咏道：

风乍起兮肆狂虐，
　枝叶为凋女郎花，
　　人共花颤兮靡有托。[1]

躲在外面偷窥的中将虽然听得不十分清楚，不过，从隐约听到大臣重吟的歌词内容，却觉得可憎复有趣，遂兴好奇心，想往下看个究竟；但是，又怕父亲觉察自己这种行为，故而只得趁早离去。源氏大臣的答歌：

1　以狂风喻光源氏突来之激情，谓其要求无理逾矩，女心颤抖如花（花以喻己）之将凋也。

“暗承露兮女郎花，
　倘使迎风肯披靡，
　　弱茎堪怜兮敢折耶？[1]

瞧那绿筱便可知。”歌词大概是这样的吧？抑或有听错之处吗？唉，反正都不是什么值得传颂的事情哩。

接着，大臣又往赴东侧花散里的居所。怕是今朝晨寒使人突然想起添置冬衣的吧？有些老妇在裁剪，另有一些年纪轻的侍女则聚集在女主人面前，在那像是柜子似的东西上挂着绵絮，正用手搓拉着。四处散放着褐色的薄罗啦，有光泽而色彩时髦的绢等。“这不是中将的衣裳吗？你这样辛辛苦苦为他准备，今年怕是连宫里赏庭之宴都要取消喽。风吹得这般凶猛，什么事也办不成了。唉唉，真个煞风景的秋天啊！”大臣叹息连连地说。他浏览那散乱满室的各色各样绢帛，内心觉得：在这方面来讲，这位女主人倒是并不输给南殿那一位哩。有一件绫质直衣，采用新近撷取的月草花染出来淡彩花纹，看来颇为美观。“这又是给中将穿的吧？正是年轻人的花色呢。”说罢，便行离去。

陪着父亲到处走访。其中有些人，并不是夕雾喜欢的，这样东走西走，心中难免烦躁起来。本来想写信什么的，如今眼看时候也不早了，更有些懊恼。这会儿来到明石小姐处。“还在夫人那边呢。小姐怕那暴风，到现在都还不肯起床。”乳母出来代答。夕雾也附和道：“风也真够猛烈的。昨晚本来想到这儿来陪伴，可是大宫她老人家也害怕，所以就……小姐还好吗？”众侍女都笑着说：“咱们小姐呀，连个扇子的声音都怕听的；何况，昨晚上的大风，差点儿把她给吓坏了。可真教人费心照顾哟！”“你们这儿可有什么不太讲究的普通一点儿的信笺？还有

1　光源氏沿女前歌，以女郎花喻玉鬘，风则喻己，谓女方倘肯稍示迁就，则己亦当知怜恤，不致令其受苦折磨也。

砚台没有？”侍女们应中将之君的要求，从书橱里取来一卷纸，端放在砚台的盒盖里奉上。“呀，这未免太讲究了。”嘴里虽然这么说，不过，心中却暗忖：以这位小姐的母亲——明石夫人的人品气质而言，恐怕这种纸墨还不顶相称呢。遂径自在那上面书写起来。那信笺是紫色的薄纸。瞧他用心研墨，若有所思地细细端详着笔锋，写几个字便喘一口气，那种认真的样子，充分流露出平素的德行涵养。可是，毕竟是汉文书籍读多的关系吧，那和歌反倒显得有些过分谨慎呆板。[1]

狂风起兮云飞乱，
万户昨夜未安宁，
怀君难忘兮空自叹。

将其小心细折之后，系于被风吹乱的萱草茎上。侍女们不禁惊呼道：“哟，这不是跟小说中那位风流的交野少将[2]所用的同样色调吗？”“什么色调啊？我哪儿知道他用的是开在什么地方的花草呀！”他只是三言两语，不肯多说，态度也矜持有度，丝毫不见轻率的样子。遂又修成另一函，交予右马助；右马助便把其中之一交给一伶俐可爱的女童侍，另一则交予可信的随从。见他们在那儿咬耳轻声叮咛的样子，害得侍女们只有好奇地胡乱猜想起来。

听说明石小姐要返回这边来，大伙儿连忙整理几帐，准备出迎。中将忽然兴念，想把她来同方才所窥见的各位妇人作个比较。其实，他平常并非喜好此道，现在竟然会把妻户的垂帘拿来遮挡身子，从那几帐的隙缝偷偷望入。果然，看到这位小姐正在隐蔽处轻轻滑移过

---

1 原文此段着墨甚少，颇嫌晦涩，今稍加增润，使含意明白。和歌与汉诗为不同系统，故云。

2 其人其书已失传。

去。侍候她的人太多，显得熙熙攘攘，害他看不大清楚，真有些儿焦急。只见那少女身穿一袭淡紫的衣裳。头发尚不及身长，却十分丰多，末端散开着。那娇小玲珑的身材，最是惹人怜爱。较诸前年偶然相见时，可真长大不少了啊。不知将来豆蔻年华时，更会有多么吸引人呢。若将先前所见那两位[1]比喻作樱花与棣棠花的话，眼前这一位少女该算是紫藤花吧；从高高的枝梢垂挂下来，随风摇动，送来清香，那正是她给人的感觉。唉，何以不能同这些美妇人任意地朝夕相处呢？其实，三人不都是亲兄妹吗？哪有不能见面的道理？偏偏父亲设限甚严，真教人不能不怨恨哩。原本是正经忠厚的中将，如今倒也有些儿难以自禁的慕情冲激在心头。

来到外祖母大宫的三条居处。此地显得异常安静，她老人家正一心向佛修行。这里当然也有不少年轻的侍女，不过，她们的举止态度啦，衣裳装扮啦，自然都无法与热闹鼎盛的六条院府那边的情形相比。这里的情形，毋宁是更适于清秀的出家人裹在灰暗的尼衣中；不过，看来倒也另有一股韵致。难得今天内大臣也到来了，故而点亮了灯火，正闲谈着。“遗憾的是长久见不着我孙女儿啊……”老妇人只是伤心地哭泣着。“过些时候，让她来拜见您就是。看她像是自寻烦恼，近来真瘦得不成样子。咳，说句老实话，女儿呀，没有倒也罢了。凡事都教人挂心！”听他这种口气，大概心中仍有芥蒂的吧，祖母真伤心已极，故亦不再多所要求。内大臣倒是趁着话兴，不觉地抱怨道：“最近认领了一个不登样儿的女儿，真是为她伤透了脑筋。”他无可奈何地苦笑。“那倒是怪事儿了。你的女儿，还会有怎么个不登样儿的呢？”“就说的是嘛！害我都不知怎么办才好。将来，总要请您看一看。”瞧他，竟会说这种话呢。

1　谓紫夫人与玉鬘也。

第二十九帖

行　　幸

光源氏对玉鬘的照拂真可谓无微不至，对于她的前途尤其是煞费心机，志在替她物色一个好对象。不过，他心底那股“无声之泉”[1]对玉鬘而言，却始终是件头痛的事情；而且，果如南殿的紫夫人所料想，恐怕将来终究会遭受世人物议的吧。何况，那位内大臣又是对凡事都一丝不苟的脾性，只怕万一让他探悉实情，竟要把自己认作女婿，那岂非成了笑柄！想及此，不得不踌躇犹豫起来。

这一年的十二月，皇上将行幸于大原野[2]。举世骚扰，莫不欲争拜此盛况。六条院府邸的夫人们也都备妥车驾，参与了拜谒的行列。御辇于卯时自皇宫出发，经由朱雀、五条之大路，而折向西行。沿途看热闹的车队直排到桂川之畔。其实，通常的行幸也未见得有如此盛大，可是，今日亲王和公卿之辈都刻意用心整饰马匹、皮鞍等，连那些侍从和马夫都特选身材高大魁梧之徒，而且个个都穿着华丽鲜明的

---

1 出典不明，盖喻隐秘之情爱也。

2 地名，在京都西郊。

绮罗衣裳，因此格外稀奇可观。随行者有左右大臣、内大臣、纳言以下文武百官。自殿上人至于五位、六位之辈，皆穿着浅绿色的外袍和紫红色的下裳。天空降着粉一般的雪，更增添沿途的丽景。在亲王和公卿之中执狩鹰之役者，更是全副狩猎的装束。至于六卫府之饲鹰者，则分别穿着难得一见的青、红二色猎衣，看来极为醒目。妇女们对此千载难逢的热闹行列，都大感兴奋，大伙儿争相出门，企图一饱眼福。连那些身份不怎么高的，也乘着篮舆与敝车赶来凑热闹，你推我挤的，辕折轮毁者大有人在，在那儿啼笑不得。桂川的浮桥[1]之畔，则最多风流而讲究的女车徘徊。

西侧对屋的玉鬘今天也不甘落后。放眼望去，每一位男士都装扮得十分美丽。不过，与穿着大红龙袍，威仪而端庄的皇上的那张侧脸相较，则无人堪与比拟了。她又偷偷注视自己的父亲内大臣；不消说，今天的他也集华丽精致于一身，而又正是盛年时期的男士；可是，到底是身份有际限，只能算是比常人略胜一筹的人臣而已；既已拜见御辇中的龙颜，便无心再移目他人了。至于一般年轻侍女们所醉心的中少将啦，某某殿上人之辈，则更变得不屑一顾似的，这大概是因为皇上的容貌委实美得无与伦比之故吧。与源氏大臣的脸十分相像，不过，皇上似乎显得更具威严，真个光芒四射。如此说来，像源氏这一族美丽的人，怕是世所稀有的啊。对玉鬘来说，许是她平日见惯了大臣、中将诸人，以为贵人都是俊美的，故而今日看见这些个个穿戴华丽的朝臣，反倒觉得比他们平时还不如，连五官都全不能与源氏一门相提并论呢。兵部卿之宫也在场。右大将平素一本正经的，没想到今天竟也装扮得极为华美，背着胡簶随侍着。不过，他肤色黑而又多须，看来其貌不扬。其实，男人的脸怎能与妇女细心化妆过的颜

1　浮竹筏以为临时过桥，亦有系船只以为桥者，此盖指后者。

色相比呢？可是，这位小姐大概是年纪尚轻的关系吧，竟而瞧不起人家。这会儿玉鬘私下想着：大臣常常提的进宫一事，不知如何是好？本来自己对此并不十分热衷，又怕若是遇着难堪之事什么的，到时候可怎么办？不过，若不考虑这些，只是留在宫里当个普通宫女，那倒是也不错啊。

一行人终于来到大原野。公卿等人皆在帐篷中用膳，且换装为猎衣。这时，六条院府遣人献上果酒等物慰问。本来皇上也邀请源氏大臣陪侍此次行幸的，但是，由于恰值忌物之日，故而只得遣人奏旨。皇上乃令藏人左卫门尉赐下雉子一枝[1]。当时皇上大概嘱咐什么话了吧，不过，这类事情如果书写起来太过琐碎，所以略而不述，在此，谨记下御制之歌如下：

小盐山兮积雪深，
　雉鸡特立白原上，
　　何不援旧兮将迹寻？[2]

像这种野外狩猎的行幸，可有过太政大臣奉陪的前例吗？大臣对御使只得恭恭敬敬迎接招待。

松之原兮白雪积，
　小盐山上圣主行，
　　今日盛况兮最足惜！

1　以雌雄雉一双系于柴枝上之礼品。

2　此冷泉院赐光源氏之歌。“小盐山”为“大原野”别称。歌之前半段为即景咏物，后半段则惋惜源氏未能援旧例寻迹参与此行也。

大臣谨制的答歌大概是这样的吧？这儿只是将当时所闻略微追记下而已，或有失误之处亦未可知。

翌日，大臣向西侧对屋方面送函讯问："昨日可曾拜见龙颜？关于进宫之事，打定主意了未？"所用的信笺是白色的，文字虽细腻有致，却不带浪漫的艳调。玉鬘颇觉有趣。"他说的什么话呀！"她表面上虽笑着说，内心里则暗暗惊佩：可真会看透人心底哟。遂答复如此："昨日之事，

晨雾暧兮有余霭，
白雪皑皑视蒙蒙，
遥拜天光兮总无奈。[1]

什么也没有看清楚呢。"这封回信，紫夫人也在一旁共读。大臣说："有关进宫之事，劝是劝过她了，不过，咱们这儿已经有一位中宫入内，如今再把这位当作我的养女送进宫，怕是不太好吧。若是去跟内大臣商量嘛，他那儿也已经有弘徽殿女御进宫；而且，当时还为了这事跟咱们闹过些别扭。年轻的女孩子呀，只要是自由之身的，稍一拜见皇上，没有一个不想进宫仕奉的吧。"紫夫人也笑道："您怎么说这种话呢！就算是皇上再俊美吧，也总不能毛遂自荐，自说自话呀。"源氏之君却开玩笑道："若是你呀，恐怕比谁都要先倾倒呢。"遂提笔又复信于玉鬘：

"似茜色兮天光明，
万里晴空无荫翳，

1 天光以喻帝颜。歌意谓：以晨雾白雪，故虽遥拜帝颜，奈视蒙蒙，未看得清楚也。

深雪焉得兮耀眼睛？[1]

进宫之事，请再考虑。”如此热心怂恿。遂开始从事准备着裳之式[2]的种种用品。一切衣裳器具，都是细心调度，极尽华美讲究之能事。大抵所谓仪式，当事者虽未必在意，可是周遭的人却往往会把事情越弄越大，以至成为十分隆重的结果。更何况源氏之君暗中计划着，想借此机会将实相告知内大臣，所以他对一切当然要格外求其尽善尽美了。

着裳仪式已预定在翌年二月举行。光源氏心中不禁又暗自思量：妇道人家，即便是平凡寻常无甚名气的，在待字深闺时期，参拜氏神啦什么的，也无须引人注目，故意大摆场面，故而这些年来，总算教她身份暧昧地度过了日子；可是，既然决定要入宫仕奉，将藤原氏之女伪装成源氏，恐怕乖背了春日之神[3]的意旨，如此实不妙。这件事，到头来总是包藏不住的，深怕一个弄得不好，会变成若有企图似的，反而给后世之人物议，那就不划算了。唉，若是寻常等闲身份的话，随便换个姓氏，也是近来颇流行的新玩意儿哩……他这般左思右想，深觉亲子之缘总是切也切不断，还不如主动坦白说明算了。乃决定致函邀请内大臣来担任仪式中系结腰带之役。偏偏很不凑巧的，那边的复函说：大宫自去冬患病以来，未见痊愈，此时此际恐不宜接受此种邀请。这倒是实话。近来连中将之君都日夜探访三条之宫，一心看顾病人。唉唉，真是不巧啊！到底如何是好？大臣内心焦虑，计无

1 茜色为茜草所染之橙红色。此处天光亦缘玉鬘前歌以喻帝颜。日语“深雪”音同“行幸”。歌意谓：昨日行幸，万里晴空，一无荫翳，何以称“深雪耀眼”未得拜见帝颜耶？

2 平安时代女子成人之仪式也，相当于男子元服之仪式。届时并改垂发为结发，称“初笄”。

3 春日之神为藤原氏之氏神，故云。

所出。世事无常，万一大宫有什么三长两短的话，作为孙女的玉鬘也该为她服丧才对；总不能教她装作若无其事，那才罪孽深重呢。念及此，遂决意要在大宫有生之日将事情公开。这一天，便借探病之名义，往赴三条宫邸。

近来，连便服微行都有多数人随从，场面之盛大，几乎不亚于天子行幸。而源氏之君本人的风度光彩，则更是与日俱增，简直天人一般。大宫乍见之下，欣慰有加，暂忘了自身的不适，竟起床相迎。她虽然斜倚隐几，看来十分羸弱，却相当健谈。源氏大臣说："其实，看来也不见得是什么大病，那朝臣却慌慌张张夸大其词，害我也替您担心忧虑极了。近来我没事儿也不大上皇宫里去，成为半退隐的状态，所以凡事也都不甚了解，真个疏懒起来。古往今来，有不少比我年纪大的人，弯腰驼背地工作；可是，我这人就是不争气，又天生懒散的。""我虽自知这是衰老之病，咳，没想到竟拖了这么久；今年以来，更觉得没有希望痊愈了。说实在的，心里只怕没有机会再见你一面；没料到，今天竟然又能看到你来。这样，大概又可以稍稍延长一些寿命吧。如今，真的死而无憾了。看别人活一大把年纪，亲人却一个一个先走，常觉得挺没意思的，所以老想着早点儿到那另一个世界去。可是，每见到这中将多方费神照料，孝心感人，便又有所不忍心，竟而拖拖拉拉活到现在……"大宫泣啼不已，竟致声音抖颤，难以入耳。不过，所说俱实，这也是人情之常啊。

遂闲话今昔，恳恳而谈。大臣乘机问道："内大臣大概每天都来这儿的吧？如果能够遇见他，倒是不错。有些儿话很想同他谈一谈。平常就是没有机会见面，所以挺着急的。""唉，谁知道他是公家的事情忙呢，还是亲情不深，我这里也未见得常露面呢。你说想跟他讲的话，是什么话呀？可记得他怨恨中将那事情吧？我常常同他讲：'当初如何，咱们是不得而知；如今若要拆散他们两个年轻人，既然浮名已传开，追也追不回来，恐怕反而会让世人说闲话。’可是，这孩子呀，从小就是说一不二、绝不罢休的倔强脾气。怕是说什么也不管用哦。”大概她以为大臣所要提的话，是中将与云居雁的婚事吧。大臣遂笑道：“我也曾经提过一次。以为他会拗不过事实而允准；哪晓得他竟严厉教训了中将，这倒反而教我后悔向他白费口舌呢。凡事总有个‘澄清’的时候，所以我还以为谣传也可以洗濯澄清呢。可是，举世滔滔，既入浊流，再要回复洁净之身，怕是没有那种清水啊。世事往往每下愈况，也难怪他生气呀。”[1]接着，又说：“老实说，我那儿无意间领养了一位该由内大臣照料的女孩子。当初她没有向我说明错误的原委，我也没有详细调查清楚，只因为自己子胤单薄，太寂寞，所以觉得即使不是亲生女儿也好，就此收养下来。这些年以来，也没能怎么亲近，就让岁月流逝了。可是不知怎的，皇上却有所闻知而私下命令：‘宫里若没有掌尚侍之职者，恐怕内侍所的事务将趋怠忽；同时，女官之辈执行公务之际，也乏人指挥，更怕乱了公事。现今在宫中的，倒是有两个资深的典侍，还有其他多人想争取这个地位，但是，却无一适当的人选。尚侍这种职任，自古以来，还是由家世高、受人敬重，而生活方面又无须担忧者较为合宜。假若不能具备这些条件，只要是伶俐能干的，计功累迁，倒也是有前例可援。再不然，那就只好在社会上得人望者之中去挑选了。’我想，这女孩子倒也符合条件，而凡是进宫者，不论其地位高下，总盼望着蒙受皇上宠幸，这也是人情之常吧。当个管理内侍所事务的女官，表面上看起来，或嫌分量不重，其实也未必然。我觉得凡事还是要看本人的人品气质而定，所以才决定让她进宫。于是顺便向她打听年龄等问题，这才知道，原来她

1　此段原著着墨不多，颇嫌晦涩。各种日文语体本所润饰，则皆不相同，故保留原著质朴形态。

正是内大臣多年来所寻找的骨肉。真应当同他商量商量，该怎么办才好，可是，苦于没有机会跟他见面。为着想早点儿将这事情相告，前些天还差人送了信去，请他担任着裳式时结带之职。谁知他竟推托说您生病而不肯答允。这么一来，我也就不好意思再开口；可是，幸而看来您的病态并不太严重，所以就想，还是照原来的计划去做。不知您可愿意替我传话吗？”“哦？这倒是怪事哩。他那儿形形色色的人，只要称名道姓相认，便一概收容照料，从没有第二句话；这女孩子怎么不去那边，反而跑到你这儿来呀？是否有人告诉她，说是你的女儿，所以才这样呢？”大宫颇疑惑不解。“不瞒您说，这中间倒是有些原因。详细的情形，相信日后那位大臣也会谅解吧。就像一般身份低的人里头常有的那类错综复杂的关系，怕说了出去会引起世人谣传，所以我连自己儿子中将朝臣那儿都还没敢说得太详细。请您也千万不要对外泄露才好。”大臣便即警告她。

内大臣听说太政大臣光临三条之宫，大为吃惊。“哎呀，大概随从的人员不少吧？咱们这儿太寒酸，也没什么像样的人来接待那些前驱的人啦，布置坐席什么的。不知中将今天有没有陪侍着？”遂连忙派遣公子啦，亲信的殿上人辈前来招呼。“赶紧准备些酒肴，好好儿招待客人。本来嘛，我自己也应该过去看看才是；不过，怕那样反而显得太造作。”正言谈之间，大宫方面却差人送信来。“六条府邸的大臣来探望我。这儿人手太少，怪难为情的。你也用不着说是我特意邀请，就请过来一下好不好？据说他有些话想相告呢。”究竟会是什么事情呀？难道是有关云居雁的事情，中将向他去哭诉了吗？内大臣私下猜测。母亲怕是不久于人间了，若是她真个坚持，而源氏大臣也肯低声下气求情的话，也实在不便太过拂逆人家吧。遗憾的是那个想做女婿的人本身反倒表现得不够热衷；不过，只要有适当的机会，也不妨装作是勉强接受了别人劝告而答应了他算了。若是大宫和大臣二人商量好了来恳求的话，委实有点儿难于拒绝；但是，另一方面又拗过来想：有什么不好意思拒绝的呢！他这种个性，也真够傲慢倔强了。不管怎样，母亲既然在召唤，而大臣也在那边等着见面，不过去一下也太失礼，所以便决定先去看看情形再说，乃整装出发，故意减少前驱之徒，以免教人看着不顺眼。

瞧他率领大批公子们走进来的样子，真是威风凛凛，教人打心底肃然起敬。个子长得高，骨肉也均匀，颇有派头。若论容貌啦，步伐等，也都是十足大臣的气派。今天他穿着浅紫色的长袴，面白里有花的长裳和曳地的袴裾，随着步伐缓缓移动，刻意持重的举止，教人看着更觉耀眼。至于六条院府的源氏大臣，则穿着唐土舶来的樱红色直衣，外罩一袭深红色袍子，那种看似漫不经心的亲王辈装束，反而把这位人物衬托得愈为美丽。内大臣的公子们也一个比一个英俊。至于如今已晋升为藤大纳言啦，东宫大夫等地位的弟兄们[1]，如今也都出人头地了。虽然没有特别去召唤，但怕是消息不胫而走的吧，那些有地位的殿上人、藏人头、五位藏人、近卫的中少将，以及辨官等十多个人，大伙儿自然地都从四处来聚，使得场面愈形隆重。此外，又另有一批地位较低者也侍候在侧。杯觞几巡之后，每个人都有些醉醺醺的。大家一致认为大宫不愧为世上最幸福的妇人了。

源氏之君禁不住要回忆往事。分离的时候，难免有时彼此会有一些无谓的竞争；不过，像现在这般面对面地坐着，两个人都自然会回想到往昔年少时的种种情形，遂又如同时光倒流，闲话往事，莫不津津乐道，致忘了黄昏已到。内大臣又频频劝饮。“好久都没有去拜访您，真太失礼了。因为未蒙您召见，也就不便太冒昧鲁莽。不过，来而不往非礼也，如果再不去看看您的话，怕会生我的气吧？”内大臣

1　为内大臣之异母弟兄。

终于这样说。“哪儿的话呀。该受责备的是我这方呢。有些事儿，恐怕真要教您不高兴哩。”太政大臣也乘机小心翼翼地示意说。对方却误以为所指的果然是有关云居雁之事，故而显得有些为难的样子。源氏大臣乃道：“从前，咱们无论公私大小之事，都不分彼此地坦诚商量，就像那比翼鸟一般，只希望能双双对朝廷有所贡献和辅助，于愿足矣。没想到，随着年龄增加，竟也发生了一些与初愿相左之事；不过，都是些私事，也无伤大雅。大体上，咱们的交情仍然是维持原状的。只不过，岁月无情，不知不觉间马齿徒增，更加教人眷恋过去；而相反地，见面的机会却愈来愈少了！凡事总有际限，即便是再亲热的关系，也难免会有所矜持。这一点，我也不是不明白，唉，就是有时会忍不住怨怼：像咱们这种交情，难道还不肯稍稍迁就一下来看看我吗？”内大臣连忙辩解道：“从前，真个是一无芥蒂，蒙您赐谅而得以日夕相随，毫无隔阂的。自从出仕以来，又承您不弃，卑贱之躯，本不配忝列比翼之职，却幸而屡蒙提携，今日才得跻身政坛，为公尽力。此恩此德，今生今世永难忘记。可是，年纪一大，自然对凡事都变得疏懒起来……”

接着，源氏之君便将玉鬘之事稍微透露。“真个是悲哀珍奇的消息啊。”内大臣哭泣道：“记得不知什么时候，我也曾经向您提起过吧。咳，打那时候起呀，寻寻觅觅找了好久呢！如今，我也总算有点儿出息了，所以只要见到各处落魄的孩子，总是觉着内心有所愧疚，故而竟也收养了几个照料着。但是，心里始终就忘怀不了这个孩子。”如此交谈之下，遂觉得又像似回到往日年轻的时候，更不由得想起那个雨夜的长谈，大家肆无忌惮地品评女性的事情，终致忽笑忽啼，全无芥蒂地融洽如昔了。夜已深，便也只得告别退出。“今日这般相见，竟觉得时光倒流。过去种种又历历如昨，都浮现脑海。真教人无限眷恋，不忍相别啊。”平时不轻易显示真情的六条院府君，今天怕是所谓“醉泣”吧，两眼饱含着泪水。大宫则难免想起早夭的女儿[1]，见得眼前这位男士，较从前更为突出的威仪，她心中尤其悲痛，虽强自抑制，终于忍不住幽幽哭泣起来。唉，那一身尼衣装扮的哀容，真是格外令人心酸。

即使像今天这么好的机会，源氏之君竟然也没有谈到中将的婚事。关于此事，由于与对方曾闹过不愉快，所以他故意绝口不提；而内大臣方面呢，又因为源氏之君没有提起，所以也未便表现得太关切，只得闷在心底。“照理说，今晚应该到府上去陪您才对，只怕太过打扰，让我改天再专程拜访吧。”对此，源氏之君也相约道：“看来病人的情况并无大碍。请您务必记得我所讲的日子，届时务请光临。”二人看来状至愉快。双方随侍的人见主人将离去，一时间都骚动起来。内大臣的公子们甚至误以为：“这究竟是怎么回事？他们二位许久不见面，今天看来却都很愉快的样子，难道又是六条的大臣在政治方面有什么让位之事吗？[2]”他们做梦也想不到今日所谈之事，竟是有关内大臣之女玉鬘的身世呢。

这件事情来得太突然，内大臣心中不无讶疑。他一方面极欲早日与女儿相认，但是，另一方面又怕太过急于领养，摆出一副为父的样子也不妙。又推想：当初对方将这女孩子寻找出来照料，到底是何居心？既然落在那风流多情的人物手中，这中间怕不会是单纯的关系吧？当着六条院里众多的夫人之前，他当然还不至于敢公然怎样，大概是怕世人饶舌，所以才终于来跟我这亲生之父坦白相告的成分居多。想及此，不由得气愤起来；可是，又觉得：这也不能算作什么瑕疵呀，索性将错就错让他们结合，倒也是个好主意。不过，对方若有

1 光源氏之原配葵夫人也。
2 光源氏曾以政治要职让予内大臣，故云。

意教这女孩子进宫，不知女御心中又作何感想？他这样来回思量，无法定心。最后认为：还是依照对方的意思做去吧；如今，舍此而外，怕也别无他途了。

谈论这些话题，是在二月上旬的时候。十六日开始要进入春季佛事周，这一天是个吉日。阴阳师说，除了这一天以外，前后都没有吉日；而且，大宫最近的情况也良好，于是，六条院府中立刻积极准备起来了。照例，源氏之君又赴西侧对屋，将与内大臣谈话之事详细晓谕玉鬘，诸如当时对谈的情形啦，一切细节等来龙去脉，俱一一描述清楚。玉鬘私下觉得：即使是亲生父亲也不过这般慈爱吧？可是，她此刻内心仍按捺不住预料父女相会时的兴奋。自从这事发生以后，源氏之君对中将之君也有所说明。怪不得那次台风之晨窥见二人那种亲昵的情景哩，如今总算有了解答。不知情倒也罢了，既然不是姊弟关系，[1]这一位的姿容似乎较那位寡情的心上人[2]更令人陶醉。咳，早知如此，当初怎不向她示情呢！现在真有些后悔莫及之憾；不过，这种念头实在不该有，遂又检讨反省自己荒唐的想法。以时下年轻人而论，像他这样认真严肃的思想，也算真是难得的了。着裳仪式当天，大宫从三条院府悄悄地派遣人送来了一些祝贺的礼品，诸如梳栉之盒等，虽系仓促间所准备，倒也十分细腻讲究。并且另有附文：“身为尼姑，实不宜亲来祝贺，今日盛会，只得暂容回避。托长寿之福，得知你是我孙女儿，故而唠叨问候，未知你意下如何？

玉栉笥兮寄亲情，

　内孙外孙总骨肉，

1　此二句为原文所无，恐文字晦涩，故添加之。

2　指云居雁。

双重缘分兮爱愈生。[1]”

那笔迹十分古板，看来是老人家亲自用抖颤的手书写的。赶巧这时源氏之臣也在场指挥种种，遂亦取来览阅。“唉，写得挺古色古香，教人看着怪心疼哪。她老人家从前可是写得一手好字哦；真想不到，年纪大了，连字迹都会跟着显得衰老呢。可怜，瞧这颤颤抖抖的样子！”他反复拜读之余，不禁又慨叹道：“好一首用心细腻的和歌啊！瞧她多么巧妙地套用‘玉栉笥’这个词[2]。三十一个字之中，全都用典，别无他语，可真是了不起啊！[3]”遂别过头来暗笑。

中宫遣人送来十分考究的白色衣裳、唐衣以及装束、梳具等，又照例附赠香壶，内里装着特别用心调制的唐式薰香。其他各位夫人亦纷纷送来衣物种种，连给侍女们准备的梳具和折扇都设想周全。每一件礼物都煞费心机，十分优雅，真是彼此不分轩轾，看得出每一位夫人的人品个性。二条院府邸东院方面的妇人们[4]虽然也略有闻知，不过，总觉得身份所限，未便辄予表示祝贺之意，故而若有所介心的样子；只有常陆宫公主仍然不改那种古板的习气，她觉得，对这件事，自己总不能表现得冷漠不关怀，所以也就按照规矩调度。真亏她一片心意啊。送来的礼品有：青灰色的长裳一袭，另有不知该叫作暗红色还是叫什么颜色的——总之，是从前流行的那种色调的夹袴一件，以及发白的紫色霰纹织锦小褂一件，一并装在讲究的衣箱里面，又包装得极其隆重的样子。附函云：“鄙人虽微不足道，得悉您着裳佳日，谨

---

1 大宫此歌谓：无论玉鬘为内大臣之女，或光源氏之女，总是亲骨肉，而双重缘分，倍添爱意也。原歌多取音义双关，无法全部译为中文，故部分采意译。

2 以原歌中音与义多与“玉栉笥”一词有关联，故云。

3 一首和歌由三十一个日文字母组成。典故过多，未必是佳作，颇嫌造作，故下文称源氏暗笑。此盖揶揄冷讽之也。

4 指空蝉等妇人。

奉上粗品一式，聊表心意而已。敬请笑纳，若蒙以之赐与下人辈，衷心将感激不尽！”那笔迹倒是看来挺从容大方。大臣见此，又不觉地赧颜。嗳嗳，她又来行这一套老规矩哩。乃对玉鬘晓以：“真是个古怪的人啊。像她这种内向的人，索性好好儿躲着人算了。咳，教我都替她害臊哩。”又道：“还是给她回个信吧；否则，人家定会以为咱们瞧不起她而感难为情。想到她那位故去的亲王父亲生前疼若掌珠，也真不忍心怠慢了她。”果然，那件小褂的袖袋里藏着一首又是托唐衣以表幽怨的和歌：

睹唐衣兮叹妾身，
　旧裳见捐泪沾袖，
　　怨君薄幸兮君岂怜？

她的笔迹年轻时便十分老气呆滞，如今更显得萎缩古板，像是雕刻一般僵硬。大臣觉得又恼又可笑，想象她苦吟这首歌时的情景；现在，连往日那个侍从都不在身边，孤零零乏人商量，可怜，不知绞尽她多少脑汁才咏成此作呢。这一思量，怜悯之情油然而生，遂道：“还是由我来写吧，虽然忙得不可开交的。”乃执笔书写：“盼望你勿再做出异想天开之事。”那口气之间，难隐责备之意。另外也附带有一首相当刻薄的答歌：

此唐衣兮彼唐衣，
　反来覆去总相怨，
　　旧裳新衣兮又唐衣。

“喏，你看。她老喜欢一本正经地唐衣呀唐衣的，所以我也跟她和了这么一首歌。”写罢，以之笑示玉鬘。女方见此，嫣然笑道：“哎哟，您这不是明明在嘲弄人家吗。怪可怜的。”看她倒是颇有同情末摘花的意思。嗳嗳，东拉西扯，不觉地写了不少闲话哩。

其实，内大臣本来并没有多大的兴致去拜访源氏之君府邸，可是，自从听到那意外的消息之后，竟觉得迫不及待，所以当天早早就出发了。这次玉鬘的着裳仪式真可谓准备周全，凡事总有个限度的，却又特别于其上更刻意讲究万端。想到这一切都是太政大臣的心意，便十分感激；不过，另一方面，对他这种过分尽心尽情之处，又不免多少有些异样的感觉。亥时，内大臣被正式引进玉鬘居所的帘内。有关仪式的设备自不待形容，光说此刻内大臣所坐的席垫就已是华丽至极，且又美酒旨肴地盛大招待。周遭的灯火，也特别加强，所以较一般此类场合显得更为气氛热烈，这也是大臣的一番心意，好教他们父女相会，可以看得清楚些吧。说实在的，内大臣心中定必盼望着与女儿恳谈；不过，今宵怕是不大相宜。瞧他系带之际那一副几乎忍耐不住的神情！源氏之君告以：“今晚不提过去一个字，所以请您也装作不知内情。当着那些局外人跟前，您只要依照一般习俗行事便可。”内大臣只得唯唯诺诺。“蒙您诸多操心了。”可是，毕竟当其举杯祝贺之际，不自觉地抱怨道：“对于您这罕有的关切，自是无以表达感激之情；可是也忍不住要埋怨：何以将此事隐瞒至今！”

浪往返兮岸边扫，
　寂寞玉藻任匿藏，
　　却恨海人兮未相报。[1]

1　此内大臣怨其女玉鬘竟隐匿至今未相报认之歌。原歌用词多与“着裳仪式”音义双关。

咏成一首怨歌，内大臣终于情不自禁哭泣起来。

当着两位贵人面前，玉鬘颇有些腼腆，一时间竟不知何以为答，最后只得由源氏之君代歌：

“随波浪兮扫岸边，
可怜藻屑任漂泊，
海人无情兮肯撷搴？[1]

怎么反倒要受您怨言呢？”内大臣为之语塞，只得说道：“哦，也难怪你了。”遂退出帘外。亲王以下，各形各色的人都聚集在那儿，其间也有不少对玉鬘怀抱相思情意的。大伙儿都在讶疑：不知内大臣为何在帘内耽搁了这许久？就中，内大臣的两位少爷——中将与辨之君倒是略闻内情，一方面对前此不知异母姊弟而暗中恋慕之事感愧，另一方面则又喜获一位姊妹。辨之君低语道：“幸亏没有向她表明衷情哩。”也有人说：“这大概又是太政大臣喜欢故意作弄人的毛病喽。”“不知他可是有意准备把这位小姐捧成像中宫那样子？”大臣也听到众人纷纷扰扰的谈论，故对内大臣说道：“暂时请以这位小姐为重，凡事小心点儿，千万勿使世人物议才好。对于普通一般人而言，随心所欲，即使这些违规背矩之事，世人也容易见谅的吧；可是，像您我之辈，总是与众不同，大家每好批评，所以千万不要操之过急，静候时机，让这件事顺其自然地发展，也好使人易于接受吧。”“一切就依照您的意思好了。小女蒙您这样细心照料，怕也是冥冥之中缘分匪浅。”仪式之后，赠予内大臣的礼物自不消说，凡参与此盛会者，在退出之时都

1　光源氏代玉鬘答其父之歌。前歌以“海人未报”见责，此则以“海人”转喻内大臣，责其无情，任玉鬘（玉藻以喻之）漂泊流浪也。

各依身份地位，有一份超越惯例的厚重纪念礼品相赠。不过，碍于大宫卧病在榻，故而未便举行管弦游宴，是美中不足之事。兵部卿之宫乘机恳求："现在，着裳式也举行过，该没有什么借口不答应我求亲了吧。"源氏之君却婉转地推托："蒙上属意，已内定奉召为尚侍；且让我再去辞退一次，看看皇上怎么表示。其他的，日后再考虑吧。"为父的内大臣，由于当时仍嫌灯影朦胧，未能清晰见到女儿，故而颇欲一睹庐山真面目。假如她是泛泛的姿色，太政大臣断无那样细心照顾的道理；如此一想，更加焦急，思念之情亦愈增。现在回想来，上次占梦者所说的话，确实不无道理。这事情，也只有对女御说明原委而已。

本来，暂时想保密的。唉，可是世态人情总喜欢搬弄是非。就这么不知不觉地，一传十，十传百，消息不胫而走，传到了那位碎嘴快舌的近江之君耳朵里。这一天，当着中将啦，少将等面前，她兴冲冲不假思索地说："父亲又找到了一位女儿啦。真是天大喜事哟！您看太政大臣和内大臣，这两位大臣都那么疼爱器重的人儿，不知长得什么模样儿？咳，其实听人家说，还不是个贱妾所生的！"听她这一番口没遮拦的话语，女御心中颇为不悦，却也懒得与之争辩。中将之君倒是忍不住地提出警告："人家自有原因受人疼爱啦。你到底是听什么人说的？怎么这样没来没由信口开河！小心，别教那些饶舌的侍女听去了。""不用您管。我什么都听到了。她呀，快要入宫做尚侍啦。我到这儿来侍候，还不是指望着有朝一日像她那样出人头地，所以才不辞辛劳地，连个普通侍女所不肯做的粗活儿都拼命去做。女御对我也未免太不公平了！"听她这样抱怨，大伙儿都忍不住笑了起来。"噢，原来她还想贪图尚侍的缺哩。""你也配吗？"这样的冷嘲热讽，更教她生气了。"谁教我这种下贱种子来高攀你们这些高贵的兄弟们呢！都是中将惹出的好事！当时多管闲事认领了我，现在又把我当傻瓜来讽刺！这种地方，我实在待不下去了，真教人害怕！”她边说边退后，两眼直直地瞪视中将。那眼神之中，虽未见得有凶煞之气，却愤恨地吊起了眼尾。教她这么一说，倒真是怪自己当初失策，中将只有哑巴吃黄连，有苦说不出地坐着挨骂的份儿。少将却在一旁笑着打圆场：“你这样努力做事，女御哪里会有怠慢你的道理呀。听我说，先别冲动。瞧你这股劲儿，连岩石都会给你粉碎成沫雪一般[1]哩。放心吧，总不会让你吃亏的。”中将也劝以：“你还不如趁早躲在天的岩门[2]后头好些。”中将和少将双双离去，剩下近江之君仍啼泣不已。“您看，连他们都瞧不起我！若不是您对我慈悲，我又怎么在这儿待得下去呀。”遂又勤勉奔走执役，连下女和童侍们不愿做的杂务，都不辞劳苦地操做。却又央求：“请您一定要向皇上推荐我做尚侍哦。”这女孩子，究竟是怎么回事啊？女御倒是被她弄糊涂了，也不知何以为答才好。

内大臣听到这则消息，也忍不住大笑。趁着赴女御归宁期间住所之便，召唤道：“近江之君在吗？叫她来一下。”“是！”她今天倒是看来挺高兴的样子。“看你做事很认真的样子，大概去做公家的差事，也一定可以胜任了吧。听说你想当尚侍，怎么不早告诉我一声呢？”内大臣装得一本正经的样子说。这女孩子竟信以为真，乃连忙抢着回答：“是啊，可是，我以为这种事情，女御自然会替我安排的，所以也就一心仰赖着她。没想到，现在却忽然又有别人来争这个位子。咳，就像是做了一场黄金梦似的，心里头真不是滋味儿。”内大臣勉强忍住笑，巧妙地哄骗道：“你就是这个话说不清楚的毛病不好！既然有这意思，就该早点儿让我知道，那么我也会第一个推荐你呀。不管太政大臣的小姐有多了不起，只要我一开口请求，皇上也不会不接受

1 典出于《日本书纪》天照大神与素戋鸣尊相争之条：“踏坚庭而陷股，若沫雪以蹴散。”
2 盖沿用少将语气而谓也。《日本书纪》：“天照大神云云乃入于天石窟，闭磐户而幽居焉。”

我的话呢。就是现在也还不嫌迟，你赶紧去写一份申请书。记住，要好好儿用心书写。若是有情趣深刻的长歌啦什么的，定会引起注意而蒙上采用吧。皇上是一位知情识趣的人呢。”内大臣这般作弄近江之君，居心何在？简直不像是为人父者。可怜，那女孩子竟全然不知情。“哎呀，和歌的话嘛，我还可以勉强凑合。那艰深正式的申请书呢，请您指导我，再由我自己添加一句两句吧。您就帮帮忙好不好？”她又不自觉地揉搓着双手说话。躲在几帐后面的侍女们都快要笑出声音来了；有的实在忍俊不住，只得连忙跑到外头去喘一口气。女御则在一旁发窘，脸都涨红了。“心里闷的时候，只要看看近江之君就会消忧解愁呢。”内大臣时常这么说笑。但是，世人却纷纷议论道：“这都是想要掩饰他自己难为情的心理，所以才故意拿她来寻开心的！”

第三十帖

藤　袴

人人都劝说早点儿进宫做尚侍去吧。可是玉鬘心中反倒是犹疑不决。连视同亲生父亲一般的人都会有教人放心不下的私情闪现，这样的世间怎能令人信服呢？何况，进宫之后，若有什么差错发生的话，中宫啦，女御等辈，必将疏离自己，那才真不堪设想哩。自己的出身几与孤儿无甚分别，身边连个可亲信的人都没有；而今稍一接受人家照料，便有不少人由妒生恨，甚且还有人诅咒着，要教自己变成笑柄。的确，年纪也不算小了，对于许多事理也已经有能力分辨是非黑白，故而难免思量种种，独个儿慨叹不已。在这六条院邸过日子，虽然是不错，怕只怕大臣那脾性，纠缠个没完：不知怎样才能伺机逃脱，毅然斩绝这种令人猜疑不已的奇特关系，以保此洁白之身呢？自己虽然也有真正的父亲，可是看样子，他对这里的主人多少有些戒忌，不便于勉强把自己收领回去吧。这样下去，恐怕迟早总要碰上什么不名誉的事情，自个儿懊恼，又要让世人传为话柄也未可知。尤其是自从与亲父相认以来，大臣的态度似乎较诸前时更为无所忌惮了，逮着机会，总表现得异常亲昵。每一念及此，玉鬘更为之恼怒，却也无处可以倾诉，只有一个人闷在心里头。

这种心事，就算不能细诉吧，如果有个母亲可以暗示一下，或者商量一下什么的，倒也不错，而偏偏自己却是孤苦伶仃。两位大臣又都是高贵之士，令人难以亲近，所以也不便于商量这商量那的。咳，自己的境遇也真是够奇特不寻常的了！瞧她这样满怀心事，靠着近廊处呆望薄暮的景色，那模样儿真个美极了。那一身灰色的丧服[1]已因穿着有日而十分服帖，这种不常见的暗淡色泽，反倒把她娇美的脸庞衬托得越发明艳。近侍众女不禁被这女主人的秀色所吸引，大伙儿正怡悦地欣赏着。这时，宰相中将[2]也来到。他穿着较深的灰色直衣，冠缨敛卷，[3]但是也掩盖不住他的俊美姿态。这一向他都以为两人是异母姊弟，所以对自己总是照拂得无微不至，而自己也从来都是待之以亲切的态度；而今虽然骤悉不是手足关系，却也一时不便于马上改换态度吧。因而，只得仍然隔着垂帘和几帐，亲与之交谈。今日中将系代大臣传递宫中的消息而来。女方的答复，从容而中肯，予人以贤惠且温柔的感觉。中将不由得想起刮台风的早晨窥得的倩影。当时误以为有血缘关系而勉强抑压着恋慕之情，不敢稍使趋于邪途；而今既明真相，遂难免激情沸腾，不再能忍。这位女性若是一旦而进宫，谅皇上必不会以普通女官对待的吧？皇上和中宫啦，弘徽殿女御等都相处无间，[4]她介入其中，难保不会有什么香艳之事发生哩。想到这种事情，中将心里更加郁悒了；不过，他表面上仍装作若无其事的样子说：“有些话语，本来是不教我告诉您的，不知如何是好……”他故意卖关子。旁侍的女郎们只得稍稍回避，有的躲在几帐后头，把脸别了过

1 大宫逝世之事未见于文中，此所指丧服，盖为其祖母大宫而着。又后文有“三月二十日为大宫之忌日云云”，可以为证。

2 夕雾晋升为宰相之事，亦始见于此。可知“行幸”一帖末段或有阙文。

3 为当时丧服一端，卷缨以示除饰志哀也。

4 原文着墨甚少，稍嫌晦涩难解，故此微加润饰之。

去。中将所言，居然不是父亲大臣叫他传达的话语，但他竟然煞有介事地在那儿侃侃而谈哩。那内容不离：皇上对你的情意可不是寻常的哟，千万心里有个准备才好。云云。女方听后，一时间也不知何以为答，只闻叹声连连。中将自帘外隐约探得对方那优美的姿态，竟致有难以抑压的冲动。乃道："丧服到这个月就要卸除了。别的吉日也不容易找到，所以叫您十三日去贺茂川畔。[1]到时候，我再来奉陪吧。"玉鬘却答说："若是教你陪我去的话，怕太引人注目。咱们还是稍稍收敛行迹的好。"她所以这样说，是不愿意让太多人知道自己与故大宫的关系吧？从这一点，便足见她思虑之周到。中将却说："在我而言，这一袭丧服是代表纪念外祖母的意义，实在舍不得把它脱去。没想到，您竟然会这样隐瞒住跟她老人家的关系呢。到底，您跟我又是怎么一种关系呀？若不是大家同穿这丧服，真教人不能相信呢。""不明事理的我，更没法子分辨这事情的来龙去脉。不过，看到这丧服的灰暗颜色，岂不令人哀伤啊。"玉鬘说话的神情较诸平常时候更显得沉郁，而她这副神态，却看来越发惹人爱怜。大概是早先已料想到有此机会而准备的吧，夕雾乃将手中所持的盛开的兰花[2]乘机从帘端插入。"这花恐怕也有值得您一顾的缘故呢。"[3]他故意暂不放手，继续握着那枝茎。玉鬘未料及此，便欲拾取；夕雾遂得趁势牵拉其袖端。

藤袴花兮沾野露，
　同生原中共萎凋，
　　忍教唏嘘兮空倾诉！[4]

1　除丧之俗，至河畔举行祓祭，故云。

2　"兰"，古日语训读为"藤袴"（本帖帖名沿用原词）。菊科兰草，属多年生草本植物，其花呈淡紫色。

3　盖以藤袴之花色近丧服之灰色（丧服一称"藤衣"），故云。

4　夕雾此歌，为欲借同着藤衣（见上注）之缘，博取玉鬘眷怜同情之心也。

女方始悟那“道傍相候为乞怜”[1]之心，不禁厌嫌起来。不过，她倒能伪装不察，只是悄悄挪入内里，答道：

“寻野露兮却嫌远，
　藤袴花缘本非深，
　　莫怨冷漠兮莫责遁。[2]

怕是没有什么道理要比这般交谈更接近的吧。”夕雾听此，只得苦笑道：“还说什么缘分深浅的，谅你也不是不明白吧。而我呢？虽然明知道您已经蒙皇上关怀，却难抑制此情激动。可曾体谅我心吗？这一向，只怕说出来反惹您讨嫌，所以也就独个儿强忍着；‘而今不顾身心尽’[3]，也管不了这许多了。不知您可曾见过头中将[4]那副神情未？前不多久还在笑人家痴情妄想；未料，如今轮及自己，方才了解这相思情苦啊。那头中将现在倒是决心斩绝情丝了。既然是同胞姊弟，人家当然可以跟您永生不离。这一点，在他而言，也聊堪安慰了，至于我呢，毋宁说是对他既羡慕又嫉妒的。难道您就不能稍予垂怜吗？”诸如此类的痴言痴语，绵绵不绝，实在不堪入耳，不写也罢。

见这位尚侍之君逐渐退入内里，不胜烦厌的样子，夕雾遂道：“好狠心啊！明知我并非居心不良的嘛。”原来打算趁此机会多诉一诉衷曲，无奈女方已托词：“不知怎的，忽然觉得有点儿不舒服。”终于退了进去，故而只得深深叹口气，起身离去。心中嘀咕着：早知道会落得这等下场，倒不如不开口的好；同时又不禁想起另一位比玉鬘更

---

1 句出《古今六帖·五》，无名氏作和歌。

2 玉鬘此答歌为沿夕雾原歌，以藤袴花喻二人之缘分，却转托以己为内大臣之女，彼系光源氏之子，故以缘本非深，拒之。

3 句出《拾撰集·恋五》，元良亲王作和歌，意近“孤注一掷”也。

4 即玉鬘之同父异母兄弟柏木也。

美的妇人[1]来。倘使有幸得如此隔帘音声相闻，那怕是隐隐约约，也聊堪慰思慕之情了。他这般一路上神魂颠倒，意乱情迷地回到父亲跟前。源氏之君亲为之接待并听取夕雾的回话。“哦？那么她是对进宫之事不太起劲喽。怕是兵部卿之宫那滑头的家伙，能说善道，甜言蜜语，把她的心给逮住的吧？糟糕了。不过，那次她拜见皇上到大原野行幸时候，不是挺仰慕的吗？我还以为年轻女孩子，只要远远拜见御颜，便不会厌嫌进宫，因此才这般设计安排的呀。”“可是，就算入宫吧，像她这种人，该站在什么样的立场呢？如今，中宫的地位，无人能与之比肩；弘徽殿女御也因出身高贵而十分得宠；即使她能特别蒙上宠爱，怕也不能与这些人相比吧。这样，就兵部卿之宫而言，人家那么热烈追求着，而今，却让女方就这么当作寻常女官入宫，岂不像是故意同他过不去的样子吗？以您跟兵部卿之宫平素的亲密关系来说，这样，恐怕也太伤感情吧。”他这番话语倒是挺像个大人说的呢。“咳，这可就难了。本来像她这种事情嘛，也不是我一个人要怎样就可以决定的。听说，现在连那位须黑大将也在恨我呢。我原来是可怜她的境遇，才把她领养了来照顾，没想到却反而引起别人怨恨，这真是划不来啊。她死去的母亲临终时的叮咛也难忘；再者，又听说她以前没落在僻乡里，说什么‘连亲生的父亲内大臣也不予理会’。当时因为怜悯，才把她这样接来这儿住的。内大臣那边，还不是听说咱们这儿宝贝她，才另眼看待的嘛。”瞧，这位大臣，他倒是从从容容，真会巧辩。又继续说道：“她这个人呀，跟兵部卿宫匹配倒也挺合适。既摩登，又明艳而贤惠，待人处事也不致会有差错的样子，若做夫妇应该会圆满才对。不过，若是教她入宫的话，也一定能称职的吧。面孔既生得漂亮，而人品也温顺，对于官方的仪典诸事又相当了解，做

1　谓其继母紫夫人也。

事也挺利落的。这些条件都是能符合皇上平时所要求的啊。”中将倒是很想探悉父亲真正的居心如何，故而又说：“世间人士对您这些年来养育她的心意，都在传说纷纭呢。连内大臣那里，据说须黑大将向他提亲的时候，也讲起这一类的话哩。”大臣却笑道：“大家也未免太过瞎猜疑了。要她入宫，或是要她做什么，若不是有内大臣的许可，怎能随便做安排呢？妇道人家有所谓三从之道，我又如何能毁礼乱来呀！”“可是，他们那边却都在传说什么咱们这儿早已经有许多位贵妇人，没法儿安排这一位，所以才硬要把她给塞回娘家啦；又说什么表面上让她出仕为尚侍，其实还是要把她占为己有啦。说您这一手可真厉害，正沾沾自喜什么的。人家确实都这么谈论着呢。”见他一本正经说话的样子，大臣乃忖度：内大臣怕是真会这样想也未可知。这么一来，他倒有些同情玉鬘。“咳，真亏他想得出来。恐怕又是他那多心病在作祟吧。反正，将来事情自然总有个分晓的时候。唉，人心难以逆料啊。”大臣虽从容不迫地回答，然而中将内心的疑云却仍未消。

至此，源氏之君也悟到：原来别人已经在猜测了。可千万不能变成像大家所想的才好，这样的确不妙。无论如何，得把自己的洁白之心让内大臣了解才行。不过，却也暗暗吃惊：表面上让玉鬘入宫，实则欲保留暧昧不清的关系，这原是自己的如意算盘，怎晓得竟让明眼的对方给看穿心事了呢！这期间，已除丧了。下个月是不宜于入内的月份，然则，十月里如何？皇上方面也正延颈以待。那些爱慕追求玉鬘的男士们，个个遗憾万分，无不欲趁这最后的一段期间，设法一亲芳泽，所以都想尽办法笼络侍女们，可是谈何容易，那简直就如同想用手去抵挡吉野之泉一般困难。每个人所得的答复都是：“恕无办法。”中将之君呢，自从那次表明心迹以后，着实很后悔。不知对方到底作何感想？他心底十分焦虑，故而东奔西走，勤于奔走执役，实则想借此讨好女心。如今，他也不再轻率出言，极力抑制着，伪装冷静。至于同胞兄弟们，他们也没有机会接近，所以只好准备当其入宫之时，再助以一臂之力。大伙儿都在等待着那一天的到来。

头中将[1]本是追求玉鬘最热烈的一位，而今忽绝踪迹，大家正怪他未免太现实了点儿。今宵，他却奉父命来使。由于尚未正式公开姊弟关系，讯息来往也还维持私下传递的程度。而且，今晚月亮又分外明，故而未敢骤然上前，只是悄悄地躲在桂树荫下。以前简直是拒人于千里之外的，未料，今天却一反常态，轻易延请入南侧的帘前。不过，究竟还是不习惯亲与之交谈吧，故而由宰相之君代为答复。“父亲特地差遣我来此，想必是有无法托人传告的苦衷吧。如今竟这般疏隔见外，教我何以为言呢？我虽是微不足道，但是，俗语说得好，血浓于水，姊弟之缘是切也切不断的呀。您这是什么意思呢？套一句老话，人家还真仰赖您这位姊姊的啊！”头中将似乎有些不乐意了。玉鬘却使传言道：“我这方面也很想把这些年来积抑心头的话语来相告啊，可是，不知怎的，最近就是有点儿不舒服，连床都起不来。听你这般相责，岂不才叫更疏远见外吗？”那语气十分坚决。“那么，请让我靠近您卧榻附近的几帐边好吗？方才我果然是失言了。”遂轻声低语，将父亲所交代的话转告。他的言行举止，倒是颇为中规中矩，不逊于旁人。“参内之际的细节等，若有疑难的话，请您私下来商量吧。父亲只怕惊动世人耳目，所以没敢随便造访，故而也没有机会同您恳谈，心里十分挂虑着。”遂又顺便提及：“如今再也不能投文倾诉痴言痴语了。不过，我至今还是不能不怨恨您当初那样藐视我的真情呢。再说吧，像您今晚这样待我，又算是那门子礼法呢？至少也得让我上北面厢房[2]什么的；就算您自己不愿意接见嘛，派些下面的人同我谈

1 即玉鬘同父异母兄弟柏木也。
2 北厢属内里房间，故云。

谈也好。这样的待遇，我可真的从来没有碰着过。咱们俩的关系，也真够稀奇得可以啊！”瞧他认真歪着头生气那副德性，委实教人忍俊不住。宰相之君也就一五一十照实通报了。“凡事也得顾个人前呀。骤然接近，怕是不太合适，所以才回避着。多年来藏在心里头的话语，以前没有机会说明；而今倒也反而不知从何谈起，教人更加地悲苦呢。”给她这么认真辩驳，男方竟也腼腆起来，一时间，不知何以为词了。

“兄妹山兮实盘迂，
　幽径崎岖难寻觅，
　　绪绝桥畔兮遂迷途。[1]

未免太愚蠢了。”话虽是这样说，一切都怪自己，实在怨不得人呀。

途遥遥兮兄妹山，
　未识幽径踏迷路，
　　心也茫茫兮谁见闲。[2]

“前些时候，收到您的信，并未知究竟是什么意思，所以也没给您回信。我们女主人呀，生就这般拘谨的个性呢。将来大概自然会慢慢改变态度的吧。”宰相之君又自行加添这些话。这倒也是可能的。“那

1　吉野川畔有“背（日语音同“兄”）山”与“妹山”，故取其音义相关，以喻己与玉鬘之血缘。“绪绝桥”为古川名桥，为古代日语“迷途”之枕词。柏木此歌全首套取音义双关之妙。谓前时因未谙兄妹（实则为姊弟）关系，故误入迷途，致失恋也。

2　玉鬘答歌。意谓：己亦不知姊弟关系，故曾茫然读其情书也（按“踏”“文”日语同音。“情文”即“情书”）。

么，打扰许久了。等将来事儿帮多了，再来发牢骚也不迟。”遂起身告退。此时月华普照，空中一片明丽景象。而头中将又是多么高贵英俊，他那一身穿着直衣的姿势，看来尤其华美优雅。那模样儿，较诸宰相之中将[1]，虽然略微逊色，不过，这一位也的确美得很。为什么这些人都这么漂亮呢？年轻的侍女们又在那儿纷纷异口交赞。照例，连一些微不足道的事情，她都给她们搬出来作为锦上添花的资料了。

须黑大将方面，由于这位头中将与他为同属右近卫府之次官[2]，所以时常招他恳谈，又央求他向内大臣提亲事。大将的人品气质本不差，世人亦多视他为日后政治的领袖人才，所以为父的内大臣也颇有意考虑此人作为女婿；只是，六条院那边的大臣既然已经另有安排，[3]如今也不便请他变更计划；而且，恐怕人家那边也有什么打算的吧，故而，凡事只得委之于对方了。这位须黑大将，乃是东宫之母承香殿女御的兄弟。除了源氏大臣与内大臣而外，当今之世，最得皇上宠信的，恐怕便要数这位人物了。他年龄大约三十二三岁吧。他的原配夫人便是紫夫人的长姊，也就是式部卿宫的长女。她比丈夫年长三四岁的样子，这倒不打紧，不过，人品如何呢？大将只管叫她“黄脸婆”，也不予体贴理会，一心就想跟她离婚。大概是源氏之君深悉内情，故而认为他与玉鬘不相配，不赞成使配对的吧。其实，这位须黑将军并非好色之徒，然而不知怎的，此次对玉鬘倒是格外倾心相慕。女方的父亲内大臣并无异议，而当事者本人又不愿意进宫，对于此类详细内情，都有消息来源，[4]大将闻后乃道：“那么，就只有太政大臣一个人不同意喽。其实，只要她的亲生父亲赞成就可以了嘛！”遂想尽办法，

---

1 夕雾。
2 须黑大将为右近卫大将，故云。
3 指推荐玉鬘入宫为尚侍一事。
4 指柏木居中传告也。

迫使玉鬘的侍女辨之君等，居中设法安排。

时届九月。有一个霜初降而气氛浪漫的早晨，像往常一般，那些受托传递情书的侍女各自藏着男士们的诗文上来。玉鬘自己并不亲自览阅，只是聆听各人诵读内容而已。大将之君的信函如下："预想中的这个月又过去了。眼看着季候转移，怎不令人着急。

人皆忌兮此长月，
　今我转盼时光留，
　　忍抛微命兮换唐突。"[1]

显然可知，他已经得悉女方将于下月入内了。兵部卿之宫的信则谓："得知您已决定进宫，千言万语虽都已无济于事，然而，

九重城兮曜晨光，
　倘见筱尖露珠转，
　　得请稍忆兮莫相忘。[2]

但望体谅衷情之一端，慰何如之！"这封信特系于冻霜的绿筱枝上，连那上面的霜露都没有遗落，这可真教人佩服使者的用心深刻了。其他，尚有式部卿宫的公子左兵卫督，他乃是紫夫人的兄弟。平素既可以自由出入六条院府邸，对此次玉鬘准备入宫之事，自然早已晓悉。他也大失所望，写了一大堆怨言怨语之后，又附一首和歌：

---

1 "长月"为九月之代称。世人忌九月，故玉鬘入内亦不得在九月间。须黑大将此歌痴情如现，谓己宁违俗抵死留引时光，以求一线希望也。

2 兵部卿此歌，以筱尖露自喻，恳请将入宫仕奉皇上（晨光以喻之）之玉鬘，偶然稍忆莫相忘也。

盼相忘兮何能忘，
　此事本属真悲痛，
　　将何自处兮正茫茫。

那些信笺的色调啦，墨痕深浅啦，以及薰香气味等等，都各有情趣特色，所以侍女们都在那儿纷纷谈论着："唉，这一切，等咱们女主人上宫之后，就都要绝迹了吧。""那样岂不教人寂寞呀。"云云。玉鬘本人心中作何感想呢？她只提笔给兵部卿之宫答复寥寥数语。

向日葵兮随日转，
　命也如此可奈何，
　　朝露虽消兮总能辨。[1]

那墨色淡淡的笔迹，在收信的人看来却如获至宝，珍贵异常。然则，女方心中必已知悉自己这一番痴情喽。虽是三言两语，似筱尖之露珠一般，却也着实令人兴奋，回味无穷。诸如以上所记，虽未见得轰轰烈烈，倒是也收到不少类此的痴言痴语。总而言之，妇道人家的言行举止，当以这位女性为典范才是。关于这一点，源氏之君与内大臣的看法倒是一致的。

1　玉鬘此答歌为踏袭前面兵部卿宫所赠之情歌而来。谓己命如向日葵，随日（亦以日光喻皇上）转动，亦无可如何，至如兵部卿宫之一番情意，则即使日晒露消，亦将不致忘怀也。

第三十一帖

真　木　柱

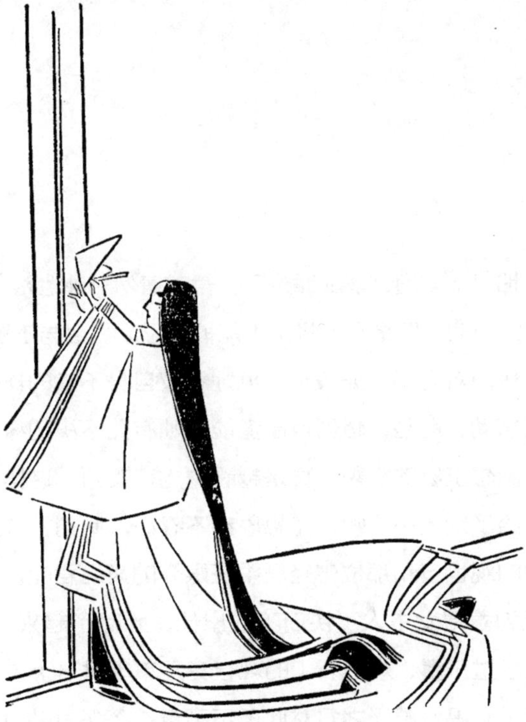

“这事[1]怕皇上知道，那就罪过了。暂时请勿对外泄露才好。”虽然源氏之君极力规劝，但是右大将可不能稍微忍耐。自与玉鬘相逢以来，已过多日，然而对方却一无表示。见她怨叹自身不幸的样子，右大将虽然也深受感动，可是，想到自己竟能与她有此不浅的缘分，又不禁深自庆幸。回想玉鬘的容貌，真是越看越觉得美丽。这样一位标致的人儿，若是给了别人……唉，连想象都不忍心。此刻，右大将恨不得膜拜石山寺的观世音和那位曾经居中任媒介的辨之君呢。然而，辨之君本人却因为惹得女主人不快而不敢出仕，躲藏了起来。这些年来，颇有些人追求过玉鬘，难道石山的观音竟是单单对这个未必是最热烈的右大将显灵验吗？源氏之君对此虽不满意，深深引以为憾，可是事已如此，也无可奈何；再说，人家亲生父亲都已经答应了，自己一个人唱反调，对右大将也不好看。故而只得铺张婚礼，厚待女婿。右大

1 前帖“藤袴”与此帖之间，盖有须黑大将与玉鬘经由辨之君媒介而幽会之事。当时玉鬘入内为女官未久。

将方面早已经准备万端，恨不得早些儿将玉鬘迎接到家里去的样子。但是，他那边还有一位原配夫人，对此事恐怕会不高兴。让玉鬘在这种境况下搬了过去，恐怕会委屈了她。故而推托道："别操之过急。慢慢儿地，不要引人注意。等世人喧嚣过去，不会受任何人责难的时候，再进行也不迟。"这是源氏之君的意思。至于为父的内大臣则认为："说不定这样对她反而好些。像她这样，也没有一个鼎力支持的后台，想要在后宫争宠，怕多数是要吃苦头的。我自己虽然也不是不疼爱她，可是，既然已经有长女做女御，堂堂在宫里，也帮不上什么忙啊。"当然，他这话是背地里说的。不过，说实话，虽是进宫侍候皇上，若所受待遇较别人低，难得一仰龙颜，也无甚格外宠幸的话，反倒没什么意义。据说婚礼后三日的晚宴，还是源氏之君亲为新郎、新娘互递消息呢。内大臣风闻此事，始知太政大臣的用意深刻，内心颇受感动。这一对新人的婚事，原来是在极保密的情形下进行的，可是自然有人传开来，一传十，十传百地，变成了世人的话题中心。最后，消息也传入皇上耳朵里。"可惜朕和她没有缘分。其实，她本人不是有意要进宫的吗？若是志在普通尚侍之职一类的话，又有何妨呢？"

时届十一月。这个月份的祭事特别多，内侍所里自然也显得特别繁忙，女官啦，内侍等人来来去去，十分热闹。右大将却整日价躲在玉鬘房里。女方对此甚不以为然。兵部卿之宫辈自是遗憾万分。兵卫督呢？身为右大将的大舅子，自己的妹妹遭受世人讥笑，心里当然是不愉快的，加以心上人被别人夺走，所以更加心事重重了。不过，到如今再来怨叹什么的也没有意思。他这般来回思量着。至于右大将本人呢，他原是挺老实的人，迄今未曾闹过什么绯色风流事件，可是，现在却一反过去作风，像是完全变了一个人，日日夜夜地躲避外人耳目，出入于此，教人看着都艳羡。侍女们无不觉得讶异。倒是女主人独个儿纳闷着。她往日那种明朗的个性不知都到哪儿去了？跟这位男士幽会之事，本非出于她自愿。别人大概也知道这事。可是，一想到源氏之君心中会作何感想，回想起兵部卿之宫的用情深厚，对自己又是那么温柔，她心里头只有更加惭愧遗憾，故而也就闷闷不乐。

太政大臣对于玉鬘因己而受世人怀疑之事，原有些歉意，而今真相大白，证明了自身的清白，遂自我反省：更加自信自己这个人并不是喜欢畸恋等不正常关系的人了。他责问紫夫人："恐怕连你都怀疑过我的吧？"当然，现在人家已是名花有主，不过究竟私下曾一度恋情难抑过，也确曾有过将她金屋藏娇的念头，所以至今也没有真正忘怀。一天近午时分，趁右大将不在，源氏之君便过去探访玉鬘。女方近来常觉烦闷不爽，连个振作起来的时候都没有。现在大臣来访，只得勉强起身，躲在几帐后面接待。大臣方面也十分谨慎，闲谈世间诸事，颇有点儿客套不自然的样子。

近日来看惯了右大将那种平凡乏味的男人，如今乍见源氏之君较往日更形俊美的姿色，始觉其出类拔萃，无人能与比拟；反顾自身不幸的命运，遂觉惭愧得无地自容，泪珠禁不住地纷纷落下来。随着话题愈转细腻，大臣也愈显得自然从容，他斜依隐几，稍稍窥伺几帐内里闲谈。见玉鬘形容略微消瘦，却越发清丽可人，风情愈添，真是世所稀有的美人胚子啊！嗳嗳，当时自己怎么会大意地将这等可人儿轻易就让给了别人？真是越想越后悔。

"缘分浅兮徒唏嘘，
虽未交欢情未忍，
岂容他人兮引三途。[1]

---

1 俗谓女子死后渡三途（佛教术语，即火途、血途、刀途）之前，由最初交欢之男人牵引。源氏此歌意谓：己虽以缘浅未得与女交欢，然衷情实未忍令他人引女渡三途川也。

唉，世事难以逆料啊。”瞧他啼泣擤鼻的模样儿，委实真情动人。女方也以袖遮面道：

三途川兮虽未达，
心已为碎泪成流，
恨不消失兮乘浮沫。[1]

“说什么未达三途川已恨不消失，真个孩子气的想法啊。凡人总要渡过那河川的。我只希望届时能荣任引导之职罢了。”源氏之君微笑道：“其实，你心里总应该明白了吧。咱们俩虽曾共枕清琴，却未曾发生过什么事情！这世上还有像我这般愚蠢，像我这般可信赖的男人吗？这种稀有的秉性，只要你能稍体谅，也就聊堪安慰了。”这番话语说得女方觍颜不知所措，源氏之君禁不住怜恤之情油然而生，遂故意将话题转移道：“圣旨不容不服从，我看你就形式上参内一下吧。将来一旦给那位右大将金屋藏娇之后，怕是不便出来仕奉了吧。如今，跟我原先的计划已大不相同了，不过二条院的内大臣既然不满意，这样也好。”他费心细腻地恳切谈论。玉鬘心里既羞愧且感激，她只是泪涟涟地闷坐着听话。源氏之君见她如此，有所不忍，也未敢尽吐心事，只得晓以仕宫之礼仪及种种细节而已。看他的意思，恐怕一时间也不会就此让这位女性移入大将府邸吧。

大将闻知尚侍之君参内的消息，甚是焦躁不安。不过，另外一方面又觉得，正可以趁退出皇宫的机会，把她接回家来，因而允许女方暂时入宫仕奉。对于大将来说，这样偷偷幽会情人还是生平头一

1 此玉鬘答歌。谓己虽未达三途川，已心碎泪落，汇成流水，恨不能乘其浮沫消失匿迹。暗示不甘委身于须黑大将之意。

遭，所以难免觉得尴尬不便，遂积极修缮宅第，将那长年失修而致荒废的房屋重新整顿，设备装潢也讲究万端。他全然不顾夫人的悲叹。连平日疼爱的子女们也无暇理睬。若是细心体贴的人，凡事总会多替别人设想，不至于害人蒙羞的，可是这位须黑大将呢，多少嫌其固执己见，所以难免有令人难堪的地方。其实，他的夫人也绝非泛泛之辈的女性。论出身，人家也是那位不同凡响的式部卿宫的千金，从小娇生惯养的，世人对她自然也就十分重视，论容貌，则又相当端丽。只是，近年来不知被什么邪魔附身，时常会精神错乱，故而夫妻之间已有些貌合神离的倾向。不过，大将倒是一向待她不薄。讵料，如今他竟然另有了心上人。而且，听说那人的外貌不凡，世人所谣传的与六条大臣之间的暧昧关系又业已获得澄清，难怪大将对她的眷恋之情也就更形深刻了。式部卿之宫闻悉此事，乃对其女说道："人家既然要迎进如花似玉的新人，教你委委屈屈躲在一隅也不光彩吧。只要我一息尚存，决不让你这样苦缠着大将，给世人传为笑柄。"遂令人扫除娘家府邸的东侧对屋，预备接回去。可是，在女儿方面来说，虽云天下父母心诚然亲情可贵，毕竟所谓嫁出去的女儿，泼出去的水，如今又怎好意思回去面对双亲呢？她这样心事重重，情绪不宁，遂更陷入狂乱中，以致卧病不起。虽然她本性温顺，心地善良，从不与人为忤，可是，近来却会有时因为邪魔附身而做出惹人嫌恶的事情。居处环境，往往杂乱无章，而她自己不再讲究修饰，总显得邋里邋遢，忧忧悒悒的一个人躲在家里。这种情形，让近来见惯六条院邸那种琼楼玉宇一般的华屋，及娇美可人的尚侍之君的大将看在眼中，自然是不屑于一顾了；不过，毕竟长年的夫妻情爱也不是那么容易变化，所以心底只有深深怜悯着这位夫人。"所谓一夜夫妻百日恩，只要是稍有身份地位的人，凡事都得忍耐些，才能白首偕老啊。因为你身子不好，看来挺辛苦，所以有些话语我也不便说出来。不过，咱们不是早已约好的吗？不管你的病有多严重，我定要照顾你到底。也就因为如此，这些年来，才始终忍耐着。没想到，如今你倒是熬不住，竟然兴起什么分居的念头来。咱们俩之间又有孩子，平时我就对你说，千万不要率尔行事才好。真想不到，你这颗妇人心却这样把我怀恨呢。当然啦，你还没有看清我居心，这也难怪你；不过，能不能把这事情交给我，再看我一段时间呢？令尊听世人谣传，便生气了，要把你干脆接回娘家去，这样不是反倒太轻率了吗，难道你是真这样想？还是想借此来惩罚我呀？”听大将笑着说这番话语，夫人心里更加地怨恨。连那些侍妾之辈的木工之君啦，中将等人都纷纷怨怼不服。可是，当时夫人倒是十分清醒，所以也无甚狂乱之态。她只是幽幽哭泣。“您说我呆痴啦，自卑啦，我都可以忍受。但是，如今连我父亲都给数骂在内，不知他老人家听了作何感想？怕是要怨叹自己生了这么一个不肖女儿，以至于自讨没趣吧？唉，我自己倒是已经听惯这种话语，也无所谓了，只是怎么忍心害他也……”说罢，别过脸去，那模样儿委实惹人怜悯。本来就生得小巧玲珑的个儿，长期的疾病使她更形消瘦，看来真个弱不禁风的样子。原先是丰多而乌亮的头发，而今却脱落过半，也无心梳理，任泪水沾濡，黏糊糊儿地都贴在一起，教人看着都心痛。虽未见得如何娇媚，却秉受着父亲高尚气质的她，现在连衣着也丝毫不讲究，致无处寻觅往日风采。“我怎么敢随便批评令尊呀！请你不要说得那么难听好不好？”大将一面安慰道：“老实说，最近我时常过访的地方哪，实在是高贵得了不起。像我这种鲁钝的人，进进出出，总怕教人看着笑话。所以觉得：倒不如把她给接了过来，省得每回都是提心吊胆的。至于太政大臣嘛，人家的威势自不待说，且又是顶细腻的人，有时周到得真教人害臊呢。所以呀，咱们家里的琐琐碎碎事情，最好别教他听到才好。希望你同这一位能够相安无事。即使是你要回娘家去住，我也定不会把你忘怀遗弃的。总而言之，到了这种地步，咱们俩的心也不可能就此分隔的吧。只是，万一教世人晓悉，我这方面也难免要受人物议，所以还是请你看在多年夫妻的情谊上，帮帮忙，包涵包涵吧。”“对于您的薄幸寡情，我倒没有觉得怎样。只怪我自己命苦，害了这种怪病，让父亲操心且不说，如今这样回娘家去，更不知他会怎么担忧成为世人笑柄呢。唉，还有什么脸回去见他老人家啊。人家太政大臣的夫人也不是外人，[1]只是她从小生长在外头，如今却俨然以长辈自居，来照拂您这位新人儿，所以才更教我父亲不高兴呢。至于我个人嘛，倒也无所谓了，随便您怎么样吧。”“听你这番话，倒是讲得颇有道理。只是，谁知道一会儿你那病发作起来，又会闹成什么结果呢？其实，这也不干太政大臣夫人的事儿，她压根儿就不知情的。人家是受着金枝玉叶般呵护的人，哪儿会管到像这种连你都瞧不起的男人的闲事呢？令尊的念头也未免太离谱，不像一个为人父者的想法呀。这种事情，若教对方听见，岂不麻烦！”大将整整花了一天的工夫，向夫人详细解说。可是，待天一黑，他的心又无端不宁起来，恨不得早点儿去会见情人。不凑巧，却下起雪来了。这种天气还要专程出访，未免教人讥议吧？再说，若是夫人的态度恶劣，妒恨交加的话，倒是可以有个借口，装作以牙还牙的样子赌气出去；可是偏偏人家没有一丝儿不泰平的表现，显得文文静静挺惹人怜爱，这真教他计无所出，不知如何是好。木格子门也还没有关上。大将心烦意乱地坐在廊边上呆望着。夫人见他如此，反而劝促似的说：“雪下得这样大，路上怕是不容易行走哇。天又黑了。”她大概有自知之明，晓得劝阻也无用的吧。那口气倒是令人怜悯。“真是的。这么大的雪，实在没办法出门。”大将遂又辩解道：“可是这一段时间，恐怕还是得勤加走动才行。一来怕不明就里的人乱说话，二

1 谓紫夫人。须黑夫人实为紫夫人的异母姊。

来又怕太政大臣和内大臣误会，所以得装成很热忱的样子才好。请你不要嫉妒，心平气和地看着我吧。只要将来把她接回这里来住，就没有这些顾忌了。唉，其实，看你现在这种正常的样子，我也实在没有心思去想别的女人什么的。”夫人则平静地回答：“您不出去，假如不是出自真心的话，反倒教我心里难过呢。只要您人在别处，心里偶然也想到我的话，那么所谓‘袖结冰’[1]也会融化了啊。”她又取来薰炉，把夫君的衣裳薰了又薰，自己却穿着浆糊已褪的旧衣。瞧她那副骨瘦如柴的样子，真个可怜复可悯。她那双哭肿的眼睑，稍嫌不堪入目，不过，若用同情的眼光去欣赏，倒也并不怎么难看。大将心中暗暗自忖：自己不是跟眼前这位女性共同生活了很长一段时间吗？怎么如今竟对她这般淡漠，难道自己真的已经移情于另外一个人了吗？他自觉得薄幸愧疚。可是，另一方面，又难禁恋慕之情油然而生。所以表面上尽管装得无奈，叹息连连，结果仍是换穿了衣裳，又令人取来小型薰笼，放进袖袋里薰染香味。他穿着一身十分服帖的衣裳，论容貌，当然是比不上那位六条的大臣，不过，却也具有一种凛然的男子气概，自与寻常凡人有异。

外头那些侍仆在干咳，含蓄地有意催促般说什么“雪好像停了嘛。夜也晚了”云云。中将之辈啦，木工之君等则叹息连连，一面抱怨“这世间真是没意思！”，一面似已各自就寝去了。夫人本来像是在那儿忍痛衔悲斜靠着隐几，这时却出其不意地一跃而起，将那薰笼底下的香炉取来，忽地从夫君背后拨撒过去。由于事出意外，大将惊悸之余，一时间竟茫然呆立在那儿。细粒的灰粉撒得他满脸，眼睛鼻孔到处都是，所以急得他不知所措。那灰粉越挥便越是上下飞舞飘

---

1 典出《后撰集·冬》，无名氏作和歌。原歌意谓：相思难眠，致泪湿衫袖，冬夜寒冷，袖竟结冰也。

扬，最后索性连衣裳都脱掉。如果是一个正常的人这样乱来的话，当然可以同她发脾气，再也不理睬她；唉，可是大家都心里明白，这又是那妖魔附身，致使她举止这样令人讨厌，连侍女们也都在怜悯女主人呢。于是，大伙儿连忙帮着主上拂灰换衣等，但是灰粉满面，连须边到处都是白茫茫的，所以觉得这副德行如何能上人家那边尽善尽美之处呢？虽说是邪魔缠身所致，可真够狂乱啊！大将此刻心底着实愤恨，对夫人的怜恤之情顿时全消，厌烦极了，可是，他知道现在若发脾气，恐怕会招来意想不到的结果，故而只得忍气吞声，也顾不得三更半夜，便差人找来法师，在那里作法啦，祷告什么的，骚扰一番。见那又哭又喊的夫人，委实难怪大将对她会情尽爱绝了。这一晚，夫人便被法师们又打又拉，直吵闹到黎明时分方始安静下来。大将便趁机修函致于情人。“昨晚有人忽呈狂乱，复以降雪阻行，故而犹豫不决之际，竟致身体冻僵。未知您和周遭众侍如何感想？”他的信写得有板有眼，一丝不苟。

“思茫然兮情难安，
　心共雪花满天舞，
　　不耐独卧兮袖袂寒。

真个心伤难忍啊。”粗壮有力的字，书写在白色薄纸上。看来并无甚特别的风情。不过，那笔迹倒是挺可观，到底是才学不同于流俗啊。

其实，尚侍之君这边，须黑大将是否来过夜，她全然没有放在心上计较，所以对于他这种用意深刻的情书，根本就懒得过目，便也不可能给他回信了。男方则是望眼欲穿，整日价牵肠挂肚的。夫人的病尚未痊愈，只得继续令人祈祷作法。心中一面不停地暗念着：千万可别在这时候出什么岔子才好。另一方面又私下偷偷地想：若非知道她本性善良，谁还能忍受她这等教人不寒而栗的折磨呀。可是，等天一黑，他又照例地显得坐立不安，心绪不宁地要出门去。既然夫人有病，也就没人给他预备装束啦什么的，眼看着一身不调和的搭配，自己也忍不住地嘀咕着，可是，若要新做直衣也来不及，所以只能穿得不伦不类的样子。昨晚穿的直衣给烧破了一个洞，到现在还有一股难闻的焦味儿，真是不像话。连内衣上面都牢牢地附着那股烧焦的气味呢。穿了这样的衣服去，准会让对方看出这边女主人妒火中烧的痕迹，那才教人扫兴哩。故而只得脱衣洗澡，用心修饰一番，木工之君心不甘情不愿地侍候着主上，替他薰衣染香，不觉地冲口说道：

“断然去兮恩未偿，
不甘独处叹苦悲，
妒火中烧兮遂炙裳。

您这样待夫人也未免太过分了吧，教我们旁边的人看在眼中都不好忍受呢。”说出口后又觉羞赧，遂用袖口遮着嘴边，那一双眸子倒是挺娇媚的。不过，如今大将竟丝毫无动于衷，反而怪自己从前何以会对这么一个女人动过情。唉唉，人心真是可悲可叹啊。

“忧难忘兮恨难消，
骚骚扰扰昨日事，
得不懊悔兮心为焦。

倘使昨晚的事情让那边的人儿知道了，那么我岂非两头落空了吗！”大将竟也叹息再三地出去了。

才一夜不见面，便觉得这位女性又加添了一些美色似的。如今，大将更深信自己的心已专属于她，无法旁顾别的女人了。与她相比，家里那位夫人更显得令人讨厌，所以索性流连不肯离开六条院邸。家里继续在举行法事，可是夫人的病却一无起色。听说妖魔牢附其身，吵闹得厉害。这么一来，大将更不敢接近夫人了。唯恐她闹得凶，会给自己带来羞辱什么似的，故而躲得远远，住到别的房间里。偶尔也找孩子们来聚一聚，聊一聊。他有一位千金，约莫十二三岁。其下有二位少爷。虽然，近年来与夫人的关系颇有逐渐疏远的倾向，倒是也没有什么别的女人来争宠比肩，所以地位也还挺稳固；而今，她自己心中大概也明白夫妻缘分已尽的吧，那神情教人看着心酸，连侍女们都深深悲叹着。为父的式部卿之宫风闻此事，颇不以为然地说："人家显然已经在嫌弃你了，又何必强黏着他呢。也不怕世人笑话吗？只要我活着一天，你就用不着委委屈屈跟着他！"遂即派遣人前往迎接。刚好当时病情稍愈，她正独个儿慨叹着男人的薄幸寡情；听说娘家方面来相迎，便心想，也好，果真赖着不走，一旦眼睁睁看着丈夫遗弃自己，恐怕更要成为世人笑柄，遂决意离去。兄弟之中，那位兵卫督，算是公卿辈分，由他出迎怕太招惹人注意，所以由中将、侍从及民部大辅等，备驾三辆来迎。大家心中早已料到终有这么一天的到来，可是，事到临头，竟连侍女们都不禁泪汪汪互相啼泣了。有人议论："如今要回到那长年未归的娘家去暂住，一来地方小，二来也恐怕诸多不自由，或者不便于太多人陪从随行吧？不如让有的先行告假回家一趟，等以后事情安顿好了再说。"遂各自搬运随身携带之行李，四处散去；至于女主人的所需各物，则需要捆扎打包，故而引得上下诸仆婢啼哭不已，看来心酸，非同寻常。幼小的孩子们却无知地嬉戏，一如往常。为母的把他们全都叫到跟前来，告以："我自己命苦，怕是天生注定，倒也无所谓，随它怎样都行，只是，舍不得任年少的你们四处分散哪。女儿呀，你无论如何得跟着我。至于你们男孩子嘛，就算我暂时把你们带走，将来总归还是要回到这边受你们父亲照顾的。我只担忧他恐怕无心再来理睬你们，害你们孤苦伶仃无依无靠，那可怎么办？好在你们外祖父在世的期间，他总会安排你们像旁人一样做官吧。不过，现今之世，一切事情都是由太政大臣和内大臣在做主，所以就怕他们会瞧不起你们有我这样的母亲，那可就困难多了。唉，但是，总不能教你们也跟着我到山林中去隐遁起来呀。那我是死也不能瞑目的。”说罢，已是泪涟涟，惹得孩子们虽不明就里，也一个个跟着哭起来。“看前人小说中说，有时候，一般的父亲也可能受后妻的影响而怠慢了前妻所生的孩子呢，更何况这种虚有其名的父亲呀，看他眼前现在都不顾了，还指望什么将来呢！”连乳母辈也靠拢过来，大伙儿唏嘘不已。

天黑后，颇有几分雪意。咳，连天色都阴沉沉哩。“怕要下大雪哦。请快点儿。”迎驾的人在那儿催促。夫人却在揩拭着眼泪沉思。这个女儿本是她父亲平素最疼爱的，如今不辞而别，往后是不是再也见不到爹了呢？遂伏身不肯起。“你那么讨厌跟我去那边吗！”为母的又哄又骂。然而，女儿小小的心田中只盼望着父亲早些儿回家来。天已晚。看样子，他是不会回来了。想到自己平日凭靠惯的那根东面的木柱，日后也许会被别人占去，不禁悲从中来。遂于浅棕色层叠纸信笺上涂写寥寥数语，用发簪插于木柱裂缝处。

将离去兮此房屋，
真木柱[1]遗旧时情，
切莫相忘兮聊留牍。

---

1 “真木”系日语杉桧类木材之通称。此女因此歌得“真木柱”小姐之绰号。本帖帖名亦由此而得，故保留原文，采直译。

书写及半，竟忍不住哭泣起来。母亲在一旁催促：“咱们走了吧。”但是，她自己也不自觉地吟咏道：

托记忆兮真木柱，
　物虽有情人寡情，
　　不可滞留兮难起步。

侍候左右的人莫不为之鼻酸。平日不怎么经心欣赏的庭前花草等，恐怕一旦离去以后，定必会令人留恋难忘的吧？故而人人依依地擤着鼻涕凝视周遭。木工之君本是侍候男主人的，所以中将之君便对她说：

“石间水兮本浅澄，
　讵料得遂长留意，
　　夫人反离兮悲不胜。[1]

真是想不到的事情啊，就这么话别了吗？”木工之君乃答以：

“水既浅兮难映影，
　世事无恒人谁知？
　　得留且驻兮岂冀永。[2]

1 “石间水”以喻木工之君，谓其与男主人须黑大将之缘分本浅，讵料竟以职务在身，得遂长留此屋之意，而女主人则反将衔悲离去也。

2 木工之君缘中将前歌为答。谓已既如石间水一般浅，则如何得滞留映影？况世事难料，聊且稍事埴而已，岂敢希冀永留此地耶。

唉唉，这教我怎么说呢？”咏罢，竟也忍不住地哭泣起来。车驾缓缓开动。夫人在车厢里一再反顾，想到此生或不再有机会重见此地景物，不由得悲情难抑。忽见庭中的树梢，竟如同所谓“再顾至隐没”[1]般依依再三回头，虽非“情人实所寓”[2]之处，却总是自己多年来所托身之家，岂有不依恋之理啊。

为父的式部卿之宫来相迎，心中委实悲痛已极。他的夫人更是禁不住地举声号啕。“你当太政大臣是什么好女婿；我看倒是像前世的仇敌哩。咱们这儿入内的女御[3]已经教他给了不少难堪了。好，就算那是他为了报前仇[4]——您这么讲，世人也都这么讲——可是，这也未免太过分了吧？他既然只尊重夫人一个人，那么理当对咱们这个岳父家客气些才对呀。哼，没想到不仅不客气，听说现在年纪大了，反倒领养一个来路不明的干女儿，自己先占了那女孩子的便宜，却想要让别人代过；看那位大将是个老实人，便要把女的推给他。这真是太岂有此理！”她越说越气，竟一口气数骂了下来。式部卿之宫不耐烦地说：“吵死人啦。太政大臣是没人敢稍批评一句话的，你凭什么乱讲他的坏话！人家是聪明人，老早就胸有成竹，有意要这么报仇。咱们给他选中做对象，只怪自个儿运气不好罢了。他表面装得若无其事，其实心里明白得很呢。所以那时候他失意之际，谁待他好，谁待他不好，他都一一回报；有的引荐，有的推陷，随他自由操纵呢。幸亏因为我是他所宠爱的夫人的父亲，故而那次还特别给了面子，替我办了寿庆什么的。这么说来，也该认为三生有幸，满足才对。”不料，夫人却越发不高兴，口中不停地咒骂人。嗳嗳，这位老夫人哪，可真是要命！

---

1 句出菅原道真和歌。歌意为：见情人所寓居之处所，遂依依反顾，至树梢隐没不见，乃止。

2 同上。

3 即式部卿之宫女儿——冷泉院女御。详第二十一帖“少女”文。

4 谓光源氏谪居须磨时，式部卿宫冷漠相待一事。

大将闻知此事，觉得岳父母的作为简直同孩子一般。夫人自己断无这样果决行事的道理。这一切都是她父亲唆使无疑。孩子之前，世人的评议，在在都使他为难，遂对尚侍之君说道："想不到竟发生了这般麻烦的事情。其实，这样反倒省事些；不过，她那人呀，躲在一旁也不碍事的，所以我也一直没放在心上。没料到她父亲却这么做了。若不去管嘛，怕别人听了会责备我薄幸。所以，还是回去看一看吧。"说罢，便要出门去。今天他穿着柳绿色的衣裳，外罩上等的袍，下面是深蓝色的绮袴，显得十分有气派。侍女们心中都在庆幸：与女主人真是相配的一对啊。可是，尚侍之君本人则连看都不愿意看他一眼。听到了这类消息，总要怨叹自己命薄。大将想去向岳父抱怨。他先行返家。木工之君等人出迎，遂将当时之细节一一详告。听说女儿离别之际的情形，虽谓男儿不轻弹英雄泪，忍之再三，最后还是禁不住眼泪簌簌下流，看着教人鼻酸。"难道就不想一想我这颗不同凡响的心？这些年来一直陪伴着一个患有怪病的女人。哪个男人能像我这样呢！就算她本人已同废人一般，好歹怎样都没什么区别，可是教孩子们怎办啊！"他叹息连连地览阅那真木柱所写的和歌。笔迹之间虽仍带十足的稚气，可是歌词却真情感人。这更教为父的不得不沿途落泪。夫人自然是不答应见面喽。"算了吧。他这人一向都是趋炎附势，又不是今天才这样子。听说老早就对那个女的献殷勤哩。你休想等他回心转意。要不然，只有徒然加重自己的病而已。"双亲这样在一旁劝阻，实在也难怪他们啊。"这样未免太孩子气了吧。总以为你不会狠心遗弃孩子们，所以大意了点儿。真是对不起。请你饶了我这一次。等将来若是真的忍无可忍，世人都看不过意，那时节，你再要这样，我也就没办法了。"瞧他，费尽口舌地找理由申诉，心想：至少让女儿出来见见面吧。可是，他们压根儿也不会答应。男孩子之中，那个十岁大的已在宫中做童殿上人，长得挺可爱。人人都称赞他，脸庞虽未见得多好看，但是聪明伶俐，也有点儿懂事了。下面的弟弟，则约莫八岁的样子，天真烂漫，颇像长姊。为父的伤心地抚摩那孩子的头哭着说："只能把你当作姊姊看待了哦。"于是，他又请求会见式部卿之宫。可是，对方却差人托词，道是："我们主人感冒了，正躺着休养呢。"遂只得一无所获，怅然归去。

为父的与两个男孩子乘车，一路谈话回家去。总不能把孩子们带到六条院去呀，遂暂留于自宅，对他们说："你们乖乖在这儿吧。这样，爹也可以随时来看看你们啊。"瞧那两个孩子茫然呆望父亲的样子，真是可怜哪。从此，心中又像似要多一层牵挂了。不过，想到那位女性的艳美姿容多么令人赏心悦目，当然远非患着怪病的夫人所能比拟的，所以也就聊堪安慰，几乎忘却别的烦恼。自此以后，便绝迹不再探访夫人。想必是正好以目前遭受冷落作为好借口的吧？式部卿之宫对女婿须黑大将这种态度甚不以为然。害春殿方面的紫夫人也在悲叹："唉，连我都要被人怨恨哩。"源氏大臣听此，觉得十分心疼。"没想到竟会演变成这么棘手的下场。本来嘛，又不是可以由我一个人随便替她拿主意的人。据说皇上挺不高兴，而兵部卿之宫也怀恨于心呢。不过，令尊是一位明理的人，所以他已了解事由，不再见怪了。唉，人与人之间的事呀，瞒也瞒不住，总会有个水落石出的时候，所以，我自己倒是以为问心无愧的。"

此类繁杂的事情骚扰不已。尚侍之君内心更为郁悒。大将为此深感内疚。人家原本定要入宫仕奉为尚侍的，结果因为自己妨碍了她，害她辍止；皇上恐怕不愉快，甚或会以为这是有计划的也未可知；大臣等人又如何想呢？不过，娶任女官者为妻，也不乏前例，乃决定过了年以后[1]再让玉鬘入宫去。正逢男踏歌之节会，故得借机铺张，使仪

1　时光源氏三十八岁。

式臻于无比隆重。如今，有两位大臣做后盾，复加以大将的威势，更由宰相中将细心照料万端。那些异腹兄弟们也都伺机大献殷勤，大伙儿簇拥着这位女性，遂使典礼隆重至极。她给分派到承香殿东面的宫室住。西面为式部卿宫女御[1]所居之处。二宫虽仅隔一条马道[2]，可是，两位妇人的心则恐怕相隔甚远吧。

此时，宫里头各位后妃正互争宠爱，各显身手，却又大家过着优雅有趣的生活。寻常而身份不高的更衣之辈并不多。只有中宫、弘徽殿女御、这位式部卿宫女御，以及左大臣[3]女御等数人。此外则有中纳言之女与宰相之女二人罢了。踏歌之日，后宫各妇人的娘家也上宫来参观，所以把气氛衬托得越发热闹。每一位妇人都争妍斗艳，绮罗锦缎全部倾出，尤其袖口重叠的层次，更可见用心，色彩鲜明繁多，而且，看得出质料全都是最上等的货色。东宫之母的女御[4]，这一天也特别用心打扮自己。东宫虽尚幼小，一切衣服器物等，也都依时尚备妥。踏歌的行列自御前开始，经由中宫之殿、朱雀院而来。这期间，夜已深了。六条院方面，今年只好省略不游行。一行人从朱雀院返回来，到达东宫殿前时，天已明。在东方微白、饶有情趣的晓氛之中，许多殿上人乘醉歌唱着《竹河》之歌。其中有内大臣府的少爷四五人。他们的歌喉乃至容貌，自有异于他人，像似鹤立鸡群一般。尤其童姿的八郎君，乃是原配夫人之所出，一向受着金枝玉叶般的呵护，看来格外可爱。他正与大将府邸的长公子并立着，尚侍之君对后者究竟不能等闲视之，故而特别用心注视。比起一般贵妇人处资深的女官们来，这位尚侍之君殿前的侍女们的袖口啦，衣裳等等，更见用心深

1 即式部卿宫之女，冷泉院女御也。
2 以厚木板铺成，用以连接二宫室之活动走廊。
3 未详为何人。
4 已递位之朱雀院后承香殿女御也。

刻。即使重叠同样色泽的资料，这里的情形也显得更为华丽夺目。她本人和侍女们都觉得：若能暂时过一阵子这种无忧无虑、逍遥自在的仕宫生活倒是不错。到处都有赏禄赐予参加踏歌的人，可是此殿对所赏的插头之绵，却特别费心设计；虽然同样是以水驿款待，也不知什么道理，这儿的情况却特别热闹。侍女们也都刻意细心照料，务使一些例行的宴飨与众不同。凡此种种，其实都是出自大将的安排。

大将这一天都待在宫里头，不停地派人来说："今晚告个假，让我带你回去吧。借这个机会变了心意，想仕宫可就糟了。"他反复不断地说同样的话。但是尚侍之君方面却一无反应，只是让侍女传话："大臣的意思是说，难得参内一次，最好不要匆匆忙忙退出，等侍候到皇上满意的时候，准假回去也不迟。现在就走，怕嫌过早了吧。"大将听此，忍不住地发牢骚："我不是再三叮嘱过的吗？唉，这真是不如意的世界哦！"遂连连太息。

兵部卿之宫正好也在御前陪侍着管弦游宴。想到尚侍之君这边的情形，他竟然变得心猿意马了。最后，终于忍耐不住，差人带来信函。赶巧，大将就在近卫府衙门，便以其名义呈上。尚侍之君只得勉强过目。

"憩深山兮相颉颃，
　载翔载飞比翼鸟，
　　得不艳羡兮好春光。[1]

似乎鸟声婉转依稀可闻呢。"乍读此情书，不觉得愧怜之情生，顿时双颊泛绯，不知何以为答。这时，正逢皇上幸临。在皎洁的月光下看

1　以"比翼鸟"喻须黑大将与玉鬘。此兵部卿宫表妒羡之歌也。

来，御颜清丽绝俗，与源氏大臣相像极了，教人不得不惊异：世上难道真还有第二位这般光芒耀目的人物吗？大臣的爱情虽然深刻，不过，终究有些儿教人厌嫌的过分之处；而皇上则大不相同。他只是温柔地抱怨事与愿违。这样更教她不知如何自处，只好俯首不语。"怎么也不说一句话呀？朕还以为你已知悉朕意；没想到你却装得全然不知的样子。难道这就是你的个性吗？"遂赋歌道：

"加紫色兮称卿意，
千呼万唤今始逢，
如何未见兮心先醉。[1]

难道颜色不能再染深些[2]吗？"皇上说话的模样儿显得年轻可喜又清丽异常，真教人羞愧极了。好在他那容貌与大臣几乎无甚分别，所以也就不觉得生疏，这使得女方可以鼓起勇气回答。年来又没有什么仕宫的功劳，却蒙加阶为三位。大概这首答歌乃是为着报答这种破格的恩宠而写的吧。

"乍获紫兮竟不知，
而今亲聆方始信，
圣主厚爱兮何如之。[3]

而今而后，当不负指示，努力仕奉。"皇上听后竟含笑说道："如今方

1 指对玉鬘晋叙从三位一事也。参见下文冷泉帝和歌。
2 紫色为三位者之服色，故以为晋叙从三位之代词。帝此歌透露情意。原歌多套用音义双关词。言外有"更进一步的亲密关系"之意。
3 玉鬘事先未知加叙三位之事，故咏此歌以表谢意也。

始领情，又有何用？若有人能深知朕心，倒想听一听那人会作何判断呢。”他那怨怼的神态挺认真的样子。这下可糟了，今后在皇上面前千万不能表现得太娇柔才好。男人都有一样的毛病。遂收敛容色，小心侍候着。皇上见此，果然觉得不便再谈笑戏谑，心中却想：或许过些时候自然会习惯的吧。

大将闻知皇上幸临此殿，心里越发焦虑，故而再三催促使退宫。尚侍之君方面也怕长住宫中的话，难保不会发生什么问题，所以便也不再坚持留侍宫中，遂捏造种种借口，而她的父亲内大臣又从中安排，乃终于获假告退。皇上则深感遗憾。“好吧。万一若说再也不让你上宫什么的，那就更不妙。朕心真凄苦啊。其实，是朕比谁都更早中意了你，却教别人后来居上；如今反倒要看他人脸色呢。朕恨不得引前人的典故哩。[1]”就近亲眼看见，方知这位女性的姿色远比传闻想象中的更美丽。这情形，即使是无心者都不易放过，如今怎能不妒羡呢？不过，皇上不愿意教人看着觉得自己浅薄，故仅以言辞替代满怀柔情蜜意。女方愈感惭愧，念“妾身彷徨入迷津”[2]，又如何给予清晰的答复呢？辇车已备妥，侍候的侍仆也都等待已久，而大将也不耐烦地缠在身边催促；可是皇上仍依依不舍得离开。他禁不住地埋怨：“这般紧盯住看守，真是讨人嫌。”

卿将离兮思纷纷，
　九重烟霞从此隔，
　　梅花清香兮哪得闻。[3]

1　谓平贞文之妻为藤原时平所夺故事也。典故出于《后撰集·恋三》。

2　见前注。原歌系前典故平贞文妻答其夫之作。

3　以重重烟霞喻大将。谓彼居中阻隔，则恐梅花清香（以喻玉鬘）不复可闻也。

歌词未见得是上乘之作，然而当时拜见皇上那神态于眼前，必然会深受感动的吧。“朕也想仿古人眷恋草原，就此盼天明。[1]唉，可是想到另有人在盼望你，也就不忍心教他多等待啊。今后，该怎么跟你通音讯呢？”看他那为情焦虑的样子，实在自觉罪孽深重。

众花艳兮敢并枝，
满园芬芳幸垂顾，
盼时赐音兮慰相思。[2]

言下总算还留得一分离情。圣心略感安慰，遂频频反顾，起驾回殿。

大将已计划好，今宵就此迎女回到家中，但他怕此事若教大臣获悉，恐不得允准，故而托词：“不巧，突患感冒，想在自宅安心休养，却恐这期间若无法见到她，会放心不下……”遂将女携归。内大臣心中颇为纳闷。怎么连个仪式也不举行？这样未免太草率仓促了吧。不过，又恐如此相责，伤及人心，所以只好答应。“凡事请多照拂。这个女孩子原本就不是我一个人可以给她拿主意的。”六条府方面的大臣则由于事出意外，心中颇不乐意。但事已至此，也无可如何。女的本身呢，诚如所谓“似烟飘流无定向”[3]，自己的命运本来就由不得自己，只有怨叹命薄。只有那男主人独个儿像是偷来了宝物一般，高兴得了不得，心也定下来了。如今，他竟对前些时候皇上幸临之事大为嫉妒呢。他这种态度越发使女方不悦，觉得眼前此人索然无味，故而不怀好感，懒予理睬。式部卿之宫一度曾强烈抗议过，现在竟也计无

---

1 套取《万叶集·一四二四》和歌句意。原歌谓：撷堇于春野，竟以眷恋不舍，而留待天明也。冷泉帝托歌以表示愿留共宿一夜之意。

2 此玉鬘答冷泉帝前歌。以满园芬芳之众花喻后宫、后妃，谓己何人也，敢与众美相比，今幸蒙垂念，于愿足矣。今后但盼赐音讯，聊慰相思情也。

3 句出《古今集·恋四》，无名氏作和歌。

所出，而大将自那次被拒以后，连再去探望一次都不肯。而今他夙愿既偿，踌躇满志，只知旦暮守在新夫人身边，其他一概不在脑中。

时届二月，源氏之君越想越不甘心。好一个狠心的家伙！没想到稍一疏忽，竟被别人占了上风。他一方面觉得有碍面子，另一方面竟也不自觉地对那位女性旦暮思恋起来。或许，人家自有所谓宿世之缘也未可知；但是，也怪自己太大意。事到如今，又能责备谁呢？这些时候，他日夜所思念的尽是那一张美丽的脸庞。让她嫁给了那么一个乏味的男人，连与之闲谈开玩笑都不方便，所以勉强忍耐着。可是，偏偏这阵子雨下个不停，实在无聊得慌。回想以前每当这种时候，总要去找她聊天什么的。这么一想，竟忍不住地恋情乍生，遂修成一函。可是，这信也只能偷偷请那位侍女右近转递，不知人家会作何感想？多了这一层顾忌，便无法畅所欲言，只得含蓄收敛，一切就看读信的人推测了。

“悄然静兮度昏晨，
　春雨绵绵细如发，
　　可曾相忆兮故里人。[1]

百无聊赖之余，更觉往事如烟，幽恨亦多。如何才能让你听得见呢？”信上如此写着，右近趁无旁人时呈于女主人。尚侍之君读后，禁不住泪水满眶。随着日月流逝，她心中正亦怀念之情徒增，可是，对于一位又不是生父的人，究竟不能直率地说“好想念您。多么想见您一面！”这类心中的话呀。唉，到底怎样才能见面呢？她心里头不由得悲伤起来。从前由于大臣方面时有纠缠人的表现，所以对他也曾怀过

1 “故里人”以自喻。此光源氏挑逗女情之歌也。

厌恶之感；她这种心事连对右近都没有提过，只是独个儿秘藏于心中；不过，右近倒已略有感知，所以她至今都不曾真正了解：究竟大臣与女主人之间的关系是到何种程度。回函如何呢？她先辩解道："说出来嘛，怕难为情。不过，若不予现理会，又恐怕不好意思。"遂书写：

"雨绵绵兮湿檐牙，
　罗袖长濡泪不绝，
　　片刻难忘兮每吁嗟。

日移月逝，真个徒增感慨呢。谨上。"那字迹恭恭敬敬，端端正正。大臣览此信，不觉泪落如檐滴。他怕别人看见不妙，故而伪装镇静，可是怎么禁得住满怀心事呢？索性连以前那位尚侍之君[1]被朱雀院的母后强行隔离之事都记起来了。不过，现在这一位则又与自己更多了一层有若父女一般的关系，遂觉此情弥足珍奇，唉唉，好色者总是自寻烦恼，劳心伤神不已的啊。今后无论如何，不可再使心乱，这种恋情根本就与自己的身份不相称，算得了什么！遂决意忘怀。但是，谈何容易。乃援琴鸣奏，不料，却因而又想起从前那人儿弹琴的情景来。他自弹一曲和琴的菅搔调[2]，又自唱"刈呀割玉藻"[3]。那模样儿若教情人见了，岂能不感动！皇上也正为那乍见的姿容惹得心神不定。"坐立难忘红罗裳"[4]这首和歌虽然稍嫌浮艳，近来却成了他的口头禅，日夜为之神魂颠倒。时亦暗中派人送去信函什么的。女方呢，她对于

1　谓胧月夜。详第十帖"贤木"。
2　和琴奏法之一种。
3　句出风俗歌《鸳鸯》。
4　句出《古今六帖·五》，和歌。

自己所惹起的这些事情，实在觉得莫可奈何。对于此类酬答也颇感厌烦，所以连一封诚意的复函也没有。到如今方始深深感觉，还是那位大臣用心深刻，因而每每触景生情，难以忘怀。

时已三月。六条府庭中，夕照下的藤花啦，棣棠等十分悦目，大臣面对这满园秀色美景，心头更不免怀念那位百觑不厌的可人儿，遂抛离了春殿，来到那人曾住过的西侧对屋来。棣棠花自然地倚着吴竹之篱，别有一番情致。他不自觉地吟咏“思思恋恋染衣色”[1]。又道：

“念伊人兮意难忘，
　咫尺天涯讵料隔，
　　棣棠不言兮深情藏。[2]

玉容如在眼前。”但是又有谁听得到他这些话语呢？这次，可真体会到与心上人儿隔绝的滋味了。唉唉，这又是何等心境呀。见得有许多雁卵，乃伪装柑橘之类，若不经心一般地遣人送于尚侍之君处。至于附函，则恐为他人所见，乃故意以父辈的严肃口吻写道：“日月其迈，迄未得谋面。虽怨冷淡，谅亦情非得已。今后若非特别事故，或恐无由见面。诚属遗憾至极。”又云：

“同巢孵兮少一卵，
　辛苦亲情付水流，
　　何人握中兮任冷暖？[3]

1　句出《古今六帖·六》，和歌。
2　此光源氏独念玉鬘之歌。谓己虽同棣棠花，默不作言，而心中实藏深情也。
3　以雁卵喻玉鬘。谓己辛苦孵之育之，而今竟不知握在何人掌握中，任其冷暖也。

见人视同禁脔，不禁妒火中烧矣。”大将也看到此函。他笑说：“妇道人家呀，即便是亲父处，除非有特别事情，也没有道理无缘无故去相会，而况这位大臣哪，他何以至今都不死心，还要时常怨言怨语呢。”听他这般唠叨，真教人讨厌，遂道：“我不知该怎么给人家回信才好。”见她犹豫不书，大将竟然说：“让我来。”便要代笔。咳，这岂不笑煞人！

“隐巢隅兮一雏雁，
　本未列数任自生，
　　人谁藏匿兮人谁问！[1]

拜读大函，惊悉尊意不悦，且词意颇涉风流好色。诚惶诚恐。”源氏大臣接得回信，笑说：“从来都没有听过那位大将说这种幽默的话语哩，真是难得。”其实，他心底正暗暗怨恨大将把女的占为己有。

大将的原配夫人呢，随日月逝去，更为事情的演变所恼，整日沉思之余，愈加变得狂乱痴騃了。大将仍然照料着这边的生活，凡事也都相当细腻用心，对孩子们也依旧很疼爱，所以也没有理由与之完全断绝，就这般拖拖拉拉维持着表面上的夫妻关系。只是，为父的心里十分想念女儿，而那位外祖父却坚持不答应父女相会。女儿方面，小小心田里，对别人都不原谅父亲的过错致令彼此间相隔愈远，也暗自悲叹着。不过，男孩子们倒是时常来会见母、姊，偶尔也会谈起新夫人之事。“新妈妈很疼我们。我们那边一天到晚过得好有趣，好快活。”为姊的不禁妒羡于心，私下怨叹：为什么自己不生为男儿身，

1　此为须黑大将代答光源氏前歌末句“何人握中兮任冷暖”而作。谓玉鬘本非其亲女（日语“雁之子”音同“假之子”，译文作“雏雁”），则谓谁人得藏匿间离耶。

可以自由自在行动呢？这位尚侍之君也真怪，她就是有这股魅力教男男女女都为她倾倒。这一年的十一月里，她竟也产下了一个可爱的男婴。大将踌躇满志，如今万事如意，所以更加宝贝疼爱夫人。当时情形如何，不言而喻。女父内大臣也觉得时来运转，总算这个女儿也有出头的日子了。说实在的，若论外形，她也并不比家人平素特别优遇的女御稍差。头中将对这位姊姊虽然也很尊敬友爱，不过，终究是受了从前那一段感情影响之故吧，难免还混杂着莫名的妒意。心里觉得：当初她若是进宫的话，不知现在有多幸福呢。尤其见得那新生的小外甥长得十分美丽，竟不觉地说："皇上一直怨叹没有生皇儿。假如这孩子是他生的，不知会有多光荣哩。"这话说得也未免太过分了吧。有关宫中尚侍之职务，她尽管仍可以胜任，今后怕是不会再上宫了吧。其实，这事本来就该如此。[1]

对啦，还有内大臣那另外一位一直盼望做尚侍的女儿，许是她生性如此也未可知，近来颇有些儿卖俏的倾向。为父者真无可奈何她。做长姊的女御也怕她丢人现眼，所以时时都在提心吊胆。内大臣虽严令她"不许到大庭广众之间"，可是，人家只当耳边风，一无顾忌地照样出入人前。有一回，一些殿上人辈中之佼佼者陪侍在这位女御殿前，他们正优雅有致地奏乐击节作乐。秋天的黄昏自有一种令人陶醉的情调。宰相中将[2]也适巧在垂帘近处。今天他破例地谈笑自若。侍女们纷纷在背后交赞："毕竟是与众不同啊。"这位近江之君竟忽地从众女之间挤上前来。"咦？你是怎么啦！""怎么回事呀？你为什么跑到这儿来了呢？"大伙儿想拉她下去。可是，她却顽强不服地瞪着眼睛。侍女们不得已，只好彼此牵衣袖递眼色地耳语："糟了。不知她要闯什

1 盖谓尚侍之职，本非必居宫中也。
2 夕雾也。

么祸哩。”讵料，这女孩子竟上前一把抓住素来正派的中将。“就是这位呀，就是这位呀！”听得见她在那儿大声嚷嚷，当面阿谀人家。众人正发呆，不知所措之际，她却用爽朗的声调歌咏起来：

“舟颠簸兮逐波荡，
浪来潮去任漂流，
请示泊港兮得摇桨。[1]

难道真要‘舟楫往来渡一人’[2]？哎呀，失礼啦。”中将之君乍闻之下，颇觉讶异。此地岂容有这般缺乏教养的人呢？再仔细思索之下，方始会意。哦，原来这人必是近来大家传为话题的那位少女无疑。遂有滑稽之感。

诚漂荡兮无着落，
舟人自有其目标，
未肯辄泊兮心有托。[3]

据说男方竟这般拒绝了她。

---

1 以舟之漂流无止泊，喻夕雾追求云居雁而不得，谓何不指示港泊（喻其住所也），则己将摇桨往投之也。

2 出《古今集·恋四》，无名氏作和歌。此试探夕雾之情是否专属云居雁一人也。

3 此夕雾拒绝近江之君歌。谓舟虽摇荡无着落，然舟人自有其目标寄托，未肯随便止泊，以喻己不因未得云居雁而转求他女也。

第三十二帖

梅　　枝

对于明石小姐着裳式的筹备，源氏大臣大事张罗，可谓费尽心机。东宫亦将于同年二月举行元服典礼。[1]看来，不久便会接着办理这位千金入内之事吧。时值正月下旬，公私两方都无甚要事，乃乘闲亲自调制着裳式当日所需之薰香。检视最近太宰大贰所献的各种香料，觉得皆不及从前舶来的品质佳，遂令人开启二条院府邸的仓库，取一些唐土舶来之香料相比。“你们瞧。连锦缎等物，也还是旧日的东西令人怀念。无论品质、色泽，都更为优雅可观呢。”小姐入内之期已迫近，便又在那些供作嫁妆的被缛啦，坐垫等物的边缘，拿故桐壶院时代之初高丽人所进献的绫罗锦缎等有异于现世之珍贵货色者比衬相配。此度大贰所献之绫罗诸物，当下即赏赐侍女们。至于各色香料，则分辨旧者与新者，令送达于各位夫人处，附带吩咐道：“请随意调配两种使用。”六条院府里及其他地方都在准备着着裳式当日的礼品以

1　东宫为朱雀院与承香殿女御所生皇子，后称今皇，当时十三岁。光源氏与明石夫人所生之女为十一岁。

及供作公卿们赏禄之诸物。此外，夫人们又都各依自己的趣味在调制薰香，所以连日来捣香的铁臼声此起彼落，不绝于耳。

大臣独个儿躲在寝殿里。他不知从哪儿听闻来的，正一心试调着仁明帝以来为男子所禁的秘传二种处方。紫夫人也在东侧对屋加盖出来的房间里，故意令人将座席设置于幽深处，调制八条式部卿宫[1]的秘方。二人之间颇有些竞争之意。大臣见紫夫人如此隐秘，乃道："香味的浓淡，也该有个优劣的判定啊。"瞧他，好胜心强，哪里像个为人父者呢？他们俩都不肯让太多的婢仆接近。预备在各方尽善尽美之货色中，更要遴选香料之盒样啦，壶形啦，乃至薰炉等等，都刻意求时髦新型者，而后才将各位夫人所苦心调配的香料中之尤为优秀者纳入其中。

二月十日，雨稍降。庭前红梅正盛开，色香俱无与伦比。赶巧，萤兵部卿之宫来临。着裳仪式已迫在这两天之内，所以特来探访。他们二人一向十分亲热，所以正不拘形式地闲谈赏花。忽有侍女呈信，道是"前斋院处送来的"。信系于花朵已渐凋的梅枝之上。兵部卿之宫知道大臣对这位女性本有情意，故而好奇地催问："人家特别寄信来。里面写着些什么呀？"大臣只是微笑道："我冒昧地要求。人家却认真地马上调和薰料送过来吧。"却不肯示以信笺。沉香木盒中端放着蓝白两个玻璃香壶。其中各置二丸大型的香料。至于装饰，则蓝色琉璃壶上镂刻着五叶松枝，白色琉璃壶上镂刻着白梅之枝，双双用雅致的丝线系结好。兵部卿之宫不禁赞美道："挺雅艳的嘛！"见有墨痕淡雅的附歌一首。

花已残兮空有枝，

1 即仁明天皇（八三三—八五〇）第五子本康亲王。为调制薰香之名人。

香随花散无觅处，

聊供薰袖兮香如之。[1]

他故意高声朗诵。宰相中将特别挽留那位使者，既醉以酒，复赏以紫红色唐锦女裳一袭。大臣的回信也选用紫红色的信笺。又令人折取园中的梅枝，将那信函系结其上。兵部卿之宫妒羡交心。“究竟内容写些什么呀？是什么秘密？干吗那么隐藏不露？”他恨不能阅读回信的内容。“没什么大不了的。你可别胡乱猜想。”遂又顺笔写下：

花虽残兮芳犹传，

人言可畏遂隐秘，

情实弥坚兮魂为牵。[2]

歌词大概是这样的吧。

“我这般四处托人调制薰香，或有小题大做之嫌也未可知。不过，膝下就这么一个女儿而已，她的终身大事，太过马虎也不好吧？但又不是什么顶标致的女儿，所以也不好意思劳驾别人来担任当日系带之职，只得请中宫告假回来一趟了。虽说大家都挺熟稔的，但究竟人家是有教养、有深度的人，故而一切准备若是太过寻常，怕会失礼吧。”对于大臣这一层顾虑，兵部卿宫也表赞同：“对啦。你这样做，也正可以托中宫之福呢。”遂趁此机会，差使到各位夫人处去收取前所托制的薰香，并使传言道：“预备趁这个多雨潮湿的傍晚试香。”果然，每

---

1 此前斋院谦逊之歌。以花残空枝自喻。谓年老色衰之女所制薰料虽未必芬芳可人，倘蒙选用，或尚可染香小姐衣袖也。

2 光源氏答前斋院之歌。亦以花残之梅枝喻女。谓自接其自谦之信后，愈为感动倾心，然以人言可畏，故未敢公开也。

个人都把费尽心机调制的薰香包装成各种趣味情调送来了。大臣便邀兵部卿之宫："就请你担任审判吧。所谓'知色知香君其人'[1]啊。"乃令人取来薰炉，当下即焙试。"我哪配称'其人'呀。"兵部卿之宫虽然谦虚一番，倒是真懂香料者。他能于众芳之中分辨优劣，些微的过与不及都逃不过他敏锐的嗅觉，而勉强予以区别高下等第。现在该轮到取出大臣亲自调配的两种香料了。他原先仿宫里埋壶于右近阵御沟边土内之例，将那香壶埋入西侧渡殿下的泉流边。乃遣惟光宰相之子兵卫尉去掘出，由宰相中将端入。兵部卿之宫颇有为难之色。"这个审判可不好当啊。烟太浓哇。"其实，调配香料的处方随处都有相类者流传，却因调和者的修养旨趣而互呈差异。若仔细嗅辨其间浓淡，倒是挺有意思的事情。虽然各有千秋，难以骤下判断，但其中以斋院所配制的"黑方"为最含蓄有深味。至于"侍从"类，则判定大臣亲自调配者最为浓艳有致。紫夫人所制者有三种，就中以"梅花"尤其出色，饶富精致而时髦的香气别有一番新鲜之韵味。"若要配合这一阵子的风，恐怕没有比得上这种的喽。"兵部卿之宫赞赏不已。夏殿方面的夫人花散里觉得：这种大家竞香斗芳的场合里，自己怎么配参加呢？她原本是一位十分谦虚的女性，连这种烟香游戏都自觉羞涩得无地自容似的，所以勉强只调和了一种"荷叶"。那温润的香气另具一格，倒也颇耐人寻味。冬殿的明石夫人则以为，若要讲究配合季节特色，自己所出"枯叶"一味，定必会在各位夫人之前失色，这样未免太扫兴，故而特选薰香之中的特别处方——公忠朝臣仿宇多天皇之秘方特制的"百步之方"。这真是别出心裁，为世所罕闻的香艳气味。兵部卿之宫对每一种薰香都表示欣赏。大臣只好说他："真是多情的评判者呀。"

1 句出《古今集·春上》，纪友则作和歌。

这时，月已高升。弟兄俩饮酒话昔。月影朦胧，已饶富情调，复以雨后微风，传来梅花清香，殿里殿外到处弥漫着无可言喻的芬芳。人人陶醉其中。六条院府藏人所方面，为着排练明日之宴游，大伙儿正搬动着乐器试弦。许多殿上人聚集一处，听得见笛音美妙。内大臣府的少爷，头中将啦，辨少将等，本来只是打个招呼便要走的，却都给挽留下来，即刻令人取来琴等诸乐器。兵部卿之宫跟前摆着琵琶、大臣筝等。头中将受和琴，合奏出优美的曲调。宰相中将则取得横笛。那配合季节的双调之曲，教他吹奏得真个响彻云霄。辨少将也击节唱出《梅枝》之歌。咳，真个有趣极了。当年在猜韵比赛之际高歌一曲《高砂》的，便是这位少爷。[1]兵部卿之宫与大臣也时而加入合唱。像这种非正式的宴游，倒也不失为赏心乐事，风流的夜宴啊。兵部卿之宫举杯邀大臣道：

“清夜宴兮实风雅，
　莺声[2]婉转更动听，
　　得不陶醉兮梅花下。

直如聆听‘经千代’[3]之古歌哩。”大臣也酬和道：

既赏花兮当爱惜，
　盼君常访此花乡，
　　色为染袖兮香盈腋。

---

1 详第十帖“贤木”文。
2 莺声谓辨少将歌喉也。
3 句出《古今集·春下》，素性作和歌。

遂将酒杯递传于头中将；头中将又以交宰相中将。

夜半笛兮音缭绕，
　今宵吹撼梅花枝，
　　摇颤莺巢兮莫休了。[1]

宰相中将的答歌如下：

“梅花秀兮传清香，
　风且有情为回避，
　　笛吹何忍兮肆猖狂。[2]

这样对花，岂非太无情呢？”他这一番话，逗得大家都笑起来。辨少将也咏道：

月澄辉兮花怒放，
　若非烟霞隔月花，
　　巢鸟齐啭兮疑天亮。

兵部卿之宫果然在“花乡”徜徉终宵，黎明时分方始归去。大臣以自己的直衣一套，复以原封未动的薰香二壶相赠，令人安置其坐车中。兵部卿之宫咏歌：

1　此头中将柏木劝夕雾续吹笛之歌。谓今宵应须吹撼莺所栖息之梅枝，莫为休止也。
2　夕雾答柏木前歌也。谓风且有意回避，不忍吹拂梅枝，鸣笛之人又何忍于吹撼其枝耶。

蒙赠衣兮复受香，

若将薰染盈怀袖，

妹儿定疑兮责荒唐。[1]

大臣遂笑说："瞧你，怕得像什么似的。"在仆役牵牛准备车驾之间，大臣又咏成一首和歌：

"香馥馥兮人醺醺，

衣锦归里有女盼，

定当赞赏兮迎郎君。[2]

定当会教人大吃一惊吧。"兵部卿之宫听后，不得不苦笑。其他各位公子也都有不甚显目的女裳啦，小褂等礼物相赠。

源氏大臣遂于当日夜晚戌时来到西殿。将中宫所居西侧对屋伸建的屋子临时充作明石小姐着裳式之用，所以那些担任梳栉的内侍也都直接到此来。紫夫人借此机会，乃得会见秋好中宫。双方各有无数侍女侍候，好不热闹。子时为着裳的时间。室内灯火虽然隐约摇曳，明石小姐那姿色却已令中宫惊为天人。"谅您必不至于嫌弃，才敢请您见一见这未成熟的小女的失礼姿态。只怕今天之事破了前例，给您日后带来麻烦，那就太不好意思了。"大臣客气地说。"哪儿的话呀。您这么一说，反倒教我不知怎么是好呢。"中宫那平易近人的语气态度之间，自有一种青春娇贵的氛围。眼看着一室之内尽是美丽端庄的妇

1 此萤兵部卿之宫戏谑之歌。谓若以所受香料薰衣，则妻将疑有艳遇，必责以荒唐也。按："妹儿"为夫唤妻昵称。

2 此光源氏揶揄其弟之歌。谓若着此华衣染此薰香返宅，则妻室必交相赞赏也。盖萤兵部卿之宫仍未娶，故以此歌刺激之也。

人，而她们彼此间又都能如此和睦相处，大臣心里有说不出的高兴。美中不足的是这当事人的母亲却未能在今天这光彩的典礼中露面；其实，一度也曾考虑让她参加的，只因为怕别人非难，故而终于打消此念。这种典礼仪式呀，实在繁杂琐碎得很，若是随随便便记述其一端，则又恐怕有记流水账之嫌，索性略而不书也罢。

东宫的元服典礼也在这一个月份的二十日后举行。如今，他看来已然成熟的样子。人人都恨不能将自家的女儿献上，可是既知太政大臣对此尤为热心，所以像左大臣等人都不便于启齿了。源氏大臣听后大不以为然。“这算是什么话呢。所谓仕宫，本来就是要从许多侍奉的人当中互比长短的呀。如果让所有优秀的闺女都躲在家里头，那么东宫殿里岂不太寂寞了吗？”遂将入宫之期延后。如此一来，那些一度退缩的人，便也都闻风而陆续将女儿献上了。首先是左大臣家的三小姐，入内称为丽景殿。大臣将往日自己住宿过的淑景殿改装为明石小姐之用。入内之事既已延期，东宫也正延颈以待，故而正式定在四月。嫁妆的日用品等，也在早先已备妥者之外，又另外加添许多。连书册等细微部分，大臣都一一亲自过目斟酌，尽量招集此道高手，使用心制作。书箱之中所装的书册，也都遴选可供书帖一类的好笔迹。其中颇有一些是古代名家所遗留的墨宝。乃借此机会对紫夫人说：“现今之世，很多事情都有每况愈下的趋势；就中只有和文假名的书法，较诸前人有了长足的进步。[1]古人的笔迹看似中规中矩，实则欠缺悠扬的意境，所以颇有千篇一律之嫌。近来倒是出现了几位优秀的书法家。我自己有一阵子也在平假名的书道方面下过功夫，当时搜集了一些好帖本，其中就有中宫的亡母随意书写的一行字，觉得十分自然生

1 盖指和文抬头也。物语一类本系用和文书写，为日本文学史上其本土文学地位升高之时代，故云。

动而又出类拔萃，所以便也留了下来。没想到，竟然因此而遭受世人物议造谣呢。她当时对此甚不高兴；不过，我自己倒觉得问心无愧，没什么对不起她的地方。你看，我现在不是替她照料着中宫吗？她本是一位用心细腻的人，相信若能在九泉之下看到现在的情形，也应该对我谅解才是。至于中宫的字嘛，虽然相当精致漂亮，究竟缺乏点儿才气吧。”末后几句，他压低声音说。“先太后[1]的字，则虽然优美而有深度，却稍嫌质弱，所以缺乏余韵。前尚侍之君[2]的笔迹呢，可以算得上是当今之世的高手了，可是总觉得有些太过流丽之嫌。我看哪，老实说，还是数她和前斋院以及你，最为出色了。”紫夫人得到夫君当面夸奖，显得有些儿腼腆。“我怎么配跟人家相提并论啊。”“你也不用谦虚了。的确，你的笔迹柔和有致，别具一格。一般言之，越是熟悉汉字的人，写起和文假名来，越显得杂乱不匀。”他一面谈话之间，一面又加添了一些空白的纸张，那封面啦，丝组等，都十分讲究。“恐怕也得拜托兵部卿之宫和左卫门督他们。我自己也再来写两帖吧。就算他们再使劲下功夫写，大概也不至于输给他们的吧。”语气倒是挺自信的样子。遂令人取来上乘的笔墨，给上面提到的那些人一一去函求墨宝。有人因怕事而辞退，遂又再三恳求。见有高丽产的极薄上品纸张，十分雅致者，不禁触发奇想。“来考一考那些风流的年轻辈吧。”便吩咐宰相中将啦，式部卿宫兵卫督啦，以及内大臣府的头中将等：“随便涂些苇草画啦，歌图[3]等个人喜欢的东西吧。”如此一来，无形之间又造成彼此竞争的机会了。

源氏大臣照例又到他自己那间隔离的寝殿去写字。这时花季已

1 冷泉帝之母，故藤壶之宫也。

2 谓胧月夜也。

3 “苇草画”，原文作“苇手”，系指如苇草丛生般之画法，无以名之，姑称“苇草画”。“歌图”，则取和歌或文章内容主题为图，画于纸上，供书写歌词于其上者。

过，天空略泛着温暖的淡绿色。他独自悠然地心里想着古老的和歌名句，尽情书写草体式[1]啦，普通体等和文假名。身边并没有很多人侍候，只有二三侍女代执研墨之役。偶尔从古集之中挑出一首歌，问"这首如何？"，她们也都懂得参与斟酌商量。帘子全都卷起，纸张放置在隐几之上，他自己则在近廊处无拘无束地坐着。那轻咬着笔杆儿寻思的神态，实在教人百觑不厌。遇着白色或红色等纸，字迹容易显眼的，便乃特别用心握笔。这情景，若教有情人看见，岂不深受感动！俄而，有人传报："兵部卿之宫光临了。"大臣赶紧套上直衣，又令人取来席垫，延请客人入室。这位男士也是十分英俊潇洒的人物。他正态度从容、步伐优美地升阶。侍女们都在帘内窥伺着。看到他们俩正襟危坐，互相客气寒暄的样子，的确有意思。"一个人在这儿闷得慌。你来得正巧。"大臣礼貌地欢迎。原来，兵部卿之宫已带来了所托的字迹呢。遂连忙打开来过目。那笔迹虽未见得完美，字里行间自有一股才气洋溢，予人清新之感。内容则特选罕见的古歌，寥寥三两行，避开过多的汉字，写来颇讨人喜欢。大臣惊讶道："没想到你写得这么好。这下子我可要掷笔，甘拜下风啦。"听他那羡慕的口气，兵部卿之宫也开玩笑说："是啊。让我跟高手们一较长短。当然得下功夫喽。"

大臣自己所写的，当然也没有道理藏着，故而取出互相观览。有在质地厚实的唐纸上写着草书的，十分引人注目。但是，另有在柔软细腻而色泽优雅的高丽纸上，十分用心而又从容书写端丽的假名的，则更可谓叹为观止。几令人感动得泪随毫端，百看不厌呢。另有在国产的鲜明彩色纸上任意书写草体假名歌词者，则趣味无穷，显得自由自在，最为可观，致使其他的都黯然失色了。兵部卿之宫竟不忍移

1 各字之间不相连接之日式书法，以别于一般连续书法。

目。左卫门督送来的都是些讲究气派的书体，笔端略嫌不稳，所以看来十分造作。不过，从他所选的歌词也可以想象用心之一斑。至于妇女们所写的，则故意没有出示于兵部卿之宫，尤其斋院的，更不肯轻易取出。那些年轻一辈人所送来的苇草画等，也都各有各的趣味。宰相中将画的是：在丰盛的水势上，加添稀疏的苇草姿态，这种水草交融的景象简直如同难波[1]的海浦风光在眼前一般，十分醒目。另外尚有别具一格者：底下画着厚重的岩石，上书端正雄浑的文字。“嗯，这一张倒是挺不错。恐怕相当费功夫的呢。”兵部卿之宫赞不绝口。这位公子生就多才多艺，又以风流自任，因此凡是这类事情，最能引发他的兴趣。

今天一整日都在谈论着有关书道之事。不觉地搬出各式各样的彩笺字帖[2]。兵部卿之宫的兴致也十分浓厚，竟而命其子侍从返回宅邸，运来自己收藏的诸帖本。其中包括嵯峨天皇从古《万叶集》中选录的亲笔墨宝四卷，以及延喜帝所写的《古今和歌集》——用浅蓝色的唐产卷纸，封面为深蓝色之纹绮，有蓝玉轴及唐式绣线纽饰，十分美观。那字迹纵横舒徐，挥毫自如，体随卷异。灯下，源氏大臣贪婪入迷地欣赏着。“真是兴味无穷呀。现在的人所写的，不过是学点儿皮毛而已。”他频频赞叹。兵部卿之宫索性便将此二品留此。“就算有女儿吧，给没有眼光的人看，未免太糟蹋宝物；而况，我连个女儿都没有，更没有道理白白藏着这些啦。”大臣受此贵重之礼，遂以颇见功力的唐式字帖纳入枕香木盒中，另外附带一支上等的高丽笛子，以为答礼，赠予侍从之君。

趁这一阵子热烈品评和文书道之兴头，遂找出世间之能书善写

1 地名，即今大阪市南区部分。
2 接续各种颜色之纸而成卷者。

者，姑勿论其身份高下，使各书写适当的文字。不过，供作女儿嫁妆的盒中，当然不会杂置身份低贱者所书写的了。又各依其人人品、身份等第，使令书写于册子或卷纸上。因此堪称有美皆备。这情景，连外国朝廷也未必能见到如此齐全吧。其中，尤以兵部卿之宫见赠的墨宝二品最为可贵，许多年轻人都恨不能亲眼拜览。当其选择画册之际，本来有意将自己谪居须磨时期所绘制的日记传诸后世，既而又想，不如等将来她稍微长大之后，更懂得人世种种，到那时候再给她；所以这次并没有取出来。

内大臣风闻太政大臣府中这种种事情，心中难免感慨良多，觉得十分寂寞。女儿云居雁正值花样年华，美得几乎令人不敢逼视。只可惜她近来时常若有心事似的，老是打不起精神来，为父的怎能不为之担忧啊？反观对方那位少爷，人家依然保持着泰然自若的风度。这样更没有面子倒过来向他去求情啊。如今，唯有私下内心懊悔；早知如此，何不在对方热烈追求的当时答应了他呢？的确，这事也不能只怪男方单方面。宰相之君也略略闻知内大臣有反悔的意思。然而，他委实忘怀不了过去所受的无情打击，所以强自抑制着激动的情绪，伪装平静；不过，到底他并没有移情别恋的意思。偶尔也会恋情难耐至“无心事戏谑”[1]的地步，可是，想到那时嘲笑自己“浅绿”袍色的乳母等人，便下定决心：非得等到晋升为纳言之后再与之相会不可。大臣看宰相中将至今犹未有定亲之意，便关怀地建议：“只要你不再去想那位小姐的事情，像右大臣啦，中务宫等人都想要认你做女婿呢。你就随便挑一个好了。”见他不语，遂又说道：“我自己过去对这种男女之事，并没有遵从故院的教训，所以也不想多对你表示意见；不过，如今回想起来，他所说的话倒是真可以永垂后世做典范呢。像

1　句出《古今集·杂体》，诽谐歌，无名氏作和歌。

你现在这样守着单身的生活，世人难免要推测什么的；有时候更会莫名其妙地受命运摆布，而跟无聊的女人结合，弄得丑闻四播，后悔莫及。眼高手低，世事往往不能尽如人意，而凡事总有际限，所以千万不可纵情风流。就拿我自己来说吧：从小生长在深宫里，行动一向受拘束，连做错一点事情，都要担心被人责备轻率。即便是这样，也还不免于遭世人非难为好色。你可不要以为地位低，身份卑微，便自甘堕落，随心所欲胡作胡为哦。男人有时心境不自觉地浮躁，身边若没有一个妻子来抑压风流好色之心也不成。自古以来，贤者为女人而身败名裂者，也正不乏其例哩。一旦步入邪途，则不仅贻害别人，徒留浮名，自己也咎由自取，往往会成为一生的妨碍。万一若是选错了对象结婚，觉得不合理想，不可忍耐，也得设法重新估量对方才是。譬如说看在她双亲的面子上啦；或者，如果是没有爹娘的，就要同情她无依无靠啦，只要她个性之中有些许可取，都应该把握这一点，善待人家。不管对自己，对别人，总要往好处设想安排，这才是所谓思虑深远呀。”诸如此类的心得，父子之间，只要得空，大臣便侃侃而谈。父亲这一番话语，深深铭记于中将之心。不过，他倒是真的始终未兴过逢场作戏啦，移情别恋之类对不起心上人的念头。

云居雁这方面呢？近来她也注意到父亲自怨自艾的样子，心里自是羞涩而悲郁。不过，表面上仍勉强装得若无其事的样子，只是暗自日日思念着情人而已。有时，恋情难抑之余，男方也会偷偷差人送来用心细腻的情书。所谓“世间谁人真”[1]，若是稍有阅历的妇人，或会对男人之心有所怀疑吧；可是，这位小姐却一心信赖对方，故正览信深受感动。然而世人正纷纷传说：“中务宫在向太政大臣打听，想要提亲。”云云。为父的内大臣，乃不禁更为之忧心，甚而至于私下哭哭

1　句出《古今集·恋四》，无名氏作和歌。

啼啼对女儿说："人家都这么传说呢。真个好狠心的人啊。大概是恨这边当初拒绝大臣的要求，所以故意要做给我们看的吧？如今，去向他们低头，又怕给世人笑话。"云居雁虽忍之再三，终究禁不住粉泪簌簌而下，只得赶紧别过脸。她那模样儿，实在楚楚可怜。究竟如何是好？还是主动去向对方打听消息吧。内大臣只得心事重重地离去。剩下云居雁独个儿在近廊处沉思发呆。唉，自己为什么这样脆弱多泪呢？不知方才父亲会怎么想法？正来回思量之际，忽接得心上人投笺：

浮世情兮无悬殊，
　卿意渐淡渐冷漠，
　　唯独吾爱兮永不渝。[1]

他自己同别人提亲之事，则竟然连一点儿都不透露，好一个寡情的人儿呀。女方心里虽然十分悲痛，却勉强修成复函：

道难忘兮已相忘，
　信誓旦旦皆空话，
　　君心随俗兮不恒常。[2]

寥寥几行字，教人猜不透其意，害男方捧着那回信，歪着头百思不解。

---

1 此夕雾怨责女冷漠如同浮世常情之歌也。
2 云居雁误以夕雾已进行与他人相亲之事，故以此歌刺之。谓虽曾信誓旦旦，甜言蜜语，实则已相忘怀，夕雾之心犹世俗人情，不可恒常信赖也。

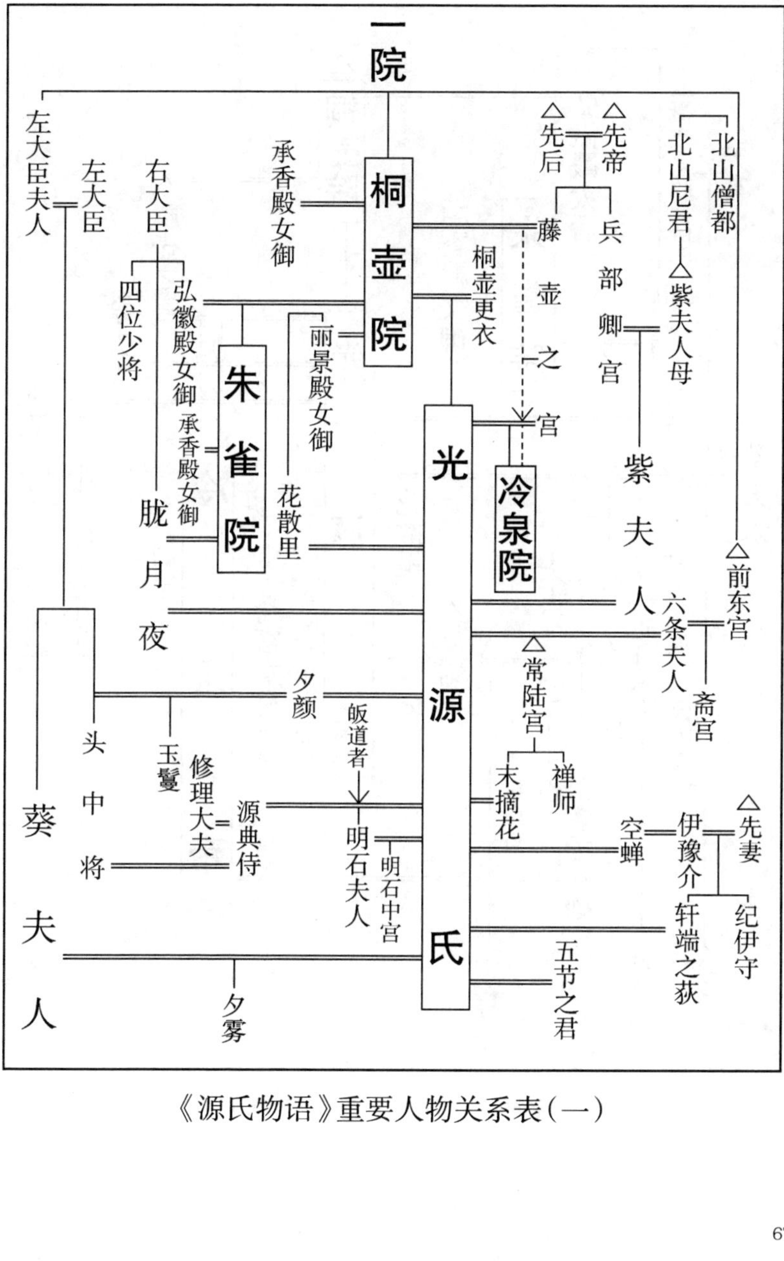

《源氏物语》重要人物关系表（一）

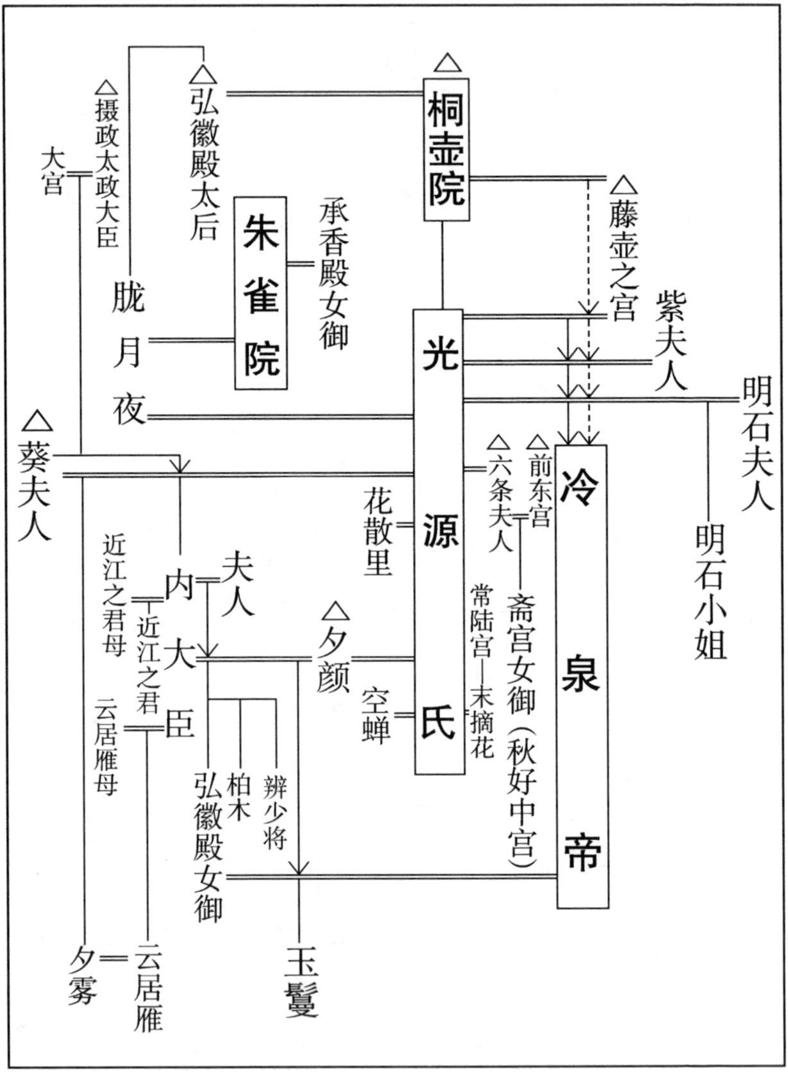

《源氏物语》重要人物关系表（二）

源氏物语

下

[日本] 紫式部——著
林文月——译

译林出版社

图书在版编目（CIP）数据

源氏物语 /（日）紫式部著；林文月译．—南京：
译林出版社，2022.5（2025.9重印）
（林文月译日本古典）
ISBN 978-7-5447-8895-3

Ⅰ.①源… Ⅱ.①紫… ②林… Ⅲ.①长篇小说－日
本－中世纪 Ⅳ.①I313.43

中国版本图书馆 CIP 数据核字（2021）第 213566 号

本译作由台湾洪范书店有限公司授权，限在中国大陆地区发行。
著作权合同登记号　图字：10-2009-197 号

源氏物语　[日本] 紫式部 / 著　林文月 / 译

责任编辑　韩继坤
装帧设计　金　泉
校　　对　孙玉兰
责任印制　颜　亮

出版发行　译林出版社
地　　址　南京市湖南路 1 号 A 楼
邮　　箱　yilin@yilin.com
网　　址　www.yilin.com
市场热线　025-86633278
排　　版　南京展望文化发展有限公司
印　　刷　南京爱德印刷有限公司
开　　本　880 毫米 × 1260 毫米　1/32
印　　张　44.625（上、下册）
插　　页　36
版　　次　2022 年 5 月第 1 版
印　　次　2025 年 9 月第 5 次印刷
书　　号　ISBN 978-7-5447-8895-3
定　　价　198.00 元（上、下册）

第三十三帖　藤里叶

17世纪初土佐画派《源氏物语》画帖，下同

第三十四帖　若菜（上）

第三十四帖　若菜（下）

第三十五帖　柏木

第三十六帖　横笛

第三十七帖　铃虫

第三十八帖　夕雾

第三十九帖　御法

第四十帖　幻

第四十二帖　匂宫

第四十三帖　红梅

第四十四帖　竹河

第四十五帖　桥姬

第四十六帖　椎本

第四十七帖　总角

第四十八帖　早蕨

第四十九帖　寄木

第五十帖　东屋

第五十一帖　浮舟

第五十二帖　蜻蛉

第五十三帖　手习

第五十四帖　梦浮桥

逝者逝兮去者去，
生离死别两成空，
萧条暮秋兮独思虑。

目次

第三十三帖

藤　里　叶

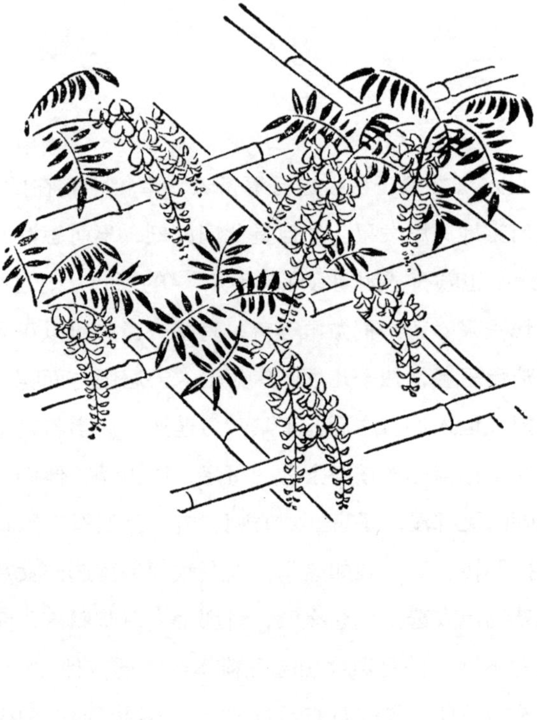

明石小姐入宫之事正积极进行筹备着。宰相中将在此百忙之中，仍会时时不自觉地深思发呆。他自觉此情深刻，不可思议。既然这般思念，而内大臣也颇有“闭门假寐装不知”[1]的倾向，则何不乘机启齿呢？既而又想回来：还是稍微再等待，有朝一日总可以正大光明结合的。他这般暗自思量，独个儿烦闷焦虑着。云居雁方面呢，自从那回听父亲偶然提及世人谣言之后，不禁叹息连连。这事若属实，那么人家根本就已经不把自己放在心上啦。可是，说也怪，他们俩彼此猜疑着对方，却同时又都没法子忘怀对方呢。内大臣的态度原本是挺强硬的，近来却显得转弱了。假如这年轻人真教中务宫选作女婿的话，只好给女儿另外物色人选了；这么做，对那个人有些歉疚，而对自己女儿来说，尤为不妙，怕是更会引起意料不到的谣言什么的也未可知。看情形，得妥为设计，先向对方示意才行。不过，他与源氏之间表面上仍保持平静，实则心底一向都是互相竞争戒备的，关系可谓微妙，

1　句出《古今集·恋三》，业平作和歌。犹谓“眼开眼闭”也。

所以若是现在骤然提亲，恐怕也不怎么合适。这事情可真费斟酌啊。到如今再来郑重其事地开口，又怕世人物议：究竟要借怎样一个机会来巧妙地暗示才好呢？在他左思右想之间，已到了三月二十日，故大宫的忌日。这一天，内大臣率领公子们，大伙儿赴极乐寺行祭。公卿大臣等陪侍者众多，好不威风！宰相中将在众人之中显得尤其引人注目。正值英年的他无论外貌、气质都达于极点，真个无懈可击。自从对这位内大臣怀恨于心以来，他的一举一动尤其用心谨慎，显得格外稳健。这一点，内大臣自然也注意到了。六条院府方面也使人献上诵经供奉之物品等。宰相之君负责万端，佛前诸事，无不悉力以赴。傍晚时分，法事已毕，各自正要回去，忽见花瓣纷纷随风飞落，烟霞朦胧，气氛十分浪漫。内大臣不知想起了往日的什么事，多情地喃喃自咏，眺望着四周。宰相对这一片动人的夕阳景色也若有所感，顾不得人人都在骚扰道“恐怕要下雨喽”，独个儿依然在那里发呆。许是见到他这副神态衷心有所感触的吧，内大臣轻轻牵动其袖道：“你还在责怪我吗？看在今日法会是为谁而举行的面子上，请原谅了我吧。你若是再要弃嫌这来日不多的老朽，也未免太狠心了啊。”宰相之君连忙谢罪道：“故去的外祖母临终时也嘱咐过我，凡事要拜托您的，可是，既然您不见许，小辈的我也不敢太冒昧了。”

这时，风雨忽作。大家都争先恐后地散去。回到家里，宰相之君对今日内大臣一反常态的表现深感不解。由于这事情是他平时最挂虑的，所以虽然三言两语轻描淡写，却已足够他终宵深思，辗转不眠了。到底是多年相思的代价吧，如今内大臣已丝毫不再搭架子。遇着有适当的机会，他准备要装得若无其事般促成其事。四月初的某一日，庭前藤花盛开，那景象实在非同寻常，白白放过未免太可惜，乃有管弦游宴。随着暮色渐浓、花色愈美的时分，派遣其嗣子头中将来传言邀请道：“日前花荫之下相会，颇觉言不尽意。倘蒙不弃，盼枉驾光临寒舍。”另有附文：

色正浓兮藤花盛，
满园芬芳春意阑，
得请枉驾兮赏枝柄。[1]

信系结在姿态极美的藤枝上。好不容易等待有了结果，夕雾的心不禁兴奋地跳跃起来，遂恭恭敬敬修成了复函。

日夕倾兮光昏暗，
虽有藤枝饰贵园，
犹豫未前兮敢折滥。[2]

又对来人说：“哎呀，写得词不达意的。麻烦您一切从中安排啦。”头中将乃自告奋勇谓：“我陪您去吧。”夕雾却婉谢道：“岂敢烦劳您大驾。”于是，先使归去。稍后，宰相之君便去拜会其父太政大臣，详告原委，并示以内大臣之信函。“哦，这里面必定有什么原因吧。让他主动向我们提出求婚之意，才能抵偿从前他违抗你外祖母的不孝之罪啊。”瞧他那副得意的样子，才教人看着生气哩。“不见得是这样吧。或许是因为对屋之前的藤花较往年为盛，又逢着闲适无事，所以想要举行游宴什么的吧。”夕雾反倒替对方辩说。“人家特别差遣人来邀请，你就赶紧去吧。”大臣特别允准。究竟这中间会不会有什么用意呢？宰相之君内心确实有些儿不泰平。大臣说：“你这件直衣

---

1 内大臣此歌以其女云居雁拟为藤花，婉转邀请夕雾来访，以续前情也。

2 夕雾此答歌表谓日夕昏暗，未辨何枝，故犹豫不敢滥折；实则表示怀疑内大臣邀请之诚意，故有所犹豫也。

颜色嫌太浓，看来有点儿不够庄重。二三位的非参议啦，地位不甚重要的年轻人辈穿浅紫的倒无所谓；至如你呢，不妨稍事打扮一下。”遂挑选一些自用衣裳之中质料色泽之尤佳者，连同衣类，令人送过去。

宰相之君在自己房中仔细装扮停妥，于黄昏过后，谅对方已等待得着急时方始往访。主人方面，自中将以下，七八人相率出迎。列席的诸位王孙公子，个个都是品貌端庄，可是终究敌不过这位宰相之君的出类拔萃，既含蓄而又高贵。内大臣忙着招呼设席等细节，用心可谓周全。他甚至于端正衣冠，显得十分郑重其事。临走时又吩咐夫人和众侍女道：“你们躲在里头瞧瞧吧。这位公子呀，越长越俊，举止风度也挺雍容大方的。至于他那种老成持重之处，怕是比他父亲太政大臣更胜一筹呢。大臣那个人嘛，优美有余，人缘又好，见到了他，只觉着愉快，令人忘忧消愁；只是，在公事方面，稍微嫌欠缺严肃，过于洒脱。不过这也难怪他啊。而这一位呢，学问方面，自是无话可说，性格也更为男性化。世人都称赞说是认真可取呢。”他边说边整装，然后才与客人会见。客套的寒暄只是适可而止，话题随即转向赏花方面。“春天的花，没有一种不令人叹为观止，只可惜都不能长驻芬芳，匆匆弃人凋零。赶巧在这个时候，唯独藤花‘绽苞于初夏’[1]，教人觉得无限含蓄有致，挺惹人怜爱。而况，它那颜色又是极饶深味的紫色呢……”内大臣含笑谈说的那种神态颇具风情，他那张脸庞也挺俊美。

月已升。空气中飘荡着雾霞，致花色朦胧。人人借着赏花，倾杯游宴。内大臣已有些许醉意，他连连向客人劝酒；宰相之君则颇具戒心，正苦于推辞。“你是这种季世的难得人才，可是，怎能瞧不起我

1　句出《拾遗集·夏》，源重之作和歌。

这老朽啊？古书有道是：‘如家人父子礼。’[1]谅你是个读书人，应该深明圣贤的遗教才对，怎的却教我这般劳心呢？”许是所谓借酒装疯吧，这会儿他正巧妙地一吐胸中块垒。夕雾听此，也连忙回答：“哪儿的话呀，看在亡去的外祖母和先母的名分上，也应该由衷侍候您才是。没想到竟蒙您这样数说；这都是小辈不够周全之故吧。”内大臣见良机不可纵，乃乘兴诵古歌“藤里叶”云云。头中将明白乃父心意，故径折缀有长串深紫色藤花的枝条，附于客人酒杯。宰相之君正犹豫不知所措，内大臣遂歌道：

藤之花兮越松开，
辛苦等待非所愿，
托言紫色兮为传媒。[2]

宰相捧杯，稍行拜舞之礼。那姿态绝妙。

露华浓兮几度春，
时光荏苒教虚掷，
而今花下兮庆结姻。[3]

杯行至头中将前，他也和成一首歌道：

---

1 《史记·高祖本纪》：“六年，高祖五日一朝太公，如家人父子礼。”

2 内大臣此歌套用音义双关之意。表面上谓：藤花越松枝而开，虽事出意外，然可因紫色高贵而免问其过。实则谓：久等夕雾求婚，致令日月流逝，今但以女儿前途之故，勉强忍耐也。日语“松”，音同“待”。

3 夕雾此歌谓：回顾过去岁月，以不得内大臣许可，致日月蹉跎，虚掷时光，每逢春，无不伤心落泪（露以喻泪），今日庆喜得与心上人缔结姻缘也。

藤似袖兮人拟花，
　香泽随花女随婿，
　　色香愈添兮人人夸。

杯行几巡。大家各有咏歌吧。不过，每个人都喝醉了，所以也没什么比上面这几首更好的作品。七日的月影暗淡，镜也似的池面上笼罩着一片烟霞。枝梢的嫩叶稀疏，应是寂寞的季节，但是串串藤花盘缠在弯曲有致而低矮横生的松枝上，却别有一番罕见的情趣。那位辨少将正用他那悦耳的声音歌唱《苇垣》谣。内大臣笑他："唱什么怪歌呀！"自己却又附和着唱起那歌词的变调"经几年呀，此家"来。歌喉也十分不凡。这次游宴轻松而不失风流，谅彼此间的误会与隔阂也消释了吧。

夜已深沉。宰相装得酩酊大醉模样，恳求头中将："喝过了量，怕没法子走回家呢。能不能借你的寝室，供我暂住一宿啊？"内大臣听此，便吩咐："朝臣[1]哪。给客人安排休息的地方吧。老头子喝醉喽，怕会失礼，这可是苦差事哟。"乃径入内去。中将揶揄道："哦，原来你是想旅宿花荫下[2]呀。糟糕了。怎么办？这可是苦差事哟。""托附常磐之松的藤花岂是水性杨花可比的？你胡诌什么！"给宰相之君这么一催促，中将虽未甘心，只因对方人品甚佳，而这也是意料中迟早会发生的事情，所以也就只好充当向导了。宰相之君一路上如踏梦境似的，却又难免觉得：自己这些年来真够忍耐的，已经苦挨过来了啊。女方自是娇羞异常。她那姿色真个愈长愈美，如今已无一处可以挑剔了。"想当年，真是险些儿教世人传为笑柄，若不是忍之再三，哪儿

1　称呼其子头中将柏木也。
2　意谓夕雾存心借宿云居雁处也。

会有获得谅解的今天呢？没想到，你竟然会冷漠寡情到这等地步啊。”一见面，男方不禁倾吐满腹牢骚。遂又埋怨道：“辨少将早先还故意唱《苇垣》哩。那歌词你可曾留意到？好狠心的家伙哟。我恨不得还他《河口》[1]之歌哩。”女方听此，终于忍不住怨责：

“河口决兮浮名流，
如何轻令关垣毁，
遂教侬心兮徒增忧。[2]

怎不教人怨怼啊。”她说话的神情，还保留着几许稚气。男方不禁莞尔笑道：

“关垣守兮实露泄，
徒令浮名四处流，
卿何独责兮河口决。[3]

忍耐多年，此心已忧思昏昧，简直没法子分辨是非了啊。”他正好借着酒醉，装成一副不胜痛苦的样子。虽然天都快亮了，也毫不予理会。众侍女都在一旁发急。内大臣只得埋怨道：“好个得意的瞌睡虫啊。”不过，到底还是在天未大明以前离去了。他那一张贪睡的脸，可真教人看着都艳羡呢。情书仍不敢太过嚣张，令人悄悄地送过来。

1 《苇垣》与《河口》均为催马乐民谣。前者为男士求婚于女家之歌；后者系嘲讽女大不中留之歌，故云。

2 云居雁责怪夕雾泄露二人过去秘爱之歌也。“河口”缘夕雾前歌。“关垣”则《河口》歌词之一部分也。

3 此夕雾又袭云居雁前歌为作答。转以“关垣之守护者”喻女父内大臣，谓浮名泄露，实由其父所致，何能独责河口（喻己）之决裂耶。

女方今朝反而显得羞涩不肯提笔，害那些好事的侍女一个个在那儿递眼色扯袖子什么的。赶巧，内大臣来探望女儿。那情书又偏偏让他看到。信上云："始终未蒙见容，更觉吾心悲苦。相思情深，恨不能魂飞魄散。

偷将袖兮绞泪痕。
手腕已疲袪犹湿，
今日任潮兮莫咎论。"[1]

字里行间，亲昵之情自露。内大臣却笑说："哟，练得一手好笔迹了嘛。"看他这反应，旧憾已全释了吧。见女儿正犹豫不能下笔，乃道："可别教人笑话才好。"女儿家心事，总不便当着父亲面前写情书吧，遂匆匆离去。赏与送函使者的禄品，尽是一些珍贵的东西，同时，又由中将亲自细心招待。对于平常总是避人耳目、偷偷摸摸送情书的这个使者来说，今天所受到的这种款待，大概给他争回面子，所以挺得意的吧。这人乃是右近将监，平时颇得宰相之君倚重的一位。

六条府的大臣亦已闻悉此事。他见宰相之君比往常神采奕奕地走进来，便问道："今朝如何？可曾给人家写了信未？自古英雄难过美人关。这方面你倒是有些与众不同，不急不纵，能挨到现在。那内大臣前倨后恭，世人对此恐怕又要闲言闲语哩。不过，你可得格外注意，千万不要因此摆出一副得意忘形的态度，或者稍有风流不专一的行为才好。他老先生呀，外表看来蛮从容大方的，实则心地狭窄，有点儿不像个男子汉大丈夫，挺难缠的哟。"照例又是一番谆谆教训。不过，

---

1 夕雾此歌谓：已相思有年，背人偷绞为泪沾湿之袖袪，致手腕已酸，今日不再避讳人目，任其潮湿，盼云居雁莫责咎也。

源氏之君内心倒是觉得：这一对年轻人实在是挺相配的夫妇啊。他们父子俩这般面对面坐着，看起来父亲不像父亲，倒像是年纪稍大的长兄。当其各别分开来看时，简直像是一个模子刻出来似的，难以分辨，而并肩相比时，则又各有千秋，不分轩轾。大臣身穿淡色直衣，那一身白色仿唐的衣裳，花纹十分鲜明浮突。他依然英俊而优雅。宰相之君则穿着颜色稍深的直衣，那柔软服帖的白绫染黄褐色花纹的衣裳，把他衬托得分外艳美。

今日适逢四月八日浴佛节，乃恭请来佛像。导师稍稍来迟，故各方夫人于日暮以后始遣女童侍等送来布施诸物，一切悉仿宫中习俗。同时，各位王孙公子也都像参加皇宫的法会似的从四处集合来。大伙儿反倒显得比参加严肃的御前法会更为紧张。宰相之君今天也有些心不在焉的样子，刻意整容装扮妥当之后，始赴情人处。这样难免教那些对他害单相思的侍女看得妒恨情生。不过，如今长年的相思债得偿，这一对青梅竹马正是两情相悦，快活无比。做主人的内大臣看到宰相之君这位女婿，真有越看越爱之感，故而照拂得无微不至。对于自己终于认输之事，虽然难免至今觉得遗憾，不过，见此年轻人脾性认真，这些年来竟也不曾移情别恋，一心苦苦等待女儿，便是十分可取之处，遂予原谅一切。云居雁的姿色较诸弘徽殿女御有过之无不及，所以内大臣夫人和她左右的众侍女心中难免都有些不愉快，也会情不自禁闲言闲语吧，但是这些都无碍于事。至于云居雁的生母按察夫人，对此更是心满意足了。

六条府的明石小姐已定于二十日过后入内。紫夫人依俗先要到贺茂神社去祭祀。她邀请了府内各位妇人同行，但是大家觉得跟在她后头也无甚意义，所以纷纷婉辞，结果当天参加行列的人并不多，只有二十来辆车驾而已，前驱的仆役也特令减少，一切显得含蓄收敛，如此反倒引人注目呢。这一天，紫夫人一早就去拜祭，归途便在观台上设席就座，随行各妇人的侍女们遂亦各自排列女车于观台之前，那光景豪华而艳丽夺目，令远方看热闹的人有应接不暇之感。源氏之君不禁想起了昔日中宫亡母之车遭葵夫人侍女们排挤之事，乃对紫夫人说："真不该乘一时之威势来欺侮人哪。早先蔑视人，后来竟衔怨以亡。"他有意避过生灵作祟之事不谈。"你看，留下来的孩子们当中，宰相中将不过是寻常人而已，好不容易现在才出人头地；而六条夫人的千金却贵为中宫，无人堪与比肩。唉，这一切都是报应嘛。世事无常，始终希望有生之日能尽兴过日子；可是，总担心着，一旦遗下你之后，会不会教你沦落漂泊，无所依靠呢?"正言谈之间，许多公卿贵人已陆续来到，遂起身向那边观台走过去。

今天担任近卫府敕使者为头中将。在他离开父亲内大臣府邸之际，这些公卿辈也正好赶到，遂相率前来。藤典侍[1]也担任敕使之职。她平素颇受人器重，故自皇帝以下，东宫啦，六条院之君等，都有无数贵重的禄物赏赐，十分光彩体面。在她临出门之前，宰相之君还差人送来信函。他们俩心中一度也曾燃过恋情，如今宰相之君既已良缘天定，女方衷情怎能不感喟呢?

"称何叶兮唤何名，
人皆插头庆今日，
徒逢佳节兮未伺侦。[2]

诚为可惜。"总算宰相之君有心，伺机寄信来。不知女方心中作何感想？虽然即将乘车，时间甚紧迫，但她还是匆忙作答。

---

1 惟光之女。为内侍使，系女性敕使也。

2 此夕雾对女表遗憾之歌。谓今日又逢葵祭佳节，人皆以葵叶饰头，而己与女竟徒逢此节日，未能进一步伺侦对方情意也。按日语"逢"，音同"葵"。

“既插头兮更怀疑，

　此叶何名当谁问？

　　折桂之人[1]兮自应知。

博学如您，理当知其名啊。”虽未见得是什么上乘佳作，寥寥数语，倒也令人想见慧心伶俐。大概只有对于这位典侍，今后也不忍相弃，会继续暗中保持联系的吧。

明石小姐入内时，理当由紫夫人陪伴才对。不过，这位夫人恐怕无法长期相伴在宫中，遂决心趁此机会让她的亲生母明石夫人充当监护人。紫夫人也觉得：反正总有一天会如此。害她们母女这般相隔，人家做母亲的心里谅必是难受极了。而女儿家心事，现在也正是恋母情深的年龄，不知她私下又怎么思思念念呢？自己这样居中隔绝了她们俩，到头来遭双方埋怨也不妙。遂对夫君进言："趁这个机会，让那位母亲陪伴她吧。毕竟这女孩子年纪还小，教人诸多不放心的。侍奉左右的尽是些年轻的侍女，就算有乳母、老妈子等人在一旁吧，也只能照料一些眼前琐事而已；我自己又没法儿常跟着她。若有她母亲在，可就安心了。”亏她设想得周全。便即刻告诉明石夫人。这边一位，果然也欣喜异常，觉夙愿终于得偿，乃着手准备侍女们的衣裳以及其他种种，务期无逊于大方之家。做外祖母的尼君至今犹不忘一盼长大成人的这位外孙女，她苟延残喘地拖着一条老命，无非是为了偿此夙愿；而今若真教她入内，则何由相见啊。她心中悲苦极了。当晚，由紫夫人相伴上宫。明石夫人觉得：自己若是徒步跟在辇车后头，恐怕不雅观；虽然自己不辞此劳，却怕对于金枝玉叶一般培养起

1　折桂之人，谓进士。《晋书·卷五十二·郤诜传》："诜对曰：'臣举贤良对策为天下第一，犹桂林之一枝，昆山之片玉。'"

来的女儿来说，终有白璧微瑕之嫌。念及此，竟又自怨命薄起来。关于此次明石小姐入内之事，原来是有意安排得收敛，不预备铺张的，可是，自然无法像世间普通人家那样啦。一切由紫夫人细心照拂。眼前这女孩子真个愈看愈美，真不舍得委于他人。咳，这孩子若是自己的亲生女儿，那该有多好！其实，连源氏之君和宰相之君心里也都有同感。这诚属美中不足之事了。

新婚三日之后，紫夫人始退。接着，将由明石夫人参上。这一晚，二位夫人首次会面。“看着这位女孩子长到这么大，也可以想见过去一段岁月的悠长。咱们俩该不必存什么隔阂吧。”紫夫人亲昵地与之闲话长短。大概这次晤谈会成为日后互相体谅的绪端吧。对方说话的态度，确实有讨主上欢心之处，紫夫人私下也禁不住地欣赏着。明石夫人方面呢，见眼前这位夫人的确与众不同，气质高贵而又风华绝代，难怪大臣在众多夫人之中对她特别宠爱，地位之高，无人能望其项背。今日自己得与之并肩同坐，实在算是三生有幸。可是，看到紫夫人退出之际那种隆重非凡的威仪，皇宫里特准辇车入内相迎，简直如同女御一般；反观自身，遂觉二人之间的距离直如云泥，岂是可以道里计啊。不过，再看自己所生的女儿，长得娇小可爱，像似娃娃一般，则又觉得恍惚如在梦境，感动之余，泪水不停地涌出眼眶，真个所谓“忧亦泪兮喜亦泪”[1]，这回可是喜极而泣的呀。回想这些年来，每每独自慨叹运乖命薄，如今总算愁雾全消，恨不能多活几年。住吉之神算是挺灵验的。

这位公主一向受着良好的教养，可谓毫无瑕疵，何况她又天生伶俐，讨人喜欢，世人之敬仰自不消说，她那超凡绝俗的姿容更教东宫小小心田里格外欢喜。那些竞争落选的人当中，自然难免有人讥诮明

1　句出《后撰集·杂二》，无名氏作和歌。

石夫人相随之事，不过，这点儿打击并无碍于既成的威势，而公主本身也自有她那种出类拔萃的时髦之处，明石夫人又在一旁随时注意，以期彰明女儿那优雅有致的特色。这么一来，连殿上人之辈年轻人都觉得宫里头多了一个风流有趣的好去处，各自寻找如意的侍女做对象来谈情说爱了。明石夫人连对这些侍女的言行举止都不稍放松，总是亲自指点教导她们。紫夫人偶尔也会上宫来访。这两位夫人已逐渐相处熟稔了。不过，明石夫人方面却始终表现得不卑不亢，像她这般性格行为两相可取的妇人，真是不可多得呢。

源氏大臣这些年来总认为余年无几，希望在自己有生之日亲眼看见女儿入内。如今，大典已顺利完成。而夕雾方面呢，虽是出自他本人的愿望，那漂泊不定的单身生活也可谓告一段落，总算安定下来。这样，他的心事已了，剩下的愿望就只有一偿出家之初衷了。唯一挂心的便是紫夫人的生活。不过，有中宫作为后盾，也稍可安慰，何况入内的公主既认她做嫡母，也该不至于有什么问题吧。至于夏殿的花散里嘛，今后难免会更加寂寞，但是有宰相中将照拂，谅也可以放心。现在总算都没有什么后顾之忧了。明年是大臣的四十寿庆。朝廷以降，举国上下莫不为此大事筹备。这一年的秋季，领得拟太上天皇之位，另加封邑及年官、年爵等。其实，他早已是万事如意、随心所欲的身份地位了，却援藤壶之宫的前例，又获得院司[1]专事执役。这样一来，地位愈高，身份愈重，将来想任意出入皇宫，怕是更不容易了。这又未尝不是一件憾事哩。皇上方面却犹以为不满，朝夕为着因顾忌世人物议而不能以帝位相让一事慨叹着。内大臣已晋升为太政大臣，宰相中将也升任中纳言了。乃往访申致祝贺之意。见新中纳言愈为英姿焕发，无一不足之处，做岳父的太政大臣如今始悟：当初与

1　为太上天皇执役者。

其让女儿仕宫吃苦，受人欺侮，还是许嫁于此人为上。不过，夕雾心中始终忘不了云居雁那个唤作大辅的乳母讥笑自己“六位之女婿”云云的那夜，故而乘菊花盛开，由白色转为紫色之际，摘一朵授予那乳母，并附歌道：

“色浅绿兮菊叶嫩，
今日一变成紫深，
世事难料兮莫短论。[1]

难忘当时刺伤人的一言啊。”尽管歌词如此，却面带微笑。乳母愈为羞愧得无地自容，却爱怜有加。

“菊自幼兮生名园，
叶虽娇嫩品高贵，
敢嫌色浅兮实衔冤。[2]

没想到竟教您这般怨恨呢。”瞧她，竟厚着脸皮强辩。

而今，中纳言之君的威势已与日俱增，住在岳父太政大臣府邸，颇嫌诸多不便，乃迁入三条殿府中，将那原本荒废之处所修整一新。把故大宫所居之房间重予装饰，作为居室。此屋雅致可取，住在里面，令人缅怀往事。庭前的树木，过去都是些低矮的，现在却一棵棵枝叶茂密，连那一丛荻草也衍生满园，遂命人整顿一番。刈除野草之

1 夕雾以“嫩菊叶”自喻。谓昔日受人讥评之六位（六位之服色为浅绿色）少年，如今已晋升为着深紫色之三位中纳言。责乳母过去之短论也。菊盛开则由白转紫，故托菊以歌之也。

2 此乳母自辩之答歌。以菊喻夕雾。谓既生长名门高第，则虽位卑，人亦不敢稍嫌。谓夕雾前歌，实怨屈己也。

后，泉水又恢复了涓涓淙淙。夫妇二人并肩眺望那饶有情致的暮色。闲谈起少年时避人耳目私会的往事，真是无限眷恋。回想受人指责议论的种种，女主人更觉不胜娇羞。有些大宫生前便在此三条院府执役的侍女仍旧留仕至今，她们正围绕着这两位年轻的主人，大伙儿显得十分高兴。男主人触景生情，咏成一首和歌：

清水流兮似往常，
汝是此庭守护者，
可知故主兮今何方？[1]

女主人也和成一首：

亡者已兮灭踪影，
清水无心任淙淙，
世事变幻兮在俄顷。

当他们两人感慨今昔之际，太政大臣忽由禁中退出，顺路走过，被此园红叶吸引，乃驻足过访。见此府邸虽与往昔大宫所居时无甚变化，但觉各房皆整顿有序，自有一股年轻人的活泼气息，不禁大为感慨。中纳言之君端正衣冠出迎。方才因思故人而哭红的脸，使他看来较往常更沉着有深度。这一对新人真可谓天造地设，十分理想。女方的美虽未见得是举世无双，但是，这位女婿确实是出类拔萃的。那些资深的老侍女个个倚老卖老，当着这对主人夫妇面前，如数家珍般地细

1 此夕雾悼念其外祖母大宫之歌。“守”字日语音同“漏（流也）”，取其音义双关之妙也。

述从前的故事。大臣见四处散放着方才二人所咏的歌，不由得悲从中来，却说："我何尝不想讯问这清流呢？但是老人家唠唠叨叨，对新婚的你们恐怕不吉利，所以不提也罢。"

岁月荏苒既去久，
当时小松已覆苔，
老树焉得兮不凋朽。[1]

那位唤作宰相的乳母，至今犹不忘大臣过去待男主人的冷漠，故而正得意示威也似的说：

连理松兮并肩生，
而今双双枝叶茂，
得憩荫下兮承昔情。[2]

其他老侍女也纷纷有此类咏歌。中纳言颇觉有趣，女主人则赧颜不知所措。

十月二十日过后，皇上将行幸六条院。正值红叶盛时，看来此次行幸必有一番兴味，故而奏请朱雀院君。据悉，届时朱雀院亦将同时光临。世人对此稀有的消息无不惊叹，延颈以待。主方的六条院邸正费尽心机布置准备，令人叹为观止。巳时行幸。圣驾先抵达马场殿。马匹排列于左右马寮之前，左右近卫之官列队其侧，那威仪礼度，直

---

1 此太政大臣之歌。以"老树"喻故大宫，"当时小松"喻已。谓岁月荏苒，已不再年轻，则老人如何不亡也。

2 以连理并生之松喻夕雾及云居雁。谓园中树木老成凋谢，唯独此二松正枝叶茂密，而已则承往昔照料之情，今得憩息其荫下也。

如五月节会一般。皇上于未时下刻，移驾南面寝殿。御履所及之处，诸如反桥[1]啦，渡廊等，都铺满织锦。稍嫌暴露之处，则设置软障，布置得十分严密。东面之池，特浮船只。又令宫中御厨的鹈饲长及六条院的鹈匠放下鹈鸟。鹈嘴衔着鲋鱼儿来。这还不算是特别安排的景象，只是途中余趣之一景而已。庭中假山的红叶虽都可观，而西殿之前尤其别致，乃令人推毁中廊之壁，敞开中门，务求一览无遗。座席设有两个，一前一后，主人之席稍居后。皇上宣旨，使令同座。这已是无上光荣之事，但圣心犹觉未能表示恭敬，故而颇有些遗憾。令左近少将钓池鱼。这时，右近少将自寝殿捧来鹰饲于北野射获的一对鸟，自殿东徐入，二人分别跪于石阶左右奏上。太政大臣乃传下主人命令，使膳司烹调献上。此次招待诸亲王公卿的菜肴，也都是别出心裁，不同凡响的。人人都喝醉，遂于日将暮时分，召乐师上前。刻意避免喧嚣隆重的大演奏，却使奏出优雅之乐调，又令殿上之童起舞助兴。这光景，不由得令人想起往日朱雀院的红叶之贺来。乐师演奏《贺王恩》一曲时，太政大臣那位十来岁的公子翩翩起舞，看来十分有情味。皇上脱下御袍作为赏禄。太政大臣便起身下庭，拜舞受禄。主人源氏之君则令人折取菊枝。他情不自禁地回想起舞《青海波》的往事。

篱边菊兮傲霜色，
可尝恋眷昔日时，
舞袖翩翾兮共秋息。[2]

---

1 中央高起如拱形之室内桥。

2 光源氏此歌以傲霜色之秋菊喻贵为太政大臣之昔日舞伴。谓可曾记得年轻时（当年之头中将）共舞《青海波》之秋也。

记得当年大臣曾经与这位主人双双共舞。他虽然也自负舞艺超凡，毕竟觉得跟这位舞伴相比，自己仍嫌略逊一筹。赶巧，这时候下起及时的阵雨来，倍添几许情趣。

“菊花灿兮疑紫云，
清丽绝俗傲众色，
圣代星光兮照人群。[1]

‘逢时乃见色鲜明。’[2]”太政大臣朗诵如上。夕阳余晖之下，深深浅浅的红叶落满一地，犹似方才步经的织锦渡廊。在此美妙的庭园中，各方高门贵族的孩童们像往常一样穿着蓝色、赤灰色、暗红色、淡紫色[3]等各色衣裳，头发也依旧梳着鬟，额上戴着天冠，和着短曲纷纷舞蹈，随即隐入红叶荫下。这光景委实赏心悦目，恨不能留引夕日呢。除此而外，别无特设之乐队。堂上之游宴接替而始。乃令人取来书司的乐器类。乘游兴正浓之际，于诸位面前各置琴一具。朱雀院陶然聆听那不变的和琴名曲《宇陀法师》，咏成一首和歌：

经几秋兮度几岁，
时雨又降湿村夫，
未见红叶兮这等丽。[4]

---

1 太政大臣赞颂光源氏之歌也。谓其地位尊贵如菊色之绝俗，疑为紫云，拟为今世之星光，照耀人群也。

2 句出《古今集·秋》，下平定文作和歌。

3 以上皆日本古代染色种类，原文有专称，此径用意译也。

4 “村夫”为逊位之朱雀院自况。日语“降”，音同“古（老也）”。此歌音义双关，谓已马齿徒增，竟未尝见得这等艳丽之红叶也。

难道是遗憾在位之中未曾有过这种红叶之游宴吗？皇上和歌如下：

似铺锦兮红叶秋，
今日风流实拟古，
如何等闲兮视此游。[1]

他的容貌愈形端庄，与六条院主人简直是一模一样；而陪侍在侧的中纳言，则又与这两位无甚分别，这真教人惊异！论气质之佳，中纳言或稍嫌不如皇帝，但是若论外貌之俊，则似又略胜一筹。这位公子正美妙地吹奏着笛子。在众多排列阶前唱歌的殿上人之中，辨少将的歌喉尤为不同凡响。这两家人的子弟们何以如此样样高人一等呢？怕是所谓得天独厚吧。

1 冷泉帝此歌盖谦称：今日游宴，实为模拟前代朱雀帝朝之红叶宴也。原歌迂回晦涩，故多采意译。

第三十四帖

若菜（上）

自从上回行幸之后，朱雀院的健康情形一直欠佳。他本来就身体单薄，对这次的病更觉痊愈无望。其实，他心里早已有出家的打算，只因母后在世之时未便表明心迹，所以一再迁延至今，可是，始终还是向往之故吧，现在竟说什么“恐怕有生之日也不长久了”云云，遂令人做出家的准备。朱雀院除了东宫以外，另有四位公主。有一位藤壶女御，乃是前代赐姓为源氏的藤壶女院的异母妹，在朱雀院东宫时代便已入内，理当晋升后位，却因后台乏人，而娘家身份地位也不甚高，故而始终郁悒不得志。后来太后令其妹入宫为尚侍之后，更挟其优越的威势压倒众后妃，她更显得黯淡无光了。当时，朱雀帝心中颇为不忍；可是，未几又因逊位，而终使她衔怨以亡。不过，其所生三公主倒是因此之故，在众多姐妹之中最得父皇宠爱，将她小心翼翼护育带大。如今，这位三公主已有十三四岁大了。朱雀院在决意弃俗隐遁山林之际，对于这个女儿的前途委实最为放心不下。不知她日后依靠谁来度日呢？为此，他时时悲叹不已。西山的寺院已修建完妥，随时都可以移居过去，在做此准备的同时，又想到了三公主的着裳式也快到临，故而又令人着手准备一切。院中所珍藏的宝物等自不待说，连一些普通玩物之类，只要有些来历的，都预备全部赠予这位公主。至于其他公主们，则只有分别给予次一等的种种品物了。

太子闻知父皇玉体违和，且又有遁世之意，故而过访朱雀院邸。母后承香殿女御亦侍驾参见。这位女御虽非朱雀院所特别宠幸的，究竟她宿命不凡，为自己生下了太子，所以自然有过去、未来等细腻的话题可谈。对于皇太子，也谆谆教导治世理国的原则。见太子本人比实际年龄显得老成稳重，而仕奉他身边的女御们都身世高贵，为父的朱雀院也就觉得十分安慰。"如今，我也没有什么可遗憾的了。只怕留下了几位公主，无法见她们长大成人，将是'瞑目赴黄泉'[1]的羁绊呢。这些年来，观察他人事务的结果，觉得：妇道人家的命运，多数由不得自己，总要让人讥诮什么的，这真是十分遗憾可悲。等将来你登上皇位以后，可得要好好儿照顾你这些姊妹才好。有人支持保护的，倒是不打紧。只怕那三公主，年纪又小，又没什么人好依赖，这一向总是靠我一个人多方照料着。一旦我出家去，不知她日后会怎么彷徨呢。想到这事情，我就是放心不下，难过极了。"朱雀院一面揩拭眼泪说。他又叮咛皇儿，务必要孝顺母亲。唉，可是，当年这位三公主的母亲——藤壶得宠的时候，后宫、后妃们大伙儿可真嫉妒，虽然事隔多年，如今已不再像从前那么憎恨了，但是终究难免心里头还有些儿别扭，谁肯真心来照料她所生的公主呢？

朱雀院旦暮所忧虑的莫过于此。日月流逝，岁已近尾，而病情愈形恶化。近来，连御帘之外都不稍走出一步。从前也曾有过邪魔附身而受苦折磨的经验，却未尝如此缠绵病榻而苦卧不起，遂自觉此番必定是命数之终极无疑。虽然他本人早已逊位，但昔日蒙受厚泽的人至

1 《古今集·杂上》，业平母伊登内亲王作和歌。

今犹不忘大恩大德，仍旧以一仰仁慈的御颜为衷心慰藉，所以时时都有人晋谒请安。而今，御体愈形衰弱，人人心痛，莫不虔诚祈求神明保佑康复。六条院方面也时有使者晋谒探病。据说，源氏之君不久亦将来参见。朱雀院得此消息，内心十分欣喜。中纳言之君来探病时，朱雀院特准其进入御帘内，与之细腻恳谈。“故桐壶院驾崩之时，曾留下种种遗嘱。其中，对于令尊和今皇之事特别再三叮咛过。后来，我在位之时，碍于公家规例，虽然内心感情未变，却也不得不发生一些小过节，难免教他怨恨这不肖的兄长吧。幸而这些年来，令尊始终也没有表露过丝毫怨恨。古来贤人之中，遇着自身之事，往往也会失却理性啦，衔恨报复啦，甚或行为不端什么的，所以世人也都这样猜测，以为令尊终究会泄露其底。没想到，他竟然忍受过来。不但如此，连对待太子都照顾得无微不至。如今，又让他唯一的千金入内仕奉东宫，关系可谓更加亲密了。我呢，内心里虽然十分高兴，但就是生性愚骙，又深怕爱子情切反倒昏昧碍事，所以有关东宫之事便一切委托令尊来管教，自己也就不再插手了。而今皇的事呢，也一切悉遵先帝遗嘱，完成让位，眼看着他的所作所为，堪称末世之明君，也替我争回了不少面子。这种种事情，都已完全如愿以偿，一无遗憾。这一回秋天行幸六条院，更教人想起往昔许多事情，真希望和令尊再见一次面。有些话语，也想同他面谈。所以请你务必要劝他亲自到我这儿一趟才好。”言语之间他眼眶里满含着泪水。中纳言之君便乃回答说：“过去的事情，非我晚辈所能了解。及至长大成人，仕奉公家之事以后，逢着世事人事，有时也跟家父商量大小诸事，甚至于偶尔谈到一些极切身的事情时，他也从来没有透露过年轻时代遭受过苦痛什么的。只听过他有时慨叹：‘如今辞去一切公务，一心为着达成遁世的夙愿而隐退了起来，所以也没能遵先帝的遗嘱，继续仕奉朝廷。今院在位之时，我自己年纪也轻，能力又差，上面还有许多才能之士，所以也就庸庸碌碌一无表现的。如今，院君已逊位，过着悠闲的生活，倒是想找个机会参上，好好儿同他恳谈一番。但是自从蒙赐准太上皇这个头衔之后，行动上也颇受拘束，故而竟任日月白白流逝过去了。'”

这个青年二十岁不足，却已颇具威严，容貌也正是成熟焕发的时候，显得英俊脱俗。朱雀院格外注视，心中暗忖：那位教人挂虑的公主若是能许配给这样的青年就好了。“据说最近跟太政大臣家里的千金定了亲，住到那边去了吧？这些年来，害你受尽委屈，我也替你着实担忧了一阵子。这下可真是恭喜你啦。不过，反过来想，又难免多少有些儿遗憾哩。”中纳言乍闻之下，觉得讶疑，仔细思量之后，方始领悟：曾听人讲起朱雀院颇为三公主烦恼之事。大概是想把那位公主的终身大事办妥，了却这桩心事之后，他才能安心出家的吧？但是，这种事情怎能率尔自作聪明地回答呢？所以只是简单答道：“像我这种不成器的，哪儿会有人看中意，肯把小姐下嫁给我呢？”朱雀院左右的宫女们都在御帘边探出身子来偷觑这位公子的英姿。她们异口交赞：“论外表，论气质，哪儿去找像他这样的人哪。多神气呀！”那些年纪较大的却说：“不，不见得。其实，他的父亲六条院府主人像他这般年轻时，这位公子也不见得比得过呢。那一位人物呀，唉，可真俊得教人炫目哩。”朱雀院听见众女纷纷品论，不禁也参加意见：“那一位真是美得出奇啊。近来则又比从前更显得成熟，近谓光也者，大概便是指像他那样愈形光芒万丈而言的吧。当其认真办理公务之时，便具凛然的威严，教人不敢逼视；当其闲在嬉戏之时，则又显得格外讨人喜欢，令人亲近，自有一股鲜见的吸引人之力。像他这种人，定是前生积善修行果报所致无疑。小时候生长在深宫之中，先王视他作命根儿似的疼爱，可是，人家丝毫没有骄纵的意思，反倒谦虚有加，二十岁以前，连个纳言的地位都不曾享有过。大概是在二十一岁那一年吧，才以宰相兼大将呢。这么看来，现在这位中纳言倒是比他父亲晋升得快哩。也许就是这一门的名望逐渐兴盛起来的证明吧。论政治方面的学识啦，心得等等，这年轻人也未见得比他父亲逊色，或者竟有较他父亲更老成之处呢。”

见公主长得十分美丽，天真无邪，为父的不禁喃喃道：“若有人能疼爱这孩子，宽宏大量地庇护她的年幼无知，好好儿教导她……倒想找个这样可信赖的人，托付她的终身啊。”又召见资深的乳母辈，耳提面命着裳式诸事宜。“从前，六条院的大臣把式部卿宫的千金给一手教养成人，现在不知可有人愿意像他那么守护这位公主吗？寻常人之间，怕是不容易找到适当的人选；宫里头又已经有了中宫在仕奉皇上。就是下面那几位女御，也一个个都是了不起的妇人，让她勉强挤进去，也不是那么简单的事儿。唉，早晓得就该趁这位中纳言独身的时候，向他提一提亲才对。这人年纪轻轻，可真优秀得很，正前途无量呢。”乳母却说：“可是，人家中纳言是个老实人，他跟那位千金可是青梅竹马一处儿长大，心里头就只有这么一个人儿，别的理都不理。现在如愿以偿，更不会随便动心啦。倒是他那位风流的父亲呀，看来还是雅兴不减当年，尤其对出身高贵的女性特别有兴致的样子。据说前斋院的事儿，他到现在都不能忘情，还时常投递情书什么的。”“就是他这个毛病教人不放心啊。”话虽如此，朱雀院心里恐怕打算让这位公主加入六条院邸众妇人之中，就算以她皇族出身多少有点儿委屈吧，那位男主人总可以像父辈一般照料她的。“说实在的，若想让女儿过幸福的生活，谁个不想把自己的女儿许配给他呢？人生无常，应该像他那样尽情享受才对。假如让我做女儿身的话，即便是兄妹，也定必会跟他亲昵的吧。年轻时，可真这么想过的。也难怪妇人们都教他给迷住了啊。”谅他心里定是想起了从前那位尚侍之君的事情吧。

在三公主的监护人当中，有一位资深乳母的长兄，唤作左中辨者，他也经常出入六条院府邸侍候源氏之君，此人对三公主似有爱慕之心。一日，乳母见其兄参上，兄妹二人闲谈之余，乘便说道："咱们主上有如此这般的意思。您不妨得便时透露些给六条院主人听听。按照习俗嘛，内亲王总是独身的居多，但是遇着事儿，若有人在一旁照料啦，替她拿主意什么的，也就教人放心不少。而咱们这位公主呢，除了主上以外，也没有个可靠的亲人关心她。就像我这样侍候着她吧，实在也帮不上什么大忙。再说，除了我以外，左右还有别的宫女、丫鬟，万一将来出什么差错，教浮名传闻出去也不妙吧。所以不如趁主上在世之时，早点儿把这位公主的终身大事给订妥，那么，我在这儿也好仕奉些。就算她秉承皇家的高贵血统吧，女人总归是女人，宿命难说，越想越教人担心。何况，那么多公主当中，这一位三公主又是主上特别疼爱的，难免遭人嫉妒，所以才想尽办法要保护她，不想让她稍受一点儿伤害。"左中辨听此，却道："我也不知道该怎么说，不过，六条院主人的爱似乎挺深，不容易改变，所以蒙他青睐的妇人，虽然无论感情深浅，一律都把她们接回府里住着，可是他真正最尊重的还是只有一位，[1]在她之下，其余的夫人多数都是寂寞度日的。假如这位公主同他果真有宿缘，将来主上要把她正式迎入府内的话，即使那位威势显赫的也未必能同这一位比肩吧？不过，这也很难讲。老实说，平常主人也常开玩笑说：'今生今世，我身有余荣，可以说一无遗憾了，只是，有关女人的事儿，曾经让人家非常难过；而我自己也还有些儿未满足之处。'云云。在我们看来，也有同感。当然啦，他所照顾的各位夫人，没有一位是不相称，或身份低贱的，可是，却都是平民寻常人之辈，跟他的外表声望可以相比的，似乎还没有一位呢。这么想来，这份姻缘若是能成立，倒真是可谓天造地设的

1 谓紫夫人也。

一对哩。”乳母听了乃兄这些话语，竟逢着机会向朱雀院进言道：“同家兄某某朝臣提及如此这般的结果，他道是：‘主上一定会答应的。这也是他近年来的心愿，所以必然会欣喜无疑。假如你这边有了确切的许诺，我就不妨来充当居中媒介的人吧。’您看如何呢？那位主上呀，用心可真细腻极了，对六条院府里头的每一位夫人，都依着她们的身份，有适当的安排和照料。不过，即使寻常男人有妻有妾的，人家都会嫌弃，而况让咱们三公主这样嫁过去，恐怕是委屈了她。其实，想要娶公主的人也多着，这件事情，您还是多考虑考虑再做决定吧。如今高门贵第之间，也都时兴人人依照自己喜欢的方式过日子了，只是，咱们这位公主一向都是单单纯纯，没有一点儿主意，所以教我们侍候左右的人也难免替她担心，而我们的能力也有限……就算是再能干的奴婢吧，若不是主人有明确的指示，也不容易执役效劳啊。像公主这样子，没有一位坚实的守护人，着实教人替她担忧。”

“我也正为此担忧着呀。公主出嫁，若像个普通女子似的，或有人会觉得太轻率吧。不过，话又说回来，不管是身份多么高贵，妇道人家终归是要跟男人，那就自然难免会有教人悔恨啦，生气等种种事情发生，这么一想，又觉得不忍心替她做主了。若是让双亲先走一步，连个托身的庇荫也没有，孤苦伶仃自个儿过活，又怎么办呢？古时候世道人情忠厚，没人敢为非作歹，教世人议论；可是，现今之世，真是人心不古，什么龌龊淫秽的事儿都时有所闻。譬如说，昨天还是高贵人家的千金小姐，挺受大家尊重的，今天却教卑微不足道的登徒子给骗取上当，弄得徒留浮名，羞辱门楣，殃及先人等事，可也真不少。这么说来，好像结果都一样哩。唉，人各有命，而命运又不可测知，岂不教人忧虑啊。总之，好歹遵照父兄辈的指示去做，其余的就看各人造化了。这样，即使将来落魄不幸的话，也不能怪自己的错呀。有时候，女儿家自个儿偷偷跟人家跑，末了也会有幸福的结局，旁人看着或觉得挺不错的。可是这种事儿，乍闻之下，没有父母肯答应，亲戚啦，有关系的人也不会赞成。妇人的放浪行为莫此为甚了。[1]这类行为，即使是寻常身份之间都不会见容。婚嫁这档子事，毕竟是当事者自己的事情。所以心不甘情不愿地结婚，把命运随便交托给别人，总是轻率的。妇道人家用心深浅，便也可以由此推测。三公主的个性格外不稳定，所以千万不能让周遭的人随便给她出主意。将来万一让人谣传开去，那才教人痛心呢！”朱雀院的心思细腻，连自己出家后的种种事情都仔仔细细想过，这样更使侍候左右的宫女们为难了。“我何尝不想多陪陪这孩子，至少等到她能分辨事理的年纪，所以才忍耐到今日；可是，又怕这么一来，连出家的本愿都没法子达成，心里也委实着急。六条院的主人倒是通情达理，没人比得上他；至于接受他照拂的夫人不少，这一点可以不必多理会吧。这些事情，其实还不都是看各人自己的胸襟态度吗？像他那样稳重可靠，受世人景仰的男士，真是不作第二人想。兵部卿之宫的人品也不错。他跟咱们是同一血统，自然不便见外嫌弃，不过，总觉得他稍稍失诸造作，稍欠稳重，有些轻薄之处。像他那样的男人，多少给人有些不可靠的感觉。至于大纳言朝臣[2]嘛，一向有意指望做三公主的驸马。这人倒是可能会负责照顾她吧。不过，像他那种普通身份的人，是不是有不相称之嫌呢？古来这种遴选女婿的事情，总要考虑才分声望超凡的人吧。只是顾虑到能不能管用，恐怕终究不是上策。听尚侍[3]说，太政大臣的大公子右卫门督[4]也私下爱慕着三公主呢。倒是这个人倘若地位稍高的话，应该是可以考虑的；只是，现在还嫌太年轻了些，身份地位

1 《孟子·滕文公篇》:“不待父母之命，媒妁之言，钻穴隙相窥，逾墙相从，则父母国人皆贱之。”

2 为朱雀院之家司长藤大纳言也。

3 胧月夜也。

4 即柏木，已晋位为右卫门督，故称。

也太低。他志在娶得贵门之女，以致到如今还保持独身。他自视甚高而矜持不肯随合流俗，倒是颇有些不同凡响。论学识技艺，也都一应俱备，是来日国家柱石的人选，前途无量。但是，现在要考虑他做公主的夫婿，可就不得不费斟酌了。”朱雀院的烦恼着实不浅。

父亲不怎么关怀的两位姊姊倒是没什么人来提亲，可是不知怎的，唯独这位三公主的事情，虽然上面那些话语都是私下秘密同乳母辈说的，却自然而然传开去，大批男士对她正害单相思哩。太政大臣也说："右卫门督到现在都独身，就是想非选个公主结婚不可才这样。如今，既然要替这位公主物色夫婿人选，咱们不妨表示一下愿望，若蒙选中，那可就光彩门楣，三生有幸了。”遂令其夫人传言于胞妹尚侍耳中。尚侍之君也因事关外甥[1]的终身大事，故而费尽口舌游说进言。至于那位兵部卿之宫，则由于玉鬘给须黑大将抢走，万一自己随便娶个普通女子，教人家知悉也不妙，所以左挑右选的，至今也没有找到合适的对象。现在消息传来，焉得不教他心动？所以也正坐立不安，焦急异常。而藤大纳言呢，这些年来他一直担任家司长之职，亲侍朱雀院有年。一旦主上隐遁之后，那三公主变得无依无靠，岂不教人担忧？若是自己能荣获照料她的任务，进而入选做驸马，那就再好不过，所以也正多方努力向主上恳请。权中纳言[2]听到这个消息之后，不禁回想起上次蒙朱雀院亲口示意的情形，心中自难免有一阵骚动。假如有机会稍稍表示一下，谅不至于毫无希望吧。不过，而今云居雁已全心全意依赖自己，一派安心信任的样子；再说，那一阵子遭人白眼的时代都未曾移情别恋过，到现在反而倒退，“忽萌情苗心旌

1 太政大臣之夫人（柏木之母）为胧月夜之姊，故云。此处译文稍加润饰，以助了解。

2 夕雾也。

摇”[1]什么的，又如何？万一若真的娶进了公主，将来定会绑手绑脚受拘束，左右受夹攻，自讨苦吃。他这样来回思量着。好在生性并非风流好色，故而这些事情也只有独个儿放在心底，没有说出口来。只是，究竟也不甘心让公主嫁给别的男人，因此有关这件事的种种消息，始终是留意的。

东宫也闻知此事。“这事与其说是其本身的是非善恶，倒不如说影响后世为大，所以还是请多加考虑再作定夺。就算是人品再好，臣下总归是臣下，我看您既然有这意思，何不考虑六条院主，让他替代父亲一般来照料，岂不更好？”虽非专为此事而谈，却把自己的想法向父君禀告。朱雀院闻此，更加坚定了原有的打算。“你说得对。我也正这么想着。”遂令那左中辨居中传告。六条院方面，源氏之君也早已闻知长兄为这位三公主的前途而烦恼之事，故道：“这真是教人挂虑的事情啊。可是，虽说院上在世的日子可能不长，而我自己又能多活几年，能照料她多久呢？若是照顺序，我能晚走一步的话，用不着说什么嫁娶，他所留下来的孩子们，我又怎会亏待他们呢？他既然这样特别关照这位公主，那么我也就自然会格外小心照顾。不过，有时世事也难以逆料啊。”又说：“何况，假如真的接她过来同我配对成双亲近的话，此身也终究要追随院上赴黄泉的，到那时候，反而多了一层眷恋和羁绊呢。若挑中纳言的话，也许目前嫌他年纪还轻，地位身份也不够高；不过，这孩子来日方长，论人品气质，有朝一日终究是国之栋梁的人才。倘院上能考虑他做公主驸马的话，那倒是很不错。只是，这孩子就是那么死心眼儿。院上的意思，大概也就是顾忌他身边已经有了称心的人儿做妻子，所以才不便开口的吧。”他这番话语之中，似乎全然不及于自己的事。左中辨觉得，朱雀院一片诚意，却

---

1 《源氏物语》注引歌句。

教源氏之君就这般回绝掉，未免难过且遗憾，遂再将主上所以做此决定的来龙去脉仔仔细细禀报。源氏之君听后，不禁莞尔笑道：“亏他这样费心思量前后种种。可见得对这位公主真是另眼相待疼爱异常喽。既然如此，不如索性把她献给皇上好了嘛。用不着当心后宫里头已经有多位贵妃这类事情呀。这些都不打紧的。也不一定说皇上待旧人厚，待新人就薄吧。譬如说，先帝时代那位太后吧，院上在东宫的时代，她便仗着女御的权势欺人，可是最后还不是让后来居上的藤壶中宫给压倒过一阵子吗？对啦，讲到这儿才想起来，这三公主的亡母不就是那位皈道的藤壶宫的妹妹吗？听人说她的姿色也仅次于她姊姊而已，标致得很哪。这么说，这三公主不管她长得像谁，谅也不是寻常才貌才对。”看样子，源氏之君多少也有些儿心动了吧。

岁已近暮。朱雀院的健康仍未见有起色，乃匆忙准备三公主的着裳仪式。此次典礼，志在求尽善尽美，务使打破古今之例，故而院邸里外，大家忙成一团。礼场设在柏梁殿西面。一切摆饰装备，举凡帷幕啦，几帐等全部避免采用国产的锦缎绫罗，却仿照想象中唐土后妃的室内装饰，极华丽庄重，故而显得金碧辉煌。系带一役，本来准备邀请太政大臣担任的，却由于这位人物凡事都喜欢铺张夸大，故而不无犹豫。不过，到底他一向不曾违抗过朱雀院的旨意，所以也不便推辞，只好参上了。左右二位大臣之外，其余的公卿，以及一些达官贵人们，无不排除万难想尽办法躬逢此一大盛会。计有亲王八位，殿上人辈不消说，连仕奉皇宫、东宫的人全都参加，真个热闹非凡。上自皇帝、东宫，人人皆认为，这一回很可能是朱雀院所主办的最后一次盛事，故而不惜以藏人所啦，纳殿内的唐土舶来种种品物相赠。六条院主方面献上的贺礼也不少。有关各方面人物的赏品啦，参加者的赏禄啦，乃至于为担任要职的尊者所预备的礼物等，都是由六条院负责提供。中宫那边也有衣裳啦，梳具匣等种种讲究的礼品献上。其中，特备有昔日朱雀院所赠予的那只梳具匣，稍事增饰，却刻意保留着原有的风味，令人一望即知。这些品物，于当天日暮时分送达。此次差使由兼仕中宫与朱雀院双方的中宫亮权担任。中宫特别吩咐将此种种献与三公主处，但是，其中却附有一首和歌：

亲蒙插兮此玉栉，
日移月迁几多时，
乃今完璧兮奉献出。[1]

朱雀院见此，不禁感慨万千，回忆无限。中宫的意思，大概是认为：以自己幸福之命运，将那珍藏的梳栉相让也不错的吧？朱雀院的答歌则故意避免提及往日旧事。

黄杨栉兮见赐还，
愿得珍品托万福，
代代相传兮为插鬟。[2]

仅止于表面答礼之辞而已。

朱雀院勉强抱病参加了这次的着裳式。仪式后第三天，便毅然下决心落发。即便是寻常凡人要出家都会教人难过，何况是这位逊位的皇帝呢？所有女御和更衣们无不悲戚戚，哀切切。尤其尚侍之君更是片刻不离地追随左右，悲苦沉郁之情形于色。朱雀院见她如此，不知

1　中宫此歌为感慨昔日蒙朱雀院亲手为之插玉栉；而今相隔多时，将完璧归赵，奉献于三公主也。
2　朱雀院见中宫秋好以黄杨梳栉让还于三公主，故谓愿女儿托中宫之福，幸福无穷也。

如何安慰，只得晓告：“亲别子之苦，尚有个际限，没想到与深爱自己的女人分离，竟是这般难堪啊。”求道之心几为之乱。他强抑感情，独凭隐几。这时比睿山的座主率领三位授戒的阿阇梨，前来侍候朱雀院换穿法服。想到这便即意味告别红尘，不禁悲从中来，无法抑制。连那些悟彻法理的高僧都难以强忍泪水，更遑论宫女们、女御、更衣以及其他男男女女了，大伙儿上下齐声号哭，这真教当事者心慌意乱，觉得眼前景象大大违反了当初想安安静静遁世隐居的意愿，又觉得，这一切都是因为对年幼的三公主有所挂虑所致。不消说，皇帝以下，各方慰问的使者冠盖相属，络绎不绝于途。

六条院君也风闻朱雀院出家后病情略有起色，乃前来探访。而今他所享的爵邑与逊位之帝王全然无别，而世人对他的敬仰亦无与伦比，但是，他却刻意避免袭用太上天皇的排场威仪，凡事务求简略，所乘车驾既非豪华者，而侍驾之徒众亦仅限于少数近侍而已。朱雀院见其来临，欣喜异常，故强打精神起床应对。待客之礼免去世俗客套，仅于朱雀院平日所居之处多设一座席，便延请客人入座。源氏之君见朱雀院这副出家人的新模样儿，一时间百感交集，过去一切与未来种种顿涌心头，悲伤之余，泪水不停下流，竟无法制止。“自从父亲驾崩后，我也深深体会浮生无常，所以时时有出家的意愿，可是生就优柔寡断的性格，犹豫迟延之间，竟让您抢先了一步，实在是羞愧至极。我自身虽然看似可以随时决心出家的，奈真正事到临头，就难免有种种羁绊顾虑，没法儿看破一切呢。”见着兄长，竟觉得语塞，不知何以表示慰问之情。朱雀院方面也正值感情脆弱之时，故亦忍不住满含眼泪，羸弱地嗫嗫而语今昔。“虽然自觉命在旦夕，倒也给我一天天地挨了过来，所以也就胆敢下决心偿了这出家的夙愿。不过，虽说出家，若是余生无几，自然也没法子完成修行之志吧；如今，但求置身于闲静的环境，一心诵经念佛而已。我也自知这多病之躯，若不是为偿此愿，也不可能苟延残喘到今天，却又因为生性懒怠而疏于勤行，实在于心难安……”遂借倾吐心中积抑的话语之便说道：“唉，留下一大堆公主，实在让我担忧，尤其那个别无依靠的孩子，最是教我放心不下。”许是不便于明言吧。源氏之君亦忍不住为之心酸。

其实，源氏之君心底亦非不为三公主所吸引，所以这些话语自然也不可能不引起他的兴趣。“您说得对。像公主这等身份，非同寻常百姓家的女儿，乏人照料支持，的确是不太合适。现今东宫既受天下万民仰赖为贤储君，只要他一宣示，这位公主的将来也就用不着担忧才对；不过，实际情形就往往有个际限，所以他一旦登基之后，即使政务顺遂，万事称心如意，要想照料公主们，恐怕也不太容易吧。总之，妇道人家的琐琐碎碎事情，还是得找个有夫妻名分的男人，正式负起责任来关照才能教人放心。您若是真个挂虑三公主的将来，我看索性倒不如私下物色个适当人选吧。”他这般建议禀奏。“我也是这么想着，可是事情并不这么简单哪。参照过去的例子看，连身在帝位者想给公主选个驸马都是煞费苦心的呢，而况我这个弃绝红尘在野的人？倒不是我想大惊小怪，小题大做，这红尘里究竟还有难以断绝的牵挂呢。而尽管这么牵肠挂肚，病态愈重，却徒然任日月流逝，竟也一筹莫展，怎能不焦急呀。我倒是有个大胆的请求，不知你肯不肯替我费心照料这个年少无知的公主呢？等将来有什么合适的对象，再麻烦你给她拿主意订下终身大事。本来嘛，这种事情，应当在权中纳言还没有定亲的时候就提出来讲才对。如今，只有白白妒羡太政大臣，教他给抢先一步了。”“那中纳言朝臣倒的确是个老实人，要他照拂三公主，谅也不成问题吧。不过，究竟还嫌他太稚嫩，有点儿令人放心不下。若是让我冒昧地负责照顾的话，想来公主也不致感觉与在您身旁时有什么差别吧？只恐怕我自己也来日不多，没法儿长久关怀她。这一点也不由得令人难安呢。”遂决意承诺下来。

言谈之间已入夜。主客双方上下，皆在朱雀院御前同进膳食。由于此系斋戒精进之食，故而只能在素简之中求风雅。朱雀院前所设的沉香木制膳台啦，钵碗等，都与往昔所用者迥异，人人见此，无不落泪。这中间，谅必有种种感伤之事吧。不过，一一记述则恐怕过于琐碎，故此省略不书。源氏之君于夜深后始归六条院邸。主人对客方各人都有禄物赏下。别当大纳言亦在送行之行列中。今日天寒有雪，朱雀院的病体复加上感冒，原有些儿胸口郁闷，觉得羸弱乏力，现在却因为三公主的事情已有了妥善安排，竟宽心不少。

然而六条院君方面呢，此刻他反而思绪纷乱了。关于此事，紫夫人也已经略有闻悉，但是却未曾介意。她想：这事不大可能吧？前一阵子，他不是对前斋院也神魂颠倒的吗？结果还不是不了了之。所以她连盘问谣传的意思都没有，一副完全信任的样子。这才真教人怜恤哩。万一她察知，不晓得会作何感想？虽然他自信对夫人的情爱是丝毫不可能改变的，反倒会因而更增添怜爱才对，可是，在她辨清是非原委以前，不知会怎么猜疑啊！他这般独自左右思量不已。尤其近年来，他们夫妻俩之间可谓水乳交融，一无隔阂，所以若有些微隐秘，都会令人烦闷难安；不过，这一夜毕竟还是一句也不提便就寝了。

次日，雨雪霏霏。天色饶有情致，诱人感伤。六条院君与紫夫人正闲话今昔。“院上的病态转坏，所以昨日去探望他，听他谈起种种感伤的事情。他对三公主的将来尤为不放心，所以才有如此这般细腻的叮咛。由于深深同情，竟而不便推辞，就怕大家又要夸张渲染这事哩。唉，我现在也不再是谈娶妻纳妾的年纪喽，故而前些时候，他托人暗示，我这边总是推诿含糊其词的；可是，一旦面对，聆听他担忧相求，实在狠不下心来拒绝。早晚有一天他到深山隐遁时，恐怕得请公主搬入咱们这儿来的吧。到那时节，你一定会不乐意啦。不过，无论发生什么事情，我对你的心总是不会变。这一点，请你安心。我倒是担忧，会不会对不起人家呢。……反正，咱们尽心款待就是……我只希望大家把心胸放宽些，就可以相安无事了。”紫夫人平常连夫君的逢场作戏都十分在意的，所以源氏之君心里战战兢兢，唯恐她会作何反应。没料到今天的她却是出奇地平静，丝毫不介意地说：“院上的要求，真教人听得辛酸哪。我怎么会不乐意呢？只要她不嫌我碍事儿就好了。但愿看在她那位过世的母亲女御跟我的关系，[1]能同我和睦相处就好了。”口气间颇有几分自卑之意，源氏之君乃恳挚告以：“听你这么爽快答应，倒是令我有些儿意外之感哩。将来你们两位若真能和睦相处，我可真要感激不尽了。千万别听信别人搬弄是非中伤的话才好。世人总喜欢不知不觉间造谣歪曲男女之间的事，害得人家夫妇伤感情，所以最好是把话儿放在心里，顺其自然的好。可不要胡乱猜忌哟。”紫夫人私下却在想：这件事正像是天上掉下来一般，他只是躲也躲不开，所以才接受的，因此自己也不要唠叨些惹人厌的话吧。这次的事情又不是他可以自制，或是听我规谏的恋爱；既然是无可奈何的事儿，那么，最好别让人家看着显得委委屈屈小心眼儿才好。尤其是自己的后母，她总是把我看成眼中钉，上回那位须黑大将的事情，就莫名其妙地加罪于我；现在，若教她知道这件事，不知会怎么幸灾乐祸哩。虽然这位夫人不失为宽宏大量的妇人，但这点儿顾虑也是人情之常，在所难免的吧。这些年来一直信以为无人比肩争宠，安安心心无忧无虑过来，好啦，这下子别人不知道会在背后如何讥笑呢？她心里虽然一直这么嘀咕着，表面上却保持镇定，伪装若无其事的样子。

岁已更新。[2]朱雀院府开始准备三公主迁移六条院邸之事。过去倾心过的男士们无不叹息遗憾。本来皇上也有意召她进宫的，既已知

1 三公主之亡母为紫夫人之二姑母（式部卿之宫的二妹源氏之宫）也。
2 时光源氏四十岁。紫夫人三十二岁。

此，乃打消此意。今年源氏之君适逢四十岁。朝廷方面对于这位人物的寿庆大典当然不会等闲视之，而远近闻悉，举世上下也正为之忙于筹备。不过，当事者本人却是一副不喜铺张的个性，所以对于来自各方的盛情隆意都尽量地推辞。

正月二十三为子之日，左大将夫人[1]遣人送来若菜[2]。她事先毫无迹象，乃是刻意秘密准备的，故而六条院主乍得此礼，竟无法推辞。虽谓暗中准备，究竟因身份门第有异于寻常人，所以出行时候的行列排场也就格外热闹。六条院府方面于南殿西侧的旁屋设席招待宾客。屏风啦，帷幕啦，全都换成新的，却故意避免小题大做的倚子[3]。光说唐式筵席就有四十枚，余者如坐茵、隐几等，举凡仪式典礼所需道具，一应齐全，且皆清雅有致。这些都是由左大将府邸送来的。此外，则有嵌螺钿之书橱二具以及衣箱四只，内有冬夏衣裳啦，香壶啦，药箱啦，砚台啦，洗发器具啦，梳栉盒，等等，都是尽善尽美的品种。另有放置插头饰物之台，为沉香木与紫檀所制，上有金银等各种细致的图案，颜色调配得极精巧，显得非常时髦。凡此细微处，都可以看出尚侍之君的艺术眼光，一切莫不经过一番斟酌思量。不过，表面上还是避免铺张夸大之嫌。大家已经来齐了。源氏之君趁赴礼堂之便，先会见了尚侍之君。此刻他心底正不知有多少往事记忆涌现呢。看来他哪儿像个接受这种若菜之礼的人呀。既年轻而又俊美，险些儿教人以为算错岁数了呢。这么俊美的人物，连做人家父亲都不大可能似的。

---

1 即玉鬘也（须黑大将当时任左大将之职，故云）。

2 “若菜”谓初春所生之蔬菜（日语“若”为“稚嫩”“年轻”之意）。按：当时习俗，于正月第一个子之日，以新生蔬菜相赠，以讨“返老还童”之吉利。玉鬘为光源氏之养女，故此举含有孝亲之意。本帖帖名亦由此而得。此习俗盖亦传自我国（详见《荆楚岁时记》）。

3 为唐代传入日本之坐卧具，有四脚、扶手及靠背。类今日椅子而腿脚较短。为皇帝所用，故上文谓“小题大做”。

睽违已久，玉鬘内心虽觉羞涩，却能从容不迫，与之应对闲谈。她的两位少爷都长得极乖巧可爱。她原本不愿意让源氏之君看到自己连生了两个孩子，可是，她的夫婿左大将却以为应该乘此机会请六条院主见见。故而把他们双双打扮成中分发型，穿着稚气十足的直衣。

“岁数渐渐大了，平时自己倒也不怎么觉得，也没想到一改以往的年轻心境；但是看了这些小孩子一个个出生，便禁不住想到自己的年纪，有些儿难为情哩。中纳言也有了孩子，却不知怎的，跟我见外，到现在还不让我见一见面。你倒是真有心，头一个给我在今天这个子之日举行贺礼。不过，这又教我有点儿感伤，本来还打算忘记自己年老的呢。”尚侍之君也成熟了许多，颇有一种端庄稳重的韵致，挺好看的。

牵嫩叶兮引小松，
寻访岩根庆今日，
千秋万岁兮常丰容。[1]

她刻意装着老成的口吻咏出。遂将略表心意盛着若菜的沉香木膳几四只献于源氏之君前。源氏之君收下陶碗，答咏道：

托小松兮来日长，
为感今日情意重，
嫩叶添寿兮亦何妨。[2]

---

1 此玉鬘祝贺其养父光源氏之词。小松嫩叶以喻其所生二子，岩根则喻源氏之君。歌意谓：今日携子来访祖父，乃为祝贺长寿健康也。

2 此为光源氏答谢玉鬘之前歌。以小松喻玉鬘二子，而嫩叶则以反喻自己（盖自觉尚年轻也）。歌意谓：托福来日方长之小松，嫩叶不妨增年添寿也。原歌多套用“枕词”，并取日语音义双关之妙，译作中句为原歌所无，特润饰以补足中文句数耳。

此时，许多公卿都已就座于南厢房了。式部卿之宫对出席今日此盛会颇觉为难；不过，既接源氏之君的邀请，以彼此间亲近的关系，若不前来祝贺，则恐怕引起误会，故而犹豫再三，姗姗来迟。见得大将一副姑爷派头，在六条府邸指挥万端，心里头着实不愉快。然而，孙儿们总是有血缘关系的，[1]故而也都在此帮忙。中纳言以下，凡有关之各方人士，纷纷献上贺礼。计有果物四十盒及肴笥四十箱。于是，院主赐酒于各人，而他自己也尝用若菜的羹肴。院前摆列着沉香木制的豪华膳几四座，那上面的碗盘杯器等，也都特优美而尚者。

朱雀院的病情尚未痊愈，故而避免召请乐师。太政大臣却径自准备笛等各种乐器，道是："世间最可喜的莫过于今日庆宴，如何能不尽善尽美？"遂令人取出早经选妥的各种音色优美的乐器，含蓄有致地合奏起来。其中有一具和琴，乃是这位太政大臣所最珍爱的逸品。名手用心弹名琴，自是无人可以比拟，故而人人颇觉难以匹配。初时，连太政大臣之子右卫门督也不肯轻易答应，经主人再三央求，始出来弹奏。讵料，他技艺超凡，竟然不下于乃父。虽云名门之子，怎么承袭得下这等才分啊！人人感动，深深羡慕。唐土传来之曲谱，往往有一定的奏法，所以研究起来总是有门径可寻；而和琴之中，例如菅搔，则是随心所欲，自由弹奏曲谱的，故而集万籁于音间，美妙奇异至极。为父的大臣偏好将琴弦松弛，使音调低缓，饱含余韵而弹；而右卫门督则喜欢愉悦华美的高调，弹来亲切，令人爱怜。王公贵人之中，多数不知右卫门督此秘藏的才艺，故皆感叹异常。兵部卿之宫担任弹琴。这琴本是皇宫里宜阳殿所收藏，代代称为第一名琴，在故桐壶帝时代的末期，由于一品公主[2]中意而赏赐于她；太政大臣为求今

1 盖指式部卿之宫女——须黑大将前妻所生之子也。

2 为朱雀院胞妹。

日宴会的完善，特别转借来用。想及此琴由来，人们不由得怀念逝去的岁月，难免衷情感动。兵部卿之宫更是感慨万端，酒意又助激动，乃一任泪流不止。继而，以琴推让于六条院主之前。这一位正亦值万感交集之际，遂轻抚一阕珍曲。今晚虽不拘形式，却自成为风流无比的雅宴。唱歌的众人在阶下极尽歌喉之婉转，曲调渐由吕调转变为律调。随着夜深，乐调愈变得亲切动人。当其《青柳》之谣开始时，几致惊醒巢中之夜莺，真个有趣极了。今日贺礼，悉依私人形式处理。赏禄之诸物，也都准备周全。

近晓时分，尚侍之君始归。六条院主的赏物自不在话下。“这一向过惯半隐遁的生活，所以几乎都忘了岁月流逝。你这么一来却教我记起年龄，真是有点儿寂寞哩。有时候也请回来看看我变得更老些了没有。咳，年纪一大，也就诸多不方便，不能想看你就去看你呀。”谈到这些，禁不住回想起过去种种悲欢哀乐来，对于这位养女的来去匆匆更觉得十分遗憾。尚侍之君心中对太政大臣只是视为普通的父母关系而已，对这位六条院君的慈祥细腻之情，反倒感激之情与日俱增。如今，自己已为人之妻，为人之母，这一份恩情更难忘怀了。

二月十日后，朱雀院的三公主终于迁来六条院邸。府邸上下为此着实忙碌了一阵子。将日前接受玉鬘呈献若菜的那间改装为新娘的卧房。又将其邻近的一二对屋及渡廊，乃至于各侍女的房间等等，无不一一细心重予装饰，仪式系仿女御入内，故而有嫁妆多项。那典礼的庄严隆重，自不待言。许多公卿大臣参与陪嫁行列，那位一度指望做公主驸马的大纳言，此刻心中颇不是滋味，却也勉强陪侍在内。凤辇停妥，院君便亲自出迎，牵引三公主下车。这真是史无前例之事。[1]源氏之君虽贵为准太上天皇，为示尊敬朱雀院，故特执

1　盖以光源氏当时之身份已与逊帝同等，故云。

臣下之礼以待三公主；而既以平民之身份，则凡事有所制限，自然典礼也应有异于女御入内，却又与寻常婚礼不尽相同，所以这一对夫妇的关系，可谓奇妙至极。新婚三日期间，朱雀院与六条院两方各有隆重讲究的宴游雅叙。这阵子以来，周遭所发生的种种，似乎让紫夫人没法子无动于衷。诚然，如夫君所言，自己的地位断无被新人压倒的可能，可是，毕竟多年以来过惯了唯我独尊、无人比肩的生活；如今，骤然来了这么一位年轻而骄贵的新人，她那排场非同寻常，焉得不教人心不安！不过，紫夫人表面上还是伪装平静。例如大典那时候，便与夫君双双细心照料一切，表现得落落大方。这使源氏之君看在眼里，更加对她的人品、气质肃然起敬。三公主还只是一个少女而已，她稚气未脱。这又不由得源氏之君回忆当年在北山发现现在这位夫人的往事了。但是，当时的那位少女倒是颇有才气，与之晤谈也挺有意思的；而现在这位呢，却只觉其天真烂漫罢了。也好，大概尚不至于倔强傲慢吧？不过，看着眼前这位新人，他心里难免有些儿怅惘之感。

这三日期间，源氏之君每晚必赴三公主处。紫夫人从未有过这等落寞的经验，故而虽忍之再三，终究感觉难耐。她愈加细心为夫君薰染衣裳，自己却在一旁沉思发呆。那模样儿可怜复可爱。何以身边已有这样一位娇妻，还要再娶别的女性呢？这都是自己生性好色，近来又变得脆弱，致心情松弛的缘故吧。中纳言不是年纪轻轻的吗？可是，人家立身处世也有原则，朱雀院也就无从启齿了。他自己心里这样来回思量，不觉地难受起来，遂含泪说道："今晚，实在是情非得已，请你原谅我吧。以后，若是再离开你，连我自个儿都会瞧不起自己呢。只恐怕不理睬人家，让院上知道了不好意思。"见他歉疚甚深，夫人反而莞尔宽慰道："连您自己都没法儿决定的事情，我又懂得什么呀。"见夫人如此逆来顺受委曲求全的样子，男方倒觉得羞愧极了，也不知如何是好，乃托着腮帮子斜倚在那儿发呆。紫夫人顺手取来砚台。

尝目睹兮世事变，
人心难料妾未知，
竟以终身兮托眷眷。

夹杂着古人的和歌，看似随意涂抹书写的，却有打动人心之处，遂作答道：

命可绝兮爱无贰，
海誓山盟岂寻常，
此情此意兮卿当记。

果真有些不忍率尔相离的样子。夫人却在一边催促："走吧，这样子对不起人家呢。"只得换穿柔软而薰香盈袖的衣裳离去。望着夫君渐行渐远的背影，紫夫人心中可不是泰平的。这些年来，也曾经担心过这类事情；看样子对方似乎已无意于此道，所以方才安下心来；讵料，隔了这么久之后，现在竟然发生这等耸人听闻之事！唉，人心叵测，世事难料，这么说来，今后尚得小心提防种种事情啊。可是，尽管心里头忧思难安，表面上却故作镇静，不露一丝儿痕迹，所以侍候左右的侍女们都在背后纷纷议论："真是料想不到啊。""虽说这府第里有那么多夫人，别人可都对咱们女主人客客气气，没有人敢冒犯，所以才一直维持着这和平的局面。现在新来的这一位，气派可是不同寻常，难道咱们这边会就此认输，屈居下风吗？""就算是忍耐再三，将来总有一天会借机发泄，那可就麻烦了。"对于这些侍女们叹息连连的耳语，紫夫人始终装作不闻不问，保持着她一贯雍容自适的态度，与之闲谈到深夜时分。可是，毕竟不耐周遭的人过度的关心，遂道："主上常常说：这府第里头夫人虽多，却没有一位能合乎他的要求，既没有时髦可人的，又没有家世显赫的。正失望无聊之际，这位公主的来临倒是很不错的事情呀。我自己嘛，多少还有点儿童心未泯吧，总盼望能大家一块儿好好过日子。就是不晓得何以旁人会造谣生事，说我心里头不乐意啦什么的。若是跟自己同等身份的人啦，或者是等而下之辈的人嘛，还可以有个生气的理由吧。可是，这位公主是朱雀院君亲自托付主上的人儿，我呀，但求和睦相处，相安无事而已。"听女主人这番话语，中务啦，中将之君等侍女们只得互递眼色。恐怕私底下她们还会怪女主人"未免太过纵容"的吧。其实，侍女们之中也颇有些曾经蒙受主上眷顾过的，但是后来却都追随紫夫人，仕奉已有年，因此大伙儿自然都袒护着她了。至于其他各位夫人之间，也有表示同情的。"唉，真不知您心里头有多难过啊。我们这些人嘛，反正本来就没有指望什么，所以倒还轻松的。"这些慰问之信表面上看来是讨好，实则难免有些幸灾乐祸之意。世态人情原本无常，伤心沉思又有何用？

夜已深，若久久不休息，怕别人会觉得反常而讶疑，故而只得进入寝室里。差人准备被褥之际，不由得想起这几天来独卧的空虚寂寞，心中着实悲苦难耐。可是，回想当年主上谪居须磨那一段时间，自己不也忍耐过来了吗？那时节，一心只惦念着主上的安危，全然没有顾到自己；觉得身虽分离，只要两个人都活在这世界上便好。设若那时主上和自己都保不住性命的话，二人的缘分岂非早已绝尽了吗？这么一想回来，遂觉宽慰了些许。这一夜有风，周遭凉飕飕的，不易入眠。又恐怕近侍诸人闻声起疑，故而连辗转反侧都不敢，说来怪可怜的。更深鸡鸣，听着都教人哀伤。

紫夫人并没有怎么怨恨，但不知是否自己忧虑过度，源氏之君睡到半夜，竟梦见夫人而惊醒。只觉得胸口一阵骚动，听得鸡鸣，遂不顾天未大明，便要匆匆赶回去。三公主年纪太小，所以乳母等都随侍近处，得悉主上忽要离去，便都起来开启妻户相送。清晨薄暗的天空映着雪霁后的曚昽之光。主上走后，空气中犹飘荡着衣上的余香。有人竟不自觉地自言自语“春夜暗不辨”[1]云云哩。一路上雪迹斑驳，乍见之下，竟不易与那满庭白色的砂石分辨。源氏之君悄悄地吟咏着“犹残雪”[2]的诗句回来。他砰砰啷啷地敲打紫夫人的格子门。好久没有这种深夜出游，侍女们竟都故意多躺了一会儿才起来开门。“等了好久，害我身子都冻僵了。若不是怕你，我也不会在这个时候赶回来呀。我又没有犯什么罪过！”说着，掀开被子。紫夫人连忙缩回被泪水沾湿的衣袖。那模样儿虽是楚楚可怜，却仍有矜持之处。即使帝王贵族出身的女性也未见得能如此吧。男主人不觉地把她同那位三公主来两相比较。女方则回想过去种种，心境一直不见好转。这一天竟这般度过，所以连新娘所居的正殿那边都没法子去，只好差人带去口信。“早晨的雪引起了感冒，觉着身子不舒服，所以想随便休息一会儿。”对方竟也只是让乳母口头上代答：“已据来人所言禀报过了。”源氏之君颇觉纳闷。这未免太不解趣吧。唯恐朱雀院听闻后不愉快，因此打算在新婚的这一段时间里稍微敷衍一下，却没料到竟也不太容易呢。虽云早先心理已有些准备，咳，事实可真难于应付，多所烦恼啊。紫夫人方面则又怕别人误会是自己不让夫君到三公主那边去，所以也正觉得烦闷不乐。次晨醒来，始修函于三公主。看他对女方的态度，未见得十分谨慎用心，不过，选笔之际倒也费了一番心机。遂在

1 句出《古今集·春上》，躬恒作和歌。
2 白居易《庚楼晓望》：“子城阴处犹残雪，衙鼓声前未有尘。”

白纸上书写：

道未阻兮途未绝，
只因今朝雪霏霏，
心绪纷乱兮似纷雪。

将那信笺系结于白梅枝上，吩咐使者："从西边的渡殿送上。"目送那仆役离去，径自呆坐在近廊处凝望着外景。他身着白裳，手里玩弄着余下的梅花。抬头，可见雪花纷飞的天空。忽有莺声婉转，传自近处红梅的枝头，乃低吟"袖盈香"[1]云云，轻掩花朵，掀帘览庭。瞧他那副模样儿，哪儿像个为人父者或有地位的人呢？挺年轻又艳美得很。回信大概不会很快送到吧，遂进入房里，将那梅花展示于夫人。"花呀，就得有这等清香才好。倘使能把这芳香移注于樱花之上，那么别的花都将黯然失色，不值一顾了。"又说："难道这梅花是因为抢在众花未开之先便率先绽开，才引人注目的吗？若能同樱花怒放时并开岂非更好！"正言谈之间，三公主的回信也已经送达，那信笺用的是鲜红色的薄纸，怪显眼的。笔迹尚带十足的稚气。糟了，最好是暂时别教紫夫人看见的好。源氏之君心里有些儿慌，可又不愿意表现得太见外；只怕那笔迹太过稚嫩，有碍那位公主的高贵身份；又恐躲躲藏藏会使夫人不高兴，只得展开一端览阅。却见紫夫人斜倚着身子，流目窥视。

君不临兮意迷惘，
心似轻雪逐春风，

1　句出《古今集·春上》，无名氏作和歌。

上下飞舞兮任飘荡。

那字体未脱孩子气。紫夫人在一旁看着，觉得：像她那年纪，理当写得好些才对。不过，她表面上却装成视若无睹的样子。若是换作别人，男主人早该会偷偷耳语道："多糟的笔迹啊。"但是，毕竟于心不忍，故而只好借机安慰夫人："你看，没什么值得你担忧的吧？放心好了。"

源氏之君今日中午欲赴三公主处。这些新来的侍女初见装扮整齐的男主人，定必会大为感叹吧。至如年纪稍大、阅历较多的乳母辈，则见得这么一表人才的这位人物，只怕日后难保公主身边不会有麻烦的事情发生，故觉忧喜参半。公主本人呢？她年纪轻轻，惹人爱怜。新房里头虽然装饰得华丽夺目，新娘子本身却天真无邪，全不辨是非。只见她被层层叠叠的华衣裹着，几致不知那娇小的躯体埋在里面什么地方哩。与其说她有什么羞涩的表现，倒不如说她还是一个不解事、不怕生的孩子来得合适些。看来挺自在，又美丽。世人皆以为朱雀院帝在严肃的才学方面虽然未臻完善，但他对风流雅趣方面之事却有独到之长处，然而，何以偏偏这位三公主却给这般粗心带大了呢？再者，从前听说这位公主是他最宠爱的。这样看来，未免有些教人遗憾。不过，倒也不无可取之处。她对源氏之君的一言一语无不由衷顺从，遇着自己所懂的，也能率直作答。这个优点确实是令人不容忽视。倘若是年轻时代戆脾气的他，定必会看不上眼的吧？而今，静观世态百相，已深知人间绝无尽善尽美的人儿，总是有长处，必有短处。就以这位公主而言，在旁人眼中看来，或可谓无可挑剔了。不过，话又要说回来，此刻方始悟得紫夫人的与众不同之处，而自我深庆教导之劳，同时，如今更觉得朝暮思恋难忘。这究竟是怎么回事儿呀？自觉有些异样而不吉的预感呢。

朱雀院在这个月里移居入寺庙中。有深情细腻的信送达六条院君处。有关三公主之事，自不在话下。“千万不要介意我的感想如何，请悉遵贵意教导之。”云云，内容总不离此类叮咛。谅他内心必思念这位童稚的公主无疑。给紫夫人方面则提及：“径令小女贸然移居贵府，敬请谅察。说来，她与您亦非全无血缘关系，请惠予特别照顾为盼。

弃红尘兮绝俗欲，
尚余一丝未了情，[1]
山门当前兮独踯躅。

遁世之人还拨不明这念子的昏昧，只怕您要见笑了。”源氏之君也看到这封信，故而在一旁怂恿：“这真是太不敢当了。赶紧修成一封回函吧。”又令人准备酒器，款待使者酒肴。紫夫人略微犹豫一会儿，不知如何作答才好。不过，这也不是费心选炼字句的时候，所以也就只好平平实实写道：

身隐遁兮心羁绊，
父慈子孝亦常情，
何须强抑兮何须断。

歌词大概是如此的吧。赏与使者之禄物有女装一套，外加底衫一件。

见得紫夫人这一手好笔迹，朱雀院感佩之余，不禁担忧：同这位多才多艺的妇人相比，那三公主岂非相形见绌了吗？如今，女御、更

---

1 谓眷念爱女三公主之情尚存也。

衣之辈都纷纷告假回到各人娘家去，感伤之事正多。尚侍之君则迁移入先太后的故居二条宫[1]。除三公主以外，朱雀院心中最挂念的便是这位爱妃之事了。她本有意出家为尼，却为院君制止：“我出家，你也出家，这样未免令人感觉你急忙步我后尘吧。”遂中止其意，不过，私下却慢慢开始准备遁入佛门的一切。六条院君与这位女性也曾有过一段感情，他至今都难忘怀，所以无时不盼望有再见一面以诉衷曲的机会。但是，由于双方的身份地位都高，须得忌讳世人耳目，况且又有那谪居须磨的教训在前，因而只得小心万端。可是，看来女方目前的境况已较为自由了。不知静观世事的她又是怎么一副模样儿呢？思念之情遂不由陡增。明知不该，却于恋火难抑之余，假借问候之口实，频频寄书致深情。事隔多年，彼此都已经不再是容易犯错的年轻人了，所以女方也不必矜持，时有回信相酬。见得较往昔犹呈圆熟的笔迹，源氏之君竟觉忍无可忍，甚而对那位从前居中媒介的中纳言之君倾诉心底相思之种种。又召见这侍女的长兄前和泉郡守，返老还童也似的对他说：“多么想不必教人居中传言啊。哪怕是隔着几帐什么的，只要能直接同她谈一谈就好了。有没有办法取得她谅解，偷偷儿让我会见她一面？现在的身份也不容我随便跟人家幽会了，所以得要千万小心谨慎，别教旁人看见才好。这一点，我想你是会替我保密的。这样，彼此也比较安心了。”尚侍之君可不这么想。“唉，年纪大了，阅世已多。这些年来也看了不少那位人物的所作所为。如今，又教我怎能忍心不顾朱雀院出家的心境，却与他去话昔什么的。即使旁人不知，难道自己就能‘问心无愧’[2]吗？”她怨叹不已，坚不答允相会。然而，男方却不肯就此罢休。过去诸多不便的时期尚且设法万端以求

---

1 即朱雀院之母弘徽殿太后生前所居处也。

2 句出《后撰集·恋三》，无名氏作和歌，以意近，故径采成语。

幽会；当然啦，说来未免对那位遁世的长兄有些歉疚，不过，这也不是头一遭的事儿；就算是现在装成一副清白的样子，既然“浮名已传”[1]，如今又能抹掉一切吗？遂决计要依赖“信太之森”[2]为指路标，一探究竟。对紫夫人则谎称：“近来东院的常陆公主身子不顶舒服，我自己又给许多琐务缠身，所以也没能去探望她，怪不好意思的。白天里公开去她那儿嘛，总觉得不太好，所以还是趁夜晚悄悄地去看看她。你可别向人说哦。”说罢，坐立不安地开始装扮起来。看他这样子倒有些令人讶疑。常陆公主那儿，主上平时根本就不曾走访的嘛。这里头定必有原因！紫夫人心中颇有些儿猜疑。不过，他们两人之间，自从那位三公主迁入此宅以后，已不像往昔那般一无隔阂，倒有点儿见外了，所以尽管心里纳闷儿，表面上也装得平平静静、若无其事的样子。这一天，源氏之君连三公主处也未去，只是书信表意而已。他独个儿用心薰染衣装打发时间。待日暮以后始动身。令亲信之徒四五人随伺，故意选用微行之牛车[3]，以唤起往日之记忆。尚侍之君那边，已先遣和泉守去通报，而由近侍者将此事偷偷转告。“哎呀，那和泉守是如何将我的答复歪曲禀报的！”尚侍之君甚为不乐。“倘使怠慢了客人，教人家败兴而归，岂不失礼吗？”经不起和泉守一再怂恿，只得迎宾入内。略事客套寒暄后，源氏之君便央求道：“请稍微靠近点儿，即便是隔着东西也好。你放心好了，从前那种好色之心早都绝迹了呀。”不得已，只得叹息连连挪移出前。咳，她那种可亲之感依然没有改变啊。如今俱是言行举止不由自己的人，徒然令人感慨而已！此是二条院的东侧对屋。客席设于东南方的厢房，会面之际，纸门深

---

1 句出《古今集·恋三》，无名氏作和歌。

2 信太之森为和泉郡名地，故以为前和泉守之代词也。

3 原文作“网代车”，为大臣、纳言、大将辈之略仪远行用车。牛驮之，前设竹（或桧木片）帘。

锁。“怎的这般见外呀。事隔几多年，我都还记得清清楚楚的，没想到你竟然会如此待我！”源氏之君不禁怨怼起来。

夜已深。“游于玉藻”[1]的鸳鸯，啼声频闻。四周寂静，殿中没有人的动静。唉唉，世事变化良多！感喟之余，倒不是存心要学那平仲的假哭，却也禁不住地眼泪簌簌下流了。究竟与从前不同，谈话也能从容不迫。不过，这张纸门横亘在中间，实在是讨厌！不知可有什么办法没有？乃试图拉动。

时悠悠兮岁月隔，
重逢奈设逢坂关，
泪落如泉兮不可却。[2]

女方：

泪涟涟兮似清水，
心虽悲苦路无由，
既已断绝兮何须尔。[3]

歌词虽表现得情绝爱尽、一无余绪的样子，实则回忆当时，源氏之君落魄离都，岂非为了妾身一人之故？这么说来，与他再会见一次，似乎也是人情之常呀。看来，她的意志已不如原先那么坚决了。这位女性原本非庄重的人，只不过这些年来已略知浮生诸事，故而暗暗悔恨

1 句出《后撰集·春中》，宫道高风作和歌。
2 光源氏此歌取音义双关之妙。“逢坂关”本为关津名，以喻阻隔二人之纸门，日语“关”字同“阻却”，故下文巧谓泪落不可却阻。
3 胧月夜答歌。套用源氏之前歌“逢坂关”，故谓清水云云。歌意谓：己亦悲苦泪下如清水，然重逢之路已断绝，何须徒劳伤情也。

自己年轻时候公私双方面所犯下的过错，举止言行也就变得谨慎小心起来；讵料今日重逢，竟勾起往事历历如同昨今之事，致未忍相拒。她至今犹保持着昔日的年轻气息，既温柔又明朗。瞧她那种又忌惮世人物议，又难忘旧情人，思绪纷乱而太息再三的模样儿，甚至比初见面时更惹人怜爱珍惜。只恨天亮得太早，真个不舍得离去。朝霭迷蒙，饶有情趣，而众鸟鸣啭，更增添几许明朗的气氛。见残花凋尽，枝梢泛绿的林木，不由得想起昔日花宴之举行也正是在这个季节，乃沉湎于当时的回忆，而其后流逝的岁月中所发生之种种，也都一一令人怀念。中纳言之君欲相送而打开妻户。不料，源氏之君却又返回来说："你瞧，这藤花的色泽多美！真是没法儿形容。教人怎舍得离开这花荫啊。"他踌躇不忍去。此时旭日初升，晃朗耀目，映出这位人物超凡出众的姿势。久未拜见这身影的侍女，一时间竟不能相信是人间的男士呢。她私下疑惑不解：何以女主人不肯接受这样一位人物的照拂呀？虽说是入宫仕奉之身，究竟身份有际限，又不是女御之辈的地位可比。都是故太后从中作梗，才会引起那种不可收拾的下场，害我们女主人也浮名四传。那事以后，一切也就只得告结了。她心中正亦回忆种种，感慨无量。久别重逢，谅必有绵绵诉说不尽的情话，委实不忍心打断他们；可是，这位人物的高贵身份，却不容率尔行动，尤须忌惮世人耳目，千万大意不得。日渐高升，心绪更不宁。侍从们已将车驾备妥于门口，悄悄催促。乃令人折来一枝初绽的藤花。

昔为卿兮沉须磨，
岁移月迁性未易，
甘愿投身兮逐藤波。

咏罢，正凭物沉思。中纳言之君在一旁看着，却觉心酸。尚侍之君虽娇羞无限，懊恼未已，究竟亦难舍这花荫下的重逢吧，故亦酬答一首和歌：

姑妄言兮姑听之，
投渊之词岂可信，
泪波既平兮止哀悲。

源氏之君自觉此事似乎轻率如同少年人，难免有些内疚。不过，既然对方现在独居二条院邸，门禁不严，也就放心不少，遂信誓旦旦，再三期许后会之约，方始离去。想当年，自己对这位女性可谓钟情最深，却教意外之事忽然中断了情丝；此度重逢，怎能不格外感伤而又珍惜呢？

见夫君晨起狼狈回来潜入房里的模样儿，紫夫人心中已猜出一二，不过她仍然佯装不知。对源氏之君来说，夫人这种态度反倒比听她说些嫉恨的话更难忍受。这岂非说明她已对自己灰心了吗？遂较前更加细腻安慰，再三申誓白首偕老之志。有关自己与尚侍之君的事情，别人面前是决不会泄露一丝的；可是，既然前此之事，夫人都已晓悉，故亦透露一端："这次只是隔着东西同她相会而已，实在有些意犹未尽之憾。不知能否避开他人耳目再与她会见一次呢？"紫夫人说笑道："瞧您，好似又回到年轻时候一般。您若是这般旧情难忘又添新情[1]，那么我像是浮在中空，可怎生是好？"说着，眼眶里不觉地润湿起来，神情可怜。源氏之君连忙解释道："别这样生气。情愿你拧我骂我什么的。跟你不见外，才一五一十都详告的嘛。没想你却变得同以前不一样了啊。"在他费劲口舌辩解讨好之际，竟会不由自主地把昨

1 旧情谓胧月夜，新情指三公主也。

晚上的事儿和盘托出吧。至于三公主那边，则无暇过访，一心只想安慰眼前这位夫人而已。那位公主本人倒没有觉得怎么样，却是左右随伺的侍女们心里头老大不愉快。幸亏她本人没有生气，否则后果定当不堪设想了。实则源氏之君对这位稚气未脱的女性只是视为珍贵可爱的玩偶一般罢了。

居住在桐壶殿的明石女御自从入宫之后始终未归宁。年轻的她一向过惯了自由自在的生活，既未蒙上准假，故而内心颇有拘束之感。入夏以来，身子觉着有些儿不舒服，而东宫偏又不肯允准她退出，遂更觉不乐。大概是怀孕了吧。见她年纪这么小，人人都为之焦虑不安。总算是好不容易获假，得归返省亲。六条院府邸方面决定以三公主所居寝殿的东面为明石女御归宁期间的住所。她的母亲明石夫人现在也追随女儿出入宫中，总算是熬出头来了。紫夫人趁拜访明石女御之便，欲得一见三公主。“我想顺便同三公主也当面打个招呼去吧。早该拜访的，一直也没有机会表意。借这个机会去看看她，大概会显得比较自然一些吧。”源氏之君亦莞尔笑道：“你肯跟她和睦相处，正是我所希望的啊。她呀，真个还是幼稚得很，你好好儿教导教导吧。”其实紫夫人心中对于会见明石夫人之事较诸与三公主见面更为在意，故而洗发啦，化妆啦，格外小心注意，看来真个美丽脱俗，无与伦比。

源氏之君到三公主居所告以：“傍晚时分，紫夫人想借过访淑景殿之便，到这儿来看看你。请好好儿接待一下。她为人挺不错，也还很年轻，你们大概可以谈得来才对。”“多难为情哟。该说些什么才好呢？”三公主倒也大方从容地问。“人与人之间的应对，要顺其自然，看情形而定。可别对人家疏远才好。”源氏之君不厌其详地谆谆教导。他极希望这两位妇人能融洽相处之余，竟恐怕眼前这位稚气的公主会教紫夫人见了有些难为情；可是，人家既然好意要求相见，居中妨碍也不妙。

紫夫人虽是自动请求拜会三公主，可是她心中不免想道：作为源氏之君的夫人，该没有谁比自己更得宠、更尊贵的吧？对啦，年轻时代，一度曾为了自己是孤儿而也曾有过自卑烦恼……她不由自主地沉湎于回忆之中。想借练习毛笔字来打发时间，排遣烦闷，可是，写来写去，竟都是些悲感的古歌。这才发现：原来自己正心事重重呢。赶巧，院君来临。看过三公主啦，明石女御等年轻娇美的妇人，再看这位长年相伴的夫人，若是寻常一般的美貌，恐怕会日久厌腻的吧；可是，偏偏她那无与伦比的美，却是每见一次都教人惊艳心动。像她这般的气质韵味，真个是举世无双。既雍容华贵，又不失时髦美丽，可谓集优雅艳丽于一身，且又正是女人最成熟之时，好比那盛放之花一般。今年较之去年犹胜，而今日又更珍奇过昨日；何以能这样有美皆备而永远新鲜，令人百赏不厌呢？见她方才消遣书写的纸张压在砚台底下，遂拉出来展览。那笔迹虽未必是绝佳，倒也十分清爽悦目。

秋已近兮景萧条，
满目青叶渐转色，
情亦厌倦兮觉寂寥。[1]

这几行字引起了男主人的注意，乃于其旁附笔书写：

秋虽届兮景未变，
山叶青青色依然，
萩下叶色兮不回旋。[2]

---

1 日语“秋”字与“厌倦”音同。紫夫人此歌系用音义双关之妙，责源氏对己厌倦也。
2 光源氏此歌沿紫夫人前歌而来。以山叶自况，而以萩下叶色喻女，谓己心未尝变，而女方态度则不可回旋也。

看来，对此类歌诗往来，他的兴致依旧颇为浓厚。见夫人那种悲不自胜的流露，而又强自佯装平静的神态，委实觉得爱怜异常。

今宵人人有事，故得伺机勉强设计寻访那秘密之处。明知道罪过，却实在热情难抑。

东宫的女御[1]对紫夫人的感情实较其亲母为深，而紫夫人对这位长大成人的继女亦疼爱逾恒。她们二人恳谈多时。而后，令人开启中户，会见三公主。对方不过是一位少女而已，故而得以轻松之心情，长辈之态度，与之攀谈血缘关系等等。遂召见唤作中纳言的乳母，告以："说起来，咱们还是一家人呢。忝为亲戚，却至今都没有机会来拜访。今后，希望时时到我那边走动走动。倘使有什么不周到的地方，请不要客气，随时提醒我吧。""咳，咱们公主呀，也怪可怜的，亲近的人一个一个弃她而去。您这样吩咐，真教我们宽慰不少。那位出家的院帝也正希望您能这样不见外，谆谆善诱年少的公主呢。她本人呢，大概内心也是这般仰赖您的吧。""不瞒您说，过去也曾蒙院帝赐言，所以总要稍尽绵薄之力才对。只遗憾位卑才弱，凡事都帮不上什么忙。"她那态度从从容容，既像一位年长的人，却又能配合着对方的嗜好而谈些图书啦，娃娃等游戏的话题，遂赢得公主欢心，认为紫夫人的确是一位年轻而温柔的妇人。

此后双方互通音讯。遇有游戏等场合，亦能和睦邀约。世人本爱多事，初时难免谣传："紫夫人心里面不知怎么感想？恐怕院君的宠爱也不同于往昔，总会衰减的吧。"云云。然而，看来源氏之君待夫人的恩爱有逾前时；这么一来，又有人恶意中伤了。不过，由于她们二人相处得实在融洽和睦，因此那些谣言也就逐渐平息。

十月里，紫夫人为夫君的四十岁大庆而特别在嵯峨野的寺院中祭

---

1 即明石女御也。

祀药师佛。源氏之君已预先制止铺张，故而一切均在保密之下筹备。但是佛像啦，经盒啦，帙篑的装饰等，都华丽至极，令人想象所谓极乐世界亦不过如此。所诵之经计有《最胜王经》《金刚般若经》《寿命经》等，真个丰饶，圆满无比。许多公卿贵人都来参加。那寺院庙堂的环境也是无可言喻的。打从红叶荫浓的郊外开始，一路上佳景连绵，令人叹为观止。大伙儿来聚，恐怕这也是原因之一吧。来来往往的车声、马蹄声不绝于霜歇的广阔原野上。六条院府邸的夫人们也都竞相安排庄严肃穆的诵经布施。二十三日为佛会结束之日。六条院里各厢房都有人居住，紫夫人只得于自己的二条院府中设宴席。当日所需之装潢种种，大部分都由她一手包办，不过其他各位夫人也都自动参与帮忙，分担负责各端。二条院的对屋，本系侍女们之居所，暂时充作殿上人、诸大夫、院司乃至下人等极考究的席位，寝殿外的一间，则照例极尽装饰之能事。摆设嵌饰螺钿的椅子。主屋的西侧房里有安放衣物之桌十二座，上置冬夏之衣料及衾褥等等。不过因为上面覆盖紫色绫缎，故而无由窥见内容。院君的座前有矮几二只并列，亦皆有唐罗[1]之覆盖，放置头饰之台，为沉香木制有雕花足者。那发簪是银枝之上有金鸟栖息的图案造型，由淑景殿提供，乃是出自明石夫人之构想，故而有她独到的那种浓郁风格。背景所立的四面屏风，为式部卿宫所献，上面所画的，虽是寻常四季之图，却可见匠心独运，十分讲究，珍奇的山水啦，瀑布等，在在都能醒目。沿着北面的墙壁，立置两个橱子，依照习俗端放各色品物。南面的厢房里，公卿贵人，左右大臣，式部卿宫以上，无人不列席参上。舞台左右各设乐队的帐篷，又于东西二侧各列置食物八十人份，赏禄之唐柜四十具。未时，乐师们入席。舞过《万岁乐》《皇獐》等以后，日暮时分，配合

1 原文谓“裾浓（按：由下往上，颜色渐淡去之染法）之唐罗”。

着高丽乐的前奏，有一人舞出《落蹲》之舞。这真是难得一见的舞蹈。在舞曲近终时，权中纳言与卫门督[1]相偕下来加入跳舞。瞧他们舞罢复出返舞一段，而后隐入红叶荫下，真个教人回味无穷。人人都看得十分陶醉。有人想起朱雀院行幸之际，舞《青海波》的那个难忘的黄昏，必然会觉得权中纳言与卫门督都继承了他们父亲的容貌与修养。论二人的社会名誉，并未逊于父辈当年的情形，而说到官位，则似又略胜一筹哩。大伙儿纷纷数着他们的年龄啦什么的，认为这期间不知是有什么约誓，不然何以两代以来都是这般并肩竞争的好友呢！今天的主人翁六条院君也感慨良多，两眼饱含着泪水，胸中正思潮起伏。

入夜之后，乐师们退出。紫夫人的家司在指挥仆役们将那放置于唐式橱柜里的禄品一一取出，依次赏赐。人人披着白绢，沿着庭园假山之边，循池堤走过去。冷眼旁观，颇有些“千岁游鹤羽”[2]一般。不久，殿里又开始了多彩多姿的管弦游宴。所有乐器都是东宫备妥的，包括朱雀院帝留传的琵琶、和琴、宫里赐下的筝等，故而在在都使人难忘往昔之事。听着那和协曼妙的合奏，每一曲都在主人翁心中唤回了前代之情况啦，宫里所发生诸事等记忆。唉，若是藤壶之宫尚在世的话，这类场合，自己定当率先向她祝贺申意的；可是，衷心的愿望竟永无表达的机会了。实在是遗憾至极！近年来，皇上内心对于先太后之逝世无时无刻不感到寂寞乏味。至少，若能对这位六条院君依一般常情聊尽父子之礼也是好的；但是，自己却连这一点心意都无法表现，这真是天大的不幸。原先想借此四十大庆的机会行幸六条院邸，却又因为寿主一再表示不愿惊动世人，遂亦不得不中止。

十二月二十日过后，中宫也归宁了。便在奈良大寺院举行的四十

---

1 即夕雾与柏木。

2 句出催马乐《席田》。

大庆之最后祈祷法会里，分别布施布帛四千段，连带其附近的四十所寺院，也各进献四百匹绢。中宫对源氏之君的养育之恩内心无时不感激，也无时不思报答，所以想像若先父先母在世的话会如何做法，便更要加倍表意，可是源氏之君哪里肯接受呢？他连圣旨都婉谢了，许多盛大的计划当然也只得取消。何况他自己又说："看前人之例，举行过四十寿庆的人，多数为寿不长，所以这次还是不要太铺张，等以后若能活到五十、六十，到那时候再说吧。"不过以中宫的身份地位而言，自是不可能收敛，自然还是会变成公式化且盛大隆重的。寿堂设在中宫所居西南町的寝殿里。赏与出席者的禄品亦无异于前时，授予公卿贵人们者，则同大飨之例；[1]与亲王们者，为女装；与非参议之四位及大夫等人者，则为白色底衫一袭及绢帛。依次分赏。赠予源氏之君的衣裳，堪称尽善尽美。至于举世闻名的石带[2]及佩剑，则为其先父故东宫之所留传，故而尤其感人深刻。恐怕古今举世无双之品物都聚集于此次庆仪之中了吧。古老的小说里头往往见有大事描述进献之品目者，不过，这里如果真要一一详记这些贵人的礼物赠答，实在不胜枚举，怕是琐碎烦人呢。

皇上觉得，既然已有祝寿之打算，忽然辍止也不好，遂令中纳言之君代办。赶巧，此时右大将因病辞职，便乘机添增祝贺之意，忽以中纳言递补其阙。六条院主虽然欣喜有加，却谦逊道："蒙皇上厚爱擢用，衷心感恩；只怕过早提拔他，受之有愧。"此次庆堂设在东北町花散里之殿内。虽欲求隐秘收敛，但今日之仪式究竟有异于一般。处处所举行的宴飨，亦由宫中的内藏寮与仓库负责调度。屯食[3]也仿照

1 每年正月二日于皇宫举行中宫之大飨，邀请亲王公卿以下诸人。今所赐赏禄仿之，故云。

2 革带之有雕玉、玛瑙等缀饰者。

3 捏成长卵形之饭团。平安时代用以赐予下人之食物也。

宫中之做法。由头中将出任宣旨之职，计有亲王五人，左右大臣、大纳言二人，中纳言三人，宰相五人，其余殿上人，则依例由宫里、东宫及朱雀院等各方召集而来，未参加者所剩无几。座席及各种道具悉由太政大臣费心指挥安排。而太政大臣亦奉圣旨，将于当日亲自列席。六条院主虽以为殊荣难当，亦遵旨就座。太政大臣之席位设在主屋院君的席位对面。这位大臣长得肥硕清丽，显得稳重有器度，德貌相称。寿翁六条院君则依然予人往昔他年轻时代的印象。四面屏风系由皇上亲笔题词。那唐产的绫罗表面，染着淡紫色，自是名贵异常，绝非等闲之品。而屏风上的墨迹则较之有趣的春秋景物等绘画更为炫目，尤其是皇上的御笔更教人看着打心底感动。所有橱柜、管弦乐器等，皆是宫中藏人所之赏赐。将任右大将之君的威势亦正盛，这么一来，使得今日庆典更加添几许气派了。当其左右马寮、六卫府之官员等，依尊卑之序将四十匹马引列时，天色已暗下。

依例舞过《万岁乐》《贺皇恩》等舞蹈。今日因为有太政大臣参加，故而显得特别稀罕，演奏的人也格外起劲。兵部卿之宫担任琵琶手，他的技艺举世无双，自是无话说。置琴于院君之前，大臣则弹和琴。许是久未闻的缘故吧，大臣弹奏的和琴声显得格外感人，源氏之君自己便也丝毫不保留地一展高艺，如此，遂有了众弦曼妙的效果。大伙儿在一起，不觉地谈起往事来。真难得他们二位至今依然亲密如故，乃愉快相约：今后定要互相更加勤通消息。杯倾几度，兴犹未尽，终致难禁洒极而泣。主人赠予太政大臣之礼物为佳琴一具，外加客方平日所喜好之高丽笛一管，另有紫檀木制之箱一只，内装唐土及本国之字帖各种，令人追赶在车驾之后献上。于是拜领御赐之马四十匹。左右马寮之执役者展奏高丽曲以示欢乐。由大将赏禄于六卫府之官员。此度源氏之君本欲求简略，不预备铺张，未料，皇宫、东宫、朱雀院、中宫等，既然一族尽是高贵的血统，这种场合的确是光彩非凡。

如今，源氏之君唯一遗憾的便是子荫单薄，嗣子只有大将之君一人而已。所幸，他比同侪诸人更具威望，人品也不错。不过，看着这年轻人，他又不由得回想从前这孩子的母亲葵夫人与六条夫人互不相让，各执一端以争宠等往事来。而今，中宫与大将各享荣华，世事真个难以逆料啊！当日大将所着衣裳，系由花散里所准备。赏禄及其他琐碎之事，则为三条的夫人云居雁所安排的吧。近来，逢着喜庆大事等场合，花散里这位夫人几乎都无由参与。她做梦也想不到这次自己还有机会出任这般重要的角色呢。若非她一向把夕雾当作自己的孩子一般，从小就对他照拂得无微不至，恐怕也不可能像今天这样与贵人们比肩出入吧。

又改新岁了。东宫女御的产期已近，故而六条院府中从正月上旬便不断举行祈求安产的诵经法会。其他在各地寺庙、神社里正举行的祈祷，也不知几多。源氏之君年轻时代曾经验过葵夫人难产而死的痛苦，所以对生产此事总怀着极大的恐惧。想到紫夫人却未曾有过这种经验，一面觉着遗憾，一面倒也欣慰。可是，见得女御这般年轻，一向又娇生惯养的玉体，委实教人担心，真不知届时将会如何呢！进入二月后，产妇的状况逐渐起变化，看来十分痛苦的样子。人人莫不忧心忡忡。阴阳师等皆谓须换居所以求慎重，不过，太远的地方又不放心，乃选明石夫人所居之殿的对屋，使迁移过去。这里仅只二大间对屋，有走廊环绕四周，遂于各处密密麻麻布置法坛，邀请高明灵验的法师举声诵经。为母的明石夫人更是焦虑心碎，因为女儿的前途也正关系着自己的命运呢。至于那位外祖母呢，虽已是老耄之身，见得飞上枝头做凤凰的外孙女，直如做梦一般，因此也顾不得什么，竟来到身边亲昵地照拂。母亲照料女儿的时间虽然颇久，却始终未曾正面提及过去之事，而今这位老尼君竟喜极而泣，用抖颤的声音给孙女儿细诉古老的往事。初时，这位年轻的女御颇觉得这老妇人唠叨烦人，不过她也约略闻知自己有这么一位祖母，所以尚能容忍，待她也相当客气，遂谈起东宫女御诞生时候的事情啦，她的父亲源氏之君光临明石海浦的事情等，又道："当你父亲返回京城来的时候，我们可真是茫然不知所措。大伙儿都以为缘分已尽了呢。都是因为有你这个亲骨肉，我们才得拯救的。真是谢天谢地呀！"老妇人已哭得像个泪人儿似的。东宫女御始知竟有这样一段辛酸的往事。若非外祖母以事实相告，怕是永远无由了解自己的身世，遂亦泪簌簌而下。内心则想：原来自己并非可以堂而皇之居于高位的身份，这都是因为对屋的紫夫人[1]养育栽培之恩，才有今天受人敬重的地位啊。从前自以为身世不凡，所以往往难免倚势傲物，瞧不起周遭的人；真不知世人在背地里怎样讥议自己呢。这一切，到现在才恍悟。过去只知生母出身不高，却没想到自己竟是诞生在一个偏僻的乡下地方。都怪自己太天真蒙昧了。又据说外祖父如今不啻仙人一般，过着与世隔绝的生活，这岂不太孤单寂寞啊？她这样独个儿想来想去，思绪纷纷乱乱。

正一个人沉思之际，母亲明石夫人来了。为着祛疾法事，四处延请作法的僧侣来，诵经之声此起彼落，家里喧喧扰扰，所以跟前也没有什么侍女。老尼君倒是反而得着机会近伺在外孙女身边。"哎呀，真不像话。拉个几帐什么的挡一挡嘛。风一吹，难保不会教人瞥见呢。瞧您这副德行，像个医师什么似的。年纪真大了啊。"明石夫人有点儿担心教女儿丢脸。老尼君自以为挺注意言行的，可是毕竟年纪大了，耳朵也不灵光，所以只是一个劲儿歪着头疑惑不解地问："啊？啊？"其实，说她老倒也不算太老，大约是六十五六岁吧。那一身出家人的装扮，看来清清爽爽，颇具品格，只是眼眶里饱含着泪水，眼

1 自三公主移入六条院府以后，光源氏便以寝殿迎新妇，从此，书中每以"对屋之夫人"改称紫夫人。

睑也哭肿了，像是在回忆往事似的。明石夫人不禁若有所悟。“不知道她有没有讲些错误百出的往事？老人家呀，常常记错事情，所以自个儿乱编的故事也掺进去，弄得真假难辨呢。”她含笑注视女儿。见她依旧清丽，可是较往常多些心事的样子。明石夫人觉得，眼前这高贵的年轻妇人怎么像是自己亲生的女儿呢？定是做祖母的尼君把她的身世讲出来了，所以才害她这般忧虑苦恼着。其实，自己何尝不想趁女儿就后位的时候将真相说明呀。谅她尚不至于伤心绝望才对。唉，但是也真够她吃惊懊恼的吧。

不多久，法事已告一段落，法师们皆退出。为母的便拿些果物来到女儿卧榻旁。“至少吃点儿这些东西吧。”她无限温柔地劝告。外祖母见到这位长大成人的孙女儿，愈觉得她美丽可爱，高兴得了不得。瞧她，眼眶里满是泪，却咧着个大嘴笑，那种亦哭亦笑的样子，可真不敢恭维。“哎呀，难看死啦！”尽管明石夫人在一旁递眼色，老人家却全然不放在心上。

“沧海老兮波荡漾，
湾浦有贝堪暂临，
海人弄潮兮人谁谅！[1]

唉，今非昔比。从前呀，谁敢批评老人呢！”她幽幽地说。东宫女御便在砚台边的信纸上写下：

盼相告兮弄潮人，

---

1 老尼此歌全取音义双关之妙。日语“贝”与“甲斐”（“值得”）、“海人”与“尼”音同。歌意谓：老尼自庆幸得见孙女儿，故喜极而泣，谁谅此心，今何咎之耶？“波”“潮”皆为泪之代词。

湾浦何处是葺屋，
　波路迢迢兮愿遵循。[1]

明石夫人终于忍不住哭泣，遂亦和道：

弃红尘兮隐滨海，
　明石湾浦有一人，
　　亲情深厚兮岂容悔。[2]

咏成一首，已是粉泪潸潸。女御已记不得与外祖父分别的情景。梦亦难寻，委实遗憾。

三月十日过后，终于安产。初时人人担忧着，却出乎意外地无甚痛苦便得一皇婴。如今，一切悉如所愿，六条院君亦大感安慰。这产房在殿中深处，房屋本身却未见得过于隐僻，故而连续举行隆重的祝产仪式，对尼君而言，真个如其歌所称"有贝堪暂临"了。不过，此地究嫌仪式未能臻于完善，因此还是决定搬回女御自己的居所。对屋的紫夫人也赶来慰问致意。她穿着一身雪白的衣裳，母亲一般慈祥地紧抱着初生婴儿。那模样儿美极了。她自己从未生产过，亦未曾见过别人生产，故觉得好奇，心里疼爱。婴儿正值需要费神照料之期，身为亲祖母的明石夫人见紫夫人始终怀抱着不舍得放下，遂任其照顾，更劝她为婴儿沐浴。由东宫的宣旨典侍主持皇婴产浴。明石夫人则在一旁佐助。这位典侍已略悉内情。这种场合里，若有一位气质卑微的妇人，委实不相称；但冷眼旁观之下，只觉得明石夫人优雅高贵，故

1 "葺屋"谓女御诞生之老家。此歌沿老尼前歌，盼其指示明石海滨己所出生之所也。
2 此明石夫人思念其父皈道者之歌也。

典侍内心暗暗感叹：这定必是冥冥之中注定无疑。此类仪典实在烦琐，大概不必一一详载吧。

产后第六日，移居于女御自居处。七日之夜，皇上亦为之举行产养之仪式。许是因为朱雀院已遁世，故而有意代理的吧。宫里特遣藏人所之头辨，任宣旨之职，使掌仪式，一切尽善尽美。赏禄用之绢帛等，都由中宫提供，务使较一般公定仪式之规格为隆重。诸亲王大臣等各方家中，无不视此为第一要事，大伙儿竞相帮忙，人人竭尽所能。这一回，源氏之君也并不像平常那样主张简略，却有意求其盛大隆重，因而处处可见匠心独运、风雅可赏的布置，遂令许多可以传诸后世的事物都不及备载了。不久，源氏之君也亲自怀抱皇婴。“本来还怨叹大将不肯让我会见孙儿们的。喏，现在不是看到这么漂亮的孙儿吗？”难怪他疼爱异常呢。这位皇婴呀，日愈成长，简直如同给拉长也似的。对于乳母辈的遴选，格外小心谨慎，不敢随便召请未知底细的人，却于旧人之中挑选人格性情之特优者，使侍候皇婴。女御之母明石夫人，虽然她本身雍容大方，气质绝佳，却待下人以礼，并不倚势傲物，故人人无不备加赞仰。紫夫人方面亦与之适时应对周旋。她们两人之间，一度似有些互不相容的倾向，而今却因为这位孙儿的缘故，已是相处无间，至为和睦融洽了。紫夫人天性喜欢孩子，瞧她这些日子来忙着亲自缝制布娃娃的样子，显得挺活泼年轻。她近来似乎旦暮只为照料这婴儿而生活似的。

那位老尼君唯一的遗憾，便是没有看够高贵的曾孙。刚刚诞生那时候，得有机会就近拜见一眼，已足令她思思恋恋想念终身哩。明石地方的皈道者也传闻此事。他那颗原已弃绝俗尘的道心竟也禁不住欢喜雀跃起来，乃告弟子们：“而今，我已别无牵挂，可以安心告别红尘了。”遂将所住之处所奉献为寺院，连带田庄领地也附赠此寺。他自己早先已在当地人迹罕至的深山里觅妥一处，准备作为遁世之居所。

不过，因为一旦真要隐居起来，便见不到什么人，所以多少有些儿担心，致日复一日，拖延到今天；现在事已如此，应该是没什么好挂虑了，乃借神力指引，终于迁移了过去。其实，这些年来，除非有什么变故，他自己也绝不会派人到城里去。只有偶尔这边派人去探望他时，才顺便附上一笔音讯给老妻罢了。既然已下定决心告别红尘，便正式修成一函，送致明石夫人处。

“近年来，虽同寄浮生于世，实则吾心已别有所托，故而非不得已，几无音讯相通。和文之日常信件既阅读费时，复恐怠忽念佛正事，徒劳而无益，遂断绝信息。据悉外孙女儿已献身东宫，并举一男婴。诚可喜可贺。吾身既已栖息山里，更无由兴荣华之俗念矣。然多年来朝夕之祈祷，必以汝之幸福为要，至于吾本身成佛之愿则反置于其次。回想汝诞生之年二月，一夕，忽梦见右手携须弥之山，山之左右有日月之光普照世界。吾身则隐于山下，故未得被其光芒。却见山在沧海之中，乘小舟西驶云云。梦醒，觉平凡如吾身者，究竟恃何而指望享有此大幸福？内心甚是疑惑不解。汝母适于当时怀妊。其后，广查外典与内典，皆谓当信梦境。故不揣卑贱之出身，将汝细心护育，并弃官走播磨之乡里，决心不再返归京城。吾所以宁守寂寞岁月于此僻海之滨者，实以汝一人之故也。想当年私自多次许愿，而今夙愿得以偿。外孙女既已贵为国母，此必是菩萨神明显灵，故盼自住吉神社以下众寺院神社，皆须一一膜拜解愿。而今复有何疑？此愿既偿，则吾来日往西土，赴十万亿遥之极乐世界，必亦得偿无疑。如今但愿静待来迎之莲华而已。此期间，将择‘水草清’[1]之深山为修行隐遁之所耳。

1　句出《古今著闻集》玄宾僧都入山之诗。

晓已近兮光皓皓，
凤愿既偿心渐平，
乃今话昔兮将梦告。”

信末并记有月日。

“不必打听吾死之日期，更无须遵循世俗服丧。只须记取：汝身乃菩萨之变化，要为此老法师修积功德。于享今世快乐之余，更勿忘来生后世。若能如愿赴彼极乐之土，定当有再会之缘。婆娑世界之外，更有彼岸之约期，盼早日实践。切记，切记。”乃将当年所立住吉神社等之愿文种种纳入沉香木盒中，令人送来。对老尼君并无特别相告之话语，只有寥寥几笔：“吾将于本月十四日离草庵入深山。生而无用之躯，不如施与熊狼。卿当更享余年，以偿诸种愿望。别矣，净土后会有期。”

尼君览信后，寻问来使之僧人。则答以：“师父于写完此信之第三日即迁入绝无人迹的深山。我们只相送到山麓，便给赶了回来。他老人家只带僧一人、童子二人为伴。从前师父决心出家的时候，总以为那是最后的悲哀了；没想到，竟还有余哀留在后头呢。他又把近年来念佛诵经之余时常弹奏的琴和琵琶也取出，奏完最后一曲，向菩萨告假，才把它们也纳入了寺堂里。其余的东西，大抵也都奉献给寺院，剩下的便依各人身份等第，分赠给六十多位徒弟和亲侍的一些人。最后还有余下来的，则作为赠送给京都各位之用。唉，如今师父真的避入遥远的山里头去，人去楼空，大伙儿心里都难过极了。”这僧人本身便是从小追随皈道者到乡下去的，所以也难怪他特别悲伤怀念了。释迦牟尼的圣徒们虽然深信佛常在灵鹫山，可是当其涅槃之际，仍不免于悲哀，而况这位尼君心中的哀叹，更非笔墨所能形容的。

明石夫人原本陪伴东宫女御在南町寝殿方面。得悉父亲令人捎来信息，便悄悄走回来。如今她的地位、身份已不同于往昔，所以若非特别重要的事情，总不便轻易来往。可是，今日之事非同寻常悲哀消息，故按捺不住挂虑，避人耳目私下过来。老母尼君正哀伤逾恒。移近灯火，展读其信，果然自己亦悲不自胜，泪流未已。别人或未必感动，但在她本人说来，最难忘怀过去种种；想到今生今世竟与父亲不能再相逢，怎能不悲从中来？虽忍之再三，眼泪却如决堤之洪水，不可防止。不过，关于那个梦话，却使她于悲哀之中获一丝希望。同时，到如今才知晓：一度以为父亲固执己见，定要耽误自己的终身大事，当时心里颇不以为然；原来，乃是他老人家一心指望着那个渺茫的梦哪。这才恍然大悟。尼君哭了好一会儿工夫才说："多亏你，我们才遇着这么多可喜光彩的事情，真个身有余荣了；可是，反过来看，可悲可哀的事情，也正有倍于他人啊。譬如说，好端端却要舍弃住惯的京城落魄到那种乡下地方去。这种与常人不同的宿命且不去说它，没想到你父亲和我竟变成了一个在此，一个在彼的夫妇，原本指望来生同住一莲花而度过的漫长岁月，却突然发生了这等事情，教我孤孤单单又回到京城里来。当然啦，有生之日得有机会拜见这样的大喜事，虽说是三生有幸，另一方面却也不由得教人慨叹。唉，悲伤之事接二连三地来，终于演变成这种永别的下场，怎不教人伤心哪。你父亲呀，没有皈佛以前就是个脾气古怪的人，常常教人看着挺别扭的。可是，毕竟我跟他年轻时代便相依为命，也算得上是缘分深厚，相互信赖的，怎么竟落得这种近在咫尺却生离永诀的下场呢！"说话之间，竟痛苦哀伤地深锁眉头。为女的明石夫人则说："我又几时想到过要出人头地呢？像我这种名位不正的女人，反正也不会有什么了不起的前途，倒是弄得这般跟父亲相别，心里真是难受极了。从前总以为所作所为都是为了他老人家；如今他却突然隐遁起来。世事本无常，谁知道他会不会就此一往不返呢？这样教我怎生是好呀！"母女俩彻夜悲叹，以至于天明。“昨晚上院君明明见我在那边的，忽然偷偷跑到这里来，怕他会责怪。唉，若是我一个人，倒不在乎什么，为着新生的皇孙，就不得不凡事小心谨慎了。”遂欲于黎明时分回去。“那婴儿可好吗？不知能否再拜见一面呢？”老尼君又禁不住地哭泣。“您放心，不多久就可以拜见了。女御也常常想到您，问起您来着。院君也曾说过‘这话说来也许嫌太大胆过早，倘使一切顺利，[1]真希望他曾祖母能活到那时候亲眼看见’什么的。许是他心里自有打算也未可知。”听女儿此番安慰的话语，老妇人又破涕为笑，满怀欣喜道：“是啊。我说，世上哪儿去找像我这般福气的人呢！”明石夫人乃令人捧回皈道者见赠之书盒，归返女御居处。东宫频频遣人来催促女御早日返宫。“这也难怪他。生了一位这么可爱的皇婴，怎不教做父亲的人等得焦急呢？”紫夫人亦十分同情，有意安排让皇婴悄悄参内。可是女御本身却觉得平时难得获假归宁，所以希望趁此机会在娘家多住上几天。她年纪轻轻便经验了生产这种可怕的事情，看来面庞略显清瘦，却反而更增添艳丽的姿色。明石夫人究竟是心疼女儿，故道：“看样子，她身子还没有完全恢复过来，让她在这儿多住些时候，休养休养再说吧。”源氏之君却说：“稍微憔悴点儿，说不定东宫看了更喜欢哩。”

待紫夫人回到她的居所之后，黄昏人定，明石夫人乃伺机将皈道者那书盒出示于东宫女御。“本来打算在你如愿升为中宫以前是不给你看的。不过，世事变幻莫测，实在教人担心。万一若是在你能独当一面料理诸事以前，我有什么三长两短的话，也不知临终之际有没有机会亲自叮咛，所以不如趁我现在身体还硬朗时，将一些微不足道的事情做个交代。这些东西挺难读的，字迹又古古怪怪，也请都过目一下吧。至于这里头的愿文嘛，记得把它收在身边的书柜子里什么的，

1　谓女御之子得即东宫之位也。

有机会一定要好好儿看一看，照那里面所记的行事。可千万别对旁人泄露才好。既然我已亲眼看你到今天这个地步，也可以说完全放心，想达成出家的愿望了，所以难免要急着安排。你要谨记对屋夫人养育之恩才是。她的为人，我已经深深了解，故而衷心希望她能活得比我更长寿，更幸福。本来我这种出身，还是离你远些儿的好。起初就想把你的一切委托她来照料的，可真没有料到，这么多年来真亏她设想周全啊。现在，我总算对你的过去、未来都无所牵挂了。”听母亲这一番详细的嘱咐，女御衷情感动，眼眶里满是泪水。她们俩本是亲骨肉，按理说大可以十分亲昵的，但是明石夫人仍然坚持礼仪，不肯稍示轻率。皈道者的信直如其人，措辞既生硬，又一无润饰之意，但见这些字书写在日久发黄而又呈松散的五六张陆奥纸上，不过，毕竟嗅得出深染的薰香味道。展读之余，不觉地心情沉重，泪眼蒙眬，连头上覆盖的乌发都润湿了。然而女御这副悲戚的表情却另有一股凄艳的姿色呢。

源氏之君本来待在三公主的寝殿里，这时却忽然打开隔间的纸门闯入这边来，害得女御慌乱之中无处收藏这些信纸，连忙拉个几帐挡住自身。“孩子醒了没有？一会儿不见，都怪教人思念的。”女御对父亲的讯问却未作答，明石夫人只得代答道：“交给对屋的夫人了。”“岂有此理！据说她一个人独占这孩子，不肯放离自己的怀抱，以致衣裳屡湿屡换的。你们怎么随随便便就让她带过去了呀？应该是要她来这边会见小皇孙才对嘛。”“哟，那不是显得气量太狭窄了吗？即便是个女娃儿，人家肯照顾都是不错的，何况还是个男娃儿呢？再高贵的身份都巴不得人家能放心疼爱才对。您快别大声嚷得这么见外了。”“哦？这么说来，是我在多管闲事喽？咳，现在人人都讨厌我，嫌我多事儿呢！喏，这儿还有一个人躲在后头冷冷地讥笑我哩。”说着，冷不防一把拉开了几帐。只见女御依着柱子端坐在那儿。她那模样儿极高贵，教人不敢逼视。方才那个盒子要收也来不及了，只好由它去。“什么盒子呀？似乎有点儿问题哦。好像是情人咏长篇恋歌在里头呢。”为父的打趣说。“讨厌！您怎么最近返老还童似的，尽开些不着边际的玩笑呀。”女御虽勉强装出笑容，但是显然掩盖不住内心的沉郁。源氏之君觉着十分讶疑。明石夫人怕他误会，故而解释道：“是家父私下从明石那个岩穴里差人送来了以前诵读的经卷啦，未解的愿文等，想有机会时请您过目。可是，现在怕不是时候，所以暂时请不要打开的好。”这才释然，遂问道：“不知他老人家后来又怎么努力修行积德呢。长年来的功德，谅必是可观。世上尽管多的是出身名门的大德，可是俗气者居多，大概是太执着现实的缘故吧，那些人虽有才智，离得道还远得很。至于令尊可就不一样了，既有慧根，而且又别具一格，与众不同。他虽然不摆出一副圣人的样子，实则内心已超越俗尘。而今更一无牵挂羁绊，逍遥解脱了吧。唉，若是我能自由行动，真想偷偷去会见他一次哩。”“据说他现在连那旧居都捐献出来，独个儿隐入鸟鸣罕闻的深山里去了。”“那么这是他老人家的遗嘱喽。你们可有互通音息吗？尼君不知怎么个感想呢？夫妇间的感情又比亲子更深一层哩。”不觉地，源氏之君也泪水盈眶，便又幽幽地说：“我自己年纪渐大，对世事也更能体会。如今真个怀念他老人家。而况有夫妇深契的令堂，更不知她心中作何感想啊。”趁这种机会将父亲所做的梦说出来，或能有所反应也未可知，遂道：“据说是梵文之类挺难懂的文字，不知您看了可有些许印象没有？所以想让您过目一下。想当年与他老人家滨海之地一别，以为哀莫大于此；没想到好像还有些余哀残悲呢。”明石夫人哭泣的样子倒是颇惹人怜爱的。源氏之君将那长稿接过来浏览。“咦？老人家的字迹倒是还十分稳健的嘛！其实，不仅只是笔迹值得称述，他每一方面的教养都很了不起，唯独缺乏处世之才而已。有人说他的祖先是一位挺贤明的大臣，竭忠尽力以仕朝廷，却因为些许小过错，受到家道中衰的报应。不过，话又得说回来，而今虽然是靠女儿的血缘，倒也能不绝如缕，以迄于今，则恐怕是他长年修行积德的结果啊。”说着，一面拭泪，一面注视那写着梦境的文字部分。事情原来如此！别人都以为这皈道者怪僻而好高骛远；说实在的，自己一度也曾经觉得他太过分，可是，这一切都因为东宫女御的诞生而证明属实了。未知的将来多少是教人放不下心，可是依照这文字看来，他老人家原是有所依据的啊。是那一场梦境使他坚决地非要自己做他的女婿不可；而反过来讲，当年自己所以注定要谪居滨海的穷乡，冥冥之中也是为了要生下这位东宫女御的缘故吧。这么一思量，便心生好奇，想一睹皈道者的愿文，乃默默在心中祈祷着，取出展览。又对女御说：“我那儿另外还有别的愿文，将来一并给你看吧。”更道：“好啦，你现在总算都明白以前的事情了。这样，你可得对那位对屋的夫人更感激才是。本来这世上，非要骨肉血缘才能情深，有时候别人稍微对我们表示一点亲切啦，譬如说对我们讲一句体贴的话语什么的，也都是用情可贵。何况，她明知道你这儿已经有亲生母亲可以照料一切，却也未尝改变初衷，待你多周到啊。世上那些儿女们往往以小人之心度君子，批评继母‘还不是在做表面功夫啦’什么的，听来好像有些道理，其实呀，即便是真有居心不良的继母，一个人只要一心顺从，恪尽孝道的话，人非木石，最后哪有不受感动而真心疼爱的道理呢？从前的人哪，就算是交恶，只要双方没有什么大罪过，总归会自然和好如初的。倘使处处挑剔，待人刻薄的话，自然不容易让人亲近，也不能赢得他人同情喽。我自己未必是经验丰富的人，不过，就过去的阅历所得，知道所谓性分啦，才禀等等，其实，人都是各有所长，谁都有某些优点，一无长处的人似乎没有；但是，一旦真要选自己的妻子时，那可就难找了。而真的没有坏脾气的好人，恐怕就只有这位对屋的夫人一人而已。像她这样的妇人，才可以算作温顺的吧。因为有时候脾气好得没有止境，一点儿都靠不住，那样也糟糕的呀。”听他嘴里尽夸紫夫人一位，足见其他的夫人在他心目中的地位如何了。“你是个通情达理的人。希望你和对屋的夫人能好好儿相处，两个人共同来照拂咱们这位女御才好。”源氏之君压低了嗓门吩咐明石夫人。“用不着您来叮咛，我对她早已是佩服至极，早晚都在夸她呢，倘使她瞧不起我的话，那么我哪里还有今天这种福分呢？她对我太好了，处处无微不至，反倒教我不知如何是好。像我这种微不足道的女人，命数未尽，还赖在这儿苟延残喘，当着世人面前也怪难为情的。都是蒙受她诸多关照，才得勉强到此地步呢。”“人家倒不是对你有什么意思。还不是因为她自己没法子随时跟随在女御左右，所以才要你来代替她照拂；而你则又能含蓄收敛，因此才能凡事圆满顺遂。这真是太好了，也使我安慰不少。任何事情一旦有了脾气乖拗的人加入，往往连周围的人都要连累受罪的。看你们两位呀，大家都是无懈可击，真个难得呀。”听夫君这一番话语，明石夫人愈感到安慰：过去自己的谦逊表现，总算是没有枉费了。

源氏之君又回到紫夫人处去了。明石夫人觉得：主上对这位夫人的宠爱真是日愈深厚。像她那样超凡脱俗，又有美皆备的人，也难怪会有这福分啊。那位三公主呢，表面上是受着敬重，实则主上对她未必是走动最勤的，实在遗憾。她们二位本有血缘关系，但是若论身份，这一位的出身无疑是更为高贵，所以也就更令人惋惜了。她这样在心里头自言自语，遂认为自己实在是够幸运了。这世间，连帝王之女儿都不由自己，而况像自己这么卑微的人，复又何求？只不过每一念到遗世遁入山里的老父，心中便难禁隐隐作痛。至于老尼君呢，如今她一心切记着夫君曾写过的那句“盼相会于极乐土”[1]，故而日日赖

1　原文系摘取古歌，语意颇婉转晦涩，故采意译。

此信念以度时光。

大将之君[1]过去对三公主亦非无情意。而今这位女性便住在眼前，怎不教人心旌摇荡呢！遂借口依俗请安，时时走动，伺机探问情形。看来，这位新继母人挺年轻，也雍容端庄。她总是被许多人簇拥着，表面上威仪非凡，几乎堪为后世之典范，但是却稍嫌欠缺深度。周遭的侍女们也没有几个年长而深明事理者，只是活泼年轻而漂亮的一群而已，所以日子过得倒是挺惬意的样子。凡是含蓄有致的人都是不轻示心意的，这种人即使有隐忧，一旦置身于欢娱的氛围及融洽的众人之间，往往便会自然而然受周围的影响，与他人协调起来。而况这里的童女们旦暮只热衷于幼稚的嬉戏，这真教六条院君伤透脑筋。不过这位人物禀性宽容，所以便也一任其自由。觉得既然这是三公主所喜欢的生活方式，遂亦不予干涉或责备了。然而，对她本身的言行举止却十分注意，也诸多教导，故而近来逐渐有所改变。大将之君静观这一切，愈觉得世间实在罕有完美的人。只有那位紫夫人，无论容色、品性，俱佳，尤其难得的是：经过了这许多岁月，到今天，都无一可以令人挑剔的瑕疵。她始终保持着文静的气质，心地善良而善解人意，又不卑不亢，真个端庄优雅，令人心折。那回台风之日惊鸿一瞥的倩影至今犹遗留于心头，时时难忘。至于自己的妻子云居雁呢，虽云情爱匪浅，却稍嫌欠少着超人的才质。如今人儿已属于己，遂觉安心，便也变得情弛意松，而放眼望去，形形色色的美妇人更不能不教他私下心动了。这位三公主的身世非凡，但是父亲待她的宠爱却未见得格外深厚，只不过视她如一种耀眼而引人注目的装饰品而已。这么想来，虽未见得有什么特别的念头，倒也不禁兴起私慕之情，暗暗期望：得有机会窥伺一眼否？

1　即夕雾也。

卫门督之君[1]过去因时常亲仕朱雀院主，故而从为父的院主口中也经常听悉有关其女三公主的种种，得知她如何受父皇的宠爱。而在三公主的求婚者从四方纷至沓来的时候，他自己也尝私下怀过恋慕之心，并知院主对自己的印象亦不劣。未料，后来心上人儿却嫁给了六条院君，这不能不算是一大遗憾，到如今都教他心酸难以忘怀。其后，他仍经常从那位代传音信的侍女处获得有关三公主的零星消息，聊解相思而已。据悉，三公主所获的宠爱略逊于紫夫人，便有时忍不住对着三公主乳母之女唤作小侍从的抱不平道："说来或有冒昧之嫌，不过，她若是嫁给我的话，才不会教她受这个苦呢。当然啦，以人家那种高贵的出身，我是怎样也高攀不上喽。"不过，他又私下偷偷想：世事有时也难以逆料，说不定有一天六条院君真个偿了他出家的愿呢……

三月里一个晴朗暖和的日子，兵部卿之宫啦，卫门督等人都参上了。主人亲自出迎接待。"对闲居的人来说，像现在这种季节最是无聊。公私两方面都无甚要事，简直不知道做何消遣是好。"源氏之君喟叹着，反问："早晨还看到大将的，不知他这会儿又到哪里去了？早知这般无聊，倒不如像往常那样让他练一练小弓算了。瞧，你们这些年轻的同好辈都来了，真可惜呀。"遂差人寻找，得知大将之君正在花散里的居处与一大群人观赏蹴鞠，便道："那玩意儿虽然嫌吵闹些，不过倒也可以赶走瞌睡虫，挺有意思的，叫大伙儿都过来吧。"于是夕雾先过来。"皮球带来了未？都有些什么人呀？""有谁谁某某等人。""那就叫他们都过来吧。"本来寝殿之东是东宫女御归宁期间的住所，而今她已领着新生的皇孙返回宫里去了，所以此处空着没人住。乃于泉水之旁种植着树木的地方，找到一块适当的场地，大

1 即柏木也。

伙儿都过去。太政大臣的公子们，如头辨啦，兵卫佐啦，大夫之君[1]等，虽都已经长大成人，不过都还带些稚气，玩得兴高采烈，比谁都高兴哩。天色已近晚，却没有一丝儿风，正是玩蹴鞠的好天气。连辨之君也忍不住地参加游戏。源氏之君乃道："你们瞧，辨官都忘了身份、地位在玩儿，你们公卿之中年轻的卫府司之辈还好意思矜持吗？我在你们这样年纪的时候呀，觉得在一边旁观才遗憾呢。不过，说实在的，这种游戏可真有点儿轻率的样子哩。"大将和督之君也相率下庭，徘徊于美丽的花荫下，夕阳余晖使他们二人看来格外俊美。蹴鞠虽非优雅文静的游戏，却亦因人、因场合而趣味有别。那饶有情致的庭木之间，有浓雾密布。花色缤纷，嫩叶初绿的树荫下，这种游戏虽不登大雅，大伙儿竞争一技之短长间，人人自是不甘认输，卫门督不过是聊参加一份而已，却无人能望其项背。这些年轻人个个长得眉清目秀，瞧他们一面注意进退，一面又不忘嬉戏作乐的样子，真个有趣透顶。

人人靠在阶前的樱树荫下，忘了赏花，一心陶醉于游戏。院主啦，三公主等都在高栏上观览。大伙儿越比越精彩，那些地位高的人也不自觉地忘了矜持，有的连额际的冠帽都松弛了呢。大将之君原本也是一位顾全体面的人，却也有些失了常态的样子，正在那儿凑热闹。不过在旁人眼中看来，他这样子反倒更显得年轻俊美哩。那花色夹里的白直衣略呈柔软，稍稍拉高了蓬松的裤管子，却没有一丝儿轻率的样子。他潇洒而从容地抬头看纷纷飘落似雪一般的花瓣，又探手摘取微凋的一枝，随便地坐在石阶的中层部分。督之君也靠拢过来。"花儿飘落得挺厉害嘛。'风若有情当避花'[2]就好了。"说着，斜

1 皆为柏木之弟。

2 句出《古今集·春下》，藤原好风作和歌。

眼偷窥三公主那边。照常，她那儿又是门禁不严，侍女们的各色裳袖自各处帘角外露，人影也隐约可见，宛如行旅之人向春神求佑的彩色币袋一般。几帐也都拉到一旁去，令人有一种可亲而易于产生绮念的气氛。忽然有一只小巧的唐猫[1]自帘内跑出，较大的猫追逐在其后，引得众女惊怯娇呼奔逃，裙裾窸窣之声亦频频传入人耳。许是猫尚未习惯新环境吧，用长绳绑着，却不知给什么东西缠住了，愈逃愈牵动那长绳，终致把垂帘的底端掀起。却也无人想到立刻将帘子拉好，只见那些在柱旁的侍女们尽顾张皇失措。有一位穿着外褂的妇人立在几帐稍后。那房间就在石阶西边的第二间靠左之处，故而一切清晰可见。她穿的是面红里紫的衣裳吧，深深浅浅地重叠数层，甚是鲜艳，宛如彩色笺纸的底端一般。里面穿的则像是花色里子的白裳。乌发如丝一般披靡，那丰富的发梢修剪得整齐鲜明。人儿长得纤纤巧巧，所以裙裾长曳，那姿态啦，披着发丝的侧脸啦，都看来挺惹人爱怜。可惜，向晚的昏暗，使人无法看清房里的倩影。那些热衷于蹴鞠的年轻公子丝毫不理会纷纷飘落的花瓣，只顾观览互逞技艺的竞争，而侍女们呢，也恐怕没有谁注意到房里已呈原形毕露了吧。猫儿叫得响，引得公主回身反顾。那脸庞啦，举止啦，真个雍容极了，谅必是一位年轻的美人儿。大将见此，心里不胜焦急，却又未便径趋前去整顿帘端，故而只得干咳几声以引起注意。果然，那位妇人便静静走入内里去了。说也怪，如此则又令人有些失望遗憾哩。猫儿的绳子已松开，帘子亦已下垂如前，遂不自觉地叹气。至于那位对三公主恋慕已久的卫门督则更难禁一阵胸口郁塞。啊，那不是别人，从那鹤立鸡群的袿衣姿态便可推测：定是那人儿无疑。遂一时间思潮起伏，旧情难忘。大将已觉察出：这卫门督虽伪装平静，定已留目无疑。乃

1　相传为中国产，故称。

为公主稍感抱歉。卫门督拉过那只猫来，抱着它抚摸着，聊托无可奈何的心情。未料，这小动物的身上竟染着一股心上人儿的香泽，她又喵喵地娇呼着，遂更禁不住风流绮念冲动，竟以之为心上人儿拟代了。

院君见此，乃道："公子们的位置未免太靠里。请到这边来。"说罢，即带头走入紫夫人的东侧对屋之南。大伙儿便都相随跟去。兵部卿之宫亦易席而谈。诸殿上人也都依次在走廊铺上圆垫坐下。座前随便地散置着盛在盒盖里的糕饼[1]啦，梨子啦，柑橘等。年轻人们嬉戏着自由取食。酒肴则仅备一些鱼干而已，即以此就酒而饮。此时，唯独卫门督一个人显得心事重重，不时地含情移目那樱树的方向。大将敏感地察觉到：哦，原来这家伙是在悬念方才那帘内隐约瞥见的倩影吧。可是，他一方面对于那位身份高贵的妇人过分暴露自己也颇有些儿不以为然的吧，反观这边的夫人，便绝无这种轻率的举止，这也就难怪三公主之普受世人敬重，而私底下父亲待她的宠爱并不怎么深厚了。她年纪轻轻的，待人待己都有失周全之处，这样的妇人看来虽可爱，却不无令人不安之嫌。心中对这位三公主遂难免有些谴责之意。但是，宰相之君[2]方面呢，他可是对这些缺陷一无意见，对于方才偶然得窥拜丽人倩影，满心喜悦，以为这乃是自己长久以来的深情感动，冥冥之中像似有宿缘存在。

院主开始闲谈起来："想当年呀，我什么都跟太政大臣比肩争胜负的，就是蹴鞠这玩意儿，始终斗不过他。像这类小技，本来也无所谓师传秘法什么的吧。不过，遗传可真的是没法儿竞争。你今天的表现，的确是不同凡响！"柏木莞尔笑道："正经事儿可是都没有遗传得

---

1 原文作"椿饼"，系以山茶之叶包裹之日式甜糕。

2 亦即为柏木。"宰相"为"参议"之唐称。当时柏木以右卫门督之身兼任参议之职，故称之。

到，就算‘家风’[1]吹得再盛，对后世子孙也没什么好处哩。”“哪儿的话呀。不管是什么，只要有一技之长，都可以传诸后世才对。像你这蹴鞠的本事，若是记入家传之中，岂不有意思？”他开玩笑也似的说。那脸庞仍光润清秀。柏木心里头不禁想：那位妇人平时见惯了这等超凡的人物，怎么屑于再顾别的男人呢？唉，真不知该如何才能赢得佳人芳心啊。他越思越自惭弗如，遂心事重重地退出。大将之君与之共车，二人一路谈笑回来。宰相之君道：“近来无聊的时候，也只有到六条院君这儿来消遣啦。”大将亦道：“是呀。像今天这种空暇的时候，得要‘趁花未凋谢，再及时行乐’，所以这个月里头，咱们再找个时间带小弓来玩儿吧。”遂有此约。

他们二人一路闲聊至分手处。柏木颇欲继续再谈三公主之事，乃道：“院君好像依然眷恋着那位对屋的夫人嘛。可见得宠幸非凡。不知道三公主心里头怎么感受呢？可怜她原本是皇帝的掌上明珠，享尽父皇溺爱的，现在却也不怎么格外受重视，定是委屈极了。”大将听他如此肆无忌惮的放言，遂立即加以纠正道：“你这是哪儿的话啊。只因为对屋的夫人是家父从小把她照料带大，所以才显得格外亲密而已。三公主那儿，还不是照拂得无微不至的！”“不，不。我全都听说过了。据说有时候还挺委屈、挺可怜的。人家是堂堂一位帝王的女儿，这么对待她岂不是太不该吗？”瞧他无限怜恤的样子！

“莺穿梭兮众花枝，
满园芬芳依处处，
何不择樱兮最相宜。[2]

1 词出《拾遗集·杂上》，菅原道真作和歌。
2 柏木讽刺光源氏未重视三公主之歌也。莺以喻源氏，众花谓六条府内众夫人，樱则以喻三公主。

真想不通，何以春鸟不选择樱枝栖息呢？”听他自言自语，大将心中颇嫌其多管闲事，一方面则又更加确信自己的推测属实了。

“虽筑巢兮深山木，
容鸟自有赏芳心，
岂嫌花色兮忍移目。[1]

你可别瞎猜胡诌啊。”说罢，不愿意再谈这些事情，乃故意将话题岔开，各自踏上归途。

这位督之君仍是个单身汉，至今犹独自寄住于其父太政大臣宅的东侧对屋里。他这样守着独身生活，本是出于自己心愿。当然啦，他也难免会有觉着寂寞的时候；不过，有时却又挺自负的，常觉得，像自己这般优秀的男人何以至今都无法偿愿呢？可是，自从那次黄昏瞥见三公主以来，竟不自觉地变得心情沉重起来。不知何时方有机会再得拜见心上人儿的倩影啊？若是寻常身份的人嘛，倒是行动自由自在，可以随便借忌避方向啦什么的理由，找到一些好机会吧；可是偏偏这一位却是深闺的贵妇，真个无由吐露相思情端。这真教人懊恼抑郁。不得已，只好又遗书于那个唤作小侍从的侍女，道是：“日前为风所诱，得入贵垣[2]内，未知夫人可曾轻蔑此冒昧之徒呢？是夕以来，情思烦乱，但盼‘今日得有良机否？’[3]”另有附歌：

尝遥窥兮一丽人，

---

1 此大将代父所作答歌也。谓爱情虽专注于紫夫人，又岂是遗弃三公主耶？“深山木”以喻紫夫人，“花色”则称三公主。“容鸟”为美丽之鸟。
2 “贵垣”原文作“御垣”，乃套袭古代恋歌。
3 句出《古今集·恋一》，业平作和歌。

可望不及徒增喟，
难忘花夕兮怎生亲。

可惜小侍从并不知那一夕的事情，故而只当是寻常感叹之歌而已。当时正好人不多，便将那信与和歌呈上女主人。“您瞧，这一位老是这么不断地给您写信，真是讨厌！可是，看到他那副可怜兮兮的样子，又有点儿于心不忍。咳，真不知自己心里是怎么想的哩。”小侍从笑着说。女主人却若无其事地说：“你胡说什么呀。”遂展信览读。念至“未拜见兮”[1]云云处，记起那日帘端给掀起的难堪的事情，不由得赧颜。院君时时提醒她：“小心哪，别让大将看见了。像你这样漫不经心，弄不好总有一天会教人窥见的。”想及此，恐怕大将会把当时情况据实以报，则不知院君会如何责怪自己不小心呢。自己让督之君窥见之事倒不怎么放在心上，却只担心这件事。瞧她，真个稚气得可以。小侍从见女主人较往常沉闷不起劲的样子，觉得十分扫兴，反而不便勉强她回信，乃自作主张代为答复。“日前竟装得平静无事状呀。我这儿正恼着，所以故意不让你们见到，讵料信上竟然说什么‘今日得有良机否’，这究竟是怎么一回事啊？”这小姑娘提起笔来倒是疾书如走。

“山樱娇兮露秀色，
花在高枝不宜攀，
枉用心机兮何须逼？

反正是徒然的啊！”末尾还有这么一个和歌呢。

---

1 此即柏木前文中所引和歌“今日得有良机否？”

第三十四帖

若 菜（下）

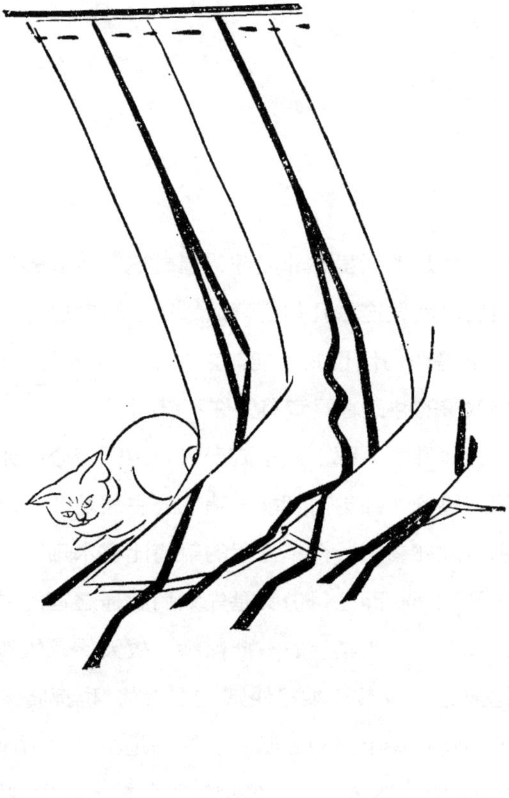

柏木觉得小侍从的话虽亦非无理，但是这等冷淡的托词，未免太扫人兴。难道自己就凭这么几句客套话过日子吗？总得设法不要靠人居中传言，哪怕是一句话也好，能与之亲自交谈才行。这念头一生，对于平素十分敬重的源氏之君竟有些许不满哩。

三月三十日。许多人都上六条院邸来。卫门督心中颇有些儿不自在，难免心猿意马的，却觉得若能一睹三公主居处的花色，或亦聊堪安慰相思情意，故亦参上。今年宫里的射箭比赛本预定在二月里举行的，却一再迁延耽误，而三月份又是先太后藤壶之宫的忌月，所以人人无不惋惜，幸而据说六条院府有此盛举，故大伙儿依例相率前来会聚。又听说这府第的少爷和乘龙快婿左右大将[1]也都将来临，所以中少将之辈亦无不竞相参上。原先明明讲好的是小型弓箭比赛，却也来了一些步射[2]的高手，遂传令取出各物使用。殿上人之中精于此道者，

1 即夕雾与玉鬘之夫须黑大将也。
2 非骑射而徒步射箭之技艺也。

也分成前组、后组，依单数、偶数，一决胜负。日冉冉而西沉。晚霞动人，夕风过处，花瓣纷纷飘落。谁也不舍得骤离此“花荫”，都喝得醉醺醺的。人人都说：“好不容易有这么许多风流的赌奖，足见各殿夫人们的趣味，却教善射柳叶百发百中[1]的舍人们给大意射中，这岂非大煞风景！应该挑几位有分量的人出来一显身手才是。”乃有大将以下诸人相率下庭。唯独卫门督一人看来沉郁有心事。右大将之君已略有闻悉，故而一眼望见即知有异。他心里想，可别发生什么麻烦的事情才好，遂觉得自己也连带心事重重起来。他们俩格外情笃，在亲友之中，算是尤其能坦诚相待、和睦相处的一对，故而一方若有任何事情，另一方都会由衷分担忧虑。卫门督自己呢，当着六条院君的面，颇有些做贼心虚之感，不知自己是否可以私怀这种绮念。他平素连丝毫教人背后讥评之事都不屑为之，未料，而今竟然胆敢有此念头！烦恼思虑之余，竟异想天开地盼望，要将那天所见的猫儿弄到手。如此，则虽然满腔心事无处倾诉，亦聊堪安慰孤寂之情吧。此念一兴，竟又变得热情难抑，一心只想如何盗出那猫儿。可是，这又谈何容易呢？心烦意乱之余，遂欲造访其妹弘徽殿女御，图借闲谈转变心情。可是，偏偏女御居处森严，礼遇如他人，不肯与之亲谈。咳，连兄妹骨肉尚且疏隔如此，更觉得上回那意外的惊鸿一瞥真有不可思议的缘分了。他此刻正为恋情颠倒，哪里会想得到这一点正足以证明女方欠缺涵养呢？遂又拜访东宫之殿。谅他们既是兄妹，[2]大概总有相似之处吧，乃留神注视。这位储君真个长得一表人才，容貌俊秀。高贵的人自是与众不同，显得颇优雅有致。宫中饲养的母猫生下了一大窝小猫，正到处分散豢养着。此殿里亦分有一只小猫。见它跑来跑去，长

---

1 《史记·周本纪》：“楚有养由基者，善射者也。去柳叶百步而射之，百发而百中之。左右观者数千人，皆曰善射。”

2 东宫与三公主为异母兄妹，故云。

得乖巧玲珑的样子，不由得又情潮涨起，遂上言道："六条院令妹那儿的小猫可真漂亮极了。有一回，偶然教我瞥见过。"东宫特别喜爱猫，故而禁不住详细讯问起来。"那一只是唐猫，所以跟这儿的不相同。看它长得乖巧而不怕生的样子，真教人觉得可亲呢。"卫门督巧费口舌，旨在怂恿东宫喜欢。果然，东宫记挂此事，经由明石女御而获得了那猫儿。"哎呀，好可爱的猫哟！"宫女们都赞不绝口。卫门督早已料到东宫定会向他姐妹要来此猫，故于数日后再度拜访。朱雀院帝对此人从年少时便另眼相待，而隐遁之后，又特令时时随侍储君，侍候左右，故借教琴之际托言道："哟，可真有不少猫儿嘛。我见过的是哪一只啊？"其实，明眼的他早已找到目标，故爱怜之情油然而起，无限温柔地抚摩着它。东宫也说："长得真可爱。多少还有点儿怯生生的样子，恐怕是有陌生人的缘故吧。不过，我这儿原来有的猫也并不比它逊色呀。""猫儿哪里懂得这许多？不过，特别聪明的，或者自然会有些儿差别吧。"遂顺势恳求道："您这儿既然有那么多比它强的猫，这一只就暂时让我保管一下吧。"嘴里虽然这么说着，心里却难免又偷偷自责：何等愚骏啊！终于，把那只猫要来了。晚上便将它放在近侧睡觉。天明则依偎摩挲，一心照料。初时，猫儿尚有些怕生，现在却十分熟稔亲近，时则缠住裳摆，时则贴身睡在一旁嬉戏，令人由衷疼爱。有时因为主人有所思而斜倚在靠外处，它竟会跑过来"喵，喵"地撒娇。卫门督搔弄其毛，不禁莞尔笑道："哪有催人睡吧睡吧的呢！"[1]

"恋无方兮遂饲汝，
忍将情思托指端，

1 日语猫叫声与"睡吧，睡吧"音近，故云。

何故频啼兮不言语。

难道这也是前世的因缘吗？”看着猫儿的脸自言自语。未料它竟更加娇啼，乃将之搂进怀抱，复跌入沉思之中。侍女们不解因由，十分讶疑，纷纷都在背后议论：“究竟是怎么回事啊？近来主人好像挺喜欢猫的样子。他原来是不怎么爱理这些小动物的嘛！”东宫方面差人来催促，他也不肯归还，竟将它留在身边，作为谈话的对象。

左大将夫人对待右大将，比起对太政大臣的少爷们，仍然还是更为亲切的。这位妇人天生具有才气，而且又另有一种和蔼可亲之处，所以时时相见也总是显得十分热络，没有丝毫见外的样子。大将之君也就觉得：与明石女御那种冷漠客套而高不可攀的态度相比，这一位倒是别有风味，可以放心自在地和睦相处。左大将之君呢，如今已干脆与原配夫人断绝了关系，一心只宠爱这新夫人。不过，玉鬘只替自己生下几个男孩子，膝下没有个女儿，多少有些寂寞之憾，所以颇有意将那真木柱领来照料，可是外祖父式部卿宫却说什么也不答应，道是：“现在只希望能够好好儿教养这个孙女儿，免得再教世人笑话了。”事实上，这位亲王[1]的威仪堪称无与伦比，皇上对他十分信赖，可谓言听计从，颇为尊重。他平素为人也喜欢热闹，除六条院君与太政大臣之外，可算得上是最受世人敬重，而来往的人也最多的一位。何况左大将本身显然也是来日的国之栋梁人物，故无论从哪一方面看来，任谁也不敢看轻这位千金。偶尔也会有人来求婚提亲，但是式部卿宫可没有把那些男士放在眼中。他内心倒是属意卫门督。可是，偏偏男方难道把真木柱看作比猫儿还不如吗？竟丝毫无动于衷的样子。想起来真教人生气！至于真木柱自己呢，见母亲至今犹有自卑之癖，沉郁

---

1 式部卿宫为皇帝之舅父，又有一女入内为王女御，故云。

非同寻常，所以甚觉乏味，反倒有些恋慕后母的倾向，这真是现实得很！对啦，那位萤兵部卿宫至今犹守着单身汉的身份，他所恋爱的对象先后都成了泡影，没了结果，故觉得世事无聊，又恐给别人议论起来不好听。可是，这样下去也不是办法；未料一示心意，那祖父式部卿宫立表赞同："那太好啦。咱们这女娃儿是娇生惯养的千金小姐，将来若不教她入宫嘛，至少也得许配个亲王身份的男士才成。现今的人哪，看重些寻常地位的人啦，或者只重人格脾性，却不重视身份地位，真是岂有此理！"几乎不费周折便答允了。在男方来讲，事情进行得太顺利，反倒教人感到乏味似的。不过，话要说回来，毕竟对方也是一位非同寻常的千金小姐，因此也不能过分奢求，乃开始交往。他对待真木柱的态度，可谓体贴入微，呵护备至。

其实，式部卿宫自己也有不少女儿，已经够教他操心的了，但他对这位孙女儿可真的放心不下，说什么："她母亲一年比一年狂乱下去，她父亲大将又因为我没答应让他领养过去，所以也就弃置不顾的。咳，可怜哟！"乃亲自动手，连房间里的装饰等细微琐事都由他小心照料一切。为婿的兵部卿宫至今犹难忘其亡母[1]，所以颇有意思娶得一位面貌长得肖像亡母的女性为妻；这一位女性虽然貌非不美，却与自己的心愿相违，故而有些遗憾的吧，看来对她的兴趣并不顶浓厚。做祖父的对此倒是大感意外，心里纳闷。这女孩子的母亲虽然仍陷于狂乱状态，但偶尔清醒过来，便更觉世事可恨而怨怼不已。至于须黑大将呢，闻悉此事，当然是老大不高兴。"我说的是嘛！喏，那位风流亲王，谁教他挑选这么一个女婿啊！"也难怪他，这桩婚事他压根儿就不赞成的。玉鬘亲眼看到这一切不愉快的事情的发生，方始觉得：假如当初自己同这位亲王配对成偶，成为这等下场，不知六条

1　萤兵部卿宫之母为胧月夜之姊，即第八帖"花宴"文中出现之帅宫夫人也。

院方面的父亲将会如何作想？而今回忆往事种种，真个忧喜参半，感慨无限。其实，当时自己并非无意于兵部卿宫，只因为他每回总是表现得浓情蜜意，而自己却嫁到这边来，所以对方也许会把自己看作冷漠寡情的女人也未可知。这些年来，她心里一直为这个思想懊恼着。现在则又担心真木柱会不会在无意间风闻此事。不过，既然在名分上是她的继母，就得尽一份责任照料才对。她伪装不知这对新夫妇疏远的关系，经常差使真木柱的兄弟们去拜访慰问。如此一来，兵部卿宫便也不忍心相遗弃了。但是，真木柱那位外祖母可真是个讨厌的女人，经常为着鸡毛蒜皮小事便唠叨抱怨个不停。“既然许配给了亲王，至少得要他专心一意爱顾。就算不讲究气派嘛，至少也得让她过得舒服些才是。”听她这般怨怼，兵部卿宫心里不无反感。“咳，说得倒是妙啊。就是我从前有那么一个心爱的妻子时，还不免偷偷风流，那时也没听谁抱怨过一句半句的。哼，真是可恶！”乃更为怀念昔日情景，愈加躲在自己家里沉思，而不肯去探望真木柱了。如此拖拖拉拉的，竟然过了两年，双方也都习以为常，变成了单是形式上的夫妇关系。

岁月无情，皇上即位已十八年。[1]他经常慨叹：“朕连个太子都没有，真觉得无聊，浮生乏味，倒不如还我自由之身，自在地见见亲人，悠闲地过日子呢。”加以近来龙体违和，乃突然决意逊位。世人皆以为皇上年纪尚轻，如此骤然逊位，委实遗憾。所幸，东宫已成人，继位以后的世态政事，亦无甚大变更。太政大臣遂亦伺机奏呈致仕。“连贤君都悟世事无常而毅然逊位，像自己这种老朽又何惜于挂冠求去呢？”大概他心里头这么想的吧。须黑大将已晋升为右大臣，执行天下政务。新皇的生母承香殿女御竟无福亲睹此盛况即过世，虽

1 冷泉帝即位后十八年，则光源氏已四十六岁。由此，知上文所谓“岁月无情”，实代表四年光阴。

然仍依例追封太后，但是死生幽明两隔，又有何用呢？而今，明石女御所生之皇子乃得顺利立为储君东宫了。这本是预料之中的事情，不过一旦实现，竟也令人兴奋异常。右大将之君则升任大纳言，依例转为左大将。他与右大臣原是亲密的关系，故得合作无间。六条院内心对于冷泉院后继乏人，倒是内心暗自遗憾。新的东宫也是自己的血统；幸赖冷泉院在位时始终抑压心中而未予宣泄，故而自己往昔之过错竟能保密至今；不过，冥冥之中许是有定数的吧，子孙相传之梦竟如此告一终了。这一点是令人遗憾而不无寂寞的，不过这些话语原不足为外人道，所以也只有独个儿闷在心底。其后，东宫之母明石女御又生好几位皇子，所以宠爱愈隆。世人对于源氏一族得连续立后，多少有些不服。中宫秋好虽无所出，但六条院君依旧鼎力支持，这真使她感恩之情与日俱增。逊位之后的冷泉院，既已恢复自由自在的身份，看来现在才是真正幸福的样子。

有关三公主之事，新皇总是挂虑着。[1]普天之下的人也都敬重这位夫人，无奈，在六条院府中，她怎么竞争得过紫夫人的威势呢？院君与紫夫人的感情可谓弥久愈笃，如鱼之得水，未见丝毫隔阂。不过，紫夫人有时也会一本正经说道："而今我已厌倦了这繁杂的俗尘生活，很想静下心来修行积德。年纪大了，似乎也看穿浮世了。请您体谅我心愿吧。"院君则大不以为然。"可千万别说这种冷漠寡情的话语才好。我自己还不是早已有出家的深愿，只是担心万一我走后，把你留下来，不知道你会不会寂寞，又怕你往后的生活会不会跟现在完全不一样。考虑再三，才拖延到现在。你且莫急，等我遂了本愿，到那时节再随你怎样都行。"他这般苦苦哀求劝阻。明石女御一心只把紫夫人当作母亲看待，至于对亲生的母亲呢，则由于她始终自谦为保

1　皇帝为三公主长兄，故云。

护人的身份，所以反倒显得前途未可限量了。那位老尼君嘛，一不小心便忍不住喜极而泣，眼眶儿都给她哭烂了。人人都视她作“长生是福”的实例，日子过得挺惬意。

六条院君觉得现在该是参拜住吉神社还愿的时候了。同时，也想附带为东宫女御祈祷，遂令取皈道老人送来的盒子，开启观察。那里面装满了很多许愿文。对于每年春秋二季所举行的祭神的愿文，内容依例及于久远的后世。说真个的，若非今日所具的威望，实在也恐怕不容易如愿呢。那笔迹看来只是顺笔疾书而已，却由于书写者的学识而显得内容扎实，自有一种菩萨神明都可能接收的语气流露其间。源氏之君一面览读，一面不禁讶异：何以那山岙里的遁世者会想到这些念头呢？他心中有些感伤，又觉得其文与其人不甚相称。难道这是一种奇妙的因缘，致令昔日圣者暂时变形为人，来到这世间吗？真教人愈来愈不敢对那位老人等闲视之了。

此次解愿之行没有对外公开说明系因皈道者之故，只当是出于自己的意愿。往日沿着那一带海浦谪居须磨和明石等地时，所许下的种种愿望，如今几乎都一一偿愿了。而自己竟然尚能健在于世，并享尽荣华富贵，这一点不能不说是托神明保佑，因此，连同紫夫人也偕行参拜。世人每每好事，对于此举自又难免一番骚骚扰扰。原想凡事尽量简略，避免劳师动众。话虽然这么说，这件事总是近来一大新鲜的盛举啊！公卿之辈中，除左右大臣以外，余悉加入此参拜之行列。舞者特选自卫府佐之中容貌端庄而身材整齐者。有些好赶热闹的落选者觉得自己未能中选是一大耻辱，故而忧伤慨叹着哩。陪从也自石清水和贺茂的临时祭祀时经常担任此务者中特选精习于此道者多人。至于定员以外的两位加陪从[1]，则选自近卫府的高官。神社方面也有许多

1 祭祀行列之陪侍以十二名为定员。定员以外增加者称为加陪从。

人参加仕奉。宫里啦，东宫啦，冷泉院殿等都各派遣殿上人来勤奋执役。一切可谓煞费心机，尽善尽美。无以计数的公卿们，其马鞍啦，马夫啦，随从啦，舍人小童啦，以及其他等而下之的家司等等，无不装饰整齐华美，甚是壮观。明石女御与紫夫人共乘一车。其后之车为明石夫人所乘，尼君也偷偷躲在里头。女御的乳母则因为早已知悉当时内情，故而亦得共车。陪侍的侍女辈计有追随紫夫人者五辆，侍候女御者五辆，侍候明石夫人者三辆。那装饰之鲜艳耀目，自不在话下。其实，院主本有建议："不如讨老尼君欢喜，教她皱纹得开展，也给她好好儿张罗一下吧。"明石夫人却婉转推辞道："这次的事情已备受世人瞩目，老人家参加，怕招惹别人物议吧。倘使她有福气活到真正偿愿[1]之日，待那时节再说好了。"但是，老妇人自己倒是对寿命无甚把握；而且，许是岁数大了吧，难免有些返老还童，好奇心重，颇想一睹盛况，所以便也跟随而来。人的命运真不可思议，比起那些顺理成章该享受荣华的人来，这位尼君的遭遇岂非更可以证明世所罕见的幸运吗？

十月二十日了。"蔓延神垣之葛叶"[2]都变了颜色，松下红叶的景象等已经染上秋意浓郁，非仅秋风瑟瑟而已。较诸繁华的高丽呀，唐土的音乐，听惯了的《东游》[3]更能引人兴致。乐声与浪声共鸣，响彻高松的笛音也有异于别处的音响效果，格外动人心弦。配合和琴的节拍也故意避免用鼓，所以反而优雅且寂寥有致，在这样的场合里，更加显得悦耳动听。舞者衣裳上的蓝绿色竹节图案，几乎教人疑为松树苍翠，冠上配饰的各色花朵，则又不易与秋草分辨。映入人们眼帘的尽是彩色缤纷的景象。《东游》的《求子》一曲终了时，年轻的公卿

---

1 谓明石女御所生之东宫即位时也。
2 句出《古今集·秋下》，贯元作和歌。
3 祭祀时用之乐舞。

们便卸下了袍子的右肩，纷纷下庭起舞。他们在黑色无光泽的袍子下，穿着深红、淡紫等颜色的衣裳，所以乍一卸下，那鲜明的右肩部分与被骤然而下的阵雨打湿的红色下摆，使人差点儿忘记这里是松原，却疑为枫叶正纷飞哩。这些耀眼的舞蹈者个个高举枯白的荻草，仅只舞一段便返回座上，委实看来兴味无穷。

源氏之君禁不住地回忆往事，那一幕谪居须磨的情景也如同昨日之事一般，历历在眼前。不过，如今也无人可与倾吐过去种种，因而格外思念致仕的前太政大臣了。遂进入内里，悄悄走近第二辆车[1]。

人谁知兮往昔事，
风霜经年住吉松，
除却老树兮无与志。[2]

歌书于折叠的怀纸，令人遗送于尼君。尼君读后，不禁老泪纵横。逢着这种光彩的盛世，更使她想起往昔明石海滨诀别之事，以及明石女御尚在娘胎里的诸事，乃觉自己实在是三生有幸。她心中自然也难免惦记着遗世遁走山岙的老伴而悲从中来，但因为今日乃是大喜之日，故而小心避讳。

住吉浦兮庆居息，
地灵人杰有殊荣，
年老海人[3]兮乃今识。

---

1 尼君所乘车也。
2 光源氏此歌为感慨往事而发，以老松喻尼君。谓过去种种，除风霜经年之住吉老松外，已无人可以语也。
3 “海人”日语音同“尼”。

怕答复迟了会失礼，遂将心中所感直书下来而已。

住吉神兮诚灵验，
　往事历历总难忘，
　　得不感怀兮暗自念。[1]

事后又这般自言自语哩。

今夜通宵作乐。二十日之月，光辉清澄，海上美景得一览无遗。松原上一片凝霜甚浓，景物都罩上了冰凉的寒意，格外有一种令人陶醉的感伤情调。住在对屋的紫夫人经常都是深居简出的，偶然逢着朝夕之游宴啦什么的，她也会观赏一番，可是绝少步出殿门以外。何况，像这次离开京城的出游，更是前所未有的经验，故而颇觉兴味浓厚。

住吉松兮霜斑斑，
　一片白茫映深夜，
　　似神覆盖兮木绵鬘。[2]

想起篁朝臣那首“比良山巅木绵鬘”[3]所咏的朝雪景色，更坚信神祇的确受纳了这场祭祀。明石女御也咏成一首：

执榊叶[4]兮祭祀官，

---

1 原歌含义简单，已于译诗一、二两句表达，末句为原歌所无，碍于形式，故不得不增之也。

2 此紫夫人之歌。木绵似苎，平安时代日人用以饰冠者。

3 “篁”即小野篁，为平安时代诗文和歌名家。“朝臣”为三、四、五位等人之尊称。“比良山”云云据藤原清辅《袋草子》，又作菅原文时之歌。

4 榊叶系茶花科常绿乔木。日人用以供神。

夜深天寒霜更白，
　疑是木绵兮挂神坛。

中务之君亦咏道：

霜既降兮不可敛，
　白茫茫似木绵鬘，
　　足证神祇兮显灵验。

其他尚有一些别人作的歌，不过也不必一一记载了吧。像这种场合里所咏的歌诗，连平时看似此道高手的男士们也未见得有什么佳作，充其量不过是搬弄些“千年松”等祝贺之词类而已，想更求什么新鲜的意趣，实在是不容易，所以也懒得在此赘述了。

随着晚氛渐褪，天空逐渐转明，霜气也愈浓。祭舞的人们忘了歌词本末，已醉得满面通红，却兴致愈高，也顾不得庭燎几灭，还在那里挥舞着榊叶，异口同声喃喃："万岁，万岁！”瞧他们衷心祝贺未来之世的繁荣，岂不令人感奋！每一件事情都是趣味无穷，今宵恨不能“千夜化一夜”[1]。可惜终于天已明。年轻小伙子们也不得不跟随在争先恐后如潮退的人群后回去，委实遗憾至极。车队大排长龙，直列到松原的远方，风吹处，从帷幔的隙缝里微露各色的裳袖，好似在长青树荫下加添了花锦一般。但是那些穿着各色外袍的四位、五位、六位等人[2]一个个端膳盘依次献上食物的景象，也真够教下人看得目瞪口呆了。尼君之前也特令献上沉香木膳盘，上覆青灰色织锦，内盛素食。

1　句出祭神歌《千岁法》。
2　四位为深红，五位为浅红，六位为绿色。

大伙儿都在窃窃私议："多幸福的老妇人呀！"

先前参拜的途上，供物堆积如山，甚为壮观；归途则极尽逍遥，一一书写起来，恐有烦琐之嫌，故此从略，不予记述。唯一遗憾的是，那位隐遁寂静山里的皈道者未及亲睹此盛况罢了。若是换作寻常人物，真要如此做法，恐怕还不是容易的事呢。不过，话得说回来，假使这种场合里有他出现，怕也不大好看吧。总之，今日之例必将成为后世的好榜样，定会鼓舞世道人心奋发无疑。大伙儿动辄羡慕称赞，提及幸福之人，无不异口同声说"明石的尼君"呢。那位致仕的大臣之女近江之君呢，甚至在她逢着玩双陆之戏，掷骰子求高点子时的口头禅都改成"明石之尼君，明石之尼君！"哩。

出家以后的朱雀院如今已是一心向佛道修行，宫里的一切都不再关心了。只不过于春秋朝觐行幸之际，偶尔会想起过去种种而已。至于女儿三公主之事，则毕竟是骨肉亲情，无法不顾，虽然万事委托六条院主作为监护人，而身边琐事等，则另请皇上代为照拂。如今，三公主已叙为二品，封邑等亦随之增加，威势渐隆。随着岁月流转，各位夫人的威信俱有添增的情势，唯独紫夫人却时常觉得：自己幸赖夫君恩宠，而聊得维持地位于不坠；可是，一旦人老色衰，怕是宠爱也不可恃吧。与其亲眼看见那种寂寥的下场，倒不如主动要求出家算了。但是，她又担心夫君会嫌自己这种想法太荒谬，故而始终未敢明白表示。三公主方面既然有了皇上的庇护，源氏之君自然也不敢怠慢了她，致使皇上有所不悦，所以往赴寝殿方面的次数便也逐渐增多了。这本是理所当然之事啊。其实，像这种事情虽早已在意料之中，究竟紫夫人心中还是不能泰平，但她表面上仍不改常态，佯装和平。非仅此也，她又接了明石女御所生的长公主到身边来加以格外照料，实则也想借此聊以排遣夫君未能幸临的寂寞夜晚罢了。她对明石女御所生诸儿皆一律疼爱。花散里见紫夫人有这许多孙辈可以照顾，好不羡慕！遂央求收容大将之君与典侍[1]所生之女。这女娃儿长得十分伶俐可爱，年纪虽小，倒也有些老成，所以大将之君也颇疼爱。源氏之君早先曾怨叹子荫单薄，看到现在一族人口已繁盛，到处有不少的内外孙辈，而他自己呢，更乐得到处流连，与孙儿们嬉戏，遂亦浑忘无聊。

如今，右大臣须黑大将较前更勤于拜访六条府邸。近来，他的夫人玉鬘也已完全长大成熟，故而源氏之君往昔的好色之心也该已熄灭了吧。有时候，她也会借故走访。与紫夫人相见之后，二人之间也情谊甚笃。只有明石女御尚带几分少女的稚气，显得娇娇柔柔。明石女御之事既然已全都交托给了皇上，如今，源氏之君所放心不下的便只有这位三公主了，所以待之如同亲生女儿一般。一日，朱雀院忽遣使来函："近来深觉大别之期已近，心中甚不安宁。虽对红尘早已断绝眷恋之情，若未能再见汝一面，或将遗憾终身。盼设法勿使世人惊动，私下来访。"源氏之君觉得此亦人情之常，乃怂恿三公主道："令尊说的也有道理。不等他今天这信函来，你也正该主动去拜访才是，更何况害他在那儿等待着，真是罪过罪过！"遂为之费心准备万端。可是，倘若毫无借口，没有半点名目便贸然拜访，恐怕也不妥当，故而凝神思量，看看可有什么值得请他过目的有趣之物没有。这时忽然想到：明年朱雀院即将过五十寿诞，则何妨准备些若菜等物呈上？遂即着手安排种种法衣啦，斋戒之设备等等。虽说僧人不同于凡俗之人，仪式亦自有分别，却也着实费一番心血张罗。其实，朱雀院过去对于管弦之游也挺有兴趣的，所以在舞者、乐师等人的遴选方面，便也特别谨慎挑剔，中选者尽是些个中能手。其中包括右大臣的两位少爷，大将方面则连那位典侍所出者，共有三位。其余小于七岁者，皆使参加

---

1 即惟光朝臣之女也。详第三十三帖"藤里叶"文。

童殿上人之列。萤兵部卿之宫的孙儿，以及其他高门贵族子弟家的公子少爷们，也都纷纷录选备用。遂自殿上人之善舞者中特选容貌端整者，使之教授各种舞步动作。此是盛举殊荣，人人莫不用心勤练，故而这一阵子来，各道的师傅和名家们都十分忙碌。

三公主自幼便习得琴艺，但是因为父女相别甚早，所以为父的朱雀院不禁有些担心，乃私下令人传告："下回来访的时候，可得让我听一听那琴声哦。这些年来，该已经进步不少了吧？"皇上闻悉，亦道："大概是不同凡响才对。既然她要在院上御前表演绝艺，朕也忍不住要偷偷儿洗耳恭听去。"这事不知怎的又传入源氏之君耳里，乃道："这些日子来，有机会便时常指导她，所以多少总有些进步的吧。不过，若要论造诣什么的，怕是还嫌太早。骤然就这么在毫无准备之下，非要让院上聆听，委实不妥啊。"既然十分在意此事，近来便再予勤加教导。特选异调二三及有趣之大曲，又教她依四季变响[1]，随寒暖调弦等，尽选一些不同凡响的秘曲加倍训练；当然啦，有些地方还是嫌技巧不够顶纯熟，不过，逐渐地倒也能有所领悟而上进不少。"白天里出入的人多，静不下心来好好儿让她学习拨弦啦，按弦的，只好挑夜晚周遭比较安静时，才能悉心教导。"遂向紫夫人说明原委告假。从此，日夜热心此道。明石女御和紫夫人都未尝从六条院君学习过琴艺。尤其是这位女御，特别好奇，心想这种机会里定能听得一些珍奇的曲调，所以恨不能亲自聆听到，然而偏偏不易获得皇上准假，乃苦苦央求："真正短暂的请假。"便勉强归宁，回到六条院邸来。如今，她已生有二位皇子，却又已怀胎五个月，乃以忌讳神事啦之类的事情作为借口的吧。宫里派使者来，请女御务必要在十一月过后便返回皇宫。可是女御心里头一心所想的只是：原来夜夜可享如

1　春季为双调，夏季为黄钟调，秋季为平调，冬季为盘涉调。

此美妙的音乐雅趣，父亲却怎么从来也不肯教自己呢！她几乎有些儿妒恨。源氏之君是个与众不同的人，他偏好冬天的月色，所以见着饶富情致的月下雪光，便随手轻弹合乎季节的曲调。有时，也令侍女之中擅长此道者各自取琴来合奏作乐。岁已近暮。对屋的紫夫人正忙于照料府中上下各方的衣裳裁制等许多琐事，故而只得说："等开春后，找个暖和的傍晚，再洗耳恭听三公主的琴艺吧。"迁延之间，忽已改岁。

朱雀院的五十寿庆，理当由朝廷执行。这么一来，一定会盛大隆重。若与此事重叠，那就不妙，遂决定稍微延后一些时日。乃定于二月十几日。在此期间，乐师舞者纷纷麇集六条院府，音乐游宴，几乎无日不举行。"对屋的夫人一直想听你的琴声，若能教这些人来配合筝啦，琵琶等，合奏女乐，倒是个好主意哩。现今所谓的高手们也都不过尔尔，相信咱们这儿的人并不比那些人逊色。我自己虽然并没有好好儿练过，可是从小便决心凡事都要弄个明白，所以各方师傅啦，一些高门贵族家的精通此道者辈等，都曾师事过。老实说，真个教我心折的，一个也没遇见。近来有些年轻人嘛，用从前人的眼光来衡量的话，不是造作，便是矜持，咳，真个每况愈下，浅薄极了。更何况，据说现在的人呀，连肯学琴的念头都没有了呢。所以能弹得像你现在这般程度的，可真没有几个哩。"听夫君如此夸奖，三公主天真地笑了，内心觉得：自己的技艺真的进步到如此地步吗？遂欣喜异常。她已经有二十一二岁了，可是依然尚未成熟，稚气得很。人长得纤纤细细，外貌倒是挺标致的。"好久都没有会见令尊了，你可要自个儿小心谨慎，给他一个长大成人的好印象才是。"院君逮着机会便谆谆善诱。说实在的，多亏这一位人物在背后支持她，否则的话就更不堪设想了。人人都觉得如此。

到了正月二十日左右，天气晴朗，风也吹得暖洋洋，庭前的梅花已次第绽开。其余多种花木也都含苞待放，看来一片烟霞朦胧。源氏之君说："改了月以后，院上的寿庆便将来临了，到那时节恐怕会到处骚骚扰扰，咱们再来凑热闹，大伙儿还以为是试乐咧；倒不如趁现在还安静的时候，快点儿举行吧。"遂请紫夫人光临三公主的寝殿。众侍女都争先恐后地想来拜听，可是疏于此道者都遭拒绝，只限于上了年纪而又有心得者方得侍候近边。特选容貌姣好之女童四人，各着红色外衣，面白里花的汗衫，浅紫色织锦的殿装，浮花的外袴，加以红色光亮的绢制单衣。个个仪表出色。明石女御这边呢，年初才刚刚新换的装饰，显得喜气洋洋，而众女争奇斗艳，更教人看得眼花缭乱。女童们穿的是青色上衣、暗红色的汗衫、唐绫的外袴，殿装则一律为有棣棠花样的唐绮。明石夫人底下的侍女，则避免鲜艳的色彩。两个穿着面白里深红的外衣，其余两个穿着面白里有花色的外衣。四者皆着青瓷花色的汗衫，至于殿装则取用浓淡适度的紫色而有光泽的单衣。三公主方面，听说今日这个宴集的盛况，所以对于童侍们的衣着，也格外费心斟酌过。她们穿着青绿色的外衣、柳绿色汗衫、淡紫的殿装等。虽然未必是特别珍奇醒目的，但大体看来，倒显得高尚而予人好感，实在没话说。

将厢房中间的纸门敞开，仅以几帐设置于各处，作为界限。六条院主人之座设于中厅。今日特选童子们担任伴奏，故而由玉鬘的长公子、右大臣[1]的三少爷来担任笙笛手，左大将[2]的大少爷任横笛手。各使侍候于廊外。内里则设置茵席等，每人各分得一琴。从上等深蓝色的袋中取出珍藏的各类乐器。明石夫人所得者为琵琶，紫夫人为和琴，明石女御为筝，怕三公主还驾驭不了这种名器，故而仍给予平素

1 即须黑大将也。
2 即夕雾也。

用惯者，并亲自为之调整弦律。“筝的弦未必会松弛，不过，与其他乐器配合之际，有时会显得那琴柱的位置不妥，所以得要拉紧才行。不过，妇道人家怕是不堪担任此事，还是把大将找来吧。你们瞧，这儿的笛手们还是小孩子，连能不能配合拍子伴奏都成问题哩。”遂笑令：“请大将过来一下。”这么一来，众妇人都有些忸怩不自然起来。除明石夫人以外，其余诸妇人都算得上是自己一手教导出来的女弟子们，所以院君自己心里也有些许紧张，但愿不要出什么差错才好。明石女御时常在皇上御前演奏，对于与他类乐器调配，也已相当习惯，所以大概没有什么问题才对。紫夫人负责和琴，这种乐器弦少，较缺乏变化，却因为没有一定的格律形式，故妇女常是不堪胜任的。而琴类是属于与他种乐器配合演出者，故院君只担心这和琴会不会乱了调子。

大将受父命后，觉得：今日演奏，恐怕比在御前的正式演奏还要来得辛苦哩。遂穿上鲜丽的直衣。深染薰香的衣裳，香泽盈袖。装扮停妥后，始赴六条院府第。这时日已暮。黄昏的天空饶有情致，梅花盛开，不禁令人回忆去年的雪景。和风徐徐吹，传来帘内芬芳的薰香，一时间竟教人疑为“花香为媒莺来诱”[1]，真个是世所罕有的奇香异芳啊。为父的院主便从帘下推出筝的一端，对大将说：“劳驾你替我张一张这琴弦，试试调子看。实在是不便让你进入这帘内呢。”那毕恭毕敬受筝调弦的模样儿十分可观。院主见他已将发之弦[2]调整为适合于壹越调，却不肯随便抚弦，遂命令：“恐怕得请你略弹一曲，以试音调喽。”大将意识到帘内诸妇人，故答以：“我哪儿有技艺来参与今日盛宴呀。”“话虽是这么讲，万一人家说你不敢应酬女乐而逃之夭夭，

1　曲出《古今集·春上》，纪友则作和歌。

2　为此调基准之弦也。

那岂不有碍名誉吗？”听父亲这般取笑，只得略事调弦，含蓄地轻弹一曲，便将乐器推返帘内。那些孙儿辈的孩童穿戴着华美的禁中装束，吹出来的笛音虽然稍嫌稚气浓重，倒也令人可以想见日后造诣之一斑，挺有意思。这期间，琴类都已调好弦音了，遂令开始合奏。在每位妇人各显身手之中，那琵琶的音声尤具格调，古典的指法弹出清澄的音声，听来兴味无穷。大将则特别注意聆听和琴之声，那弦音颇有引人之处，显得华美动听，较诸精于此道的高手一本正经弹奏出来的更为热闹繁富，不得不教人惊奇：和琴竟也有这种弹法吗？可以感觉得到弹者苦练之一斑。至此，院主也如释重荷，并且暗自讶异这世所罕闻的效果。至于筝音呢，在众琴繁弦之间，时闻其声，但觉得艳美而已。琴艺虽显得有些稚嫩，不过，毕竟苦练有成，故而并不至于教人提心吊胆，颇能与其他乐器配合得宜。大将不禁暗暗赞许：真个进步神速啊！遂不自觉按着拍子歌唱起来，院主亦偶尔击扇合唱。那声音较以往更饶韵味，似乎加添了稳重浑圆的感觉。大将的歌喉也是非常有名的。他们父子俩的歌声回荡于闲静的夜空之中，把这次的宴会衬托得无比优雅有趣。

这是月出较迟的时期，乃令到处悬挂灯笼，使灯火光度明暗适度。源氏之君借灯光窥视三公主那方向，只见她在众妇人之中显得特别娇小玲珑，像是一堆华衣而已。若说优婉艳美，还稍嫌韵味未足，只觉其高贵标致，犹如那二月二十几日时分的青柳，弱条初弯似的，予人连莺羽都不胜负荷的感觉，[1]纤巧极了。长发左右分垂于面白底有花色的衣裳之上，也看似柳丝一般风情。至于另一位身份无上高贵的明石女御，则同样是优美的姿色，却更饶有韵味，无论进退举止，都显得比较含蓄有致，故可以比作盛夏怒放的藤花，予人以晨曦之中使

1　此处盖取白居易《杨柳枝词》句“白云花繁空扑地，绿丝条弱不胜莺”也。

众花黯然失色的感受。可惜她正怀着身孕，显而易见的，她自己也略感不适，故而推开了琴，正依凭着隐几。她的体形本来就比较娇小，如今却靠在普通大小的隐几，所以看来好似勉强拉伸着身子的样子，真教人看着都不忍心，恨不能为她特别定制一个较小型的呢。她穿着一袭面红里紫的衣裳，乌发松散而清爽地披下，灯光摇曳之间，有别具一格的美。紫夫人穿的是浅紫色的衣裳吧。在那较深颜色的小袿里，又衬着淡红色的底衫。那一头浓密的长发几乎流泻及地。身材也高矮适度，姿态更是无可挑剔，给人一种芳香四溢的感觉。若以花作譬喻的话，当然应该称作樱花喽，不过，却又较樱花更胜一筹，真个与众不同。在这些个个如花似玉的美妇人之中，明石夫人或有被人压倒之嫌吧？则又不然。那股特有的气质韵味与含蓄有致的举止，往往使人有自惭形秽之感，使她看来显得无比高贵而艳美。她身穿柳绿色的织锦底衫。是黄绿色的小袿吧？又披着轻巧的罗裳。[1]她虽然刻意保持谦下的态度，可谓用心深刻，却反而更令人肃然起敬。她面前摆着镶饰高丽产青锦的茵席，可是并没有正坐其上，只是将琵琶轻放于膝上。轻拢慢捻之际，那种娴熟的拨挑的指法教人看在眼里，似较实际聆听弦音更富于情致。犹似那等待五月的橘花，连花带果一起给撷取下来一般，她便是具有这等清香满怀的氛围。

得悉各位妇人都穿戴整齐，争奇斗艳，大将不免心生好奇，思欲一窥帘内实景。对屋的紫夫人定必较诸那一回窥见时加添些年纪，容貌也越发美丽了吧？念及此，不由得慕情难抑，心旌摇荡不已。就是那位三公主，当初自己若有那艳福的话，几乎现在也可以占为己有而就近侍候哩。想到这里，心中不无遗憾。朱雀院不是时常暗示，背后也曾泄露过这种意思的吗？后悔是有的，不过，这位女性稍嫌欠缺稳

1　此为仕奉者之衣，故明石夫人此身打扮，颇有对在座妇人表示谦卑之意。

重与端庄；倒不是他有意轻蔑，说实在的，并不怎么受她吸引呢。而唯独那位紫夫人，长久以来，她始终对自己是一位可望而不可即的偶像存在，因而极希望寻个机会，表露一下自己对她别无企图的思慕之情。如今，心里头只有这个烦恼而已。不过，他究竟是个正直的男士，决无半点不轨的念头，所以倒是始终能自制。夜已深了，感觉得到寒意袭人。源氏之君见十九日之月初出，乃道："春天的朦胧月真教人捉摸不定啊。而秋天的情调呢，则又于此类乐声之外，更增添虫鸣，实在是无与伦比，格外悦耳动听。"大将之君也附和道："在秋月澄辉之下，万物皆如透明一般，故而琴声、笛音也都显得特别清澈浏亮，可惜就因为天色像是刻意调配出来的那么美妙，而花草间的露珠等，也容易教人移目，致分散心思，所以为乐也反倒有限了。无论如何，秋宴是比不上那趁朦胧月自云霞间探出之际静静演奏的春夜之宴呀。此时此景，笛声也显得格外艳美动听呢。古人所谓春女思，实在有道理。众音和谐，在春天的傍晚时分，格外令人感受得到。"源氏之君则又辩说："不。关于春秋的优劣，从前的人都难以骤下论断，而况后世的我们呢！论来论去，也讲不出什么道理来吧。乐调啦，曲调等，都以吕调为先，律调为次，大概总是有原因的喽。"又说："不知怎的，现今之世所谓老练的行家辈，偶然我也有机会在御前聆听过，说实在的，真正优秀的人才几乎都绝迹了，而那些自以为了不起的名手呢，其实看来也没怎么下过功夫的样子。即使是让他们来参加到像今晚这些妇女当中演奏，也未见得就会有什么特殊的表现吧。或者，难道是我这些年来老躲在家里头，耳朵已经分辨不出优劣高下了吗？果真如此，那倒是挺遗憾的。其实，咱们这六条院府里，论学问、技艺等各方面，总是比别处强一些。你倒说说看，皇上游宴时选中的那些一流人物，跟咱们这儿的妇人们，哪一边的高明呢？""我也正想要讲这件事情，又怕您怪我乱充内行，所以一直不敢启齿。许是有关古代的事情，我不明白的缘故吧，只觉得现下就数卫门督的和琴与兵部卿宫的琵琶最妙，每回听他们二人演奏，都觉得确实无人能与比肩；可是，今晚聆听各位夫人的演奏，才晓得这儿也各有千秋，真是教人敬佩至极。不知是否早先以为非正式的一般游宴，心理上毫无准备之故，所以格外吃惊的。看样子，连唱歌都不堪胜任哩。说到和琴嘛，只有那位致仕的前太政大臣一人方有才艺随意弹奏出配合季节的美妙音色，像他那种天分算是得天独厚；普通不管是谁弹，都不可能有特别出色的表现；可是，今晚聆听到的，可真有一手啊！”大将极力赞美。“哪儿的话。也不是什么特别了不起的表现，是你过奖啦。”院主嘴里这么说着，脸上却掩不住得意的笑容，遂又说：“实在她们都算是不错的徒弟就是啦。只是关于那琵琶，倒不是我想要居功，有我在她旁边跟着，多少总有点儿改变的吧。从前在乡间偶然听到的时候，就觉得那音声不同凡响；现在则又比以前更上进不少。”听听这口气吧，好像都是他一个人的功劳似的。难怪侍女们都在背地里递眼色牵袖子什么的。

“凡事若想要认真学习，所谓才艺，似乎都是没有极限的，所以要达到自以为满足的地步，可真是不容易；于是乎多数总是自我安慰：反正现今之世深研通达的人也不多，只要大体学得一端也就罢了。然而，唯独琴这种东西呀，实在是麻烦，轻易碰不得手。真正习得古人之道者，可以感天动地，软化鬼神之心。众乐器也都要追随琴音。悟得此道的，深悲者可转为喜悦，贫贱者亦可变为高贵。由此而获得财宝，甚至受世人器重的，也不乏其例呢。当这种乐器传入我国之初，精于此道之人多数花费许多岁月到外国留学[1]，甚至于更有客死他乡都还不容易一究堂奥之妙的。不过，据说古代也有移星迁月，降

1 盖指遣唐留学生中专习琴艺者也。

雪下霜，骚乱云雷之例的呢。[1]就因为如此灵妙，所以要把握其法，真是难之又难。许是到了末世之故吧，如今连古法的吉光片羽都寻觅不到了。话虽如此，由于是鬼神都曾倾耳过的乐器，因此还是有人下过功夫练习，但多数未能遂愿，后来便有人谣传：弹那种乐器的人会遭受灾祸什么的。这么一来，今日想学的人便越来越少，诚是可惜。舍琴而外，有什么乐器可做音律的基准来调音呢？当然啦，在这世风日下的社会上，背井离乡，抛妻别子，为了贯遂志向而独个儿漂泊到唐土、高丽等异地，别人或者会目为怪人，而事实上也用不着这样，只要能摸索到此道的端绪便行了。弹得好一个曲子已经是十分不容易，而况各种各样的调子啦，难弹的曲子等，又有那么多。当年我自己热衷于学琴的时代，一度曾把传入我国的许许多多谱子都收全，作为参考，又遍访所有的名师，最后到无人可以师事的地步。好学如此，然而还是比不上古人啊。想到后世，连个传授此道的人都没有，怎不教人心生寂寞呢！”听父亲这一席语重心长的话语，大将之君也觉得非常遗憾，同时又感到羞愧。源氏之君继续又说：“女御的孩子们当中，长大后若有这方面的才能，而我自己又如果能活到那个时候的话，多少或可以教导他们一点心得吧。那位二王子看来好像有这方面的才分呢。”明石夫人听此，深感光荣，她正满含着感激的泪水。

明石女御将筝推让给了紫夫人，正斜倚在隐几上；紫夫人遂又将和琴让给了源氏之君，宴游的情调也就越发变得轻松融洽了。乃奏出催马乐《葛城》之曲，此曲热闹而有趣。而主人反复再唱的歌声则又无比曼妙动听。随着月华高升，花的色香也愈为增添情趣，这夜晚给衬托得十分优雅有致。同是筝的声音，由女御弹来，于优美可亲之中

1　此盖取成公绥《啸赋》“发徵则隆冬熙蒸，骋羽则严霜夏凋，动商则秋霖春降，奏角则谷风鸣条”意也。

似又加入乃母明石夫人的教导之法，故而按弦摇动的由音颇具深味，听来清澄悦耳。但是由紫夫人弹奏出来，则又指法全异其趣，显得缓和优美，使听者不由得心花怒放似的。譬如轮之手[1]，也更能表现出才气洋溢的音色来。调子由吕转为律之际的搔拢指法，也优美而富于现代感。三公主所弹的琴本有五个调[2]，其中尤须当心五弦、六弦的泼刺，也都弹来指法清晰，毫不含糊，十分清脆。遂将配合春秋各季的种种曲调，随意地变换弹奏。看来，她已经深得个中三昧了。源氏之君觉得十分欣慰，今天总算在其他夫人之前争得一些面子。见那些吹笛子的少年十分伶俐热心的样子，遂无限爱怜地说道："大概困了吧？今晚的游宴本来不想拖得太久，预备早早结束的，想不到音乐太动听，各有巧妙不同，竟教这迟钝的耳朵不能分辨优劣，不知不觉间，天也晚了。真教你们辛苦了啊。"遂赐杯于吹笙的年轻人，又亲自脱下所着之衣裳被挂其身。吹横笛的少年人则由紫夫人赏与织锦的底衫及袴等，皆刻意含蓄，无意铺张。至于大将之君呢，则由三公主方面赐酒，又赏与衣裳一领。院君见此情景，故意戏谑道："岂有此理！应该给师傅奖品才对呀。嗳嗳，可叹！"三公主遂自身边的隐几旁取出笛一支献上。源氏之君便也微笑收下了。此笛非凡物，乃是世所罕有的高丽笛。略微吹奏试音。此时正当大家纷纷退出之际，大将忽然停下，取来少年手中之笛，亦饶有情致地吹奏起来，音色美妙至极。说实在的，这些人当中哪一个不是源氏之君亲自教导出来的呢？而可喜的是，个个又都如此娴熟上进。大概他心里也深自庆喜个人的非凡才艺喽。

大将之君载着少年们同车，在清澄的月光下退出。一路上，那

---

1 "轮"，又作"临"，盖为琴之指法也。

2 即搔手、片垂、水宇瓶、苍海波、雁鸣之调也。

优美不凡的筝音似依然萦绕耳际，使他心里无限恋慕。他自己的妻子云居雁是跟祖母故大宫学的，可惜技艺未臻成熟，而祖母已谢世，故未得从容练习。因此她轻易不肯在夫君面前弹奏。她是一个平凡寻常而温婉的女性，一心只顾照料次第产下的幼儿们，所以难免显得乏味些。不过，那种脾气急而好妒忌的个性倒是还娇媚而富于稚气。

院主已先回到对屋去了。紫夫人则留下，与三公主闲话短长，天快亮时，方始离去。这一天，夫妇俩双双都睡到日上三竿。“公主的琴艺可进步不少了哦。你以为如何？”源氏之君问紫夫人。“起初在那边偶尔聆听时，多少有些儿替她担心。可是，近来真个是进步神速。也真多亏您热心指导她。”“是啊。每天每天细心教出来的。这老师可不好当哩。那玩意儿可真麻烦，挺费时间的，所以从来都没教过任何人。可是，皇上和院君都问过：‘可曾教导她琴艺？’这么一来，害我也不敢不唯命是从，聊以报答蒙他们看得起，忝为公主驸马之恩了。”遂又顺便提及：“从前你年轻时代，我也照料着你。可是，当时我公务缠身，没有空暇从容教你练习；就是到近来，也总是给种种琐事羁牵，致日复一日度过来，始终没能好好儿照顾。没想到你竟然也弹得那么好，真给我增光不少。那大将也听得入神，倒是意料中之事，真教人高兴。”这位夫人呀，对于此类嗜好，便是像近来与孙儿辈也还能相应酬照顾，既能尽长辈的责任，又都能关怀入微，凡事没有一丝儿教人觉得不妥善或不周全之处，真是难得的珍奇人格。这样有美皆备的人，恐怕是活不到长寿呢。源氏之君心中暗自竟有这等不吉利的想法。自己活到今天，所见过的妇女可谓不少，可是能像眼前这位夫人集众德于一身者，可真是不作第二人想。她今年三十七岁。[1]回想

---

1 三十七岁，盖为女性之厄年。藤壶亦死于三十七。据第五帖“若紫”文，紫夫人较光源氏年少八岁，今年当为三十九岁，此谓三十七，盖作者紫式部故意如此书之耶。

与自己长期相伴的岁月，不禁感慨系之，乃道："今年要较往年格外加重祭祀祈祷，请你自己多保重。我因为事儿多，或有设想不周全的地方。你自己想一想看，若要举行什么大规模的法会，就交给我来替你办好了。僧都[1]的去世诚是可惜。从前咱们这儿一有祈祷法会什么的，总是习惯于麻烦他呢。"他说得十分诚恳体贴。

"我自己自幼便给大家金枝玉叶似的呵护长大，如今又享受着史无前例的声望和荣幸。不过，话又得说回来，我所遭受的悲苦，也是别人所未尝有过的。我曾经仰赖为助的人们都一个个先我而去，自己孤零零一个人独留下来。到了这种年纪，悲伤难堪之事特别多。回想往昔所做的一些罪孽，心中老是忧虑难安，故而始终过着自己不满意的日子；我想大概也就是因此之故吧，倒是活得比想象的长寿，竟能苟延残喘到今日。至于你呢，想必是除了那回我谪居须磨的时期以外，其前其后都没有受过骚乱心头的痛苦吧。不管是后妃也好，或者是其下的贵妇们也好，谁都会有心中不泰平的时候。即便是宫里头的女御、更衣等，妇道人家总难免要争宠吃醋什么的，相互之间也还是没有一时轻松。可是你呢，就像是生长在双亲的深闺里，再也没有比这样更舒服的生活了。这一点，你真是比别的妇人都幸福，你自己可知道吗？虽然意外地让这位公主嫁到我这儿来，你或许心里头有些不愉快吧，可是也就由于这个缘故，我才格外要对你比以前更为体贴疼爱，也许你自己不怎么感觉得到也未可知。不过你一向都是懂事理的人，谅你该察知我这片心意才对。"听得夫君这一番话语，紫夫人也回答说："诚如您所说的，在别人眼中看起来，定必认为我真是身有余荣的吧。不过我自己心里头倒是忧虑不断地增加。恐怕也正因为这些倒像是成了我祈祷的因由，所以才得勉强活到现在的吧。"她那欲

1 紫夫人外祖母之兄也。

言又止的模样儿，看来委实气质高贵。“其实，我想自己余年也不多了。今年又给我这么拖过来，实在心里有些儿挂虑。前回向您提过的事情，能请您考虑考虑答应我吗？”听夫人这么说，源氏之君立即责备道：“什么话！让你遁世隐居去的话，我活着还有什么意思呢？别看咱们现在日复一日好过活儿，还有什么能比像现在这样朝夕相处更快乐的呢？好歹你还得多留下来看看我对你情爱的深浅究竟如何才是呀！”夫君每回的反应都是同样的。紫夫人不禁失望而郁悒含泪。源氏之君不忍见她这样，便费尽口舌哄着。“我倒不算是见识很多的人，不过，这么些年来，看到各色各样的妇人，觉得真正称得上气质温婉而雍容大方的可真是罕有。像大将的亡母，我跟她是年纪轻轻便结为夫妇的，明知道她地位高贵，作为妻子是十分难得的，可是两人之间就是没法子和睦协调，终于弄得不欢不喜。如今回想起来，既伤心又遗憾；但是又有时难免私下想着：这也不能单怪我一个人呀。那人呀，方方正正，端庄有余，实在是挑不出什么瑕疵，只是，凡事一本正经，没有一点儿漏洞，稍嫌她太过贤惠哩。人倒是十分靠得住，就是跟她一见面便觉得没趣。中宫的亡母六条夫人呢？若要选一位含蓄有致而优雅、有教养的典范，第一个便会想到她。然而就是有些儿不容易讨好，教人难于侍候。当然啦，她怨恨我，也不是没有缘由的；不过，像她那样持之以恒，变成了根深蒂固的恨，那就教人承担不起了。跟她相处呀，就得时时小心提防着，唯恐一有疏漏会给对方瞧不起。这么一来，两方面都没法子朝夕亲密相处，只顾各自端着架子，遂使得彼此间的关系越来越疏隔了。后来，让她浮名四传而损伤到她的身份，这一点，她痛恨至极，我自己也深深遗憾怜恤的；每念及那人的人品气质，总觉得罪孽深重，却也始终无法补偿。不过，如今中宫能有现在的地位虽说是她个人的造化，在我来说，也是想聊尽补过于一端，所以才毅然不顾世人的非难，这般照拂她。谅那人儿地下有知，也该另眼看待我了吧。唉，说来说去，只怪自己生来这多情的个性，所以始终免不了做些对不起别人的事情，而自己也就后悔种种啦。”他逐一谈及过去的几位妇人，接着又说：“至于现在照拂女御的这位夫人嘛，初时当她是身份不怎么重的女性，也就没有十分经心地对待她；岂知她这人呀，真有些含蓄深味的一面呢。别看她表面上温温顺顺，实则心里有她自己的一套原则，教人不敢怠慢哩。”紫夫人也附和道：“其他的人我是无由认识，对于这一位妇人，倒是偶尔有机会接触，所以也多少了解一些。她人儿挺拘谨含蓄的，所以常常会教我自觉得鲁莽害臊呢。好在女御自然还了解我这人，所以才能放心。”源氏之君听得夫人此番话语，方始明白：当初她们两人那么怨恨嫌恶而又疏隔，如今却能这般和睦相处，原来就是为了女御之故啊。遂不得不由衷感佩了。“你这人哪，的确是与众不同。看你用心良苦，能够因事、因人而随机应变。我见过的妇人也不算少，却没有遇着过像你这样八面玲珑的。只是有时候稍嫌还有些脾气就是啦。”男主人含笑说。

“我去跟三公主道贺，说她琴弹得好。”向晚时分，六条院君便赴寝殿那边去了。这位年轻的夫人全然不知府邸里还有别人对自己介意的。她简直就像稚气未脱的孩童一般，专心一意在练琴。“今日就算是放假，休息一天吧，也好教师傅轻松轻松呀。不过，真亏你平常练习得勤，才有了那样好的表现。现在我也放心了。”遂将琴推向一旁，卧下休息。

紫夫人那边，照例，夫君不在的夜晚，她总是迟迟不肯歇下，召些侍女们上来，让她们读故事听着。那些描写世态人情的古老小说里头，往往记载着风流好色的男人啦，跟三心二意的男人相处的女性等等。这类故事中的男主角，到头来总是要寻个固定的女性安顿下来。可是何以自身竟到如今都像浮萍似的漂荡不定呢？诚如夫君所说的，固然自己在某方面说来，或者真的是比别的妇人幸福；但是，生为女人，这种嫉妒的痛苦滋味怕是谁都难以忍受的吧？念及终将如此抑郁死去，觉得实在人生乏味！她独个儿心里左思右想，直到更深人静方才就寝。近晓时，竟觉得胸口作痛。众侍女慌张乱成一团来照顾，一面呼叫着："赶快去请主上过来才好。"却给女主人制止道："千万不可以。"乃强忍苦痛挨到天明。实则身子已发烧，很不舒服。院主不快快回来，而这边又不去通报。赶巧，明石女御不知情而遣人来邀请紫夫人过去，近侍者遂得将女主人的病情顺便相告。女御大吃一惊，连忙差人去禀报院主。源氏之君接获消息后，心痛如绞，连忙赶回对屋来。见紫夫人痛苦之状，乃探手慰问："你到底是怎么啦？"那身子烫如火烧。他不由得联想到昨日所说的厄年之事，竟不寒而栗。侍女们端来了粥，男主人却无心进食，连看都不看一眼。整日价随伺在夫人卧榻边上，亲自照料万端，看来忧心忡忡。病人连进食果物都困难，就这般缠绵床上数日都无法起身。这般下去如何是好？源氏之君心疼极了。他开始叫人举行无数的祛病祈祷，又召请僧侣作法。说不上是哪儿不舒服，可是一阵阵的胸口刺痛，瞧她那痛楚的模样儿，真个难以忍受。种种的诵经作法似乎都无济于事。就算是重病吧，若有稍稍衰退起色的倾向也好教人放心些，可是不知怎的，就连些许这种迹象都没有，着实令人不安。目前他一心只在紫夫人身上，别的念头一概没有。朱雀院的寿庆也像似火熄了一般没了踪影。

反倒是朱雀院方面亦闻悉紫夫人患病的消息，时时从山里遣人来细心慰问。二月过去了，病情一无起色。六条院主更加坐立难安，乃尝试换个居所，迁移于二条院府中。六条院府邸上下愁眉不展，大伙儿慌成一团。冷泉院得悉此事亦悲叹异常。倘使这位夫人过世的话，父亲定必会偿遂出家之愿的。大将之君念及此，更加努力尽心服务照料着。父亲那边的祈祷法事仍照常举行着，而他自己这边又另外请人来诵祷。遇着意识比较清醒时，紫夫人无时不抱怨：“瞧，您不答应我出家之事……真不甘心啊。”可是，若说天命已尽非别离不可，则另当别论；好端端的，教人眼看着她削发为尼，这怎么片刻忍得下心啊？源氏之君乃道：“我自己老早也有遁世的想法，还不是担心留下了你孤零零一个人，怕你会寂寞，所以才不忍心，拖拖拉拉度日到现在。怎么你倒反而要先舍我而去呀？”他嘴里虽也相怨，但是见病人羸弱乏力，时而看似临终已濒近，内心委实焦虑异常。如今已有好一阵子都不到三公主那边去了。再也没有人关心琴艺什么的，那些乐器都给收到一旁去。六条院里的人全都挤到二条院邸来，虽然那儿还有几位夫人留守着，整个宅中却像熄了火一般死寂。咳，大伙儿现在才明白：原来六条院府的热闹生活，全都靠紫夫人一个人在支撑着啊。

明石女御也过来帮着照顾病人。“你现在又不是寻常人的身子[1]，万一让邪魔附身作祟就不妙。别管我了，回宫里去吧。”紫夫人顾不得自己的病痛，却这般替对方设想周到。见女御所生的长公主生得乖巧可爱，不禁悲泣道：“我大概看不到她长大成人了。或许她将来也会忘了我吧。”女御亦悲不自胜，泪流未已。“说什么不吉不祥的话！快别这么说了。绝对没有那回事的。凡事都要看你怎么自处的呀。胸怀开阔器量大的人，福分也就跟着大；心地狭窄的人，即使能登上高位，也总嫌其欠缺精神上的丰裕感；性急的人，则又难久安于其地位。所以，只有宽厚稳重的人才能活得长寿呢。”源氏之君一面安慰着夫人，一面又向菩萨神明祷告：再也寻不着像这位妇人这般性情优和、清白无过的人，所以，希望神佛能显灵保佑。[2]参加法事的阿阇梨，以及近仕值夜勤的高僧大德们，见六条院主如此失却常态，忧

1 谓其正怀孕也。

2 此处原文颇嫌简略晦涩，故译文径添饰之，以求明白。

心忡忡的样子，都无限同情，大伙儿愈加虔诚地尽心祈祷，病情稍愈五六日，便又转为危笃，如此来来回回，不知不觉已经多时。到底如何？是否没有痊愈的希望了？源氏之君心中暗自悲叹着。其实也不见有什么邪魔附身的迹象。真要说哪里疼痛，又找不到明显的部位，只是人儿显然地日复一日衰弱憔悴下去。唉，怎的这般教人悲辛难忍啊！心里头就是没有一刻安宁的时候。

对了，如今卫门督已晋升为中纳言。由于皇上十分宠信他，故而可谓当今之世顶尖的风头人物了。不过，虽然他越来越受世人尊敬，实则内心那一份秘爱未得偿，故于郁悒之余，竟向心上人儿的姊姊二公主求婚。由于这位二公主的母亲为身份不甚高的更衣，所以打一开始便没有怎么重视她。其实，她的人品、气质，乃至外表容貌都比一般女性要优越得多，可是大概由于男方的心早已为那人儿所独占的缘故吧，终究是“旧情难慰”[1]；怕世人猜疑，故而对之表面敷衍而已。在他心底，三公主的倩影总是拂不去。唯一知悉他这种心事的小侍从，乃是三公主的乳母——唤作侍从的宫女的女儿。而这位侍从的姊姊，恰巧又是这位督之君[2]的乳母，所以很早便常听乳母谈起三公主的事情，譬如说她自幼便挺标致啦，父皇格外宠爱她啦等等，所以也就难怪他那时小小心田里便对三公主有了恋慕之情。近来，由于紫夫人玉体违和，源氏之君更少到三公主的寝殿来，谅她那里定必是十分寂寥的吧？遂召小侍从来殷勤商量。“我老早就对你们女主人十分倾倒，总算有你居中给我传递消息，也聊堪安慰相思情端。唉，但是就是无由表明心迹，这可真教人懊恼啊。连她的父亲都听到人说：‘六条院主那儿妻妾太多，公主怕是不怎么受重视。可怜她独眠的夜晚或者

1 典出《大和物语》，此采意译，以原文地名典故晦涩故也。

2 亦即柏木也。

不少，怪寂寞的吧。’我看他说这话的时候，神情挺后悔的样子。‘早知要让她下嫁给平民，就该挑选个能认真照顾的对象才对。’他又说道：‘看来二公主反倒像是选对了人，可以白首偕老呢。’唉，听人家转告我这些话语，心里头不知有多难受。当时是想：既然得不着心上人儿，至少娶她姊姊吧。可是毕竟不是同一个人呀。”看他叹息连连，小侍从不禁责怪道：“您这是安的什么心哪。放着一位好好的夫人不管她，又想到哪儿去了嘛！”却见男方莞尔笑道：“事情总是如此。关于我内心私慕三公主的事情，院上也是知悉的。他甚至还说过‘许嫁给他也未尝不可’什么的。罢了，我现在只要你稍微帮着点儿就好了。”小侍从却说：“您这样讲可真是难了。姻缘总是上一辈子就注定的。人家那位六条院君既然提出了婚事的请求，您难道还以为当时有资格同他比肩竞争吗？”瞧这小姑娘利嘴，想一口拒绝的样子。这下子真个教人接不下腔了。“好啦，过去的事儿也别谈了。不过，像现在这种大好的机会，你可得务必想办法安排，让我到她跟前，稍微吐露一点心里头的话吧。至于我有没有什么坏念头，你自己等着看好了。那种非分的事儿我可是想都不敢想哩。”可是小侍从仍然不乐意帮忙。“还有比这更非分的要求吗！亏您真是想得出。干吗我今天要到这儿来呀。”她推得干脆。“别说得这么难听了。你也未免言过其实了吧。男女之事本来就没有什么准儿，你看，像女御啦，后妃之辈，还不是有时会闹些绯闻什么的。何况你们女主人哪，生为公主，又嫁了六条院君做夫人，表面看起来挺幸福的样子；其实她心里不知有多少委屈呢。人家从小就在众多姊妹兄弟中特别受到父皇宠爱的，现在却落得和那些身份低得多的妇人们去争宠……这些事儿，我全都听到了。世事真个难以逆料，所以你也不要那么斩钉截铁，一口咬定说如何如何了。”“可是也不能说她输给别人，现在再教她去另外嫁人呀！他们这一对的婚姻本来就是不同于世间一般夫妇的。只因为当时咱们女主人乏人照顾，无依无靠，所以才找到六条院君；意思是想要请他像长辈一样地照料。双方心里头也都明白这一点的吧。您快别吃不到葡萄说葡萄酸了。”瞧她，竟认真生起气来。卫门督只得说好说歹百般劝慰。“说实在的，我自己也不敢妄想，要教看惯了六条院君那种了不起人物的她会理睬我这微不足道的男人。不过只求给我一个机会，隔着东西同她说一说话，好让她知道我这心事也不妨吧？即便是对菩萨神明表心愿都不算罪过啊。”他又一再发誓决不会妄想动坏念头。因而虽然初时坚不肯答应，认定他“岂有此理”，可是这小姑娘原本就不是思虑周详的人，看对方既然这般一心一意恳求，便也拗不过，不忍心拒绝到底。“好吧。若有什么好机会，再让我想想办法看。主上不来的晚上，卧榻周围总是有许多侍女侍候着，不知道找什么样子的机会才好……”她终于带着烦恼回到六条院府去了。

究竟如何？究竟如何？天天给这般责问，侍从实在没办法，好不容易伺机差人送信过去。卫门督喜出望外，赶紧换了一身不显目的便服出门。这事情，连他自己都觉得胆大妄为，所以压根儿不敢奢望真可以一亲芳泽，徒增悬念什么的。只因为那个春天的傍晚无意间偶然瞥见丽服的一端，尽管日月流逝，思慕之情却与时俱增，遂盼望得就近再拜见一次。若能稍微吐露衷情之一端，或者能得到她片纸只字的答复吧？甚或还能赢得她怜悯之情也未可知。四月十日才过，明日为贺茂祭前御禊之日。这边殿里也派了十二位侍女到斋院去帮忙，余下身份较低的女仆和童侍们各自在那儿，有的缝制东西，有的在化妆，大伙儿都准备要看明天的热闹，所以三公主身边显得十分安静，未见人来人往。原来在一旁值勤守卫的按察之君又给时时来此的源中将强拉走，退返自己房里去了，故此刻只有小侍从一人侍候着女主人。小侍从见机会难得，便要卫门督在东面之座端就位。其实，真不该让他坐得这么近。三公主本来安心睡着，却感到身边有男人进来，她以为大概是源氏之君光临了吧。卫门督恭恭敬敬将她抱下卧榻。三公主梦寐之间似若受什么东西侵袭，故而抬眼望之，却见别个男人！而且，这人还不停在说些什么怪诞教人不解的话语哩。她一时间恐惧惊吓得不知所措，连连呼唤人。可是，近旁连个人影都没有，更无人闻声赶至。那副惊悸颤抖汗流如注的娇躯越发教人爱怜。“虽是卑微不足道的男人，可也不致被您嫌弃如此吧。我老早就对您抱着非分的恋情，倘若勉强忍住，或者也就深埋在心底了；偏偏一旦说出口来，令尊知悉后，倒也没有怎么责怪，所以打那时候开始，便私自冀盼着。只怪我位卑官低，致令深爱徒成空想，如今心乱后悔也无用；可是这一缕思念之情却是没法子抹灭，随着日月流逝，越发地教人遗憾难耐，恐慌，悲伤，种种感情交织在心头，实在是忍无可忍，才教您看到这副狂妄的德行。我也自知这样子未免太过轻率可耻，所以万万不敢再有什么罪过的念头了。”听这番话语，三公主始知此人原是卫门督，于惊恐羞愧之余，连一句话都说不上来。“这种事情也不是绝无前例的，倘若您真个这般冷漠寡情，教我伤心失望之余，或许反倒会做出不顾前后的事情也未可知；您若是肯说一句怜悯我的话，那么我就乖乖听您的退下去了。”他不自觉地喃喃。以前在他的想象之中，这位女性是端丽不可侵犯的，故以为若有机会倾诉慕情之一端，于愿足矣，从来也不敢存有任何非分的绮念；可是现在眼前的女性竟不像是那种端着架子高高在上，教人难以亲近的样子，只觉得她温婉可爱，纤纤巧巧，那种高贵的风度真是举世无双。这一刻，他几乎失去勉强自制之情，恨不能将她带走，自己也弃世遁走到不可知的地方去。他心绪紊乱，有如在梦境之中。忽闻那只熟悉的猫儿啼叫，遂令梦醒，自觉讶疑：何以做了这样一场梦呢？三公主则于怨恨之余，竟不能相信这是现实之事，只觉得胸口闷塞，不知所措。“请相信这都是不可逃的宿世缘分。我也自觉得难以置信呢。”遂将猫儿掀起帘端的往事娓娓相告。三公主方面这才明白：原来还有过这么回事呀。唉，真是悔之晚矣。怎么自己的命运竟如此乖谬呢！往后该怎么面对院君才好啊？念及此，她不禁悲伤担忧起来，哭得像个泪人儿。男方只有恐惧慌张，不停替她拭泪，袖口愈为湿润。

天色已近黎明，欲归不忍。早知如此，倒真不如不相见的好。“教我如何是好？看您这样生我气，大概是无由再见第二面了。请您，求您跟我说句话吧。”多方费尽口舌，三公主却心烦意乱，丝毫不予理会。“唉，您这样待我，真教我寒心。天下哪有这样冷漠无情的！”遂埋怨道：“既然如此，我还活着干吗呀。命也不要了。以前是心里有个寄托，所以才偷生苟活过来；想到命尽今宵，心里难受极了。倘蒙稍露心意，也可以做我赴汤蹈火的依凭啊。”说着，他一把抱住三公主跨出外面。究竟他要做什么啊？女方这会儿可真吓呆了。拉开边房的屏风，打开门来看，渡殿南面的门依旧像昨晚进来时那样敞开着。天尚未大亮，许是想看清楚三公主的脸吧，他把格子门微微启开。“您这样待我，害我失去了本性。若是有意想要我稳定下来的话，至少请说一声‘可怜啊’什么的吧。”这简直像在威胁似的，三公主可不愿意他真的去寻死，嘴里想说些话语，却只会全身发抖，看来就同小孩子一般。周遭逐渐亮白起来，卫门督更加心慌了。“本来想跟您畅谈感伤的梦话什么的，可是，看您这样讨厌我，也就只好算了。想您将来总会有所了悟[1]吧。”说罢，匆忙离去。这薄暗的晨景较诸秋空更能动人心。

晓蒙蒙兮迷方向，
　薄暗起归心茫茫，

1　谓梦兽（盖指上文梦境中闻猫啼云云）怀胎之相也。

露何沾袖兮添惆怅！

遂将双袖出示。大概是准备要回去了吧？女方稍感安慰，乃作歌答复：

晓既近兮心悲痛，
恨不销魂在今晨，
辛苦昨宵兮犹似梦。

娇声微闻，竟是这般年轻气息。卫门督不及听完便踏步出外，然而身心飘飘，魂魄似已脱离躯壳遗留在三公主那边。

他没有回到夫人二公主处，却径自悄悄来到父亲的馆邸。身子虽然卧下，却无法成眠。想到昨晚的梦境究竟难以成实，连带那梦中的猫儿都无限教人眷恋了。嗳嗳，可真个闯下大祸了啊！自觉羞愧难容，不知何以自处，致连出外走动的心情全无。为着女方设想，固然是抱歉万分；即使反省自身，也不由得不寒而栗，又怎敢再尝试幽会什么的。若是同帝王的后妃做错事而一旦罪过暴露，与其为恋情所苦恼，倒不如以身殉情还好过些。而今，自己所犯的过失虽没有严重到这个地步，倘令六条院君恼怒，岂非真个无容身之地吗？有些身份高贵的女性，知情解趣的，表面上优雅而应对从容，实则内心未必如此，这类妇人倒是偶尔也会顺从男人而为情颠倒；可是那位三公主却是既乏周虑，而又胆小得紧，唯恐别人会发现内情似的，连个光亮处都不敢出去。心里老是嘀咕着：自己怎会变成这么一个见不得人的女人啊！

六条院主风闻三公主心事重重。紫夫人这边的事儿已够教他烦心了，不知又将加添上什么事情？遂赶来六条院邸探望。却见她并没有什么格外不舒服的迹象，只是无精打采，连头也不轻易抬起。心想：

定必是怨恨自己近来疏远了她吧。乃告以紫夫人的病态种种。“恐怕是为期不远了。只怕她责怪薄幸，所以才努力照拂着。她是我从小照顾大的，因而不能随便弃置不理。或许你会怪我长久疏忽了你吧。等将来这事情过去，自然可以让你了解我心了。”听他这番宽容的话语，女方愈感内疚，不禁偷偷背着人弹泪。

卫门督这边，自从与三公主私会以来，眷恋之情日增，旦暮所思，唯伊一人而已。祭日当天，公卿贵族们竞相来邀，想约他出去看热闹。可是他却整日价卧着，一副忧思苦恼的样子。对于夫人，则仅止于表面的尊敬敷衍，却未曾真正和睦相处过。独个儿躲在房里沉思不已。见一童侍手持葵叶，遂咏成和歌一首：

悔之晚兮漫摘葵，
插头未经神明佑，
而今畏罪兮徒自悲。[1]

心里虽这么想，恋情则愈炽。外面游行的车队喧喧扰扰热闹非凡，他却无意倾耳。这种事情也怨恨不得谁，只有独个儿闷在心中，觉得无以打发漫长的寂寥。夫人见得夫君如此不乐，虽然不解因由，心底着实不满他这种态度：未免太不把人放在眼中了！这一天，侍女们全都出外看热闹去了，家里人少，十分安闲，她郁闷之余只好取出筝来弹奏。她那模样儿到底是与众不同，具有公主的高贵优雅气质；可是，在卫门督看来，却是恨不得眼前这一位能换作更为标致的那心上人儿。咳，怎的偏偏天不从人愿，真是遗憾至极！

---

1 葵为贺茂祭用以插头之植物，柏木此歌以喻三公主，谓己未经神明庇佑即率尔私会三公主，今但觉罪过，而后悔不及矣。

插两鬘兮双葵嫩，

优劣高下自判然，

捡得落叶兮空遗恨！[1]

他竟不自觉地乱涂着。真正岂有此理！

源氏之君好不容易才到三公主处来一趟，因此不便骤尔离去。内心则无时无刻不惦念着紫夫人那边。这时，忽有人来禀报："夫人方才已经断了气。"他一时间觉得眼前昏暗，几为之颠倒失气。一路上也不知怎么辨别的方向，仓促赶回来。二条院府周围果然人群麇集，都溢到大路上来了。府邸内传来阵阵不吉的哭号声。院君梦也似不自主地奔入内里。"这些日子来情况还不错的，怎知道竟会突然变成这样子呢！"侍候左右的侍女们无不异口同声哭喊着："我也要跟着去！"那悲惨的景象，真是笔墨难以形容。眼看着佛坛已给拆除走，原本拥满一屋子的僧侣们，如今除了护持僧和值夜勤者之外，也都骚骚扰扰预备离去。那么，不得不承认这真的是终期啦。那心底的悲哀该怎么譬喻啊！"不，不！恐怕是妖魔附身吧。你们先不要慌。"他勉强叫大家静下来，更令僧侣们加倍隆重祈愿诵祷。又召来灵验的法师们，恳求道："就算是命数已尽，也请你们稍事犹豫等待一会儿。另外还有不动尊的本愿呢。至少，请等到那期限[2]到了再说吧。"遂令法师们再度奋起法力认真祈祷，个个头顶上都要冒出黑烟也似的。"请再睁开眼睛看我一眼吧。你竟这般突然离我而去，连临终都不让我赶上，这教我怎生不悲痛遗憾呀！"瞧他悲不自胜的样子，像是恨不得追随死

1 葵叶本为发饰之用，柏木此歌以双葵喻三公主与二公主，谓虽云姊妹一双，而其间优劣不同，己则捡得落叶（以喻其夫人二公主——后遂以"落叶之宫"为绰号），故悔恨深矣。

2 不动尊立印仪轨云："又正报尽者能延六月住。"故此期限盖谓六个月也。

者同去呢。旁边的人见主上如此，个个心情沉重。这情景真个不是纸笔所能表达的。许是菩萨见此也受感动的吧，这些日子以来未曾现形的妖物竟附着于童侍身上，狂呼大嚷之间，夫人霍然复苏了。乃惊喜交集，激动异常。

妖物终为法力制伏，道是："别人请退开。只要请院主一人听。我恨您无情，平素就用种种法力制伏我。本是想来报复的，可是见您伤心悲痛如此，我现在虽然变成了这种妖魔鬼怪，究竟从前作为人身时的情义尚存，所以不忍心见您这样，禁不住地现形了。"这种披头散发哭号的样子，同往昔所见的一模一样，而那种恐怖凄厉的情形也正如深烙他心底的印象一般。[1]源氏之君即刻捉住女童的双手，以免发生意外。"真的是她吗？据说也有恶狐狸出来作怪，却故意假借死去的人名义，以破坏人家名誉德行什么的。你给我好好儿道出名姓，再说几件只有我自己心底明白的事情来。说中的话，我才相信你。"女童听此，竟泪水夺眶而出。

"妾身郁兮异前时，
郎君依然同往昔，
薄幸冷漠兮恨情痴。[2]

悲苦啊！悲苦啊！"一面泣啼，一面仍带几分羞涩之状，那模样儿直如六条夫人生前，更教人看着不寒而栗。院主极力想制止她继续喊叫下去，可是那妖物哪里肯住口。"如今，蒙您照顾小女中宫，这一点情意，我倒是从天上时时看到，也十分领情的；可是，毕竟是所谓幽

---

1 谓葵夫人危笃时出现的六条夫人生灵也。详第九帖"葵"。

2 此六条夫人之灵怪借女童口所咏之歌。谓己已变身做妖怪，而源氏则依然如昔，其薄幸冷漠亦未曾改变，故自怨情痴也。

明永隔吧，子女的事情已管不了这许多，至今所恨者，唯妾身一人之事而已。活着时，教您看不起，以为不如别人而终遭遗弃，倒还可以忍受；恨只恨如今您同别人言谈之间，竟嫌我这人脾气怪异。难道您就不能体谅妾身已亡，即便是别人闲言闲语，也理当替我辩护一下才对呀。就是因为这一口气忍不下去，所以才会变作这种妖魔鬼怪作祟的啊！倒不是我特别怀恨您这位夫人，只因为您身上有菩萨保佑，没法儿挨近，所以只有在远处听一听您的声音了。请替我祈祷，好让此身罪障减轻吧。尽管您那儿做法事啦，诵经啦什么的，对我而言，徒然只是咒火一团缠身，丝毫听不到尊贵的声音呢。唉，真个悲哀啊。请把这事也转告给中宫听吧，叫她在宫中千万可别同人家争宠吃醋什么的；还要叫她勤加事佛，以减轻在神社任斋宫时的罪过才好。真是后悔莫及呀！”那妖怪不停地唠叨着，可是对着妖怪讲话岂不可笑，故而只得将那女童禁闭入室中；一方面又赶紧将紫夫人悄悄地挪移别处去。

消息不胫而走，许多人来吊问。源氏之君心里头很不是滋味。今日为贺茂祭次日，有些去看从上贺茂的斋院回归的游行热闹的公卿，在归途上风闻此事，竟不假思索道：“我说难怪啦。那么幸福的人竟然也韬光养晦，所以才会下起雨来哩。”还有人耳语道：“太过完美的人呀，总是不容易长寿的。古老的歌里头说：‘樱花无奈落纷纷。’[1]可不是嘛！像她那样子的人还让她长寿享尽全福，教旁人该怎么好呢？这么一来，二品公主[2]才有机会出人头地专宠吧？从前可是光芒全被这位夫人抢尽呢。”卫门督因昨天一整日闷得慌，今天便邀同其弟左大辨、藤宰相等共车，也赶来凑热闹。他偶然听得此消息，不禁为之

---

1 句出《古今集·春下》，无名氏作和歌。

2 谓三公主也。

心痛，乃自言自语："浮生何事可久恃。"[1]相率转赴二条院邸来了。唯恐消息不确实，徒然失礼讨人嫌，故而装作普通探病的样子。可是入得门来，见大家哀号骚扰的样子，又不得不大吃一惊，信以为真了。这时，式部卿宫也赶来，忧思满面，失魂落魄地步入内里，哀伤之余，连大家慰问之辞都听不进耳朵里。见大将之君在一旁拭泪，卫门督便靠近去轻声问："究竟是怎么回事儿呀？人人都在传说有什么不吉的事情。心里虽然是不相信，到底病得太久，所以不放心，来看一看。""其实她危笃已有些时日，今天拂晓时候突然断了气。据说是由于妖魔附体所致。好在方才已经苏醒过来，稍稍教人安心；可是，究竟还虚弱得很……可怜哪。"瞧他，大概刚才哭得挺厉害，眼睑都是肿的。许是与自己的私情相较之故吧，他觉得大将竟然为不怎么顶亲的继母这般伤情，其中恐怕是有些因由呢。六条院君听说这许多人都拥来慰问，故出面致歉："病人骤然断了气，侍女们大惊小怪，慌乱成一团，害得我也不由自主受到感染，至今都无法平静下来。各位好意来慰问，容后再给大家正式答礼吧。"督之君私下却觉得：若非这种意外的场合，自己怕是不敢随便拜会院君吧。他这般愧疚，都是因为做贼心虚之故啊。

即使紫夫人复苏以后，六条院君也还是放不下心，所以愈加令人隆重修法祈祷。想到六条夫人生前便有些阴森森与众不同之处，而今她在另一个世界化为妖物，更教人毛骨悚然；连带着，对于照顾中宫一事也感到厌嫌了。总而言之，女人都是罪障的因由。这真令人烦腻。想不到自己跟紫夫人枕边细语之际偶然提及之事，竟也让那妖物和盘托出；然则，这必是六条夫人的灵怪作祟无疑，念及此，心中愈为不安。紫夫人一心恳求要剃发事佛。而今源氏之君也想，或者借着

1　典出于《伊势物语》。

戒律，可以使疾病痊愈也说不定，故而令人略微削去顶上些许发梢，令其接受五戒。戒师于佛前诵读戒律功德之词中，有许多宝贵的文字。院君毅然不顾别人的观感如何，紧随在夫人身边，一面拭泪，一面共同诵读着佛经。这样看来，再贤明的人遇着这等忧心之事时，总还是无法克制自己的吧。他决心要尽一切努力以挽留夫人的寿命。日夜悲叹之余，竟致精神涣散，面容也憔悴。时入五月，天空本是忧郁阴暗的季节，紫夫人的病态虽未见得大有起色，但是似乎较前时稍见好转。不过痛苦仍是断续难免的。为着袪除妖怪之罪，日日诵读一部《法华经》。此外又经常举行隆重的法事。至于紫夫人的枕旁，则特选声音美好的僧人，令其朗诵经文。妖物一旦现形以后，又屡次出现，诸多怨叹，看来它并无意退散的样子。到了夏季，紫夫人的病况愈形严重，连喘气都困难，衰弱极了。院主心痛如绞。病人虽在意识朦胧之中，见得夫君如此，乃觉自己虽然未必贪生，可是人家这般关怀，万一真的走了，岂不辜负他一片真情；因而只得勉强振奋。许是药汤见效的吧，到了六月，竟然大有进展，有时也能稍微抬头。院君见此，喜出望外，一面却仍然放心不下，所以压根儿不回六条院府邸去。

三公主对梦一般的那事件总是悲叹不已。自此身体一直不适，倒也不像是什么大病的样子。第二个月以后，食欲全无，脸色苍白，形容也消瘦了。卫门督于热情难抑之际，有时还是梦也似的偷偷来相会。不过公主这边则颇觉得心烦意乱。在她心目中，六条院主是威严不凡的，所以相较之下，这位男士当然就显得无论品貌、气质都大大不如了。只有在外形风度方面，看来优雅有致，在一般人眼中，或会以为比其他男士优秀也未可知；可是对于从小看惯种种无与伦比的男士们的三公主言之，卫门督的出现只有增加自己的烦恼而已；而况如今又害自己为他而受这种苦，这真是宿命难抗，无可如何啊！乳母辈看出她怀妊的样子，不知就里，竟纷纷替女主人抱怨："主上竟连看都不来看一下！"好不容易院君获悉公主近况，遂返归六条院邸来了。二条院方面，紫夫人觉得盛暑难耐，故令人洗发，感觉舒畅了一些。她躺着，任由长发伸展开来，一时间也不容易干透。那一头丰富的乌发没有一丝儿紊乱，看来清清爽爽。面容因病而显得苍白，那种玉一般透明的肌肤反倒格外予人无可言喻之美感。身子仍像是虫儿脱壳似的，异常脆弱。这二条院的屋子许久没有来住，故而原本周遭有些荒废之感，如今骤然间来了这么多人住，所以显得拥挤。这两天身子稍好，兴致也较佳，浏览庭中仔细整理过的泉流啦，盆栽等，不禁感慨：这条命竟然给拖延到现在了啊！池面看来十分清凉。荷花遍开，田田的青色荷叶上有露光晶莹。源氏之君指着那方向说："瞧，那荷花兀自凉爽的样子。"紫夫人竟然抬起身子来看。这真是难得。"看你现在这样子，好似在做梦一般。那一阵子，担忧之余，差点儿以为我自己也活不了呢。"院君饱含着泪水说。夫人也禁不住悲从中来。

命实轻兮不可恃，
犹那露珠转荷间，
忽焉即没兮消失矣。

她脱口咏成。

殷勤誓兮再世缘，
一莲托生实所望，
岂限今生兮得团圆。

对于前往三公主处，院主心中并不怎么乐意，但碍于皇上与朱雀院的情面，又闻说她那边近来也有些不舒泰，若是只顾眼前这位夫人的病态，全然不关怀六条院那儿，也委实不近情理，故而趁紫夫人病情稍愈之际，过去探望一下。三公主方面因为心有愧疚，羞于会见夫君，连普通答问都不敢随便接腔。院主则以为：她表面虽然伪装平静，心里恐怕正怨怼自己近日来对她的疏隔吧？怜恤之情油然而生，遂费神百般安慰，又召来年长的侍女讯问病况。“看来不像是普通的病呢。”侍女据实以告。“奇怪，没想到事隔多年[1]，如今竟然……”他嘴里这么说，心底却讶异，连那些长年相随的夫人们都未见此等事发生，到底是真抑或是假呢？便也没有再说什么，只是无限怜爱地注视着她那辛苦的模样儿。既然好不容易才到这里来一趟，也就不便于急急离去，乃留宿二三日；内心却又不免担心紫夫人那边的情形，故而只得连连去函致意。“哟，怎么那么多话好说呀。瞧主上这样子，真教人替咱们女主人担忧。”那些不知三公主过失的侍女在替她抱不平。唯独那小侍从心里明白，所以难免焦虑着。

那卫门督风闻六条院主来探望三公主，竟不自量地妒火中烧。他修成一封情意绵绵的信，趁六条院主暂赴紫夫人往日居住的对屋时，令小侍从呈上三公主。“人家已经这么难过了，还要教人看什么麻烦的东西……”她伏身不予理会。“可是，您瞧，这开头几句，真教人感动呢……”小侍从正准备展信，不巧，这时忽有人来，遂慌慌张张拉个几帐来挡着，连忙避开。三公主亦大吃一惊。来人竟是夫君。一时间不知所措，便将那信笺赶紧插入茵褥下面。傍晚时分，院君想回二条院邸，故特来向三公主告辞。“你这情形大概没有什么太严重的，二条院那边可是还不怎么保险。我怕她会误会弃置不顾，所以不得不过去照顾一下。倘若有人造谣中伤什么的，你可千万别放在心上。将

1 三公主下嫁于光源氏已七八年，故云。

来总有一天会让你明白我情意的。”若是平常时候，女方总是稚气十足，甚或还会开玩笑什么的，可是今天却不大相同，她面容凝重，连正面看一眼都不肯。源氏之君暗暗觉得：果然是在嫉妒，这也是人情之常啊。二人在午睡之房躺着，闲话种种之间日已暮，稍有困意微微入睡，即被蝉鸣聒絮吵醒。“趁着看得见路的时候走吧。”六条院君起身换衣。“哟，人家不是说‘待月升兮’[1]什么的吗？”三公主说话那模样儿依然十分年轻娇美。许是感染到“光阴诚可贵”[2]那种气氛之故吧，院主一时间也舍不得离去。

夕雾繁兮濡罗袖，
　蝉鸣聒絮催君离，
　　去将去兮不稍逗。

听她天真地直咏心事，更加不忍拂袖而去，故只得坐着叹息：“唉，究竟怎么办呢？”

此方怨兮彼方待，
　心烦意乱缘蝉鸣，
　　分身乏术兮两慢怠。

总不便说走就真的走，所以今夜又留宿一宵。不过，心里总惦念着二条院方面，也无心进食，随便吃了些果物便就寝。翌日一清早起身，想趁着凉快的时候走。“咦？昨晚那一把扇子不知给丢到什么地方去

1　皆句出《万叶集·七〇九》，和歌恋歌。
2　同上。

了？这儿可是有些闷热呢。”他自言自语，放着桧木薄片扇子不用，却到昨日午睡的房里到处寻找，忽见茵褥皱端露出浅绿色的薄质信笺，遂不经心地抽出来览读。讵料竟是男人笔迹！那信笺上的薰香也怪浓艳的，似乎颇有些儿情致哩。看着密密麻麻写满两整张纸的信，心知定必是那个家伙无疑。那些打开镜匣侍候主人穿着衣裳的侍女并没有注意，以为他看的不过是普通信件。小侍从见那信笺的颜色与昨日的相同，不禁心跳如击鼓。她连主人进粥那方向都不敢看一眼。心想：女主人岂有粗心大意到如此地步的道理？她一定早已经收藏好了才对。这时，三公主却仍平静地睡着。院主则觉得：真像个小孩似的。这种东西也可以随便乱放的吗？若非碰到自己，给别个人看到可怎生好！遂又对其人品的浅薄有所不满。其实，他早已经对三公主这种欠缺周虑的短处担心着的呀。

待主人走后，侍女们也陆续退出。侍从乃靠近女主人问道：“昨天的东西呢？我方才见主上看的信，那颜色像极了昨天的呢。”三公主一听此话，晓得这下可糟了。她急得泪水直流。那模样儿虽然楚楚可怜，却未免真个邋遢得可以啊！“您到底把它放到哪儿去了？那时候有人来，我怕在您跟前多事盘旋会教人起疑，为着小心谨慎，才赶紧避开的。当时离主上进来不是还有一段时间的吗？我总以为您会藏好它哩。”“不，我正读着，主上就进来了。一时情急，也没地方好藏，所以就随便塞了进去，过后也就把这事给忘了……”你听这口气，真教人拿她没办法！遂连忙到茵褥处去翻找，可是现在还能找到什么吗？“这下子可了不得。人家对方就怕这样，所以总是小心翼翼，唯恐消息传入主上耳朵里；怎知道马上就发生了这等事呢！都是您太孩子气，像上回蹴鞠的时候，让他窥见了身影，所以从那次以来，害人家思思恋恋，意乱情迷，老缠住我不放。说实在的，当时我也没有想到事情会弄到这般地步。咳，这么一来，对大家都不好了。”这侍从竟当着女主人面肆无忌惮地数落起来。许是因为这位妇人太过稚嫩，令人易于亲近，所以才会让一个婢女说这等失敬的话语吧。三公主不回一句话，尽顾在那里哭泣。悲苦之余，饮食不进。“瞧，放着这么难过的病人不顾，却偏要回到已经痊愈的夫人那边去。主上也真是的！”不明底细的侍女们还纷纷怨恨院主无情哩。

六条院君对于那封信仍疑惑不解，故在无人之处又重新细读。或许是侍女之中有人恶作剧，故意模仿那中纳言的笔迹亦未可知。不过，那言辞口吻十分清晰，不可能是别人假造的样子。那种倾诉长期相思得偿，如今又难耐片刻分离的情节，写来十分细腻感人，就文章而言之，算是上乘之作了；但是，情书哪有写得这么露骨的！那中纳言也未免太浅薄了。这类书函，有时候难免会遗落。记得自己年轻时，即使要吐露情爱，也总是尽量简略，含糊其词的。凡事能考虑周详的人真是不可多得啊。心中不禁有些轻蔑卫门督起来。现在，究竟要如何来对待这位三公主才好呢？原来她所以怀妊，乃是有了这种过错的缘故啊！唉，真是烦心！亲眼见到这种可厌的事情，却还要待她如初吗？他就是无法摆平自己的感情。即使是自己不怎么顶深爱的女人，倘使一旦知道她有了别个男人，心里总是会不愉快而逐渐对其疏远的；而况这位妇人又是身份特殊，那卫门督也未免太大胆了。当然啦，过去也有同帝王的后妃犯过错的，可是究竟又不同于此。譬如说同仕于宫中，彼此因朝夕相见而日久生情，互通款曲，乃至发生不可避免的过失，这种事情也不乏前例吧。所谓女御、更衣之辈，也并非个个持操高洁，其中自亦难免有缺陷的人，而未必全都是思虑周到的，因而也可能发生那种不可告人之事的吧。当其隐私尚未泄露时，或能继续留仕宫中而不为外界所知。但是，自己对待三公主可谓无微不至，甚至于比对紫夫人还要尊重宝贝她，而今她竟然胆敢做出这种事情。是可忍孰不可忍，非给她一点颜色看不可！若说是表面仕奉着帝王，对于宫中生活压根儿就没有兴趣，正巧有人热情献殷勤，久而久之，被他打动了心，不知不觉间，也偶尔信札来往酬答什么的，终致两情缱绻，这种事情虽亦属不可原谅，毕竟还说得过去；可是现在她却为了卫门督那小子而移情别恋，这实在是教人百思不解。源氏之君心中着实不快，可是又觉得不便怒形于色，故而诸多烦闷。同时，到现在才想道：或许先父故桐壶院当年也曾有过同样的心事也未可知；可能他明知自己与继母之间的私情，表面上却不得不伪装不知吗？[1]回忆往事，自己所犯之罪确实是不可原谅的啊！反省自身的过去种种，这才明白所谓“恋爱山路难辨明”[2]，人的行为有时真是并非义理所能尽。

虽是极力佯装平静，毕竟难隐心烦意乱。紫夫人见夫君如此，以为他怜悯自己大病初愈而不得不勉强来此，心里却放心不下那边的三公主，故而觉着内疚愧歉。“我的身子已经好多了，公主可不知还在苦恼吗？您这么早便回来，不大好吧。”“是呀，我原也以为她的病很严重，看来却并不怎么厉害，所以才安心回来。据说宫里头经常派人来慰问呢。今天还收到一封信，院上特别叮咛要小心照拂她，所以皇上也不敢怠慢的吧。我只要稍一疏忽，便觉得对不起各方呢。”源氏之君的声音近乎呻吟。“当然也要顾及皇上的看法，不过，最要紧的还是别让她本人怨怼才好。谅她自己未必会那么想，怕只怕身边那些人当中说不定会有人说长论短的。一想到这事，我便也挺难过。”对于紫夫人这番话，院君故意说笑道：“哦，对于我最亲爱的人儿——你来说，那位公主应该是个惹人嫌的人才对；没想到，你倒是八面玲珑，设想周到，连她身边的人会怎么想都考虑到了。跟你相比，我

1　此处原文简省，以其晦涩，故依日文注释润饰之。
2　句出《古今六帖·四》，和歌。

可是只顾虑到皇上的感想而已。真是太欠思虑了。”有关回六条院邸之事，院主热心地提议：“跟你一块儿回去吧。让咱们好好儿过日子。”“还是让我暂时在这儿自在地过一阵子再说吧。请您一个人先回去，等三公主心情好转些我再过去。”这样商量之间，竟过了好些日子。

若是从前，对于六条院主久久不来访，三公主定会埋怨他冷漠的，可是，现在她晓得都是自己犯下了罪过，才会形成这样子，又担心若教父亲获悉，不知他老人家会作何感想，乃觉得简直无地自容。而那卫门督却又一再要求相会，小侍从着实懊恼极了。“老实告诉您，发生了如此这般的事情呢。”男方乍闻之下，大吃一惊，不知道这事情什么时候给发现的。这类事日久天长终是会露出破绽来。每想及此，便忐忑不安，就像上帝临鉴，战战兢兢；而况现在竟教人家看到那封绵绵密密的信，这真教人又羞又畏，恨不得地上有个洞钻进去才好。虽然这是“朝夕乏凉意”[1]的季节，却觉得浑身发冷，直起鸡皮疙瘩，心中颇不是滋味。回想这些年来，无论是公私事务游宴，总是特蒙六条院君召见，另眼相待，得以随身近侍；现在却要让这位人物把自己看成不识抬举的家伙，真是赧颜至极；可是如果就此避不见面呢，别人也许要见怪，而且院君也会更加起疑了。这么来回思量，心中委实难安，也就提不起精神上宫。虽然这种事情也算不得罪大恶极，却觉得已到身败名裂的地步；唉，其实也该老早料想得到这一点才对。一方面便这般自怨自艾起来。至于那位妇人呢，也实在有些儿欠缺着涵养啊。譬如说，那次给自己从帘外窥伺倩影就不太应该了。当时大将也看见的，人家心里定必也在责怪她轻率吧？现在这些事情都涌上心头来了。他这样百般挑剔，莫非是企图借此给自己的热情浇

1 出典未明，谓夏日也。

冷水吗？但是另一方面又认为：只因为雍容高贵的出身，平时高高在上，完全不明世态百相，又不懂得防范下人，所以才惹得自己这等大祸，也给对方不利。这么说来，心里可真矛盾，一边责怪，一边又对三公主无限爱怜，无法忘情。

三公主的身子一直不舒服。院主见此，怜恤之情又不禁油然而生。原本想弃置不顾，却又反而奇异地恋情陡增，最后只得过来探访。见得眼前的人儿难受的情况，又难免心软担忧，故而令人举行安产的祈祷等等。大体说来，他待三公主与往昔无异，甚至更为劳神照料，较诸以前更为体贴入微。不过究竟日常言谈方面则显然已有隔阂，人前尚勉强维持表面的亲近，实则内心苦闷异常。女方当然是更加不好受喽。主上又不干脆明白责备："我已经看过什么什么了。"这样更教她不知如何是好，瞧那不知所措的神态，真像个孩子似的。咳，还不就是因为这样才引起的麻烦吗？虽然说是雍容的好，可是像这般太不谙世故的，也着实不可恃啊。这么说来，男女之间的事儿实在危险，像那明石女御也是温柔单纯的，倘若有个像卫门督这样的男人来表示爱慕之意，说不定还要更为动情呢。是否男人对此柔弱的女性比较容易产生绮念而轻举妄动呢？有时明知不好，却又不禁钟情，而女方则又不能坚持原则，所以才会铸成大错的吧。至于如今贵为右大臣夫人的玉鬘呢，虽是自幼乏人照料，在乡下地方流浪长大，可是她自有其坚定的一面啊。想当年，自己表面上虽以父辈自居而照拂她的生活，实则内心也不无恋爱私情，然而她始终都是佯装不知；又如那个须黑大将想笼络无知的侍女偷袭时，她也坚决地把自己的清白公之于世，使人相信那是出于长辈的意愿而非自己私下所犯的过错。诸如此类的表现，于今思之，确实是明智之举。当然啦，这一方面得归于宿缘深刻，所以才能白首偕老，不过若是当时给世人看作苟合配对的话，那就难免教人瞧不起哩。这一点真可以说是处理得当了。

对于住在二条的胧月夜，至今仍难忘情。可是现在才明白这种偷偷摸摸的行为是多么罪孽深重，而女方那种轻易许身的行径，如今看来也难免太轻率了。不过据说她总算偿了出家之志，则又觉得可怜复可惜，不禁为之心动，遂试投一笺聊表慰问之意。信中埋怨：至少也该略表“而今将偿愿”才是呀，怎么这般薄情呢？

“尝为卿兮漂须磨，
　而今如何等闲视，
　　忍遁空门兮徒蹉跎。[1]

常思人世无常，竟也迁延至今，致落后而尚未能偿愿，诚属遗憾。即使你弃我而去，也盼能于日日回向祈祷之际首先念及我，则于愿足矣。”这封信可真是绵密细腻啊。其实在胧月夜方面来说，出家之事已考虑甚久，却因为源氏之君半途阻挠，所以才迁延至今。不过这种事又怎能说出口来呢？故而只得独个儿在心中回忆辛酸的过去。想来二人之间也真个缘分匪浅哩。双方遂都沉湎于往事回忆之中。女方觉得：今后怕是没有机会再作书信往返了，然则这乃是最后一次，故不由得悲从中来，有意细腻修函。那笔迹着实可观。“原以为只有我一个人叹世事无常的，讵料竟接得‘致落后’云云之信。真个所谓：

明石浦兮既漂泊，
　底事犹豫山门前，
　　遂令君志兮空遗落。[2]

1　此源氏责女未告而遁入空门也。原歌多音义双关词，此径取意译。
2　此盖胧月夜讽刺源氏犹豫志不坚，致反落后于己也。歌亦多音义双关。

回向本是为普度众生，岂能单为您一人啊。”那信笺系采深灰颜色，系于木莲枝[1]上。事隔多年，她那潇洒的笔迹依然饶富情致。

碰巧要回到二条院邸，而既然如今已情丝断尽，故索性大大方方出示于紫夫人前。“嗳嗳，真教她给揶揄够了。毫无办法！没想到这大半辈子，自己倒也静观世态百相过来了。一般世事啦，偶然闲聊啦，以及时序更替的感触趣味等等，能够推心置腹无所不谈的，就只剩这位和槿斋院二人而已。没想到大家都要出家，连那斋院近来也勤于修行念佛，心无旁骛呢。在我所认识的妇人当中，这么些年来，真正称得上明辨事理，又不失优雅风度的，恐怕除了这位斋院，真不作第二人想。教育女子可真不容易哪。人各有命，看也看不见，也没有法子按照长辈的意思如何如何。不过，话又得说回来，养育教导的心血还是不容忽视的。所幸我的孩子不多，不必到处过分劳神就是。早年也曾经觉着寂寞，常常慨叹子胤单薄。你呢，我倒是希望能好好儿照料女御所生的公主，那位做母亲的人呀，年纪轻轻就入宫，宫里的生活又十分繁忙，恐怕对很多事情都不甚明了吧。公主身份的人，还是得谆谆善诱，务使她们的一生能过自在而不受人非议的生活才是。一般人家的小姐嘛，好歹可以找到适当的夫婿，自然就有人扶导过日子了。”对于院主这一番心意，紫夫人回答说：“我可不敢负什么监护的重任。不过，只要微命一息尚存，总不敢推卸责任。怕只怕我自己也不知有多久……”她本身尚未完全恢复硬朗，对自己的前途也没有什么信心的样子。如今她倒是羡慕那些随心所欲可以一偿出家修行之愿的妇人哩。院主又说：“尚侍之君的尼装，在她那边准备好以前，恐怕还得需要咱们这儿给她筹划才好。那袈裟究竟该如

1　胧月夜系出家人，故用深灰信笺。又一般书函多系于花枝，此亦因尼姑身份，故采供佛之木莲枝也。上文“回向”，为佛教术语。《往生论》注下曰：“回向者，回己功德，普施众生，共见阿弥陀如来，生安乐国。”

何缝制呢？请你指点一下。另外一套，想请六条院东边的夫人帮忙准备好。太过普通的法服嘛，未免单调难看吧。这方面，希望你稍微费点儿神，要教人看着有女性趣味的才好。”于是，紫夫人这边便即着手准备一袭灰色尼装。此外，她又暗中召来禁中有司，使准备种种尼姑所需用品。连茵褥、上席、屏风、几帐等物，也都特别令人加工制造。

这期间，山居的朱雀院的五十寿庆竟给拖延下来。原定于秋天举行的，可是八月为大将亡母的忌月，不便准备乐舞诸事，九月又逢院上的先太后忌月，遂预备到十月再来举行。哪知如今因三公主害喜而又得延期了。不过卫门督的夫人落叶之宫倒是在这个月里来参贺过。如今已致仕的太政大臣负责料理仪式万端，一切求尽善尽美，布置得金碧辉煌。督之君也趁此机会出来周旋，力图振作。不过究竟他心事重重，身子老是不大爽快。六条院邸方面，三公主始终因为内疚之故吧，自觉见不得人，悲叹不已，随着怀孕的月份增加，愈显得苦恼。院君心中虽大大不愉快，见她这般虚弱苦恼，也不能不担忧。祈祷啦什么的，今年这一年日子过得可真是忙碌。深山里的院上也有所闻悉，为父的无限心疼女儿。也有人禀奏，近来六条院君久久不赴公主处，更教他格外难受，而怨叹世事不能尽如人意。据说前一阵子对屋的夫人患病，源氏之君一心只顾照料她，朱雀院闻此，心中已有些担忧；而到现在都还不肯回到公主处去，莫非是这期间有了什么差错不成？那公主虽然自己纯真无邪，怕有什么不怀好意的近侍居中撮合也未可知。即便是在宫里头，单是男女间风流的情书往来，都有人爱飞短流长造谣生事的。念及此，虽然他对红尘诸事已不再关怀，可是骨肉亲情总还是难忘，遂修成一封寓爱深厚的信，使人送达三公主处。赶巧院君也在场，故而一起览读。“迩来由于无甚特别之事，故而久疏音信，致一任岁月流逝。近闻汝健康欠佳，早晚上经之际，无时不系念。未知现状如何？世事原本难尽如人意，纵有些许不顺遂之事，亦盼多多忍耐。为人最忌猜疑，万勿使不满之情形之于颜色。此盖为品格之下下者也。”信中有如此恳恳晓谕之词。

源氏之君看后，心中十分悲痛。院上当然不可能知道个中隐情，看来他把过失都归到自己头上来了。深思片刻后，他问：“你预备怎么答复呢？读了这封忧思满纸的信，真教人难受极了。即使我这边有什么使你不满的，也自问没做过任何让别人认为亏待你的事情呀。到底是谁去向令尊告密的呢？”女方竟羞涩地侧过脸去，那姿态另有一股楚楚动人处。面庞虽略微消瘦，显得心事重重，倒是反而令人觉得高贵优美。“大概是深知你稚气未脱，令尊才会这般挂虑的吧。今后可得要凡事小心谨慎才好。这话我本来不想说的，可是，看这信，令尊似乎误会我有违背他圣旨的地方，这点教我难过，所以想至少对你说个明白。你若是不能分辨是非善恶，只顾听些无聊的甜言蜜语的话，我所要讲的话怕是徒然惹你厌恶，而况我现在老丑，你或者会嫌我唠叨的吧？我自己想一想，何尝不遗憾呢！可是至少令尊在世期间，请体谅他所以让你跟我的用心之苦，稍微忍耐些，把我这老头儿放在眼中，不要太过瞧不起吧。现在连那些对出家事佛本来并不怎么顶热心的妇人都一个个走了，而我自己却还在这儿犹豫不决，倒不是红尘有什么值得留恋的，只是觉得既然令尊在遁世之前殷殷关照，令我照拂你的生活，我自觉得既哀伤且光荣。又想：若是连我都步大家的后尘，丢下你不管的话，岂不是辜负了他一番心意吗？老实说，从前教我牵肠挂肚的人们，现在倒也没有什么值得羁绊我出家之志了呢。女御也总算有了今天这个地位，虽然以后的事谁也不敢说，可是至少皇孙公主一大堆，只要我活着一天不出什么差错，大概也不必担心什么了吧。其余各人呢，年纪也都大了，即使要同我一起出家也不妨，所以也就心境轻松不少。令尊的寿命怕也不长了，近年来又时常闹病，身子越来越虚弱，所以千万别让他听到不好的谣言什么的，以免加重他的心理负担。今生今世的事情倒是没什么可忧，就怕因而妨碍他后世悟道，那可就罪孽深重了呀。”虽然没有指明那件事，听他如此恳恳而谈，三公主只有泪流满面，沉思哀痛。院君也禁不住跟着掉下眼泪来。“唉，从前听年纪大的人说教，觉得十分讨厌，没想到现在却轮到自己这样了。大概你心里一定在嫌弃可恶的老头子吧！”说罢，觉得十分羞愧，遂亲自取来砚台，拿好纸笔，想叫三公主写回信。可是，她的手一个劲儿地发抖，没法子写字。源氏想：若是那家伙写的情书，大概就不会如此犹豫，恐怕会立即作答的吧？心里难免醋海翻腾，方才那点怜爱之情也全消了。不过毕竟还是口授文句，使之书写完毕。“这个月份怕是不能参上拜寿去了。既然二公主已经那么隆重地给令尊做过寿，我看你现在这身子，也不便于同她一争短长地跟着参上吧。十一月是桐壶院的忌月，而岁末又诸多繁忙，愈是往后，身孕愈是明显，给令尊看起来也不太好，可是也不能一直拖下去吧。我看你呀，先别想得太多。想办法让自己高兴些，也好让憔悴的脸孔添些颜色吧。”言谈之间，竟又不觉地爱怜之情生。平常遇有什么有趣的场合，院主总是不忘特别找卫门督来商量，但是今年却连提也不提一声。也曾考虑过别人会不会起疑，可是又怕一见面，对方难保不会把自己看作呆瓜，而自己也恐怕见了面便要忍不住这一口气吧。遂对卫门督久不来访之事也不苛责了。世人都以为督之君健康情形尚未好转，而六条院主方面又无甚游宴，所以彼此才会显得如此疏隔的吧。唯独大将之君觉得这中间必有缘故。那好色的家伙，怕是从上回自己觉察到那事件以后不知又做了什么事哩。当然啦，他做梦也想不到事情已经到了如此不可收拾的地步。

时届十二月。寿庆已定于十日后，故六条院方面练舞的练舞，府邸内诸多忙碌。住在二条院的紫夫人尚无归意，可是听说即将举行试乐，不得已只好搬回来了。赶巧明石女御也正归宁，此次又添一男婴。可爱的皇婴次第诞生，院君朝夕相伴作乐，觉长寿毕竟有了代价，内心颇感安慰。试乐之日，玉鬘也回来。花散里夫人则因为迩来大将之君朝夕在她那里调乐也似的私下勤练，日日观赏，所以正式试乐当天并没有来参加。像这种场合，若不找卫门督来嘛，会显得气氛暗淡，而且别人也会起疑，所以派人前往邀请。岂料对方却借口病重，没有应邀参加。看来又不是什么特别的病痛，究竟他是在想什么心事呢？源氏之君倒有些不放心，故特别遣人送信过去。为父的内大臣也责问："何以拒绝呢？人家准会以为你在闹别扭。又不是什么大病，还是勉强去一下吧。"正规劝之间，六条院方面的使者也到来传递消息，故而只得勉为其难地赴约。

时候尚早，其他的公卿贵人们尚未到来。照常又给引入里间帘内，把主屋的垂帘放下来相见。果然，他脸色十分苍白消瘦。这位公子平常就比他那些活泼健康的弟弟显得文弱些，往往教人觉得怪深沉矜持的，现在又特别矜持地端坐在那儿，拿他同三公主比肩匹配，确实一点也不逊色。不过这次的事件呀，这两个人怎会那样不讲道理，实在是不可原谅！源氏之君难免眼神严厉起来，但表面上仍极力佯装无事，亲切问道："好久没见面了。这几个月来忙着照顾病人。这儿的三公主本来是想给她父亲做寿庆法事[1]的，却接二连三地碰到忌事，竟然到了这么时间紧迫的地步，所以也就不可能照原先预订的计划进行了，不过还是想稍微准备些斋素。谈不上什么做寿，只是想趁这机会让他看看家里越来越繁多的子孙而已，所以便也开始要练舞什么的，只想在这方面聊尽心意罢了。这配乐的事情，想来想去，除了你还有谁做得更好呢？这么一来，连对你久久不来访的怨恨都忘了

1 朱雀院今已为出家人，须念诵《寿命经》等，故云。

呢。”瞧他说话的样子从从容容，没有一丝儿芥蒂似的，如此反倒令人心虚，卫门督脸色都变了，一时间连话也答不上来。“我是因为听说您这儿最近有几位病人，虽然心里惦念着，可是不巧，我自己从春季里开始也患起每年照例的脚气病，闹得相当厉害，站也站不好，越拖越衰弱，所以连宫里都没能参上，整个人像是与世隔绝了一般，独个儿闷在家里头。可是今年是院上的五十大庆，家父也认为应该格外隆重祝贺才好。他说：‘既然是挂冠弃车而去[1]的致仕之身，就算我想出席参加，怕是连个座位也没有。你虽然官低位卑，虔诚的心意总归是一样，所以一定要表现给院上看才好。’我听了这番话语以后，只得忍着病痛参上了。不过，既然院上近来无意尘俗之事，恐怕也不见得喜欢接受过分铺张的仪式庆典，所以我看倒不如尽量求其素简，让他一偿静静详谈的意愿吧。”经他如此解说，先前隆重的寿庆也就变成为出自其父致仕大臣的意思，而非其夫人二公主的安排似的。对于这番巧妙的说辞，院主不得不暗暗感佩。“你说得对。我也正是这个意思。世人或许会认为过于简略欠缺诚意，但是明理的人到底还是会赞同，所以就越加让我坚定此志了。如今大将在政治方面逐渐有了可以独当一面的倾向，可是对于此类风流雅事，则恐怕嗜好不顶深厚。那位院上呀，真个精通万事，尤其关于音乐，更是造诣非凡。别看他现在已经弃绝红尘，恐怕更有闲情细辨音色，这样更教人怠忽不得。所以想劳驾你和大将两位，请你们共同教导舞童们的修养以及心理准备等等。一般此道师传嘛，个人的造诣虽是不错，可是要他们指导别人控制大局，却每每教人看着不无焦急。”他说话的语气十分诚恳，害这边听的人不知该欣喜还是更加愧疚才好，故显得有些坐立不安，颇不自在，说话也较往时少，一心只想快些退

1　古文《孝经》：“七十老致仕，悬其所仕之车，置诸庙。”

出，所以也不像以往那样细腻对谈，好不容易伺机溜出。遂信步来到东殿，帮着大将把那些预备给当天乐人、舞者们穿的装束再予增添些许趣味。其实大将原本已准备得相当完善，可是经这位督之君稍一插手，便愈发细致而臻于至善。这样看来，此人对此道的造诣委实是高深了不起的。

今日系试乐之日，却有妇女们参观，为免她们失望，本来正式寿庆之日，舞童们应着灰褐色及浅紫色的曳地长裳，今日暂令穿着青色及暗红色衣裳，而乐人三十位则穿纯白衣裳。将东南方钓殿伸出的走廊作为乐队居所。当其自庭园假山的南侧出现之际，令奏雅乐《游仙霞》之曲，赶巧这时雪花稍稍飘落，令人觉得“冬届暮兮邻近春”[1]。看来梅枝似亦含苞微笑，真个风流万种。院主坐于厢房帘中，只有式部卿宫及右大臣侍候身边，其下的公卿们则分别列席于走廊。由于此为非正式宴聚，故所准备的膳食都比较简略。由右大臣的四公子、大将的三公子、兵部卿宫的孙辈公子二人共舞《万岁乐》。四个人都尚年幼，所以显得格外讨人喜欢。不过由于都是名门出身，而容貌也很端丽，又装扮得十分漂亮，所以自亦有一种十分高贵的气质。此外，则有大将与典内侍所生的二公子与式部卿宫之子——从前的兵卫督，现在的源中纳言——所生的公子共舞《皇獐》，右大臣的三公子舞《兰陵王》，大将的长公子舞《落蹲》，以及其他如《太平乐》啦，《喜春乐》等。这些舞蹈都由这一族里的公子和长辈们负责出舞。日暮后，令人卷起垂帘，更加尽情观赏舞乐。见孙辈个个以美妙的姿势舞出各人拿手的一段，这一方面得归功于师傅们的热心指导，当然也还得要有各人的才能才行。源氏之君觉得每个孙子都十分可爱。那些年老的公卿也都禁不住感动而落泪。式部卿之宫呢？他看到孙儿

1　句出《古今集·杂体》，清原深养父作和歌。

的舞姿，竟把鼻子都哭红了。做主人的院君说："唉，大家年纪一大，都变得脆弱易哭哩。瞧，卫门督在取笑咱们呢，真不好意思。可是，不久你也会变成我们这个样子。时光不倒流，谁也免不了要老去的呀。"说着，转看那个人。没想到他竟沉着脸，比别人都一本正经的样子。也难怪啊，他本来身子就不顶舒服，眼前的热闹，他好像都没有心境观赏似的。院君却故意逮着他，借酒装疯地揶揄。明知他开玩笑，仍是难禁胸口骚乱，酒杯传到自己跟前来，又觉得头疼，所以略微敷衍碰一碰嘴唇而已，却教主人看穿，不准他放下杯子，屡次强迫灌酒。这真教他困惑。然而他那种犹豫的模样儿却不像别人，怪好看的呢。

酒后确实不堪其苦，遂顾不得宴席未散便半途而归。没想到过了一阵子仍是十分难过。又不像往常那样喝得多，何以会如此不舒服？是否由于心虚之故而易醉呢？自己倒不觉得是个胆小鬼，唉，可是为什么这般没出息呀？遂觉颇不是滋味。这病竟不是一时酒醉，真的转为重病了。父母都大吃一惊，怕离得远放心不下，所以把他接回家里来。[1]夫人落叶之宫哀叹的情形更是教人看着都心酸。男方呢，平时总以为时间还多着，迟早终会同夫人建立起深厚的爱情吧，所以也就未曾积极表现，而今思之，这一走，或将是永诀也未可知，心中难免无限悲伤。日后她一个人留将下来，不知会多气馁！实在是太对不起她了。落叶之宫的母亲也深深哀叹道："依照世俗一般的惯例，亲子之间倒还在其次，至于夫妇之间，应该是片刻不离才对呀。如今这么分别，到你痊愈之前，教她怎能不着急啊。我劝你还是暂时在这儿住着养病吧。"遂在女婿病榻旁，令设几帐，隔着那一层东西亲自看护。"您说的是啊。这卑微的出身蒙您看得起，把公主许嫁给我。本来想

1　当时习俗，婚后男方往往住于女家，故云。

不自量力多活些年，有朝一日，或许也可以请您看看我出人头地的样子。真没料到竟落得这副狼狈相，想到连这一点心愿都恐怕没法子达成，明知是小命难保，却觉得死都不甘心哪。”双方都在哭泣。卫门督更是不忍心马上跨出门去。他的母亲可又焦急起来。“怎的竟然不想到赶快来见见双亲呀。我这儿一有病痛什么的，在众多子女之中，总是特别依赖你，想到你呢。你就狠心这般让母亲焦虑啊。”难怪老夫人埋怨，这原也是人情之常。“许是我身为长子的缘故吧！父母亲从小就特别照顾我，就是到现在，也还是对我疼爱如故，稍久不见就要担心；而今我病得这么厉害，像似命限已到，若不去拜见他们，恐怕罪过，无以为对呢。万一听说我真的不行了，那就请你悄悄过来看看我吧。我想，咱们总会再相见的。我这人禀性鲁钝，或许有时会让你觉得情爱不够深厚吧。唉，现在回想起来，真是很后悔，没想到自己的命这样短，一心只想着往后的事情哩。”说罢，哭哭啼啼搬了过去。留下了夫人独个儿思思念念哀叹不已。

父亲那边已准备妥善，迎接儿子回来，细心周全地看护照料。虽云病重，倒也不像真正到了危笃的地步，只是这个月以来，总是没有胃口进食，连个橘子都不想去尝一尝，眼看像是要给什么拖陷了下去似的。这位公子本是人人尊为一代贤者的人物，而今病得如此，举世惋惜，前来探病者络绎不绝。宫里和朱雀院府方面也时常派遣人来慰问，更加使做父母的感到狼狈困惑。六条院君闻悉卫门督病重，也深感遗憾，频致细腻的慰问信函于其父致仕大臣。至于大将之君，则与病者原本是最亲密的朋友，所以时常就近探访看顾，看来比谁都悲伤。

朱雀院的寿庆已定于二十五日举行。卫门督这种了不起的人物应该是此种场合不可或缺的，如今却因病重未克参加。这么一来，双亲、兄弟以及其他许多贵族们都心情沉重，愁眉不展，实在与庆典的气氛不相称。不过，这事已因过去几个月以来的种种忌事而一延再延，实在也不能再拖下去或中止了呀。源氏之君深察三公主的心事，暗暗也替她难过。依照惯例，这次是五十寿庆，故而于五十所寺院，处处举行诵经法会。又特于院上所住的寺院中供养大日如来[1]。

1 原文作“摩诃思庐遮那”，今据《佛学大辞典》释：“密家（按即密教也）译为大日，为法身如来之极称。”取其通俗称谓。

第三十五帖

柏　　木

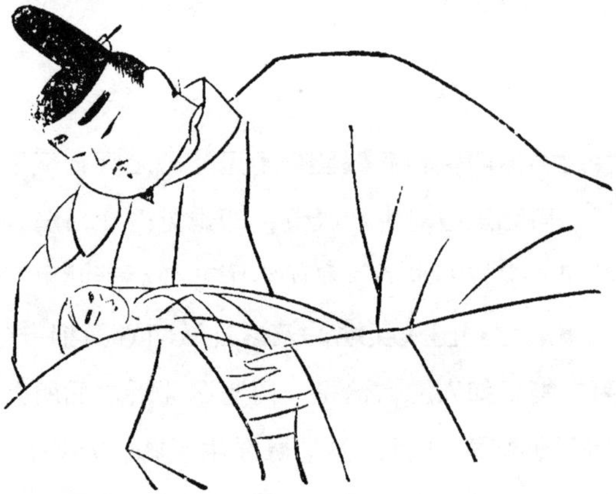

在卫门督之君这般辗转病榻丝毫不见痊愈之间，又改岁了。见父母悲叹的样子，自己虽已对生命厌倦，却也觉得让白发人吊黑发人委实罪过。不过回过来想：难道吾身可容留恋苟活于此世间吗？自幼便与众不同，凡事总想要出人头地，无论公私两方面都十分努力过来，然而究竟世事未能尽如人愿，这是一再遭遇挫折之后所得的教训。而自从认清了自己的能力以后，愈觉得浮生乏味，乃有志于后世之修行；可是每一念及父母将会如何失望悲伤，便是成了徘徊山野间的修行者，恐怕也将会成为悟道的一大妨碍吧？因而犹豫不决之间拖延至今。现在却由于闯下这等大祸，遂致烦恼不绝，这都是自作自受，实在也怨天尤人不得。恐怕也是前世注定的吧。这世间本是“谁人可比千岁松”[1]，既然寿命有限，还不如趁此身尚有人悯恤之时，将那梦幻一般对自己尚有些许爱怜之情的人儿，像那“夏虫之慕火”[2]一般，留

1 句出《古今六帖·四》，和歌。
2 句出《古今集·恋一》，无名氏作和歌，原文本取其下句“所思唯一事”，今以其含意晦涩，故丹地本译文取其上句。

作此身燃烧的纪念吧。设若自己勉强贪生苟活，到头来自然会浮名四溢，对己对人都将带来无限困扰。如果现在就死去，别人或许会责怪自己，但是日久总能见谅的吧？再重大的罪过，临了多数总是会消匿的。除了这件过错之外，实在并别无他过，而长久以来，自己与六条院主之间可谓交往亲密，就凭这一点关系，对方也或能可怜自己吧。卧病无聊之余，竟日独个儿胡思乱想，却是越思越觉得人生乏味。唉，何以自己竟然走到这么见不得人的地步呢？心情沉重，思绪紊乱，致泪流枕浮也似的忍不住哭泣。趁一时病情稍转好，看护诸人离去之际，连忙修成一函送于那位心上人儿。“明知我命危在旦夕，却不见稍示关怀。虽亦知道自己合该如此，仍不能不遗憾万分啊。”禁不住手腕颤抖，故而寥寥数语，言不尽意地书写道：

“命将尽兮身将焚，
　此躯虽化烟缕缕，
　　情思残留兮仍慕君。

请说一声可怜吧，好让我定下心来，作为暗路中摸索的指示灯。”又不断唠叨，哀求小侍从同情。“想再见一面，倾谈心事呢。”这个侍女从小因她姨母的缘故[1]得随意出入此府邸，故与卫门督君也相当熟稔。她对男方大胆的要求虽亦颇不以为然，闻悉他危笃的情形，却又难免悲情盈胸，忍不住啼泣劝告女主人：“还是请您答复了他吧。说不定是最后的哩。”可是三公主却坚不答允。“想到他危在旦夕，着实教人担忧。听他病重，我也不是不可怜他；但是这种事儿真教人害怕，我已经受够了。”虽然她并不是那种稳重而有主见的女性，但想起院主

1　小侍从姨母为柏木乳母，故云。

时时警诫自己似含恨意的那种口吻，便会胆战心惊。不过，小侍从给她取来砚台促请书写，则又不得不勉强握管成函了。小侍从遂携此信函，趁傍晚薄暮时分前往大臣府邸。

卫门督的父亲特自葛城山邀请灵验的法师，准备一到便要立刻令其主持祈祷作法。又是修法啦，又是诵经啦，府中上下闹得天翻地覆。只要有人建议，便千方百计派卫门督的弟弟们到各地不知名的深山里，去把那些听说道行高的僧侣们招请来。因此，家里头挤满了各种各样，甚至于怪模怪样的隐者们。尽管这样，病人依旧是十分羸弱，时而还会出声哭泣。阴阳师们一口咬定说是女灵作祟，这又教人不得不相信；可是又不见那邪魔出现，实在是毫无办法，因此只得把这位法师从深山中给邀请了下来。这位葛城山的法师长得很高，双目炯炯有光。他用粗壮而洪亮的声音诵读陀罗尼咒文。“咳，真讨厌！究竟是什么因果关系啊。听他大声念这陀罗尼。更加教人难受，简直真要闷死了也似的！”卫门督不耐烦极了，他偷偷溜出来会见那小侍从。为父的大臣可不明白这回事。“大少爷正休息着呢。”侍女们瞒着老爷撒谎，而他竟然信以为真，正在那儿跟这位高僧轻声谈话。大臣虽然已上了年纪，却仍保持往昔那种阔达的气度，平日也挺爱说笑；而今，他与这些僧侣们相对，却将卫门督自罹病以来的情形，乃至于如何时起时卧、逐渐病重诸事一一详告。“请务必要祈祷，教这怪物现形才好。”瞧他专心恳求的神态，天下父母心，实在令人感动！

“你听那话。家父不知我这病是因何而起，这些算命的却以为真像是他们所占卜的那样，是女人的怨灵作祟呢。若真个三公主的生灵附身的话，我这没人爱的身子岂不变得至尊至贵了吗！不过，由于不自量力而引起的麻烦，让对方浮名徒传，自己又奋不顾身，这类事情倒非绝无仅有，只是心里老不安宁；尤其是让那六条院君知晓之后，更觉得无脸偷生。这恐怕还是因为院君的威严和光芒太显明之故吧。

其实也未见得犯了什么滔天大祸，可是自从试乐那天傍晚和他见了面以后，显然地身子就这么一直虚弱下去，好似灵魂要脱壳而去一般。咳，假如真个是灵魂飘到六条院邸去的话，请‘牢结系’[1]在她身边吧。”眼看着他虚弱如失魂之躯，时则啼泣，时则痴笑发语，小侍从只得告以三公主亦羞于见人，愧对世间的情形。这时，忽觉心上人儿那瘦削消沉的影像好似浮现眼前。卫门督越发感觉魂魄真要脱壳而出游相会去了，乃心头更形骚乱。“我再也不提她了。我自己今生就此了结倒不打紧，只怕这一念却会妨碍她日后悟道成佛，那就罪过了。已经害她身子挺不舒泰的，而今能不能祈求她安产，让我自己悄悄死去呢？有关那次的梦魇，[2]却没有人可以倾诉，真个郁闷透了。”他这样思想种种、幽怨凝重的样子，看着教人害怕，又不由得惹人怜悯。小侍从终于忍不住，放声大哭起来。

遂令取纸烛来，览阅那回信。笔迹显得羸弱而优美。“虽是衷心伤悲，却无法前来探望。相思之情无限。您信中说的‘残留兮’云云，难道：

郎心忧兮侬情乱，
相思徒留恨为烟，
互比悲苦兮俱化散。

怕是我也要追随您共逝啊。”这真使人悲伤不敢言。“啊，想不到这个‘烟’字竟成了我此生唯一的记忆。实在是莫奈何！”卫门督悲不自胜，啼泣愈烈。他有气无力地横卧着，勉强修成复函。那字迹凌乱如

1 语出《伊势物语》。
2 谓与三公主初次幽会，详前帖“若菜（下）”。

同鸟之爪痕。

“形既焚兮化烟移，
幽幽空中自飘荡，
仍将卿觅兮不忍离。

日暮时分，尤盼仰望天空。待我变作亡魂，便不再有人来责咎您了，所以请宽心。这话虽是说也徒然，不过至少请您稍予怜悯我吧。”笔乱文乱，身子愈觉不舒服，乃道：“就写到这儿算了。趁天尚未黑，快快回去。告诉你们女主人我现在这个情形。只遗憾我死了之后，世人不知道将要如何猜疑。唉，究竟是前世什么因缘，教我这颗心要这般执迷眷恋着呢！”说罢，流着眼泪挪移进内。想到平时甚或爱说笑的人，今天连话都不愿意多讲一句，小侍从不由得悲从中来，也不想马上回去了。她那做乳母的姨母提到这位公子的病况，也伤心得哭泣不止，更遑论为父者内心的哀痛了。“前两天还好好的，怎么现在又骤然转坏了呢？”简直急得不知所措。“恐怕……命数已尽，没有救了。”卫门督自己也哭得很伤心。

三公主的阵痛自日暮时分开始。知是临盆期届，大伙儿连忙着手准备，又派人去禀报院主。源氏之君赶紧前来。他心中暗自遗憾：嗳嗳，若换作自己的孩子，这岂非一大喜事吗？尽管这样，他表面上却要不露于色，所以召请来法师们。不过这些日子来法事一直未间断，故而此次特请其中尤称灵验者，大事铺张。经过了一夜的痛苦，终于在黎明时分生产。听说是男婴[1]，源氏之君心里不禁慌乱。好不容易保密如此，若是偏偏那婴儿同他生父长得极酷似，世人面前该如何解释

1　此男婴后称“薰”，为《源氏物语》后部宇治十帖之主人公。

才好？若是女婴的话还好办，反正以后与外人见面的机会也不会太多，比较可以放心；不过另一方面又想回来：这种教人猜忌而麻烦多的孩子，索性是个男婴也好，省得日后还得为他诸多操心。唉，实在是不可思议。自己这一辈子所最恐惧担忧的事情[1]竟在有生之日以这种方式得着现形。这岂非报应！又想：或者这么一来，来世罪障多少可以减轻些也未可知。别人并不知此事，人人以为三公主这么多年来始举一男，院主不知要如何宠爱呢，遂都忙于侍候。生产的仪式无比隆重。从六条院各夫人处送来的贺仪也竞费心机，举凡一般放置食器的角盆啦，其下之台啦，高脚盘，等等，都可见选择之际的用心良苦。产后第五日，中宫秋好差人送来给产妇的祝产膳食，甚至近侍者诸人也都依身份高下，各有合乎规矩的隆重祝仪食品。粥、饭团五十份，以及处处所设的宴飨等，连院君的家司仆役下人等，也都无不细心照顾到，并且都准备得十分周全。中宫方面的役人自大夫以下，连冷泉院方面的殿上人都参上。到了第七夜，宫中又依例仿官方仪式前来致贺。致仕大臣本亦欲特别光临，使贺仪臻于完美，奈因督之君病重，需要照料，故只得从略，而改仿一般形式。此外，亲王公卿们许多人也都参上。虽则表面上应尽诸事皆已臻于至善至美，但是由于院主心中不快，实无意热闹铺张，也没有举行管弦游宴。

三公主的身子原本虚弱，此次初产，而她内心又有不可告人的恐惧愧疚，所以愈觉忧郁，汤药不进，独个儿烦恼之余，竟觉得不如死去算了。源氏之君呢，人前虽表现甚佳，对于那新生婴儿却不怀好感，故至今连正眼都不肯看一下。难怪那些年老的侍女背后纷纷责怪："怎的这般冷漠呀！好不容易生了这么漂亮的一位小少爷呢。"至于初为人母的三公主，则偶尔听得此类窃窃私议，越发觉得长此以

1　指曾与其继母藤壶逆伦私通而生冷泉院之事也。

往，夫妇二人之间的关系必将更形隔阂无疑。内心既怨对方，复恨自身，恨不能出家做尼姑去。现在院君夜夜不肯幸临此殿，日里也不过略事敷衍探访即去。“近来愈觉得人世无常，大部分时间都在勤行事佛。又怕这种时候来打扰你也不好，所以不大来看你。不知你可好点儿了没有？真个教人心疼。”他从几帐一端探首望里。三公主略微抬起头来。“大概是活不下去了。人家说产后死去罪孽深重，如果当了尼姑，修积功德，或者可以暂时挽留这条贱命，那么以后便是死了，也多少可能减轻些罪障吧。”她说话的神态较诸平时略显成熟些。“你瞎扯！快别乱讲了。怎会想到这些事呢？生产虽然可怕，也不一定就会死的呀。”嘴里虽这么说着，此刻他心中倒觉得：果真她当了尼姑，说不定日后照拂她还能添增些怜悯之情；这般下去，总难免教她担心，而自己也有时可能因为忍受不了而有失礼之处。久而久之，别人自然会注意到，让人觉得自己怠慢了她不妙；再说，万一给朱雀院听到，这一切岂不全变成了自己的过失吗？也许趁现在她身体不舒服做借口，让她出家也是一个好主意；不过一想到她这一头丰富的乌发来日定当更可观，竟要因此削去，又实在于心不忍，故劝勉道：“还是振作起来吧。不要忧虑。前一阵子以为没有救的人儿，现在不是好好的吗？世间有许多事情还是相当乐观的。”遂劝饮汤药。见她人儿憔悴苍白，有气无力地躺着，那柔弱的美不由得打动人心，再大的过失都不得不原谅也似的。

那位躲在山里的逊帝听到三公主已安产一子，思念之情陡增，恨不能早些儿会见，可是却接二连三地得到女儿患病的消息，急得连朝夕都无心于拜佛勤行，一心只挂虑着此事。三公主方面呢？她本已衰弱，加以连日来汤食不进，所以更加虚乏不堪。“好久没见到父皇了，而近来则又更加思念他。莫非是命数已尽，再也看不到他老人家了吗？”说着便嘤嘤哭起来。源氏之君遣人将三公主这情形禀报于院上，这位深居山中的逊帝竟于悲哀之余，顾不得隐居的身份，趁夜出山来。这事预先未行通知，故而骤然光临，害六条院君惶恐不知所措。“本来早已经不关心俗尘琐事的，没想到这思子之途犹未断绝，近来连勤行都怠慢了下来。只怕万一老幼失序，教我这白发人送黑发人，让她先走的话，岂不是再会无由，从此永诀了吗？到那时节，真要彼此抱恨终身，所以越想越不放心，就这般不顾世人非难，悄悄来访了。”虽是一身出家人的装扮，却故意选择优雅有品格的便服而避免穿着华丽的法衣，那一身墨色衣装十分清美醒目，源氏之君不禁羡慕之情油然而生，像往常一样，泪水又不由自主地落下，乃道：“倒不是什么严重的疾病。只是这般拖延了许久，慢慢衰弱下去，又不肯进用汤药食物，所以才变成了这个样子。”又说：“这般简陋的座席，实在是失礼……”遂于榻旁令人取来坐垫。几个侍女合力把三公主从卧榻移下来。朱雀院又令人将那几帐稍稍挪移到一边。“我这样子坐在这儿，好像是值勤的法师似的。只可惜自己修行积德还不够深厚，所以也没法子显灵验。不过既然你想见我，那就让你看个痛快吧。”说罢，不停地拭泪。三公主也羸弱地哭泣道：“女儿大概是活不长久了。趁着您到这儿的机会，让女儿遂了出家为尼的心愿吧。”“你这想法虽然是很难能可贵，不过，所谓寿命也者，未必说想死就真的会死。有时年轻人率尔出家，反而会引起错误，徒受世人讥讽的。我看你还是暂时缓一缓的好。”院上又对源氏之君说：“她既然真的这么说，若是病况转危，不如就让她暂时出家以修积功德也好。”“这阵子，她一直这样要求。可是我告诉她‘有时候，人受了邪魔附身，思想迷惑，会有意想不到的决心’什么的，并没有去理会她。”院上则说：“若说邪魔附身而败坏事倒也罢了；即便是她给什么东西迷惑住了，一个人衰弱到这种地步，最后的要求，最好也得听听她的，否则将来说不定会悔恨。”

朱雀院本来是安心把这位三公主交托给了源氏之君的。可是看来这位六条院主接受之后，未必十分疼爱她。偶尔也风闻他并没有像自己所希望的那样对待三公主。每一念及此，心里虽然颇为不满，却又不便形于颜色露于言谈之间；何况世人面前，觉得这样也挺遗憾没面子。趁现在这个机会，若真让她做了尼姑，世人也不会当作笑柄，而表面看来也不像是有所怀恨的样子；也许这倒不失为上策。若不以夫妇的关系，只当是普通一般的照料，谅对方今后也不至于不肯小心侍候的吧？如今只求这一层，别让他们有半点儿闹意气分居的样子便好。所幸从前故桐壶院留下了一处宽敞的宅第，把它好好儿整顿一番，就让她搬过来住吧。只要自己一息尚存期间，哪怕是做尼姑也好，能看着她生活得惬意些，于愿足矣。大概这院主也还不至于薄幸到遗弃她的地步吧？遂决计要亲眼看到对方心意究竟如何，便对源氏之君说："那么，今天既然我好不容易来到这里，至少给她授个戒，结个佛缘吧。"乍闻此言，六条院君反倒忘了这阵子以来内心的不快。这究竟是怎么回事啊？不禁悲怨交集心头，难以自制，进入内里对三公主说："你怎么忍心丢得下我这余年无几的老人而做此决定呀？稍稍定下心来，喝点儿药，用点儿膳食吧。就算是修行可贵，身子弱的话，又如何能勤行呢？我看还是养生最要紧。"女方却一个劲地摇头，觉得到如今还说这种话又有何用呢！源氏之君方始解悟到，原来她虽然没有表明，心里竟是这般怨恨着自己，遂觉十分心疼怜爱。

在反复劝告犹豫未决之间，天已近明。"等到天亮就不方便回去了。"朱雀院在催促。乃自参加值夜祈祷之高僧中遴选身份高贵者，令其为三公主放下头发。眼见正值丰盛的一头清爽乌亮的长发就这般给削去，这受戒的仪式令人伤心不忍，六条院主禁不住地泪水直流。朱雀院呢？这位三公主本是自己最疼爱的女儿，原打算让她享受最幸福的生活；看来今生今世这希望已落空。念及此，悲不自胜，亦呜咽未已。“今后还是要勤加念佛，祈求康复才是。”留下这句话，趁天未大明，便急忙要赶回去。三公主仍旧很虚弱，未能正视父亲，也说不上一句道别的话语。源氏之君也仅只说道：“这一切直如做梦一般，心绪紊乱。难得蒙您幸临，连答礼的话也讲不好。容后日再专程回拜道歉吧。”遂派遣多人追随相送。朱雀院临走时说：“我因为觉得自己的寿命朝不保夕，只恐留下这女儿，不忍心教她无依无靠一任漂泊，所以当初你虽并不怎么愿意，却勉强把她交托给了你，而放心依赖到今天；倘使将来她这个病能痊愈，为尼的身份，住在进进出出人多的地方，怕是不怎么合适，可是若要她住到偏僻的山里，又教人不太放心。到那时节，还得要请你再费神照拂一下。”“让您这般一再叮咛，那就更不好意思了。如今我心绪不宁，什么事儿都不能分辨清楚。”看来他的确难堪的样子。那邪魔终于在后半夜的作法之中现形了。“好哇，是我要她变成这样子的呀。不甘心让你们把我从紫夫人那儿赶走，所以才偷偷儿跑到这边来附在这位身上呢。现在要走啦。”说罢，惨笑。原来又是那六条夫人的灵怪在作祟啊。源氏之君不禁恼怒又怜悯。三公主的病情似已稍见好转，不过还是教人放心不下。侍女们见女主人出家，心中颇不是滋味，不过若能就此康复，也聊堪安慰，故而人人无不由衷祈祷。六条院主亦令法师们愈加勤行修法，务求尽心尽意。

那位卫门督听到三公主出家的消息，更为心碎，似乎气力顿消。一方面，他又非常怜悯夫人落叶之宫。如今若要她来访，似有些轻率之嫌，而况父母又片刻不离地随伺在侧；在这种情况之下，倘使她突然到来，恐怕会弄得十分尴尬，遂央求：“想前往二公主那边，再见她一面。”可是双亲说什么也不肯答允。不得已，只好逢人便叮咛交代落叶之宫的将来。女方的母亲对这桩婚事打一开始便反对的，只因当时这边的父亲致仕大臣热心奔走，朱雀院便也为其诚意所动，而不得不许嫁女儿。不过，每念及二品的三公主时，总要说什么："反倒是这个二公主嫁得老实可靠的丈夫，教人放心些。"听到这样的话，便愈觉得愧疚。"倘使真要丢下她这样死去，心中委实过意不去。可是寿命又由不得人，不知道她将来会怎样怨恨我未能同她白首偕老呢？这事真教我难受。请您日后善待她吧。"又对母亲如此恳求。"说什么不吉利的话呀！若是真让你先走了，我还能活几年呢？讲这些以后的事情又有何用啊！"为母的悲泣不已，故也不宜再谈下去！其他的琐碎诸事，只得交代于其弟左大辨之君。卫门督的性格落落大方而又稳健，平时下面几个幼弟都仰赖如同长辈一般，而今听他这样交代后事，怎不教人悲酸啊。连侍候大臣府邸诸人也都叹息连连。皇上对此亦觉得十分遗憾。既知命已危在旦夕，故骤然擢升为权大纳言。圣心以为：病人或将于欣喜之余霍然痊愈，能再参上也说不定。不过，病情并未转佳，只得勉强于痛苦中作答礼。为父的大臣见爱儿蒙皇上恩宠如此，感激之余，愈不忍放弃希望，却也不知如何是好。

大将之君以好友的立场，对卫门督的病况自是十分关切，时时来访探病。这次晋位的祝贺，他便是第一位登门申贺的。打从病房的对屋附近，直到侧门之前一带，冠盖相连，许多人熙熙攘攘。今年以来，这位病人便一直未起床过，对着官位高的人而蓬首垢脸见面，未免太失礼，可是如果就此永别，又于心不忍，遂道："请到里边儿来。在病床边见面的罪过，大概总可以见谅的吧。"便令原先在枕前作法的僧侣们暂时回避下去，把大将之君迎入。他们二人自幼友爱相睦，一无隔阂，所以此刻别离的悲苦与眷恋之情几乎无异于手足骨肉，而今日专程来贺晋位之喜，若是对方健康如昔，不知有多么快乐呢。念及此，内心愈为悲苦。"怎么弄成这般衰弱了呀。我还以为人逢喜事精神爽，你今天应该硬朗些才对。"边说边掀开几帐的一端。"咳，遗憾得很，从前的影子都不知消失到哪里去了呢。"只见他将头发塞入乌纱帽[1]里，勉强想支起身来，却挺辛苦的样子。身上穿着好几层柔软的白衣裳，盖着被子躺在那儿。床边倒是依然收拾得干干净净，甚且还飘着幽雅的薰香气味。这情景，于闲散之中另有一种高雅的趣味。病重的人自是难免须发散乱些，显得不整不齐。不过他那瘦削苍白的脸却另有一股高雅的品格，倚着枕头断断续续说话的模样儿，更是教人怜恤。“病了这许久，倒是看不出怎么憔悴的样子。反而比平时显得英俊些哩。”嘴上虽是这般安慰着，一面忍不住拭揩眼泪。“不是约好了生不同日死要同时的吗？怎么竟变成这样子呢！这回生病到底是什么原因，弄得这般严重呀？实在教人想不通。连我平素同你那么亲昵都难以了解的。”听好友这般关怀，督之君乃道：“咳，连我自己也弄不清楚几时开始严重起来的。也说不出到底是哪儿不舒服，怎知道竟会一下子变得这样衰弱呢？现在像是早已失了气似的。本来嘛，这条小命也没什么值得留恋，却由于许愿啦，祈祷的，硬是给种种力量挽留住，一时间死也死不了；这样子反倒痛苦，还不如早早让我走了算了。但是真要离开这世间的话呢，牵肠挂肚的事情还不少。只恨自己没有好好儿孝顺父母，如今又要添增他们烦恼；对皇上又没能够尽忠到底。回顾自己的一生，竟是一事无成便要这样了结吗！除了这些普通的慨叹以外，我自己胸中则又另有纠缠不清的事情；在这临终之际，本来是不应该说出口来的，可是，实在没法子沉默，也不知对谁诉说才好。我自己虽然有不少亲兄弟，可是这件事情偏偏不便对他们开口，连暗示一下都不合适呢。老实说，我和六条院君之间有点儿麻烦的问题，近几个月以来心里一直觉得愧疚；大概就是我自己做贼心虚，觉得无脸见世人，所以才引来的这场病患吧。上次蒙邀上六条府邸去参加试乐的时候，我去拜会，院主眼神中明明有不宥谅之色，更

1　奈良时代以来，贵族男士家居所冠之便帽也。

加觉得自己不便于偷生苟活，人生实在乏味；从那时候以来，胸口老不得安宁，终于变成这种不可救药的样子。本来嘛，像我这种人，卑微不足道，人家也未必会把我怎么放在眼中吧；只是从小深深依赖着他，想到或者有人向他进什么谗言也未可知，便觉得这是一生中的遗憾，恐怕还会妨碍我后生也说不定。倘使有机会，请你务必要好好儿听我今天所说的话，替我解释清楚。将来若蒙他赐谅，那就死也瞑目，感恩不尽了。”眼看着言谈之间，愈形苦恼。大将之君只觉得心里悲哀，虽然也猜测得到几分，却也无由辨清。

“这是你自己疑神疑鬼，家父不仅没有一点儿责怪你的意思，听到你病重的消息，反倒还非常惊叹，十分遗憾的呢。假如你果真有什么心事，何以至今都没有告诉我呢？我多少还能替你们俩居中调解的嘛……如今，怕是太迟了吧。”大将之君无限悲怨地说，恨不能追回逝去的岁月似的。“唉，真是的，早该趁病势尚轻的时候同你商量。实在是连我自己都没有料到会弄成这种朝不保夕的地步，所以大意了些，自己太不当心了。这件事情，拜托你千万不要对别人泄露出去才好。日后有机会时，还请你费神在院君面前解释一下。至于在一条府里的内人，得空时，也请偶尔去探望一下。院帝晓得她的情形，恐怕难免要挂虑，也只有麻烦你多照顾照顾了。”如此这般诸多叮咛，犹觉言不尽意，却是气力已乏，遂用手势示意“请回去吧”。主持法事的僧侣又都回到病人身边来。双亲啦，侍女们又都扰扰乱成一团。大将之君只得唏嘘而返。

女御[1]的悲伤自不在话下。大将夫人亦悲不自胜。由于卫门督平日以长兄待人，右大臣夫人[2]对他也特别亲近，所以此刻正亦十分忧

---

1 即冷泉院女御，又称弘徽殿女御，为柏木之妹入宫者。

2 云居雁、玉鬘皆与柏木为同父异母妹，故云。

心，特令举行种种祈祷。可是，所谓“心病无药医”[1]，丝毫也不见效验。终于也无由再见夫人一面，便如泡沫一般消亡了。这一对夫妇之间虽然并没有什么深厚的爱情，不过男方至少在表面上始终待夫人十分细腻，而言行举止之际也都优和温婉，从未有过失礼的表现，所以在落叶之宫方面来说，也就无甚可怨怼了。只觉得既然是命定要夭折的人，故而对一般男女之情也就格外淡薄的吧？追念这些往事，不由得悲哀难忍，沉思郁闷，教人看着都怜悯。为母的复恐女儿如此下嫁平民又早寡，会成为世人笑柄，更是遗憾怨叹不已。至于痛失爱儿的大臣和他的夫人内心的悲哀则是不言而喻。照道理该死的是自己呀，这世间怎的这般讽刺恶作剧啊！他们夜以继日哭泣不已，可是又有何用呢？至于出家的三公主呢，对于这位居心不良的人，本来亦未指望他活得长久；可是，骤闻噩耗，则又不禁黯然神伤。故人必已知悉那婴儿是他自己的亲生骨肉；唉，一切总缘冥冥中注定，所以才发生那种意外而可悲的事件吧？她这般暗自思量，不由得心碎，遂啜泣起来。

入得三月以来，天象暄暖明朗。这位新生的少爷已有五十日了吧。他长得白胖可爱，较之一般婴儿成熟些，甚而还会张口牙牙学语。这一天，六条院主来到。“觉得舒畅了吗？嗳嗳，这样可真显得没劲啊。若是能像往常那种欢娱的模样儿，不知该有多好！而今竟然冷冷地把我遗弃，出家了哦。”他噙着泪水抱怨。日日来访，比起从前更加细腻爱护照料。婴儿诞生五十日的祝礼依例将进献糕饼才对，可是母亲是尼姑，究竟该如何是好呢？侍女们都不知所措，赶巧，院君来临。“这又有什么关系？人家是怕女娃儿的话，母亲出家会不吉祥。”遂于南侧安设小座，令献糕饼，衣着华丽的乳母辈正无心地享

1　句出《拾遗集·恋一》，无名氏作和歌。

用着盛在精致的笼子、桧木片盒里头的食物。她们当然不明底细，所以帘里帘外，到处显得喜气洋洋。唯独六条院君心底悲辛，颇不是滋味。三公主这时也起身坐着。削去发梢的乌丝显得松散，她不耐烦地用手指掠着额际的垂发。院主挪开几帐坐下。女方竟尴尬地背过脸。看来比产前要消瘦多了。当时不忍，故而特于削发时留长些，从背后看去，简直不像是尼姑模样儿。在层层灰色尼衣外面搭着红里透黄的外衣，还不十分习惯的这一身装扮至今尚遗留着稚态，看来仍然挺优雅标致。“嗳嗳，真教人泄气。这种墨染的衣裳颜色实在是黯淡乏味。虽然自我安慰着，即使是你变成了这副模样儿，咱们还是照旧可以相见，但到底眼泪要不听话地下落，真个不成体统；也明明知道这是遭受遗弃的下场，就是难禁胸口作痛，遗憾极了。‘得有机会退返否？’[1]”源氏之君悲叹不已，又道：“万一你若是真个住进寺院里去，那可就是表明彻底厌嫌我了。怎不教人难为情又衷情悲痛呢？还是请你稍微可怜可怜我吧。”三公主却答以：“听人说，出家之身须得断绝俗情，更何况我这人本来就不懂这些事情的啊，教我怎么说呢？”“怎说这种话呀。难道你真的不懂情爱不成？”点到为止，却朝那婴儿望望。

乳母辈尽是身份高而美丽优雅的妇人，大伙儿侍候着这位新生的婴儿，院主召见众女，吩咐细节。“啊，可怜的孩子。我的寿命已是所剩无几，这孩儿却要从今而后成长吗？”抱入怀中来，那婴儿竟然不怕生地笑着。那脸蛋儿圆圆，皮肤白嫩美丽，只是与记忆中大将幼小时的脸并不相像。明石女御所生的孩子到底是秉承着父皇血统的缘故吧，看来颇有帝王气概，自是高贵异常，却未见得特别漂亮。而这孩子却不但是气质不错，长得又挺俊美，尤其这眉目之间含笑的样子，十分逗人喜爱。不知怎的，看来还是像极那卫门督。小小年纪，

1 《伊行释》所引句。

眼神却已十分稳重，令人想见日后不凡的人品气质，真个是一张不寻常的脸。三公主自己倒没有觉察什么似的，其他的人更不会有一些些猜疑了。唯独源氏之君暗自思量：想不到竟不及一睹这亲骨肉便先走，那人也未免太命薄了！遂又联想到世事无常种种，泪水便禁不住要滴落；可是今日乃是讨吉利的祝贺之日，故而只得悄悄拭抹眼眶。乃诵咏白居易的诗句："静思堪嗟。"[1]虽然他今年只有五十八岁减去十岁的年龄，[2]却自觉余生无几，心中颇有寂寞之感。而看着这婴儿，也恨不能像白居易那样教谕他"慎勿顽愚似汝爷"[3]的吧。侍女们之中或有晓悉此事者，而自己竟然不知是哪一个人，这真教人心底愤怒；此刻她必定用滑稽的眼光在观察着自己的举止吧？如此一想，心里颇不安宁。不过，情愿忍耐自己被当作笑柄，二者之间还是以三公主的立场为要紧。这么一忖度，便决计不使喜怒形于色。这婴儿无邪地牙牙学语的样子啦，那种发笑时的眼角、嘴形等逗人喜爱的模样儿啦，不明底细的人不知会如何想法。在源氏之君眼中，这孩子委实酷似他那父亲，而卫门督的双亲竟在那里哀叹，至少留下骨肉也是好的；但是，如今也不便骤然以此子出示啊！想到那个秘密留以此婴儿的故人，可惜是他生前那般人格高贵，思想老成，却只缘一念之差而终致招来灭亡的下场；此刻他竟然怜悯之情生，憎恨之心全消，遂难禁泪水下落。趁侍女们皆外出时，移近三公主身旁道："你瞧这个婴儿，怎么狠得下心遗弃这样一个乖孩子遁世出家呀？真个是心肠狠硬哪。"女方乍闻此语，只有羞涩赧颜。

---

1 此为引用白居易《予与微之老而无子发于言叹著在诗篇今年各有一子戏作二什一以相贺一以自嘲》："五十八翁方有后，静思堪喜亦堪嗟。一株甚小还惭蚌，九子虽多不羡鸦。秋月晚生丹桂实，春风新长紫兰芽。持杯祝愿无他语，慎勿顽愚似汝爷。"当时光源氏四十八岁，故云。

2 同上。

3 此处"汝爷"盖指柏木也。

“若有人兮问岩松，
是谁莳得此幼种，
将何以答兮惑盈胸。[1]

心底委实悲苦啊。”源氏之君细声责问。三公主竟默默卧伏，这也难怪她，遂不再相逼。究竟心里作何感想呢？虽然她天生不属于深思远虑的人，可是这种事到底也不可能等闲视之吧？瞧他，这种时候还要替对方这样设想，也真够悲哀的了。

大将之君每一念及故友于忍无可忍之余所暗示的隐私，便遗憾不知所指究为何。当时若是病况稍微减轻些，反正他本人已经有意告白了，或者能够探得底细也说不定；可惜，不巧正值临终危笃之际，致令一切模糊不了了之。亡友的影像一直盘旋在他脑海，久久不能忘怀。他这种悲痛难抑的情形更甚于故人的亲兄弟。说到那位三公主，怎就真的出家了呀？又不是什么特别严重的疾病，可真个草率下了决心啊。而父亲则又到底是何居心呢？从前连住在二条院的紫夫人哭哭啼啼央求时都不肯答应，而终于挽留住的嘛。这么仔细思索之下，觉得：对啦，从前故友那颗若隐若现的恋爱之心，虽是忍之再三，恐怕还是有时没法儿抑压吧。别看他表面上伪装冷静，凡事处之泰然，较别人更具涵养的功夫，所以使人猜不透他内心究竟想些什么；不过，于今想来，他这个人多少有些儿优柔寡断的缺点。不管如何热情难耐，为着孽缘乱心，终致招来了此等下场，害了对方，又糟蹋了自己；虽云一切都是前世命定，这样总嫌过于轻率，委实太遗憾！大将独自在心里来回思量着，他并没有对夫人云居雁提及此事，而又由于没有适当的机会，所以竟也无由告知其父。不过倒是很想几时找个机

1 源氏此歌，幼种以喻三公主与柏木之私生子薰也。

会对他说："督之君曾讲过如此这般的事情……"观察一下父亲的反应到底会如何。

卫门督的父亲和母亲只是一味沉湎于悲哀之中，泪水未有干涸之时，致时日空空流逝亦不知觉。佛事所需的法服啦，装束啦，以及其他种种，都是由亡者的弟妹们所准备。经卷和佛像等，则由左大辨来指挥安排。逢着有人提醒斋七的事情，为父的也只是茫然若死去的人一般地说："别跟我讲这些，已经够悲伤的了，再教我难过的话，恐怕会妨碍逝去的人成佛的呀。"一条院的寡妇落叶之宫深恨未及一睹亡夫临终。而今，随着时光流转，这广大的殿里人口愈稀，显得荒荒凉凉，寂寞哀伤，只有生前近侍过的人偶尔来探望一下。那些过去替故主豢养鹰和马等的仆役们，丧失了主人之后，个个彷徨不知何所适从，大伙儿垂头丧气地进进出出。这情景，委实教人看着心酸。故人生前的日用品啦，经常弹奏的琵琶与和琴等，则一任丝弦松弛，再也无人去调理，随便散放在那里。到处一片空虚寂寞。庭前草树已有绿意，花儿也依时绽开，眺望眼前的风光，连侍女们都裹在丧服里显得悲悲戚戚的。在这么一个百无聊赖的近午时分，突闻前驱之声喧喧嚷嚷，有一队车马停在府邸门前。"啊，差点儿忘了。还以为是故主人来访呢。"有人哭起来。实则来人乃是大将之君。先使人入内通报。府中的人起初还以为又是辨之君或宰相之君等辈，没料到竟是大将之君潇洒地走了进来。遂于主屋的厢房设席迎宾。若是像对待普通客人一般，叫侍女出来接待，未免太失礼，故而特由落叶宫的母亲亲自出迎。

"老实说，我对于令婿的哀悼之情，比骨肉亲情更为甚，可是，究竟外人还是不便过分干预，所以只得变成一般的吊问了。他临终的时候还对我叮咛了一些话语，也是不容等闲视之的。虽然寿命天定，任谁都没法子延长，但只要晚辈一息尚存，总希望能够略尽绵薄之力，让您看看衷情深浅。近来宫里头祭事特别多，也不容为着私事悲哀便隐居不出门，所以也还是照旧上宫仕奉；不过，既然有心来吊问，若是只能站在门口说两句客套话，[1]则又觉得言不尽意，所以久久没有拜访。听说大臣张皇失措的样子，可以想象骨肉亲情哀痛的一端；可是夫妇之间的感情却又是非同寻常，每一想到他是怀抱怎样一种心情离开这世间，我心里便悲哀不已。”大将之君边说边揩拭眼泪，同时也忍不住地时时擤鼻涕。他的风姿，于高贵之中又另具有一种优雅和艳美。老夫人也带着鼻音哭泣道：“唉，说到悲哀，诚如你所说，这世间本无所谓恒常。无论再怎么悲辛，咱们年纪大的人总觉得，这也不是没有前例的事情，所以倒也强自忍耐看开了；可是年轻的人可就沉湎在哀痛之中，有时候甚至于真怕她会追随在她亡夫之后呢。我这把老骨头辛辛苦苦活到今天，还得眼睁睁看着女婿先走，女儿要死要活的样子，心里真个没有一刻安宁之时。你跟过世的人一向亲近，大概也知道他的事情吧。这门亲事，我们打从开始便不乐意的；可是既然大臣那边挺热衷，而院上又觉得他们俩十分配合的样子，我也就不便再坚持己见，以为或许是自己的思虑不够周全，所以就答应了下来。哪里晓得竟然会落得这等梦一般的下场！早知如此，当时应该强硬一点，坚执不允才对。嗳嗳，现在想起来，真个后悔莫及啊！不过，谁又料想得到他会这么早走呢？我这老脑筋里还以为：身为公主者，若非特别的情形，不应当随随便便许嫁于人才是。我这女儿呀，既不是单身的黄花闺女，又死了丈夫，竟变成了这等无所适从的可怜处境；与其这样，还不如趁这时候追随于地下，烟消雾散算了。这样子，对她本人来说，也省得给世人说这说那的。但是话又要说回来，天下父母心，怎能真的这么狠心呀，所以正替她悲哀怜恤着；没料

1 依俗例，仕神者过访丧宅，不准入内，只得立于门口言谈，故云。

到屡次蒙你好意来慰问，实在是感激不尽。今天始知那人临终时还有这样的叮咛哩。老实说，真看不出他对小女还有那么深的情爱呢。亏他临终还对别人说了这么多的遗言，真教人不敢当。这才叫作忧喜参半啊。”这位妇人越说越感动，哭得十分厉害，而大将的泪水也一直不停地流着。“他那个人呀，真个是罕有的稳健老成。也不知是否命定要这般早夭折的呢，近两三年来，看他一直都是心事重重无精打采的。不成器的我倒是时常开导他：‘人若是太看透世间道理，思虑过深，反会失却优和温暖，别人也就不怎么容易亲近拥戴。’只恐怕在他看来，我这样难免显得肤浅吧？如今，二公主定必是独个儿倍加愁苦无疑。容我表示一下同情哀伤之意吧。”这般细腻深情地留下种种慰问的话语，不多久之后便起身告辞。

故去的卫门督比这位大将之君年长五六岁，却显得年轻而优雅。而这位公子则是属于稳重严肃型的人物，只有那一张俊美的脸庞看来青春而出类拔萃。侍女们见了他，无不暂忘悲哀，纷纷也来送客。庭前樱花正盛开，心里忽然想到“樱树今为绽墨花”[1]那首古老的歌句，却又因其不吉利，故而改诵：“未得睹花盖天命。”[2]又故意咏道：

时既届兮樱花开，
色香依然不异昔，
虽云枝枯兮宜节哀。[3]

落叶之宫的母亲闻得此歌，连忙作答道：

---

1 句出《古今集·哀伤》，上野岑雄作和歌。
2 句出《古今集·春下》，无名氏作和歌。
3 夕雾此歌为劝柏木寡妇节哀之歌。“枝枯”以喻落叶之宫也。

柳吐芽兮玉泪涌，
今春任花开且凋，
纷纷飘零兮坠何陇。

这位妇人倒是未必是很有深度的女性；不过，过去在朱雀帝时代，也算得上是宫中颇具风流才气的更衣。大将之君觉得：真不愧是有涵养的女性啊！

信步又来到致仕大臣府邸。他这里公子少爷们很多，大伙儿欢迎道："请里面坐。"遂进入客厅。起初，主人勉强忍住眼泪出来应对。他虽然已上了年纪，仍保持清丽的容貌，现在看来却显得十分消瘦，胡须未理而一任伸长，这副形容比起他服父丧之时更为憔悴。大将之君一见大臣之面便忍不住泪水下流，他自觉惭愧而极力隐藏。大臣方面呢，一想到亡儿生前与此人最友爱，便也禁不住老泪滂沱，于是二人言谈无止境。大将之君告以方才过访一条之宫的情形。大臣的眼泪更像是春雨沿檐溜滴下一般，衣袖为之尽湿。大将把前一刻落叶之宫的母亲所咏"柳吐芽兮"云云书于怀纸出示。"泪眼蒙蒙，什么也看不见了啊。"大臣勉强揩拭眼泪，哭丧着脸览阅。他平时那种凛然不可侵犯、阔达而高傲的态度都不知消匿何方，那模样儿可真教人不敢恭维哩。那首歌虽不见得特别好，不过，所谓"玉泪涌"，却真个道尽了真情啊。遂又悲从中来，久久不能抑制。"你母亲[1]去世的那年秋天，以为世上的悲哀莫过于此；不过妇道人家多数在家里躲着世人，所以令人触景生情的机会也比较少。至于这个孩子呢，虽然他生前也未必是什么了不起的人物，但总算是蒙朝廷录用，好不容易跻身政坛，官位越高，仰赖他的人便也越多；而今乍闻噩耗，各方人士惊叹

1 即葵夫人，为致仕大臣之妹也。

惋惜的恐怕也不在少数。我这个为父的哀痛，当然跟世间一般人对他因为有威望啦，或者官位高啦等等是无关的，我个人只难忘那孩子单纯而无甚瑕疵的性格罢了。唉，究竟怎样才能把这件事忘怀呀！”大臣仰天叹息道。时值黄昏，暮云霭霭。樱花已凋，空留枝梢。许久以来，这还是他第一次注意到外面的景象。遂于同一张怀纸书下：

木之下兮滴露珠，
春霞霭霭凝重色，
丧服倒着兮袪沾濡。[1]

大将之君亦咏道：

何忍弃兮竟先逝，
亡者原非寡情人，
却教父君兮衣墨袂。

辨之君则歌咏：

恨只恨兮墨之制，
为谁凝重此晚霞，
先春凋零兮不稍滞。

祭吊的法事隆重无比。大将夫人云居雁方面自不待说，即是大将本人

---

1 此大臣哀痛丧子之歌。日语“木”字音同“子”，故为双关语。“丧服倒着”，则谓白发人送黑发人也。

对亡友的追悼之心也极沉重，故而虔诚诵经，刻意铺张。

大将之君不忘故友遗嘱，时时拜访落叶之宫于一条院邸。四月左右的天象有一种难以言喻的明朗氛围，到处是嫩绿一色，教人看得赏心悦目。可是这所居丧的宅第却事事收敛，寂静而显得百无聊赖。这一天，大将之君又依例来访。青青的嫩草生满一庭，砂石薄处，蓬草也似乎得其所哉地滋长起来。故去的人曾经花费心血栽培的盆景也都尽情茁壮茂盛，所谓“君手植兮一丛芒”[1]，正生意盎然，令人想象虫声伴和的秋夜，定必情趣良多。大将之君披草冒露，沿途走进来，双袖已沾满露水。屋前垂挂着伊豫帘[2]，墨色的几帐也已换上了夏季的薄质布幔，可以透视屋里头的人影清爽。眉目清秀的女童侍啦，深灰色的汗衫衣端啦，蠕动的头影等等，看来颇具风情；然而，毕竟是诱人哀伤的一幅居丧景象。今日延请客人坐于廊边，故而安排席垫。“让客人坐在这种近处，怕是不太好意思吧。”侍女们虽有些不以为然的样子，落叶之宫的母亲却因为近来身子不舒服，故而仍旧半卧着。趁侍女们居中传言之际，大将之君得浏览庭前悠然的景色，遂不禁感慨系之。见柏木与枫树在众木之中显得特别醒目，新鲜的叶色交映着。“这柏木与枫树到底是什么因缘，枝梢互缠，像似格外亲热。”说着，他竟悄悄地挪近二公主那边。

“请依赖兮盼亲近，
柏木枫树本交缠，
似有叶神兮宥情分。[3]

---

1 句出《古今集·哀伤》，御春有助作和歌。

2 以伊豫国产细竹编制之帘也。

3 夕雾赠此歌以挑逗二公主。谓其亡夫生前既与己亲密如交缠之柏枫，则今宜依赖并亲近己，叶神亦若有意助情分也。本帖帖名由此歌而得。

可恼至今都还要把我挡在帘外吗？”说罢，倚身在厢房与走廊之间。“瞧，他这股风流的姿态挺好看的嘛！”害侍女们在那儿暗中互相碰肘牵袖什么的。女方却令居中接待的侍女唤作少将之君者代为传言道：

“虽无神兮守柏木，
宁任枝叶空青青，
岂容他人兮擅入宿。[1]

您的话语太露骨，这样岂不教人看成轻薄之徒？”她这般谴责自己也不无道理，故而只得苦笑。

这时，似乎感到老夫人挪移出前来，大将之君忙正襟危坐。“不知是否连日悲叹郁闷的缘故，总觉得心中懊恼，茫茫然度日子。真亏你有心这样常常来看我们，才让我稍微振作起来……”看来委实辛苦万分的样子。“也难怪您这样悲叹，不过，还是请稍节哀，不要老想着这件事。凡事都是因缘注定，而且世事本是无常的啊。”大将之君体贴细腻地安慰。心中却在想：这位二公主可是比平时听别人传说的更为含蓄有致啊。可怜她死别了丈夫，又不知私自如何忧虑着世人的批评哩。念及此，不觉地情潮澎湃，遂向其母仔细探听生活细节种种。一方面又认为：那人儿虽然未必是天仙一般的姿色，不过，只要不是丑陋得见不得人，又怎能光凭外貌就讨厌别人，或者心迷畸恋呢？这真是可耻。总归一句话：性情脾气才是顶重要的。“从今而后，请将我当作故人一般看待，千万不要见外才好。”他的语气并不轻佻，却带着无限温暖的情意。那穿着直衣的身子高高，真不愧堂堂一表人才。“咱们故主人什么事儿都挺随和温顺的，人也十分高尚而讨人喜

1 落叶之宫拒之之歌。谓己虽丧夫，无意委身他人也。

欢。这一点，真是无人能出其右者。但是，这一位公子呢，则又更具男子气概，又显得极为明朗。乍一见时，那种给人‘好俊哪！’的感受，又比谁都更胜一筹哩。”侍女辈大伙儿在背后窃窃私议；甚且更有人说什么：“索性就此进出这儿好了嘛！”

大将之君不觉地吟咏：“右将军墓草初青。”[1]这首诗也是为了最近逝世的人而咏。古往今来，大家对于死者悲悼之情总是同样的；不过，像这位卫门督之死，则不论贵者与贱者，几乎无人不惋惜。这是因为不仅其人学问才艺出众而已，他那种浓厚的人情味，乃是赢得普通无甚关系的官吏啦，以及年老的侍女们都追慕不已的原因。如今，每遇有事，无人不以“啊，若是卫门督还在世的话”为口头禅。六条院之君对于故人的追念之情亦与日俱增。他内心暗自以新生婴儿为其所遗留的纪念，可是这件事情别人是连做梦也想象不到的，所以也无可如何。入秋之后，婴儿已开始要学习爬行了呢。[2]

1 此为纪在昌悼右近卫大将藤原保忠诗句：“天与善人吾不信，右将军墓草初青。”
2 以下或有阙文。

第三十六帖

横　　笛

故权大纳言[1]悄然逝世的悲哀，使许多人惋惜眷怀不已。六条院主本是多情的人，举凡世之贵者去世，无论亲疏，每每使他伤怀；而况这一位又是他朝夕亲近，比谁都关切的人物，虽然心中对他不无咎责之意，却又感慨无量，睹物思人，触景生情之时良多。一周年的忌日，亦特令举行法事诵经。见天真无邪的孩儿，心中更加怜悯，遂又另外许愿，追加供养黄金百两。亡者之父致仕大臣不明就里，故对此格外的种种唯觉感铭不尽。大将之君亦献上许多布施之物品，又热心照料法事诸务。对于那位寡妇落叶之宫，亦趁此周年忌日之机会虔诚拜访慰问。大臣及其夫人见他情深不异于同胞兄弟，衷心感动且欣喜道："没想到竟会对咱们这样好。"从死后种种亦足以证明亡儿生前深得人望之一斑，这样更加令双亲遗憾追念了。

隐居山岙的逊帝有见于二公主不幸的下场，恐贻笑于世人，而皈佛的三公主则又与浮世荣华绝了缘，凡此种种都不能尽如人意，故而

1　即柏木也。

诸多懊恼。不过他极力忍耐，务使出尘之心不为俗世琐事所烦扰。每当诵经勤行之际，便想到如今同行此道的三公主，所以出家之后，连些微琐事都有音信相通。寺院附近所产的笋啦，近处山中掘得的山芋等，认为颇有田家风味，遂遣人送去。于细腻的信后又附言："春天的山野，烟霞蒙蒙，难于周览，但为了要送给你一些，勉强令人掘取，聊表心意而已。

别红尘兮皈佛道，
　悟法虽云有后先，
　　愿同相寻兮极乐岛。

要真正解脱迷悟可真是不容易。"三公主捧着父信阅读，不禁泪簌簌而下流。赶巧此时六条院主光临。难得看见跟前放着果盘。"咦？是什么东西呀？"上前检视，却见朱雀院的信。读其内容，十分感动。那上面仔仔细细地写着：命不可知在今日、明日，却无由随意相会。读至"愿同相寻兮"云云处，更觉得表面看来不过是一般僧人的口吻而已，然而他心中正有此感吧？是否由于自己的态度过于疏远冷淡，致使对方感觉担忧呢？这实在太罪过了。三公主恭恭敬敬修成复函，又赏与使者一袭灰色之绫裳。那废弃的纸张，从几帐边端隐约可见，乃顺手取来览读。咳，字迹可真是柔弱极了。

厌红尘兮慕闲寂，
　心如止水不起波，
　　欲入山路兮将道觅。[1]

1　原歌内容简单，译诗第一、第三两句已交代清楚，第二句为凑句数所加也。

见三公主仍年轻貌美，源氏之君不禁叹道："瞧你这般青春美丽，却要入什么山路，真个教人心酸哪。"可是她现在连正眼都不看一眼。见她额发啦，眉目啦，如此姣好，宛如童女一般，便无限遗憾，何以答应让她去当尼姑呀。就好像自己会为此蒙受佛谴似的。二人之间虽然隔着几帐，至少现阶段尚不至于太疏远见外就是了。

小少爷本来睡在乳母身旁，这时却爬了出来，缠住院主的衣袖玩耍。那模样儿可爱极了。他穿着白罗上衣，红梅花纹的唐绫裳摆拖得长长，胸口几乎敞开，衣服都裹到背后去了。这本是婴儿常见的情形，却觉得这孩子特别逗人喜欢，皮肤嫩白，个儿苗条，好比削了柳条造出来的一般。头发像是用露草之汁染出一般乌亮，嘴角含笑而鲜红，眼神则温和而稳定，在在都教人记起亡人的影像；只是那父亲并不见得如何出类拔萃地美，这孩子究竟是怎么一回事呢？又不顶像他的母亲三公主，这么小就具备一种高贵的气质，稳重有余，不同凡响；看来倒是与镜中映现的自己的影像有几分近似哩。如今这孩子已届摇摇摆摆学步的时候了。他径自挪近盛着笋子等的果盘边，扯拉得一地，又拿起来乱咬乱扔。"哟，好没规矩呀。快把这些东西给收拾起来。怕饶舌的侍女会说'这孩子好嘴馋'哩。"院主说笑着一把抱他起来。"瞧，这孩子的眼神可有点儿不同寻常呢。不知是否我未见惯婴孩的缘故，以为这么点儿大的孩子应该是懵懵无知才是，怎的从现在就跟别的孩子不一样呢？真教人担心。这附近还有女御所生的公主们呀，来了这么一个男娃儿，不知将来会给谁带来麻烦呢。唉唉，反正我也看不到这些孩子们长大成人……真个是'花虽逢春有开时'[1]。"凝睇着少爷幽幽感叹，惹得侍女们异口同声嫌厌道："快别说这些不吉利的话了。"那孩子正是长牙齿的时期，所以特别喜欢咬东

1　句出《古今集·春下》，无名氏作和歌。谓花逢春必开，而寿命则有限也。

西，他正握着笋子垂涎噬咕。“喏，怎么一副奇怪的好色相哦。”源氏之君一面喃喃，又咏成一首和歌：

浮生恨兮虽难忘，
吴竹丛下自成荫，
为爱竹子兮愿珍藏。[1]

一面抢下了小手中抓着的笋子。那孩子无邪地笑着，全然不知大人心事，径自滑下了源氏之君的膝腿，到处乱爬。

日月流逝，这孩子日愈生长得俊美，院主心里几乎也忘了“浮生恨”的样子。如今，他毋宁这样想：一切都是命中注定，上苍为着要让这个孩子诞生到此世上来，才会有那种意外之事发生的吧。反顾自己的命运，不满之处正亦不少。在他照料之下的众多妇人之中，这一位三公主算得上是无甚瑕疵，人品也挺不错，但偏偏竟会发生这等事情而教她变成了尼姑之身，真是始料所未及；这样，便又对亡人那罪过觉得难以宥谅了。

大将之君每一念及亡友临终那一言，便困扰不已，颇想弄个水落石出，也想试探父亲对此事的反应如何。不过，究竟因为他心中已略微猜出一端，所以反倒不便于启齿。遂伺机要仔细打听究竟，同时也好把亡友深深记挂之事转达父耳。有一个惹人感伤的秋夕，大将之君难免惦念一条宫里的二公主，遂又前往拜访。大概先一刻女主人还在那儿悠闲地弹琴的吧，不及收拾周遭，便迎宾入此南边的厢房。原先侍候在旁的侍女们纷纷退入内里，裳裾猝缭之声与到处飘散的薰香，予人以优雅有致的感受。依例地，又是由落叶之宫的母亲出迎接待。

---

1 此光源氏疼爱薰之歌。谓睹此儿，难免怨恨昔日柏木与三公主私通之事，然孩儿天真可爱，自难舍弃也。

大将之君自己的府邸里经常都是出入之人多，显得喧喧扰扰，到处又有孩子们吵闹的声音，此处则是一片清静，十分宜人。当然啦，多少不无荒芜之嫌，不过，日子倒过得挺有韵致的样子。庭前的盆景正“茂盛似野诱虫声”[1]地在夕阳残晖下盛开，他出神地浏览这一切。援来和琴，丝弦正调好在律调，看来给弹得十分娴熟，乐器上仿佛尚遗留弹者的香泽，诱人遐思。心想着：遇到这种场合，任性的登徒子辈便往往无法自制，纵情放肆的结果，遂致浮名四传。于是拨弄一番那琴弦。这一张琴乃是亡友生前所爱。大将略微轻弹一妙曲。“记得那人生前总弹得一曲好音。恐怕令嫒也从他那儿习得一些妙艺吧。可否请她奏一曲以开茅塞呢？”老夫人却代答道：“小女自从死别了丈夫后，连小时候学得的一些曲调都记不起来了。从前诸公主们大伙儿在她们父皇御前演奏各种乐器时，她还是大家一致公认的高手呢；可是现在呀，咳，就像完全变了另外一个人似的，整日价发呆，见着这琴就跟‘弦间缠绕浮世忧’[2]一般哩。”“这也真难怪她啊。‘情若有极谅渐消。’[3]”大将之君亦慨叹着，遂将和琴推向老夫人方向。老夫人便命其女道：“那么请弹奏一曲，让我听听看那音色有没有仍旧遗留弦间吧。这些天来心头怪忧悒，听后定会爽快起来的吧。”大将亦说：“人家说琴瑟和鸣。愿得洗耳恭听。”乃又将琴推近帘边。不过女方大概不肯立即答允，便也不予太过勉强。

这时月已高升，万里无云的空中雁列队而飞过。谅二公主闻声难免会起羡慕之情的吧？寒风袭肤，被周遭的感伤气氛所诱，她禁不住援筝鸣奏一番。那声音深雅有致，惹得大将之君更欲一听其和琴之音，遂亦取来琵琶一具，以优雅的音色弹出《想夫恋》之曲。奏罢，

---

1 句出《古今集·哀伤》，御春有助作和歌。

2 典出未明。

3 句出《古今六帖·五》，和歌。

热心央求道："原谅我自作聪明地猜测你的心思。能否请用和琴酬酢一曲呢？"但是这《想夫恋》之曲岂是可以随便同别人合奏的，故而女方踌躇未能即应。未料，大将竟咏歌道：

意矜持兮态娇羞，
此时无言胜有语，
得非默许兮不相酬。[1]

不得已，只得轻弹《想夫恋》曲之尾章部分。

夜深沉兮饶情趣，
弦音助哀动人心，
除却琴声兮别无句。[2]

和琴的音调本属于粗略型，然而毕竟由于这位妇人的亡夫生前细腻指导有方，所以尽管是同一曲调，这阕动人的曲子由她弹来，格外扣人心弦；没想到她只是随便略弹几段便辍止，留下余音袅袅，十分可惜。"今宵乱奏一番，无异暴露了好色之心。秋夜漫长，留久了怕去世的人会责怪。就此告辞了。改天再来看您，希望您莫改变了琴调等着我，这世间往往有阴错阳差[3]之虑，实在教人担心。"他没有明言，却是故意绕着圈儿暗示，而后离去。老夫人倒是颇解情趣，"像今晚这种风流情调，那位去世的人谅也不至于咎责的吧。闲话一多，也没

1 此夕雾径以女方不相酬答解为默许。盖激之之歌。日语"言"与"琴"音同，取音义双关之妙也。
2 此落叶宫否认"默许"之歌也。
3 原文用音义双关之妙，以"琴"与"人事"（日语音同）并言，此径采意译。

能多听到教人延年益寿的弦音。真个遗憾极了。”遂添赠笛一管以为礼物。“这管笛据说是颇有来由的。让它白白埋没在这种荒废之处未免太可惜，请带回去，在车那头跟那前驱的吆喝声竞相吹鸣吧。这样子，我在别处听着也聊堪安慰了。”“这么宝贵的笛，恐怕受之有愧哩。”说着，取来细睹，果然也是亡友生前始终携带在身边爱用的乐器。他从前时常说：“我自己总是吹奏不出这笛子的本音，希望能留传给懂得珍惜它的人。”想及此，不觉地悲从中来，乃试为吹奏。吹的是配合冬季的盘涉调之音，却忽地半途辍止。“琴是令人眷恋往昔的乐器，方才晚辈拙劣的技艺总算勉强见谅于您；但是，这管笛，可真不好意思……”说罢，便欲离去。

蓬草茂兮露华浓，
草庐荒废人已故，
笛音不改兮诱秋虫。

老夫人自帘内咏出。

横笛音兮虽未变，
睹物怀人衷情悲，
哀哀念友兮徒眷恋。

踌躇不忍骤去之际，天色已晚。

回到三条院邸，见门窗紧闭，人人皆已入睡。“咱们主人近来迷恋一条院的二公主，所以常常殷勤相访。”有人向女主人这样告密。云居雁妒恨夫婿这般深更夜归，故而明知其返，却佯装已睡的吧。大将之君正用美妙的歌喉低唱着催马乐《妹与我》的一节歌“妹与我呀共在山”云云。“这么好的月色，干吗把门窗都关得紧紧大睡其觉呢？出来赏一赏月色吧。咳，真没趣！”他的声音近乎呻吟。遂令人掀开格子窗，卷起帘子，在近廊处卧下。“哪有人在这么好的月夜大睡特睡的。出来外头看看嘛。咳，也未免太什么了。”尽管大将之君在那儿怂恿，可是夫人满肚子的气，所以装作没听见。孩子们横七竖八地睡在那儿，侍女们又有一大堆，那杂乱的情形同方才看到的闲静之景致两相比较，直如云泥之别。大将遂取出那管笛子吹奏，心想：自己回来以后，那人儿不知作何感想？或许正依着旧调抚弄那张琴也未可知；对啦，其实她母亲也曾经是和琴名手啊。人虽卧着，心中却思潮起伏不定。何以亡友对他的夫人始终仅止于表面的客套，却不肯打心底疼爱她呢？这真是令人不解。说不定是她姿色不佳吧？那就太可怜了。世间名望高的人往往会有一些意想不到的瑕疵。回想自己与云居雁这许多年来竟连一点争风吃醋等争执都未尝有过，夫妇二人始终和睦恩爱。一方面是值得庆幸，另一方面又觉得：那也就难怪女方的个性会越来越强，而变得目中无人了。他这般胡思乱想之间入睡，忽然梦见卫门督穿着最后会见时所着的那一袭白衣坐在身旁，正检视那一管笛。梦中觉得，这定必是亡友念念不忘自己的笛子，故而特来寻取音色无疑。

“吹竹笛兮奏妙音，
风若有情为传递，
子孙代代兮同吾心。

此笛本是有意传授予另一人的啊。[1]”待欲询问详情，身边的孩子不凑巧地哭闹起来，致梦亦告中断。

---

1 此柏木之灵所咏所言。盖欲以此笛传其子薰也。

那孩子哭得太厉害，把奶水都呕吐出来。乳母只得赶紧爬起来，弄周遭骚扰不宁。云居雁也移进了灯火，将垂发夹到耳后，一心一意怀抱逗弄着孩子。这位夫人生得十分肥硕，她正敞开丰满美丽的胸口，让孩子含弄乳头。小少爷长得白嫩可爱，但是母亲奶水不足，所以只能聊供哄骗而已。这时男主人也靠近来问道："究竟是怎么回事？"四周撒了一地压惊用的米粒，显得乱糟糟。这情景，怕是方才那梦境的伤感也都给赶跑了吧。"喏，孩子挺难过的样子。都是你近来迷上了什么人。深更半夜想要赏月什么的，把窗户打开，所以才让邪魔溜进屋子里来作祟的呀。"她那含怨撒娇的脸倒是年轻可爱。大将只得连忙笑着辩白："说什么我引来的邪魔？当然啦，不开窗就不会让它进来吧。唉，孩子生多了，嘴巴也就厉害起来喽。"见夫婿睨自己裸露的胸口，云居雁忽然害臊起来，便也不再作声。"请您到那边去吧。人家这样子怪难为情的。"在明亮的灯光之下，她显得有些忸怩，那娇羞的样子却有引人之处。事实上，这孩子竟通宵不适意，哭缠着母亲，一夜到天明。

回想起那场梦，大将便觉得这管笛子真个是麻烦。亡友生前所爱用之物竟这般落入不应得的自己手中。女方白白将它传给了自己，不知那亡魂会作何感想呢？据说有时生前并不怎么介意之事，一旦于临终之际带上了爱恨之念什么的，往往会冥途摸索不已哩。最好还是凡事不要太过执着才是。思考再三，遂令人于爱宕举行诵经仪式，于卫门督生前所属意之寺院亦使读经。至于那管笛子，别人既然以颇有来由而转送给自己，现在马上供奉菩萨的话，用意虽属可贵，毕竟未免太乏味。遂即到六条院府，当时院主正好去访明石女御。那位三皇子只有三岁，长得特别伶俐俊美，紫夫人又将他收养着。这孩子刚巧跑出来。"大将呀，把皇子恭[1]抱起来带到那边去吧。"他天真地对自身

1 日语"敬语"。说话人尊敬对方时所使用，非为用于己身（此处中文译笔无法表达）。此盖为表示幼童初学语言时之混淆不清也。

使用着敬语。乃笑道："来吧。但是总不能走过帘前啊。那岂不太失礼了。"大将一把抱起了那孩童。"没人看见呢，我给您挡着脸好了。快快快！"他用自己的袖子遮着大将的脸。给这天真无邪的举止逗得没办法，遂将他抱到女御寝殿方面去。这边，二皇子和小少爷薰正在嬉戏。院主则在一旁乐着。将三皇子在屋边放下，却教二皇子发现了。他嚷着："我也要大将抱！""不，大将是我的！"三皇子不肯让开。院主只好出来主持公道："吵什么？没规没矩的。人家是担任朝廷重任的人呀，你们竟然敢吵着要霸占他。都是三皇子不好，总不肯让哥哥。"大将也笑着说："二皇子是大哥哥呀，让一让弟弟嘛。你好乖，对不对？嗯，真懂事哟。"院主脸上也堆满了笑容，觉得大家都很可爱。"这儿不是公卿大臣之座。来，到那边去吧。"准备站起来走，但是孩子们都缠住他不肯放。

心里虽觉得待三公主所生之子不宜与女御的皇子们同等，可是又怕万一若教那做贼心虚的母亲知悉，必将多心，所以照例恻隐之心起，不忍予以区别，仍然呵护备至，疼爱异常。大将尚未见过这位少爷，故趁他自帘内探首之际，撷取一枝花的枯枝，向他招呼；那孩子便跑向这边来。他身上只穿着二蓝[1]的直衣，肌肤白皙，比女御所生的皇孙们更为姣丽，清清秀秀，又圆润肥胖。不知是否看的人有心，那眼神似较其亡父为坚定有才气，然而细长的眼尾微含的美，却是两人一模一样。口角则魅力十足，尤其当他笑的时候更是像极了。不知是否自己多心之故？恐怕连父亲也曾察觉得到吧？遂愈生好奇心，想要一探究竟。皇孙们以其地位高贵，所以自然令人觉得与众不同；而这男孩则虽然只是普通的漂亮孩子而已，却如此出类拔萃，气质不凡。大将之君这般独自在心里来回衡量着。"啊，这究竟是何因缘呀？自

1　有二说：一为采两种蓝色之染法。一为近红之蓝色。未详孰是。

己的猜测果真属实，那位理当做祖父的致仕大臣不是伤心至极，以为爱儿早夭竟不及遗留骨肉的吗？明知他有这么一位后代在这儿，却不告诉他，怕是罪过吧。”旋即又想回来：“不，不。这事万万不可能。”他还是没有把握，不敢妄下论断。这少爷性情温驯，讨人喜欢，也不怕生，所以格外惹人爱。

大将之君随父共赴对屋。父子俩从容闲话之间，日已暮。遂将昨夜访二公主于一条院府邸之事禀报。院主含笑倾耳，言及与昔日有关的种种感伤之往事时，间亦点头附和什么的。“弹《想夫恋》时的心情，恐怕是可供后世之话柄典范喽。不过我总认为：妇道人家即使有打动人心的修养，也最好不要随便表露才好。至于你呢，若是真个有心守着亡友的遗志，要长久照拂人家的话，顶好是心地清白，不要轻举妄动，招惹是非，这样，对你自己和对人家，都是比较含蓄而无碍的吧。”听父亲这一番训话，大将心里却在暗想着：教训别人的时候倒是挺严肃正经的；不过，这种事情若是自身遇着，不知他将会如何自处呢？“这又有什么不对的呢？反倒是起初因同情而亲切照料，半途上忽然不去探访，世间往往也有这种事情，那才更教人猜疑哩。再说，那《想夫恋》的曲子嘛，若是她自动弹奏，那恐怕是太不像话；可是分明是感物吟志，略拂几段而已。配合当时的情调，委实风流有致呢。凡事还是得看人、看场合吧。论年纪，人家也不再是十分年轻了，而我又不是一个风流好色之徒，所以才放心的吧？说实在的，看来是一位可亲而不错的妇人。”借着对话的机会，稍稍靠近父亲身边，遂以自己梦见之事相告。六条院主乍闻之下，默不作声，可是他心中倒有所意会之处。“那管笛子应该交给我才对，它原先是属于阳成院[1]御用之笛，后来赏赐于故式部卿之宫，式部卿之宫一直视作珍宝的；

1　平安时代帝王（八七七—八八四）。

但是那卫门督从小就吹得异乎常人的美妙音色，所以式部卿之宫深受感动，而于某次举行荻之宴时赏给了他。妇道人家不懂得那中间的来龙去脉，便将它随便送给了你。”源氏之君嘴上虽这么说，心里却以为：这管笛子，除了三公主所生之子而外，谁又有资格来接受呢？那去世的人必是这般想法无疑，而这大将又是懂事理的人，他心中或许已猜知几分也说不定。大将察言观色，反倒不便骤然启齿；可是忍不住想要让父亲知晓，故佯装突然想起似的，故意闪烁其词道：“在他临终之时，赶巧我去探病，便对我诸多死后的交代，其中提到一些不怎么顶清楚的事情，说是要给您道歉什么的。不知到底有没有过什么事情？我至今都弄不清楚，所以挺挂虑的。”他说话时装得一派毫不知情的样子。果然已被他猜测到几分了，可是过去的事自无说明之必要，因而故意装作疑惑不解之状。“这可就怪了。我自己倒不觉得曾做过什么让他死后还会怨恨的事情。至于你所说的那场梦，容我日后仔细思想再告诉你吧。常听侍女们说晚间是不适于讲梦境什么的呢。”六条院主并未给予明确之答复。不知父亲心中作何感想？如此则反令大将羞愧不安哩。

第三十七帖

铃　　虫

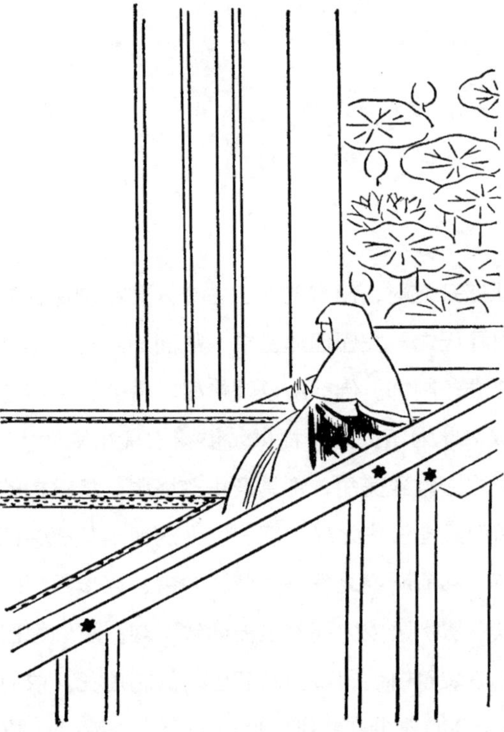

夏季莲花盛开之时，出家的三公主令人塑制佛像，遂举行开眼供养。此次系由源氏之君发愿建造佛堂，故而诵经礼拜等种种道具无不一一为之细心准备制饰。佛前所悬幡幔极其考究，系特选上等之唐国织锦缝制而成。此为紫夫人所提供。供花之桌布则为优雅的鹿斑染，无论色泽及染法皆雅致美丽，别具豪华的格调。将寝榻的四面帐子全部掀上去，后面悬挂法华之曼陀罗。巨大的银制花瓶中插着高大的莲花，供于其前。佛前所烧之香亦为唐国舶来之百步香。阿弥陀佛及胁士菩萨，各以白檀木雕成。那做工极细致可观。阏伽之器也依例特选小型者。其上盛装着白色、青色及紫色之仿制莲花。依荷叶之法炼制的薰香[1]之中，复加入少许蜂蜜，此香与百步香混合，故呈无可言喻之奇妙芬芳。经卷系为六道之众生[2]而令抄写六部，而三公主本身之经卷则由六条院主亲自抄写。今生今世缘分虽浅，但求来生得凭此经

1 薰香名也。其香气为仿莲香，故名。取甘松香、沉香、甲香、白檀香、熟郁金香、藿香、丁子香等七种，或更加安息香而炼制成。

2 天上界、人间界、地狱、饿鬼、畜生、修罗也。

文结缘，共赴极乐净土云云。愿文如上。至于阿弥陀经，若采唐纸则嫌太脆，恐怕不适于朝夕持诵，故特令官方制纸者使刻意调制讲究之纸张。经文是源氏之君从春天以来便开始小心书写的，所以略窥一端，便即为那无与伦比的书法目眩神迷。墨痕光泽简直比金线的引罫更耀眼，真个世所稀有。何况那卷轴啦，裱纸啦，经盒等，更是不在话下。这一卷经特置于沉香木制的华足几上，而与佛像同供于那帐台之上。

佛堂已装饰停妥，讲师们已参上，而行道的公卿殿上人辈也都陆续到齐。院主乃准备出席。他先取道西厢去探望三公主。只见在那略嫌狭窄的临时客厅里，挤着五六十个衣着厚重而华丽的侍女。女童侍则更多了，简直都溢出北厢房的走廊外头来。又见到为着迎客添香益薰而放置着许多薰炉，薰烟浓郁得几乎教人呛咳，遂对无知的年轻辈训诫道："所谓薰香者，应该要隐隐约约，若有若无才是。若是薰得比富士山峰还要明显，到处一片烟雾，那就毫无风流情致可言了。至于讲道之时，应当要肃静，细心听取道理，所以更要避免失礼的裳裾拖地之声啦，举止出入之声等等。"至于三公主本人呢，她像是一时给众人吓倒了似的，娇小纤弱的身躯正倚着隐几歇着。"怕少爷到这儿来碍事，把他抱到那边去吧。"院主又嘱咐指挥着。北边厢房的纸门也都敞开，垂挂着帘子，侍女们便将那男孩子抱了进去。等周遭都安静下来，源氏之君又对三公主讲解听道的心理准备。可谓用心周全。见三公主将自己的寝殿让出，供作佛堂之用，不禁万感交集，乃哭泣道："真没有想到今生今世竟会跟你一同经营这种供佛的仪典呢。至少，请你要相信来生来世咱们要共登一莲花，过没有隔阂的生活才是。"

虽相誓兮共约期，

但愿来世同莲坐，

为悲今日兮露分离。[1]

将笔尖在砚台上濡湿以后，书写于香扇之上。三公主亦回咏如下：

虽相约兮同莲宿，
难弃前嫌是君心，
如何不隔兮未敢卜。

院君见此，不禁苦笑道："我可是一片真心，却教你全不放在眼里嘛。"那神情之间，似若有所思。

亲王们大伙儿又都光临了。诸夫人所竞献的供物各具特色，摆满一室，显得拥挤不堪。为七僧[2]之布施而准备的法服等，则一概由紫夫人负责调制，尽选上等之绫缝制而成，连那袈裟的缝针都十分细致。人人异口交赞。哎哎，事无大小，总逃不过世人评议呢。讲师开始以肃穆的口气宣布供养之旨。那愿文之中言及，三公主不惜以花样盛年弃绝红尘，结于永久《法华经》之深志；僧人本是当代博学多识之士，而况正滔滔热心述说，故而听众无不感动落泪。今日法事本欲收敛，只是为着佛堂告成而临时举行，岂料，宫里头和山里的逊帝都闻讯各遣使者前来参加。诵经之布施等等，数不胜数，各尽豪华，所以虽然院君再三嘱咐要以简略为原则，终难免于铺张；而这些祭供品物之大量拥至，则又令傍晚退出之僧侣们回到寺院后不知何以处置赏禄哩。

如今三公主既已出家为尼，六条院君对她的怜爱之心愈增，故而

1 此源氏之歌。谓虽有来生共登一莲之约，而今日女既为尼，则如露之分离，诚为可悲也。

2 法会时所役之七僧官：讲师、读师、咒愿师、三礼师、呗师、散华师、堂达。

格外细心照拂诸端。逊帝方面提议：不如让她住到三条院邸那边去，反正终究结局会如此，这样教世人看着也体面些。可是源氏之君却道："分开来住，总教人挂虑。如果不能早晚见见面啦，谈谈话啦什么的，心里也怪不是滋味。当然啦，所谓'世短忧恒多'[1]，余年或许所剩无几，不过，只要我一息尚存，便不想失却照拂她生活的这一番心意。"话虽如此说，三条院邸方面却令人刻意加工装修，举凡在三公主名义之下的贡品啦，各地庄园、牧场所奉献之物品等等，无不一一纳入其仓库中。并且又另外加建新仓库，许多珍异宝物，例如昔日朱雀院在处理其财物时所赏赐的无数品物之中属于这位公主的，也都令人搬移了过去，细心叫人妥为保管。余如日常用品种种，以及众多侍女与上下家司役者之所需等等，则由六条院主负担。遂令积极营修三条之宫殿。

到了秋天，将西侧渡殿前那中垣的东边重加整顿，使富于郊野趣味。又设置阏伽之棚等物，故而看来更符合尼君之所居，十分风流可观。在众多愿追随女主人出家为徒弟者之中，那年纪大的乳母自不待说，另有一些年轻的侍女，则仅选其意志坚决而能吃苦耐劳者予以允准。起初，大伙儿竞相志愿，院主闻悉后却警谏道："这样并不好。万一有个意志不坚的人杂入其间，不仅会影响旁人，恐怕还会引起难听的谣言。"因此到末了，真正改成尼装继续侍候的，也只剩十余人而已。遂于此野外风味之庭中多饲放虫儿，于风意转凉之黄昏，佯装来听虫鸣，却借此机会仍不肯放过倾诉心声，诸多缠绊。这真教女方无法消受，心里十分厌烦。只因为夫君当着人前虽然装得满不在乎，而心底显然仍怀恨着那一桩事情，对自己的态度大变，所以才设法尽量避免见面；弃红尘出家的主要原因实在于此；如今以为一切既已了

1 句出《古今集·杂下》，平贞文作和歌。

断，心中稍觉安宁；讵料仍有这等痴言痴语相闻！早知如此，倒不如选个深山僻岙之处隐居起来。不过，果真这么做的话，或有太过倨傲之嫌吧？故而也未便启齿。

十五夜晚的明月尚未出现的黄昏时分，三公主独坐佛堂，在靠近外边之处若有所思地念诵着。有二三年轻的尼姑正为供佛之花而忙于尘外之事务，那阏伽杯相触之声啦，倒水之声等，教人听着都打心底感动。六条院主又依例前来。“今晚虫声可真热闹啊。”遂亦径自低声地诵经起来。《阿弥陀经》的大咒微微可闻，那诵经声自有一种高贵气氛。在百虫争鸣之声中，铃虫独以其摇铃似的鸣声诱人听闻。“秋虫之声本是各有千秋，难分轩轾的，但是中宫却认为松虫的声音格外动人，所以那次特别叫人从遥远的野外捕来一些，放在庭园里。可是松虫却是虚有嘉名，寿命奇短，又偏偏喜欢在无人的深山啦，遥远的野外松原等地尽情鸣唱，而顶不肯亲近人。至于铃虫，则随处可以鸣叫，显得时尚而讨人欢喜。”三公主吟咏道：

百虫鸣兮悲怀惹，
大抵人心厌秋虫，
唯独铃虫兮难相舍。[1]

那声音细柔、含蓄、收敛而极具品格。“你这是什么话呀？真教人不能置信。”源氏之君便亦答咏道：

厌俗尘兮遂出家，
卿心既倦留不得，

1 日语“秋”“厌”音同。三公主此歌盖以音义双关，讽刺光源氏对自己已厌倦也。

草间铃虫兮有声嘉。[1]

乃唤人取来琴一具，曼妙地弹奏起来。三公主竟忘了数念珠，正入神地倾耳聆听。此时月轮已高升，光华普照，源氏之君举首仰望那饶有情致的夜空，心中想到人世间种种推移变幻，不觉地弦音也更加动人了。今夜恰值十五。萤兵部卿之宫以为六条院邸大概又会依例举行游宴，故而特地来访。同来者有大将之君及殿上人辈诸人，大伙儿顺着琴音的方向来到三公主处。“实在是闲得没事儿，无聊之余，在这儿随便弹弹，借此也好让自己的耳朵听一听许久未闻的曲调。多亏你们找到这儿来。”遂令人备妥坐垫，延请亲王入座。今晚宫中本来也有月宴，却因故临时取消，大家正觉无聊之际，闻悉此院邸里有人集合，于是，公卿诸人不约而同相率前来。大家品评虫声啦，合奏乐器等，兴致正浓之际，主人说道：“虽说赏月的夜晚无不动人，可是像今宵的月色[2]真个格外教人感慨万千，连世外的思想都禁不住涌起。故权大纳言无时无刻不令人追念，尤其是每遇有这类公私宴会之际，更令人有芳香顿消的感觉。他那人呀，无论对花色鸟鸣都有深厚的兴致，话题每多，意见也颇不少。”言谈之间，倾听自己弹奏的琴音，禁不住泪沾袖袂，一方面又想象：帘内的三公主大概也正竖起耳朵在细听自己这番话语吧。说实在的，即使是宫中的游宴，首先令人怀念的也正是那位不幸而夭折的人物啊。

“今晚就算是铃虫之宴，让我们酣饮达旦吧。”在主人提议之下，酒过二巡时分，冷泉院方面差人来告。原来是宫里的宴会忽告中止，

1 光源氏此答歌盖自辩之词。谓女之出家实出其自愿，非己厌之也；其音声嘉妙，如草间铃虫，则己犹恋之。

2 此盖套袭白居易《八月十五日夜禁中独直对月忆元九》诗句：“三五夜中新月色，二千里外故人心。”下文“世外”云云，即谓“二千里外”也。

左大辨、式部大辅以及其他各人联袂参上，却听说大将之君已赴六条院邸云云。

“去万乘兮离宫阙。
而今得享自由身，
云间仍见兮秋夜月。[1]

何妨到我这居所来赏月呢?”信中大意如此。“我倒不是进进出出有什么不方便之身，而院上如今也已逊位，谅必是闲在自适的，近来却疏于拜访。害他无聊之际，竟差人来召唤，真是罪过罪过！”虽属仓促，源氏之君仍立即准备参上。

月皎皎兮正徘徊，
清辉不改同往昔，
臣宅之秋兮岂变哉。[2]

这首和歌虽然未见得是上乘之作，究竟是直咏今昔变化的吧。遂赐酒于使者，又厚赏之，而后使归。

于是，各人准备车辆起驾。前驱之人又进出忙碌起来，原先那一份悠闲的游宴气氛不知都到哪儿去了。大伙儿相率离去。六条院主邀请亲王共乘，至于大将、左卫门督、藤宰相等当时在场的人，无一不作陪。院主与亲王都穿着简便的直衣，故而只加上一袭小袿。夜深月已高，天空显得更动人。年轻的一辈中，有人轻吹着笛子，一行人便

---

1 冷泉院此歌谓：己虽已逊位，得享自由生活，而秋月依然照访也。

2 此光源氏道歉之歌。谓冷泉院虽逊位，其荣华不改往昔，如月华之依然皎洁，变故盖在己身也。

如此微行参上冷泉院邸。倘若是正式拜会的话，恐怕得要克尽礼仪，不得不铺张隆重始能见面。今宵则系临时兴起，微服便行来访，好似又回到往昔的身份，故而冷泉院喜出望外，躬自出迎。如今随年龄增添，器宇愈形非凡，也愈发与六条院主相像了。见他正值英年，竟自求逊位，过着闲静的生活，委实教人感动不已。当晚的诗歌种种，包含汉诗及和歌，皆出于精心杰作，十分有深味。不过，就像以前说过的，若将不确实的传闻一一记述，恐怕贻笑大方，故此还是省略为宜。

黎明时分，举行诗歌朗诵。人人遂于清晨退出。六条院主又过访中宫处，与之闲谈片刻。“如今你的生活也堪称悠闲了，照理说我真该时时拜访，谈一谈与日俱增的往日情怀啦，听听你的事情才对；只是我这种不上不下的身份，要出来走一趟，可真不容易，也诸多不便。眼看着年纪比我小的人都一个个先我出家去，更觉得世事无常，真教人着急，恨不得自己也赶紧找个幽静的地方隐居起来；可是又担心我这么做，留下来的人岂不更无依无靠了吗？像从前拜托你的，希望你往后能够好好儿照顾她们。虽是旧事重提，千万请别忘记，一切麻烦你多多费神了。”源氏之君热心恳求。中宫仍保持她一贯的年轻而从容之态。“比起从前住在九重城阙之内时，近来好像更难看见您了，心里也觉得挺过意不去，实在是抱歉。浮生无常，大家都先后出家去，我自己有时也觉得心烦意乱，可是始终没有机会倾诉，也没有机会听取您的意见。这些年来总习惯凡事都同您商量，所以正一个人不知如何是好呢。”“是啊。回想你在宫里头的时候，虽说是受时间限制，也总有个归宁的日期好巴望，而今怕是再也不容易找寻借口自由回家来了吧？虽说是浮生无常，除非有什么特别的理由，也不便毅然出家去；即便是身份低微的人都自然各有所羁绊的，所以倘若看见别人出家，自己便也学着动起求道之心来，反倒会教人看着觉得乖僻哩。你可千万别兴这种念头才好。”中宫听了源氏之君这番话，却认为对方不能了解自己心意，遂觉遗憾不已。

先母在冥间不知饱受多少苦患，更不知如何迷惑于业火的烟中呢！她死前冤魂不散，仍教人厌嫌不已；这事情六条院主虽然守口如瓶，但是世人总爱搬弄是非，自然也会传入中宫耳朵里。对此，她心中的悲痛委实无可言喻，连带着对世事种种也就厌烦异常。即便是妖魔现形吧，究竟亡母当时说了些什么话呢？她只想详细打听内情，可是这种话又未便正面启齿，只得佯问：“听别人说，先母罪孽深重。老实说，我也略略有所闻悉，虽然并没有什么确切的证据，到底也多少知道一些。唉，只怪我老忘不了死别的悲哀，竟致怠慢了替她祈祷后世冥福，实在太对不起母亲了。如今随着年龄增长，但愿求得一位能替我晓谕这种事理的人；希望我自己出家，也好救一救先母那可怜的冤魂啊。”听她故意迂回表意，源氏之君也不禁衷心同情感动了。“明知业火难逃，只要朝露似的生命尚在，总是不易弃此红尘的。据说那目莲乃是佛门十大弟子之一的圣人，所以才得救母于饿鬼道之中。[1]这种例子怕是不容易学呢；而且，就算你现在舍得丢弃玉簪，也还是断绝不了对此世界的执着吧。我看你还是暂时收敛这意志，不如开始好好儿供养祷告，祈求你亡母的妄执之念得以消失吧。我自己还不是时常向往着隐居遁世？好不容易致仕退休，却依然日日不知忙些什么。若有一天得偿出家之愿的话，到那时节，我一定也要替她祈求冥福的。咳，诚如你所说，世事无常，生命又如朝露，我这种想法或嫌太肤浅吗？”他们二人尽谈些世事无恒啦，人生无聊等话题。然而，话虽是这么说，论身份地位，二人都不是想出家便能立即下决心的处境呢。

---

1 详《盂兰盆经》。

昨夜虽然得遂微服便行之志，可是今朝消息已不胫而走，大伙儿全知道了，所以侍候在冷泉院邸的公卿大臣们无不出门相送。六条院主心底对于东皇女御那举世无双的高贵身份深感欣慰，觉得没有白费养育之心血；对于大将超凡出众的地位和气派，也颇为满意；但是，对于这位冷泉院的关怀和爱情却是格外有深意，而且又总是多感伤的。至于冷泉院方面呢，他也始终悬念着这亲生的父亲，却连会见的机会都稀少，遂有毅然逊位以求得自由闲在身份的决定。中宫现在反而不容易随便归宁，与冷泉院正过着普通夫妇一般的生活。日子倒是挺惬意时尚，较诸以往更多热闹的宴游什么的呢。而今凡事如意顺遂，只是每一念及亡母，便不由得兴起出家之念；可是六条院主方面怕是没有答应的可能，所以只好修行积德，信念之心愈增，也更加深悟世事无常之理。至于源氏之君自己呢，他也与中宫同心，据说正积极为六条夫人之亡魂准备举行法华八讲云云。

第三十八帖

夕　　雾

以正人君子闻名的大将，对于这位居住一条宫殿的二公主偏偏是慕情愈深，世人之前，表面上只装是替亡友照顾其未亡人，故而时时造访慰问；实则内心恐怕恋火难抑，思念之情与日俱增。而女方之母对这位大将之君的勤于走访则又感铭于心，觉得十分难能可贵。尤其是近来寂寥之时居多，这位男士的来访委实添加了许多安慰。由于初时未尝表露过一丝儿绮念悬想，而今骤然再来转换成风流好色那种举止也未免太尴尬，故而只有继续保持亲切的态度，这样将来或有自然融洽无间的时候吧？乃随时侦伺二公主的反应，察言观色，冀盼得有进展。不过女方则始终未肯辄予亲自接见晤谈。究竟如何方能寻得良机正面倾诉衷曲呢？正费心思量之际，据说那位母亲中了邪魔附身，病得相当厉害，所以已经迁居到小野附近的别墅去了。有一位极灵验的僧侣，以前有病时也曾经麻烦他祈祷过，业已隐遁山里发誓足不出山，所幸小野地近睿山之麓，所以准备请他来到山脚下。这位妇人迁移山庄的车辆，乃至于供前驱之役夫等，皆由大将代为安排一切。柏木的亲兄弟们反而各忙各的事情，竟然也没有一个人想到这些事情。

柏木的次弟辨之君早先对这位现在的寡嫂也曾恋慕过的，可是由于当年女方全然不予理睬，所以后来连走访都疏懒了。结果，只有大将之君一人得以顺其自然地时时进出此殿。听说有意为患者举行祛疾法事，他便连布施之物品啦，净衣等细微的部分都费神备妥相赠。病人连答礼都觉困难。“一般的代笔怕是会失礼吧。人家是地位高贵的人呢。”人人都这么讲，不得已，只好由二公主执笔作答。她那文笔饶有情致，虽仅一行字而已，但无论笔迹文句都觉可亲，遂令男方更加添恋慕之情，思欲再得信书，乃频频致函。

这样下去，最后必定会闹出事情来。大将夫人云居雁颇有些疑虑，所以心中也不无忌惮，明明想去访问，又未便率尔行动。时已届八月二十日左右，郊外的风景颇有可观处，这样更教他兴起一窥山里景象的念头。“某某律师好不容易从山上下来，有些话语非得跟他谈谈不可。而且，二公主的母亲病着，也应该顺便去探望才是。”他说成仿佛普通的访问似的，遂即动身出发。有意减少前驱者，仅只较亲信者五六人而已，皆着不显眼的狩衣。这里虽非极偏僻的深山野径，松崎一带的丘壑也并非崄峻的岩景，然而此时平添秋的气氛，较诸都城里那种十分讲究的庭园，委实迥异其趣，显得风雅有致。即便是简单的柴垣也都看得出费神设计，相当优雅；此处虽然只是临时的居所，倒也住得挺有风味的样子。在那看似寝殿的屋子东边加建的房间里布置着法坛。母亲在北侧厢房，二公主则在西侧正殿。为母者恐怕那邪魔作祟，所以原本希望女儿留居京城，可是她哪里忍心离得开母亲呢？因此便也跟随来到此地。不过，为防万一邪魔转附其身，故而稍予隔离，同时也禁止往赴母亲所居的房间。这里连个招待客人的房间都没有，故只得以二公主所居房间充客厅，延请大将入于帘前，使地位较高之侍女负责接待贵宾。那位病中的妇人令人传告其旨道：“多亏您这般亲切来访，实在是不敢当。若是我命薄魂散的话，岂不是连个道谢的机会都没有了吗？所以还希望暂时保留住这一条命呢。”“你们迁居到这儿来的时候，本来就想来相送的，奈因六条院主有事交代办理，所以真是失礼了。以后又忙这忙那的，心里虽然挂虑着，却也苦于没有机会表现，以致教您看着挺怠慢的样子，实在不好意思。”大将细心解释。二公主悄悄地躲在内里。不过，这种简朴的旅邸，房间大抵都很狭窄，所以举止动静隐约可窥。逢着她含蓄地挪动身子时，裳裾综缭之声微传，更能教人敏感地察觉："啊，那人儿就在那里。”大将已是心不在焉，趁与二公主的母亲由侍女居中传话，微微耽误之际，便差那唤作少将之君等侍候左右的人闲谈。“咳，自从你们主上去世后，来往这里听候差事也已经有三年了吧，怎的你们女主人还是这般见外呢？真是不甘心。也没听说过至今还得被挡在帘外，叫人居中传话问候什么的。别人不知会怎样当作笑话，说多么老古板的作风哩。怪难为情的。倘若年轻官卑时代多习惯些风流情事，也不至于像现在这么显得稚嫩羞涩吧。就因为我一向正经，这么多年以来呆头呆脑地忍耐着相思情苦。像我这种人恐怕不多吧。”侍女们听此，倒是相当同情他。“说真个的，随便怠慢人家可真不好意思啊。”于是大伙儿你推我拉地规劝女主人道："人家这么喟叹着，不给他回答，或者有不明事理之嫌吧。”遂勉强答复道："家母无法自己酬答，实在失礼，理当由我出面来招待才对。可是由于这些日子来她身子不好，照料看顾之余，连我自己也疲劳至极，以致心不由主，话都讲不出来了。”“这话可是公主说的吗？”大将正襟危坐，又道："为着令堂的病而如此身心交瘁，这又是何苦来哉呢？以我想：还不如您自己振作快活起来，只有您能这样，才是对大家都有益处的呀。老实说，我这样殷勤关怀，岂单是为了令堂一人而已？难道这些年来郁积在我心头的情意，您就一点儿都不谅察吗？委实遗憾至极。”“人家说的也是啊。”众侍女纷纷异口同声说。

日愈西倾，雾气愈浓。山阴的地方显得薄暮黯淡，蝉鸣不已，墙垣上开着的常夏之花在微风中轻轻摇颤。这光景十分动人。庭前的盆栽花色杂乱，任意地生长着。泉水淙淙，添加几许凉意。山风回响于浓密的松间。诵读不断经的僧侣们到了交替的时间，所以传来钟声。这时离席之僧人与即座之僧人的诵经声合一，越发予人尊贵之感。此时此地，触目所及，无不丝丝扣人心弦，益令人感慨。大将之君沉湎深思，竟无意离去。律师大概是在那儿做加护祈祷的吧，朗诵《陀罗尼经》的声音听来尊贵肃穆。病人十分苦恼，所以侍女们都集拢到那边去。追随来此者原来就不多，这旅邸如今显得更加寂寥了。二公主独个儿沉思着。大将认为：这种幽静的时候正是倾吐心事的好机会。这时，茫茫的雾气恰巧弥漫到屋檐下来，遂道："糟了。想回去都看不清归途了。怎么办呢？"

山里寂兮已伤悲，
夕雾茫茫更添趣，
归心为阻兮不忍离。[1]

未料，女方竟亦作答道：

雾茫茫兮袭篱宅，
山庄自有人寂寥，
无意引留兮风流客。

娇声微闻，堪慰相思情，他这会儿可真不想回家去了。"究竟该怎么

1 此为大将诉情之歌。"夕雾"之绰号，盖由此而得，而本帖帖名亦由此而来。

好呀？回家的路是看不清楚了；然而，这个雾浓的垣内又没有立足之地，人家还在下逐客令哩。唉唉，没有这种经验的我呀，真不知怎么办才好。”他踌躇不忍骤离，将满怀包不住的恋情试为透露。这些年来，女方倒非全不知悉，只是假装不解而已；如今对方居然吐露怨言，只觉其烦乱，更不知如何作答是好。男方只有叹息连连，心里想着：这样大好的机会怕是不会再有呢！哪怕教她看作浅薄鲁莽的男人也好，只要能将平素深藏于心底的慕情微示一端，于愿足矣。遂召侍仆上来，却来了一个由右近将监叙为五位的亲信者。乃悄悄叫他到身旁来，告以："我今夜有要紧的话想跟那位律师讲，可是他现在正忙于加护的祈祷，不久大概会休息的吧。我想今晚就暂住在这儿，等他初夜勤行终了的时候，再过去拜访。某某人要他留在此处。至于随侍的男仆们，恐怕是栗栖野的庄园比较近些吧，叫他们到那边去秣马什么的。千万可别让大伙儿在这里吵吵嚷嚷才好。教人传说出去在这种地方借住，恐怕会给讥评说太轻率吧，”将监一听便知其中必有缘由，乃唯唯诺诺退出。大将便佯装道："雾这般浓，路途都不辨，只好借住在此附近了。我看，索性就在这帘边随便过一宿吧。咱们就在这儿等阿阇梨勤行完毕好了。”瞧他，倒是真个无心的样子哩。

他这人倒确实未曾这般久留显得风流浮艳过，今天究竟怎么这样讨人嫌呀。二公主心里虽甚不以为然，但是也不便明显地立刻逃向母亲居所那边去，故而只得静静躲着。没想到大将却借故言谈，趁侍女居中传话挪前挪后之际，也跟随入内来。夕雾依然弥漫，房间里正是幽暗的时候。侍女反顾之余，只有惊悸吓呆了。二公主则感觉很不是滋味，连忙欲退出北侧的纸门外，却巧被大将逮住引留。她身子已在房外，裳裾却曳留房内，而门又无法从外面关住，只得半掩而已。人儿已汗流如注，全身颤抖不已。事出意外，人人都不知所措。若是身在内侧，尚可以锁上挂钩；可是在外方则一无办法，又不能硬将女主人的裳裾拉出啊。“哎呀，您这是做什么呀？没想到您竟然会……”侍女们几乎在哭求。“难道我这样陪侍在一侧就比别人更鲁莽讨厌吗？此身虽然卑微，可是长年以来的相思恋慕，怕您也不是不知情的吧。”遂从容不迫地将郁积心头的情思一一吐出。然而女方哪里有心倾耳呢？此刻她只觉得男方这样待己未免太可恶，愤懑填膺，却又不知何以自处，更遑论对答了。“唉，怎的这么小孩子一般不解情啊。我心里头偷偷儿爱慕您许久，老实说，包也包不住的风流绮念是没办法；不过，到底在没有得着允准以前是不敢轻举妄动的呀。只因为我‘心瓣千千碎’[1]，相思难耐；您也理当知情才对，却始终佯装不知，待我如此见外，害我别无他方，只好孤注一掷，即便是教您看不起也顾不得了。心想，与其要把心底这一点情苗暗自埋葬，任其朽腐，不如试吐相思之一端，所以才敢这样啊。您的冷漠虽然教我怨恨，但是我又岂敢更存什么非分的奢望呢。”说罢，强自克制，安安静静坐在那儿。明知女方按着的纸门毫不费劲就可以拉开，但是他并无意造次，只是笑说：“就算是这么一点点隔阂，都不能不设置的吗？”他全然没有惹人厌嫌的举动，不过内心对于二公主那无与伦比的高贵优雅而可亲的态度却又不能不倾倒。许是这些年来始终心事重重之故吧。她人儿显得纤纤巧巧，娇小消瘦，连那袖口都仿佛柔弱乏力似的。而衣裳上深染的薰香等等，一切都令人爱怜，显得优雅有致。

风微微地吹着，夜深人静。虫声、鹿鸣，伴和着泉音。这天籁如此动人，即使是世俗一般的人都不舍得入睡的夜色，而未关的窗户又引山月入目，格外扣人心弦，诱人泪落。“瞧您，至今佯装不知，可见得在您心目中我的分量多轻了。像我这种呆头呆脑、一本正经的男人，怕是世所稀有；可是也只有凡事漫不经心的人才会笑我傻瓜，待

1　句出《和泉式部集》和歌。

我冷漠的啊。若是让您过分蔑视的话，恐怕我也会忍受不住的。我才不相信您真个会不解情趣到这等地步。”听他诸般怨责，更教人不知何以为答。女方思量再三，忧心如焚。难道就因为自己一度有过丈夫，就要让对方认为易于披靡吗？这样未免太违背心意。唉，世上还有像自己这样命薄的女人吗？念及此，恨不能一死了之。“怨只怨自己命薄运乖，而今竟又教您给这般侮辱，可怎生是好呀。”遂嘤嘤啜泣道：

恨只恨兮妾薄命。
浮生哀苦独承担。
袖既濡湿兮名又病。[1]

无意间吐露的心事，却被男方默记于心低声咏出。这真教她悔恨不已，不知自己方才何以轻意诉之于口。而大将却微微笑道：“哎呀，不好意思，说漏了嘴了。”便亦咏成一首和歌：

“袖既湿兮浮名流，
大抵世人总好事，
竟蒙咎责兮得不忧。[2]

我看您还是不要多犹豫，听从我好了。”说着，便诱女出月光之下。二公主心里直觉得他这种做法未免太肤浅。

---

1 此为落叶宫叹命薄之歌。谓丧夫既已可哀，而今复将因夕雾之故而名为败病，故泪为濡袖不已也。

2 夕雾答歌也。谓世人每好造谣生事，女方若因浮名四流而相责，实为冤枉，得不令人担忧耶。

女方虽然仍坚拒着，奈轻而易举就被大将一把拉了过去。“请谅察我的深情蜜意，不要担心。您若是不答应，我是决不，决不会轻举妄动的。”费尽口舌辩解之间，已近黎明了。月华清辨，透过雾氛射入。厢房狭隘，人儿好似就在靠外处，又像是直接面对着月亮一般，觉着十分羞涩，故而不自觉地转脸过去。那一举一动自有无比妖艳的韵致。男方故意稍稍谈起亡友的故事，诚恳道来，气氛逐渐缓和。不过对于女方至今犹不肯以对待亡者之态度相待，则不免口出怨言。至于女方又是怎么个想法呢？当时亡夫的官位虽不高，可是既然周遭的人都赞许，自然也就不得不以身相委，然而结果自己的遭遇还不是相当悲惨的吗？而今若是与此人做错什么的话，休说他人不放过，就是致仕大臣那边又会怎么作想啊？世人的讥讽自不消说，父亲知悉后将更不堪设想了。她这般将有关人们的心境前思量后想象，越发觉得可怕。即使自己坚守到底，世人嘴杂，又不知将如何造谣哩。而况母亲那儿一点也不察悉，万一事后教她听到，岂不责备自己太不明事理；到那时节可怎生是好？乃苦苦哀求：“请趁着天未大亮快些儿回去吧。”见她一意下逐客令，大将无限遗憾。“咳，真没意思！就好像有过什么事儿似的偷偷摸摸回去，我这副样子岂不要教朝露笑煞吗！倘若是要装作幽会过一般回去的话，请替我设想看看。把我弄成一副狼狈相，骗我回去，以后还要见外什么的，到那时候，恐怕我也会忍无可忍，终于不顾一切做出什么事来也未可知哩。”说罢，虽然留恋不已，毕竟他未尝有过逢场作戏的经验，替对方想一想也不忍心这么做，而自己也不愿意真的让这位女性讨厌，所以为着双方设想，最后只得趁着夜雾迷蒙踏上归途，心里茫茫然。

“荻之原兮近轩寓，

裳裾为湿秋露浓，

寂寞独归兮踏层雾。

反正湿衣裳[1]是没人睬的吧？都怪您这样不由分说若有私情也似的赶我走啊。”说得也有道理。小心谨慎了这么多年，恐怕浮名仍难免于四流；不过，至少要“问心无愧不畏”[2]，还是疏远些的好。

“君自归兮披草莽，
衣沾不惜缘露繁，
湿衣何故兮强相赏。

这话说得未免太奇怪了呀。”她警惕人的模样儿挺有风度，不由得教人羞愧。这些年来，大将总是摆出一派正经的态度照料女方种种；如今竟然一时情急而前功尽弃，不小心泄露了好色的本性；反省之下，委实遗憾，自觉不妥。思之再三，认为：即使对她唯命是从，日后是否还是会见弃于她，徒然贻笑世人呢？他这般为情颠倒苦恼着，一路上草间的露珠已浸湿了衣裳。

大将从未有过这种私情幽会的经验，所以心里既觉风流又觉紧张，尤其担心回到三条院邸后，夫人见到这副为晨露所沾湿的模样儿，不知会如何猜疑呢？遂只好往赴六条院的花散里殿所。此处朝雾未开，不知那人儿所住的山里又是怎样的景象啊。“咦？难得见到这位公子也秘密幽会起来了嘛！”众女在他背后窃窃私议。歇了一会儿之后，开始更衣。在这儿经常安放着夏冬衣裳，故而得随时自香木制的唐柜里取衣换穿。用过粥以后，便上父亲前请安。虽然给二公主写

1 湿衣以喻世人谣传之风流浮名也。下文并同。
2 句出《后撰集·恋三》，无名氏作和歌。

了一封信函，奈对方连正眼都不看一下。这事情发生得太突然，令人羞愧又生气；何况若是给母亲知晓，真不知何以为对；谅她定必做梦也想不到会有这等事情，而自己若于无意之间举止态度有异往常，教她发觉了，或者世人饶舌，传入她耳中，让她误以为有意隐瞒，那就更无立足之余地了。索性侍女们能据实以告倒也不错。唉唉，真是可叹！不过也着实无可奈何。她们母女俩可谓特别亲密，为丝毫未有隔阂的一对。古老的故事里头常有别人已知而亲人反被蒙在鼓里的例子，然而这位二公主可不这么想。侍女们反倒在一旁评论："即便是有人造谣，也犯不着忸忸怩怩像煞有介事一般呀。又何必老早先担心起来呢？"其中也有一些人对信的内容十分好奇，见女主人无意展函，急得像什么似的。"全然不理睬，一无回音，恐怕未免显得太孩子气吧。"她们终于怂恿打开信来看。可是二公主却说："虽是事出意外，不小心让人看见，总是我自己的过失，可是一想到他那无礼的举止就教人难以忘怀。告诉他：我不想读他的信！"遂气咻咻地卧下。其实大将的信丝毫无恶意，写来颇深情细腻。

"魂离散兮缠卿袖，
　卿袖冰冷乏温情，
　　吾心茫茫兮未克救。

'未可测知是心魂'[1]，可见得古人也曾有过类似心情。简直无法了解自己的心思方向。"云云。信写得很长。侍女们竟无一人读完。从那内容看来，不像是世俗男女私会后的情书，可是究竟他们二人之间发生过什么事情呢？真教人猜不透。人人见女主人没精打采的样子，都为

1　句出《古今集·恋下》，躬恒作和歌，夕雾前歌亦踏袭《古今集》恋歌也。

之心痛难安。那位大将之君近年来凡事总热心照料，真可算是这一家人的精神支柱；可是万一他俩的关系有所进展，或许反倒不会再像已往那样关切也未可知。这么一想，真让人操心。近侍者无不互相担心着。

那位为母的却是毫未知悉。遭妖物缠身的人往往有时很严重，也有时候人还挺爽快的。近午时分，日中的加护祈祷已毕，只余阿阇梨一人在那儿诵读《陀罗尼经》。他见病人容态尚佳，十分欣慰，乃告以："除非是大日如来撒谎，否则愚僧这般虔诚祷告，焉有不应验的道理呢？那恶灵虽然很难缠，终归是罪障缠身的弱者罢了。"那声音枯嗄而严肃。这位律师本是爽直的圣者，故而不假思索地突然发问："对啦。那位大将什么时候开始与这边的公主来往的呀？"为母的急忙辩说："话不是这么讲。人家和故大纳言是好朋友，为着不违背亡友的遗嘱，所以老早就诸多照顾，顶细心周到的。这次又因为我生病，所以才专程到这儿来探望呢。真是不好意思啊。""算啦，算啦。您还骗得过我这愚僧吗？今晨为了上后夜值勤，看见有个挺俊的男士从西边那个妻户方向出来。雾很浓，虽然没看清楚，可伴僧们说是：'大将之君来了。昨晚上还叫车辆回去，留宿在这儿呢。'云云。咳，当时周遭香气四溢，薰得我头都发晕，所以才晓得的。他那人呀，不是老把衣裳薰得很香吗？不过这个姻缘可不怎么太好哦。那人的人品学识是无话可说，愚僧等从他幼小时就受故大宫命令，常替他祈祷什么的，而到如今都还有时为他效劳，所以知道得很清楚。无用的啊。人家原配夫人那边可厉害得很，她娘家一族正是当今之世的高门，威赫得很，孩子也生了七八个。我看你们家公主啊，怕不是她的对手哦。何况生为女儿身者，多数都是由于此类爱欲罪障的结果，才会堕进地狱，漂泊于长夜的黑暗，遭受悲苦的报应呢。万一被别人嫉妒，怕是要久久受到羁绊哩。这档子事儿，我可不赞成！"见他丝毫不客气地摇着头说这种话，为母者不禁讶疑道："这真是奇怪。从他的言行举止看，可真一点儿也看不出那种迹象啊。听到我病情严重，所以说要稍等一会儿什么的——这儿的侍女们告诉他；因此才住一宿的吧。人家向来都是一本正经，挺认真的呀。”不过她内心却也怀疑：真个有了那种事情吗？他那不同寻常的殷勤倒也有时注意到的；可是总认为他人品极佳，做事一向都是谨慎小心，凡事都避免受世人非难，所以自己也就大意了，万万料想不到会乘虚而入。这么说来，难道是见人手少的时候偷偷溜入不成？

遂于律师走后，召唤小少将之君问：“方才听到如此这般的事情。到底发生什么事情了？怎么不告诉我这样这样那样那样呢，虽然我不相信真有那回事儿？”那侍女不得已，只好一五一十地详告，提及今晨的情书，以及二公主偶然透露出来的话语等等，又补充道：“大概只是想把近年来一直搁在心里头的话语坦白说出来罢了。人家总算是挺小心谨慎，天未大亮便回去了。不知道别人是怎么告诉您的？”这小少将并不知是律师说的，还以为是哪一个饶舌的侍女告密呢。公主之母听后一言不发，她只是伤心遗憾地泪流不停。小少将见此情景，不禁心疼起来，后悔自己何以要据实相告。女主人的病情已是不轻，现在恐怕更要加上心病了，故而连忙解释道：“门是关紧了的。”云云。“总之，如何可以那么随便同人会见呢！就算是她清白无辜吧，教那些法师们说长论短，而多嘴的童侍们又难保不会乱造谣言呀。你说，现在怎么去向世人辩解，去向他们证明没有那回事儿呢？都怪那些没脑筋的在侍候着。”悲痛之余，话都说不上来。人儿本来就病着，而今又加上忧虑和惊悸，更显得辛苦异常。为母的本有意将女儿捧得高高在上，现在竟白白让她像普通一般的女性那样浮名四流，这怎不令她心痛怨叹！“趁着我现在人还清醒，请她到这儿来一趟。本来应该是我过去才好，可是怕走不动。好像许久没见到她了啊。”见她含泪命令，少将之君连忙赶到二公主的房间，只报以：“令堂正如此这般。”云云。

二公主想赴母亲处，却因为额前的头发被泪水濡湿纠结在一起，所以在那里修饰，又将穿皱的衣裳换穿等等，一时倒也不急于前往。不知道这些侍女心里头怎么个想法？母亲若是尚不知情，将来从别处听到消息，定会怪自己当晚竟能乔装无事一般啦什么的吧？唉，想想都难为情，故而忽又卧下。“啊，好不舒服哦。假使就此起不来，反倒好办些。咦？像是脚气病又发作了。”遂召人来按摩。平素遇着有事时，她也常是会这般头晕的。小少将便在耳旁说：“夫人像是略已闻悉昨晚的事情呢。她向我打听，我只得照实禀告了。不过，特别强调那门是关得紧密的，所以如果一会儿提到了，请你务必要跟我说相同的话才好。”她这么说，却避开了夫人悲叹的情形。果然母亲已经晓得了！二公主伤心得连话都说不出来，大颗大颗的眼泪从枕头上滴下。不仅是这一回的事情而已，自从与故大纳言结姻缘以来，母亲不知为自己操过多少心？真是人生乏味啊。她独个儿来回思量着。若是大将之君还不肯罢休，仍要来纠缠的话，往后更不知要给别人说得多么难听哩。何况万一自己心软，上他甜言蜜语的当，那才不晓得又会留下什么污名呢！所幸总算保全了身体的清白；不过公主身份的人如何能轻率教一个男人看见了身影呀。这只能怪自己宿命乖谬了。在她唉声叹气之间，日暮时分母亲又差人来催促：“还是请过来一下。”遂将中央涂笼[1]两端的门都启开，由此前往。

母亲虽在病中，对二公主仍然礼貌周全地招待。她依平素的习惯起身。“到处乱糟糟，真不好意思叫你过来。近两三天以来看不到你，就像是多年不见也似的，心里真担忧。俗语说‘亲子一世’，来世难保还能再相见呢。即使再相逢，也未必记得前世的事情，所以也是枉

1 涂笼为涂厚墙之房间，没有妻户，平常作为收藏衣物，或供寝室之用者。此盖谓不由通道，以免引人注意，故开启其两端之门以通行也。

然的啊。想到大别在即，真后悔以前没有好好儿相亲密。”说着，夫人不禁哭泣。二公主正亦满怀悲伤，所以一言不发，只是默默地看守着母亲。她本是个性内向的人，又不善言辞，如今更是一味羞涩地退缩；见她这副模样儿，心中无限爱怜，竟也无由讯问了。遂命侍女点灯啦，劝进膳食等等。又听说她不肯进食，为母的竟亲自为之准备盘肴等；无奈二公主就是连筷子也不去碰一下。见母亲病况稍佳，倒是此刻一大安慰而已。

忽地，那人又有信送到。不明就里的人拿着它说："大将之君说要转给少将之君的。"咳，这信也未免来得真不是时候！少将只得接过它。这时夫人也忍不住问："什么信呀？"而今为母的也有些心软，竟致下意识地盼望着男方会来临；可是看样子今晚是不会来了，乃不禁心中骚动，道是："我看还是给他回信吧。别教人看着不识趣。浮名一度流传，世人鲜有替人辩护的。即便是你问心无愧，也没人会相信。倒不如大大方方与人赠答，维持往常一般好了。你若是不答复，人家定会以为你稚嫩不解情哩。"遂令取来信笺。少将只得将那信纸呈上。"探得您的冷漠寡情，更教人禁不住相思情炽。

欲设堰兮将泉堵，
防不胜防浮名流，
反见识浅兮未若取。[1]"

文笔细腻，但夫人已无心卒读。瞧他这般暧昧不清的语气，究竟是什么意思？今晚不来，则又是何种居心？当初故权大纳言待女冷淡之

1 夕雾劝女靡倒之歌也。谓世人之口如泉水，一旦浮名四流，即不可阻，虽欲设堰亦不可防，反见其识浅，故未若允取其情也。

时，虽也一度愤怒，可是人家毕竟还维持表面上的礼仪，故而差堪安慰；如今这等待遇，岂非太过怠慢吗？不知致仕太政大臣那边会作何感想？夫人心中不由得烦恼起来。不管怎样，先探索对方的态度再说。乃不顾病中的头晕目眩，勉强起来修成一函，那字迹好似怪鸟的爪痕一般。“见我病态严重，小女今日特来探望，而正巧贵函亦寄到。虽规劝再三，令其致复，奈她心绪欠佳，忍无可忍，故只得代笔。

女郎花兮萎荒郊，
既蒙相顾岂容绝，
如何一宿兮即弃抛。[1]”

书写至此，将信笺之两端一扭，推出几帐之外，立即卧下，便又痛苦难忍起来。方才好了一阵子，许是那妖魔大意之故吧？人人又都开始骚扰不安。那些灵验的法师也都赶紧诵经祈祷起来。侍女们虽劝公主回房里去，可是她一想及自身命乖，便再也不肯寸步离开母亲身边。

大将之君于近午时分回到三条院府邸。若是今晚又折回那小野的山里去，岂不教人看来昨夜真若有什么事似的，现在就表现得太热烈，恐遭人议论，故只得勉强忍耐。可是，较诸近年来的相思情苦，如今反倒更加重千倍苦恼一般，所以不免叹息连连。夫人已略微闻悉其踪迹，虽然她心中不快，却也佯装不知，正斜倚在起居间，逗弄着孩子们，聊以解闷。日暮时分，那回信送到了。正如前面所说的，手腕颤抖之故，字迹像鸟爪一般难以辨认，遂令人移近灯火来阅读。女

1 此二公主母代女责答夕雾之歌也。女郎花以喻其女，谓既曾借住一宿，如何得抛弃不顾，一任涕泣于此荒郊之居所耶。

主人原先虽然隔着东西在另一端，却也眼明手快，悄悄地移近，忽从背后夺取。“哎呀，你这是干吗呀？真可恶！那是六条院东侧的夫人来函呀。人家今早伤风身子不舒服，我刚巧在父亲跟前，所以退出之际觉着放心不下，给了一封‘近况如何’之类的慰问信函。喏，你看好了。可有点儿像情书之处吗？真是不像话啦。这些年来，你越来越不把我放在眼中，真令人想不通。难道你一点儿都不在乎我对你的感想吗？”他只是呻吟叹气，倒也无意抢回信的样子，因此云居雁便也一时并不急于览阅内容，只是握着它。“近年来越来越瞧不起人家的是您哪！”女方只是微微娇嗔，见夫婿泰然处之，反而不好意思发作，男方也就笑着说：“算啦。这也是常有的事情。你看这世间还有像我这样的男人吗？地位已爬得相当高了，却目不斜视，守一如终，像只胆小的雄鹰似的，世人不知怎样在背后讥笑我哩。给这么一个乖僻的男人守着，你自己也不见得有多光彩吧。妇道人家呀，还是要在众多美丽的妻妾之中显得出类拔萃，被人家另眼相待，别人才会觉得她含蓄有致，而她自己也才能始终保持年轻的心境，时时感受世间的情趣啦，哀感什么的。我不过是像古老小说中那终身小心护守一个女人的某翁似的，真是遗憾极了。这样下去，你不是也挺乏味的吗？”他这样一边巧为辩护，一边想装得若无其事般骗回那复函。夫人却笑得十分娇艳。“您这样想找新鲜刺激的事儿做，莫非是嫌我这黄脸婆吗？看您近来这兴冲冲像个少年人似的模样儿，真教人心寒。究竟我是‘未谙熟兮未习惯’[1]的嘛！”瞧她怨怼的样子，还颇具魅力呀。“说什么‘忽教伤心怎生忍’[2]，我可不记得自己做过什么害你怨恨的事情啊。你这样疑神疑鬼才教人伤心呀。大概是有什么无聊的人胡乱告密

1 《源氏物语》注解所引歌。

2 同上。

的吧？我就知道有人一向都不喜欢我，总是改不掉嫌厌绿色衣袖的老毛病，到现在还想侮辱我，浇我冷水什么的，所以才会时常在你耳边飞短流长种种。也不想一想：这样乱讲话，会给别人带来麻烦的呀。”话虽是这么说着，毕竟自己心中也早料想到结果总会如此，所以也不再多争辩。那大辅的乳母在一旁可真是坐立不安，却也无从辩护，故只得默不作声。

男方对于夫人在说这说那之间藏起来的信，虽然没有坚持要找出来，只装作未予介意的样子就寝，实则内心颇为焦虑：很想把它取回来。定必是二公主的母亲写的信无疑。不知上面写些什么？心中老嘀咕着，无法成眠。趁夫人睡着的时候，佯装若无其事地在昨夜的座席茵褥下面摸索，可是什么也没有找到。当时并没有足够的时间让她收藏呀。心里老大不愉快，所以天亮也不肯起床。夫人已因孩子们喧嚷的声音而醒来，正徐徐挪移出来，遂装作刚刚醒来的样子，暗中仍到处留意，却无法寻着。女的见男方并不怎么热衷去寻找那信的样子，也就以为大概不是情书吧，便也没有把这事放在心上。见几个孩子们，有的在蹦跳，有的在玩娃娃，还有的在读书习字什么的，受到他们的气氛感染，自己竟也忙碌起来，加以幼儿缠人，因此无暇想到信的事情。男方却一心只想着这事，想早点儿给人回函，可是因为昨夜未及看清信的内容，若回信之中流露出没有仔细阅读来函，岂不教对方知道信件已遗失了？故而心中十分焦急。人人都已吃完饭，午后周遭变得很安静。大将思虑之余问道：“昨夜的信到底写些什么呀。不给我看真可恶。今天本来也该去探望的。可是身子不舒服，想写封信算了。可是，不知人家是怎么写的。”他说话的语气看不出丝毫破绽，这样反倒教夫人自觉得藏信实在是太愚昧可耻了；不过她还是故意避开这一点，却说：“您就说是昨夜被山中的风吹得害了感冒。写得有趣点儿，不就好了嘛。”“你这人总是这样子，胡说八道的。会有什么有趣的事情呀。教人误以为像世间一般的登徒子就糟了。恐怕这儿的侍女们也会背后嘲笑：‘那老实人竟然会说这种话呀。’”遂即半开玩笑似的问：“喂，信呢？”可是，夫人还是不肯马上拿出来，故而只得与之闲谈，躺下稍憩着。这期间日已暮。

蝉鸣聒絮，醒来想象，那山阴之地如今不知雾有多浓，真个对不起人家啊。今天无论如何得说明怎么处理的那封信呢。这时，忽见夫人坐垫内里有些高起，试着探手摸探，果然信竟插在那里头。心里难免又喜又气，便即含笑阅读，未料竟是那首意想不到的和歌。糟了，一定是那晚借住一宿，被误以为发生过什么事情了。不禁怜悯羞愧之情生。昨晚怕是害她白等到天明吧？而今日又迁延到现在还不给人家回信，这真的说不过去。那笔迹显然是抱病勉强写的，更可以证明非同寻常的心事哩。想到对方今宵又不知将如何空等待，不觉地怀恨起夫人来：何以要那样恶作剧呢！不，可是这都怪自己平素没有善予教导所致，遂又转恨起自身。这一切真使他想好好儿哭一场。恨不得现在立刻便前往拜访；可是即使去了，人家也不见得肯答应会见，她母亲又那般责怪自己……啊，到底该如何是好？今日适值坎日[1]，万一就算是得偿夙愿，怕是对将来也并不好，还不如从长计议吧。他毕竟是个正直的人，所以能深明事理，故此先修成一复函。“蒙赐珍函，欣喜异常。然而信中所咎责之事，却令人感觉意外。究竟您是误听到怎样的消息呢？

披秋草兮曾相访，
山里寂寞人幽居，
岂敢共枕兮肆狂妄。

1 阴阳道禁忌诸事之凶日，故外出亦在避讳之列。

事已至此，追释恐亦无补于事，不过昨夜未得再访，罪实难辞。故未敢缄默不语也。”另有一封细腻的情书寄赠二公主。乃派人到马厩中去物色一匹骏马，使安置移鞍[1]，召那晚的右近将监，使遣信于小野，并低声耳提面命道：“告诉对方：昨晚我住宿在六条院邸，方才回到家里来。”

小野那边，夫人见大将之君昨夜终于没有再访，受此冷落对待，委实教人无法忍受；顾不得日后别人的议论而写了那种满纸怨言的信，竟也连一封复函都不见；而今日又已届日暮，到底对方是何居心啊？伤心失望之余，好不容易稍见好转的病情又趋恶化，辛苦异常。然而二公主方面倒并未见得特别难过，只恨自己的身影随便教人瞧见，所以颇有些儿懊恼罢了，却并不怎么顶介意似的；倒是母亲为了自己的事情这般悲叹，真令人感到意外且又羞愧。但是，又无由说明自身的清白，故而只好表现得较往常更为温婉柔顺。为母的则不知就里，见女儿屡为男人受苦，深觉可怜复可哀，胸口抑塞，悲苦不堪。“倒不是我现在还要唠叨。虽说一切都是宿世命定，真个你也未免太不懂事了。瞧你现在做的事儿，教人议论起来呀，后悔也莫及了。今后请注意些。我虽然微不足道，也照料你到这么大，总以为你凡事能有所分辨。世间诸事，平时也这样那样跟你讲得清清楚楚，所以还挺放心的；咳，想来毕竟还是年纪轻，欠缺周虑。真教我放心不下，真应该再多活些时日才行。即便是寻常人家，只要是身份稍高的女人，一身事二夫总是卑贱浮艳的事情；而况你是公主的身份，照理说男人不得轻易接近才对。就以你跟那位故去的人的姻缘来说吧，我本是不赞成的，这些时来一直就为此懊恼着；可是，一来婚姻恐怕是命中注定，而且你父亲既然有意答应对方的父亲致仕大臣的婚议，我一个人

1　随侍者乘马所用之鞍也。

坚持不肯也太什么的吧，所以才只好许下了这门亲事。后来又让那人先走。这以后的种种不幸，也不能怪你，所以只好望着天空怨叹[1]度日子。现在，怕是会给人家和自己都增添难听的议论了，可怎生是好？就是咱们不管别人怎么讲吧，只要你们俩能像一般人那样恩恩爱爱，日后自然也还差堪安慰。可是，瞧他竟是这样薄幸寡情的人啊。”为母的边说着就边哭起来。

二公主任由母亲自说自话，也不与之争辩，只是在一旁嘤嘤哭泣。那模样儿乖巧极了。母亲凝视着女儿，不禁叹道："唉唉，哪一点儿也不比别人差呀。怎么这孩子就生来命苦呢！”言谈之间，愈觉得不舒服了。妖魔往往是乘虚而入，故而遂觉气馁，身体逐渐变冷。律师也大为慌乱，赶紧许愿祈祷。他本已发誓过今生今世不再出山的，此次特为此下来，若是毫不灵验地毁坛而归，既有碍面子，又恐怕世人以为佛大不慈悲，遂只得更加虔诚祈祷。二公主急得直哭，这也实在难怪她。就在大伙儿忙成一团的当儿，大将的复函来到。病人在半昏迷之中略略闻知，便心想今宵又不可能来此了。可怜呀，女儿大概就此会被世人传作笑柄的吧。真后悔自己当初何以给了对方那样的和歌呢。就这般左思右想之间，竟然气绝了。这真是大大出人意外，也教人悲痛异常，不知如何形容。前时也屡有这般为妖邪所恼而看似绝望的事情，故而大家以为又一度暂时中了邪，乃连忙举行加护啦，祈祷什么的；可是，这回明明是真的临终之状。二公主恨不能以身相随赴冥，她紧抱着亡母的遗骸不放。侍女们纷纷在一旁规劝："现在已经是无可如何了。任您怎么哀叹也不能叫逝去的人再度回来呀。您就是想追随，这恐怕也是由不得人呢。”她们尽说些理所当然的事情。“您这样不避讳，对于夫人赴冥反而有所障碍呢。好啦，咱们上那边去

1　此处意袭古和歌。

吧。”她们又连连推动二公主的肩膀劝解，可是那身子像是失了气一般僵硬。法师们在收拾佛坛之后也就逐渐离去，余下几位值勤守夜者。这情景显得十分凄凉，看来真个已到绝望的地步了。消息不知如何传闻开去的，各方人士渐来祭吊。大将之君惊闻噩耗，亦连忙来慰问。六条院啦，致仕大臣啦，其他各处也都派遣使者来。遁入深山的逊帝风闻此变故，也有深情哀痛的信函送达。二公主收到父亲来函，方始抬头。“迩来闻悉汝母病重之事，却以为不过例常不适，故未大予介意。而今悲叹亦无补于事，唯不忍心汝沉湎哀伤而已。须知此亦世间常事。无可如何，盼节哀自重。”悲哀之余，视觉蒙蒙，却仍然勉强作答。

亡者生前既然曾经嘱咐，死后要尽速送葬，遂定于今日出殡。善后诸事悉由其外甥大和守照料执役。二公主本希望稍留得亡母遗骸，聊供瞻仰；无奈这也是徒然无益，故而只好跟着大家悲戚戚地正准备出发。此时大将之君来临。“今日不去，往后恐怕就得避讳日子什么的。”找得这样的借口交代家人，实则一心只担忧二公主不知正如何哀伤着。大家纷纷阻挠：“这么早就去，恐怕是不怎么好吧？”他却不顾一切地奔出。心里急，觉得路途格外遥远，好不容易才抵达。入得门内，但见寂寥异常。葬礼仪式的方向有屏风围绕以阻挡视线，遂延请入西侧方面。大和守啼泣出迎答礼。大将依在妻户外走廊的高栏上。虽然他频频呼唤侍女，但是看来人人不安，正慌乱地忙成一团。不过人家好意来探望，故而只得强自镇静，由少将上前侍候。大将一时间无以为词。他虽非脆弱多泪的人，平素算得是相当坚强，但是此刻受到这寂寞山里的感染，遂不禁追念逝者生前的种种，正亦悲痛难忍，觉得：世事无常，任谁都是同样的。有顷，强抑泪水而道：“以为前一阵子病体已经好转，所以才松了一口气。梦醒也得有段时间才是啊，怎的竟这般突然走了呢……”二公主想道：先母便是因受此人冷漠待遇的打击才得病的，她最念念不忘的痛心之处也是这一点。虽云自己与此人之间的姻缘或是天命注定，却也难以消除怨恨，故而懒得答话。“怎么去跟人家回话啊。对方可是不寻常的身份呢，而且，好意这样急忙专程来访，不理不睬也未免太失礼了吧。”侍女们异口同声说。“你们看着办好了。我可是真不知道说什么好。”说罢，径自卧下。这也怪不得她。侍女们便对大将说：“我们女主人现在就如同灵魂脱了壳也似的。方才只跟她禀报您来了就是。”见大伙儿都悲悲切切地哭泣着，大将只得说：“真不知道该怎么安慰她才好。等我心情稍定，公主也安静下来以后，再来请教吧。很想了解一下，何以这么突然去世了呢?”少将之君便稍微透露了先夫人病中慨叹懊恼的一端，又补充道：“不知会不会教您听来像是牢骚一般呢?我今天有点儿心绪紊乱，或许有讲错话的地方也未可知。悲哀也总该有个际限吧。所以改天等咱们女主人心静下来，再请您过来听取她的答复吧。”大将见人人都心头乱糟糟的样子，故亦不便启齿。“我自己也真像在黑暗中迷了途一般。倘使能够让我再安慰她，哪怕是只听到一句她亲口作答也好。”大将之君颇有些犹豫不忍去的样子。但是这样未免太轻率，且当时人多而又混杂，故只得先回去。今夜竟然葬礼诸事进行迅速，令人不胜感慨惋惜，遂召来附近的庄稼汉，指导种种，使听差执役，而后离去。葬礼虽系临时决定，易流于疏陋简略，却由于这位人物的用心细腻而得以凡事隆重，人数亦为之骤增。大和守感铭不尽。“这都是大将之君的好意啊。”他既哀又喜，连连致谢。

连个遗骸都保留不得！二公主颠倒哀叹，可是亦无可如何。虽云母女情深，亲密到如此程度，也着实令人困惑。人人见此情景，难免为公主担忧，觉得不吉利，唯恐她自己会因此而病倒。大和守于料理完毕一切之后说：“这么寂寥的地方，恐怕不适于她居住吧。连个让她解一解郁闷的工夫都没有哩。”可是二公主却希望终身住在此山里，望得见附近烧炭的烟，亦聊堪安慰思母之情啊！值丧期礼拜的僧侣们在东面的渡殿及杂舍等处略设界限暂住着。西厢之间则尽除装饰，供二公主居住。就此晨昏不辨之间，一任光阴流逝。时已届九月。山风猛烈，木叶尽落，正是万物可怜的季节，即使仅只遥望天空，都会令人感慨无限而袖袂未有干之时，真所谓“可奈天命何”[1]。二公主觉得世事烦厌，百无聊赖。连随侍的人们也都个个没精打采，变得多愁善感起来。大将之君每日来访。为着讨好寂寞念经的僧侣们，时时赠送些礼物给他们；对于二公主则绵绵诉相思情意，怨怼她冷漠，另外一方面则又不忘时时安慰其丧母之悲哀。然而二公主对于那些信函却不屑一顾。想到先母病中误以为自己与此人有瓜葛致衔恨以终，这或许会妨碍她成佛，胸口便隐隐作痛；所以稍一有人提到这个人，便心忧泪涌。侍候左右的侍女们也就不知何以为对了。

就这般连一行字的回信都不给。初时尚以为，或因她心绪迷乱之故；未料，等候过久，遂觉得悲哀也应有个际限，如何竟不能体谅此心意？也未免太孩子气不懂事啊！大将心里不由得怨怼起来。若是随便写些花呀蝴蝶之类的风流情书，则另当别论矣；可是，正值衷情哀痛之际，有人这般开怀慰问，谅必会觉得温馨感动才对。记得自己从前丧失外祖母时，深心哀痛逾恒；致仕大臣身为其子，反倒未见得怎么悲叹，说什么生死乃是世之常理云云，只令人举行表面上的法会仪式而已；当时自己曾为之十分痛心；而为婿的六条院君则尽心尽意地虔诚奉行其后的种种佛事，虽是自己的父亲，对他这种表现却觉得十分感佩。对啦，自己对故卫门督特怀好感，恐怕也是起于当时吧。他为人挺稳重，用心细腻，而对凡事又都比一般人更具敏锐的感受力，所以才引起自己对他的钦慕。百无聊赖之余，不免这样诸多思

1　句出《古今集·别离》，白女作和歌。

虑度日。夫人云居雁未能猜出夫君与二公主之间的关系究竟如何。他与女方之母的信件来往似乎相当频繁细腻，不过实际情形则不可得知。见男主人斜倚在那儿遥望黄昏的天空，便令其子为使，在纸端书写着：

“欲劝慰兮如何写，
　未知君心为谁悲，
　　究恋生者兮哀逝者。[1]

难辨您思想的方向，所以教人十分费神啊。”大将读后，不觉莞尔。倒是挺会操心的嘛，说什么“哀逝者”，真不知道她想到哪里去了。遂即佯装若无其事地答咏：

“难分辨兮此寂寥，
　总为人生似朝露，
　　草上晶莹兮瞬息消。

万事万物皆可悲也。”女主人却认为夫君仍然有所隐瞒，且不管“似朝露”云云，衷情正为男人之薄幸而悲叹着。

大将之君终于忍不住，又往访小野的山庄了。他原想满了四十九天的忌日再从容过访，却无论如何再也按捺不住一颗心。如今顾不得浮名流传，只希望像世间一般男子所为，但求偿愿而已，所以不管夫人怎么揣测，也都不予答辩。即使公主方面再冷漠寡情，只要搬出她先母那首“如何一宿兮”云云的歌劝诱，也总该不至于太拒人千里之

1　生者谓二公主，逝者谓其亡母也。

外吧。九月十日才过，野山秋色正浓，即使非多愁善感者亦不能不为之感动。不堪山风的众树顶梢与山峰上的葛叶争相飘零之间，尊贵的诵经声微闻。但听得念佛之声，却无甚人的动静，秋风过处，见鹿群伫立于围篱边，田里的响板声似乎也惊吓不到它们，径自在那金黄色的稻田间呦呦而鸣，这景象真个诱人伤感啊。山泉流声似有意助人动容，更加繁扰地响彻四周。只有草间的虫音微弱，似有若无地鸣叫着。枯草之下，龙胆草唯我独尊地蔓生，那饱含露珠的风情虽云季节使然，每年晚秋总归如此，此时此地，竟别有一种令人难耐的悲伤气氛。他靠在那片妻户静静眺望，身上穿着服帖的直衣，暗红色的衣裳看得出那精致透明的捣光。薄暮的夕阳无心地照射过来，令人倍觉耀眼，遂以折扇遮日。那手势优美如同女性一般；但是女性则恐怕又不可能有这一副风采。侍女们皆看得如醉如痴。他的眉目表情能令人忘忧消愁，正笑容可掬地指明召见少将之君。虽已来至走廊近处，却恐内里有人，故而不敢随便详谈。“再过来点儿嘛。别逃啊。看在我老远来到这深山里的情分上，也得跟我融洽一些才对呀。瞧，雾又这般浓。”说罢，故意装作漫不经心的样子眺望远山。又道：“再过来些，再过来些。”少将之君遂将那青灰色的几帐自帘端推出一些些，收敛裳裾靠近端坐。她乃是大和守之妹，先太夫人的亲人，且自幼在其身边长大，故而所服丧色亦较他人为深：穿着一领橡色的衣裳，外加一件小袄。“为去世的人这般无止境地哀叹，原也是人情之常；但是一想到对我的冷漠待遇，便觉得心儿、魂儿都要飞出身外。人人见着我都讶异，实在是再也忍耐不住了。”大将怨怼不已，更及于那临终时的和歌，竟致痛哭失声。少将亦哀泣道：“那晚因为连一封回信也得不着，临终之际，难免又倍添一些苦恼。随着天色转暗，身子也就更不舒服了。想必是妖怪乘虚而入夺走了生命。回想我们先主人故大纳言去世的前后，也有过几回类似的情形，许是见到咱们公主也哀叹不已，为了要鼓励她，因此才不得不自己也振作起来的吧。这次没想到竟这么走了，所以害公主失魂落魄似的度日哩。”她再三叹息，似有不忍地断断续续诉说。

“是啦。可是这又未免太胆小了。说句不自量力的话，今后她想靠谁呢？院君已经遁世隐居深山中，白云尘外，与世隔绝，所以即使书信往来都不容易。你问问她：究竟这样冷淡待我可成吗？凡事都是因缘所定，就算是不想活了，也未见得就能如愿。假如能够随心所欲的话，首先便不可能有这次的永别了。”大将费尽口舌苦释。那少将听得无以为对，只好连连叹息。呦呦鹿鸣，乃脱口咏出“吾岂胜彼鹿”[1]之句，又道：

披筱原兮来访卿，
小野地僻隔村里，
不惜饮泣兮犹鹿鸣。

少将之君亦答咏道：

处秋山兮服藤衣，
泪沾袖袪拟露重，
鹿鸣人泣兮更添悲。

歌虽未必是上乘佳作，却因当时情境，幽幽道来，自有一番感伤情味，十分动人心弦。男方本有意另请居中传话什么的，二公主却令小将婉拒道：“如今尚在哀伤的梦境中一般。等梦醒后，再向您道谢时常

---

1 句出《古今集·恋二》，无名氏作和歌。

屈驾枉访的礼吧。”好一颗冰凉的心啊。大将只得叹息连连回去。

沿途眺望着诱人哀伤的天空。十三日的月华皎洁，走在幽暗的小仓山径也不致迷失方向。途中经过二公主空着的本宅一条院邸。看来较前更形荒废，西南方的墙垣有几处已经崩坏，乃自其隙间窥伺内里。房屋遍下门窗，阒无人影，只有月光照耀着泉流的水面，不由得令人回忆故大纳言在此举行管弦游宴的往事来。

人已逝兮空遗屋，
池水不映故主身，
唯见秋月兮独留宿。

他自言自语，返得府邸后，犹不停地抬头望月，显得心不在焉。“哟，咱们主人从前可是从来没有过这种难看的癖好哩！”连侍女们都有些儿看不顺眼。女主人则更是衷心愤恨。心想：夫君必定是神魂不定。反正他一向看惯六条院府中妇人们和睦相处的情形，便当作范本典例，把自己看成不可理喻的黄脸婆。真是恼人！倘使自己从幼生长在那种家风之下，耳濡目染，自然也能习以为常，而世人也不致大惊小怪啦。偏偏人人皆夸自己嫁得好夫婿，而亲戚、兄弟们大伙儿也都以为幸福者莫过于己；谁料想得到相随多年，如今倒是碰上这种家丑不可外扬之事哩。她心里头老大不愉快。直到天都快亮了，彼此还不肯打开僵局，背对背各叹各的。男主人不待晓雾便依例又急急修书。夫人当然是更不乐，却也不像上回那样攫取。有顷，书写完毕，搁笔低诵。声音虽然丝弱，女主人却已偷听到。

“梦沉沉兮夜昏昏，
为守信诺不忍促，

几时盼得兮卿一言。[1]

‘由上落’。”[2]似乎是这样的内容吧。封好信后，犹自吟咏“如何待”[3]云云哩。遂召人授予。至少能够看到复函也好。不知道他们两人的关系究竟进展得如何？女主人颇有些好奇。日高升之后，对方始遣人送回音来。那深紫色的信笺封闭得乏情乏趣。照常地，又是由小少将代笔。信上解释着二公主方面无甚反应之状，又附言：“深深同情您，故此将公主在您的信端涂抹的字迹偷偷附上。”果然，内里有撕下的一小块纸。毕竟她还是过目的，瞧他那乐不可支的样子，真不成体统！乃将支离琐碎的文字耐心拼凑起来看。

小野山兮水潺潺，
朝朝暮暮任呜咽，
泪实汇流兮无声泉。

大概应该缀成这么一首歌吧。其他尚有一些古歌，写来挺哀愁的样子，那笔迹也十分可观。冷眼旁观，见他如此为情颠倒，觉得实在有些儿狂乱不值；不过，设身处地来想，确实是难堪。怎的竟会变成这样子呢？思之再三，却也无可如何。

六条院主亦闻悉此事。原以为此子思虑周全，为人老练稳健，凡事无可挑剔，故而身为父亲也颇觉光彩。想当年自己少时稍嫌风流好

---

1 夕雾此歌系对二公主临别所称“如在梦境中一般”云云而作。谓急欲盼得机会言谈，唯不忍相催也。

2 皆句出《源氏物语》附注和歌。原歌为咏小野山之泉，无声无响由上落下，教人不知如何对待也。此盖以无声之泉喻无语之女也。

3 同上。

色，致浮名流传；正欣喜子能补亲之过，岂料如今这事对男女双方都有妨碍，若是全无关系的女性倒也罢了；真不知致仕大臣会如何想法啊？这孩子也不至于这般不明事理才对呀。咳，可见得宿命难逃。这事恐怕自己也不便于插嘴。至于站在女性的立场来说，则无论对二公主或云居雁都是十分遗憾的了，遂不禁太息再三。念及紫夫人的过去与未来，见到这等事例，更加不放心，自己一旦身亡后，她将不知会怎样呢。紫夫人则羞涩地揣测：难道他是想把自己遗留下来吗？遂不觉地心忧起来。还有比妇道人家更难处身、更可怜的吗？若是不知何者为悲、何者为乐地永远关在家里躲着人吧，这种不见天日、未尝生命荣华的生活，又如何安慰无常的人生呢？设使变成了一个辨不得情趣、索然无味的女性，岂非对不起细心养育的双亲吗？就像法师们每好引述的那位古代的无言太子[1]，看透世事善恶而独藏于心中不言，那又未免太乏味了吧。然则究竟应该如何才是恰到好处呢？她这般独个儿费心思量；怕是她因为现在正专心收养着明石女御的长公主，为了这个女孩子的前途设想之故吧。

源氏之君趁其子大将来访之便，思欲窥探其意，乃问道："先太后的忌日已过了吧？回想当年她嫁给院君之事，好似就在昨日、今日一般，没想到一晃就是三十年喽。世事真乏味！人生就同夕露一般不可恃，还贪婪名利做甚？我就一直想剃发为僧，弃绝俗尘，却是始终拖拖拉拉度日子到今天。真个遗憾极了。""其实，对世事无所留恋的人，一旦而设身处地替他想一想，多少总有难忍难舍的事吧。"遂又接着说："先太后的法事都让大和守一个人给包办了。真是多亏他，偏劳他了。没有扎实后台的人，活着尚不觉得如何；一旦死亡，可就真悲惨啊。""院君那边谅也该有慰问信息吧。不知那位公主有多难过

1　天竺波罗奈国太子，名休魄，生十三年而不言，故称。

呢。近年来偶尔听得人说：那位更衣[1]挺不错的。真个举世莫不哀之。应该多活些年的人，偏偏会这样早亡，难怪院君也惊异至极。除了这儿出家的公主之外，便是数她最受院君疼爱了。谅她人品气质也很优秀的吧。”“公主的性情倒是不顶清楚。至于先太后嘛，无论人品、容貌，都是没有瑕疵的。虽然无由接近，可是从偶尔表露的细微处也自然看得出来。”他巧妙地避开二公主之事，只字不提，装得若无其事然。为父的只好想：这等认真的人一旦情有所钟，恐怕阻止也无用，别人的意见他是不会听进去的。既然如此，自己也犯不着多费口舌晓谕了，故而终于默然。

先太后的终七忌事由大将负责一切。这个消息自然地传闻开来。致仕大臣闻悉后颇不以为然。“岂有此理！”他反倒怪起二公主来。这真是冤枉啊。当日许多公子也都不忘旧情来参拜了。大臣方面亦特令隆重举行诵经诸事。而各方人士所供养的品物也极尽心尽意，遂使得此次仪式堪媲美任何世代有名人物的法事。二公主本有意续守在此山里中，但是有人暗中禀告朱雀院君。“这怎么成！当然啦，跟这人跟那人固然是不好，可是乏人照料，万一出家当了尼姑，再教浮名流传啦，犯过错什么的，那可就今生、后世两相妨碍，徒然受人讥评指点了。我自己既已出家，而三公主又同样换穿了尼衣，别人或者会议论我子孙不繁；对于弃绝红尘的我而言，这些谣传倒无所谓；可是也不必一定都要竞相出家呀。为着世事难挨便要出家，可不是体面的事情，得要有所悟，安静下来定一定心，然后才好做决定。”屡有这样的信息戒谕。许是院君也风闻有关二公主与大将之间的那些艳闻谣言了吧。怕她因为事与愿违，遂有厌世之思想。虽然对于女儿与大将之间公开表面化一事，觉得甚是浮艳不妥，可是究竟也不忍心说出口

1 即落叶宫之母（昔日朱雀帝之更衣）也。

来害她羞愧。来回思量之余，认为自己又何须多插嘴，故而亦不及于此事。

大将之君方面既已费尽口舌诱劝万端，可是看来恐怕是希望渺茫；而迄今女方一无见许之意。世人面前只得装作先太后生前已有默许。这实在是万不得已之事，现在只好委屈故去的人，让她负荷欠缺思虑的罪名了。至于与二公主之间的事情，则随便佯装不知从何时开始的吧。而今再来返老还童地叫聒什么爱啦情的涕泪纠缠，也未免显得太幼稚可笑，倒不如索性定个日子让她搬来一条殿住。遂召请大和守，使张罗诸事万端。殿里的打扫及装饰等等，则由于此处一向是妇女们所居住的关系，显得照顾不周全，庭园里也颇嫌杂草丛生，遂令修整一新。处处费心安排，举凡帷帐啦，屏风啦，几帐啦，坐垫等等，无不设想周到，命令大和守于其家准备妥善。

当日，大将自己来到一条院府邸，而派车辆及前驱者出迎。公主本人坚不肯去，但是众侍女热心规劝，而大和守也说："那可不行。见你一个人在这儿寂寞度日，实在不忍心。这些日子以来，我总算尽量照料你，可是我自己任国地方事务也挺忙的，不能不赴任去呀。往后也没有人来照顾这儿的事，正愁着不知怎办才好；而人家竟肯这样费心负责种种；当然啦，想到或许他另有用意也未可知，便不敢劝你一定要迁就他。可是初无意而竟再嫁的例子也不少，世人又怎么会单怪咱们这儿的公主一个人呢？你这样想法未免太孩子气了。不管怎么能干，妇道人家如何能够独自处理自己的事，又分辨事务种种呢？终究需要有一位体贴的男主人做后盾，借着他才能发挥各种深思远虑什么的。只怪这儿左右的人平时不告诉你这个道理，倒是只会自作聪明地传递情书等不该做的事情……"遂责备近侍的左近及少将等人。大伙儿纷纷哄劝下，不得已只好任由侍女们换穿上鲜丽的衣裳，内心则茫茫然。试梳那一度想剃削的乌发，虽然脱落稀薄了一些，却依然有六尺来长，教旁人看着都艳羡。不过她本人却觉得衰老了许多。这种姿色怎么见得人呢？心里又特多忧虑，遂又躺下。“时间过了。天也黑了。”周围的人又在嚷嚷。这时候，忽然下起阵雨来，风夹着雨吹得紧。这情景，教人无端哀愁，乃咏成一首和歌：

茶毗烟兮升远峰，
但得相随任飘荡，
不堪披靡兮情非钟。[1]

她自己求道心切，但是近来侍候左右的人看守特紧，剪刀一类东西悉皆收藏起来。其实像自己这种不值得爱惜的人，又何须惊动大家？即便是像小孩子一般偷偷将自身隐藏起来又如何呢？怕是徒然惹人嘲讽为怪僻的女人罢了。这么一想，又不便随心偿愿了。侍女们径自在那儿打理各自的东西，将梳子啦，盒子啦，唐柜等各种物品，连同那些无甚价值的袋子类东西也都全部先行送走。至此再也无由独自留下了，乃哭哭啼啼上车。可是看见身旁空着的座位，不禁回忆当年迁居此殿时，病中的母亲还勉强替自己抚摩整发啦，又扶自己下车什么的，于是热泪盈眶，什么都看不清了，又见守护刀与经箱摆在身旁，便又咏出：

睹遗物兮思亡母，
眷恋情深泪满眶，
遂令玉匣兮减光否。

---

1 茶毗烟，指先太后火化之烟也。落叶宫作此歌以明己宁愿追随亡母以死，不甘心下嫁非情所钟之夕雾也。

黑漆的盒子来不及制成，故仍用此先太后生前习用的嵌饰螺钿之盒。这盒子本来预备供作诵经布施之用的，如今却留下来当作亡母的纪念。而今恍如一梦，真像是那古老故事中打开玉匣的浦岛青年渔夫哩。[1]

到得一条院府邸来，觉殿中毫无阴惨惨的景象，人来人往，与从前也判然相异。把车子停妥，一点儿也不像是回到住惯了的自己家。这倒真教人颇觉生疏，还有些儿不舒服的感觉，故而不愿骤然下车。“哟，真奇怪。”“像孩儿似的。”人人见她如此，徒叹奈何不得。大将已经把东侧对屋的南面暂充作自己的房间，悠然自在，好似住惯了一般。三条院邸方面则大伙儿无不讶异。“怎的突然变成了这么一个人呢？到底这种事情是从几时开始的嘛！”有时候，平素不好渔色的男人反倒会做出此等出人意料的事情来。不过人人皆以为这件事定系长年来偷偷摸摸进行的，竟也没有一个人料想得到女方至今尚未同意呢。总之，对二公主来说，可真是冤哉枉也。

由于尚在丧期之中，所以所谓婚礼，亦有异于一般仪式。讲起来，这样的开始，实在不太吉利，男主人却仍然于膳毕大家静退下去之后过来，他对少将之君抱怨不已。少将则禀报：“假如您真有意要同咱们女主人白首偕老的话，请稍待一两天吧。她来到这儿之后，仍旧是忧思满怀，躺在那里一动也不动，像个死人似的。目前就是同她说什么也没用，就连我劝说也徒然只有伤感情而已，反倒于事无补。真是糟糕，很难启齿呢。”“这可怎么办好呢？真是比想象中的还要孩子气不懂事啊。”男主人说。又辩解道：自己的想法应该是对己、对公主都两无害处，不致受世人非难才对。少将却不以为然。“不，不。

1　取“浦岛太郎”故事之典。事详《雄略记》、《丹后风土记》、《万叶记》及《浦岛子传》等。原文简略，盖以此为日本通俗故事，妇孺尽知之故也，今稍予润饰之。

如今只怕公主会不会万一发生什么意外，实在是担心得不得了，别的什么事儿都管不了。拜托，请您不要无理取闹，多所要求了。”她甚且合掌讨饶。这真教人扫兴：“咳，我从出生以来从未受过这等对待！她心里定是把我看作最最无聊可厌的男人无疑，真是冤枉啊！到底是谁不讲理，恨不得请个人来评评理呢。”这也难怪他呀。“您这样嫌人家不讲理，怕是您自己涉世不深的缘故吧，假如让别人来评理，到底会说谁对谁错呢！”少将微微笑说。但是，无论少将怎么逞强，事到如今，也没有强抑的可能，遂令其先导，摸索入内。二公主于气急败坏之余，竟不顾他人是否会批评自己太幼稚，令人于储藏室内铺了一张褥席，便反锁入寝。这种事情究竟如何了结？难道连自己的侍女都变了心不可靠了吗？她心中悲痛极了。事出意外，男方更是怨愤未已，却也不肯就此罢休，耐性等待，一夜胡思乱想到天明。他自嘲地觉得：自己就像雌雄不同栖的山鸟一般。好不容易挨到天亮。这样僵持下去也不是个办法，只好暂且退出，却又不死心地央求：“请稍微打开点儿隙缝好不好？”可是女方竟一无反应。

“恨寡情兮胸为塞，
漫漫长夜苦难挨，
复遭闭关兮岩门侧。

真个无法打动你心啊。”遂泣啼而归。

大将返回六条院府休息。花散里夫人安详地问：“致仕大臣那边说你把二公主从小野地方带回一条宫去了。这到底是怎么一回事呀？”虽然帘前复置几帐而对语，却仍然隐约可见其姿态。“也难怪人家这么说。先太后起初是挺坚决的，压根儿就不肯答应。可是后来她病重，心肠软了；又觉得公主也没有个人可以交托，所以心生悲哀的吧，便对我提起照拂她日后生活的话语。我呢，凭过去跟她女婿生前的情谊，也就有意思答应下来。如今，事情演变到此地步，大伙儿必要议论纷纷吧。世人总爱惹是生非的。”他笑了笑，“不过，公主本人却坚持要遁世为尼，所以怎会听从我的意思呢？与其让大家到处谣传，倒不如索性让她偿愿，那样子我反而可以澄清嫌疑了。在我来说，无非是不想辜负先太后的遗言，所以才这么做而已。将来父亲如果到您这儿来，有机会时，请代向他解释一下。怕他误会我一向过得平安无事，到如今却找上了这等麻烦呢。咳，其实也唯有这种事情呀，忠言逆耳，却又往往是身不由己哩。”他的语气极其诚恳。“我还以为不过是谣传而已，原来实有其事啊。虽然这也是世间常有的事情，可是不知道你三条的夫人心里怎么想法呢。多可怜呀，人家一向都是无忧无虑过来的。”“您倒是把她当作天真的小公主一般看待；其实呀，她那人凶得像个鬼哩！”大将不服地辩说，“不过我绝不会怠慢她。说得不客气些，请跟列位夫人比较比较看吧。妇道人家还是柔顺些的好。唠唠叨叨爱吃醋的，男人一时或者怕麻烦，所以也就只得装乖；可是人哪里有老听话的呢？到头来，有什么事情发生，便只有互相厌倦了。这一点，南殿的夫人常令我佩服，真个了不起！而您的用心独到，也是最近使我深深感叹的。”听他当面夸奖，花散里夫人不禁笑道：“给你这么举例出来，我这微不足道的身份岂不教人传为笑柄。怪的是——你父亲呀，自己的癖好以为人皆不知，搁置不谈；而对你则一有风流艳闻之类的，便就大惊小怪地批评啦，背后讲话什么的。这岂非聪明人轮到自己事儿反倒糊涂起来了。”“是啊。他常常警惕我这方面的道理。其实用不着他操心，我自己也挺小心谨慎的。”说着，心里不禁觉得可笑。遂转赴六条院君前。院君亦早已闻悉此事，却认为无须表明，故而只是静观其子。这大将，姿容之俊为世所罕见，而今风度翩翩，正值男人最成熟的时期。即便是他稍涉风流艳事，看来也不像是该受非难的人品，而他那出类拔萃的美则又充满着青春气息，连鬼神都会原谅其过失似的。但从另一方面来看，到底已经不是不辨事理的少年人了。那没有瑕疵的端庄的容貌，妇女们怎能不被他所吸引呢？恐怕他自己照照镜子也会顾影自怜吧？虽系亲生儿子，心中难免这样想。

日头高升后，始返三条院邸。进得门来，可爱的少爷们便一个个迎上缠戏。夫人则横卧榻上。知夫君归来，连眼皮都不肯抬一下。心知对方正赌气着，这也是人情之常，却故意不甘示弱，所以一把掀开了那被子。“您以为是到了什么地方呀！我早就死啦。老说我是鬼，是鬼，索性真的变作鬼算了。”云居雁气咻咻地说。“你的心哪，比鬼还厉害，可是脸蛋儿这么可爱，教我怎么舍得丢下你啊。”瞧他装得若无其事的样子，才更教人生气。“我怎么配得过像您这种英俊讨人喜欢的男人哪。索性不如消失到什么地方去还好些。往后您也用不着记得我这个女人了。哼，一想到这些年来傻乎乎跟着您，就是不甘心！”边唠叨边起身，那模样儿十分逗人喜爱。气得涨红的脸庞也挺好看。“你这张孩子般生气的脸也看惯了，所以这个鬼呀，也不可怕了。鬼就得像个鬼，要更具威严才是。”男方想开玩笑打岔过去。岂料女方却嚷嚷：“胡扯什么！快去死吧。我也去死。见了面就生气，听到声音又讨厌，丢下你去死又不放心！”她越生气越发显得可爱。男主人遂笑道：“即使你眼不见为净，可是总不能不听到消息什么的吧。你方才说的话，正足以证明咱们情谊的深浅哩。不是约好倘若谁先死了，另一个便要追随其后的吗？”乃佯装无事，费尽口舌，百般哄骗安慰。这位夫人原来年轻单纯，天真无邪，明知道夫君是在暂时奉迎自己，却也不知不觉间消气了。男方见她如此单纯善良，怜悯之情油然而生，却又禁不住心不在焉地思念起那位心上人来。看不出她是那么个性强烈的人，可是万一真个不愿跟随自己，定要去当尼姑的话，自己岂非成了傻瓜一样吗？暂时尚得设法勿使断绝关系才行。这样心绪不宁之间，日已暮。今日看来又是不会有回信了。所挂虑者莫过于此，故而沉郁忧思。

这两天以来，女主人由于心绪不佳，未尝进食，今日始稍稍用餐。男主人恳恳而谈："你知道，我老早就深爱着你。为此也曾遭令尊白眼，受尽了种种折磨。世人也每每讥笑我，把我当作傻瓜看待，真个受够了委屈。对于别处所提的亲事，我一概未予理会，所以甚至还有人批评我道是：连女人都不可能那样忍耐呀什么的。如今回想起来，自己都觉得，当时何以能够那么忠心专一呢？当然啦，我自己心里明白，我这个人哪，自幼便是一本正经的人；现在就算是你再怎么怨恨我吧，有这么许多可爱的孩子羁绊，又怎么容你一意孤行，说走便走呢！好歹请你看守着我吧。寿命长短虽由不得人，你我之间的情是不会改变的。"[1]言谈之间，竟有时忍不住落泪。女方亦禁不住回忆往事；想当年情爱深刻，为世所罕见，曾信誓旦旦，愿世世代代结为夫妇之缘啊。未几，大将却脱下糊浆已褪之衣裳，另换上鲜丽的华衣，仔细薰染香料，又用心装扮停妥，而后欲出门离去。夫人在灯火下观察这情景，忍不住地粉泪簌簌而下，乃捡来夫君留下的衣裳。

"糟糠妻兮犹此裳，
喜新厌旧何须恨，
忍着尼衣兮聊可忘。[2]

怕是命定穿不得这种普通衣服的吧。"听她这样自言自语，大将不得

---

1 原文含蓄晦涩，今据注释，加添末一句。
2 此云居雁娇嗔赌气之歌也。谓将出家为尼以忘恨。原歌"尼"作"海人"，以日语"尼""海人"二字音同故也。

不止步。“说这些无聊的话做什么呀。

虽云厌兮总夫妻，
日久倦腻或可谅，
如何弃吾兮遁为尼。[1]”

可是，他此刻心不在焉，坐立难安，当然咏不出什么出色的歌。

至于那位公主，却仍将自己困藏于储藏室之中。侍女们纷纷规劝：“到底要躲到什么时候呀？人家会笑您这样未免太孩子气，太可笑了。还是照旧过日子，把想说的话跟大将之君说清楚好了嘛。”听后，颇觉得也有道理，但是却担心：今后世人不知将会作何感想？又认为自己所以有这种种劳心苦恼，全都是为了那个可恨的人啊！故当夜又拒不相会。“真个拿她没有办法！这种女人倒是少有的哟。”男方只得满口怨言。侍女们也觉得男主人怪可怜，乃道：“‘若是能等到稍稍恢复常态，到那时他还没有忘情于我的话，容后再拜访什么的吧。可是，现今正值亡母的丧期，只想专心一意拜佛呢。’咱们女主人可是下了很大的决心，不巧，世人却胡乱造谣，几乎无人不知晓，害她心里难受极了。”“我是跟别人不同的，又不会随便乱来呀。真没想到她竟然会这样待我。”遂连连叹息道：“假如她是在平常那间屋里的话，我倒是想同她隔着几帐之类的谈一谈，担保绝不会轻举妄动，惹她生气。即便是要等待几年，也无妨啊。”他这样费尽口舌，可是女方却又让人传言，抱怨反驳道：“居丧已是心情沉重，如今还要听这些无理的话，实在教人烦心！我这儿唯恐别人品长论短，真够懊恼了；这且不去说它；没想到您那种居心，真令人失望啊。”瞧她，还拒人于千

1　夕雾答歌属强辩，转以喜新厌旧之心推诿于云居雁也。

里之外呢。总之，这样下去定会引起闲言闲语，而当着此地侍女们面前也挺难为情的，乃转而怪责少将之君道："居丧期间就依她的意思吧。不过，我这种处境可真有点儿窘。又如因为她嫌弃，就此不来拜访呢，则又怕别人误以为她遭受我遗弃，这样于她的名誉也不好吧。唉，像她这般钻牛角尖，真个是孩子气，教人拿她没办法啊！"给男主人这么一说，少将也觉得不无道理，如今她已深深同情男方，连看他的脸都恻然不忍，遂将储藏室北面的门，平时供侍女们通行之处打开，让他进入。

二公主愤懑不已。连侍女们都如此不可恃，则人心之不可逆料可想而知。往后不知道还会遭受何种悲惨之事呢。想到自身已是无依无靠，不禁悲哀万分。男方则百般劝诱，既哀怨复饶趣味地极尽口舌之能事，无奈女方只是悲叹不已。"您大概心里以为我这个男人无聊至极吧？其实，我自己也羞愧得很。如今倒有些后悔，当初怎的竟敢恋慕您；可是，既然谣言已传出去，再怎么拒绝我也洗不清名誉了呀。请看开些。有人不如意时会投身深渊，您就把我当作深渊，投向我来吧。"讵料，二公主竟将那单衣从头上蒙住，只知道嘤嘤哭泣而已。那模样儿惹人怜爱。嗳嗳，究竟为什么？再会逞强的女人到此等地步多数也会松懈的呀。人非木石[1]，她这般相拒，岂非前世缘薄之故而惹她讨厌吗？念及此，不禁胸中郁塞。不知三条院邸的云居雁心里又将作何感想？想当年彼此相爱无间，而近年来她对自己更是彻底信赖，无所隐瞒；如今却显得格格不入，这都怪咎由自取。越想越不是滋味。遂亦不再勉强取悦公主，只得长吁短叹至天明。

这样每回像个痴情汉似的来往，也不成体统。故今日特地从容留在府邸中。见大将之君如此顽强，二公主不禁慨叹，愈觉其可厌。竟

1　句出白居易《李夫人》诗："人非木石皆有情。"

不可救药至此地步啊！不过，一面怨恨，另一面却不免为之感动。这储藏室之内，并未布置周详，只有收藏香料的唐柜及橱柜等物而已。遂将此类家具堆放一边，临时匀出场地供座席，人儿便端坐在那里。内里虽薄暗，恰值旭日升起，光线从隙缝射入。大将乃乘机拉开那蒙住头脸的单衣，替她掠起散乱的发丝，偷偷窥探。那张脸庞长得高贵秀气，极饶艳丽的女性美。而男方的容貌呢，这种从容的时候，较之一本正经时看来更为俊美。回想从前，故卫门督虽未见得如何姣好，却自视甚高，动辄嫌弃自己；而今自己色衰姿损，眼前这人如何忍受得了呢？二公主不禁倍感羞愧。乃思虑种种，劝慰自己。只是仍不免担心：万一这消息传到父亲或致仕大臣等人的耳朵里，岂不害他们忧虑？何况自己尚在居丧期间，心情不佳，委实难以散心遣怀。

盥洗及粥食皆在平时所居的房间里进行。那些阴沉沉的丧服布置，看着怪不顺眼，遂将屏风立于东面。主屋方面则另设染香的几帐，使不至于显得晦气浓重，又布置沉香木制的双层架子。凡此种种，均见用心细腻，这一切都是出于大和守的安排。侍女们也都下令使换穿不显眼的黄褐色、暗红色、深紫色及青灰色等衣裳，此外，淡紫色及浅灰色等衣服，也尽量使其看来不像丧服。人人侍候膳食。此地本来都住着妇人，故而处处显得松弛；如今却由大和守独当一面，将那少数的男仆们也妥善训练，使之各奔走执役。闻悉贵宾光临，前时疏于值勤的家司舍人竟骤然竞相再仕，大伙儿挤在下房里听候差使。

见夫君心安理得地居住在一条院邸，三条院方面的云居雁不由得心灰意懒，觉夫妇之缘已尽。起初尚寄托一丝希望的。听人说，原来方正者一旦而变心就会判若两人，果真如此！她好似已经看透了夫妇情谊之终始，不甘再受侮辱，遂借口避忌方位而归宁。正值弘徽殿女御亦归宁居家，姊妹俩相会，亦聊堪解闷安慰，故不像往常那样急于返家。这事大将之君已闻悉。果然，她这人就是没有耐性！她那位父亲——致仕大臣则又欠缺成人的器量，他们父女俩都是急性子，喜欢大惊小怪，说不定会叫唤“这家伙可恶，再也不要见他，不听他的话”什么的。恐怕事体闹大了不妙，故连忙赶回三条院邸来。想不到夫人竟留下了几位公子，而将小姐和最小的少爷带走。那几个孩子见父亲回来，有的高兴地缠绊，有的却因思母而哭泣，害大将心中更为难受，遂频频致函，又连连派人去迎接，可是夫人方面竟连个回音都不给。好一个狠心的妇人，这未免太轻率了吧！越想越生气，可是碍于岳父情面，只得于日暮时分亲自前往迎接。有人告以：“夫人在寝殿那边。”平时常住的那间屋子里，只见一些侍女。幼儿与乳母也在这里。“到如今还要什么女儿家把戏啊。把孩子们到处扔着不管，自己却跑到寝殿去，实在是不像话。不过，这也是她的老毛病。大概是宿缘如此，一向就是忘情不了她；而况现在孩子都有了一大堆，看他们可怜的样子，总以为彼此分也分不开的呀。又何必为了这点儿小事情，狠心到如此地步呢？”大将不由得严厉咎责。夫人却令人传言：“反正您已经对我没兴趣了，再想要讨好您也不容易，也没有必要再赖着不走吧。只要您不嫌弃不懂事的孩子们，于愿足矣。”“哦，倒是答应得干脆嘛。这么做法，究竟会对谁不利呢！”男方也就赌气，不再勉强求她回家。当夜便只好独卧。

最近真不凑巧，何以到处碰壁不讨好呢？大将之君一面哄着孩子们在身旁睡，一面又不由得担心：一条院那边又不知如何了？唉唉，到底是哪一个好事之徒认为恋爱是好玩儿的呢？自己可真是受够了。天明之后，又试用恐吓的语气道：“这样下去，别人面前也不好看。你若是非说缘尽不可的话，那只好算了。留在那边的孩子们也想念着母亲，可是，你既然从众多的孩子里挑那几个留下，总是有原因的吧。不过，在我来讲，也不能任由他们去，所以好歹得想个办法才行。”云居雁本是脾气爽直的妇人，这么一来，她便以为连那些孩子都要给带到一条院邸去了，故不由得着急起来。“来，把女儿还给我。到这儿来相会也不成体统，往后怕不能常来了。家里还有好多可爱的孩子，至少也得让他们住在一起，也好照顾啊。”为父的见乖巧美丽的女儿，无限怜爱，乃告以：“别听你母亲的话。这样使性子不讲理，可不是好事哟。”

致仕大臣闻悉此事，怕贻笑大方，故悲叹不已，特晓谕其女道：“何不观察一阵子再说呢，人家大将自有他的想法吧。妇道人家太逞强反而给人看作轻率的呀。不过，既然已经出口，那也用不着又自动低头折回去了，不久自然看得出他那边的态度用意的吧。”遂差遣其子藏人少将于一条院，使呈于二公主。

“因缘深兮心念君，
昔为儿妇今婿爱，
既怜复恨兮难辨分。[1]

总该不至于遗弃我们吧。”少将理直气壮地直入殿内。虽然南侧走廊设置圆形席垫招待，却人人难于启齿。二公主则更觉得尴尬极了。这位男士本是亡夫兄弟中最俊美的一位，此刻他正环视周遭，似追念其亡兄。“常常来拜访的缘故吧。不觉地有些举止粗鲁，还请多多原谅。”言简意赅，却不无讽刺之嫌。公主愈觉难以为答，道是：“我没法子给他作答。”可是众女皆劝：“这怎么成啊。不是显得太稚嫩了吗！这种时候又不是可以由别人代笔的。”这样更教她泪水夺眶而出。

---

1 此致仕大臣责怪落叶宫之歌。谓她本为其子柏木之妻，今则又为其女婿夕雾之爱人，故可谓因缘深厚，然则心既怜之，复又恨之，不知如何分辨也。

想到母亲生前，即便是再大的过失，她都是庇护着自己。于是泪水先笔端而溢流，简直无法成书。

妾身卑兮不足道，
怜恨交加大人心，
可哀命薄兮自懊恼。[1]

寥寥几行字，直书胸中所感而已，连结语都懒得书写，便折叠推出帘外。少将径自与侍女们闲谈着。“亏我还算是时常拜访的呢，如今还遭受这种帘外接见的冷漠待遇，真个没意思。据说又结良缘了，以后可得又要经常上来请安喽。长年听候差使，大概总有一天会让我进入内里吧。”留下这种冷嘲热讽若有弦外之音的话语始离去。

二公主的情绪愈形不佳。为此男主人焦闷异常，而夫人云居雁则又日日悲叹不已。藤内侍闻悉此事，心想，这位人物连自己这种微不足道的女人都不肯容受的，而况如今发生了公主身份的妇人这种事件……乃借平素偶有书函来往之谊，上言道：

身卑微兮未达理，
人情冷暖良可悲，
泪为濡袖兮缘阿姊。[2]

这首歌多少有些挖苦人的意思，不过，正值无聊感伤之际，遂觉这女子亦未见得心中泰平吧。

---

1 原歌含意简约，一、二句已尽其意，第三句为添加之词，原歌所无也。
2 藤典侍系惟光之女，亦夕雾之妾也。咏此歌以表明对云居雁之同情。“阿姊”以称云居雁，为译者擅设之词。

尝悲哀兮为他人，
讵料今日更伤己，
可叹浮世兮多苦辛。[1]

答歌仅止于寥寥几行字。大概直咏衷情所感之故，教人不忍卒读。回想往日，大将与云居雁的恋情受阻时，男方只秘爱着这典侍一人；自与云居雁结为夫妇后，二人之间遂形疏隔。而今，孩子们次第出生，计有云居雁所生之大少爷、三少爷、四少爷、六少爷、大小姐、二小姐、四小姐及五小姐，而典侍则生三小姐、六小姐、二少爷及五少爷，共十二位，个个伶俐可爱。尤其典侍所生的孩子们，更是容貌美丽而才器不凡，皆优秀出众。三小姐与二少爷为花散里夫人所领养，格外受到宠爱。六条院君于众多孙辈之中，亦特别亲近呵护着。可是，大将与二公主及夫人之间的错综复杂的关系究竟会演变得如何呢？委实难以下笔。

1　此云居雁领藤典侍情之答歌也。

第三十九帖

御　法

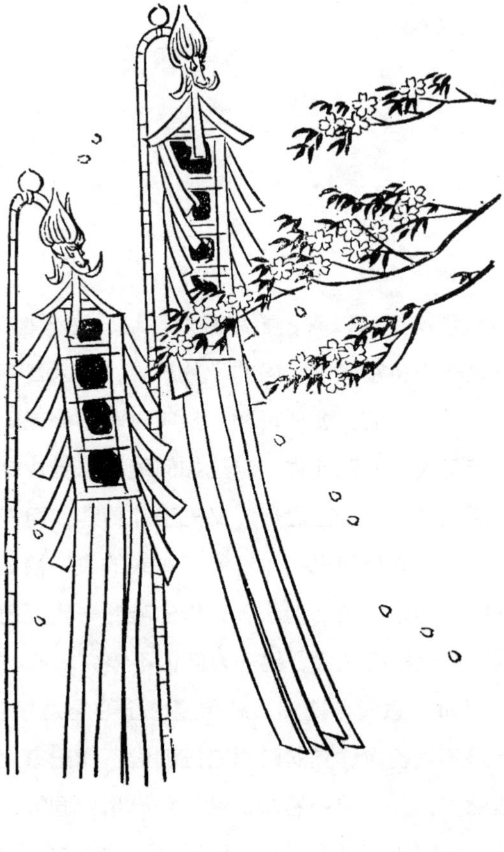

紫夫人自从那次重病以来，始终羸弱不堪，许久都爽快不起来。也说不出究竟是哪里特别痛苦，虽非十分严重，却因日积月累，长期如此，故而显得希望渺茫，愈形衰弱。源氏之君心痛无可言喻。他简直不能想象，若是夫人先己而去，自己如何能够忍受片刻。至于病人本身呢，这世间的荣华富贵已尝尽，又无子胤羁绊，更无甚特别眷恋苟活的意思；不过，如果自己率尔弃绝多年来的夫妇情谊先走，夫君将不知如何悲叹。她心中暗自担心者，毋宁唯此一事而已。一方面为着后世而令人于各处举行法会，另一方面仍不停央求道："还是让我遂了出家之愿，贱命一息尚存期间，总希望能全心全意事佛勤行。"但是六条院君就是不肯答应。其实院君自己何尝不作出家之想呢？有时甚至觉得：既然夫人如此热心恳求，索性自己也伴同皈道吧。不过一旦出家，便万万不可再顾现实世界，所以才不敢率尔决定。他们俩互有来世同升一莲座的誓约，缘分可谓深厚。活着修行期间，即便是同隐一山，也总得隔着峰岭，分住于个别的庵中；如此，则凭她目前这种多病衰弱的身子，果真要出家，怕也会多所挂虑不安，反倒更增添心乱之由，致徒令山水清境变得混浊。他这样犹豫不决，若从一般肤浅的率尔出家遁世者观之，恐怕或有迟疑之嫌吧。夫人方面，既未能获准，若再坚持己见，怕不成体统，如此亦非自己本意，故而只有心底埋怨罢了。另一方面又担心：此身所以久久未能偿遂出家之愿，是否因罪障深重之故？长久以来，她曾私下令人抄写《法华经》千部，如今急于将之供奉，乃以自己居住的二条院暂充场所。七僧[1]所需之法服等等，都依各人身份备妥。色泽啦，做工等，都属上乘，无懈可击。大体说来，一切隆重庄严，虽然大事铺张，但院君并不详悉此事；妇道人家指挥之下，能做到如此地步，已属难能可贵；想不到这位夫人对于佛事一类事体亦通晓如斯，真个是有美皆备的女性啊！由于余下之事，已无甚可做，故只好大体上巡视一番而已。至于乐人及舞者诸事，则由大将之君特为负责照料。宫里、东宫以及后妃们以降，六条院邸的各妇人也都提供诵经和祭品等物。这些东西已相当可观，而况如今几乎无处不为此法会而大伙儿忙着筹备，所以更加显得此事隆重无比。到底何时准备的这许多东西呢？看来定必是早已经发愿的喽。花散里的夫人和明石夫人也都过访了。紫夫人令侍女开启东南方的门，端坐在自己的位置上；寝殿西侧之储藏室即为其席。于北边的厢房设置屏风，聊示间隔，延请各方夫人们入席。三月十日，花正怒放，天空晴朗而饶富情趣，令人想象佛所住的极乐世界便是这般的吧。这情景，即便是信心不见得格外深刻的人都会有罪障消灭之感。《法华经》之《采薪赞叹歌》由许多行道之僧人唱出，那声音似能震动四周，忽又戛然静止，显得寂寥感人。紫夫人近来更形羸弱，故而觉得凡事哀伤，乃遣三亲王[2]送信于明石夫人之处。

---

1 已见于第三十七帖“铃虫”，第188页注2。
2 后称“匂宫”，为明石女御所出，即明石夫人之外孙也。时由紫夫人领养（详见第三十六帖“横笛”）。

未足惜兮此微躯，
薪尽火灭命有限，
遂亦添悲兮减欢愉。[1]

明石夫人的回函若附和原歌之旨，则恐他日被人讥为用心不周，乃故意避重就轻咏歌的吧。

采薪赞兮今日始，
奉事经于千岁长，
寿比御法兮无休止。[2]

鼓声伴和着庄严的诵经声，彻夜未绝，舞乐亦饶有情致。未几而天色渐明。朝霞之间，花色缤纷，芳香四溢，令人觉得春天仍是最动人的季节。而众鸟鸣啭，亦不逊于笛声曼妙。在这个哀乐交集之际，《陵王之舞》已近终曲，乐调转急，繁富热烈。观众纷纷脱下赐予舞者的衣裳色泽鲜明繁多，更及时增添几许风流情趣。亲王公卿辈中之擅长此道者，亦皆卖力演奏。见贵贱上下莫不尽兴作乐，紫夫人自知寿命不长，只觉得在在多所感伤。许是昨日不觉地起身一整天的缘故吧，今日便觉十分劳累，故而卧床不起。想到这些年来一有此类游宴便会聚集来此奏乐的人们，那一张张的脸呀，姿态，以及个人的才艺呀，琴笛之声等，或者今生今世此为终了，便对那些本不怎么顶关心的脸都会自然而然要格外留意。尤其是每逢冬夏季的节令行事时难免

1　此紫夫人自谓微命本不足惜，然究竟不忍似薪尽火灭骤离人世，故为可悲也。中句系出于《法华经》:“佛此夜灭度，如薪尽火灭。”

2　此明石夫人安慰紫夫人之答歌也。谓其寿必如今日开始之法华佛事，永无止尽。首句为踏袭原歌“薪尽火灭”云云而来，中句则出于《法华提婆品》:“于时奉事，经于千岁。”

暗中互争短长，而实则又相亲相爱的各位妇人，虽云人生无常，众皆如此，可是念及自己竟是第一个走向不可知世界的人，更是悲不自胜。法会完毕，各人准备回去，如今在她看来，也好似永诀一般，不由得难舍难忍，遂咏成一首和歌，送于花散里夫人。

永不绝兮赖御法，
生生世世愿相逢，
法力无边兮托融洽。[1]

答歌如下：

既结契兮不可绝，
御法不断命渐残，
愿托法力兮常相悦。

接着，又举行不断经、忏法等，毫不懈怠地举办种种珍贵的法会。在不停的法事中，日月流逝。然而紫夫人的病似乎并无甚起色，遂演变成为普通一般行事，在各处寺庙里继续进行着。

入夏后，往往即使平时都常会因不堪酷暑而失气的。虽然说不上什么具体的病况，却见身体愈形衰弱，但她并不轻示苦恼之状。害侍候左右的侍女们不知前途如何，只觉得眼前昏暗，既悲痛复不忍心。见其如此，中宫[2]便也准备归宁，退回到二条院邸来。停留之处所为东侧对屋。紫夫人便在寝殿里等待着。此次归宁的仪式虽无异于往

1 紫夫人赠花散里夫人之歌。谓御法之事虽永不断绝，而命衰气绝，此度恐为最后之法事；唯愿托无边法力，与之生生世世再逢，更形融洽也。

2 明石女御也。此处始见已晋升为中宫。

时，可是念及自己或将无法亲眼看见皇孙们成长的情形，便不禁悲从中来。依例又有许多公卿陪驾参上，听他们一个个禀报姓名之际，也不由得竖耳格外仔细聆听，这是谁那是谁的辨别。与中宫久未谋面，更觉珍贵，遂细腻谈天。六条院主人得房里说：“今天可像是离了巢的鸟一般，好无聊。还是到那边去歇着吧。”便径往自己的房间。见病人今日难得起来，一则以喜，一则以忧，就是无法逆料这种好景会有多久，心中略感短暂的安慰而已。“咱们分住在两个房间，让你过来，怪不好意思的；可是如今我这身子，又没法子到那边去。”中宫便暂时留在紫夫人房中。明石夫人也来探望。于是她们三个人恳切细谈。紫夫人的心事实多，却无意大谈死后种种，只是泛论世事无恒之类话题。听她从容道来，言辞虽不多，却不流于肤浅。这样反倒比侃侃而谈诱人哀伤；而那种羸弱疲乏的气色，便越发明显。又环视孙辈，幽幽说道：“以前总盼望看见你们长大成人的模样，怕也是多少羼杂着这种命不可恃的心理吧。”眼眶里不觉地满含泪水。那一张脸庞凄美无比。何以她总往这方面想呢？中宫也禁不住哭泣。紫夫人避开不吉祥的口吻，佯装随便想起来似的说：“这儿有几个长期仕奉的人，都是无依无靠的。这些人，等我走后，请别忘了善待她们。”三言两语，点到为止。

为了举行季节的诵经仪式[1]，中宫依例返回她自己的东侧殿里去。紫夫人见三亲王匂宫在众多兄弟中显得最逗人喜爱，他正踏着摇摆不稳的步伐到处乱跑，便趁着身子较舒泰的时候把他拉到跟前来，见左右无人，乃问道：“如果姥姥不在了，你会想念我吗？”“一定会好想您哟。比皇上，比中宫，更喜欢姥姥的呀。”瞧他小小年纪，竟会揉着眼眶偷拭泪水。那天真的模样儿惹得紫夫人含笑落泪。“等到你长大

1　春秋二季（二月及八月）招众僧诵读《大般若经》之仪式也。

后，住到这儿来。这对屋前的红梅和樱花开放的季节，可别忘了好好儿欣赏哦。有时也记得在我的佛坛前祭供些吧。”听此话，他点头示意。怕看着姥姥的脸又会掉眼泪，所以便走开了。这位三亲王和长公主是自己特别费心抚育带大的，未能亲睹他们长大成人，委实悲伤遗憾。

好不容易盼到秋天到来，金风送爽，心境亦稍觉宽舒。不过有时凉意又会影响健康。虽未至于“秋风秋意愁煞人”[1]的地步，倒也常是容易无端泪湿裳袖呢。中宫也该回宫里头去了，颇想挽留她多住些时候，可是又怕这样未免太过分，而皇上那边又频频遣使来催驾，更不便启齿要求，且玉体虚弱，又不能前赴东侧之殿，故而由中宫方面过来辞行。病房杂乱，本不该让高贵的中宫进来，但是若不见面，好容易苟延残喘到现在，岂非都白活过来了？遂特令设席于房中，延请入内。紫夫人实在纤细瘦弱不堪，不过她这样子看来反倒添增几许优雅的韵致。往昔的她过于艳美华丽，当其盛年之时，可拟为绝世之花，色香俱无与伦比；而今则冷艳依然，却因已看透世事无常，故另有一股诱人感伤的氛围，真个无可言喻。今夕风吹得格外紧，她有意一睹庭前的盆栽，正斜倚着隐几。赶巧六条君来临，见其如此，乃道：“咦？今天你竟起来了？当着中宫面前，毕竟是心境好些啊。”唉唉，只要一看到自己舒泰些，主上便会高兴得什么似的；万一自己故去，不知他会如何哀叹呢。这又令她悲伤不已。

妾命薄兮犹荻露，
风吹露散了无痕，
不堪依恃兮不可驻。

1　句出《和泉式部集》和歌。

见她羸弱得像花上之露，微风过处即将消失一般；人花两无常，真个使人心酸。

似露珠兮命实短，
后先殊途究同归，
愿得追随兮恒相伴。

源氏之君咏成一首，已是泪流满面，拭不胜拭。中宫亦和成一首：

草上露兮易消散。
秋风过处不稍留，
唯此寿命兮诚可叹。

他们个个都是了不起的人物，教人看得艳羡。倘若寿命能到千百岁，该有多好啊。但是这世间真个由不得人，天命不可留驻，诚一大悲也。

“请回去吧。我又不舒服起来了。唉，衰弱得这样，实在太失礼。”遂令人拉过几帐来遮挡，那模样儿较诸往常更显得虚弱乏力。“您怎么啦？”中宫拉着紫夫人的手啼泣而视。未料，竟觉得如露珠之渐消一般，看来已是大限在即，遂急忙自各寺院召请来无数诵经僧，府邸上下顿时显得喧喧扰扰。前次也有过类似的事件，却能够再度复苏，遂以为这回大概又是邪魔作祟；无奈彻夜作法祷告，亦回生乏术，竟于黎明前去世。中宫尚未离去，故得赶上临终，也该算是因缘深厚了。人人都不能相信这是世间常有之事例，直觉得是绝无仅有的大不幸，又疑以为是否晨间朦胧的梦境什么的。说来真有些愚骇，却也难怪他们啊。这时候，没有一个人是头脑清醒的，所有侍候在侧的侍女们也都尽失理性。更何况六条院主，教他如何能就这般死了心，绝了望？见大将之君来到近处，便招呼他到几帐下，告以："看来像是大限已到。近年来她一心想出家，始终让我阻碍着，实在于心不忍。那些诵经作法的大德高僧多数恐怕已经结束法事回去了吧？不过，或许还有几位尚留着。在世的时候虽然没有蒙受菩萨保佑，现在至少希望让她在赴冥的途中有个指引。快去吩咐他们来替她落发吧。看看可有什么能派用场的僧人没有？"虽然他强自振作支撑着，那脸色显然与平时大不相同。眼泪不停下流，看来委实不胜悲哀。大将之君亦悲不自胜，觉此乃人情之常，亦无可如何。"有时候妖物作弄人，故意教人一时气绝，也是常有之事，说不定这次也是这样的吧？不过无论如何，让她偿了本愿总是好事。即便是受戒一天一夜都会有效验的；可是如果真断了气以后再落发什么的，怕未必对后世有任何功德助益，反倒会增添眼前的悲哀罢了。您看怎么样呢？"话虽是这么说，毕竟还是找来了几位有意守夜的僧侣，一切悉由这位大将指挥命令。

这许多年以来虽不敢心存妄想，倒也不知不觉自从台风那早晨偶然窥得倩影以来，难免冀盼着或有机会再窥一面，至少微闻其声也是好的，这样无时不记挂于心头；而今已无由再听见她同自己说话了。至若想要拜见她那空虚的遗体，除此恐别无机会了！他心里这样一想，泪水便禁不住地涌出，见侍候女主人的侍女们尽失常态，一个个在那儿骚扰不宁，便佯装抑制道："安静点儿。"又趁六条院主吩咐什么之际，将那几帐的帷幕掀开望入。赶巧，那时候晨曦曚昽，院主正移近了灯火在那里端详着紫夫人。那玉一般清丽的脸庞，愈看愈觉其美，真令人不忍移目。明知道大将之君也在一旁窥伺，如今已无意勉强忌讳了。"看来好似同生前没什么两样；事实上，却明明已是逝去了啊。"见院主以袖蒙面，大将之君自己虽然也泪眼蒙蒙，却勉强睁开双目。讵料，拜见之后，悲痛难忍，心绪更乱。那头丰饶的乌发任其流泻，依然光泽美丽，一丝不紊。明亮的灯火下，玉颜白皙透明。

若说较诸生前严妆的姿容，现在这般无心横卧着的模样儿更显得完美无瑕，是否言过其实呢？唉唉，她若能稍微平凡一些就好了，见此无与伦比的姿容，大将竟觉得自己的灵魂似也要脱离躯干而去，恨不能留驻于这一位夫人的遗骸上。他这样子想未免有些荒谬，但也是难怪的啊。众多亲侍者看来无一人清醒。其实院君本人也茫然失魂落魄，但又不得不强自镇定，指挥送葬诸事宜。过去他也曾经历过种种悲伤的事情，却未尝有过如此亲自照料诸事的经验，遂觉得空前绝后地悲苦不堪。

当即举行送殡仪式。凡事总有个际限，又不能“茫然坐视空蝉壳”[1]，世事人情真个无可如何！广大的原野上挤满了许多人，葬礼隆重无比。芳魂化作一缕轻烟升天。这虽是世之常事，却不能不教人无限哀伤。院君一路上像是踩着云层似的，被人搀扶着来到。人人拜见这么高贵的人物，连那些懵懂无知的下民都忍不住哭泣起来。送葬的侍女们则更是茫然若在梦境，好几个人都险些儿从车子上摔下来，害那些护车的役夫们提心吊胆。以前也经验过大将之母葵夫人的葬礼，当时的自己似乎较现在坚强一些，所以还能记得那时候所见的月貌；今夜只觉其昏暗，泪眼蒙蒙，无由分辨。紫夫人于十四日去世，这葬礼乃是在十五日拂晓举行。随着旭日晃朗上升，郊野的露珠闪闪发亮。此刻院君心中万感交集，厌烦不堪。即便是自己这般偷生苟活，余年能有几许？不如索性趁此悲痛，偿遂本愿算了。不过又恐怕后世之人讥诮：死别了夫人便出家，云云。这样难免看来太软弱，还是等候一阵子再说吧，便又禁不住再度悲从中来了。

大将之君亦前来守灵，朝夕陪侍在侧，寸步不离。他旦暮近侍父亲身边，亲眼看到父亲忧戚满面，深解其意，并殷勤安慰。一夕，郊

1　句出《古今集·哀伤》，胜延作和歌。

外渐有暴风意，不禁教人想起往昔旧事。犹记得那次略微窥拜继母丽影，便是吹着这种风的日子啊，乃慕情陡增。那临终的一幕则又恍如梦境一般。他这时暗自怀念，竟致悲辛难堪，表面虽伪装平静，心中却默念“阿弥陀佛、阿弥陀佛”，借着数念珠，企图隐瞒忍不住的泪水下滴。

昔尝窥兮秋之夕，
倩影难忘生恋情，
临终玉容兮似梦迹。

当时的眷恋如今都变成了悲辛的追忆。

尊贵的高僧们尽侍于此。四十九日间的一般念经拜佛固不消说，又特令诵读《法华经》等。这一切都使人心酸悲痛。六条院主朝朝暮暮无有泪干之时，日日只觉得眼前一片蒙蒙。回忆自己过去的日子，打从镜中映现的吾身影像俊美超凡开始，这一身出类拔萃之处虽多，可是，幼年死别母亲和祖母，悲伤之事亦正多，冥冥中怕是菩萨指引，使悟人世之无常；而自己竟也能够坚强地看透一切生活过来，终至于体验到如此过去、未来所未有的大悲哀啊。而今对现世已无所留恋，应无甚佛道修行之障碍。像这样啼泣彷徨，恐怕连悟道之门都不容易进入。他心里甚觉愧疚，希望能像普通人一般，将此事稍稍淡忘，乃默念神明菩萨。自皇宫以降，各方人士皆有虔诚的吊问。院主内心已有深刻的决定，故而所闻所见都已无妨其志；不过，他只怕教人看到自己这种愚騃痴情之状；到了这等年纪，却因痛失爱妻而出家，恐被后世引为笑柄。这样考虑的结果，竟不容易随心所欲偿愿。说来则又是多一层的顾忌和悲哀了。

致仕大臣本是一位用心细腻周到的人物，平日都不怠忽关怀慰问，而况这样一位有美皆备的妇人之死，怎能不教他遗憾悲伤？这些日子来他更殷勤探访慰问。回想大将的母亲去世也正是这种季节，心中更添无限感伤。当时悲悼葵夫人者，如今亦已泰半作古。唉，真个所谓“事虽有后先”[1]，终究是没有恒常的人生啊。这幽静的黄昏，格外诱人沉思。耐不住天空的颜色动人，遂令其子藏人少将遣函于源氏之君。哀伤之情溢乎词表，末端并有和歌一首：

忆往秋兮犹昨今，
旧疮未愈添新痛，
露实沾袖兮悲盈心。[2]

源氏之君这边正亦缅怀往事种种，于葵夫人去世的秋天又格外添增眷恋之情，故而屡拭眼泪不已。答歌如下：

悲盈胸兮袖沾露，
旧疮新痛两难堪，
秋之为气兮辛苦诉。

若是直咏心中悲苦，像那位大臣的脾性，恐怕会责怪自己太脆弱吧？故而只得敷衍客套一番，写些“屡蒙细心吊问，委实不敢当”之类的礼貌话。

前此葵夫人之丧时曾咏过“淡墨衣兮缘定制”；此度丧服则采用色泽较深者。世上那些幸福的人往往一切都美满，只是难免会遭人嫉

1 句出《新古今集·哀伤》，遍照作和歌。
2 此致仕大臣感怀今昔之歌。谓其妹（葵夫人）之死犹似在昨日今日，而今又痛丧紫夫人，故心悲泪沾袖也（露以喻泪）。

恨啦，或者会倚势凌人；然而这位亡去的紫夫人则不然，她在匹夫匹妇之间都甚得人望，些微琐事，也都能获得世人颂赞和钦慕。其为人也，可谓随时随处无微弗至，人品气度，真个世所罕有，所以近来连一些无甚相干的一般人都会为风声虫鸣所诱而感怀落泪呢；而况只要有一面之缘的人，则更是久久难以忘怀。长年追随侍候左右的侍女辈之中，颇有些怨恨女主人先己而去，故欲削发为尼遁世隐居深山者。冷泉院之后[1]亦频频有慰问之信函来，申述无限的悲哀。

“叶枯落兮物萧瑟，
　郊野景色无可观，
　　亡人厌秋兮不爱恤。[2]

如今才解悟其理由。”源氏之君捧信茫然，但反复诵读，不忍释手。唉唉，能够倾心相谈而优雅有致的妇人，如今只剩下这一位中宫了啊。如此便稍觉宽慰了一些。不过，这样又难免重新惹人感伤落泪，无暇以袖拭泪，竟致未能从容修函。

卿贵人兮升云第，
　九重城内可察知？
　　吾诚厌倦兮无常世。

好不容易书写完毕，封函之后，仍沉思茫然。

自觉精神恍惚，似魂游魄散，故只得前赴夫人们所居之处，以

1　即中宫秋好也。
2　紫夫人生前爱春厌秋，故云。

求消忧解愁。又令少数侍女侍候佛坛前，自己则静心膜拜念佛。原本相约共结为千年夫妇之缘，岂料命数有限，竟致人天永隔，怎不令人遗憾！而今毋宁一心向往极乐净土，誓将此志勿使杂念干扰；所挂虑者，唯后生之修行而已。然而，可恼世间耳目，犹教人多所顾忌，故迟迟未能一偿出家的夙愿。真个烦人哪。紫夫人的法事已不再躬临主持细务，由大将之君负责指挥万端。如今心中只记挂着遁世一事。今天吧，今天吧。日日做此打算，却一任日月空空流逝，心茫茫似在梦境中。明石中宫等亦无一刻能忘怀紫夫人。人人对她恋慕不已。

第四十帖

幻

春光明媚，惹得源氏之君愈为追怀亡去的紫夫人。岁已改，[1]而胸中的悲痛依旧未改。照例地前殿熙熙攘攘挤满了拜年的人。主人却托词身体不适而隐退帘内。不过他打算等萤兵部卿宫前来时要在内里的房间接见，故而事先已交代下人。

赏花人兮既远去，
何事春光空相寻，
徘徊此宅兮爱莫助。[2]

兵部卿宫亦含泪咏成一首：

将寻芳兮遂专访，

1 时光源氏五十二岁。

2 此光源氏所咏和歌。紫夫人生前偏爱春季，故称赏花人。“相寻”“徘徊”云云，则兼指春光及萤兵部卿宫也。

如何等闲视此心，
花下彳亍兮为探望。[1]

见他步出红梅下的姿态十分优雅有致，看来，除了这位人物，这世间再也没有第二位更适宜来此赏花的了。花尚未怒放，正是次第绽开，清香微闻的好时光。

今年没有举行管弦游宴，一切都与往年有异。资深的侍女们皆着深墨色丧服，虽云已改新岁，而悲哀依旧，个个无法忘怀已故的女主人，不过院主这一阵子已不再幸临其他夫人的殿所，始终守在此地，这倒是聊堪令人感觉安慰的，故而都还能赖此为精神支柱，勉强侍奉着。这些侍女当中，近年来倒也有一些未必真心宠爱却也有时亲近过的；如今紫夫人去世，寂寞独眠，虽有众女环绕，他反而不愿意特别召幸任何一个，竟一律教她们侍候在寝室远处。有时无聊之余，也会召几个侍女上来，与之闲谈往事。而今，遁世修行之志弥坚，回想过去种种没有结果的情爱关系，真不知害紫夫人生前受苦怨恨几许。这些事情，无论系出于逢场作戏，或迫于不得已之理由，何以自己竟难免有时会移情别恋呢？幸而她是个深明事理的人，看穿自己的居心，故而尚未至于怀恨到底；不过毕竟每有事发，总不免教她操心忧虑的吧？念及此，心头独觉不忍，既愧疚且悔憾。留伺在侧的侍女当中，有几个知晓当时情况者，便于有意无意间将故女主人那时候的心境道出一二。出家的三公主当初来嫁时，表面她虽未动声色，实则心事重重，那沉郁伤心的样子，教人看着都觉心疼，尤其是某次降雪的黎明时分，从三公主寝殿回来伫立于妻户外受冻的情景，更是历历若在眼前。后来，入得门里，与户外之荒凉雪景相比，闺中人的态度竟是

1 兵部卿此答歌亦取音义双关之妙。谓己专程来访，岂容视作等闲赏花客耶。

何等温暖柔顺，可是究竟她的罗袖已尽湿，却又强忍感情伪装平静。唉，像她这样的人，不知何生何世梦中得再相逢呢？

院主彻夜念念难以忘怀。许是清晨退返下房的侍女吧，忽闻有人边说边走过：“雪下得可不小啊。”遂又勾起往日记忆，少了紫夫人陪伴的悲寂，真个难以言喻。

似梦幻兮浮生忧，
恨不消匿如雪散，
叆叇犹降兮未休止。[1]

为着解忧遣愁，遂洁祭勤行。侍女们亦扒燃了炭火奉上火盆。中纳言之君、中将之君等人侍候近侧，陪主上闲聊。“今晚似乎特别难耐独卧。不过，其实只要下定决心，这样旦暮诵经修行也未尝不可呀。唉，过去真是自寻烦恼，多为俗务所羁绊啊。”乃不禁感叹。环顾众侍女，难免想道：果真自己也遁世的话，这些人岂非更要伤心失望吗？怜悯之情遂油然而生。就近听主上轻声诵经，即使平常时候都会忍不住感动落泪不停的，而况现今这种“泪溢罗袖不可抑”[2]的时候，教这些日夜追随左右的人愈发悲哀难禁了。“我这人哪，就一般现实方面言之，可谓出身高贵，无忧无虑；不过从另一方面言之，却又与别人不同，好似遭遇的不幸也较别人为多。想必是菩萨要我彻悟人世之无恒与劳苦，才要负荷这等命运的吧。而我则明知如此，却仍贪恋生命，所以到此晚境还要备尝苦痛。现在，看穿宿世命运以及心底万端，反觉轻松起来，这世间再也没有什么东西可以羁绊我了；可是另

1 源氏此歌盖以偷生苟活犹不停之雪，自怨自艾之也。
2 句出《拾遗集·恋四》，贯之作和歌。

一方面，近来和你们大家相处，较以前更为亲近，则又恐怕万一真个要和你们分别的时候，必然会更加难过的吧。唉唉，实在无可如何，也真的放不下这一份情啊。”说罢，揩拭眼眶，无奈藏不住的泪水竟簌簌而下。如斯则更令陪侍者唏嘘不已。谁都想道出被主上见弃的悲痛，然而究竟不便启齿，故亦只有呜咽一途而已。

在此旦暮怀悲，沉思凝望之际，有时便也召那些曾经格外亲近过的侍女上来闲聊。有一个唤作中将之君者，自幼便蒙主上特别照顾，始终近伺在侧，二人之间恐怕也有过亲密关系的吧；不过女方倒是碍于故女主人情面，未敢僭妄；而在光源氏方面来说呢，想起这个侍女乃是紫夫人生前所最疼爱的女孩子，故而虽未必是出于什么好色之心，只是将她当作夫人的纪念来怜爱而已。这女孩子倒是无论品性、容貌都不差，可视为“马鬣松”[1]，较诸其他侍女为优秀。他无意会见任何非亲近之人。公卿大夫之中的好友啦，兄弟们等等，都时常来访，却极少答应接见。只有在与人会见时，尚能强自镇静，极力佯装和平。不过以迩来近乎痴呆之身，恐怕难免会说些愚騃不得体的话语。临老还教后世之人讥评取笑，那就真个遗臭身后了；若是让人谣传，说是因为不管用了才逃避现实，虽说后果也是差不许多，究竟百闻不如一见，总比给人当面看见自己狼狈的样子要好一些吧？故而连对自己的儿子大将，也总是隔着帘子什么的才肯会见。千万得要忍过别人会误以为由于丧妻失望之余伤心颠倒才出家的期间，所以也未肯辄言出家。偶尔会见夫人们，也难禁泪落如雨，悲不自胜，故亦无心幸临各位夫人。

明石中宫已返回宫中，为慰乃父寂寞，特留下了三亲王。他说：

1　墓上种植之松也。其形似马鬣，故得名。种松墓上，以纪念亡者，故以此喻女为紫夫人所遗留之纪念也。

"姥姥交代过的。"于是，格外细心照料对屋前的红梅。做祖父的不禁为之心酸。时届二月，梅树枝梢，无论盛开含苞，皆显出一片似云霞景象。紫夫人生前特别喜爱的红梅枝头传来莺声婉转。源氏之君移出栏杆临望。

曾手植兮此红梅，
春到花开人已故，
黄莺无心兮又飞来。

他徘徊花下低吟。春更深，庭景无异往昔。虽非出于格外爱惜花的心意，却始终无法定心。触景生情，只觉得心中隐隐作痛，遂愈加向往尘俗之外那种听不到鸟鸣的山岙世界。见棣棠花怒放，也忍不住泪水盈眶。别处庭园中，樱花已凋尽，八重樱亦已过了花季，桦樱始绽，藤花稍后亦正陆续含苞待放。紫夫人深谙花意迟早，故令人遍植各类；而今，众花不忘时令，次第绽开，散放满园芬芳。匂宫叫嚷着："我的樱花开了。怎么样才能教它们永远不凋谢呢？在树的周遭布置几帐，让帷幔垂覆，风就吹不进来了吧。"他自以为这个想法十分巧妙。那脸蛋儿光彩飞扬，十分俊美，惹得源氏之君不禁莞尔。"你这想法可比古人说'欲得臣袖护花色'[1]聪明多哩。"如今这位皇孙乃是六条院君的良伴。"唉，能够同你这般亲近的日子，怕也不多喽。就算是还剩下一些寿命，也见不到面了吧。[2]"见外祖父又泪水婆娑，匂宫颇觉厌气，便说："怎么跟姥姥讲同样的话呢？真讨厌。"他低头弄袖，隐藏泪眼。院君倚着边房的高栏，随意浏览着庭前的盆景啦，帘内等

1 句出《后撰集·春中》，无名氏作和歌。
2 盖谓有出家之志也。

处。侍女辈中，有人至今犹不肯除去丧服。有些虽然已改着常服，却无人穿绫罗之类的华衣。院君自己的直衣虽然已改换了平常的色调，却故意选用朴素无华者。房屋里的布置摆设诸物，亦刻意求其质朴简略。一切显得寂静沉郁。

昔亡人兮爱此花，
今忍荒废弃此去，
春之藩篱兮了无痕。

出家之志虽系出于本愿，究竟仍难免于感伤悲戚。

百无聊赖之余，遂赴皈佛的三公主住处。匂宫亦由侍女抱同前往。此刻，他与薰正追逐嬉戏，方才那种怜花的心情已不知抛到何处去了。这也难怪他，毕竟还是小孩子啊。三公主正在佛坛前诵经。说她如何深悟道心，倒未必见得；不过，看她如今已了无牵挂，可以一心从容勤行修法，弃绝俗世杂念，这一层倒是教人羡慕的。反顾自己，竟连这种妇道人家的浅浅志向还不如，真是懊恼遗憾。祭坛前的花朵在夕日残照下看来十分美丽。"爱春的人儿已故。先前还以为花儿已不再有看头呢，没想到供在佛前还是挺可观的。"源氏之君又说："对屋前面的棣棠，依旧是开得格外盛，那花朵之大，真个罕见哩。这种花儿虽然论品格是入不了流的，不过，华丽艳美，倒是颇具风味。所谓'手植人已亡'[1]，但花儿无心，逢春便开，似乎较往年更增色香。也真个教人哀伤啊。"对此番话语，三公主竟然只是淡漠地回答："春亦到深谷。"[2]咳，什么话不好说，亏她讲得出这种漫不经心的

1 句出《古今集·哀伤》，贯之作和歌。
2 句出《古今集·杂下》，清原深养父作和歌。此句下接"思亦无奈何"，故引发光源氏下面之感想。

话呀。若是换作紫夫人的话，像这种小地方都能体贴入微，决不会稍露违背自己意愿的言行。遂回想起她自幼以来的种种细微琐碎之事，而今最令人印象深刻者，莫过于她那种随时随地善体人心，伶俐而风趣的性情脾气。种种日常的言行，便逐一浮现脑海里。源氏之君本是个善感的人，此刻更不禁又泪簌簌下流了。

时值夕雾蒙蒙，饶富风情之际，乃遂径赴明石夫人处。这一向已有多时未蒙幸临，如今乍见夫君到来，喜出望外，却能够含蓄有致地应对。这一点的确是与众不同，可谓胜人一筹。然而紫夫人的话呢，则又有不同于此人的特殊韵致与涵养。瞧，他又自然而然地拿亡去的夫人和别人做比较，于是那面庞又似若浮现眼前，追慕悲悼之情遂亦陡增，真不知何以遣怀，心中委实悲苦不堪，便于此细腻闲谈往事。“早知迷恋于人是不好的，所以也时常提醒自己，对于世事不要过分执着。譬如说，从前谪居须磨的时候，[1]一般世人都认为我落魄得可以，而我自己也曾思虑再三，几乎想不妨当作不要命一般到深山里去流浪；哪里晓得到了余年无几的今天，还为了一些无聊的羁绊牵挂，拖拖拉拉挨过来。自己想一想都觉得好生没志气！”嘴上虽然没有明言丧失紫夫人的悲痛，那种胸中的哀伤自是人情之常，教人十分怜悯。明石夫人乃道：“即使一般看来无足爱惜的人，设身处地言之，每个人心中总多少有些执着的。怎能说要出家便真可以出家呢？若是果真率尔决心，反倒可能遭惹非难，而或许日后还会后悔。所以，一开始时反复犹豫，最后也许更能坚固道心也说不定。试看古人的例子，因为一时深受感动啦，或有什么不如意之事发生，便往往借机厌世出家，这样未免显得太肤浅吧。我看，您还是暂时稍稍忍耐一下，等孙辈们都长大成人，皇太孙也顺利立为东宫，亲自观看一切稳固下

1 此处原文隐蔽晦涩，译文稍加润饰以求明白。

来；在这以前，请不要多所思虑。这样子，我们也才好放心哪。”她这见解倒是十分成熟可喜。“可是果真这般思虑周详的话，是否反而显得不如肤浅者呢？”遂将自己从年轻时代所费心思的诸事例全部搬出来谈论。“先后宫故去的那一年春天，我简直就打心底觉得‘花若有情为绽墨’[1]，了无兴致。她那众所周知的美貌对于从小熟稔的我来讲，更是深烙脑海中，而她临终之际的苦痛也比别人格外感觉深刻。其实，所谓哀伤之情，并不限于特殊关系的人之间。譬如说，让长相厮守的人先走了一步，眷恋难忘，也未必非得限于夫妇的情谊呀。从小照料，看着她长大，多年来相依为命的，而今却教她抛下我；想一想我自己，再想一想死去的人儿，怎不令人悲哀难堪呢？回忆过去种种，时则动人，时则多趣，时则可喜，凡此在在都饶富纪念，越发使人感慨无限。”绵绵不尽的今昔之谈，不觉地谈到更深时分。其实就这般留宿亦无妨，无奈他仍欲归去，女方恐怕也正感慨深刻的吧。院君亦自觉得心境大异往昔，这真不可思议。

返回自己居所后，又依例诵经勤行，直到夜半，始于起居室卧下假寐。翌晨乃修函于明石夫人：

泣啼归兮如雁鸣，
世本无常相皆假，
浮生若寄兮宿何栅？[2]

女方获信后，虽然心中难免埋怨夫君昨晚之冷漠，不过见他如今已与往昔判若两人，那种茫然失神的样子，真个教人心疼，故而竟忘了自

---

1 句出《古今集·哀伤》，上野岑雄作和歌。
2 日语“雁”“假”同音，此取音义双关之妙。谓雁恒飞返常生之处，而人生若寄，原无恒常，则何栅可托宿耶？

己内心的感受，正双眼泪汪汪。

雁飞逝兮稻田涸，
昔为照花水盈盈，
田水既枯兮花影落。[1]

她的笔迹，无论何时观赏，都是情趣良多而十分悦目的。紫夫人初时对此似乎颇有些儿妒忌的意思；没想到，她们二人后来竟会成为志趣投合的莫逆，相互依赖，却又不至于逾越礼度，可谓含蓄有致的交情。他人则恐怕未必会注意到这些细腻的地方吧。遇着十分寂寥时，他会这般寻访各位夫人住处，可是，如今已不再像过去那样留宿什么的了。

夏季到来，该是换衣的时候，花散里夫人差人送来夏装，并有附歌一首：

夏之衣兮今日更，
春去夏来光阴转，
诚恐徒增兮旧时情。[2]

答歌如下：

蝉衣薄兮今始换，
时令推移无奈何，

---

1 明石夫人此答歌缘用光源氏见赠原歌中双关之“雁”字。谓雁已飞去，而秋田干涸，昔日映见之花影亦不再得见。稻田之水以喻紫夫人，花以喻源氏。言外盖有怨怼迩来夫君疏于幸临之意也。

2 紫夫人为春之庭女主人，花散里则为夏之庭女主人，故此歌盖婉转谦称，恐以换季徒惹夫君增添思念故人旧情怀也。

可悲浮生兮堪嗟叹。

贺茂祭当日，愈觉无聊，乃想象神社方面热闹之情况。“今日人人观看热闹，大概总是挺高兴的吧。”又说：“侍女们恐怕会觉得很扫兴。让大家告假，各自私下去看热闹好了。”中将之君独个儿在东边房间里歇着。源氏之君走近来。她连忙起身，那模样儿娇小玲珑。方才睡醒的脸庞，双颊泛红；她羞涩地忙遮藏。发丝凌乱地垂覆，看来倒也挺惹人怜爱。她随便穿着红里透黄的裙裤、萱草色的单衣和深灰色的外褂。衣裳和唐衣都滑落下了，正想法子要拉上来。身旁有葵叶。源氏之君顺手取来，问道：“这叫什么呢？我连它的名字都记不得了。”

葵之叶兮为饰头，
池塘已涸生水草，
今日相遇兮忘名忧。[1]

听女方含羞低吟。源氏之君怜悯之情油然而生。

世事淡兮异往时，
大抵弃绝不复惜，
唯恐相遇兮罪孽遗。

看来，只有这个侍女是仍然抛弃不得的。

梅雨的季节一到，更觉百无聊赖。未料，十几日的月华自云间

1 “贺茂祭”又名“葵祭”。此日人人以葵叶插头。日语“葵”音同“相逢之日”，故中将此歌为婉转怨怼男方之薄幸忘情也。“池塘已涸”云云，盖以喻情爱枯竭。

明朗地照射出来。难得大将之君亦参上。橘花在月光下显得玲珑浮突，微风复送来清香，这光景十分诱人心动。正期待着是否得闻“千代不变音婉转”[1]的杜鹃声，可恨却见乌云忽涌，雨势凶猛。一阵风吹来，将灯笼的火也吹熄，不禁教人为之心情黯淡。源氏之君随口吟诵的“打窗声”[2]，虽未见得是什么珍奇的古诗句，许是切合这情景的缘故吧，真恨不能让“妹子墙垣”[3]去婉转鸣啼哩。“独宿未必有什么特别之处，不过，毕竟是寂寞的啊！将来要出家住到深山里去，像现在这般先练习练习，也好让心境澄澈下来。”遂又命令：“谁个拿些果物到这儿来吧。这会儿叫喊男仆，怕不是时候啦。”见父亲尽顾望着天空，这神情教人看着都心酸。果真是这般思思恋恋的话，如何能专心事佛呢？夕雾心中暗想着。他自己曾经惊鸿一瞥，那倩影至今难忘；而况父亲的心里呢？真也难怪他啊。“好似昨日今日之事，真没想到已近周忌了。法事该怎么办呢？”“我倒也没有意思特别铺张，只想把她生前发愿令人绘制的极乐曼陀罗，趁这次的机会提出来供奉就是。至于经卷也应该有不少，这事情，某僧都知道得最详细，如若要新加写什么的话，还是听那位僧都的意见好了。”“她这样设想得周全，于后世安乐固然是不错；可惜现世的缘分，像似嫌太薄了些，连个骨肉都没有遗留下来，真个教人遗憾哪。”“这倒未必见得。你看那些跟我缘深而长寿的妇人也很少有孩子嘛。谅是我自己子胤不盛的缘故吧。将来要光大门楣，还得靠你哩。”想到自己这些时日来凡事无心，颇觉得有些赧颜，故而不愿意多谈过去的事情；偏偏此时盼望着的杜鹃声微闻。所谓“往事知多少”[4]，怎不教听者感慨呀。

1　句出《后撰集·夏》，无名氏作和歌。
2　白居易《上阳白发人》诗：“耿耿残灯背壁影，萧萧暗雨打窗声。”
3　此盖为古代恋歌一部分，典出不明。此处所谓“妹子”盖指亡故之紫夫人也。
4　此句出《古今六帖·五》，以意近，故径取李后主词句。

忆亡人兮值宵雨，
杜鹃为啼声声悲，
穿山越岭兮濡双羽。

乃更仰视天空遥远之处。大将之君亦和咏道：

劝杜鹃兮勿悲哀，
托君传言告亡母，
故乡橘花兮正盛开。

侍女们也各有咏诵，唯此处从略。大将之君便留宿此殿。近来为安慰父亲独宿之寂寞，时时会这般留下来侍候。回想继母在世之时未得接近的居所，看来就在不远的地方，这样更令人沉湎往事了。

时届盛暑。源氏之君在凉爽的地方眺望。见池面莲花盛开，不禁联想到“悲苦泪何多”[1]，遂茫然若失神。这期间，不觉地日已暮，蝉鸣聒絮。庭前的常夏之花，在夕阳中十分悦目。可是，独赏真不是滋味：

蝉频鸣兮夏日长，
知了知了我心苦，
虫声为伴兮更哀伤。

萤交飞，则又禁不住尽挑一些“夕殿萤飞”[2]之类的古老诗句来吟咏。

---

1 句出《古今六帖·四》，和歌。
2 白居易《长恨歌》：“夕殿萤飞思悄然，孤灯挑尽未成眠。”

萤知夜兮逢宵明，
　吾见萤火亦焦苦，
　　昼夜不分兮追慕卿。

七月七日亦大异往昔，并无任何管弦游宴，只沉思寂寥地度过这一天。故而人人亦无心观赏牵牛织女星会了。夜已深沉，院主独醒未卧。推开妻户，见庭前露繁，可以从渡殿方面一览无遗，乃步行出外。

七夕会兮已无由，
　今宵独悲泪难禁，
　　露[1]添别庭兮思悠悠。

已届风声助哀的时节。由于忙着法事诸务，所以月初时总显得纷纷乱乱。旦暮度日，有时难免自觉惊心，怎的竟然偷生苟活到现在啊。周年忌之日，上下人人皆斋戒洁祭，遂于今日供养曼陀罗。例行的夜晚之勤行，由中将之君奉上祭供之水。源氏之君见其扇面书写着：

恋慕君兮情无极，
　情既绵绵泪涟涟，
　　云何周忌兮为终息。[2]

遂亦于其旁添写：

1　露以喻泪，故云。
2　俗以一周年忌日为对亡人祭祀之终息，故云。

情无极兮思无垠，
垂垂老矣寿余几？
唯觉泪水兮独多身？

入得九月，逢重九之日，见覆绵于菊花，[1]乃为咏道：

昔日取兮菊花露，
卿已亡逝吾尚留，
独湿裳袂兮今秋暮。

十月每每多雨，更教人多忧多愁。仰望向晚的天空，心中的感伤委实无可言喻，遂不觉地独吟“秋雨又潇潇”[2]。见飞翔于空中之雁翼，则又羡慕之情油然而生。

幻术翼兮横天翔，
请君勤勤为寻觅，
梦中不见兮魂魄方。[3]

无事可以排解忧闷。追慕先夫人之情却随日月流逝而愈添。时届五节之季节。举世莫不喧乱热闹之际，夕雾带同新近蒙赐为童上殿之公子二人参上。两人年龄相仿，皆伶俐可爱。母舅头中将、藏人少将

---

1 覆绵菊花上，以吸取其露水。当时习俗，谓以沾濡菊露之绵拭身，可以祛老。
2 出典不明。此处原文所引文字极少，以其晦涩，故稍增益之。
3 此歌盖见雁翼自由翱翔，乃喻为幻术之士也。全歌踏袭白居易《长恨歌》句：“临邛道士鸿都客，能以精诚致魂魄。为感君王展转思，遂教方士殷勤觅。排云驭气奔如电，升天入地求之遍。”

等[1]亦着祭者之制服陪同过访。那染青色的衣裳看来十分清爽醒目。恐怕源氏之君见大伙儿无拘无束的样子，难免会想起昔日与筑紫郡的五节之君情书往返的一段往事来吧。

官人忙兮丰明期，
今日人人参祭祀，
吾独未察兮日影移。[2]

近来常想，好歹今年一年忍耐过去，到明年可真的要偿了出家之愿，故而诸多感慨，哀伤无穷。他开始着手准备，遂对追随左右的人，依各人身份等第赏与各种纪念品物。虽然没有明白表示告别之意，但察言观色之际，自然可以看出端倪来。近侍诸人对岁之将暮遂有恐慌之情，真个无限哀伤。有些情书万一留传于后，恐怕见不得人，但是究竟舍不得撕去，故而还保留着；如今偶然见到，便也令人撕毁。当年谪居须磨时，在诸妇人所寄赠的信函之中，紫夫人的笔墨则特别扎成一捆存放着。虽然是自己亲手整理的，却教人感慨往事遥远，而那墨痕色泽犹如方才书写的一般，真可当作“千年之纪念”[3]哩。可是，想到一旦出家便不可能再读这些信函，留着也无用，遂召二三亲近的侍女上来，令于跟前一一撕破。即便是一般的信件，只要是过世的人所书写的笔迹，总会令人感伤的，而况此时此地，更觉得眼前一片昏暗，泪下如注，洒满墨痕之上。[4]怕别人见笑，实在不成体统，

---

1 皆云居雁兄弟也。

2 丰明节亦为十一月之节祭。源氏此歌盖为慨叹人人皆忙于节日祭祀，而己独惨淡度日，致未察觉时光推移也。“日影”系时间与阴暗之双关语。

3 句出《古今六帖·五》，和歌。

4 此处盖暗袭《和汉朗咏集》：“黄壤谁知我？白头独忆君。唯将老年泪，一洒故人文。”又白居易《哭崔常侍晦叔》：“……吾道自此孤，我情安可任？唯恐病眼泪，一洒秋风襟。”

乃将书函推向一旁。

欲相寻兮死亡山，
遂将旧函来重读，
依旧迷惑兮泪潸潸。

侍女们并无意于展览这些信件，不过总可以推测一二，故而当然也格外感动。即使他们二人同生于世的时代，两地相隔未算远，[1]已有这等悲伤的情书寄赠；而况今非昔比，如何能拂去这深沉的悲痛呢！但是，果若一任感情奔放，也未免显得太懦弱不得体，遂未便细读，径于亡人细腻书写的纸边加添如下：

聚海草兮可奈何，
重读无益徒增喟，
焚之为烟兮任婆娑。[2]

乃令焚毁殆尽。

值岁暮唱佛名法会[3]。许是觉得以今年为限的缘故吧，锡杖之声都似乎较往年听来动人。僧侣们为主人祈祷长寿的声音传入耳中，心中却暗想：不知菩萨将作何感想？雨雪霏霏，堆积甚厚。法师们退出之际，特别召前赐酒，仪式规矩似较往常隆重，又特令厚赏禄品。有一位长年仕奉六条院及宫中的大德，头发愈白，则又令人感慨特深。照

---

1 谓平安京与须磨两地之距离也。

2 此歌多取音义双关之妙。“海草”以喻紫夫人遗留之书函。歌意谓重读徒增感喟，则不如焚毁之，任其化为烟，与亡去之人共婆娑于天宫也。

3 自十二月十九日开始，三日之间诵读三千佛名经之法会，以除俗世罪障也。

常，又有许多亲王和公卿参上。梅花初开，在白雪皑皑的背景中格外可观。这本是宜于管弦游宴的时候，不过今年这一年里，怕会闻乐落泪，不忍聆听，故止于朗诵合乎季节的诗歌而已。对啦，当其赐酒于法师之时，有一首和歌咏诵：

寿余几兮未可知，
试把梅花乘雪插，
谁知来春兮人何之？

老僧的答歌如下：

为祈祷兮千岁春，
君寿共花无穷极，
似雪堆积兮此老身。

其他人人亦各有吟咏，却给遗漏掉了。

今日源氏之君始出见外人。只见他光彩愈增，俊美无与伦比，致令这位吟咏“似雪堆积”云云的老僧无端落泪。正感伤岁暮逼近之余，匂宫却到处乱跑，嘴里一面嚷嚷：“祛鬼可得声音响亮才行[1]……要怎么办才好啊？”这孩子的可爱模样儿，也恐怕是不多久便再也看不到了，诸如此类，凡事都教人哀伤难忍。

思悠悠兮情空空，

1 当时习俗，由一人于除夕夜扮疫病之鬼，众人大声喧嚣以示驱逐，谓可以祛病除灾。

日月推移竟茫昧，
岁共寿命兮今日终。[1]

元旦的一切准备，皆令刻意求其铺张，务使超越往年一般。据说送给亲王和各位大臣的礼物贺仪各种，都挺讲究的呢。

1 此歌盖踏袭《后撰集·冬》，藤原敦忠作和歌而稍予改变者。谓沉思哀伤，致未察觉日月推移，而今岁将终，寿命亦恐将告终也。

第四十一帖

云　　隐

译者按：本帖有题无文。古来日本学者对此众说纷纭。大体可别为三说：

（一）作者仅记帖名，未著其文。

（二）原本有帖名及文，后文章散佚，仅存帖名。

（三）原本无帖名，亦无文章。后人臆测，乃加帖名。

此三说孰是孰非，恐千载难解。然古来咸认为此帖暗示光源氏之死亡。从文章内容观之，自第四十帖“幻”至第四十二帖“匂宫”，其间相隔八年。

第四十二帖

匂　宫

光之君隐逝后，能秉承他那种光芒的人物，在众多子孙辈中亦不可见。逊位的冷泉院，在此未敢辄予置词。当代的三亲王匂宫，与同生长于六条院邸的源氏之君的幼子薰，这两位可说是有名的美男子了；他们的确各具不凡的姿容，可是，毕竟算不得是令人目眩的美貌。只不过是都具有寻常一般的秀丽，气质风韵亦佳，而又都继承高贵的血统，因此普受世人尊宠。这一点倒是看来较诸源氏之君当年更胜一筹，也更具名望的样子。

匂宫因从小特受紫夫人宠爱，所以到如今都还住在二条院府邸里。东宫以其储君的地位，自然是格外受尊重的，不过皇上和皇后[1]对这位三亲王宠爱异常，希望他搬回皇宫来住；唯他本人则宁取从小住惯了的地方。元服之后，称为兵部卿之宫。长公主也继续住在六条院南方的东侧对屋，房间的装饰依然保留往昔面貌，朝夕沉湎于追念亡去的紫夫人。至于二亲王，也同样常住在六条院的寝殿，在宫里则以梅壶

1 即明石中宫也。

殿为居所。他已娶得右大臣夕雾的二小姐作为夫人。这位二亲王将是东宫即位后的储君人选，故而颇受世人敬重，而他本人也十分稳重干练。夕雾有许多位千金，大小姐已入宫仕奉东宫，宠幸异常，无人能与比肩。底下的几位千金，也都被世人目为依次匹配各皇子的当然人选，连皇后都有此意；唯独那兵部卿之宫却不以为然。他似乎认为若非出于自己中意的对象，便无意谈论婚姻。右大臣倒也未必认定自己的女儿们非做亲王们的后妃不可；不过，宫里头若有这个意思，则又不妨承旨，故而对于女儿们的教养可谓细心周全，照顾得无微不至。其中，尤以六小姐是当时稍具自信心的亲王公卿们所钦慕追求的对象。

六条院主逝世以后，众夫人都各自泣啼迁移到她们最后的定居之所。花散里夫人已迁入院主指派给她的二条院邸东院之殿。皈佛的三公主在三条院邸。皇后则一直住在宫里头。六条院内寂寂少人。右大臣乃道："从前常听别人说，人死之后，再讲究的宅第也会逐渐荒废。这正足以象征人世之无常，真令人哀伤感喟。但愿我们活着的时候，别让这院邸荒废了。附近路上也别教行人断绝来往才好。"遂迎接落叶之宫入东北侧。自此，隔日往返于三条院邸云居雁夫人处及此地。双方各十五日，未尝淆乱。源氏之君生前所苦心营建的二条院与六条院的春之殿，这两所世人誉为琼楼玉宇的宅第，遂成为明石夫人一人的子孙辈所享有。而今，这位明石夫人已理所当然地成为许多皇孙的监护人了。夕雾对先父的遗孀们，都能依照其遗志，一视同仁，皆侍候如亲母。不过，他究竟难免感到遗憾：假如那位紫夫人也能健在如别人，则自己当如何恪尽诚意倾心照顾的啊；而今已无由让她看见自己的心意了！此诚一大遗憾，一大悲痛。普天之下，无人不追慕源氏之君。而今，若薪尽火灭[1]，万事显得幽黯无聊，没有一件事情能引起

1 《法华经》："佛此夜灭度，如薪尽火灭。"

人们的兴致，凡事徒增喟叹而已。而紫夫人之去世，则又添增大家心头上的记忆，每逢有事，总教人不能一刻忘怀。所谓春花[1]之盛，岂非在其无常，所以特别值得令人赏玩吗？

皈佛叙位为二品的三公主所生之子薰少爷，已依源氏之君的遗志，由冷泉院特别加以照顾，而后宫[2]又适无子嗣，正值无聊之际，遂以此公子为可亲之依赖，由衷疼爱着。元服典礼，也在院邸内举行。在他十四岁那年的二月，入宫为侍从；秋季又任命为右近中将，并赐加阶。可见冷泉院用心良苦，急急扶助，欲其成器。另外，又在自己所居住的殿所邻近之对屋布置房间，一切装备，悉出于亲自指挥，连年轻的侍女及童侍下役等人选，皆选择容貌端庄者；看来较诸公主们的排场为有过之无不及。凡是自身及皇后的宫女之中面貌姣好者，或人品气质优良者，都转令仕奉这位中将。院内处处也刻意修整，旨在求其能心满意足，可谓费尽心神。冷泉院与故致仕大臣的千金弘徽殿女御之间，仅生有一位公主，而今，他待中将的关怀与呵护，竟无异于对待那位公主的态度呢。这大概是对皇后的宠幸与日俱增之故吧。不过，在旁人看来，却觉得也未免太过分了些。那位亲生之母如今倒是事佛精恳。除每月的诵佛，一年两度的法华八讲会，以及时时举行的各种尊贵的法事而外，别无他事，日子过得倒是挺悠闲，故有时其子中将偶尔造访，她反而会视同长辈一般，致令中将无限怜恤。而在另外一方面，冷泉院啦，宫里头也经常召见中将，东宫和诸皇子们也都视他为亲密的伴侣，所以这些方面也不得不应酬；如此一来，真个是教他苦于分身乏术哩。幼时似乎也曾偶然风闻有关自己的身世，这事时时困扰着他：颇欲一窥究竟，然而无人可以打听。倘若讯问母亲，让她感到自己对此或已有所洞悉，则怕害她难过，故而心里老记

1　即樱也。日人特爱樱花，盖以其花开花落为时短暂也。
2　中宫秋好也。

挂着此事。唉唉，到底详情如何？“自己究竟是何因缘，生就带来这等大的烦恼啊。恨不能自己也具有善巧太子[1]讯问生世而得悟的智慧哩。”不觉地自言自语。

无由问兮谁晓达？
吾身独苦多惑疑，
未知其始兮焉测末。

无人能予答复。有时甚而觉得病恹恹，心里老想着悲伤之事。母亲何以会忽起道心，忍心当其盛年之时而竟一变为尼身呢？这里面定必有隐衷，大概是什么突然发生的事情令她厌倦俗尘的吧？旁人也不可能全不知悉呀，恐怕还是有所忌惮的理由，所以才无人肯将实情来相告吧。看母亲虽然朝夕勤行向佛，可是像她那样柔弱无助的女人，又如何能将莲上之清露转升为玉珠，悟得道理呢？俗云，妇道人家有五大障碍[2]，但愿自己能帮助母亲完成其志，即便是能替她偿了后世之愿也是好的。至于那位去世的人[3]，怕也是畏罪郁闷而死的吧？他心里这般揣测，竟然恨不能到彼土与之相会，连元服的兴致全消。但是终究无法退辞，只得置身世间，受人瞩目，表面上过着荣华富贵的日子，实则内心了无乐趣，沉闷异常。

皇上也因为与母亲的血缘关系[4]对自己特别关怀照顾，而皇后则更由于自己从小便与她所生的皇儿们一处游戏长大的缘故，至今不改

1 释迦牟尼佛之子罗睺罗尊者之别名。罗睺罗于释迦牟尼出家六年后出生，人怪之，太子自问而悟得其理。

2 《提婆品》：“女人身犹有五障，一者不得作梵天，二者帝释，三者魔王，四者转轮圣王，五者佛身。”

3 盖谓柏木也。

4 今皇与三公主为异母兄妹，故云。

往日接待的态度；想到源氏之君时常慨叹“年纪大了才生这个孩子。可怜哪，看不到他成长喽”，遂更加细心照料。右大臣待这位公子也比对自己的孩子们更为小心谨慎的样子。从前那位叫作“光之君”的人物，虽得父皇无比宠爱，但周遭嫉妒者既众，而母方又欠缺着有力扎实的后台，只因为他自己思虑周深，处世可谓八面玲珑，光芒的才华也务求收敛，故而一度可能引起轩然大波的事件[1]结果也能够化险为夷，平安度过。他自己则又能兼顾及后世的修行，凡事没有一丝儿造作夸张之处，从容悠闲地度过了一生。反观这位公子呢，目前年纪轻轻的，便已享有过分的声望，而他也的确是气质品格高雅。有时难免教人猜疑：究竟是什么因缘，让这么一位超凡之人错生在这人间世呢？若论面貌，倒非有什么特别美丽的地方，只是他天生禀具一种优雅有深度，令人望之羞愧、不敢亲近的异常氛围。尤其是他那一身得天独厚的体香，真个不同寻常。只要稍一挪动身体，便异香飘荡远近，不啻“百步香”一般。大抵身份、地位尊贵者总不至于不修边幅吧？每个人都希望外表出众，所以刻意装扮自己；唯独这位公子，由于身上独具异香，即使想要偷偷躲藏，不愿引人注目，也因他的周遭始终是香气四溢，瞒也瞒不住别人，故而索性不曾薰染衣裳。不过放置衣物的唐柜里，自有种种香料，所以衣服穿在他身上，便呈香上添香，散发出无与伦比的气味。有时庭前的梅花偶一触及袖端，便教人不辞春雨湿身，愿得一染那芳香[2]；又如那“芬芳无人知”[3]的秋野藤袴[4]，若与这位公子的体香相比，也只有黯然失香，完全被压倒，反而经他一采折，便香气愈添。

1　谓谪居须磨之事也。

2　此处原文颇迂回深刻，盖袭用《古今六帖·一》和歌句意，化为散文也。

3　句出《古今集·秋上》，素性作和歌。

4　花名。属菊科多年草，自生于低湿地。紫色，有佳香。

只因他独具这种“撩人香”[1]，兵部卿之宫觉得这方面更输不得，遂刻意选取种种名贵的香料薰染，又朝晚热衷于调配薰香。庭前的盆栽之中，春天则眺望梅园；秋天呢，世人所赏爱的女郎花啦，那所谓小牡鹿的萩尖露珠等，全都不在他的眼中，[2]一心只珍惜制颓龄之菊[3]、渐凋萎之藤袴，以及不显眼的吾木香[4]等，直守候到霜枯色褪。这等用心，真可谓出奇的爱香者了。就因为如此，这位皇子总给人稍嫌柔弱而又耽溺风流趣味的印象。源氏之君往昔也有他独具风格之处，人家可就没有这般热衷过哩。

源中将[5]经常来访这位匂宫，逢着管弦之游等场合，每爱互逞音色，年轻人之间，彼此竞争着，倒是挺和睦的一对，故而世人难免又纷纷赞赏“匂兵部卿、薰中将”[6]哩。当时高门贵第之间，只要有面貌姣好的千金者，无不满怀希望来提亲。匂宫对这些对象中之稍具韵味者，便也试图接近，一探女方本身的情形与姿色等等。不过迄未能寻到一位特别中意的人。他内心倒是暗想着：若能迎娶冷泉院的长公主做自己的妻子就好了。因为，这位公主的母亲[7]出身既佳，人品气质亦深刻，且公主本身，据说也禀具世所稀有的韵致；这些详细的消息偶尔也能从近侍公主的宫女们口中传闻得到，所以更加教他思慕难熬的吧。至于薰中将，则深觉世事乏味，只怕一旦情有所钟，难免会成为出家的羁绊，故决心尽量避免牵涉到可能造成这种麻烦因缘的各方。当然啦，恐怕也只有在尚未遇见真正教他倾心的对象时，才能摆

---

1 词出《古今集·春上》，无名氏作和歌。
2 盖谓以女郎花及萩草无芳香，故不值一顾也。
3 句出《古今六帖》和歌，原文作“忘老之菊”，以其意近陶渊明《九日闲居》诗“酒能祛百虑，菊解制颓龄”之句，故仿之（日本古代和歌多蹈袭我国诗人句）。
4 皆为芳香之花也。
5 即薰。
6 “匂”“薰”皆为香味之意。
7 弘徽殿女御也。

出这一副圣人面孔的吧？至于不见许于对方的恋爱，则犹非他所敢妄想的了。十九岁之年，晋阶为三位的宰相；中将之位则仍旧。虽然他颇得院上与皇太后的宠幸，身为臣下而声望之高，无人可与匹敌，可是，由于他始终对自己的出身有所疑虑，故而多愁善感之时居多，竟一无意于血气方刚时期的男女情事。世人也就自然把他看成凡事含蓄有致，禀具老成稳重脾气的人物了。不过，由于他旦暮与三亲王所日愈心仪的公主同住于一座殿中，所以每每有机会闻见这位女性的消息。她的确是与众不同，言行举止高贵异常。若要娶妻，宁选这样的女性才好。如果是这位女性的话，自己倒也心甘情愿，与之相伴终身。冷泉院对这位公子，可谓相处无隔阂，唯独与公主之间，则似乎有意训练他疏离。依理说是当然的，而这事也相当麻烦，所以他倒也没有勉强要接近公主的样子。而且万一发生什么事情的话，对人对己两皆不利，故亦不敢造次轻率。只因为他生就这讨人喜欢的样子，故稍一出口言语，对方总是难以抗拒，每每会从风靡倒，所以自然而然地，类似情人关系经常往访的地方也颇有几处了。不过，他始终保持若即若离的态度，不愿意深陷。这么一来，女方往往愈受蛊惑，思慕他的人，便有的索性到他母亲所居住的三条院邸去侍奉哩。被他冷漠相待，虽然悲苦，不过全然见不到他的人，则又寂寞难耐，故而也有不少身份并非低贱的女人也抱着虚无的希望，孤注一掷地参与侍奉者之列呢。唉，这都是由于这位公子优和可亲的气质风度，才教大伙儿自欺欺人也似的这般一天天度日子呀。

“至少母亲在世期间，定要朝夕侍候在侧，聊表孝心才是。”这是薰中将的意思。右大臣也颇有意思于众多千金之中，挑一位来匹配这位中将之君，却不便于说出口来。或有关系太过亲近之嫌，[1]但是现今

1 夕雾与薰在表面上为同父异母兄弟，故云。

之世，除这两位年轻人而外，又有什么理想的人选呢？其实，那典内侍所生的六小姐，无论容貌、脾性都比夫人云居雁所生者为佳，只可惜世间人士颇有卑视她的倾向。那乖巧的女儿真是怪可怜的，而落叶宫则正好膝下无儿女承欢，也十分寂寞，遂先行过继为养女。日后再伺机让他见一见，定当会打动他心吧？只要是有眼光的人，必会中意才对。乃故意不予严格监督，令其随意过着风流多趣的生活，以期多多制造男士们求爱求情的好机会。

翌年[1]正月，于六条院筹备赌弓的还飨[2]。一切尽善尽美，准备恭迎亲王们光临。这一天，凡成年的亲王皆参上。皇后所生的众皇儿，个个尊贵俊美。其中尤以兵部卿之宫最是出类拔萃，无人能与相比。四亲王，称作常陆宫的，许是更衣所生之故吧，便觉逊色多了。赌弓的结果，照常又属左方大胜。[3]比赛较平时提前终了，大将乃退出。兵部卿宫、常陆宫，以及皇后所生的五亲王皆在邀请之列，乃请共乘一车归返。宰相中将为输方，正要悄悄退出之际，却为大臣拦阻："请一起来送亲王们吧。"又令其少爷右卫门督、权中纳言、右大辨以及其他许多公卿，大伙儿相邀，随便乘车来到六条院。路程稍远，途中雪花纷飞，一幅动人的黄昏景象。瞧他们在车内吹奏着笛子入门的样子，除却此院邸，要去什么佛国才能寻找得到这等令人心旷神怡的地方啊？遂于寝殿南厢，照常地，由中少将并居向南的方位。相对地，在向北的垣下设置亲王公卿们的座位。杯过几巡之后，酒兴渐浓时分，《求子》之舞适时舞出。舞袖翻翻起风，庭前盛开的梅花传来阵阵清香，复益以薰中将那特具的异香，使空气中飘荡着无可言喻的娇艳氛

---

1 时薰年二十岁。

2 正月十八日，宫中举行左右近卫舍人的射赛。赛后由胜方于大将自宅举行宴飨，谓之还飨。

3 当时夕雾盖以右大臣兼左大将也。

围。躲着窥伺的侍女们不禁感叹道："'春夜暗不见'[1]，可是那香味定当是不会错的。"大臣亦由衷欣赏着。见这位公子容貌态度较往常更佳，正襟危坐在那儿，遂央求道："右中将，你也一块儿来唱歌吧，别太拘泥客套才好。"据说中将只是略微助兴地唱了一段"神祇之所在"[2]而已。

1 句出《古今集·春上》，躬恒作和歌。原文着墨不多，译文据原歌稍益之，以求明白。

2 此为风俗歌《求子》之中段歌句也。

第四十三帖

红　　梅

迩来，人唤按察大纳言[1]者，实则为故致仕大臣的二少爷，也就是早夭的右卫门督柏木的下面一个弟弟。他自幼聪明伶俐，锋芒毕露，随着岁月流逝，官位晋升，愈形活跃，生活堪称无忧无虑，而皇上对他的恩宠也无与伦比。他有两位夫人，但原配夫人已去世，如今与他共同生活的一位便即是那位须黑太政大臣的千金，也就是从前曾赋《真木柱》之歌而不忍离故居的一位。她原先被外祖父式部卿之宫许嫁给光源氏之弟兵部卿之宫，但那位亲王早夭，后来这大纳言时时与她幽会，日积月累之后，便不再忌惮世人耳目而公然成为夫妇关系了。大纳言的原配夫人仅生有两位千金，膝下颇觉寂寞，乃祷告神明，遂由这位新夫人再添一位少爷。至于真木柱自己与故兵部卿宫之间，则亦生有一位千金。大纳言倒是能不分亲疏，一视同仁，可是各人左右的侍女之间却有一些心地不善者，所以难免纠纷时起。幸而夫人禀性温良，十分达理开通，所以遇事总能公平处理；即使对自己难

1 已见于第十帖“贤木”。后称红梅右大臣。

堪的事情，也只当作马耳东风不予介意，所以甚少家丑外扬，生活过得相当平静无风波。

小姐们次第长成，故一一为之举行着裳仪式。特建七间的广大寝殿[1]：南面之房使大纳言的大小姐居住，西面为二小姐之用，东面则给兵部卿宫遗留的小姐。一般说来，这位丧失父亲的小姐该是值得怜悯的，不过，她倒是继承了父亲啦，外祖父等处的许多传家之宝，所以连一些寻常的生活仪典也都表现得挺优雅有致，实在令人羡慕。大纳言家里这三位小姐给金枝玉叶般呵护着的消息逐渐传闻开来，从长姊以降，遂依次有人来提亲求婚。宫里头也属意替东宫求为妃子。可是明石皇后堂堂在上，任谁也望尘莫及，未可与之比肩；不过，若是一味自卑，也无法仕宫吧？人家左大臣夕雾的大小姐便是东宫的女御，据说宠幸特厚，难与竞争。只是，这般畏首畏尾，为人父者岂容徒有出众的女儿而断绝其仕宫之理？遂献于东宫。这位大小姐正是十七八岁花样年华，长得美丽讨人欢喜。底下一位小姐，无论气质、容貌也都高雅清丽，无逊于长姊，若下嫁给寻常人家，未免可惜，所以内心期望能够教匂兵部卿看中意才好。匂宫偶然在宫中见着大纳言的少爷[2]，便常引见，作为游伴。这少年长得眉清目秀，聪明伶俐，看来前途未可限量的样子。“请告诉大纳言，光是和弟弟相好，没什么意思。”这少年便将匂宫的话照实转告。为父的大纳言听了不禁莞尔，暗想：总算可以偿愿了。“与其入宫仕奉而寂寂无闻，标致的女儿倒不如许嫁给这位亲王。有福气照料这么一位乘龙快婿，定必可以延年益寿哩。”乃先着手筹备大小姐入内之事。盼春日之神的意旨能在自己这一代得着偿愿才好。回想过去故致仕大臣为着冷泉院女御之事惨

1　普通寝殿为四间、五间（柱与柱间称“间”），此盖特为扩大也。

2　真木柱所出也。

遭败绩而衔冤以终，便希望此次能安慰亡父于九泉之下。[1]他心中默祷着，遂将女儿奉献于东宫。世人都传说，这位贵妇人在宫中十分得宠呢。不过在她完全习惯于宫廷生活之前，最好有个扎实的监护人支持才好。故由其继母真木柱陪同入内。这位夫人可谓用心周全，照拂得无微不至。

殿内顿形寂寥。住在西厢的二小姐因为日常与大姊相随，如今更觉得寂寞难耐了。东厢的小姐也从来无意疏远，甚至于夜晚也喜欢挤在一处儿憩息，凡事都从两位姐姐学习，相处得极为和睦。这位小姐呀，真是怕羞得出奇，她连自己的母亲都羞于照面，可谓怪异至极；不过性情脾气倒非畏缩，也十分讨人喜爱。大纳言觉得净顾自己女儿的入内之事等等，把这位继女冷落也不好，便对夫人说道："你也替她留心好的对象，再来同我商量商量。定要把她视同亲生女儿照顾才是。"可是为母的却道："这孩子压根儿就没有想到过世间一般婚事什么的，随便给她配对，反而不忍心哩。还是听天由命，我活着一天，总会好好儿照顾她的。我死了以后会怎么样呢？想到这个心里就难过。但愿她不至于去当尼姑什么的教人笑话才好。"真木柱忍不住泪潸潸而下，侃侃而谈这女儿无瑕疵的个性。

大纳言本身对待三个女儿并不十分亲疏彼此，一律待之如己出，却想亲眼看看这位继女。他时常埋怨："为什么老要躲着我呀？"遂欲乘其不备偷偷窥伺，却恨始终无由稍见。"你母亲不在家的期间，理当由我来照管才对。可是，瞧你躲得远远的，真教人遗憾！"坐到帘前来，好不容易才微闻娇声。那音声婉转有致，令人想见其人姿容气质。原以为自己的女儿们是无人堪与之比拟，看来或许在这个女孩子

1 此处原文着墨甚少，晦涩不明，故译文稍增益之。"春日之神的意旨"谓：皇后必自藤原氏方出（已见第二十一帖"少女"）。此盖指弘徽殿女御终为中宫秋好压倒之事也。

方面将略逊一筹哩。世界之大，真个不简单，你道是自己的女儿最标致，就偏偏还有更好看的。这一猜测，便越想瞧个究竟了。“这阵子以来忙这忙那的，许久都没听见你的琴音。那西厢二小姐倒是对琵琶挺有心得，不知道她将来可望有造诣吗？不过那种乐器呀，一知半解是不成的，不知你可愿意指点她吗？我自己虽然没有好好儿学过，许是往日幸逢管弦游宴的盛世之故吧，分辨各种乐器音色优劣的能力倒是还有一些，所以有时候听到你偷偷儿弹奏琵琶的声音，便觉得好似又回到从前一般呢。在故六条院主传授琴艺的众人之中，至今尚在人世的名手，怕就算右大臣[1]一人而已。源中纳言[2]和兵部卿宫[3]在各方面也都无逊于古人，他们又都禀具得天独厚的才情，尤其擅长音乐，可是拨弦方面，终究稍嫌柔弱，这一点怕是不如大臣吧？与他们相比，你的音色倒是颇像那位大臣的呢。人说琵琶的按弦以静谧为佳，可是有时由于柱位的稍异而弦音也大异其趣，听来十分哀艳优美。妇道人家弹奏起来，倒是不失为别具风情哩。来吧，弹一曲好吗？什么人去拿琴来！”对于主人的命令，侍女们倒是无意躲避，却有一个年轻而地位较高者，则怕主人看见，故而一味退缩在内里，不肯轻易出来，害得红梅大纳言生气：“瞧，连侍候左右的人都是这副德性。真是可恶！”

赶巧，这时候少爷准备上宫，穿着殿上童的装束过来了。他那模样儿看来比一本正经梳着总角时更为秀美可爱。为父的便交代他转告在丽景殿的长女：“今晚拜托你转告一声，说我不能去陪她啦。就说身子不顶舒服就行。”又吩咐道：“吹吹笛子看。有时候也得在御前合奏的吧。太稚嫩也不成哦。”遂笑令吹奏双调。未料，那少年竟然吹奏

1 即夕雾也。
2 谓薰也。
3 谓匂宫也。

得有板有眼。“咦？颇有进步嘛！定是经常在这儿合奏的缘故。现在，请让我也听一曲吧。”遂又央求其继女。这位小姐虽然觉得有些为难，可终于还是美妙地轻弹合奏了起来。大纳言竟也乘着调子吹起熟练而圆润的口哨来。见东轩近处的红梅开得十分曼丽，乃道：“瞧，庭前的花开得多么有情调啊。今天兵部卿宫在禁中，摘一枝带去给他吧。所谓‘知色知香君其人’[1]呢。”又说：“啊，想当年，光源氏风头最健时代——那时他还是一位年轻的大将吧；我呢，只有你这么点儿大，当时常蒙他疼爱，近伺在身旁。真是一辈子也忘怀不了。近年来，世人对这些贵公子[2]纷纷赞扬不止，而他们也的确当之无愧，不过，若要跟源氏之君相比，则真个望尘莫及；这也许是因为当时心目中暗暗把他崇拜着，看作举世无双的人物之故吗？像我这种普通关系的人，每一念及他都会心里无限悲哀，何况当时和他亲近而现在还在世的人，更不知道他们要如何悲叹长寿之苦哩。”说罢，感慨沉思。许是难耐哀伤之情吧，急忙叫那少年折取梅花，要他快快上宫去。“真是无可奈何啊！如今要追念那位光之君，也只有凭借这位匂君啦。据说释迦牟尼佛涅槃之后，他的弟子们曾见阿难光芒四射，疑以为佛再度现身；如今，我悼念源氏之君，觉心房幽暗，也只好擅自将这位亲王视作指引的光明，聊进慰问之言哩。”遂于红色信笺上生动地写下一首和歌：

风有心兮飘芬芳，
满园红梅香馥馥，
黄莺岂容兮懒探望？[3]

---

1 句出《古今集·春上》，纪友则和歌。
2 指匂宫与薰而言。
3 红梅大纳言此歌以梅香喻其二女，以匂宫喻黄莺，盖暗示盼其来访，愿得迎为女婿也。

将其折叠，插入少年怀纸之间，催他出门。那少年小小心田里也正渴望着与匂宫亲近，故而喜滋滋连忙参内。这时，匂宫正巧由母后明石中宫的清凉殿出来，想回禁中宿直处。见这少年杂在许多随侍的殿上人当中，便问道："昨天为什么早早就回去了呢？你今天是什么时候来的？""早早回去，心不安；听别人说您在这儿，所以又快快赶回来了。"别看他年纪小小，讲话倒挺有条理。"不要光是来宫里头找我，有时候也到我住的二条院来玩嘛，那儿比较自在些。不知道为什么，好多年轻人都喜欢到那儿去呢。"见他独召这少年一人在身边侃侃而谈，别人都只得回避了。待众人屏退，周遭静下时，匂宫问道："近来东宫那边好像空闲些了嘛。本来天天都召见你，自从令姐入内之后，好像宠爱都转到她身上去了哦。你心里可有点儿不高兴？""哪儿的话。老实说，像那样天天侍候，也挺辛苦的。不过，如果是您这儿的话……"说到这里，有些儿腼腆，故而不再讲下去。"令姊简直就没有把我放在眼中。这也难怪她，但总还是教人不服气。倒是想请你探一探那位东厢的令妹——她跟我同样继承着皇族的血统，[1]不知她可有意同我相好？"少年遂乘机将父亲折取的红梅献上。匂宫莞尔笑道："幸好刚才还没有口出怨言哩。"他不舍得放下那梅枝，径自把玩览赏着。无论枝态、花朵、色香等，都有异于一般者。"人家都说，园里种植的红梅，往往因为色彩鲜明夺目，反倒不如白梅的香气佳，可这枝却是色香兼备嘛。"他原本是爱花的人，所以正兴味浓厚地玩赏着。

"今晚轮到宿直禁中吗？你就陪我在这儿住一宿吧。"说罢，不由分说便将门关上，害那少年也没法子到东宫问安。这一晚就睡在人

---

1 真木柱与萤兵部卿宫所生之女。萤兵部卿为光源氏同父异母弟，皆桐壶帝之子，故云。

比花香的匂宫身边。小小心田里，竟有难以言喻的幸福快乐的感觉。“送我这花的人儿[1]，为什么不入宫仕奉东宫呢？”“这个我也不明白。不过，曾听家父说‘知色知香君其人’什么的。”匂宫猜测红梅大纳言的心意：他大概是有意将亲生二女儿许配给自己。然而，自己所属意的偏偏是那另外的一位小姐，故而懒予答复。次晨少年欲归时，又不十分情愿地修成了一首答歌：

花有香兮诱人闻，
倘闻清香便拜访，
岂容等闲兮视尊文。[2]

乃吩咐少年：“今后不要麻烦令尊，请你私下直接替我们传递信函好了。”听他一再叮咛，这少年便也对东厢的姊姊更为亲近钦慕。实则，他与同父异母的二姊见面的机会较多，相处有如一般姊弟；可是，幼小的心里，如今毋宁更倾向东厢的姊姊那种含蓄有致的气质，遂有意替她居间奔走，希望她能够有个好归宿。尤其是每见到嫁作东宫女御的大姊那种豪华的排场，便觉得同样都是自己的姊姊，这位东厢的更教人同情；若能让她同这位匂宫结为夫妻，岂不美妙！遂满怀欣喜地担任了传递花朵的使者。至于此次所携返者，为昨日之复函，故而面呈父亲。“瞧这语气，怪可恶。晓得咱们平时嫌他风流好色，所以故意在我和左大臣等人面前佯装假正经，岂不可笑！说实在的，十足登徒子人物偏要装乖，也不算是聪明的呀。”背后讥论得可真够了，却

1 谓东厢萤兵部卿宫之女也。
2 此歌含意颇迂回婉转。表面谓：二小姐拟红梅以清香诱己往访；若闻言即有意前往，则岂会忽视红梅大纳言此函耶？言外有谦称不配相访之意，而实则迂回婉拒之也。

又乘今日这位少爷参内之便托带一函：

“本有香兮溢芬芳，
若蒙君袖稍稍拂，
花名定当兮播四方。[1]

语气或失诸轻率，敬祈赐谅。”那信函倒是写得十分谨慎。看来真有意将那二小姐许配给自己喽。究竟难免胸口骚乱起来。

花云香兮芳袭人，
无奈未敢辄拜访，
恐忒轻狂兮众谴询。[2]

观此答复，仍未有见许之意，红梅大纳言心中自是甚为不悦。

夫人真木柱退自东宫，于闲话短长之便，说道：“咱们这儿少爷有天晚上在禁中宿直，他身上染着浓郁的香气，别人倒没怎么多心，唯独东宫敏感地埋怨：‘原来是跟兵部卿宫在一起呀，怪不得都不到这儿来一下。’真有意思。您可曾叫他带什么信函给匂宫吗？看倒是看不出什么动静呢。”“对啦。我也知道他喜欢梅花，瞧着东轩的红梅怒放，颇有风情，所以折了一枝献上。他自己身上的香气也真个别致啊。连禁中的宫女也都没有一个人能薰染得像他那样哩。至于源中纳言呢，人家可没有他那么用心薰香，可是偏偏独具珍异的体香，这就

1 红梅大纳言此歌盖为阿谀匂宫也。以花喻其次女，谓若蒙匂宫临其宅访女，则好评定当传播四方也。
2 此句宫婉转闪烁之词。谓己未敢造次寻访二小姐，实以恐遭世人谴责轻狂之故也。

更奇怪了。真不知道究竟他前一辈子是怎么修积的德行哪？同样是花，梅花独独天性清香，连那根元都真个教人不可思议。这也就难怪匂宫特别赏爱这花了。”你瞧，谈到花，也难忘以这位亲王作为比拟对象哩。

东厢的小姐已长大成人，事事皆能分辨，所以自然也会有所闻见；但是她却了无依俗而嫁人过普通生活的意思。世人毕竟都是趋炎附势，双亲健在的小姐们总受人注意些，所以提亲求婚者也多；可是她这儿便乏人寻访，凡事都显得寂寂幽静，一个人老躲在深闺里。匂宫却对这位小姐情独有所钟，听人说这位女性与自己十分相称，便暗暗决心非她莫娶。他总是把那少年拉在自己身边，私下叫他居间传递着情书；不过，大纳言则又热烈属意这位亲王做他次女儿的乘龙快婿，正一心期待着对方允诺，大纳言夫人见此，颇觉得于心不忍。“事与愿违啊。人家偏偏是对一无意思的对象[1]频频投笺，真个枉费心机呢。”为母的只有连连慨叹。女方接信后，竟未予理睬，如此，反令匂宫不甘罢休。大纳言夫人有时也会认为：索性就答应他算了。像他这样一表人才，真不失为好女婿。只是，这位匂宫呀，实在是个风流情种，他暗中幽会的女性颇多。据说对宇治八亲王[2]那位公主也十分倾心，故而频频往访。这一点倒是真教人难安，所以老实说，做母亲的也多少有些灰心；不过亲王终归是亲王，未便太过拂逆其意，偶尔便也擅自代女儿作答。

1　谓萤兵部卿宫与真木柱所生之女也。

2　为桐壶院第八皇子。亦光源氏同父异母弟也。以其隐栖京都郊外宇治，故称。

第四十四帖

竹河

这故事说来或嫌离源氏一族稍远些，是曾侍须黑太政大臣殿中的一些饶舌老侍女口中传出来的，与紫夫人左右近侍者之所言颇有出入。据这些女人说："光源氏之君的子孙当中，很有一些不对劲的传闻。不知道这消息的来源可是起于比我们更年纪老大而糊涂的人的记忆错误吗？"听她们议论纷纷，也不知到底谁是谁非。

故大臣[1]的遗孀玉鬘尚侍生有三男二女。大臣本来是想要把他们好好儿教养成人的，无奈等不及岁移月迁，他自己竟匆匆去世。这一切都像做梦一般，所以原想要早点儿让女儿仕宫的计划也就只有搁置下来了。世间人心总是趋炎附势，威赫一时的大臣亡故后，虽云家传宝物呀，所属庄园等，并无甚改变，可是，终究境况不如往昔，殿内人口稀少，渐形寂寥。尚侍之君自己的近亲之中也多的是显要之士，然而贵者往往相疏，本来就彼此不怎么亲近，而况故大臣又是一位欠缺人情味的人，且个性狷狂，人缘不佳之故吧，如今竟连个稍可以

1　此始见须黑大臣死之事。

来往接近的人都没有。唯独故六条院之君与众不同，始终把她看作子嗣辈，在其身后的遗书中，亦列玉鬘于明石中宫之后，所以右大臣[1]恭奉亡父遗志，时时过访照料，较诸亲兄弟犹有过之。少爷们都已完成元服之礼，逐渐长成，父亲不在，总难免教人同情，不过，总是可以出人头地的吧。母亲所操心的，毋宁是小姐们的前途。所幸故大臣生前已经禀奏过希冀入宫仕奉之意愿，宫里头推算岁月，谅已当长大成人，所以时有邀请之旨。但是，眼看中宫威势愈增，众妃都黯然失光；在这种情况之下，若是敬陪末座，却教高高在上的中宫嫌恶，岂不可怜？同时，也不忍心让她畏畏缩缩屈居人之下。这么来回思量，更觉踌躇不能决定了。冷泉院方面则又有十分恳切的言辞，他甚至于重新提起过去无缘得与尚侍之君结缡之恨，说什么："现在我年纪大了，或者更要让你嫌弃吧。不过，可否就当作是交托给一个可靠的长辈那样子呢？"那口气挺热诚的，真不知该如何答复才好。自己当年实在阴错阳差，致辜负了院上一番好意，于今想来，又羞愧，又不敢当。难道就把女儿代己献上，以为补偿吗？这事又未便骤然决定。

小姐们都是出名的美人，所以思慕追求的男士颇多。其中，右大臣与云居雁夫人所生的藏人少将在众多兄弟之中最为特出又得宠，无论人品气质都十分优秀，这一位情书写得很勤。他们俩无论从双亲的哪一方面讲起来都是顶亲近的关系，[2]所以尽管随便进出，也无人敢于稍稍怠慢。自然而然与侍女们熟稔，也就难免会把心事吐露；这么一来，不分昼夜地有人将消息传入耳中。这就教为母的尚侍之君烦扰又同情。男方的母亲云居雁夫人方面时有信函，而为父的大臣又说："虽

1 夕雾晋升为右大臣，已见前帖"红梅"文中，此盖追叙前事也。本帖所言，多属往事。

2 玉鬘为光源氏之养女，与云居雁为异母姊妹，故其女与夕雾之子，无论自父方或母方言之，皆关系密切。

然还嫌他官位卑微，可否看在我们面子上答应呢？”不过，尚侍之君心里自有安排：大女儿决不许嫁给寻常平民；至于底下的女儿嘛，等男方的地位稍升，不至于教世人看轻的时候再谈也不迟。少将之君方面则异常痴迷，看样子，若其不答应，恐怕会偷着来也说不定呢。玉鬘方面倒是并没有认定门不当，户不对，只恐尚未允准之前，万一发生什么麻烦的事情，那就谣言难堪，所以警诫传递消息的侍女们：“可千万别让他们引起什么差错哦。”这么一来，大伙儿都感到责任重大，也就没人敢担当了。

故六条院君晚年与朱雀院的三公主所生之少爷——冷泉院疼若己子的四位侍从，这时候只有十四五岁，[1]看来仍是孩子气重，应该是颇幼稚才对，可是他又有些与年龄不相称的老成之处，人品亦甚佳，看来前途无量，尚侍之君有意迎为女婿。她们所住的地方与三条院邸相近，所以遇有游宴之类的机会，薰也会跟着这儿的公子们过访，由于这公馆里住着妙龄佳丽，年轻的公子们无不小心翼翼。在有意出入者群中，若论姿容，当以经常流连于此的藏人少将为最出色；但是，论及气质风度，则无人能及这四位侍从。难道是因为他秉承了六条院君的血统之故吗？世人便也自然格外器重他。至于年轻的侍女辈之间，则更是异口交赞。尚侍之君也道是：“真个一表人才啊。”乃常与之恳切交谈。“回想故六条院君的恩惠，心中着实悲哀，只是不晓得应该将哪一位看作他的身影？右大臣如今已是位高望重，轻易不肯见人。”遂待之如姊弟一般，而薰便也以同样心情来往。然而，他丝毫没有世俗男人那种好色之处，总是矜持着，害那些年轻的侍女们既怨怼，又觉乏味，经常借故来缠绊他。

正月时分，尚侍之君的弟弟大纳言——曾歌《高砂》一曲以娱众

---

1 谓薰十四五岁当时事也。

人的少年来访，陪同而来者，另有故大臣的长男——真木柱之兄藤中纳言等。右大臣也带了六位少爷来临。他的风采自不消说，那模样儿啦，人望啦，无一不足之处。少爷们也都个个俊美。年纪轻轻的，却都官位相当高，看来无甚可操心的样子。就中，那位藏人之君最为得宠，然而却显得异常沉默，若有心事一般。大臣则仍旧像往常那样，隔着几帐与之谈天。“没有什么特别重要的事情。所以也就不觉地疏于拜访了。随着年纪老大，除了到皇宫参拜，别处都不怎么爱走动了呢。有时也难免想同您聊聊往事什么的，竟也徒流于想念而已。您有什么事情，尽管吩咐这些男孩子好了。我常对他们说：‘可得好好儿表现，让人家看取你们心意才是。’”“如今已是微不足道的身份了，你还这般有心来看我，怎能不令人追念起亡去的六条院君呢？”又顺便暗示冷泉院属意大女儿一事，道是：“没有一个扎实的支持者保护，这样的入宫有时反倒不佳，真不知道该怎么办才好。”听玉鬘此番话语，夕雾遂道：“据说皇上那边也有这个意思，不知道您怎么决定呢？院上固然是已经逊位，多少令人感觉盛时不再，可是他那出类拔萃的模样儿，却与往昔都没有什么改变，连我都不免要想：自己若是有个不错的女儿……咳，偏偏可惜就是没有够资格参加后宫佳丽竞争的女儿啊。只不过，长公主的生母[1]，那位女御会答应吗？以前有人想要入宫，多数因为担心她才作罢。”对此，玉鬘竟意外地说道：“说的是呀。就因为这位女御劝我：‘近来真个无聊得紧，我倒也愿意跟院上一块儿照料照料她，好消磨消磨时光。’这才教我心动呢。”来到此地的人都会顺便到邻近的三条宫去拜年。有不能忘怀昔日朱雀院恩泽者，也有与六条院君有交情者，看来大家各有缘故，无法过其门而不入，不去拜访皈佛的三公主吧。这殿里的左近中将啦，右中辨啦，侍从

---

1 冷泉院妃弘徽殿女御也。与玉鬘为异母姊妹。

之君[1]等，也都陪同大臣前往。瞧他率领着众公子出门的样子，真个威风极了。

黄昏之后，四位侍从薰才来到尚侍之君殿里。方才那许多公子当中，没有一个不体面。在众多英俊的年轻人之后，唯独这位公子迟一步光临，格外显得引人注目，害那些容易大惊小怪的年轻侍女纷纷赞颂："确实是与众不同啊。"甚至还有人露骨地私议："恨不得让这位公子来匹配咱们这儿的小姐呢。"而他也的确是既年少又俊得出奇，尤其他举止之间四溢的芳香，更是不同凡俗。即便是再没有见过世面的小姐，只要是稍稍能分辨事理的，定必会看出这位公子的超凡之处才对。尚侍之君正好在佛堂里，遂邀请道："请过来这边。"薰乃自东阶而上，坐于帘前。庭前的幼梅正含苞，黄莺初啼之声亦尚未纯熟。这位公子十分矜持，众女有意逗他，便纷纷开玩笑。未料，他只是三言两语从容应对而已，惹得大伙儿好不甘心，遂由唤作宰相之君的上级侍女投歌：

枝堪折兮香气飘，
　芳馨既添人人赏，
　　初梅含苞兮色更娇。[2]

她的文思倒是挺敏捷的嘛。

"或有人兮未详情，
　定当视此为枯木，

---

1 皆故大臣与玉鬘所生之子也。
2 此为宰相之君揶揄薰之歌。"初梅含苞"盖喻薰也。

实则初梅兮香正清。[1]

若不相信，将袖袪来相拂吧。”未料，他竟肯相与戏谑。“哟，其实芳香比色泽更胜呢。”瞧这些侍女异口交赞，恨不能真的去牵扯他的袖子似的。尚侍之君从里间挪移出来，小声警诫道：“你们这是做什么啊。怎么好意思逮着老实人这样子呢！”这倒是提醒了薰本人。哎哎，原来自己竟让人起了个“老实人”的诨名哩。这殿里的小公子侍从之君[2]，年纪还轻，尚未升殿入仕，所以也没有跟随大家去贺年，正待在家里头。沉香木制的托盘两面上，盛着一些果物，另有酒招待。右大臣随年龄增长，愈形与故六条院主相像；虽然这位公子看不出有什么相像的地方，不过，他这优雅的风姿，却令人怀想逝者的年少时代。对啦，他年轻时定必是这个样子的……尚侍之君缅怀往事，不觉地眼泪婆娑。客人走后，那一股奇妙的芳香仍飘荡在四周。众女又是一阵骚扰惊叹。

侍从之君对于自己赢得“老实人”这个绰号颇不以为然。二十日过后的梅花盛开时，为了要向那个曾经讥诮自己不解情的风流侍女报复，便借探望藤侍从的名义再访。正要跨入中门之际，却见穿着同样直衣的人影。那人想要躲起来，却给薰逮住了。原来是近来时常在这里徘徊的藏人少将哩。大概是被寝殿西边传来的琵琶和筝音所诱而来到此地的吧？唉，怪可怜的，为人家所不见许的恋情而烦恼，真是罪业深重啊。不久，琵琶声停。“来，带路吧。我对此地一点儿都不熟悉。”遂与少将相率来到西面渡殿前的红梅树下，一边吹着催马乐《梅枝》的口哨，一边靠近。他身上那股赛花的香气阵阵飘溢，惹

1 此为薰缘宰相之君所作之答歌。亦以初梅自喻，谓己虽看似未解事，实则风流多情也。

2 谓玉鬘之三男，即后文藤侍从也。

得众侍女齐开妻户，大伙儿起劲地合奏起和琴来。妇道人家弹琴，吕调不是轻易合奏得好的，但这音调可真不错呀！遂重复再歌一次。未料，连琵琶都跟着加入合奏，嘈嘈切切，繁富无比。这殿里头看不出倒真有些儿情趣。乃不觉地心动，今宵稍稍解除矜持，谈笑戏谑起来。有顷，自帘中推出一具和琴，在相互推让而未敢触及手[1]之际，尚侍之君令其三男藤侍从说道："听说你的琴艺像极了故致仕大臣的，可否让我们洗耳恭听？今宵就算是让莺声相诱[2]吧。"这也不是害臊咬指甲的场合，故虽未十分用心，倒也从容弹奏曼妙的一曲。

想到故六条院主，虽非生父，但过去总是得蒙旦暮亲爱的，所以尚侍之君每每难以忘怀，悲伤逾恒。"这位公子不知怎的，像极了故大纳言，连他所弹奏的琴音都是一模一样呢！"瞧她这般啼啼哭哭，许是上了年纪的缘故吧？少将之君亦歌喉婉转地唱催马乐《此殿者》来。没有多管闲事的老人在场，故而能够尽兴玩乐，但是做主人的藤侍从多少有点儿像他亡父，对于此类游乐不怎么顶擅长，所以只好一个劲儿狂饮而已。"至少唱首祝贺的歌嘛！"给大家这么一激，便也只好与众合唱《竹河》[3]了。那声音虽然稚气未脱，倒也饶有趣味。玉鬘自帘内赏赐酒杯，薰却无意接受。"酒后吐真言，难保不犯错哦。您这是什么居心呀？"未料，竟又以底衫及外褂见赏——那上面犹染有穿者的香泽呢。"哟，这又是怎么一回事儿呀。"他连忙将这赏禄披在主方的侍从身上走出去。想把他拉回来，将那褂袍再披还给他，却说是："只当是寻常水驿一般拜访的，没想到竟弄到这么晚。"乃逃之夭夭。

1　谓薰与少将也。

2　此处盖暗袭白居易诗《春江》"莺声诱引来花下"及《天宫阁早春》"林莺何处吟筝柱"。

3　催马乐曲名，为本帖帖名之由（详下页注3）。

少将暗想：这位薰公子如此常常来访，大伙儿难免都要被他所吸引，遂自觉消沉乏味。

人皆赏兮爱花色，
茫茫春夜沉沉暗，
独自迷惑兮长太息。[1]

正叹气连连要离去，忽见帘中不知哪一个侍女推出来的答歌。

事总视兮时与地，
人人虽赏梅花香，
此物原非兮唯一媚。[2]

翌晨，四位侍从遣函于主人殿中，谓："昨夜失态，未知各位心中如何感想？"特以和文假名书写，许是存心让妇人们看的缘故吧。末端并附一首和歌：

《竹河》谣兮用心唱，
聊托吾心寄相思，
情意深浅兮曾见谅？[3]

将此信拿到寝殿中大伙儿传阅。"瞧，这笔迹，挺不错的嘛。年纪轻轻的，样样儿都行，究竟是怎么个人物啊！小时候死别了父亲，母亲

---

1 此藏人少将之歌，以花拟薰，谓人人赏花，无人顾己。
2 盖侍女慰藏人少将之歌也。"梅花"以喻薰。
3 《竹河》末句有语："愿得少女兮为良伴。"此少将托《竹河》以示求爱也。

把他娇生惯养着，可是，到底是不同凡响哩。”尚侍之君乘这个机会，训诫众儿字迹不佳。说实在的，那主方的侍从所写的复函可真是稚嫩透顶。“昨夜您道是水驿什么的，害大家讶疑不已。

歌《竹河》兮旋即归，
夜色未暗底事急？
谓君情深兮信可疑！”

事实上，此后薰常借《竹河》一曲来访藤侍从处，并时时暗示恋慕之情。果不出侍从所料，这里的侍女们都对他倾心起来了。年轻的主人侍从之君自己亦正值好交游时期，故不免盼望有这么一位知己旦暮相处。

入得三月来，樱花既有次第绽开者，更有遮蔽半天纷纷飘散者。大致盛开，正值花色可赏之时，尚侍之君殿中却无甚往来出入的人，生活十分悠闲，又没有什么可分心的事情，小姐们便都来到靠外处，大概也用不着担心别的吧。年龄约莫十八九岁，姊妹俩都长得品貌双全。大姐长得分外高雅艳丽，要把她许配与寻常人，确实有点儿可惜。她身穿着一袭白面花色的底衫，外罩橘黄色袿子，色泽正与季节相称。这样的装扮，浑身上下洋溢着娇媚，一举一动都端庄有致，教人看着难免自惭形秽。另外一位则穿着淡红色的衣裳，乌亮而丰饶的长发柳丝一般自然地下垂着。她长得亭亭玉立，论美艳清丽和稳重，似更胜乃姊一筹；但是若说到引人注目，则人人皆以为不及长姊。她们俩正预备下棋，对面而坐的二人，无论头形啦，长发下垂的样子等，都标致极了。由藤侍从充当棋判，陪坐一旁。两位兄长也来到。“侍从倒是蛮讨人欢喜的样子嘛，居然当起棋判来了。”见他们一本正经端坐在那儿，侍候在前的侍女们也不禁正襟危坐。大少爷中将之君则叹道："想不到忙着仕宦，竟让侍从抢走了这边的事儿呢。"二少爷辨之君也跟着说："像我这种辨官呀，总是奔走宫里头的差事，自己家中的事情也就更轮不到了。"瞧那一对姊妹，正下着棋，却羞答答的样子，真是惹人爱怜！"咳，在宫里头任役，常常会感慨，若是先父在世的话，该有多好……"中将含泪瞅着姊妹们说。他大约二十七八岁吧，长得挺拔英俊。每一见及这两个妹妹，便决心要达成先父的遗志。小姐们正令人折取庭前色香特佳的樱枝玩赏："别的花真的赶不上这花啊。"中将便说："你们还很小的时候，有一次争吵：'这花是我的。''不，是我的。'父亲说：'这是大姊的花。'母亲则又说：'是妹妹的花。'当时，我虽然没有哭喊，心里头却老大不高兴呢。"又道："瞧，这樱树都变成了老树，自己的年龄怎么不增加呢？想到许多人都先后去世了，唉，说起来，真个悲伤无限。"忽而啼忽而笑地畅谈，今天看来要比平时从容多了。他如今已是别人家的女婿，所以没法子经常这般长留在家里头，今天可是为花所诱哩。

尚侍之君虽然已经身为这些长大成人的子女的母亲，但是看来比她的实际年龄要年轻许多，又美丽如昔，看来正值盛年。冷泉院内心至今犹不能忘情于这位女性，想尽办法要接近她；其所以极力怂恿两位小姐仕宫，怕也是另有居心的吧。不过，兄长们对于将其妹献给院君一事则颇有意见："这恐怕不太光彩吧？凡事总要顺应时势，人家才会瞧得起。院上当然是出类拔萃的，可是终嫌已过了盛期。譬如说那琴笛之调啦，鸟语花香等，都得配合季节，才会引人倾耳注目的呀。索性献给东宫如何呢？""是呀，可是明知道他身旁早已经有专宠的人儿，[1]无人能与之匹敌，若是再不识相地仕宫，岂不教人担心？又恐怕给世人笑话，所以也就犹豫起来。你们父亲若在世的话，就算是日

1 谓夕雾长女也。

后的事情不敢逆料，多少总会好好儿安排这种事的吧。”她这一番话，引得大家哀伤沉痛。

中将等人离去后，小姐们又继续下棋。她们以从小竞争的樱花作为赌注，嬉戏道：“三回胜负，看谁赢了，就算是这花的主人吧。”这时天已暗下，便挪移到靠外的光亮处，继续比赛。帘已卷上，双方的侍女们都在为自己的女主人加油。赶巧，那位藏人少将又来到侍从之君房里访问，可是屋主人已与兄长们相偕离去，故而周遭少人踪；适见走廊的门开着，便悄悄儿溜进去窥伺内里。遇得这么佳妙的机会，莫非是幸逢菩萨再生之世吗？天可怜见，瞧他欣喜欲狂若此！虽然夕雾蒙蒙，看不顶清楚，仔细凝睇下，那位身着面白里花的底衫者，从那色泽啦，模样儿判断，定必是心上人儿无疑。真个所谓“花散为留衣裳色”[1]，委实艳丽可人。这样一位佳丽，若教别人娶走，岂不可惜？年轻的侍女们都自在地侍候在侧，而夕阳冉冉，景致可观。胜利终属于右方的妹妹。“美丽的乱声未免响得太晚哪！”[2]也有人在那儿打趣地嚷嚷。“本来嘛，那棵樱树就是要给右方助阵，所以才种在西边庭前；你们偏要说是左方的，因此弄得长久以来争论不已。”瞧，右方的人还要乘势得意地揶揄。少将虽然不知就里，却见这等有趣的光景，故而颇想参加插嘴什么的；可是继而又想，人家从从容容，自自在在，未便贸然打扰，所以只得离去。不过，自从这次经验以后，他恨不能再遇上如此佳妙的机会，遂时时冀盼，流连徘徊。

小姐们正过着争花竞葩的欢娱时光。忽地，一夕风吹得紧，花朵飘零，委实令人惋惜。输方的小姐便咏道：

1　句出《古今集·春上》，纪有朋作和歌。

2　竞马时，右方胜则奏高丽乐，故戏称之也。舞乐开始时所鸣奏之笛鼓曰“乱声”。

为争樱兮致败输，
此花无情却可爱，
英随风凋兮叹须臾。

其侍女宰相之君亦咏成一首：

适见开兮忽散遁，
花开花落太匆匆，
故虽败输兮未足怨。

见其助阵，右方的小姐便也吟咏：

随风凋兮本无奈，
世间常枝每如斯，
枝花两赢兮可舒泰？

而她的侍女大辅之君则又咏道：

花有心兮落池汀，
载沉载浮任漂荡，
盼靠我方兮托叮咛。

胜方的女童下庭来，在花下徘徊，收集了不少落英献上。

风无私兮左右吹，
吹得樱花四处落，

收集我花兮尽顾宜。

左方唤作驯君的女童也不甘示弱地返答以：

“既独占兮欲专有，
馨香四溢徒奈何，
焉得巨袖兮蔽天否？

未免太小气了吧。”

日月空空流逝。尚侍之君不得不为女儿们的将来忧心忡忡。冷泉院君方面天天有信函相催。连弘徽殿女御都热心来邀：“这可是跟我见外吗？院上不知情，还以为是我居中阻碍哩。明知他戏言，却教人难堪。索性不如早些儿下定决心吧。”至此，尚侍之君也就认为：一切怕是缘分注定，他如此关爱，拒之或不妥当。身边日常物品早已准备好了，故只需再赶制一些侍女们的衣裳及其他琐碎的东西便可。藏人少将风闻此事，焦虑欲死，只得责怪母亲云居雁。云居雁亦无计可施，只好寄信于尚侍之君。“这话实在不应该说，可是爱子情深，所以只有冒昧请求。您若是了解天下父母心，请设法安一安这孩子的心吧。”字里行间流露着慈母心意。“唉，这教我如何是好！”玉鬘这边也在叹息。“到底怎样办才好？我自己也拿不定主意；赶巧，院上有旨，说非要小女侍奉不可，所以正犹豫着。假如您真属意于小女的话，请暂时忍耐一阵子，将来或者有办法依随您的意思；这样子，外界听起来也比较妥当一些吧。”话虽如此，怕是想先让大小姐入内之事告一段落，再将二小姐许配给少将的吧。何况，若是两位小姐的婚事一起办完，也未免看来太招摇。少将的官位反正还低……她心里这么盘算着。可是，男方可不那么容易死心。自从上回偶然瞥见以来，那位大小姐的倩影始终烙印在脑中拂不去，思思恋恋，只等着好机会来到；看来却是已经无法指望了，这真教人伤心怨叹。就算是说了也枉然，话总是要她听听才是，便又循例来到侍从之君房里。讵料，侍从正展读着源侍从[1]的信。见他连忙要藏起来，心知有异，遂一把抢了过来。这时候如果太过拂逆其意，反倒会显得若有隐衷然，便也无意勉强夺回。信里并无甚特别之词，只不过隐约透露着怨怼之情而已。

忒无情兮日月过，
　匆匆流逝任数叹，
　　又逢春暮兮恨则个。

人家连抱怨都是挺有风度的啊。反顾自己呢，总是焦躁得厉害，难怪侍女们都习以为常，也就自然要轻蔑起来了。如此一思量，心里更加难受，话也不想说，便径自走向平常居中媒介的中将房间方向；可是，想到反正都是于事无补，遂又难禁叹息连连。

侍从对女方之母玉鬘建议："这封信该给人家答复吧。"见此，少将又觉得忍无可忍，真个少年气盛，实在没有办法。既然他这般怨恨，中将也不便等闲视之，更无从应对答复。于是，又谈到窥见下棋的那个傍晚。"至少再让我遇见一次那梦一般的事情也好。啊，这辈子究竟何以为生哪！能够同你这样子讲话的机会恐怕也不多了，所谓'无情最是难相忘'[2]，真是一点儿都不错。"他一本正经地说。可怜他嘛，也无济于事。这边正想把二小姐来替代大小姐许配给他，聊表安慰，可是人家却丝毫没有兴趣；想必是那黄昏的惊鸿一瞥深烙心中

1　即薰也。
2　盖句出于《新古今集·恋五》，深养父作和歌。

的吧？这也难怪他。“若教咱们夫人晓得那回偷窥的事件，不知会怎么责怪呢。我原先也是顶同情您的；这会儿可不这么想了。您这人真个是教人防不胜防哪！”中将试着反击。“管他会怎么样！反正这条命也不久于人世了，又有什么可怕的呢？倒是真不忍心那时候让她输了棋，如果当时乖乖放我进来的话，好歹也可以递个眼色什么的，教她稳赢哩。”说罢，吟咏道：

身自卑兮未足道，
徒具傲骨不认输，
无奈情愫兮空怀抱。[1]

中将莞尔咏成：

强者胜兮弱方败，
胜负原本有来由，
奈不认输兮忒奇怪！

这未免太伤人心。遂又对之以：

请哀怜兮盼援手，
生死一任卿意操，
吾身诚卑兮堪恤否？

就这般啼笑谈到天明。

1 原歌意尽于译诗一、二两句，第三句为增饰补足形式也。

次日即为四月。兄弟们皆参内，各处拜访去了，只有这位公子独个儿沉思躲避着，害母亲为之含泪担忧。为父的大臣也叹道："既然院上已属意甄选，谅再去提亲也不会接纳，所以见面时也没敢说起；真是有点儿后悔。当时如果我坚持恳求的话，也许对方还不至于断然拒绝的吧。"可是，他本人给女方的信：

春既去兮花不再，[1]
　今日季换亦伤心，
　　树下浓荫兮聊进退。

口气仍然不改往常。

玉鬘之前，众侍女纷纷议论着爱慕大小姐的诸位男士，莫不由衷表示同情。中将也乘机说："听他吟咏'生死一任'那种口吻，决不是口头上说说而已；真个教人打心底起怜恤之情呢。"尚侍之君也十分不忍于心。不过，又觉得那右大臣夫妇的心情，自己也不是不明了；既然少将如此中意，已决定要把二女儿代乃姊来许配给他了，怎的还要阻碍大女儿入内侍奉之事呢？这样未免太过分了吧！先夫早已决心：无论是怎么了不起的对象，也决不匹配给寻常一般的人。正在犹豫，即使奉献给院上，前途也未见得会光辉灿烂；讵料这当儿，少将的信函赶巧来到，侍女们难免又替他惋惜。回信乃由中将代笔：

君喜望兮天一片，
　今日始知意在花，

1　花以喻玉鬘之长女，盖双关语也。

无可如何兮终难变。[1]

“唉，怪可怜的。就这样装蒜了事吗？”也有人打抱不平，却嫌麻烦，不拟改变笔调。

终于决定在九日入仕于冷泉院。右大臣方面派了许多车辆啦，前驱的役者，等等。云居雁心里虽然不高兴，不过，年来不怎么顶亲近的关系却因这件事情而颇有些信函来往，如果突然中断也不好，所以便也送来了不少上等的女装衣物等给众陪嫁之侍女。“为着照顾意乱情迷、神魂不定的孩儿，致未能前来帮忙；不过，您那边全然不予通知，似乎也未免太见外了吧。”附记如此。稳重之中闪烁着怨恨，玉鬘读后竟也有些难受。大臣那边也有信到。“原想亲自拜访问安，碰巧遇着忌避，只得派遣小儿替代。请任意差遣役使，万勿客气。”遂遣源少将、兵卫佐等前来。这一位人物不失为多情大方之士，便亦慎重致谢词。大纳言红梅方面，也有供侍女乘用之车辆多部送达。红梅的夫人乃是故须黑大臣之女真木柱的千金，所以按道理，无论从哪一方面讲都应该来往密切才对[2]，然而，真木柱方面竟一无消息。只有藤中纳言之君[3]自动过来，与中将辨之君等一同帮忙照料。唉，如果是故主在世的话……在在都教人感慨不已。

藏人少将又对那曾经居中媒介的中将绵绵诉怨。“虽说是有限的生命，依旧悲苦不堪……只要能听到那人儿说一句‘可怜啊！’什么的，或许还可以赖此苟延残喘吧。”情书如此。遂将它拿到跟前来。这时候，姊妹俩正闲谈着，看来神情沮丧。她们一向都是朝夕相处，

---

1 此歌盖中将代玉鬘作答也。对于少将暗恋大小姐事，故意避重就轻，伪装今日始知。

2 玉鬘与红梅为异母姊妹，真木柱又为玉鬘所生诸女儿之异母姊，故云。

3 须黑之子，与真木柱为异腹姊弟。

住在东西两厢房，连中间那扇门都嫌隔阂，总是互相来来去去的；今后就要分离，所以正悲叹着。那位长姊今天穿戴得格外华丽，委实标致。这会儿，她正回忆着亡父的心志言语等等，心情沉重之际，遂取信函展读。对方可是父母双全，生活无一不足，何以竟会兴起这念头呢？不过，又恐怕所谓“有限之生命”是当真的，便立刻在那信笺的一端加添道：

“世无常兮诚可怜，
人人尽知此言实，
究竟对谁兮独申宣。[1]

那不吉利的话语，像似有些明白了。”书毕，命中将：“你就照这样写吧。”那侍女竟将原稿交到少将手里。少将受书，如获至宝，想到这便即是最后的言辞，更忍不住泪流不已。乃回复道：“为爱死兮名谁留。”[2]真个情意绵绵。

“生兮死兮不由己，
此身苟活只缘卿，
未闻一言兮宁肯止！

若蒙冢上赐言，[3]当急急赴宴，终不后悔。”见此复言，始怪自己当初的答复，谅必是中将自作主张径以原稿递呈，为此更悔恨交加，连话

1 此玉鬘长女答少将之歌。盖缘前函中“可怜啊”云云而赋；明知少将对己钟情，转以为一般人世无常之叹，以回避之也。
2 句出《古今集·恋二》，清原深养父作和歌。
3 此处盖袭用吴季札与徐君故事（详《史记·吴太伯世家》）。

都懒得讲了。

侍女啦，童侍等，皆选面貌端丽者。大抵仪式均无异于入内情形。尚侍之君先陪女儿赴女御处打招呼。夜深之后才上冷泉院殿。中宫与女御皆已侍院上有年，此女则正当花样年华，自是娇艳美丽；院上看了，如何能够等闲视之？赢得专宠，实为意料中事。而况，院上只以寻常夫妇情谊关爱，因此，看来比入内更为理想可喜。[1]美中不足的是，院上本希望尚侍之君多陪住一段时间，而她却急忙悄悄退出；这未免教人遗憾。

源侍从之君亦蒙朝夕陪侍在侧，宠幸的程度，无异于光源氏年少时期。如此，则自然与冷泉院殿中之人相处无间了。对于这位新来的妇人，他一方面也表现得十分亲近好感，实则私心正忖度：对方不知如何看待自己？颇想一探究竟。有一个静谧的黄昏，他与藤侍从相偕散步，来到那位妇人住所近处。藤花饶有情致地攀附在五叶松上。他们以青苔为席，憩息在池畔的石上，眺望四处。虽然没有指明其事，却闪烁其词，吐露世间男女阴错阳差不如意之事。

藤花美兮更胜松，
恨不手摘赏秀色，
奈何遥隔兮计无从。[2]

那抬头望花的模样儿，寂寞至极，教人怜悯。藤侍从禁不住暗示，此度仕奉院上，实非出于乃姊意云云。

---

1 此处原文着墨少，颇嫌晦涩，今据注解稍益之。
2 此薰对女弟诉怨之歌。以藤花喻女色。谓己愿得美人，而今人儿已他属，遂令计无所出也。

同紫色兮藤之花，
颜色无异缘同类，
心不可强兮亦堪嗟。[1]

这少年本是单纯的人，故正深深同情对方。源侍从方面呢，虽非热衷到神魂颠倒的地步，难免终觉得遗憾。

至于藏人少将那边，倒是认真的，却无计可施，焦虑异常，怕会出纰漏也难说。过去追求大小姐的一些男士当中，如今也有想要转而渴求二小姐的。不过，在尚侍之君的立场言之，则因为先前已知云居雁的不满，所以有意把这女儿许配给少将，言谈之间也曾经有所暗示；可是，迄今反而音讯中断。冷泉院殿里，众兄弟皆照旧来往亲密，唯独少将，则自从这位妇人嫁过来后便几乎绝迹不来访；即使偶尔参上，也总是怏怏然急忙退出。皇上方面，则又因为故须黑大臣生前曾有意献此大小姐于宫中，而今竟违背其志，不知究竟是何意思，乃召中将[2]询问。“皇上的脸色不太好看。我不是老早就对您说的嘛，这样子，教世间人士也要疑虑的；可是，您既然别有用意，定要这么做，也就不便再强辩。现在，蒙上咎责，对我们也是不利的呀。”中将一肚子的委屈，只好找母亲尚侍之君去发泄。“哦？其实，当初我也并没有那么着急。只因为院上热心眷顾，又想到咱们这种人家，缺乏扎实的后台，入宫也未必合适，倒不如献给目前闲适的院上，才动了这个念头。假如大家都认为这事儿不妥善，为什么当初不照实说话？到如今，右大臣也才来说我做错了什么的……真教人苦恼。唉，这都是前世因缘啊。”她态度从容，倒也看不出什么混乱的情绪。“您

1　紫色常用为表血缘之词，已屡见于前文。此藤侍从答歌也。谓己与薰所恋慕之人虽为姊弟，唯心则不可任意强迫也。

2　玉鬘长子左近中将也。

说的前世因缘，眼睛是看也看不见的，所以皇上的圣旨，又怎能够回禀解说，这是大家没有缘分啦什么的？您道是对中宫[1]不好意思，那么对院上的女御[2]，又该怎么解释呢？想凭借她做后台，又能维持多久啊？好歹走着瞧吧。想想看，难道皇上已经有了中宫，别人就都不能仕宫了吗？其实，所谓仕宫，自古以来都是讲究后宫佳丽间能和睦相处才是。将来若是为了些微小事而与女御有什么不愉快的话，世人恐怕又会多心议论吧。”兄弟俩这样子责备，害尚侍之君也十分为难。

然而，院上的恩宠与日俱增。她七月已经怀妊。那辛苦的模样儿，看来反而更美，难怪从前有那么多男士追求她了；这样标致的人儿岂容等闲视之啊。宫里头日日有管弦游宴。侍从之君亦得侍候近侧，故而自然有机会听到心上人的琴音。上回与“梅枝”合奏的中将那只琴也经常取出来弹奏，所以耳熟能详，心中更是不泰平。岁已改，又要举行男踏歌了。近来年轻人当中颇有几个高手。又于其中特选尤其优秀者。从这四位的侍从[3]中选担任右方的歌头。那藏人少将也在乐人队伍之内。十四夜晚的月亮，光华四射之际，踏歌的一行人从宫里头出发，来到冷泉院殿。女御和这位夫人[4]双双都在殿上设席观赏。公卿和亲王们也都联袂参上。除了右大臣与故致仕大臣一族之外，似乎再也没有什么更俊美的人士哩。大伙儿在这个殿上表现得比宫里头更为用心起劲，就中，藏人少将想到那位心上人必也正在观赏，心里更是不宁静。缺乏色香的棉花，却因为插饰的人不同而趣随人异，姿态音色确实饶有韵味。唱着《竹河》的歌谣踏近阶下时，少将忽忆起某夜的御游，一时感动泪涌，险些儿舞错步子。一行人来到

1 谓明石中宫。
2 谓弘徽殿女御，为玉鬘姊妹。
3 即薰之地位。
4 已怀孕之玉鬘长女。

后宫前，冷泉院上便也移驾再赏。随着夜分愈深，月华愈清澄，皎明胜昼，少将更恐怕对方不知怎么注视着自己，心中老惦念着这事，致步伐浮空无法稳定，赏赐的杯酒也好似都朝着自己而来一般，实在难为情。

整夜到处走动，疲倦极了，正卧着歇息，没想到院上竟遣人来召源侍从。“唉，累坏了，真想休息一会儿。”只得嘴里叨唠着勉强参上。冷泉院讯问宫里种种事情。“歌头一向都是由年纪大的人担任，这次你给选上，可见了不起！”他无限爱怜地说。院上哼着《万春乐》赴夫人的宫殿，薰之君也陪同追随。昨晚的踏歌引来许多夫人娘家的亲属，所以周遭显得格外明媚热闹。在渡殿门口，与声音熟悉的侍女们闲谈了一会儿。“昨晚的月光真是太明亮了。藏人少将显得腼腆，该不是月华[1]的关系吧？不然，他在皇宫里[2]怎么就没有那种样子呢？”听他这么说，也有人同情少将的。“所谓‘夜暗乡泽损’[3]，但是，我们都在说：月光底下的您，可真分外俊美哩。”侍女们又在安慰这位公子。这时候，帘内咏出：

《竹河》谣兮曾记否？
当夜琐事虽平凡，
节节增思兮空自守。[4]

其实，那真算不得什么大事情，然而给她这么一说，眼泪竟也忍不住要涌出，可见得自己内心也不是泛泛之情愫啊。

---

1 原文作“月桂”，以其晦涩，故径取意译。
2 原文作“云上近处”，以其晦涩，故径取意译。
3 句出《古今集·春上》，躬恒作和歌。
4 此盖玉鬘长女之侍女代寄相思之歌也。

空流逝兮《竹河》谣，
而今境迁乃了悟，
世事多忧兮聊逍遥。[1]

他那副有所感的模样儿，更惹人爱。说实在的，这位公子虽然表现得不如那藏人少将热烈，但含蓄之中自有一份令人同情处。

“哎呀，不觉地话多了。要告辞啦。”正预备离去，没想到冷泉院竟然传令。“院上有请。”虽然有些儿尴尬，也只得参上。“听右大臣谈起：故六条院主曾经在踏歌翌晨举行过女乐，挺有意思的；如今能传当时风流的人都没有了。往昔精于此道的妇女颇不少，所以遇有什么宴会时，不知道多有趣呢。”回想当时，遂令准备琴具一类乐器，夫人受筝；赐琵琶于侍从；自己则弹奏和琴，大伙儿一起合奏《此殿》。夫人的琴艺本来有些未尽娴习之嫌，如今听来，却已教得相当纯熟的样子，弦音清脆，无论歌谣还是曲子都弹来十分动听。这样看来，这位妇人大概凡事稳健，绝没有不如人的地方；容貌也定必是标致无疑。薰之君不觉暗自遐思。由于此类机会颇不少，故而自然亲近起来。虽然还不至于狎昵到随便吐露怨言的地步，不过，偶尔倒也会乘机暗示未来得遂愿的一端。不知女方听了，是怎么样一种心情呢？

四月里安产一位公主。由于冷泉院已逊位，凡事也不必过分铺张，可是仍依院主的意思，自右大臣以降，前来祝贺者亦颇不少。尚侍之君无限爱怜地怀抱着这位初生的外孙女儿，不舍得离开，但院上方面一再催促早日返归，故于诞生后五十日便回院殿去。冷泉院本来只有一位公主，因此对于这位可爱的新生女婴十分欣喜疼爱。弘徽殿女御方面的众宫女间，甚至还有人大感威胁，没想到竟会有此等事情

1 薰所咏歌也。

发生。女御和新夫人之间倒未必有什么不睦之处，可是在旁侍候的众人里头却时有不愉快的事端肇生。现在回想起来，只有那中将之君不愧为长兄，所言所语不幸而言中。尚侍之君正担心着：如果双方互逞自我，结果会如何？会不会闹出笑话，徒贻世人议论？院上对女儿的宠幸虽是毋庸置疑，可是万一得罪了那些长年侍候的人，让她们憎恨疏远起来，岂不害女儿吃苦吗？皇上到如今都不高兴自己将长女许嫁给冷泉院的事情，最近还有人来报告这种消息，这更教人烦恼。遂想：下面一个女儿索性教她去仕奉公职算了，免得再添麻烦。于是，便将自己那尚侍之君的头衔让给了二女儿。这件事情考虑已久，只因为朝廷方面重视官职，所以未予随便赐准；不过，念及故须黑大将生前心愿，便也引出久已忘怀的古人亲子相让之前例，终于答应了。看来，大概是这位女儿命中注定如此，所以她的母亲才会长年辞不去这个职位的吧。

这么一来，一方面觉得这个女儿还是安心仕宫的好，另一方面却又担心：那位藏人少将的母亲曾为长女的事情而怀恨于心，自己便以许嫁二女儿暗示安慰过；现在如果教她知悉这个孩子也要仕宫去了，又不知将作何想法哩。遂又烦恼无限。乃先派遣其子辨之君婉转禀报于夕雾大臣。“皇上有旨如此这般，可是，怕如果两个女孩子都高攀，外边不知会怎样议论，所以正烦恼着。”“皇上不高兴，也难怪他啊。即使做尚侍之官，没有正式仕期也不对；还是快快让二小姐替代的好。”这次，事先又征求明石中宫的同意才参上。唉，先夫在世的话，这一切的心理负担都不会有才对。玉鬘不禁又感慨无限。皇上早先听说那位大小姐的面貌姣好，为有名的美人儿，可惜无缘入内，故而难免不满意；不过，这一位倒也气质高雅，而且颇有才气，应对举止，在在都表现得恰如其分。前任的尚侍之君有意为尼修行，却为诸儿所阻：“她们俩暂时都还需要您照拂，这样，怕是没有工夫勤行。请稍候一阵子，等双方的情形都安定下来，再随心所欲，专心事佛吧。”便也耽误下来，时而微行上宫里去探望什么的。至于冷泉院那边，则因为他至今对自己仍有一份不绝如缕的情意，故而有事也不肯参上。回忆当年自己拂逆他的好意，为了表示歉疚，遂顾不得众人反对，佯装不知情，将大女儿献上；若是自己于出入殿里之际不小心惹上了什么绯闻的话，可就无颜以对，大增痛苦。然而她这个不能参上的理由又不能对女儿解说明白，遂引起大小姐怨怼：先父在世之时，总是特别宠爱自己，可是母亲却一味偏心妹妹，就像从前为樱花争执那种小事情都要袒护妹妹。母亲到现在都是对我寡情冷淡的呀。冷泉院则又仍旧责怪玉鬘无情。“瞧你母亲，把你许嫁给我这么一个老头儿，便再也不理不睬……这也怪不得人家啊。”有时也对爱妃这般抱怨，却是待她情意愈浓。

过几年后，这爱妃又添一皇儿。虽然冷泉院后宫后妃不少，多年来竟无一位有如许可喜之事，世人都以为这真是宿世缘分深刻。院上对这位新生的皇儿自是如获至宝，珍爱异常。如果是在位的时候，更不知有多好，可惜自己现在的身份，恐怕这孩子的前途也不怎么光彩了；念及此，便又十分遗憾。他原先对于长公主是顶疼爱的，如今连得美丽的二公主与皇子，对爱妃的宠遇便愈甚，款待也愈形不同凡响。至此，女御方面便也觉得未免太过分，遂心生妒恨。自然地，凡事无法心平气和，事端辄起，双方隔阂遂深。人情之常，遇着这种情形，即使是那些不明就里的普通人也总是会同情名正言顺的原配夫人：院内上下，人人都认为长年仕奉的女御才是有道理的，连些微小事都要责怪新人。兄弟们便更加评判：“你瞧，不幸而言中吧。早就告诉您的！”为母的只有愈感心痛。“世间不是也有用不着担这个心，悠闲自在地过日子的吗？唉，若不是特别幸运的人，真不要动什么仕宫的念头才好。”遂叹息连连。说实在的，当初追求大女儿的男士中间，也颇有几位如今已经出人头地的；那时候如果许配给他们，还不是都成了乘龙快婿了吗？其中尤以那唤作源侍从者，既年轻，又俊美，现在已升为宰相中将，普受世人爱戴，说什么“匂宫哟，薰君啦”的，名气响当当哩。又据说那薰之君人品挺稳重且含蓄，好些高贵的亲王啦，大臣等都想把女儿嫁给他，唯本人不肯轻易答应云云。听到这一类的消息，玉鬘只得说：“那时节还太年轻不够分量，现在看来，可真成熟不少了啊。”至于那位少将呢，听说他已经是三位中将，世人对他的批评也颇不劣。“他的姿容，从那时候起就挺不错的哦。”可恶的侍女们竟私底下咬耳朵。“是啦，比起那么麻烦的仕宫，还不如……”更有人这样议论。这真教为母的更是难以做人了。

这三位中将对于初恋之人仍不能忘情，悲悲切切地终于同左大臣[1]的小姐结为夫妻，却丝毫未为之动心。“道傍相候为乞怜。”[2]无论习字、口头禅都这么写着说着，这究竟又是怎么一回事呢？玉鬘的长女难耐仕院的多事，而今归宁之时居多。事与愿违，使为母者深深遗憾。至于进宫的另一位女儿，反而过着快活而逍遥自在的生活，大伙儿都夸说她挺风雅得体。左大臣去世后，右大臣已晋升为左大臣。兼为左大将的藤大纳言红梅则晋为右大臣。每个人都依次升位：薰中将为中纳言；三位之君则为宰相。皆大欢喜，互相祝贺。可是，看来看去都是他们这一族里的人物，好像除了这一族以外就别无人才似的。

为着致答礼，中纳言来到了这位前尚侍之君殿里，于庭前先行拜舞。尚侍之君予以接见：“蒙你不嫌弃这门庭渐荒草更深的蓬门，这份心意，真教人怀念往昔啊。”那声音优雅而甜美动人，谁都会爱听。真个依然那么年轻，怪不得冷泉院至今都不能断绝情丝；这样下去，

---

1 此左大臣仅见于此，或称“竹河左大臣”。

2 已见于第三十帖“藤袴”注（上卷第625页注1）。

还会惹出什么麻烦也未可知。“我自己晋位的事情倒不觉得有什么可喜，只渴望着来拜见您就是了。您说我‘不嫌弃’，这话可是责怪我久疏请安吗？”“今天本来是不适宜老人家唠唠叨叨的日子，所以也该忍住点儿才对。可是难得你亲自枉访，叫别人传话又怪麻烦的……我那个仕奉院上的女儿，最近颇受了点儿委屈，正不知所措；本来以为凭着女御的关系，中宫方面也不致嫌恶才是；没想到，两位竟都将她看成不可原谅的眼中钉。不得已，把孩子们留在院里头，那畏缩的她便暂时退回娘家来；在这儿，至少还可以过个比较轻松的日子。可是，这样子又引起难听的谣传，似乎院上心里也不怎么泰平呢。得便时请代为转告一下。当初把女儿献上，本指望人家会照料她，所以才一无介心地依赖着大家；如今发生了这等差错，真后悔自己那时候未免太幼稚不懂事哩。”见玉鬘悲叹不已，薰之君乃道：“您又何必想这么多呀。这种仕宫之事，往往总是辛苦居多。院上自逊位后，静静隐退着，凡事都求收敛，所以后妃们表面上自然也都和睦相处着；可是实际上，各人心里头恐怕也不免会互争短长，不甘认输的吧。别人看来或只是微不足道的事情，但在当事者的立场来说，可能就会怨恨啦，为着鸡毛蒜皮的小事而伤感情什么的，女御、中宫之间，常有这些脾气的啊。您当初下决心的时候，这点儿烦恼总该在预料之中吧。我看您哪，还是把心放宽些，稍稍忍耐才好。再说，这类事情，我一个大男人也不便于介入呀。”这一番话语倒是直言无忌。“咳，本来还盼望着见面时跟你发发牢骚的，没想到竟给你这样直截了当拒绝哩。”说罢笑笑。瞧她既具为人之母的干练劲儿，复又十分年轻从容。她的女儿想必也是这种样子的吧。自己所以被宇治的小姐打动心，也就是喜欢此类特色的缘故……此刻他心里这般思量着。玉鬘的次女新仕尚侍之君这几天也正归宁在家。姐妹俩各住在自己房间里，殿中显得愉悦安详而闲静。中纳言唯恐自己的举止正受到帘内人儿的注视，不觉地多感敏锐起来，遂愈形优雅有致。玉鬘忽兴念：若能得到这位公子做女婿的话，不知道有多好！

右大臣邸就在此殿东方。红梅任职大飨之日，许多年轻的公卿都聚集于此。想起那位兵部卿匂宫未曾出席左大臣殿里举行的赌弓之还飨及相扑之宴，便恳请他今日务必要光临。但他仍然未肯前来。红梅颇有意将小心翼翼带大的小姐们许嫁给这位亲王，只是不知什么原因，对方却全然无动于衷。另一方面，源中纳言之君也愈发成熟稳重，处处无逊于人。这一点，红梅大臣和他的夫人真木柱都注意到了。

隔壁家里车水马龙，来往车辆前驱的吆喝声听来多么热闹。这使玉鬘禁不住想起先夫在世时代的情形，遂神情黯然，落寞沉思。“记得萤兵部卿之宫去世不久，这位大臣频频幽会现在的夫人；当初世人都看作轻率的事情，纷纷严加责难，如今他们情爱弥笃，日子过得挺不错，这样也没什么不好呀。唉唉，世事真难以逆料。然则该遵循何途才对呢？”她又感觉茫然。左大臣府里的宰相中将于大飨翌日傍晚过访此殿。得悉冷泉院夫人也归宁在此，格外紧张。“这次不过是随大伙儿蒙朝廷晋升官位而已，没什么可喜的。倒是衷情未能一偿所愿，故而随岁月流逝，更加怨伤。”说罢偷拭眼泪，那模样儿看来似乎有些夸张。大约是二十七八岁吧，正是青年俊美的年纪。“咳，真是不识愁滋味的年轻人哪。世事一切如意，便以为官位晋升也没什么稀罕了。先夫如果在世的话，我那几个孩子也一定跟你一样，无忧无虑，只知谈情说爱的吧。”玉鬘忍不住泪潸潸。当时，她的大儿子为右兵卫督，次子为右大辨，都还在非参议的地位，故做母亲的难免要着急。至于那个最小的侍从，如今也已升作头中将。依年龄来讲，其实也都很不错了，而玉鬘心里却还慨叹跟不上别人家子弟呢。宰相中将总是借机会来向冷泉院妃子诉说衷情……

第四十五帖

桥　姬

当时，有一位被世人所遗忘的年老亲王，[1]他的母亲系出名门贵族。传说他一时甚至几乎立为东宫；可是时移势转，趋炎附势本是人之常情，自从遭受世间冷落以后，昔日威风顿消，一度支持他的人都纷纷见风转舵，各自找借口告假离去。公私两见弃，遂孤单单过着无依无靠的日子。他的夫人也是昔日一位大臣的千金。眼前的境遇如此落魄，有时想到亡去的双亲原是指望能立为皇后才把自己许配给这位八亲王的，便心中十分悲凉；所幸夫妇俩至今恩爱逾常，便也聊堪安慰，互相勉励度日。日月流逝，他们夫妇却仍无子胤，八亲王心里正渴望着可爱的婴儿诞生，以慰寂寞。不意，竟获一位十分美丽的女儿，遂宠爱异常，小心翼翼地护育着。未几，夫人又有喜，这次希望是个男婴，没想到又是个女儿。虽是安产，怎知产后身子羸弱，夫人竟因而谢世，留下了八亲王一个人茫然不知所措。这世间本来冷漠难

1 本帖以下至末帖“梦浮桥”，世称“宇治十帖”，以京都郊区宇治地方的八亲王山庄为故事的舞台，与前面四十四帖稍异其趣，自成一格。年老亲王指光源氏之异母弟，为桐壶院之第八皇子。

堪，所以偷生苟活到现在，都是因为舍不得妻子那温顺的人品气质之故啊，而今独个儿留下来，可真是没有意思。想单独养育公主们嘛，自己又不是寻常等闲身份，这么做，未免太不成体统，怕别人会议论，所以颇愿遂了出家之志，可是，又别无什么人可以托养孩子们，抛弃下来，则又于心不忍，左思右想多所顾虑之际，不觉地日月过去，公主们也都慢慢长大。两个人都长得十分标致可人，为父的亲王便也稍感安慰，致日复一日地度日子。

对于小的那位公主，侍女们总嫌弃她："都是她的出生，才害咱们夫人……" 大家都不顶甘心好好儿侍候她。然而，已故的女主人本身呢，当其危笃临终之际，仍不舍得这位小女儿。"请把她当作我的纪念，要好好儿疼爱她。" 就留下这样一句遗言。所以，亲王虽怨宿世缘薄，倒也觉得或者命合如此，才教她临终仍念念不忘，便也对这位小女儿特别关爱。她生得极其美丽，超凡脱俗。长姊则性情温婉，饶有风情，姿容举止皆高雅有致，若论人品气质，则姊姊方面似乎略胜一筹。为父的对于这两位千金自是都由衷疼爱，不分轩轾。可惜家道中落，诸多不如意之中日月逝去，殿内愈形寂寥。那些侍候的仆婢们见此，忍无可忍，便一个个地先后离去。原先照料妹妹的一个乳母，乃是夫人去世时那一阵子骚骚扰扰之际所雇用的，自然无暇精挑细选，也谈不上什么深厚的交情，所以终于丢下了嗷嗷待哺的幼童也拂袖而去。不得已，只得由亲王自己来养育。唯有殿中的广大庭园依然讲究，那泉池假山的景致虽然无异于往昔，究竟已渐次荒废了。亲王百无聊赖地眺望这一切度日。而今已无可取的家司，遂令荒草丛生，屋檐下的忍草正得意地到处衍生着。四季的花啦，红叶等，也只有在与同心的伴侣共览时，才会觉得赏心悦目；现在，形单影孤，寂寞无聊，兴致全无，只合作为日日供佛之用，旦暮虔诚勤行而已。

只因为一双女儿的羁绊，无法偿遂心志，委实遗憾，都怪自己心软，也是前世因缘，到如今又怎能学世俗之人续弦什么的呢？随着时间过去，便愈为疏远世事，心如止水，所以夫人去世后，压根儿就没有动过再娶的念头。“其实也用不着这么执着吧。夫人刚刚去世的时候，当然是难免要哀痛逾恒啦，可是时光流逝，也该有所改变才是。劝您哪，还是仿照一般人，再迎娶一位新夫人，也免得这殿里寂寞无聊，自然可以转变成热闹的气氛啊。”周遭大伙儿纷纷建议，又找各种各样煞有介事的借口来规劝，然而都不为他所接受。诵经之间，逗弄着女儿们，好不容易盼到她们次第成长，乃教以琴艺、下棋、猜字等无用的游戏，在这些事体当中仔细比较姊妹俩的性格气质。觉得姊姊生得稳重多虑而有深度，妹妹则天真无邪，含羞的模样儿尤其惹人爱怜，实在是各有千秋。一个暖洋洋的春日，池中的鸳鸯正交颈鸣啭。这原本是寻常景象，如今竟有些儿教人羡慕那雌雄不离的恩爱情形；一面却又对姊妹二人课以琴艺。听着年轻的女孩子们各自拨弄琴弦，音声动人，不由得泪水盈眶。

“舍伴去兮雌鸳鸯，
忍将巢卵亦遗弃，
遂今浮生兮独徜徉。[1]

想来尽是伤心事啊。”咏罢拭泪。这位亲王生得姿容俊丽。由于多年来勤行事佛，显得较为清癯，不过，这样反倒增添高贵优雅的气质；为着照料孩子们，故意随便穿着浆糊已退的直衣，那种无拘无束的样

1 以雌鸳鸯喻先夫人，巢卵则谓其二女。原歌颇取日文音义双关之妙，中文无法译出，故仅取其意。

子，更有一份含蓄的韵致。见长女大君[1]徐徐探取砚台，在那上面随意练字，便递给她纸张说："写在这上面吧。砚台上可不能乱写字的呀。"那女孩子竟羞答答地书写：

既离巢兮顿觉悟，
浮生忧患实为多，
无怪鸳鸯兮每恐惧。[2]

这首和歌未见得是佳作，不过因场合时宜，倒也十分感人。笔迹之间可以令人想见将来的成绩，但是那和文相连之处却仍是拙稚得很。"妹妹也写写看。"听父亲的话，这位中君更显得稚气未脱，费时良久始书成。

泪涟洏兮强鼓翅，
育我让我守此巢，
幸蒙父翼兮免碎弃。[3]

见女儿们穿着古旧的衣裳乏人伺候，生活寂寞无聊，却都长得玲珑可爱，亲王心里头怎能不怜恤呢？他手持经卷勤念佛，更得时时为她们唱歌。教大君奏琵琶，又教中君弹筝。她们二人虽然幼小，倒也始终能够合奏练习，所以并不太难听，弹奏起来还挺有情味。

这位亲王本身也早别了父皇和母亲女御，从小缺乏一位扎实的后台监护人，故而也没有好好儿进修学问什么的，更遑论深谙处世之方

1 "大君"本为大小姐之称，后遂以之称呼其长女，而以"中君"称其妹（按"中君"系妹之君也）。
2 大君此歌转以鸳鸯自喻，故谓离巢（谓成长也）后即觉悟浮生多忧患，心中每怀恐惧不安也。
3 此为中君感父恩之歌。

了。在贵族当中，算得是出奇高雅的人，简直就像个妇人似的，所以祖上相传的宝物啦，外祖父遗留的领地等等，其他尚有许许多多的东西，也都不知去向，竟然一无所存，只剩下一些讲究的家具在身边而已。平时连个上门来问候拜访的人都没有。无聊之余，召请雅乐寮乐师辈之精于此道者，醉心于管弦游宴，聊以解忧度日，职是之故，关于这方面的技艺倒是非常精湛。他是光源氏的异母弟，称作八亲王。冷泉院为东宫时，朱雀院的太后弘徽殿曾起邪念，想把这位八亲王来立作世子，当时仗着她们一族的威势，待他诸多呵护，所以当然就被六条院的源氏一族疏隔了；后来，对方一党的子孙后代愈形光彩，时至今日，便更加无法出人头地。最近，则又落得如此隐遁的高士一般，今生今世对于尘俗之事，确实已无所指望。

未几，八亲王的宫殿竟遭回禄。对他来说，世间已够悲惨辛酸，如此一来，更加教他觉得乏味难耐，却又无可移居之处。所幸在宇治地方还有一所风流的山庄，便只得迁居于此。虽云俗世之念已断绝，可是一旦真要迁离住惯了的都城，心中又不免感慨悲伤。这宇治的山庄靠近捕鱼处，川濑水响骚骚扰扰，不适宜静思默想，但也无可如何；只得赖草花啦，红叶啦，水流等，以求安慰，除了愈沉湎于寂寥沉思外，实在也别无他途。这种时候，总是教他想道：隐居此远离城市的深山荒郊里，至少若是夫人还活着就好了。

既丧妻兮复焚宇，
人屋两消似烟云，
吾身何故兮独留苦！

思思恋恋，几乎难以生活。他这儿是在重山群峦之后，所以连个来寻访的人都没有。只有一些卑贱的仆役啦，乡巴佬一类樵夫才会偶尔进出听候差使。像“峰顶朝雾”[1]一般，也没有个晴朗的指望，旦暮无聊度日子。这时候，就在此宇治山里，住着一位德高望重的阿阇梨。其为人也，学问既渊博，复广受世人推崇，朝廷方面屡有召请，但是一无出仕之志，只愿隐遁此山中。他知悉亲王住在附近，过着诵经拜佛的寂寥日子，十分讶异，便经常来访，并为之讲解已往所读诸经的奥义，更析论人生无常之道理。八亲王便也毫无隐瞒地将内心之感想和盘托出：“心底委实向往极乐莲台的清净的七宝池[2]，就因为不忍心丢下这两个年幼的女儿，所以才一直没法子偿遂出家的愿望呢。”这位阿阇梨也近仕冷泉院，教他经文。有一次上京到冷泉院殿上，讲解经文疑难之际，顺便提道：“八亲王真个贤明极了，对于内典方面的研究有颇深的造诣。或许是基于这种因缘才诞生此世吧。看他潜心修道的情形，就像是一位真正的大德一般。”冷泉院也说道：“许是还没有出家的缘故吧，这一带的年轻人都管他叫作‘俗圣’呢。实在教人感佩。”宰相中将薰之君也正侍候在一旁，他暗中自惭，明知浮生乏味，却未能格外努力修道，致虚掷光阴……尘俗之人而能成圣，不知要有何等能耐与修养才行呀？他好奇地倾耳。“据说出家之志是早已有了，却慨叹：‘只为了一些羁绊，舍不得丢下可怜的女儿们。’云云。”身为阿阇梨，却好音乐，故而又道：“再者，当这两位千金合奏起琴、筝来，那音乐声与川濑相竞，委实有意思，教人想象极乐之土菩萨的歌舞情形哩。”听一派保守的赞美方法，院上也不禁莞尔。“让这么一位圣人养育，还担心她们会不谙俗世之事呢，没想到精于音乐，倒是很有意思。亲王对于两位公主的前途，怕也是挺费心在意，诸多烦恼的吧？假如我能活得久的话，真希望替他照料。”冷泉院正

---

1 语出《古今集·杂下》，无名氏作和歌。

2 《阿弥陀经》：“极乐国土有七宝池，八功德水充满其中，池底纯以金沙布池地。……池中莲花大如车轮……”

是八亲王的弟弟，桐壶帝的第十皇子。回想朱雀院将那后来皈道的三公主交托给六条院主的前例，自己也颇想效仿；若能得着这一对姊妹作为游伴，倒也聊堪安慰寂寞。他心里不禁遐思一番。

中将之君则反倒颇有意亲眼拜见八亲王那虔诚向佛的心志，遂趁阿阇梨返归山里之际，央请道："务必请您帮忙，设法让我去拜访他，亲聆教诲。"院上也派遣使者传递口信道："闻悉您至为虔诚的生活情形……"又附带一首和歌：

心厌世兮慕山里，
身不由己底事缠？
层层云雾兮阻君矣。[1]

阿阇梨陪同这位使者去拜访八亲王。连寻常人的使者都不轻易来访的这个山阴住所，竟有稀客带来珍贵的消息，真教人喜出望外，乃连忙就地取材，准备了一些乡村风味的酒肴招待。亲王给院上的答歌如下：

心未澄兮迹未绝，
但观世事如许忧，
宇治山麓兮托岩穴。[2]

他谦逊地故意避而不谈悟道之事，只淡淡咏歌世事多忧，可见得至今对昔日那件事仍未释怀。冷泉院睹此，亦甚表同情。

---

1 冷泉院此歌谓：己虽亦厌世盼出家隐遁山里，奈层云阻隔，致未得与八亲王会见也。
2 八亲王此答歌谦称：己心未清澄，俗世之迹并未全绝，但以世事多忧之故，聊隐居于宇治山麓也。

阿阇梨转告了中将之君求道心切之旨，又代言道："'探研法文的心愿，从幼小时便已有，就是没法子下决心出家，致随俗浮沉，旦暮忙于公私烦琐诸务，反正此身微不足道，就算是关在家里研习经文，或者学人家弃俗的人，也无须忌惮谁；只是，拖拖拉拉给日日的杂事所缠绊，竟而耽误下来，直到此次无意间听人谈起那可敬可佩的情形，才由衷仰慕，想追随为导师。'他这般热心地恳求呢。"八亲王则道："大抵看破世事想出家，总是有所忧虑，怨叹世间，遂起道心者居多；可是，他年纪轻轻，凡事顺遂，又以无甚不满之身，却会想到后世之事，这不能不说很奇特啊。像我嘛，这也算是因缘吧，好似菩萨有意指引一般，所以自然容易引发皈道之心，不过，余生无几，想要深悟道理也不大可能，怕是过去、未来两茫茫以终吧。这么说来，对方反倒是令我自惭的法友呢。"二人之间遂互通消息，而中将之君也亲自过去拜访。

亲眼所见的情形远较想象中为凄凉。那草庵简陋，委实不像是一位亲王的居所。同是山里，也有饶富景致引人向往的闲静之处，而这里则是水声波涛整日价活活响，加以风势猛烈，昼里无法静思忘忧，夜里更无由结梦。对于渴慕佛道的亲王而言，这种地方或者更有助于断绝世俗之念吧，然而年轻的公主们又如何过日子呀？会不会使她们失却一般女性优柔的气质呢？真教人担心。她们的房间与安置佛坛的房间仅隔着一层纸门。若教登徒子见了，难保不会引发好色之心试图引诱哩。连这位薰之君都有些儿好奇，想要一窥究竟。不过，此行之旨乃在于求远离这些浮杂之念，若是轻率口出戏言，耽于浅薄情欲，则岂非违背初衷吗？遂断绝此念，虔诚拜诣亲王勤行的情形。屡次造访的结果，八亲王果然为之细心讲解以一介在家佛门子弟[1]居山修行的心得，以及法文深意等。世间虽多道行高超者，以及有学问的法师，

1 原文作"优婆塞"（已见第四帖"夕颜"），今取其意。

但是严格而不易亲近的高德僧都或僧正辈，往往太忙碌，又过于一本正经，所以很难向他们去请益。普通僧侣们，却又徒知克守戒律之可贵，往往态度卑微，言语粗野，而且举止狎昵，难予人好感。日里公务繁忙，不易有闲暇，故总是挑幽静的晚上，召进起居室中，谆谆教诲；这种事情本来是不怎么顶好受的，可是这位亲王气质优雅，含蓄有致，而同样的教条，由他口中说出来，总是引用一些易于接受的譬喻。虽然他本人未必见得对佛理有很深的造诣，但高贵的人对事理的看法终是有异于寻常人，因此相识愈深，便愈觉得不忍相离。有时由于公务忙碌未能会面，更是思念不已。

见中将之君如此尊敬，冷泉院方面也就时常有使者传递消息。长年来几无人闻问的宇治山庄，终于也有人时而来往了。逢年过节，院上总要差人送来隆重的礼品和信函，而这位薰之君也不忘于风流节会表现周到的心意。不知不觉地过了三年。时值秋末，又逢四季念佛的时间。近来捕鱼场方面波声喧嚣，川畔的山庄无法教人静心修行，八亲王只得移驾阿阇梨的寺院里去从事七日的勤行。留居山庄里的公主们正觉寂寞难堪。中将之君则因为久疏拜访，便于月亮晚出时分便服微行往访。山庄在宇治川的这一边，故无须舟行，乘马而来。走近山路附近时，夜雾渐深，等来到不辨蹊径的丛林，山风突然转强，木叶飘落，冰凉凉的露水便趁势洒在衣裳上；虽云自取，却也着实湿了一身。这种夜游，在他是绝无仅有，故而既害怕，复觉有趣。

山风吹兮木叶飘，
露随叶落滴滴冷，
泪水缘何兮更潇潇。

怕让樵夫们晓得了太麻烦，遂令前驱者勿出声吆喝，走经柴篱之间，渡过处处有的流水之际，也使马蹄声不要太吵闹。可是，他那一身与生俱来的天然香气却无法不随风飘散，所以有些人家给那“无名氏之香”[1]薰醒过来。逐渐靠近那山庄，便听见未知何种琴类的琤玐声响。早就听说这儿的公主们时时这样拨弄琴弦的，只可惜一直没有机会聆听那有名的琴音，难得今晚真个凑巧得很，来到好地方啊，便一边跨入里面；原来那是琵琶的声音；音调属黄钟调，指法虽未见得有何特别之处，许是环境时宜之故吧，那弹回去的拨音，听来更觉得格外清脆悦耳。间又掺和着筝的声音，断断续续优美动人。本想躲在那里多听一会儿，可是自然散发的体香，却引来一个守门模样的鲁钝男人注意。“咱们主人因为如此这般的原因，在庙里头修法。我马上就去请他回来。”“不，不，用不着。千万不要中途去打扰他有限期的勤行。不过，麻烦你去禀报一下公主们，说就让我在这儿树下湿淋淋徒劳往返吗？只要她们说一声‘可怜哪’什么的，于愿足矣。”那男子挤出一副丑陋的笑貌说：“是啦，这就去禀报。”说着便要去。“等一等……”叫住他，“老早就风闻你们家公主了不起的琴艺，今晚良机不可多得，想躲着偷听一会儿，不知可有什么场所好藏身吗？怕冒冒失失闯了进去，两位都不肯弹，那就太可惜了。”他那不凡的容貌姿态，连这个木讷的男人都深受感动，便据实以告：“没人听时，总是这般早晚弹着；可是，即便是个下人，只要城里有人来，便碰都不肯碰一下琴哩。咱们主人的意思呀，就是不想教人知道有两位公主在这儿呢。”薰之君笑道：“何必要隐瞒呢？就算是他不让人知晓，稀世的美人儿，谁都会打听得出来的呀。”遂央求：“好歹给我做个向导吧。我可不是什么登徒子好色的男人。只是不相信她们会跟世间一般的女性相同罢了。”经不起中将热心的要求，只得答应：“不敢当啊，只怕将

1 句出《古今集·秋上》，素性作和歌。

来会挨骂哩。”于是领着他绕过庭前的竹制透垣，来到门禁森严的闺房旁。至于那些陪从的仆役，则由这个男子另请入西侧廊内接待。

中将稍稍推开那扇仿佛通往闺房方面的透垣之门，见帘端微卷，正眺望着朦胧雾中的月色，有侍女侍候着。走廊上有个瘦小的少女穿着一身单薄的旧衣裳，另有类似的侍女一人。帘内的人儿，有一位躲在柱后，将琵琶放置膝前，正拨弄着。此时躲在云后的月光忽然射出。“不用扇子也可以招月亮出来哪！”那一张仰望的脸庞出奇娇美。她身旁的另一位则斜倚着好似伏在琴上一般。“我只听说过拨弦驻日，你这又是什么怪异的想法？”这一位的笑容却是端庄稳重，更具韵味。“即使招不了月，‘拨’跟‘月’本来就是关系很深的嘛。[1]”瞧她们姐妹俩谈笑无间的样子，与自己从前想象中的情形全不同，真个有趣极了。听年轻侍女们诵读古老的小说，常常会提到这等场面，从前总以为现实哪有可能，好像受骗似的；如今亲眼看见，才相信世上果真有这样风流的隐蔽之境，怕已是心为之动哩。雾很深，故无由看清。正盼望着月光再现，这时，许是里边有人禀报有客光临，帘子忽地降下，大伙儿都躲进去了，却并非慌张匆忙，那种从容不迫、娴静的举止，连衣裳綷縩的声音都听不到，一切都是优柔和缓的，无限高尚典雅，教人倾慕。

薰之君从里头悄悄溜出来，令人赴京都去准备车驾来迎。又对方才那个看守的男子说：“真不凑巧，值你们主人不在的时候来拜访，可是另一方面又反而觉得很高兴，心里安慰极了。请你转告一下，说我在这儿，也顺便提一提我湿了一身的牢骚吧。”那男子便走向公主们的闺房去。姊妹俩万万没有料到竟会被人窥见，只恐怕方才随便弹奏的琴声也让人听到了，遂觉得羞愧至极。其实，刚刚不是闻到一种奇

1　琵琶收纳拨之穴称“隐月”，故称。

芳异香的吗？由于事出意外，竟没有想到，真是太大意了！她们俩都不知所措，深感狼狈。这些传递消息的侍女们也未免太不伶俐了。中将觉得凡事应当相机行事才好，乘浓雾未散，乃步入先前那帘边小跪。那些未见过世面的侍女们一时情急，也不知如何应对，只得赶紧呈上坐垫。

“教人待在这帘外，可真有点儿难为情。若是肤浅的念头，会这般不辞山路迢递专程来拜访吗？现在竟受到这等待遇！不过，只要日后时常这样冒风冒露来访，也终该明白我心意吧。”他十分认真地说。见眼前这些年轻的侍女当中，无一人能从容应对，大家神情紧张，遂差人去叫唤在里头的老侍女，不过迁延太久也未免看来像是故意端架子，大君只得先答以：“我们这儿孤陋寡闻的，又怎能强不知以为知地答复呢？”那声音含蓄有致，娇柔细腻。“世俗总爱明知别人忧愁却故意装糊涂，没想到连您都要装出这副冷漠的样子，怎不教人遗憾哪。让您守候了不起的令尊身边，定必习得他的心志，凡事也都观察透彻入微，对于我这一份思慕的感情深浅，也多少能够了解才是。请千万不要将我比作世间一般好色的男子。对于这方面的事情，即便是有人诱劝，我也决不是那种会随便从风靡倒的人。这一点，您自然也应有所闻才是。只因为单身的生活太无聊，希望您做个聊天的伴儿；如果您想要排遣这边乡居生活的寂寞，也不妨给我写个信什么的。内心所求者也不过如此而已。”听他这般侃侃而谈，又羞涩，又难以为答，赶巧这时候老侍女[1]已起身上前，便由她去应对。讵料，这老女竟肆无忌惮地说：“哟，太不好意思啦。怎么可以让人家坐在这种地方呀。快请他到帘内来，年轻人办事情真个是不分轻重本末！”那枯嗄的声音一无含蓄，真教公主们大感困扰。

1　即薰之母三公主的乳母之女。曾为柏木与三公主居间奔走者也。

“瞧，世人简直就不把咱们这儿放在眼中了，所以原先偶然该来探望的人，渐渐也都没了消息，亏您还这样有心光临，连我这个粗人都知道感激，更何况是年轻的公主们呢？只怕是不好意思明白说出口来罢了。”她那种倚老卖老的样子，真讨人嫌，不过，举止应对并不恶俗，声音也还算有品格。中将之君乃道：“我本来以为没指望了的，听你这话，倒是十分欢喜。有了你这样一位善体人心的人，也就安慰不少。”他说话的时候斜靠着。这时已近黎明，是万物渐可辨别的时分。从几帐背后偷窥，只见他果然便服微行，那一身狩衣的打扮，全给露沾湿了，周遭弥漫着奇异的芳香，教人疑心是不是天上净土呢。那老女忽地哭泣起来：“不知道会不会挨骂，说我多管闲事儿什么的，实在是忍了又忍；可是有一段感伤的往事，总希望有机会向您上言，即便是事情的一端也好……这些年来，拜佛念经的时候，始终没有忘记许这个愿，也许是真应验了吧，今天果然这样拜见到您。可是，话还没有说，忍不住就先要掉眼泪，真个说不出口来。”瞧她全身颤抖的样儿，恐怕真有什么悲伤的事情。早知年纪大的人都是容易掉眼泪的，可是，她这副认真的样子，也未免太不可思议。遂令：“我到这儿来也有好多趟数了，就未曾遇见过像你这般善解人意的人，总是独个儿踏着繁露回去。今天真是个好机会，就请你丝毫不要保留，统统告诉我吧。”“是啦。这种机会怕是不容易再有；就算是还有吧，我这条老命却又朝不保夕的。那么就请您记得这世上也曾经有过这么一个老太婆吧。风闻那个在三条院里头服务的小侍从已经死去。那时候在一起侍候的同年纪的侍女们也多半都不在世了。我这一大把年纪，却老远从乡下赶来，五六年来一直在这儿侍候着。您或者不知道，最近有位唤作藤大纳言者[1]的哥哥——卫门督[2]去世，有关这位人物，不知您

1 红梅右大臣也。此盖追叙其未升为大纳言时事。
2 即薰之生父，柏木也。

可曾听到过一些传说没有？我总觉得他去世还没有多久似的，当时悲哀的心情，到如今都教人衫袖不干，可是屈指数来，看您长大成人的岁月，就像是梦一般。说实话，当时那位卫门督的乳母，便是我这个辨的母亲呢。因此，我也幸得旦暮侍候在一旁，蒙他就近召唤差遣什么的；他心里头有不可告人的担心事儿，也就会偶尔对我这个微不足道的奴婢诉说一些。在他临终的时候，也召我上去吩咐，其中还有叫我日后千万要禀报您的一节。今天既然已经说到这个地步，您若是要命令我说下去的话，将来找个时间再一五一十详告吧。年轻的女孩子们已经在那儿递眼色嫌我唠叨了，也真的讲得太多了哟。”说到这儿，果然真闭口不再谈下去。

这真是奇怪，像是梦境，又像似巫女相告，心里虽觉得怪诞，却又正是自己一直想要窥探的事情，所以更加想要打听下去，可是确实周遭人多，贸然谈昔说往到天明，也未免太过分，故只得说："不知道你所指的是怎么一回事儿，不过，往事总教人怀念。日后一定要让我听听那后头的故事哦。怕雾散后，这一身简陋的装束太见不得人，又怕公主们会见怪，所以也没法子多待下去，真是遗憾……”说罢起身。这时，八亲王所在的寺院方面，钟声微闻。雾深锁，正是“山峰层云隔相思”[1]，白云层层阻隔两地，不由得令人好不感伤：而况，朝夕住在这里的公主们，不知道她们心里如何感想呢？谅必是尝尽了人间种种感慨无疑。也难怪她们寂寂无人相问，事事都保守啊。

“朝蒙蒙兮路难辨，

雾深阻途京何方？

1　句出《古今集·离别》，贯之作和歌。

槙之尾山[1]兮不可眄。

真教人伤情哪。”欲出又返，踌躇不忍离去。这模样儿，即便是在见惯贵族公子的城里人眼中看来都是不同凡响的，更何况是在这种乡下地方居住的人看来，不知有多么耀眼哩。侍女们都无法应对，只得由大君娇羞地亲自书写答歌：

云掩峰兮秋意深，
浓雾更阻山崖路，
重重相隔兮途难寻。[2]

叹息声微闻，委实令人爱怜。

这附近的山里风光虽无甚特别吸引人之处，但公主们的日常生活情形却惹人心动。可是，天色刻刻转明，怕再不走真要让人看清脸庞，乃留言：“没能够尽情畅谈饱聆，恐怕反会成为思念的原因。好在日后还有机会再上来拜闻。只是，万万没料到你们会待我如同一般登徒子，这一点真教人难过。”便走到那个守门男仆所设的西侧座上，远眺沉思。“捕鱼场那边喧喧扰扰，想必是冰鱼不肯靠近吧。瞧大伙儿没精打采的模样儿。”那些详于渔业的仆役们正纷纷议论着。静观捕鱼人在简陋的船上堆积薪柴，大家为日日之生计所迫，载沉载浮交往于水面上；这样看来，每个人都是生活在这无常的世上啊。自以为唯我独尊，琼楼玉宇，浮沉漂荡。实在是错误的思想。遂令人取来砚台，书成信函于公主们。

1 槙之尾山为宇治地方山名，八亲王所居寺院方向也，故以代称思念之情。
2 此为大君答薰之歌。末句“重重”云云则兼谓薰之君及其父也。

“桥姬心兮怀戚戚，
寂寞波浪去还来。
泪湿衫袖兮犹棹滴。[1]

谅心事必定不少吧。”遂令守门者带信。这男子冻得脸上全都起鸡皮疙瘩，拿了信便走。回信用现有的信笺薰香，虽然有些难为情，这种时候也顾不得体面，还是趁早的好。

“摆渡翁兮去复来，
朝夕摇桨波水溅，
袖为朽腐兮吞悲哀。[2]

简直是‘泪川载浮沉’[3]啊。”那笔迹十分可观。真一个一无瑕疵的人儿呀。中将重又佩服感动不忍离去，但是大伙儿正在催促：“车驾已到了。”只得召那看门的到跟前来，告以：“等亲王回来时，一定要再来拜访。”遂将那些沾濡夜露的衣裳全部赐予此人，另外换上差人从京城带来的干净直衣。

回到京都，那老女所说的故事不时浮现于脑海心头。公主们的姿容远较想象中的标致优雅，更仿佛常在眼前；看来，真要舍弃尘世也非易事，倒有些儿担心起来。于是，决心写信。故意避免情书模样儿，挑选白色朴厚的纸张，用心运笔，墨痕浓淡也都恰到好处。“怕唐突冒

1 “桥姬”为宇治川之女神，日语“桥姬”音同“美姬”，故薰此歌巧取音义双关，喻八亲王之二公主也。此歌盖表同情，谓想象其寂寞之心，故己亦泪沾袖，如棹端滴落之水也。
2 此为大君答歌。以摆渡翁自况，谓朝夕悲哀哭泣，致袖为朽腐也。
3 典出不明。

昧，致未敢尽情吐露衷曲，于今思之，难免心痛。当时也曾恳求，今后盼能一亲帘前。一俟亲王佛事完毕，必将再访参上，以偿日前为浓雾所阻之郁闷。”云云，文字之间，一丝不苟。乃令左近将监为使，告以：“去找那位老侍女，把这信函交给她。”想起那天看门人受冻的样子，不禁怜悯之情起，便教人带了许多装着食物的桧木盒子去。翌日，又派人到八亲王拜佛的寺院去探望慰问。住深山里头的僧侣们逢着近来这种山风，恐怕也挺辛苦的吧？八亲王住在那儿，多少也得布施这些人才对啊。这样仔细思量，便准备了许许多多绢啦，棉等赠礼物品。赶巧，正是亲王结束勤行，预备下山的早上，便将这些棉、绢、袈裟、衣裳等，各赠予一起参加勤行的大德们。那守门人穿着日前薰之君所赐的美艳狩衣和柔软服帖的白绫褂子，虽是芳香盈身，究竟无法改变与生俱来的胴体，身子与那袖香极不相称，有人见了责怪他，也有人见了赞美他，反而教他感到十分别扭。这么一来，便不能自由自在地随便行动，恨不得把那令人惊讶的奇香消除掉，可是芳香深染，洗也洗不去，简直束手无策。

薰之君喜滋滋地览阅大君从容而优美的复函。宇治山庄方面，侍女们也呈递信函给主人说：“中将之君送了这么一封信来。”“把人家当作登徒子看待可不成哦。虽然难得他年轻而稳重认真，许是有一回听我说漏了嘴——‘如果有什么三长两短的话……’，所以才特别关注的吧。”于是这边也修成一函，对于前日泛滥山门的种种礼物，表示由衷的谢忱。中将乃有意再访宇治山庄。忽又想起，那三亲王匂宫平日常幻想，若能于这种深山寂寞处发现意外的美人儿，定当兴味无穷，便要把这故事告诉他，让他引发遐思去。遂于一个静静的黄昏过访。照例，二人闲话种种，十分投机，顺便就把宇治亲王的事情提出，又详告以那秋晨所窥见的情景；果不出所料，匂宫听得兴味浓厚。薰之君察言观色，继续煽动下去。“然则为什么不给我看那回信呢？设若我是你的话，决不会这般见外的。”匂宫怨怼起来。“说得也对。可是，你自己手头也有不少这类的情书，你自己还不是从来也没让我看见一端吗？那山庄的事情当然不该由我这种卑微的男人独占，将来定当给你介绍；可是像你这样的贵人，如何能去那种地方呀？这世间，还是身份低的人比较容易自由自在随意恋爱哩。说真的，倒是常常会在不引人注意的地方隐藏着趣事儿呢。那些品貌不错的女性沉思遁世所居住的地方，往往正是在这一类深山乡下地方。像方才所说的，由于那父亲是一位隐居的修道者，老实说，我原来以为那公主们一定无甚可取，故多年来也没有留心倾耳。倘使果真像我月光底下所见的模样儿，那就没话说了！论举止风韵，怕是再也找不到更理想的。”说得匂宫不禁由衷嫉妒起来。没想到平常不轻易动心的人也会这般深感兴趣，定必是了不起的女性无疑；这一猜想，便更加忍不住想要一探究竟。“你再仔细探探看。”只好劝中将如此。贵为皇子，未便率尔出行，委实懊恼。这边一位便愈觉得有趣。“算啦，犯不着为女人烦恼。此身不愿稍为俗务羁绊，所以即使是逢场作戏也得小心谨慎才是，倘使动了真情什么的，那就大大违背初衷了。”“哟，说得可真像圣人一般。看你到底会怎么样！”匂宫打趣说。事实上，自闻老女那一番话以后，薰之君心中更受刺激感慨，经常无端悲哀，见到佳人或品貌端庄的女性，也不怎么能够教他留心。

时届十月。五六日许，又访宇治方面。“现在正是看捕鱼的季节啊。”人人都这样子诱劝，可是中将之君却说：“这算什么。此身如同‘蜉蝣寄生’[1]，去看捕鱼做甚？”便也无心游览，只下令准备便车，并且特别穿着新制的坚韧无纹直衣及布袴。八亲王热烈迎宾，以当地特

1 日语“蜉蝣”音近“冰鱼”，故云。

有的山野风味招待。日暮之后，将油灯挪近。特请阿阇梨下山来，为之讲解前次未读完的经文深意。这一晚根本无法成眠。川上的风吹得紧，木叶凋落之声和水响交织成哀极恐惧之状。近曙时分，想起了前回微闻琴声之事，乃借口说道："上回晨雾深沉，有幸而听到曼妙的琴音，此后无时无刻不在怀念之中。""自从色香两忘之后，以前所习得的几乎都忘光了。"亲王嘴里虽这么说着，毕竟还是令人取琴来。"如今弹起琴来，已是极不相称了，假如有人肯同我合奏，或者可以想起来怎么弹吧。"便又叫人取来琵琶劝客。中将只得开始调理音弦，却说："由我弹奏，恐怕跟前面所听的有霄壤之别吧。原本以为那种妙音是乐器好的缘故呢。"看来不肯轻易弹奏的样子。"别挖苦人啦。这种深山里，哪儿来的音声可以教您倾耳聆听呀。没有的事儿。"八亲王美妙地弹奏起来，那声音深深感动人；其所以如此动人，怕是"峰岭松风助声响"[1]，格外增添情味的吧。

亲王装成欠熟练的样子，略拂饶有兴味的一曲，便辍止不肯再弹。"我们这儿偶尔也弹一弹筝，所以或者略有心得也说不定；不过，一向都没有好好儿教导，只是让她们各自随意弹奏，因此只有川濑助响罢了。反正拍子也不对劲，无甚可听的吧。"乃催促女儿们："弹弹看。""上回偷偷弹的时候，已教他听去了；这等拙劣的技艺怎么好意思再让人家聆听呢。"姊妹俩退缩不肯答应，劝勉再三，总是找借口逃避。中将之君觉得悻悻然遗憾极了。为父的八亲王遇着这种场合，便觉得教女儿们过着未见世面的乡巴佬似的日子，着实抱歉丢人。"一向都把女儿们隐藏起来，不想让世人知悉，可是，每一想到我自己危在旦夕，不知道年轻的她们将来如何？会不会落魄迷途呢？如今只有这个心事阻扰，成了我弃世的羁绊哪。"听他这一番话，中将亦

1　句出《拾遗集·杂上》，斋宫女御（徽子）作。原文只引"峰之松风"。

不由得无限同情。“虽然未敢说想要结什么特别的缘分，但请您放心让我来照料吧。只要这一条小命暂存，决不敢违背今日之所言。”“这真不敢当，真是太教人感激不尽了。”

于是，就在这天的黎明，乘亲王勤行之际，召见那个老侍女。这老妇乃是奉亲王之令，照料公主们日常生活者，唤作辨之君，年纪不到六十岁，说起话来相当含蓄有致。她一五一十详告以故权大纳言柏木生前的苦闷和终于病亡的故事；说完又啼泣不止。就算是毫不相干的他人之事吧，这般感伤的故事也不能不催人感慨无量；而况，这正是自己许久以来日夜盼望探究的缘由，是拜佛许愿应验了吗？真没有料到会偶然打听出来，遂泪流未已。“那么，假如还有像你这样知悉当时事情的人活在世上的话，这种奇特而又教人难以为情的种种，应该另有他人可以相告才对。可是，我怎么至今都没有听到过呢？”“除了小侍从和我这个辨之外，别无他人知晓。我们可是都没有说漏过嘴。虽是微不足道的身份，可由于日夜侍候在左右，自然也就知道事情的渊源。心里头有什么事儿，也只有小侍从跟我蒙他差遣啦，传递消息什么的。唉，真个太教人感伤，也不想再饶舌了。至于他那临终的遗言，像我这种人真不知道该怎么办才好，伤透了脑筋，就是因为不晓得怎么禀报您，只好在拜佛之际顺便许个愿；如今真的这样子拜见了您，看来，菩萨还是灵验的喽。我这儿还有一样东西，得请您过目。本来还想索性把它烧了吧，这条老命也不知是今天死，还是明天死，假使白白留着，落入别人手里，那可就糟了；后来，看到您偶尔也到这里来，总算又有了一线希望，只等待着这么一个机会，才勉强撑了下来。这都是前世因缘吧。”遂哭哭啼啼，把薰之君诞生前后的细节一一叙述。

“先主人去世之后没多久，家母也生了一场病，跟着也过世了。我呢，丧服上又加丧服，真是悲哀极了。就在那时候，有个不怀好意的家伙对我有意思，甜言蜜语骗上我，把我给带到西海之涯[1]，害我跟京城断绝了消息。后来，这男人也死在异地。事隔十多年，我像是到一个陌生地方似的，又回到京城来。本来照理说，应该去侍候冷泉院女御才对，因为从前就认识；不过，想到自己的身世，便不好意思参拜。至于怎么会到这儿来的呢？实在是靠了点儿家父跟八亲王的关系，[2]自幼便经常出入此殿，如今才得像'朽木隐深山'似的躲在这儿。那小侍从也不知是什么时候死去的。唉，当日年轻的人一个个走了，难免要自叹这一大把年纪，走在别人后头，真不是滋味儿。瞧我，到现在还在这儿苟延残喘哩。"就这般闲谈之间，今宵又过，天又明。"反正这种过去的事情，讲也讲不完，听也听不尽，容后再寻个无人之处从容谈。你说的那个小侍从，我依稀还记得。大概是在我五六岁的时候吧，听人家说是突然得了肺病死去的。若不是这样遇见你，真恐怕会罪业深重以终啊。[3]"辨之君取来一小捆装在布袋里有霉味的旧纸片。"请您自己烧掉吧。'我怕是没有救了……'他这么说着，把这些文字收集起来赐下。后来，想找个机会交给小侍从，[4]没想到就这么见不着她了。对我个人来说，也真是悲伤遗憾极了。"薰之君装作若无其事般，将那些纸张藏了起来。像她这种年纪大的人，每爱在卖弄古老的故事时说漏嘴，这一点真教人担心；不过，听她口口声声发誓绝未尝泄露，不知究竟事实如何？想到这里，不觉地心烦意乱起来，吃了些粥和饭，便起身告辞。"昨天是假日。今天宫里头的忌避也过去了，冷泉院长公主那儿也该去探探病，诸多事情，容后过了这一段时间，乘山里的红叶未落之时再来拜访。""蒙您时时光临，真是蓬荜

---

1 盖指九州也。

2 其父为八亲王夫人之叔父，故云。原文此段颇嫌迂回紊乱，今稍予爬梳，以求通顺明白。

3 盖谓不明生父为柏木一事也。

4 暗示柏木盼望由小侍从转呈其女主人三公主——薰之母也。

生辉啊。”主客互相致礼。

回到京城后，立刻取出那个袋子来看。袋子是用唐国舶来的浮纹锦缎缝制的，其上写着“上”字。袋口的细丝线打结处有书写那位人物名字的封条。薰之君战战兢兢地打开袋口。内里装着五六封写在异色信笺上的女方回信。另有一封是男方的笔迹。“吾身已病重，危在旦夕，不便于书信，然渴望相见之心反而陡增。如今您已出家皈道，思之愈令人心碎。”五六张陆奥纸上歪歪斜斜如鸟爪一般的文字所写的是：

眼前世兮卿不恋，
心怀悲戚弃俗尘，
命尽魂哀兮更悲颤。[1]

末端附文：“欣闻婴儿平安降世，既见容于高贵之门第，当无憾矣，然犹伤：

愿静观兮观其变，
松子植根岩石间，[2]
唯此命促兮无由见。”

大概是在中途止笔的吧，字迹显然不稳。信封上写的是：“烦交侍从之君”。那信笺已成蠹鱼栖身之所，散发着一种古旧的霉味，但墨痕未褪，好似方才书写一般，文句详细，记事清楚。设若这样的信件落入

1 柏木此歌为临终所写，故谓三公主虽弃俗为尼，而己则将弃世独去，内心更悲痛也。
2 松子以喻柏木与三公主之私生子薰也。

他人手中，定将传为笑柄无疑，遂觉怜悯又担忧。这世上果真有这种情事吗？衷心怀悲，原定要上皇宫，此刻已全无心绪，便改赴母亲殿里。三公主看来仍年轻而天真无邪，正要诵经，见儿子来探望，竟羞赧地把经卷收藏起来。千万不可将自己已经窥悉秘密之事泄露才好。中将只得独自负荷，遂更觉心事重重。

第四十六帖

椎　本

二月二十日左右，兵部卿之宫到初濑观音庙参拜。虽然这是老早已经许下的愿，却一直未能实践，这次恐怕是指望于中途停宿宇治地方的缘故吧，才会忽兴此念。从前被诗人称作“堪怨叹”[1]的这个山里，如今却成为可怀念之处，人心有时也真不可思议啊。许多公卿相随。殿上人自是不消说，大伙儿竞相追伺，致留在京城者反而所剩无几。故六条院君遗留给右大臣的领地，占着宇治州彼岸的一片广大地方，此处风光颇具情趣，乃令于其别墅设置临时招待所。大臣原定于归途中亲往迎接，奈忽得阴阳师指示须忌避重大事故，遂只得差人奉上致歉之辞而取消此行。匂宫心中难免有些不快，幸而宰相中将薰之君今日赶来相迎，转觉得这一位人物反而易于相处，有关那山庄的情形也恐怕更有机会打听到，便又十分欢喜。其实，匂宫平素对右大臣就有一种不易亲近的感觉，相处得并不顶融洽。不过，其子息少爷们如右大辨、侍从宰相、权中将、头少将、藏人兵卫佐等，则皆追随在

1 句出《古今集·杂下》，喜撰法师作和歌。

左右。这位皇子特蒙皇上与中宫宠爱，故一般人对他自是另眼看待，敬重非凡；而六条院一族更因母后为光源氏之女这一层关系，夕雾以下莫不视他作亲近的主君。这别墅装饰得极称环境，又取出棋盘、双陆、弹棋之盘种种，一行人尽情游乐。

匂宫不习惯旅途劳顿，又原拟在此留宿，便先行歇息。至黄昏时分方起，召人奏琴欣赏。像这种远离尘俗的山里，水声助响，音色愈显得清脆悦耳。至于那位八亲王的住所，离此只有一河之隔，听见风声送来琴韵，便难禁回忆往昔诸事。“笛声挺不错的嘛。究竟是谁人呀？从前六条院君的笛声便吹得极优美动听。这声音则另有清脆之致，颇有些儿像致仕大臣家门的风格呢。”他独自喃喃。“唉，真个许久了啊。想起疏远了这等管弦雅宴，寂寞度日的岁月已长，真觉得无聊极了。”一边这么怨叹，一边又不忍心女儿们长期隐埋此山里，便也思考：可有什么法子让她们见见世面吗？若要选女婿，宁挑像宰相之君那样的人，只怕人家根本无意；环顾现时轻薄男子，实在教人厌嫌……独自胡思乱想，寂寂度日。百无聊赖之余，短暂的春夜都觉得漫长难挨。而另外一边耽于管弦游乐的对岸，却大伙儿醉醺醺，觉得天亮得太快。匂宫更舍不得就这么回去。

云霞满天，“樱花有散者”[1]，也有含苞欲绽者，缤纷可观，映在水面上的“拂川柔柳”[2]，随风披靡起伏，煞是好风光，教这生长都城里的皇子百觑不厌。宰相之君则不愿失却良机，想要一访那山庄，又怕一个人躲避众人耳目偷偷渡舟也未免太轻率，正犹豫踌躇之际，对方适巧有信送达。

---

1 典出未详。

2 句出《古今六帖·四》，和歌。

山风吹兮传笛音。
穿云过霞入吾耳，
白浪相隔兮未肯寻。[1]

字体为草书和文，十分美观。匂宫知是山庄那边的来函，兴致甚浓，便抢着说："我来写回信。"

说远近兮道彼此，
波浪虽隔两岸间，
宇治川风兮吹未已。[2]

中将还是去拜访。他邀请了热衷管弦游宴的公卿们同渡河川，摇桨之间，也不忘奏出《酣醉乐》之曲。八亲王的家在这深山里极不相称，建造得十分讲究。那临水的走廊，有桥下垂，饶富趣味，大伙儿小心谨慎地下船。这里面的情形则又另具一格，那乡村风味的透隙屏风，故意求其朴素无华的调子，为着招待贵宾，周遭整理得干干净净，颇见用心。乐器类都挑选古老留传者，世所稀有的弦乐器，毫不造作地摆在那儿，任由公卿们一一弹奏。乃将双调的《樱人》曲改作壹越调来弹。每个人都想借此机会洗耳恭听主人的琴音，他本人则不愿意多弹筝，只是偶尔与众人合奏而已。许是没有听惯的缘故吗？年轻人却都觉得兴味深刻，十分陶醉。招待的方法则又充满当地情调，王孙贵族啦，以及享有四位的老人等，一旦有这等贵宾光临时都能寄予同情，怕他们人手不够的吧，大伙儿从四面八方来帮忙，所以斟酒提壶的人也都不

1 此八亲王怨怼薰近在咫尺而未肯寻访之歌也。
2 匂宫此答歌盖以两岸喻亲王与己，谓今虽相隔，终将借川风相亲近也。

粗俗，比想象当中的情形更优雅有致，在保守之中另有一种气派哩。这些客人之中，大概也有些人醉翁之意不在酒，向往着公主们所居方向，暗自伤情添烦恼的吧。留守在对岸的匂宫，则由于身份有异于常人，无法轻率行动，正觉得拘束无聊，乘此良机，他也想聊表情意，忍无可忍，乃令随伺的一个姣好殿上童摘取一枝樱花，献给公主们。

“山樱佳兮适来访，
　折得同花供插头，
　　人比花娇兮情荡漾。[1]

‘为恋春野度一宿。’[2]”附函大概如此。这样的信该如何作答才好呢？实在不容易。“这种场合的回信呀，若是刻意下功夫费时间，反而不太好。”老侍女在一旁催促，遂令中君执笔。

“攀撷花兮供插头，
　柴门如何蒙青睐。
　　春客之意兮别有由。[3]

‘披草踏野岂为此。’[4]”那笔迹巧妙秀丽。

川上的风，果真不分此岸、彼岸地吹来，乐声随风交响，饶有趣味。藤大纳言奉皇上之旨来迎。于是，大伙儿聚集一处，浩浩荡荡急忙归去。年轻人似乎都兴犹未尽，频频反顾。匂宫只得做伺机再访之

1　原歌意义简约，译文第三句为原歌首句双关语之化生。
2　句出《万叶集》一四二四，和歌。
3　中君此答歌盖谦称宇治山庄无足过，匂宫（春客以喻之）盖为撷花之便而来也。
4　此句出典未详，盖承上文“为恋春野”云云而称。

打算。时值花季，四处如霞似锦，缤纷可观，自有汉诗、和歌之作多种，此不一一赘述。匂宫所遗憾者，实为此行仓促骚扰，致未能从容通信，其后，不假薰君居中传递，便时时直接寄函。八亲王这边也劝女儿："应该给人家答复才是。不过，也别写得太过情意绵绵，否则会引起对方非非之念。据说这位皇子是有名的多情种子，他知道咱们这儿有女如花，便忍不住要投笺探情呢。"奉此父命，中君也就时时作答；可是长姊大君却总是思虑周深，对此类情事一无兴趣。

宇治山庄方面总是郁郁无聊，"春光冉冉意兴阑"[1]，更觉难遣时光，遂陷入沉思中。眼看着两个女儿日渐成长，容色愈形出色，无瑕可挑，为父的反而觉得苦恼心疼；索性长得难看些，倒也不必像这般深感遗憾啦，惋惜的吧。今年大君已经二十五岁，中君也有二十三岁了；而他自己则又逢厄年。想起来便担忧，故而愈加勤行逾恒。他对于浮生本已淡泊，道心坚固，无非为了后世，所以极乐净土在望，当已无疑，唯独对女儿们的终身大事，却始终烦恼不已，这一点恐怕会乱了他以后临终之际的正念哩。人人也都为之担忧。即使不如理想中的人选，只要是过得去的对象，可以忍受的身份，能够由衷照顾，便可考虑答应。两个女儿当中，若有一个定了亲，另一个也就可以由她来操心照拂，而自己也好安心了；可是，偏偏就没有人真正倾心相慕的样子。偶尔也会有人见机投笺示情，年轻人好事，借参拜寺院的中途止宿或来往途中的机会，见公主们寂寂度日，便出言轻率；对于这些人的草率态度，当然是不肯稍假以颜色喽。在这么多男士之中，只有三亲王匂宫对于公主们最是倾慕。这难道也是前世因缘注定的吗？

宰相中将，这一年秋天已晋升为中纳言。他越来越俊美，然而，随官位上升，心底的忧郁却更形深刻。较诸从前独个儿胡乱猜想的

1 句出《后拾遗集·春上》，上东门院中将作和歌。

时期，如今确知事实真相，对于作古的一位更觉不忍，故而想替他减轻罪障，勤加修行。对于那位年老的侍女，也深深怜恤，经常避开他人耳目，暗中照料着。想起久疏拜访宇治，今天忽然决定过去探望。时间约在七月中。京城中尚未见秋景，而音羽山附近则已然金风送爽，凉意袭人，尾山一带的林木枝梢也渐着秋色了。越往山里走，四围景物越动人。八亲王这里正满怀忧虑之际，见到薰之君，倍感话多。“我若有什么三长两短，希望你不要嫌弃，有时候也来看看她们。”话题总朝这个方向进行。“您从前已经吩咐过。晚辈已记得，决不会辜负您。此身不愿受俗务之累，所以尽量减少羁绊牵挂之因，虽然今后也未必能如何效劳，不过，有生之日，定当会让公主们看见这一虔诚之志的。”听他这么说，亲王顿觉得十分安慰。深夜的明月，光华皎洁，即将沉入山背后。八亲王念经后，复又恳谈故事。“现在世风不知如何？从前像这种秋天的月夜呀，宫里头总是从御前侍候游宴的人当中挑选一些名家高手，让他们随兴合奏乐曲的。比起那种正式的演奏，让精于此道的女御、更衣之辈——她们内心虽互别苗头，表面上却和睦相处，乘着夜深人静时分，轻弹如怨如慕、如泣如诉的曲调，反倒可听。女人哪，实在是赏游的好对象，管不了什么大事，可又往往是教人无法不动心的因子哩。也就是这样子，罪障才特深的吧。唉，天下父母心，若是男孩子，或者还不至于这么教人心乱。女儿嘛，有道是宿世命定，操心也无用，可又偏偏还是让人挂虑。”听他当作一般世事似的娓娓道来，薰之君心里却也深深同情。“许是我对于人生无所执着，所以对凡事都全无造诣的吧，但对于音乐一途，虽说无甚大了不起，却爱不忍释。那伟大的迦叶尊者，不是也曾闻琴起舞[1]

1 《法华》文句所引《大树紧那罗经》:“香山大树紧那罗于佛前弹琉璃琴，奏八万四千音乐。迦叶尊者忘威仪而起出。”按：迦叶为释迦十大弟子之一。

的吗？”便乘机道出某次微闻的一曲琴音，由衷央求再度弹奏。八亲王也认为或者可以由此造成亲近的机会吧，便入内规劝。于是，稍稍弹奏筝，便又停止。这山里原本静谧，而今人迹全无，天空的颜色极其动人，这时候随兴奏出的曲调真个令人陶醉。不过，休想奢望公主们更为之尽兴合奏。“我已经给你们引见了，以后就看你们年轻人自己的喽。”说罢，亲王径自前往佛堂。

“我虽亡兮获君言，
一语然诺聊寄托，
草屋庶几兮免荒园。[1]

不知道这样子同您见面是否最后一次了？难免忧心，也就忍不住唠叨起来。”亲王竟致哭泣。客方答以：

“既出言兮重然诺，
草屋恒久得保存，
结契何忍兮轻废却。[2]

容相扑节会等公务忙过后，再拜访请安。”

遂又召见那个谈往事的老侍女于别室，令其继续补说日前所遗漏之部分。下沉的月，光芒四射，帘内人影隐约可见，公主们乃避入内里。他丝毫没有一般人那种好色的样子，说起话来慢条斯理，公主们便也不觉地时有答复。想起那位三亲王对她们十分热烈的样子，不

---

1 此八亲王试探薰心之歌。谓此身虽亡，但既获其照拂公主之然诺，则草屋或可以免于荒废也。原歌多袭音义双关，未克全部把握。

2 此薰之答歌。表示不改初衷，必守信代为照拂公主们也。

由得反顾自己：何以竟如此与众不同呢？人家做父亲的八亲王都见许了，自己却迟迟还不想把她们占为己有；说也真怪，可又并非全然不关心，又不是不想娶为妻子呢。像这般言语沟通，逢着四季花叶互通消息又深解情趣的对象，万一若教别个男人娶为妻室，定必会悔恨不已；遂颇有些已竟属于自己的感觉。

这次在黎明之前便离去。念及亲王的举止言行似乎余生无几，便暗自决心：等繁忙的节会一过，便要再访。匂兵部卿宫也正窥伺良机，想在这个秋天去赏红叶。他也不断给姊妹俩致函示情。女方倒并未觉得这位皇子有多认真，所以也不怎么顶嫌弃，淡淡的，时时也有回音。秋意渐深，八亲王也愈觉愁绪浓，想去那闲静的阿阇梨所居寺院一心念佛，便叫来两个女儿，详细吩咐万端。“世之常事，永诀终难一逃。这种时候，若有人在一旁安慰，悲哀或可以稍减。可是，想到你们姊妹俩竟别无他人可以托赖，真教我不忍心丢下你们走。不过，也不能因此就茫茫然沉沦于未来永劫轮回的世界啊。眼前现在都顾不了，死后当然更不能管；但是，不要说是为了我，就算看在你们去世的母亲面子上，千万可别率尔行事才好。绝对不可让随随便便的男人甜言蜜语说服，就轻易离开这山里。要记住：你们乃是与众不同，命中注定要在这里过一辈子的。一旦只要下此决心，日子就会好过；何况，妇道人家还是与世隔离，不要让大家批评的好。”公主们倒无心关怀自己的前途将会怎么样，此刻只是担心：万一父亲真的丢下自己先走，那真片刻难忍，所以听到这种教训，都觉得忧心如焚。即使他真的看破红尘，父女三人一向都是旦暮相依为命，如何说走就走，要躲到深山里去？就算这不是他不怀慈悲吧，也怎能不怨怼！

赴寺院的前一天，亲王破例地在府邸里到处走动眺望。当初以为宇治这个山庄只合暂时寄住的，曾几何时岁月不觉地流转；自己死后，年轻的女儿们不知如何在此过与世隔离的生活啊。他满含着泪水诵经的样子，看来十分清净脱俗。又召年长的侍女辈来叮咛：“望你们今后还是好好儿侍候她们。身份不显者，家道中落，也不怎么引人注意，但是像咱们这种家世，即使别人不那么想，太过落魄也对不起祖上，过意不去。贫穷无依，世上倒是常有之事，只要能不失原有的家风，保持原则，则于人于己都说得过去。不管多么向往阔绰优裕的生活，时运不济也无可奈何，所以千万别教她们轻率委身于人才好。”乘天未明便要出门，却又依依来到女儿房前。“我不在期间，也不要过于伤心寂寞。至少，心境要保持明朗，有时也练一练琴什么的。这世界本来就是不能尽如人意，所以也不要太想不开才好。”于是无限眷恋地一再反顾而去。

留下来的两位公主愈觉得悲苦孤单，沉思不已，朝夕共话：“假如咱们俩当中有一人先死的话，余下的一个该怎么过日子啊？人生无常，万一真有个别离的话……”她们啼笑闲谈短长，彼此互相慰勉以度日。今天应是父亲念佛三昧终了的日子，姊妹俩正延颈以待，未料，傍晚时分，山上有使者来告：“令尊从今天早上就不太舒泰，没法子回家来。以为是感冒，正多方照料着。可是他说很想见二位。”公主们大吃一惊，焦虑异常，连忙准备一些厚棉衣送去。八亲王只差人带回来口信说：“也没有什么特别的毛病，就是有点儿说不出的难过而已。等身子稍微舒泰些，我会尽快勉强回去。”山上方面，由阿阇梨随伺在身边看护，他恳恳晓谕病人脱去执着：“你这病表面上看来好像不严重，可说不定是最后期限呢。公主们的事情就用不着去担忧了。每个人都有宿世的命运，所以挂虑也没有用。”遂又劝阻他：“不要再下山去。”八月二十日许，天空含悲，公主们忧心亦如朝夕不散的雾。近晓时分的月光正照亮清澄的川面，令人掀起朝向父亲所在处的木格子窗户。钟声微响，知是天明之际，有人啼泣来报：“已于昨晚去世了。”原先已经忧心焦虑，几乎为之断绝，现在真听到这消息，竟茫然不知所措。这种时候，眼泪反而不知去向，只有木然卧着。死别虽云可哀，一般常情，总是目睹临终以惜别的；这也就难怪她们更觉遗憾，悲叹不已。她们两人本来就不愿意片刻落在父亲之后，所以啼泣哀号，要追随亡父；唯死生一途由不得人，故亦无计可施。阿阇梨早先已受八亲王之信托，故佛事葬礼等后事万端悉由他主持。“至少，让我们拜见老父的遗骸啊。”姊妹俩一心恳求。可是，阿阇梨总是说：“到如今再来这样做也没有什么意义了。令尊生前我都劝他不要再与你们相见的，而况现在呢？大家看破，要习惯脱弃执着之心才好。”但是，姊妹俩一听到先父在寺院中的情形，对于阿阇梨那彻底了悟一切的圣心甚至埋怨起来。其实，八亲王生前早已经有出家的意志，只因为舍不得离弃这两位无依无靠的公主，至少，有生之日以旦暮照料她们为浮生唯一的安慰，便也就受羁绊过日子。唯死别之途，则无论逝者、生者皆无可奈何啊！中纳言之君闻讯哑然，甚感遗憾。他心中似有许多事情想与之再度静静恳谈，而今，更知道浮生无常，不禁痛哭失声。亲王总爱说：“也许再也见不到了。”可是由于他对朝夕不可测量的人生原本特别敏感，这种话听多了，便也料想不到真会“昨日今日终将去”[1]；回想起来，真正悲伤，无法自制。遂仔细修成吊问之信函，分别送达阿阇梨与公主们的居所。除了这位公子外，也别无他人如此关怀吊问，故而虽然正值悲哀失常之际，对于他这些年来的心意，却也格外觉得温暖感动。

即使普通人家亲子之别，只要设身处地想一想，谁都会悲哀迷惘的，何况她们二人无依无靠，更不晓得心底多么难受呢。遂对法事诸事费心关照，又对阿阇梨吩咐种种。宇治山庄方面，则托那老侍女商量诵经之类各项琐务。

---

1 句出《古今集·哀伤》，业平作和歌。

如在暗中摸索似的，不知不觉已届九月。山野的秋景自有诱人袖湿的气氛，而争先凋落的木叶啦，水响啦，公主们的泪泉等，全都像是沉浸于悲哀之中，令人担忧。这样子下去，有限的生命都难保；左右近伺者莫不纷纷忧虑劝慰。这里也有不少僧侣挤在房中诵经。故八亲王生前的房间里所安置的佛像，如今已成为亡者的纪念，所以那些时时来侍候的人也都在这儿守制拜佛。兵部卿宫那边，也常有使者来吊问。不过，公主们都无心答复。见对方一无回音，匂宫内心不禁怨恨：若换中纳言，恐怕就不会这般冷漠相待吧？看来，还是对自己比较疏远哩。原先打算要乘今年红叶的盛季举行诗文雅聚什么的，现在也不便到此逍遥，故只得中止，委实遗憾。不觉地，终七也做完了。凡事总有个际限，泪水也终有干涸之时才是；便书成一封长长绵密的信。是一个多雨的黄昏。

“牡鹿鸣兮声呦呦，
露沾山荻泪湿袖，
山里秋暮兮几多愁？[1]

佯装不解此动人的秋空，可真是扫人兴。如今郊外景色渐枯，最是可赏的季节啊。”云云。大君又依例促其妹中君道：“一直不理不睬人家也不好。你还是给他回个信吧。”真没有想到自己竟能相忍到今天复又提笔书写，回忆过去这一连串忧心的日子，中君不禁泪眼蒙眬，什么也看不见了，遂推开砚台说：“我怎么能够书写呢？气力全无的身子竟然也可以这般挺立起来，可见悲哀确实也有极限的啊。怎不教人痛心！”那嘤嘤啼泣的模样儿，真个惹人怜爱。匂宫的使者于日暮时分离京，

1　匂宫此歌盖以牡鹿喻二公主，寄托相思与慰问也。原歌颇见音义双关之妙。

来到这个山庄已是天黑以后了。公主们遂令传言："现在怎么好回去？今晚就在这儿住一宿吧。"可是那人却说："得赶回去才行。"瞧他匆匆忙忙，怪可怜的，大君见了也觉过意不去，忍无可忍，便只好径自提笔。

泪犹雾兮山中暮，
垣下鹿鸣诱人哀，
啼声呦呦兮添悲诉。[1]

天色已昏暗，又书写在灰色的纸张上，所以连字迹都几乎难辨，信笔直书，也无意讲究，便封好交下。

这样的雨夜，要在木幡山道行走是相当可怖的，但是幸而所选的使者显然看来极有胆量，故毫无畏惧地连马步都不缓一缓，便直朝那令人不寒而栗的竹林丛中急急奔去；不多时便回来了。匂宫特别召见，见他浑身湿透，乃赏以厚禄。那笔迹与以前所看到的大异其趣，显得老练些，且更含蓄些。不知姊妹俩当中谁写的呢？心中讶疑着，不舍得放下，也不肯马上就寝。"方才说是要等回音，不肯休息；信到了，又看个没完；可见得挺热衷的哟。"侍女们大伙儿在背后窃窃私议，甚至还有些儿妒意哩；这都是因为她们太困的缘故吧。朝雾未散，天未大明，便又急急起床写信。

"呦呦鸣兮鹿失友，
朝雾蒙蒙音声哀，
人亦何堪兮闻知否。[2]

---

1 大君答歌。以呦呦鹿鸣拟己悲苦之哀情也。
2 匂宫此歌复以失友之鹿拟痛失父亲之宇治公主们也。

我这里正亦啼泣不已。”信虽如此，可是如果表现得太过感动，恐怕日后会有麻烦；何况自己一向躲在父亲的庇护之下，凡事都用不着操心，如今无意间让父亲先走了一步，他生前最担心这一点，倘若稍有什么差错的话，岂非给先父的亡魂添加瑕疵了吗？大君变得格外谨慎小心起来，连个回信都不肯写。不过，这倒不是说她把这位皇子看作世上普通登徒子一般。看他随意写来，字迹不凡，遣词用语也都优雅有品格；自己虽然并不习见男人所写的情书，倒也知道对方确实了不起。不过，这种身份也不配给人家作答，遂认定此身何须求闻达，埋没乡里寂寞度日算了。

至于给中纳言方面的回信嘛，由于他那边总是殷勤寄函慰问，所以这边也未敢疏远，继续保持通信。忌日过后，薰之君亲自过访。公主们正于东厢低一层的房里[1]，裹着丧服静坐着，薰之君走进，令人召唤那老侍女。她们这儿天天愁云惨雾黯淡度日，而他却如此令人目眩又芳香四溢，真教人自惭形秽，更莫说答复了。“别这般见外。就跟令尊在世时一样对待我，才够意思啊。我这人又不是什么登徒子，不惯轻举妄动的，所以教人居中传话，可真难以启齿哩。”听他这番话语，大君只得答以：“没想到偷生苟活到得今日，可真个如同徘徊梦径；连仰望天空的日月都觉得不配，所以也不敢随便来到靠外边的地方呢。”“您这样讲，可就太客气了。所谓日月之光，除非是您自动大模大样出来观赏，别人才会认为罪过。您这样子对我见外，岂不令人难堪？我可是诚心诚意到这儿来听取您吐露心事，想要聊尽安慰之意的呀。”近侍的侍女们也纷纷劝说：“亏人家真有心，专诚来安慰悲惨无比的咱们呢。”其实，大君嘴里虽是这么说着，自己静心思想，对方早于先父在世时，便经常这样老远地不顾郊野难行之路来探望；这

1 居丧期间，依俗除却坐垫等物，较平时起居低一层，故云。

一份心意，总该明白的吧？便也就稍稍挪移靠近。于是，恳恳而谈公主们的心情感受啦，与故亲王的誓约诸事。虽然他的言行举止丝毫没有鲁莽之处，也全然不会予人嫌恶之感，可是想到竟然给一位不怎么顶亲近的人听到自己的声音，迩来又似乎对此人颇有些依赖的倾向，便觉得十分腼腆不自在。男方则微闻娇声，想象那人儿悲切切惹人怜的模样儿，更添加无限爱怜之情。从黑色的几帐隙缝间隐约可见的影子，则又看来柔弱得教人心疼，想必是这些日子来她们真个受够了。这勾起了他那次近晓薄暗中窥见倩影的记忆来。

天渐寒兮芦苇枯，
草色已变心沉重，
念卿墨袖兮为长吁。

他不禁自言自语似的吟咏。大君也咏道：

“衣色变兮泪沾袪，
泪珠寻得袪为宿，
侬身何托兮独唏嘘！

‘丧服抽丝拟玉筋。’[1]”末句含在口中，竟不堪哀痛移入内里。这当儿也不便于挽留，只得伤情遗憾。

那老侍女出来代言，虽然与先前的一位相比，简直判若云泥，倒也谈古话今，说了不少悲感的故事。毕竟，人家是饱经沧桑的妇人，所以也不忍将她当作一般老朽嫌弃，遂与之侃侃而谈。“小时候死别

1 句出《古今集·哀伤》，忠岑作和歌。原著引文简略晦涩，译文润饰以求达意。

了故六条院主，觉悟浮生可悲。后来年纪渐大，对于官位啦，世间荣华等等，也就无所贪恋。本来对于你们这儿闲静的隐遁生活倒是挺向往着，没想到，连这位亲王也突然去世，所以就更加悲哀难忍，也更了悟无常之理。只可怜两位公主……当然啦，如果说她们会成了我的羁绊什么的，或有找借口之嫌疑；不过，好歹总要留在这世间，遵照故亲王的遗言，供她们做个商量拿主意的对象才是。只是，自从听你谈起那些意外的往事后，愈加地不想在世上留下什么痕迹了。”听他啼泣而语，老妇哭得更厉害，连话都答不上来。看他与生父长得一模一样，则又教她想起古老的事情；更不知何以为言，只好一任老泪纵横。这个老妇，原是故大纳言柏木的乳母之女，父亲则又是这儿公主们母亲的叔父，亡于左中辨之位者。她长年流浪他乡，母亲亡故后才又回到京城来，与故大纳言方面已经疏隔，所以才给宇治方面的故亲王招请了过来。她气质未必属于上乘，还多少有些仕奉过久之习气；不过，故亲王觉得她倒也不失为明白道理的女人，所以才让她来充任公主们的保护人一类职役。关于故主那一段秘密，即便是这儿侍候多年的各位面前，也不敢稍微吐露一句，始终独自闷在心里头。话虽这么说，老人家难保不会饶舌，就算她不至于随便跟别人乱讲，对于含蓄有致的公主们，则恐怕早已经说过了吧？中纳言自己在心中这般猜测，便觉得既难过又自卑；然则，唯有不让她们离开自己才是办法。看来，这或者将会变成某种念头的动机也说不定。

而今，八亲王已辞世，留在这儿过夜，恐怕不成体统，故只得离去。回想不多久以前，他还说过“这也许是最后一次了”什么的；当时总觉得不可能，所以也就没有设法再谋见面。那岂非即是同现在一样的秋季吗？讵料过不了多久，便人已作古，不知去向了！真个浮生无常啊。宇治这山庄并没有特别的装饰，倒也不失为朴素整洁，又风流可居；不过，这一向僧侣们进出频仍，到处设限隔间，诵经的道具一类物品也依旧存留着。“佛像都要移到寺院那边去。”听人这么说，又难免教他想象：若是这些僧侣都走光了，两位公主心里头更不知如何感想？遂胸中隐隐作痛，思潮起伏。“天都已经暗下来了。”众人催促之声忽又把他唤回现实，便欲离去。这时听到雁鸣啼而飞过。

愁云郁兮锁一天，
心似秋空愁不展，
雁鸣告知兮浮生怜。[1]

回到京城。遇着兵部卿之宫，首先便以这两位公主的事情作为话题。匂宫认为，八亲王已经过世，一切应无须顾忌，遂频频致函。公主们则一仍往昔，未肯轻易回信，表现得相当含蓄。听说这位亲王十分好色，未知他心里可是将咱们俩看作猎艳的好对象？像这般隐埋在穷乡僻壤里，怎么好意思将见不得人的字迹来教他看到呢？她们难免有所挂虑。可是，日月何以这般无情地流逝呢！父亲的寿命那么不可恃，昨日今日之间，浮生无常，死生虽有先后，总以为自己也不久便要追随亡父于九泉之下的。回想过去的日子，虽未见得这世间特别称心如意，却终算是优哉游哉度过，既没有遇着恐惧，也未尝受过羞辱；如今则风声鹤唳，偶然有陌生人相率来问路，便觉胆战心惊，恐慌又寂寥时居多，这可怎生忍受啊。姊妹俩谈谈便要落泪，袖袂都没有一刻干的时候。不觉地岁已暮。降霜霰的季节，总是有这种风响的，听在她们耳朵里，却好像今年第一次山居似的。众女们纷纷说：“啊，要改岁了。可悲讨厌的事儿都到此为止，希望新春是个好的开始。”听她们嘴里说些讨吉利的话，可是，心里觉得：哪有这回事！山那边的

1　日语“雁”音同“假”，浮生为假象，故取其音义双关以歌之。

寺院方面，故亲王在世时，因为他们时时去修行念佛的关系，还常差遣人到这儿来；现在，阿阇梨也只偶尔形式上来问候一下而已，到如今又有什么理由特别亲切来走动呢？此地日形寂寞，本也是料想中之事，却仍难免无限悲伤。已往全不放在心上的樵夫们，自父亲去世后，有时他们来访请安，也觉得十分珍惜。在这个秋季里，山里人往往会采薪拾树果送上来。阿阇梨的庵室方面也会送一些木炭之类的东西来，道是："已经习惯了每年奉上供用的，今年忽然停止，觉得有点儿寂寞。"这边也想起来，过去总要送些棉布啦，绢匹等给僧侣们御寒之用，便也使持回去。公主们又来到靠外处，含泪目送那些僧侣和小童隐约消失在白云深锁的山路中。"即便是出家，只要是父亲还活着的话，这样进进出出的人也自然会不少吧。就算是咱们再悲哀寂寞，也总不至于这般看不到他老人家呀。"两个人时时这般谈说着。

先父逝兮岩道绝，
　而今松雪虽依然，
　　盼望等待兮亦悲切。

中君亦咏成一首和歌：

深山雪兮消又积，
　松叶几度覆皑皑，
　　唯人一去兮渺无踪！

偏偏那令人羡慕的雪又降下了。

　　中纳言之君新年期间因禁中公事诸多繁忙，故而稍延缓来访宇治山庄的时间。近来雪积得厚，连一般人都不大常来，没想到他以不同凡响的身份，竟然这般亲切往访；这心意委实令人感动，便较往常殷勤招待，连忙令人设席延请入里。又差人从里间取出非居丧用的火盆，使弹去尘埃。侍女们不禁又要谈起故主在世时如何欢迎这位嘉宾的情景来。公主们原本羞于会见客人，又恐怕对方会认为太不解情识趣，故只得由大君含蓄接待。虽然未见得从容自然，至少比从前稍肯多讲话了；她这般含蓄有致地举止应对，几令男方感觉情思难抑。人心真是不可思议，变幻无端的啊。“三亲王在责怪我呢。不知道是我自己不小心走漏过令尊生前交代的话呢，还是由于他特别敏感，自己察觉出来的呢？时常埋怨：‘道是你可以替我想办法的，怎的到如今竟而无回音；这全都怪你喽。’他这样说我，实在冤枉；不过，我倒也确实该做他这儿的向导，所以也很难断然相拒。您怎么就这般冷淡对待他呢？世人都把他说成好色的样子，其实他这人颇有深度。当然啦，总也难免对某些轻浮的对象有逢场作戏之嫌，所以才会招来那种谣言的吧。凡事不坚持己见的大方之士，往往一任自然，得让人处且让人，即使有些不如意的过节，也看得开，认为一切都是因缘注定；这种人反倒像似可与之白首偕老的居多。可是，反过来说，也有一旦恋情崩溃，便如同‘龙田之川’[1]一般浊名四流，过去的爱情消失得无影无踪。不过，这位亲王呀，倒真有用情深刻之处，只要遇着他钟情的女性，便不轻易改变初衷呢。他的个性，世人所不知的，我最详悉，所以您若觉得大家还有缘分的话，我定当效劳。若要教我做媒人的话嘛，即便是走断腿都愿意的！”听他认真道来，大君不当他是说自己的事，却想替妹妹扮起长辈拿个主意，可是毕竟仍觉拙于言辞。“您这是什么话呀，教您这么一讲，真不知道该何以为答呢。”她那含笑作答的模样儿，于含蓄之中又另有一种引人的韵致。“方才的话，

1　语出《拾遗集·物名》，高向草春作和歌。

也不必当作对您自己而讲的。您只管看取我这一份踏雪而来的诚意，以长姊的立场处理便可。三亲王所爱慕的，大概是令妹吧。听说他也曾经有信寄到这儿来，可是究竟是寄给你们当中的哪一位呢？这个我可就不大清楚了。至于回信，到底是哪一位写的呢？”给他这样一问，大君不禁庆幸：幸亏自己没有随便写过回信啊！虽云无伤大雅，但倘若当时真给人家回过信呀什么的，现在让他讯问起来，岂不羞愧得要死！这么一思量，便觉得连答复都不容易了。

山雪深兮栈道危，
踏雪往来岂容易，
除君一人兮更有谁！[1]

将此和歌书于纸端，推出帘外。对方却道：“这样辩白，反倒教人起疑哩。”便亦作歌：

“冰封河兮驹蹄过，
为友向导此山川，
遂先为渡兮冒颠簸。[2]

如此，则所谓‘心影见深浅’[3]，我这份不浅的心意，才有代价啊。”这话语来得如此突然，教人厌嫌，女方便无意再予作答。

大君并不算是特别保守的女性。她不像时下年轻妇人那样举止

---

1 日语“踏雪往来”读来与“文通”（即“书函往来”）音同。此歌全取音义双关之妙。大君暗示：除与薰以外，未尝与其他男性通信也。

2 薰此答歌有弦外之音。谓己为友匂宫引媒中宫，故不辞辛劳冒深雪之山径来此宇治山庄，实则愿与大君率先成情侣也。

3 句出《万叶集·三八〇七》，和歌。

浮艳，自有一种雍容稳重的风韵。这与薰之君心目中的理想女性偶像完全吻合。他时常借机暗示衷情，无奈对方始终佯装不知，害他尴尬极了，只好谈昔说往以掩饰这种心理。“日暮之后，这种下雪天恐怕更难走路吧。”仆役们在干咳催驾，只得预备离去。“你们两位住在这儿想必是挺不好过。我那边虽然也像个乡下人的居所，静悄悄的，也很少有人进出；但是你们若愿意搬过来，倒是非常欢迎呢。”侍女辈当中有人偷听到这话，笑逐颜开，觉得果真能如此，那真是再好不过了。中君却认为：这怎么可以！太不像话了。遂令人端来摆饰极佳的果物，又为役夫们准备上好的菜肴，配合酒杯奉上。薰之君记起某次赏赐衣裳的那个仆人，那个满面胡须的家伙，总教人觉得不甚可靠，便召他上来问：“亲王过世后，是不是有些儿不安呢？”那男子竟扭曲了脸孔哭起来：“这无依无靠之身，总算托了先主人的慈悲，度过了三十年；如今像是流浪在山野里，不知道哪里去找‘树荫下’[1]才好。”那一张丑陋的脸浸在泪水里，越发显得丑陋了。令其打开八亲王生前的起居室来看，尘积已厚，唯独那尊佛像依然同往昔一般装饰得华丽。那往日经常勤行诵经的席位也收拾得干干净净。“有一天，我出家的时候……”薰之君不禁想起与故亲王生前的约束。

曾寄托兮赖为功，
椎本之下可庇荫，
而今尘积兮坐席空！[2]

咏罢倚柱。年轻的侍女们偷偷窥见，无不惊为天人。日已暮，仆役们

---

1 词出《古今集·秋下》，遍照作和歌。
2 薰曾语八亲王，当其出家之际，欲赖为指引之师，而今人去尘积空席，故歌此。“椎本”云云典出《宇津保物语》，此盖为“居士”之代词也。

遂令人到附近领地的庄稼处去取饲草。中纳言并不知情，见许多乡下人相率而来，颇觉诧异，便连忙佯装来访老侍女，又对众人叮咛，今后仍须用心侍候公主们，而后始离去。

又改新岁。[1]天空晴朗暖和，河面的冰逐渐融化。公主们眺望着这一切的景象，觉得竟能够挨到现在，真是不可思议。山中的阿阇梨庵坊那边，遣人送来一些泽边的芹菜、岭上的蕨菜等，说是："乘着雪融时摘取的。"侍女们便将这些烹成吃斋的菜肴献上。"乡下地方自有这种的野菜变化告知时序推移，也挺有趣味的啊。"听人人这么说着，两位公主心里却觉得：有什么趣味可说呢！

君若居兮山中寺，
岭上蕨草为摘赠，
报知春讯兮添喜意。[2]

雪深沉兮封河汀，
小芹谁为摘相遗，
女欲事亲兮亲目瞑。[3]

就这般，姊妹俩悲悲切切度日。中纳言君与匂宫方面皆时时有信函慰问；不过，大概因为都是些琐碎无关紧要的事居多，所以又依例写漏了吧。

花季时节，匂宫回想去年春天歌咏"折得同花供插头"[4]的事情。

---

1 当时薰二十四岁，大君二十六岁，中君二十四岁，匂宫二十五岁。
2 此大君睹物思父之歌。谓先父若健在于山寺中，则此蕨草当可视为春之讯息，增添喜气也。
3 此中君思亡父之歌也。
4 见第357页注1。

当时同行的公子们也纷纷说道："如今已无由再访故八亲王的风流雅居了。"大伙儿慨叹世事无常，更教匂宫思慕宇治山庄的公主们。

宿中望兮去春樱，
　而今霞散览无遗，
　　愿得折枝兮插头行。[1]

瞧他这口吻，就像称心满意的样子。这真是荒谬至极，可是一来正值无聊之际，再者，也未便太扫对方的兴致，故由中君执笔为答：

云霞浓兮锁山庄，
　似墨遍染无由见，
　　何处折樱兮忒猖狂！[2]

到如今都这般不理不睬冷冷淡淡，委实恼人。遇着他心中不畅快时，便一个劲儿对中纳言抱怨不已。中纳言这边则暗觉好笑，总是以公主们的监护人自居；见他有时表现浮艳之心，便要警诫"可别这么轻浮呀"什么的。这么一来，匂宫也只得小心翼翼了。"这都是因为寻不着理想的对象之故啊。"他经常如此辩解。

左大臣夕雾心中打算把自己的六小姐许配给这位匂宫，没想到男方却无多大兴趣的样子。"表兄妹之间，未免太亲近无味；加以大臣又喜欢多管闲事，连一点儿芝麻小事都不肯放过。这真教人受不了！"匂宫私下这般发牢骚。这一年，三条院邸着火，皈道的三公主也搬来

1　匂宫之歌盖以表明对中君爱慕之情。

2　中宫此答歌谓：值丧父守哀之期，身犹着墨衣，而竟言折枝云云，岂非太猖狂耶。

六条院住。事情纷纷扰扰，中纳言也就许久未去宇治山庄方面。他天生认真的性格，又大方从容，与众不同；明明有意于大君，女方一日不见许，便也一日不敢轻率示情，只希望她能够了解自己坚守故亲王之所托罢了。

其年暑间较往年为炎热，人人正苦热无方；想象河畔定必凉爽，便突然造访山里。晨凉时分出发，到达时，不凑巧地日光已晃朗始射，薰之君进入故八亲王生前的起居室西厢之房，召见那个仆役。公主们原先在主屋的佛堂前，因恐怕太暴露，故双双退入自己房里。虽然她们十分含蓄收敛，但一举一动仍然隐约可以感觉得到，惹得男方心慌意乱；他早已知道那纸门一端挂钩处有个小洞口，便稍微挪开挡在这边的屏风偷窥。讵料，洞的那方另外设置一个几帐，恨得他咬牙切齿，想要引退身子时，忽然吹来一阵风。“哎呀，里面全要让人瞧见了。快些儿把那几帐搬到这边来。”不知谁这么叫着。那可就太巧了，真笨哪！心怀喜悦，乃再度窥看。这次高的和低的几帐一起都推到佛间的帘边去，正好由这个洞口对面的门要走向那边去的样子。最初是一位公主出来，从几帐隙缝处看客人的仆役们在院中来往纳凉。深灰色的单衣搭配在黄褐色的裙裤上，看来鲜明华丽，反而别有韵味，可能是穿者个人的气质之故吧。她肩上斜挂着带子，袖间隐约可见念珠。个儿高挑，姿态美妙，头发比外袍稍短些，一丝不乱，乌亮丰多，十分可观。那张侧脸也极惹人爱怜，肌肤细致。优雅雍容的风度，则令人想见有一次偶然惊鸿一瞥的长公主模样儿[1]，遂不觉叹息。这时候，另外一位也挪移出来。“恐怕从那边的门缝可以看见这里呢。”那担心费神的样子，看来是思虑周详的人。论头形、发态等，比先前那一位更为优雅有品格。“可是，那边房间里头有屏风挡着。

1 谓明石中宫长女。盖薰尝窥见其倩影也。

不会一下子就看见的。”年轻的侍女当中，有人无心地应答。“若是教人看见，岂不糟糕啊。”看来还是不放心吧，更挪移入内里。那愈见高贵的韵致，令人打心底爱慕。她穿着一袭黑色的袷袍，衣着与妹妹相同，可是这一位却更可亲而艳美，柔柔弱弱的，教人怜恤。头发不多，恐怕由于脱落的缘故，末端稍削；所谓“翠色”者，正是指像她这头翡翠一般美丽，丝线一样的乌发吧。那只拿着紫色经文的手，也比妹妹显得更纤细瘦削。原先站着的一位，如今也坐在门边，不知为什么，正望着这边笑，看来十分娇媚。

第四十七帖

总　　角

长年听惯的川风，今年秋天却显得格外哀伤不堪。公主们悲悲切切地开始准备亡父的周年忌事。大部分由中纳言之君薰与阿阇梨负责筹划。姊妹俩只是听从别人的意见，准备法服啦，经饰等琐碎细节；即使如此，看着都是教人提心吊胆的，而况若真正没有一点支持的话，更不知如何呢。当日，薰之君也亲自来到宇治山庄，细腻慰问即将卸除丧服的公主们。阿阇梨亦适时赶到。这儿正在赶制佛坛前供奉的五色丝线，姊妹俩感叹着："无情岁月径自流。"[1]云云。纺丝台自帘端透过几帐，隐约可见，薰之君随口咏出："聚吾泪兮串成珠。"[2]想来，当年作此歌的伊势守藤原继荫的小姐也是同样的心情吧。不过，在帘内的公主们也不便自作聪明回答，故而只得在心中想：那位贯之也曾咏过："别绪难托丝线细。"[3]人家不也将生离死别托诸细柔的丝线来咏歌的吗？借古人之歌以咏心怀，确实有极大的方便啊。

---

1 句出《古今集·恋五》，无名氏作和歌。原文音义双关，此取其义。

2 句出《古今六帖·四》，和歌。又见《伊势集》。

3 句出《古今集·羁旅》，贯之作和歌。

这位贵宾便乘着写作愿文及为经卷佛像书写供祭文之际，另外写下：

结总角兮托长契，
丝组几度穿同心，
唯愿处处兮得偕俪。[1]

书毕，以示大君。女方只觉得心烦。

泪涟涟兮贯不得，
此身脆弱似泪珠，
长契如何兮结终极？

见她如此作答，遂沉重地吟咏道："奈何未肯结嘉缘。"[2]

就这般，凡自己之事，大君皆故意回避，显得异常羞赧的样子，男方便也无法积极诉衷曲，只得借匂宫向中君求亲之事热心进言。"他这个人呀，对于此类事情最是任性，即便是原本不怎么顶认真的对象，一旦说出口来，那就无论如何也不肯退让，非得手不可；我对他已经各方观察过了。看来，这回可是十分认真的。不知道您这边何以要如此扫他的兴呢？人家这样坦白相告，太过见外疏远，也未免令人埋怨！您究竟意下如何，可否告知啊？"见他一本正经的态度，大君只得回答："就是因为不忍心太过拂逆您的心意，所以才如此接近，害自己都让世人侧目，而您竟然还不能谅解，这才教人伤情啊。像我

1 此"总角"系指日本传统之打结法，六线同穿心，故有"穿同心"云云之句。此薰托歌以示情求爱也。总角，亦为催马乐曲调，乃本帖帖名由来也。
2 句出《古今集·恋一》，无名氏作和歌。

们这种离群索居的人，若是换个有远虑的，早该有所决定吧！可是，像我偏偏是不明事理是非。您方才所说的事情，先父在世时却也没有给我们一句安排将来的话语，叫我们如何如何；想必是有意要我们就此隐遁起来，世间一般的姻缘是不必指望的了，所以教我怎么答复才好啊。当然啦，妹妹比我年轻，我也不忍心让她埋没深山里，私下也想好好儿照料她的终身大事；不过，到底缘分如何，也很难说呢。”瞧她太息忧虑的模样儿，真个惹人怜爱。

也难怪她，年纪轻轻的，怎能像大人一样果断地处理自己的事情呢？遂召见那老侍女来商量。“起初我到这儿来，是想来请益后世之事的，可是后来八亲王晚年变得脆弱不安，嘱咐我要代替公主们的将来做主，而我也答应了下来；没想到事与愿违，公主们的意志这样子顽强，真教人起疑；难道她们另有打算吗？谅你大概也风闻过吧，我这人的脾性特异，对于世俗一般之事毫无兴趣，现在竟然同她们如此接近，恐怕是冥冥中因缘注定也未可知。世人大概也已经在那儿谣传了。倒不如索性不要违背故八亲王的遗志，双方互许，就像普通夫妇一般谈谈；这样或有非分之嫌，却也并非全然没有前例的吧。”又说：“讲到三亲王的事情，人家那么热心地来提亲，这边还在担心，一点儿都不肯体谅，这真是不可思议。难道她心里另有打算不成？究竟是怎么一回事呀？”他边叹息边发牢骚。若是普通常见的自作聪明之辈，这种时候难保会插嘴啦，或者附和什么的；然而，究竟这个女人是不同凡响，她心里头虽然觉得这真是求之不得的好亲事，口上却说：“唉，咱们公主呀，本来就与众不同，她压根儿就没有意思想过一般人的生活呢。像我们这种侍候身边的人，即便是故主在世时，也从来没有觉得这儿是什么好庇荫的地方哩。比较爱惜自身的人一个个都找借口辞去，就连那些仕奉多年的人都大部分相弃而去了，何况现在呢？大伙儿都在互相埋怨着，有人甚至还说：‘父亲在世的时候，还有几分身份地位，所以挑东拣西，不肯随便将就；都是因为脑筋里老存着往昔的思想；现在呀，连个倚赖的地方都没有了，就算是凑合时势，如果有人非难，反倒是不识时务的笨人啦。谁能一辈子过这种生活呀！连那吃松果修行度日的隐居者，还不是舍不得这个肉身，所以才在佛教里各立适合自己的派系去修行的吗？’这些话语真是岂有此理，害年轻的一颗心挺困惑的；可是她仍不改初衷，一心只想照料她妹妹而已。这些年来蒙您关怀，不嫌弃这地方深山僻壤，真亏您有心探访，她心里也十分了解，所以到如今也不再见外，什么事都跟您商量；若是您属意于中君的话，她倒是很乐意答应的吧。虽然三亲王那边时时也有信来，反正人家是一时兴起，不会是认真的。”听她此番话语，薰之君乃道："既然受故亲王之托，只要我一息尚存于浮世，定当要好好儿照料公主们，所以跟哪一位在一起都是一样的；能够蒙她另眼看待，也实在荣幸之至。可是，既然心上人儿已定，就算我这种断绝尘念之身，也无法随便又改念别人啊。不过，我这心意可不是一般登徒子好色之心哦。只是，希望不必再隔着东西说话，若能够面对面地倾吐心事，谈谈无常之世的种种，便也于愿足矣。我从小没有姊妹等亲人，心中的寂寞，世上的哀乐忧喜之类一时的感触，也只好闷在自己心里头，实在觉得无依无靠，所以希望有个亲密的交情罢了。虽然我也有一位做皇后的姊姊[1]，可是怎能随便向她去唠叨琐琐碎碎的话语呢？至于三条之宫，虽然仍旧年轻，不像是我母亲，毕竟她有她的身份地位，也不便于任意恳谈呢。其他妇人则又都觉得不好接近，多少教人害怕腼腆，使我不敢同她们攀谈。我这人哪，天生不好色，连逢场作戏都不会，更何况对于心中思慕的人，那就更拙于表意了。但是，这般思思念念既慕且怨的情端，却丝毫无由传达……唉，连我

1　明石中宫为薰异母姊也。

自己想想都觉得好生怪僻。关于三亲王嘛，请相信我决不会弄砸了事情，交给我去办就是。”老侍女何尝不觉得：与其教公主孤单寂寞地度日，真不如同这般美好的公子配对儿好。只可惜男女双方都是十分矜持的人，故而彼此无由倾吐衷曲。

今晚很想在此逗留一宿，以便从容闲谈，故而有意迁延。大君见他那迂回缓和的态度渐渐转为热烈，觉得有些厌烦，所以对于他那种熟稔的语气愈感不习惯；可是客观说来，世上像他这般温厚的人真是难得一见，人品气质委实可取，故亦未便太过冷漠相待，只得与之见面。把那间佛堂的中户敞开，灯火通明，帘外复加屏风。宾客那边也差人送去灯台，却说：“不大舒服，显得紊乱，太亮了不好。”遂令熄灭火光歇着。果物等故意收敛，装成现有状献上。连随从人人都有酒肴上品招待。侍女役者辈都退下在走廊一带，周遭寂无人踪；二人乃得恳谈。她那矜持之中略带妩媚的口吻态度，正是客方薰之君的心中偶像，难怪他情不自禁激动起来。虽然他心底嫌弃当中还隔着一点帘子和屏风，不知究竟要等待到何时才行，这般空等待也未免太愚蠢了，不过，表面上仍佯装若无其事地闲谈世事，哀叹种种。帘内那边，本来吩咐侍女们陪伺在侧的，看来，大伙儿识趣地以为不要太过见外才好，所以也没有什么人在旁边，都引退回去休息了，故连个拨亮灯火的人都没有。大君感觉有些不安，便悄悄召唤，却也无人肯醒来。“觉着有点儿不舒服。想回去休息一下，等天亮后再谈吧。”女方便欲退入内里。“对于不辞山路艰难来到这里的人而言，不知更有多辛苦；只因为得蒙这般相待，才聊可告慰的啊。您就这么相弃而去，这也未免太扫兴了吧。”说罢，男方竟推开屏风走进来。大君正觉得厌烦，已经半退入里面，却给一把拉住，害她又怨又气。“说什么不要见外疏隔，可是指这种事情？真教人意外！”虽是厉词严拒，可是无奈她娇嗔的模样儿更逗人喜爱，故道：“谁叫您一点儿都不能谅解人家这一片不想见外的心，所以才想告诉您一下呀。您道是意外，以为我会怎么样呢？我可以在菩萨面前发誓。千万不要这么讨厌我，怕我。不会勉强您的。说来别人也许不相信，我这笨人哪，一旦下了决心，便是会贯彻到底的。”见微暗的灯影下，女的头发稍稍散乱，顺手掠起发丝来看，那面孔的秀美，简直无可言喻。住在这种偏僻的深山里，倘使有什么登徒子要起什么歹念，也没有人会阻拦；若是自己以外有谁来访的话，定必不会放过她吧？假如那样子，岂不遗憾？这么一思量，觉得自己这一向太过笃定，未免有些担心起来。但是，见她这般悲伤在哭泣，又实在教人心痛，便又想回来：不，不，用不着勉强，自然会有见谅的一日吧。再说，他也不愿意对方把自己看成一个不讲理的人，所以改采取悦的态度。

“人家毫不预防您这种居心，这一向过度的信任接近；没想到竟然让您给瞧见了这身丧服的袖色。未免太忍心了。我这儿又实在太过大意，真个悔恨万端啊。”当其埋怨之际，料不到那一身墨色的衣裳却给灯光映现，更加教她不知所措。“看您这样讨厌我，真让我害臊得无词以对。您这会儿拿丧服来做借口，也是难怪的，可是，只要看我多年来的诚意，还用得着说什么有所忌惮吗？这样，岂不太见外？”遂将那明月之夜听得琴声以来，自己心中情潮难忍难耐的来龙去脉一五一十绵绵细诉。女的这边，则重又感觉难以为情。真没想到对方明明有此居心，却装得一本正经！大君把旁边的矮几帐拉过来挡住佛坛方向，便斜倚隐几歇着。佛前供着的香异常芬芳，大茴香的气味也格外显著，这位薰之君的信仰之心原本超乎常人，所以越觉得内疚；值此丧服时期，若有什么事情发生，岂不显得太缺乏耐性而轻率？况且与自己当初所想的也不大相同。好歹等过了这一段丧期，对方的心也应该会软化吧。遂强自镇定。秋夜，即便是不像这种偏僻的地方都自有其令人哀伤的情调，何况山风和篱边的虫声更加诱人感动。

与之闲谈人生无常诸事，女方倒也时时对答，那态度可亲可爱。方才歇着的侍女们此刻更加肯定无疑，便都自作聪明识相地回避入里去了。大君想起亡父生前的话语；说实在的，人活着便难免有时会遭遇到此等始料不及的事情啊。她越想越悲哀，眼泪给川濑所诱，竟致难以克制。未几而天明。随从的人纷纷起身，一会儿来报告出发的时刻，一会儿又听见马嘶声。男方想象曾听人说过的驿路朝发景象，便兴致顶浓。打开有光亮的纸门，双双眺望那饶有情致的天空。女方也稍稍挪移靠外处，屋檐就在跟前，所以看得见忍草上面露珠逐渐含光的情形。他们二人看来都有不可言喻的艳美之态。“但愿能够像这样子同心共赏花月，闲谈人生无常就好了。”听薰之君温和的语调，大君方才忘怀恐惧，便也回答：“假如不必这般腼腆，隔着东西相伴，我倒也喜欢，不会介意的。”随着天明，群鸟交飞之声就在近处可闻。黎明的钟声也微传。“请乘现在走吧。怪不好意思的。”她显得局促不安，十分羞涩的样子。“也不能好像真有过什么事儿似的，一大清早就踏着朝露回去呀。这样子，人家反而不知道会怎么想法呢。既然如此，以后便请您表面上装作世上一般夫妇态，实际上则只要维持迄来的关系好了。决不会有什么不良的企图，您放心吧。我这颗虔诚的心不见容于您，真教人伤情哪。”瞧他，根本没有想走的意思。女方则焦急异常，唯恐让人看见不妙，故说：“以后依您的就是了。今天早上请听我的话好吗？”看她困惑的样子，只得叹息连连地说道：“唉唉，好不伤心。所谓‘晨晓之别’[1]，这辈子还没有经验过，恐怕真要迷途哩。”远处有鸡鸣声，不禁令人想起京城来。

山里寂兮传诸声，

1 《花鸟余情》所引片语。

声声助哀情为动，
会成朝氛兮告平明。

大君：

远尘俗兮山居深，
鸟鸣罕闻常寂寂，
讵料世忧[1]兮亦来寻。

送大君至纸门边。从昨夜进来的门出去，试着躺下来，可是无法成眠。“思思恋恋袖留香”[2]，倘使从前就这般思恋的话，定必不会那么笃定过来的；他这样越想越不舍得离去。公主这边又如何呢？不知道侍女们大伙儿如何作想？真难为情极了，故一时也没法子卧下。可叹连个好依赖的双亲都没有；这样子下去，周遭的人难保不会随便再居中媒介什么的，最后也许会弄到不可收拾的意外事端起。不过，人家这位中纳言之君的人品不错，先父好似也曾经说过“对方若有意的话”之类的意思。不，我自己还是这样下去吧。倒是妹妹的年纪比我轻，她正当花样年华，让她埋没未免太可惜，自己若能帮她找到一般人的幸福，便也于愿足矣。替人撮合，势必尽力以赴，可是如果自己也这样的话，又有谁肯来照料妹妹呢？而且，中纳言之君若是寻常凡人的话，自己倒也愿意顺着这些年来相稔熟的关系，接受他的一片好意，偏偏人家是不同凡响有修养的人，如此则反而为难。左思右想，终于决定：自己还是一辈子守着独身算了。泪潸潸之中又度过一

1 世忧谓人间男女情事困扰也。
2 句出《古今六帖·五》，和歌。

夜，觉得身子有些不舒服，便到中君的卧房里，一同躺着。中君这边正讶疑着侍女们不知何以窃窃私议，见姊姊进来，连忙喜滋滋给她盖上被子，忽闻一阵异香扑鼻；这香味分明是那个守门人无法尽去的芬芳。这么说来，侍女们所谣传的是当真喽。中君只得佯装睡觉，不便言谈。

客人又召那个唤作辨之君的老侍女到跟前与之详谈，对大君的传言，更是故意郑重其事地吩咐叮咛，而后始离去。姊姊心里暗想：上回戏答总角之歌，所以昨夜之事，妹妹或者会以为自己早有计谋，故意“相隔一寻”[1]，究竟与男方幽会。她觉得难为情极了，所以托词不舒服，一整天都歇着。“法事的时间也快到了。这儿又别无他人张罗琐琐碎碎的事务，不巧，却又病着。”侍女们都在唠叨，中君一个人在那里捻合着供香的丝组，完了，她说：“饰花怎么做，我一点儿都不会。”她执拗地央求。大君只得于日暮时分乘薄暗起身，姊妹俩一起编织。这时，中纳言之君的信函送达。“早晨就一直不舒服呢。”她令人代笔。“又不是小孩子，这多不体面啊。”侍候左右的人在背地里议论着。

周年忌也过了。卸下了丧服，不免又想道：那时节以为片刻不得活，竟也这般偷生苟活度过一年的日月。人生也真无可奈何，遂沉溺泪水中，教人看着心疼。这些日子以来穿惯了黑色的丧服，今日起要换穿浅灰色的衣裳，看来挺新鲜。尤其那中君，正值年轻时期，模样儿又特别标致。姊姊为她洗发整装，看来竟是如此美丽，真教人忘怀迩来的悲辛；设若能够依自己所想，让那位中纳言之君迎娶，定不会教他失望的。她一时感觉欣慰，但是，如今也没有人能代为照料，只好自己长姊若母地诸多关怀了。中纳言之君心中盘算着，公主们那碍

1　语出催马乐《总角》之歌。

事的丧服也该卸除了吧，遂等不及九月的到临，便又过访。他央请像上回那样谈话，可是却被一口拒绝："身子不舒服，难受极了。"女方全然不予理睬。"想不到您这般冷漠寡情啊。别人会有何想法呢？"不得已，只好书写如上。未料，竟复函："除去了丧服之后，没想到悲哀反而更深，情绪低沉，无法拜会。"怨恨之余，复召那老女来诉苦。侍女们都觉得，目前这位公子是大家唯一的安慰，希望之所托，盼长公主能同他结个良缘，搬到京城去住，那就再好不过了；所以大伙儿商议着，如何让薰之君到闺房里。大君虽然不怎么知道侍女们的计谋，看对方如此笼络那老侍女，她们或会袒护男的而做出不利于己的打算也未可知。读古老的故事也可以知道，没有人居中媒介，哪有女方主动引发什么事端的呢？这么说来，可千万不能放心这些侍女才是；如果他真的深恨自己，那就将妹妹代替自己来献上吧。就算她略逊于自己，一旦交欢之后，人家也不是薄幸人；而况，只要他有机会瞥见这个中君，一定会喜欢她吧。当然啦，这等事情也不是像他这种人会轻易出言表示的，所以到时候可能会说"令妹并非我倾心的对象"什么的，怕别人把他看成浅薄的男子，总是谨慎一些的吧。她私下思量着。

可是，这种事情独自闷在心里，丝毫不对妹妹表露，也难免有些罪过，替她想一想也不忍心，所以于闲谈种种之余提及："父亲在世的时候所讲的话当中，曾经一再嘱咐我们：即便是一辈子这样寂寞度日子，也千万别做出教人笑话的轻率事情。唉，想来他老人家活着时，咱们俩的事情不知多妨碍他修道的心呢。不过，他最后所说的那句话，我是无论如何都不敢违背的。住在乡下倒并不觉得寂寞，只怕给这儿的侍女们看成顽强的女人，让她们怀恨我，这一点，真使人难堪。可是，她们说的也不无道理，总不能叫你也跟着我过独身的日子啊。随着日月流逝，越发不忍心，替你想一想都难过；所以，你可千万要照一般人一样地生活。有朝一日能够这样，那么我这无用之身也脸上有光彩，聊堪安慰了。”听姊姊这一番话，中君不知她究竟居心何在，觉得忧心极了。“难道父亲说过叫您一个人过独身生活吗？我才是粗枝大叶，让父亲担心的对象。这种寂寞的山居生活，除了朝夕陪伴您，还有什么别的办法？”听她含怨的语调，觉得这倒也是真的，便更加不忍心。“唉，都因为别人说我顽固啦什么的，所以才胡思乱想的呀。”遂到此打住。

日已暮，客人却还不走，大君十分不悦。辨之君上来转告中纳言之君的话，道是：“也难怪人家怨怼啊。”任由她噜噜苏苏，大君却不予答复，只是一味太息。真不知此身该如何安排？若父亲或母亲在世的话，不管是要许配给谁，反正总是“宿世命定可奈何”[1]，便也认命，看作世间通例；即使有什么让人笑话的事情发生，也不致受责备的吧。这里的侍女们都是年纪老大的，她们个个自作聪明地认为自己与中纳言之君是相配的一对；嗳嗳，可真是靠不住，还不都是些浅薄的女人，只顾在那儿嚷嚷罢了。心里头既然已有成见，所以尽管旁边的人苦口婆心规劝，恨不得推动她，也只是一个劲儿自己烦闷，不稍动摇。平日无话不谈的妹妹呢，则又对于此类事一窍不通，只默默的，也不参加意见。咳，究竟我是怎么个命运的人哪！遂面向里边坐着。“请脱了丧服，换穿常服吧。”旁边的人又在纷纷劝诱。看来真要促成其事的样子，委实令人寒心；果真连侍女们都这般想的话，又何以为防呢？住在这种狭隘的草屋里，直如那隐遁无处的山梨花[2]，真个躲避乏术啊。

客人方面倒是并无意惊动众人居中媒介，只希望悄悄地不要惹人

---

1 句出《后撰集·恋五》，伊势作和歌。
2 典出《古今六帖·六》，和歌。

注意原委，故道："如果她本人不高兴的话，只要维持现状就好了。"但是，可恨这些老妇辈却在那儿私下商议，肆无忌惮地互论着。这些女人不知是思虑不深呢，还是年纪大了怪僻呢？总之，可怜的是公主们啊。大君深感困惑，便对上前来的辨说："都是因为听父亲生前常常称赞他这人心地出奇善良，所以近来才凡事都仰赖他，简直太过亲近了；怎么料想得到他竟然还有这等居心，听说还在怨怼我，这真教人伤感情。我若是真有意思过普通人的生活，又何至于拒绝呢？都因为早已对浮生诸事死了这条心，所以才不堪其扰的呀。不过，妹妹可不忍心教她白白耽误了青春年华，为她设想，住在这种山里寂寞的地方，也的确不合适。他若是真不忘父亲的托付，那就请他把妹妹看作我一样，娶了她吧。假如他肯这样，就算身体是分开的，我的心都寄托在妹妹那儿，愿意静静守候他们两位的幸福将来。这一点，请你费点儿心去替我劝劝看。"羞答答地倒也把心里的话说清楚了。辨听后也大为难堪。"前些时候曾听您这么说过，所以也时常劝他如此，可是人家却说：'那怎么行。这么一来，兵部卿之宫更要恨我了。二公主还是让她去嫁给那边，由我来出力吧。'这岂非求之不得吗？即便是双亲健在，金枝玉叶一样受人呵护的人家家里头，也未见得有这么好的亲事接连临门哩。说得不客气些，我这儿一个人偷偷地想：像这样凄惨的境况，往后的日子该怎么过啊？真是心痛极了。现在这么一来，久远的事情未可知，至少眼前你们姊妹俩都有了好归宿，不是天定良缘吗？您说不敢违背先主人的遗志，当然也是不无道理；但他是怕万一没有好的女婿人选，或者担心你们跟身份卑微的人成亲，才那么说的啊。主上不是也时时说：'这位公子如果有意思，让两个公主当中的一个嫁给他，那么我死也瞑目了。'大抵双亲早逝的人，不管身份高低，多半总是配不到好姻缘而落魄终身的居多，这也是世俗常例，所以人家也不会说坏话；何况现在这样一位刻意去找都不易得的人来热烈求亲，就算是断然拒绝，照您的原意皈了佛，难道就真可以高高在云霞之上了吗？”听她唠叨不停，大君又气又恼，索性便卧着。中君也很同情姊姊，故亦陪同在侧休息。大君警惕着：不知那人会不会偷偷溜进这屋子里来？可是这房间偏偏连个可以躲藏的摆设都没有，所以只得将柔软的被物轻轻盖在妹妹身上。时值残暑未消时分，故转个身到离开远些的地方睡去。

辨把大君的话语转告了客人。不知道大君怎么会这样厌世呢？是不是因为她在圣人般的父亲边上长大，自然悟得了无常之理？如此则岂不与自己的性格更合吗？故他丝毫不觉得女方在端架子，也没有一点儿恨意。“现在，她连隔着东西聊天都不大以为然喽。那么至少今晚请你把我悄悄引到她休息的附近去吧。”晓悉内情者便令人早早退下去睡觉，费心设计安排。入夜之后，风开始转强，那简陋的木格子窗吱吱咯咯作响，正巧使人不能分辨脚步声，乃悄悄引导入内。中君也睡在一起，这多教人不安，不过她们经常如此，总不能叫她今晚要特别分开来睡呀。再说，姊妹俩之间的差别也该知道的吧？然而，大君其实并没有睡着，忽听见脚步声，便静悄悄起床溜了出去。想到自己总算及时逃出来了，妹妹仍熟睡着，心里挺过意不去，不知所措，胸口直跳；想去把她带出来一起躲，可是已经来不及回去。抖抖颤颤窥看，却见那人穿着一袭袿子，从从容容，正掀起几帐的帷幕进来。唉，不知道妹妹会吓成什么样子呢！大君越发心痛，只好静静坐在沿着破墙立着屏风的一个小角落。先前稍微提及这桩婚事，妹妹便已嫌恶得像什么似的，这会儿若是演变得像是我这边预先设计好的情形，那就更不知道她会怎么诧异怨恨呢。念及此，大君心痛如绞，又像这一切都是因为没有一位扎实的后台之故；想到姊妹俩见弃于双亲的悲哀，忽又忆起先父最后一次登山离去时的模样，就好像是方才发生之事一般，遂觉得无限依恋可悲。

中纳言之君见房间里只有一位睡在那儿，以为对方亦有情意，不觉地心花怒放。可是，逐渐地感知弄错人了；眼前这一位，娇美动人的风采，或为更胜一筹。女方这边可真吓呆了。身边这一位大概毫不知情，教人怜恤；可是相反，想起那逃走开的另一位，心中不由得怨恨生气。这一位当然也舍不得给了别人，但是仍无意改变初衷，又不愿意教人看成浅薄之徒，故而今宵暂时就此罢手；若其宿缘难逃，将来再与之偕老吧，反正她又不同于别人。遂强自镇定，像往常一般地温柔谈话到天明。老妇等人以为计已得逞。“中君在哪儿？真奇怪。”大伙儿到处在找人。“咦，这里面恐怕有些蹊跷哦。”嘴里唠叨着。“这么俊的公子，让咱们看着都觉皱纹要皴平似的。不知道她为什么要那么疏远人家呢？”“咳，怕是人家说的那种巫觋附身吧。”也有掉了牙的老女这样子乱扯。“哟，多不吉利！怎会有巫觋附身呢？其实，都是因为从小没有好好儿教养，对这类事情没有人指导的关系，所以才人无端端嫌恶呢。等以后习惯了，自然也就会情窦渐开吧。”“但愿他们快点儿熟稔，融融洽洽过日子就好了。”大伙儿七嘴八舌地闲聊着，渐渐入眠，甚至还有人打起要命的鼾来。这也不是“夜其漫长缘伴侣”[1]的秋夜，故觉得未几已近天明。姊妹俩各有千秋，不分轩轾，虽云自取，[2]究竟有些意犹未尽之憾，只得再三叮咛：“莫忘了我。千万不要学您那位寡情的姊姊才好。”自觉得这一切都像做梦一般奇怪，却欲再度探究那冷漠人儿的态度，故只得勉强忍耐，暂时先回到往常惯住的那间屋子里歇着。

辨来说：“真奇怪，中君到哪儿去了呢？”更教中君羞赧得不知所措。这一切发生得这么突然，究竟是怎么一回事呢？她莫名其妙地静

1 句出《古今集·恋三》，躬恒作和歌。

2 谓当时若采强硬态度亦无不可之理，含蓄收敛，盖自取之态度也。

卧着。想起昨日姊姊说的话，便心中难免怨恨起来。好不容易挨到天亮，大君才像壁间的蟋蟀似的爬了出来。她深深了解妹妹心中的悲苦。所以大家都不言语。姊妹俩的身影都给中纳言之君看到了，这真是太不成体统！今后恐怕得更加严防才是。此刻她心烦意乱。辨到薰之君跟前，听到昨晚的事情，对大公主的顽强大不以为然；真是不通人情！遂格外同情男方，反倒茫然不知所措。薰之君则抱怨道："从前她那些寡情的言行，还可以让人抱着几分希望，所以倒也差堪安慰的，可是昨夜的事情，可真教人难为情，恨不得去投渊死掉算了。只因为想到故亲王依依不舍地离开人世间的悲苦，我也未便辄言死亡啊。唉，以后对那一位不再心存悬想了。这等悲与恨，都已深烙在心上，忘也忘不了喽。那位三亲王一向都是能言善道，怪不得人家要去攀高贵的人哩。唉，真个羞死人啦。以后再也不敢到这儿来探望你们了。只希望你千万不要将这个鲁男子的故事外泄才好。"遂较往常急急忙忙离去。"咳，真没想到会弄成这样子。实在两边都教人同情呢。"侍女们都在窃窃私议。

大君也担心着，万一男方若嫌弃的话，中君便太可怜了；这真教为姊的痛心，遂对老侍女辈的擅作主张十分愤怒。左思右想之间，赶巧有信来到。可真怪，竟会比平时觉得高兴，这又是怎么一种心理啊。送来若不知秋色一般的青青枫叶，只有一部分转红，并附有和歌：

山女神兮实染设，
叶色虽异枝相同，
借问深浅兮怎区别？[1]

---

1 薰此歌表面意谓：山神为染设此同枝之枫叶，而色则有青红之异，究竟青色为深耶？抑红色为深耶？实则此歌有双关之义：姊妹为同理枝，究竟谁个对吾情最深耶？

表面上看不出怨恨之意，寥寥几行字，含蓄而收敛。他想把昨夜的事情就这般轻轻带过去吗？想到这里，大君的心便起伏不平。“请快些给人家回信嘛。”拗不过大伙儿纷纷催促，到如今又不好意思再叫妹妹“你来写吧”什么的，可是自己又不愿执笔，这真教人为难。

山神意兮未可知，
　枫叶变红君心转，
　　转向深色兮信不疑。[1]

顺手写来，那笔迹却不同凡响，真教人恨也恨不起来。对啦，她不是曾经说过“身体虽有别”一类的话，也不止一次地想把妹妹来推荐的吗？只因为自己不肯答应，所以才出此下策无疑。假使不予领情，也太可怜，且对中君冷漠相待，让她看作寡情的男人，则自己的初衷必将是更无由得偿；那爱造谣生事的老妇，也定当会把自己说成轻薄的男子吧？到如今再来为这些爱情之事烦恼，未免令人悔恨；本想要弃绝红尘，未能遂愿，已足贻笑世人，而今再学那些登徒子榜样，像只漂荡不定的小舟，一再摇向同一处，岂不更成了笑柄吗？彻夜不眠地胡思乱想，于晓月薄暗饶有情致的时分，造访兵部卿之宫的馆邸。

自从三条院邸烧毁后，中纳言之君便移居于六条院中。住得近，得时相往访，兵部卿之宫倒十分欢喜。他这儿无甚特别忙的事情，日子过得挺闲在。庭前的盆栽似与他处不一样，同是花草，那姿态啦，披靡之状等，也与普通有异，就连那泉池中清澄的月影都像似画出来的一般；主人果然在眺望着庭景。随风飘来阵阵芳香，知是薰之君来

1　大君此歌盖缘薰所投歌，以红叶喻中君，谓山神之心意虽未可知，然君心转向妹妹，则为可信不疑也。

临，连忙加披直衣，又拉整衣裳，始出迎。客方在阶前中间处屈膝行礼。主方并未请客人上来，自己也倚在高栏，与之闲谈起来。关于宇治山庄那边的事情，想起来便要埋怨；可是，这未免太为难了。他私下想：连自己的恋情都无以遂愿呢；不过，如果能够把这三亲王的愿望达成，自己的事情说不定也会顺理成章地定下来吧？故而格外与之恳切商量。天未大明，冷雾密布，月影为雾所遮，树荫下一片薄暗，有说不出的情调，令人想起那山里寂寥的情形。兵部卿之宫央求道："过些日子一定要带我去哦。"客人似有些为难的样子，乃戏咏道：

女郎花兮开遍野，
心胸狭窄可奈何，
竟将绳索兮重围也。[1]

这边便也以牙还牙：

"雾既深兮难窥伺，
女郎花开满朝原，
情洁意诚兮始得致。[2]

并非随便见得着的呀。"兵部卿之宫果然给激怒了！"可叹花易凋！"[3]

迩来常受这位亲王的催促，原本有些担心女方不知如何，现在得知她容貌甚佳；性情或者略逊一些，这一点也教人不安，可是，看

1 匂宫此歌盖戏称薰有意独占公主们也。女郎花以喻大君与中君。
2 此亦反讥之，谓若非心诚而情深，未可获致女心也。"朝原"在奈良县北，为盛产女郎花地。
3 句出《古今集·杂体》，遍照作和歌。

来一切都无可挑剔。若是罔顾长公主的意思，似乎显得不近人情，自己可又不愿改变初衷；还是将那位中君让给兵部卿之宫，以免得罪对方吧。中纳言之君既已胸有成竹，兵部卿之宫却并不知晓，所以还在那儿想不开，胡乱猜测，真是滑稽。故用长辈的口吻说："你这人哪，就是风流好色，只怕给人家增添烦扰哩。"兵部卿之宫竟正色回答说："你看着好了。我从来也没有这么认真过。""对方可不是容易答应的人哦。这差事真不简单哪。"遂告以赴宇治时应注意之种种细节。

二十六日为彼岸[1]之终日，系吉日，乃悄悄领导兵部卿之宫赴宇治。这事若给母后知悉，定会严加禁止，那可就糟糕了；可是拗不过他苦苦哀求，故而避人耳目，缜密行动，真是不容易呀。舟行已足惊动人，所以不敢借用引人注目的住宿，偷偷儿让兵部卿之宫暂居于领地的庄园家中，自己先行探望。其实，倒非有人责怪，只怕连时而出来巡逻的仆役之辈，都不希望让他们给碰上的吧？宇治山庄这边，照例地又在嚷嚷："中纳言之君光临了！"大伙儿忙着招待。公主们心里都觉得挺麻烦，不过，大君以为，反正已经向他暗示过妹妹的事情了；而中君则又以为，人家还是对姊姊有意，所以大概不会找上自己吧。可是，自从上次那可厌之事发生以来，她已经无法再像往日那样信赖姊姊，总是存着一份戒心。尽管中纳言之君费尽口舌，奈姊妹俩坚持非有人居中传言不可，害侍女们伤透脑筋："到底是怎么一回事呀？"日暮时分，乘着薄暗，将兵部卿之宫的马引入，又召辨上来坦白商量："想跟长公主说一句话，可是知道人家嫌疑我，实在是不好意思，但又不能就此罢休。至于二公主方面嘛，等天稍微再暗下来以后，请你像上回那样子领我进来吧。"辨认为，反正同谁在一起都

1 春分或秋分之前后七日间，称为"彼岸"。

是一样，遂上里去禀报。大君听了辨的言辞，暗自欢喜，果然他移情了；心一定，便将与那晚上不同方向的另一扇门关禁，隔门与之对话。“我想向您说一句话，可是不便于大声嚷嚷教人听见，所以请您将这个门打开一点儿。这样未免太不方便了呀。”中纳言苦苦央求，大君却道：“这样子也照样听得到。”不答应打开门。不过，她又想回来：也许是对自己死了一条心，即将迁就妹妹，故而来向自己告别也说不定；那就没有道理拒绝人家，反正以前也见过面的，稍微给他些面子，乘天未大明就把事情了断了吧。便稍稍挪移出外，讵料中纳言之君竟从纸门这边一把捉住袖口，痴言痴语怨怼不已。哎呀，真是讨厌！早知如此就不要听他的话了。实在是又悔又气，可是除了虚与委蛇，哄他走以外，别无他途，故只得随便说道：“请待舍妹如同对待我一样。”她那种用心细腻的态度，委实教人怜恤。

兵部卿之宫依照指示来到了那晚上的门口，将扇子来鸣响。辨果然出来引入。他心里想着：那中纳言以前便是这般进出的吧？不禁有些滑稽之感。大君可不知道这些事情，一心只想如何巧妙地说服中纳言之君，让他转向妹妹那边。中纳言之君此刻倒有些可笑复可怜的感觉，日后若给大君咎责何以不早先告知，真不知何以为对，故不禁说出口来。“那位兵部卿之宫苦苦央求跟我来，不好意思拒绝，所以只好领他到这儿来了。方才他好像偷偷去了令妹那边。想必又是哪个爱多管闲事的人受他的托吧。现在，我落得两头不着，真要给人当笑话了。”这又是什么话，真是想都没想到的事情！大君顿觉眼前昏黑。“没想到您竟是这般诡计多端的人！都是我太大意，教您洞悉心事。现在，您可以随心所欲来嘲弄我们啦。”她气极了。“现在也没话说。既然道歉也无济于事，那就要拧要捏，都任由您好了。您这儿恐怕是心慕高贵的三亲王，可是人的命运也真由不得自己，他那儿却好像另有意中人的样子。我自然很同情您，唉，但是自己的情感无所寄托，真不知道置身何处，可怜的是我自己啊。反正既然无可奈何，能否请听我一言呢？即便是把这扇门关得再紧，难道别人就真以为什么事儿都不曾发生过吗？连那位叫我做向导的兵部卿之宫，他都不会相信我这么满怀苦闷地度过今晚的吧。”瞧他，恨不得把纸门都要扯破的样子，真是可恶，然而为今之计，还是以哄他回去为上策，故而镇定说道：“您方才所说的命运什么的，无形无状，不知所指为何？‘身世未测泪盈眶’[1]，哎哎。真个蒙蒙不明呢。您究竟要怎么样？这一切的一切都像做梦似的，只怕给后世之人当作例证来谈，那岂不变成了像古老的故事里头故意写成滑稽可笑的人物典型吗？您如此老谋深算，不知人家兵部卿之宫又如何想法呢？请别再这样吓唬人，作弄人了。倘使能够苟延残喘活得久些，心情也稍微安定些，到那时候再从容听您的话吧。现在，觉着不舒服，胸口也怪难受，请让我下去休息一下。放了我吧。”看她痛苦万分，说得也头头是道，薰之君也难为情，又同情起来。“您哪，我一直都顺着您的意思，所以才傻傻地忍耐到今天的呀。没想到竟然还教您这般讨厌，真不知该怎么讲了。唉，越来越不想活在这世界上哩。”又说：“好吧，那就隔着门谈话吧。千万别走哇。”一放松，女的就想逃往里头去，却又有些难忍的样子，显得风情万种。“请您停留在那儿，至少也聊堪安慰，且度这一宿吧。请您放心，我不会越过这界限的。”一夜都不成眠。川濑活活响，更无法闭目。夜半的风声凄厉，遂觉得自己像那独眠的山鸟，心底无限寂寞，度过漫漫长夜。未几，复近黎明，钟声诸响亦已可闻[2]。兵部卿之宫像似酣睡未起，教人嫉妒，便故意干咳看看；事情会演变成这样子，说起来也真不可思议。

---

1 句出《后撰集·离别羁旅》，源济作和歌。
2 此处盖与前面所咏和歌“山里寂兮传诸声”呼应。

“任向导兮我反迷，
心思抑郁情未遂，
晨晓薄暗兮独寻蹊。

世上可曾有过这样的前例吗？”中纳言之君不禁埋怨。

怨侬命兮叹妹身，
此心劳苦人谁察，
君自迷途兮徒伤神！

大君竟也有娇声微闻，更使他无限留恋，乃更怨叹：“这算是什么意思呢？隔着严禁的纸门，未免太过分了吧。”这期间东方已逐渐发白，兵部卿之宫便从昨夜的门出来。与那春情满怀相称的薰香，随一举一动，飘荡在四周。老侍女等不知就里，莫名其妙；不过，她们倒是大大放心，绝没有料想到中纳言之君会有任何阴谋。兵部卿之宫这边，想乘天未大明要急急离去。归途好似较来时为远，看来往后可不怎么容易经常来此；想到这里，便已难忍相思苦，怕是心中正有所谓“新枕交欢怕夜隔”[1]的感觉吧。他们在众人未醒时赶回到京城。车靠妥在六条院邸的廊边。那车辆故意装饰成奇特的女车模样，两个人偷偷摸摸溜进去，相视忍俊不禁。“好个勤劳的仕奉哟！”中纳言之君取笑说。然而他可不愿讲出做向导的自己倒是当了傻瓜的事情，真也太窝囊了。匂宫则已经迫不及待地在写情书。

宇治山里方面，姊妹俩都心绪紊乱。中君心中想，料不到姊姊阴谋如此深，表面上却不动声色；实在越想越生气，懒得去理她。大君

1 句出《古今六帖·五》，和歌。

则又无法解释自己被蒙在鼓里的情形，妹妹怪罪自己也没办法啊！她心里苦极了。侍女们也纷纷问候："究竟是怎么一回事呀？"可是，平时挺干练的这位长公主，现在却变得茫然若有所失的样子，这真教人弄不清事情。姊姊为之拆开来函，然而妹妹却连起身都不肯。害那使者在抱怨："到底是怎么搞的啦。"

冒繁露兮踏筱原，
　不畏跋涉来相会，
　　卿岂等闲兮待吾言。

那娴熟的笔迹墨痕，委实不同凡响，若是客观看来，定会十分欣赏的；可是，事情弄到这等地步，也真替妹妹的将来着急，便觉得不好意思再大模大样代笔答复，只得在一旁仔细教导遣词造句，勉强她写信。赏与使者的是淡色面子青色里子的女裳一袭，外加三层夹里的裤裙。受者有些腼腆的颜色，遂令人包妥使持去。这位使者倒非什么特选的人物，不过是常役使的殿上童罢了。本来不想太过引人注意的，讵料竟受此等殊物赏禄，谅必是昨夜那爱管闲事的老妇所为无疑。兵部卿之宫反倒有些不悦。当晚，又去催促中纳言之君使陪同再赴宇治方面，却遭对方婉拒："得上冷泉院殿去呢。"又来了，瞧他，一提到恋爱之事，就要装成乖违世俗的样子！匂宫心里真气他。山庄那边呢，事情既已如此，又有什么办法？虽云非出于本意，却又简慢不得，所以为姊的长公主首先屈服。草屋乡居，本来也无甚装备，但是村里人自有村里人的素雅布置，倒也把客厅装饰得饶有趣味情调，以待上宾。大君今宵对赶远程而来的兵部卿之宫，却显得欣喜欢迎的样子；这种心理的转变，可也怪了！

中君则整个人失魂落魄的，任由人摆布，穿衣装扮。大红色的袖子，却教她哭湿了一大片，害长姊也陪着掉眼泪。“我自己反正是活不多久，一心只挂虑着你的将来。这些侍女们不断嚷嚷‘好姻缘呀’什么的。我想她们年纪大，阅世多，说的话总该没什么问题才对；而咱们不懂事的人固执己见，认为非独身到底不可，也未必是绝对地好，所以才有些儿心动起来。可是，万万没想到会突然发生这等难为情的事情，教人心烦意乱；这恐怕就是世人所说逃不掉的姻缘吧。老实说，我心里也难受极了。等你心境稍微好些，再让我向你解释我自己也不知悉的原委吧。请别恨我；怨我的话，可是罪障的哦。”大君抚摩着妹妹的长发说。中君虽然不答语，但此刻她心里究竟觉得：姊姊既然这样说，大概总不至于对自己阴谋陷害的吧。将来若教兵部卿之宫遗弃，贻笑世人，弄得恶名昭彰，害姊姊也烦恼，那可怎办？思想种种，也觉心绪紊乱。

兵部卿之宫回忆昨夜二公主那种初识男人无限惊悸慌乱的样子，已觉得无比娇美，而况今宵则显得较为融洽温顺，越发惹人爱怜；不过，想到山路迢递，今后恐怕无法频频来相会，心中着实苦闷，乃与之信誓旦旦。女方却丝毫未表现感动的样子，连话都不肯听。即便是生长于受人呵护的家庭，宝贝一般疼爱的公主，倘使看惯一般进进出出的人，又有父兄之辈的男性在周遭，则含羞害臊也该有个际限才对。然而，这位中君呀，倒非她如何受众人簇拥推崇，只是长年住在此深山之中，自然与世人隔绝，日日过着隐遁者一般的生活，所以一旦遇着这等事情，便惊慌害臊，唯恐自己的言行是否与寻常人有异，会不会乡气难看，故而随便一句答话，都会教她犹豫许久，怕羞不敢说出口来。其实，若论伶俐乖巧，这位公主倒是较乃姊更胜一筹呢。

“第三天的晚上，应该进献糕饼才是。”听人人这样说，大君想起：这个仪式定要举行祝贺才行。遂令人于跟前制饼。可是，她根本不知如何制作，若是大模大样自任指挥之职，别人又不知作何感想，故觉忸怩不安。瞧她红着脸害臊的模样儿，最是娇媚可人。既雍容华贵，又居心仁慈，善于体恤别人，这种个性该算是天生的大家风范了。这时，中纳言之君有信送到。“昨夜想再度拜访，只恨我如何献殷勤都无用，故而未敢造次登门。今晚本想来担任杂役之职，只因前夜蒙冷漠弃置于门外，竟致伤风，至今都觉不舒服，故而多所犹豫。”在陆奥纸上写着端端正正的字。为着新婚三日之庆而准备的种种品物，则用未经缝制的各色布帛捆包着，铺了好几层在衣柜的抽屉里，送到那老侍女处，说是送给侍女们用的。都是些他母亲身边现成之物，故而为数不多，绢啦绫等衣料，藏在底下，给公主们用的两袭精美衣裳，则整整齐齐放置在上面，于其中一袭单衣的袖子里，用多少带点儿老派的作风书写着：

卿尝语兮未共衾，
　我将扬言已同裳，
　　痴情托词兮聊慰心。[1]

那语气颇有些威胁的意思。大君想到自己和妹妹双双都让此人见过身影，读这首和歌更觉难为情，真不知该何以为答。犹豫之际，那些使者们竟纷纷逃回去，故只得叫住贱役下人，好不容易修成一首答歌交下。

论交游兮心沟通，
　心虽沟通未逾礼，
　　云何同裳兮忧忡忡！

1　原歌颇取音义双关之妙，此径采意译也。

由于是心烦意乱尚未镇静下来的时候所写的，所以和歌显得平凡无奇。不过，这正是她当时真实的心情吧？受歌的一方，只觉得更可怜爱。

兵部卿之宫这一夜在宫中宿直，看来不容易退下。他心里独自焦虑着，不时叹息。母亲中宫说："你到现在都还是单身，艳闻逸事频传，真是糟糕！可别老是一意孤行，这么下去。你父皇也挺担忧的呢。"显然，她对于这位三亲王不常在宫中，颇不以为然。不得已，只得回到宿直处去写信。书毕，正沉思时，中纳言之君突然造访。想到这位公子与所思之人稔熟，心境不禁又开朗起来。"唉，怎么办呢？天都黑了，真急死人！"他忧思满面地说。中纳言则有意考验其真情，故道："您好久都不上宫，今晚又不宿直便匆匆退下，恐怕母后会更加不高兴吧。听侍女下房那边在谣传，说您挨了骂什么的；我穿针引线做了好事，这下恐怕难免也有苦头吃了。吓得我脸都发青哩！""是啊，给结结实实数落了一番。大概都是那些近侍的人多嘴告状的吧。我怎么会做出教人非难的事情来呢？唉唉，这种不自由的身份，总是麻烦事儿也多！"他竟深深怨起尊贵的身份来。中纳言之君倒也十分同情他。"反正哪，不管是哪一边，总会挨骂的。如果为了今晚的事情而受责备，我愿意以身试法，替您顶罪。'木幡之山'[1]，我看，您还是乘马的好，这样也许比较可以躲避世人耳目。"时间过得快，夜也深了，思虑再三之后，只得乘马出行。

"我还是不要作陪比较好。让我来负责善后吧。"中纳言之君乃留守宫中。他去拜谒中宫，果然就听到责备："三亲王又走了吗？这孩子也真是的！别人会怎么说呢？如果他父皇晓得，问我怎么不阻止他，怪我不好，那可怎么办啊！"中宫已有长大成人的子女多人，可是越

1　木幡山正当由京都赴宇治途中，词又见于《拾遗集》和歌，为幽会之代词，故云。

发显得年轻而有风韵。那位大公主大概也像她母亲这般标致无疑，假如有机会如此接近，即使只是听一听声音也不错啊。中纳言不禁私自盼望着。世俗之好色者所以时常会引发偶然的恋情，往往就是这样的关系吧；既不太疏远，又不顶亲近的这种场合；而自己呢，偏偏是天生的怪僻，世所稀有的人。然而，这类人却反而是不恋爱则已，一旦恋火燃烧，则不易断绝慕情呢。他这样独自胡思乱想。在他周围侍候的侍女当中，多的是面貌姣丽、气质温顺者，在各有千秋、不分轩轾的众人间，也有几个特别娇艳醒目的，但是由于他决心不随便惹是生非，所以言行举止格外小心谨慎。其中，也有态度殊异者。这种地方，人人都讲究行止端庄，故而表面看来，谁都装得矜持高雅；可是这知人知面不知心的世界呀，也颇有些可以透视那妖冶的居心者。这一切的一切，既滑稽，复可哀。就此日常生活之中，便足令人无时不念及世事无常之理了。

宇治山里那方面，中纳言之君先前已有隆重的表示，可是，等到夜深都未见兵部卿之宫光临，只见信函送达；果然是如世人所传的登徒子啊。[1]大君心中悲痛极了。讵料，夜半时分，薰香随强风飘来，这位亲王竟然穿戴整齐光临了。这如何可以等闲视之。中君本人也明了男方的心志，稍稍谅解了吧。她正当花样年华，装扮停妥的模样儿真个艳光四射，无与伦比。即便是平日见惯佳丽的双目，映入眼帘的这一身倩影，自然也是无可挑剔的。打脸庞开始，身上各部分无一处不美丽超凡，害那些乡居的老妇们高兴得合不拢她们丑陋的嘴，都笑着说："这么标致的美人儿，若教普通人家做了夫君，那岂不太可惜？真是天定良缘啊！"另一方面，则又在背地里窃窃私议：长公主怎么到现在都固执己见呢！见那些盛年已过的侍女个个身穿各色花样的鲜

1 此处原文只书"果然"，以其晦涩不明，故依注释稍益其文。

艳衣裳，委实不相称，没有一个可看的，大君不由得想到：自己也已接近盛年将过之期了，照镜子也看得出日渐消瘦的身影。这些侍女当中，谁会自己觉得老丑呢？人人都不知发端已变薄，却在那里摸摸额前的头发啦，一心化妆啦，挺用心的样子。我自己大概还不至于如此吧？眼睛、鼻子都还算生得寻常，难道也是不识自己短处吗？她独自这样担心，一边眺望外面歇着。这身更遑论嫁与什么高贵之士了。看样子，一两年之后，定会更形衰老吧。唉，青春不可俟啊。她从袖口伸出纤细瘦弱的手来看，越发陷入沉思之中。

匂宫苦苦等待着母后明石中宫的允准而未见许，知道今后与中君相会，定将更形困难，心里不禁抑郁起来。他对中君转告母后的意旨，又无限温柔地安慰道："往后就算是心里惦念着你，也恐怕难免会有久违的时候，但是千万请不要担心。如果我有半点儿怠忽的意思，怎么会冒这么大的险来拜访呢？只怕你在这儿猜疑焦虑，今晚才这样不惜一切牺牲，来到此地的呀。不过，也不能经常如此随意出走。日后，总得想办法接你去京都住才是。"听他这口气吧，好像现在就要预告将来不可能经常来会的意思；然则，别人说他登徒子，说不定是真的喽。此刻女方心烦意乱，想到自己的出身，便越发忍不住悲伤起来。黎明已近，天空逐渐泛白，遂令打开妻户，邀中君："一起来看吧。"便双双到靠外处并肩赏览。此时，周遭晨雾迷蒙，这光景，由于环境关系，格外惹人哀感。附近照例的有柴舟往来，所谓"船尾漾白波"[1]，真是见所未见的新鲜居处风光，倒是颇引起兴趣的样子。山背后终于透出一层日光来，女方的姣丽姿容清晰可辨；啊，即使金枝玉叶般娇生惯养的公主也不会更胜于此吧。他忽又想起自己的胞姊长公主，许是由于血缘关系，致令自己觉得她越看越美；不过，中君之

1 句出《拾遗集·哀伤》，沙弥满誓作和歌。

美，则教人有一探究竟而欣赏之不足的感觉。川濑活活，响个不停。这宇治桥畔的景色看来十分古色古香，随着云消雾散，岸边的风光更形荒凉，便问："如何能够在这种地方度过漫长的岁月啊？"见他同情含泪，女方愈觉得羞赧。男主人的模样儿委实清艳，他信誓旦旦，非仅今生今世，更及于世世代代；这真是做梦也想不到的事情，而今反倒觉得他这种态度较那位相稔熟的中纳言之君的拘谨为佳。那位公子真是世所稀有的个性，矜持得令人难以亲近，使人难堪。从前风闻这匂宫的消息时，自己心中想象，这人大概挺不容易接近的吧，那时节，偶然得着一行信函，都感到难以作答，颇有些自卑；现在则恐怕久不相见，真会情思难耐哩。自己想想都觉得心境变化不小。

随从的仆役们频频干咳，示意促驾。等天大明以后再回到京城就不妙，心里十分焦急，便又一再叮咛：或有不得已而长久不能过访的情形。

无意绝兮且莫疑，
未忍害卿空等待，
夜半袖湿兮似桥姬。

似犹豫不忍出门，伫立在那儿。

君然诺兮聊赖托，
宇治桥长似姻缘，
中途遥遥兮盼莫绝。

口虽未出怨言，而心底悲苦可以想见，真教男主人无限怜恤。年轻的妇人依依不舍地晨曦下送别心上人美丽超凡的背影，那种独自强忍人儿走后遗香的恋栈心境，委实可谓风流识情趣。今朝到处一片明亮，侍女们便也躲在里头拜送男主人。“中纳言之君虽然温柔优和，可是他毕竟有些教人不自在的地方。”“不觉得这位亲王更具品格吗？他那模样儿真个出类拔萃的！”大伙儿纷纷赞颂着。

匂宫一路上都在回想中君那娇柔失望的样子，恨不能掉身引返，虽然肝肠寸断，但碍于世人耳目，只得悻悻回京城来；而今而后，怕是再也不容易偷偷会面了，唯有日日勤致情书而已。大概尚不至于怠忽的吧？大君心里虽这般想着，但见妹妹空待的日子积久，原先便是怕想象此种悲辛，虽云事非关己，但转觉愈不忍心。她私自叹息，却恐妹妹见了会更加添悲哀，乃强自振作，佯装平静；又暗中愈为坚定下决心：至少，自己绝不如此自寻烦恼。中纳言之君猜想宇治山里方面必定正盼望期待着。这事情原本由自己居中媒介，遂更觉得过意不去。他一面不断地进言规谏匂宫，一面又察言观色；见他打心底深爱着女方，这才放心。看样子，大概不至于始乱终弃吧。九月十日左右，山野的秋景已足令人向往，而况日暮时分乌云密布的天空，更教人神魂不定。匂宫坐立不安，正犹豫拿不定主意。中纳言之君恰巧像是已看透其心事，赶在这个时候来。“‘布留山里’[1]不知如何了？”听他这样相诱，匂宫不禁喜形于色：“那么就一道走吧。”遂又依例共乘一车出发。逐渐靠近宇治山里，二人心中便越发替公主们百无聊赖的生活担忧。途中尽谈些有关她们惹人怜悯的话题。这黄昏已是饱含悲哀气氛，更添冷雨助情，晚秋的景物十分萧瑟。两位公子双双濡湿了薰香讲究的袖袂，这般光临，不知如何惊动了樵夫们匆忙欢迎哩。侍女们也都忘了平日的牢骚，个个笑逐颜开，连忙拿坐垫啦，设席款

1　词出《新千载集》和歌。“布留”系大和地名，地近宇治，又日语音同“降”，盖取音义双关也。

待。另外召雇着一些此地侍女中之女儿侄女辈二三人，使侍候中君。这些原先瞧不起此地简陋生活的肤浅之徒，乍见贵宾光临，莫不大感惊讶，瞠目结舌。大君也因为这位稀客来得正是时候，所以欣喜异常；只不过又有那多管闲事的另一位公子相随，故而既觉羞涩，复感烦扰；可是，两相比较之下，他的性情倒是稳重而又富思虑，匂宫则大异其趣，故而不得不承认世所稀有的人物了。

对匂宫以尽山里方式的最诚恳招待，对于这位中纳言之君则视作主方一般随便；可是不准进入内里，却要他远远地坐在临时的客间，这也未免太过分了吧。听他埋怨，委实又于心不忍，便隔物与之谈话。"究竟这样子要到什么时候嘛。真是'恋情深刻难嬉戏'[1]啊。"牢骚未已。其实，女方倒也挺识情解趣的，只因迩来为妹妹的事情已诸多烦恼心痛，所以对于这等感情之事已深深警惕，决心不轻示以真情。即便是自己仰慕的人，到头来也终有变心之时；与其如此，倒不如无爱无憎，也无须乎争执以终，遂更加坚固其决心。中纳言之君问起匂宫其后的情形，女方便暗示其疏远之状。中纳言之君深表同情，遂告以男方实情爱深厚之真相，又表示自己也无时无刻不在密切观察中。大君听后一改态度，竟和颜悦色地对他说："等过了这阵子的心烦意乱，日后心定下来，再同您好好儿谈天吧。"虽然已不见矜持冷漠，可是隔着双方的纸门依然紧闭着。倘使硬闯其关，定会引起对方恼怒吧？唉唉，人家总有什么理由的。她也绝不像是那种肯轻易从风靡倒的人。真亏这位忠厚的公子，能够勉强抑制一颗热切的心。"这般隔着东西谈话，未免太没意思。可否像从前那样子呢？"男方虽然苦苦央求，无奈大君只回答："近来我憔悴极了，简直'耻见自身影'[2]呢，

1 句出《古今集·杂体》，无名氏作和歌，原文仅引"难嬉戏"，以其晦涩，故增益之。
2 句出《古今集·恋四》，伊势作和歌。

若教您见了面倒胃口……嗳，这又是什么心理呀。”像是微微笑着的那模样儿，实在教人倍添爱慕。“给您这样的话哄着，一天天拖延下去，到底往后是个怎么结局啊！”叹息连连之间，又像那远山中独眠的山鸟，不觉地天已近明。匂宫可不信中纳言之君仍受客人待遇，一个人独眠，便说：“中纳言之君倒是从从容容，一派主人模样儿，真教人艳羡啊。”中君却迷惑不解。

匂宫想尽办法来与中君相会，却总是这般匆匆归去。这真令公主们遗憾难堪，其实，男方心中何尝不悲苦呢？但公主们并不了解对方的心，所以只担心今后不知会演变得怎样，希望不致成为世人的笑柄才好。瞧她们真焦虑极了。其实，京城里又无处可以金屋藏娇。六条院邸里，有左大臣[1]一族住着。到如今都还在怨恨匂宫当初不肯理会与其六小姐结姻缘的样子。后来又严厉批评其浮艳风流的行径，看样子也已禀报了宫中，如今若是将这位无足轻重的女性迎去做夫人，的确难免要诸多顾虑。若只是一般情妇的话，让她去入宫仕奉，倒也乐得轻松方便，可偏偏又不能等闲视之；有朝一日，如果时移境迁，自己得立为东宫，[2]定把这一位置于众妃之上。不过，这只是他自己打的如意算盘了；目前一时还无计可施，正觉茫茫然。

中纳言之君计划于三条院邸修缮停妥后，好好儿准备一番，以迎取大君。这种时候，作为臣下的身份，实在要轻松得多了。像三亲王匂宫那样的身份，就得强忍爱恋焦虑，连偶然相会都不容易，只好彼此苦苦相思。可怜哪，索性让我去向他母后禀报那私自幽会的事情吧，或许一时会遭受世人非难物议，这倒是值得同情的；不过，对女方而言，谅不致有任何损失吧？瞧他们夜夜难安苦闷，怪可怜的。倘

1 即夕雾也。

2 此盖匂宫父母帝后意中事也。原文稍嫌晦涩，译文取其意，故稍有出入。

能够使他们有情人终成眷属，不知有多好！遂故意不再特别保密。时届冬令，换穿冬衣之类的事情，若非自己来照料，又有谁去理会她们呢？便将原先预备在三条院邸盖好后迎接母亲时所需用的帷帐啦，布帛等，也只好向母亲悄悄央求："先让我借用一下。"便都送到宇治方面去。其他种种侍女的装束等，又吩咐乳母辈特为准备好了拿过去。

十月一日许，中纳言对匂宫说："捕鱼场那边的风景也挺可观的吧。"乃催促他去观赏红叶。本来想只带一些亲信的下役和接近的殿上人，尽量不去惊动人，奈以其身份地位，自然还是会演变成铺张的举动，连左大臣家的少爷宰相中将也参加了。公卿辈之中，则除这位中纳言之君外，另有二人相随。殿上人亦颇有大批追随侍候。给宇治山里方面已先去函告知："大概会在贵处中宿，故千万请准备。去年春天赏花时相随之徒，恐难免亦将乘此机会来避雨什么的也未可知，所以千万要小心，勿令人窥见倩影才好。"云云，那信写得仔仔细细。遂换装帘子，又打扫各处。连岩石边堆积的红叶都扫除干净，泉水边的水草也拔除掉。中纳言之君更令人送来上等的果物和菜肴，甚至于帮忙的人手都派遣过来。这样凡事都依赖人家照顾，未免太过欠缺含蓄吧。可是，如今也别无他途，大概这一切都是因缘注定，便也不再费神思量，一心准备着迎客。听得见舟楫上下，管弦繁富的声音。远远的地方，隐约可见许多人在嬉戏的样子。年轻侍女都跑到岸边上来眺望。匂宫本人倒是看不见在哪里。不过，以红叶葺篷的船只像织锦一般，任意吹奏的笛音又随风阵阵作响。即便是此等隐秘的游宴，都有这么多随行人员侍候，那种受人簇拥的气派，真个不同凡响。人人都想：就算是一年一度的七夕相会，能盼到这等熠熠明星，也就心满意足了。准备要作汉诗，所以把博士们都带出来。黄昏时分，将船只停靠岸边，边奏乐边作起诗来。人人头上插着深深浅浅的红叶，在《海仙乐》的曲调下，看来莫不欣欣然；唯独匂宫有"近江之海”[1]的忧，不知心上人儿正如何苦等待着，所以显得心不在焉。

题目系出自合乎时宜者，人人轻声低吟。中纳言之君原先劝告匂宫，于众人意阑兴尽之时再出去，没想到，皇宫方面奉中宫之旨，宰相中将之兄卫门督穿戴整齐，率领一行人员浩浩荡荡赶来。这种逍遥游，无论如何隐瞒，消息终归会不胫而走，成为后世援例之本；何况听说此次无甚高位者随从，乘兴忽出，故连忙派遣殿上多人。这么一来，反而教他不好意思探访宇治山里那边。匂宫和中纳言之君都觉得十分扫兴，但是随行众人并不知二人心事，故而人人游乐陶醉至天明。次日，原以为今天又要这般度过，谁知又派来大批中宫大夫啦，其他殿上人辈。匂宫神魂不定，心实遗憾，一无归意，只得给中君那边去函。这种时候，哪有心境修辞，顶多只有诚恳细腻书写而已；许是忌避耳目众多，杂乱繁复之故吧，对方竟无回音。女方正深深感叹着：谁教自己高攀，故不得不自食其果了！索性若是人在远方嘛，还可以告慰：路途迢递不易来，终不致见弃吧什么的；可是，偏偏近在眼前游乐，却过门而不入，怎能不教人悲辛遗憾，多所感慨呢！匂宫方面则又有无限哀伤难耐。连捕鱼场的冰鱼都慕这位皇子而多多罹网，便置于深深浅浅的红叶之上逗弄，仆役们觉得新鲜有趣，人人欢乐着；而自己却独个儿满怀心事，仰望着天空。那古老的殿宇方面，有枝梢特富情趣。松树上缠盘的葛色，也看来饶有深趣，远远的自有一种幽寂之致。中纳言之君若没有给她事先去函就好了，这样子反而过意不去。去春曾追随侍候的公卿们也想起当时的花色，纷纷谈论着故八亲王去世后公主们的悲苦心境。其中恐怕有些人知道这位皇子偷偷幽会的事情吧。当然，也有全然未悉的人，不过世间人士每爱将这种山里当作话柄来议论，而公主们的事情也自然就会传闻开来。“好

1　日语“近江”音同“相会”，故取古歌词，以收音义双关之妙也。

标致啊！”“擅长筝艺呢。”“毕竟是故宫早晚教导有方。”大伙儿口口声声在那儿谈着。宰相中将乃吟咏道：

曾窥拜兮春盛时，
山里木下花灼灼，
而今秋来兮转寂悲。[1]

显然把中纳言之君当作山里方面的人来咏歌，中纳言乃答：

樱花开兮不稍滞，
秋叶转红忽已凋，
花叶为告兮无常世。

卫门督接着咏成：

秋何方兮觅无踪？
山里红叶实可恋，
竟忍相离兮去匆匆！

中宫大夫亦咏道：

人既亡兮无由览，
山里岩垣空盘缠，
葛条牢固兮竟不撼！

---

1 “木之下”日语音同“子之下”，故以喻失父之大君与中君二位公主也。

此人乃是众人中最年长者，故不禁感慨啼泣；大概是想起了故八亲王年轻时代的事情吧？匂宫便也吟咏：

秋意阑兮山里寂，
万物凋零木下空，
岭上松风兮莫吹激。

见他满眶泪水晶莹，晓悉内情的人都觉察其慕情深沉，不忍心让他坐失此良机，然而也不便于浩浩荡荡率领众人去相会呀。人人吟咏着昨日诗作中之妙句，咏颂时宜之和歌也颇不少，不过，这种醉醺醺之际，岂有佳作产生之理？稍录一部分都觉得碍眼哩。

山里那边已经觉察到，匂宫果真过门不入而返了；那警跸吆喝之声逐渐远去，令人心碎。准备迎宾侍候的侍女们也无不遗憾极了。大君更觉得：果然如同风闻的，心似“月草之色”[1]易变啊。别人都说男人爱说谎，往往对并不怎么喜欢的女人也会甜言蜜语，满口胡诌；曾听这儿的侍女们这般谈论过，那时总以为卑微的人之间才会有这等可恶的男人的吧，至于尊贵者，毕竟得顾及世人耳目，凡事自然不可能轻举妄动才对。可是，这想法未免太天真。先父在世时，定必也是风闻这位亲王风流好色，才无意迎为女婿；讵料中纳言之君竟恳恳为他转达深情，所以才偶然让他们相会，怎知会因而多了一层劳心之因，真个无聊透顶。知人知面不知心，对于他的薄幸，中纳言之君会如何作想呢？此地并无须特别顾虑者，可是侍女们心里头不知怎么想法？唉，真做了一件无聊又愚蠢的事情啊！她这般暗自思量，折磨自己，

---

1 词出《古今集·恋四》，无名氏作和歌。古代用“月草之花”染色，以其色易褪，故以喻易变之心也。

竟觉得身子不舒服，十分懊恼起来。那位中君呢，每与匂宫相会，对方总是不忘信誓旦旦，如何说变心就变心了呢？所以久久不来访，大概自有不得已的理由吧。她只好如此自我安慰。可是，话虽这么讲，亦非对于久疏过访全然不在意的；而况好不容易人儿都来到眼前了，却白白过门不入又回去，这真令人既悲辛遗憾又心痛。大君见妹妹这副消沉的样子，深深怜恤。心想：若是她确实像个公主那样，过着受人簇拥的生活，居处讲究，那位亲王谅也不敢如此怠慢吧？自己若是活得越久，也难保不会尝受这种滋味。中纳言之君百般来献殷勤，还不是在企图引诱？自己虽然坚不予理会，可是躲避也有个际限，而侍女们又费尽心机想要拉拢双方，如是，则结局或者终要演变得一样。回想先父当时一再叮咛，叫我要独善其身，岂非正在告诫勿造成此等后果吗？天生命苦，才教早别双亲，而今若是姊妹俩又同成为世之笑柄，害父母九泉之下怨叹，那可真是大不孝了。还是我自己避开这些烦扰，在罪障未深之前死去吧。她这么来回思量之间，心中委实悲苦，滴水不肯尝食，旦暮只是一心担忧自己死后的事情。不知怎的，就是放心不下，见着妹妹便觉心疼。若真让我先走一步，不知道她该会如何寂寞难忍呢？过去一向都把这美丽的身影当作朝夕的安慰，诸多费神照料着她，也暗中以为日日生活的勇气；嗳嗳，就算对方是一位尊贵的人吧，让她遭遇这等不名誉的下场，日后恐怕要过普通人的生活都会挺困难没面子的吧。我们姊妹俩何以活得如此无聊，在现世之中注定要这般寂寞无所安慰以终呢？大君不禁心怀忧戚。

匂宫心里盘算着，先回京城一趟，然后再便服微行往访。可是卫门督却已经暗中向宫里密报："就因为有这位情人的关系，才会这般率尔出游乡间。世间人士都在背后物议非难了。"母后中宫听后十分悲叹，皇上也颇为不悦。"都是让他自由自在住在乡里，才惹出这等麻烦来。"兹事体大，遂令禁足宫中。非仅此也，大伙儿又暗地里安排迎娶左大臣邸六小姐的事宜。中纳言之君风闻其事，心里非常焦急。究竟是自己的想法错了，还是他原本注定有此姻缘呢？只因为故八亲王生前操心的影像拂不去，而两位公主生得超凡脱俗，不忍她们默默无闻埋没乡间，一心想要她们过像样点儿的日子，遂费尽心血照料；偏偏凑巧这位皇子责求自己居中媒介，而且自己所悬念的大君当时又想以中君代己，颇教人扫兴，故而终于将事情设计成那种样子。现在回想起来，可真有些儿后悔；其实若将姊妹俩都占为己有，享齐人之福，别人也不见得会说一句不好听的话吧。如今，后悔莫及，直恨自己愚蠢得可以，心里头更是乱糟糟的。“如果你有什么心上人儿，尽管把她接来这边照顾好了。父皇对你特别宠爱，总是另眼看待的，随便让世人物议，可真是划不来啊。”母后旦暮训诫这位三亲王。

有一个淅淅沥沥下雨的日子，觉百无聊赖，乃径赴长姊大公主处。没想到，这儿并无甚侍女侍候，她正静览图画，便与之隔几帐对谈。匂宫一向认为长姊这种气质，于高贵之中又饶富优柔可人的模样儿，委实堪称举世无双。冷泉院的公主，则特受父院之宠爱，其人当亦别有韵致才是，可惜一直都没有机会接近言谈。此外，则恐怕山里的那位二公主，无论品貌都无逊于人了。在在都使他想起心上人儿，恋情更形增添。为着岔开这相思情，随便浏览那四处散放的图片。在许多有趣的美女图当中，也杂有画着所恋之男士的游乐啦，山里风流的居处等图片，趣随意异，充分表现出浮世万端，其间亦颇有些可供自比者，不禁稍稍受吸引，便想向长姊索求一些，好送到中君那边去。见有一幅画在五中将[1]课妹琴图，其上写着“人结契”[2]，不知怎的，竟稍稍靠近说：“从前人家兄妹之间，可没有什么设限的习惯。您怎么

1 《伊势物语》也。“在五”即“在原业平”。
2 典出《伊势物语》。见下页注1。

这般见外呀。”听他悄悄说话，长公主也正好奇地想看看到底是什么画片，便卷好了推进去。她正伏身观那图画，长发流泻，侧脸隐约可见。这一瞥，却教他惊为天人，若非亲骨肉……此刻他竟有些难忍难堪起来，遂吟咏道：

缘嫩草兮强抑制，
未忍妄想盼共衾，
心实荡漾兮欲结契。[1]

侍候跟前的侍女们，皆避匂宫而纷纷躲至一旁。长公主乍闻此歌，觉得这未免荒谬绝伦，怒极不肯说话。这也难怪她。不过，匂宫倒想起了那故事中回答她兄长“若有思”[2]的公主，觉得既识趣又可恶哩。去世的紫夫人特别将这对姊弟拉拢得亲近，致使他们在许多兄弟姊妹当中显得格外融洽。母后对这位长公主也特别钟爱呵护，身边侍女之中，貌稍逊者，都觉得难以侍候似的。周遭尽是家世良好的人家女儿在执役。这位好奇心重的匂宫与这些新鲜的侍女们当中，偶亦有逢场作戏之交，然而仍一刻不能忘怀宇治山里那边的中君。只是，实在久疏往访了！

山里方面呢，日子在空等待中逝去，便不由得悲观地想：果然是见弃于人了。讵料一日，中纳言之君忽然造访。原来他风闻大君不适，故专程来探病。其实，未见得是什么大不了的病，却借故未肯答应接见。“人家好不容易迢递赶来探望的呀。至少让我靠近她卧着的枕边也好。”拗不过男方苦苦央求，只得延请入起居间帘前。大君虽

---

1 此取《伊势物语》典故化为和歌。谓长公主似嫩草美丽，但以姊弟之故，未便妄想结为夫妻，然心中实激荡也。

2 《伊势物语》中，公主答其兄之歌词也。

感困扰，倒也不过分冷漠地抬头作答。中纳言之君提及那次匂宫无限遗憾徒然往返的舟游之事，又安慰：“请耐心等候。不要自怨自艾，怀恨人家。”“她本人倒没有说什么，可是每想起先父所警惕训诫的便是这种事情，心中便不忍……”大君像在那儿哭泣的样子。这真教中纳言之君怜恤，连带地觉得自己也十分抱歉了。“世上之事，多半是困难重重，对于涉世未深的人来讲，不免要觉得十分遗憾可恨。可是千万请稍忍耐。我想绝不会有什么可担忧的。”一方面又觉得：何以自己处处要替别人着想照料呢？这事情可真有点儿莫名其妙哩。

病人每到夜间就会觉得愈不舒坦，中君担心有个旁人在姊姊身边，或不太方便，遂令侍女们劝说：“还是请到那边房里去。”中纳言之君却说：“知道她身子不舒服，才魂不守舍地专程赶来探望。现在却要赶我出去，这也未免太冷漠见外了吧。这种时候，若不是我，谁还会来细心看护呢？”乃与辨之君商量，使修法事祈祷。大君本人并不喜欢如此，她宁愿早些步先父后尘；可是既不便明言，而对方一片好意，要替自己祈求长生，也着实教人感动。翌晨，中纳言之君慰问：“觉得好点儿没有？至少，像昨天那样子，跟我谈谈好吗？”大君便令人传言道：“许是病了多天的缘故吧，今日觉得特别难过。不过，还是请到这边来好了。”真是教人不忍心。不知究竟如何？瞧她比平时显得更优和亲近，反而使人心痛。中纳言之君靠移过去，与之细腻谈话。“唉，太难过了，连话都说不上来。请让我歇一会儿再谈吧。”声音细弱，有气无力的样子，教人无限怜恤。男方叹息连连，不过，也不便长时盘桓，虽然挂虑着，也只得依依告辞。“我看，还是这个居所不大合适的缘故吧，乘养病换住所之便，找个比较适当的地方搬过去好了。”临走留言，又殷殷嘱咐阿阇梨，盼其用心祈祷。

在这位中纳言的随从之中，有个与这山里的年轻侍女不知何时起结了深交的人。某次，二人谈话之间，那仆役说起：“据说，匂宫已不再四处游荡，给软禁在宫里头哩。大概跟左大臣的六小姐已论及婚嫁，女方当然是求之不得，所以年内就会举行大典吧。三亲王那边可不太愿意，所以在宫里头还是惹东惹西挺风流的，皇上和皇后骂都骂不听呢。说实在的，只有咱们中纳言之君哪，生得一本正经，反而教人起疑。别人看他时常往这儿跑，都说他怪有深情的呢！”那侍女又将这话在朋辈中来谈论，道是如此这般云云，大君听了，不禁为之心碎。唉唉，缘尽于此，原来，人家不过是把咱们这儿当作与门当户对的小姐定亲之间的逢场作戏对象罢了。怕是碍于中纳言之君的面子，所以才在口头上甜言蜜语一番。想到人情冷暖，更觉无处容身，便伤心地幽幽哭泣起来。身体本已不舒服，这么一来，更没有意思活下去。虽然侍女辈之前，也无须多所顾虑，究竟有些尴尬，故只得佯装不知，静卧着。中君正打着盹儿。所谓“假寐缘相思”[1]，她那模样儿乖巧极了。枕腕而眠，乌发丰饶，真个风情万种，世所稀有。见此则忽又忆起先父遗言，内心刺痛；不知父亲是否正彷徨地狱呢？无论您在何处，请将女儿召唤过去吧，难道真忍心舍弃我们，连个梦也不肯托吗？她独自胡思乱想。

日暮时分，下起雨来，那吹过林木的风，萧萧作响，凄凉无比。大君思前虑后，独自斜倚隐几歇着，看来十分高雅有致。白衣之上，那久未梳栉的乌发仍然一丝不乱地流泻着。迩来内心的烦恼使她看来有些苍白，却反而增添一分清艳的韵味。那深思的眼梢啦，额际等，恨不能让有情人来欣赏呢。正假寐的中君这时也被猛烈的风声吵醒。这一位则穿着黄色、浅红色等鲜明的衣裳，脸庞也像染了颜色一样红晕，美艳动人，若不识忧愁然。“我梦见父亲了。他忧思满面地在这附近徘徊呢。”大君愈觉伤悲：“我倒是自从他去世后，一直想在梦中

1　句出《拾遗集·恋四》，无名氏作和歌。

相会，始终就是见不着。”姊妹俩双双哭起来。难道是近来旦暮思念，所以先父的亡魂才显现的吗？啊，多么想追随父亲于九泉之下，可是像我这罪孽深重的人……大君禁不住为后世之事而担忧。现在若能得着昔日唐国的反魂香[1]就好了！

天黑之后，匂宫有信送达。正值伤心迷乱之际，多少总可以安慰的吧。中君却不肯过目。“还是心平气和给人家回一封信吧。万一我有个三长两短的话，只怕别个男人会比这一位更鲁莽呢。就算他难得这样想起来写封信吧，旁人也就不敢随便插手了。我知道你内心恨着他，但是，如今也只好仰赖他啊。”“姊姊，您要留下我一个人先走，未免太狠心。”中君不禁以袖遮面，嘤嘤哭起来。“寿命既是天定，早就想追父亲之后，却苟活到今日。所谓‘未知明日身’[2]，这世间诚可叹，我这小命之所以可惜，究竟是为了谁，你难道还不明白吗？”遂令人挪近灯光，览阅其函。照例又是绵绵密密的内容，又附和歌：

仰首眺兮此苍天，
苍天无异同往时，
何故雨势兮添爱怜？

“袖袪湿如斯”[3]，古代或有此歌吧？挺熟悉的句子；可是，想到竟或是对方表面敷衍的甜言蜜语，心里更加怨恨。像他那样世所稀有的一表人才，又刻意作态以吸引女性，这就怪不得年轻的妹妹会深深恋慕他了。她的恋情与日俱增，而男方的誓言又犹在耳畔，难道竟遭受此遗

1 谓李夫人亡后，汉武帝于甘泉殿内焚其像，仿佛见其影像事。白居易《李夫人》诗：“汉武帝，初丧李夫人。夫人病时不肯别，……九华帐深夜悄悄，反魂香降夫人魂。夫人之魂在何许？香烟引到焚香处。……”

2 句出《古今集·哀伤》，贯之作和歌。

3 典出未明。

弃的下场吗？便又不得不这样想回来。那使者说："请让我在今夜之内奉回复函。"大伙儿更在旁边催促，故只得为书一言：

霰雪降兮深山里，
朝夕阴霾更沉沉，
心似天暗兮悲未已。

十月末了。不觉地已过了一个月，匂宫心中忐忑不安，总想着，今晚吧，今晚吧，却又"多障碍"[1]地迁延下来。今年五节之日来得特别早，宫里头到处喧喧扰扰，竟致更加疏隔。宇治山里方面，不堪久候苦等；而匂宫本身则有时虽与侍女们调戏，却也一刻难忘中君。关于左大臣家六小姐之事，中宫也说："还是先找一位像她这样有扎实后台的人放在身边，如其另有喜欢的对象，再把她接进宫里来，免得在外面四处游荡。"不过，匂宫表面推托说："目前还有些要考虑的事情。"实则心里希望不至于辜负那位心上人儿；只是，山里方面并不知道他这一番心意，故而随着时光流转，愈觉悲苦不堪。

连中纳言之君都感觉诧异，真个没有料及这匂宫竟是如此薄幸的男人，内心深深同情女方，所以也就懒得去探访他。至于宇治那边，倒是频频往访探病："究竟怎么样了？"改月之后，听说病情稍愈，而公私两忙，已经有五六天都未差人去慰问，故有些焦虑，便毅然丢弃了许多重要的事务来访。本来说好祈祷法事要持续到痊愈之后，没料竟因病情转佳，而让阿阇梨回去了。周遭侍候的也不多，只有那个老侍女出来禀报病状。"其实，也说不上哪儿特别不舒服，就是什么东西都不肯吃。她呀，本来就生得与众不同，柔柔弱弱的；加上有了

1　词出《拾遗集·恋四》，人麿和歌。

这位亲王的事情以后，心事又特别多，连些许果物都不愿进食，所以才衰弱得怕人，看来是没什么希望了！我自己这条劳碌命，活得倒也长，却偏偏教我拜见了这等事情，真恨不得早些儿死掉算了。”言犹未了，便幽幽哭泣起来。这也委实怪不得她啊。“既然如此，何以不早点儿告知我呢？这阵子宫里、家里诸多事，所以心里虽惦着，也抽不出空来拜访。”说罢，径自走到那间屋子里去。虽然靠近枕边说话，不知是否声音嗄哑了，竟连话都懒得答。“瞧您，病得这么厉害，也没有个人来相告，这未免太见外了。真个枉费我一片关怀啊。”口头上虽然埋怨着，倒是立刻派人去延请许多世称灵验的法师。预备明天开始就又要举行诵经修法，所以京城方面也有不少人赶来，府邸上下忽又变得十分热闹起来，那种不安的气氛也一扫而尽，人人觉得心中踏实多了。

日已暮，便又照常地说：“请到那边房间去。”准备羹肴招待，但中纳言之君却说：“至少让我就近照顾她吧。”南面厢房里有僧侣们在，故于东面近病房处设屏风而入。中君颇有些不以为然的样子，但是侍女辈皆以为他们二人之间已非泛泛之交，故亦无意特设隔限。初夜[1]开始，便不停念诵《法华经》。尽选声音优美者十二人齐声诵读，故而十分悦耳动人。灯火点燃在南面的房间，内里幽暗，故掀开几帐稍稍挪移入内，见有老女二三人侍候着。中君忽然躲起来，周遭人少，病人寂寞独卧着。中纳言之君拉着大君的手说：“请让我听一听声音好吗？”“我心里何尝不这样想呢，只是一开口说话就觉得吃力。您这阵子很久都没有来，还以为见不到您就要死了，真是悲伤……”她喘着气吃力地说。“没想到害您这样等待，都没有过来看看您。”中纳言之君不禁忍声低泣。大君的头上烧得很烫。“究竟是什么罪过的报应啊。

1　约为午后八时，诵经勤行之时间。

听说是害人怨恨才会生病的呢。”他附耳绵绵细诉着，真教女方又烦扰又羞涩，遂以袖遮脸。见她娇娇弱弱卧在那儿，男方忽觉：若是果真失去了眼前这个人儿，自己不知会怎么样？遂有肝胆欲裂之感。“你长期看顾病人，恐怕挺累的吧。今晚请好好儿休息。有我在这儿看守着。”听他这样讲，中君虽然不免担心，倒也认为其中必有原因，故而稍稍引退。

虽然隔着东西，见他靠近窥看，大君心里既难过又害臊；不过，另一方面又认为：大概是命定这种缘分吧，而且，对方禀性忠厚，绝非那种轻举妄动的人，尤其是与另外一位亲王相比，则更显得优和可取多了。为着自己亡后设想，也不希望对方把自己看作顽强无情的人，所以耐住性子，没有严加拒绝。中纳言之君彻夜指挥侍女，令上汤药等等，无奈病人滴水不肯进。啊，真是糟糕，到底怎么办才好呢？他心里沉痛极了。黎明时分，换班的僧侣们在念诵不断经，那声音庄严无比。原来假寐着的夜居僧阿阇梨，这时也忽然醒来，开始念《陀罗尼经》。他的声音虽然苍老枯嗄，却听来甚有功德修养的样子。借问大君“今晚觉得如何？”之际，不禁谈及故八亲王之事，遂又忍不住一个劲儿擤涕道："不知道他这会儿转生到哪个国度去了。我猜想是应该在极乐净土才对，可是，前些时候梦见的他，还穿着俗世的衣裳，又说：‘早就心生厌离之念，所以对浮生一无执着，可是为了些许事体而心思紊乱，致暂时不得偿遂所愿，实在遗憾至极。请帮助我达成往生之志吧。’他明明白白如此托梦。我也不知道究竟该怎样为他服务，只得尽量物色有德行的法师五六人，叫他们诵《弥陀经》的称名念佛。及后又兴一念，所以特令举行常不轻菩萨的礼拜[1]。”大君

1　常不轻为梵语Sadāparibhūta之意译。比丘不专诵读经典，但行礼拜，乃至远见四众亦故往礼拜赞叹。

听后，哭泣愈烈。想到自己或即是那妨碍先父成佛的原因，便于病痛之中更觉罪业深重，恨不能即刻消亡。如其可能，最好是乘他尚未抵达极乐世界彷徨徘徊的现在，与之相伴陪侍吧。她躲在那儿这般来回思量。

阿阇梨说完几句话便离去。那些遴选为常不轻勤行的僧侣，方自宇治山里巡回走到京城附近，于晨晓的寒风中勉行回来，走向阿阇梨勤行之处。他们走近中门，正庄严隆重地行回向顶礼。听他们齐声颂唱偈文，深深受感动。这位客人原本也是热心佛道的，故此刻更是感慨无量。中君不放心长姊的病况，来到里边几帐之后。中纳言之君觉察到，乃正襟危坐说："方才那常不轻的颂祷声，不知您听了作何感想呢？这种祷告虽然不用于隆重的法事场合，可是听来毕竟仍然是十分尊贵的。"

雾凄凄兮汀洲冷，
千鸟振翼啼声悲，[1]
愁绪更添兮清晨景。

他咏起歌来，却像是普通说话一般。不知何故，模样儿竟有些类似那位薄幸郎君之处。中君觉得难以直接作答，乃由辨之君传言：

晨晓霜兮千鸟啼，
声声悲鸣亦辛苦，
可知一人兮情凄迷？[2]

---

1 薰此歌盖以千鸟（短喙鸟总称）啼声，比拟常不轻诵声也。
2 中君自称心似千鸟悲啼，凄迷辛苦也。

老女代年轻的中君而言，虽非适当人选，倒也吟咏来十分有韵味。

即便是此类歌诗往返，那位长公主的表现也总是含蓄有致，令人怀念，倘若真的就此永诀，真不知何以自处。中纳言之君不禁忧心如焚。想到阿阇梨说故八亲王托梦之事，谅必是放心不下公主们，从天上什么地方在窥临下界的吧？遂特令诵经于故人曾经斋戒的寺院中。又派使者于各方，使主持祈祷。至于京城方面，则公私两告假，一心只在照料祭祀啦，祓禊等事务上；可是，看来并非妖物附身，所以丝毫不见灵验。这种时候，若病人本身也求菩萨保佑的话，或者另当别论，奈她自己恨不得就此死去，眼看着中纳言之君这般缠绊照料，俨然夫妇之态，更加无所逃避；却又怕现今这股热情，往后若销匿，岂不痛苦？便想：假如命定死不得，则只有假借此次生病求为尼，唯此一途，才能长保不变之心；无论如何，定要贯彻此决心才是。不过，心中虽这样想，口上不便说出，故只得告诉中君："大概是没有救了。不过，据说受戒的话，可以托菩萨保佑，延年益寿，所以请你去跟阿阇梨请求一下。"大伙儿闻此意，皆啼泣喧嚣。"这是什么话！这样教关心您的中纳言之君听了会怎么伤心失望啊！"人人反对，故也无人去告知中纳言之君。大君心里独自衔恨。

中纳言之君守候在此地的消息不胫而走，所以也有人老远地专程赶来探望慰问。平时侍候左右的家司役者，都看出这位少爷不寻常的心事，个个私下也在那儿祈祷啦什么的，都由衷表示关怀情切。今天是丰明节会之日，中纳言之君不禁抬头仰望京都方向的天空。此日风吹得紧，雨雪霏霏。京城方面，怕不至于如此吧。他内心难免有些许寂寞惆怅，果真只有如此诀别的缘分吗？颇觉得难堪，但是又无由恨人，只期望暂时恢复她健康之躯，对着那娇美可恋的人儿，让自己倾诉心里蕴藏的话语，于愿足矣。在他独自思量之间，这一天竟黯淡无光地过去了。

云叆叆兮翳四方，
日影不及深山岙，
心房深锁兮暗无光。

不过，山里方面倒是因为这位公子，人人觉可安慰，可依赖。中纳言之君守候在这病房近侧，没想到风把几帐吹得高高，里面一览无遗，中君连忙避入里间去。侍女们自惭形秽，亦纷纷躲了起来。中纳言之君乘机挪移靠近大君跟前说："觉得怎样了？已经尽了全心祈祷求佛，可是竟这般连声音都听不到，真是教人伤心哪。如果留下我先走，可要怨恨的哦。"他泣啼而诉。女方明明已是神魂不定，却仍知道以袖遮面。"若是我身子稍微舒泰一些，倒是有些话语想同您说一说的；唉，可惜现在人都快不管用了，真个遗憾哪……"见其悲苦之状，男方更禁不住泪水泉涌，明知道不可以让她看见这副忧虑不吉的样子，勉强克制着，终究忍不住举声哀泣起来。唉唉，到底是何种宿缘，这般恋慕，又备尝辛苦万端，却不免于诀别啊？若她的容貌稍有缺憾，或者可以浇醒热情；于是仔细端详，谁知愈看愈觉得美丽，又深觉她惹人怜恤，实堪珍爱。手腕虽已瘦削细弱，肌肤色泽则依然白皙如常。裹着一袭柔软的白衣，身子露在衾被之外，好似那中空的娃娃卧在那儿，头发未见得丰多，却自枕头流泻而下，乌亮美丽。唉，这么标致的人儿，到底会如何呢？想到她就要从这个世界上消失，心里便无限悲痛。由于久病，也无甚装扮修饰，却远较衣着华贵装腔作势的妇人更胜一筹，愈仔细欣赏，愈教人恋情难抑。"您若要先走，我也不再片刻留恋这世间了。倘使命未尽，定要苟活，那也要找个深山躲起来。我只担心令妹一个人孤单单遗留下来啊。"他费尽口舌想听大君说一声话，所以故意提出中君之事来。果然，她把那挡着脸的袖子稍稍挪开来说："早知自己命薄，让您看作冷漠的女人也没有办法。过去我也曾要您将舍妹当作我，好好儿照顾她，偏偏未蒙您接纳；唉，倘使您当时肯依我的话，现在也就可以让我安心闭目了。若说有什么留恋遗恨的，该只有这件事情啊。”“怪只怪我这条命，生就多劳碌的吧，就是没办法教我移情于别人，所以也就没法子遵命。如今想来，又悔又不忍心。不过，令妹的事情，千万不要挂虑。”一面安慰，一面见她状至痛苦，便又召进修法的阿阇梨等人，又另请灵验高明的法师，为之祷告作法。他自己当然也虔诚拜佛。难道偏偏是菩萨要她厌倦这世界，离开这世界，才教她尝尽这等悲苦吗？竟然眼看着人儿像草木之枯萎似的，悄然故去，这真是可悲可哀！挽留无方，跺着脚悔恨，也顾不得别人会笑自己愚蠢。见大限终于来临，中君恨不能自己也追随姊姊而去，哭泣狂乱，实在也难怪她呀。见其哀号失态，那爱管闲事的老侍女说："这样不吉祥。"硬把她拉开。中纳言之君只觉得这一切太不可能，是做梦吧？遂令移近灯台，拨亮了火来看。那用袖子遮着的脸，就像是睡着一般安详，与平常都无分别，静静躺着的姿势也依旧美丽。若其可以像空蝉脱壳似的留在这儿……他不禁又胡思乱想起来。遂为她举行临终法事。掠起长发，微闻一缕薰香，与往日都无异，多么令人怀念的妙香啊。这位女性到底什么地方有一点儿缺陷，能教人忘怀？菩萨若有意指证应该舍弃这世间，那就应该让这一张脸丑陋恐怖，便也聊堪持作悲离的觉悟。他这般反复在心中念佛，可是仍无法定心，徒然地悲苦愈增。而今也无可如何，只得狠心将遗骸附予荼毗。可怜，只好筹划葬礼诸端。似步行在空气中一般，茫茫然跟随着葬礼行列。葬礼仪式忽已成为过去，连荼毗的烟火都飘然消失，于是又惘然归来。

守制的人众多，所以多少可以消解悲愁，中君却自觉无颜见人，故而抑郁度日，简直同行尸走肉一般。匂宫方面，颇有吊问之信函频频送达，可是，想起亡姊对这位亲王的薄幸衔恨以终，便心中十分不满意这段姻缘。中纳言之君有意乘此深尝浮生悲苦滋味之际，偿遂出家的本愿，可是，一则担心母亲，再者，中君的前途也堪虞，所以忧思纷乱；或许应该遵照大君的遗言，将她视作亡者的替身纪念，好好儿照料吧？当然啦，在自己的立场来讲，无论那人儿曾经怎样一再叮咛，姊妹俩是一心同体，终究无法把这一位真当作心上人来看待；不过，与其害她这般为情憔悴[1]，倒真不如做个聊天的伴侣，互相慰勉关怀也罢。这一向，京城方面已不再露面，真正与世隔绝，独自郁郁固守山里，世人才晓悉其不寻常之感情，上自宫里，各方纷纷有人来慰问。而日子竟在这期间悠悠逝去。每逢七日的佛事，都十分郑重其事举行，然而，无论怎样费心虔诚供养，世俗礼制也总有际限，所以无法为之服丧，见她生前近侍的人换穿墨色的丧服，不禁感慨成咏：

血泪落兮悲凄恻，
奈何无缘攀姻亲，
遂令墨色兮染不得。

那寻常颜色的衣裳，像不解的冰一般散发着光泽，而泪水又濡湿其上，这副沉思默想的姿态，尤觉优雅清秀。侍女们纷纷偷窥，互相啼泣而言："故去的人，固然是说也无用，而这位经常拜见的公子，倘使连他也不再光临，那就太教人伤心了。唉，到底是怎么一种宿世因缘啊。瞧他这般殷勤亲切，竟想不到双方就是没有一点儿缘分！"中纳言之君则对中君说："而今，我已经把您看作令姊的替身纪念，所以什

1 谓中君为匂宫憔悴事也。此段原文，以主格省略之故，颇嫌晦涩，今稍益之，以求明白。

么事儿都跟您说，也愿意承担。请不要见外。”话虽如此，女方每一念及自身不幸，便对凡事都有所蒂芥，连面对谈话都不愿意。这位二公主看来更大方，较诸乃姊稍带稚气而又高贵，不过，若论性情温顺啦，含蓄有致方面，则似嫌略逊一筹。男方遇事总难免两相比较。

此日天空阴暗，雨雪霏霏。中纳言之君终日沉思，谈说世事乏味之际，十二月的月光普射，遂令人卷帘眺望。这时，对岸的寺钟“今日又暮”[1]然微响，他“欹枕听”[2]而吟咏道：

月冉冉兮西天行，
心慕澄辉欲追迹，
终究无常兮叹浮生。[3]

风吹得猛，遂令放下木格子窗户，见月华普照，河冰反射群山似镜，赏心悦目，饶富情致。都市里的生活，再怎么奢华讲究，都无法与之比拟。唉，若能教死去的人复苏，共赏此时此景，不知有多美妙啊！此念一兴，更觉悲痛欲绝。

恋亡人兮悲欲绝，
天竺雪山有药灵，
愿得妙方兮从此别。[4]

那教人偈句前半段的鬼，现在出现就好了，如此则可以借求法之名，

1 句出《拾遗集·哀伤》，无名氏作和歌。
2 此与前文“卷帘”云云盖暗引白居易《重题》诗句：“遗爱寺泉欹枕听，香炉峰雪拨帘看。”
3 薰此歌以月拟大君，谓欲追踪其迹归西天也。
4 相传天竺雪山有灵药。薰此歌盖谓盼得速死妙方，追慕亡人，从此永别人世也。

自献其身。他甚至于异想天开地兴起这种道心哩[1]。

年轻的侍女们，见中纳言之君那种从容稳健的言行举止，甚是思虑深远，莫不由衷敬佩仰慕。年长者，则更因而追念故去的长公主。“她病态严重，都是因受那位寡情的亲王打击，只恐成为世人笑柄之故啊。”“她呀，又怕让二公主看穿心事，所以独个儿忍耐，抑压在心里头，连些许糕点、果物都不肯吃，身子只有越来越羸弱了。”“表面上虽然不动声色，实则她心底凡事挺在意。”“当初就是为了二公主的事情，自责违背了故主的遗志，才弄得那样子病恹恹的呢。”众人一有空便互相追怀谈论，无不泪水盈眶。中纳言之君也深感内疚：这一切都是自己惹来的是非烦恼，害她那样悲苦，恨不能退回昔日的过错；而今，他悔恨世事一切，一心在于念佛诵经。似眠未眠之间，度过一夜，天色仍然黑暗，阴沉沉的天空，看来十分寒冷，外头却有人声嘈杂，更有马嘶之声。到底是谁呀？这夜深时分竟会踏雪来访？连僧侣们都在讶异。原来是那匂宫，穿着狩衣便服，带着一身露湿来临。听见叩门的声音，分明是那人无疑，中纳言之君便暂避到里间去。距离大君终七的日期尚远，匂宫却已等不及，整夜冒着雪径迷离来访。

中君心底几乎忘却平日怨恨，可是也并不想与之相见。害亡姊为此而担忧，已足令人羞愧，生前既无由安慰，就算今后表现诚意，又有何用？她沉思忧虑，心乱如麻，然而周遭的人偏在那儿纷纷规劝，只得隔物与之对谈。男方费尽口舌辩解久疏走访之缘由，并求原谅。女方则倾耳聆听。不过，她那模样儿有气乏力，好像连人儿都要随长

1 昔雪山童子遇鬼求法，鬼谓：“诸行无常，是生灭法。”末二句因饥饿难言。童子问：“何所食？”则告以：“食血肉。”童子曰：“愿以吾身与汝，请告末二句。”则言：“生灭灭已，寂灭为乐。”童子以句刻于石壁，遂以身献鬼。（典出《阿含经》及《涅槃经》）

姊去也似的，娇弱可怜，教人心疼。匂宫遂不顾自身受责备与否，今夜决计留宿于此。“请别隔着东西见面呀。”虽然再三央求，女方始终托词：“等心情稍定之后再说吧。”坚不妥协。中纳言之君闻悉，便召侍女暗中告诫：“这一向受到意外冷漠待遇，也难怪她怨恨；不过，即使惩罚人家，也不要太过分才好。这位亲王呀，可是从来没有尝过这种滋味的，心中谅必是很不好受哦。”但是，这么一来，在这位公子之前，害她更得忌讳，所以羞得连话都说不上来了。“嗳嗳，真的这么心肠硬吗？从前同您说的约誓，想必是都忘光了吧。”匂宫怨怼不已。晚风凄厉，虽云咎由自取，终究难免叹息连连地卧着。中君颇有些不忍心，故与之隔物对语。匂宫竟引“千千神祇”[1]为证，侃侃而谈不变之心。怎的如此能言善道啊？中君倒听得有些厌烦起来，但是，与其疏隔未肯来访的冷漠寡情相比，相会总是可喜，尤其是见到他令人心情温暖的优美姿容，自己心里也明白，真要怨恨，还不是容易的事情呢，便只好温顺地听他说话。

顾来路兮既茫茫，
君情冷漠不可恃，
如何前途兮堪指望。

娇声微闻。匂宫反觉得胸口郁塞，无法舒畅。

“觉人生兮既短促，
更应珍惜眼前时，
请从吾言兮莫踯躅。

1 典出未详。

世事多变幻，请不要再作无谓罪过的猜忌吧。”虽然多方说服，却借口“身子不舒服”，终于还是退入内里去。

留下匂宫一个人，当着侍女面前，怪难堪的，便只有叹息连连度过一宿。难怪她怨恨，可是想到她那寡情冷漠的待遇，便不禁泪水直流；不知女方心中作何感想？他这样来回思量猜测，觉得十分不忍。见中纳言之君在此态度自然，一副主人派头，随心所欲地指挥众人，大伙儿侍候他进食等等，则又觉得可怜复有趣。只是，他心痛之余身体清癯，脸色苍白，神情茫然，又教人心酸，故虔诚致慰问之辞。中纳言之君则明知说也无用，却想将大君生前的情况诸事来向这位亲王倾诉，复又认为这种话说出口来，未免太没出息，又显得婆婆妈妈，便也只有三言两语言不及意了事。由于长时间的哭泣，面庞稍嫌有异平时，但是并不难看，反倒显得更清秀优雅。匂宫禁不住想：假如自己是女性的话，难保不会为这位公子变心哩。他自己有那种可恶的癖好，故不禁多所挂虑，觉得的确该想个办法，在不受世人谴责物议的情况下，把中君带回京都去住才好。

虽然饱尝冷漠的待遇，但这事情若教宫里头知悉也不妙，所以只好当天回去。临别之际，费尽口舌安慰，奈女方只想让他知道“换我心为你心，始知相忆深”[1]，所以也不稍示原谅之态。一年将暮时，即使非这种偏僻之地，天空的模样也有异于平时，而况这山里的雪下个不停，堆积已厚，中纳言之君沉思眺望度日，心中无限怅惘，直如在梦境中。斋七的法事，依然不废怠。匂宫方面也举行诵经，又送来各种隆重的布施。然而，新年来临，难道真要始终固守此地啼泣度日吗？京城方面，已经在担心：何以躲在此乡下，竟一无音讯呢？遂频频差人来问候。于是，不得不回去，念及此，心中便隐隐作痛。这位

1　典出未详。以其义近，故径采顾敻词。

公子滞留此殿期间，自然人来人往不少；但他这一走，定将顿形寂寥无疑。侍女们悲伤不忍，与大君去世之际的喧喧扰扰相较，如今安定下来，反倒更觉无法忍受哩。“与过去偶然借故光临那时候相比，近来一直逗留在这儿，他那为人举止才更教人景仰亲慕呢。无论是一些游戏啦，认真的事情等，在在都表露出那深厚的用意哟。”“难道真的就此看不到他了吗？”大伙儿面面相觑，泪流不已。

匂宫有信来谓：“拜访不易，思虑再三，决计迎驾近处。”原来是母后宫中有所闻悉，连中纳言都热烈倾心其姊大君，则中君谅亦非等闲寻常妇人，遂兴怜恤之心，便私下示意迎来二条院的西侧对屋，如此则便利时相过访。虽然匂宫内心不免怀疑，母亲此举，是否要将中君当作长姊的侍女，不过，究竟从此得经常见面，也是好事，便喜滋滋将消息传告的吧。但是，在中纳言方面讲，则自己原本也有意于三条院殿落成后迎接心上人儿大君；如今，至少若能将中君来代替其姊相迎，也聊堪安慰的，遂反觉后悔不已。然而，这倒不是像匂宫所揣测那样；中纳言之君只是觉得：照拂这位二公主的琐事万端，舍己而外，更有谁人能够真正做得到呢！

第四十八帖

早　　蕨

即便是忧郁的宇治山里，那“无偏私”[1]的春光也依旧普照。中君见此，却觉得一切像做梦一般，如何度过了这许多日月啊。过去，每当时序推移，花色鸟鸣，总是与姊姊朝夕同心共赏。譬如作歌吧，你咏上句、我歌下句的合作，世事忧愁，也因为可以互相倾诉，内心才有所寄托安慰；而今，无论悲喜都无人分担共享，凡事只有独自忧思郁悒。这悲苦难耐，较诸丧父之时更甚，真不知何以排遣，致不辨旦暮流逝，思绪纷乱。不过，人命天定，可怜，死亦无由啊。阿阇梨那边有信送达，道是：“岁改以后如何？老僧则依然未曾怠惰祈祷。如今只担心玉体健康，一心为此祷告而已。”又另有嫩蕨、笔头菜等，盛在风雅的篮子里送来：“这些都是童子们给老僧的新鲜东西。”那笔迹十分拙质，诗歌也故意一字一字分开来书写。

“为君采兮春草嫩，

1　词出《古今集·杂上》，布留今道作和歌。

年年此时常不忘，
采得初蕨兮聊供献。

请转呈二公主前。”谅这首和歌必定害他费了不少心神吧，这样看来，便觉得歌词格外感人；与那位口是心非矫揉造作的人所作敷衍的文章相比，委实扣人心弦，泪水不禁涌出，便令侍女代作答歌：

岭上草兮谁为赏，
父逝姊亡侬独留，
今春早蕨兮增怅惘。

遂赐禄与使者。

而今正值盛年，美丽无比，却因心事重重而略显清瘦，这样反而添加几许艳逸的风韵，更有几分与大君相似之处。当其姊妹俩双双在一起的时候，并未见得有何相像之点，近来则偶然会忽教人误以为是亡姊再世呢。“瞧中纳言之君伤心得像什么似的，恨不能保住遗骸，朝晚思思恋恋；其实，他何以不得跟这位二公主结姻缘呢？”人人为之惋惜不已。中纳言之君方面有人常来此地，[1]所以双方尚得经常保持互通音讯。听说他内心的悲痛至今未消，失魂落魄的，新年已到，而泪眼始终未干；这样看来，果真不是一时浅薄之情啊。中君至今才深深感动。

匂宫愈觉得出外不便，便欲迎接中君来京都。过了内宴[2]等热闹喧扰的日子后，中纳言之君不知心中所余之事应与谁商量，遂于某日

1 薰之仆役中，有一人与宇治山里之侍女相好，盖指其人也（事见前帖“总角”文）。
2 正月二十日左右，宫中于仁寿殿举行诗文宴飨。

过访兵部卿之宫。时值黄昏静寂，匂宫在靠外处眺望景色。他一面弹筝，一面正欣赏着最喜爱的红梅芬芳。中纳言之君折取下枝一节来。那清香艳逸，教人赏爱，匂宫不禁咏出口来：

折花人兮类此花，
红梅含苞香内蕴，
沉寂收敛兮胜喧哗。[1]

中纳言之君也答咏道：

“无心眺兮折芳枝，
讵料竟遭人讥刺，
早应用心兮将花持。[2]

真个多心啊。”瞧他们戏谑互逗，真是一对亲昵的朋友。于是闲话种种，匂宫问起山里方面的情况：“究竟如何了？”中纳言之君便把过去一段日子里无可言喻的悲哀啦，自大君去世至今日未尝断绝的悲叹啦，以及片刻难忘的记忆种种，又哀感又有趣地啼笑叙说。匂宫本是多情种子，善感而又多泪，所以他人之事当己事地沾湿了衣袖，听得入神。赶巧，这时的天空又像是洞悉人间哀伤似的，叆叆云霞满天。日暮以后，强风吹起，尚余冬天景象，相当寒冷。油灯任其熄灭，

---

1 原歌词意简单，已尽于译诗一二两句，第三句为补足形式，且显现其弦外之音也。匂宫此歌盖以红梅之含苞蕴香喻薰，谓其私心欲占中君为己有而表面伪装平静内敛也。

2 薰此答歌则以花拟中君，谓己一片无心好意，反遭匂宫讥刺；早知如此，不如用心占有也。

“春夜暗不明”[1]，朦朦胧胧看不清，却也彼此不舍得中止谈话，话兴未尽，而夜已深沉。大君与中纳言之间的交情真是世所稀有。匂宫问：“恐怕不止这一点关系吧？”觉其中似若尚有隐情然，则系以小人之心度君子心了。不过，说实在的，这位亲王倒真不失为有识见、有同情心的人，所以时则安慰，时则劝勉，使中纳言之君那悒郁深锁的心房得以逐渐开朗忘忧，经他百般说服，听的人竟不知不觉间受到影响，将深藏心底的话语慢慢吐露，心情也就比较好转些。匂宫也将自己准备迎接中君来近处住的事情相告。“那可真是太好了。若非这样子，我是会觉得歉疚的。我所难忘的人儿，除了这位二公主以外，便别无他人，这倒不是像你所猜测的那种居心，只希望自己能够照料她的生活琐事而已，请你千万不要误会才好。”遂又将大君曾谓“请视同我本身”，有意叫自己照料中君的意思也稍予透露，不过，关于自己在宇治山里曾误入中君寝室那一晚的事情，[2]则绝口不提。心中倒也难免想：其实思思恋恋难忘的人儿所遗留下来的替身纪念，自己才真该像匂宫那样来照顾她的呀。越想越有些儿后悔，可是为时已迟，倘使这样想下去，说不定竟会犯下什么大错，那就对大家都不好，太愚昧无聊了，所以只得赶紧打消此念。同时又觉得：中君若其真要迁移于京都，亲切照料一切的，舍我其谁？便也就一点一点慢慢地准备起来。

宇治山里那方面，也在物色端庄的年轻侍女啦，女童侍等，大伙儿兴致勃勃充满欢娱的情调；然而，一旦真要将此“伏见之里”[3]任其荒废，则又十分不忍心，故而不免叹息连连。不过话虽这么说，故意逞强逗留此地也无甚意义，而男方更频频来函催促：“同您信誓旦旦

1 句出《古今集·春上》，躬恒作和歌。原文仅书“暗不明”。

2 事见前帖“总角”文。此处原文引古歌，然各注本皆无由解释，今据円地文子译本径采意译。

3 《古今集·杂下》，无名氏作有和歌句：“伏见之里兮任荒废。”此盖取“任荒废”之意，伏见与宇治，二地相去甚远，并无关联。

的，这么一来，恐怕只有断绝一途了。究竟您这是什么意思呀？”真也怪不得他满纸怨言，可是就不知道该如何是好。日期已定在二月初。日子愈近，见树梢含苞欲绽的花朵，留恋之情亦愈深。有道是将那岭上的“春霞忍心弃”[1]，但是弃绝而赴的地方，却不是自己的故乡，只是逆旅客舍似的地方，遂觉得不安且又不体面。这阵子，中君就这般独自愁思万端地郁郁度日。服丧之期也有限，除丧之日，到川畔去举行祭禊，却觉得这样对亡姊未免太薄情。母亲的印象，丝毫不存留，故亦无由恋慕；唯独对于姊姊，私下希望能够加重丧服墨色，以志悲哀，可是世俗不容破例，便也无法偿愿，这事真正教人悲痛！这一天，中纳言之君方面竟派了车辆啦，前驱之徒啦，阴阳博士等来。

无奈何兮日月流，
似霞丧服方裁制，
已届改服兮花带羞。[2]

真是照拂得无微不至。又为其迁移之际所需各衣物，虽未见得铺张，却也各如其分地准备多种。“看看人家每回有事都不忘像从前一样亲切照顾，即使是同胞兄妹也不一定会如此周到吧。”侍女们纷纷颂赞。尤其那些上了年纪的老实人，更觉得他这一份心意难能可贵。年轻辈之间则互道：“这一向都时时见得到面，挺亲近的；今后若是就此他去，不知道有多寂寞，多教人留恋呢！”这中纳言之君本身则于迁居的头一天早晨又光临。他来到往日常去的那间客厅。想象心上

1 句出《古今集·春上》，伊势作和歌。歌意谓忍心弃春霞归故乡，故后文有故乡云云之句以承此。

2 此薰之歌。感慨时光易逝，谓方记得中君为亡姊裁制丧服（霞以喻墨色丧服），而今已届除丧，改服色常服（带以代衣）也。

人儿如果还健在的话，如今彼此之间该已经没有什么隔阂才对；然则自己当比匂宫更早就有类此的计划啊……于是，往昔的音容言行一一浮上脑海，虽然她那人多少有些坚毅之处，倒亦非疏远得不讲理，只因为自己胆小多顾忌，遂使互相隔阂起来；想到这些事情，不禁胸口隐隐作痛。忽又想起那回偷窥的纸门洞口，便靠近去窥伺。可惜有帘子和帷幔等下垂，所以看不到什么。里边的侍女们也都在思慕着故去的女主人，大伙儿纷纷吞声饮泣。中君哭得尤其悲伤，她脑子里根本无法思想明日迁居之事，整个人像是灵魂脱了壳似的，虚乏地躺在那儿。中纳言之君乃告："这阵子以来忧思堆积，胸口没来由地烦躁，只想把心事的一端来向您诉说，聊以解解闷儿。请不要又无情地拒绝我，那就简直像是来到陌生国度似的。""我倒不是有意对您怠慢，只是身子不舒服，恐怕心烦意乱，竟说些失礼的话，那就太不好意思了。"中君颇有些为难之状，可是经不起左右大伙儿劝说"这样子未免太可怜了"，便于里间的纸门边上相会。他那优雅的模样儿简直教人自惭形秽，一阵子不见面，似乎又添增几许风姿，眼神也特别美丽。与众不同的气质等等，则更是教人惊为天人。中君不禁由眼前这位公子想到片刻难忘的亡姊，无限怀念地把他端详。

中纳言之君则说："本来想同您说些话语的，今天还是忌讳的好。"他欲言又止，又改变口吻道："反正将来我也会搬到您迁居处的附近，俗语说得好：'不分昼夜。'不管什么事情，请放心同我商量，只要我一息尚存，总会由衷服务的。您可知道，这世间真个形形色色人心不同，只怕我这想法会教您觉得困扰，所以也不敢妄自论断。"女方却答道："我压根儿就不想离开这个山里，如今听您说迁移到附近去什么的，不禁教人万感交集，一时也不知道怎么说好……"那断断续续说话，悲不自胜的样子，委实像极了已故的人，令他禁不住觉得：这般美好的人儿，虽云出于己意，让给了别人，真太可惜。遂悔恨不已，不过，这种事情讲了也无用，故而一不及于当时事，举止言语故示明朗，似若忘怀一切然。庭前的红梅已色香俱佳妙，连黄鹭都不舍得白白飞过似的，鸣啭而来；而况他们两位正“春非去岁春”[1]，沉湎于怀旧的情绪，故此时此景，倍觉感伤。忽然一阵风吹来，花香与客人的衣香并闻，虽非“橘花含苞待五月”[2]，倒也成为回忆往事之端绪哩。回想大君在世之时，无聊之际或忧心之时，总是以此梅花作为赏心悦目安慰的对象。念及此，又难禁感慨万分。

无人赏兮空山里，
徒遗梅香随风传，
花为留念兮忆亡姊。

听中君轻喟低吟，中纳言之君亦觉无限怀念，便也吟咏：

袖尝拂兮此株梅，
花香未改犹往日，
奈将迁根兮异宿栽。[3]

隐藏不住的泪，只有轻轻拭去，言语也不多。“今后，但愿仍能像这样见见面，随便谈谈。”说罢，告辞。明日搬家之事，也已经对众人吩咐万端。这里已经讲好由那个满脸胡须的男人留守看顾，故对自己领地内之居住于附近者，也留言要好好照料他；连对这种下役仆

1 句出《古今集·恋五》，业平作。
2 句出《古今集·夏》，无名氏作和歌。原文着墨甚少，含义晦涩，故译文据注稍增益之。
3 薰此歌盖有双关义，以花拟中君，惜其将迁居匂宫处也。

人的生活，都有细腻体贴的关怀。辨之君说："真是万万料想不到竟有这等福分，自己都觉得寿命长得不好意思；而且别人都嫌弃老年人。如今，也不想教人知道自己还活在世上哩。"便去做尼。中纳言之君坚持召见，无限心痛。于是，又谈起那件往事，道是："今后还想时时到这儿来；本来还在想：若是人都走光，岂非不方便又寂寞；你如果肯留在这儿，那就太好啦。"言未及终，便哭泣起来。辨也回答说："'愈厌愈延长。'[1]唉，这条命长得教人怨恨，又恨故去的人，怎么就忍心弃人而去呢？真个所谓'世事多哀怨'[2]。这样长吁短叹，怕是罪障深重啊。"听她倾诉心事，虽嫌其唠叨，却也热心劝慰。她虽然老得可以，不知是否将那一头往日美丽的头发削去的缘故，所以额际颇异前时，看来反而稍显得年轻些，自有一种尼姑的清雅韵致。追恋之余竟想：当时何以不教心上人儿也这样呢？出家后能够延长寿命也未可知；其实，那样倒也可以凭借佛道恳谈交往的呀，真个遗憾至极，连带的也羡慕起眼前这老妇来，竟致稍稍挪移开隐身的几帐，又娓娓而语。别看她老成这副德行，那说话的语气啦，内涵等，都不同凡响，教人想象往日定非泛泛之辈。

老懵懂兮每多泪，
若其投身此泪川，
定不落后兮偿吾志。[3]

她哭丧着脸说。中纳言之君便晓告以："这样未免罪业深重。容或可达

1 典出未详。
2 句出《拾遗集·恋五》，贯元作和歌。
3 辨此歌盖自叹老人多泪，遂兴念：若投身泪川，当不落于大君之后，可遂其追随之志也。

彼岸，可是万一投身于深渊，沉而不起就糟糕了。总之，得先悟世事本空之理最要紧。”

“欲投身兮泪之川，
容有泪川将身没，
难忘恋情兮常挂牵。

不知要到何时，这悲哀才能稍得宽慰啊。”他觉得悲苦无穷尽。不舍得回去，沉思绵绵之间，日已暮，却怕这样逗留会受人猜疑，不久，只得赋归。

辨之尼把中纳言之君的思想言语向众人来告诉，竟致泪流不已。别的侍女都在那儿高高兴兴缝制新衣啦什么的，大伙儿忘了自己老丑之态，竞相打扮，准备赴京；唯独辨一个人显得枯槁。

欣欣然兮人情激，
忙裁袖里为赴京，
独有海人任潮滴。[1]

她幽幽咏歌。中君安慰道：

“潮水滴兮海人衣，
波浪浮沉泊何处？
侬袖亦湿兮无所依。

1 日语“海人”音同“尼”，故取音义双关也。

反正去了京城，也不会住太久，或许会再回来也说不定，那就还可以再见面；不过，即使短暂的时间，想到就要把你孤单单一个人留在这儿，心里真不愿意。不要说当了尼姑，便一定要断绝浮世尘缘，一个劲儿隐藏起来。还是跟普通一样的想法，偶尔也去看看我嘛。”她的口气十分温暖。遂将亡姊用过的日常用具等，皆留予此人。“看你这样格外地伤心悲哀，或者是前世跟先姊有特别深的因缘吧。真教人觉得难过极了。”这些话语更教辨之尼老泪纵横，竟像孩童孺慕母亲似的啼泣不止。

室内已扫除干净，各种东西也都收拾停妥，又备好数辆车。由四位、五位之人任行列前驱之役。匂宫本身也颇想前来迎驾，却又怕如此一来，会把事体弄大，反而不妙；这回准备要在极度保密之下进行，故只得在府邸内苦苦等待。中纳言之君方面，也派遣多人来供役使。事情的大要是由匂宫指挥的，但其中琐碎细微诸节，则由这位公子费心安排张罗。“天快黑了。”里外的人都在催促。中君只觉得心慌意乱，想到自己将不知前往何处去，尤感悲哀。同车陪伺的侍女大辅之君说：

有此身兮乃逢喜，
倘将身投宇治川，
焉得福分兮享斯美。[1]

瞧她喜滋滋笑逐颜开的样子，与做了尼姑的辨相比，人心真不相同啊。另一人则说：

1 大辅之君庆幸生逢中君高攀匂宫之歌也。原歌颇多音义双关之词，此径取其意。

念逝者兮刻难忘，
今日赴京喜庆日，
心实欣愉兮情激昂。

二人皆是侍奉已久的人，所以对故长公主都该有一番情谊的吧；可是，如今却已经想开了，而且故意避讳不谈过去的事情。唉，人情淡薄如此，想到这些事情，中君连话都懒得说。亲眼看到山路崎岖阻险，才稍稍了解原来怪男方薄幸寡情难得来访，确实他是有些道理啊。初七的月亮乍现，光影泛白，饶有情趣。一路眺望月色，辛苦地走着不习惯的远路，不禁思潮起伏。

眺苍穹兮月出山，
冉冉运行复西坠，
世俗难居兮重归山。

到一个完全陌生的地方去住，不知终将如何？中君心里老惦着此事，不得不为前途担忧。与今相比，过去的辛苦真算不了什么，真恨不得追回逝去的日子呢。夜深后始抵达二条院府。车子开进琼楼玉宇一般"三栋、四栋"[1]令人目眩的殿堂间。匂宫早已在那里翘首盼望着，便亲自来到车边，扶中君下车。房间里的设备，皆尽善尽美，连侍女们住的下房都显然看得出费心安排过，真是无懈可击。起初很多人都在担心不知三亲王会如何对待，讵料竟受到如许隆重的迎接；至此，世人方知绝非等闲之心意，莫不惊奇讶异。

中纳言之君准备于二十日过后迁移入三条院府，近来每日亲往视

1　词出催马乐《此殿者》。

察指挥修建工事。由于二条院邸就在附近，这一天想来打听情况，便一直等待到夜深时分。原先派去前驱役使的下人回来，报告诸端。听到匂宫十分宠爱中君，一方面十分庆幸，可是另一方面却又自觉愚騃地心碎，嘴里反复自言自语道："焉得重赢回。"[1]

曾摇桨兮鸠之湖，
　虽未扬帆亦舟楫，
　　一度相见兮奈虚无。[2]

真恨不得损她一句哩。

左大臣原定于此月将六小姐嫁与匂宫，可是，事出意外，这不啻是抢先迎娶中君给自己看，人家压根儿就对这边没有兴趣的样子，所以心里老大不高兴。匂宫闻悉，倒是十分同情，故时有信函寄达。早先公布的着裳式，也已经广为世人所知，而今再来延期，恐怕会成为笑柄，故只得于二十日过后举行。夕雾又有另外的想法：既然事已至此，这位中纳言之君虽因同族，[3]多少有些单调，可又不舍得让他去做别人的女婿。不知招他为婿如何？据说，死别了这些年来他所暗恋的人，日日过着寂寥的生活呢。遂遣人试探其心。"亲眼看到浮生无常之后，更觉心忧，连自己这副身躯都厌嫌了。这方面的事情，委实没有兴趣。"竟得如此冷淡的答复，害左大臣不禁怨恨：何以自己的想法，连这位公子都要这般冷漠相拒呢！不过，虽云骨肉手足之亲，但由于对方的人品、性格总教人敬畏，故亦未便强求。

1　典出未详。
2　"鸠之湖"为京都近郊琵琶湖之别称。此歌颇取枕词与音义双关之妙，未可直译。盖谓薰与中君虽未交欢，然亦曾一度共衾也（事详"总角"）。
3　夕雾与薰为同父异母兄弟，故云。

花季到来，中纳言眺望二条院的樱花，不禁怀念无主的宇治山里[1]，遂独吟“无心花落随风散”[2]，忽造访匂宫居所。迩来三亲王已多半住宿此处，与那位二公主过着恩爱的生活，因而可以令人放心了；但是，何以自己那种莫名的情绪激动仍不能抑止呢？这真正是不可思议的事情。不过，无论如何，忠厚的他仍为中君的幸福庆幸，二人无所不谈。至日暮时分，匂宫欲上皇宫，乃令人准备车驾。由于随从人众，中纳言之君便离开此地，往赴对屋方向。而今中君住此，与往日山里的居所大异其趣，帘内的情形也含蓄有致。中纳言之君见帘里隐约闪现的漂亮女童，便唤住她，令其禀报请安于女主人。里边果然有人推出坐垫来，前来招呼应对；大概是晓悉前事的侍女吧。“虽说住得这样近，朝夕都可以拜访，可是，无甚重大事情而过来打扰，又恐怕您这样会怪我太过狎昵，便也不敢造次冒昧。没想到日子过得真快，一切都改变了似的，有时隔着云霞望见府上庭中的枝梢，都觉得多所悲伤呢。”说罢沉思，神情黯然。中君不禁遐想：若其亡姊在世的话，他们俩定当可以往来频仍，共享花色鸟鸣什么的，日子也该过得稍微轻松快乐的啊。她这般独自思量，反倒觉得，与其离群索居孤单单住在山里的时候相比，现在这种生活才更多悲恨哩。侍女们在一旁劝促：“请勿对这位公子一般待遇吧。人家对咱们稀世的关怀，也应该乘这个机会，让他感到领了情才是。”不过，若说不教人居中传言，忽然亲自与之对面，又未免有所忌惮，故而犹豫不决。这时，赶巧匂宫为上皇宫之事特来此告辞。这位亲王穿戴得十分清爽潇洒，真个一表人才，令人羡慕。他见中纳言也在此，便说：“怎么这样见外，让人家待在帘外呀？人家过去不是出奇地亲近，百般照拂过你们的吗？说

1　此处盖暗袭《拾遗集》和歌句，与下注同出一典。

2　句出《拾遗集·春》，惠庆作和歌。原文着墨少，此稍益之。

起来，当时我是多少有些发急的，可是你这样冷漠待人也太罪过。请他进来，随便谈谈吧。”话虽是这么说，又改言道：“不过，千万不要太大意才是。这中间恐怕有点儿蹊跷呢。”女方听了，难免感觉困惑。自己心里一直对这位公子十分敬重，到如今也没道理再对他疏远；就像他所说的，自己不过是想要替代亡姊聊尽安慰而已，希望他有机会了解这一层。不过，既然匂宫对两个人之间的关系如此疑虑，那可就真不知道教她怎么办才好了。

第四十九帖

寄　木

当时[1]宫里头有一位唤作藤壶的女御，系故左大臣之女，在皇上仍为东宫时代便较他人早入宫，所以自然格外受宠，但是等不及显示恩宠而日月流逝。这期间，明石中宫已经生下皇子多人，眼看着他们一个个长大，这一位却无所出，仅生有一位公主而已。她自叹宿世命定要受人压抑，只有寄望于这唯一的公主，希望得偿自己所未达成的愿望，故而小心翼护着。这位公主生得姿容秀美，皇上对她也十分疼爱。皇上珍视中宫所生的长公主，原是无与伦比的，所以这位二公主若要与长姊竞争一般人心目中的地位，多少是有些困难，不过，实质上她所享有的种种待遇，倒是未见得有什么差别。故大臣的余荫犹存，所以藤壶女御也无甚不自由之处，即便是侍候左右的侍女们所穿着的衣裳，也都还依季节时时新制更换，生活过得挺时髦有致。

二公主十四岁之年，预备举行着裳仪式。为母的藤壶从春天开始便专心于此，抛下其余诸事，但求一切尽善尽美。娘家方面的一些

1 相当于第四十六帖“椎本”初时。薰二十三岁，匂宫二十四岁。

传家之宝，正是此种场合亮相的好机会，便也都给找了出来，煞是费心。然而，不知怎的，忽于夏季为妖魔附身，未几便去世了。明知悲恨亦无用，皇上仍不免叹息遗憾。这位女御生性温厚又善体人心，故而殿上人之辈莫不慨叹："今后可真教人倍觉寂寞了。"连地位不甚高的普通宫女，也都人人追慕不已。而况二公主年纪轻轻，听说她正悲哀心碎，悒郁沉思，皇上十分不忍心，便于女御终七之祭后，悄悄迎她入宫来。皇上日月亲临其室看顾。裹在黑色丧服里的身体，略微憔悴瘦削，教人看得心疼，却又好似添加些许高贵的气质。她看来相当成熟，比母亲又多一份含蓄稳重的韵致。皇上觉得十分欣慰。其实，她母亲那方面也未见得有什么可依赖的伯父之辈坚实后台。就算是有大藏卿啦，修理大夫诸人，也只不过是故女御的异母兄弟罢了，既不受世人特别尊敬，亦非身份重要者；想要靠他们，作为一个女人，前途实在堪虞，真是可怜。皇上觉得，除了自己以外，怕是无人能照料这位公主。想到这里，不禁心情沉重。

庭前的菊花依然秀色可餐时分，天空阴暗，淅淅沥沥下着雨。皇上又依例先来到二公主居室，与之闲谈故女御的往事种种。见她答起话来，温顺之中不失大方，委实教人怜爱。这等姣好的姿容，难道没有人赏识疼爱吗？想到往昔朱雀院将三公主托付六条院之君的心意；当时固然有人认为何须至于如此，难道别无他途；然而，于今想来，还不是有了源中纳言[1]这样出类拔萃的人在照料万端，这位做母亲的人也才能够保持依然不衰的声望，过着惬意的生活。倘非如此，或许会引起差错什么的，致令世人侮蔑也说不定。念及此，遂有意于在位之中替二公主定好亲事。想来想去，就援其母先例，除了委托于这位中纳言之君以外，恐怕还真是不作第二人想呢。以他为公主驸马，谅

1 即薰也。

不至于有任何不相配之处，即使他原先已有心上人，大概也不可能待二公主难堪吧。何况，一个大男人终究非正式娶妻不可，倒不如趁别处尚未有人提亲之前，略予示意吧。皇上时时这样想。陪二公主下棋之间，日渐暮，雨下得饶有情味，菊花在夕照下倍添颜色。皇上召人上来问："现在有谁在殿里？"回禀："有中务亲王、上野亲王和中纳言源朝臣侍候着。""请中纳言朝臣过来一下。"中纳言便奉命参上。蒙皇上特别召见，无论远远飘过来的芳香还是其本身，一切均有异于他人。"今天这种下雨天，好像比平时闲静，现在又不便于管弦游乐，真无聊得慌。这种时候，只有下棋最好。"遂令人搬出棋盘，令其侍候。迩来已惯于蒙上召见留侍左右，便以为今天又不过依往例而已。"有一样赌注，可是轻易输不得。不知道还有什么别的东西没有。"皇上这口气，不知教对方作何感想？中纳言之君愈加戒心。比赛的结果，三比二，皇上输。"真遗憾。"却转道："今天暂且只答应输你这一枝花吧。"中纳言默不作声便下阶，撷取一枝饶有风情的花[1]回来。

花实香兮色更绝，
　倘使依傍寻常垣，
　　定将随心兮来攀撷。[2]

他吟咏起来，含蓄有致。

满园枯兮众芳谢，
　独留此菊傲霜姿，

1　盖套取《和汉朗咏集》诗句："闻得园中花养艳，请君许折一枝春。"
2　薰此歌盖以花拟二公主，谓己不敢高攀也。

残色未褪兮堪慰藉。[1]

皇上亦和成一首。

就像这样子，皇上每每故意暗示，又非托人传言；可是偏逢这位公子生性和缓，故也不见其焦急。反正自己原本无意娶这位二公主，这些年来，也曾有过不少的好亲事，都当作耳边风一般过来了，而今再动什么念头，未免有点儿像隐遁者还俗似的。他这种想法倒是挺奇特。明知道也有人正为二公主倾心恋慕，可是，又觉得假如她是明石中宫所生岂不更好；他这个想法，则又嫌好似太非分哩。左大臣风闻此事，便想尽办法要把六小姐来许配给这位公子。他以为只要多下点儿功夫，对方终究会勉强答应，总不至于拒绝的吧；讵料，事出意外，真教人嫉恨。那也就罢了。而兵部卿之宫方面呢，说他认真嘛，倒也未必，可是逢时过节也偶尔会有情意深密的信函寄到，就算是他一时兴起的风流本色吧，倘若真有宿缘，也不会不教他留心的吧。假如碰上“滴水不漏”[2]那么热烈的对象，若只是寻常一般人家，嫁与他也未免光彩，没有什么大意思。左大臣竟这样考虑起来。“真个末世可悲，竟然要替女儿的前途操心。连皇上都得替公主找驸马了，更何况是臣下的女儿，一旦过了盛年就糟糕了呀。”他满腹牢骚，对中宫都不止一次地认真抱怨，害中宫不胜其烦，只得伺机教训兵部卿之宫道：“可怜人家左大臣这些年来一直提心吊胆地想把他六小姐来与你成亲，看你这样躲避折磨人，不怕教人看作不解情吗？亲王身份往往是要靠有没有好的外戚而决定兴衰的。你父皇倒是考虑到让位，也不止一次地提过这事。若是臣下的身份，一旦娶了妻，就不便再分心，可

1 皇上此答歌，以枯园中之傲霜菊喻失母之二公主。
2 句出《伊势物语》，喻情意深也。

是这位左大臣呀，表面上看来一本正经，实则无论对原配夫人或一条之宫都能善加对待，所以双方都没有怨恨。何况，你果真能偿了做东宫之愿，那么想要娶多少人都不必顾忌了呀。”听母后这一番析理深刻的话语，匂宫原本并非十分讨厌六小姐，便也无甚理由坚决相拒。怕只怕将来一旦做了这位大臣的乘龙快婿，给关在府邸里，一向过惯自由自在生活的人，突然要过拘束的日子，如何受得了？所以才不怎么顶起劲。不过，若是教这位大臣怀恨于心也不方便，故而逐渐有首肯的意思吧。但他生性风流多情，所以对那位按察大纳言红梅的继女[1]也至今没有忘情，逢着花叶的佳期，总不放过投笺诉衷情；对哪一边都同样动心。就这样，又改新岁[2]了。

如今，二公主的丧服已除，所以无须再忌惮什么了。“皇上正盼望着咱们这边去求亲呢。”有人这样进言。中纳言之君觉得，太过拂逆圣心也未免显得倔强失礼，便也有时候刻意暗示。皇上岂有不见许之理呢？中纳言之君风闻婚期已定，而他自己也已觉察到这一切，可是内心深处仍忘怀不了故去的大君，每觉遗憾。唉唉，何以宿缘如许深的人竟不能结夫妇之契，偏偏会早逝呢？这真教他百思不解。即便是身份卑微的女性，只要是与心上人儿有些许相似的容貌，自己的心也定必会受其吸引的吧。据说往古的反魂香，能于烟中见亡人，只要能再见一面也好，他心里老这样想着，与皇室方面的婚事，反倒了无着急之意。

左大臣则赶着要把六小姐与匂宫的大典定在八月里。住在二条院对屋的中君风闻此事，不免想道：果如所料，像自己这种微不足道的女人，终究会成为世人的笑柄。这些日子以来，一直这般担心过日

1 真木柱与萤兵部卿宫所生，为真木柱改嫁后，红梅之继女也（事详第四十三帖“红梅”）。

2 时薰之君年二十四。

子。明知他生性风流，不足信赖，可是见了面，倒也不像是寡情薄幸的人，总是信誓旦旦的，现在忽然间说变心就变心，教人如何能够平心静气呢？就算不至于像寻常凡人男女之间那样子全然断绝，从今而后不知要吃多少苦啊。自己果真天命不幸，注定要飘回山里吗？若其从此绝迹，重返宇治，定更会成为樵夫们嘲笑之对象。唉，这都是咎由自取，谁教自己当初违背先父的遗志呢！真是又羞愧又悔恨。回想亡姊生前，表面上似乎凡事显得柔柔弱弱无主见，实则人家内心可是坚定得很，中纳言之君至今都对她不能忘情；不过，设若她现在还活着的话，也难保不会走着与自己相同的路子；亏她想得周到，决心不肯这样，所以努力与中纳言之君疏远，甚至不惜想出家为尼。这样看来，即便是现在还健在，也定必会如此。于今想来，她这思想何等贤明啊。唉唉，不知道父亲和姊姊都把自己看成多么愚蠢无用的人哪。中君独自哀羞不已，但是悔之莫及，便也只得忍耐着，佯装不知情。

匂宫倒是表现得格外温柔体贴，无论昼夜，情语绵绵，信誓旦旦，且不仅此生，更及于来生不变之情。实则，中君自五月左右便怀身孕，身体时时不舒服，虽然并不至于十分痛苦，究竟较诸平时不喜进食，躺着的时候居多。匂宫因为尚未有经验，故而只当是难耐溽暑罢了。不过，有时也觉得讶异，便会说："会不会是怎么样了？据说怀孕的人会如此的呢。"本人挺害羞，所以佯装无事，此处又别无爱多嘴的女人，所以也就不明就里地拖延下来。到了八月，自有消息传来，说是婚仪已定在某日。匂宫并非有意隐瞒，只是不忍说出口来，而女方则更觉悲苦。这事反正已不是什么秘密，世人尽知，但是，他何以至今连个日期都不肯相告呢？这怎能使人心里爽快！匂宫则觉得：自接中君来后，若非特别要事，即使上宫也未尝过夜，更莫说到处走动留宿了，如今突然发生此事，不知对方将作何感想？他自己心里也并不好过。为着粉饰其事，近来也时时上宫宿直，俾使女方能逐渐适应。中君则将这种态度也看作男方变心的证明。中纳言之君风闻此事，十分同情中君。那兵部卿之宫原本是个风流多情的人，虽然怜爱着中君，恐怕难免又移情别恋新人了吧。六小姐的娘家可是有头有脸的世家大族，对这位姑爷恐怕会想尽办法拉拢；然则一向不习惯独眠的中君，今后怕是要夜夜候到天明时居多吧。这真是可怜哪！自己又是多么设想不周全啊，当初怎么会把这位二公主让给了人家呢？回忆自从对故大君心生恋情以来，原本对浮生绝念的一颗心，似乎也混浊起来，衷心只把那人儿痴痴恋慕着；在她未肯见许之前，也不敢贸然造次，深怕违背了自己的本意，只盼对方或可以稍稍衿怜谅解，寄托于未来，而对方则表面上虽然冷漠相待，究竟也不好意思绝然相拒，便借口“与自己一心同体”[1]什么的，想把妹妹来嫁与自己。就因为怨恨她这种计谋，遂有意教她计不得逞，急忙替匂宫撮合了与这位中君的好事的呀。现在回想起来，自己也未免太小家子气，当初又何必那样气急败坏地偷偷把匂宫引见给中君，到底那时候的自己是怎么个想法的嘛，越想越后悔。至于匂宫呢，当时的事情总该还记得吧，难道他就不想想这种事情传到我耳朵里会有什么感觉吗？瞧他，现在好似已忘光了当初困难重重的情况。这么说来，容易见异思迁的人，不仅对女人如此，恐怕对谁都是轻薄不足信赖的啊。他不禁心里怀恨起来。这大概是因为他自己生性认真，对什么事情都十分执着，所以才会看不惯别人的行为。自从那位心上人儿过世后，虽知皇上有意将二公主许嫁于己，却也并不觉得特别兴奋，希望迎娶这位中君之心反倒与日俱增，怕也只因她是亡者胞妹之故，遂令自己无法忘怀的吧。姊妹情深，即使临终之际还要叮咛：“请把遗留下来的妹妹视同我本

1 《花鸟余情》引歌（典出未详）。

人。”又说：“我已别无不满足，只恨当初苦苦安排，您却全然不予理会。只有这件事让我觉得遗憾。”也许现在她的亡魂正翱翔天上，更在怨恨事情演变成这个样子哩。当其心甘情愿夜夜独眠之际，即便是一点儿风声都会惊醒过来，回想亡者的往事，又念中君的前途，遂更觉得浮生乏味。逢场作戏说笑的对象，或偶尔召上来近伺的侍女之中，自然也有几个不讨厌的人，不过，说到能教他认真动情的，却连一个都没有，这真是干干脆脆。倒是有时也会找到一些与宇治的公主们身份不相上下而落魄世间的女性，让她们去侍候母亲左右。这类女子还真不少，可是，深怕正准备出家遁世之际，若心有所属，为情丝所绊更不妙，故而小心翼翼想避开这种烦恼；讵料竟然仍难逃情爱劳苦，这真是麻烦极了。他辗转沉思，较往常更不易成眠，而已到天明。见朝霞弥漫的篱间，有一朵娇弱的朝颜之花[1]开在缤纷众花之间，格外引人注目。“绽朵在晨曦。”有人这样咏这种花，作为无常之比喻，是因为怜恤它花开花落为时短暂吗？彻夜未下格子门，就像假寐一场到天明，故得独自观赏此花绽开。召人传令下去：“想去拜访北院[2]。给我准备不要太惹人注目的车辆吧。”却回报道：“三亲王昨日就上宫里去了。昨晚只有他的车子回来。”“不过，听说对屋里的夫人不大舒服，我去探望一下。今天还得上宫，乘天还早，先去看她一下。”遂开始换装。出发之前，下庭伫立花丛中。衣着虽不甚华丽，不知怎的，就是有一股优雅高贵之致，与一般登徒子的造作大异其趣，自有清秀的风度。将那朝颜花的蔓条牵引过来，露水竟纷纷滴落。

“似朝露兮易凋零，

---

1 俗称“牵牛花”，晨间开花，见日即凋萎。
2 中君所居二条院在薰所居三条院之北方，故称。

花色短暂虽知晓，
瞬开瞬谢兮怜爱增。

太匆匆啊！”他独言独语，折来一朵花。至于足边的女郎花，则丝毫不予留目就走过。[1]

随着天明，雾愈浓，天空显得更饶情趣。妇女们闲居，恐怕还都在酣睡着吧，这时候去叩门敲窗什么的也未免显得太稚嫩。心中有些懊悔来得太早，遂令仆役自中门开启处稍稍窥伺内里。回报："格子门都已掀开了。看得见侍女们的身影隐约呢。"便下车来，在雾中轻轻步入。大伙儿以为是男主人幽会回来，讵料那露湿的薰香竟是世所稀有的异芳，定是那位公子无疑。"哎呀，真个不同凡响。只怪他太过矜持些……"年轻的侍女竟放肆地议论起来。不过，到底并没有惊慌失措，裳裾綷縩，能保持优雅的格调进献坐垫。"教我在这儿等待，总算蒙你们看得起，委实高兴；可是，就这么隔着帘子在外头，又未免让人怨恨，所以才一向犹豫未便常来拜访的呀。""那么该怎么办才好呢？""像我们这种熟人来，至少也该让入北边的房间休息才是啊。不过，这种事情应该由主方来决定，我也不便在这儿抱怨才是。"遂径自靠在门槛边。侍女们恳求他："请您还是到帘边吧。"这位公子本来就与众不同，没有半点粗鲁性急的样子，总是从从容容谨慎矜持，所以迩来女方也不再坚持疏隔，愿意与之直接应对："听说您身子不大舒泰，可有什么麻烦吗？"对于这问话，中君并不明白答复，显得较往常凝重。中纳言之君也略知其心意，十分同情，便谆谆晓诫浮生男女之理。以兄妹相待，故而能够如此教导安慰。她的声音等等，从

---

1 句出《古今集·杂体》，遍照作和歌。以女郎花喻女性，此盖暗取其义，谓薰之君无视于身边女性群也。

前倒不觉得与其亡姊有何特别近似之处，而今却仿佛就像大君再生一般，倘非侍女们跟前，真恨不得掀帘与之相对，亲眼看看她那哀怨的模样儿呢。现在他才了悟，这世上实在不可能有真正不为恋爱烦恼的人了。

“原以为我这辈子虽然不见得会有什么荣华富贵可享，总还不至于心里有所牵挂，或者无须劳心悲苦地活下去的吧；没有料想到竟也会自寻烦恼，备尝苦痛，经历不少事情，心里片刻不得安宁，这真是没有办法的事情。世人多数为了官位升降而操心忧虑，那倒还有些道理，跟他们相比，我的烦恼好像是更要罪业深重呢。”边说着将那朵方才摘取的花朵放在扇面上观赏，那颜色逐渐转红，看来反而富有情趣，遂将其轻轻推入帘内。

人既逝兮似白露，
曾将朝颜托殷勤，
此契岂容兮不眷顾？[1]

虽然未必刻意用心，却让露珠仍停留在那花朵上，看来格外有趣味；可是，眼看着花儿就要含露凋萎，中君不禁轻声吟咏：

“花含露兮奈枯萎，
命何单薄悲短促，
朝露后消兮更凄其。[2]

1 “白露”以喻大君，“朝颜”则喻中君。谓故大君曾以其妹相托，故契誓不容不顾也。

2 中君此歌盖转以花喻亡姊，而以露喻己也。

‘将赖何为生。’[1]”说罢，便默默不作声，温顺而含蓄的样子，到底还是与其亡姊相似，怎能不教人悲伤呢。

“秋天的天空，较诸其他季节更令人哀伤。前些时候，为着排遣无聊，去了一趟宇治。真是所谓‘庭垣’[2]两荒芜，看着心里难受极了。这又教人想起，故六条院之君去世以后，无论去叩访他末期两三年之间栖息的嵯峨院[3]或六条院，都有无可言喻的怀念之情；即使看见草木的颜色、泉流的情形，都会禁不住地泪潸潸而归。先父周遭那些上下各阶级的妇女都由衷悲叹，而夫人们也都四处星散，各人过着隐遁弃俗的生活。那些身份较低的侍女则更是心思纷乱，有的竟糊里糊涂迷入山林中，可怜沦落为乡下人。可是，在这种彻底荒废之后，蓬草丛生，现在的左大臣却移居了进去，公子们又众多，所以才又回复了昔日的热闹景象。这样看来，所谓世所稀有的悲哀，只要日月流逝，总会淡去，可见得凡事都是有际限的。当然啦，我说这种话，或许是因为当时自己年少无知，所以感受也比较不强的缘故吧。与那时候相比，此次的梦竟不知要到何时方醒。唉唉，同是浮生的悲哀，难道这回的事情便罪障更深吗？想到这事，便不觉地忧心哩。”说罢哭泣，可见得情意浓厚。即便是对于大君不怎么思慕的人，只要看这位公子哀伤逾恒的情形，无人不为之感动；而况中君呢，正为自己的未来忧思纷乱之际，如今更比往常想念亡姊，悲痛愈深，泪水便也更难禁地流下，无法言语，强忍不得。他们二人互相怜悯哀伤着。

“从前的人说‘山里寂寂聊胜都’[4]，当初住在宇治的时候，倒没有去比较过；现在，可真愿意再回到那种闲静的田园生活呢。可是，这

---

1 出典不详。
2 语出《古今集·秋上》，遍照作和歌。
3 此处始见光源氏晚年出家隐栖嵯峨（京都近郊地名）事。
4 句出《古今集·杂下》，无名氏作和歌。

又由不得自己，所以反而羡慕辨之尼起来。对啦，这个月的二十几日，[1]想去听一听那山里寺院的钟声。正在打算，想要请您悄悄地带我去那里呢。”对于中君此一要求，中纳言之君认真回答：“有意不让故乡荒芜，可也真不容易。即便是可以自由行动的男人都不是可以轻易来往的阻险山路，所以心中虽然惦念着，却徒然一天天拖延了下来。关于故八亲王的忌事法会，我已经对阿阇梨吩咐交代万端了。那个故居还是让作寺院吧。保持原状，偶尔去看看便掉眼泪，也不是个办法，我看还是教它变成消灭罪障之处吧；或者您另有打算吗？请尽管吩咐，我遵旨做去就是。总是希望您凡事能够同我商量，不要见外才好。”中君也正准备着经卷、佛像等，大概是自己想要供养的吧。看来，她或者有意借此度法事而隐遁入山里也说不定，中纳言之君便晓诫道：“您可别胡思乱想才是。凡事总要从从容容思考为上策。”日已高升，侍女们都已集拢来，多事盘桓也不太好，便欲离去，临行又说：“我走到哪儿都没有受过这种帘外的接待，真教人有点儿心寒。不过，即使这样子，过些日子，还是要来拜访的。”想到匂宫恐怕会猜疑自己何以乘他不在的时候来访，引起误会就不妙，遂召见在此兼任家司的一位右京大夫，故意问他：“听说你们主人昨晚从禁中退下的，怎么会还没有回家呢？真是遗憾。让我去宫里头找找看。”“今天应该会回来吧。”“那么就下午再说吧。”遂离去。

每次见到中君，总难免要想到自己违背了去世的大君遗志，竟然做了后悔莫及的事情；不过，遗憾也无用，都怪自己不好，嗳嗳，何以生成这种讨厌的脾性呢？到现在才了悟到这一层。自从大君去世以后，他又不断修习佛法，日夜毫不懈怠。那位至今犹年轻而又天真不失稚气的母亲也注意及此，恐怕他会动出家之念什么的，难免有些焦

1　逢其亡父故八亲王三周年忌日，故云。

虑不安。“所谓‘余生无几’[1]，我活着的时间，千万可得撑着，不要变了身份才好。我自己这副模样儿，本来也不方便阻止你，可是，万一你若真有其事，那么岂不教我非但活着没意思，而且还更加深罪障吗？”听她这样讲，觉得又罪过，又不忍心，故而只得强忍心事，当着母亲面前，总是佯装无事一般。

右大臣已将六条院的东殿装饰得美轮美奂，一切尽善尽美，正等待着匂宫光临。十六夜的月已冉冉升起，可是仍未见其前来，真教人担心。这档子婚事，对方本来就不怎么挺愿意的；不知究竟会如何？越想越不放心，便派人前往迎驾。未料，使者回报：“今晚退自禁中，已回到二条院府邸。”早晓得人家已经有了意中人，大臣心里颇为不悦。过了今宵，恐怕会成为世人笑柄，乃遣其子头中将使告：

月冉冉兮升天空，
　光华尚为照吾宿，
　　待君不见兮宵且终。

匂宫方面，实在不舍得让所爱的人觉知自己将去会见右大臣家小姐，想从禁中直赴其处，遂于宫里修成一函寄与中君；不知复函的内容是怎么写的，总是教他怜悯不忍，便又偷偷回到这里来。见着她本人那种惹人疼爱的模样儿，则更是狠不下心到任何地方去，遂又不禁费尽口舌信誓旦旦，“为表安慰”[2]，正共赏月色。这些时日以来，中君的心事实多，不过，她决心忍耐，故而努力佯装平静，好似什么谣言也没有听见一般，表现得从容大方，看来更令人打心底怜爱。但是，

1　句出《古今集·杂下》，无名氏作和歌。
2　语出《大和物语》。

听说中将已来迎，匂宫又觉得这样未免也对不起那一方面，便只好准备去一趟。“我去一去就回来。你切莫独对明月才是。[1]我何尝不是心不在焉，难受极了。”说罢，觉得十分腼腆，乃自阴暗处往赴寝殿方面。中君望着他那背影，并无意乱想，却真有“泪涌成川浮枕流”[2]之感。唉，这人生实在可恼，不觉地心里这么想。此身自幼不幸，一向依赖着半与世隔绝的父亲，长年居住在那种穷乡僻壤。当时虽然也觉得寂寞，却未尝想到过世事可厌啊。父亲与长姊相继去世之际，自觉得片刻不能残留世间，但是天数未尽，竟然苟活到今日；较诸别人所想象的，似乎还算过得去，虽然并不敢指望白首偕老，至少匂宫对自己也还相当体贴，故而悲苦之心境已觉稍愈；没想到，现在竟发生这等不堪忍受的事件。这岂非即表示缘分已尽了吗？当然，总不至于像真正死去的人那样，该不会见不到人吧。然而，像今宵这般弃己而去，不由得怀恨于心，致过去、未来无法分辨，只觉得悲情盈胸，无法宽慰自己，这真正是哀苦极了！或者，只要耐心活着，也许还可以盼到他回心转意的一天也说不定。如此思量，勉强想振作起来，唯见“姨舍山之月”[3]光华清澄，随着夜分愈清，心事愈增。平时感觉此处松风总比宇治的山风和平些，住在这儿也挺闲适；今宵却大不以为然，真还不如宇治的椎本的树叶声哩。遂吟咏道：

宇治山兮称寂寥，
松树荫下秋风过，
犹觉聊胜兮此飘摇。

---

1 此盖暗袭白居易《赠内》诗句：“莫对月明思往事，损君颜色减君年。”

2 句出《拾遗集·杂恋》，无名氏作和歌。歌意颇近六朝民歌《华山畿》：“啼着曙，泪落枕将浮，身沉被流去。”

3 句出《古今集·杂上》，无名氏作和歌。

难道她已忘却过去的种种苦恼了吗？

老侍女们纷纷劝告："请进里边去吧。眺望月亮可要忌讳的呀。您又老不肯进食果物，这怎么好呢？嗳嗳，真教人担心，那不吉利的记忆犹新，[1]如何能不忧虑啊？"年轻的侍女们则又个个叹息道："这世间真教人心烦！""瞧瞧这回怎么对待哟。""总不至于就这么断绝了吧。""听人说，深深相爱的恋人总是情意缠绵的。"听这些女人窃窃私议，更觉得悲苦。如今，她宁愿大家不要随便谈论，只需观察事情如何发展下去好了；她可真不愿意别人来批评自己的夫君，有什么事情，宁可独自怨怼。"其实，中纳言之君挺不错的。""人家情意那么深厚，咱们女主人为什么不跟他在一起呢？"资深的侍女们又在背后这样议论着。"唉，人的宿命真是不可思议的啊。"

匂宫方面呢？虽说他心疼着中君，奈何他生性风流，故而又希望能讨好今宵等待自己的人，便刻意用心薰香装扮，那风采自是不同凡响。等待的一方，也不是寻常等闲之辈。她不是那种纤小娇弱的体型，看来十分成熟。不知道是怎么样一个人？会不会是外向肤浅，既不温驯又骄慢的女人呢？那可就真教人倒胃口了。匂宫多少有些担心；可是，见了面之后，大概全然不是这么回事，竟致无法简慢相待哩。正逢秋夜，又由于夜深之后始过来的缘故吧，不觉地已天明。回到二条院府邸之后，也没有立刻去对屋方面。略事休息，醒来便提笔书信。"你瞧他那样子。""准是不讨厌的喽。"侍候左右的侍女们都在递眼色扯袖子。"对屋的夫人，未免太可怜了。这种到处留情一视同仁的心理呀。""咱们女主人哪里会是人家的对手呢！"这些女人都不是普通的侍女，乃是侍奉有年之辈，故而认为此事非同小可，大伙儿心中甚不泰平。匂宫本欲在此等待回音，但是，让中君独守空闺一

1　谓大君死前拒食一事也。

夜，觉得过意不去，故而仍然急忙赶去探看。

中君方才睡醒的模样儿十分可人。见夫君进来，躺着也不好，便稍稍起身。眼圈儿略带红晕，那脸庞挺艳丽，今朝看来格外标致。匂宫忽觉得不忍心，不禁泪盈眶，定定望着她。那娇羞地低着的头形啦，丝发垂覆的样子等，的确与众不同，致令人一时难以亲近，更不容易轻言安慰；不知是否为了想掩饰羞赧的心理，他竟一本正经说道："怎么到现在还是不舒服呢？你不是说过只有在热天里才这样子，所以我还以为等到天气凉快了就会自然好起来，看样子，还是不太行吧。已经吩咐下去举行祈祷了，怎么一点儿效验都没有呢？延长修法的期限，叫他们继续做下去。不知有没有灵验的僧侣？应该让某某僧都来值夜勤才是。"听他甜言蜜语，真是能说善道，全然不予理睬也不成，故回答说："我本来就跟别人不一样，以前也有过这种情形。别管它，自然就会好的。""哟，你这话倒是挺干脆的嘛。"匂宫笑着，心里却觉得，若论优柔娇美，恐怕无人能胜过眼前这个女性了；然而，遂即又眷恋新人，则可见对另一位妇人也非泛泛情爱之故吧。

不过，面对面时，仍旧深爱着中君，所以依然费尽口舌与之约誓，表明后世不变的心。中君听后不免怨怼："这世间何其短暂。没想到'命促未及待'[1]，竟要教我亲眼看到您的薄幸吗？事既如此，那么至少守着您这后世的信诺，让我还是'可怜不悔悟'[2]地依赖您吧。"说罢，忍之再三，今天可真的是耐不住地哭起来。这一向都是极力压抑，不想教夫君看见自己的心事，总是借种种事情掩饰着，但是，实在万感交集，再也包容不住的缘故吧，泪水既已夺眶而出，一时竟是

1 句出《古今集·杂下》，平贞文作和歌。
2 句出《古今集·恋三》，无名氏作和歌。

止也止不住，害她羞涩得不知所措，将脸背了过去；讵料，男方却硬把那一张脸扳回来说：“我还以为你是个听话的人，没想到竟还是有所隐瞒的啊。不然的话，何以会一夜之间变了心思呢？”遂用自己的袖袂为之拭泪。“说什么一夜之间变了心，倒是您自己这样子吧。”女方稍露笑容。“看你，真像个小孩子一般。我反正问心无愧，所以不怕你说什么。若真是变了心，怎么辩解都不会不知晓的呀。唉，说你不懂事是可爱的，却也挺麻烦哪。请你设身处境替我想想看。我这不是所谓‘身心不由己’[1]的身份吗？假如一旦能够如意顺遂[2]的话，有件事必定要让你了解——我是怎么样对你另眼相待的；可是，这种事情也不是可以随便挂在嘴上，总之，希望你活得长寿就是了。”这时，赶巧那个送信到六条院去的使者带醉归来，忘了这种场合应该回避才对，竟大模大样地来到此殿南面。他领受了许多世所稀有的华丽衣物，整个人几乎都埋在赏禄的品物当中，教人一眼就看得出是做了后朝情书的使者。不过，侍女们却猜不出男主人究竟是何时修函的。匂宫倒不是故意隐瞒，只是不忍心肆无忌惮，害这位夫人难过，所以才处心积虑费神安排，现在既然已经没办法遮掩，便索性叫侍女取来复函。他想，倒不如干脆采取凡事公开的态度算了，于是打开信来看。那字迹分明是女方继母[3]的笔迹，匂宫也就松了一口气，放下来。虽是代笔，却也相当尴尬。

“本不愿意越俎代庖，欲令其自写，奈她心事重重的样子。

女郎花兮何萎绝，
莫非朝露忒无情，

1 句出《后撰集·恋五》，伊势作和歌。
2 谓得立为东宫之事也。
3 六小姐为夕雾与藤内侍所生，为落叶之宫继女。

遂教葩粲兮含悲切。[1]”

书写得极饶情致格调。“瞧，这不知足的口吻，够烦人的，老实说，我暂时只想同你两个人过安适的生活；真没想到会演变成这个样子。”话虽如此，除非在一夫一妻的寻常人之间，别人才会同情这种场合里头做妻子的立场，像这位人物，那可就不简单了。反正终究有一天会如此。尤其是这位三亲王，在亲王辈之间，特受世人瞩目，所以即使他有好几位这样的夫人，也没有谁人敢非难，当然也就不会有人来同情这位中君了。非但如此，像她这般被众人簇拥侍候着，宠爱有加，恐怕还有人会认为太幸福了吧。在她本人来讲，也因为一向受惯了夫君专宠，而今突遭无情的打击，所以才会生这种悲哀的心情吧。读古老的小说，每常觉得世人怎么总会为男女情感之事而劳心呢？当时因事不关己而以为不可思议，如今事情临到自己身上来，才恍然大悟。

匂宫的言行举止较诸往日更为体贴入微。“你全然不肯吃，这样对身子可不好哦。”嘴上这么说着，便令人取来上好的水果，又特令厨师烹调食品，耐心劝食，怎奈中君不肯进食，只得叹息“真是糟糕”。这期间日已暮，便于傍晚时分回到寝殿。清风徐来，天色颇饶情致，这位亲王原是个风流情种，挺爱时髦热闹的，故而难免情思浮动，但是，一想到蛾眉深锁的中君，不禁又忧心忡忡。听蝉鸣聒絮，她禁不住又怀念那山阴故里。

蝉声繁兮人彷徨，

知了知了恨未了，

1　以女郎花喻六小姐，朝露则喻匂宫。疑其待女无情也。

只缘秋暮兮处异乡。

匂宫今宵乘夜未深要出门。前驱者吆喝之声渐渐远去，中君的眼泪也渐增多，真所谓“枕下泪海渔人钓”[1]，自恨没出息，却也无可如何地静卧着。回想二人相识以来，自己为情劳苦的往事种种，便觉得悔恨交加。此身已怀孕，又不知将如何。自己这一族似乎多数早夭折，然则是否会在这个时节死去呢？虽然这一条命无足轻重，终究难免悲哀，对于腹中之子而言，又觉得有些罪孽深重。诸如此类，思前虑后，一夜都无法成眠。

此日，值中宫玉体违和，人人皆上宫慰问，不过，只是轻微的感冒而已，并无大碍，右大臣便于中午告退。他约中纳言之君共同退出禁中。今宵新婚三日宴的仪式，有意使之尽善尽美的吧，但凡事总得有个限度。就以邀请这位中纳言之君而言，由于前回求婚未遂，颇有些尴尬的感觉，但是在族人之中，除他而外，亦别无更合适的人选，今晚席上增光，真不作第二人想。中纳言之君则早早来临，对于这位新娘让人娶走，丝毫未露妒意，忙这忙那的，帮着照料诸事。这真教大臣内心倒有些儿不得不暗暗佩服。新郎匂宫于夜稍深时光临，遂延请入寝殿南厢靠东边的座位。膳台有八只，依照习俗，有豪华的银盘子等，另外又在两只较小的台上放置一些有华足的盘子，装饰得十分时髦；于是进献糕饼。其实，这种事情又不是珍闻，拉杂写来，未免无聊。大臣也来到，令侍女催促：“夜已晚了。”新郎却在闺房里嬉戏，没有立刻赴宴席。只有大臣夫人的兄弟、左卫门督、藤宰相等人列席。好不容易才盼到新郎倌来，他那姿容确实与众不同。主人方面，由头中将举杯献食。接着，酒过两三巡。中纳言之君强迫劝酒，

1　典出未详。

匂宫稍露笑容。“那种受拘束的对象”，大概是想起自己某次对这位公子说过这样的话吧。不过，中纳言之君反倒是佯装未觉，挺认真的样子。他随后便来到东侧对屋，犒赏随从者。不少有名的殿上人在其中。赏与六个四位者女装；十个五位者为三层的唐衣，其裳纽等，皆各有差别，十分讲究。四个六位者所得为绫罗之女裳、裙袴等。凡此赏禄，皆不愿受习俗限制，无论色泽式样，皆费尽心血令人制作。至于给家司仆役辈的东西，也几乎要乱了后世习例一般地讲究。说实在的，此类奢华的事情，真是壮观，难怪以前人写小说，往往详及于此。可是，据说此次仪式，如此还不算详尽哩。这一晚，中纳言的侍从之中，大概有个不怎么顶受热烈款待的人杂入其中，回来之后叹息道：“唉，咱们主上为什么不索性做了那位大臣的女婿呢？单身汉的日子可真无聊。”那人在中门旁边自言自语，中纳言之君也听见，忍不住想笑。大概觉得：这些人已夜深困倦了，而现在匂宫那一伙人恐怕正备受招待，一个个醉醺醺东倒西歪的吧……毕竟年轻的心，不会不妒羡的呀。

中纳言之君进自己房里去休息。心里想着：做人家女婿可真不是滋味呀。虽说都是亲近的关系，[1]有这么一位岳父大人在侧，在灯火通明之下，大伙儿敬酒啦什么的，匂宫倒是应对有方。他回想着那位新郎倌从容大方的表现。倘使自己也有个女儿的话，除了这位亲王以外，即便是宫中也不愿献上呢。不过，世间人士有女儿可献给这位匂宫的父亲们则又异口同声说道：“还是源中纳言更好。”这样讲起来，自己的声望也挺不错的样子；但随即又想回来：其实，像自己这么老成的人，有哪一点可取呢？瞧他，难免有些自得哩。皇上果真有意把二公主下嫁给自己，但是，目前自己这么不起劲，可怎生是好？这事

1　夕雾为匂宫舅父，故云。

情自是身有余荣，可是到底如何呢？假使这位二公主能够与去世的人儿相似，真不知有多高兴……这样看来，又非全然无动于衷的样子。正值无法成眠，无聊之余，有个唤作按察之君——平时较其他侍女受瞩目者，便到她房间里去，这一夜就在此度过。其实，也没有人会责备睡得太晏，却挂虑着，急忙欲离去。女方定会不悦的吧。

关川微兮汩汩流，
　既已渡川来相会，
　　何事急离兮妾蒙羞。[1]

男方这边也有些不忍心，故答咏道：

看似浅兮此关川，
　渊底深广流不绝，
　　水流不绝兮情绵绵。[2]

既然说“深”都是不可信赖的，而况明明说“看似浅”，如何能不教人悲痛呢？中纳言之君推开妻户说：“你来看这天空。这等风情，怎能高枕不予理会呀。倒不是想要附庸风雅，近日来时常有心事，夜里往往醒来睡不着觉，难免从今生今世想到来生来世，心里面哀感真多。”借着感慨种种，便要离走。他虽然没有满口甜言蜜语哄骗别人，也不知道是否由于神态特别优雅，看来不像是一个薄幸人，故而教那些曾蒙戏赠一言半语的人莫不痴情颠倒，宁愿就近在他身旁时时拜望，许

---

1 “关川”为逢坂关之小川名。按察之君此歌取其“逢坂”（日语暗示男女幽会）之双关音义，怨怼薰既与己稔熟又急急离去，恐令己浮名徒流，致蒙羞也。

2 薰亦托关川以转喻己对女绵绵不绝之情爱。

多人想尽办法去仕奉他那位皈道的母亲。咳，想来必有不少各类感伤多情的故事吧。

借着白天的亮光看这位新夫人，匂宫愈觉得怜爱。她身高适度，姿色特丽，那发丝垂覆的样子和头形等，都与众不同，十分可观。肌肤光滑细致，面庞饶有气质品格，眼神更是含蓄而稳重，可谓有美皆备，无可挑剔。年纪约二十一二岁，已经不是少女的年龄，所以身体各部分都发育成熟，像一朵盛开的花一般娇艳。又由于金枝玉叶般的呵护之下长大，更是全然没有瑕疵。这样一个女儿，教为父的如何能不陶醉得意呢？不过，若说到温柔娇媚惹人怜爱，还是对屋的中君予人印象更深刻。至于这位妇人，则应对举止，于含羞之中又有几分利落，大体说来，十分可取，算得上是伶俐的。追随侍候的有三十来个年轻侍女，女童六人，皆面貌端庄，衣着装束方面，也不仅只是一般讲究而已，刻意求变，简直有意料不到的趣味表现。较诸云居雁所生的大小姐入仕东宫时，大臣对这次的婚姻似乎更花费心血，许是由于这位三亲王的人品声望所致。

从此以后，便不再轻易到二条院方面去了。身份既非同寻常，白日里都不便自由进出，所以虽然依旧住在六条院府中的南殿，但到了天黑之后，也不可能留下这位新人而径赴二条院去。如此一来，中君那边，自然夜夜守空闺时居多了。虽云早先已经料想到这一层，可事到临头，倒也真不容易接受这个判然有别的事实。咳，思虑周全的人，终身大事可千万高攀不得啊。到如今再回想他从前不辞山路迢递殷勤来访的事情，真如做梦一般，教人既悲伤又悔恨。还是想办法悄悄回去吧；即便不是断绝，至少也去散散心，只要不故意给他难堪，也没有什么不妥吧。她独自反复思虑，虽然有些儿腼腆，还是给中纳言之君提笔。“阿阇梨方面来告有关先父周年忌佛事的事情，均已详悉。这次倘非您好心念旧诸多帮忙，不知何以对亡者。衷情感铭，无可言喻。盼暇时枉驾舍下，俾得面致谢忱。”陆奥纸上毫不造作的字迹，看来挺有情味。对于中纳言之君为故八亲王经营周详的佛会一事，虽然没有夸张的文字形容内心之感激，但是总已充分了解自己的好意了吧。经常连这边写去的信都挺含蓄见外，未肯随便遣词回信的人，未料这次竟说“面谢”云云，真是喜出望外，谅览信之际，定必按捺不住一颗跳动的心吧。晓得匂宫最近见异思迁，不大理睬这一位妇人，他心中正为之哀怜不平，所以这样一封无甚特别的信都不舍得放下，反复阅读。回信上面写着：“来函拜悉。佛会之时，曾虔诚持心如圣，当时所以未敢禀报，实在另有隐衷。芳笺上所说‘念旧’云云，岂非嫌我迩来情意淡薄吗？委实令人遗憾。详情容日后面谈，此上。”白色厚纸上，书写着端正的笔迹。

翌日黄昏时候，中纳言之君来拜访中君。如今内心另有一股思慕之情，故而不由得在衣着装扮上也刻意用心，在那柔软的衣裳上面特别薰香。许是过分用心的关系吧，连手持香扇上的香味都混合在一起，真个妖艳至极。女方偶尔也难免会想起那奇特的宇治山里某夜事件，所以看到这位稀有的正直而优和的人物，恐怕也会想象假若与他相伴的话……一类的事情吧。许是因为不再十分年轻的关系，与那位寡情的匂宫相比，显然看得出似乎各方面都略胜一筹。过去总隔物相对，如今却觉于心不忍，又怕对方将自己看作不识情趣的女性，遂延入帘内，而于主房的帘中加添一座几帐，自己则稍稍退入内里会见。“虽然没有蒙您特别邀请，看见您信上说想见面谈话，委实受宠若惊，恨不得立刻拜访，只因为听说昨日三亲王在此，所以未便造次冒昧，改在今日。唉，多年来的心意，总算得以偿遂，难得今天稍微肯除去隔物，让我进入帘内哩。”女方倒是还有些羞涩不自然，不知如何启齿是好。“日前先父的法事，蒙您好意照拂，感激不尽。只怕一味沉默，便无由表达谢忱，未免遗憾，所以才给您写了信。”她那收敛的声音，从里面时断时续地传出来，别具恼人情味，中纳言之君忍不住说道："这声音多么遥远啊。人家想跟您好好儿商量呢。"他说的也有道理，便稍微挪出前来。那举止印象打动男方的心，表面却佯装平静，与之谈论匂宫的薄幸，时则火上加油地怨怼，时则又予安慰劝解，恳谈种种。

女方倒是绝口不提夫君的冷漠无情，只当是"世事本多忧"[1]，三言两语掩饰过去，一心只盼望着暂回山里，故热心央求。"这一点，我可不敢做主。我看您还是老实告诉三亲王，听取他的意见吧。否则，万一稍有差错，给他看作什么轻率的事情，那可就糟了。只要一切讲清楚，来回的路程，我都乐意奉陪，这是毫无问题的。他也深知道我这个人是与众不同、挺可靠的男人呀。"口上虽是这么说着，心里却不无悔恨：白白将这位女性让与别人。"焉得重赢回"[2]，时时这样暗示，二人直谈到天色薄暗。女方渐觉厌烦，遂托词："感觉不太舒服呢。改天我身子爽朗些，再奉陪吧。"便欲进入内里去。男方这边却无限依恋，便借口问道："那么到底是什么时候想出门呢？路上的草也挺长了吧？预备让人去割除好。"女方果然稍示踌躇。"这个月已经所剩无几了。就在下个月初吧。我看还是悄悄地走比较好。如果向亲王请示，未免太小题大做吧。"她那声音多么娇柔悦耳，像极了大君，教人蓦然回忆往日。中纳言之君竟无法抑制，从原先凭靠着的柱旁帘下探手牵引其袖袂。哎呀，原来是这等居心啊，真是可恶！中君一时间也说不出话来，尽顾挪移入内去。男方竟一不做二不休地紧紧跟随着，将身子半移入内，便横卧在女的身旁。"您不是这个意思吗？您说悄悄的，只要避人耳目便可，害我欣喜异常；难道是我听错了

1　典出未详。
2　典出未详。

吗？我要亲自听您说一声，所以才进来。没想到竟这么见外，真忍心呀。”听他抱怨，中君无意回答。对于他这种意外的举止，甚至要憎恨起来，但勉强抑制着。“您这是做什么呀？也不怕侍女们怎么想法。嗳嗳，教我怎么办呢！”见她一面责备，一面就要哭泣的样子，这倒也怪不得她，教人同情。“这又算得了什么呢？请您想想看，这样子会面，跟宇治那一夜相比又如何呢？而况，去世的令姊已经默许，您竟还对我这么冷淡，真使人伤心。尽管放心，绝不会色迷迷乱来的。”中纳言之君一边辩解，一边好不容易镇定下来，遂将这些时日以来强忍悔恨的心底苦痛一一细诉。拉住袖子的手，却丝毫无意松弛，这真不知道教人如何是好，麻烦可大了。若是素不相识的人倒也罢了，就因为彼此都挺熟稔，所以才更教人恼羞。见中君嘤嘤哭泣，男方责怪她：“这又是做什么呀？太孩子气了。”但心里却觉得十分怜恤疼爱。见她含蓄雍容的神态，较诸往日已十分成熟，更后悔当初何以把这么一位可人儿白白让给了别人啊，害自己到如今又悔之莫及！真恨不得放声大哭。

身旁本有二三近侍的人，若是一个陌生男人进来的话，她们自会过来一探究竟，只因为这位公子与夫人早已经十分熟悉，所以都认为其中必有缘故，最好不要打扰他们，便也都自作聪明悄悄退去；这才教人难堪哩。男方虽然颇难克制悔恨往日的心理，毕竟他脾气优柔，从前都还可以谨慎体恤的，这回当然也不至于轻举妄动。不过，此类琐碎事情，也用不着详述吧。这样白白回去，未免扫兴乏味，可是也得顾忌他人耳目，再三思考之后，终于决定还是离去。原以为天尚黑，却已不知不觉间近黎明了。担心会不会给人看见，心中发急；这也是为女方设想之故啊。风闻她迩来不舒泰，原来是不同寻常之身呢。既见到她羞答答地系着孕妇的腰带，更为之怜恤不已，便也只有强自抑制了。或许这都是自己畏葸使然，不过，无理鲁莽，原非自己的本性，倘使乘一时心乱率尔行动，后果真不堪设想；日后再相会，更非易事，若其真要偷偷幽会，定当吃不少苦头，而势必也要害女方劳心种种。尽管心里这样分析得头头是道，咳，可真难以自制，就是眼前亦已不堪恋情煎熬啊。他自己明白，若说就此不再见面，恐怕不太容易，这颗心真是矛盾极了。中君看来较从前略微清癯，高贵之中带有稚气的面庞，片刻不能离开眼前，时时觉得伊人就在自己左右，故余事一概无心思想。她既然渴望去宇治，自己也十分愿意奉陪，但是匂宫如何肯答应此事呢？不过，瞒着他去也不妙，究竟怎么做法才不致坏了名誉而又能达成愿望呢？中纳言之君像灵魂脱壳似的，茫然卧着。平明时分，天色尚暗，便修成一函。照常，表面上又是认真严肃的正式信函式样。

“露华繁兮秋空清，
　徒劳往返披草径，
　　遂忆往日兮恨痴情。

对于您的冷漠，‘悲辛无由解’[1]，不知如何禀报。”若不予答复，怕侍女们反倒会猜疑，故只得简单书写：“大函拜悉，适逢不豫，敬请见谅。”寥寥几个字，未免太过简短，害男方意兴未足，脑子里尽想着那美丽的倩影。不过，而今毕竟稍解世事，所以尽管她心中责怪自己鲁莽，表面上倒也没有给人难堪，想起她从容含蓄地婉言相拒，又巧妙不露痕迹地下逐客令等应对，则令人既怨又悲，在在都难以忘怀，只有心中隐隐作痛而已。大体说来，无论从任何方面看，显然已较往昔有长足的进步了。万一她遭受匂宫遗弃，定当会来投靠自己吧；届时，即

1　典出未详。

使不能公开相亲，至少，值得私下恋慕的对象，除她而外，还能有谁呢？这就是爱情的止泊处吧。心里老想着这件事，咳，这又是怎样一种心理呀。看他素来端着像圣人一般的架子，男人终归是男人，天下乌鸦一般黑啊。当其痛失大君之时，虽云悲叹亦无可如何，似乎尚未至于这样苦闷；而现在呢，反倒是烦恼更多，听人说“三亲王今日光临”之类的话，都禁不住忘了自己是女方监护人的地位，妒恨交加，为之心碎哩。

匂宫对于自己久久怠慢中君，颇觉内疚，这一天便突然造访。女方尽量表现决无疏隔的样子。原本计划好了暂赴宇治山里，讵料自己所仰赖的人竟怀抱不良企图，可见这世间，实在难觅托身之处；这一切都怪自己宿命不好，既然“浮生本多忧”[1]，索性顺天委运吧。这样觉悟后，便无所计较，举止言行单纯得惹人怜爱，更令夫君心疼喜爱，不由得不连声道歉迩来的疏失了。而今腹部微隆，系着昨日引以为羞的那条带子，更看来风情可人。匂宫从未亲眼看见怀妊的妇人，故难免有些珍奇之感。这一向都住在拘束的大臣府邸，所以格外觉得一切轻松自在，倍感亲切，禁不住又与之信誓旦旦起来。女方听此，心中颇纳闷：莫非人人都是这般能说善道？遂又难免想起昨夜那位鲁莽的人来。多年来当他是个文雅温柔的男人，怎知也有那种可恶的行径，教人消受不得；然而，这位亲王的甜言蜜语虽未可尽信，但到底还是不能不为之心动。说到那位公子呀，在人家全无防范之下，竟然闯入帘内来，这究竟是什么意思？据悉他与亡姊始终保持着纯洁的交往，正为其超然之情致感动；这样看来，对于此类事情，还是不予见许的好，遂更具戒心。匂宫久久不肯前来，多少教人担心，但是口上决不提及，只是在举止行为上较以往表现得亲切娇柔些。这真使男方

1 句出《拾遗集》和歌。

怜爱欣喜。然而，忽闻得那位公子的异香深染在她衣裳上，这等芳香分明与世间一般的薰香有别，而这位三亲王又偏偏精于此道，他立刻感到讶疑："这是怎么一回事啊？"这事本有来由，中君一时也不知如何辩解是好，正犹豫着；匂宫已猜测：果然，早知会有这等事情发生的，那中纳言之君怎会把这样一个人儿不放在眼中呢？老早就有预感的呀。他心中突觉一阵骚动。

其实，中君已脱掉了那件衣裳，不知怎的，那芳香竟深附在身上。"你恐怕是什么都答应了那个人吧？"给他这样子咄咄逼问，真够人忧烦，简直觉得无容身之处。"我把你另眼看待特别疼爱着，你竟'人欲弃我我先畔'[1]，那是身份卑微者之间所做的事情呀！难道我真的那么久没来找你，致使你做出这种事来吗？嗳嗳，想不到你也未免太狠心了。"那言辞犀利刺人的程度，直非笔墨所能形容，中君只一味沉默，遂令对方妒恨交加。

既许吾兮又别遁，
袖香分明属他人，
如何深痛兮不嫉恨！

女方受此严辞责备，竟无以应对，只怨："何以这般见诬啊。"

妾与君兮既结褵，
赖似中衣[2]无阻隔，
讵料微此兮便仳离。

1 句出《古今六帖·四》，和歌。
2 "中衣"即"亵衣"，以喻夫妻情深亲密也。

她那哭泣的模样儿无限娇柔。咳，就是因为这样子，别人也才会为之心动的呀。匂宫越想越懊恼，不觉得竟也泪水簌簌下落；则又是何等的多情种子啊。眼前这人儿就是这般天真可爱，即便有再大的过失，都教人不忍心恨透，最后也只得不了了之，反而回过头来劝慰她。

翌日，睡到日晏方起。盥洗进膳也都在此殿里。由于这一向都生活在高丽、唐土等绫罗锦绣重重围绕的环境中，看惯了辉煌灿烂的眼睛，乍又见此地朴素无华的一切，反倒有一种可亲之感。见侍女当中甚至还有人穿着浆糊已褪的衣裳，不禁深受吸引。这位夫人本身则穿着柔软的浅色衣裳，外加表红里青的细长褂子，那毫不造作之态，与凡事讲究、正值全盛之期的另一位夫人相较，亦不觉得稍逊，看来既温顺又美丽，则毕竟是夫君的宠爱非凡，故而能够如此出人头地的吧。原本丰腴的身材，现在略微清瘦一些，肌肤则愈呈白皙，予人以高雅美丽的印象。早在发现这奇异的薰香以前，由于这般娇媚可人，出类拔萃，不免担心：会不会有兄弟以外的男子出入其侧，偶然听见声音什么的，如何能无动于衷？那就难保不会引起事端来哩。他自己风流成性，也细腻过人，所以对此类事情颇能洞察，早先已有所戒防，有时甚至想找寻情书一类的证据，便翻遍书橱、唐柜等处，却一无所获；只见一些正式而言简意赅的文字，随便地与他物收藏在一起。奇怪，不可能只有这么一点儿东西才对呀。正怀疑之际，竟发生了今天这种事情；这也就难怪他心中不能安宁了。尤其是那位中纳言之君又生得风采特佳，稍解情趣的女人定会深受吸引，眼前这人儿哪能会有对他相拒之理？这两人倒也挺相配，恐怕彼此心里都怀相思呢。匂宫越想越生气，也越嫉妒。他还是放心不下，所以今日又不肯出门。至于对六条院方面的新夫人，则送去了两三封信。“什么时候开始变得有那么多话好讲呢！”对此，则又有老侍女发牢骚。

中纳言之君闻知匂宫尽待在中君处，不禁有些不愉快；不过，另一方面，又觉得自己难免也太愚骙不智，当初不就是为她安排的这一切吗？如今又怎么可以起这种心思呢？遂自我警惕，同时也为中君感到欣慰，虽然匂宫有了新欢，毕竟没有忘旧。继而又想起中君周遭的侍女们，人人穿着浆糊已褪的古旧衣裳，便赴母亲三公主处央求：“您这儿可有什么现成的衣裳吗？要派些用场呢。”“为了下个月的法事之用，准备了一些白色的衣服。染颜色的可是一时还找不着，那么就赶紧叫人去张罗些吧。”“用不着特别张罗，只要一些现成的就行了。”遂径赴御匣殿接洽，得到好几套女裳，都是些清清爽爽的衣裳之类现成的东西，另又附加一些也是现成的绢帛，一并送去。至于给女主人本身，则从自己存有的衣料中，取红色细致的罗绢，以及白色绫缎等多种。可惜他这里没有裙袴类，但是不知怎的，竟发现杂有纽饰一对，便亦随附其中。更修成一首和歌：

君与人兮既结契，
下纽牢系可奈何，
恨亦徒然兮忍泣涕。[1]

令送信于年老亲信的侍女，唤作大辅之君处。“匆忙之间奉上，皆不足取者耳，请妥为安排。”附函如此。赠予中君之衣料，力求隐蔽，另外装入盒中包装。

老女虽未将此进献于女主人面前，毕竟多年来已习惯于男方这种照拂，故也没有刻意造作地退还礼物啦，或者予以拒绝什么的，她倒是挺老到，把东西分配给各人，大伙儿分头裁制起来。近侍的年轻侍女们，应该格外让她们穿得漂亮些。至于下役贱者，原先穿着旧损衣

1　薰此歌盖自怨痴情。“下纽”以喻中君，盖沿所赠纽饰，引发灵感也。

裳的，给她们穿白色袷袍一类朴素的，反而令人看着清爽。说实在的，若非这位中纳言之君，又有谁肯这样凡事照料万端呢？匂宫自然对这位夫人是十分宠爱着，也有意让她过安安逸逸、自由自在的生活，可是，对于此类细琐之事，他怎会注意到呢？毕竟是从小给众人簇拥呵护长大的人物，他哪里会晓得人世间贫穷困苦的滋味？在他的脑子里，只一味以为人生就是赏花弄露等风流的日子而已；当然啦，对于自己喜爱的人儿，他也会遇事照拂，不过，此类事宜亦属绝无仅有，所以连他的乳母都会背后嫌疵道“这也未免太过分了吧”什么的。中君本身呢，有时候看到衣着寒酸的女童侍，难免羞愧，私下觉得住在这样的华屋下，反而担心不相配；不过，话又说回来，那位近来名气甚高的六条院方面的夫人呢，跟人家那种豪奢的气派相比，仕奉三亲王的侍女们又将如何看待自己呀？这件事也不由得她不烦恼。中纳言之君深深了解这一点，倘若是平常不怎么顶熟稔的对象，将这种现成的东西拿去送人，恐怕是嫌太吝啬，又失礼；可是，反正也不是有意侮辱人家，刻意去准备新东西，铺张馈赠过去，倒像有些多管闲事之嫌吧，因而才有此举。此次则另外令人缝制一些美丽的衣裳啦，又使织小袿等，更附带添加绫罗的衣料相赠。其实，像这位公子，也毫不逊于匂宫，人家也是自幼娇生惯养长大的，论及兀傲啦，与俗世隔阂啦，以及高贵的气质等等，也无人能与之比肩；然而，自从亲眼看见故八亲王隐栖山里的生活以后，方知这世上原来另有寂寞的生活方式，遂深深同情，此后，对凡事也都怀有体恤慈悲之心；委实感化不小啊。

职是之故，早已弃绝了恋爱的心情，决定以一介监护人的身份自居；但是，可恼的是人心呀，竟然事与愿违不克自制地对中君关爱起来。写起信来，也比以往更形细腻，间亦偶然流露出无可奈何的恋情。女方只有慨叹此身多事了。倘若为全然不相识的男人，尚得责备他“何其痴狂”而予以严拒；偏偏此人乃是自己一向特别仰赖亲近的人物，到如今再来翻脸什么的，世人反而会讶疑。何况，人家的一番好意，衷心亦非不感铭；只是，如何便可对他表示领情呢？唉唉，究竟怎么办才好，心里甚是烦恼，但近侍者皆是新来的年轻不懂事的侍女辈，轻易与之商量不得；稍解自己心事的，则又都是些从乡下跟上来的老侍女们，也无法把心事向她们倾谈。这种时候，便不由得又教她思念起亡姊了。若是姊姊还健在的话，这位公子也万万不会肇生这种事端来的呀。心中委实悲苦，较诸担心匂宫的薄幸，这方面的忧虑还更深呢。

男方终于也无法抑忍，便于某日黄昏悄然来访。没想到居然就在靠外的走廊上设席相待，着人传言："身子挺不舒服，没法子相见。"这真是令人伤心，险些儿眼泪都要掉下来了，可是当着众侍女面前，也只有强自忍耐，便伪装说："身子不舒服的时候，连不认得的僧侣都让他们走到跟前吧，难道就不能把我当作医师之类的人，让我就近伺候在帘内吗？这样子叫别人居中传话，实在觉得徒劳往返哩。"说罢，满脸不高兴的样子。有些知道前一夜事情的人便说："哎呀，这样子可不好哪。"遂将主房前的帘子下垂，请他另就值夜勤的僧侣所坐的位子，中君虽然不顶乐意，可是既然别人都这么说，故意不理睬他也不好，乃心不甘情不愿地徐徐挪移出前来会见。她那有一搭没一搭讲话的模样儿，使男方忽又勾起大君初病时节的记忆，悲哀而又怨尤，觉眼前昏黑，话都说不上来，便断断续续谈着。看她躲在里面不肯出来，未免太见外，一气之下，便从帘子底下推移几帐进去，又用那种狎昵的态度挪移过去。中君不知所措，忍无可忍，只好召少将之君前来说："哎呀，我胸口疼哪，给我在这儿按着。"中纳言之君听见，遂叹气道："胸口是越按越难过的呀。"赶紧正襟危坐，心里却焦虑万分。"怎么您老是这样不舒服呢？听别人说，像您这种情形的人，起初多少都会不舒服，可是过些时候就会好的呀。会不会您头一次，太过小心的缘故呢？”害女方羞涩地回答：“我的胸口病，也不是一天的事情了。亡姊从前也是这样的啊。人家说活不长的人都有这种毛病呢。”真个所谓“人非千年松”[1]，想到这句话，不禁哀感盈胸，顾不得那唤作少将的侍女当前，稍稍避开紧要处，将蕴藏于心底许久的慕情，对伊一人巧妙地细腻倾诉。旁边的侍女洗耳恭听，只觉得他是个世所稀有的好人。

无论遇着任何事情，至今都忘怀不了故大君。“我自幼便致力于弃绝浮世，但也许是因缘之故吧，无论她如何冷漠相待，总是无法不恋慕；因此之故，求道之心都险些儿动摇起来。后来终于发生了不幸，为着聊慰悲痛，也曾经到处走动，接触过各种各样的女性，以为这样子或可以让自己暂时忘却她；哪里晓得这颗心就是无法移向别处。我这么思虑过度，有时也会失去了自制力，言行举止间，或者会招致风流好色的误会，这一点，委实挺难为情；如果我有些许过失，定会引起您不愉快吧？其实，我只求偶尔和您这样互相融通不见外地闲谈什么的，难道谁还会责备这样子吗？请相信，我这个人跟一般的男子大不相同，应该不会有人见怪才是。”中纳言之君泣啼哭诉如此。“如果我对您怀疑的话，还会让您靠得这么近，也不怕别人见怪吗？这些年来，从种种机会里深深信任您的人格，所以才仰赖您为特别的监护人；到如今，我不是都主动向您讨教商量什么的吗？”“真有这回事吗？我可没有印象哟。不会是您夸大其词吧。譬如说，这次要赴宇治方面的事情，好不容易有意要派给我差事的样子；这下子大概总算是您了解我这个人的缘故吧。怎能不教人喜欢呢？”言下尚有些怨怼之意，但是，究竟旁边还有别人听着，便也无法畅所欲言。

眺望庭园，渐近日暮，虫声清晰可辨。园中的假山方面已经幽

1　句出《古今六帖·四》，和歌。

暗，看不见东西了，而这位客人还在那儿倚着隐几沉思，一时还不想走的样子；帘内的中君可有些不耐烦起来。不久，中纳言之君低吟“思恋有限世”[1]，又说：“唉唉，该怎么办啊？真想去找个‘无音乡’[2]；其实，也不一定要在宇治那边建庙，只要照逝去的人儿做个人像，或者画一张肖像什么的，就可以开始勤行哩。”“您这一番心意，真感动人，可是，说到造人像，岂不教人联想到‘御手洗川’[3]；那就对亡姊有些儿罪过了。说到画像，又难免想起因金额高低而有巧拙之别的画师[4]，也让人担心啊。”“是呀。可是，我倒是担心无论什么工匠或画师，又有谁能制画出我心中的形象呢？据说近世有个巧匠制造佛像，致感天动地降下莲花来，[5]如果能找着这样灵妙的人就好了。”瞧他，思思念念难忘故人的样子，教人深受感动，中君不禁稍微挪移近道：“说到人像，倒是教我想起了一桩不大该想的事情。”她说话的态度较过去可亲得多，不由得又令人欣喜，便乘问“是什么事情啊？”的机会，从几帐底下握着她的手；这真是可恶，真希望让他停止这种念头，心平气和地交往，可是，侍女在旁，不便给她觉察到，所以只得佯装若无其事。“有个从来不晓悉的人，这个夏天从远地来访。虽然不是要故意见外，可也未便马上热络。但是，前些时候看见，觉得她像极了亡姊，我不由得心里难过起来。您常说我是姊姊留下来的纪念，其实，别人都说我一点儿也不像她，而不相干的人，怎么反倒会像她呢？”这真是闻所未闻之事，男方像似做梦一般的心境。“但是，总有一些关系，人家才会亲密地来相寻的吧。您怎么一直都没有跟我提起过这个人呢？”“唉，到底是什么关系，我们也不清楚。先父在世

---

1 句出《古今六帖·五》，和歌。
2 语出《古今六帖·二》，和歌。
3 典出《伊势物语》。时人行禊祓灾，于御手洗川（行禊之川）投入人像，故云。
4 此处袭用汉代画师毛延寿画王昭君故事。
5 典故出处未详。

时，最担心的莫过于我们姊妹俩会不会飘零世上。如今，只剩下我一个人，深知父亲当年的心事，已经是够烦恼了，现在又忽然出现了这么一个人，万一传闻开来，可真是不名誉哩。”听她这口气，大概是故八亲王秘密的情妇“暗将忍草摘”[1]，生下的女儿吧。

像极了亡姊，这句话萦绕在耳畔。“既然已经讲到这儿，索性就请您全部说出来吧。”中纳言之君意犹未尽，想探个彻底。中君这边却觉得难以启齿，不肯说详情。“若是想去寻访她，我可以告诉您大概是住在什么地方，仔细情形，可就不明白了。而且，统统都说出来的话，岂非太扫兴！”“若是为了找寻她的亡魂，即便是海中，也要尽心尽力去遍找的啊。[2]我倒不是对这位女性有什么企图，只是觉得：既然这样无法安慰自己，还不如见见面。与其去绘制人像，真不如将她当作山里的佛像膜拜呢。请您还是详细见告吧。”他紧逼着央求。“咳，先父在世时都没有提及的事情，我这么讲出来，或者有饶舌之嫌；都是因为听您说到想求得灵妙的工匠什么的，忍不住同情心生，竟说漏了嘴的呀。”遂接着说：“老实说，那位做母亲的不放心让她长年住在偏僻的地方，便一定要让她来找我；我呢，也不便一口拒绝人家；她就这么来了。乍一见面的缘故，觉得她比我想象中好看多了。她那位母亲对于这个女儿的前途，可真是操心得厉害，假如您真的愿意把她看作佛像，那就再好不过了。”瞧她表面上装得若无其事，实则想尽办法在躲避自己，她这一着计策看得清清楚楚。恨归恨，但也真想见一见那位女性。明知道我一颗心，却丝毫不愿教人难堪，可见中君对自己还算是谅解的，念及此，不由得不心跳。夜已深，帘内女主人深怕侍女们见怪，乃伺机溜入内里去了。男方则虽然晓得她这样

---

1 句出《古今六帖·五》，和歌。

2 此处盖踏袭白居易《长恨歌》，玄宗托方士，寻访杨贵妃亡魂于海上仙山故事也。

做自有其道理，却仍不免于悔之，恨之，忍无可忍，竟至流泪。咳，真是难为情。心绪紊乱，却恐怕此时轻举妄动，反而于己不利，便只得强自抑制，愈加叹息连连地离去。这等相思，究竟如何是好？谅今后将更悲苦不堪；如何才能逃过世人非难，同时又得一偿夙愿呢？唉唉，到底这位公子不是精于此道、经验丰富之人，所以把为己、为人多所苦恼之事，一夜想到天明，即便是真有个像极了大君的人，又怎能把她当真的看待呢？反正那个女性也不是什么高贵的身份，一亲芳泽总不至于太困难才对，但是，万一对方并非自己所喜欢的对象，后果反倒麻烦；可见他对于这方面的事情，还是不怎么顶起劲的。

久久未访宇治府邸，觉得大君的影像离己愈远，寂寞难耐，便于九月二十余日往访。山风萧萧，但闻流水活活，不见人影。举目哀伤，令人为之黯然。中纳言之君召辨之尼，则令人于纸门边设深灰色几帐，始肯应对。“请原谅，如今比以前更老朽，所以不好意思拜见您。”她说什么也不愿意露面，“这些日子来，想象您不知过着怎么寂寞的生活，今天来看看您，就是想同您谈谈别人不会了解的一些话题。唉，日月过得真快呀。”见他眼眶里满含泪水，老妇悲不自胜地哭泣起来。“想到她为妹妹之事操心，正是去年这个时候，悲哀虽然终归是悲哀，可是这秋风哪，真个格外教人难堪。风闻事情演变得果如去世的人所料一般，怎能不感觉悲哀呢？”“只要活得长，事情终有好转的时候，可是，她竟郁郁衔恨以终。想来，这一切都好像是我的过错似的，委实难过极了。最近三亲王新婚，其实也不过是世间常见的事罢了。他对二公主的情爱，应该是没有什么改变才对。我所遗憾的，毋宁是那一位如烟一般消逝的人，虽说人无所逃于天命，而死别也有后先，却仍难消除悲伤啊。”便又哭泣起来。

召来阿阇梨，令筹备大君周年忌的佛事经卷诸事。又透露：“时时到此地叩访便回忆怀悲，也不是个办法，所以想把这个房子毁去，在那山寺旁边新建一所庙堂。不如早点儿经营起来。”又吩咐依图建造几栋堂、廊、僧坊等等。阿阇梨感激道：“这真是功德无量。”“将故八亲王建造做住所的房屋毁坏，似乎太残忍了些，可是，我知道他真正的愿望，也是为了要修积功德，改为寺院的，谅当时只因为考虑到公主们日后的生活，所以也就没能实践。如今，这块土地由兵部卿宫夫人领受，所以也可以说是属于那位三亲王的土地了。如此一来，就不便将这儿直接改作寺院吧。即使我也不敢擅作主张。况且，这儿离河川太近，从外界看得太清楚，还是把房屋毁掉，再改建成别的样式好了。”“真是用心良苦，功德无量啊。从前有人丧子，不忍相别，便将那尸体包裹起来，挂在颈上多年，后来得佛的指引，终于弃其子而悟道。[1]房子留在这儿。每回看见就悲伤，也不是个办法。还是改建成寺院，对后世善业有助益。那么，我就开始筹划工事吧。先请历师告知黄道吉日，再派下两三个能干的工人，细琐的事情，便依佛教规定去做就是。”中纳言之君指挥种种，又召来自己庄园里的部属，告以悉依阿阇梨之吩咐行事。言谈之间，日已暮，今宵只好在此过夜。想到此度便是最后见这个房屋，乃不禁四处走动浏览。佛像都已给挪到寺院去，所以只剩下辨之尼拜佛的道具而已。见其寂寥的生活情形，怜悯之情油然而起。“这个房子因故要改建了。在新房屋落成以前，你暂时住到那边廊里去吧。假如有什么东西要送到京城里的二公主处，尽管吩咐我庄园的人好了。”遂将细微的家务事也一一相告。别人是绝不会来理睬这么一个老太婆的，他却连夜间都让她睡在近侧，与之闲谈往事。关于故权大纳言之君的事情，也由于没有旁人听到，便大大放心，一五一十详告。“他临终的时候，渴望看到那时刚刚出生的

1 昔观音与势至为前世人子时，其继母杀二人，生父乃挂其尸于颈间，终得悟道。此据《河海抄》注。

可爱的您，那情景，我仿佛还记得。想不到竟让我活了这么大把年纪，亲眼又拜见您，这都是就近侍候故主人的缘故吧？想起来，又悲哀，又高兴。徒然长寿，终于教我看到这世间许许多多的悲欢故事，真是难为情。二公主也时时叫我去拜访她，说我音讯全无，是不是同她见外啦什么的；可是，如今这尼身，除了阿弥陀佛以外，也无意见其他人哩。”接着又提及大君生前的种种事情，譬如某种场合说过什么话啦，看花赏红叶之际咏过什么歌啦，等等，全都用老人家特有的颤颤抖抖的声音道出。这么说来，原来在她那种稍带稚气又沉默寡言的另一面，竟还另有风流多情趣的一面哪。中纳言之君不禁兴致盎然地聆听着。中君虽然较其亡姊时髦而开朗，但是，她对自己不怀好感的男人，却显得更为冷漠无情；所以才会对我表面上装得亲切解情，实则只想保持距离不逾界限。他私底下将她们姊妹俩相比较。

于是，中纳言之君顺便又提到那个可以看作替身的女子。辨之尼回答说："她现在是否在京都呢，可就不得而知。我也不过是辗转听别人说起的。在故八亲王还没有隐居乡里的时候，夫人刚去世不久，有个唤作中将之君的上级侍女——她性情还算不错，主上同她私底下感情很好。这事情没有人知道；后来生下了一个女娃儿，[1]主上也分明知道是自己的骨肉，却因为怕妨碍了遁世求道之志，便再也不肯见那个女人。从此，他对于此类事情也感到厌烦，便过着清心寡欲几近圣人一般的生活，那个女的就无法忍受，告假求去，后来嫁给了陆奥郡守，前些年又上京，托人带来那女孩子平安长大的消息；怎料到咱们故主人却驳斥她说：没有理由听这种消息。害人家怨叹白费气力，便又下乡到常陆地方去，一直到最近都不再有什么消息了。听说这个春天她又上京都来，去找了二公主。那位少女也该有二十岁了吧。那做

1　此即中君同父异母妹，后称“浮舟”。

母亲的，一度也常在信里写着：长得挺标致，不忍心教她埋没在乡下地方啦什么的。”中纳言之君用心听，觉得果真如此的话，不妨见见面，便对老妇叮咛：“如果真有长得像你们故大公主的人儿，就算要到不知名的外国去寻找，我都愿意。你说的那个少女，尽管故八亲王不肯相认，但总是有血缘关系的嘛。下次若有机会再到这一带来，请顺便提一下我说过这种话吧。”“她的母亲呀，就是先夫人的侄女，说起来，同我这个辨也是有关系的，[1]只因为当初分别在不同处侍奉，所以来往得不亲密。前些时候，京城方面的大辅之君那儿有消息来，道是那位小姐定要去参拜她父亲故八亲王的墓，叫我们要有所准备。不过，到现在都还不见动静；下次如果真有这回事，再让我去禀报您好了。”

天明之后就要返归京都，遂将昨夜后来寄到的绢和绵等物送达阿阇梨处。辨之尼当然也有一份。法师和辨之尼的下役诸人，亦另有布帛赏赐。寂寂住在山里的老妇，有了这种体贴的照料，以其为尼之身，日子倒也过得相当充裕平静。整夜吹着寒风，枝梢的红叶已凋零，铺满地上，也无人迹。中纳言之君一时竟不舍得离去。深山里的古树上，寄生的茑叶[2]，颜色仍未褪，依然残留在那儿，便取来一些，预备送给中君的吧，径自拿了回去。

念宿木兮多记忆，
若非木下尝泊休，
旅人寂寞兮何所极。[3]

---

1 辨之尼与故八亲王夫人为表姊妹，故中将之君（浮舟母）亦为辨之尼表侄女也。
2 即“宿木”，“茑”据唐韵：都了切，音鸟，寄生也。小灌木，茎蔓生。此盖即本帖帖名之由来。
3 此薰怀旧之歌。“宿木”，日语音同“寄生”，取音义双关之妙也。日文各本，本帖帖名有作“宿木”与“寄生”二种。

听他自言自语，尼君便也咏歌：

朽木荒兮蒙相忆，
犹记昔日寄生时，
如何衔悲兮得缄默。[1]

这种歌也未免老派得可以，然亦不失其情致，故中纳言之君倒是颇觉得聊堪安慰。

令人将红叶送去中君处，赶巧，匂宫也在。“从南殿[2]那边送来的。”执役的侍女无心地说。女主人怕又是什么麻烦的事情，有些儿为难，但是也没法子隐瞒。“挺好看的茑叶嘛！”男主人言语中有些弦外之音。遂令人持前观赏。那附函上写着：“近况如何？曾访宇治山里，‘岭上朝雾’[3]，格外教人难堪，容日后再详细面谈。关于改建房屋之事，已经交代阿阇梨，只待您允准，即可迁移。祈请关照辨之尼君为盼。”“咳，写得怪冷漠的样子。大概是有人告诉他我在这儿的缘故吧。”恐怕这话也有几分道理。女方正庆幸信的内容平凡无事，讵料夫君如此猜疑，真令人沮丧，不由得脸上有怨怼之色。她这副模样儿实在惹人爱怜，再大的罪也自然都会原谅她的。“你给他回信吧。我不看就是了。”匂宫故意把头别过去。若是赌气不写也不好，便书写：“据悉您曾往访山里，不由得令人羡慕。房屋改建之事，请悉依尊意进行。来日出家，亦无意特求‘山岩中’[4]，即此山里已足副所需，若得以保持不荒废，衷情实感激不尽。”这样看来，或许真的是淡淡之

---

1 辨之尼此和歌，以“朽木”自况，谓中纳言之君竟以泊宿此处忆往昔，而大君则已作古，故衔悲不已。

2 即薰所居一条府邸，位在匂宫所住二条院之南，故称。

3 语出《古今集·杂下》，无名氏作和歌。

4 同上。

交哩。不过，由于他自己生性风流，故而难免也会以小人之心度君子之腹吧。庭前花草多数已枯，唯独尾花有异众芳，姿态有若招手然，看来十分有趣。有些未出穗的，也含露迎风披靡，虽是寻常景象，在此夕风之中，究竟多所感人。

未出穗兮见颜色，
从草披靡若愁思，
招风袖袂兮露无极。[1]

他穿着一袭柔软服帖的衣裳，外面只搭披直衣，正弹着琵琶。曼妙的一阕黄钟调，引得素好音乐的夫人也没法子老僵持，遂凭依隐几，从小几帐的一端露了一下脸庞。那表情极可人，尚带着几分稚气。

“秋已尽兮景萧条，
郊野风光最难耐，
微风过处兮知寂寥。[2]

‘吾独恨。’[3]”禁不住泪盈眶，实在难为情，便以扇子遮面，借以掩饰；匂宫倒是深察其心，觉得十分不忍。瞧她这般娇爱可怜，换别个男人怕是也没法子无动于衷哩！疑虑更深，难免多少也羼杂些许妒恨吧。菊色犹未着全，而这个府邸里的花则特别加护，故而颜色尤其变得慢，但这一朵不知何故，花色特佳，便差人摘来，轻声吟咏“花中

1 匂宫此歌盖为揶揄中君也。“未出穗”以喻中君，“招风袖袂”以喻薰；谓男方既然屡有信函相引诱，难怪其心动多愁思也。
2 “秋”字，日语音同“厌”。中君此和歌表面为歌咏眼前秋景，言外影射匂宫对己已感厌倦也。
3 语出《拾遗集·恋五》，贯之作和歌。

偏”[1]，又说：“从前，仙人由天而降，教人以琵琶，便是某亲王正赏花的一个黄昏。[2]咳，今不如昔，可叹哪。”说罢，推开琵琶。中君颇有些意犹未尽，便说：“人心不古，可是，难道连古代流传下来的技艺也都变了吗？”她想再听一些自己所不熟悉的曲子。匂宫便说：“一个人弹，未免太寂寞，跟我合奏吧。”遂召人另取筝来，邀夫人与之共弹。“从前有人教导我，却也没能够好好用功。”见她羞涩得连手指都不去碰触琴弦，匂宫认真抱怨：“你连这点儿事情都要跟我见外，真教人泄气。最近我常去的那边那一位呀[3]，虽然同我还不太顶熟悉，可是，人家连一些不成熟的事情都不隐瞒我，全让我看见呢。记得那位中纳言之君也说过，妇道人家，还是温顺听话的好；你对他大概就不至于这般见外吧？我看你们之间哪，挺亲热的哦。”不得已，中君只得叹口气，略弹一曲。匂宫方面，因为琴弦有些儿松弛，便径与之合奏《盘涉调》。女主人的指法十分曼妙有致。匂宫歌唱催马乐《伊势之海》，声音高贵而美妙。众女皆躲在一边偷听，个个笑逐颜开。“真可惜主上对咱们女主人有贰心，不过，像他这种身份的人，也难怪人家啦；她还算是幸福的人才对。当初住在那山里，怎么想象得到会高攀上这样好的一位呢？可也真没料到她竟会说再回山里去哩。”有人肆意批评。年轻的侍女们则纷纷警诫：“嘘！太大声了。”

在这儿教教琴，一住就是三四天。对六条院方面则借口须避忌，害那边的人正怨恨着。这一天，左大臣自禁中退出，顺路来到二条院邸。“穿戴得一本正经的，不知他来做甚？”匂宫颇有些不悦，却也只得出迎。“没什么特别的事情。想起好久没到这边来拜访，倒是教

1 元稹《菊花》：“不是花中偏爱菊，此花开尽更无花。”

2 《河海抄》谓：西宫左大臣源高明尝赏菊咏此诗，唐廉承武显灵，便教以石上流泉之秘曲，云云。

3 以下称述与六小姐的亲密关系，以诱引中君之嫉妒。

人怀念往日呢……”与之闲谈往事后便双双离去。公子们啦，其他公卿、殿上人等，一大群人追随后头，气派真不小；这边的情形当然是望尘莫及，不由得人沮丧。侍女们窥见这情形，有人说：“好俊的一位大臣哟。公子们一个个都很漂亮，可是，就没有一个赶得上他们父亲的。哎呀，真太了不起！”也有人叹道：“这么威风的人士特地来迎驾，怎不教人生气。唉，这世间可真是放心不得啊。”中君回想自己的过去，微不足道的身世，自不能与那豪华的一门相比，愈觉得心不安；索性躲到乡间去还好些，遂愈朝这条路上去思想。而岁月匆匆，年又近暮。

正月底以来，中君临近产期，十分辛苦。对匂宫而言，此为前所未有之经验，故而不知所措，心慌意乱，已到处令人举行法事，又重加添好几处祈祷场所。孕妇痛苦异常，后宫方面也差人来慰问。他们结婚已有三年，匂宫的宠爱虽厚，世人却未见得特别尊重这位夫人；如今，消息披露开来，莫不顿感惊异，各方纷纷遣人来问候。中纳言之君私下担忧，亦不下于匂宫。虽然他深深为中君心痛，也曾一度依礼慰问，却未敢频频过访，只得暗中令人祈祷而已。此时，二公主的着裳仪式在即，举世喧扰，正准备之中。皇上亲自费心为之筹备万端，虽无甚其他监护人，看来反而隆重。母亲故女御[1]生前为女儿所准备者自不待言，宫内的储藏室啦，各地郡守等，也有数不尽的礼物供奉。已预定在此仪式后，即将二公主许嫁于中纳言之君，故男方心理上也该有所准备才是；只因为他生性奇特，所以对此丝毫不感兴趣，反而一心只惦念着中君这方面的事情。

二月初，朝廷临时决议，薰之君得晋升为权大纳言，并兼右大将；盖因右大臣兼左大将者辞职之故。乘巡回礼拜之次，来到二条

1 藤壶女御也。

院邸。赶巧，由于中君的阵痛十分严重，匂宫也留宿此殿，便径自来访。“到处有僧侣，乱哄哄的。”主方连忙改换新的直衣和袍子，整理衣冠，下阶答礼。他们二人实在难分轩轾。“今晚要宴请右近卫府众人，请您也赏光。”匂宫则因为夫人阵痛之故，犹豫不决。一切悉依左大臣当初之例，故亦在六条院府邸举行宴会。陪伴的亲王啦，公卿辈，喧喧扰扰，来了不少人，几乎无逊于大飨的情况。匂宫终于也光临，却心不在焉，未及等待席终，便急忙赶回去。左大臣府方面，对此颇不以为然。其实，二条院方面那位夫人的身份，亦非泛泛之属，只因为左大臣这边仗其炙手可热之势，自难免心怀骄奢，致有失诸专横之嫌。

好不容易在破晓时分产下一男婴，匂宫觉得十分欣慰。右大将薰之君于自己升官之际复获此喜讯，亦倍添喜悦。为答谢昨晚三亲王莅宴之礼兼致祝贺生产之仪，即趋前拜访，站立致辞。[1]由于匂宫守候在此，所以人人莫不前来祝贺。产养及产后三日的仪式，依照习俗，仅有少数人参加。产后五日晚上，右大将遣人送来屯食五十具、棋手之钱，以及碗饭等礼物[2]，悉依世俗惯例，另有台盘三十，送达中君前，五套婴儿衣裳及襁褓等物，则避免铺张，尽量求其收敛；不过，仔细观察之下，仍看得出细心费神的一斑。此外，又有沉香木制的方盒及高杯，盛着粉熟[3]，赠送给匂宫。送给侍女们的礼品，台盘自不消说，又有桧木薄盒三十，内盛种种精致的食物。可是，却丝毫不见铺张。产后十日之夜，后宫为之举行产养，府邸里显得特别拥挤。中宫大夫以降，公卿殿上人之辈，不知有多少人来参加。皇上闻悉，亦说道：

---

1 依俗，以避生产之秽，故站立致辞也。

2 “屯食”，为鸡卵形饭团；“棋手之钱”，为供围棋赌注之钱（此等场合，往往下棋助兴，故赠其博注）；“碗饭”，为盛于饭器之米饭。

3 五谷（米、麦、豆、黍、芝麻）所制甜糕饼。

“三亲王初为人父，如何能不祝贺。”遂令赠予佩刀。九日夜晚，左大臣为之祝贺。虽然他并不怎么甘心情愿，倒也碍于匂宫面前，不得不令众子前来，表面上大大方方地完成礼仪。中君本人，近来原有些心情沉重，颇不欢娱，没想到竟蒙各方关怀，热闹庆贺，也争回了面子，总该觉得舒坦多了吧。大将之君想：现在人家已做了母亲，更不会来理睬自己喽。匂宫对她的宠爱，恐怕也更不同寻常吧；他心里难免有些懊恼；继之，又回想过来，这不就是自己当初安排预计的结果吗？则又为之庆幸。

于是，这个月二十日后，为藤壶女御的二公主举行着裳仪式。次日，大将便以新郎的身份上皇宫。洞房花烛夜并没有铺张。“闻名天下的宝贝公主，却教一位臣下做了驸马，多少有点儿遗憾可惜。就算是皇上赐准了，也用不着这么急急忙忙的呀。”也有人持此异论。不过，皇上的个性就是这样，喜欢当机立断，所以，既然事情已定，不如破例赶办喜事的吧。古往今来，做皇帝女婿的并不少，可是皇上自己尚在盛年，却像臣下一般赶着选女婿的，恐怕还不多见哩。大臣也说：“论及信望、幸运，都是难得一见的人物啊。连故六条院之君都是朱雀院年纪大后，准备出家之际，才蒙赐这位公子的母亲三公主；至于我呢，无人允准，岂不像似捡来的一样吗？”那落叶之宫听此，觉得这倒是实情，害她羞愧得连话都答不上来。

新婚三日晚上的仪典，自大藏卿[1]以下，二公主的近侍及家司，皆有皇家的赏禄，暗中禄物更及于新郎的前驱诸人、侍从、车卒，以及舍人等。这一点，倒是与臣下的情况大体相同。

此后，薰之君便经常悄悄来会二公主。可是，他心底至今都不能忘怀故大君。白天在自宅起卧眺望度日，傍晚则不得不赶往二公主

1 即二公主舅父，藤壶之兄也。

处；尚未能习惯于这种生活，故颇引以为苦，私自正打算将她从宫里接出来与自己同住。母亲对此事亦十分欣喜，想把她自己的住处让给这一对新人。“那太不敢当了。”遂于佛堂间设廊，构一新屋相连。母亲则准备移居于西侧。东侧的对屋，自前年遭回禄之后，已新建成讲究的房子，如今更加工布置，一切尽善尽美。皇上得悉，圣心疑虑：新婚不久即迁移夫家，是否妥当？天下父母心，虽云皇帝，念子之心总是相同的，所以在给男方的母亲信上，尽讲些爱女二公主的事情。

朱雀院在遗嘱之中曾格外关切这位皈佛的三公主，因此，尽管以出家之身，威势依旧未衰，皇上待她言听计从，也特别尊重。有这两位了不起的尊贵人物庇护，可谓无上荣幸才对；可是，不知何故，大将之君心底却不觉得特别高兴，郁闷时居多，总是急着改建宇治寺庙方面的事情。

屈指细数中君的少爷诞生五十日这一天，大将费心准备祝贺。他连笼子、桧木盒等物，都一一过目，希望别出心裁，不同流俗。沉香木、紫檀、白银、黄金等，也都找来各行各业的师傅，故大家都不甘落人后，精心制作，互较高下。他自己则又趁匂宫不在时，来访中君。不知何故，他看来竟是更庄重，且具威严。而今，该不至于还要戏言相思什么的吧，便放心与之相会。讵料，男方竟然痴情依旧，未语先泪。“同一个压根儿就没有感情的人结婚，更教人觉得浮生乏味，心绪紊乱。”听他坦白相告，中君连忙制止道：“您这是什么话呀。隔墙有耳，不怕让人听到吗？”口上虽这么说，衷情实在深受感动；多么美好的姻缘，可是他依旧不忘亡姊，这爱情何等深刻啊！人若是健在的话，不知该有多好，委实遗憾。不过，话又说回来，她若是活着，说不定现在也陷于跟自己类似的境遇，致姊妹俩双双正慨叹不幸也说不定。总之，这世上的事情，若非出身高门，休想享受荣耀。这么说来，又觉得还是亡姊坚守原则抗拒到底才是高明的。

薰之君一再央求看婴儿，中君多少有些儿腼腆，倒也认为无须过分见外。他那些痴言痴语，虽无法接受，为此教他埋怨，倒也无可如何；其余之事，还是尽量不要拂逆这个人才好，所以她自己虽不置可否，却令乳母抱着婴儿到帘外。这婴儿既生为匂宫与中君之子，岂有不可爱之理？他白皙美丽得几乎有些可怕，看着那娇声说笑的样子，不禁羡慕：倘若这是自己的孩子，不知有多好。他如此想法，莫非是对这尘世有了恋栈不成？不过，虽然老想道，假使去世的大君能够与自己结成夫妻，留下这样的孩子就好了，却并未希望新婚的那位二公主早生贵子，这种心理也未免忒可恶。咳，把他说成这么忸怩不成器的样子，的确有些抱歉。当然啦，皇上绝不可能刻意去挑选一个怪僻而百无一是的人来做女婿，所以有关政治方面，应该认为有相当高的才能才是。想到中君将这么幼小的婴儿给自己看，大将之君不由得欣喜异常，便忍不住较平时细腻谈话。日已暮，总不能在这里过夜，只好连声叹息回去。“哟，好香的气味呀。人说：‘为攀折兮。’[1]真个连黄莺都要来访呢。”有些年轻侍女连声赞叹。

入夏以后，三条院邸将成为不吉利的方向，遂于四月初，立夏节分之前，使二公主迁移过来。在移居前一日，皇上亲临藤壶殿，举行藤花之宴。卷起南厢之帘，安放龙椅。今日乃公宴，必由女主人二公主主持，所以公卿殿上人等的菜肴，悉由内藏寮供应。除左大臣、按察大纳言、藤中纳言、左兵卫督以外，亲王辈则有三亲王和常陆宫等陪侍。在南庭的藤花下，设置殿上人的座位。宫廷乐队在后凉殿之东，日暮时分吹奏双调，宴会于焉开始。公主提供琴笛等乐器，大臣以降，一一受器，献于皇上。左大臣献上故六条院之君手书赠予皈道三公主的琴谱二卷，又附加五叶之松枝。接着有琴、筝、琵琶、和琴

1　语出《古今集·春上》，无名氏作和歌。

等，皆系朱雀院遗留之物。笛则为曾托梦相传者[1]，乃故人之遗物，皇上对其音声之曼妙赞不绝口；今日盛会，若不取出展现，怕是良机难再，乃与大臣和琴。二亲王则担任琵琶。右大将把那名笛试吹，奏出人间难得一闻的妙音来。殿上人之中，擅长歌唱者，皆应命而出，可谓尽兴之游。二公主提供粉熟为酒肴。有沉香木方案四只、紫檀高杯，染深浅藤花的包布上绣着藤枝条。此外又有白银容器、琉璃杯，酒瓶则为蓝色琉璃制。由兵卫督指挥照料一切。大臣觉得，皇上赐酒，总是轮到自己，这样子不太好，而在座的亲王又无适当之人，乃让与右大将。右大将初时亦退让再三，大概看出圣旨所在，故只得承杯："臣谨受杯。"[2]无论声音、举止，虽不过是公式行仪，却优于一般人，莫非因为他是皇上爱婿之故吗！将圣杯之酒注入自己杯中饮尽，再下阶答舞，那模样儿更是美妙无与伦比。即使是高阶级的亲王大臣辈受圣杯，都是光彩无上，何况这一位是众人簇拥的驸马，自是宠信深厚，不过，究竟官位有别，瞧他退返末座，难免教人感到惋惜。按察大纳言原本希望自己享此无上荣幸，如今只觉得妒恨。这位人物原来倾心于公主的母亲藤壶女御，当其入内后，似乎仍未能忘情，故而时时寄函示爱；后来竟转念想娶其女二公主，自荐愿任监护之职，大概女御没有禀奏于皇上，所以心中颇不愉快。"大将的为人是没问题啦，可是皇上又何须如此大惊小怪，当他爱婿来款待。真是闻所未闻，竟然在九重城阙内清凉殿近处，让臣下亲昵出入，还开什么宴会啦，吵吵闹闹的！"尽管牢骚不少，到底自己也想一睹究竟，所以也参上了，可是心里头却老大不高兴。

燃上纸烛，开始献诗歌。瞧每个人走到文台之下奏献怀纸的样子

1　事详第三十六帖"横笛"。

2　此处原文用"なし"，乃标音字，意不详。或谓为警跸声，疑为受杯时专用语。

倒是挺得意的。可是，这种作品总不脱惯例，大体保守者居多，便也不必一一记述。即使地位高的人所咏的，也未见得有多高明，不过，聊记一二以兹留念而已。下面一首，据说是右大将下庭采冠花献于皇上时所作：

折藤花兮供插头，
为顺圣旨逞鲁莽，
敢攀高枝兮将袖投。[1]

瞧他这副得意的样子，岂不讨人嫌。

花飘香兮传万代，
香色可餐非寻常，
今日饱览兮无倦态。[2]

又不知是谁写了这么一首和歌：

为君折兮插头花，
花色花香两可赏，
色实堪拟兮紫云霞。[3]

非常花兮自有别，
九重庭内傲云霄，

---

1 薰此歌以高处藤花拟二公主，盖谓原不敢奢望高攀，实为顺从帝意也。
2 此为皇帝答歌。以花拟薰之君，极力颂赞之。
3 一说此为夕雾所作，以花拟薰之君，亦赞美之歌。

藤波异色兮称一绝。[1]

后面这一首，大概是那位不服气的大纳言所作。不过，以上所记，或有传闻错误之处。反正，这种场合多数是此类无甚可取之作居多。

随着夜愈深，游兴愈浓。大将之君唱催马乐《安名尊》的声音美妙极了。按察从前也以善歌著称，而今歌喉依旧，便也堂堂加入合唱。大臣的七少爷，仍是一个孩童，竟曼妙地吹奏笙笛，乃赏以衣裳。其父大臣代下庭舞蹈礼拜。皇上直盘桓到近晓时分始离去；且此次赏禄于公卿亲王辈者，亦由皇上亲自颁与。至于殿上人以及宫廷乐队诸人，则由二公主依各人身份赏下。次夜，二公主便离宫移住于三条院府邸。仪式不同凡响。侍候皇上的宫女全体列队欢送。二公主乘用有篷辇车，随从者所乘，则有敞篷丝绵装饰之车三辆，槟榔叶葺顶而有黄金装饰之车六辆，无金饰物之槟榔叶葺顶车二十辆，及桧木薄片饰之车二辆，侍女车三十辆；各有女童侍与下役侍女八人陪伺。大将方面来迎的华丽女车上，则有十二侍女乘坐。[2]送方的公卿、殿上人及六位之官等，人人皆衣着华美无比。将二公主迎来自宅，与之从容相对，更见其可人之处。她人儿生得纤巧温顺，无可挑剔。大将之君一方面庆幸，但是另一方面，故去的心上人儿也不能忘怀，至今都无法消除恋情；这等相思，恐非世上任何事情所能安慰，除非有一天自己也成佛，那一段不可思议的奇特因缘才得了悟；也只有到那时候，自己才能死心的吧。便格外热心于建庙之事。

过了举世喧扰的贺茂祭之后，在二十余日的某天，大将之君又往访宇治。他亲自监督庙堂的建设，指挥种种，不忍空过那“朽木”[3]

---

1 红梅此歌亦以藤花拟薰之君，谓其蒙帝垂青，入为驸马，故自有别于众花也。
2 以上各种车辆均有专词，此取意译。
3 见前文辨之尼所咏歌。

之下，便过去探看；未料，竟看见一辆不甚醒目的女车，有粗壮的东土汉子多人，腰佩箭筒。另有仆役下人众多，浩浩荡荡，正过桥朝这边走来。好乡气的一群人哪！大将心里正嘀咕着，而前驱者吆喝声下，众人正骚扰之间，方知悉那车辆也要到这个府邸来。大将之君制止仆役们的喧哗吵闹，令人讯问："何许人？"有个带着方言土腔的男人回答："是前常陆郡守的小姐。她去参诣初濑寺院回来，来回都在这儿住宿。"哦，对啦。这不就是上回听说过的那一位小姐吗？遂令众人回避，又命令道："快让车子进来。这儿另有一位客人住着，不过是住在北边哩。"大将之君这方面的随从们也都穿着狩衣，无人讲究行头，可是，仍然看得出是贵人的便服微行。大伙儿有些不耐烦的样子，好不容易引开马匹等，恭候在一旁。未几，车辆引进了走廊西端靠着。这个寝殿新近才落成，里边空空洞洞，帘子都未挂好。格子窗户倒是紧闭着，大将便走进里面，自两旁之间的纸门洞口窥伺。怕衣裳綷縩声响，故脱去，只穿着直衣和裤袴。车中人并未立刻下来，似令人问于辨之尼："好像有贵宾，是哪一位呀？"大将已闻知车主，早先便吩咐过："千万勿提我在这儿。"故而人人只说："请快快下车。是有客人，不过在那边房间。"先有个年轻侍女下车，在那儿掀开车帘。与前驱诸人的模样儿相比，这侍女倒是挺娴雅可观，接着，另有一个年纪较大的妇人下车，催促道："请快些儿。""好像会给人看见呢。"声音虽然细弱，却优雅可闻。"哎呀，你的老毛病又来了。这里不管什么时候来，都是这样关着木格子窗户的。哪儿会有人偷看呀。"那老妇颇有把握的样子。未几，见一个女性徐徐走下来。说也怪，无论头形或那纤细优雅的体态，都与去世的那一位酷似。可惜，她用扇子遮着脸，所以看不见容貌。大将之君强抑着一颗激动不已的心，在那儿窥伺。车厢很高，下车之处又低洼，侍女们都一个个下去了，唯独这位小姐犹豫着，费时良久，才挪移下定。深红色的外褂里面穿着表红里青的衣裳，其内又有浅绿色的小袄。虽然沿着纸门边立有四尺高的屏风，但由于洞口在其上方，故得一览无遗。她多少还是担心着这边，所以将面孔转向里面，倚靠隐几歇着。“真够辛劳的。那木津川的渡船可真吓人。还好，二月份的水不算多。”“其实，这次旅途，跟从前在东乡时候相比，并算不了什么。”两个侍女在那儿毫无倦容地闲谈，女主人却默然半卧着。手腕自袖口露出，看来柔美而浑圆，倒是不像常陆郡守的女儿，挺高雅的样子。

薰之君直站到腰都要酸了，却担心教人知道自己在窥伺，故只好仍旧静静立着。不料，那年轻侍女竟惊呼：“呀，好香哦。多好的薰香！是尼君在薰烧吗？”年长的也附和道：“真的，好讲究的香啊。京城的人总是时髦奢华的。咱们夫人好像是此中高手，但是，东土可就没有这类高贵的香料了。这位尼君呀，住在这种朴素的地方，可是，你瞧她挺讲究穿着，就是那一身蓝灰色的衣裳，不也很别致的吗？”二人纷纷交赞。这时，走廊那一头来了一个女童。“请用汤药。”她端来好几个几案。又取来果物，唤醒女主人：“喂，喂，请吃点儿东西吧。”可是，女主人却没有睁开眼睛，一老一少两个侍女便径自吧咂吧咂吃起那些栗子之类的东西来，这边大将之君从来也没听过这种声音，只好赶紧引退；可是，心里仍惦记着，便又走回去窥伺好几遍。其实，自皇后以降，到处有比这位女性更美丽端庄而高雅的妇人，自己也不知看过几多人了；平常若非绝色佳人，连个正眼都懒得看一下，心也不曾稍动。为人正经得教人评论，今天到底是怎么回事，算不得如何美丽动人的女性，竟使他这般依依不舍得离去呢？

尼君差人过来打招呼，随从者机警地解释：“主上有点儿不舒服，正歇着。”咦？他不是说过想见一见这位小姐吗？大概是想趁这种机会同她谈谈话，所以故意要延到日暮的吧。可是万万没有料到这会儿他正在那里偷窥哩。照例，领地庄园的管理员又送来好几盒食物，便令人持去分与辨之尼；尼君又分与东土众人。待指挥种种停妥之后，理好衣着，乃赴客人处。诚如方才那老侍女所夸奖，这位尼君的衣裳十分爽净讲究，容貌亦颇端庄。“昨天就恭候着，怎么到今天这么晚了才到呢？”那老妇一面回答：“咱们小姐好像挺辛劳的，昨晚便在泉川那边住了一宿；今天早上也还犹豫了许久呢……”一面唤醒女主人。这才好不容易起身来。她发现尼君在场，羞得将脸别过去；这么一来，从大将这里却看得清清楚楚。那优雅的眼梢啦，发际等，虽然自己也未尝仔细端详过亡去的大君，不过，如今见这位女性，却觉得委实酷似，泪水便不由得流下。回答尼君的声音，虽然仅仅可闻，也与大君的声音极近似。世上果真有这般令人怀恋的女性吗？她那容貌与心上人儿如此相像，而自己竟然一直都不晓得。只要与大君有关联的人，就算是身份再卑微，既然这么肖似，便不容放置；何况，这位女性虽未曾得到生父相认，总归也是故八亲王的女儿；他这样想着，竟觉得无限感伤而又欣喜，恨不得现在就冲进去告诉她：“您竟然还活着啊！”外国那位皇帝，曾派遣方士去蓬莱仙山求取爱妃的金钗，[1]谅亦无法安慰相思之情；而眼前这位女性虽非亡者，却反而足堪慰藉似的。难道是因为自己与此人有宿世因缘之故吗？

辨之尼闲谈不久便回去了。从方才众人讶异的奇芳，她已察觉这位公子或曾躲在什么地方偷窥，所以也就故意不愿深谈的吧。天已暗下，大将之君便悄悄溜回来，换穿衣裳之后，来到平素与尼君会见的纸门边，令人召她上来讯问种种。“正巧遇着她也来此。上回我拜托你的事情怎么样了？”“是呀，上回听您吩咐以后，便留意着，没想到去年一年竟白白过去了。今年二月里，趁她参诣初濑观音的时候，曾经见过面，也将您的意思同她母亲暗示过。她说‘要把小女当作长公

1 典出白居易《长恨歌》。

主，那真太不敢当啦’什么的。当时因为您这方面忙着别的事情，所以觉得不太方便，也就未敢禀报；没想到，这个月又来参拜，今天是遇着她们归途吧。每次往返都在这儿停留，大概是追慕她父亲的缘故。那位母亲因为有事情，这回只有她一个人旅行，我也就没有告诉她您在这儿。”“我这一身便装，怕教人看作乡下佬，所以不准他们宣扬开来。但是也很难说，也许那些仆役已经讲出去了吧。你说怎么办好呢？既然只有她一个人出来旅行，反而更轻松方便些。请转告她：如此巧遇，或许竟是宿缘不浅哩。”“哟，怎么忽然又有了这种宿缘呢！”尼君笑着揶揄，不过还是答应：“好吧。就让我去说说看。”便起身离去。

貌鸟丽兮声婉转。
声貌俱佳似故人，
披草冒露兮寻黾勉。[1]

他低声吟咏，有若喃喃自语。尼君遂将这话向那位小姐禀报去了。

1 貌鸟，相传为美丽之鸟。薰之君此歌以貌鸟拟酷似大君之女性浮舟。

第五十帖

东屋

薰之君虽有意一踏“筑波山”[1]，然而，毕竟觉得果真要贸然“思入”[2]那“山麓”[3]的丛林之中，也未免忒猖狂，世人面前也难为情，故而连情书都不敢寄。只有辨之尼年年向她母亲提及一些男方言谈的内容；可是，常陆守夫人岂敢认真，只以为居然还有人关心女儿，而这又是世所尊贵的人物，遂更遗憾门不当户不对了。常陆郡守的前妻遗留下不少孩子，与这位夫人之间，则又生有一位娇生惯养的千金，底下还有五六个更小的，忙着照料这一大堆孩子，难免就把这个继女给冷落忽略了。为母者对于丈夫这种态度自是心中怀恨，因而旦暮希望：定要教这女儿光耀门楣才行。如果她生得姿色平平，无甚特殊，倒也用不着做母亲的这般苦苦冀盼；偏偏却长成亭亭玉立，端庄无比，所以才教人不忍心弃置不顾呢。

听说常陆守家里有不少千金，许多公子便纷纷来说情示意。前妻

---

1 《源重之集》和歌。浮舟为常陆守继女，故以常陆地之“筑波山”山麓拟之。
2 《源重之集》和歌。
3 同上。

所生的三位千金，都已经为之寻得匹配对象，一一嫁了人。如今，自己这个女儿，可得依自己的意愿才是。常陆守夫人朝夕照料，视若掌上明珠。说到这位常陆郡守，其实也非寻常出身。他本身秉承着公卿的血统，亲戚们也都不弱，而且拥有庞大的财产，因此相当奢华，宅第之内也十分气派，布置讲究；不过，他本人则于附庸风雅之余，却又带几分粗暴气与乡土气，许是自幼埋没在东土那种偏僻地方的缘故吧，声音混浊不清，说起话来又有一股怪腔调。他对于都城里的高门世族，既觉自卑，且又敬远；可是，对凡事又挺仔细周到；于琴笛之道虽稍疏远，却擅长射弓。虽只是平凡寻常的家庭，但财富之引诱，自有一些年轻美丽的侍女来聚；她们装扮整齐，也时常举行些教人不敢恭维的诗歌唱和啦，物语朗诵啦，以及守庚申[1]等。生活得极尽豪奢享乐之能事，害那些对这位千金浮舟怀遐思的公子们个个猜想："谅必是才气灵秀，外表也标致的吧。"人人心中将她想成美人儿，正为之钟情陶醉。就中有个唤作左近少将者，年约二十三，性情温和，才学虽为众所周知，却不擅长时髦的玩意。他与原有的情人已断绝来往，如今对此竟热衷不已。浮舟的母亲在众多吉士之中，见此少将之君出身不差，也不失为有识见的人，且既通达人情世故，又具品格，实在不错。即使再想高攀，人家高贵的人也不一定会把咱们这种人放在眼里，所以对于这位公子的情书，总是另眼看待，也经常叫女儿作适度的答复。她既然已经胸有成竹，便不管丈夫常陆守关切与否，自己定要舍命护育这女儿。谅那少将之君只要一见女儿标致的容貌，也不致怠慢了她吧。遂将婚期定于八月，慢慢准备起嫁妆来。有些好看的小东西，诸如别出心裁的，式样讲究嵌有金丝螺钿等细工的，全都为这个女儿藏起来；至于次一等的货色，则对丈夫说："这个不错。"反正

1　庚申之夜凶，不宜睡眠，故世俗于是夜宴乐通宵，称"守庚申"。

那常陆守也不懂，只要是女儿家用具，无论品质优劣都购进，堆了自己女儿满屋子，致使她们勉强得从那些东西背后用眼睛窥伺外边哩。至于琴与琵琶的师傅，则特别延聘宫内教坊的乐师。只要女儿习得一曲，他便在师傅面前忽坐忽拜，高兴得像什么似的；赏禄起来，又恨不能将对方埋在东西里头，叫嚷不已。有时，女儿习得快调的曲子，在动人的傍晚与师傅合奏，这位不解风雅的男子竟也会深受感动，顾不得别人面前，泪流不已。常陆守的夫人是颇识体统的人，对于丈夫这种举止深感嫌厌，便也不大予以理睬；所以常陆守经常对她埋怨："你瞧不起我女儿。"

这期间，那左近少将等不及约定的时间便来催促道："不如早一些的好。"为母的一则未便擅作主张，再者究竟是人心不可测知，趁着当初居中媒介的人来访之便，将那人唤到近侧来商量："我这边虽然还有一些挂虑的事情，不过，这件事情也拖了相当长的时间，而对方又不是泛泛寻常人家，也不敢随便相拒，便也就这么答应了下来。老实讲，我这女儿是没有亲爹的，凡事都由我一个人在照拂，怕有所不周全之处，不知道人家可会嫌弃我们，难免教人担心呢。我这儿另外还有不少女儿，既然有父亲照顾她们，也就一切由他；只是这个女儿呀，每念世事无常，便让我牵肠挂肚放心不下。我看那位公子挺有识见，才会忘了谦虚客气，顺着他的意思答应了下来，可是，万一他变心的话，岂不教人传为笑柄，太伤人心了吗？"那媒人遂如此这般将常陆夫人的话去禀报，少将听后大为不悦。"不是常陆守的女儿？这可是头次听见。虽说都是那位夫人的女儿，这未免太难堪，叫我怎么去做这样的女婿呢！你也不仔细打听打听，就这般胡乱讲话。"那媒人也觉得十分不安，遂辩解道："详情我也不知道。只因为舍妹在那边侍奉，当初把您的意思去暗示，据她说是一位掌中珠一般受呵护的千金，便以为定是常陆守的小姐无疑。从来也未听说他养了一个别人的孩子呢。那小姐长得标致又温顺，她母亲疼得像什么似的，又听说夸言要给她找个门当户对的乘龙快婿，把她捧得高高的；那当儿您正在物色居中媒介的人，我便也毛遂自荐，替您效劳了。实在没有随便乱讲话啊。”这男子能言善道，而且冲动易怒。听他这般强辩，少将也不由得假以好颜色道：“我若是做了他们家的女婿，世人定不会说好话，不过，那也算不了什么，有时候，老丈人肯照料保护，也是有例可循的。只怕我这儿自以为跟娶了他亲女儿没什么分别，世间人士却不会这样想法，定以为我看上她父亲的财产什么的。同是女婿，总不能眼睁睁看着源少纳言啦，赞岐守等趾高气扬进出，而我自己却不蒙常陆守眷顾。那岂不太没有面子了吗！”这做媒的男子乃是个擅长阿谀的讨厌家伙，他怕好好一桩姻缘谈不拢，对于双方都不好，便改口说：“您若是想娶他的亲生女儿，虽然年纪还小，让我去禀报看看。那第二位千金，他们称作公主的，倒是她父亲的心肝宝贝呢。”少将便也回答：“这个嘛，先前提的那一位搁着不理，又去向另外一位求婚，不打紧吗？不过，老实说呀，我看那常陆守，人挺稳重，有长者之风，教这样的人做监护者撑腰倒也不错，所以才有这个意思，并不是只求容貌好看的女人而已。若想要娶家世高贵、外表艳美的女人，要多少有多少。瞧那些穷愁度日的风雅之辈，结果却沦于凄惨之境，人不像个人；倒不如甘冒世人物议，图个安稳的生活哩。拜托你去跟常陆守解释解释，如果他听得进去的话，也不错啊。”

原来，那做媒的人有个妹妹在常陆守府邸的西侧对屋侍奉，故得为少将之君传递情书什么的，其实他与常陆守并不熟稔。现在竟然冒昧上前说道：“有事报告主上。”常陆守面露不悦之色道：“听说他时时在这儿进出，可是也没答应见面过，到底是要做甚？”“是左少将之君差来的人。”便也只好接见。那人颇有些难以启齿的样子，挪近跟前来说：“近来少将之君跟府上的小姐书信往返，终于蒙获允准，佳期原定在这个月，便选好了吉日，想早些儿完成好事；哪里晓得这当儿竟有人告诉他：‘那小姐确实是夫人亲生女儿，却不是郡守之君的千金。以您少将之君的身份，做了那种女婿，世人岂不批评是阿谀巴结吗？堂堂一位公子，拜作地方官吏的女婿，还不多数是为了想博取丈人尊如私君，疼似掌珠；但是既非亲生女儿，也就指望不到这一层，人家老丈人也未必爱理睬。若是受到比其他女婿低一等的待遇，岂不面子丢尽！’听多了这种恶言恶语，正懊恼着，后来又说：‘当初就是看中这位郡守的威势不凡，值得我仰赖，所以才打起写情书给那小姐的念头的呀。我可全然不知道这位小姐竟是他的继女；不过，听说她下面还有几位妹妹，如果能得着其中一位，如愿以偿，倒是不错。你去给我探探他口气看。’”常陆守果然说道：“我一向都不晓得有关那情书的事情。其实，也应该待她如己出才是，只因我自己还有几个不成器的女儿，实在忙不过来；没想到她母亲却猜忌我，说我厚此薄彼，所以我也就干脆不再过问她的事情。这事情我倒也略略听说一些，可没有想到是冲着我而来的呢。不过，你这样说，倒也不错。老实说，我有个特别疼爱的女儿，在众多子女之中，唯独这个女儿是我的命根子。提亲求婚的人也不少，只怕现在的年轻人多风流不定，担心她将来会遭遇不幸，所以也不敢随便替她做主，旦暮只挂虑着要给她找到一个好归宿才是。少将之君那方面嘛，我年轻时也曾侍候过他父亲故大将的。当时我以一个仕宦者的观点看，也觉得他十分贤明，希望当他的下属，心中挺仰慕的；后来因为接连被调派到地方任职，不觉地岁月流逝，久疏问候，便也不好意思再去拜访了。现在他有这个意思，那真太不敢当，恭敬不如从命；但我只怕内人会不会以为我设计让对方改变心意呢。”听他一五一十详告，那媒人内心不禁喜悦：这事情看来是有些眉目了。“您大可用不着担心。对方全指望您一个人的心意，说什么：‘年幼的千金也不打紧，就想娶个父亲疼爱的小姐；同做人家的继女相好也没用啊。’他这人呀，人品高尚，也颇有声望。别看他年纪轻轻，却没有半点儿好色夸侈之处，世俗人情也很有些心得。而且到处有很多领地，目前虽然还没有什么财产，但与生俱来的风采，到底胜过常人之致富者。明年大概就要升四位了吧，这次的藏人头，皇上亲自说过的，所以准是他无疑。皇上还说：‘怎么像你这样完美无缺陷的人到如今都没有个妻室呢？快去找个对象，好巩固后台。至于高官的事情，只要朕在，今天明天都可以擢升。’听说皇上许多事情都是由他来服务，挺得宠的呢。而且，他又生得聪明英发，深于思虑，正是做您乘龙快婿的理想人选。您这会儿听我这么说，就别再犹豫，快点儿决定吧。好多人都在指望他做女婿，咱们这儿踌躇的话，怕他会移心别处。我这么说，还不都是为您打算的吗？”听他花言巧语，说得天花乱坠，这常陆守原本是个没识见的乡下人，便一个劲儿地笑逐颜开。“别提他现在财产单薄的事情了。只要我活着期间，一定要把他捧到头顶上当宝贝，决不会让他吃亏的。就算是我半途上死了，没办法照料他，反正我的宝物和各处的领地都留给这个女儿，所以没有一个人同她竞争。我这么多孩子当中，一开始就是特别疼爱这个女儿，所以只要他真心爱她，就算他将来想当大臣，散尽金银珠宝去求取，都不会教他愁用的。既然皇上这么倚重他，我也就格外小心支持他吧。这么做才是为他、为小女的幸福打算，最好的事吧。”听常陆守喜滋滋说这话，媒介的男子也兴奋异常。他既不告诉其妹，亦不去禀报常陆守夫人，直接回来将此喜讯报告。少将之君虽觉得对方未免太乡气，倒也没有嫌恶，莞尔聆听。连做大臣的活动费都肯替自己负担？这未免言过其实吧。“那么你同那位夫人谈过了没有？她一心为爱女张罗着，如今这样违约，定要怪我居心不良喽。怎么办才好？”见其踌躇，媒人又说：“没关系。其实夫人也顶疼爱这位小姐的，只是先前那一位是长姊，年龄大，人也长得成熟些，所以想让她嫁人，才那么说的呀。”咦？他原先不是说如何如何疼爱先前那位小姐的吗？怎么这会儿又完全变了一种语气呢！管他啦，即便是给人骂作不近人情，也得先挑一条安全的路才是。这少将之君本是个精打细算的人，便也狠心决定下来；连原先定好的佳期都不更改，就从约好的傍晚开始过访那位二小姐了。

常陆守夫人并不知悉。她暗中急急准备，让侍女们试穿衣裳，又用心布置房间。更叫浮舟来洗发打扮看看。好个倩女呀，连配给少将这种人都有些可惜呢；倘使当时给她父亲领养了过去，即便是他已去世，人家薰之大将来提亲，也没有道理不答应吧。不过，也许这种念头只有自己才会有，世人总以为她是常陆守的女儿，而洞悉内情的人又反而会视她作没爹的孩子，这真是令人伤心，那为母的这样来回思量着。嗳嗳，可是，到如今再这样讲又有何用？一则怕耽误青春盛年，再者幸而有这位家世不差又有地位的人来热心求婚，便也径自决定下来。大概是那媒人能说善道，妇道人家容易上当的缘故，婚期近在眼前，不觉得心绪不宁起来，女儿身旁也待不住，正忙来忙去之际，常陆守自外归来，不由分说便滔滔不绝地嚷嚷：“你怎么瞒着我想把我女儿的情人来横刀夺爱呢？真是不讲道理！像你女儿那样高贵的小姐，谁家公子敢来高攀呀。像我女儿既下贱又乖僻，人家微不足道也才敢来追求呢。你这儿安排得巧妙，可是对方偏说是跟本愿相违，要变卦的样子；既然这样，不如做我女婿，所以才答应他：‘悉听尊便。’”他这种论调，全然不替人设想，亏他说得出口。常陆守夫人瞠目结舌，半天都说不出话来，她脑中不断浮现世事忧愁，泪水禁不住要落下，便悄悄离去。来到这边房间一看，浮舟端坐在那里，娇美不同凡响，绝不输给任何人；这一点倒是差堪安慰。

遂与乳母说：“唉，真个人心卑鄙啊。我自以为哪一个女儿的夫婿都要一视同仁，可是，究竟为了这个女儿的夫婿宁可舍命。没想到对方竟瞧不起她没有亲爹，硬要把还没有成人的妹妹，跳过姊姊来求亲。你说有这种道理吗！这等可厌的事情，真懒得看，懒得听，可是那郡守却当作无上光荣，欣喜若狂。咳，真是臭味相投，以后这种事情一概不管了。啊，有没有办法到什么地方去躲一躲呢？”啼泣而言。乳母也怒不可遏，怪他如何把自家小姐贬侮得这般。“说不定这是另有什么幸运的前兆，才教这门亲事破裂呢。他既然是这么差劲的家伙，谅也不可能领受小姐的好处吧。咱们小姐得跟懂得情爱、讲究道理的人匹配才是。那位大将之君的风采容貌，虽只是短暂的一瞥，却觉得真个使人有延年益寿之感哩。何况听说人家也挺热衷的，您看是不是顺应命运，就答应了他……”“哟，那怎么成！风闻他普通人家根本不放在眼中，像右大臣啦，按察大纳言啦，式部卿宫等都热烈暗示，但全遭拒绝，结果娶了皇上疼爱的二公主。你想，像他这样的人会跟什么样子的人去认真呢？也许会考虑到让她在母亲的殿内侍候，偶尔见见面什么的吧；这倒是很不错的地方，不过，究竟是操心劳神的事儿呀。喏，就说那位宇治的二公主吧，人人都说她最幸福了，其实也真够她受的。这么说，只有专情的男人才是既教人增光彩而又足以仰赖。这只要看看我可就知道了。故八亲王倒是一位深情有致而又风雅的人物，只是他从来也没有把我当人看待，害我受尽委屈、吃尽了苦。跟他相比，现在这位常陆守看来是个浅薄无情趣的人，可是他专情不贰，值得信赖，所以这些年来也就跟他相随相伴过来。当然啦，他这人不懂得体贴，有时也够人受的，但是却未尝让我担忧怨怼什么的；吵吵架拌拌嘴倒是有过，至于性格不合，那是没办法的事情，也认了。就算是嫁给亲王啦，公卿等显贵的人，在众多贵妇人当中，自己微不足道，那又有何用？凡事总要与自己的身份相称才好，所以对于我这个女儿，也就格外关心，唯恐教人笑话。”两人如此这般商量一番。

常陆守赶办着自己女儿的婚事。“你们这儿有不少漂亮的侍女，先借给我那边用一下。几帐等也准备好了新的，可是事情突如其来，来不及搬到这边来装，不如就借用这儿吧。”遂到这个西侧屋里来，一会儿坐一会儿站，忙着到处布置。好不容易装饰得清爽宜目，处处用心费神过的，给他这么一来，屏风等物堆砌相连，柜子啦，双层柜等物又摆得满满，他却兀自得意的样子。夫人虽觉得刺目，但她既已说过不再过问此事，便也在一旁静观。常陆守对夫人说：“我已经完全明白你心意了。同样都是孩子，没想到你竟然会这么冷漠。唉，世上也有没娘的孩子啊。”他与乳母从中午就开始给那位千金打扮修饰起来，因此当然是可观的。这少女年约十五六，长得娇小玲珑，与小袿几乎等长的美丽头发，发端极丰饶。常陆守无限怜爱地抚摩着。“其实，也用不着非跟已经同别人订了婚的男人成亲，只因为他为人太好，又具才学，人人都想迎他为女婿，不甘心给别人占了上风。”可怜他竟不知自己上了那媒人的当哩。少将之君则见迩来常陆守殷勤的态度，觉得委实无可挑剔，便自约定之日起，开始进出此邸。

浮舟的母亲和乳母都内心怨恨已极。既然常陆守猜忌自己只疼爱这女儿，再把她带在身边养育也没有意思，便致函于兵部卿之宫夫人中君。“这一向怕无事打扰，致未敢率尔问候。今为避讳方向，须得迁移住所，倘有隐蔽之房间，供其静居，实在感铭不尽。我本弱女子一介，无庇护之力，正多所悲辛，所仰赖者，唯您一人而已。”见那字迹犹有泪痕，中君亦不由得觉于心不忍；可是，父亲生前都不肯相认的女儿，现在自己独留人世，若与之交往亲密，是否妥当？不过，话又说回来，任其飘零，佯装不知，又过意不去；再说，若是自己和她双双都落魄四散，又恐怕损及先父的名誉……中君思之再三，未可如何。这期间，常陆守夫人也曾求援于大辅之君处，大辅之君便也进言道：“这里面大概是有缘由的吧。请不要太冷漠怠慢。世间往往有这种不体面的异母姊妹，请别太过拒人千里之外才好。”遂代为出计：“然则在西侧对屋那边准备一处不显眼的居所，如果不嫌地方简陋的话，暂时就请……”母女二人喜出望外，便悄悄来到。浮舟原先就指望着与中君亲近，所以对于事情演变成这等下场，[1]反倒感觉高兴。

常陆守一心想要讨好少将，只知尽量款待周全，偏偏想张贴绮罗而不识其方，结果只得将东土产的粗绢整捆扔出。食物也不知搬出了多少，弄得喧喧扰扰。仆役们都认为恩宠非凡，少将之君也就心满意足，庆幸自己得入此府邸为女婿。夫人觉得，如果在家人陶然作乐之时逃出家，也未免显得太意气用事，故忍耐着，一任常陆守随心所欲做去，她只在一旁静观。这府邸虽大，东侧对屋里住着源少纳言，男孩子也很多，实在腾不出地方来；末后移住浮舟这边来。叫女儿住到走廊等外面，岂能忍心？在找到适当的住处以前，让她暂时到匂宫那边去吧。那常陆守定会看轻这女儿无依无靠，所以才不得已硬求不怎么顶乐意的中君收容。除了乳母以外，另有年轻侍女二三。她们一行人在西厢靠北的无人处安排居所。为母的常陆守夫人也相陪，特来中君前问候；虽然久违，究竟都是自己的人，所以见面也用不着害羞。如今中君已贵为夫人，那逗弄着宁馨儿的神态，真教人妒羡，常陆守夫人不由得心酸起来。其实，自己与故八亲王还不是缘分匪浅吗？只因为仕奉者的身份地位，遂连女儿都未蒙相认，可恨竟遭此待遇，让人瞧不起；如此想来，自己这方面一厢情愿地同人攀亲戚关系，恐怕也未必有什么好结果吧。

由于事先已经说好为避讳而来此借住，所以也无甚人来访，母亲也就陪着逗留二三日。而今始得从容参观各处。有一天，匂宫过访。

1　谓少将之君毁婚约之事也。

好奇地窥伺，见他姿色俊美，好像折下的樱枝一般。与自己赖为丈夫的那个可恨却又不得不相随的常陆守相较，对方竟有无论容貌、人品俱优的四五位之家司跪侍着，他们正纷纷各自禀报着执司内容。另有一些年轻的五位者多人，皆未尝见过面。自己的继子式部丞兼藏人者，曾以宫内之使的身份来拜访，却未得参见；瞧他，好不威风啊，真是了不起的人物。中君嫁了这么一位人物，真是三生有幸，只因为从前没有亲眼看到这情景，才会浮浅地猜测：即便是再怎么了不起的夫婿，若遇人不淑的话……说实在的，凭这种容貌与身份，有这么一位夫婿的话，即便是一年一度七夕相会之缘，只要能如此见面也是好的啊！匂君正怀抱幼儿逗弄着。女主人原本搁置几帐在两人中间，却给夫君挪移开，不知正谈些什么话。他们都长得极漂亮，正可谓一对玉人。回想故八亲王那种寂寥的生活，虽云同为亲王身份，真有霄壤之别呢。匂宫跨入几帐之内，那小少爷便由乳母照料着。许多人来拜访，却都以身体不适为理由，整日价歇着，连膳食都令人搬运过去。看人家这一切，莫不高贵而不同凡响，自己就算是备尽荣华荣耀之极，反正庶民之辈，所能做到的终是有际限；可是，自己的女儿若是匹配给这样的人物，谅也不致不相称吧。至于常陆守想要倾尽财宝，恨不能捧为皇后的其他女儿，则虽也是自己所生，到底望尘莫及。看样子，今后还是要志向高尚才是。常陆守夫人整夜念着这事情。

日上三竿之后，匂宫才起来。“母后又有些儿不舒服，得去探望她才行。”边说边准备衣装。常陆守夫人想要再拜见一次，便又禁不住偷窥。这次看见的是衣冠整齐的模样儿，则又另有一股高贵的气派，俊美可亲，却给少爷缠绊着走不开，故正在那儿逗弄着。用完粥饭之后，准备直接由此殿出发。在今朝来此侍候的众人当中，有一个看来稍具品格，却也未见得如何出色，五官长得平平的人，穿直衣，佩刀子的。在匂宫之前，简直不显眼。侍女们正七嘴八舌说着：“那便是常陆守的女婿少将呀。据说起初是跟这边的小姐定了亲，后来说是‘要娶就娶郡守的女儿，才会得人疼爱’什么的。果然真把个小小年纪的女孩子娶作妻子呢。”“不不，到这儿来的那些人，嘴巴紧得很，才不会走漏一点风声呢。都是从郡守那边偶尔打听来的消息啊。”她们全然不知道自己在这边听到，这更教人伤心透顶。从前还当那少将是个难得的人才，真是遗憾极了；如今重新衡量，才知道他那人毫不足取，恨不得瞧不起他哩。

那小少爷爬出来，从帘端探望，为父的见此，便又折回到他身边。“若是母后情况好的话，我会马上就回来；若是她不舒服的话，今晚恐怕得留宿宫中了。近来一夜不见你，心里就难受呢。”说罢，稍事逗弄始离去。他那俊美的模样儿，令人百觑不厌；离去后，周遭顿形寂寥，令人难堪。常陆守夫人到中君跟前盛赞匂宫，中君心中暗觉得这说法未免太乡气，却也莞尔聆听。“令堂刚刚去世的当儿，你还小，身边的人和故八亲王，着实都替您担心着，可是，吉人天相，所以虽然生在那种深山里，却也出落得如此美好。只可惜令姊不在世，这真是遗憾极了。”常陆守夫人啼泣而言。中君亦哭道：“世上悲恨所在多有，独个儿活着，有时虽也勉强可以忍受，打发日子……死别了双亲的我，对于母亲，实在没有什么记忆，故反而习以为常；至于亡姊的事情，则永难忘怀。看到大将之君极力想要忘记却又无法真忘的悲苦，真正遗憾极了。”常陆守夫人却说：“人家大将之君深得皇上宠信，难道不会心生傲睨吗？即便是令姊在世的话，恐怕也阻止不了他同二公主的婚姻吧。”“这也难说。或许与其姊妹俩双双成为世人笑柄，死掉了反而好也说不定。半途失去的东西，永远教人怀念，这也是人情之常；可是，不知怎的，那位公子老是念念不忘先姊，就拿先父的追悼法事来讲，他都是帮忙照料得无微不至呢。”中君倒是没心眼，坦白说话。

“听说他还同辨之君提到想要见一见我小女哩。倒不是说因此就想高攀什么的，所谓‘株草因缘深’[1]，委实不敢当啊。”遂将心中为浮舟哀伤之事泣诉。虽然语焉不详，但反正世人早已知此，便暗示了少将欺人之事。“只要我一息尚存，大概尚不至于如何吧。陪她聊聊天啦，打发时间总有办法的；只怕我先走了，不知道将落魄成怎么个样子，念及这事，就难受极了。有时便也想到，索性叫她去当尼姑，住到深山里去，与世都隔绝算了。”“唉，真的可怜。我们这种孤儿呀，就是容易让人瞧不起。可是，真正要遁世，又谈何容易？连故八亲王生前直盼如此的我，都没想到会这般偷生苟活，与世浮沉到现在呢。您快别叫她这样子，人长得这么标致，怎么舍得让她落发呢！”中君的语气倒是挺成熟的，那做母亲的听了，也不禁高兴起来。这位常陆守夫人年纪虽大，倒也颇具风韵，只是稍嫌肥胖，看来真有些郡守夫人的派头。“自故八亲王绝情不予理睬后，别人更加不屑一顾，还以为世人都要瞧不起了；没料到您居然还肯这般亲切跟我谈话，这真教我忘忧解愁。”遂谈起近年来事，又说到浮岛[2]的美丽风光等等。“‘我身独孤单’[3]，连个交谈的人都没有的筑波山之生活等，也想一一详告。恨不能如此常侍候在您身旁，不过，那边还有些不成器的孩子们，不知道他们找不到我会闹成什么样子，便也就放心不下。我自己落魄成这个样子，也深自懊悔，所以小女的事情，更要拜托您给她拿主意，我不再插手了。”似要强求托赖的样子，便也决定不辜负其意愿。这位浮舟无论容貌、脾性都讨人喜爱；虽云羞涩，却有分寸；稍带稚气，又不失伶俐，对于近侍的侍女们都谨慎隐避着。说话的声音则像极了亡姊，正想着恨不能给在寻找亡姊替身的那位公子看时，有人通

1 句出《古今集·杂上》，无名氏作和歌。
2 盖常陆地名之一也。
3 句出《拾遗集·恋五》，贯之作和歌。

报："大将之君光临。"遂依例又令人摆设几帐等，处处用心。做客的这位母亲也说："让我也拜见一下。听得曾经窥见的人说，这位公子非常了不起；难道比得上匂宫吗？"侍女们则纷纷说道："这可就难说了。各有千秋呢。""当其对面而坐的时候，觉得匂宫好似略微逊色，可是分别拜见，那就分辨不出来了。脸孔好看的人总会抢别人光的呀。"她这一番话引得众人皆笑。"但是，咱们主上怎么会输给他呢？要多俊的人才盖得过主上的光芒啊。"正说话期间，听见"现在下车了"，但只闻前驱者吆喝之声，一时还看不到人。害人焦灼久候之后，方见其跨入，果然，虽未见得教人感叹"啊，了不起，多俊啊！"，可是自有一种优雅高贵而清秀之致，令人自惭形秽，羞赧不自在，不觉地想掠一掠额际之发什么的；真个含蓄有深度的样子。许是方自宫中退出的吧，仆役随侍者甚伙。"昨夜皇后玉体违和，我去探望参上，适巧亲王们都不在，觉得不忍心，所以替三亲王陪伺到现在。他今朝去得也很迟。皇后恐怕在怪您耽误了他呢。"中君仅回答："多谢您代他……"

大概是算准了匂宫会留宿宫中，有所思而来访的吧，依例又恳恳话昔。总是趁机借题，要谈到思念大君啦，无法忍受浮生等等，适切而不致过分露骨地倾诉。难道果真这般情意深刻吗？会不会由于当初倾心热恋，怕教人看到后来竟淡薄了下去不好意思，所以才装成如此呢？中君不免这样推测，不过，日久见人心，又人非木石，所以见面久了，自然深深受感动。但是，另一方面又难耐他那怨怼的语气，所以想对他浇以"禊水"[1]的吧，乃提出那"人像"[2]的事情，暗示道："老实说，她正悄悄地来到这儿住着。"果然，薰之君也按捺不住一颗心，

---

1 语出《古今集·恋一》，无名氏作和歌。
2 详第四十九帖"寄木"文。

想与之会见；不过，也总不能立刻就轻率造访呀，乃道："是啦，如果这尊佛像真能偿遂我愿的话，那就太好了。时时让人焦灼，迷惑才会越深，山涧也才会越浊的啊。"听他如此说，中君不禁微微笑道："哟，这叫作什么求道心呀。"常陆守夫人躲在几帐后偷听，也觉得怪有趣的。"那么就麻烦您转告一下啦。不过，听您找借口逃避我，难免想起过去的事情，这可有些儿不吉利吧。"说着，竟又含泪。

念故人兮形代身，
恋情难歇常携带，
时时赏玩兮聊解颦。[1]

瞧他，又故意假借轻松语调打发过去了。

"御禊川兮泛形代，
赏玩终必弃波流，
岂敢托身兮恐见背。[2]

所谓'援手者正多'[3]，我或嫌多管闲事，不过，真替她难过啊。""'止泊终有洲'[4]，难道您真不知道？唉，也许此身就像与泡沫竞争那么无聊吗？亏您说得出赏玩弃波流什么的。我这颗心岂是替代的东西所能安慰的？"讲话期间天已暗下，女主人怕有所不便，乃下逐客令道："您这样子，怕客人会讶疑。我看今天就请早些儿回去吧。"

---

1 "形代"为替代物，以浮舟替代大君之意也。原歌多处音义双关，此径取意译。
2 "形代"亦称"人形"，以泛于禊祭川上，为祛除病邪之用，故中君此歌沿薰前歌"形代"，以揶揄讽刺之。
3 典出《伊势物语》。
4 典出《伊势物语》。犹谓情独有所钟（指中君）也。

“那么请转告那位客人，我这心愿怀抱已有年，绝不是一时浮浅的心理；如果对方肯见许的话，再请您从中撮合吧。对于此类事，我实在没有经验。说真的，多所顾虑呢。”薰之君留下这话始离去。那为母的感佩道：“哦，真是一表人才，无法挑剔。”说起从前乳母偶然提及的种种，当初以为是简直不可能的事情，而今拜见英姿，倒觉得：即使渡天河，一年一度会见这颗牵牛星，也是值得的。自己的女儿本来出落得与众不同，让她匹配给普通男人太可惜；从前因为看惯东乡那些土里土气的男人，所以才高估了那少将，现在回想起来，真后悔极了。说来也真怪，他方才倚靠的桧木柱和坐垫上都有残香遗留，芬芳袭人，真个稀罕极了。就是经常拜见得到其人的侍女们，每回仍要禁不住赞颂不已。“读经文的时候，常看到诸种功德的记述，其中，菩萨说到尤以妙香为极高贵的事，实在有道理啊。譬如《药王品》[1]里就特别提到，那牛头栴檀[2]，名字听来或有些可怕，但是，大将之君这样在我们面前证实，便也不得不教人相信佛说之不伪了。那位公子从小对于佛法修道就有过人之处呢。”听众人称赞，常陆守夫人不禁亦为之莞尔。

中君遂将薰之君私下所言转告于常陆守夫人。“他这人呀，一旦倾心，便不肯轻意放松的。当然啦，最近他已婚娶，所以也许您会觉得不妥；不过，与其让她出家为尼，还不如试试看这一条路吧。”“老实说，我就是不愿意教小女吃苦受人欺侮，所以才不惜考虑住到‘不闻鸟鸣声’[3]的深山来。可是，这位大将之君哪，连我见了都恨不得就近侍候；而况，年轻人怎能不倾心仰慕呢！也许这会给那微不足道

---

1 《法华经·药王品》：“若有人闻是《药王菩萨本事品》，能随喜赞善者，是人现世，口中常出青莲华香，身毛孔中常出牛头栴檀之香。”

2 同上。

3 句出《古今集·恋一》，无名氏作和歌。

的女孩子带来往后烦恼的种因也说不定。但是，唉，女人呀，无论贵贱，总是为了这档子事，今生来世都得苦恼不已的啊，实在是不忍心。不过，我还是把她交托给您，万事请多多照顾。”中君听她这般苦求，倒有些不耐烦起来了。“这倒是难说了。说他一向可靠，便放心委身于他，又怎能保证以后的事情呢？”她叹一口气，便不再言语。

天明之后，常陆守派车来迎，附函颇见愠意。常陆守夫人只得哭求道：“实在不好意思这样子全都仰赖您，但请您暂时收容她；将来到底是要她出家还是如何，在决定以前，虽然她卑微不足道，也万勿见弃，请多多指导吧。”浮舟方面，则系首尝与母亲分离的滋味，故而心里难免惶惶不安，但是，另一方面又觉得：能够暂时借住在这豪华有致的地方，未始不是可喜之事。天色微明之际，正要引车出去，赶巧于此时匂宫自宫中归来。他正一心记挂着小少爷，故采微行，车驾也与平常不同，乘着简陋的，却与常陆守夫人两车相遇。此方暂停，见他的车子靠妥廊下。匂宫下得车来问道：“那是谁的车呀？怎么天色还暗便要急急离去？”他特别留神。幽会的人常常都是如此趁着天黑赶回去的，他自己是过来人，难怪要起疑哩。“是常陆殿的夫人要退出呢。”担任匂宫前驱的年轻人不禁笑了起来：“称呼她‘殿’，未免太过分了吧。”这话正巧让常陆守夫人听见。唉唉，真个判若云泥啊！她不禁感伤起来。遂又下定决心：为着女儿设想，自己无论如何也要像个人样儿才行；更何况这女儿本身，万万不能教她去许配给身份低微的人才是。

匂宫进屋子后，仍然有些疑虑。“你让常陆殿这个人在这儿出入吗？这美丽的晨曦下，竟慌慌张张回去。我看那些仆役们都偷偷摸摸的哩。”中君觉得这话语未免不堪入耳，便答道：“听说是大辅他们年轻时候的朋友，又不是什么大不了的人物，却教您说成这个样子！瞧您，每次总爱往坏处讲，道是‘浮名徒四流’[1]，真教人吃不消啊。”气得将脸别过去。那模样才真逗人喜欢。这一夜，匂宫便留宿于此，睡到天明都不知起床。许多人参上，乃只好前往寝殿。母后的病已痊愈无大碍，大伙儿都放心，所以右大臣的公子们便在那儿下棋啦，猜韵等嬉戏着。匂宫便也与众人消磨到日暮时分；傍晚回来，却赶上中君正在洗发。侍女们都各自退下，周遭也无甚人伺候。便令女童转告："多不巧，遇着你在洗头发。难道要我在这儿空等你洗完发吗？""哎呀，说的也是。每回都是趁您不在时才洗发；近来咱们女主人还挺介意的，过了今天，这个月就没有什么吉日了。九月、十月更不好，所以才让她洗的头发呢。"大辅为难地代为答复。婴儿已睡，众女皆侍候在那边。匂宫到处徘徊，来到西侧对屋方向，见有几个不认识的女童闪现。咦？是新来的吗？便悄悄窥伺。中间有一扇纸门未关紧，空着一道隙缝，乃由此望入。对面约一尺外处立着一面屏风，帘边又设置几帐，那上面仅覆一枚帷幔，从隙间看得见紫菀色的华丽衣服[2]上搭盖着女郎花[3]之类的袖口。大概是屏风有一扇给折叠了起来，所以这衣裳的主人并不觉晓。许是新来的侍女或什么人吧？遂将那通向厢房的纸门轻轻拉开，蹑足走入；竟然也无人注意到。在廊中的内院里，好看的花草热闹地开了一地，泉水旁的石头也饶有情致，那女性便在靠外处斜倚着眺赏。匂宫又将另一扇开了一个缝的门推开，自屏风的另一端窥入。那人做梦也想不到匂宫进来，以为经常在这儿进出的侍女；瞧她缓缓起身之态，委实娇媚极了。他那风流好色的本性自是难抑制，顺势捉住女的裳裙，关上这边的门，便径自坐在屏风间，女方大吃一惊，那以扇半遮面反顾的模样儿，艳丽得无可言喻。匂宫一把

1 句出《后撰集·恋二》，无名氏作和歌。
2 面枯黄而里为青色之袍子。
3 面由青丝经黄丝纬交织而成，里则为青色。

握住那持扇的手问："你是谁？告诉我名字。"这事突如其来，女方觉得厌嫌，匂宫则将脸朝向屏风那边不让她看见，挺小心谨慎的样子。莫非他就是听说对自己有意的大将之君吗？这等芳香，看来真是那人无疑，遂愈觉羞赧。这时，乳母闻声觉有异，便推开对面的屏风走进来。"哟，这是做什么呀？真岂有此理！"可是人家才不介意呢。虽云一时兴起，但天生能言善道，所以信口雌黄、甜言蜜语之间，日已暮。"不告诉我是谁。就不放手哦。"竟亲热地在身边躺下来。糟糕，原来是匂宫哩。乳母这才发现，吓得她张口结舌。

点亮了灯。侍女们说："夫人就来了。"除了女主人的房间而外，其余各房皆关上了木格子门。浮舟这边的房间，则由于平时无人居住，只放着一组高棚柜子，此外就只有套着袋子的屏风到处散放着，甚为杂乱。如今因有客人借住，所以才打开一面纸门，供其出入。有个唤作右近的大辅之女，在这儿仕奉的，一面放下格子门，一面走进来。"好暗哪。这边还没有上灯呢。好不容易辛辛苦苦放下了格子门，这么黑，教人怎么办！"说着，又掀开格子门。匂宫暗暗叫苦。乳母也觉得不方便，不过，她生来有些鲁莽倔强，故道："喂，这儿有些不妙的事情，不知道怎么办好？走也走不开。""什么事儿啊？"右近摸索着来到，见有个穿外褂的男人躺在那儿，香味特佳，便立刻明白定是男主人又做的好事了。她料想得到对女方而言，必然是事出意外，故不禁说道："哎呀，真是不像话。右近可没有什么话说，只好去偷偷儿报告夫人了。"说罢起身。大伙儿以为这样也未免有些过分。匂宫本人则丝毫未为之动摇，他已经给眼前这位美人迷惑住。不知她究竟是何许人？从右近的口气推测，似乎不是新来的侍女，心里有所不解，便鼓舌如簧，说个不停。对方倒是并没有完全拒人于千里之外的样子，只是看来恹恹欲死似的，教人爱怜，遂予以温柔安慰。

右近果然对中君说："事情如此这般。可怜她不知怎么惊慌呀。"

中君便也叹道："唉，他那老毛病又发作了。不知道人家母亲会怎么怪他浮浅鲁莽呢。临走时还千嘱咐、万叮咛的……"她心里虽然同情浮舟，却也不知该如何对夫君说才好，他性好渔色，侍女之中若是有年轻可观的都不肯放过，这也不是头一遭；可是，究竟怎么发现了那少女呢？这简直教她大感意外，连话都懒得说。右近则又进言："今天好多公卿上这儿来，大伙儿游乐，这种时候，主上总是比较晚才会过来，所以大家歇在下方。哎哎，究竟该怎么办才好呢？那乳母可不是简单的人哟。老守在那儿，恨不得硬要把人家拆散的样子。"遂又与少将两个人在那儿干着急。这时，宫里头差人来报：皇后从下午害着胸口疼，此刻愈转重。"病得可不是时候啊。让我去禀报吧。"右近便欲离去。"人家现在怎么听得进去呀。别去讨人嫌了。"少将不赞成。"不。现在还来得及。"中君听见这两个侍女窃窃私议，更为夫君难堪；真是不成体统，以后稍具戒心的人都不敢到这儿来了啊。右近上前报告，故意夸大其词，未料，匂宫并未为之所动。"是谁做使者来的？又是言过其实，想吓唬人的吧？""中宫那边的侍役，唤作平重经什么的。"匂宫舍不得离开此地，也毫无忌讳别人耳目之意，右近便一度退出，将那使者带到此西厢房来讯问，连方才执役的人也相随来到。"中务宫[1]也参上。中宫大夫也快要到了。方才在途中拜见他们正准备车辆呢。"看来真的有时会突然闹病痛，如果不参上，恐怕母后见怪，故只得喃喃怨怼，又信誓旦旦，始离去。

浮舟仿佛做了一场噩梦似的，汗流浃背地卧着。乳母为之打扇说："借住在这种地方，凡事都放心不得，实在不方便。既然教他发现了，今后想必也不会有好事儿的。真是可怕！不管他怎么高贵，弄成这种关系可不妙。好歹还是找个无牵无挂的人结婚才好。方才我实在

1 匂宫之弟也。

看不过去，所以装成降魔不动尊一般的样子瞪他，没想到他误以为我是个什么贱役下侍吧，竟狠狠拧了我的手呢。这未免太像一般男女的打情骂俏，害我差点儿要笑出来。哦，对了。常陆殿那边今天又在争吵。主上大骂：'你只顾自己女儿，我的孩子就都不肯管，哪有女婿来了，丈母娘反而住到别处去的道理呢？太不像话了！'连底下的人都听到这些话，大伙儿好同情夫人。想到这一切都是由那少将之君所引起，就不由得憎恨他。假如没有这件事，即便是有点儿摩擦不愉快的事情，也总可以像从前那样别无大风浪度过的啊。"说罢，径自叹气。浮舟此刻可是无心作他想，只觉羞愧极了；不仅身受空前的遭遇，又恐怕中君会怎么想法，心里悲痛之至，便只有俯身嘤嘤哭泣。乳母看她这样，也十分心疼。"干吗哭成这样子？没有娘的人才是真正无依无靠；没爹的嘛，就算世人瞧不起，总不至于教坏心眼的继母欺侮，所以要好多了。别伤心，令堂一定会替您设想的。还有，初濑的观音也会可怜您，保佑您的。从前冒着路途艰难去祭拜，可是好好儿许了愿；要让那些瞧不起咱们的人刮目相看，所以决不会教您成为世人笑柄的。"她的口气倒挺乐观。

匂宫急急忙忙要上宫。许是从这边出去比较近的缘故吧，竟自浮舟住宿的门出发。听得见他讲话，那声音优雅响亮，正吟哦着古老的歌句之类走过；但是听的人可就心烦意乱了。令人牵来换乘的马，又率领了陪侍在此殿的十余仆役，就这般上宫参内去了。女主人不忍心，怕浮舟心里正懊恼着，故佯装无事，令人传言道："皇后不舒泰，所以主上上宫探病去了。今晚大概不回来。不知是洗了头发的关系吗，我觉得不怎么舒服，在这儿歇着。你能过来玩玩吗？我怕你也寂寞。"浮舟便差乳母代答："我也正心情不好，挺难受的。请让我稍待一会儿。""到底是怎么了？"中君又使人来问。"也不知是什么心情，就是难过极了。"少将与右近互递眼色，私底下说："咱们女主人心里也不好受啊。”可怜，这事情连侍女们都知道了。中君则又十分遗憾：人家薰之君已属意这位女性，可是如今不知又会怎么蔑视她轻率啊。倘使换了这位好色的匂宫，就会无中生有地挑剔；有时则明知其有却视若无睹，但是，那位公子便会绝口不提而心实恨之——他就是生就这么一副令人担忧的脾性。这下子可糟糕了。这妹妹虽然以前未尝闻见，可是见了面后，觉得她无论性情、容貌都不可多得，相当讨人喜爱。唉，这世界真是不易处啊！检讨自己的生活，不满之处虽然好像也并不少，所幸未尝遭受过那类的不幸，得免于浮世波涛的冲击，应该算是幸运的了。今后，但愿那大将之君不要再对自己心怀遐思，那就完全无所挂虑。她那一头乌发十分富多，一时也干不了，正辛苦地歇着。只着一袭白裳的身材，看来极苗条漂亮。

浮舟真有些不舒服起来，乳母却说："这样子不好。人家会以为真有过什么事情呢。您就当作没事儿一般见面吧。我会同右近之君等详告始末的。”乃强令起身，自己率先来到中君这边的纸门旁。“请见右近之君。”未几而右近出来，便说道："无缘无故碰到那样的事情，害咱们小姐吓得发烧。看她难过，真是不忍心。请带她到夫人跟前安慰安慰吧。其实也没有做错什么事情，却一个人在那儿担忧，实在教人看着可怜。她若是稍识男人呢，倒也罢了，就是因为压根儿没经验，所以才更令人心疼哩。”她硬是把原已经歇着的浮舟给拖了起来，带去中君处。浮舟则觉得魂不附体，众人面前更加羞涩，不过，毕竟她生性温顺，故而只是默默坐着。额前的头发给泪水濡湿了。不好意思教人看见，便一个劲儿把脸背向灯火，那风情特殊，即使看在平时认为无人能媲美夫人的众女眼中，亦丝毫不见逊色，真个高雅而惹人爱。这等姿色，也难怪主上一旦倾心便不易放过了；就连不如她的人，只要是新发现的，必有兴趣的呀。这时，只有右近和少将侍候在侧，可是当着中君面前，逃也逃避不了，只好任由她们端详。

“可千万不要嫌弃这儿不好住啊。自从先姊去世后，我忘也忘不了她，只恨自己独个儿残留，日日怨叹不幸，可是，看到你跟她长得那么相像，心里的忧伤好似有了安慰，高兴极了。我一个人孤孤单单，无依无靠的，你若是肯像先姊那样对待我，不知有多好呢。”对于中君这番话语，浮舟仍觉得难为情，土里土气的自己又怎么作答才好呢？“这许多年以来，一直从遥远的地方仰慕着您，现在能够这样子跟您见面，什么悲伤的事情都好像忘光了。”只简单地这样回答，那声音挺年轻。女主人令人取出画卷，使右近在旁边读出说明词，两人一同览赏。这样对面坐着，浮舟倒也不怎么显得忸怩，灯光下凝视画卷的模样儿，美得无可挑剔。额际啦，眼神等，端庄雍容，简直与亡姊一模一样。中君哪里有心思观赏画卷？呀，怎么生得这副教人怀念的姿色啊！她一定也是酷似父亲的，据老侍女的说法，亡姊像父亲，自己则像母亲；人说形似得令人怀想，真个有道理。心中将她们比较着，禁不住就泪水盈眶。亡姊于高雅之中，又有一种温顺可亲之处，待人接物十分柔和；眼前这位女性则尚嫌稚嫩，许是由于太过腼腆的关系吧，论风情韵致，似稍逊于乃姊；若其略添稳重，则恐怕即使与大君相对也绝不会输于她呢。中君正以长姊的心理诸多费思量。她们姊妹俩闲谈种种，直到黎明时分才休息。中君又让浮舟睡在自己身边，随便漫谈着父亲生前的生活琐事。浮舟恋慕着父亲，恨自己无缘会见生父。晓悉昨晚情事的侍女们则私下担忧：“不知到底如何了？瞧她生得那么标致，即便是咱们夫人想要疼爱她，恐怕有了那种事情，也就没办法了吧。怪可怜的。”右近则又说：“根本没发生过什么事情。那位乳母逮住我发牢骚，也好像是没那回事儿似的。主上也吟咏着‘徒然相逢似未逢’[1]一类的歌词呢。或者难道是故意要讲成那样

1　典出未明。

的吗？这个我可就不明白了。不过，看她昨晚欣赏画卷时候的态度挺从容，不像有过什么似的。”她们正同情浮舟，窃窃私议着。

乳母请人引出车辆，前赴常陆守公馆，将事情的始末如此这般向郡守夫人报告。常陆守夫人听了，几乎吓破胆，谅侍女们必在怀恨女儿，中君方面又不知作何感想？嫉妒之心本无贵贱之分，将心比心便觉坐立不安，遂于黄昏时分造访。恰巧匂宫不在，稍觉好过些。“将这么一个稚气未脱的女儿交代给您，原以为从此可以安心；不过，究竟还是心里惦着，像鼬鼠似的沉不住气，所以别的孩子们有的恨我，有的怨我呢。”中君却答道：“其实，也未见得真像您说的那么孩子气呀，您这么不放心，我反倒难于做人了。”她微笑的样子，十分优雅，常陆守夫人更觉得内疚；不知人家心底怎么个想法？遂感难以启齿。“如今在这儿打扰，真是偿了多年的愿望，也觉得挺有面子；可是，我看还是得告辞才行。她原是坚持要出家的呀。”常陆守夫人啼泣而诉，害中君也不由得怜悯之情油然而生。“您怎么这样介意她住在这里呢？若说我们不理不睬，那还有个理由；虽然有位习惯不大好的人有时来这儿，他那言语举止教人讨厌，可是，这种事情大家都晓悉，所以只要小心注意，不会让什么不方便的事情发生的。不知您意下如何？”“绝不是我嫌弃您怠慢的啊。既然故八亲王生前都不肯相认，到如今又怎么敢再来旧事重提呢？不过，究竟有些切不断的因缘关系存在，所以才胆敢贸然来依赖您哪。”仔细解释一番后，借口说：“明天和后天是严重忌避的日子，让我先带她去安静的地方，等以后再来拜访您吧。”便将浮舟邀出。中君觉得不忍心，也挺不愿意，但又无法强留。常陆守夫人则以为兹事体大，惊魂未定，所以来不及告辞便仓皇离去。

为着这种时候暂避方位而早先就准备有一处小小的居所。在三条附近有一座相当讲究但是尚未盖好的房子，故内里布置均未完备。

“哎哎，为着你也真是尝尽了苦。早知道世事不如意，还不如不要长寿的好。倘使只有我一个人的话，什么姓呀名呀全都不要，找个隐蔽的地方躲起来，随便度日算了。人家老早就不欢迎咱们这种亲戚，对咱们不怀好感的，万一真有什么事情发生，那岂不成了世人笑柄？唉，真没有意思！这个地方虽然简陋些，好歹安安静静躲一阵子再说吧。”为母的留下这种话语，便欲自行离去。浮舟不禁泪下，想到今后将何以处身于世，便觉颓废乏力，她那模样儿，教人看着怜恤。母亲心里更是遗憾难堪，千万要让她将来无恙，得偿夙愿才好，可是有了那件事以后，恐怕世人会把她看作轻浮的女性。这真令人焦急。这位常陆守夫人虽是个明理的人，可又有些易怒而任性之处。其实，丈夫的府邸内何尝不能藏身？就因为担心这样子会委屈女儿，所以才做此打算；然而一旦分离，才知互相都感寂寞。“这个房子还没有盖好，所以也无甚戒防，你可千万要小心才是。有什么事情，尽管吩咐各房里的侍女好了。看守者的事情也已经交代好了，却还有些儿放心不下；可是我若离开家，家里人总要怨这怨那的。也没有办法……”遂啼泣而归。

常陆守本人虽视少将为乘龙快婿，照拂得无微不至，奈何夫人未肯合作，为此他非常不满，认为有碍面子。常陆守夫人则另有苦衷，事情都是由于此人而引起，而况浮舟更因此惹出这么大的麻烦来，想到这儿，便觉得怨恨难忍，教她如何能够款待这女婿呢？何况，他在匂宫之前又相形见绌，所以更蔑视其人，如今待他如女婿的心理已消失殆尽。不过，到底在这宅第里是什么情况呢？倒是未尝看见他闲居的模样儿。这一天午间，趁着少将在此逗留时，偷偷前来窥伺。未料，他身穿一袭柔软的白绫衣裳，上加一件淡色红梅的光泽鲜明的外褂，正在靠外处欣赏庭前景物，那姿色绝不输给任何人，算得上相当俊秀。那稚气未脱的新娘则无心地躺在他身旁。较之前些时候所见匂宫与中君那一对相比，自是不堪匹敌。见他偶尔与跟前的侍女们谈笑戏谑的样子，也自自在在、从从容容的，全然不像上回印象中的拙笨不堪，几乎要怀疑：难道那天在匂宫府邸见到的是另外一个少将吗？这时，忽闻少将开口："兵部卿宫府上的荻草真个好看，与别处都不相同。不知哪里去找到那样的种子啊？同样的枝茎，他们那儿的就别有风味。前些日子去拜访的时候，碰巧他要出门，所以也没法子折取。真恨不得让你们年轻人瞧瞧他低吟'可惜秋荻未经折'[1]那模样儿呢。"说罢，自己也咏起和歌来。"那种负情变心的人，简直不算人。哼，在匂宫前面一点儿都不显眼，现在却在那儿大言不惭什么呀！"常陆守夫人险些儿要背地里恶言批评，可是，看他真还有一些内涵的样子，故试投以和歌：

结绳索兮围小荻，
上叶依旧未乱迷，
下叶色移兮岂露涤！[2]

对方大概感到内疚的吧，便也答咏道：

"宫城野兮产小荻，
当时若知已正名，
何须分心兮露珠滴。[3]

1 句出《拾遗集·秋》，伊势作和歌。
2 常陆守夫人此歌盖责备少将也。"小荻"以喻浮舟；"下叶"以喻少将；"露"则喻浮舟之妹，谓浮舟与少将原有约誓，女方未变而男方忽移爱，岂以浮舟妹之故耶？
3 宫城野为产荻名地，故少将答歌仍沿常陆守夫人前歌，以"小荻"喻浮舟，"露"喻浮舟妹，谓己当时以不知浮舟非常陆守亲女，故后分心移情其妹也。

请务必会见一面，愿得亲自说明。”这样的复函，显然对方已知悉浮舟为故八亲王之女。如此一来，更教下定决心：无论如何都要让这女儿出人头地才行。常陆守夫人一心都在此事上。

可是何以偏偏那位薰之大将的影子会深烙在心头呢？其实，匂宫也一样是了不起的人物，但他竟然胆敢待女儿如此，实在可恶！至于大将之君呢，虽然他心怀爱慕，却不敢造次启齿，佯装冷静，真令人同情。连自己都难禁倾慕，而况年轻的女儿又怎能不依恋？不过，究竟当时何以会考虑这么可恶的少将做自己女婿呢？真是太无聊。常陆守夫人尽顾前后思量费神，独自在心中幻想种种，但她却不敢奢望。大将之君既已看惯高贵的妇人，当然只会对比自己女儿更胜一筹的女性留意，可是到底要怎么样的人才能赢得他青睐啊？放眼看此世间，人的品貌往往依身份高下而有等别。譬如常陆守与自己所生的女儿就没有一个比得上这浮舟；少将之君在这个地方看来也挺不错，可是与匂宫一比，就立刻判若云泥。人家既已娶得皇上的掌中珠，自己这个女儿又怎么配教他留目呀。这般多方思想，竟觉得神魂不宁。

三条方面暂宿的地方委实寂静无聊，庭草丛生已令人悒郁，而进出者尽是口操东乡土腔的人，连个可以赏慰的花草都无。浮舟在此荒凉的景色之中旦暮寂寞度日，年轻的心难免恋慕中君那边。曾经意图不轨的那人，自然也会浮上她心头。不知他现在到底如何？当时可是亏他费尽了口舌啊……竟觉得那人的薰香还残留着一般，想及那恐怖的当时，禁不住又不寒而栗。这时，母亲忽差人送来亲情深刻的信函。念母亲平素对自己爱护有加，而自己竟无以为报，徒增添她忧虑，便不由得眼泪下流。信中有言：“谅你独处定必寂寥，盼暂时稍稍忍耐。”乃答复：“请勿担心女儿寂寥独处，如此反觉闲在自由。

世事烦兮冀逍遥，

结庐人境犹远俗，
心实向往兮慰寂寥。”

见此犹带稚气的歌词，常陆守夫人不禁泪簌簌而下。嗳嗳，何以教她遇此悲苦，害她无所容身呢？内心酸楚无比，遂亦咏成：

宁寻觅兮俗尘外，
愿尔欣然享光荣，
不辞辛劳兮吾实赖。

母女互相直咏心事，聊以解忧度日耳。

那位大将之君已长年习惯于深秋时分访宇治，如今每晨醒来，仍不忘故去的大君，正悲情盈胸；闻悉佛堂落成，一日便径自来临。长久不见，更觉深山的红叶可观。旧屋毁后，重建一座堂皇的新殿。回想从前那所建筑物是朴质如僧人之所居，便不由得怀念故八亲王来，竟致有些后悔改建。他正一个人满怀心事地眺望着。改筑前的房屋，一部分为信佛的故主而设，装修极朴质庄严；另一部分则为两位公主而设，极富女性趣味。至于旧日桧木编造的屏风啦，其他朴质的用具等等，则已捐献给此佛堂。遂重新使造富于山里趣味的道具，不惜耗费，使尽风流情致。大将之君坐在泉流旁的岩石，一时并不急着离去。

未涸绝兮淙淙流，
清水依旧似往日，
故人影像兮不得留。

一面拭泪，一面来到辨之尼所居处。未料，辨之君一见他便啼泣不已。大将坐在门边，微微掀起帘端，与之对谈。辨之尼则躲在隐几旁。顺便说道："对啦，听说那位小姐住在兵部卿宫府邸里，可是我不好意思造访；我看，还是麻烦你代为转示我心意吧。""前些日子，她母亲有信来，道是'要改头换面'什么的，现在好像是到处走动着。不多久前还说：'躲在一个简陋的小房子里，看她怪可怜的，若是靠得近些，请你代为照顾，倒是比较放心；不过山路阻险，也不敢勉强。'云云。""别人都不敢冒险的这条山路，只有我不厌其烦，时常要来。唉，想到这有多深的因缘，心里更觉悲伤了。"说罢又是含泪，又说："那么，这个藏身的地方应该是不必太顾忌喽，请替我递个消息；最好是你亲自过去。""为您传递消息，当然是没问题。可是，如今也不便上京都去了，连三亲王那边都许久没有去了呢……""你又何必如此呢？只要别让人知晓就是。人家爱宕的隐士还不是有时也去京都的吗？肯替人冒破誓之险偿愿，才是真正尊贵的行迹呀。""又不是'普度众生'，为此让别人批评，可是承担不起。"辨之尼面有难色。"可是，机会难得呀。"这位公子竟一反常态，有些强硬的口气。"后天派辆车子来接你。请你先调查好那个房子，决不会给你添麻烦的。"他又含笑央求，真不知是何居心？虽然觉得挺麻烦，却也相信他尚不至于轻举妄动，为人为己，谅也应该会小心谨慎的呀，便只好答应："那就承命了。相信那房子一定不会太远。请先写封信，否则怕人误会我爱多管闲事，到如今再来客串骗人的老狐狸也不好意思哩。""写信容易，就是人言可畏，会不会给人讥论'右大将搭上了常陆守女儿'之类的话呢？听说那个常陆守又是挺粗暴的人。"听他这么说，辨也不禁笑起来，内心十分疼爱他。这时四周已暗下，大将之君便要离去。顺便摘下好看的树下草花，又折取红叶之枝等，作为送给夫人二公主的礼物。他们夫妻俩并不疏远，相敬如宾，却也并不怎么顶亲密的样子。天下父母心，由于皇上曾央请过他们的母亲皈道的公主，故而也就敬爱有加罢了。不过，说实在的，这里那里，到处要照料宫中的人，如今又加添这桩秘密，怕是太费神辛苦吧。

在约定之日，大将之君派遣一个亲信的下役以及无人认识的牧童为使，又吩咐道："警卫则从庄园里挑几个乡土气重的男人好了。"前日已命令务必要来京都，辨之尼虽有些儿芥蒂，毕竟还是整装打扮就车。沿途见郊野的风光，不禁忆起往事种种，不觉间已到了京都。浮舟的住处原来就很隐秘，也无人进出，故很容易引车入内。使人传言："由于如此这般原因，尼君参上了。"未几，有个曾追随初濑参拜的年轻侍女出来，扶辨之尼下车。浮舟正值独处无聊之际，有个人来可以谈昔说往，便欣然召她进去；念及此人曾经近侍亡父，恐怕更会觉得亲热的吧。"自从上回您参诣初濑过访以来，无时不在念中。但是这弃绝俗尘之身，连三亲王那儿都不再去拜访；没料到这位大将之君热心央求，所以才决心上京来。"浮舟与乳母平素都十分敬佩大将之君，如今听说他思慕自己，心中当然高兴，却也没有想到竟会这般突然计谋好事情。忽然，深夜有人叩门，道是："从宇治来人。"恐怕是薰之大将派来的人吧？辨之尼令开启门扉，车子直入门内。乳母正讶疑着，来人要求："请会见尼君。"又道出宇治附近大将庄园看守者的姓名，辨之尼只得挪移到门旁。雨哗啦哗啦地下起来，一阵冷风袭来，跟着有一股无可名状的妙香飘入。定必是薰之大将光临，人人觉得心跳兴奋，但这个简陋的地方不配招待高贵人物，所以又都不知所措地纷纷说："怎么回事儿呀？"大将便使人传言："想找个用不着顾忌的地方倾诉迩来的心事……"浮舟正愁不知如何应对，乳母看不过去，便建议："人家专程来访，岂有不请他进来之理。到令堂那儿去说一声就是。反正是很近。"辨之尼却不赞成。"真是没见过世面。何必呢！年轻人谈谈话而已，又不是说马上要深交。何况，人家挺有耐性，也十分谨慎的，总不会未得许可便轻举妄动的啊。"这期间，雨下得更大，天空完全暗下来。巡夜的男人操着乡音说："东南隅的墙恐怕要崩下，可得要当心哦。这辆车子要进来就拉进来，要关门了哟。执役的人在干什么呀。"听他们这些土腔土调，实在不习惯，觉得有些怪异。大将之君低吟着"佐野近处无人家"[1]云云，径自坐在简陋的廊边。

野草深兮东屋空，
莫非草封呈阻碍，
遂令久候兮坐雨中。

不经意地拂去袖口的雨点，那衣上的薰香竟是如此浓艳，一阵香飘，恐怕害东土的乡下人吓了一跳吧。

实在也找不出借口逃避，便只得设席于南边厢房，延请客人上坐。浮舟本不愿意跟他相会，却给侍女们勉强推出。乃设置拉门，微微启开一端。"真讨厌发明这种拉门的飞驒之木匠[2]。我这还是第一次给请到这种东西的外头呢。"一面诉苦，一面不知怎么打开的门，竟然走了进来。他并没有提及盼望视浮舟为大君替身一事，只说道："上回在宇治偷窥倩影以来，心实向往，不知是什么因缘，就是莫名所以地思慕不已。"大概是这样讲的吧。女方长得极标致可人，果如想象中的影像，所以愈令他爱恋。似乎已是黎明时分，不闻鸡鸣，但闻大路边叫卖者怪异的喊声，成群结队，也不知究竟嚷嚷些什么。若是清早见到这些头顶着东西在巷子里叫卖的生意人，定会以为是鬼一般的吧？这也难怪他，生平头一遭窝到这种野草丛生的地方来，或许还会

---

1 句出《万叶集·二六五》和歌。
2 飞驒，盖为当时多数木匠所出之地，原文仅书"飞驒"，以其晦涩不明，故译文稍益之。

认为挺有趣哩。听得见值夜的人在打开门扉的声音，大概各自正要回到房间里去睡觉了吧。遂召人将车驾拉近靠妻户处。忽然一把抱起浮舟上车。这出其不意的举动，教人大惊失色。“这是九月份哪[1]，怎么成啊！到底是怎么一回事？”侍女们叫嚷着。尼君也心疼浮舟，觉得事情弄糟了，却只好安慰道：“人家自有打算。放心好了。说是九月，还得到明天才算节分呢。”原来今天是十三日。

“这回我可不陪您了。兵部卿宫夫人迟早会知道，偷偷儿上京，不去拜访她也不好意思。”尼君嘴里虽这么说着，大将心中可认为马上就去禀报也不妙，故谓：“这件事以后再慢慢儿解释好了。宇治那地方，若没有人带路也怪可怕的。”他一再命令，又说：“来个人相陪啊。”只得由平时近侍浮舟左右的侍从与尼君共车。乳母及陪同辨之尼前来的童侍，则给遗留在后头发呆。原以为不会走远，怎知道竟要赴宇治。为着赶远程，连替换的牛都准备好了。走过贺茂川，来到法性寺附近时，天已大明。年轻的侍从在晨曦下拜见大将之君的玉颜，为其俊美所吸引，心生仰慕，竟然全不顾世人将如何评议。浮舟则因事出意外，茫然若失，乏力地俯身卧着。大将说：“一路上石头多，车子会颠簸。”便将她搂着。车中有薄罗的帷帐遮着，朝日却晃朗射入，害尼君觉得十分腼腆。其实，眼前这一幕，应该是陪伺故大君才应一见的呀，想不到活得久，竟会遇上这类始料未及之事；乃悲从中来，虽忍之再三，终究禁不住泪流。侍从则自始觉得这等喜事让尼姑共乘已是不大妥，怎的竟又哭起来，真是讨厌！她心里径自想：年纪大的人就是这么爱掉眼泪。

薰之大将虽觉得眼前的人儿可爱，但是望着天空的景象便想起曾经往来此途的昔日，愈入深山里，便愈禁不住泪水盈眶，致觉得周遭

1　九月忌嫁娶，故云。

一片浓雾。他这样倚车沉思，直衣与底衫的袖子重叠着滑出车厢外，致为川雾沾湿，那底衫的花纹也透过红裳鲜明可辨。车行陡坡时方始发现，遂拉进车厢内。

念故人兮护替身，
思潮起伏路迢递，
泪似朝露兮湿袖均。

不禁喃喃自语。辨之尼也愈益饮泣，致袖祛湿遍。侍从大惑不解：何以喜庆之旅竟教这不吉之事相缠呢！闻尼君忍不住的啜泣声，大将自己也擤着鼻涕，这一刻究竟心疼浮舟的感想，遂道："长年来，不知几回在这条路上来来往往，想到这事，心里便无限哀痛。您倒也稍稍起来看看这深山景色吧。别尽是闷闷不乐的。"勉强要她起身。浮舟便以扇略遮面，羞涩地眺望，那眼神委实与大君相像，不过，稍嫌过于雍容稳重，使他略感失望。去世的人则是于稚气之中带有韵致。瞧他，到如今都有"去无方兮"[1]的悲哀"盈满天"[2]呢。

到得宇治后，仿佛感觉大君的亡魂就在近处静观。自己这样匆匆冒迷途之险而来，岂非只为追慕亡人呢？下车之际，心里亦这般思念着。他故意暂时走避一会儿。女方只担心：母亲知悉后将不知作何感想？遂叹息连连。但由于大将之君的深情蜜爱恳恳言谈，终于得到安慰而下车来。尼君则特自廊边靠车始下。其实，这里不过是暂时寄住的地方，她这样子也未免太客气了。照例，领地庄园又有大批的人拥到。女主人的膳食，系由尼君准备。方才一路上草木丛生，颇嫌晦

1 皆句出《古今集·恋一》，无名氏作和歌。
2 同上。

暗，可是这个地方倒意外地相当明亮。眼前河川的景色，以及故意沿袭山里风味的屋宇等，皆饶有情致，几乎令人忘怀迩来忧郁；不过，念及来日不知如何待己，便觉不安。薰之君修书致函于京都方面的母亲及夫人。“未完成的佛坛饰物等，目前已予指挥交代，今日适逢良日，故临时决定来此。未知何故，又忽觉不适，加以正值避讳之日，故今明二日，将暂宿于此地。”见其较平素自在而含情地走进屋里来，浮舟愈觉羞赧，但又躲避不得。大概是左右的侍女为她装扮，欲使看来美艳华贵的吧？瞧她穿着层层的衣裳，多少带些乡下人气息，反倒令人想起故大君往昔穿着日常便服那种高雅优美的气质来。但眼前这位女性的发端，则是越看越觉得美丽，与夫人二公主相比，都毫不逊色。说到对于这人的待遇，究竟如何是好？若是立刻铺张准备，迎入三条院邸，世人恐怕要物议；可是，也总不能将她等闲视之，随便教她与其他侍女们一样呀；看来，只好暂时在此金屋藏娇。然而，未能时常见面，定必寂寞难耐，他心实疼爱，遂与之绵绵谈情度日。径自谈昔说往，也提及匂宫的事情，又时时夹杂着戏言，风趣而饶有情致，奈女方只一味含羞客气，多少使人觉得乏味。不过，这种缺乏风韵的反而有希望教导成器；若是乡气挺重而自以为是的女人，那就即使作为大君的遗爱替身也不敢领教了。

令人取出此殿收藏的琴筝类乐器。谅此女未必懂得音乐之道，心中难免有些遗憾，便独自弹奏起来。回想自八亲王去世后，已有多时未在此山里触摸乐器了，自觉珍罕，便无限怀念地弄弦沉思。此时，月已上升。往日故八亲王的琴音，既华丽而且又优雅，乃告以：“想当年大家健在的时候，你若是也在这儿生长，恐怕更能体会此地景色风情。那位八亲王呀，连毫无关联的人都会仰慕敬爱的。您怎么就生长在乡下地方呢？”浮舟闻语，深觉惭愧，连忙摩挲着白扇。那张斜偏着的侧脸皙白如透明，额发垂覆的样子，则更添增艳逸之致，令人忆念亡去的大君影像，遂觉感伤无限。这样标致的美人儿，若课以丝竹之艺，定必有意思。大将之君乃探问：“您可曾练习过这些东西？既然是在东土生长，所谓‘可怜吾妻’[1]，应该多少知道一些才是。”“人家连‘大和言语’[2]都没有学好，更遑论‘吾妻’琴艺了。”听她的答复，可见得并非不伶俐。倘使让她住在这个深山偏僻的地方，往后想见面都不方便……现在就这般担心，大概真是情爱匪浅哩。于是，令人退去琴筝，轻轻吟咏“楚王台上夜琴声”[3]。侍从原本习惯于侍候终日引弓的东土武士们，听得此文雅的诗咏，不禁由衷感佩。当然啦，男女之间，有秋扇见捐的闺怨情事，[4]侍从无由知晓，所以才会如此赞美感叹。薰之君自己倒是已经警觉到，正懊恼自己什么句子不好吟，竟不经心吟咏出这讨厌的诗句来。此时，尼君差人送来果物。那盒盖上面铺着红叶啦，茑藤等，于饶富情调的纸上，写着一些不怎么清楚的字迹，月影之下依稀可辨，引得大将留目；可是，他这眼神却使人误以为贪恋那些果物呢。

寄生木兮色未变，
日移月迁几度秋，
唯月依旧兮总眷恋。[5]

那笔致颇有些古调，使人觉得腼腆而又感伤。

---

1 日语“吾妻”与“东土”音同，故巧取其音义双关之妙。
2 “大和言语”（即和歌）亦意同于“东土”，故以之为答也。
3 《和汉朗咏集》：“班女闺中秋扇色，楚王台上夜琴声。”典出于汉成帝班婕妤失宠，悲怨作《团扇词》故事。
4 盖亦指班婕妤《团扇词》故事也。
5 此尼之歌盖有双关义，谓女角虽不同于往昔之人，而薰之君则温和一如过去也。

里名同兮月依然，
月下人影独有异，
故人何处兮事难圆。[1]

这只是随便说说而已，并未当作认真答歌；恐怕是侍从转告辨之尼的吧。

1 此薰之君答歌。盖怀念已故之大君而作也。

第五十一帖

浮　　舟

兵部卿之宫至今犹不忘那个黄昏隐约看到的倩影。看来那女子并非高门贵第出身，但是人品气质却纯真惹人爱；本性风流好色的他，对于一无所获，觉得十分懊悔。不知究竟她藏身何方？为此竟怨恨中君，以为是她所指使的。“想不到你竟是这么狠心的人。”甚至还这样以言语羞辱怨怼。中君忍无可忍，恨不能将实情相告；但是想到大将之君好不容易金屋藏娇，即使不可能以原配夫人相待，至少也由衷爱恋着，万一自己说漏了嘴，匂宫定不会当耳边风的，只要看他平素对于侍女辈之中有值得说笑的对象，便不顾一切会找到人家乡里去这副德性，便可以想见了。何况对于浮舟，自从那次以来，经过这么长的日子了，依旧不改思念之情，定当会引起麻烦。消息若是自别人处入其耳倒也罢了；这事对于大将与浮舟二人都不好，而匂宫那脾性是任谁都阻止不了的，既然如此，只有与众人都不相同的自己多忍受一些，千万勿使事情由于自己不谨慎而破坏才是。如此一经决定，虽然多少有些不忍心，但还是以不告知匂宫为上策；不过也未便撒谎，便只有保持沉默，装成普通善妒的女性就是。

那大将之君倒是挺从容自在，料想宇治方面浮舟必枯待无疑，心中虽惦念着，奈因身份非同寻常，也未便无故骤尔造访，真个“此道艰难胜神诫”[1]，着实苦恼。过些时候再为她谋幸福吧。原本就是想把她当作过访山里时的闲谈对象而已，找个借口逗留，再与她从容相会；暂时勿使世人晓知那隐蔽之处，让那人儿的心境逐渐缓和，而自己也免得受世人物议，凡事从长计议的好；否则给人责问起“哟，那么突然。”或者“对方究竟是谁呀？”，甚至“什么时候开始的？”之类的话语，的确够讨厌，且又与初衷抵触；若是中君打听起来，自己把浮舟从故里带走，全然忘怀过去的样子，也委实不妙。瞧他这样思虑周全，难道本性从容之故吗？不过，将来总要迎她来京，故而私下正赶工修建房屋。迩来，大将较前时为忙碌，然而对于中君的照顾则无异于前。人或对此以猜疑之眼光看待，但中君本人则毕竟渐悟世事，观察其人言行举止，觉得只因亡姊的关系而对自己如此尽心力，他那念旧之心真是无与伦比，不由得为之感动。见大将之君随着年龄增加，人品、声望更不同凡响，反顾夫婿匂宫，则可叹不可依赖，自己的宿命竟是这般不幸。有时难免就会想道：何以不照着亡姊的安排，偏要自寻烦恼，结此姻缘呢！可是，终究不易与大将之君坦然相对。时隔多年，都已成为过去往事了；若是身份低微者之间，或尚有沿习旧情仍出入亲密一类之事吧，但这等高贵的人，又何至于有不寻常的交情呢？未悉内情的侍女恐怕会在背后如此议论，而匂宫又始终怀疑，更令人苦恼。左思右想，自然只有表面冷漠。但薰之君方面却无改变。

匂宫虽然难改风流天性，时时令人伤心，但他极疼爱儿子，随着长大乖巧伶俐，认为别无女人可以为自己生这样的子嗣，因此格外重

1 语出《伊势物语》。

视，似较另外一位夫人更为宠爱，中君也稍觉聊堪安慰，日子过得也挺不错。正月元日后，匂宫光临此殿，逗弄着增添一岁的小少爷。正午时候，有个女童侍端来一包精美的绿色大信封，另附上小巧的盒子，上有小松枝，此外更有一封正式的信函；那少女毫不犹豫地跑到女主人跟前递呈。匂宫问："哪里送来的？""宇治那边有人送来，说要交给大辅之君。那人不懂规矩，在那儿瞎转，我以为大概又是给夫人看的，所以就替他拿过来了。"那少女上气不接下气地回答。"这盒子是金属做的，上了彩色呢。松枝也做得挺好，跟真的一模一样哩。"她又净顾笑嘻嘻地说，引得匂宫也笑出来。"来，给我看看。"他说着便揽取过来，害中君十分为难。"给大辅去吧。"她面色泛红。匂宫见此，怀疑会不会是大将之君佯装无事寄来的情书，说是宇治来的信，很可能是这样的呀，遂一把夺过来。不过，果真如此，又怕会尴尬，便故意声明："要打开喽。等一下可别抱怨才好。""真不像话。人家女人之间来往的信件，看它做甚！"匂宫见她并没有太在意的样子，便一边喃喃着："那就真的打开啦。到底你们女人之间是怎么写的信呀？"那笔迹看来富于青春气息。"蹉跎之间岁已暮。山里生活百无聊赖，岭峰的云霞亦迟迟无散之时。"信末又写着："粗陋之物，谨呈公子。"文字平平，看不出谁的手笔，正讶疑着，遂又打开另一封正式的信函，此亦属女性笔迹。"新年如何？谅您那边必是喜重重。此地居所十分讲究，心情亦随之安定下来，但是似乎仍有些不适宜之感。与其在此郁闷度日，我们都劝小姐不如到贵处走访解闷去，奈何她自上回遭受那可怕的羞辱以来，十分懊恼，全然不起劲，只是叹息度日而已。兹奉上卯槌[1]一支，请于主上不在时呈上。"新年初便毫不忌讳地书写此等悲叹的语气。匂宫一遍又一遍地重复览读，仍未能了然。

1　正月初卯之日除邪之器，以桃木或玉、犀角、象牙等制之。

“现在可以告诉我了吧，究竟是谁写的信啊？”中君只得回答：“从前在山里那边侍奉过的一个人的女儿，据说为着某种原因现在到那儿去侍奉。”可是，这样的信分明非出于普通侍女之手，又看到“那可怕的羞辱”云云等文，便心中若有所知。那支卯槌做得颇有趣味，看得出系生活优闲者所制造。又附有分叉的枝上串着仿制的山橘，枝上更系着和歌：

枝犹稚兮未称老，
为君呈献贺千年，
松柏长寿兮谨祝祷。

歌词虽未见得特别好，然而想到是心中思恋的人儿所作，便不忍移目。“给人家回信吧。不回信未免失礼。这又有什么值得躲躲藏藏的，何故不高兴呢？那么我走开一下就是。”便行离去。女主人便对少将等近侍者轻声说：“糟糕了。那小女孩拿到东西的时候，怎么没人看见呀？”“看到的话，怎么会让她递呈上来呢？这孩子也真是太没心眼儿。看她将来可怎么办？人还是稳重些的好。”见大伙儿数骂，夫人反倒劝阻：“算了算了。别再讲她。何必跟小孩子生气呢。”这少女是去年才来此殿侍奉的，脸蛋儿生得挺漂亮，所以甚得女主人宠爱。

匂宫回到自己房里，觉得诧异。早听说大将时常去宇治，也听说他偶尔在那边过夜；即便那是他心上人儿大君的故居，那样子留宿也未免太过分，如今才恍然大悟：原来是金屋藏娇啊！想起有个平素互相讨论学问的大内记官某人，与大将也顶熟稔，便召见他。借口说要做猜韵游戏，叫那人搬了一些诗集、文集到这边书橱里来。“右大将最近还时常去宇治吗？听说那儿修建了很气派的庙堂呢，很想去看看。”“是修建得极庄严尊贵。听说那不断三昧堂也布置得很气派。大将本人则从去年秋天以来，往访更频仍了。听那些仆役下人传说：珍藏着一位妇人，恐怕不是泛泛之辈哩。附近领地那些人都受命听差使，宿直巡逻啦，又从京城方面悄悄地在照顾着。不知是怎么样一位幸运的人住在那寂寥的山里呢？这是我十二月间才听来的消息。”匂宫内心暗暗高兴。“没听说过那个人是谁吗？据说大将以前就时常去看那里的一位尼君……”“尼君是住在渡殿方面。这位妇人则住在新建的房里，下面有不少好侍女，日子过得挺好。”“哦，真有意思。到底为什么藏着这么一位妇人呢？他这人呀，与众不同，总是做些出人意料的事情。左大臣嫌他太执迷佛道，认为以他那种身份动辄住宿山寺，未免轻率。可是，再怎么信仰，也不致偷偷避人耳目吧，所以别人都以为他对那宇治故里有特别的感情；看来也未必是这个原因哩。你瞧，大家看作一本正经的贤者，反倒暗地里做这种出人意料的事情呢。”匂宫津津乐道。这个内记是大将亲信家司的女婿，所以才知道这么多秘密的吧。匂宫心里盘算着：如何才能印证那妇人便即是上回看见的人儿。大将小心珍藏的女子，必定不是寻常等闲之辈；她同中君亲近如此，又会是什么关系的人呢？想到中君竟与大将合谋隐瞒，更是难免越发妒忌。这阵子以来，他心中老想着这件事。

赌弓与内宴一过，便轻松无事了。虽然别人都对升官之事十分热衷，匂宫自己却异常冷漠不关心，一心只想如何偷偷前往宇治。这内记则私怀晋阶的野心，所以日夜讨好匂宫；匂宫便也特别照顾他，一方面则又问道：“再困难的事情都肯替我设法安排吗？”“遵命。”“这话也许听来奇怪，你说的那个在宇治的妇人，恐怕就是我以前偶然见过，后来不知去向，给大将带去藏起来的人儿。但是没法子证实，我只想偷偷窥伺，看看究竟是不是那个人。可有办法不让别人知悉而达到这个目的？”那内记心里觉得，这下可麻烦了，不过嘴上却说：“那路程虽然挺阻险，不过倒也不算太远。傍晚出发，亥子时刻大概可以到达，平明时分也就回得来了吧。知此事的人只有少数随从，他们也不可能知道很深的。”“对。其实我以前也去过一两次，只怕世人非难，所以也就不敢嚣张……”他自己也觉得这件事万万使不得，可是话都已经说到这个地步，便也不肯罢休。陪侍者只有二三过去曾经追随此途的人，以及这个内记和乳母之子——这次从藏人叙爵为五位的青年而已，尽选心腹可靠的人。“今天、明天都没有问题。大将大概不会过去。”由内记打听清楚才出发。这不禁又令人回忆往事来。想当年，人家为自己与中君真费尽了心血，今日如此，难免对他有些歉疚。即使在京都，这种微行幽会都是不顶容易的亲王身份，而况现在穿着便服骑马出门，心情紧张恐慌可想而知；奈何他生性好奇，所以愈入深山，愈想早些会见；又恐怕如果见不着人而徒劳往返，岂不太寂寞凄惨。一路上思潮起伏，心乱未已。

先乘车到法性寺附近，再从这里改骑马。急急赶路，入夜以后始抵达。内记预先已经打听清楚这殿内的人，所以一行人避过守卫宿直的方向，却从西面的苇墙悄悄毁垣而入。内记本身亦属首次来此，故而摸不大清楚，所幸无甚人在，便偷偷溜进内里。寝殿南面灯影摇曳，略闻裳裾綷縩之声，便回来禀报：“还有人醒着。请从这边进来。”并在前为引导。匂宫轻轻地走上去，想从木格子门的隙缝望入，未料，那伊豫帘竟沙沙作响，把他吓了一跳。这房子刚刚建好，崭新而清爽，不过，许多细节仍未布置停妥，到处有空隙，大概也没有想到会有人来偷窥，所以一无防备。那几帐的帷幕掀起，推向一旁。灯火通明，三四个女人在那儿缝制东西。有个乖巧伶俐的女童正在捻着丝线。那张脸分明就是某次在灯光下见到的呀。他以为是一时看错，但是那个唤作右近的年轻侍女也在一旁。女主人正枕着腕凝睇灯光，她那眼神，额前垂发的模样儿，都十分高贵优雅，与对屋的夫人中君极相像。这时，那右近一边折着手上缝纫的东西，一边说：“您这一走，怕是不会很快就回来吧。大将之君在叙爵过后，下月初大概就会过来；昨天那个使者也这么讲。信上是怎么说的呢？”女主人并未回答，好似在沉思。右近便又说：“晓得主上要来，故意逃开可不像话啊。”坐在对面的另一个侍女也说：“还是先向主人报告因为如此这般的理由要出去比较好。怎么可以随便不告而别呢？参拜完后，还是早早回来的好。这个地方虽然寂寞了些，究竟还挺安逸自在的，习惯了这种生活，反而觉得京都那边是做客哩。”另一个也说：“我看也是暂时在这儿等主上光临才稳重成体统。反正他不久就会来迎您上京，等到那时候再从容会见双亲也不迟。那位乳母大人哪，脾气太急，所以才会忽然想出这个主意来。从古到今，还是性情温和的人比较幸福哦。”右近又说：“那位老太婆怎么不禁止小姐上京城呢？年纪大的人想的事情呀，真是教人不解。”听她愤懑的口气，大概总是在议论那个乳母的吧。匂宫不禁也想起，当时确实有个脾气倔强的女人；而这一切又好似梦境一般。侍女们继续在那里讲些悄悄话。“还是兵部卿宫夫人最幸福了。左大臣的六小姐，虽然有她父亲大人撑腰，可是自从小少爷诞生以后，这位夫人的宠爱就格外深了。或许是因为身旁没有像咱们这儿的老太婆一类人物，心境优闲，凡事可以从从容容的缘故吧。”“其实，咱们这位小姐，只要主上不变心，也绝不输给那位兵部卿夫人呀。”这时，浮舟略微起身说道：“哎呀，多难听！跟别人相比还不打紧，可千万同那位夫人相比不得，万一传了出去那就糟了。”到底这位妇人与中君是什么亲戚关系呢？虽然两个人的脸庞极相似，可是相比之下，若说含蓄有韵致，中君方面远胜于此；这一位只是生得可爱，眼睛鼻子无不姣好。就算是觉得不十分完美有缺点，梦寐相思的人儿一旦在眼前，决不肯就此甘休的脾性；而况越仔细端详，便会越想要得手而后已，但以计无所出，遂觉无限苦恼。看来这位妇人就要去参诣的样子，而且似乎双亲仍健在，然则，现在不与之相会，更待何时？不过，今宵又能如何？他此刻简直是心猿意马，仍站在那里窥伺。忽然间右近说："啊，好困哦。昨晚也不由得通宵没睡。这些留到明天早上再缝吧。讲是讲赶时间，反正来迎的车子总得到日头高升才到吧。"说罢，收拾手边缝纫的东西，挂在几帐之上，打盹儿似的竟睡着了。女主人便也稍移入内去歇息。右近忽起身，到北边去了一会儿，未几又回来。这次，她在女主人的裳裾旁躺下，早已经困倦，不久便要酣睡；匂宫别无他方，只得轻叩格子门。右近听见，问："谁啊？"匂宫干咳。右近从那声音辨别出是身份高贵之人，以为是薰之大将光临，便起身过来。"先给我打开这个。""怎么这个时候来啊。天都这么晚了。""仲信[1]说你们女主人要去什么地方，所以才急忙忙赶来。路上可真够受的。喂，给我打开啊。"他轻声模仿大将的声音，惟妙惟肖。对方不疑有他，便开启格子门。"半途遇着强盗，狼狈得很，把灯火转暗了吧。""哟，可真是的。"她赶紧把灯火挪远开。"别教人看见我。也不要叫人起来。"亏他真机灵，把原本有些相似的声音装得与薰之大将都无分别，便走了进去。听主上说路上遭遇可怕的事，右近担心他不知究竟如何狼狈，便躲在一旁偷看。只见他仿佛一身细致柔软的衣着，薰香的芬芳无异于往时。他靠移过去，脱下衣裳，极自然地躺下来。右近连忙提醒："请您还是到以前那间房里去吧。"可是他默不作声；右近只得给女主人盖好被子，唤醒众女，各自退下睡觉去了。

大将来时，侍女们也都在别室休息，依例不管这边的事，所以并无人发觉有异。"亏他这么晚了，还特别过来，真够体贴啊。小姐难道不明白人家这一片情意吗？"有人自作聪明地说。"小声点儿，晚上

1　盖薰之家司名。

说悄悄话反而听得见呢。”有人在制止。大伙儿不久便都睡着了。浮舟发觉来者并非薰之大将，大惊失色，却反而叫不出声来。上回在二条院当着别人面前，尚且无所顾忌的，现在更不用说了。若早知是别人，或可有对付的计策，正茫然如在梦境之际，听对方怨怼，又倾诉多日以来的思慕之情等等，方始明白，原来这个男人乃是匂宫，遂愈觉羞愧，想到如何对得起中君，如今亦无计可施，唯有嘤嘤哭泣。匂宫则认为好容易相会，今后恐无由再见，便也伤心啼哭。这期间，天已明。随从者来迎，在外头干咳。右近闻声赶到。男方竟无意离去，依依不舍，想到往后再来，不是容易事，便索性不管都城里别人怎么骚扰寻觅着自己，决心今天一天就守在这儿；人云“拼此生为爱”[1]，若其就此告别，定会爱恋欲死，遂召来右近，告以：“你或者会把我看作不识相的人，可是，我今天无论如何都不能回去。叫那些侍从们在附近找个地方躲一躲。另外，请告诉时方[2]，去向夫人禀报，就说我待在山里的寺院好了。”右近这才明白究竟，想起昨晚自己不小心失策，大感迷茫狼狈，却也只得强自镇静。反正事已至此，吵闹也无用，徒形失礼而已；回想那次在二条院的事情，竟让这位匂宫深深迷恋，这一切都是宿世命定，绝不是谁人之过。她这样子自我安慰，一面禀告：“今天小姐的母亲要来接她走，可怎么办？宿命难逃，讲也没有用；可是真不凑巧啊。我看，您今天还是请先回去一趟，日后有心，再请从容来访吧。”倒是挺会说词的嘛。匂宫答说：“我对你们小姐爱慕已久，痴痴相思，竟致思绪茫茫，别人怎么批评都听不进耳朵里。如今，真个变得死心眼儿。唉！我若是稍稍为自己着想的话，以我这种身份，还会兴起这等偷偷幽会的念头吗？她母亲那边若有人来

1 句出《万叶集·五六〇》和歌。
2 盖匂宫家司名也。

迎，就说今天是忌讳的日子，叫他们回去好了。千万别让人知道我在这儿。这一点，你可得费神想想办法，为我，也为你们小姐。其余之事，不必说，我现在是听不进的。”看来，真是迷恋这位女性，不畏万难哩。

右近只得出去应付来迎驾的人：“你们主人如此这般交代，但还是请你们劝劝他‘这样子恐怕不妙’什么的吧。即便是他本人行动乖异，你们底下的人也该拿些主意才是呀。怎的就这般轻易领他到这儿来呢！万一有樵夫谣传出去，可怎生是好？”内记呆立在那儿，心里直发急。右近又问：“哪一位叫作时方啊？你们主上有所吩咐……”时方笑说：“给你这么一骂，没有主人命令也会吓得逃回去呢。老实说，都是因为受主上一片真情感动，才人人拼命奉陪到这儿来。好啦好啦，宿直的人好似都起来了。”遂慌慌张张离去。留下右近一个人苦苦思虑，如何才能教人神不知鬼不觉呢？告诉那些方才起床的侍女们：“主上有事儿不愿意让人看见。大概是路途上遭到歹徒洗劫的缘故吧。衣裳也吩咐入夜以后再悄悄送进去呢。”“哟，多可怕！人家说木幡山是最可怕的山。恐怕又是没有警跸先行，悄悄出行的缘故。真是倒霉啊。”侍女们大惊小怪，右近又连忙制止道：“嘘！可别让下面的人听到，否则又要添麻烦了。”实则，她心底才真焦急，万一不凑巧这个时候薰之大将来临可怎么办？便禁不住祷告：“南无初濑观世音，保佑今天一天安宁无事。”今日原定要参诣石山寺，京都那边常陆守夫人应该有车驾来迎才是；而这边侍女们也都沐浴斋戒等待着，大伙儿闻悉，莫不大失所望，纷纷叹息道：“那么今天是去不成喽。好扫兴哪！”

日上三竿，遂令掀开格子门窗。右近侍候在女主人身边。主房方面皆下垂帘子，挂着“忌讳”等字样的纸条。为了提防常陆守夫人亲自来迎闯入，已经说好小姐昨晚做了一场噩梦。依例应由右近侍候盥洗之事，却见浮舟亲自照料，匂宫过意不去，便说："你自己先来吧。"女方见惯了大将之君矜持的态度，乍见这位对自己片刻不忘恋慕的男子，始知所谓情爱深刻便是如此，更觉得人生际会真不可思议。不过，又恐怕这种事情传开去不知怎么办。首先使她担心的，自然是中君的心情了。匂宫可是到如今还弄不清对方是何许人，故再三讯问："委实教人遗憾。盼请老实告诉我。即使你是卑贱下司的女儿，我也只有更加疼爱你。"然而，浮舟就是不肯答复这个问题。其余的则都温顺讨人喜爱地一一回答：匂宫看得打心底喜欢，日头高升后，京都方面来迎。有车驾二辆，乘马的东土男子七八人，另有步卒大批，粗俗地大声说话进来。侍女们大感困惑，连忙说道："在那边待着。"右近不知何以为词，想骗他们说大将在里边嘛，像他那种大人物，在不在京都，自然会露出马脚来，故而未经与朋辈商量便径自作答书。"小姐不巧昨晚来月事，复又做噩梦，所以今日一日准备避讳，委实遗憾，岂是有何物故意阻碍吗？"书毕，分食于来人，遂令归返。又使辨之尼告以："今日避讳，无法赴石山寺。"浮舟平常总是眺望着烟霞朦胧的山顶，无法排遣时间，今日见匂宫慨叹日倾，一天竟也觉得很快过去了。春日悠悠，别无他事，浮舟的脸真个令人百觑不厌，没有一丝缺陷，姣好优柔而标致。不过，若与中君相比，则或有略逊之嫌。其实，与左大臣的六小姐那种正值青春盛期之美相较，也颇有望尘莫及之憾，然因情人眼中出西施，遂觉有无与伦比之美色了。女方则原以为大将之君的高雅乃世所罕有，怎么料得到，论及清艳俊美，这位匂宫又远胜于他呢？匂宫正令人取来砚台，乘兴径自习字。他那笔迹之妙，自不消说，又擅长绘画；这就恐怕年轻的妇人心，情不自禁会移爱于此了。"倘使日后没法子时常来，你就看着这个吧。"笔下画出一对美丽男女亲密并卧的图画，又流着眼泪说："若能永远这般厮守在一起的话……

欲约誓兮世世盟，
情深爱浓意长久，
未知明日兮悲浮生。

连我自己都没想到会思念你到这等可怕的地步。此身由不得自己，日后怕是得多所费神用计，想到这些事情，真痛不欲生。唉，上回明明遭受冷漠待遇的，怎知道又冒险来相寻啊。”听他幽幽而道，女方亦援取那濡墨的笔来写：

叹浮世兮不可期，
岂唯生命无所定，
吉士之心兮诚足悲。

怕自己变心的吧？真教人怜爱。“你可曾见过什么人变了心吗？”匂宫含笑打听，想知大将把她带来此地的始末原委，害女方苦于回答：“这种事情怎么好说出口，为什么要追根究底呢……”她埋怨的模样儿十分年轻娇美。明知道这事情迟早会有个分晓的，却硬要逼浮舟自己讲出来，岂不太强人所难吗？

入夜之后，差遣去京都的大夫时方回来，见右近说：“皇后那边也有使者来说：‘右大臣对这件事情也很不高兴。他这种身份岂容随便外出幽会？万一让皇上知悉，我这个做母亲的还有立场吗？’骂得挺凶呢。我当然对人说是：‘主上到东山找高僧去了。’”遂又抱怨：“女人哪，真是罪业深重，害别人都无端担忧撒谎！”“亏你机警，想到抬出高僧来。这下子你撒的谎也可以抵消了。嗳嗳，都是这位三亲王，怎的生来这一个怪癖好啊。若是早些让我们晓得的话，也总会替他想办法的呀；这样出走，可真的未免太轻率了些。”右近也附和说。随即趋前如实禀报。匂宫终于也不得不顾及京都方面的关心了。“唉，我这身份就是这么讨厌。真恨不得暂时做个自由自在的殿上人什么的。到底怎么办才好？总不能永远这样躲着世人耳目。大将晓得以后，也不知将作何感想？我们两个人从小要好，出奇地要好，假如让他晓得我背叛了他，可真不好意思。而且，人之常情，往往不肯反省自己对你怠慢，反而会怨恨你也说不定；那可就真让我担心了。索性把你带到一个别人做梦也想不到的地方去吧。”今日无法留宿于此，故终欲离去，然而他自己，灵魂定必像古歌所说，留于恋人“袖之中”的吧。“请乘天未大明。”人人都在干咳示意催促。二人相率来到妻户边，一时竟不忍离去。

未成别兮泪先流，
泪流蒙蒙途黯淡。
前途茫茫兮无止休。

女方亦觉悲苦不堪。

泪涟洏兮流未已，
侬袖狭小不足承，
郎君欲别兮如何止。

风声萧萧，黎明霜重，各自的衣裳犹有寒意。匂宫依依上马，恨不能返归，奈随从们不容犹豫，急忙要赶着出发，只得心不甘情不愿离去。内记与时方，马口之下只有这两个五位者侍候。越过阻险的山岭后，他们二人亦各自骑上了马。那马蹄嗒嗒地踏过岸边的冰，听来无限凄凉寂寞。回想以前也曾往返过这宇治的山岭，此处山里与自己真有不可思议的因缘啊。返抵二条院府邸之后，仍怨恨中君对自己隐瞒浮舟藏身之处，故径自回到安适的自己房间里歇着，可是偏偏无法成眠，寂寞之余竟添思绪，结果不得不怏怏然前赴对屋。中君毫不知情，依然美丽如往常。较诸山里那位珍奇标致的人儿，这一位的姿容更在其上。匂宫定定望着中君，但心里却难免觉得二人出奇相像，则恋情忽又陡增，而心思凝重，故钻进帐里休息。夫人亦相随而入。“哎呀，难受极了。真担心是否会怎么样。不管我怎么爱你，只要我一死，你马上就会属心于那位公子的吧？人说金石为开呢。”听他这可恶的语气吧，亏他还认真说出来呢。“说得多难听。万一传到对方耳中，怕人家会以为我真说了什么，那可就羞死人啦。像我这种悲苦的身世，真不堪受一点戏谑的打击啊。”中君别过脸去。匂宫也一本正经地说：“可是，若是我真的怨你，你会怎么样呢？我为你已经尽了全心全力，世间人士也以为甚至有点儿过分呢；但是，在你心目中，我恐怕还远不及那位大将吧？也许那是你们前世的约，我也死了这条心；只是，你还要瞒着事情，这怎能不教人伤心啊。”不过，大概是由于因缘匪浅，所以终于还是找到了那个居所。念及此，不觉竟泪落。中君看出夫婿真个不高兴了，难免有些不忍心；究竟他是听到什么消息呢？心里讶异着，也不知何以为答，故默不作响。嗳嗳，都怪自己当初与他会见时有如逢场作戏一般，所以才会教他看作浅薄女人；让那无甚关联的人居中媒介而接受了他的好意，这真是大大的失策，也难怪至今都教他瞧不起……她这般独自思想，不由得悲从中来，更加显得委屈娇弱。其实，匂宫只是暂时想把自己发现浮舟之事隐瞒着，所以才故意先发制人，诸多怨恨；而中君这边却认真以为夫君对自己与薰之大将的关系起疑，不知是谁造的谣！在真相大白之前，简直无脸面对夫君哩。

忽接宫里送来母后的信。匂宫大为吃惊，急急忙忙顾不得心绪未宁，便赶回自己的寝殿去。那信使转告："昨日未见您上宫，皇上颇不高兴。方便的话，今天请务必要过来。母后也好久没有看见您了。"明知不该让双亲挂虑，但是确实觉得身体不适，这一天还是没有上宫。宫中派了许多公卿大夫来慰问，他却整天只在帘内度过。傍晚，右大将薰之君来访。"请他进来。"便与之无拘无束相对。大将探问道："听说您病了。中宫也十分焦虑。究竟是怎么一回事？"见到此人，匂宫更觉心乱，便三言两语不肯多说话，心里却在想：这家伙，装得像个圣人，倒是别出心裁，金屋藏娇，又不常去探望，把人家给冷落在一边。平时总是不甘心他自称老实人什么的，逮着机会就喜欢贬损他几句。如今发现了他这个秘密，大可以讽刺一番；可是，现在连开玩笑的兴致全无，只是显得病恹恹，痛苦不堪。"这可怎么办？没大妨碍而老是爽快不起来，才是糟糕。请小心别伤风才好。"大将由衷慰问之后始离去。这位公子可真的含蓄有致，那山里的女性不知把我跟他如何来相比呢？而今，匂宫真个片刻难忘浮舟了。

至于浮舟那边，则参诣石山寺之事已取消，日日无聊寂寞。匂宫送去了大批满纸相思的情书，却仍不放心，便又令那唤作时方的大夫侍从——一个毫不知内情者为差使。右近则对同辈侍女们说，自己从前有一个相好的男人，最近他追随主上，两人偶然相遇，故欲重修旧好。云云。遂由右近负责一切，到处撒谎。这个月便如此过去了。尽管心里焦急，也不容易前往幽会。他甚至于暗自担忧太息，这般相思下去，恐怕命都要保不住。右大将则乘稍稍空闲的时候，微行过访。先到寺院拜佛，大行布施于诵经的僧侣们。及至傍晚时分，始悄悄来到浮舟处。他并没有刻意采取便服陋装，乌帽直衣[1]装扮得清清爽爽，步伐也稳重有器度。女方却不知何以为对，唯恐上天临鉴，教人

---

1 简略朝服也。

惭愧；更何况脑际浮现匂宫的所作所为，更觉无颜会见这位大将。对了，当时那人曾经说过："对这些年来交往的女人都厌倦了。"果真那次以后，听说他身子不适，不再到任何一位妇人处，京城里正为此在修法祷告；万一他听说自己会见了大将之君，未知将作何感想？念及此，便觉十分难堪。不过，这位大将之君也生得堂堂一表人才，既雍容优雅而又含蓄有致。就是要解释久疏未访的原因，也避开相思恋慕啦，悲苦不堪等琐琐碎碎的话语，简单的几句话之中，自见深情，较诸信口雌黄、多费口舌更能感动人。风流优艳固勿论矣，若欲长久倚赖，眼前这一位实在远胜于匂宫才是。假如他知道自己竟然变了心，不晓得会如何慨叹啊。匂宫肯对自己狂恋，固然是真情可感，但终究是轻率的错误；倘若见弃于这位公子，那才是可悲的事情……她这般多方思量着。在男方看来，却认为多时不见，竟增添了许多人情阅历，真成长了不少哟；大概是生活寂寞，所以才养成爱沉思的习惯吧？遂觉得格外怜爱，更与之恳恳密谈。"有一处住所盖好了大体。前阵子去看了一下，觉得比起这里来，泉流可亲，也望得见京都的花。跟三条的府第也极靠近，朝晚见面更方便多了。所以你觉得合适的话，春天的时候搬过去吧。"听大将这么说，浮舟倒也想起来，匂宫那儿昨天也有信函来告："找到一个安静的住所。"谅他必不知悉大将有这样的计划，真令人同情；自己当然是没有理由追随匂宫的，但眼前尽是他当日的影子晃动。末了，连自己都觉得实在是不可救药的下贱女人，遂幽幽哭泣起来。"别这么想不开了。回想过去你优游自在的时候，我也觉得舒适得多。是谁同你说了什么话吗？我若是稍缺诚意，这等身份，还会冒这个山路险阻，迢迢到这儿来看你吗？"时值月初的月光射出，便来到近廊处眺览外面的景色。男方忆起去世的大君，女方则慨叹多添的新烦恼，各自沉湎忧思中。山峰隐约在云霞之中。鹭鸶伫立寒冷的汀洲，是因时因地之故吗，看来别有情致。其外遥远之处，可见宇治桥，柴舟来往。此景此情，皆为别处所罕见；大将每回看到这个景象，总难免勾起昔日的记忆；就算不是浮舟这样的对象，都是足以令人陶醉的情调，而况，她又与思念的人儿酷似，非仅此也，近来又渐渐识情解趣，言行举止也都添上都市人的洗练韵味，较诸前时，更胜一筹。女方却正百感交集，泪水禁不住要下落，害大将不知如何安慰是好，乃说道：

“宇治桥兮长又长，
因缘坚固永不朽，
情比桥长兮莫心慌。

总有一天你会明白的。”

世称危兮断又绝，
战兢难渡宇治桥。
奢赖不朽兮如何说。[1]

大将竟觉得此刻较前时更为难分难舍，然终因顾及人言可畏，且既然已经忍耐至今，则不如早些安排迎其上京，届时再与之从容会见；便于黎明时分归去。一阵子不见，这位女性真是成熟不少了啊。回到京都，对于浮舟的相思之情遂愈形深刻。

二月十日许，宫里举行诗文雅聚，匂宫与大将皆参与。适时有管弦之游。匂宫以美妙的歌喉唱出《梅枝》等歌谣。他任何事都比别人

1 浮舟此答歌盖缘薰前歌驳之。谓桥本断绝危险，又如何可仰赖此“不朽”之说法。暗含近来时继时绝之关系，实不足仰赖不朽之因缘也。

强，唯独时常喜欢耽于女色，是一大罪过。这一天忽然降雪，风亦吹得紧，故只得提早结束游宴。人人皆上匂宫宿直处来。用膳之后便歇息。大将之君似在等待着谁，正坐在靠外之处，那堆积有时的雪在星光朦胧之下隐约可见。他那芳香四溢，令人联想“春夜暗”的梅香[1]，正低吟着“今宵独眠片敷衣”[2]。他只消轻轻吟咏，便自然有深深引人之致，听来意味深长。“什么诗不好吟……”匂宫佯装睡着，实则胸口一阵骚乱，谅这位公子对那人儿也非等闲视之吧？原先还以为只有自己对那“片敷袖”[3]之人眷恋的，竟然他也有同感。这真是可哀复可悲！有了他这么一个人在自己之前，那女性如何肯向着自己呢？遂不觉地有些妒意。

翌晨献诗于父皇之前。这位三亲王匂宫正值盛年，近来更显得英姿焕发。至于那薰之大将，年龄也相仿，许是稍长二三岁之故吧，看来较为成熟，雍容稳健一如其人品格，堪为贵人典范。真不愧为皇帝的爱婿，有美皆备呀。世人也都视此为当然。无论学问或政治方面，绝不落他人之后。汉诗之披讲已完毕，众人退出。大家一致公认匂宫的作品为最优秀，口口咏诵着，可是他本人却丝毫不觉得快乐，究竟哪儿来的余闲去作诗咏歌啊；倒是有点儿心不在焉哩。

自从昨晚见到大将那态度以后，内心格外警戒，故而勉强找借口前赴宇治。京都方面积雪不多，越入山岙深处，雪也积得越深。这山路比平时更为寸步难行，一行人踏着人迹罕到的小径，追随的人深以为苦，又担心恐慌，几乎都要哭出来。任向导的内记，又身兼式部少辅之位，也算得是地位相当高的人了，却完全一副从者模样儿，正提

---

1 语出《古今集·春上》，躬恒作和歌。下文为原文所无，今补足其意，以求明白。

2 句出《古今集·恋四》，无名氏作和歌。咏此上句，盖实取下句“宇治桥身（喻浮舟）岂待余”也。“片敷衣”系直译，古代日本男女有交袂而眠之习惯，此称独眠也；下文“片敷袖”（指浮舟）亦然。

3 同上。

着裤管子走路，看来真是滑稽有趣。山里方面早先已有消息说匂宫可能光临，但是看到这场大雪，以为不会来了，大伙儿正松懈下来；未料更深以后，由内记通告于右近处。这等情意，浮舟也深受感动。右近一方面担心着这事的结局，可是今宵感动之余，恐怕也忘了戒心吧。到了这个地步，又不能请他回去，便只好找同伴之中气味相投而十分干练的年轻侍女商量："这事儿真糟糕。你可千万要跟我一条心，坚守秘密才好。"二人便合力让匂宫进入。沿途濡湿的衣香四溢，令人大感狼狈，却故意安排成大将光临的样子。若其当夜就得赶返，还不如不见的好；但是，毕竟尚须顾及此地众人耳目，乃令时方安排，于宇治川对岸某人家略事准备。早先差去的时方，到夜深之后才回来报告："万事都备妥了。"右近忽然给叫醒，大吃一惊，她困思懵懂，像似小孩子戏雪时一般颤抖不已。也不让浮舟有说一声"这到底是怎么回事？"的时间，匂宫一把抱起了她出去。令右近留守在此，却叫侍从追随而来。如今这位妇人正乘坐着平日朝暮遥望的小舟，渡河之际，真有舟楫远摇不知驶向何方之感。她心里无限恐慌，紧紧搂抱着匂宫，更令人觉得乖巧可怜。晨晓的残月冷冷地挂在天空，水面清澄可鉴。"这就是橘之小岛。"船夫暂止舟楫。顺着那方向望去，见有一座岩石一般形状之上，长着蓊翳有致的常青树。"你瞧，树虽小，那绿色却是千年不变的呢。"匂宫说罢，又咏成一首和歌：

虽经年兮情不变，
　橘之小岛为证明，
　　心契此崎兮众所见。[1]

1　匂宫盖托眼前岛上常青树之永恒不变色，指证自己情爱之不变也。

女方亦觉得有如经历一程珍奇的旅行，遂和成一首歌：

树色青兮或不改，
唯此浮舟荡何方，
前途茫茫兮可期待？[1]

此景此情，复加此女韵致，一一皆有深味。到了对岸后，下船之际，也不舍得让别人抱她，继续亲自搂抱着，却在众人扶助之下进入屋子里。哟，未免太不成体统了！到底是一位什么样身份的人哪，竟使这位三亲王痴情颠倒至此地步啊？随侍人人都在讶异着。

这儿是时方的叔父因幡守庄园中的一个小房屋。尚未竣工的建筑物，看来极为简陋。所谓编竹屏风——见所未见的东西环立四周，连风都挡不住。墙垣之下，积雪未化，天空阴霾，随时可能再降雪。日光射来，屋檐下垂的冰柱则晃朗耀目，照见周遭，可以借此看见佳人容色，遂愈觉美丽。匂宫便服微行，正穿着一身简单的衣裳。女方原先披在上面的外衣已给匂宫卸去，所以更显得纤细可人。未经修饰装扮，却依然于轻松之中有一份令人目眩的光芒逼人，面对着如此人物，觉得十分羞赧，却又逃避无所。浮舟则重叠着数层素白无华的柔软衣裳，裳裾袖口竟也优雅有致，反较多彩的华衣为清爽悦目。即便是朝夕相处的中君，也未曾看见如此闲在的样子，所以愈觉得珍奇有趣。

侍从亦非等闲辈年轻侍女。连这个女孩子都教她看得一清二楚了啊！浮舟颇觉得不自在。匂宫则警告："你到底是何许人哪？可不要把

---

1 女方亦沿匂宫赠歌为答。谓己身似浮舟漂荡，前途茫茫，未知何所之也。原歌意已尽于一、二两句，第三句为译文所添增以补足句式。本帖帖名盖自此歌而来。

我的名字张扬出去才好。”实则，侍从对于这位男主人是由衷仰慕佩服的。这房子的看守者视时方为主人，尊敬有加，把他安顿在匂宫所在的隔壁房间，中间只设置拉门而已；这使时方不由得兴高采烈，甚是得意。那看守者低声下气进言，时方却不知何以为答，心中暗自好笑。“卜者说须忌避重讳，所以连京都的府邸都不敢住。可别让人靠近哦。”他信口开河胡诌一番。匂宫与浮舟二人则全然无须提防，自由自在地闲谈度日。想到大将之君若是来访，必定也会如此，便不由得妒生，遂怨怼未已。又故意提到大将平日尊二公主为嫡妻的情况，可是有关人家吟咏“片敷衣”那事儿则绝口不提，也真是怪可恶的。见时方端来盥洗用之水及果物等，匂宫竟揶揄道：“喂，你这位高贵的客人，可别让人瞧见这副德性啊。”年轻的侍从则按捺不住一颗兴奋的心，找这位大夫做对象，谈话消磨时间。遥望积雪的对岸自己家的方向，在云霞迷蒙之间，只见众树的枝梢。山顶像似悬镜一般，在夕阳残晖中耀目。匂宫不禁回忆昨夜踏雪来访时途中辛苦的情景，正增益情致地侃侃而谈。

“冒洲冰兮踏岭雪，
不辞辛劳不迷途，
唯将卿迷兮浓且烈。

‘木幡里兮虽有马。’[1]”顺手取来简陋的砚台，随便在那儿涂写。

雪霏霏兮冻汀洲，
命比冰雪更单薄，

1 句出《拾遗集·杂恋》，人麿作和歌。

消失中空兮何止休？[1]

浮舟写后又涂去。匂宫不满她“中空”云云之句。哎呀，也实在太不像话，遂觉异常羞赧，便将那纸张撕裂。这位三亲王本来就生得出类拔萃，而今有意讨好女方，举止言语特加注意，所以越发吸引人。

原先已安排好在此避讳二日，故得从容相处，互相爱慕之心亦愈深。右近善解人意又聪明伶俐，巧觅借口敷衍同侪，令人送来一些衣物。今日令人梳整散乱的长发，换穿上深紫色的衣裳，外加红梅织花的外褂，颜色搭配得颇有趣味。连侍从也把那件穿脏了的上衣换成干净漂亮的褶衣[2]。匂宫将那件侍衣取来交给浮舟穿上，要她服侍盥洗。心中暗想：假使让这位女性去侍候大姊长公主的话，不知会多满意呢。她的身边虽然已有不少贵族家庭的女性侍奉着，究竟尚无一人容貌及得上这个人。他们俩纵情戏乐度过了这一天。男方又一再重申想要偷偷带她去京都金屋藏娇之事。“这当中可别再会大将之君哦。”他这种话未免强人所难，害女方悲苦难答，只有粉泪簌簌下流。匂宫却认为她当着自己面前竟也还不忘另一位男士，遂觉胸口隐隐作痛。他时则怨怼，时则啼泣，漫谈种种，夜色尚浓，却把她带回去。这次又是由他亲自搂抱着。“你的心上人儿可不对你这么亲切。你能明白我情意吗？”浮舟竟也默默颔首，那模样儿温顺可爱极了。

右近开启妻户让女主人进入。匂宫只在门边告辞便离去，心中却无限依恋。这种时候，他还是会回到二条院的府第。觉得身子挺不舒泰，全无食欲，面色日愈苍白，脸形都变了。皇上关爱，无限心痛，弄得举世扰扰，更加无法细修情书。宇治山里那方面，则又因那爱管

---

1 此浮舟叹己命薄，谓徘徊二男间，未知止休何处也。“中空”盖自况左右两难属。
2 服侍主人时，穿着于衣裳外之褂子。

闲事的乳母本来回去照顾生产的女儿，如今已销假归来，故而亦未便从容览读信函。浮舟之母常陆夫人忍心让女儿暂住乡下，都是寄望有朝一日大将之君会来迎娶；而今欣闻对方果真有意要把女儿迎接来京都；这事虽非正式公开，终究世人面前也颇争得一些面子来，便也开始陆续物色侍女，又雇送一些姿色好看的女童侍过来。浮舟本人也早已料到事情总会演变得如此，而自己也原本期待这样的；可是每一念及匂宫的热情啦，其怨言啦，与费尽口舌甜言蜜语的种种，便拂不去他的影像，稍一打盹都会梦见，实在连自己都觉得十分无可奈何。雨淅淅沥沥下了好几日，匂宫更无由踏入山径，心中颇郁闷思念，“双亲所庇护”[1]的身份真是拘束不自由啊！他这样厌烦，未免太罪过吧！无限心事，聊赖笔端寄托。

眺远空兮徒烦恼，
心境悒郁情黯然，
乌云密布兮天亦老。

顺笔涂写，看来反而饶富情致。年轻的浮舟，心中本无坚定的原则，读到这样含情深刻的信函，感情自不免渐倾向于这位亲王；然而，那位大将之君呢，其人格、气质亦不容忽视，难道他是自己初遇爱情对象之故吗？倘使他闻悉自己这卑陋的行为而怀恨起来，那可怎生是好？母亲一心期待大将之君来迎娶自己，她若知晓此事，又恐怕不知如何大失所望而又难堪。至于这位三亲王呢，听说他生性风流，如今他对自己正热衷，或许只是一时兴起罢了；即使将来真的让他迎去京都住，长期参与众妇人之中，又如何对得起那位二条院邸对屋的夫人

---

1 句出《拾遗集·恋四》，人麿作和歌。

呢？这世间凡事都隐瞒不住。匂宫还不是因那次黄昏偶然相见便来找上自己的吗？这样看，大将之君如何能不发现自己的行径呀？她独自前后思量着。这事情究竟还是怪自己不好，若果真见弃于大将之君，也的确悲苦不堪啊。适巧此时薰之君有信送达。浮舟不愿将两位男士之信同时并览，便仍然躺着读匂宫细腻绵密的情书。侍从与右近直递眼色，心里都在想：果然移情别恋了。侍从说："这实在也难怪她。大将的风姿，看来是无与伦比，可是那位亲王则又格外不同凡响。你说，他谈笑戏谑的时候那种模样儿，多讨人喜欢呀。要是我的话啊，知道他这等情意，不找到皇后宫中仕奉早晚拜见他才怪哩。"右近也附和道："哟，你还真不简单呢。倒是说说看，哪一位男士比得上大将之君的人品、丰采啊。那姿容就不必提了，光是讲性情、风度又如何呢？嗳嗳，这次咱们女主人跟三亲王之间的事情可是不大好哦。不知到底会怎么样哩。"她们俩背后议论着。比起原先一个人焦虑的时候，现在则多了一个伴侣，所以要撒谎也方便些。

那后来的一封信如下："久疏问候，心实惦念。若能盼得您来访，欣何如之。此情此意，岂是等闲之思。"云云。末端又附：

"水弥漫兮宇治川，
我心黯然难排遣，
远方里人兮可婵娟？

思慕之情愈形增益也。"书写于白纸，装入正式信封中。笔迹虽未见得细致优美，却自有一种含蓄之致。匂宫的情书则绵绵细腻，折叠得十分精致，互见趣味。"先给这位亲王回信吧。乘现在还没有人看见。"侍从在一旁怂恿。"今天可没有心情写回信呢。"浮舟娇羞地说，她信笔涂抹。

称宇治兮诚可忧，
依生山城知难住，
浮生多忧兮几许愁！[1]

时时取出匂宫上回画成的图，便禁不住泪簌簌而下。明知无法持久的关系，也曾经尝试种种想法，要自己断绝思念之情；但是真要到别处去，永远不再见面，可真是悲苦难耐啊。

“阴沉沉兮晴难邀，
浮生飘摇多愁苦，
愿化云雨兮岭上消。[2]

‘倘得参其间。’[3]”匂宫读完信，竟忍不住举声哭泣。想到伊人思恋着自己，沉思之间，眼前尽是心上人倩影。

另一方面，那位生性认真的大将之君也正仔细览读浮舟的回信，想到对方不知如何寂寞难耐，便也无限爱恋。

淅沥沥兮雨未已，
妾心忧苦泪涟涟，
袪袂沾湿兮赛河水。

捧着信，竟不舍得放下。乘着与夫人二公主闲谈之际提出：“说来或有冒昧之嫌……老实说，有一位照顾已久的妇人，把她遗弃在老远的乡

1 日语“宇治”音近“忧”，故浮舟此歌取其音义双关之妙也。
2 浮舟此歌盖以飘摇浮生喻己不安定之情思也。
3 典出未详。

下，看着她郁闷不乐，也挺不忍心，所以过些时候想把她接过来。我从来就有些与众不同之处，原先是想要过独身生活的；可是，自与您在一起以后，又变得难舍世事起来，连这个不想让人知晓的女性，也都深觉罪过不忍心了。”未料，二公主竟回答：“我连怎么嫉妒都不懂得呀。”“可是，会不会有人去向皇上说难听的话呢？人言可畏，实在是麻烦。其实，对方也算不了什么值得大惊小怪的女人。”大将倒是有意辩解。于是，准备迎来早先已经修建的地方；只恐怕别人物议“原来如此”什么的，便令不动声色，秘密赶工贴糊纸门等等。可是，偏偏由于就近交代了那个内记的岳父大藏大夫，消息便辗转相传，不胫而走，终于全都给匂宫听到了。

“画师[1]等人也都从随侍亲近的人当中挑选心腹家司，一切都挺讲究呢。”匂宫听到这些话，愈觉无法忍受，幸而知道有个乳母后来下嫁于远地做郡守之妻，其家在下京方向，便与之商量：“有个秘密的人儿，想要暂时把她藏一藏。”乳母私下猜疑：不知到底是怎么一个人？却碍于匂宫苦苦央求，似若重大事情，便也未敢断然拒绝，只得答应：“谨遵命。”有了隐秘可以藏人的地方，匂宫也就稍觉安心了。等到这个月底，郡守夫妇一离开，就计划要将浮舟带往那地方。宇治那边已差人去告知：“想要如此这般。千万不要让人发觉才好。”他自己可是丝毫没有办法亲自出去；浮舟方面亦遣人来报，说乳母看得紧，怕是不易相见。大将之君已决定将于四月十日来迎。事到如今，女方总不能说“浮萍漂荡顺水势”[2]；可是，此身究竟如何是好？真个无法定心，便想到暂时返归娘家住一段时间，仔细考虑一番。但是，

1 此盖谓纸门之画师也。
2 句出《古今集·杂下》，小町作和歌。原文仅称“顺水势”，以其晦涩故稍益增词意也。

京都方面的娘家，因为少将夫人[1]即将临盆，所以一会儿修法，一会儿诵经，正喧扰不已，恐怕回去也无法参诣石山寺。这时，母亲正巧来访。乳母出来禀报："大将之君连众侍女的装饰等细琐的事情都设想周全。万事想要做得尽善尽美，可是，仅凭我这老太婆的想法，恐怕还是准备得不够周到吧。"说罢，兴奋得坐立不安。浮舟见此，不免心中暗忖：万一那荒唐的事情宣扬出去，传为笑柄的话，不知大伙儿会如何作想？凑巧，匂宫方面也催得紧："就算你躲到'白云八重山'里头，定要把你找出来。到那时节，恐怕你我不得活了。还不如趁现在跟我逃走吧。"他今天还寄这样的信来。究竟怎么办才好？左思右想之间，觉得挺不舒服，便躺了下来。为母的大吃一惊，问道："怎么今天脸色这样难看？瘦了好多呀。"乳母代答道："近来一直都是这样。一点儿东西都不肯吃，老是很辛苦的样子。""真怪啊，可是妖魔附身？或者难道有了什么事儿吗？不过，上回参诣石山寺，不是因为月事才中止……"听她们谈论，浮舟愈觉羞煞，眼皮都不敢抬起来。

日已暮，月华普照。回想上次月夜之事[2]，眼泪便不停下流，自觉得真正无可如何。常陆守夫人找来了别屋的尼君，与之谈昔说往。辨之尼不觉得又提到大君生前如何思想深刻，又说她挂虑诸事之间，竟悄然去世云云。"唉，假如长公主还健在的话，定会同二公主一样，凡事互通音信，两位也不至于像过去那么寂寞，不知有多幸福美满呢！"听辨之尼这番话语，常陆守夫人倒有些不甘心：自己所生的女儿亦非他人，正是故八亲王的骨肉呀，果真得偿所愿，与大将之君的缘分不尽的话，应该也不致输给她两位姊姊才对。乃道："关于小女，我真是为她担忧许久，幸亏大将之君肯收容她；今后怕是不太容易再

1 常陆郡守次女也。
2 谓与匂宫共乘舟渡川一事也。

到这儿走动了吧。其实，我倒真愿意这般时常同你见见面谈谈过去什么的。”“我自以为这不吉利的尼姑身，怕时时跟人见面也不大好，所以老躲避着；可是真要把我留下来，搬到别处去，往后不晓得会有多寂寞哩。不过，教她老在这种乡下地方待着，也真不忍心，这样子倒是挺好。那位大将之君呀，可真谨慎得出奇，他肯专程为小姐到这儿来访，可见得那心意不同凡响哦！喏，我上回不是也提过的吗？没有错呢。”“以后的事情不敢说，看现在这情形，他对小女情爱挺深厚的，你当初对我们的帮忙，真教我们感激不尽。二条院的夫人疼爱小女，把她叫到身边去住，却发生了一点小麻烦，一时教人真不知怎么办才好。”尼之君却莞尔笑道：“是啦。那位亲王就是风流成性，教人担心。年轻伶俐的侍女都说挺难侍候的哩。其实，别的方面，真可说是无可挑剔的人物……那大辅的女儿也正担心，怕因此伤了女主人的感情就不妙了。”连侍女都这么担心，我自己又如何呢？浮舟卧在那儿静听。常陆守夫人又说：“哎呀，真可怕！人家大将之君是皇上的驸马宠婿，不过，终究公主同我小女是没有血缘关系，或者还不算顶严重；我这儿私下忖度：将来是好是坏，也只有听天由命了。至于，万一小女跟那位亲王有什么瓜葛的话，我这做母亲的可真忍受不了，不管怎么难过，都不要再见她了！”闻此话语，浮舟更吓得心碎胆破。

事既至此地步，恐怕还是自杀的好；否则迟早终会丑闻传播。她独自思虑种种，却闻川濑活活响。“应该还有安静些儿的河川吧。长久住在水声这么凄凉可怕的地方，才会让大将之君怜悯的呀。”为母的颇自得有把握地说。众女便也谈起这条河自古水急流湍，常有危险之事。“前些时候，还有个摆渡翁的孙子，不小心掉了桨落入水中。大抵一旦落入此河，就没有救了。”浮舟不禁想象：倘若自己投河不知去向，大家或许会伤心失望一阵子吧。不过，那也是短暂的事情；若是偷生苟活，落得给世人传为笑柄，可就真的劳苦不绝了。总之，只要自己一死，就不会给任何人添麻烦，事情便也一了百了……可是，究竟仍难免有所依恋悲哀。她佯装睡觉，听母亲为自己劳神的情形，心底却百思不解。常陆守夫人见女儿病恹恹消瘦的样子，便叮咛乳母道："请替她祈祷吧。祓祭啦什么的，也要如何如何做才好。"其实，浮舟本身恨不得"祓祭御洗手川"[1]，求神去除恋爱；母亲却不明就里，忙这忙那地嚷嚷照顾。"人手太少了呀。尽量去找可靠的侍女才好，可别带那些新的上京来。上流人的来往哪，有时候当事者自己从从容容，可是一旦竞争起来，底下的人之间反倒会引起麻烦事儿的。凡事保密，特别要注意这些才好。"如此一一嘱咐，设想得周全，乃道："我们那边还有待产的人，也教我放心不下。"便欲离去。浮舟此时正满怀心事，诸多挂虑，觉得与母亲后会无期，便孺慕地说："我这样子不舒服，您走了，更教人害怕。让我跟您一块儿去，哪怕是几天也好。""我何尝不这样想呢？可是那边也乱糟糟的，连让人稍微做些活儿的地方都没有。容后，即使你搬到'武生国府'[2]，我也会偷偷来探望你；只怕我这卑微之身，对你或有妨碍就是了。"常陆守夫人亦啼泣而语。

大将之君今日又有信来。听说浮舟玉体违和，未知如何，故特别来函慰问。那信上写着："原拟亲自来探望，奈何琐务特多；又念及迎驾之日在即，正企首以待，转觉相思情难耐。"匂宫方面，也由于昨日之信不见回音，故亦来函催问："到如今还有什么可以犹豫的吗？会不会'从风靡倒向他方'[3]？忧虑之余，竟心思茫茫然。"这封信则书写得细腻绵密。上回下雨的日子，两方面的使者便曾在此地相遇过；

---

1 句出《古今集·恋一》，无名氏作和歌。下文略增歌意，以求译文明白。
2 语出催马乐《道口》，原歌系高攀贵婿之女报亲之词，故取之。
3 句出《古今集·恋四》，无名氏作和歌。

今天又是派了相同的人。薰之大将的随员曾于那位式部少辅[1]的家见过匂宫的这个使者，故问："你何以常常到这儿来呀？""有些私人方面的事情，到这儿来找人的。""私人的事情，怎么会带着那种香艳的情书呢？大概有什么原因吧？别瞒人了。""老实说呀，是那位左卫门大夫时方之君叫我把信送给这儿一位侍女。"这话听来有些教人疑惑，可是也不能在这儿审问人家，便也只得各自回去。不过，这男子倒是有点儿小聪明，所以叫跟来的童仆，吩咐他："你去跟踪那个人。看他到底是不是回到左卫门大夫的家。"童仆回报："那人到三亲王府邸，把回信交给了式部少辅呢。"咳，匂宫的使者毕竟是个欠周虑的下司，也不知事情底细，真可惜竟让这舍人看清楚了。

大将的随员便来到主上跟前，乘他正要出门之际，将那回信奏上，这阵子以来，皇后归宁在六条院邸内，大将乃着直衣拜访。前驱者人数并不多。那随员对传递信件的人解释："事情有点蹊跷，想弄弄清楚，所以才迁延到现在。"薰之君偶然听见，便走出来问："什么事情？"随员怕让别人听去不妙，不敢启齿。大将察觉有异，却径自出外去了。

此日皇后病着，亲王们也都随侍在侧。另有公卿贵人多人，周遭显得喧喧扰扰；不过，倒未见得有什么严重。那个大内记为太政官署的役人，所以正忙着各种事务，来得较迟。他准备将方才那封回信献给匂宫，这个时候匂宫正在下房，便在门口召见受文；而大将则又赶巧从皇后这边退下，走经过这儿时睥睨窥见。咦？那信顶要紧的样子嘛，遂引发兴趣走过来。匂宫正打开信览阅着。好似在红色的薄质上等信笺上细腻修书。他本人倒是专心读信，毫未察觉，却又不凑巧地遇着夕雾大臣也自皇后跟前退出，经过这儿；大将乃自纸门边溜出。

1 即大内记也。

“大臣来了。”他故意干咳示知。匂宫慌慌张张藏信之际，大臣正走经过。匂宫连忙系好直衣的纽带。大将之君亦下跪致辞：“就此告辞。那妖魔好久都没有闹事了，没想到这次还挺厉害的。马上差人到山里去请座主过来吧。”遂连忙离去。

夜已深，众人皆退出。大臣陪着匂宫，率领许多公子返归府邸去。大将之君稍迟亦退出。记起方才那个随员的态度有些怪异，乃乘前驱之人去准备灯火之时，召他上前问：“刚才究竟是怎么一回事？”“今早去宇治的时候，见出云权守时方之君的下司，把一封紫色信函附在樱枝上，从西边妻户交给侍女，所以如此这般询问一番；听那人的口气含含糊糊有问题，便叫个小孩尾随跟踪。据说他到兵部卿宫府邸，把那回信交给了式部少辅道定朝臣哩。”大将之君颇觉讶异，便问：“那信是什么模样儿的？”“这个倒是没有注意。好像是从另一个门口交上去的样子。那男孩子说是红色信笺，挺好看的呢。”这明明与方才在那下房看到的相吻合，定是那信无疑。这家伙倒是蛮聪明的嘛，亏他想得出叫人跟踪；可是周遭有人，所以也不便讲得太详细。归途上不免揣度：那三亲王可真是不简单，他到底怎么打听到浮舟的事情？又是如何相好起来的呢？原先以为让她住在乡间总该没有问题，真太大意了！不过，这家伙也未免太过分。假如是跟自己没有关联的妇人，则尽管他去风流好了；我从小跟他无话不谈，什么再不成体统的媒介啦，向导啦，都替他做过；如今他居然对我做得出这种对不起人的事情，真是太不像话！回想自己这些年来，对于对屋的那位中君不知有多少恋慕之情，却始终安分守己；这一点，该说是自己生就一副好脾性；但是，这一段感情也不是始自昨日、今日那种不成体统的，乃是其来有自的呀。即使这样，都自觉内疚，恐怕为己、为人会带来苦痛，故而始终抑制着；也许这种顾虑竟是多余的喽。其实，最近皇后病着，来往探病的人也不少，较往常繁杂得多，究竟他哪儿来的闲工夫给乡间修函遣信呢？不知道他们是否已有交往幽会之事？为了爱，或许不辞路遥辛劳哩。对啦，前一阵子不是谣传他不知去向，大家在寻找的吗？也就是为此烦恼，才导致他不舒服的吧。从前他为看中君往赴宇治时候，偶尔未得遂行，便劳心伤神，教人看着都同情；如此一思量，便渐渐了悟前些日子浮舟沉思郁闷的原因，遂觉得心情沉重异常。

唉唉，人心真是不可恃啊。那浮舟看来十分温顺可爱，没想到居然是个风流的女性；她倒是与匂宫挺相配，真想索性让给他算了。不过，反正自己本来也并无意待她如娇妻，既然她是这种女人，则不妨就此待之；不如保持原状，若其决心断绝不再来往，怕反而增添恋情。真想不到这位公子竟会这般为情迷惑呢。倘使自己放弃了这位女性，那三亲王定会把她接过去，可是，人家大概不会替她的日后特别设想，据说始乱终弃，最后转送到一品宫长公主那边去仕奉的也已经有两三位了。看来，这女性也终将步此后尘，这也未免太可怜，念及此便觉得委实丢不下，想一探究竟，遂令人持函送去。又召那随员，乘无人时亲自吩咐："那道定朝臣，现在还常到仲信[1]的女儿那边去吗？""是的。""宇治那边，还是派前次那个男人做使者吗？那里落魄的生活，恐怕道定之流的人[2]定会怜悯生爱吧。"那语气如同呻吟，遂又叮咛："悄悄地去，可别教人发现；发现了就糟糕哦。"随员唯唯诺诺。他倒是想起那个式部少辅经常打听大将之君的动静啦，宇治山庄的情况诸事；可是，这种事情又未便贸然询问主上呀。薰之君则又不欲下司得悉详情，故而不再追问。

山里方面的浮舟，见使者又来到，不禁思想种种。信中仅有简单

1　薰之君家司名。大内记为此家司女婿，已见前文。

2　随员之前，不便提浮舟之事，故意避而说成道定恋慕然。

几句话。

“空等待兮徒盼望，
　末山松下波往返，
　　痴情冀盼兮卿岂知？[1]

请勿令世人引为笑柄。”这信未免太奇怪。浮舟心里不由得担忧，若其自作聪明，好似看懂歌意一般作答的话，也难免不妥；又恐是什么误会的话，则更不妙，所以只好再折回原来的样子，附上一笔：“这收信人恐怕有错误。又适逢不适意，失礼之处请原谅。”薰之君收到这样的回音，不禁佩服：躲得挺有技巧的嘛。真没想到她还这么伶俐，乃不觉得竟莞尔，可见他心底还是无法憎恨。

看他虽然没有正面抱怨，倒也隐约泄露事端，浮舟愈感心痛。大概此身就此难免于毁灭了吧。正沉思之际，右近来责备：“您怎么竟给大将之君退信呢？这样子做是大大不吉利的呀！”“他写着莫名其妙的事情，我还以为是给别人的信呢。”实则，右近已察觉事有蹊跷，乃于递交使者的途中径自打开来看过；这女人真是岂有此理；却又不说明看信的事情。“哎呀，真糟糕。这下子可演变得对谁都不利了。主上恐怕已经知道事情了吧。”浮舟只有羞得涨红脸，不说一句话。她无由得知右近窥看回信之事，故以为什么人见到薰之君察觉的样子，将消息告诉了她。可是也未敢讯问：“是谁说的？”想到这些人不知用什么眼光看待自己，便觉得异常羞赧。事之发端虽非由己，宿世真个多劳苦哟！她歇着胡思乱想。却听见侍从与右近二人的谈话。“我姊姊从前在常陆地方，就曾经跟两个男人相好过。这种事情倒也不限于

1　薰此歌多取音义双关之妙。日语“末”“松”皆与“待”音同。

身份高低，谁都会有的啊。那两个男的呀，尽力讨好巴结，姊姊经过一阵子犹豫，便对后来的一个倾心；前面的那个男人竟因为嫉妒把另外一个给杀掉，最后也跟姊姊离了婚。在地方衙门的立场来说，白白失掉一个武士。那个杀人的男人，本来也是挺有可为的士郎，却因不得任用罪犯，所以给驱逐出境了。后来，大伙又说事情都因女的淫乱而起，所以把她赶出了郡守邸，成了东土之人，我娘至今想起来都要哭，真是罪过啊。这种时候讲这话，也许有点不讨喜，可真是无论贵贱，一走上这条路就得烦劳个没完，实在是糟糕。虽然不一定都会弄到性命交关的地步，可常常也随其身份而有各种不幸事情发生；而有时比死更难堪的羞辱，也越是高贵的人中间越容易有。我看，她还是选定一个人才好。如果三亲王的情意深刻，用意认真的话，不如就靡从他，不必想太多别的事情了。想东想西，结果白白把身子都给想憔悴，那才划不来呢。常陆守夫人担心她的身体，所以我娘也就一个劲儿准备跟大将之君的婚事；可是，三亲王也在劝咱们女主人过去，也挺教人同情的啊。”对右近这番话语，侍从却说：“哟，你怎么说得这么决断啊。凡事都是宿世命定。我倒是觉得咱们女主人还是应该选择自己喜欢的人才是。不过，看三亲王那么执拗热心的样子，虽说大将之君已经在准备，却也不舍得嫁给他呢。倒不如找个地方暂时躲一躲，看清楚谁的情意深刻，再嫁与那人吧。”这个女孩一向都崇仰着匂宫，所以自然会热烈支持他。

“我右近倒是觉得哪一位都没关系，所以向初濑观音和石山寺许愿，但愿她平平安安有个归宿就好了。大将之君庄园里的那些人呀，可真是粗暴极了，宇治这一带，到处都是他们那一帮人，大概这个山城到大和之间，凡是主上属地内的人，都跟这儿的内舍人有关联吧。那内舍人的女婿，右近大夫便是受命治理领地的头子。当然呀，贵人之间是绝不可能动粗的，可是，不明事理的乡巴佬轮流值勤，谁知道他们会不会在值班时出什么差错而乱来呢！喏，就像那回乘船出游的时候，可真教人提心吊胆。三亲王只想到躲避别人耳目，不带随从，又便服微行，万一给他们发现，那才不晓得会闹出什么事情来呢。”听她们继续说下去，浮舟暗忖：这些人大概以为自己心慕着匂宫，所以才会这样讲。真是难为情！其实，自己的心并没有真正隶属任何一边，只因为匂宫方面追求得紧，所以茫然如在梦境中似的，不明白何以他这般痴情相思；却也并不想骤然与照顾自己长久的人一刀两断，因而心里矛盾痛苦。可别像右近所说那样引起错误才是。她左思右想，一无所悟。“咳，恨不得死掉算了。有没有人像我这样劳苦特多的呢？就连那些下下者辈之间，也不一定有这等事例吧。”她只是静伏着。“别想太多了。都是想请您把心定下来，才那么说的呀。从前有什么担心的事情，都像是没事儿一般，显得挺自在的；自从这件事情以来，却显得心神不宁，真奇怪。”洞悉内情的人都为之心痛，唯独那个乳母，喜滋滋地染着东西啦什么的，忙碌不已。一会儿又叫一个新来的面孔姣好的女童侍过来说：“您瞧瞧这女孩子。看您老躺着，没力气，怕是什么妖怪作祟吧。”说罢叹气。

大将之君那边不再有回音来。日子空空流逝。右近上回说得怪可怕的那个内舍人，这一天来到。果然是个长得一派粗暴相的老人，声音嗄哑，看来真有一点怪僻的样子。“有事想同这儿侍女们说。”右近出见。“蒙我们主上召见，今早去了京城，刚刚才回来。在许多吩咐的话语之后，顺便提到：小姐在这儿期间，夜半清晨的巡逻，因为有你们侍候，所以也就没有特别从京都调派人来值勤，可是听说最近有个不明身份的男人来找你们这儿的侍女，实在是太大意了，值夜勤的人应该调查清楚，知道是谁才对，可不许说不知道云云。我因为实在不明就里，所以就禀报：‘小的这一向身体不舒服，好久都不曾值勤，所以对这件事毫不知悉。不过，已经交代底下的人，要他们严加戒备，假如真有这等事情，不会不传到小的耳朵里才对。’主上便命令：‘给我好好儿戒备着。有任何不知道之处，可要重罚人。’我真不明白主上怎么会说这些话呢。”他那声音比猫头鹰的鸣声更可怕。右近连答语都没说，便进入内里。“你听听。果不出所料，主上大概是晓得了。那次以后就断绝了音信。”说罢，叹息不已。乳母听见，竟断章取义地说：“骂得好！这附近偷儿很多，挺危险的，值勤的人却不像从前那样好好儿巡逻。总是派些代理的不三不四的下司，连巡夜都没有了。”她径自兴奋。

浮舟自觉此身末期已至，但是，匂宫方面却频频来函：“如何是好？如何是好？”一个劲儿倾诉“松下苔乱待君痴”[1]。如何是好呢？事既至此，反正对谁都不利，除了毁灭吾身之途而外，恐怕别无收场的方法。从前也曾有人因受两个男人追求，不知委身于何方，苦恼之余投水的例子。活得久，定当会受苦无疑，然则舍弃此身又何足惜？母亲或者会悲叹一时，可是子女众多，需要照顾，自然会淡忘吧。就算活着，成为世人笑柄，迷惑颠倒，反而会带给她比死更大的痛苦与烦恼……浮舟不由得胡思乱想。虽然这位女性看来天真从容而娇柔，许是一向缺乏对于上流社会的了解，故而竟会萌此可怕的决绝念头吧。遗留于身后恐不妙的一些文迹都一一予以破坏，却未敢一次处理，以免引人注目，有些用灯火烧毁，有些则投入水中，一点一点渐渐收拾好。不明底细的侍女们以为是移京在即，乃将过去无聊之际所涂抹的字迹处理干净呢。只有侍从发觉，问道：“为什么这样做呢？相爱的两个人用心书写的往返信札，虽然见不得人，也应该收藏在箱子底时时阅读，才是无论贵贱等级，人情之常啊。人家挑选了那么好的纸张，又那么用情深刻书写的东西，怎么好随便这样子毁坏啊！”“何必要

1　句出《古今六帖·六》，和歌。原文仅书“苔乱”，译文稍益之。

留着这些麻烦的东西呢？反正也活不了多久。留下来，也只是给别人增添麻烦而已。倘使大将之君发现，怪我留着这些东西可恶，也挺难为情的。”仔细思量之下，究竟难以骤下决心。又想起：不知谁说过，抛下双亲寻死，是罪业深重的。

二十日过了。那匂宫的乳母家已定于二十八日下赴任所。匂宫便寄函相告：“当天晚上必来迎驾。请千万小心，勿使下人知悉。我这边绝无人察觉。无须怀疑。”他本人必将便服微行无疑，没法再见一次面，亲自与之对话，心实记挂，却不得不让他回去；可是，近来防守得这么严，也不敢延请他上来坐一会儿，如此则势必害他徒劳往返，怀恨以归。念及此，则又不觉地眼前浮现郎君影像，致悲不自胜，虽然以文遮面勉强忍耐着，终难免于痛哭起来。右近连忙提醒：“哟，小姐，您这样岂不教大家都察知？渐渐也有人会讶疑起来。请别再多所费思，随便给人家写个回信吧。有我右近在您身旁，什么计谋都想得出来，小小一个身体，即便是从天上飞过来，都会让他把您带走的。”浮舟暂忍泪水道：“我就是怕教人一味地说成这个样子的呀。假如这是正当的事情倒也罢了；明明知道这是越轨的，却说得就好像是我去央求人家三亲王似的。想到他不知要做什么，就心里难受极了。”说完，连信都不肯回。

匂宫则认为女方既不允诺，且连回信都无，想必是那大将巧妙劝说生效，使她倒向可靠的一边吧。这当然也难怪，却未免心生妒恨；想不到她那里恋慕着自己，这一阵子不见面，身旁的人难免灌输种种，所以才倾到那边去了。不由得感觉恋情缥缈，似充满天空，遂不顾一切，又往赴宇治，先由时方走进葺墙方向，未料竟有人喝止：“谁呀！”大概是给巡守的人发觉了。便只得返身，另派一个经常担任使者、晓悉情况的男子。没想到，连这个人都给逮住盘问。那男子觉得与往常颇不相同，怪麻烦的，乃回答：“从京城带来要紧的信。”又要求找右近的侍者。右近也觉得十分难；便使传言："今晚恐怕是行不通。真是很抱歉啊。"匂宫对此冷漠的反应，颇不以然，遂坚持："时方，你先去见见那个侍从，安排一下。"那时方本是聪明人，所以总有办法找借口，好不容易才见到侍从。侍从告以："不知道是什么缘故，据说是主上吩咐的，近来值勤的人防备得很严，所以挺困难。我们小姐所心痛的，恐怕也正是担心害三亲王白白来了又见不着。尤其是今天晚上，若是教他们看见，对以后反而不好。将来等你们来迎的时候，我这儿再秘密准备好效劳吧。"她又提到乳母十分警觉一类的事情。时方则说："人家迢递来到这儿也不容易，满怀的相思；这种话教我怎么说得出口呢？不然，你跟我一道去，一块儿禀报好了。""那怎么成啊？"他们二人争执之间，夜已深沉。匂宫骑着马等候在稍远处。好几只野狗出来乱吠，怪可怕的，又因为微行，只带来少数几个人，大家都在提心吊胆，万一有什么坏人出现，可怎生是好。"来嘛，来嘛！"时方竟不由分说地拉了侍从跑。这侍从把一头长发从腋下捧在胸前，看来倒是娉娉婷婷的美人儿。时方要她上马，却为其所拒，故只得替她提着裳裾同行。他把鞋子让给侍从穿，自己则拖着侍者的粗陋鞋子。他们来到匂宫前，如此这般报告。道傍不宜于商量，故只得在樵夫墙内荆棘丛生的一隅暂铺护马腹用的障泥，让匂宫下马。匂宫这时心里感觉：这究竟是怎么一回事啊？何以自己居然会为女人而犯下这等过失，颠踬以终呢？遂克制不住哭泣。柔弱的侍从则更是悲不自胜。匂宫那模样儿，即便是有深仇大恨的鬼见了，都不能不心动。未几，强抑情绪道："难道连说一句话都不行吗？究竟为什么到如今才这样呢？还不都是旁边的人告密的。"侍从只得详告实情，又说："为今之计，还是快快决定迎京的日子，小心别让旁人知道了。奴婢今日拜见主上，就是舍弃这条小命都会替您效劳的。"实则，他自己何尝不忌惮他人耳目，故亦未便尽吐怨言。夜更深，群犬扰吠的声音也不断，随从的人忙不迭在驱散着。有人鸣弦，用卑贱的声音喊着“小心火烛”，更令人觉得心神不宁，坐立不安。

“思茫茫兮啼泣归，
白云悠悠几重峦，
弃身何山兮无所依。

你也早些回去吧。”便令侍从也返归。他那雍容优美的神态，夜半露湿之中微闻的衣香，在在都无可言喻。侍从只得啼泣回去。

浮舟正为方才听得右近拒绝对方的话语而思绪纷乱地斜倚着，侍从却进来禀报刚刚发生的种种。她没有答话，却泪流得枕头都快漂起来，想到这些人不知如何看待自己，便觉得十分羞愧。翌晨则又怕眼睑肿胀，所以不敢起床。只稍稍系上腰带，开始念经，恳请菩萨原谅舍弃母亲先走的罪过。她心里只默念着这一点。取出上回匂宫画的图画，那时候执笔的手势啦，俊美的脸孔等，好似又在自己对面一般历历如现，遂遗憾昨夜竟然一句话都没有说就让他走掉。至于与自己约誓将来要从容相守的另一位，也不知会如何悲叹啊，委实也不忍于心。死后还给人议论，虽然未免太尴尬，但总比教人说成浮浅可恶的女人，传作笑柄为上策。

叹此身兮宁舍弃，
但恐人亡留恶名，
徒令世人兮添物议。

此时，特别思恋母亲。连平时不大想起的那些面貌丑陋的姊妹，也都觉得可怀念。想到二条院的中君，更有许多希望再度见面的人。众侍女各忙着染衣，准备上京之事，正叽叽咕咕不知说些什么，却一句话都听不进耳中。入夜以后，尽想着偷偷溜出去的路，不成眠之余，竟连身子也不舒服起来，乃变成病人一般。天明，则又望着河川的方向，自觉比待宰的羔羊更迫近死期。

匂宫又寄来情意绵绵的信，到如今万一再给人发现也不妙，便也无法修复函。

欲自灭兮愿消失，
　浮世遗骸莫残留，
　　君虽衔恨兮无处述。[1]

寥寥几行字，使人持归。原来也想给薰之君写遗书，但恐到处留书，他们二人本是挚友，日后若谈起，结果得知自己心属两方就不妙；故决心不让任何人知道，悄悄死去。京都那边，常陆守夫人有信送达。“昨夜梦见你有异样，故已令人于各寺院诵经。许是由于噩梦后未能成眠的缘故吧，方才午睡，却又梦到你身上将有不吉之事发生，所以特修此函于你。请千万小心。住在寂静人稀的乡间，常来探访你那位公子的亲人[2]难免会怨恨什么的；总之，在你不舒服的这个时候又做此梦，不得不特别挂虑。想去探望你，又因为此地少将夫人的生产，也使人担心，好似有妖魔附身，正十分苦恼，常陆守又严厉警告，不准离开她。请吩咐那边的寺院，也要诵读佛经。”又附有诵经的布施品物，以及委托僧侣的书函等等。可怜，母亲并不知道女儿命尽于今日，尚为之细心叮咛种种。浮舟不由得心悲。乘遣使于寺院之际，匆

1　浮舟此歌谓欲投河自尽，使遗体莫残留于此浮世，则匂宫虽衔恨，亦无处可申恨也。原歌颇取日语音义双关之妙。

2　盖迂回指薰之君夫人二公主也。

匆写回信。心里想说的话很多，却都收敛起来，只记下：

盼后会兮他生缘，
今生今世如梦幻，
莫为梦境兮心挂牵。[1]

诵经的钟声，随风传来。她静卧聆听，满怀心事。

钟声绝兮哭声随，
女命今尽无余韵，
盼为告母兮请转知。

遂书写于从寺院持归的读经目录一端。那使者说："今晚没法子回京城去了。"便又将它系在树枝上。乳母在吩咐："奇怪啦，胸口乱糟糟。郡守夫人也有信来，说做了噩梦什么的。叫值勤的大将小心点儿。"浮舟躺在那儿听到，更觉悲苦。"怎么都不肯吃些东西呢？喝点儿汤粥吧。"乳母苦口婆心地劝饮食。瞧她，用心照料，老丑的乳母，若是我死了，不晓得她会如何呢？念及此，又不禁悲从中来。唉唉，真想给她暗示自己不久于人世的缘由，然而，未语便要泪流，遂勉强忍耐下来，竟无法启齿。右近央求躺在女主人身旁就近看顾。"您这般一个劲儿想心事；人家说沉思的人灵魂都会外游的，难怪夫人要做噩梦。您尽管决定一位，其余的就交给命运好了。"这女孩子也叹息。浮舟则径自用柔软的衣袖蒙面静卧着。

1 浮舟此歌中之"梦"，盖指其母信中所称噩梦，亦兼谓浮生若梦也。

第五十二帖

蜻　　蛉

宇治山方面，女主人的失踪，使人人惊慌失色，到处寻找，却一无消息。这情形直如古老的故事里公主为人所劫一般，所以此处并无意详述。京都的常陆夫人那边则讶疑使者竟一去不返，故另外又派人来。“奉夫人之命，于鸡鸣时分便出发赶来了。”听他这口气，乳母以下，人人不知何以为答，大伙儿喧喧扰扰之际，只有右近和侍从二人洞悉内情，回忆女主人前一阵子沉思的情形，想道：莫非是投河了？她们二人哭哭啼啼打开常陆守夫人的信来看。“大概是过度挂虑的缘故，不能成眠，今宵竟连梦亦不见。梦魇骚扰，致觉心境不开展。确实令人担忧，与其到处漂泊，不如回到这里来吧。今日或将下雨，更使人不放心……”右近又打开女主人昨夜修成之复函，哭泣愈盛。怪不得她要写这么消沉的文字啊；可是，怎么不向我稍提一声呢？自幼不分彼此，心无隔阂的两个人，难道她就这般全不暗示便径自赴冥去了吗？右近哭得像个小女孩子。迩来见女主人极为消沉，倒也没有料到竟会出此下策；究竟是什么缘故呢？她百思不解，悲不自胜。乳母这种时候反而失了常态，尽顾喃喃：“可怎生是好？怎生是好？”

匂宫接得浮舟不同寻常的回信，亦觉狐疑。究竟她是如何想法的呀？应该不至于讨厌自己才是，不过，毕竟怀疑着自己的风流多情，难道真想要到什么地方躲起来不成？着实担心，乃遣人送函。赶巧，大伙儿正哭泣着乱成一团，所以无由递信。那使者讯问下司侍女："到底是怎么回事儿？"得到的回答是："今晚女主人忽然去世，所以大家都不知所措。很不凑巧，又没有一个可以信赖依靠的人，害侍奉的人人都不知所措。"这男子算不得洞悉内情者，所以也没有问明详情就回来了。经由人转告于男主人如此这般；匂宫只觉得这一切都像似梦一般不可思议。并没有听说她患重病啊。近来倒是时常听说身子不顶舒服，可是，看昨天的回信，并无甚迹象，反倒是写得比平时饶有情致的嘛。越想越不妥，遂命令："时方，你跑一趟去看个究竟回来。""那大将之君不知听到什么风声，叱责巡夜的人太怠忽，所以现在逢下人出入都一一查问，您叫我去，又没个借口，万一给大将之君知道，那岂不让他起疑啊？而且，人家女主人突然过世，周遭定有许多人，慰问者也必不少。""但是，难道就这么不明就里了事吗？还是想个办法，或者去找那个晓悉事情的侍从，问她为什么要这样说法。下人之间，往往会乱说的。"见主人伤心毁顿的情形，也委实不忍心；时方乃于薄暮时分出发。

毕竟身份卑微的人凡事都方便，所以不一会儿工夫便抵达宇治。虽云雨霁，但山路阻越，故而穿着简陋的下役服装到来。许多人在那儿慌乱成一堆，说什么："今晚马上送葬。"真令人目瞪舌挢，难以言语。托人请见右近，却根本无法会见。"如今已是茫然不知所措，没法子起床来。您大概今后也不会再到这儿来了吧。真可惜这样子见不到面啊。"她差人出来招呼。"可是，得不着明确的答复，如何能回去交代呢？不然的话，至少请另外一位好吗？"拗不过他一再央求，侍从只得出面会见。"唉，真不知道该怎么讲。请转告，连咱们女主人自己都莫名其妙地突然去世，所以大伙儿来不及悲哀，正不知所措。等心情稍定之后，再把近来她一直沉思的情形啦，那晚特别含悲痛苦的情形等等，做个报告吧。等这个秽事过去，别人也不再忌讳的时候，再请你过来一趟。”说罢，哭得十分伤心。里边还有许多侍女的啼泣声。谅那是乳母在讲话吧。“哎呀，小姐呀，您上哪儿去了嘛！请回来吧。连个遗骸都看不到，真教人伤心死啦，白白活了一辈子哟。就是从前旦暮见到您的时候，都是盼望着要早日拜见您幸福的样子；朝晚只想着这件事，所以这条老命才活到今天的啊，难道您真遗弃了我，这样子不告而别吗？鬼神也抢不走小姐才是，大家喜欢的人哪，连帝释天[1]都要放回去的。抢了小姐的，不管他是人是鬼，把她交还来！至少让我拜见遗骸吧。”听她这么说，话语之中倒是有些令人不解之点，乃讶疑道：“还是请你告诉我真相吧。是不是有人把她藏了起来呢？咱们主人想要打听确实消息，所以才派使我代他来这儿。到如今，再来说什么也无用，可是，日后若问起来，跟今天所讲的不一样，那岂不就是我这个使者的过错吗？何况，他不相信你们女主人真的去世，叫我来见见你；难道你就忍心呀？为女人而迷乱的例子，从前外国的皇宫之间也不是没有，但是，像咱们主上这么热情，可真是现今世界上难得呢。”听此番话，侍从倒也觉得此人的确不是普通使者，而况，这种殊异的事情，即使想要隐瞒也不容易，终归自然会传闻开去的，便道：“如果真有一丁点儿什么人把她藏起来的可能，怎么会大伙儿慌成这个样子呢？说实在的，由于近来她老是郁郁不乐，大将之君便说了她几句。常陆守夫人跟那位现在叫喊着的乳母，也想把咱们小姐许配给先认识的一位，大家正急忙在做准备；而她本人大概是独个儿在心里头把三亲王感怀思念着，所以才弄得心绪狂乱起来

1　梵语 Sakra devānām Indrah，天主别名也。

吧。可怜，大概是自尽的样子，乳母才会大惊失措，不觉地那样子唠叨起来。”她的话还不够明白，仍然闪烁其词。时方依旧不能了然，只得说：“那么下回再来好好儿请教吧。这样子站着说话，也不成体统。日后，三亲王自己也会来拜访的吧。”“那倒是太不敢当。到如今才教世人晓得与三亲王的关系，对于死去的小姐来说，也许反而像是她的福气似的；但是，既然她生前那样保密，我看不如就保密到底，也算是对于死去的人的一番心意吧。我们这儿可是决不对外泄露她这种异常的死法。”侍从想要掩饰事情，可是，在这种地方谈话，恐怕消息自然会不胫而走，那就不妙，故而说好说歹催他回去。

雨下得正烈时，常陆守夫人悄悄来到。到如今再来说什么也已太迟。“眼看着爱女死去，虽然是太苦，终究也是世间所常有的事情。可是，这又是怎么一回事啊？”她伤心欲绝，并不晓得浮舟迩来事多、悒郁不乐的情形，所以没有料到会投河。是给鬼噬去了？还是给狐狸攫走了？古老的怪异事例当中也有这种说法。她不禁胡思乱想起来。或者，难道是这边所担心的大将原配夫人那儿有心眼不好的乳母之类的人，妒恨大将之君要迎娶新人，便出此下策不成？遂疑心于下司辈，问及：“这儿可有什么不明底细的新用人？”“这么偏僻的山里，住不惯的人可真是一点儿事情都不肯做。借口‘马上回来’啦什么的，拿些随身携带的东西便一去不回。”就这么的，连从前侍奉有年的人都走了不少，现在已是所剩无几。这中间，只是那侍从还时时想起女主人最近的情形，追念她说“恨不得死掉算了”时的模样儿，便翻查遗留下来的笔墨，审视砚台下面压着“宁舍弃”[1]云云的字句。眺望河川的方向，活活的流响更教人听着都觉得不舒服。便找右近商量：“到处都在猜测咱们小姐可能投河自杀，议论纷纷，这样对于小姐

1 已见前帖“浮舟”文。

也不好啊。”又说：“跟兵部卿之宫的事情，虽然是秘密，但是这又不是出自小姐的初意。而且，常陆守夫人方面，即使在小姐去世以后才晓得，人家又不是什么等闲之辈，所以倒不如原原本本告诉夫人，好让她悲叹失踪的心境稍稍有个着落。就算是人死了，照理也总该有尸体安葬才对；像这样子没法儿交代，日复一日地过去，一定会给人批评的……还是向夫人说明，至少，世人面前也得想法子遮一遮才好。”遂言于浮舟之母。说的人既悲从中来，言不及终，而听的人更是颠倒心乱。然则女儿已随激流消失了吗？为母的恨不能自己也投身其中。“到底流到什么地方去了哟？至少也要把遗体找到，好好儿安葬她才行。”“找也无用，大概已经给冲到无边无涯的大海中去了吧。这样下去，让世人议论起来就难听了。”听这两个侍女这么讲，常陆守夫人更是悲哀盈胸，全然没了主意。右近与侍从便令人将车辆靠近走廊，把浮舟生前所铺的褥子啦，日常用品啦，乃至于她所脱下的睡衣等都搬入车厢里；又叫乳母之子的大德，以及其叔父阿阇梨与徒弟等人，加以平时熟稔的老法师，皆是主持忌事的人选，一切仿人死移出住处之礼。母亲和乳母都伤心过度，哀号颠倒。大夫及内舍人等，前回受大将之君恐吓者也都赶到，转达主人的意见：“主上吩咐，说要另选日子，隆重举行葬礼。”右近却回答：“故意要在今晚举行。这中间是有点儿缘故的。”遂令灵车驶向山麓的旷野，勿使人靠近，只让少数晓悉内情的法师们予以火化。青烟袅袅，不一会儿工夫便升空消失。乡下人往往特重葬礼，忌讳尤甚，所以有人评论：“真奇怪。连个普通仪式都没有，像个下司贱人似的，怎么就这般马虎行事呀。”更有人讽刺道：“有兄弟的人就得这么做法，大概这是京城里头的规矩吧。”即使是这些人的言语想法都够令人难为情的，更何况谣言最易传开，日后，若教大将之君知道连个尸体都没有便失踪了，不知会如何猜疑；至于匂宫那边，目前可能有所揣测，不过，毕竟是关系亲密，终究会探悉大将之君有无藏匿人吧；而大将之君也谅不至于只怀疑匂宫一个人才对，他或者会以为另有什么人把她给藏了起来。这么一来，生前算得上是幸福的人，死后却得背荷莫须有的恶名。右近连忙对今朝府邸中喧喧扰扰之际见闻事端的人一一告诫，至于未悉就里者，则找各种借口搪塞。“若天命可恃，等以后再详细说明事情的始末吧，现在万一教他们传闻这意外的消息，可真不忍心呢。”这两个侍女毕竟是做贼心虚，[1]所以有意隐瞒到底。

大将之君适值母亲三公主患病，故参诣于石山寺，事情颇为繁忙。山里方面之事，虽也时在挂虑中，却苦于无人告知确切的消息；宇治那边则又疑惑：何以这等重大事情，而主上竟没有派人前来？委实令人难堪！好不容易盼到领地庄园的人来相告如此这般的情形，大将之君一时不知所措，茫然若有所失。翌晨连忙差人过来。“惊闻噩耗，恨不能急忙赶来，适值家母患病，须得有所忌讳，在此参诣守时。昨夜葬礼，理当事先相告，酌情延期举行为宜，不意何故竟匆匆从简完事？于今言之，一切虽已无补于事，然最后仪式，竟招樵夫辈物议，诚一大憾也。”云云。令那心腹大藏大夫仲信转呈信函。侍女们最怕这类信使的到来，简直无言以对，故而只得以痛哭失常为借口，未予详细解释。大将之君对于此事实在百思不解，心痛之余竟归咎于此土不吉利，恐有鬼魂栖隐；何以自己竟然大意，让她住在这种地方？她与别人发生那种意外事件，大概也是任其住在此地的缘故，别人才胆敢引诱的啦。想到这里，不禁对于自己的疏忽懵懂后悔心痛不已。为母亲祈求病愈，另一方面又顾虑这些事情也不妙，便又回到京都。连夫人二公主那边都无心过访。“虽非了不起的重大事情，却闻近亲者有不幸，心绪稍乱，恐不宜见面。”只这般令人转告于夫人，

1 谓当初曾撮合匂宫与浮舟一事。

自己却陷入无限慨叹之中。缘分何以如此浅薄啊？忆起她生前那美丽可爱的姿容，实在教人爱恋悲伤。为何自己没有在她生前热烈示意，竟那么悠然平淡过来呢？到如今，一切都已枉然，真个悔恨不已。由此不免又想道：自己生来就是注定要为这类事情劳心伤神的，原本想出家之身，不意竟以俗身苟活至今；或者难道竟因此引起菩萨谴怒也说不定。继而又想回来，佛要人彻悟道心，有时会故意隐藏慈悲，而劳苦其心志的吧。遂更致力于日日的勤行。

至于那位三亲王呢，两三天里头失魂落魄，整个人像是灵魂脱了壳似的，害近侍者人人以为不知是什么妖怪附身。好不容易眼泪流干，心境也稍定，遂回忆故人的种种风貌，更觉爱恋难堪。他有意对外隐瞒病重，只怕教人看到这一张啼泣的脸孔，自以为掩饰得好，可是自然无法躲过别人眼光。“究竟是什么伤心事儿，使他变得这样消沉，连生命都垂危的样子呢？”也有人这么说。大将之君风闻此事，恍然大悟。果真不止于表面上情书来往的关系，浮舟那姿色，当然是匂宫见了必会倾心的对象；倘非人儿已死，凭他的身份地位，不知道还会给自己带来多少丑闻哩。想到这里，那一颗恋慕之心倒是稍稍平复了。

三亲王生病了。探病慰问的人日日拥挤在他的府邸，举世扰扰，为了一个不是顶尊贵的女性而躲在家里，也未免显得太怪僻，遂于某日拜访。最近，有一位式部卿之宫[1]也去世。薰之君表面上为叔父服丧，穿着淡墨色的丧服，内心却觉得是为浮舟服丧，正适合此景此情。面容微微憔悴，更添一份清丽的韵致。其他慰问的人皆已退下，这黄昏十分幽静。匂宫原非不能起床的重病，因此疏远的人虽不肯会见，平时可以进出帘内的人，则没有理由不相见。让这位公子看到自

---

1 即光源氏之弟，故八亲王之兄，为薰之叔父。后称蜻蛉式部卿宫者。

己的脸，怕有些儿腼腆，见了面则又怕难禁泪下，却也只得勉强抑制着。“其实也算不得是什么大毛病，大伙儿却说成非得小心不可的病状，所以皇上和母后也都担忧，真教我不敢当。于今想来，更觉得人生无常，真个心伤啊。”他想趁势拭泪掩饰，未料，泪水竟然防不胜防地簌簌下落；不禁暗自着急：糟糕了，可别为此教他识破才好。也许对方只当自己是个娘娘腔的男人吧，实在是难为情。大将之君这边则心里在想：果然是啦。这家伙一心都在思念着那位女性，这事情究竟何时起始的呢？想到对方这一向不知怎么把全然不知情的自己视为多滑稽可笑的人，便会忘记悲伤。匂宫却觉得眼前这位公子未免太冷静了，心有所慕的人，莫说是死别了恋人，即使听见飞鸟啼鸣都会无端怀悲才对。本来，见自己这般难禁泪涌，他也应该有所察觉，陪自己掉泪才是，难道彻悟人生无常，就会变得这么冷静吗？他不由得既羡慕又佩服，但是，另一方面却又觉得，既然这是故人曾依赖的“真木柱”[1]，便不由得怀念之情油然而生。想到浮舟生前也曾与这位相对过，这人岂不也就是故人的纪念吗？遂忍不住把他定定凝睇。

随着话兴愈浓，大将之君觉得没有必要永远隐藏心事，便说道：“我一向都是心里藏着点儿事情便觉不泰平的，现在我自己官位稍高，而您也诸多繁忙，没法子悠闲自在；又不便去禁中宿直处拜访，所以不觉得迁延度日过来。您知道，那位在宇治山里去世的大君有一位亲人，我偶然得悉那人在某地，便想把她安顿，好让自己时时去探望照顾，可是，恐怕世人物议，所以暂时使她借住在乡下。然而，我自己走访得不够殷勤，而她那边也好像不止依赖我一个人；她这人哪，未必是作为妻室的理想人选，不过，若当作偶尔相会的情人倒是很不错的，所以就一直把她当作可亲可爱的对象罢了。没想到，她竟忽然死

1　典出未明，犹谓支柱也。

去。想到浮生如此，真个教人悲伤。您大概也听说过这事情吧。”说罢，才始哭起来。他原本想要强忍，不让对方看见这种软弱的样子，这未免招人嘲笑。但是，泪水一旦流出，竟也止不了。

匂宫对于大将今天这种异乎寻常的态度，倒是觉得颇为讶疑，又不禁同情，但表面上极力佯装平静道：“真太遗憾了。我昨日也稍听到一些消息。理当对您吊问致意才对，可是，听到您故意不希望对外张扬……”虽然强自抑制，却几乎按捺不住激越，故而只得省简言语。“本来还想给您介绍呢。或者恐怕您已经见过也说不定，她跟尊夫人原来就有血缘关系。”大将的语气渐渐带刺起来。“哎呀，您瞧，我竟在人家不舒服的时候啰唆些无聊的话题，害您心乱，真太抱歉了。您还是请多保重啊。”说完，告辞。却又独自揣测：果真对她那么着迷吗？虽云红颜薄命，但总算是天命殊隆。这位亲王乃是皇上与皇后所宠爱的，而他本人则姿容一切都出类拔萃。他周遭的妻妾，皆非泛泛之辈，却无视此等了不起的妇人们，独对她倾心！世人此刻正喧喧扰扰在那儿举行佛事啦，诵经啦，祭祓等，害各道人士忙得不亦乐乎。其实，还不都是为了他追慕那女性之余，才会害病的吗？自己的身份虽也不低，同时又娶得皇女为妻，可是，难道恋爱浮舟的心竟不如那位亲王不成？何况，而今人儿已作古，心中的悲痛更是难以抑制。嗳嗳，这等事情太无聊，不要去想它吧。可是，努力亦徒然；妄念愈是乱心，竟致躺着轻吟：“人非木石皆有情。”[1]

据说葬礼匆匆而简略。中君闻悉，不知会作何感想？大将颇觉得怜恤而又茫然。她母亲的身份不高，所以预免招致世人评论“有兄弟姊妹的人”，才将葬礼疏忽，[2]念及此，甚为不快。许多事情都令人讶

1 句出白居易《李夫人》：“人非木石皆有情，不如不遇倾城色。”
2 此盖当时下层社会习俗也。

疑，她独终的时候又如何？很想亲自探个究竟，但是忌期未终，也不便在那里长事逗留；真个诸多思量。改了新月份，若是人儿健在，今日该是迎她入京的日子。[1]想到这事，这黄昏更显得格外悲哀。庭前近处，有橘花飘香，复闻子规鸣啼两声。他自言自语“为过故人宿”[2]，觉得未能尽意，想到今天匂宫正好会到此北面的二条院邸，便令人折取橘枝持送。

子规啼兮继以血，
诱人泪落催人哀，
谅君吞声兮亦痛绝。[3]

匂宫见眼前的中君与浮舟竟如此相像，遂正与之共坠入沉思中。读此大将之信，则又觉得含意深长，乃修成复函：

“橘传薰兮香满庭，
花香诱人催记忆，
子规复啼兮不忍听。

岂不令人烦。”夫人对于此事的来龙去脉皆已洞悉。亡姊和这位妹妹，两人皆命薄，都是别具深刻的思虑所致；反观自己呢，却独不知劳苦，所以才苟活到今天的吧？不过，恐怕自己也是命不长了。她不由得担忧起来。匂宫倒是认为中君既已晓悉，再瞒着她也过意不去，遂

---

1 原定四月十日迎浮舟入京。已见于前帖“浮舟”文。
2 句出《古今集·哀伤》，无名氏作和歌。
3 子规以喻浮舟，盖相传子规乃阴间来鸟。原文以“死出之田长（子规别称）”称之，颇取音义双关之妙。

将与浮舟之间的事情，稍经掩饰，和盘托出。“可恨，你竟把她隐藏起来。”瞧他，忽啼忽笑与之谈话，究竟比对待别人亲热得多。若在六条院邸，事事都铺张拘束，稍一觉着不舒服，大伙儿便慌乱成一团，立刻有许多人来探病，岳父啦，大小舅子之辈更是老缠住不放；这里倒是挺随便，令人感到轻松愉快。不过，究竟往事如梦，何以突然发生那种事情呢？还是抛不开这个思想，乃召来时方等人，使迎右近。

常陆守夫人听到宇治川流响亮，恨不得自己也跃身其中。她一刻不能忘忧，终于不堪悲苦，回京城去了。只剩下侍女们依赖念经的僧人寂寂度日。这时，匂宫的使者来到，以前作威作福的看守人等，今天并不再戒严了。于今想来，上回实在是最后见面的机会，却给他们白白阻碍，时方不禁心痛。当时觉得主上何苦为那不当的恋爱劳心憔悴，现在重踏此地，他们幽会之夜的情景啦，女方被主上拥抱着乘舟过河的优雅美丽的姿容等，一一都值得回忆，无人不深受感动。右近出来会见，竟痛哭失声，这也难怪她。“受主上如此这般的命令来此。”“到现在再让同事们猜疑也不便；何况，即使拜见了，也不见得能够说得让他满意。等这阵子忌日过去，借口‘办点儿事去’，也不会让人怀疑，而我若是竟也能意外地苟活到那时候，心境稍稍平复，即使是不请也自去，到那时节，再将梦一般的事情详细禀报吧。”看样子，她今天是无论如何不肯动身了。时方亦啼泣而言：“关于他们二位的关系，一点儿都不清楚。我这人天生愚骏，只记得主上情真意挚，以为用不着同你们急忙忙熟稔，有一天总会有奉命执役的机会吧；没想到竟变成这样的结果，我们的心境，毋宁是深哀悲苦的。”又说：“主上既然有心准备了车辆来迎驾，空车子回去，岂不教他失望？至少，请另外一位过来吧。”右近便叫来侍从，告以：“你去拜访好了。”那侍从却推辞道：“像我这种人又能说什么呢？何况，忌期还没有过，难道就能不避讳吗？”“自从病后，诸多谨慎精进，可是，这个忌讳，恐怕是不会在乎的。凭两位那么亲密的缘分，连他自己都应该服丧才对的啊。反正，离除忌的日期也不远了，还是请过来一位吧。”听时方一再劝促，而侍从心里又实在恋慕着匂宫的印象，觉得良机难再，便决定参上。瞧她，裹着一身黑色丧服，挺爽净利落。至于衣裳，则因为如今再没有更长辈的人死，所以未染成暗灰色，而只携带着浅紫色的。假使女主人还健在的话，定必也会偷偷走着这条路上京的吧？自己私下一向都是倾心于三亲王的呀。侍从沿途感慨无量，泪簌簌地抵达京都。匂宫听人来告“某某人到来”，不禁亦无限感慨。这种事情，当着中君面前总是别扭的，所以未予相告，便径自到寝殿去，令侍从的车停靠在那边的渡殿。匂宫向侍从仔细打听当时的情形。“那一阵子，始终都在沉思，当晚也哭泣着。话出奇地少，只是茫茫然，有心事也不肯跟人说，所以连个遗言都没有留下来。做梦也料不到她会下这么大的决心。”听她这详细的叙述，更教人难堪。虽云凡事都是前世因缘所定，何须至于投水，这其中定有坚定的决心；而自己则又为何未能及时阻止她呢？想到这儿，内心翻腾不已，却都是枉然的。“她还亲自烧毁书信。怎么当时就没有注意到呢？”侍从陪着匂宫，这样谈到天明。也提及附写于经卷目录给其母常陆守夫人回信之事。说也怪，当初未曾稍予注意的这个侍女，如今倒也觉得十分可亲可念，便邀她：“来我这儿工作吧。这里的女主人也不是别人。”“即使是要到这儿来仕奉，如今也只一味地心里悲哀。容我等到除忌之后再说好吗？”“那么，你一定还要再来哦。”如今，连对于这个侍女都有些依恋哩。侍从将于黎明时分回去，便令人从原先准备送给浮舟的物品之中，选取梳栉箱一组及衣箱一套，作为赏禄赐下。预备的礼物颇多，却故意避免嚣张，仅挑一些适合于此人者罢了。侍从初不意有此厚禄，恐怕回去后同侪不知作何感想，故而稍觉困惑；当然，也不可能辞退。归来后，与右近偷偷打开来欣赏。正值百无聊赖之际，所以见得做工细致而时髦的种种品物，不由得泪涌如泉。衣裳之类，也都十分讲究。“在这丧服期间，教我如何收藏这些东西呀。”反倒害她不得不费心思量呢。

大将之君亦不免担心，左思右想之余，便也来访宇治山庄。一路上回忆过去种种，自问：究竟是何种因缘与那位故八亲王初识交往？且又始料不及地照料他的私生女呀！此身竟是注定要如此为这一族人多辛劳吗？原来自己是想要由德行高超的那位人物指引佛道，致力于后世修行的呀；却不意从何时起始，竟违背初衷，而迷入了色道；或者这一切都是菩萨借以惩戒的方法也说不定，遂召右近上来讯问：“当时情境还没有细问过。到现在仍不能死心，觉得一切太突然，本来觉得忌期未除，再等些时候吧，可是实在忍不住，便来到此地。究竟她是得了什么病，这样子匆匆死去的呢？”看来，连尼君也已大体觉察了，这事迟早总不会不传入耳中，若其隐瞒，日后教他听到错误的消息，那就反失了真相。前一阵子，为了袒护女主人与三亲王之间的秘密，所以也撒谎惯了；如今，亲眼拜见这位认真的公子，右近竟然把预先编好这般那般的谎言全都忘光，不得已，只好将那事情照实讲出来。

这意外的真相，使大将之君深受打击，一时间话都说不上来。果真有这等事情吗？平常她连普通人的思想、语言、事情都绝不肯说的，性情挺雍容的那么一位女性，怎的竟会兴起这等可怕的念头啊。这侍女不知在胡诌些什么！他心乱如麻。然而，那位匂宫悲痛的情形，乃是有目共睹；何况，若是谎言，这儿的人绝不可能毫不露破绽，见府邸上下，为自己的到来如许悲苦哀恸，乃更问道：“有无人陪她一块儿失踪？请你把那前前后后的经过说得详细点儿。谅不至于因为我冷淡了她而隐遁起来吧？到底有什么意外的原因，非得突然出此下策不可？真教人不能相信。”右近实在不忍心看见主上如此，她看出大将毕竟也想到那一层了，这可真有些为难，便道：“您自然也听说过的吧？我们女主人的出生原本不幸，自从搬到这远离世人的山里之后，更是郁闷不乐。她虽然决不说出口来，但内心总是盼望着您时相过访，想把过去的不幸都忘却，只等待有朝一日可以从从容容跟您旦暮相处；而我们这些做下人的，也听到她这个愿望已为期不远，所以大伙儿正庆幸着；至于常陆守夫人，也像似松了一口气，正积极准备上京的事情。哪里晓得，赶巧在这个时候，忽然收到您那封教人大惑不解的信，而且巡守的人也蒙您责备，说这儿的侍女有乱风纪的，那些粗暴的乡巴佬，竟然像是我们这儿犯了什么过错似的，怪里怪气，教人不解。后来又好长一阵子不见您的音信，她自己虽知道生来多劳苦的命，倒也因为曾蒙厚爱，反倒不堪世人指责；又怕她母亲一心要让她过幸福的生活，知道这事情以后，不知会怎么伤心失望。一天到晚都挂虑这件事，叹息连连。除此以外，还想些什么，这个我们可就不得而知了。即使是鬼把她藏了起来，也总该留些痕迹才是。”说罢，伤心哭泣。大将便也不忍心再怀疑，只是泪水不停下流。

“我实在是身不由己，稍一行动，马上就给当世人知道。这一向，一直忍耐着，心里虽挂念，总想将来要把她迎来近处，也好无所顾忌地相处，永远照料她；怎知她却把这个看成我的寡情冷漠，这也未免太见外了吧？有件事情，虽然现在说也无补于事，但反正没有别人听见，讲也无妨；跟那位三亲王的事情是什么时候开始的呢？他这人哪，真会迷住女人心，所以这件事，多半也是她悲叹与三亲王不能自由私会之余，才自毁其身的吧？你再跟我说得详细点儿，绝不要对我有所隐瞒才行。”听他这样说，右近认为主上恐怕已经有所闻悉了，更觉不忍心，乃道：“您果真听到那忧心的消息了吗？右近始终没有离开过咱们女主人身边。”她喘一口气再说：“您自然听说过的吧？那一阵子，悄悄地寄住在中君那儿的时候，没想到，真讨厌，有天那位三亲王竟然偷偷溜进来，幸而我们严厉相责，才把他给赶了出去。老实说，小姐就是因为受了惊，才搬到那简陋的三条院邸去。后来，一直把住所保密起来，可是，不知道他怎么打听到的，这二月以来，开始有信寄到。信倒是真不少，可是，小姐却很少看。只因为右近劝她，不好意思吧，这样子未免失礼啦什么的，才写过一两次回信。其余的事情，可就不晓得了。”

右近当然只好这样说啦。再硬要逼问她，又不忍心，便独自思想。那女性大概是一方面恋慕着匂宫，却也并不讨厌自己，最后无法判断；那一颗脆弱的心，便乘着住在水边近处的方便，才决心投水的吧？嗳嗳，都怪自己把她弃置在这种地方，否则，再怎么浮生可忧，也不一定要寻求“深谷”[1]的呀。这么想来，跟水真有恶因缘哪！他索性连这条宇治川都讨厌起来。这些年来，为情人所吸引，不辞山路险阻，来往频仍，而现在竟然也厌恶起这个地方来，连“宇治”这个地名都不愿意听到。[2]打从中君提到“人形”[3]之名开始，便觉其可厌。想到这位女性总是为了自己不好，才致丧生，但是，当初只怪因那母亲的身份卑微，所以才使得葬礼仪式草率简陋；而今知道详情后，反而心生同情。说实在的，作为那种人的女儿，确实已经很不错了。至于那为母的，不明底细，恐怕还会认为这事与自己有关联也说不定。他这样独个儿思量心酸。

浮舟并不是在这个房子里去世，所以此屋算不得是秽所，但是，当着仆役们面前，也不便上屋子里去，只得令人将车辕榻台放在妻户前，径自坐着；觉得这样子有些别扭，便又于茂林之下，以青苔为茵席，暂时歇下。往后恐怕不会再到这个伤心地来了吧？他环顾四周。

---

1 语出《古今集·杂体》，诽谐歌，无名氏作和歌。
2 日语“宇治”，音近“忧愁”，故云。
3 事见第四十九帖“寄木”文。

我亦去兮弃故乡，
一任荒芜乏人顾，
木下人谁兮更忆望。

当年那位阿阇梨，如今已为律师。大将之君召他来吩咐以后的法事。又令增加诵经之僧人。自杀身死的人罪障尤重，乃令使减轻其惩，至于逢七的佛事供养等细节，也都一一叮咛交代。天黑以后离去之际，忽又想道，假使她人儿健在的话，今晚绝不可能就这样走……他尽想些此类事情。虽然也差人送信于辨之尼，但她却使人代答："而今愈觉得此身污秽，尽躲在里头，越发地懵懂老耄了，只合卧着、躺着。"见她无意出见，故亦未便勉强。归途上又深深遗憾，未能早迎浮舟上京。听得川濑活活响，更添感慨。何至于连遗骸都找不到呀！不知道她现在随水流向何方？更不知在水底与何种贝壳为伍？真个无限心酸。

常陆守夫人，则因京都的家里有人待产，恐怕会嫌弃这边人死不洁，所以也未便回去，只得暂时寄住他处，正心绪无所寄托。幸而，所挂虑的产事，倒是平安过去。犹如灵魂脱壳一般度日子，忽有大将之君私下差来的使者，竟使她于茫然之中有一份亦喜亦悲的心情。"关于迩来诸事，本应率先奉函于您，奈心情未定，复觉目眩视蒙；何况为亲者之心，谅必是更幽暗迷惑无疑。稍事迁延之间，不觉已过数日，可知浮生无常。若其天命未终，得苟活于世，盼请视同令嫒之纪念，幸得为您服务效劳。"信写得殷勤细腻。派那大藏大夫仲信为信使，复令以口头转告："这些年来，对凡事都挺悠缓，以为无须乎着急，所以容或未蒙您谅解。不过，从今以后，遇事总不敢相忘；务请您这方面也如此相待。听说您尚有众多少爷，任官之际，千万请让我助一臂之力。"常陆守夫人认为这又不是很严重的污秽，大概没什么大妨碍吧，便恳请使者入内。她啼泣修成复函。“遭此不幸而竟能免于死亡，或者乃是冥冥中为了冀盼得到您可贵的一言吧。这些年来，明知小女在山里寂寥度日，而身份卑微，本不配高攀，只因为得到君子一句然诺，便赖以为来日之希望。而今，一切都已枉费心机，宇治之因缘，更令人徒增忧绪而已。今日蒙您慰问，心实感铭。若寿命万一得以延长，或者将有机会再度仰赖。现今却因眼前之事，泪水泉涌，致无法更为言语。”赏予使者之禄品，若为普通品物，恐怕不合宜，但是全然不赏，则又觉得不安，遂将以前准备赠予大将之君的上等斑犀之带，及上等剑各一，装入袋中，乘使者上车之际，令人持出道：“聊为去世的人表心意。”

仲信请大将之君过目所受各禄品。“唉，真是太缺乏周虑啊。”大将颇觉得尴尬。使者又口头上禀报：“蒙常陆守夫人亲自接见，又啼哭相告：‘亏他连我孩子们的事情都设想周到，实在是太不敢当。还都是极卑微的身份，他这么一说，反而教我难为情。虽然都是些不成器的孩子，日后，或者不要宣扬什么关系，就让他们上殿仕奉去吧。’”老实说，这一族人并非什么光彩的亲戚，不过，这种家庭出身的女儿，也有到皇宫仕奉之例；而万一宿缘深厚，蒙上宠爱的话，世人也不至于议论什么的吧？当然啦，若是寻常平民，则娶寒门之女，甚或改嫁的妇人者更多，故即使有人批评浮舟为常陆郡守的女儿，反正当初又不是准备娶她做正室，谅不至于给自己沾染污点才对。至于那位痛失爱女的常陆守夫人，则既然靠了她女儿的缘分，该尽的力还是尽，该施之恩还是施之为宜。

一日，常陆郡守来到其夫人所暂住之处，便站着恶言相责：“这个时候，您还在这种地方呀！”这些年来，他对于浮舟之事一无所知，故而以为反正是落魄无依悲悲惨惨的吧。夫人本来打算在女儿迎入京城之后再公开：“说实在的，有了这等可喜的事情。”云云。未料，竟演变得如此，而今隐瞒也无用，便哭泣着将事情的始末相告，又将大将的信件取示。像他这种乡下绅士，对于豪门权贵最容易钦佩，所以大惊小怪地把那封信一再阅读。“唉，这么好的运道，竟然舍得抛开去寻死啊。我原来也是他的家司，到现在都还进出那门第的，可是，人家那么高贵的身份，所以也不敢奢望他就近召唤。没想到，他竟然还提到孩子们的事情，这不是太好了吗！”常陆郡守兴高采烈。见其如此，为母者更难免怀念亡女，致痛哭失声。而那郡守也到现在才陪着夫人掉眼泪。

然而，倘使浮舟健在的话，大将之君怕是不可能将此等人物放在心上的吧？只因为自疚伯仁因我而死，想安慰其双亲以为补偿，所以才不顾世人非难，预备照料他们。虽亦有逢七之法事，心里却不无猜疑：未知人儿是否真的死亡了？不过，又想回来，反正这事对她亦无害，故暗中令律师于那小寺主持。对于六十位诵《般若经》的僧人，自有讲究的布施吩咐。常陆守夫人也亲自来到，则又于其上更添布施。匂宫则差人送黄金于银壶中，令交予右近处。这种事情未便宣扬，故而由右近佯装出自其意，使供奉佛坛前。未明就里者莫不纷纷议论：“怎么那种人配供这等豪华的东西？”云云。大将之君方面，复派遣亲信之家司多人前来帮忙。“从来都没有听说过的女人，为什么法事会这样隆重呢？究竟她是谁啊？”正在众人骚扰讶疑之际，常陆郡守亦参加其间，瞧他大模大样，一副主人派头，大伙儿更不明白了。这次，女儿产下少将之子，为着大事庆祝，常陆郡守把家中的东西倾空来装点门面，举凡唐土、新罗的各色宝物都搬了出来，可是，与此两相比较之下才知道：身份低微者之所为，毕竟有限。这个法事本不拟铺张，却充满庄严的气氛，看到这情景，不禁反省；假如那浮舟还在世的话，像自己这种人恐怕连边儿都沾不上哩。匂宫特令供奉诵经，又使人准备七僧的宴飨等事。到如今，皇上才闻悉大将之君原来有这样一位情人，却不敢教二公主察觉而偷偷瞒着她，圣心亦生怜悯之情。

匂宫与大将之君二人内心都悲苦，尤其匂宫因为正值热恋时期而忽丧情人，所以更为难堪；不过，生性好色风流的他，有时也不免试图借别的女性聊慰相思情苦。至于大将之君，则负担各种任务，照拂遗族诸人，心底却依旧难忘无可奈何的悲哀。皇后于其叔父式部卿宫的丧期里，移住六条院邸来。二亲王已升为式部卿宫，[1]如今官位显赫，故未便时常拜会母后。匂宫正值寂寞伤心之际，只得以长姊一品之宫为寄托安慰的对象。所遗憾者，对于此殿标致的宫女们，却始终尚未有机会接近欣赏。尤其是大将之君秘密幽会的有一位唤作小宰相之君者，据说容貌既端丽，而性情、才气又特佳。即便是弹起琴和琵琶来，无论爪音、拨音，都较他人为胜，至如写文章啦，谈起话来，也总是饶有风情。匂宫对她早已有意，遂又企图妨碍二人之间的好事，费尽口舌，可是人家哪里肯随便从风靡倒，便严予拒绝。禀性认真的大将之君，倒是视她为别具一格的女性。这小宰相见大将之君悲叹的情形，不忍于心，乃赠以和歌：

“哀君心兮伤君意，
　妾亦深情不后人，
　　奈身卑微兮敢妄恣。

‘岂可代。’[2]”和歌书写于饶有情趣的信笺上。这黄昏别有一种感人的气氛，她选择这个时候送信来，倒是真解风流。

1　二亲王即匂宫之兄，故式部卿宫之爵位由其继承也。

2　语出《后撰集·羁旅》，亭子院作和歌。此盖小宰相自谓：若己得替代浮舟死去，则大将之君当不致悲痛如斯也。

“经沧桑兮阅苦悲，
世事无常早了悟，
未敢深叹兮卿岂知。

正值伤悲之际，欣获芳笺。”为表心意，便径自造访。这位贵人本是庄重的人物，平时难得一顾此等场所，而今居然肯屈驾枉访，且这住所又何其狭隘！所谓房间，乃徒具其名而已，实则大将只能依靠窄小的拉门边立着。小宰相虽觉得心有所不忍，倒未过分自卑，能保持适当的礼度相待。这位女性反而较浮舟更饶有含蓄的韵致嘛。她又何以到此仕奉呢？其实，若能把她来金屋藏娇，岂不也很好？不过，他只是心里暗自想想罢了，却决不露于形表。

莲花盛开的时候，皇后举行《法华经》八讲。为故六条院君及紫夫人，各依等别，令供上经卷、佛像等，极其庄严隆重。诵读《法华经》第五卷之日，尤其讲究，故各方侍女皆循旧缘参上，观拜之人特多。法会终于第五日的朝座，在大家去除佛堂的装饰啦，改变房间里的布置诸事期间，北边厢房的纸门已给除开，大伙儿都到那边去把各物回复原状；此时，长公主便移至西侧渡殿里。侍女们皆倦于连日来的听讲，故各自回到房里歇着。长公主跟前无甚人侍候。在这个黄昏里，大将之君换穿了直衣，为了要同今日即将退出的僧侣商谈，故而来到钓殿方向。由于人皆已散去，乃在临池处独自纳凉。此地无人，那小宰相等人已布置了几帐供作临时隔间休息之用。会不会就在这里呢？好似有裳裾綷縩之声，那通向马道[1]方向的纸门开着一道细缝，便往里窥入。没想到，竟不同于往常，整理得爽爽净净，几帐交错之间，反得一览无遗。有三个宫女正把冰块放至盖子上，叫嚷着想要敲

---

1 殿中所设通道，有事则可牵马入内，供人乘马，平时则铺有厚木板。

碎，另有女童侍一人。既没有穿着唐衣，也未着汗衫，大伙儿挺随便的样子，看来丝毫不像是侍候公主跟前。但有一位身穿白罗观看宫女们击冰的人，她脸上带笑，有一种无可言喻之美。许是难耐溽暑之故吧，将那一头丰富的乌发稍稍倾泻在这一边，看来更是美丽极了。大将自觉得见过的佳丽已不少，可是像这样一位美人儿，却似乎不可多得。与她相形之下，身边那几个女人简直像土块或什么东西似的。他极力抑制一颗忐忑的心，静静观赏着。那女性好像穿着黄色生绢制的单衣及浅紫色的长裳，手持扇子的模样儿，看来十分高雅有致。“瞧你们敲得这么辛苦，看起来反而教人觉着热，还不如就这么看看算了。”含笑说话的眼梢自然流露一分娇媚。听那声音，分明是小宰相呀。那些宫女终于把冰块敲碎了，人人捧在手中，有的放在头上，有的捂在胸前，也更有一些不成体统的样子。这个女人却用纸包着冰块拿着，又令人也这般拿到长公主前。那公主却伸出柔荑似的手来，任宫女们用那冰块拭擦。“别用手拿着，水滴下来不好。”娇声微闻。大将十分欣喜。回忆公主年幼时，自己也还在稚龄时期，曾亲眼看见过她，当时便觉得那女娃儿挺可爱的。其后，音信都绝，连从旁边打听消息的机会也没有；不知这是否菩萨神明的意思，竟然自己又在这种情况之下拜见倩影；也不晓得是否又要让自己为此生情而劳苦心神呢？他私下心旌摇荡起来，仍伫立在那里。此时，原先在对屋北方纳凉的宫女突然赶回来，遂想起那扇纸门未关紧，怕让人看见会引起骚动，故连忙退进房里。心里猜疑不知是何人，但对方并未知自己给人窥见，所以正沿着走廊直直走过来。大将之君立刻引退，躲藏起来，以免教别人看到自己的脸，这样子未免像个登徒子哩。这宫女却在担心：糟糕了，连几帐都没有摆好，里面一览无遗。不知那一位是否左大臣府中的公子呢？若非关系亲近的人，没有道理会来到这么靠里的房间来。假如这事情给察觉的话，一定会责备是谁把门儿开着未关紧哩。明明看见穿着的单衣和裤袴都是生绢所制，难道就无人听得衣裳猝缭作响吗？她一个劲儿挂虑着。

大将之君则暗自反省：好不容易近来道心渐积，未料一旦失足，竟成了忧虑不绝的人！倘若早些出家的话，现在该已住在深山里，也用不着为这等事情意乱情迷吧。念及此，愈觉得心绪不宁。何以会长久以来期望着拜见这位公主呀？其实，果真见了面，也唯有徒增苦恼，无可奈何的啊。翌晨醒于三条院府邸，见夫人二公主。觉得这位妇人不是也挺标致的吗？另一位未必就会比眼前这人儿好看多少。不过，立即又认为二人还是全然不相像：那一位的确是高贵异常，雍容华丽，无可言喻。其所以会有这等想法，或许是心理作用吧？或者是时间场合的缘故也说不定。"天气真热。你还是穿薄一点儿的衣裳吧。女人呀，偶尔换穿不同的衣着，才会随时给人新鲜有致的感觉。"便对二公主建议。又命侍女道："到那边去跟大贰[1]说，要她缝制些薄罗的单衣。"夫人正值花样年华，美丽极了。侍女们见主上宠爱女主人，也都觉得兴味浓厚。

大将之君又照常到他自己房里去诵经。晌午时分回到夫人房间，见方才吩咐的罗衣已经缝制好送来，搭挂在几帐上。"为什么不穿这个呢？人多时穿透明的衣裳也许不适宜，现在就没有关系了。"说罢，亲为之穿上。二公主穿着与昨日相同的红色裙袴。丰多的头发及那下垂的模样儿，都毫无逊色，不过，究竟各异其趣，两个人就是不一样。遂令人取来冰块，命侍女敲碎。又从中挑出一块，教她拿着，心里却暗自好笑。有人把自己心爱的人画成肖像旦暮观赏，而况，这女性是那位长公主的胞妹，应可以视作替身才是；但又不免遗憾：若是昨日能处身在那些妇人当中，仔细端详那位长公主岂不妙

1 盖为其母皈道三公主之侍女也。

哉？遂不自觉地叹气。“你可曾给令姊一品之宫写过信吗？”他试问夫人。“在宫中的时候，父皇嘱咐，所以也曾写过，不过，许久都没有通信了。”“难道说你下嫁给平民，她就不再写信给你了？这未免太过分了吧。我要去跟皇后说你在怨她。”“怎么会怨她呢！您快别这么说了。”“那么就说：降为平民之后，恐怕她看不起，所以咱们这边也不敢写信给她好了。”

这一天便这样过去。次晨，大将果真去拜见皇后。那位匂宫适巧也在场，他在深色的直衣下，穿着一袭深丁子色[1]的薄罗单衣，看来挺显目，与昨日所见的长公主相比，亦毫无逊色；肌肤白皙，略见清瘦的面庞，则更添一份俊丽之致。他们姊弟俩倒是挺相像的。大将之君不由得慕情陡增；这太不应该了，他极力定心，却尝受到空前悲苦的滋味。匂宫带了许多图画到母后跟前来，遂令宫女呈于长公主，自己便也跟着走过去。大将之君则移近皇后前，向她禀报前些日子《法华经》八讲会之盛况，又谈及昔日六条院君与紫夫人的故事，借故留下观画，乘便说道：“二公主嫁给我，不啻从云端高处下降，看她寂寞度日，实在是不忍心。长公主许久都不肯赐音信，害她以为是自己降为平民身份，所以教人瞧不起，心里老是闷闷不乐的。倘使也能让她偶尔看看这一类的画就好了。我怕自己带回去给她看就没有什么趣儿了。”皇后果然讶异道：“长公主怎么会瞧不起她呀。从前在宫里头，两个人挺热络的，所以互有信件来往；后来分开了，也就疏远起来的吧？然则，我倒要劝她姊姊快快写信给她了。怎么她自己也不写信呢？”“她当然是会写的。就算您从前不怎么顶关心她，是不是可以看在咱们姊弟俩的亲近关系[2]，稍予关注，那就感铭不

1 丁子，即丁香，古代用为黄色染料，此盖为深黄色也。

2 皇后（明石中宫）与薰为同父异母姊弟，而薰既娶其二公主为妻，故二公主遂晋为皇后之弟媳也。

尽了。何况，您过去也不是不疼爱的，近来就不予理睬，怎能不让人悲辛呢？”皇后听了大将之君这些话，当然没有料到，这都是出于一颗好色之心。大将离去，心里却冀盼着一见那晚诗歌酬答的小宰相；啊，再不然的话，即使是再见到那次的渡殿，也聊堪安慰哟。乃经由皇后殿前，走向西面。帘内的宫女们皆已各有心理准备。这位公子的姿容和风度，实在超凡脱俗。走到渡殿旁，见有左大臣府的公子们在那儿谈话，乃径自来到妻户前。“我虽然经常到这儿来，却一直都没有机会看到各位，也都无法和大家接近，自觉得完全像个老人似的；今后可要同大家亲近亲近。你们年轻人会不会笑我这老头儿返老还童呢？”说罢，环视侄子们。“今后您若是跟我们熟稔的话，的确会更显得年轻呀。”瞧这些宫女戏谑的样子。这殿里确实有一种说不出的优雅风流之趣。于是，大伙儿随便闲谈，大将竟比平常在此地消磨得久些。

长公主来看母后。皇后问：“大将曾到你那儿去过了吗？”随伺的大纳言之君代答道：“大概是找小宰相之君，有事儿吩咐的吧。”“那位一本正经的公子有心要谈话，如果不是伶俐的人，恐怕是难以侍候的哦。不过，小宰相应该是没问题的。”虽云姊弟，但对于这位大将之君，皇后仍是十分介意的，故而有意要众宫女小心服侍。大纳言之君则又说：“好像他对小宰相特别有好感，偶尔也光临她的房间。我看他们谈得挺投机，有时夜深以后才离去，但是，恐怕并不是世间一般男女关系的样子。她这个人呀，把三亲王看作登徒子，连信都不肯给人家回呢。真可惜！”大纳言笑了起来，引得皇后也笑。“真亏她看得出那位亲王的毛病，实在不简单。真想让他戒了这种色心。当着你们大家面前，也怪难为情的。”“哦，对啦。还听到一件奇怪的事情呢。据说，前些时候去世的那位大将之君的心上人儿，就是三亲王那位二条院夫人的妹妹；当然，可能不是同一位母亲所生的吧。有人说前常陆郡守夫人是她姨母[1]，也有人说是她生母，也不知到底是怎么一回事。还说，三亲王偷偷儿跟她幽会啦什么的。这事儿又教大将之君听到，他马上想把那位小姐接来京城，一方面吩咐巡守的人严加戒备；后来三亲王又偷偷去了，可是闯不进去，害他狼狈地骑着马徒劳往返。那小姐对三亲王也有意，便突然销匿，大伙儿猜想大概是投了河。据说乳母等人哭成一团哩。”皇后听此，觉得尴尬极了。“你是听谁讲的？这真是太教人伤心、太可怕的消息。果真有这等奇闻，世人自然早都传闻开了才对。可是，大将自己连一个字也没有提到；我只听过他谈到浮生难堪啦，遗憾宇治那一族人早夭的事情等等啊。”“下人所说的话也不一定全可信。大概是侍候那边的下役童侍最近到小宰相的乡里，说得煞有介事似的。当然，像那样奇怪的死法，也不想教人知道，讲起来怪吓人的，所以含含糊糊也没说明白的样子。”“你快去同那个童侍说，这种话以后决不准再说出去。为了这种过失，三亲王也难免遭人批评什么的……”看来，皇后已大受打击，十分心痛。

其后，长公主有信给二公主。大将见那笔迹十分优美可观，欣喜异常，觉得早应该如此才是。皇后也令人送了许多有趣的图画来。大将则更挑选尤具情味者，使送达于长公主处。《芹川大将》——《远君[2]思念长公主秋暮出游图》颇有深味。大将不觉地将图画与自身比拟。假使人家肯这样同自己心心相印……遂怨艾缺乏艳福。

秋风过兮寒意驻，
　荻叶沾露添愁悲，

---

1 此处日文各本或作“伯母”，或作“叔母”；英译本中，Arthur Waley 作“She was this woman’s niece”，Seidensticker 则作“She is an aunt”，盖以日文、英文中亲属称谓均未若中文之明确也，今推断或当指“姨母”。

2 盖当时流行之小说，今已失传。远君为《芹川大将》主角之名。

最难消受兮值日暮。

真想在这幅画上写这样的几行字。但这世间，只要自己稍露些蛛丝马迹，都会招来别人的大惊小怪，所以决不可以轻意暗示。这般独自思量之际，不由得又想道：只要是故大君还活着，自己怎么可能为别个女子所动心？即使皇上要把爱女赐给自己，恐怕都不会接受的；何况，他若是知道自己已有了心上人儿，谅亦不至于有这份荣宠了。唉，那位桥姬[1]，真个劳心之因，左思右想之余，心魂又飞到中君身上，复困于恋慕怨怼枉然无奈之情，自觉愚骏不可救药，实在后悔不已。悲叹追不回的往事，继又恨前些时候轻生之人的无情、欠缺理智；不过，也难免想象她当时悲苦支撑的心境，揣测我这边对她态度的转变。这样恐怕更会引起良心苛责，怨叹不已吧？想起右近所说的话，复觉得：如果不是作为嫡妻，只当作可以自在聊天的对象倒不错，难怪匂宫，那浮舟倒是挺理想可爱的人选；说实在的，这事情也怪不得女方，一切都是因为自己太幼稚无知之过啊。有时竟会有这样的想法。

连稳健温和的人有时都会为情苦恼，而况那匂宫，更是不知何以忘忧消愁。至少，若有个人能替代浮舟，听听自己内心无尽的悲苦也好，偏偏却只有对屋的夫人中君慨叹“多可怜哟”一类的话；并且，她们之间的关系又非自幼熟悉，只不过是偶然认识来往而已，当然也就谈不上有何切身的悲痛了。匂宫方面呢，毕竟也不便于同这位夫人畅谈衷情爱恋啦，悲苦啦什么的，故只得又派人去迎接那个侍从过来。宇治山庄的人多数已告假求去，四处星散，只余乳母、右近及这个侍女。她们由于过去曾受女主人厚待，恩泽难忘；尤其这侍从，原非在此地侍奉，却也留下来做聊天的伴侣。起初，对那可怕的川声，

1　宇治桥姬，以喻故大君。

还以为可惜侍奉女主人而希望它转变为“可喜之濑”[1]，便也聊堪安慰的，现在却觉其可厌，一刻难忍，便于不久以前在京都找到一个小房子，搬了过去。匂宫派人把她找到，要她“到这儿侍奉”。盛意虽然可感，究竟因为故女主人与三亲王这位夫人之间的错综复杂关系[2]，到那种地方去侍奉，恐怕朋辈相处，终难免引起议论难堪，故而未敢承命，乃改求“请准许侍奉皇后”。匂宫也同意：“这样也好。等将来再悄悄把你接到这边来雇用。”侍从以一介无依无靠之身，想到如此衷心或有所寄托，便辗转由人介绍到皇后殿里去侍奉了。大家见她长得不错，爽爽净净一个侍女，也无人恶意批评她。大将之君也经常出入此殿，害小侍从每回见到他就悲从中来。从前就听人说，此殿中尽是家世良好的女子侍奉皇后，可是，放眼望去，竟无一人堪与自己的故女主人相比。

这个春天去世的式部卿宫有一位小姐，不得其继母欢心。正好其胞兄右马头，人品虽无甚可取，却对此女独有意；那继母便毫不怜恤地准备许嫁于他。皇后不知打哪儿听到此消息，忍不住差人去说：“可怜哟。人家父亲心肝宝贝带大的千金，怎么可以就这般糟蹋了呢！”而那少女本人也正慨叹无所依赖，为兄的侍从也规劝：“人家一番好意嘛。”最近便也来到这儿。作为长公主的伴侣，论家世出身，她是最佳人选，故而受着特别待遇，与其他宫女颇有分别；不过，侍奉终归是侍奉，所以大伙儿称她宫之君，虽然用不着像其他宫女一般穿着唐衣裳，也终归是教人看着怜悯。兵部卿匂宫认为这女子或者会像去世的爱人也说不定——因为她们的父亲是同胞兄弟，[3]他那天生的风流禀性，于思念故人之余，难免怀人之情油然而生，所以不知不觉间已为之心旌摇荡了。大将之君则对此颇不满，前些时候还说要把这

1 词出《古今六帖·三》，和歌。
2 谓中君为匂宫之妻，浮舟则其情妇也。
3 宫之君的父亲故蜻蛉式部卿宫，与浮舟之父故八亲王为兄弟，故云。

位千金小姐许配于东宫，似乎也曾有意下嫁给自己；而今竟然让她仕宫，这究竟是怎样一个世间啊！荣枯盛衰变化无常若此，那真不如投水算了。其实，他私下比谁都对这位宫之君倾心着。皇后一日归宁于此六条院邸，由于此处较皇宫宽敞，有情趣而又舒服，所以连平素不出仕的人都竞相来拜访请安，致好几栋相连的对屋啦，走廊啦，渡殿等，都充满了侍女。左大臣则又丝毫不让美于昔日六条院君时的盛况，凡事求其尽善尽美，照料得无微不至。好不容易盼到这一族的荣盛时期，所以其豪华之状况，与前代相比，委实可谓有过之无不及。至于这位三亲王呢，倘依他的本性，到现在，恐怕都不晓得又犯多少过失，可是看来好似收敛了许多，人人皆以为他已经改邪归正了；实则，近来为了这位宫之君，正又本性难移地诸多费神哩。

“天气转凉了。”皇后有意返归宫中，但是年轻的侍女们却依依不舍，都集拢在此，纷纷央请：“不等秋盛看过这儿的红叶，未免太可惜了。”大伙儿正在池旁赏月啦，不绝地管弦游宴等，热闹异常。这位三亲王对于此类事情原本最热衷，故而兴奋极了。虽云朝夕惯见，大家觉得这位匂宫给人的印象，始终如初见之花一般新鲜；至于那大将之君，则由于难得光临的缘故吧，多少总令人有拘束感。一天，他们两位双双来到，正在皇后面前端坐着，赶巧让那侍从窥见。唉唉，故女主人若是同这两位当中任何一人结婚，都会过幸福美满的生活的啊。真可惜她竟寻短见。可是，当着别人面前，又未便稍露端倪，故只得独个儿心酸。匂宫对母后详细禀报宫中诸事，大将之君便告辞退出。侍从怕大将见了，会责怪忌期未除便来此侍奉，把自己看成浅薄的女人，所以躲藏起来，不敢让他看到。忽见东边渡殿的门敞开着，众女正在那儿轻声说话，大将之君便走过去说：“你们大家应该同我亲近才对。连普通女人都没有我这么好相处的，何况我又可以教你们许多事情呀。反正，你们以后慢慢就会了解，这一点倒是令人安慰的。”

他这番话语，却教人不知何以为答。在忸怩的众女当中，有一个唤作辨的年长富有经验者，乃出而代答："恐怕经常都是不该亲近的人才会有轻率不客气的举止吧？世事往往如此。倒不是说要借故发挥，不过，像我这种厚脸皮的人若不出来代大家答话，又怕您见怪。""你不该有轻率不客气的理由，这倒是把我看透了嘛！"说罢，环顾四周。那唐衣卸下堆在一旁，大概前一刻正在随便练字的吧，砚台的盖子上摆列着不知名的花枝，好像正在赏玩的样子。有的溜进几帐后头，有的背过身子，有的将脸转向开着的门边，不让他看清楚是谁。大将之君觉得她们个个都长发美丽，乃引来砚台书写：

"女郎花兮开遍野，
千娇百媚绕身边，
浮名犹露兮未沾惹。[1]

何以仍不肯信任我呢？"书毕，以示坐在纸门旁的一个侍女。未料，那女的竟未假思索地立即援笔作答：

名称花兮惹遐思，
女郎花独能挺立，
诚非遇露兮辄乱垂。[2]

字虽寥寥无几，笔迹却相当可观，不由得令人好奇：不知她是什么人？大概是正要上去侍候皇后，却由于给大将挡住去路，故而在那里

---

1 薰此歌盖以女郎花喻众侍女。谓己为人正经，未尝风流，有坐怀不乱正人君子之风度也。
2 此为女拒薰之歌，以女郎花自喻，露则以喻大将，谓己自有操守原则，非任谁可使强迫披靡也。

犹豫踌躇的吧。那个唤作辨的宫女说："瞧您，老气横秋，一本正经的口气，真可恶！"又道：

"花丛中兮谓无意，
请为旅宿试真心，
始知盛芳兮不移志。[1]

然后才做定论吧。"讵料，大将之君竟回答：

既有意兮相邀宿，
盛情难却度一宵，
大抵花色兮难留目。[2]

"哟，别教人害臊了。人家不过是开开玩笑说旅宿野外而已。"只要大将之君随便说句什么话，都会引起妇女们的兴趣，想听下去。"对不起，挡住了你的路。喏，让你过去吧。那边有人怕羞躲着，可有什么原因吗？"说罢便离去。后来大家都在担心：会不会让这位公子以为这儿的宫女个个都像辨那样鲁莽呢？

日暮时分，大将之君凭靠高栏眺望庭前各色花开。心中感慨无量，禁不住轻吟"就中肠断是秋天"[3]之句。这时，听得方才那侍女裳裾綷縩地经过主屋门边走到另一个方向。匂宫走过来问："方才那人是

---

1 此辨挑逗薰之歌。谓其以正人君子坐怀不乱自居，然试为旅宿，方可信其果真心志不移与否。

2 此薰戏谑之歌。谓己虽不轻易留目于寻常花，然既有意邀宿，当亦可暂宿一夜以证其志也。

3 白居易《暮立》："黄昏独立佛堂前，满地槐花满树蝉。大抵四时心总苦，就中肠断是秋天。"

谁啊？”有个宫女的声音说：“侍候大公主的中将之君呢。”大将觉得：这真是成何体统！对于心怀好奇的男人，怎可随便就直率地讲明谁谁人呢？他心里为此深感遗憾，另一方面却又有些妒忌大家对于这位亲王的亲热态度。或者，难道因为他老是这般单刀直入，所以女人反而会从风披靡吗？可恨，自己总是吃这位亲王的亏。这府邸之内，一定也少不了他倾心的佳丽；得把她引诱过来，就像过去自己为他所害苦那样，至少要教他大吃一惊才甘心。若是真正懂得道理是非的女人，应该倾向于自己才对；可惜，这样的女子恐怕是绝无仅有吧。他私下这样胡思乱想，便又禁不住想到二条院对屋的那位中君。她对于夫婿这些风流艳事，显然逐渐有所不满，世人面前亦难免有尴尬之感，却碍于情面，分离不得，诚然是罕见难得的女性，也十分值得同情。在这众多的女性中间，可有像她这种心地的人吗？自己在此方面涉足未深，故认识不够；可是，迩来正为失眠无聊所苦，不妨试一试此类风流情事。虽然浮艳之心稍起，毕竟还是觉得：现在的自己恐怕不配这样子。

然则，像上回那样故意前赴西侧渡殿那边[1]，又是何种居心呢？长公主于夜分来到母后房间，大伙儿为着赏月，便在此随便闲谈着。不知谁在弹筝，音色优美，爪音饶有情致。赶巧，此时大将靠近来问：“怎么弹得这般恼人呀？”[2]害宫女们大吃一惊，却也并没有将卷起的帘子垂下，只是起身说道：“难道还有貌似的兄长[3]吗？”听那声音，大概是叫作中将的宫女吧。“我才是她娘舅。”[4]大将之君尽说些戏谑的话语，又问些无益的话：“公主今晚又到那边了吗？她住在母后这边的时

---

1 谓长公主所居处也。

2 此处盖暗袭《游仙窟》文：“故故将纤手，时时弄小绪。耳闻犹气绝，眼见若为怜。”

3 此又袭《游仙窟》文：“容貌似舅，潘安仁之外甥。气调如兄，崔季珪之小妹。”

4 亦据上引《游仙窟》“容貌似舅”而来。薰为长公主母明石中宫之同父异母弟，故云。

候，究竟每天做些什么事情消遣呢？”“无所谓在那儿做什么啊。还不是就这么过日子。”人家委实是高贵的身份哟。忍不住地要太息，又恐他人讶异，为了掩饰，只得将宫女们取出的和琴，音色都不稍加调理，便径自弹奏起来。律调与秋天这个季节简直调和极了，大概并不难听，却也不终曲便辍止；害那些洗耳恭听的人，觉得意犹未尽，实在遗憾！大将私自想着：自己的母亲，身份不劣，而这位长公主则是皇后所出，二人就这一点有些差别而已；至于受父皇宠爱，则又全无分别。然而，这边一位，毕竟还是有些特别的地方，那到底是什么原因呢？生她这样一位女性的母后诞生之地——明石之浦，究竟是个什么样子的地方呢？恨不得去探一探……他这样思量之余，觉得自己有幸娶得了她妹妹，也总算是宿世福祉，但若是能够连同这位长公主也娶回来的话，那就更好了。瞧他，竟做此非分之想哩。

宫之君在此殿西侧的对屋有个房间。那边也有不少年轻人聚集在一起赏月。唉唉，可怜哪！其实她也同样秉承着高贵的血统的呀。大将不禁又想到她那位去世的父亲对自己说过的话，他对自己这么解释，便径赴其处。有两三个身着仕衣的女童侍在附近走动，见了这位生客，羞得连忙躲进里面去。这种事情常有，并不稀奇。大将便靠近南隅的房间，干咳示意。不久，有个年纪稍大的宫女出迎。“若说我一直都暗暗倾慕着，或许反而像是套陈腔滥调，故作天真状吧，我今只一心求‘言外之意’[1]来表情意呢。”岂知这女的竟也不去禀报女主人，自作聪明地代答：“如今变成了这始料不及的身份，更教人回想故主人的打算。有时您偶尔谈及，我们女主人也挺高兴的。”这种待遇，似乎太寻常乏味，教人不满足，故又道：“我们本来就不是陌路人[2]嘛，

---

1 语出《古今六帖·五》，和歌。

2 薰与宫之君为堂兄妹，故云。

现在她如果能够更进一步依赖我，那就让我更高兴，不过，倘使这么见外，还叫人居中传话什么的，也就不便再来拜访了。”给他这么一提醒，那宫女才觉悟，连忙催促女主人。“这一向‘松亦异往昔’[1]地寂寂度日。没想到竟蒙您提到本非陌路人，真教人深感安慰。”不像是对宫女传话的样子，那声音富于青春娇媚的气息，另有一份优柔之致。设若是寻常仕宫的人住在这种地方，定必十分有意思；可是，偏偏像她这种出身的人，竟如此让人直接听到说话的声音，怎不令人忧心。姿色大概也挺标致的吧，颇欲一睹庐山真面目；也许这个人会成为引起那匂宫心乱之源也说不定，乃不由得深感兴致，却又觉得世上真正完美的女性，怕是不可能有。像这位千金小姐，原是由她高贵的父亲掌上珠也似的呵护带大的，不过，像她这样的女性，世间也还多的是吧。奇怪的倒是圣者一般深居山中的故八亲王那一对姊妹，双双都是无可挑剔。至于另一位突然轻生的女性呢，乍见之下，觉得无比娇美……瞧他，凡事总要想到那一族人的事情。他一一回想着与她们三人之间阴差阳错错综复杂的关系。正独自沉思的这个黄昏里，见蜻蛉悄然交飞。

“见在此兮不留停，
寻寻觅觅复告失，
未知去向兮似蜻蛉。[2]

‘似有若无’[3]啊。”他又像往常那样自言自语哩。

---

1 语出《古今集·杂上》，藤原兴风和歌，叹今昔之变也。
2 蜻蛉即蜻蜓，又称蜻蜓。歌意谓：故大君与中君，明明曾在眼前，却未能停留得手；浮舟则寻之觅之，既已暂得，复又告失踪，故三人皆蜻蛉一般悄然不可把握也。
3 语出《后撰集·杂四》，无名氏作和歌。盖为叹浮生无常之歌也。

第五十三帖

手　习[1]

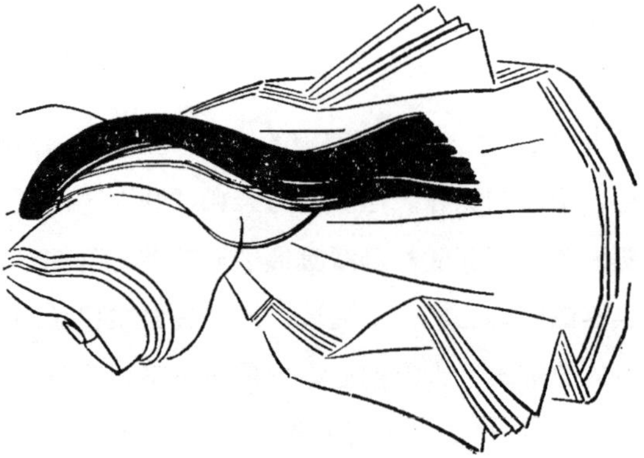

当时，在横川住着一位德高望重的僧都。他有一位八十多岁高龄的老母及大约五十岁的妹妹。这次，母亲和妹妹为了偿还一个古老的愿望，前往初濑寺诣拜。僧都乃派其最亲近的弟子阿阇梨，使照料经卷、佛像等供养诸事。法事一切完毕，于归途经奈良坡时，那为母的老尼竟觉得身体不舒泰，大家担心在此情况之下，恐难继续前程，适在宇治附近有个熟人的家，便暂时借住一宿，稍事休息之后再做打算；未料，情形并未好转，只得将此消息告知横川方面。僧都原已决心隐遁，今年之内都不准备下山，无奈老母病危，旅途上万一有个三长两短则如何是好？便大吃一惊，急忙出发了。这位老夫人年事已高，僧都躬自为之虔诚祈祷，又特令弟子中之灵验者念咒，大伙儿正忙乱着。那屋主人闻悉，担忧道："我们这儿正在洁祭精进，听说这么大年纪的老太太病重，可怎生是好？[2]"这话说得有道理，也不能害

1 帖名"手习"，习字也。英文译本，Arthur Waley译为"Writing-Practice"，Edward G. Seidensticker则译为"At Writing Practice"。

2 当时事佛精进，若家中人亡则为污秽，影响修行，故云。

人不方便；而且，这个房子也稍嫌其狭隘不敷用，所以预备接母亲回去。可是，不凑巧，那横川庵室的方向正值中神阻塞，须避方向，遂记起故朱雀院领地有一处宇治院，大概就在这附近，又所幸僧都与那位院守也熟稔，便托人去央求暂时借宿一二日。未料，竟出来一个寒酸相的看守老头儿说："昨天到初濑参诣去了。"不过，他又说："要来的话，趁早吧。反正寝殿空着。经常有人参诣打这儿经过，都来住宿呢。""那太好了。虽然是公家的领地，但没有别人住的话，也不错啊。"乃先派人去察看。这老头儿已惯于招待过客，所以设备虽简陋，倒也准备妥当相迎。僧都自己先过去。见那地方荒芜得厉害，便令："你们大德，快念经吧。"随老尼赴初濑的阿阇梨及另一位类似的僧侣带领着一个健硕的新仕僧人，点着火，到无人的寝殿后面去看看有无何事。见一片阴森森茂密的树底下，仿佛有一堆白色的东西。"咦？那是什么？"一行人止步，举起火把照亮来看，好像是什么人坐在那里。"大概是狐狸精。可恶，要教它显形出来。"有一个人稍稍走进去，另一个人却说："不必了。反正是鬼精灵吧。"便结起祛妖护身符来，怯怯地凝睇。他若有头发的话，此刻一定是毛发竖立无疑。那手持火把者却一无惧色，大步大步走过去看。只见一头乌亮的长发，有个女人依在粗糙的树根嘤嘤哭泣。"奇怪啦。请咱们师父来看看。"这事的确奇异，便有一人奔告于僧都，如此这般云云。"狐狸化身成人，早已听说过，倒也没有亲眼见到。"僧都也特别赶来看。由于尼君在此，仆役们都在厨房里忙着准备膳食，大家都到那边去，这儿显得寂然，僧都便带领数人赶来。看来与一般人都无分别。实在教人不解，不知不觉看过了时。快些天亮就好了，那就可以看清到底是何物。心中默念着真言咒文，又结符印试图祛妖。许是终于看清楚的吧："这是人哪！绝不是妖怪。靠过去问问看。不是死人；说不定是丢弃的死人又复苏了。""怎么会把死人丢在这个院子里呢？就算是真的人，恐怕也是给狐狸或树精诱拐到这儿来的吧。真不凑巧啊，这个地方有了污秽[1]的话……”遂差人唤来那看守的老头儿。那山谷回响，教人听得毛骨悚然。老头儿怪模怪样，一边用手抚掠着额际走过来。“你们这儿可有年轻妇女住着没有？瞧，有这种事情。”说着，指向那一堆。“这是狐狸精干的好事儿。这树下呀，常常有这类怪事情。去年秋天，也有个住在这儿的人那两岁的孩子给拐到这里来。我已经见怪不怪了。”“那孩子，后来死了没？”“没有。活得好好的。狐狸喜欢作弄人，可是也不会太过分。”听他的口气，似乎真是司空见惯，满不在乎；想必是心都给深更半夜做饭的厨房那边吸引去的吧。“那就看看清楚，到底是不是妖怪作祟。”遂令那个胆子大的僧侣走过去观察。“喂喂，你是鬼？是神？还是狐狸？是树精？咱们这儿有名震天下的大法师，你想藏身也没办法。快快报名出来！”说罢，掀去那一层外衣，没想到，竟埋着脸孔，哭得更厉害。“嘿！这不识好歹的树精。你想逃都逃不掉。”他想看清那张脸，又怕会不会像古人说的那种无眼无鼻的女鬼，心中忐忑，却有意在别人面前逞强，所以使劲去拉扯那上衣；对方则一味俯身痛哭。阿阇梨颇有些不甘心：“这世上岂有这等怪诞之事！”他定要一探究竟。偏偏不凑巧，这个时候像似要下大雨的样子。“把她丢在这儿，恐怕会死掉。先搬到屋檐下再说。”僧都说：“这是真的人。见死不救可不成。就算是游于池中的鱼，鸣于山中的鹿，给人逮着，眼见它们垂死，如果不去营救，也不忍于心吧。人的寿命虽然不长，可是活着期间，哪怕是一天两天，都得珍惜才是。她不知是神附还是鬼诱，或者遇人不淑受人骗，大概是想要自杀求死的吧。菩萨一定是有意救她，然则，先让她喝点汤药，尽力救救看；若其终难逃一死，那就没有办法了。”乃命令此法师抱入屋里。徒弟

1　谓有妖怪污秽，则于病人不利也。

之中，也有人非难：“多管闲事嘛！有病重的人住处，又把这个麻烦的收容进来，岂不带进污秽了吗？”但是也有人说：“不管是什么东西变的，明明一息尚存，让她白白暴露在雨中死去，这怎么行呢？”仆役下司总是爱大惊小怪，口风不紧，便让她躺在比较隐秘的一间房里。

那老尼君也搬了过来。可是，当停靠车子的时候，却痛苦异常，所以大伙儿手忙脚乱的。等稍稍安定后，僧都问起：“方才那个人怎么了？”“虚弱得很。连气儿都没有，大概是给什么妖怪附身了吧。”僧都之妹听见，便讯问：“什么事儿啊？”如此这般云云。“活了六十多岁，这还是头一遭看见的奇事儿。”那妹妹竟哭着说：“我在初濑寺梦见的。究竟是怎么个人呢？让我看一看。”“喏，就在东面这个门边儿。你来看吧。”遂急忙过去探望。可怜，给孤零零一个人丢在那儿。是一个年轻美丽的女子，身穿一袭白绫的衣裳和红色的裙袴。她的身边飘荡着奇芳异香，显得十分高贵。“哎呀，这一定是我念念不忘的亡女复活了。”遂哭哭啼啼令侍女们抱入。她们未见到方才那一幕，所以丝毫不畏惧，就把她抱进来。不像是活着，却也茫茫然睁开眼睛看周遭。“请说说话吧。究竟是为什么这样子的呢？”但她分明还没有意识。尼君亲自替她喂汤药，奈何仍然十分虚弱，眼看着就要断气的样子；岂能教她死去，便命令灵验的阿阇梨：“您看，这个人就要死了。快点儿给她祈祷！”“所以说的嘛，真是好管闲事。”嘴里虽然径自嘟哝，倒也马上诵《心经》招呼众神来祈祷。僧都也探个头问：“现在怎么样了？好好儿制服那妖怪，看看到底是何物作祟。”可是，虚乏依然，好似就要熄灭过去似的。“恐怕是救不了。真糟糕，碰到这么个污秽，还得躲在这儿……可是，看来还是个身份挺高贵的人呢。丢在这儿不管她也不行啊。这可怎么办才好？”法师们纷纷在议论。“喂喂，可别对人讲哦。怕会引起麻烦呢。”那僧都的妹妹警诫大家。看来较诸母亲病重，更关切这个女子复苏的事情，瞧她片刻不离地随侍在身边。虽然不知何许人也，但见她这般眉清目秀，不舍得让她死去，人人无不尽力照料营救。有时也张开双眼流泪。“啊，到底怎么办才好？我还以为是菩萨指引，要把她来替代我那可爱的亡女呢；假如她竟然死去，那岂不是教我更悲伤吗？都是前世缘深，大家才会这样见面。至少请你跟我说句话好吗？”这才好不容易听见她有气乏力地说：“反正活回来，也是微不足道的人。还是悄悄趁夜把这身子给扔到河里头去吧。”“哟，好不容易听见你说话，正高兴着，却胡说些什么呀。你怎么会在这种地方呢？”没想到，对方却又不言语。怕她身上是否受伤，所以仔细检查了一下，却也无甚伤痕，见她那一身细致的肌肤，更令人大惑不解，也教人悲伤；甚至于不由得怀疑：会不会是妖魔化身来乱人心的呢？

二月以来，大伙儿住在此地，为着老尼君和这个女人，祈祷之声不绝于耳，人人讶疑骚扰不已。有些从前曾仕僧都，而今住在此地附近的下司，听说主上泊宿于此，皆来请安问候；听到这个消息，有人便说：“有一位故八亲王的千金，后来成了右大将的人儿，最近听说不病而终。我们大家为了帮忙那葬礼，所以昨天没能够赶来请安。”哦，原来是鬼灵攫取了那人的魂魄来的吗？僧都私下如此忖度，见眼前这一副躯体似有若无，难禁不寒而栗。侍女们却说：“但是，昨晚从这儿看到的火，可不像是烧尸的那种大火啊。”“一切从简，算不得是隆重的仪式。”至于这些下司仆役，因为有葬礼秽污，所以不让他们上屋子里来，把他们统统赶了回去。“奇怪。大将之君所爱的故大君已经去世多年，他们所说的究竟是谁啊？现在，除了二公主以外，他决不可能另结新欢才对。”众人议论纷纷。未几，老尼君的病已稍愈，那阻塞的方向也业已无碍，再在这种阴森森的地方长住也不方便，遂准备回去。“可是，那一位的身子还挺虚弱。不知道路途上可吃得消吗？真教人担心。”人人又在互相谈论。准备好两辆车驾。僧都的母亲所乘，有二位尼侍相随，第二辆车内，则使这个女子躺着，除了僧都之妹外，另有一人陪伴。一路缓缓行进，时时停车，使进汤药。僧都住在比睿山麓坂本的小野地方，路程颇远。“应该在途中住宿一夜才对。”众人一路说着，竟也在夜深时分抵达。

僧都扶助老母，其妹照料那个不相识的女人，双双都给抱下车来歇息。老尼君并非有什么病痛，只因为长途劳顿所致，故而已渐渐痊愈，僧都便也再度上山去了。身为法师，带着这么一个女人，总不方便，故而对于当时不在场者并未宣扬出去。尼君则又对众人告诫，只恐怕有人会找上门来，实在提心吊胆。到底怎么会孤零零一个人给丢弃在那种乡下地方呢？难道是趁着出门参诣生病之际，给继母啦什么的弃置不顾的吗？她仅仅说过一句“把我扔到河里去”，此外更无言语，真个格外令人担忧，恨不能快些儿让她回复常态；可是偏偏一动也不动，看来奇怪，或者终究不可救也说不定。不过，又不忍心不理不睬啊。僧都之妹则又提及在初濑寺做的梦，遂令最初为她主持祈祷的阿阇梨暗中焚烧芥子护摩。

在照料看顾之间，不觉得度过了四月和五月。见她病况一无起色，僧都之妹乃差人热心央求其兄长：“还是请您再下山来一趟，救一救人。看她保命到今天，定是死不了的人，只是妖怪不肯走开。慈悲为怀的佛徒啊，您既然不肯到京都，至少在这个山麓地方是无妨的吧。”“这事倒是真奇妙。看她保命至今，也不能见死不救。大概是因缘注定，所以才教我遇见的吧；总之，尽力而为就是。倘使实在营救不了，那也就只好算作天命已尽了。”僧都终于又下山来。尼君欣喜异常，详谈迩来情况。“照道理说，病了这么久的人，总会周身晦气才对；可是，这个人却明艳依旧，没有一丝儿难看的样子。大概总是这个缘故，才会眼看着危笃，却又能够拖到现在吧。”见其啼泣而语，僧都也说：“初见时，便觉得挺标致的。来，让我看一下。”遂探头看。

“的确生得容貌秀丽。大概是前世修积功德，才长成这一副美好的脸孔；不过，又不知到底犯了什么过错，才又遭遇这等不幸呢？可有人听到什么消息没有？”“压根儿没听说过什么消息。只当是初濑观音授赏的人儿呢。”“这种事情，自然也多少是有缘分的，但是，也总不可能是无缘无由呀。”僧都心中一团疑云，遂又开始修法。

想到这些年来，连公家的事情都一概推辞，隐居深山中；现在竟为了一个微不足道的女人修法祈祷，也未免太不成体统；这事若传闻开去，定当遭受物议，遂严密警告徒弟们，勿使泄露消息。“你们可千万别张扬开来。我乃是破戒无惭的法师，戒律之中自亦多所破除，但是，唯独女色方面，从来没有遭人诽谤过，也没有犯过错。倘使到了六十多岁的今天，再要教人非难什么的，那也是宿缘难逃了。”“假如有居心不良的人信口雌黄，那岂不成了佛法之耻啊。”徒弟们也觉得十分烦恼。“这修法期间，若不显灵验的话……”僧都可真是特别下功夫立誓，整夜不停地祈祷。翌晨，那妖物总算才移附到灵媒身上去。僧都决心要弄清究竟是何物作祟，至少要它说出口来，便与阿阇梨等人费尽心神想尽办法修法；这一阵子以来执着不肯显现的怪物，终于给祈祷制服了。“本人可不是随便到这儿让人制服的；从前也曾经是堂堂一个修行的法师，只因为遗恨浮世，未得成佛而漂泊中途，竟来到众佳丽所住的地方。其中一位已被我所害。[1]这个女子却是自怨自艾，成天想要寻死，所以趁她深夜独处时，附着其身。不过，观世音多所垂护，终于教我败在这位僧都的法力之下。算啦，现在只好告辞了。”那怪物喊叫着。“那么你究竟是何许人呀？”可是，大概是那灵媒已虚乏了吧，便也不再言语。

那女子本身倒是稍觉得爽朗了些，她环顾四周，竟无一相识之

1　盖谓宇治大君也。

人，所见都是一些枯槁的老法师们，还以为是来到一个不知名的国度，心中顿觉悲凉，无以言喻。她试图回想过去，却连住所，甚至自己是何人物都无法想起来。只记得自己曾决心自杀投河，可是以后又如何呢？便由这个线索追寻过去，依稀似有极可悲之事，乃趁侍女们熟睡之际，开启妻户外出。当时好像风吹得紧，川濑响彻周遭，不由得私下恐惧，无法思想过去与未来。脚是放在走廊下了，却不知何适何从；然而，到那个地步也无法退缩回去了。“下决心要死，只恐怕万一失败了，给人家发现就不妙；管他鬼怪还是什么东西，噬走了我身吧。”喃喃自语，茫然呆坐着。讵料，竟有个英俊的男人过来说：“到我这儿来吧。”那人好似要拥抱自己。当时，只觉得那人便是兵部卿之宫，以后便失去知觉的样子。后来，那个男子却将自己带向不知何处，便消失得无影无踪。啊啊，所以竟致无法投河成功，还记得曾为此痛哭，但是，其后所发生的事情，却无论如何都记不起来。听别人讲话，似乎自那事以后，大概已过了不少日子，可又不知道这期间自己到底是一副什么样子，教毫不认识的人怎么照顾过来的呢？想到这里，不禁羞惶极了。何以又这般复苏过来呢？更是悔恨又悲哀不堪。失却意识的时候，懵懵无知之间倒是吃了一些东西，而今则连一滴水都咽不下去了。

“为什么总是这样虚乏呢？这些日子以来的烧也退了，看来人也清爽些，正在替您高兴着呢。”那尼君哭泣着，丝毫不放松地紧跟在身旁照料。其余的人，见了这么一位标致的女性，也都自动倾心尽力仔细看护。至于她本人呢，求死的心虽然还有，但是，遭受了那么大的事情居然还死不了，可见这一条命韧性之大；如今，好不容易也能够稍微抬起头来进食，反倒看来憔悴许多了。尼君心里期待着病人早些痊愈，对方却苦苦央求：“请让我也做了尼姑吧。否则的话，我也不想活了。”“怎么忍心让您这么年轻标致的姑娘去当尼姑啊。”遂仅仅略微削去顶端的一些发梢，让她接受五戒[1]而已。虽然仍未能满足于心，不过，她原本生性温顺，便也没有再坚持非出家不可。僧都也晓告以："出家之事，暂时到此为止，还是赶快把病治好要紧。"便又回到山里去了。尼君直如见到梦寐以求的亡女似的，勉强她坐起，又亲为之梳栉。想不到长时间随便束扎的一头长发，却也并不顶纠缠紊乱，一经梳整，竟是如此清丽乌亮。这房子里尽是些"百年未足九九发"[2]的老人，这一位美妇人就像是仙女下凡似的，直令人担心会不会忽然销匿不见呢。"您看，我们这样子关心您，怎么到现在还要这般见外呢？究竟您是什么地方的什么人？为什么会在那种地方呀？"虽再三讯问，奈何只一味地羞赧："大概是昏迷过去的时候把事情都给忘光了吧。从前的事情一点儿都不记得。只记得仿佛好想死，每天到了黄昏时分就呆坐在靠外处。有天，从院子里的一棵大树下走出个人来，好像要带我去什么地方似的。除此以外，连自己是谁都想不起来了呢。"她说话的模样儿娇柔可人，却又哭泣道："我不愿意教人知道还活着。万一让人听到，那可真是难过极了。"

既然对方不愿意人家追问下去，尼君也不便再追根究底。这件事简直比发现赫耶姬的那个竹取翁[3]更珍贵，如获至宝似的，另一方面却又不得不担心：不知道她什么时候会突然消失呢？这个庵室的主人，也是一位高贵之士。至于她的女儿尼君[4]，则原为某达官夫人，由于夫亡守寡，小心翼翼护育着一个独生女儿，冀望将来给她嫁个公卿，未料不久，女儿竟也死去，遂心生厌世，皈道为尼，住到这山里来。然而，她心中念念不忘死去的女儿，心里老盼望着找个人来替代也好，

---

1 佛家语，谓杀生、偷盗、邪淫、妄语、饮酒等五戒也。
2 句出《伊势物语》，犹谓"七老八十"也。
3 典出于平安初期小说《竹取物语》。
4 即僧都之妹也。

这些年来便在这种虚无缥缈的悲叹中度日，怎么料得到，如今竟意外地遇见这么一位容貌姿色更胜一筹的少女，真个令人难以置信，遂亦惊亦喜。这尼君虽然上了年纪，倒也生得清清爽爽，看来颇有高尚的风韵。而且，此地风光，比起从前宇治那地方，连水都是缓和悦耳的。庵室的布置啦，庭园景致和林木等，也富于雅趣，即使院前花草都极尽风流之致。秋季到来，天空更饶有一份情致。说是要刈割门前的稻穗，年轻的女仆们模仿乡下人的口气唱着歌谣嬉戏。那驱除麻雀用的引板声响传入耳中，不由得使她回想起年幼时见过的东土风光。

比起夕雾的岳母[1]所住的小野山庄，此处更为偏僻，且房屋依山而建，四周多松，风声凄凉，所以平日无所事事，唯勤行修法，寂寞度日而已。逢月明之夜，尼君有时也会弹琴。有个唤作少将尼君的侍者，则偶尔也陪奏琵琶助兴。“您也会音乐吗？解解闷儿嘛。”浮舟则每遇这种场合，难免自卑出身不佳，过去又无暇学习此类风流雅事，致成长为一无嗜好的女性，听到这些盛年已过的妇人于音色之中自得其乐，难免更加觉得悲凉。唉唉，真个孤苦伶仃哟。遗憾之余，竟随便像习字一般地写下：

欲将身兮投泪川，
　讵料谁人设栅堰，
　　遂令急濑兮依意悛。

意外获救，反而怨恨。前途茫茫，想起来便心烦。月华皎洁的夜晚，年长的尼君们往往咏歌风雅，或者谈昔说往，可是自己又无法参加其中，更觉得郁闷难耐。

1　即落叶宫之母。

浮世缘兮犹未了，
依今漂泊仍偷生，
月下京都兮谁知晓？

当初决心寻死时，心中留恋不舍的人颇不少，而今，其他的人似乎已无甚牵挂于心，只担忧母亲不知如何为自己悲叹。至于乳母，也一直都细心照料，盼望自己有朝一日能够出人头地，谅亦伤心失望极了吧；不知她现在身在何方？恐怕绝料想不到自己仍活在世间吧。她独自思量，却也无人可以了解，也就不由得时时想到从前无话不谈的右近。这种寂寞的山里，绝非年轻人能够与世隔绝隐遁的地方，所以平时只有七八个老尼住着。其中有些人的女儿啦，孙子辈等，在京城仕奉，或寄居他处的，偶尔也会来访。浮舟唯恐这些人当中万一有人出入故地，自然而然将自己尚未死的消息传入什么人耳中，那岂不羞煞人；而况，别人若是猜测何以自己会落魄如此，也难免好奇讶疑，也真正难堪至极，故而决计不要会见他们。只有尼君的近侍者侍从，以及一个唤作柯摩姬[1]的女童陪侍而已。当然了，她们无论气质容貌，皆不及从前京都的人[2]。所谓“寻觅俗尘外”[3]，原来如此的啊。

尼君见浮舟躲躲藏藏不肯见人，心中已觉察必有不可告人的隐衷，所以详细的事情，也不教同一个庵屋中的人知悉。尼君亡女之夫，如今已为中将，这中将的弟弟僧师之君则入僧都门下为徒弟，也在山中修法，所以诸兄弟时时到山中去拜访禅师。某日，中将于上山途中经过横川，顺便来到山庄探望。浮舟见前驱者吆喝之声下，品貌高尚的男子进入门来，心底不由得回想往日偷偷来幽会自己的大

1 取名系取音译（Komoki），原文为和文拼音。
2 原文作“都鸟”，盖沿用《伊势物语》用词，以其晦涩，故径取意译。
3 句出第五十帖“东屋”，浮舟所咏和歌。

将之君。这里虽然也与宇治同样都是寂寥的住所，但是这些人已住惯此地，到处呈现一片爽净风雅的趣味。墙垣种植的石竹花饶有风味，女郎花与桔梗花也正次第绽开。中将率领着许多穿着各色狩衣的青年，他自己也是同样的装扮。大伙儿连忙延请他入南面的屋子，他却在那儿暂时眺望庭景。年纪约莫二十七八岁，看来挺老成持重的样子。尼君在纸门边设置几帐，与之相会。她禁不住啼泣而言："随着日月流逝，过去的事情，恍如梦境；没想到竟然还不忘旧，蒙您时相枉访，真个蓬荜生辉。这都是奇妙的缘分哪。"中将也不由得同情心起，乃道："我这方面也是老忘不了过去的日子。只因为您有心与世隔绝，住在这个僻远的地方，便也就不敢贸然来拜访了。我自己何尝不羡慕隐遁深山的生活，便也时时出访，可是总有许多人缠绊，所以身不由己。今天总算是谢绝了一切同伴。""您说羡慕隐居深山什么的，反倒听着像一般人客套口吻似的。您这样念旧，时时屈驾枉访，才是与众不同，教人深深感激哩。"乃供应水饭[1]等于随从者，中将之君则另有莲子招待。此地本是亡妻的故里，所以也无须客气。赶巧下起阵雨来，便也就很自然地逗留下来详谈。亡者已矣，尼君对于爱女之事已不愿意重提伤心事，然而眼前这位女婿，如何舍得让他变作陌生人？何以连个聊堪纪念的骨肉都不生一个就走了呢？到如今都对于这位女婿深怀好感，所以像这样子偶然来访，都教人心中充满感激，甚至于难免唠叨，不问自答了起来。至于那浮舟呢，则又沉湎于往日回忆种种，她那沉思的模样儿真个美极了。身上只披着一件素白单衣，朴实无华，裙裤则恐怕是仿此地人惯穿的暗红色吧，一无光泽而又暗沉沉的。她这一身打扮，与从前完全不同，那奇特的僵硬感，反倒使她看来另有一份惹人怜爱的韵致。"嘿，才以为咱们故小姐回来

---

1 以水泡饭，夏令食用之。

了，现在竟又见到中将之君，真教人怀念往日啊。其实，索性让他们配成对儿，就像以前的事情那样。多么相称的一对人哪。”听见侍候的众女纷纷谈论，浮舟觉得腼腆极了。即便是偷生苟活下来，也决不再与任何人论及婚嫁什么的；这难免令人回忆往事。此类事一概不再去想了。

趁着尼君入内之际，这位客人一面等待雨晴，记起了那个唤作少将者的声音，便与之谈天。“明知道故人在此，可是近来也渐渐不容易这般来拜访；恐怕大家都把我看成无情的男人吧。”见到这个昔日曾经近侍夫妇二人的少将，当时之事不由得浮上心头来，遂与之闲谈怀旧，又乘兴问起：“方才走经走廊那端的时候，一阵风起，吹掀帘端，看见一种非同寻常的下垂长发。难免教人奇怪，这种远隔俗世的庵室，何来那种人啊？”大概是他见到浮舟伫立的背影了吧。倘使让他仔细端详，定必会惹得他心动；先夫人的姿色虽大不如这位小姐，而他到如今都还不能忘怀的……少将暗自忖度，乃道：“是老尼君念念不忘故夫人，正悲伤之时，偶然遇着一位小姐，便把她收容下来，日夜欣赏，聊供安慰的。但是，怎么会教您看见那一位的起居影像呢？”哦，原来如此！中将这方面不由得兴起。不知她到底是何许人？惊鸿一瞥，已觉有如天人，反而动人心弦。遂禁不住追究地讯问，少将却不肯尽答，只说：“日后总会明白的。”中将觉得，这样不客气地追问也不成体统，便同随从者互道：“雨停了。天色也不早了。”准备离去。临走前，顺便摘取一朵庭前的女郎花，自言自语似的低吟：“未料复闻奇花香。”[1]“他到底还是在乎别人的议论啊。”保守的侍女们对旧主人的态度颇为佩服。尼君则又感慨：“真个越来越俊，风度也更好了。可有办法像从前那样当他女婿看待吗？”又说：“最近好像经常去藤中纳

1 句出《拾遗集·杂秋》，遍照作和歌。

言[1]那边。可是听说并不怎么合意，所以大部分的时间，还是住在他自己双亲家里呢。”遂又转向浮舟说：“真遗憾，您到现在都还跟我见外，心里隐瞒着什么。到这个地步了，不如把这一切都看作因缘，放开朗些好不好？我自己这五六年来片刻难忘的那个女儿，自从见着你来，也不怎么去想念她了。就算是还有人关心着你，恐怕也早都绝望了吧。凡事总有个际限，当时的心境是不大可能永恒持久的。”未料，闻言更惹得浮舟泪落。“倒不是我存心要隐瞒您。只是不知怎的，自从苏醒过来之后，过去种种都像是梦境一般，仿佛重生似的，所以即便尚有故人在世，怕也都认不得了。如今，只依赖您一位的呀。”见她说话的模样儿天真无邪，听者不禁亦为之会心莞尔。

中将来到横川。僧都连忙接待稀客，照料诸端。当夜便住宿在此，使声音美好的僧侣们齐声诵经，整夜逍遥。当与其弟禅师之君闲话种种之际，趁便提及：“这次过访小野，心中感慨实多。弃俗的人而能够那样细心关怀的，恐怕不多见吧。”又说：“哦，对啦。风吹起帘子的时候，偶然瞥见一位长发的美妇人。大概是怕人看见的缘故吧，马上背着我走了进去，那背影看来绝不是寻常人哩。那种地方岂能安置美人儿？旦暮所看见的也不过是一些尼姑罢了。只怕受环境影响，教她色香俱减，那就太可惜了。”禅师之君便告以：“据说是这个春天去参诣初濑观音时，碰巧发现的人。”由于他自己不曾亲见，故亦未能进一步做详细的说明。“挺可怜的嘛。到底是怎么一个人呢？必定是厌倦了俗世，才躲到那种地方去了；真像是听故事似的。”

翌日归途，竟说“没法子白白走过”，遂又再访。少将之尼等人，也暗自期待着这种事情，故细心招待，一如往日故女主人在家之时；如今，大家所穿的袖口颜色虽有异于旧时，倒也依然保持着爽净

1　盖中将当时之妻子也。

利落之致。尼君又忍不住地泪滂沱。中将趁闲谈之际问及："你们这儿住着一位躲避别人耳目的妇人，她究竟是谁啊？"尼君本觉得有些困扰，却又猜想对方谅已瞥见过，也未便隐瞒，只得回答："我实在没法子忘怀亡女，觉得这样下去罪障更重，所以为着安慰，近来照顾了一个人。不知她心里到底有些什么难言的苦衷，唯恐别人察知她还活在世上，虽住在这种谷底山岙，还担心着有什么人会来寻访。您是怎么知悉的呢？""就算是出于风流浮艳之心吧，甘冒这等深山路阻之险而来，难道您还忍心责备吗？更何况您都把她当作令嫒的替身看待了，就舍得瞒住我吗？究竟是什么缘故恨世的，我倒是愿意安慰安慰她。"他热衷地表示愿得一见佳人。临走时，在叠纸之上书写：

女郎花兮莫披靡，
　纵有野风肆猖狂，
　　不辞路遥兮栅围尔[1]。

令少将持与浮舟。尼君亦览读，遂劝浮舟作答："给人家回个信吧。这人挺含蓄，不会有什么歹念的。"但浮舟执拗不允："我这种笔迹，哪儿见得人呀。""这岂不太失礼了吗？"尼君只得代笔："诚如所言，这女子就是与众不同。

既移植兮女郎花，
　虽云草庵隔尘世，
　　怎奈忧思兮不可遮。"

1　中将此歌盖求浮舟候己，莫许身于他人。谓己将不辞路途遥远，设栅围护，以防他人猖狂也。原歌多取音义双关之妙。女郎花以喻浮舟。

回信如此。今日恐无所获，便只得知难而退。

要说一本正经情书频驰，怕不甚习惯，然而那惊鸿一瞥，又教人难忘怀，知她心事重重，则更使他不由分说地感伤同情，乃于八月十几日，趁猎小鹰之便，又来访。照例又召那少将之尼出来，倾谈心事："自从上回见一眼以来，害我一直心神不宁。"浮舟本人自无回答之理，遂又由尼君代答："恐怕另有'等待之山'[1]哟。"中将一见尼君，便忍不住发问："听您说那位可怜的人儿，有关她的身世，可否再予详细见告？其实我自己事事不顺遂，恨不能出家皈道，只因为怕不能见谅于双亲，所以也就只好如此。许是我自己生来劳碌命的缘故吧，同明朗欢娱的女性无法合得来，倒是希望跟多愁善感的人谈谈心事。"听他的口气，挺诚恳的样子。"您若是想找一位性情内向的人，我看她倒真是很合适。可是，她自己痛恨极了这个世界，说什么决不走上世间一般女人之途呢。不过，话虽如此，就连我们这种余生无几的老人，一旦决心做尼姑的时候，都难免犹豫担心，何况她年纪轻轻，来日方长，谁知道将来会怎么样啊！"瞧她，一派长辈亲人的口吻，又到里面去规劝："你这样子未免太过冷漠无情了。至少同人家说句话嘛。像咱们这种寂寥生活的人，对凡事能抱着怜悯同情之心才对呀。"任尼君苦口婆心相诱，奈何浮舟就是未肯稍假以颜色，只是卧在那里说："反正我就是不善言辞、一无可取的人。"客人方面已是等得不耐烦，不禁口出怨言："怎么啦？没有答复未免教人难堪。然而所谓'秋之契'[2]，可是骗人的喽。"

松虫声兮吾实慕，

---

1 此处原文作"待乳之山"，盖为大和附近山名，以其音同"等待"也，此取其意。

2 为"待乳之山"歌下半句也。

等矣待矣声声鸣，
竟致迷惑兮荻原露。[1]

“瞧，多可怜哟！至少得给回个信吧。”虽经催促，却了无浮艳之意；而况，这类事情一经开始，以后便会遇事即受责备，也烦不胜烦，所以懒予答复。周遭的人见她如此，都觉得这也未免太缺乏情趣。这尼君年少时大概是相当风流多情的人，故而本性难移，不由得又代笔：

“秋露繁兮狩衣湿，
衣湿只缘秋野行，
莫怪草屋兮害君立。

人家倒有些困惑的样子呢。”不过，帘内众女并未察觉浮舟怕消息外传的心事，她们对于这位中将之君至今都仰慕着，所以纷纷怂恿：“这位人物挺稳重，您就算是偶然应酬一下，也决不可能招致错误呀。别当作浮艳的事情，请不要过于冷漠相待才好；至少给个答复吧。”瞧她们，恨不得去推动她似的。这些人，虽云出家之身，心境倒与其保守之身份挺不相称，颇有几分时髦之趣，她们吟咏着称不得佳作的和歌，自得其乐；看这情形，怕是前途堪虞哩。

浮舟心事重重地独自歇着。此生不幸，原本要自绝，没想到命不该绝，竟致苟延残喘，未知前途究竟如何漂泊？唉，真希望不再为人所见所闻，就这般弃绝于世。这时，中将方面，大概也另怀心事的吧，他叹息连连，轻吹竹笛，独吟“呦呦鹿鸣”[2]，那情景，倒也不失

---

1 中将此歌盖谓心慕浮舟而来访，讵料竟一无所获，空沾荻原之露而归也。日语“松”，音同“等待”，故以“松虫”暗示等待之意。
2 句出《古今集·秋上》，忠岑作和歌，以其意近，遂径取《诗经·小雅·鹿鸣》句。

风雅动人。他颇有些怨怼之意："到此来追念亡人，竟然徒增感伤；看来如今也别无什么人可以安慰我心。唉唉，想必是此地也非'去忧之山路'[1]啊。""既然欣赏'月夜美如斯'[2]，又何必半途折归呢？"尼君挪移而出。"反正已经窥得'远方乡里'[3]了嘛。"中将只得装成打趣的语气，毕竟他并不希望教人把自己看作一个登徒子。此行只缘那惊鸿一瞥，倩影难忘，以为或可以聊慰对亡人的思念；未料，对方竟深藏不露，那作风居然与此深山僻地有些不调和，也难免令人扫兴，故而准备离去。但是，尼君反倒对笛音都有些留恋，遂擅作主张地代歌：

夜深沉兮月色佳，
草庵最宜赏秋夜，
何忍骤离兮去山崖？

便将此粗略的和歌假托道："人家这样挽留呢。"中将果然心旌摇荡起来。

愿待月兮升山崖，
吾将鹄候冀窥伺，
澄辉穿帘兮定舒怀。[4]

如此答复云云。那为母的老尼君微闻笛音，亦深受感动而挪移出前

---

1 句出《古今集·杂下》，物部吉名作和歌。
2 句出《拾遗集·夏下》，源信明作和歌。
3 典出未明，盖以喻浮舟之心也。
4 中将此答歌盖误以前歌为浮舟诱己之作，遂谓愿待月升山，或可得再一窥倩影也（"澄辉穿帘"云云以喻相会）。

来。她偶尔夹着咳嗽，用颤颤抖抖的声音说话，年纪虽老，却一不及于往事；大概是弄不清这位客人是谁了吧。“来，弹奏一曲琴吧。月夜吹横笛，可真有意思呀。喂，你们哪，快去取琴来。”中将听那口气，猜测这人必是那老尼君无疑。这么一位老妇人，又是如何躲在这种地方过日子来的呢？而她那年轻的孙女儿反倒已经作古了；这人生，真个无常可哀啊！中将曼妙地吹奏了一曲盘涉调，邀众道：“请弹琴吧。”

那为女儿的尼君过去也曾是风流解趣的人，故道：“听来您的琴艺比往日更精绝了，难道是近来这耳朵只听惯山风的缘故吗？”又谦虚一番：“我可是荒腔走板的哦。”便也弹奏起来。琴这门艺术，近来已不大为人所好，所以反而觉得珍奇。松风又助响[1]，合吹的笛音则令人感觉月华亦与之共鸣，一片明净澄洁。老尼君愈受感动，不舍得就寝。“我这老太婆呀，从前也习得一手和琴，但是，不知道是否现在世界变了，咱们僧都却警告我：‘难听极了。除了念佛以外，别再浪费精神吧。’给他这么一说，也就不好意思去弹了。不过，我可是有一具好琴哦。”看她跃跃欲试的样子，中将之君不禁暗自好笑，便巧妙地怂恿道：“僧都也真是的！怎么会不让您弹呢？所谓极乐世界，菩萨啦，大伙儿岂不也这般同乐，仙人翩翩舞，那才叫作至上尊贵的嘛。这怎么又会妨碍修行呀？今晚千万要让我们洗耳恭听才行。”老尼心花怒放。“那么，主殿之君[2]，去把我那和琴给拿来。”说这话之间，也连声咳嗽。人人蹙眉难堪，但是见她埋怨僧都，又不忍扫她兴致，便也由她做去。遂援琴自得其乐地琤琤琮琮弹奏起来，全然不顾现在中将所吹的笛音，别的乐器声只好都停止，她还以为是大家陶醉于自己所弹的曲子哩。于是，重又拨弹回来，一面又唱着：“哒喀呼，唧唧

1　此处或取李峤《百咏》诗“松声入夜琴”意。
2　盖亦尼侍之一。

哩，唧唧哩，哒哩哒哪。”[1]那词儿调儿都挺古老。“真有意思。这种曲子，现在想听都听不到呢。”中将的夸奖，老尼耳重，听不清楚，所以便向旁边的人打听一番。“现在的年轻人哪，可不喜欢这种东西喽。就像最近住在这儿的小姐吧，生得清清秀秀的，可是这种无味的玩意儿，连碰都不肯碰，都是躲在里头。”见她自以为是地嘲笑别人，那做女儿的尼君却深以为苦。

如此一来，扫尽兴致，中将只得离去。归途一路吹奏的笛音，却随着山风袅袅传来，害庵室方面的人彻夜未眠。翌日清晨，中将有信送达："昨夜由于心绪纷乱，急忙告辞。

意难忘兮往事悒，
琴事竹笛两催哀，
更有一节兮诱人泣。[2]

请将我的心意稍予转告。若其可以忍耐，又何须说得如此露骨呢？”尼君正沉湎于怀念亡女之际，见此信函，泪水禁不住地簌簌下落，便立即援笔回复。

“闻君笛兮思往旧，
音声缭绕动吾心，
归后婆娑兮泪湿袖。

从昨晚家母的唠叨中，也可以想见那女孩子不解风情，与众不同之处

1 此处老尼和琴所唱之谱，以其有音无义，故径采音译。Arthur Waley 译为："Taritanna Chiri Chiri Tari-Tatna..." Seidensticker 则译为："Takefu Chichiri Chichire Taritanax"。
2 此歌颇取音义双关之妙。“琴”“事”同音；“节”则明指竹笛音节，暗喻浮舟也。

吧。”尼姑所写的书信，别无特色，多看也无用，便也不想仔细览阅。

中将的情书频频寄来，简直无逊于屡吹荻叶的风势。男人总是这般容易热衷执着的吗？这未免教浮舟想起与匂宫初识时候的情况来，乃于习经诵读之时每每附加祷告："请帮忙早日成尼，断绝别人此类遐念。"真是由衷这样希望着。由于她凡事都表现厌倦世事的样子，旁人都认为她年纪轻轻却生就内向的个性，朴实无华。又因为她长得姿色不凡，故而许多缺点也就不予以为计较；人人视她作旦暮安慰的对象。有时只要她微露笑容，大伙儿就觉得稀奇可爱极了。时届九月，尼君又赴初濑之寺。近年来寂寞度日，无日或忘亡女，如今骤获这位替身也似的少女，足可安慰内心之苦痛；想这一切都是观音赐福，故而想感恩参诣去。"来，跟我一块儿走。不会有人知道的。同是菩萨，在那种名寺祈祷才会灵验，好的印证可多着呢。"虽经尼君再三催促，奈她回忆过去母亲和乳母也屡次劝说，叫自己去参拜，但丝毫未见效验，连个寻死一途都未得偿夙愿，结果弄到如此悲惨的下场；再说，随便与不相识的人同行，也不妥当。不过，表面上却委婉推说："这阵以来，身子挺不舒服，恐怕不适宜作这样的旅行吧。"看来她真给妖怪吓着了，便也不再勉强。

命实薄兮遭世弃。
布留川[1]旁并生杉，
未敢参诣兮初濑寺。

尼君在一些习字用的旧纸堆里头发现了这首和歌。"所谓并生杉，可是指有两位想再会见的人吗？"一句戏言竟正中要害，浮舟不觉得满

1 "布留"，日语音同"旧"，此盖以初濑寺布留川喻往日旧事。

面通红，那羞答答的模样儿真个娇媚动人。

布留川兮容有杉，
素昧平生亦何碍，
径替亡女兮无所衔。[1]

尼君这首答歌虽作得快，但是也无甚格外可取之处。

尼君不愿惊动大家，只带领少数几人；可是大伙儿都争相追随，又担心走后家里顿呈空寂，遂仅留下干练的少将之尼，以及年纪较大的唤作左卫门的女子。此外，尚有女童侍一人而已。浮舟目送一行人的背影，不由得自叹命薄；而今唯赖尼君一人，没想到她竟也留下了自己出门去。正觉空虚无聊之际，中将方面有信函送达。少将之尼劝促："请过目。"可是她充耳不闻。此刻较平时人更少，遂不由得思前虑后，愈发悒郁起来。"瞧您这个样子，教人看着都心疼。也不下一盘棋什么的。""下得不好嘛。"嘴上虽这么说着，倒好像有意一试，少将便差人去取来棋盘，她自负棋艺高，便让浮舟先下；讵料，对方技艺也毫不含糊，遂又重下一盘。"尼君快回来就好了。真想让她看看您这等技艺。她下得也挺好。僧都之君从小也好此道，自负得很，自以为是棋圣大德，曾经向尼君夸口：'我不愿随便自诩，可是，下棋这方面是决不输于你。'没想到比赛的结果，竟输给她两目。我看您哪，恐怕还在棋圣之上哦。真了不起！"见她兴致勃勃那股劲儿，想不到这样一个秃额见不得人的老尼姑竟也有此好，便有些儿后悔不该自找麻烦，乃连忙借口："哎呀，身子不太舒服。"便躺下来歇息。"有

1 此尼君之歌，以为浮舟所咏"世生之杉"系指女性，故谓已视浮舟一如亡女，心无所憾也。

时候也让心境开朗些嘛。瞧您，老这么消沉，真遗憾，实在是白璧微瑕啊。”

这黄昏的风声殊哀，令人思绪纷纷，乃吟咏道：

心未谙兮思未就，
因何秋夕特愁人，
只缘沉思兮泪沾袖。

月上升，正值饶富情致时分，日里曾寄信函的中将来临。哎呀，真讨厌！不知道他是何居心？浮舟匆匆躲进里间。少将之尼劝促：“这也未免太过分了吧。人家一片诚意，这种时节应该格外受感动才是。至少，稍微听取他一些话，也总不至于污染了您耳朵吧？”浮舟忐忑不安，未知这个少将会不会帮男方，把尼君不在家的消息示知对方，莫非是那白天里来的使者，听说自己独留此屋，便将这情况告诉了中将的吗？幽幽怨怼之后，又说：“我并未敢奢求拜闻她的声音，只盼望能够就近倾诉；尽管批评难听啦什么的……”费尽口舌，终觉疲倦，不由得埋怨：“唉，好狠心哪。还以为住在这么风流的山庄，应该多解情趣才对；这样对待人家，未免太过分了吧。”乃又咏成一首歌：

“山里秋兮哀无故，
夜深沉时更添愁，
人若识趣兮恒识趣。

应该会自然心心相印才对。”内容如此。“尼君不在，也没有人能替您出主意。不给人家回音，恐怕太冷漠失礼吧。”拗不过少将之尼在一旁唠叨。

不知忧兮未解愁，

此身懵懂任时过，

若谓识趣兮只合羞。

随便轻吟而已，并不当作答歌一般；少将径以之传告男方。讵料，中将竟大为感动。“务必要请她出来一下才好。”他尽缠着传递消息的人抱怨。“人家可是冷漠得离谱的哦！”少将唠叨着进入里间去；没想到，浮舟竟逃入平常连一顾都不顾的老尼君房里。少将大感困惑，回来如此这般禀报一番。中将却说：“像她这样躲在这种地方沉思的人，谅必有一颗多愁善感的心才对；而且，看她那样子也不像是不解情趣的人，怎么反倒比不懂事的人更冷漠寡情呢！或者难道是另有什么隐衷吗？究竟为何恨这世间，到底要到何时方始休啊？”虽然他好奇地再三追根究底，详细的事情又无法说明，故只得告以：“咱们尼君老早想要照料的，却一直都疏隔着；后来到初濑寺参诣时才遇见，便把她给带到这儿来。”

浮舟这会儿正卧在平常连话都懒得讲的老尼身旁，欲眠不得。那老尼君自入夜时分便睡着了，鼾声如雷。前面另有两个年纪不相上下的尼姑二人，也都大打其鼾，此起彼落，震耳欲聋。浮舟怕极了，唯恐今宵要给这些人吞噬了下去。原本不足惜的身体，却像那走到独木桥上便心生惶恐而倒退的人似的，正担忧起来。她带了那个唤作柯摩姬的女童侍一起来到此处，奈何这小姑娘已情窦初开，看到那位此地罕见的英俊男客，便径自到外边去了。浮舟心中盼望着柯摩姬快快回来。嗳嗳，这小妮子偏偏是不可靠的随从哪！中将终于熬不过，悻悻然归来。少将之尼等人不禁议论：“真是没见过这么畏畏缩缩不通气的人！亏她长得那般标致哩。”不多久，大伙儿先后都睡着在一处了。深夜里，老尼咳醒。灯影朦胧之中，脸色苍白，却披着一袭黑衫；见浮舟躺在身旁，颇觉讶异，便像鼬鼠似的以手遮额伺人。“咦？这就怪了。到底是谁呀？”可怕的声音，加以凝睇的眼光，简直就像要吞噬人一般。前回给鬼拐走的时候，因为不省人事，故无甚感觉；今宵不知究竟会如何？浮舟越想越害怕，致觉得：一切都因自己不体面地苏醒过来，回到这人世间，遂有此等过去、未来的种种烦恼恐惧，这到底是什么缘故啊？倘使那时候真死去了，或许如今正体验着更可怕的事情也说不定……无法成眠之余，竟仔仔细细回想以前的事情，觉得自己也未免太命苦。连亲生的父亲都无由拜见一面，虚掷岁月在往返僻远的东乡之地；好不容易见到素所仰赖的姊姊，却又由于那种事情而不得不变得疏远起来；既然有个人肯来照拂自己，以为从此或聊堪安慰不幸之际，竟又轻率失身。这样回想起来，都怪自己恋慕匂宫；一切都因他而起，致有今日之漂泊流浪。于今思之，当时指小岛之色[1]以为不变之心的信誓，何以会使自己感动欣喜呢？便觉得十分厌嫌；倒不如另一位温吞吞、从从容容的公子，这样那样诸多照料过自己……想到这里，越发觉得怀念，倘若他知道自己还这么活在世上，那真是比对谁都难为情；另一方面则又认为：今生今世怕是无由再度拜见他了。继之又暗自想：不不，千万不可以有此种念头，连这类思想都得要谨慎戒之为是。

好不容易欣闻鸡鸣。若能复闻母亲的声音，不知有多好！昨晚一夜都未安眠，所以身子颇觉不适。柯摩姬本应在身旁，一时竟也未来，故只得依然静静躺着；那些睡觉打鼾的老妇们皆已早早起身，吵吵闹闹准备着简略的粥汤等物。“您也吃一些。”虽然端到身边来劝食，可是从未见过如许笨拙的服侍，觉得十分厌恶，便推说“心情不好。”云云，连碰都不肯碰一下。怎料年纪大的人真不伶俐，一再

1 事详第五十一帖“浮舟”文。

勉强劝食。此时，忽有下司法师模样者大批赶到，报告："僧都今天要下山来。""怎么忽然又……""一品公主[1]给妖物附身作祟，正苦恼着，山寺的座主已经在进行修法，可是总觉得僧都不光临的话，不会灵验，所以昨日特别两度召请。右大臣的少爷四位少将又于昨天夜深之后来临横川，带着皇后的亲函，所以才决定下山来。"听他的口气，真个无上光荣，非同小可。浮舟觉得虽然有些难为情，倒也想亲自拜见这位僧都，恳求他收己为尼；现在那些爱管闲事的人少，正是良机难得，乃起身说道："我身子不顶舒服。等一会儿僧都下山来的时候，想请他主持授戒。请把我这个意愿转告他。"那老尼大概是老糊涂了，只一个劲儿点头。

回到自己房中。这一向都已惯于由尼君梳理头发，所以不愿意让别人触摸，而自己又不便于梳理，故只略予通栉而已；想到再也无法让母亲看到自己这副模样儿，心中着实有无可言喻的悲哀。这一阵子以来，因患重病，头发大概脱落了一些，觉得变薄了；不过，实际上并没有减少多少，依然十分丰饶，那六尺许长发的末端，看来挺悦目。发丝也很细致整齐。浮舟不禁自吟古歌"母亲岂冀此"[2]。日暮时分，僧都光临。扫清了南面，设置座席。见那些光头的僧人来来去去，浮舟竟觉得较平时增添一种恐怖的感觉。僧都来到老母房间请安："最近您身子可好？"又说："东厢的人[3]，听说参诣去了。上回那位小姐，现在还住在这儿吗？""是呀，还住着。她说身体不舒服，想要受戒啦什么的。"僧都便起身径自来到这边房间，坐在几帐之旁问："您在吗？"浮舟有些羞赧，却也挪移过来答话。僧都说："偶然相遇，怕也是前世因缘，所以特别为您虔诚祷告；只是身为法师，无甚要

1 即长公主也。
2 句出《后撰集·杂三》，遍照和歌。原文着墨甚少，译文稍增以求明白。
3 盖指其妹尼君，以其居住东厢，故称。

事，不便于书信来往，自然也就疏隔已久。没想到您倒是能忍耐，和这些弃俗离世的人过着寂寥的生活啊。”“本来已觉悟不想活的身躯，凑巧竟苟活到现在，心里虽然难过，可是蒙大家诸多热心照顾，窃自感激不尽。不过，总觉得自己不可能像别人一般活着，所以盼望您让我受戒为尼吧。即使能够在这世上偷生下去，恐怕也不能过普通女人的生活呢。”“年纪轻轻的，怎么会有这种想法呢？这样子反而是罪过的呀。就算您现在这般坚决发愿，妇道人家呀，经常都是随时间过去，心志也就会动摇起来。”浮舟却泣啼说明：“我从小命苦，母亲也曾经考虑教我去当尼姑过；何况，稍长大懂事以后，更决心不要学普通人，至少为了后世安乐，求道的心也就更深了。不知道是否死期近了，老觉得越来越虚妄。还是拜托您千万让我偿了这个愿吧。”僧都大感疑惑：何以如此标致的一个美人儿会生厌世之心呢？对啦，上回那妖物不是也这么说的吗？这么一想，觉得个中必有缘由。她原非可以活到现在的，既然一度中了恶灵，则是可怖而具危险性之人，便说道：“您既兴菩提之心，佛必会赞赏无疑。作为法师的人，也没有阻止的道理。您想受戒，虽然是简单的事情，不过，我这一趟是为另外的急事而出来，故今晚非得赶去那位公主处不可。修法之事恐怕将从明天开始。然则七日过后，等我退出之际，再来为您服务吧。”浮舟却担心，这期间若是那位尼君回来，必然会干扰，那就不妙，故不妨装成病痛之余，不得已而受戒的样子，便乃央求：“身体难受极了，倘使再度严重，到那时候再受戒也没用了吧？我想，还是趁今日的好。”见她伤心哭泣，听者之心不免起同情，乃道：“看来天色已黑。年轻时候，下一趟山算不了什么事，而今年纪大了，难免觉得吃力起来；本来预备在这儿稍事休息便赴宫中的，既然您这么着急，就在今天替你行授戒仪式好了。”浮舟转悲为喜，令人取来剪刀，连同梳栉盒一并呈上。僧都召唤：“喂，大德们，到这边来一下。”上回同时发现浮舟的那两个僧侣，今天也追随大德来此，便命其："来替这位落发。"阿阇梨等原以为那种情况之下捡来的命，大概不可能像个寻常人样子活着的吧；讵料，那自几帐隙缝泻出的发端竟是如此美丽，致令人一时犹豫，不忍下剪。这期间，少将之尼因其兄阿阇梨亦追随僧都过访，便退下晤对。左卫门则亦与故人会见。住在这种地方的人，大家都难得一见亲人，所以各自尽顾忙着招呼，只有近侍的柯摩姬跑来告诉少将之尼如此这般云云。少将闻悉，连忙赶过来，正见僧都将他自己的衣裳袈裟象征性地披着在浮舟身上，告以："向着双亲所在的方向叩拜吧。"[1]浮舟未知分辨何方，致忍无可忍泪下。"哎呀呀，这是怎么回事！怎么又做这么不讲道理的事情呀？尼君回来，不知会怎么说啦。"少将之尼虽大惊小怪地呼喊，但事情既已进行到此等地步，也不便于妨碍；两僧都又在一旁制止，委实不容易到跟前去强行阻止。听僧都诵念"流转三界中"云云，想到而今恩爱已断，难免悲从中来。法师们究竟也无法狠心剃发，便推说："等一会儿再请尼君们重剃吧。"额前之发，[2]系由僧都亲为之削落。他一面训诫："可别后悔变更了这般美丽的外表哦。"想到尼君无意一时允准出家之志，如今竟喜出望外地偿愿，这不得不说是活着的唯一好处了。

僧都们皆已赴京，周遭又安静下来。听着夜晚的山风，近侍的人纷纷上言道："好不容易以为您就要结束这种寂寥的山居生活，好好儿找个郎君匹配良缘的。瞧您，往后的日子该怎么办哟！连咱们年纪大的人一旦要出家，都难免想到自己的一生就到此为止，心里总会悲伤呢。"可是，浮舟自己却觉得了掉一桩心事，今后再也不必操心在

---

1 出家者于剃发前，须向父母、祖先、国君三拜，口诵偈语："流转三界中，恩爱不能断，弃恩入无为，真实报恩者。"故云。

2 受戒剃发之仪式，先由和尚以剃刀略削发端；次由剃僧保留少许，剃落大部分；最后乃再由和尚剃去残余毛发。但平安时代女性出家，往往仅形式上略削其发端而已，未必实际落尽三千烦恼丝也。

红尘打滚，嫁作人家的妻室啦什么的。再没有比这更高兴的事情，遂觉得心境轻松了许多。不过，翌日早晨，究竟因为擅自主张做了这件事，怕教人看见自己这不同往日的模样儿，又觉得发端忽呈松散，长短参差不齐，真希望有个人不要唠叨责备，能够替自己修整一下。她这样多所顾虑，便故意将房间弄暗，坐在里头。原就生性不善细细倾诉心事，而今连个可以推心置腹说话的对象都无，思虑之余，便只有对着砚台一心习字[1]。

“遣侬身兮忘众人，
岂料初愿偿不得，
一舍再舍兮弃红尘。[2]

如今已断绝一切矣。”尽管这样写下，看着这些歌词，毕竟还是难免于感伤。

既觉悟兮厌浮生，
曾将世间拟背弃，
反反复复兮始告成。

正把同样的内容，一再涂抹着，忽接中将来函。浮舟出家的消息不胫而走，大家正错愕喧扰着，遂有尼人奔走报告发生如此这般等事。中将之君于失望之余想道：原来人家有此坚定的志愿，难怪她连个普通的回信都不肯随便写哩。嗳嗳，这真是太出乎意外。老实说，就因为

1 此“习字”二字，原文作“手习”，盖即本帖帖名由来也。
2 浮舟此歌谓：本已忘己忘人，图舍身投河；岂料得救，致未得偿愿。如今竟因出家而再度舍弃红尘。

她那一头长发太美，前夜还在央求少将之尼“找个好时机”，好让自己仔细端详端详；如今，真个无限遗憾。乃修成一函令来告者携返。“虽然一切已无可如何，

离岸远兮海人舟，
何事急急催理棹，
唯恐落后兮徒自愁。”[1]

浮舟一反常态，竟拿在手上阅览。初初出家，已足感伤，如今看到中将这信中看破一切的情况，不禁更添哀情。不知怎的，有一张纸的边上写着：

心既远兮离世忧，
俗岸已渺漂何处，
未知去向兮浮木舟。

大概是她随便习字写的吧；少将之尼竟拟以此包装，呈给中将。浮舟见此，阻止道：“至少再誊写一遍嘛。”少将之尼却推说：“不不，我怕反而写不好。”便径自令人持去。男方受此稀奇之物，喜出望外，但另有一股不可言喻的悲感涌上心头。

参诣归来的尼君闻讯后，悲叹不已。“我自己是个出家之人，理当奉劝你才对，但是，想到你前途未可限量，到底今后如何度过那许多岁月啊。我这条命呀，不可测知今日、明日，所以本来还在打算给

1 “海人”日语音同“尼”，故以喻变身为尼之浮舟。中将此和歌盖谓己亦有出家之志，其所以急迫，实恐落后浮舟故也。

你安排日后的事情，有个着落好安心；这次去拜佛，也没忘记祷告呢。”见到她悲哀之余辗转坐卧，浮舟不禁联想：当初自己的母亲痛失爱女，连遗骸都无由一睹，那种悲叹的情形，谅必也是如此。心中不由得痛苦异常。她那惯常的背过脸去，也不言语的姿容，偏是世所稀有的青春美丽。“真不知是何居心，教人泄气！”尼君只得啼啼哭哭为之张罗法衣诸事。灰暗色的衣裳已缝制惯了，所以即刻做好了小褂和袈裟等。其余的尼姑们在缝制试穿之际，也纷纷惋惜：“好不容易觉得这种山里竟来了一位仙女一般的美人儿，让咱们也可以朝夕拜望……唉，真是可惜啊。”她们甚至还责怪起僧都来。

一品宫长公主的病，果如其徒弟所言，僧都的法力大显灵验，终于平愈，人人遂更视这位大德为尊贵无比的圣人，口碑载道。又谓病后愈须小心注意，故而特为之延长修法的期限，致令僧都一时无法赶回山里，只得继续留下侍奉。有个下雨的寂静夜晚，僧都蒙召值夜勤。迩来一向宿直的僧侣们俱已疲乏，故令退下去休息，周遭显得十分安静。这个时候身边近侍的人也不多，故皇后与长公主便同在御帐之内。“老早就想麻烦您的，这次有了这个祈祷，后世之事已不用担忧，也让我放心不少。”对于皇后此语，僧都答以：“屡有菩萨晓告，此生已不久于人世，就中尤以今年、明年为最困难，所以但求一心拜佛，躲在深山里头；没想到竟蒙召唤，才又下山来了。”皇后又谈及长公主身上附着的执拗妖怪，以及种种恶灵报名时候的恐怖状况。僧都也说：“您这么一说，倒是使我想起，碰到过一件绝无仅有的怪事。今年三月间，老母发愿到初濑寺去参诣，归途在宇治院停留一宿。原本担心着，那种罕有人居住的古老大宅，常常有不好的妖物栖止，对于病重的人也许不好，果不其然……”遂将发现浮舟的始末一一禀报。“哦，这倒是很少听到的事情。”许是听得毛骨悚然了吧，皇后连忙唤醒了近侍众女。那个薰之大将所钟爱的宰相之君也听到了这些话语。至于其余方才醒来的人，则都觉得莫名其妙。僧都见皇后恐惧之色，后悔自己竟一时说漏了嘴，便不再细说当时事。“至于这个女人呀，我这趟下山之际，想顺道去探望探望小野的众尼，没想到她哭哭啼啼热心要求替她偿遂出家的深愿，所以就为她剃发了。我说的尼姑，实在便是舍妹故卫门督之妻，她把那个女孩子当作已去世的女儿，高兴得不得了，也照顾得无微不至；如今因为我所做的事情，却把我恨透了。说实在的，那么标致的一位妇人，真不忍心让她日后因为修行而憔悴下去哩。不知道她从前到底是何种出身？”这位僧都倒是能言善道，所以不觉得又侃侃而谈。“然则怎么会把这样一位美女给诱拐到那种地方去呢？现在总该弄清楚她的底细了吧？”这宰相之君好奇地问。“这个我可不清楚。或者她本人已经讲过了也说不定。不过，假如真的是高贵的出身，总不会永远瞒得住人。乡下人家的姑娘，也不一定就没有标致的吧。不是也有龙女成佛[1]的说法吗？那女人或许是个寻常平民而已，但是看来前世的罪障必定轻微。”僧都如此说。

皇后想起了这一阵子在宇治一带失踪的人。侍候跟前的宰相之君也曾听过中君提到不可思议地忽然亡逝的人儿，所以心中怀疑是否其人；不过，这事既无充分的证据，而僧都又说：“她这人呀，不希望别人知道自己还活着，听她的口气，又好像是有仇人之类似的；看她隐瞒身份的样子，挺可疑，所以只是向您禀报一端而已。”既然他不愿详述，宰相之君也就未敢随便对人去说。皇后私下对宰相之君说：“一定是那人无疑。要不要讲给大将听呢？”虽然如此，但究竟当事人双方都刻意保密，旁人也无由确知，所以又觉得未便对那位凡事认真的大将启齿，故只得中止。长公主已完全康复，僧都便要回山去。途中过访小野山庄，尼君果然对他埋怨：“年纪轻轻的，让她这样子

1　盖谓《法华经》中故事也。

做，反而是罪过啊。您也真是的！何以也不同我商量一下就擅做主张呢！”可是，事既如此，也无法挽回了。“为今之计，只有一心勤行才是。所谓老少不定之世。既然您能了悟浮生无常，定必是有原委的身世吧。”僧都这一番恳切的告诫，浮舟本人则只觉得羞赧腼腆。“去裁制些新的法服吧。”僧都又赠送些绫、罗、绢等衣料。“只要我一息尚存，定要好好儿照料你，所以千万不要担心。生于无常之世，期望着繁华，执着于此种种的时候，当然人人都会觉得难舍难弃；可是，一旦在此山林中修行，就无所谓怨恨羞赧了。我们人在这世间的生命，就如同草木之叶一般单薄。[1]”于恳恳晓谕之后，又吟“松门到晓月徘徊”[2]之句。这位法师倒颇有些风流解情趣的一面。浮舟闻此，暗自庆幸，果然，僧都肯如自己所希望的，答应说教了。

尽日风萧瑟，[3]已足令人不寒而栗，而这位尊贵的圣人也说：“身为出家之人，遇着这种日子，真想出声哭一场。”浮舟闻言，不禁亦警惕：啊啊，现在自己不也是已出家了吗？怪不得眼泪会不由自主地落下呢。僧都归去后，她站立在靠外之处眺望，忽见自檐端远处的谷间，有许多狩衣装束的人影隐约。即使是上山的人，也很少走这一条路。只有从叫作黑谷什么的地方来的僧侣，才会偶尔让人看见；至于俗界人士装扮者，则是极为罕见。浮舟好奇地望着，竟是那位曾经怨怼过的中将之君哩。这中将想要再一吐痴言痴语，所以才来访，但是由于红叶太美，比起远近他山更为醒目，故不由得一入门便感伤起来。中将心想，这等尼庵中，若是住着一个活活泼泼的人，岂非反而不相称，便说：“闲得无聊，想起这儿的红叶，不知颜色如何，就过来

---

1 白居易《陵园妾》：“陵园妾，颜色如花命如叶。命如薄叶将奈何？……松门到晓月徘徊，柏城尽日风萧瑟……”

2 同上。

3 同上。

了。这树荫真个不同凡响，恨不能时光倒流，回到过去的日子，在这儿借住一宿哩。”他举目四眺。尼君照例又是脆弱落泪。

风萧瑟兮过山麓，
叶落林空荫何寻？
无由隐憩兮不得宿。[1]

听她咏成一首和歌，中将也酬答以：

无人等兮有谁待，
山里树梢引目留，
终难空过兮情仍在。

如今说也无用，却还是未能忘情，乃热心央求少将之尼道：“让我窥探一下她改变新姿的模样儿吧。”又催促：“你以前不是答应过让我见一见她的吗？”少将之尼不得已，只好来到浮舟屋子里；她那姿色呀，实在值得人欣赏！在浅灰色的绫衣之下，穿着暗萱草色一类的衣服。身材苗条，容貌可人，一头乌发犹如张开的五重扇一般，末端丰饶。那张无可挑剔的细致的脸，则像似化妆过一般红润。许是还不太习惯于修行的生活吧，念珠挂在旁边的几帐上，那副一心读经的样子，几可入画。连少将之尼自己每回看到都忍不住要掉眼泪，而况，若是给倾心于她的这位男客人见了，不知道会怎么样咧？少将之尼私下如此忖度着。大概是逢着良机吧，告以纸门挂钩之下有个洞口，又将挡眼

---

1 此尼歌含双关义，表面谓秋风过处，叶落林空，实则暗喻浮舟变尼后，此庵已无可令其憩息之处也。

的几帐等物除去。哟，真没有想到这等美丽的姿色！嗳嗳，怎么教这么一位标致的人儿去做了尼姑呢？中将就像是自己犯下过错似的，内心遗憾、悔恨而又悲哀异常，几致无法克制，唯恐哭声给对方听见不妙，只得引退。岂有失掉这样一位美人而不寻觅的吗？倘若是什么人的女儿失踪了，或者是她衔怨而弃世，自然会有消息传闻开来才对呀。这真是教人疑惑。尽管人家已经做了尼姑，既然有此等容貌，又有何可嫌厌的？说不定反而更引人怜爱呢。还是试图亲近吧，遂热心央求少将之尼。“若其还是俗人身份的时候，或者有所避讳的理由；而今应该可以同我坦然交往了吧？务必请你这样转告她。忘怀不了亡妻，所以特别来此拜访，现在竟又平添另一种愿望哩。”“我自己老了，难免担心将来的事情，假使您真存心要时时来访，好好照料她，我也就放心不少。唉，倘使我死去，日后她不知会如何呢。”见尼君啼泣而言，中将不禁猜测：或许同这尼君也有什么血缘关系的吧？可是，究竟这女子是谁呀？真教人费解。“往后的事情，是否能够照拂她呢？寿命既不可预知，而我个人又没有什么特别的依凭；不过，一言既出，决不会变心。可是，难道就没有人来寻找她吗？这一点，没法子清楚，虽然并无大碍，但终究有些隔阂之憾。”“假使她还过着寻常人生活的话，或者还会有人找到这儿来；可是，瞧她现在已决心弃绝一切，正朝这个方向在努力的样子。”中将之君又差人送信于浮舟这边来。

君厌世兮遂出家，
明知但为寻常事，
仍疑见弃兮身自嗟。[1]

1　中将此歌谓：明知浮舟因寻常厌世而出家为尼，但仍不免于怀疑因嫌弃己而采此行动，故身自嗟叹怨怼也。

又令居中传言者将自己深深倾心之一端，借口头叙述。“就请当兄弟一般看待。偶尔谈谈浮生无常的故事等等，聊表安慰之心吧。”那人继续侃侃而谈。“可惜我不是对象，听不懂那种艰深的话语。”浮舟只是这般简单答复，至于那首“见弃”云云的和歌，却未予答理。

浮舟已是历尽沧桑之身，她自己深深怨恨，故只希望像朽木或什么似的，与人世隔离。前阵子一直悒郁不乐，沉思不已；自获得偿遂出家之志以后，心情亦随之明朗起来，偶然也陪尼君游戏啦，下棋等等，以打发日子。至于修行方面，则尤其专心，《法华经》自不在话下，其余的经文也颇读了一些。然而，当冬天到来，雨雪霏霏，往来人迹都绝，那可就真是无聊得慌了。岁已改，而春的景象尚渺茫，谷川之上，一片冰冻，水濑都听不见。在此百无聊赖之下，那位曾咏“唯将卿迷”的人[1]，虽然已决心遗忘他，可是，毕竟难忘当时之事啊。

雪霏霏兮天沉沉，
旷山遍野兮眺望，
降雪往事兮伤悲心。

遂又惯常地在勤行修法之间习字。念自己失踪迄今已有一年，有时难免也会想到：是否还有人在惦念着自己呢？尼君见有人摘取嫩菜置于简便的篮中送来。

若菜生兮山间雪，
手把玩赏心祈求，

1 谓匂宫。此句出匂宫所咏和歌。详第五十一帖“浮舟”。

愿君似此兮增喜悦。[1]

附此和歌，令人持与浮舟。浮舟答以：

积雪深兮若菜生，
为君摘取为君祷，
福寿无边兮岁岁盈。[2]

谅是这女孩子由衷之歌吧。尼君深深感动，复又怜爱，不禁遗憾：倘若她保持俗世一般的模样，不知该有多好！遂又打心底哭泣起来。

靠近浮舟闺房的檐端那株红梅已开花，色香俱无异于往昔，而“春已非去春”[3]，此花较他花更吸引人心，莫非因为“不厌之君”[4]的袖香至今还依稀残留之故吗？为着后夜的勤行，须供阏伽[5]，遂召下役之年轻尼姑折取那梅花；讵料，花犹怨叹，竟纷纷散落，愈添清香。

昔有人兮曾触袖，
未见其人徒闻香，
疑是余芳兮春晓秀。

老尼君之孙纪伊郡守，最近自其任地上京来。此人年约三十，长得眉清目秀，孤芳自赏。见得祖母便问候：“去年、前年可安好？”但

---

1 此尼君祝福浮舟之歌。“若菜”为初春新生之蔬菜，详第三十四帖“若菜”。
2 浮舟祝福尼君之答歌。日语“摘取”音同“积盈”。原歌颇饶音义双关之趣，译诗径取其意耳。
3 句出《古今集·恋五》，业平作和歌。
4 语出《古今集·春上》，无名氏作和歌。
5 梵语Arghya之音译。供奉于佛前之水也。密教则于水中加入香花。

她看来已衰老痴呆，便又来到这边一位尼君房里。“唉唉，衰老得挺厉害的嘛。可怜哪。明知道她老人家余寿无几，竟也长久没有上来请安，这一向都待在远方度日。自从双亲去世后，心里只把祖母当作唯一的亲人。那位常陆守的夫人[1]可曾来访过？”这话说的，大概是这纪伊守的妹妹。尼君说：“唉，随着岁月过去，越来越无聊，悲哀的事情也越来越多。常陆那边好久都没有音信了。老人家恐怕是盼不到她喽。”浮舟以为自己的母亲给人谈论，不觉得竖耳聆听；纪伊郡守又继续说：“上得京城来也已多日了，只因为公事繁忙，便耽搁了下来。原来想昨天就来拜访的，可是，因为右大将之君也来到宇治，所以陪着他；后来，又去故八亲王的旧宅消磨了一天。听说右大将之君原来同故八亲王的公主相好，可惜那人儿在前年去世。后来，他又悄悄把哪一位的妹妹安顿在那地方住着，可是，后来这一位又在去年春天去世了；所以准备为她举行周年忌事，正到处吩咐各寺院的律师。我也想布施一套女装，不知道可否请这儿替我缝制吗？至于布料方面的事情，我马上就叫人去织起来。”听到这些话语，浮舟焉得不感慨？又怕别人察觉，故只得小心地背过脸，望着里边。

尼君问：“听说那位圣亲王有两位公主，那么如今兵部卿宫的夫人是姊妹俩当中的哪一位呢？”“大概这大将之君后来相好的一位，是地位低贱的人所出，所以生前也没怎么受人重视；大将之君如今倒是有些儿悔不当初的样子。当然，那先前的一位过世时，他也悲痛极了，几乎都想要出家哩。”听这样说来，此人必是经常走动薰之君处者无疑，这真教浮舟心碎。

“两位公主都在同一个地方去世，这可就奇怪了。昨天还有过一件教人看着悲伤的事情。大将之君亲自到河边去，望着水面，哭得好

1 此盖当时常陆守夫人，非浮舟之母。

不伤心！后来，他又回到房子里，在柱子上写下一首和歌。

川悠悠兮空自流，
水上不留人儿影，
吾泪徒落兮堰无由。[1]

他嘴上没有多说什么，只是那脸色看来挺哀伤的样子。女人看了大概会爱慕无疑。我们从小就知道这位人物与众不同，所以天下第一的豪门高第都不曾考虑，只一心仰赖他过来。”浮舟闻此，愈为感慨：连思虑未见得特别深刻的这种人都深知道大将的人格啊！尼君问：“跟那位叫作光之君的故六条院主恐怕是没法子相比，不过，现今之世，他们那一族可真个炙手可热哟。那么右大臣之君则又如何呢？”“那一位呀，长得也十分眉目清秀，德望又高，也出类拔萃；不过，若要说到真英俊，还是要数兵部卿之宫吧？倘若我是个女儿身，定希望去侍候侍候他。”他滔滔不绝地说，就好像有谁叫他讲解似的。浮舟这边听得亦喜亦哀，分明是自己身上发生的事情，却有恍如隔世之感。

纪伊守于倾诉痛快之后，便回去了。既然大将之君至今都没有把自己忘怀，浮舟于悲伤之余，难免更念及：不知母亲哀叹如何？然而，如今这一身出家人模样儿，也不好意思教她看见。见众女从事纪伊守所交代的事情，都在那儿染布，心想：这就是为自己的法事而要布施的品物吗？着实有怪异的感觉，但嘴上却万万不敢提及。大伙儿忙于裁缝。尼君却将一袭小袿单衣交给浮舟说：“你也来帮忙缝这个吧。你挺会折边儿的嘛。”这真令人难堪，便推说“身子不舒服”，碰

1 薰此歌为怀念浮舟而作。谓川水留不住心上人影，而己则落泪堰不得也。译诗首句为原歌所无，乃补足形式也。

也不去碰一下就卧下来。尼君连忙放下手上的活儿。“你怎么回事?”看来忧心忡忡。有人在红色的衣料上加叠樱花图案的褂子。“真想让这一位穿穿这种衣裳。咳，让她穿着墨色的衣服，多可惜呀。”

着尼衣兮出家人，
彩裳缤纷忆往事，
或将花袖兮温前尘。[1]

手写此歌，心怜这世间终究凡事隐瞒不住，倘若自己死后，尼君闻悉一切，岂不怨恨，浮舟思前虑后，遂从容言道:“好不容易才把过去种种都忘怀，看到这些活儿，却又忽然难过起来了。”“谅你当然有许多回忆啦，可是，一直这么瞒着，怎不教人怨恨呢?我呀，这种寻常人所穿的衣色，早已忘光，活儿也做不好了，所以只有更思念那去世的女儿。你难道就没有想念你的母亲吗?即使亲眼看到她死，都还恨不能找寻她的去向；何况是忽然失踪的话，更不知道有多少人忧心呢。”“从前倒是还有一位母亲。现在恐怕已经过世了吧。”边说着便泪流不已，“想起来就教人伤心，所以也就不愿意说罢了。岂是故意想隐瞒您的。”她三言两语掩饰过去。

大将之君已行完法事。心中不禁哀伤：这一段缘分真个脆弱单薄。对前常陆郡守的孩子们当中已经完成元服仪式的，或使任藏人之职，或使之在自己的衙门[2]中为将监，诸多照料。另有些童稚未成年而眉清目秀者，则想要就近召使。有一个下雨的静谧夜晚，大将之君去拜访皇后。皇后殿前也静悄悄的，便于闲谈之间说道:“这些年来，常

1 此盖浮舟想象之歌。谓若脱下尼衣，重着花衣，或可重温前尘旧梦也。
2 右近卫府也。

常到偏僻的山里去，所以往往受人讥评。可是，这也都是因缘注定的吧。我想，反正人人都是一样，有了心中喜欢的人，总会变成这样子的，便也仍旧时时去相会。不知道是那个地方不吉利吗，竟发生一件可厌的事情；后来就觉得路途遥远，长久不再去了。前天为了一些事情又去那里，深深体会到世事无常之理，更觉得那个地方真是引发人起道心的圣者之家。”皇后想起前次僧都所言，同情心油然而起，便问：“那里是否有妖怪栖息呢？那一位究竟是怎么死的？”她以为大将会说明连续死了两位公主的事情，没想到对方只答以：“也许是吧。那种远离俗尘的地方，可能有妖精住着。关于她死亡的情形，也真教人疑惑不明。”详情却不肯说。

皇后不忍心追究他本人想隐瞒的事情，又不忍心让他觉察已经有所闻悉。而另一方面，迩来三亲王常常沉思时居多；何况当时甚至还患病，把这事情来回仔细思量，便又为之心痛。为着双方设想，这件事都难以置喙，遂绝口不提。后来才私下对小宰相说：“大将之君说到那人的时候，神情黯然，所以忽然不忍心，把已经都到嘴边上的话又吞回去，怕弄错了人不妙。不过，你当时也都听到了吧？日后不妨趁着话兴，把该瞒的地方瞒住，对他说一说僧都所讲的话好了。”“连皇后您都不便说的事情，奴婢又怎么敢随便乱讲呢？”“这得要衡量轻重。我这儿另有不便于启齿的理由[1]啊。”对啦，小宰相这才领悟，并对此觉得兴味浓厚，遂于某日大将光临其住所言谈之际道出。大将听后不知有多意外讶异啊！然则，日前皇后垂询，定必是心中已知有此事了，何以当时不完全讲出来呢？倒有些怨恨起来。不过，话又说回来，自己对此事不是打从开始便瞒着的吗？而今听到此话，才觉得有些滑稽。可见，凡事即使自己不泄露，旁人还是会说开来的；这世界

1　指匂宫与浮舟私恋之事。

上，连活着的人之间都往往隐瞒不住事。不过，究竟尚无意对这小宰相去如此这般地讲明白，乃试问："倒是跟我所疑虑的人儿有些相似之处。那么，你说的那个人现在还住在那儿吗？""僧都下山那一天，已经做了尼姑了。大家都不舍得，可是她本人意志很坚定，所以便只好让她出家。"论场地，似无疑问；将前后的情况来对照，亦觉得一一能相符合。可是，万一去寻访而果真知道是她，心情又将如何呢？有没有办法确切地打听出来呢？亲自去到处寻找，怕别人会讥评太过痴骙；何况，若教那匂宫闻悉，则又恐好不容易人家已皈依佛门，却又变成妨碍之因也说不定。又难道是那位三亲王也知悉，却要皇后缄默，对我保持秘密的吗？也许她真的听到这个珍贵的消息，却守口如瓶哩。而既然他如此热衷，那么自己方面则无论怎么眷恋，也最好把她当作死了，再也不要去想念她吧。设若她尚活在人间，几年以后，或者仍然碰巧有机会在黄泉之旁相见；即便有这种事情，也最好别再兴起争回她来的念头才好。大将之君左思右想之余，虽然忖度对方不可能告知，却也想一探颜色，故乃制造良机向皇后言语。

"有人告诉我：大家以为自尽身亡的人，竟然还流落世间，仍活着。起初我也不太相信这话；一直都以为她绝不是那种敢于投河逃避人世的人，可是听了这话，倒也认为或者真有此可能也说不定。"于是稍予进一步说明。他故意避开匂宫方面的事情，尽量设法莫使引起怨恨。"假使他知道我又想把那位女性寻找出来，恐怕会认为我是个死心眼儿的好色之徒吧。所以我也只当不知道她还活着就是。"皇后则说："我也曾听到那位僧都所说的话，可是，赶巧那晚有些儿阴森森可怕，所以并没有听清楚。三亲王自然是并不晓悉的啦。这个孩子呀，生就不可理喻的天性，若教他听到，那非痴狂颠倒不可。经常是因为这类轻率的举止，才教世人物议，真是伤透心哪。"皇后是一位小心谨慎的妇人，别人说的秘密，她万不会在随便的场合泄露出去，所以大将之君也很放心。

那一位所住的山里，究竟在什么地方呢？到底要怎么样才能恰如其分地去拜访？先去找僧都仔细探听，然后再想法子会面吧。大将日夜只想着这一件事。每月初八总要举行供养，贡献于药师佛，有时也会到睿山的根本中堂参诣。决计顺便也转到横川方面去看一看，便带了一个浮舟的幼弟同行。至于对其家族众人，一时还无须急忙告知他们吧：容后察看情形再说。想到再会时候的心境，怕是会平添许多哀伤的吧？然而，果真见到，而她竟已变了模样儿，杂在许多看不惯的尼姑当中；甚或如果听到另有别的男人来私会之类的讨厌的消息，那时候不知会多痛苦悲伤呢。瞧他，一路上竟胡思乱想起来。

第五十四帖

梦　浮　桥[1]

薰之 君到睿山去，又照常令人供奉佛像及经卷等。次日乃赴横川。僧都大感惊讶，连忙倒履相迎。近年来，有时也曾参与祈祷之际的商量一类事，可是并非特别亲近的关系；想必是因为此一品宫长公主的病经他显示了灵验，普受尊敬，而加深了师檀之契谊，所以才以显贵之身份而竟如此屈驾枉访的吧？僧都内心如此猜测，连忙着人大事招待。于恳恳细谈之间，使人奉上汤食。等周遭之人渐渐稀少时分，大将之君才问："您在小野那边可有什么熟人的住所吗？""是的。挺简陋的地方而已。家母——老朽的尼姑，她在京都也没有个像样的房子，我在这儿这么隐遁，早晚要去探望她也方便些，所以才让她住在那儿。""这附近，本来住着不少人，近来可真荒凉了许多啊。"说着，膝行于前，低言道："这话说起来或嫌有些教人莫名其妙，很难启齿……听说那山里中隐居着一位我过去相好的女子。本来打算弄清真相以后，再来请教您；但是，没想到，听说她已经做了您的徒弟，受

1　本帖帖名应译为"梦之浮桥"，然前五十三帖既皆直用和式汉字，今仍依之。

过戒了。这话可是真的吗？她年纪轻轻，双亲还健在，所以有人还责咎，说是我害她失踪的呢。”

僧都这才恍然大悟。果然如此，她那模样儿看着就不同凡响，听大将这口气，定非等闲之辈无疑。虽曰法师之身，当时怎么未加深虑便给她落发成了尼呀！心里悲痛，一时无言以对。谅对方必是查证清楚，才会这样多方讯问的吧？而今也无法包藏，强词夺理地隐瞒，则反而不妙，遂于稍事思考后说：“到底是什么缘故，才教她变成这样子呢？老实说，这几个月以来，我一直都对她的事情疑惑着。”又说：“事情是这样的：住在那儿的尼姑们为了许愿而去参诣初濑寺，归途上借住在一处叫作宇治院的地方。不凑巧，家母忽然在那儿得病，痛苦得厉害，我接到使者的消息，便去探望；没想到，竟有一桩奇异的事情发生。”他压低嗓门说：“大伙儿窃窃私议，把病重的人丢在一边不管，反倒在那儿忙着照料那女子。那人儿看着像死了一般，气倒是还有，便不由得想起古老的故事里也有死者返魂复苏的例子。以为这或许竟是那种罕有的例子，便叫弟子中灵验的来轮流替她祷告。我自己则因为有个年事已高的母亲在旅途上患重病，所以照顾着这边，只得虔诚对菩萨默祷着，因此对那人的模样儿反而不怎么清楚。从当时前后的情况判断，只能认为是给天狗啦，树精之类的妖怪诱拐出来的吧。后来，大伙儿帮着，把她带到京城里来，头三个月中，依旧像是死了一般。我有个做尼姑的妹妹，是故卫门督的寡妇，她那独生女儿死掉；虽然经过长久一段时间，但仍不能忘悲，常常慨叹着；恰好看到这样一位年龄相仿而又美丽的人儿，惊为观世音菩萨所授，急着非要把这条命挽留住不可，所以哭哭啼啼向我求助。我自己后来便到坂本[1]去，替她做了护身之法，这才慢慢复苏，有了正气。不过，她悲伤

1　在睿山之麓，即小野别称。

地要求：‘我这身上附着的妖物好像还没有离去。想要把这些恶灵邪魔祛除，求得后世的安乐。’我身为法师，认为这种事情理当由我来规劝才对，所以便答应了她，让她了却出家之愿。当时完全料想不到她就是您所照料的人哪。这桩事儿挺稀罕，那些老尼唯恐在闲谈之间说漏了嘴惹麻烦，所以一再警告我莫多言，便也就保密到今天。”当初大将之君曾略闻此事，疑信参半，而今既已查明至此地步，则那原以为已不在世间的人儿，其实果真是尚活着。念及此，不由得感觉做梦一般茫然，忍不住地眼泪就要涌出，又觉得在这样一位圣人僧都面前，可千万不能失态，故而努力佯装平静。僧都方面则又认为，想不到大将之君如此关爱的人，竟让自己给改变成形同从此世间亡故也似的模样儿，这不啻是自己的过失，遂感十分内疚。“所谓恶灵附身，也总是前世因缘。恐怕她还是高门贵第的千金吧？究竟是什么过错，使她飘零到如此地步呢？”对于僧都的问题，大将只得答以：“可以说是没落贵族的后裔吧。我同她当初也并无意明媒正娶，只是由于偶然的机会才开始交往。真没有想到她会落魄至此，忽然间莫名其妙就消失了踪迹，所以也曾猜测过：是否投河了呢？确实的事情，可是没有听见过。现在她既然当了尼姑，我倒觉得宽慰，这样子或可减轻罪障吧。她母亲也追念悲哀不已，想要把这实情来告知，可是又怕大惊小怪，吵吵闹闹，那岂不违背了人家这几个月以来隐居的本意吗？亲子之情最是难以割舍，只怕定会忍不住来寻访的。”又道：“您或者会嫌厌是麻烦的向导，不过，可否请枉访一次那坂本地方呢？既已晓得这些事情，毕竟我对她是不能充耳不闻的关系，所以至少趁现在，想同她谈一谈梦一般的种种话语哪。”他的神情教人看着都不忍心。即便是落发剃须改了外形的法师，有时都无法根除迷惑，而况一介女儿身，又将如何呢？这趟向导定将变成烦恼罪过的行为；这真令僧都进退维谷。“这两天，怕是不便于下山。等下个月再同您商量联络吧。”只得如此答复。大将之君虽不免失望，但也不好意思一个劲儿催促“请务必帮忙”，故而只得说：“那么就拜托您了。”遂赋归。这次随行的是常陆守众子当中面貌较其他兄弟好看的一个幼童，便召他上前来介绍：“这孩子是她的手足，至少教他当个差使，请您写几个字吧。也不必详细说明，只要暗示她有人要去探望就行了。”僧都却说：“如果我做了这个向导，定会是罪过之因。有关这事情的始末，已经详尽禀报过了。以后的事情，我看就请您亲自过去办好了。”大将莞尔笑道：“您说罪过的向导，这倒是教我难为情。我自己也讶异何以至今都保持这俗世之人的外形哩。从小，我就有志于求道，只因为家母无依无靠，仰赖我一个人，便觉得有不可断绝的羁绊。三迁四延之间，不知不觉官位也逐渐升高，很多事情便也身不由己，心中老挂念着度日子。虽然绑手缚脚的事情越来越多，可是无论公私，除了不得已处而外，佛所戒制的，只要稍微闻知，都尽量避免违背，故心里头自以为无异于圣人；哪里会为了这区区小事而造成罪障呢！千万请您不要怀疑。我也不过是想替那位可怜的母亲打听一下消息，好让她安心罢了。”他这般侃侃而谈从前早已有的求道心切。僧都这才颔首道：“可佩可佩。”这期间，日已暮。假如现在出发到那边去，刚巧适宜留宿，不过，既然尚未有适切的把握，贸然过访也不妙，便打消此念，先行返归京都。僧都已注意到浮舟的弟弟，对之十分欣赏。大将之君乃趁机央求：“那么就让这孩子带信，请随便提一下吧。”僧都果然修函使托带，又对那孩童说：“常常到这山里来玩儿吧。讲起来，咱们还算不是没有因缘的哩。”

这个男孩子不明就里，受文后便随大将之君行。来到靠近坂本附近，即令前驱者分散，又吩咐道：“大家声音轻点儿。”小野的尼庵向着蓊蓊郁郁的青山，浮舟心情沉闷，正兀自眺望泉畔的飞萤思念往事。忽见那檐端远处的山谷间，有含蓄收敛的警跸吆喝声。未几而火把已通明可望。众尼也都拥出来观看。“不知是哪一位行经这儿。随行的人可真不少哇。白天里叫人送了些海带干到僧都那边去，捎回来消息说：‘凑巧大将殿下光临，赶上临时款待之用。’”“大将殿下，不就是娶了皇上二公主的那一位吗？”瞧她们谈话的样子，简直与世隔离，十分乡土气。不过，倒是果然不错，确实有从前听惯的一些随侍者的声音交杂其间。哎呀，可是已经都过了这许多时间，到如今还记得古老的事情又有何用？想起来便忧心，遂愈加殷勤念佛，想驱散杂念，一句话也不说。这一带，只有往横川去的人才会通行，所以也只有在看见这种人影的时候，才会教人感到些许俗世之可亲。

大将之君本来想在半途上就派遣那男童过去，但由于人多不方便，只得先行返归京都，改于明日再派遣过来。另外又附带派了两三个身份不甚高的心腹，以前常派使的贴身侍者也跟着在一起。大将召男童入无人的房间。“你还记得亡姊的脸吗？原以为她已不在人间了，没想到却还活着。我不想教外人闻知，所以先让你去看一看。暂时先别对令堂说哦。若是她大惊小怪起来，连一些不知晓的人都会传闻到了。就因为可怜令堂深深哀叹，我才会这么热心寻找的呀。”趁早严加警告。那孩子小小心田里，在众多兄弟姊妹当中，一直最喜欢这位花容月貌的长姊，当初听说姊姊死去，悲痛极了；而今竟还活在人世间，这一高兴之下，竟又忍不住喜极而泣，一方面又觉得腼腆，便故意大声答说：“是！”乔装平静。

山里那方面，当天清早有僧都的信寄到。“昨夜是否有个小君做大将的使者拜访过？请转告小姐，明白事情原委之后，如今反而后悔自己的所作所为，内心也颇觉得不安。有些事情想亲自禀报，等过两天再去拜访吧。”“这究竟是怎么一回事啊？”尼君大吃一惊，连忙将这信拿到房间里去给浮舟看。浮舟羞红了脸，心境哀苦。终究给世人发现了；不知这些人会怎么怨恨自己隐瞒着事实呢。她无以为答，只得保持缄默。“还是请你告诉我吧。这样子见外，未免太过分了吧？”

尼君果然满口怨言，由于她对此事毫不知悉，故而忐忑不安。这时，赶巧有人传言道："是山下的僧都派来的使者。"尼君仍然莫名所以，却以为"这回该是大将殿下的信函吧"。遂下令："请他过来。"讵料，竟见到一个眉清目秀优雅的男童，穿戴得整整齐齐走过来。把圆形坐垫子推向他，他却小跪在帘前说："僧都叫我别在这种地方讲话。"遂由尼君亲自接见。览文一看，则见上署："皈道之公主芳启。寄自山中。"到如今，再也不可能伪称弄错人啦什么的。浮舟只觉得异常羞赧，愈发要躲到里头去，谁也不想见。"平常就晓得你这个爱害羞的性子，可是，这也未免太过分了吧？"尼君将僧都的信出示。"今晨大将之君光临，讯问及近况，乃详告以事情始末。而今惊悉：你竟背弃浓情深谊，出家与樵者为伍。如此，则恐怕反将蒙菩萨呵责。事既此矣，奉劝重结夫妇之契，以补大将殿下爱执之过为宜。一日出家，则功德无量，可赖终生。[1]其余细节，容后再亲自拜访详谈。今特先遣引小君闻上。"这信上面写得清清楚楚，可是，旁人却无法了解。"这孩子是谁呀？哟，干吗这么见外！你真要瞒到底吗？"给尼君这般责备，浮舟倒是稍稍挪移出外来。她偷偷向帘外一瞥。哎呀，这孩子，可不就是决心寻死的那傍晚还惦着的小弟弟吗！过去在家里相处时，偶尔也觉得他讨人嫌，后来，母亲特别疼爱，时常带他到宇治来，稍稍长大以后，也就互相亲爱起来；想到往日这些事情，直如做梦一般。真想看看母亲。别人的事情，自然会逐渐传入耳中来；唯独母亲的消息，却全然无法听到。现在看到这个孩子，竟忍不住地眼泪簌簌而下。

尼君见此童长得讨人喜爱，又与浮舟颇相像，故问："是你弟弟吧？大概是有什么话想跟你说，让他进来好了。"浮舟却有些儿踌躇。

---

1 《心地观经》："若善男子善女人，发阿耨多罗三藐三菩提心，一日一夜出家修道，二百万劫不随恶趣。"

大家反正已经绝望，以为自己早已不在人间了；而今，再教他看见这迥然不同于过去的模样儿，可真个够腼腆。“您口口声声怪我见外，委实教我心里难过，不知怎么解说才好。当初，您把我救起来的时候，也不知道究竟是一副什么怪样子。打那时候开始，我就失了气，恐怕连灵魂都整个儿换了的关系吧，过去的事情怎么想也记不起来，自己都觉得奇怪。前些时候，那位纪伊守聊天的时候所说的话，倒像是我自己从前所熟悉的事情似的。后来，又努力要回忆，可是无论如何都不再想得起来；其中唯独有一位母亲，像似对我诸多呵护照料，所以只担心她现在还健在否，为此，时时悲伤着。今天看到这个小男孩，倒像是幼时见过似的，也挺让人怀恋；但是，到如今呀，也不想教他知道自己还活在世界上了。不过，如果母亲健在的话，倒是只想见见她一个人。至于僧都这信里头提到的人嘛，绝不要让他知晓。请想办法骗骗他，说是弄错人啦什么的。”尼君却唠叨：“这可就难了。这位僧都呀，虽说是圣人，可真是一点儿都隐藏不住事情，恐怕他已经和盘托出了吧。事后再想补救，那是没办法的；尤其是对于身份尊贵的人……”“哟，真是的，从来也没见过这么顽固的人哩。”大家纷纷议论着，便在主屋的廊边设置几帐，邀请男童入内。

这孩子虽然已经听说过长姊在此，但毕竟还年少，觉得骤然要讲话也怪难为情。“另外还有一封信，想要呈上去。僧都说她确实是在这儿的嘛，可是，怎么这样子跟人家见外呢。”他说话时连眼皮都不敢抬起来。“哦，对啦，对啦。哟，多可爱的孩子啊！”尼君又说：“该看信的人是在这儿的呀。我们旁人虽然莫名其妙，你尽管说吧。瞧你还这么小，人家派你来做使者，其中定必是有道理的喽。”“可是，她那么冷漠见外，我又怎么同她说话呀。假如她真把我当外人看待的话，那我也不要说什么了。主上叫我务必要把这封信亲自交给她，所以无论如何都要奏上。”尼君听男童这话，便又去劝浮舟：“听他说的也对啊。

别老是这样对待人家嘛。你这人哪，咳，可真够顽强。”说罢，硬把浮舟拖到几帐边来。浮舟只得任其摆布，坐在那儿；小君见茫然地坐在对面的人，正是长姊无疑，乃靠近，将信呈上，又催促道：“请让我快些儿带复函回去。”小小心田里，正为遭此冷淡待遇感到悲哀。

尼君将那信打开，让浮舟过目。笔迹一如往昔，纸上的薰香也依然散发着无可言喻的芬芳，那些喜欢大惊小怪的人一定又在偷窥无疑，她们不知正如何稀罕兴奋呢。“那不可名状的种种罪过之心[1]，都看在僧都的面子上，原谅了您吧。而今，只急着想同您谈一谈梦一般的往事；如此痴情，连自己都觉得没出息，不知别人更会如何作想哩。”书尽于此。

“依法师兮寻佛道，
料岂山中忽迷途，
竟踏歧路兮惑又恼。[2]

难道忘了这个孩童吗？我一直把他留在身边，当作失踪的您的纪念。”情爱深刻，溢乎字里行间。既然信上写得这样明白，逃也逃不开；然而，念及倘以这副变了尼姑的模样儿相对，则又十分尴尬。原已经沉郁的心境，此刻更加纷乱，不知如何是好。见她伏卧着嘤嘤泣啼，确实是一副未见过世面的样子，尼君竟亦不知所措。

“到底怎么给人回信哪？”尼君在旁边催促。“等我这乱糟糟的心境稍定之后，再给他答复吧。究竟是做了怎样一场梦啊？实在觉得奇怪。也许，等心情安静下来，这信的内容也就会看得懂吧？我看，今

---

1 谓浮舟与匂宫之私情幽会及背弃自己与母亲之罪也。

2 薰此歌盖谓：本依僧都以求佛道，未料竟因而复得浮舟消息，遂令心中再度充满迷惑与烦恼也。

天还是先让他带回去的好。别弄错了人，那可就麻烦大了。”遂将那犹摊开的信推还给尼君。“哎呀，这真成何体统！你这样太过失礼，岂不教咱们旁边的人都说不过去了吗？”周遭的人吵吵嚷嚷，越发教人心烦意乱，连听都懒得听，便索性把脸也埋进袖子里卧着。庵主尼君只得代为出见男童，稍事应对。“她呀，大概是给妖怪附身的缘故吧，一直病着，人儿都没有清醒过，所以落了发变成了尼姑。就怕万一有人来访什么的，会带来麻烦；果然，就有了这种伤心事情，怎不教人心痛呢？她这一向身子都不舒泰，现在，拜读了这封信，恐怕是心更乱，看来比平时羸弱了。”尼君虽然以颇饶乡野气息的风雅方式招待，但是，这孩童究竟觉得坐立不安，说道：“特别奉主上命令来使的，这样子叫我回去如何复命是好？至少请说一句话吧。”尼君认为这也难怪他，便同情地说：“这倒也是真的。”遂又转告浮舟；奈她一语不发。尼君不得已，只得又代言：“只好请你回去禀报大将之君，照实说她如此茫茫昧昧的。这儿离京都不远，也不是白云相隔的地方[1]，就算是山风萧飒，也务必要请他偶尔枉驾光临才是。”这男童觉得既然别无他事，徒事淹留也不方便，只得回去。他心底十分纳闷遗憾，暗自仰慕的姊姊，竟如此无由再会，遂觉怏怏然。大将之君焦虑地等待盼望着回音，讵料小君竟这般不得要领地回来，使他大感扫兴。早知如此，当初不如不要派遣他去。疑虑种种之余，竟猜测：会不会有什么人将她藏匿在那个地方呢？其所以如此想法，恐怕是因为自己也一度曾把她偷偷藏匿在宇治山里的缘故吧。

（全书译完）

---

1 谓两地相距遥远也。

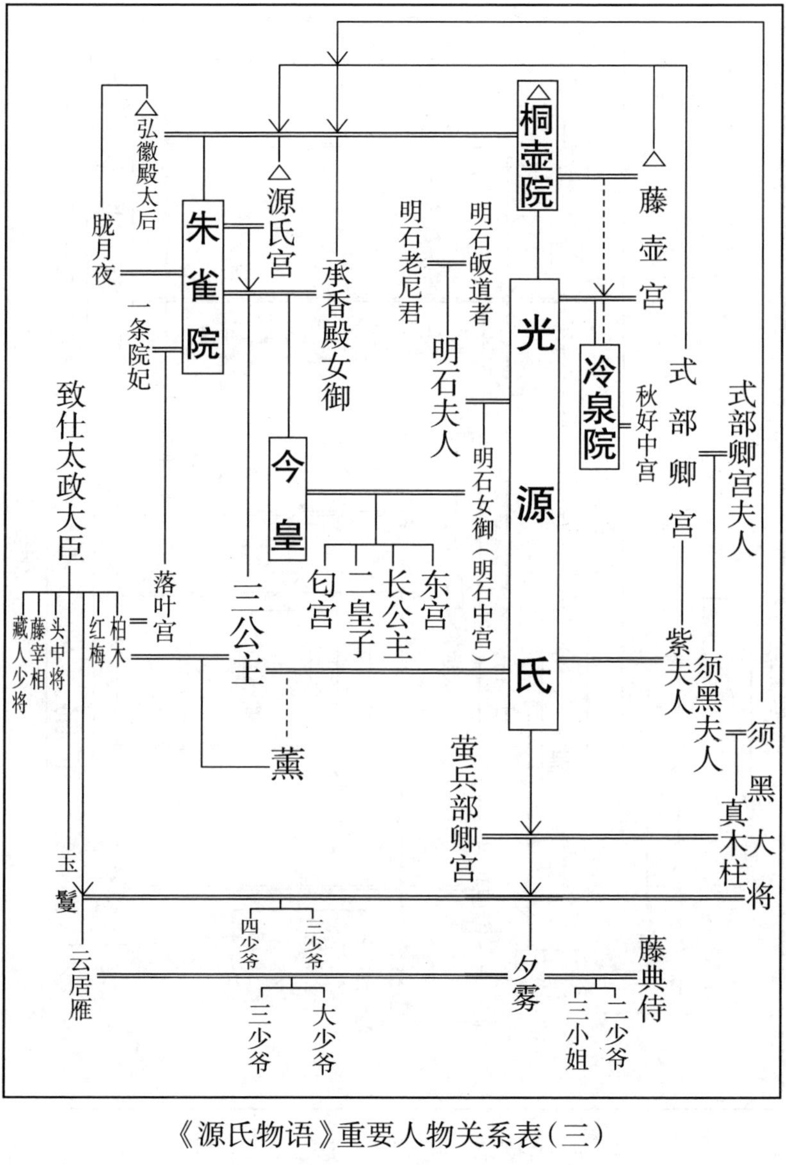

《源氏物语》重要人物关系表（三）

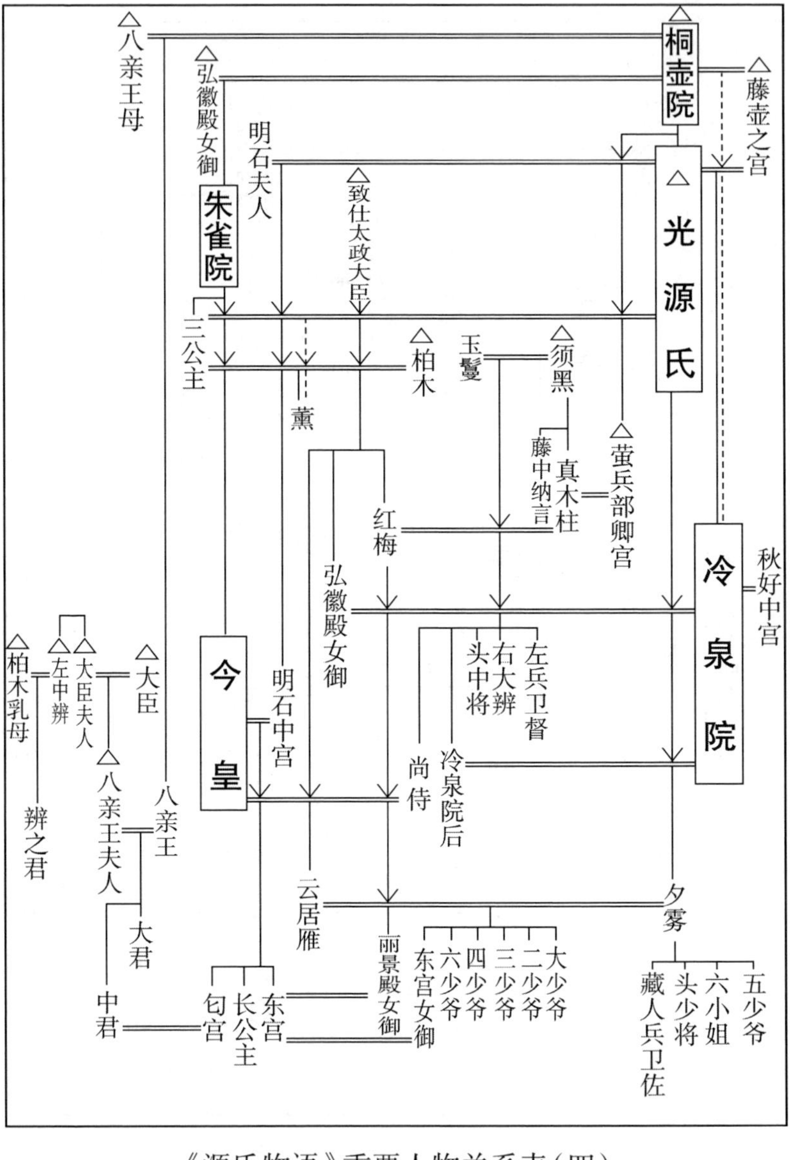

《源氏物语》重要人物关系表(四)

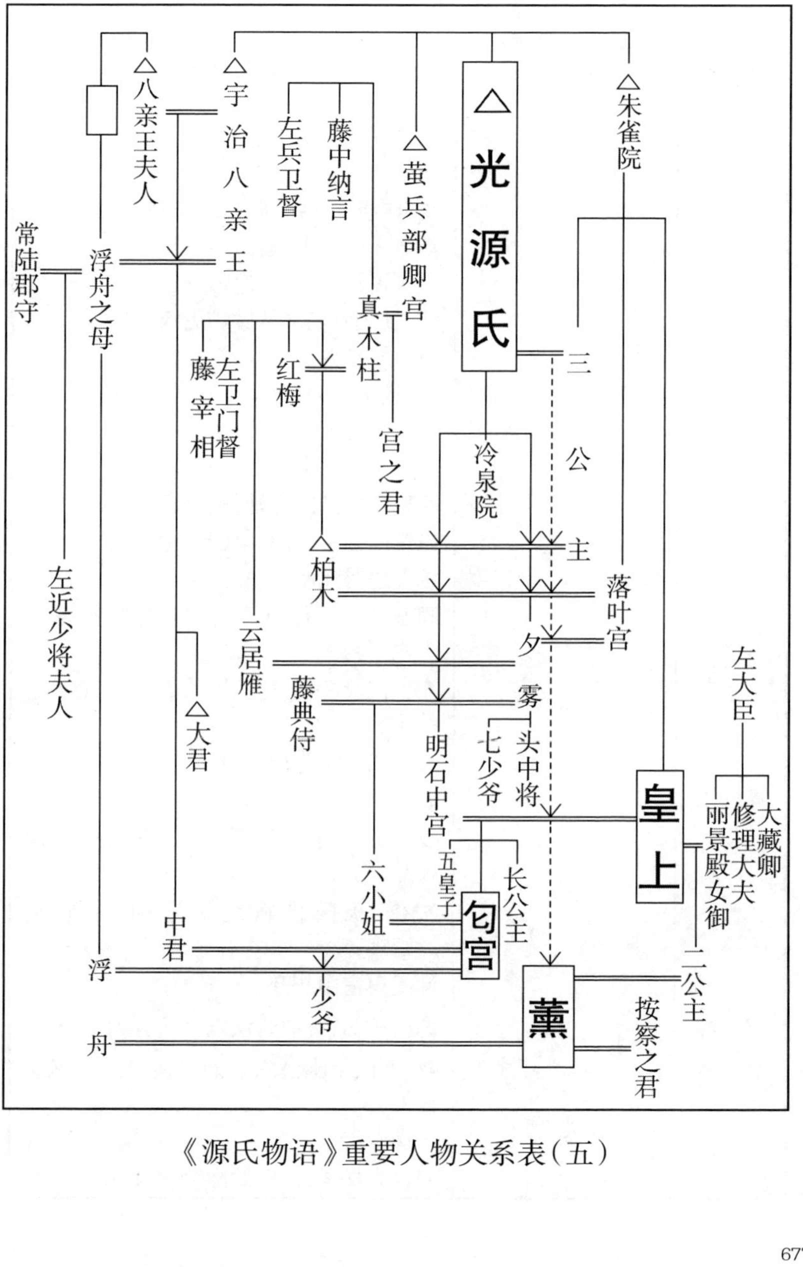

《源氏物语》重要人物关系表（五）

《源氏物语》各帖要事简表

帖　名	源氏年龄（括弧内系重要人物年龄）	重要事项
桐　壶	一岁	桐壶更衣生皇子。
	三岁	新皇子行着袴仪式。
		夏，桐壶更衣病，归宁。未几而亡。
		新皇子以母丧，退出皇宫。
		更衣丧礼。同日，追赠三位。
		秋，韧负命妇奉圣旨访更衣之母。
		新皇子参内。
	四岁	春，太子立为东宫。
	六岁	更衣之母逝世。
	七岁	新皇子始读书。
	十一岁	新皇子赐源氏之姓，列臣籍。
		先帝四公主入内（藤壶十七岁）。
	十二岁	源氏之君元服。
		同日与左大臣千金结婚（葵夫人十六岁）。
		左大臣之子藏人少将与右大臣四小姐结婚。
		改修二条院为源氏府邸。
帚　木	十七岁	源氏已晋升为中将。
		夏，梅雨季，于源氏宿直处，有雨夜品评。
		次夜，源氏借宿纪伊守中川邸，初逢空蝉。
		源氏再宿中川邸。
空　蝉	十七岁	源氏三宿中川邸，误以轩端荻为空蝉。
夕　颜	十七岁	夏，源氏于幽会六条夫人途中发现夕颜住处。
	{六条夫人　二十四岁 夕颜　十九岁	伊豫介上京。
		赖惟光探索，源氏始幽会夕颜处。

续表

帖　名	源氏年龄（括弧内系重要人物年龄）	重要事项
		八月十五日夜，源氏伴夕颜于某院。
		十六日夜，夕颜为妖物附身，骤逝。
		十七日夜，源氏于东山诀别夕颜遗骸。
		九月末，源氏始自右近处闻知夕颜底细。
		空蝉于随夫赴任郡之际，赠歌于源氏。
		源氏于睿山为夕颜举行终七佛事。
		十月一日，空蝉随夫赴任郡。
若　紫	十八岁	春三月，源氏为痁疾祈祷，赴北山。
	（藤壶 二十三岁 葵夫人 二十二岁 若紫 十岁）	源氏初见若紫，盼收养。
		源氏归京。
		藤壶女御退出皇宫，源氏强求幽会。
		藤壶怀妊，七月中归宫。
		北山之尼君归京。
		秋末，源氏访尼君。
		九月，尼君卒。
		冬，源氏迎若紫于二条院邸。
末摘花	十八岁	春，源氏自大辅命妇闻常陆宫公主消息。复闻其琴声。
		八月二十余日，源氏始见末摘花。
		朱雀院行幸之准备。
		冬，源氏宿末摘花处，翌晨惊悉其貌寝。
	十九岁	春正月七日，源氏访末摘花。
红叶贺	十八岁	源氏与头中将为朱雀院行幸前试乐，舞《青海波》。
		十月十余日，朱雀院行幸。
		同夜，源氏与头中将分别叙为正三位及正四位下。
		十二月末，若紫除尼君丧服。
	十九岁	春元旦，源氏参内拜贺。
		二月十余日，藤壶生皇子。

续表

帖　名	源氏年龄（括弧内系重要人物年龄）	重要事项
		夏四月，新皇子参内，源氏始拜见新皇子。 源氏加深对若紫的爱情。 源氏与源典侍逢场作戏。 秋七月，藤壶女御晋为中宫，源氏升为宰相中将。
花　宴	二十岁	春二月二十余日，南殿举行樱花之宴，源氏与头中将舞蹈。 同夜，源氏与胧月夜幽会。 三月二十余日，源氏又于右大臣邸藤花之宴，再会胧月夜。
葵	二十二岁 （藤壶 二十七岁 葵夫人 二十六岁 若紫 十四岁 六条夫人 二十九岁）	桐壶帝已让位于朱雀院，立东宫。源氏升大将。 源氏任东宫监护人。 前东宫之公主任斋宫。 葵夫人怀妊。 夏，弘徽殿女御所生三公主任斋院。 四月，新斋院禊事，葵夫人与六条夫人发生争车事件。 贺茂祭当日，源氏与若紫同车观赏。 葵夫人为妖物附身，六条夫人亦病。 葵夫人生一男婴。 八月二十余日，葵夫人病情恶化而逝世。 葵夫人葬礼，源氏服妻丧。 九月，斋宫入左卫门府。 葵夫人兄三位中将慰问源氏。 源氏返归二条院邸，探若紫。 源氏与紫夫人结婚。
贤　木	二十三岁	春元旦，源氏上宫参贺，并访左大臣邸。 桐壶院病。

续表

帖　名	源氏年龄（括弧内系重要人物年龄）	重要事项
	（藤壶 二十八岁 紫夫人 十五岁 六条夫人 三十岁）	九月七、八日，源氏访六条夫人于野宫。
		同月十六日，斋宫与其母六条夫人同赴伊势。
		冬十月，桐壶院危笃，朱雀帝行幸探病。
		十一月一日，桐壶院驾崩。
		藤壶中宫退返三条宫。
		源氏隐居二条院邸。
	二十四岁	春二月，胧月夜任尚侍。
		源氏幽会胧月夜，于翌晨归途遇藤中将。
		源氏访藤壶于三条宫，强求情。
		秋，源氏诣云林院，赠红叶于三条宫。
		九月二十日，源氏参内，与朱雀帝闲谈。
		源氏参见东宫，与藤壶酬唱和歌。
		胧月夜之君赠文于源氏。
		冬十一月一日，桐壶院逝世周年忌日。
		十二月十余日，藤壶中宫举行八讲佛事结愿之日，藤壶中宫出家。
	二十五岁	春正月，源氏探访藤壶之宫。
		左大臣呈致仕表。
		夏，降雨之日，源氏迎三位中将，耽于猜韵游戏。
		胧月夜归宁。源氏时时与之幽会。
		雷雨之晨，右大臣发现源氏与胧月夜之隐情，禀报于弘徽殿太后。
花散里	二十五岁	夏，梅雨季节，源氏访丽景殿，见花散里。
须　磨	二十六岁	春，源氏决心引退须磨。
	（藤壶 三十一岁 紫夫人 十八岁 明石夫人 十七岁）	出发前，访前左大臣邸，惜别。
		源氏访藤壶，又诣故桐壶院墓陵。

续表

帖名	源氏年龄（括弧内系重要人物年龄）	重要事项
		三月末，源氏离京，抵达须磨。
		夏，梅雨季节，致函于各夫人。
		各方夫人有回信至须磨。
		秋七月，胧月夜尚侍获准参内。
		中秋夜，源氏望月怀京。
		冬，源氏念京度日。
		明石皈道者闻源氏消息。
	二十七岁	春二月，三位中将晋升宰相，访源氏于须磨。
		三月上巳之日，源氏于海边行祓祭，遇暴风雨。
		于其晨晓，梦见海龙王。
明　石	二十七岁	春三月，风雨未已，紫夫人遣使来。
		雨止。源氏梦中闻见亡父言。
	（藤壶　三十二岁 紫夫人　十九岁 明石夫人　十八岁）	三月十三日，明石皈道者遣船来迎源氏。
		源氏移居明石之浦。
		夏四月，明石皈道者奉衣裳于源氏。
		源氏闻明石皈道者语，致函于其女。
		朱雀帝为故桐壶院亡灵所恼。
		二条太政大臣薨去。
		八月十三日月明，源氏会见明石夫人。
		源氏绘画，赠送紫夫人。
	二十八岁	春正月，朱雀帝龙体违和。
		夏六月许，明石夫人有怀妊之兆。
		秋七月二十余日，源氏蒙召还之圣旨。
		源氏与明石夫人和琴惜别。
		源氏归京，复位为权大纳言。
		八月十五日，源氏参内。
		源氏致函于明石夫人慰问之。
澪　标	二十八岁	源氏为故桐壶院举行《法华经》八讲。

续表

帖　名	源氏年龄（括弧内系重要人物年龄）	重要事项
	二十九岁	春二月，东宫元服（时十一岁）。
	（藤壶 三十四岁 紫夫人 三十一岁 明石夫人 二十岁 六条夫人 三十六岁 斋宫 二十岁）	同月二十余日，东宫受禅（是为冷泉帝）。 承香殿女御所生皇子立为东宫。 源氏晋升内大臣，致仕之左大臣为摄政太政大臣。 宰相中将升为权中纳言。其女已定入内。 源氏经营二条院之东殿。 三月十六日，明石夫人产一女。 源氏遣乳母于明石夫人处。 源氏语明石夫人事于紫夫人。 夏五月五日，明石小姐诞生五十日，源氏遣使贺之。 梅雨季节，源氏访花散里。 秋八月，权中纳言之女入内为弘徽殿女御。 源氏参诣住吉神社，明石夫人亦参诣，闻讯而退，改于翌日诣拜。 六条夫人与斋宫同返京，因病，为尼。 源氏探访六条夫人，答应受理其后事。 数日后，六条夫人病逝，源氏慰问斋宫。 源氏与藤壶共商斋宫入内之事。
蓬　生	二十八岁	秋，末摘花之乳母侍从，离荒废之常陆宫邸，下赴筑紫地方。
	二十九岁	夏四月，源氏途经常陆宫邸前，披拂蓬草访问末摘花。 源氏答应迎末摘花入二条院东殿，照料其生活。
关　屋	二十九岁	秋，空蝉伴其夫常陆介上京。

续表

帖名	源氏年龄(括弧内系重要人物年龄)	重要事项
		九月末，源氏参诣石山寺之途，于关山与常陆介一行相遇，赠函于空蝉。
		常陆介逝。空蝉为尼。
绘合	三十一岁	春，前斋宫入内为梅壶女御(即后之秋好中宫)。
	(藤壶 三十六岁 紫夫人 二十三岁 梅壶 二十二岁)	朱雀院赐栉匣等物于斋宫，以示惜别。 源氏奉绘画于帝。
		三月十余日，梅壶女御与弘徽殿女御有绘合之竞赛。
		朱雀院赐绘画于梅壶女御。
		再行绘合，终以源氏须磨之画出而梅壶方胜。
		源氏与兵部卿宫谈论书道。
		源氏于嵯峨经营佛堂。
松风	三十一岁	秋，二条院东殿落成。
	(紫夫人 二十三岁 明石夫人 二十二岁 明石小姐 三岁)	源氏催促明石夫人上京。 皈道者为明石母女营修大堰之山庄，并以告源氏。
		明石夫人携女迁入大堰山庄。
		源氏赴嵯峨佛堂，并访明石夫人于山庄。
		源氏宴会于桂殿，逗留大堰山庄二三日。
		源氏返归二条院，告紫夫人以明石小姐之事。
薄云	三十一岁	冬，源氏欲迎女入邸。十二月，明石小姐迁二条院。紫夫人爱如己出。
		明石小姐行着裳仪式。

续表

帖名	源氏年龄（括弧内系重要人物年龄）	重要事项
	三十二岁	春正月，源氏访大堰山庄。
	（藤壶 三十七岁 紫夫人 二十四岁 梅壶 二十三岁 明石夫人 二十三岁 明石小姐 四岁）	摄政太政大臣薨。 三月，藤壶病危。 冷泉帝行幸于三条院，探望母后。 藤壶逝世。 源氏伤心哀痛之余，困守佛堂。 守夜之僧告秘密于冷泉帝。 桃园式部卿宫薨。 源氏参内。冷泉帝暗示让位之旨。 源氏恐惧帝让位之事，并辞任太政大臣事。 秋，源氏升为从一位，赐准乘牛车直入建礼门。 权中纳言升大纳言，并兼右大将。 斋宫女御归宁于二条院。 源氏访明石夫人于大堰。
槿	三十二岁	秋九月，斋院为服父丧退出斋院，移入桃园宫。
	（紫夫人 二十四岁 明石夫人 二十三岁）	源氏访桃园宫，斋院拒之。 源氏再访桃园宫。 冬十二月，源氏于二条院邸玩雪。 当夜，与紫夫人谈及众夫人，并及于藤壶。
少女	三十三岁	夏四月，藤壶宫之丧除。
	（紫夫人 二十五岁 秋好中宫 二十四岁 明石夫人 二十四岁 明石小姐 五岁 云居雁 十四岁 夕雾 十二岁）	斋院除父丧。 夕雾元服。 夕雾入大学，接受寮试。 梅壶女御（秋好中宫）封后。 源氏任太政大臣。大纳言为内大臣。 内大臣将云居雁交由祖母大宫抚养。

续表

帖　名	源氏年龄（括弧内系重要人物年龄）	重要事项
		夕雾蒙准着直衣参内。
		花散里任夕雾监护人。
		十二月，大宫为夕雾准备元旦装束。
	三十四岁	春正月，源氏观白马。
		二月二十余日，冷泉帝行幸朱雀院。
		同夜，帝于归途见弘徽殿太后。
		夕雾进士及第。
		秋，夕雾叙五位，为侍从。
	三十五岁	秋八月，营造六条院。
		紫夫人、花散里迁入六条院邸。
		九月，秋好中宫与紫夫人互通红叶之消息。
		十月，明石夫人移入六条院邸。
玉　鬘	三十五岁	春三月，大夫监访少贰府。
	（紫夫人　二十七岁 玉鬘　二十一岁 明石夫人　二十六岁）	夏四月，玉鬘离筑紫，上京。
		秋，玉鬘一行参诣八幡宫及长谷寺。
		玉鬘于长谷寺逢右近。
		右近返归六条院邸，禀报玉鬘之事于源氏。
		源氏致函于玉鬘。
		九月，玉鬘移居右近五条之家。
		冬十月，玉鬘受迎于六条院邸，居于西侧对屋。花散里任其监护人。
		源氏当夜与玉鬘会面，并语于紫夫人。
		十二月，源氏赠送女装于众妇人。
		末摘花赠唐衣之歌于源氏。
初　音	三十六岁	春元旦，源氏与紫夫人闲谈。
		同日，源氏访明石小姐、花散里及玉鬘，而宿于明石夫人殿。

续表

帖名	源氏年龄（括弧内系重要人物年龄）	重要事项
	（紫夫人 二十八岁 明石夫人 二十七岁 明石小姐 八岁 玉鬘 二十二岁 夕雾 十五岁）	二日，六条院有临时之客。 数日后，源氏访末摘花、空蝉于二条院东院。 十四日，举行男踏歌。
蝴蝶	三十六岁	春三月二十余日，紫夫人殿方有游船之乐，其夜续有管弦之游。
	（紫夫人 二十八岁 秋好中宫 二十七岁 玉鬘 二十二岁）	秋好中宫举行春季读经会，并与紫夫人互通音讯。 夏四月，众男赠情书于玉鬘。 源氏与玉鬘交谈，并以其事语紫夫人。 源氏频访玉鬘，渐生情愫。
萤	三十六岁	夏梅雨季，兵部卿宫访玉鬘，源氏故放萤于其前。
	（紫夫人 二十八岁 明石夫人 二十七岁 夕雾 十五岁 云居雁 十七岁 柏木 二十一岁）	五月五日，源氏赴马场之殿。 长雨连绵，众夫人观画为消遣。 源氏于玉鬘殿畅谈有关物语事。 紫夫人对明石小姐讲述物语。 夕雾出入明石小姐处，心慕云居雁。 柏木爱慕玉鬘，而与夕雾相亲。 内大臣心念其女（玉鬘）。
常夏	三十六岁	夏六月，六条院东殿纳凉。 其傍晚，源氏赴玉鬘处唱《贯河》。 内大臣以玉鬘事告于源氏。 内大臣访云居雁，并窥见近江之君。 近江之君奉函于弘徽殿女御。
篝火	三十六岁	源氏以近江之君事责内大臣。 秋夜，源氏访玉鬘，借篝火见之。 同夜，夕雾、柏木等亦访西厢，奏乐游乐。

续表

帖　名	源氏年龄（括弧内系重要人物年龄）	重要事项
野　分	三十六岁	秋八月，有台风。
	（紫夫人 二十八岁 秋好中宫 二十七岁 明石夫人 二十七岁 明石小姐 八岁 玉鬘 二十二岁 夕雾 十五岁 云居雁 十七岁）	夕雾上六条院慰问，窥见紫夫人。 翌晨，夕雾又上六条院，代父慰问秋好中宫。 源氏慰问中宫、明石夫人、玉鬘及花散里。 夕雾访明石小姐，复探望大宫。 内大臣访云居雁，语及云居雁与近江之君。
行　幸	三十六岁	冬十二月，冷泉帝行幸大原野。玉鬘初会亲父。 源氏规劝玉鬘仕宫。 冬，大宫卧病。
	三十七岁	春二月一日，源氏探访大宫，语及玉鬘事。 同日，大宫招内大臣，与源氏共谈玉鬘事。
	（玉鬘 二十三岁 夕雾 十六岁 云居雁 十八岁 柏木 二十二岁）	二月十六日，玉鬘行着裳仪式，内大臣任系腰带之役，乃初见玉鬘。 源氏决意令玉鬘为尚侍。 内大臣见近江之君。
藤　袴	三十七岁	玉鬘闻仕宫之事而叹之。 大宫逝世。玉鬘、夕雾服丧。 夕雾已升宰相。 夕雾代父传旨于玉鬘，返归复命。 秋八月十三日，玉鬘除丧。 柏木为内大臣之使，访问玉鬘。 九月，慕玉鬘之众男士纷纷献情书。
真木柱	三十七岁	冬十月许，须黑大将强会玉鬘。 源氏为玉鬘及须黑准备三日夜之祝贺等。

续表

帖　名	源氏年龄（括弧内系重要人物年龄）	重要事项
		玉鬘与须黑结婚之事上闻于帝。 十一月，内侍所多忙。 源氏乘须黑不在时访玉鬘，多所安慰教导。 玉鬘入内已定，须黑大将府邸积极营修。 须黑元配夫人为妖魔附身所恼，其父拟令归宁。 须黑与元配夫人语及玉鬘事。 当夜须黑拟赴玉鬘处，遭夫人拨灰。 须黑疏远元配夫人。 须黑夫人为其父式部卿宫迎归娘家。 须黑访式部卿宫邸，口出怨言，并携二子返。
	三十八岁 （紫夫人 三十岁 玉鬘 二十四岁 柏木 二十二三岁 真木柱 十三四岁）	春正月，玉鬘尚侍入内，叙三位。 男踏歌之夜，冷泉帝临玉鬘殿内共语。 须黑迎玉鬘返府邸。玉鬘不悦。 二月，源氏致函于玉鬘，并弹和琴，心有所感。 三月，源氏赴西厢，见棣棠花，怀念玉鬘。 源氏赠雁卵于玉鬘，须黑代笔复函。 真木柱既恨其父，复慕玉鬘。 冬十一月，玉鬘产一男婴。
梅　枝	三十九岁 （紫夫人 三十一岁 秋好中宫 三十岁 明石夫人 三十岁 明石小姐 十一岁 夕雾 十八岁 云居雁 二十岁 柏木 二十三四岁）	春正月下旬，源氏调制薰香。 二月十日，兵部卿宫访六条院邸。 斋院及其他妇人各赠薰香于源氏，遂与兵部卿宫品评。 同月十一日子时，明石小姐行着裳仪式。 同月二十余日，东宫举行元服仪式。

续表

帖　名	源氏年龄(括弧内系重要人物年龄)	重要事项
藤里叶	三十九岁	明石小姐入宫延至四月。 左大臣三小姐(丽景殿女御)入内。 为明石小姐入内,准备书册类。兵部卿宫访六条院,遂评论各妇人书法。 兵部卿宫以古《万叶集》《古今集》等赠源氏。 内大臣为云居雁事烦恼。 源氏规劝夕雾。 云居雁恼怒夕雾。 春三月二十日,大宫周年忌日。内大臣一族参诣极乐寺,夕雾亦参与。 夏四月,藤花怒放,内大臣使柏木邀请夕雾,源氏赠予直衣,并催行。 七日,夕雾赴内大臣邸。宴毕,柏木导夕雾于云居雁处。夕雾于会见云居雁后,致情书。 八日,举行浴佛典礼。 紫夫人参观贺茂祭典。源氏告以往日争车故事。 二十余日,明石小姐入内。紫夫人同车伴行。 三日后,紫夫人退出,明石夫人代行入内陪伴。紫夫人与明石夫人会见。 源氏欲偿出家之衷。 秋,源氏蒙赐太上天皇。内大臣为太政大臣,夕雾亦晋升为中纳言。 夕雾移居于故大宫邸三条院。 新太政大臣造访三条院。 冬十月二十余日,冷泉帝行幸六条院邸。

续表

帖　名	源氏年龄（括弧内系重要人物年龄）	重要事项
		朱雀院亦同时幸临。盛大飨宴，惊动世人。
若菜（上）	三十九岁 （紫夫人 三十一岁 秋好中宫 三十岁 明石夫人 三十岁 明石女御 十一岁 三公主 十三四岁 玉鬘 二十五岁 夕雾 十八岁 柏木 二十三四岁）	朱雀院自行幸六条院后，即龙体违和。乃担忧三公主之将来。 东宫与其母承香殿女御共拜见朱雀院。 岁暮，朱雀院病情愈重。 朱雀院与探病之夕雾恳谈。 朱雀院召三公主乳母辈，交代种种。复召乳母之兄左中辨，嘱咐以三公主托源氏之事。 东宫赞同父皇意见。 左中辨转告朱雀院意于源氏；源氏则反劝令入内。 岁暮，盛大举行三公主着裳仪式。 三日后，朱雀院出家。 源氏慰问朱雀院，并答应照拂三公主。 翌日，源氏以其事告紫夫人。
	四十岁	春正月，三公主准备下嫁六条院君光源氏。 正月二十三日，源氏四十寿庆，玉鬘献若菜，与源氏相见。 二月十余日，三公主下嫁六条院。 紫夫人寂寥度日。 朱雀院遁入西山佛寺。 朱雀院致函于三公主。 胧月夜移居二条院邸，与源氏幽会。 明石女御有怀妊之兆，归宁于六条院邸。 冬十月，紫夫人为源氏四十寿庆，于嵯峨野寺举行药师佛供养。

续表

帖　名	源氏年龄（括弧内系重要人物年龄）	重要事项
若菜（下）		十二月二十余日，秋好中宫为源氏寿庆，于奈良七大寺行颁经典礼。 夕雾升任大将。 宫中下赐贺忱于源氏。
	四十一岁	春元旦，为明石女御生产，举行加护佛事。 二月，明石女御移居明石夫人处。
	紫夫人　三十三岁 秋好中宫　三十二岁 明石夫人　三十二岁 明石女御　十三岁 三公主　十五六岁 夕雾　二十岁 柏木　二十五六岁	明石之尼君与明石夫人、明石女御闲谈。 三月十余日，明石女御生产。 明石皈道者致函于明石夫人，夫人以之示女。 紫夫人见新皇婴。 柏木恋慕三公主。 三月，于六条院邸行蹴鞠之游，柏木自帘隙窥见三公主。 柏木遣小侍从献情书于三公主。
	四十一岁	春，柏木慕三公主成病。 三月三十日，六条院举行弓会。 柏木爱屋及乌，疼爱三公主之猫。 萤兵部卿宫与真木柱结婚。
	四十六岁	冷泉帝让位（在位十八年）。新帝即位。 太政大臣呈致仕表。须黑升任右大臣，为摄政。
	紫夫人　三十八岁 明石夫人　三十七岁 明石女御　十八岁 三公主　二十、二十一岁 夕雾　二十五岁 云居雁　二十七岁 柏木　三十、三十一岁	明石女御所生长子立为东宫。 夕雾升任大纳言。 冬十月二十日，源氏参诣住吉神社。明石女御、紫夫人、明石夫人等随行。 三公主叙二品。 紫夫人收养明石女御所生长公主。

续表

帖　名	源氏年龄（括弧内系重要人物年龄）	重要事项
		花散里收养夕雾之女。
		源氏教三公主琴艺。
	四十七岁	春正月二十日左右，举行女乐会。
		源氏与夕雾谈音乐。其夜，更与紫夫人谈之。
		二日后，紫夫人病。
		三月，紫夫人为疗病移居二条院邸。
		柏木升中纳言，与朱雀院二公主（落叶宫）结婚。
		夏四月十余日，禊祭前夜，柏木幽会三公主。
		贺茂祭之日，柏木独自悒郁度日。
		紫夫人病危，源氏由三公主处急赴二条院邸。
		紫夫人受戒。
		五月，三公主有怀妊之兆。
		六月，紫夫人小康。
		源氏访三公主，二三日后欲归，发现柏木致三公主之情书。
		胧月夜尚侍出家。
		朱雀院寿庆延至秋季。
		冬十月，因三公主不适而更延寿期。
		朱雀院致函于三公主。
		明石女御生匂宫。
		十二月十四日，为朱雀院寿庆试乐。柏木因病中途退出。
		柏木因病别落叶宫，返归父家。
		十二月二十五日，朱雀院寿庆。
柏　木	四十八岁	春，柏木病重，赠文于三公主。

续表

帖名	源氏年龄（括弧内系重要人物年龄）	重要事项
		致仕大臣为柏木举行加护佛事。
	（紫夫人 四十岁 明石女御 二十岁 三公主 二十二三岁 夕雾 二十七岁 柏木 三十二三岁 薰 诞生）	三公主产一男婴(薰)。 三公主求源氏准其出家。 朱雀院暗中行幸六条院，与三公主会面。
		三公主剃发。
		柏木升任权大纳言。
		夕雾探访柏木，答应照料后事。
		柏木死去。
		三月，新儿五十日之庆。源氏抱儿吟白乐天诗。
		夏四月，夕雾访落叶宫。
		秋，薰已可爬行。
横笛	四十九岁	春，柏木周年忌。源氏为之举行诵经法会。
	（薰 二岁 明石女御 二十一岁 三公主 二十二三岁 夕雾 二十八岁 云居雁 三十岁 匂宫 三岁）	朱雀院令人赠送笋、山芋等土产于三公主。 秋，夕雾访落叶宫。老母以柏木遗物笛相赠。
		夕雾归宅，梦见柏木。
		夕雾为柏木于爱宕举行诵经法会。
		夕雾赴六条院邸，见匂宫及薰，并转告柏木遗言于源氏。
铃虫	五十岁	夏，三公主制佛像，举行开眼供奉。
		三公主欲移居三条院邸。
	（薰 三岁 秋好中宫 四十一岁 明石女御 二十三岁 三公主 二十三四岁 夕雾 二十九岁）	秋，三公主于殿内整顿秋草，又令豢放虫儿。 八月十五日夜，源氏访三公主诵经，其后有铃虫之宴。
		同夜，冷泉院赐文召六条院邸众客。

续表

帖名	源氏年龄（括弧内系重要人物年龄）	重要事项
		秋好中宫为其母六条夫人举行佛事。
夕雾	五十岁	秋，落叶宫为其母疗病，移居于小野山庄。
	（薰 三岁 紫夫人 四十二岁 夕雾 二十九岁 云居雁 三十一岁）	八月中旬，夕雾访小野，幽会落叶宫。
		老夫人闻悉二人事。
		云居雁阻碍夕雾赴小野。
		老夫人为女担忧而急逝。
		老夫人之葬礼。夕雾再访小野。
		九月十余日，夕雾又访小野。
		源氏闻知夕雾与落叶宫关系，令营修一条院邸。
		落叶宫移居一条院邸，夕雾亦泊宿于此。
		云居雁怒而归宁。
		致仕大臣致函于落叶宫。
		藤典侍致慰问之文于云居雁。
御法	五十一岁	春，紫夫人以病之故，求出家。
		三月十六日，紫夫人于六条院邸举行《法华经》千部之供养。
	（薰 四岁 紫夫人 四十三岁 明石夫人 四十二岁 秋好中宫 四十二岁 明石中宫 二十三岁 匂宫 五岁 夕雾 三十岁）	夏，明石中宫以紫夫人病之故，归宁于二条院邸。
		紫夫人疼爱匂宫。
		八月十四日凌晨，紫夫人病情转剧，猝逝。
		源氏令夕雾为紫夫人落发。
		十五日，紫夫人葬礼。
		源氏旦暮悲叹度日。
		致仕大臣遣函于源氏。
		秋好中宫致函于源氏。

续表

帖　名	源氏年龄（括弧内系重要人物年龄）	重要事项
幻	五十二岁 （薰 五岁 明石夫人 四十三岁 明石中宫 二十四岁 三公主 二十六七岁 匂宫 六岁 夕雾 三十一岁）	春，萤兵部卿宫访六条院邸。 源氏追怀往时，寂寥度日。 二月，对屋前红梅盛开。 春光已阑，源氏疼爱匂宫。 源氏访三公主，并访明石夫人。 夏四月一日，花散里赠送夏衣于源氏。 贺茂祭之日，源氏与中将之君赠答和歌。 五月十余日，源氏与夕雾谈话。 六月，源氏观赏池中莲及萤等。 七夕，源氏停止管弦游宴，独览庭前露。 八月一日许，准备法事。 八月十四日，紫夫人周年忌。源氏供养曼陀罗。 九月九日，源氏见菊花之绵。 冬十月，源氏以雨天追思亡人。 十一月，五节之日，夕雾及子息等拜访六条院邸。 岁暮，源氏积极准备出家。焚烧紫夫人信笺。 唱佛名法会，源氏细心经营。
云　隐		（源氏逝世）

帖　名	薰年龄（括弧内系重要人物年龄）	重要事项
匂　宫	十四岁 （匂宫 十五岁 明石中宫 三十三岁 三公主 三十五六岁 夕雾 四十岁 云居雁 四十二岁）	春二月，薰始为侍从。 秋，薰升右近中将。 薰蒙赐冷泉院居所。 皈道之三公主专心事佛。

续表

帖　名	薰　年　龄 (括弧内系重要人物年龄)	重要事项
		薰对自己出生之谜怀疑。
		匂宫心慕冷泉院长公主。
	十九岁	薰既升三位宰相中将。
	匂宫 二十岁 明石中宫 三十八岁 三公主 四十、四十一岁 夕雾 四十五岁 云居雁 四十七岁	夕雾以藤典侍所生之六女为落叶宫养女。
红　梅	二十岁	春正月十八日，六条院邸举行赌弓还飨。
	二十四岁	红梅大纳言大小姐仕东宫(十七八岁，称丽景殿女御)。
	(匂宫二十五岁)	春，红梅大纳言与其继女谈论琵琶。
		大纳言献红梅于匂宫。
		大纳言拟以二小姐匹配匂宫；匂宫心慕其继女。
		大纳言赠红梅之歌于匂宫。
		匂宫频致情书于大纳言继女。
		真木柱颇为匂宫之风流好色烦恼。
		匂宫倾心于宇治八亲王之公主。
竹　河	十四岁	须黑逝世后，玉鬘所生诸女，颇有追求之士。
		薰为四位侍从。
	十五岁	春元旦，夕雾与众人拜访玉鬘，与之恳谈。又拜访三公主。
	匂宫 十六岁 明石中宫 三十四岁 夕雾 四十一岁 玉鬘 四十八岁	同日傍晚，薰拜访玉鬘。
		正月二十余日，薰访藤侍从，互相奏乐。
		三月，玉鬘二女以樱花为赌注，耽于棋戏。
		藏人少将窥此，对大小姐颇心慕之。

续表

帖　名	薰　年　龄（括弧内系重要人物年龄）	重要事项
桥　姬		夏四月，众侍女于玉鬘前谣传诸追求男士之事。 四月九日，大小姐由玉鬘陪同上仕冷泉院。 薰经常拜访冷泉院。 左近中将蒙召，与玉鬘谈话。 秋七月，冷泉院妃（玉鬘长女）怀妊。 藤侍从蒙冷泉院召，参与游宴。
	十六岁	春正月，举行男踏歌。薰参加。 薰拜访冷泉院，伴侍冷泉院妃。 夏四月，冷泉院妃产公主。 玉鬘次女入内，代母为尚侍。 玉鬘有出家之志。
	十九岁	藏人少将与竹河大臣小姐结婚。
	二十三岁	冷泉院妃产皇婴。
	匂宫　二十四岁 明石中宫　四十二岁 玉鬘　五十六岁 夕雾　四十九岁	夕雾升左大臣；红梅大纳言升右大臣，兼左大将；薰升中纳言。 薰访玉鬘，禀报升官事。 冷泉院妃遭弘徽殿女御嫉妒，归宁之时多，玉鬘忧虑之。 红梅右大臣招待兵部卿宫于大飨。 翌日，宰相中将（元藏人少将）访玉鬘。
	二十岁	宇治之阿阇梨于侍候冷泉院时，以宇治八亲王事奏上，薰于御前闻此。
	匂宫　二十一岁 大君　二十二岁 中君　二十岁	冷泉院赐函于宇治八亲王。 薰时时访宇治八亲王。
	二十二岁	秋末，八亲王遁入山寺。
	匂宫　二十三岁 大君　二十四岁 中君　二十二岁	薰赴宇治，窥见公主们（大君与中君）。 薰自辨之君闻悉其亲生父柏木故事。 翌日，薰致函于宇治公主。 薰访匂宫，并以宇治情形相告。

续表

帖名	薰年龄（括弧内系重要人物年龄）	重要事项
椎本		冬十月五六日许，薰赴宇治，与八亲王合奏。 八亲王以身后事托付薰。 清晨，薰续闻辨之君语柏木故事。 薰返京，访三条院邸。
	二十三岁	春二月二十日许，匂宫参诣初濑寺，归途逗留宇治。
	（匂宫 二十四岁 大君 二十五岁 中君 二十三岁）	八亲王致函于薰，匂宫代薰复函。 薰访宇治，与八亲王合奏音乐。 匂宫致函于八亲王，中君代父复函。 秋，薰升任中纳言。 七月，薰访宇治。八亲王以公主事相托。 薰与辨之君言谈，夜深始返京。 匂宫常致函于宇治。 秋八月，八亲王遁入山寺念佛。 八月二十四日夜半，八亲王薨。 薰惊闻噩耗，以问阿阇梨。 九月，匂宫中止赴宇治红叶之游。 匂宫致函宇治。大君代中君复函。 清晨，匂宫复致函。 八亲王丧除，薰访宇治。 薰访匂宫，与语宇治二公主事。 匂宫赠文于宇治。 冬，宇治二公主寂寥度日。 岁暮，薰访宇治二公主，对大君诉衷情。
	二十四岁	早春，阿阇梨赠送芹蕨于宇治公主。 花季，匂宫致函于宇治，中君复函。 匂宫怨怼薰。 三条院邸遭回禄，三公主迁居六条院邸。

续表

帖　名	薰　年　龄 (括弧内系重要人物年龄)	重要事项
总　角	二十四岁 匂宫 二十五岁 明石中宫 四十三岁 大君 二十六岁 中君 二十四岁 夕雾 五十岁	炎暑,薰赴宇治,自纸门洞窥见二公主。 秋八月,宇治八亲王周年忌。 薰赴宇治,会见大君,住一宿。 翌日,薰赠文,大君竟令人代笔复函。 九月,薰访宇治。大君紧闭心扉。 同夜,辨之君引薰入公主们闺房,竟徒然与中君谈至天明。 翌晨,薰致函于大君。大君答歌。 薰访匂宫,与语宇治事。 八月二十六日,薰引导匂宫赴宇治。 薰以匂宫来访之消息报大君。匂宫幽会中君。 拂晓,匂宫与薰共乘返京。匂宫遣情书于中君。 为制中君新婚三日夜之饼。匂宫深更来访。 九月十日许,薰又与匂宫赴宇治。 匂宫欲迎娶中君于京都府邸,薰亦再筑三条院邸,拟迎大君来住。 冬十一月一日许,匂宫赴宇治观赏红叶,未见中君而返。 夕雾决心以六小姐嫁于匂宫。 匂宫久未访宇治。 薰访宇治,大君以病之故,避不见面。 十月三十日,匂宫致函于中君。 十一月,薰赴宇治,探望大君。 薰为大君之病而留守宇治。 大君逝世,举行葬礼。 匂宫于大君丧制中赴宇治,会见薰。 岁暮,薰思归京而情复依恋。 匂宫准备迎中君于二条院邸。

续表

帖　名	薰　年　龄 （括弧内系重要人物年龄）	重要事项
早　蕨	二十五岁 匂宫　二十六岁 明石中宫　四十四岁 中君　二十五岁 夕雾　五十一岁	春正月，阿阇梨以早蕨赠送中君。
		薰访匂宫，赠以梅花。
		二月初，中君除丧服。
		同月六日，薰赴宇治，会见中君。
		辨之君为尼，与中君惜别。
		同月七日，匂宫迎中君入二条院邸。
		薰拟于二十余日移居三条院邸。
		同月二十余日，夕雾六小姐行着裳仪式。
		薰踌躇与六小姐匹配之事。
		花季，薰见二条院邸之樱花，思念中君。
寄　木	二十四岁	夏，皇太后薨。
		皇上盼以二公主下嫁于薰。
	二十五岁	夏五月，中君怀妊。
		秋八月，薰摘取朝颜之花访中君。
		同月十六日，匂宫与夕雾六小姐结婚。
		三日夜饼之仪式。
		匂宫恋新婚夫人，疏远中君。
		中君致函于薰。次夕薰访中君。
		匂宫返归二条院邸，疑中君。
		薰时时致函于二条院邸。
		薰访中君，中君以异母妹浮舟事告薰。
		九月二十余日，薰访宇治，命阿阇梨从事八亲王周年忌事。
		同夜，薰宿于宇治，问浮舟事于辨之尼。
		薰摘取红叶持归，以赠中君。
		匂宫并赏中君与菊花而合奏音乐。
		夕雾访问匂宫。
	二十六岁	春正月末，中君病。
	匂宫　二十七岁 中君　二十六岁	二月一日许，薰升为权大纳言兼右大将。

续表

帖名	薰年龄(括弧内系重要人物年龄)	重要事项
东屋	二十六岁	翌晓,中君产子。 新生儿产养。 同月二十余日,二公主着裳仪式。 三日夜饼仪式。 匂宫新生婴儿五十日之仪式。 薰访二条院邸,见婴儿。 三月晦日,皇上幸临藤壶殿,举行藤花之宴。 夏四月二十余日,薰为修建佛堂赴宇治,窥见浮舟。 秋八月,浮舟之母拟嫁女于左近少将。 左近少将娶常陆守亲生女。 浮舟之母致函于二条院中君,以女相托。 浮舟移居于二条院邸西厢。 浮舟之母访二条院邸,得见匂宫,并与中君语。 薰访二条院邸。浮舟之母得见薰。 薰与中君谈话。中君以薰之心意语浮舟之母。 匂宫偶然遇见浮舟,强与幽会。 浮舟之母令女移居于三条附近之房屋。 九月,薰赴宇治,自辨之尼处获悉浮舟藏身处。 九月十二日,薰访三条屋,会见浮舟。 翌日,薰伴浮舟赴宇治。 薰致函于二公主,告以拟暂留二三日之旨。
浮舟	二十七岁	春正月,浮舟致函于中君。匂宫读信,知浮舟消息。

续表

帖名	薰年龄（括弧内系重要人物年龄）	重要事项
蜻蛉	二十七岁 （匂宫 二十八岁 明石中宫 四十二岁 中君 二十七岁 浮舟 二十二岁 夕雾 五十三岁）	匂宫乘夜赴宇治，乔装为薰，与浮舟幽会。 翌日复逗留。 二月一日许，薰赴宇治，安慰中君。 同月十日许，宫中举行诗文之会。 翌晨，匂宫赴宇治，伴浮舟游橘之小岛。 浮舟同时收到匂宫与薰二人来函。 薰以拟于四月十日许迎浮舟来京事告二公主。 匂宫遣信告浮舟，谓拟于月底迎其来京。 浮舟决意自杀。 匂宫使者与薰之使者相逢于来往宇治途中，薰由此知浮舟与匂宫之关系。 浮舟决死，自焚信函，并书诀别之歌于匂宫。 春，浮舟失踪。 匂宫之使者及浮舟之母来宇治。 浮舟葬礼。 薰遣使者于宇治。 匂宫卧病，薰前往探病。 薰为蜻蛉式部卿宫服丧。 薰以浮舟品行告匂宫。 夏五月，薰赠歌于匂宫。 薰赴宇治，与右近之君闲谈，令阿阇梨举行法事。 浮舟终七之法事。 一品公主之宫女小宰相赠文于薰。 莲花盛开时，明石中宫为故源氏及紫夫人举行《法华经》八讲会。 薰拜访明石中宫，与之闲谈。

续表

帖　名	薰　年　龄（括弧内系重要人物年龄）	重要事项
手　习		明石中宫与宫女大纳言之君谈及薰与匂宫事。
		蜻蛉式部卿宫之女仕明石中宫，匂宫对之生慕情。
		秋初，薰侍候明石中宫。
	二十七岁	春，横川僧都一族，于树下发现濒死之女（浮舟），遂以车乘归小野。
		四五月之间，浮舟病。
		秋，尼君等慰问浮舟。
		尼君之婿中将，慕浮舟来访小野。
		浮舟求僧都，使受戒为尼。
		横川僧都为一品公主之病行加护法事，并以浮舟事启奏中宫。小宰相之君闻此。
		浮舟病愈。僧都上山。
		中将来小野，见浮舟尼姿。
	二十八岁	春，浮舟闲居小野。
	匂宫 二十九岁 中君 二十八岁 浮舟 二十三岁	小宰相之君以僧都所言告薰。
		薰于参诣睿山之际，拟赴横川。
梦浮桥	二十八岁（浮舟二十三岁）	夏，薰访横川僧都，以确定小野之女是否即浮舟。
		薰会浮舟之弟小君，致函于浮舟。浮舟拒见，并拒读其信。小君怅然归京。